科幻史诗长篇系列小说

乱世曲

第一部（上）

任 为 ◎ 著

新华出版社

图书在版编目（CIP）数据

梦世白书. 第一部 / 任为著.
－－ 北京：新华出版社，2020.8
ISBN 978-7-5166-5257-2

Ⅰ. ①梦…　Ⅱ. ①任…　Ⅲ. ①科学幻想小说－中国－当代
Ⅳ. ①I247.5

中国版本图书馆CIP数据核字（2020）第140378号

梦世白书·第一部

作　　者：任　为

责任编辑：田丽丽　　　　　　　　　　封面设计：周　悟

出版发行：新华出版社
地　　址：北京石景山区京原路8号　　　邮　　编：100040
网　　址：http://www.xinhuanet.com/publish
经　　销：新华书店、新华出版社天猫旗舰店、京东旗舰店及各大网店
购书热线：010－63077122　　　　中国新闻书店购书热线：010－63072012

照　　排：六合方圆
印　　刷：三河市君旺印务有限公司

成品尺寸：170mm×240mm
印　　张：49.75　　　　　　　　　　字　　数：940千字
版　　次：2020年8月第一版　　　　　印　　次：2020年8月第一次印刷

书　　号：ISBN 978-7-5166-5257-2
定　　价：118.00元（上下册）

楔子

公元三十四世纪初期，地球进入超智能时代和灵体时代的更迭期。人类对于人工智能（Artificial Intelligence'AI）的研究、开发、使用和依赖达到了一个顶峰，一种拥有人类高智能并开始自发升级和延展，甚至"繁衍生息"的机器人在地球上形成了以其群体为主的"人工智能社会"，甚至是"人工智能国家"。人类自身的生存空间因此受到了极大的威胁。而该人工智能机器人虽然是对人类外表、意识、思维、行为和信息处理的超高度模拟，但是由于人类对于该智能机器人的渐渐失控和立法约束的欠缺，终于致使已经慢慢超过人类智慧的机器人群体完全脱离了人类创造的计算机数据平台而独立，地球上也随之成立了智能机器人和自然人类两大联盟，简称 AI 联盟（AIA）和人类联盟（NHA）。

由于 AI 联盟和人类联盟对于地球有限资源和生存空间的争夺，更因为彼此之间的猜忌与征服欲，人智大战终于暴发。十年之久的大战致使地球上到处断壁残垣，生态平衡受到了致命的打击。两大联盟为了继续生存，甚至开始向着地球周围的星球进军，以图生活的延续、空间的拓展和资源的掠夺，而人智大战也自然蔓延至了整个宇宙。

终于，持久的世纪之战以人类"自以为"的胜利而告终，双方进入了短暂的和平期，而和平期背后实际蕴藏着 AI 联盟更大的阴谋，他们企图利用人类的懈怠，进一步对人类自身与文明进行深层的挖掘与研究，想要尽早地完成对于人类的取代和真正超越，甚至不惜一切代价想要将人类自己都无法解释的诸如"灵魂""天赋""信仰""情感""博爱"与"意念"等抽象之物公式化或数据化，以供己用，让自己变为下一个更高级的物种，成为真正的人类想象中的"神"。

两大联盟的"人"都认为对方只是自己进化的阶段而已，而自己该是对方心中的"神"，所以该时代也在史续中被戏称为"神往时代"。

两大联盟的首脑们在地球签署了暂时停战协议，并出台了一系列政策以图让两大联盟有持续沟通和解决问题的平台与契机，不至于让持久的战事毁了整个宇宙，更避免持久的战争招惹来外星系的其他强大生命体。而人类领袖在每年按时赴约签署和平延续的约法和参与未来两大联盟走向的谈判的同时，所有人都明白，战争总有一天还会到来，而当那一天再一次来临的时候，结果难料。本系列小说的剧情也以此时间点为基点，向前后时间轴进行延展。在此时间轴上，人类联盟与AI联盟由于自身利益的差异与类同，彼此进行着微妙的渗透与试探，进而，两大联盟中也一直保持着"你中有我""我中有你"的态势，彼此的"间谍"与"特工"不在少数，而且由于外貌的近似，几乎难分敌我。

AI联盟由于其自身智慧超高速的提升，致使其压倒性的智能能力开始对人类的剩余智能世界产生了压制和反控制，人类联盟中的计算机数据大部分被AI联盟操控，人类"自以为"的胜利成了仅有的遮羞布，人类也明白，通过智能途径制约和反攻AI联盟需要更加谨慎。

与此同时，祸不单行，人类又预见到自己当前的"人类纪元"似乎开始走向末路，包括AI联盟在内的地球文明面临又一次"覆灭"与"重启"。而更可怕的真相是，地球在无穷尽的宇宙中飘荡四十多亿年，终于遇到了一个前所未有的旷世难题：地球本身以及周边的几大行星，由于太阳系的扭曲带来的空间压力，正在发生集体的灭亡，而地球和这几大行星由于其核心的自身重力过于庞大，于是开始慢慢地收缩、塌陷，甚至发生强力的爆炸，地球表面就出现了上述的惨状，但是人类依然在勉力维持。人类预见到当地球和几个行星被强大的太阳系的压力扭曲至空间一点的时候，它们会被压缩成一个统一的密实的星体，同时也压缩了内部的空间和时间，而由于行星核心的质量大到会使收缩过程无休止地进行下去，中子本身在挤压引力自身的吸引下会被碾为粉末，剩下来的将是一个密度高到难以想象的物质。由于高质量而产生的引力，使得任何靠近它的物体都会被它吸进去，这就是"黑洞"，一个由地球和周边行星云集而成的恐怖"黑洞"。人类预见到了由地球和周边行星所产生的"黑洞"将毁灭地球乃至整个太阳系，于是各种紧急预案开始层出不穷。至此，人类文明覆灭、地球被吞噬、AI的智能压迫等多重危机摆在了人类面前。

在重重危机面前，为了对抗AI联盟，为了让人类已经超高度发达的"精神和信息纪元"文明得以延续，为了让黑洞的形成止于萌芽，为了人类自身永恒的繁衍生息，人类联盟利用有限的，还未被AI联盟控制的，但也已经十分发达的计算机技术，融合航天、空间、能源、影像、机械、信息等众多尖端技术，启动了一项无比庞大而繁杂的人类史诗级超级计划——"梦世推演计划"，暨人类历史重新推演计划，代号"梦世法案"，由所有联合国成员国递交白皮书，共同执行该计划。人类在地球和地球周边还未被AI联盟控制，也还未形成黑洞化扭曲，但是已经在慢慢不停收缩和塌陷的星球上拓展实验基地和实验星域，建立"历史空间推演试验田"和庞大的技术支持园区，开始"移植"并"重新推演"历史，实际上就是借用部分地球和其他星球之地，重新演绎地球上各个人类的重要历史阶段，以求让人类取得更好的历史推演结果和更加完备先进的文明与技术、启迪与推论，以求对抗 AI 联盟和即将出现的黑洞，还可以避免一些人类历史长河中发生的例如战争、灾难、史变带给当今人们的负面结果和不可逆的恶果，以及致使"人类纪元"走向末路和 AI 智能机器人体系失控的一切历史走向错误，同时备份一个人类文明的新可能，创造一个"新"的人类世界……

与此同时，人类残留的可控计算机科学技术、未被 AI 联盟控制的新 AI 人工智能、个体文化修养、道德程度、思维认知、社会财富和国际法约等也满足了人类对于更多太空、航空、宇宙、星球、空间力学、天体力学、基因、历史、时空、魂魄、未来、能源、纪元和生死等课题的进一步探索和挖掘，更多可以支持"梦世推演计划"（梦世法案）的尖端科技被频繁地运用、结合和再开发。

更重要的是，人类在不停地反思 AI 人工智能的开发途径中的过失和前几个人类纪元的顺序更替中，地球与太阳系形成至今，人类无法继续自己文明与自身繁衍的错误和无法突破人类文明和科技上限的原因，并寻觅引发错误的历史根源，从历史中挖掘答案、总结反思、寻觅真理。于是，"梦世推演计划"也是人类为了避免当下被 AI 奴役、被智能化摧毁、纪元毁灭、地球覆灭、黑洞形成、所有宇宙文明消失殆尽的唯一办法，也是唯一的途径，使得人类文明和赖以生存的地球有延续的空间去寻求文明发展的极限。这也是一次大胆的尝试，用人类对于历史的重新推演，达到和平、智能、环保和健康永生的目的，避免世界末日的暴发，避免自然人类种族的灭绝，更可以觊觎对于其他星球的征服和其他生命体的探索，乃至整个太阳系到宇宙的更深挖掘，最终探秘人类与宇宙的更深层关系。

人类联盟通过未被 AI 联盟所控制的有限的超级计算机技术，新 AI 智能技术，空间、环境及建筑虚拟技术等主体技术，以地球的部分未涉战地区和周边几大星球的版图为"实验星域"，也就是"新大陆"，造就新的可控的智能高仿机器人，设定并限制其智慧上限，制定新的 AI 智能法则和国际公约，制作出了新版 AI 人，以图辅助完成自己的"梦世推演计划"。新的 AI 机器人依然拥有独立自主意识，但是被更加严密监控，且在其程序内下载地球不同历史时期的人物的意识并自由投放到"新大陆"去，与那里的新世界观、全新编年史和独特地理人文环境相融合，以求地球历史人物和新 AI 人物"双意识同体"，一同推演不同历史时期的"更好结果"，或者效仿某历史时期进行"变相推演"，这也便于人们的把控，并得出更好的历史时期技术与意识结晶对抗 AI 联盟和"世界末日"，更以求达到上述的人类的最终理想。而历史人物的意识在新版 AI 人头脑中的显现过程为程序操控下的逐步深入和显现，并非全程显现，所以大部分进行推演的新 AI 人都有历史人物身份，但不一定都有该身份下的全部历史意识，只有个别重要历史人物才有部分历史意识，以引领推演计划的进行。这样做的目的是避免大面积的历史人物意识同时显现造成的混乱，而且人类的推演计划本身就是想在某一段真实历史时期或虚拟历史时期内，将主要历史人物在该时期的初始意识贯穿其中，让其再次自由发展和延展，完全加载全部历史人物的意识只会让程序的判定变为历史人物在某个时代的最终认知和思维，从而失去推演的意义，没有了过程的多变性。所以，人类制定了严密的历史意识加载起始份额分配，给每个推演人加载的份额都不一样，例如本小说中穆安的姜子牙意识起始加载只有 30%。更有以下几点原因支持上述机制：第一，避免人类的又一次对 AI 和待推演历史阶段的失控和历史走向的惯性延伸。第二，让慢慢显现的历史人物意识与 AI 本身形成制约，便于人类控制，例如如果出现 AI 自主意识超脱，可以立即以恢复其历史人物意识为办法，限制其行为与意识走向。而本小说中的反派人物龙默是个例外，因为其本身就是 AI 联盟的卧底，也是超级程序，AI 自主意识虽然超脱，但是可以进行程序隐蔽与遮盖，人类的计算机数据平台难以发觉，而申公豹虽为虚构历史人物，但是人类依然采用该角色，便是看中其辅助性质，只是龙默和申公豹双意同体后被其超脱智慧引领，反而成了绝对的主角。而主角穆安则是因为其新 AI 的自主意识慢慢变得超脱和完善，所以被加载的姜子牙的历史意识也就更加接近完满，以求相互制约。第三，便于人类采集历史推演结晶，加速某历史阶段的推演速度，提高推演效率。而历史人物意识显现程度则由其他相关程序和机制操控，例如本小说中注入剧情的龙器武器等。

而由于千年后，地球周边行星已经被开发为人类可居住环境，大面积推演试验星域也成为新的"家园"。利用超先进的虚拟和现实转化技术，人类可以轻易地把"良性"历史推演结果转变为"实际物"并收归己用，也就是把投放入"新世界观"的新 AI 和历史人物意识同体的"推演人"拉入人类联盟，用新的立法、制度和技术施以约束，让其群体与新的技术和文明结晶一同服务于人类联盟，当然，在虚拟环境下，由于 AI 角色的触感设定，他们对于虚拟物的触感依然为真实。这也是为什么人类会使用虚拟环境，但是实际用地却必须为现实的原因，就是以求得出更好结果并评估后，把该段推演的历史精华与相关环境直接现实化，然后再进行后续的完善或者是继续推演。而"恶性"的结果将被计算机系统直接删除相关部分或者覆盖以新的历史时期人物意识，再行推演。

人们之所以不运用强大的"超级计算机技术"直接计算和制定"历史结果"，然后运用"虚拟和现实转化技术"转变为现实并采集，第一，是因为 AI 联盟对于人类联盟的计算机系统与智能系统达到了最大程度的控制和抑制，AI 联盟是不会允许一种颠覆自己联盟的人类计划通过计算机和智能系统达成的，而人类只能利用残存的、未被 AI 联盟控制的有限计算机和智能资源进行"梦世推演计划"，而残存的计算机和智能资源显然无法达到直接计算和制定"历史结果"的能力，也会承担巨大的被 AI 联盟识破并反制的风险。第二，人类的认知、意识和法度都无法允许人类违背时空和历史秩序去做一件挽救自己的事情，AI 联盟和人类联盟的大战已经让自然人类吃尽苦头，人类自知需要遵守时空和历史的规律与秩序，才可以通过"梦世推演计划"获利。第三，人类在人智大战后，伤亡惨重，人类社会的人口基数出现锐减，社会形态萎缩，人们也希望通过"梦世推演计划"得到人口数量上的补充，以达到社会形态的重新平衡，当然补充的人口很大一部分会是"梦世推演计划"成功的那一部分所留下的新 AI 人和理解了当下局势的具有历史人物意识的"新生人类"，也可以理解为是用具有非凡智慧的历史古人补充当下自然人类人口数的一种计划。第四，人类也担心直接计算和制定的"历史结果"，以当今人类的智慧，人们无法进行"意识和认知消化"，会产生负面影响，甚至节外生枝，人们更愿意相信历史推演而出的自然结果。而人们之所以不运用上述技术直接得出"地球与太阳系平安和战胜 AI 联盟的历史结果"也是如此，贸然地违背人类与自然进程而得出的"未来果实"都将是引发时空大乱的罪魁，会引发更大的危机，所以人们恪尽职守，遵从这一写进"星际国际公约"的人类立法，也是人类约束自己、谨慎而缜密进行"梦世推演计划"的一大集体认知和基本素养。

本小说第一部所涉及的故事便是该"梦世推演计划"具体实施的一部分，也就是中国商周时期部分人物意识融入了一批冥王星新大陆上的新 AI 智能机器人头脑内，冥王星以北的汤博区试验田新版图也就是故事中的"新大陆"，分为东西南北四土，也就是新的世界观，对于该冥王星的新大陆历史来说，我们称中国商周时代为上古，所以上古商周时期的人们与该新大陆、新 AI 机器人人物网和新版编年史融合为一，开始推演新的历史可能结果，也就是新剧情的产生。在本小说中，为了给商周人和新世界观的人，以及读者一个谜团化的、铺垫性的、遮掩性的解释，故把"申公豹借烛龙再造世界"的引子加入其中，以图制造悬念，增加情节趣味性，这也是小说中人物对于该世界观转化的独有理解和解释，也供读者和小说中人物一同探索和揭秘整个模式化核心的独特奥秘。而实际上，烛龙封印商周旧世界，创造新世界，只是"梦世推演计划"中国商周历史推演部分的计算机设计初始程序，除了上述创作功能和展现功能外，更是其他诸多配合推演进行的辅助机制的开端，例如烛龙器官衍变的龙器武器等。而由于人类这一起始程序的漏洞，一个代号为 Dragon 的强大 AI 智能程序，或称病毒，侵入了烛龙的身体内，并借助起始程序的推进，按照人为设定的起始程序情节，Dragon 把自己的程序意识通过烛龙又全部加载进了龙默的身体，也就是申公豹的身体内，然后他的一切前期行为也就此隐藏在了人类推演计划起始程序的情节下，没人会因此怀疑烛龙和龙默的来历，只会觉得那是人类创造的程序而已。但是龙默也就此变为了一个拥有超强自主意识的 AI 联盟黑暗势力的领袖，他借申公豹和龙器逆天改命后，顺理成章地成了新世界潜在的主宰者，也变为了 AI 联盟的卧底，进而逐步实现他对于"新世界"的掌控和 AI 联盟与人类联盟的逐步黑暗统治。

之所以笔者在此挑明多处悬疑点、故事背景及世界观设计，是希望读者朋友们带着更清晰的思路进入故事，享受剧情，而非浪费时间在弄懂世界观和新机制的内核上。

正所谓，人类从历史而来，也从未来而来，人类的归宿既是历史也是未来，当下的每一刻才是时空永恒的奇点，而人类留不住的，就是这一刻！这一刻，既是历史，也是未来……

目 录

CONTENTS

洪番已是口吐鲜血，眼神迷离，身体抽搐之间，用血淋淋的手握住了穆安的胳膊："穆安！听我一言，夺南土之兵，救救北土，救救我们……"

婴柳闪步到门外，关门的一刹那，凝视着穆安的眼睛，拿起一瓶药，倒入口中，眼中依然含泪，似乎望着爱人死去是一种褒奖，她纵情大喊："若今日不死，必然来投！若有来世！依然相伴！穆安！走！走啊！"

冬日寒阳，凛凛北风卷着宫墙外的细沙在空中飘散，光洛殿旁宫墙顶的旗帜哗哗作响，两者的声音杂糅在一起，像极了送别天洛的挽歌。

无论这风雪多么迷人，在他们的魂魄里，那只是两个有家可归、有亲可依的孩子，他们只知道，雪永远是白色的……

第一章　枯夜

神创造人的时候，也赐予了他们刀剑，而人祭拜神的时候，也点起了烈火……

来到冥王星汤博区实验室的第三天，新加入的文案员李勉才见到他的上司，这位人类联盟的领袖名叫陆秀夫。李勉之所以第一时间就记住了他的名字，是因为他与中国南宋时期那个左丞相完全重名，而我们都知道，古时那个陆秀夫豪气云天、大义凛然，在蒙古铁蹄下抱着小皇子跳海殉国后，留下的是一抹江山和大宋王朝曾经的辉煌。而历史行进两千多年后的今天，另一个陆秀夫抱着自己的"理想和使命"跳进了一个名叫"人类历史重新推演计划"的"深渊"，世人也称此弥天大计为"梦世推演计划"或"梦世法案"。陆秀夫口中这次所谓的"自我殉世"背后，也留下了一抹江山和一个王朝曾经的辉煌，而江山的名字叫作"地球"，王朝的名字叫作"人类"！

超智时代末期，灵体时代初期，公元3364年，注定不平凡的一年……

直到"银河虚空会"开始带着由大批人类组成的"远征信徒"游走浩瀚的宇宙，地球上残留的人智大战后的所有人类幸存者才明白，混吃等死成了生命的终章。AI联盟对于地球的反控使得人类自觉地放弃了大部分人工智能，甚至拿起了纸笔，书写自己死亡旅途上的游记。年仅三十岁的李勉每日带着日落西山的老者心态，在他的文字里诉说着"人类"江河日下的一切。

陆秀夫比李勉大了不到十岁，却更显衰老，毛躁的短发根部挤出几道浅浅的皱纹，爬上眼角和额头，瘦弱但高挑的身躯总是藏在一件黑色的风衣内，他微微佝偻着背，在控制室内巡视一切。他的工作就是在冥王星汤博区的试验田全权负责推演工作，当然，也要不惜一切保存推演的结晶。

今日的工作终于完成，陆秀夫和李勉两人闲来无事，聊到了这颗冥王星，然后聊到了地球，最后是两人的祖国——中国，他们爱那里，更想念那里。这里的团队中大多是中国人，他们负责着冥王星人类推演计划中的商周文明部分，这也是人类文明起源的核心部分。而对于国籍分配来说，联合国和人类联盟在尽力让各个古文明传承的民族掌控和负责其对应的推演部分，但是说实话，也只有中国人掌控和负责的推演计划是真的在重新推演自己的历史，你敢说希腊人和埃及人在海王星和木星推演希波战争和新王国时期时真的内心充满骄傲吗？

中国文化，是揣摩人类诸如"灵魂""天赋""信仰""情感""博爱"与"意念"等抽象之物最合适不过的瑰宝之一，人类世界，十分罕见，这也是中国商周历史阶段被选为推演项目的首要原因！当然只有陆秀夫愿意在平时敲打李勉一颗爱国心背后的虚荣，他的老话说得好："试验田内无国界！"

"一个女人走在繁华的街头，不时地回望我，她面带笑容，清纯可爱，长发飘飘，发出动人的笑声。我在梦中，追赶着身前的女人，神情轻松而惬意，不时地伸手想要拉住那个女人的手。"

陆秀夫说着他昨天的梦境，转过脸看着智能影像上一个推演世界角色的脸庞，那是夕见公主的脸，推演世界中那个天洛国的象征，大家都知道，那是那个世界的事，她的人类名字还不得而知，没人知道哪个是真实的她，哪个她能唤起更真实的陆秀夫，有人甚至怀疑夕见公主是推演世界里唯一的肉体，而不是人类可控的新 AI 推演角色。也许是因为几乎所有试验田的工作人员都把非学识记忆储存在了冥王星空间站的 K 区，为的就是忘记惨痛的过去，专心当下的推演工作，所以，一些残存的莫名伤感带来的往往是心底最深层的挣扎，比如说陆秀夫这云里雾里的爱情。总而言之，一个小时后的一切，就是人类最后的挣扎，包括曾经虚幻的爱情、虚幻的亲情和虚幻的一切。

陆秀夫眼眸中闪着夕见的样子，然后泪水流了下来，他尽力控制着自己的情绪，缓了缓神情，望着窗外的一片美景，一个深呼吸，捧起一杯热茶喝了起来。

工作间里突然热闹了起来，瞬间一屋子的各种专家把陆秀夫吓了一跳，AI 智能专家、超智计算机专家、数据分析专家、历史学家、联合国要员和人类联盟首脑等聚集在一起，众人透过中心控制室的巨大智能影像，看着一个绝美的世界，众人不停低声耳语，那世界中一片死寂，宁谧得可怕。哦，不对，有了一丝风吹，李勉猜想，那是冥王星冰原的微风。

中心控制室内还显示着各种数据，众人围坐在一个巨大椭圆桌子旁，在签署完各自的确认书后，打开面前的智能密码箱，开始输入各自确认书上的密码。众人面色凝重，边敲击密码边低声耳语。陆秀夫抽出一把椅子坐下，认真地签署文件。李勉知道，另一个故事有了开端，就像他在自己智能屏中看到的另一个病毒或者黑客的侵入一样，它是龙形的，浮游而上，被几个窗口反复地遮掩着，李勉知道自己该在这个时候告诉众人有 AI 联盟病毒或银河黑客的侵入，但是他什么也没有做，嘴角的一丝坏笑让他显得有点丑陋。

一个计算机专家站起身踱步，把笔插进了笔套里："我依然觉得奇怪，我们明明赢了战争，为何还要倾注心血和巨大的财力做这样的事？"

无聊的问题却引起了另一个AI智能专家的回答："别拿'你以为的'当作'现实'，也许那是别人给你的幻象。"

更无聊的问题引起了一个数据分析专家的兴趣："无论如何，我不觉得他们还能有什么作为，我从没想过家里的微波炉能有一天逼我去给它热汉堡！我们现在所做的一切也许都是为了自己的虚荣。"

"流逝的史实会揭露一切，我们从今天开始陆续看到的所有情节都将是图腾，那是我们仅存的信仰！"历史学家说得很深刻。

陆秀夫喝了口茶，然后把茶杯放在桌子上，他一个深呼吸，随后打开自己的密码箱，开始输入密码："不管怎么样，情感与灵性横在我们和他们之间，人类即便输了，至少还会撕心裂肺地哭泣，而他们即便赢了，会发自肺腑地狂笑吗？"陆秀夫说得淡然。

众人面面相觑，面色凝重，看着一个时钟慢慢走向午夜十二点，一份中国商周舆图和一份新世界舆图凌乱地放在桌子上，最后众人的目光投向了陆秀夫。清晰的秒针的响声，然后是十二点已到的轻微钟声，伴随着陆秀夫敲击智能键盘的声音。

"听天由命吧，希望冥王星的土地是我们回家的路！"陆秀夫眼中满是坚定，他面前的茶水冒出的热气渐渐被风拂过，几页舆图也被轻轻地吹动。

巨大悬窗外的世界慢慢起了更大的风，一片树叶被吹走……

陆秀夫又一个深呼吸，抬起了眼皮，望着窗外，眼中满是不安……

又一抹江山的风……

战场上狼烟四起，喊杀声震天，平原上几万人兵戎相见，混战在一起。正所谓明明在下，赫赫在上，世间杀伐，不过尔尔，人的欲望远比武器更加凶险。

这是牧野之战，牧野洋洋，尸横遍野……但至少，人类要让推演世界的一切明白自己的来路和归途。

元始天尊和通天教主两神酣斗不止，又指挥若定，一来二去，都不能近身。

姜子牙带领着周朝军队和阐教教众向着申公豹带领的商朝军队和截教教众冲锋。商朝军队和截教教众人仰马翻，丢盔弃甲，四散逃窜。周朝军队和阐教教众穷追不舍，慷慨激昂，四散追杀。战场上渐渐残躯遍地，血流成河，两军你追我赶，一片混乱。

突然，天地间乌云密布，雾气渐浓，一声长长的龙吟响彻天地，一个似长龙一般的生物慢慢飞过云端，庞然之躯，垂天之须，浑圆之睛，破云之角，若隐若现，却遮天蔽日，令人绝望……

这便是烛龙，它通体赤红，身长千里，在云间慢慢盘旋。元始天尊和通天教主都停了手，两神相望，一时茫然。烛龙尖锐的叫声撕裂星宇，溢荡红尘。战场上所有人都停了手，望着在云间飞舞的烛龙不知所措。

姜子牙和申公豹相视一眼，又都望着烛龙，站在原地，也没了动作。烛龙又是一声长长的龙吟，世间开始狂风大作，然后是倾盆大雨，伴随电闪雷鸣，大地上的众生开始四散逃窜，躲避风雨雷电。天地间顿时被疾风骤雨遮蔽得朦朦胧胧，好似百神巡世，审天问地，这一乾坤绝景，当真是万轮难寻。

元始天尊、通天教主、姜子牙、申公豹均面色凝重，心里盘算是不是自己引战朝歌四周，触怒了远古之神。这天地间忽明忽暗，又是一声凄惨的龙吟，风雨声伴随着号叫……

所有人都知道，烛龙，有逆天改命之能，再造众生之法，而伴随着元始天尊和通天教主击落的烛龙身上的龙体器官，这一切开始变得顺理成章。

申公豹仰天长叹，叹的不是烛龙遮天的绝望，而是大商将去的遗憾，他在疾风暴雨中艰难地拾起一根龙骨和一根龙须，口中大念盘庚武丁之赋……片刻后，但见风雨更浓，天地卷曲，世间混沌呼之欲出，一个谜团就此诞生。

这个上古世界伴随着大商，一去不复返了。

天地顿时一片漆黑……

混沌初分盘古先，太极两仪四象悬。子天丑地人寅出，避除兽患有巢贤。燧人取火免鲜食，伏羲画卦阴阳前。神农治世尝百草，轩辕礼乐婚姻联。少昊五帝民物阜，禹王治水洪波蠲。承平享国至四百，桀王无道乾坤颠。日纵妹喜荒酒色，成汤造亳洗腥膻。放桀南巢拯暴虐，云霓如愿后苏全。三十一世传殷纣，商家脉络如断弦。紊乱朝纲绝伦纪，杀妻诛子信谗言。秽污宫闱宠妲己，虿盆炮烙忠贞冤。鹿台聚敛万姓苦，愁声怨气应障天。直谏剖心尽焚炙，孕妇刳剔朝涉歼。崇信奸回弃朝政，屏逐师保性何偏。郊社不修宗庙废，奇技淫巧尽心研。昵比罪人乃罔畏，沉酗肆虐如鸲鸢。西伯朝商囚羑里，微子抱器走风烟。皇天震怒降灾毒，若涉大海无渊边。天下荒荒万民怨，子牙出世人中仙。终日垂丝钓人主，飞熊入梦猎岐田。共载归周辅朝政，三分有二日相沿。文考未集大勋没，武王善述日乾乾。孟津大会八百国，取彼凶残伐罪愆。甲子昧爽会牧野，前徒倒戈反回旋。若崩厥角齐稽首，血流漂杵脂如泉。戎衣甫奠天下定，更于成汤增光妍。牧马华山示偃武，开我周家八百年。太白旗悬独夫死，战亡将士幽魂潜。天挺人贤号尚父，封神坛上列花笺。大小英灵尊位次，商周演义古今传。

又是一声撕心裂肺的龙吟之声。

几道闪电划过长空，世界忽明忽暗。进而天地反转，风雨交错，雷电狂响，龙吟不断，然后是天海地融入一个巨大的旋涡，旋涡慢慢缩小，又慢慢扩大，一直伴随绚烂多彩的颜色。这些颜色最后从扩大的旋涡中慢慢形成了新的天海地，一个新的世界就此诞生……

那是一抹新的版图，新的人心、新的命运、新的爱恨情仇、新的古今笑谈……

天地间一片静谧，太阳慢慢升起，景色绝美。

大地上出现新的版图，大陆与海洋不再是地球商周时代的模样。

时光飞速流逝，大陆和海洋出现迅速的演变……

大陆上万物进化，生灵渐密……

板块漂移……

文化圈开始诞生……

出现狩猎、耕作等……

出现国家、社会和家族……

出现战乱……

山顶绝壁间，一位白须老者盘腿而坐。

那是乔元靖，天洛国乔府天尹，国之灵魂，一身灰袍，挂着拐杖，杖上挂着一个酒壶。他坐在一个悬崖边，望着远山和云端：

闻君持忆盖古今，

难觅旧事随人心。

只道今朝魂归去，

却见史书传佳音。

乔元靖喝了口酒，然后是一声叹息，望着远阳背后的一片巨大虚影良久。

穆安，号枕纶，生于燕川国燕南潇阳城，二十出头便已是燕南军步军左师统领。他身形匀称，长约八尺有余，黝黑的短发如杂草般贴在头皮上，面庞虽英俊却略带匪气和稚气。他身穿浅红泛白的皮胄，全胄十八片甲片早已所剩无几，只有甲身裹着他魁梧却血淋淋的身躯，皮胄上的鬃漆更是磨得横七竖八的痕迹，唯有甲身前襟的凤羽胄饰尚算完整。

穆安左手握着一枚盾牌，盾饰早已被削掉了一半，右手的淬血短剑依然油光锃亮，他脸上粘着星点泥土，仰面躺在一个战壕内，身旁不远处是茂密的丛林，而身边横着几尊血淋淋的尸体，尸体上插着羽箭，显然，这是战场！

仰面朝天的穆安眨着眼，望着云端，好似蔚蓝渗紫的天空都不再平常，异常的一切让穆安懵懵懂懂，他袒露臂膀，不觉寒冷，但是嘴边的呻吟却带出了阵阵哈气。

穆安艰难地爬起来，环视周围的一切，不知所措，表情呆滞，下意识地举起盾牌，抵御飞来的箭矢。战友花诚一个箭步冲向穆安，举着盾，将陷入深思的穆安又扑倒在地，一支箭猛然插入花诚手中的盾里。花诚搀扶着穆安，两人躲在战壕里，花诚歇斯底里："枕纶！发什么愣？快下命令，我们要赶紧撤退！对面是天洛的骑兵，是他们的主军！"

穆安迷茫地看着花诚的脸，望向远处，但见一面大旗，上写"天洛"二字。又回过头，看了看自己身边的一面战旗，上写"燕川"二字。最后从腰间抽出一张羊皮舆图，上面画着新世界的版图。版图上南土中原的大国名为"天洛国"，西北方几乎同等面积的为"燕川国"，北方狭长横卧的是"青戎国"，东北方略显狭小的是"崇衡国"，东南方延伸而去的是"南依国"。穆安仔细端详舆图良久，抬头看着花诚的眼睛："天洛？燕川？这是哪里？"

正所谓"横世兵出鬼幕洛，竖心魂断梦京羽！"世间两大强国天洛和燕川被世人称为鬼幕洛和梦京羽，自然，一个是人们心中的魍魉之穴，另一个则是梦中京畿。

花诚叹了口气，扶着穆安的脑袋，检查有没有受伤，然后把穆安手里的舆图别回了他的腰间，把剑和盾牢牢放进穆安的手里，捧着穆安的脸，不停摇晃："枕纶！你怎么了？清醒点！赶紧下命令，他们箭雨开路，之后就是骑兵突袭！我们不能白白死在这里！"

穆安慢慢举起自己的剑，剑刃上映射出自己二十多岁英俊的脸，脑海中浸透一位老者的声音：

> 子牙此际落凡尘，
> 白首牢骚类野人。
> 几度策身成老拙，
> 三番涉世反相嗔。

天洛国的大批骑兵冲着穆安和花诚的战壕冲了过来，铁蹄声响彻战场，犹如洪水灌世，滔天而至。骑兵们都是黝黑的战甲，举着长戟长矛，所到之处，烟尘四起，不见天日。

老者又言：

> 磻溪未入飞熊梦，
> 渭水安知有瑞林。
> 世际风云开帝业，
> 享年八百庆长春。

唐汉手持利刃，冲到穆安和花诚的身边，撕心裂肺："枕纶！敌人骑兵冲过来了，我们看清楚了，是天鬼没错，我们怎么办？"

天洛国的骑兵被南土各国称为天鬼，借天降豪鬼，残噬万世之意，可见其骑旅之可怖。

穆安这心头脑间七荤八素，百感千魂一股脑地砸将下来，顿时糨糊一般杂糅几番，任谁也不会在这个时候相信自己魂意里还有个别人。他不停晃着自己的脑袋，这才缓缓记起自己左师统领的职责。

天洛国的骑兵越来越近，他们的长矛和长戟慢慢举起，矛尖和戟尖指向前方，像极了这天鬼豪阵的獠牙。穆安看着奔自己和战友们而来的敌军骑兵，一个深呼吸，瞪大双眼，瞬间想起了当世的一切。脑海中又回荡起老者的声音："良君相伴，姜尚有托，双意同体，叠魂一心，但求相协，婉绝操戈，自此再无你我，同侍一躯，同旅一途，以求尽力而为……"

穆安自言自语："双意，同体？"他瞟了眼疾驰而来的天洛骑兵，纵使再有魂意的不解，也得先解了当下的危局。这天鬼未至，利刃可是映进了穆安的眼眸，只听一声撕心裂肺的放声大喊："退入丛林！迂回作战！"

花诚赶紧起身，拿着自己的盾和剑，扶着穆安向身后的丛林飞奔。唐汉也起身跟随，边跑边喊："退入丛林！快！"

穆安的步军随即纷纷退入丛林，天洛国的骑兵蜂拥而至，但见林海漫漫，才放缓了冲锋的脚步。

话说这南土中原大国天洛确是引战四方的罪魁。此国坐领心源之地，受八荒复窥，铜铁矿藏，环绕四疆，农耕族群居中而定，富足几十载，便思商往群织，遍布诸侯帮邑，且不说这南土金银钱两均是向着洛中汇集，就连几方南土大族，百氏方林，部区将首，也都是慕名而来，寻个财气和热闹，图个繁华和品质。

洛京城便是天洛的首府，此城居天洛洛北，更是这天洛的富中之富，繁华心蕊。城内街道纵横，错落有致，商基浓重，日夜街头繁碌嘈杂，人满为患，只是如今被这南土战事惹得稍有凄凉和惨淡，但是不妨碍这街头巷尾的豪都之相。洛京城城垣成巨大的正方形，外有护城壕沟，东南西北四方城门连同瓮城均在当面居中，好不规整。每面城墙均有马面数个，角楼顺下包砖均有暗层，为的就是城防所需。远看这个历久而弥新的豪城，像极了天洛在战局中的形式，看似坚固而美好，其实已然多了几分暗流与飘摇。

龙默，号归祛，四十出头的年纪，梳着精致的倒背中长发，眼窝深陷，面相阴刻，举手投足间流露着一种枭雄之气。他身披灰白色的长袍，手里捏着一把及腰的龙骨长杖，手指不停地来回滑过杖头光滑的表面，另一只手不时捏一捏自己颈上的龙须颈链，两者均是龙器所化，龙默也称之为神器。很显然，龙默不像穆安那样觉得来到这个世界是惊讶而懵懂的，淡然的表情已经明示了一切，他是注定的独裁者，他心知肚明地了然一切，了然世间来处与归途，就像了然他对烛龙和上古做了什么一样，也许谜团本身就是真相。

龙默比辰时朝会早到了几刻，疾步穿过光洛殿去了东侧殿，透过窗望着宫殿外的天洛景色，不时回过头去，看一看墙上悬挂的巨幅南土舆图，舆图中天洛国与四国的边境都有双剑摆成的叉状标记，显然，天洛被群族反攻，四面楚歌，战火都已经蔓延到纸上了。

龙默身边的一个圆桌上放着一张泛黄的舆图，上面是商朝的版图，商朝旁边有个醒目的"周"字，龙默自顾自研究起什么，这便很快忘了时间。

片刻后，郎虎一身浅红色的战甲，腰间左右各挎着一柄龙指长刀，刃阔柄长，杀气外沁，刀鞘几乎垂地，他手扶刀柄，威风凛凛，疾步而来，冲着龙默微微鞠了个躬，轻言轻语："龙大人，文武百官陆续到了，乔公催您前去大殿议事。"

龙默叹了口气，目视前方，良久后才冷笑着回话："内廷院一向跋扈，催我一介翰博院的小作册有何用？星渚会昨夜抓的那个疑似姜尚的人杀了吗？"龙默语气冷峻！

星渚会乃龙默和郎虎建立的彻查上古阐教和大周之人魂意走向的秘密组织，遮掩在帮邑院净天府旗下，组织内均为冷血杀手，由郎虎一人秘密选拔并训练而成，没人知道成员具体的身份。最著名的杀手便是黄婵，武功不下郎虎的"杀人机器"，据说也是一个冷艳女子，但是没人见过其真面目。

"已经由黄婵密杀！"郎虎低声道。

"可有异状？"

郎虎有些犹豫："这，这……"

"说！"

"落刀见血的一刹那，那个人面色胆怯，不像是真的姜尚！姜子牙乃神人，怎会见死而如此？"郎虎疑惑道。

龙默盯着郎虎的眼睛，透过他的眼眸，看着郎虎刚刚描述的那一刻——

郎虎和黄婵走进一个阴暗的监狱，郎虎面含恶笑，黄婵妖姬面具遮颊。一个书生模样的人盘腿而坐，面色看似平静，闭着眼，手却有些颤抖。郎虎看着手里的一纸诗篇，那是一首藏头诗，藏头为"周室将兴"，黄婵快剑向书生刺去，思未尽，剑已归鞘，书生带着面容上扭曲的惊恐和悲绝而去，诗篇上溅满鲜血……

龙默略显惊讶，皱着眉头，叹了口气，言辞惆怅："想我当年在麒麟崖，连声叫了三五次，子牙都不应我，好歹不言其薄情，也能知其所在所为，如今身处这新世，面隔伪善，心隔血肉，魂无定所，魄无命途，旧人不在，往事入梦，只能每日面对一张张陌生的脸孔，实在悲凉。"

"大人在为那姜尚感伤？"郎虎压根儿不信龙默能为了姜子牙感伤什么。

"我申公豹也算是入九天，踏霞光，逍遥过千年了，不想如今需要在这又一个乱世重新过活，且尽是新人换旧人，双意同躯，难辨敌友，我何敢感伤，我也得知道谁是谁啊！"龙默无奈。

"大人，我们其实不必太过操劳，无论新旧之世，新旧之人，自有其命。"郎虎也不忍龙默每日如此忧心。

"我们不能任命驱使，既然我们造了新世，那就是我们重书史续的时候。"龙默瞟了眼身边的商朝舆图，又看了看巨幅的新世界南土舆图。

郎虎瞟了眼龙默，满脸疑惑："我们……我们造了当下新世？"

龙默眼刀脆闪，郎虎知道言语有失，赶紧噤声低头。"上古商周已无结局，新世就是曾经商朝列祖的延续。郎虎，莫再追问，一切的'谜'自有时运去解答。"龙默继续道，"这里已经不是我们熟悉的大商了，更不是那个由歌舞升平变为遍野狼烟的朝歌，我们还不知道陛下、妲己、飞虎都在哪里，我守着区区申公豹的上古魂意怕是前路险恶，这洛京城内更是卧虎藏龙。"

"大人，依您所意，除了密杀疑似姜尚之人，我多日也走访群臣、后宫与军众，没有发现更多可疑的人和可疑的言行，也许正如您所推断，我们上古商周之人落入此新世后，也就和魂意一道，都散落并一一融入了这个世界的人，但是除却你我，还没有其他人的上古之意如此显然。只有我们才是真正意义上的双意同躯，他人都只有新世之识，也许这是我们的一大利器。"郎虎分析道。

龙默又摸了摸自己的长杖和颈链："这和龙骨龙须的庇护必然有关，但你只知王侯将相，却难问遍芸芸众生，如今乱意游走，风云瞬息，一切都难以定论！只有你我保留完全的大商世界之意根本不知是福是祸，加之新世之识，对于你我来说，申公豹和白额虎在这里算是两个异类。"

"在下认为世人可畏，不知敌友，但是总会有办法准确挖掘他们的上古真身的，而且明断其是否具有上古之能、商周之力，也是助我们辨析世人的法子，到时再作拉拢和排挤，为时不晚，申公！"

"只怕有人此时与你我的想法一样，我们需要尽快掌控命运，切莫落入被动。对了，今日光洛殿朝会议事可还是将战将和之论？"

"还是如此，大人，陛下实属疯狂，天洛外侵数载，连年征战，东征西讨，周围四国现如今已经成了盟室，这再议将战将和又有何用呢？作为朝堂小臣，我们……"

"那也好过在上古之世让姜尚和姬昌灭了我大商。乱世出头，不过是再给你我一次机会罢了，我已经失了大商，难道还怕再失一次天洛吗？"龙默倒是对新世所立感觉庆幸，"既然我们知道商周之间都曾发生过什么，那我们要做的就是扬长避短，莫行前路。"龙默抄起身边的商周舆图，将"周"字撕了下去，进而扯得粉碎，然后露出诡异的微笑，"'人'难遂天意，'智'难得心境，星宇归一，才得万古之躯，虚空之梦，唯银河所畅，自此自有新主封神，再无商周！"龙默随后抬起头，透过窗，望着远空的一个天眼。那个天眼不时冒着红光，似是厉目窥视，寒光逼人。

穆安、花诚和唐汉带领燕川的步军左师躲入丛林，各寻巨树背敌之侧隐蔽。穆安环视四周之余，心头快速地估算了一下所剩的人手，这才回想起自己之前是应了子秋陛下的命令前来燕南拒敌，但是似乎早就被调离了大量的步旅人手，如今目光所及不过百余人，如何与天鬼抗衡？

天洛天鬼的冲击速度降了下来，他们在丛林外重新列队。穆安躲在一棵树后，不时探着头，想要看清这天鬼的路数，但是丛林又密又深，眼之所及，均是绿荫，他侧耳细听马蹄之声，似乎这林外的队列有些纷杂，又是一阵急掠和重整，已是良久之后，才有马蹄近前，踩踏松木落叶的声音。穆安心头疑惑，若是天鬼，为何要等这么久才攻入丛林，岂不是给了自己步旅置办陷械弓弩的时间。

穆安盯着剑刃上映射的脸庞，然后使劲拍打自己的脸，猛地摇了摇头，似要甩开杂念一般，定了定神，抓紧短剑，已听清一个骑兵近前的声音，他一个箭步，冲了出去。只见天洛的骑兵一个愣神，长戟来不及横卧，穆安便又垫步飞扑而去，将那骑兵扑下马来，然后反手持剑，将敌人直接割吼。那战马马蹄上扬，受惊乱跳，穆安赶紧一个横滚，本要寻个树后再躲起来，谁想这马蹄一落，竟挡了穆安去路，他只好一个打挺，晾在原地。

四周几个天洛骑兵闻声飞奔而来，距离穆安最近的一个骑兵举起长戟，便要刺向穆安的头颅。唐汉瞬间从树梢上跳下，还未落地，悬空之间便搭弓射箭，将那名骑兵的脖颈射穿。穆安这才又躲回树后，惊出一身冷汗。

另一边，一名天洛骑兵又飞奔而至，花诚从一堆枯叶中跳出，飞身砍断战马的前蹄，瞬间那骑兵人仰马翻，花诚用剑抵住那名骑兵的喉咙，拖至树后。穆安和唐汉瞬间凑过来。四周的天洛骑兵都停住了脚步，怕有埋伏，后退了几步。

四周安静下来……

穆安瞪着双眼，紧盯着刚刚逮住的天洛骑兵："说！你们天鬼有多少人？为何重兵来攻我燕南的一个偏僻小镇？"

天洛骑兵满脸不屑，嘴角上扬，似笑非笑："重兵？我们天鬼所到之地，都会被认为是天降重兵！"花诚将剑抵得更加用力，天洛骑兵的脖子上出现血痕。

穆安冷笑一声："那你信不信我现在就送你回天上去？"穆安拍了拍花诚，花诚闪去了一旁，穆安揪住骑兵的衣领："我收到暗报，你们后方的粮仓受袭，如今你们穷兵黩武，不撤兵去救，会在这个小镇附近与我们周旋？"

"你们自己的计划需要我多言吗？我们被赶至此地而已，无论如何，我们不会投降。"天洛骑兵依然垂死挣扎。

穆安、花诚和唐汉三人面面相觑，"赶至此地？陛下和子笙将军不是说作牵制吗？然后让我们入夜北归。"唐汉疑惑道。

"我从来没信过他们王族的命令，那是燕川最尽人皆知的玩笑。"花诚不屑道。

"军人的命在他们眼里还不如王宫花园里的一株杂草。赶你们过来的是什么军，什么旗帜？"穆安显然变得很气愤。

"燕川的军队，不配有旗帜！"

"找死吗你？"花诚紧皱眉头。

"算了，别折磨他了，我们还是得突围！"穆安一剑解决了天洛骑兵，双手拂过其双眼，帮他瞑了目。但回想着刚才这天鬼的言语，穆安觉得似乎有点奇怪。这天洛重商，燕川重农，若是比口音和语速，洛音轻而快，为了商机不散，燕川羽族之人的语音重而慢，也自然是农闲所致，想到这里，穆安但觉心头一紧，可怖的感觉涌上心头。

花诚焦急地看着穆安："枕纶，我们还剩百人，外面可是天洛的一支主军，怎么突围？！"

"子笙将军和他的燕东军肯定知道我们在这里，为何夺了仓廪不复来救？我怀疑他们有别的计划。"唐汉把尸体往树后藏了藏。

"燕东军和南调的燕北军应该都在我们附近，难言谁会来救，就怕互相推诿，把我们当了累赘，但是我倒感觉奇怪，我们燕南左师步军久经沙场，战功赫赫，为何四国盟室反扑天洛的最后阶段，却把我们派来燕南的小镇？而且命令还是牵制骑兵？"穆安自知花诚和唐汉两位兄弟也答不出来，他这么说，无非是提醒自己一点，他们有可能被自己人玩了。

"就是，这再往南几里都到了白梗了！"唐汉的地理显然比穆安好。

"不回去救粮仓，这帮天洛骑兵肯定死攻我们身后的小镇，这是他们最后的休整地了。我怀疑子笙不愿你抢功，所以进谏陛下把我们派来这里，然后驱赶天洛骑兵至此，彻底剿灭我们，借刀杀人，抢功夺绩。"花诚推断道。

"我们在他眼里是山匪吗？"唐汉更疑惑。

"无论如何，必须突围！我们得留着命回去问个明白！"穆安下令道。

天洛骑兵又一次进入丛林，他们四下里搜索燕川步兵。穆安、花诚、唐汉散开后各自躲避在树后。几个天洛骑兵加快了骑速，冲击穆安等人所隐蔽的丛林深处。穆安给了唐汉一个眼神，唐汉搭弓射箭，一支箭矢射向一个骑兵。

穆安盯着射出的箭，满脸嫌弃，低吼道："偏了，唐汉，再射！"穆安话音未落，却见箭矢出现了诡异的弧线，直接命中，那骑兵坠马而死。

穆安惊愕万分，然后从树后闪出，又砍翻一个骑兵，瞟了眼唐汉，唐汉坏笑着挤眉弄眼，穆安皱着眉头，甚是不解唐汉这是什么妖术。花诚爬上树梢，在两颗巨树间拉起一张巨大的绳网，瞬间挡了这林深要路，几名天洛骑兵撞绳便被兜翻，巨大的冲力使得他们纷纷摔落马下，燕川的几位步兵纷纷跳出击杀。

唐汉还在用弓箭不停地射杀天洛骑兵，突然，一个人高马大的骑兵从唐汉的身后闪出，伸出巨大的手掌，将唐汉搭在弦上的一支箭紧紧攥住，然后狠狠地将弓箭从唐汉手中的弓弦里抽出，唐汉猝不及防，弓也脱手而出。

穆安见唐汉身处危险，大喊道："唐汉！换剑！"

唐汉瞬间抽出腰间的短剑，刚要侧身刺向身后的骑兵，那位骑兵从马上侧身翻下，用刚刚从唐汉弓箭上夺下的箭，狠狠刺入了唐汉的胸口。

穆安咬着牙，眼圈瞬间泛红，他急步冲向唐汉，手中紧握短剑："唐汉！"

唐汉顿时满身鲜血，他手中的短剑已经拿不住了，只能用双臂紧紧擒住那位骑兵的缠腰。穆安瞬间而至，将那位骑兵的头颅砍了下来。唐汉跪在地上，喘着粗气，穆安紧紧捂住唐汉的伤口："我告诉过你多少次，你抽剑太慢！"

唐汉微微笑了笑，气息微弱，嘴角流出汩汩鲜血："枕纶，走！带着兄弟们走！不能都死在这！突围后替我问个明白，这都是为了什么？"

穆安眼泪不住地流，他看向四周，不停地有自己的战友被砍杀，似乎战局一时间失了控。花诚守在刚刚拉起的绳网周围奋力杀敌，绳网被骑兵几乎冲成两段，绳网残絮在风中摇摆。

穆安赶紧扯下自己的衣角，给唐汉裹了几圈止血，然后用自己的脑门儿撞了下唐汉的天灵，以示慰藉，复而扭过身去，持剑奔向花诚。花诚依然在举剑砍杀，更多的燕川步兵慢慢倒下。穆安举剑疯狂砍杀，眼睛里充满血色，动作几近失控。

天洛骑兵不断围住穆安和花诚等人，一辆戎车窜至穆安的身边，车上的天洛士兵不停挥舞长矛，所到之处，尽是血光四溅。穆安和花诚等人被围在中间，不停地举着剑护住躯干。

穆安身边的一位燕川的掌旗者倒下了，燕川红身大旗渐渐倾斜，穆安一个箭步冲过去，扶住了旗柄，自己背后也中了一剑，他半跪在地，单手扶旗，眼里没了杀气，慢慢闭上双眼，手里的杆子慢慢插进泥土，他在慢慢放弃。

唐汉自己捂着胸口，慢慢起身，爬向那张两树间的巨大绳网。穆安的脑海中回响起一位老者的声音，依然是姜子牙："此生赴死若闲夫，难闻碑前旧人哭。"

穆安突然睁开双眼，单手持杆，仰天大喝一声，然后单手持剑，起身又开始砍杀。花诚等兵士见穆安奋勇，于是也个个争先，开始反杀近身的骑兵。

穆安看准机会，冲着身边的戎车轭木猛扑而去，不等落稳，手一伸，擒住车衡上的缰绳，然后猛然后拽，马受惊后扬蹄一跃，车上的天洛兵士被抖下车来。穆安侧身一滚，落入戎车内，踢开后辟门，随后又拉起一个弱小一些的死尸，护在身前，大喊道："快上戎车！快！"

花诚和几位步兵跳上戎车，车内也不宽敞，但也无别的法子，一众步旅人摞人地填满了戎车的空间。这戎车的宽辕巨轮瞬间下沉了许多，穆安复又跳上车衡，拉紧缰绳，戎车向着唐汉的方向而去。"救唐汉！"穆安撕心裂肺地喊。

不停有箭矢射向穆安的戎车，一众兵士举起盾牌，护住穆安和花诚。

唐汉苦苦支撑身体，双臂青筋暴露，双手死死拉住被砍成两段的巨型绳网，网线上顿时沁透唐汉的鲜血。这巨网作用甚大，又拦住了部分继续冲击而来的天洛骑兵，唐汉却身中数箭，拼尽全力大喊："走！枕纶、花诚，走！别过来！"

穆安仰天大哭，泪流不止："唐汉！唐汉！"

花诚泪水四溢，但是心念一横，说什么也不能让穆安死在这里，他一咬牙，迅速夺过缰绳，掉转马头，架着戎车奔着林深突围的方向而去。穆安把胳膊直直地伸向唐汉的方向："唐汉！唐汉！"花诚用尽全身力气，一手扯住缰绳，一手扯住穆安，其他兵士几乎一同使劲，才把他们的统领拉回车里趴下，躲避纷纷射来的箭矢。

唐汉慢慢低下了头，再无声音，身体依然悬在巨网上，片刻后，天洛的天鬼便把他射穿下来，砍成了肉泥。穆安最好的战友之一，当年的燕南潇阳城三杰，如今只剩下两人。

花诚勒紧马车的缰绳，手不停擦拭脸上的泪水，穆安痛苦到几乎昏厥，他们的戎车越走越远，消失在丛林深处。

洛京城王族光洛殿内金碧辉煌，玉柱撑顶，锦帘四垂，色彩艳丽。除了大殿居中的盆状坑座内供百官朝会之外，四周满地都是小一号的陶豆陶缸、陶瓿陶甄、陶罐陶壶，均无器盖，堆泥砌土，遍插蜡炬，点燃火焰，四散星闪，这大殿的采光便不再需要更多阳光的射入，就有了殿内居家的温馨，只是百官如今既无朝居之心，也无留恋之念，四方危机吵得大殿内久无安宁。

不一会儿，天洛各大院府的将臣、卿士等已是布满了大殿，当然，他们更多的是一些行尸走肉。

加济王，全名墨台加济，墨台王室龙首，洛十三世王，史称泰努昭王。他身穿藏蓝色的王服，隐约能看见内套的半身胸甲，腰间一把长剑，好似一方军阀。他面色有些灰暗，目光惆怅而无神，一步一缓地走进光洛殿。身后随从、侍卫等数不胜数，京守军和巡防军分站两侧。世人眼里，这是天洛国的王，也许也是天洛国的祸。

天洛与燕川等国不同，他们拥有极其庞大的内廷院与天下院两大中枢执政机构，内廷外廷，主辅相依，人才济济。但是令人奇怪的是，彼此本该制约和牵绊的两院机构却成了为加济王争相"歌功颂德"的宫内"团体"，他们中的几乎所有人都已经对战争麻木了，仅有的愿意直言的人很快就成了异类。

龙默站在乔元靖身边，远远地望着加济王慢慢走向他的王位，郎虎站在龙默的身后，两人不时相觑，眼中满是对新世新朝的无奈和失望。加济王一步步迈上王位前的台阶，最后在自己的王位前转过身来，环视大殿里的所有人，鹰视之眼，令人胆寒。

修辙，身长八尺，亮黑战甲，手持长戟，站在阶梯的最下面，向着加济王慢慢躬身行礼。他是天洛国的大将军兼军政院院首，独一无二，天下闻名，人称"玉面人屠"，只有三十岁出头的年纪，绝对的英年才俊，唯一可惜的是，他是战争机器，仅存的正义立场是在王族得保的情况下，尽可能少地死伤自己的将士。修辙的身后是与其齐名的另外四大名将，分别是英典、青灯、郜别和元攘，他们分别是洛东军、洛南军、洛西军和洛北军的军首，也均是修辙的副将。

乔元靖依然身穿灰袍，拄着拐杖，身形有些微颤，向加济王慢慢鞠躬。

沮洛是个五十岁出头的天洛国富商，身居洛宰高位，却不如乔元靖和鲁正得宠，他一身绫罗绸缎，身形矮小，憨态可掬，但其实心存大智。他慢慢躬身行礼。

夕见终于出现了，没有人的目光不在她身上停留良久，二十岁出头的年纪，天洛国公主的身份，骨肉停匀，面色如雪，杏脸桃腮，长发披肩，一身公主装扮，国色天香，她在侍女秋田和冬雪的搀扶下，慢慢从侧宫走进正殿，坐在了父亲加济王的身边。天洛其余的四位公主也缓步而出，但是却被夕见的光芒完全遮掩，她们分别是风铃公主、锦葵公主、雪轮公主、秋罗公主。至于夕见，她被称为彼岸公主，因彼岸花生于地狱，所以此名号并非雅观，叫的人也少之又少，而夕见自己却十分喜欢。

夕见本是加济王膝下成年女儿中最小的一位，加济王昵称其为"夕见"，寓意自己夕阳西下忙毕回宫之时，必须是见到她之刻。加济王只有在自己的小女儿面前才有为父的一面，其他时刻的加济王，让人联想到的是一个不折不扣的战争狂人！

众人的眼光都不禁看向夕见公主散发出的无尽光芒，似乎要看破她的衣裳，看进她的肉体和心灵，这便是世间另一种欲望。

加济王王座的后面便是一面巨大的天洛国旗，另一侧有一个巨大的卷起的舆图，加济王指了指，手下的侍卫把它打开，是一幅新世界的巨幅舆图，和穆安手里的、龙默侧宫的都一样。他在自己王座的台子上来回踱步，似乎很珍惜这一亩三分地，然后驻足看着宫殿里的所有人，声音里带着王者的浑厚："众臣众将，各界子民，还有我的爱女们，今日朝堂，思无不言，言无不尽，将战将和，给我天洛一个明示！如今洛京城内人满为患，无非就是要我加济一个说法，但是何人能懂我心呢？"加济王用手指了指舆图继续说："先王玄景，创立天河，以洛族为民，成王凡康，泽被天下，以商农为基，父王宗勋，征战四方，以方国为裳，我天洛曾经一呼百应，万国来朝。可惜先父过世后，周边各方国尽毁前约，诸侯不定，各自为政，近几年更是与我天洛国纠葛不断，我虽延续战事，望重归四方，但是不想这战事却难以速绝，致使日日纷扰，连年烽火，岁岁难安，可一统之心谁人能灭？如今，燕川联合青戎，崇衡和南依反扑我们，誓要将我们埋在四国盟室的铁蹄下，希望此时大家能同心协力，誓保天洛永存。乔太师，你先来说说吧，你不开口，也无人敢先言。"

乔元靖上前一步，一个鞠躬，淡然道："陛下不必过虑，依我看，四国如今成盟室反扑我天洛，原因有三。第一，我天洛横贯南土，戍守两水，滋润万物，泽被众生，近代商农昌荣，子民安福，周边四国无非是惦记我们广袤而富庶的土地，还有那无甚大用的钱钱两两，实则与我们已经发动的战事并无太大关联，他们早就预谋取我天洛，尤其燕川，这一层不难理解。第二，先王威震天下，得到暂时的万族一统，但是我们切莫忘记，我们五国本民族各异。西方的燕川国以麒麟为祖，凤羽为徽，自诩子氏，羽族为大，民风清幽闲逸，待晚辈称王又哪里还记得来朝之事？北方的青戎国远在潮举关外，游牧为生，戎族遍布，民风奔放，十区六部，戎主治国，共荣之念深入人心，又怎会有顺服天洛之愿？东北的崇衡国与我等相近，洛族之人不在少数，但是信仰各异，与我们商往较多，也算唇齿，他们信念永安，永安崇之称闻名天下，此战必是随燕川和南依而起，自己并无主见，只求安平。最后是南依国，南方的鱼米之乡，四盟一心，宗政氏只手遮天，洛依两族并立，与我等更是天差地别。所以四国既然与我们都不同族同根、不同信同习、不同风同念，见我等刀剑之上，步步紧逼，他们如今联合反攻，自是必然。其实我们也不必以大国自居，穷追不舍，引得战火数载，让他们有借口可寻，得饶人处且饶人便是。第三，四国之间虽是盟室自称，但是两两之间的纠葛也不淡泊，他们如今成盟，无非是国力不支，无法单独扛住我天洛的进攻，如果再加之其余国家的骚扰，那将是亡族的前兆，所以我佩服燕川国子秋王的提议，他的四国盟约不仅遏制了我天洛的进攻，而且有了反扑的实力，又把小国之间的矛盾和仇恨转移到我们身上，一举多得。所以，我们要做的就是真的停战，一切都会回到矛盾的初点，他们夺我天洛不成，盟室难以为继，自然两两之间的矛盾还会重新浮现，我们就又是一片坐收渔利的大好局面。陛下，您只需记得，'万国来朝'四个字害人不浅，我们现在要做的就是摒弃前嫌，放下身段，主动停战，将议和之事摆上台面，说清来龙去脉，讲好利益冲突，约定五国前路，四国的盟室可破，天洛的危机可解，天下诸侯重归太平。这些就是老臣愚见，望您能深思。"乔元靖尽言天下大势，也多少有几分前朝遗臣对于加济王的鞭策。

加济王盯着乔元靖，脸色有些铁青，眼皮微垂，轻叹一声。显然，乔老的话没有一句说到加济心坎里的，只是出于对元老的尊重，加济王没有接话评论。而大殿上众人面面相觑，耳语之声不断，鹰鸽两派显然都在嘀咕。

修辙站出来，向着加济王鞠了一躬："陛下，乔公言之有理，近日四国持续反扑，我军几支主力伤亡惨重，西南和西北两处大仓更是直接被偷袭并焚烧，我们的西线作战怕是难以为继了，郜别将军更是抱恙而归，那个方向又是面对的四国中最强的燕川，我作为将军有所失职，但是如今的战事每况愈下，希望陛下早作定夺。"修辙说得谦卑。其实很难理解，在这个家国大难之时，竟然一国之天下名将都被召回并在朝堂上参与朝会而不顾边陲战事，"修英青郜元"五员大将都在一处，只怕洛京城的东戎教和凤门两大邪教的徒众都难以相信，自己有那么好的机会一锅端。由此可见，天洛的败只是时间问题。

鲁正，不到五十岁，也是天洛国富商，官拜洲保，权压九霄，为人阴刻而顽劣，他慢慢走出来，鞠躬行礼，侃侃而谈，但之前不忘瞥一眼沮洛，原因很简单，两人是死对头，无论商政。"乔老爷年过七旬，受先王恩宠多年，修辙将军之父修炳睿大将军，随着先王东征西讨，南掠北战数载，战功赫赫，光载万里，终于把我们天洛先王的恩泽和王威拓展到那四个一片荒台的小境去了。而如今，你们两人却在这天洛大殿之内，说起议和弃战之事，这难道不是对先王的亵渎，对我天洛国的不尊吗？再说了，四国盟室如今反扑我天洛，那是那些外族劣民、外疆诸侯不识好歹，不识时务，我们正需要借此契机，大肆招兵买马，大书檄文急诏，联合天洛子民一同抗敌，将四国一举拿下，重振我天洛大国的威风，让'万国来朝'成为'一国大统'，让世间只有'天洛'，再无他国！"鲁正慷慨激昂，引得加济王点了点头，脸上总算露出一点微笑，这微笑是其鹰派作风最好的证明："鲁卿倒是有些见地！"

加济王帝王心术满溢，他在宫内设立内廷与天下两院，无非要的是制衡，三大要位天尹乔公、洛宰沮洛和洲保鲁正均是德高望重却党朋派别不一的人精，高墙内党群之争尽在其掌握，除了乔元靖这类先王遗臣，沮洛和鲁正均是天洛中商海和宗族的大家，沮洛精于外政，鲁正精于宫斗，两人的制衡牵扯着王族的前路，甚至是南土的未来。

众人之间又是一片耳语之声。

沮洛慢慢走来，给加济王鞠了一躬，然后面对鲁正厉声道："鲁正大人，不必激动，在我看来，乔老和修将军正是惦念前朝先王，顾及天洛王族子民，才会出言劝和，让天洛保住国脉与根基。我们如今谈论国家的去向，我一个商民出身的洛宰，本不该多言以辩，但是我很想和同是商民出身的鲁正大人讨论些商学上的事情。"

"沮洛大人不必故意跑题，我们现在聊的是战事！你是天下院的院首，可别忘了自己的本分！"鲁正略显慌张，他可知道沮洛有多精明。

"我要说的正是由战事引起的，鲁大人，我没记错的话，您的百艘商船如今就停在天洛东岸的邢丘港口，随时都会秘密地水路开赴南依国的七星湾，至于运送的是什么，我想应该是弓箭和强弩，因为南依国军士一向轻装上阵，善射善动，游击能力极强，对吗？"沮洛的淡定往往显得有些诛心。

鲁正瞟了眼加济王，表情变得更加慌张，一头冷汗。加济王面色凝重，眼刀似乎也在一同伴着沮洛质问鲁正私运军火行为之真伪。

"而且鲁家家大业大，匠铺、械院、钱庄、粮库、帮宗、党棚、文寮，玩娱之所等等举国上下，比比皆是，而如今战事频频，我们的商贾都不甚乐观，唯独鲁家的进账日日斗升，月月飘红，这是为什么呢？难道我们不会发国难财吗？只有你能想到打着战争的旗号赚钱吗？难道你卖给南依人弓弩的时候想不到先王的恩泽与王威吗？难道你在尊重天洛和天洛子民吗？"沮洛的言辞逻辑比修辙的佩刀还厉害，鲁正被沮洛的冷言冷语浇了一个透心凉。

鲁正慌慌张张，高声反驳："你胡说！沮洛，你我两家本就是商政上的对头，你如此栽赃我自然有你的好处，但是先王和陛下可看得清楚，到底是谁在发国难财？"

加济王咳嗽几声，给了鲁正一个台阶下："鲁卿，你先退下！我听了半天，也了解你们的意思了。"与其说加济王在转移话题为鲁正开脱，倒不如说，他不想相信沮洛的话为真，就算倒在了四国铁蹄下，他也只想承认是四国打败了他，而不是自己朝堂的腐朽。

韩魂近前一步，鞠躬行礼，他是洛京城戍卫副统领，其父为戍卫统领韩滕义，后宫"党魁"之一，连如此区区副统领级别的小卒都有朝堂一言的权利，只能说明后宫之衔早已凌驾外廷之职，而修辙与英典等名将平时连看都不会看一眼的后宫蝼蚁，如今却是言语雪崩上最晶莹剔透的雪花。韩魂慢条斯理："陛下，此时弃战撤军，求和而言，会给四国机会趁机追杀，我军将损失惨重。若议和，四国必然索要我等旧日俘获之将，若不从，议和便废，但若放四国旧将回朝无异于放虎归山，四国更有资本巩固盟室。另外，我们更需赔偿钱两，而无论赔偿黄金还是辅助商建，都是给我们本就陷入战事的商脉增加负累。"

童魄也近前一步，鞠躬行礼，他是区区一介文录史员，其父为童远生，西宫文录卿士，说白了就是天尹乔老身边书写历史的文官，此职得来简单得很，因为童家所有职位都是钱权交易的产物，这点和韩家一样，又因两家本就世代亲近，韩童两家联手在后宫翻云覆雨，也成为和鲁氏抗衡的一股势力。当然，韩童势力来自所谓的王亲旁支，而鲁氏来自王后一脉，两不待见。童魄文思虽快，但言语间往往只剩附和并设法岔开话题："陛下，小臣听闻最近后宫又遇喜事，我们不妨暂且搁议此事，待小王子出生，兴许会带来洪福，让天洛起死回生。"

加济王眼珠子猛转，知道童魄在给台阶下。而乔元靖两眼圆瞪，怒视韩魂和童魄，放声怒斥："韩魂、童魄两位纨绔子弟，如今成了小臣却不尽人事，我天洛今危在旦夕，你等还在质疑议和之定，想后宫琐事，如果未来有一天天洛不国，我定带着你俩下地狱！"乔老对自己的学子之后很是气愤。

"哎哎哎！乔公，后宫之事何时成了琐事了？你别倚老卖老啊！"鲁怀是个咬文嚼字的高手。鲁怀乃鲁正的弟弟，官拜洲保卿士，鲁氏一派的跑腿人。

加济王又假装咳嗽几声，冲着鲁正、鲁怀、韩魂和童魄等人挥挥手，示意几人闭嘴。几人退下，不再多言。

"容我半日斟酌议和之事，散了吧，多争无益！"加济王随后从侧殿退去，面色不悦。这朝会之上，鹰派鸽派、后宫党群、商政之敌、军官之系似乎多少有些浮现，加济王看得清楚如今内外廷政的形势，在他心里，若是天洛不保，倒未必是四国盟室的关系。乔公和修辙这些主和派可也都是能臣悍将，要说加济王这种昏君的心思也是奇怪，他从来不觉得这些人该是仰仗的势力，反而防范之心日渐浓烈，生怕能人夺势，贤人大举，自己鹰派的心被无情地淹没，要知道，乔公带着前朝威信，修辙带着军中声望，这两人根枝庞大，羽翼极盛。

朝会才毕，修辙心中烦闷，驱马疾驰回将军府调派军事，这刚要跃入府门，夕见突然闪身出现在府门之后。修辙吓了一跳，赶紧勒住缰绳，马的前蹄跃起，几乎踢到夕见的面门，夕见却站在原地，面无惧色。

修辙瞬间跳下马来，马却因为站不稳倒向了夕见，修辙搂住夕见的细腰，扯到了一旁。

夕见反手紧紧地搂着修辙的脖子，这一瞬间的亲密，倒是让两人有些羞涩。倒下的马匹立即被修辙的副将们扶起并牵走。

修辙定睛一看，夕见此时已经换上了一袭白裙，香肩外露，裙摆随风轻荡，胸口系着自己曾经出征前送给她的彼岸花丝带。也正因为这个礼物，夕见一直埋怨修辙不该送自己寓意"地狱"的物件，虽然她很喜欢彼岸公主这个称号，只是修辙的本意是希望提醒夕见要不时劝阻加济王停止这地狱一般的战事。

彼岸花丝带与其"彼岸公主"的尊称再相衬不过了，因为绝美的脸庞下，是淡然而聪慧的灵魂，像极了其父建立泰努中兴时期的样子，那是帝国的希望，而如今彼岸花下，是枯骨嶙峋和众人嗔怒。夕见如何不知这些，当下搂着修辙的时候，四目之间除了感情，就是这战和之间的博弈。

修辙有些恼怒："殿下！你为何站在府门口？这多危险？"修辙随后瞟了眼正院的一堆大箱子，均盖着红绸，"这么多嫁妆？公主殿下这是要遁入空门吗？"

"无礼！怎么把自己的将军府说成空门？"夕见从来不拘小节，这一国公主竟然敢如此来登门求亲，"想不想娶我，今日言明！"夕见依然死死地搂着修辙。两人倒是习惯了打闹，夕见自小就对修辙没大没小，修辙也习惯了，让她搂了片刻，才扶着腰不失礼节地挣脱开。

"殿下，四国围困，我几乎半身入土，随时有可能战死，空留将军府作甚？如今天下混沌，公主你却二十九缕烽火召我回朝，就只为劝说陛下主和，然后让我娶你？你知不知道？青灯和元攘镇守南北门户，他们返朝一次需要多久的时间？军首不在，军中又会怎么样？若是此时出点乱子，战事如何？家国如何？王族如何？"修辙开始抱怨起来，其实这可并非夕见的主意，无非是加济王心里有鬼。"你想换取什么，直说！"修辙继续道。

"我在你眼里这么下贱吗？"夕见依然牵着修辙的手，似乎在央求什么。

"你我数年守情相望，何时有过说破之时？如今你这样主动，我还能怎么想？"

"修辙，再帮我一次。"夕见公主一脸娇媚。修辙却满脸失望，自顾自往府内走去，夕见紧随而去。

将军府内，修辙把长戟立在墙角，然后脱下战甲，手臂上能看见清晰的疤痕，他双手撑着桌面，不停低着头叹气。夕见看见修辙双臂上的伤疤，走上前去抚摸起来："我知道你的压力，战事再不停，早晚疤痕满身。"夕见极尽温柔。

修辙转过身来，眼眸里的公主显然带着一丝功利之心，这点修辙看得真切，他嘴角有些微颤："公主殿下，这些疤痕没什么，战士们都是如此。只是想起先王跟家父所说的话，希望王族永立，天洛永昌，我驰骋沙场多年，一直谨记，可如今四国盟室兵临边陲，天洛国怕是易保，但是王族难存了，你多少要有些准备，有什么话就直说吧。"

"父亲是个战争狂，这不是秘密了，大殿内任凭你、乔公和沮大人如何说，他其实心里早有定夺，如果他想停战，战争早就结束了，何必等到今日。"夕见直言道，"父王只想分清鹰鸽两派和鲁沮韩童四大家族的立场，国库如今亏空，他们不站出来，战事如何为继？"

"战事就不该为继！"修辙有些激动，扶着夕见的肩头，注目而视："家父曾在各国的边境留有守军，后宗勋王去世，他们不愿归国再参与战事，于是有些失去家人的战友们便留在了边境一带流浪，有的成了贼寇，有的成了山匪，甚至有的做了海盗，他们中有些人还和我有些交情，我想，不如我先让元攘送公主去避一避，等战事结束……"

"你不是最不希望王族灭亡吗？如果我走了，那便成了流亡，如今王族内我这一辈人，哥哥们一个个尽享荣华，无心战事，弟弟妹妹们尚幼，难以为继，姐姐们都是父亲的棋子，嫁予王侯将相，笼络人心，我虽天赋不及众臣，担当不及众将，但是如今被父亲允许议政，那也是一国王族的象征，怎么能临战脱逃？"夕见没等修辙说完，就插话道："修辙，我现在无心顾及你对我的感情，婚事确实是交换，你心里知道我想做什么。"

"你不用再次拒绝我，凡事还请说明。"修辙一直爱慕夕见，但夕见爱意浅薄，一直犹豫，如今确有了借婚筹谋之心。

"我从未拒绝你，你知道吗，修炳睿将军曾经提亲，希望我嫁给你，但是当时是父亲没有答应，不是我。"夕见道出了一件陈年旧事。

"陛下没有同意？"修辙有些疑虑。

"对，父亲没有同意，不是因为他信不过你，而是信不过你父亲！"夕见直言，引得修辙满脸惊诧。夕见继续道："以你父亲的能力，领兵单挑崇衡国，那就是几个月的事，而你父亲久攻不下，战事持续了两年之久，你父亲告诉过你此事吗？"

"那是因为崇衡国虽小，但是武器精良，又加上高墙内鲁氏和韩氏两大家族弄权，与崇衡有极深的商路往来，所以他们一直暗中拆台家父，致使军队内外人心惶惶，得不到天洛朝中的支持，战事只能越拖越久。"修辙近乎咆哮。

"这些都死无对证，修辙，我敬佩你的父亲是一代英雄，死于天水河畔令人惋惜，产生的谜团至今难解，但是你不要忘记，是天洛王族培养了你们，这时候只有你们多担当，才是回报！"

"难道公主不希望停战？我们军队已经尽了全力，我们在同时面对四个国家的反扑！"

"那是你们该考虑的事情！我当然希望停战，但是家父怎么可能回心转意？议和难道不需要筹码和借口？王族的退缩意味着更加惨重的失败！"夕见也急躁起来。

"这不是退缩，公主殿下，这是修正前错，发动这场错误的战争本来就是陛下的污点！这次你召我五将回朝，我不信陛下对我和郡别他们没有戒心！"修辙看得清楚，如今郡别和英典等人也被召回，必然凶多吉少。

"放肆！"夕见双目圆瞪，盯着修辙，眼里的怒火差一点烧将出来。

修辙感觉言语有失，立即半跪在地："公主殿下息怒，在下言语有失，只是一时心急，希望公主不要迁怒军队，我们已经尽力！"

"你起来！如今我只想劝你，如果你愿意按照我的意思与燕川等国议和，我，我愿意嫁给你，此时此刻！"夕见这才表明来意。

"公主请直言！"修辙站起身来，两人四目相对，眼神都有些躲闪。

"以你父亲为借口，让龙默和童魄拟文，说战事为你父亲所发动，他曾经兵谏加济王，后武力控制王族与朝堂，实行兵政，军压后宫，剑指朝座，商政一统，不露半点风声。战争扩大后，他为了推卸责任，假死天水河畔，其实一直后宫垂帘，时至近日，四国盟室让其不堪重压，被加济王族携四大家族和内廷众臣夺权，其举手投降之余，主动让兵权于王族，让朝政于加济，所以责任由其一人独揽便是，只要四国不计较我王族的过错，我可以暗中保留你和修氏家族的俸禄与家产，保英青郗元四人官衔，妥善照顾你们。你意下如何？"夕见这一招当真狠毒，把王室的错全都推到了军队和军政院的身上，要知道，在内廷里，这军政院的实际级别还没文录院高呢，修辙也就是借着将军身份领兵边疆，要是指望军政院在政途游荡，早就被四大家族吞没了。而如今加济王不惦记军政院的事，只让五将回朝，必然有心责扣一部分人，怕的就是这军权下的人心叵测。

修辙长叹一口气，眼圈泛红，脖颈间青筋暴露，已是气得有点缺氧了："夕见，我对你仰慕，不代表你可以任意妄为，我低估了你们王族的任性与傲慢！我父亲一代英雄，岂容如此诋毁？我们修氏家族世代保护天洛，包括王族与子民，何时做过对不起国家的事情？"修辙斩钉截铁，他从后腰抽出一把匕首，紧紧握在手里，然后单手脱去自己的上衣，满身的伤痕暴露出来。夕见吓了一跳，看着修辙满身的伤口，如同锦布上密密麻麻的缝线。修辙将匕首挥到夕见的眼前："战事还未停，我早已经伤疤满身，全是为了这个国家，几乎所有的战士都是如此！身体如何我们不在意，心上捅刀子，我们绝不同意！"

"修辙！你要以下犯上吗？"夕见盯着匕首的刃尖，有些胆怯。修辙伸手将夕见的抹胸完全扯了下来，夕见顿时露出贴身的丝衣，这雪白的肌肤照得人眼前犯晕，修辙贴近而来，两个几乎裸露的身体形成了鲜明的对比，当真是将士的殷血，洗净了王室的身躯。

"修辙！放肆！"夕见脸上泛着红晕，她刚要护住胸口，修辙将她的手拨开，然后用匕首抵住夕见的脖子。"你看看你王族的身躯多么白净，而我们呢？你们政路前行，全都是踏在我们的血肉上！这绝对不是你的想法！夕见，如今朝野内外，乱象丛生，人心难测，告诉我，这是谁的主意？"修辙担心幕后有人指使，"我修辙一生信仰家族，信仰王族，你最好别逼我反了！"

"你肯为王族牺牲，那才是真的信仰！你是军首！你是将军！"夕见强压心头的恐惧。

修辙用匕首轻轻抹过夕见的咽喉，竟然只有一丝皮屑滑落，不见血痕，可见修辙这冷兵器的功力。夕见闭上了眼，脸颊泛红，胸口剧烈起伏，修辙一个深呼吸，这才淡定下来，然后将刀狠狠地戳在了夕见头后的墙上。夕见睁开眼，看修辙早已泪流满面，夕见替他擦了擦眼泪，然后搂住了修辙的脖颈。修辙把夕见紧紧搂在怀里，自知此生难得挚爱，只能为其守护家国。

"放过家父，我愿意承担此计，造出兵变和兵政的假象，然后替陛下而死，交出我的尸体，以求议和。"修辙心里盘算了片刻，才挤出这几句话。夕见泪如雨下，把修辙抱得更紧，修辙的手插入夕见的秀发里，把她的头贴在自己的耳边，似乎要听见她下一步的想法一样。显然，在修辙心里，他有替王族赴死的决心，但顾虑显然就是自己家族的名声和手下四大名将的归宿。

沮洛坐在沮府院子的摇椅上，忧国忧民的焦虑之情早就爬到了脸上，身边自己的两个儿子忙前忙后，绕来绕去，更让他烦闷。沮衍，二十五岁不到，沮洛长子，风度翩翩，斯文儒雅。沮云，沮洛次子，刚满二十一岁，匪气满溢，行为乖张。两人看面相就是一静一动、一稳一冲，像极了阴阳两极。"父亲，这些粮食您是要送去哪里？"沮衍边说着，边指挥着家丁们忙里忙外，把大包小包的粮食往院门口的马车上运。

"那鲁正老贼在燕川东境有些豪府庭院，藏了不少粮食，我给他再送一些去，凑凑数！"沮洛平日里除了商算，最大的乐趣就是整蛊鲁韩童三氏，如今不知道又在憋着什么坏。

"爹，那鲁氏家族富可敌国，我们给他送啥粮食啊？"沮云赶紧冲过来追问。

"这个鲁正为人吝啬，小气，自己的几个侄儿在燕川和天洛的边境高价贩卖粮食，弄得边境的难民叫苦不迭。我前几日在朝堂揶揄他，他至今怀恨在心，于是昨日我派人通信于他，说可以一起在边境卖粮食，我出粮，他帮助卖就是了，五五分成，这老贼不但忘记了前嫌，还开心地回了信。"沮洛说到这，才露出几分笑容。

"父亲，您朝堂之上揶揄他那叫一个痛快，这老贼不但不想着议和保我天洛，竟然还发国难财。可如今您怎么又和他一起卖上粮食了？"沮衍满脸疑惑。

"是啊，爹，我和哥哥去边境帮你卖就是了，而且就这些粮食，我们只当送给难民不就是了，如今战事紧迫，那些难民哪有钱买粮食？"沮云义正词严。

"你俩能这么想，我真是欣慰，想着国将不国，心里憋闷啊。我本就计划把这些粮食捐给难民，但是不忍那鲁正小人私藏那么多粮食不肯出手，如今我大张旗鼓派人给他边境的豪府送粮，这必然引起边境山匪和贼寇的注意。而近来兴起多家贼匪愿意替天行道，劫富济贫，正好给他们提个醒，我这里运去的粮食，他们可以劫，而那些鲁氏豪府内的粮食他们也可以劫，捐就大家一起捐吗，反正也不是我一家受损失，正好有人帮着分发百姓，还有人帮着往外掏粮，省时省力啊！"沮洛这是引水灌田的妙计。

"父亲英明啊！"沮衍竖起大拇指。

"爹，我也想去，杀富济贫，最是快乐。没准儿还能领些人回来保家卫国！"沮云一腔热血。

"云儿，你以为保家卫国那么容易的？"

"那也比每天读那些无趣的兵书要强！"

"你小时候不认真练武，总是和附近的孩子们成群结队地外出玩闹，爹本想送你去参军的，可你这样子如何应对战事啊？"沮洛的话引得沮衍在一旁笑个不停。沮云低着头，不再作声，满脸无奈。沮洛又吩咐道："去吧，清点粮食，让车马上路。然后你俩分头，替我给城内的贫户也带些粮食去，记得，低调行事。"

沮衍和沮云跑了出去。沮洛站起身来，叹了口气，望着天边的几片云彩，一轮硕大的红日挤在云彩的一侧，风渐渐把云吹散了，蔚蓝渗紫的天空总是在沮洛的眼里格外地刺眼，他不时地琢磨为何天空是这般颜色，而沮洛给自己的答案是：这是命运的颜色。但沮洛给不了答案的事也在发生，例如空中忽隐忽现的"大鸟"，这只鸟从来不呼扇翅膀，从来不鸣叫，也从来不骑上枝头，沮洛只是静静地看着"大鸟"的飞行，就像在看小时候自己手里的风筝一般，只是眼神，越来越充满疑惑……

穆安身上带着简易的包扎，手反握着短剑，甲胄上的刀痕与血迹混杂在一起，他早已逃回了凤羽城，当下正奔着凤羽城王族上泽殿坚定地走去。花诚等一众幸存的兵士跟在穆安的身后，众人表情坚毅，似乎面前的宫殿是天洛加济王的乾渥宫一样，而不幸的是，他们面对的是自己王族残忍而阴刻的君王。

这凤羽城与洛京城相比，便少了几分繁华和忙碌，多了几分畅然和舒缓。凤羽城城郭为大致的倒梯形，北阔南狭，依靠着凤羽城北的羽江而建，而这江边的高台地有其天然的优势，自然更便于利用河道和水门，为城市提供便捷。治水和灌溉的优势使得凤羽城四周的农耕十分繁盛，连同城内的商农之基更是把这个燕中宝地塑造成了一个西疆的明珠，比洛京城大了将近一倍的面积也使得凤羽城本身就成了子秋屯垦和逐商最好的示范地。

穆安几乎走到上泽殿殿门前的巨大阶梯前，子笙当仁不让，挡住去路，他身穿暗红色的战甲，束发依然油光锃亮，眯缝眼里满是戾气和不屑，手里的指挥剑剑尖泛出寒光，指着穆安的鼻尖。

他身后的一队燕川的步兵，个个是彪形大汉，子笙尽露燕川帝国将军的气度，开口就显得有些刻薄："呦呵！穆安！燕南军步军左师统领，怎么？你没发现自己领兵前进的方向错了吗？"子笙不仅是燕川国的将军，燕东军的军首，还是燕东边陲的一霸，这地方势力与宫内势力连成一线，就是其手里的利刃，连子秋也要让其三分。

穆安心里知道，当时自己的步旅身陷囹圄，必然不是燕北军就是燕东军在身侧犯坏，现在见了子笙自然便冷眼相对，他立在子笙的身前，面露狠色，盯着子笙的双眼："子笙将军，我们前几天的进军方向倒是没错，但是几乎全军覆没！"

子笙轻蔑地一笑："你们是战士，为了燕川和子氏王族奔赴沙场，责无旁贷，牺牲再正常不过了，怎么？怕死吗？"

"我敢这么和你说话，说明我不怕死，我就是想问问，我们燕南左师也进出沙场上百次了，好歹是洛西战线的主力，血泊里翻滚，刀刃上游走，战功赫赫，如今天洛将败，四国稳操胜券，我们不该在一线冲锋陷阵吗？而如今呢？守护一个燕南小镇十五天，而且莫名其妙面对着天洛不知哪里来的上万铁骑，好玩吗？可笑吗？"穆安眼里几乎喷出了火焰，比他的言辞还要灼热。

"命令是陛下下达的，你这是怀疑我们的陛下了？"子笙诞于王辇，言语间满是傲慢和欺压。

"我怀疑陛下的次数有你多吗？"穆安显然深知子笙对王族的异心，他此时也唯有借此说事，否则气势上来说，穆安已经输了一半了，其实他的目的很简单，只是想质问子秋王军阵部署如此失常的原因。也正因为此，穆安虽一身是胆，心存雄魄，但是直爽而顽固的头脑也是个绊脚石。否则以他的能力，一个区区步军左师统领该是他几年前的头衔，如今，他该是与天洛西线军首都别面对面站着的大将。虽然以此时他还未被姜尚的睿智浸透的头脑来说，很容易被都别玩死。

"放肆！穆安！你们只需要服从，如果所有命令我们都必须赘述一遍理由，那战争岂不成了公堂对峙？"子笙开始咆哮，异心之说乃是其心头大忌，虽然这是燕川王族尽人皆知的"梗"。

"作为王族，你们公然藐视战士们的性命，以后又有谁会服从你们的命令？"

"穆安！你知道你在跟谁说话吗？"子笙的剑在穆安眼前晃了晃。穆安面不改色，花诚以及身后的众将也抽出剑，指着子笙。

"你干什么！？"花诚向前迈了几步，剑尖几乎停在子笙的脸上。子笙身后的士兵们也抽剑指着穆安，两方开始对峙。穆安抬起一只手，示意花诚等人放下剑。

"反正你们也不在乎我们的生命，随意砍，我们都是死过一次的人了，无所谓！"穆安反而露出微笑，遮掩这心头的一丝恐惧，如今这位毛头小伙已经僭越了。

子笙盯着穆安的眼睛："你已经触犯了军法，穆安，后半辈子坐穿牢底吧！"

"触犯军法了？好！我作为步军统领之一，作乱王殿，出言不逊，污蔑将军，大闹朝堂，这些是重罪吧？可以面见子秋王，以待圣裁，听候发落了吗？"穆安油嘴滑舌。

"你！"子笙怒而举起剑的刹那，鹿辞蓝袍加身，一溜小跑，来到子笙的身边，伸手阻拦。鹿辞官拜燕川羽枢院羽尹，官职和言语之权均压燕川上下九院九府一头，连王族都对鹿氏家族礼让三分，而就像天洛的四大家族一样，鹿氏的业务可不浅，他们商政横跨不说，甚至连天洛的鲁韩两家都被其商网所牵绊，但就鹿辞本人来说，可是个笑面客，和气生财是人生座右铭，当然也是通常意义的和事佬。"将军冷静，将军冷静，陛下传穆安和花诚进殿去！"鹿辞的表达明显透露着两个信息，一个是子秋王本就知道穆安会杀回来，二是鹿辞对此内斗之相见怪不怪了。

"好，穆安！有种！够血气，看看陛下会不会忍你！"子笙厉声道。

"他当然会，他连你都忍了这么久！"穆安闲庭信步，带着花诚等人奔着大殿而去。子笙气得脸色发白。鹿辞赶紧凑到子笙的耳边："将军是否知道他们身上发生的事？"子笙思忖片刻，摇了摇头："我怎么会知道！有什么风声吗？"

"臣以为陛下必事先便有安排，否则不可能宣他们进殿去的，将军掂量清楚该不该拦着穆安。"鹿辞的一番话说得模棱两可，但是打在子笙心里却是明确的一个信息："穆安可是子秋接下来收拢战局的棋子，而子笙不便插手！"但是很不幸，子笙的个性不以为然，他认为穆安一身是胆，该是自己培植燕南势力的关键人物，现在他显然有点后悔刚才的态度了。子笙略加思索，奔着大殿急步而去，鹿辞紧随其后。

穆安推门进入大殿，沿着门缝挤进大殿的一道亮光披在穆安的背后，但是上泽殿内依然有些阴暗。子秋王虽年近七十，却依然气宇轩昂，两鬓的斑白似是图腾一般，诉说他这些年军政燕川、盟聚天下的不易。他一袭白衣，臂缠黑纱，面对王座和王座后面的巨大燕川国旗帜，笔挺地站立着。

子秋王得位不易，初岁便是杀伐与征服，其一众哥哥们没一个给过他面子，而在刀剑面前，他的选择一向是狠中带智、刚中带柔，也因此，以阴刻不羁的一代枭雄之相亮于世间，引战四方，剑挑河山的也就不只加济王一个了，至于四国成盟，确实如乔元靖所说，那是子秋王近期干过最睿智的事情，当然，这也是他穷极一生唯一值得大书特书的功业！

穆安持剑而入，花诚等人紧跟，都被眼前的一幕吓了一跳。上泽殿内壁和穹顶均悬挂白色绸缎和黑色挽联，一条长长的白色地毯笔直地通向王座。白色地毯两侧是十几尊象征燕川诸神的图腾般的雕像，上面也都悬挂着白纱，子秋王在用这些场面告慰穆安步旅的英灵们。子秋王身边站着几个侍卫，也都一袭白衣，一个侍卫手中捧着一柄精美的龙牙剑，另一个侍卫手中捧着一个精美的龙肤卷轴。穆安环视四周，表情严肃，依然紧握自己的长剑，慢慢走向子秋王，花诚等人寸步不离，众人的额头渗出汗水，他们此时隐约感觉这都是子秋设计好的戏码，而自己均是这个鬼魅君王身边的戏子。

鹿辞和子笙也进了大殿，然后关了殿门，守在大殿的一侧。穆安走向子秋王的步伐越来越快，手里的剑尖和地面摩擦出的声音响彻整个上泽殿。子笙一个探步刚要上前阻止，鹿辞把他拦了下来，然后摇了摇头，子笙不知所措，怒目凝视，其实他就是做个样子，他巴不得有人替他把子秋王砍了。

穆安眼圈泛红，持剑急奔，剑尖向前，直指子秋王。子秋王慢慢转过身来，表情淡定，目光直视穆安，慢慢走下王座前的阶梯。

子秋王走下最后一节阶梯，穆安的剑尖停在子秋王的喉咙前。花诚在穆安身后显得有些慌张，他低声警示穆安："穆安！别冲动！"穆安死死盯着子秋王的眼睛，泪水慢慢流下来，里面都是死去战友的影子。

"穆安，我身无傲技，心无远虑，一生戎马，直至君临王座，仍有人怀疑，一个军首，一介大统，浴血而立的异族人能否担得起君王的职责。但是我心中无疑无虑，我领兵过千秋，持剑战封邦，最是懂你现在心里的感受。但是，没办法，我们身处乱世，身旁天洛似豺狼，青戎似雄狮，我们没有退路，战争一定会死人，无论是什么方式。我领头四国成盟至今，燕川国战死十六万将士，我无法祭奠，羞愧难当，但是你知道成盟之前，有多少燕川将士为了他们的家园死去吗？盟约不成，则战争不止，懂吗？"子秋字字着实，如弹地而起的钢珠，他眼里的泪始终打转，"上月始，我兵分六路，分制天洛天鬼的精力与兵力，他们如洪水弥天，大有吞噬我六路群英之势，但这是分庭据敌，乱中夺胜，我别无他法，只能铤而走险，不然你让我拿什么去击溃那些所向披靡，维持战争将近三十年的天洛铁骑？你让我拿什么去抗衡鬼幕洛的魑魅魍魉？你让我拿什么去守护你和你父母引以为傲的家园？舍小为大，穆安，你虽年轻，但是也从军几年了，你可懂我心意？"子秋最后歇斯底里地咆哮起来。

穆安凝视子秋王的眼睛，眼神依然坚定，甚至充满仇恨："陛下，军人本无问生死，但对家国天下不能没有一腔热血，我加冠便持众，领兵南北，和我从家乡带出来的兄弟们一路镇守燕川国的边陲。如今，我不计较为何天洛铁骑踏来，而你的精锐步旅只奉命南下，也不计较为何步军抗骑，总是落得一个突围的下场，致使我手下上千军士丧生！我只想问，王族可有尊战之虑，可有崇军之意，可有敬敌之念，可有定谋之能，可有平远之储，可有安民之计，可有治朽之力，可有掌天下之心？"穆安的眼泪留下来，声音里带着利剑般的锋芒，甚至撕心裂肺到嘶吼和破音，"燕川的主军早在几日前便触及了我们所面对的天洛铁骑的肋部，但是他们只驱不攻，只堵不杀，难道这不是有人下的命令吗？太多巧合便是人为所定！所以当时便只有我们步旅独自面对天洛铁骑，那是天洛都别将军最大的王牌，人称天鬼之骑，所到之处，风卷残云，而且几个时辰之前，我们还接到命令，要分众去支援子笙他们的燕东，最终的结果就是我们千人面对上万铁骑！陛下，如果我们死于疆场，不会有怨言，如果我们因为怯战或者以下犯上而死于军法，也不会有怨言，但是如果有朝内的奸臣贼子，甚至是昏君想要加害于我们，我死也不会瞑目！"穆安的热血显然在此时占据了他头脑里的全部空间，没有了一点理智与思考，可以理解的是，一个军士必然痛恨腐朽的朝堂，也因为子氏前朝的衰败全拜腐朽与贪婪所赐，如今更是只有军政可为继，穆安等军人恨死了朝中的奸臣贼子，可是谁人不恨这些蛀虫呢？关键是，你难以分辨谁是谁非，天下善恶，本就来自人为定义，而人性使然，又怎会有界限以划分，往往在纯黑的世界里，灰色便是光明，而在纯白的世界里，灰色便是黑暗。

子笙佯装护着子秋，上前一步，一声大喝："穆安！你大胆！"子秋冲着子笙挥了挥手，示意他冷静。

子秋淡然一笑，心里似找对了人一般，进而又放声大笑，然后冲着身边捧着剑的侍卫招了招手，侍卫把他捧着的龙牙剑递给了子秋。子秋举起龙牙，放到了穆安的手里，替换了穆安手里锈迹斑斑的剑。穆安凝视手里精美的龙牙，看得出神。此剑正如龙默手里的龙骨杖与龙须颈链，均为烛龙身上龙器所化，当然，这是人类给予当世最好的礼物，也是杀伐一世最好的信物，至于杀戮之外的用途，显然与穆安等人的上古魂意的显抑有着密切的关系。

龙牙剑剑柄由世间罕有的冰木所包裹，久握不见手汗，不握又见油光，剑身修长笔直，明显被上好的东戎蛇铁刷了一遍，此剑的气度和穆安刚好相配，要知道，此剑重量超过几乎同规格的锤鞭铜槊不少，可不是任谁都可以轻易举起来并挥舞的，而穆安虽不是天生蛮力，但用力却见精巧和技术，尤其是用长剑，颇为潇洒和惬意，更重要的，万人之众，但见龙牙，便知持剑人的身份，这也许是子秋想给予穆安最大的褒奖，至于是不是还有鹿辞此时心中猜测的震慑子笙之用，怕是子秋没这个远虑。

"穆安，你我今日不辩此结，军命本无因果，政念也无对错，人性更无深浅。我赠你的剑叫作'龙牙'，世间罕有的神器，我赋予你这个权力，你今天可以在这朝堂上杀了所有你所认为的奸臣贼子，甚至是昏君。当然，我还是希望你让我看到天洛灭亡，战争结束的那一天。"子秋的城府与气场压得穆安这样的杀场"老将"都有些颤抖，穆安在极力保持镇定，他再次低头打量手里精美的龙牙，剑柄上精美的龙形花纹很刺眼，剑身时亮时淡，黑色泛灰，灰色又略带透明，整个剑透着一种诡异的精致，好比剑柄与剑身均有好几层的铸造一般，让人感觉这是一把比人性还有层次的剑灵，而龙牙的名字刚好给这柄剑的一切作了最好的诠释。

子笙远远望着长剑，低声自言自语："好一把龙牙！"鹿辞凑到子笙的耳边："陛下为何赠予这区区一个小统领这样上好的武器？"鹿辞的话显然带着挑拨离间，子笙却轻易地上了勾。鹿辞为官数载，那真是圆滑到灵魂深处了，子笙与子秋的不合正是鹿氏家族赖以生存的温床。

"可惜了，不想我子氏还有这种物件，我今生未用过这种好剑！"子笙言语此剑，其实言外之意是觉得此时的穆安持剑如此，像极了当年的自己，他更加后悔刚才过于与穆安针锋相对，若是将穆安和此剑均收为己用，也借着穆安对子秋王的怒气，自己将是何等如虎添翼。

穆安叹了口气，眼含热泪，将剑慢慢举过头顶，怒目而视，犹豫片刻后，又把龙牙剑扔下，转身刚要离去。突然，子秋仰起头，看着穆安的背影，一首古风被他吟诵出来，声音浑厚却带有几分仙气：

二四年来窘迫联，

耐心守分且安然。

磻溪石上垂竿钓，

自有高明访子贤。

穆安听着子秋吟出的古风，顿时大惊失色，他双目圆瞪，直视前方，不再前行，顿时汗如雨下，喘着粗气，身体微颤，好似灵魂出窍般，这首古风，当与姜尚有着密切的关系。

辅佐圣君为相父，

九三拜将握兵权。

诸侯会合逢戊甲，

九八封神又四年。

子秋继续吟来，子笙、鹿辞、花诚、穆安的手下和子秋的众多侍卫均不知所措，不知所云，面面相觑，朝堂一时静默。

穆安的脑海中顿时显示出无数上古的画面：

姜子牙跟随白鹤童子来见元始天尊……

姜子牙给元始天尊行礼……

姜子牙拜辞元始天尊，又辞众位道友，带着行囊，走出玉虚宫……

穆安转过身来，凝视子秋的眼睛，多了几分故人相见的思愁。子秋面带微笑，轻言轻语："愿意和我叙叙旧吗？"穆安使劲眨了眨眼："你是……"

子秋不信朝堂眼耳，也为了遮掩上古之意，抢过话头："我是你说的昏君，既然昏庸，愿聆听治国之道以便后用。请吧！"子秋伸手指了指侧殿。穆安震惊之余，随着子秋去了侧殿。子笙犹豫片刻，也悄悄跟了过去。

显然，能吟诵此诗的没有别人，当是元始天尊，至少此时穆安和其头脑中的姜子牙是这么想的。

子秋和穆安对坐，这上泽殿侧殿内静得可怕，两人的呼吸已经开始博弈了，子秋给穆安斟了一杯酒，穆安直至坐下，才定了定神。

子秋微微一笑，冲自己的侍卫摆了摆手，一个侍卫将之前的精美龙肤卷轴交给子秋，然后退了出去。殿内只剩下二人，子秋将龙肤卷轴递给穆安。穆安打开一看，上面赫然写着两个名字："姜子牙"和"元始天尊"，烫金大字亮闪闪的刺入眼帘，穆安魂归九霄般一个颤抖，他惊讶地看着子秋。子秋又笑起来，全无了刚才铁一般的面目："你上昆仑几载了？"

穆安终于破涕为笑，大悦之余，起身行礼，此时，他完全是一个年轻数十岁的姜尚："弟子姜尚拜见尊师！弟子三十二岁上山，如今又虚度四十载！不想在此见到尊师，如此漠世，再见商周故人，倍感亲切，而您也是我仅有的上古大商之地的记忆了，请尊师告知，究竟上古发生了什么？为什么当世变成这般模样？姜子牙他，不，我，我到底是谁？为何自感两魂两意栖身？"

子秋大笑起来，赶紧扶着穆安坐下："新旧之世，正如新旧之魂，重叠以相执，何必计较谁是谁，来处和归路，忠于一生之命，总有其定数，来则安然以待，不来则不需勉求。这个龙肤卷轴已然告知你答案，你就是姜子牙，我就是元始天尊，你也是穆安，我也是子秋。想着子牙你生来命薄，仙道难成，治国不畅，如今，不想你成了新世的穆安，还是这般苦命，几乎命丧战场，还小儿一般前来讨要说法，哎！成汤数尽，周室将兴，你难道不能顺理地套用于新世吗？天洛将亡，四国当立，你作些牺牲又如何！至于上古的事情，那是个谜，为师也难以记起所有，不过你我能上古新世双意一心，显而自知，当需彼此相濡以沫，也算是不小的恩泽，这不我正要找你商议些事情，你我依新世君臣相称便是，不必拘礼于上古，也防隔墙有耳。两层之意我查觅良久，上古大商的芸芸众生如今变为了新世的王侯将相和万千子民，但是你我均有这两件龙器护体，得以在世变之时保留了些上古之意，依我看，两世相叠，两魂相依而已，命运也便是两条，你择一而行便是，若是有那般头脑，两条路一起走，是你的本事！"

穆安略有所思，瞭了眼身边侍卫放在地上的龙牙剑和自己刚刚看过的龙肤卷轴，极尽所能地思忖着什么："原来如此，似乎上古一战一直萦绕于心，却难得丝丝回念，更难忆起太多自己的事。"

"穆安，切莫心急，在我看来，无论新世何来，此世已成真，重踏征途才是眼下的重中之重。我把这把龙牙剑交给你，还有这个龙肤卷轴，就是希望你去替我寻觅两世之彖，尽解谜面，我们也好尽快返回商周之轮、上古之世，而我以君王之身，不便涉世太深，更不能离了燕川，且如今天洛乱南土，五国争锋，我只能栖身大局，再无过问上古之事的精力了。"子秋王眼中满是分身乏术的无奈和不甘。

穆安点着头，但脑海里依然充满疑问："陛下之意，我且了然一些了，但这龙牙剑和龙肤卷轴是哪里来的？与两世有何干系？我究竟该怎么做？"穆安的头脑已经乱得让自己语无伦次了，显然，此时占据穆安头脑的并非完全体的姜尚，加载比率不高，他也还没有做到两种意识自由地切换，而对于如此精密的一个 AI 来说，当穆安与姜尚的意识融合为一并超脱之时，也就是他最可怕的时候，当然，这也就是人类心中的"神"了，而直到"神"知道自己只是人类虚构世界的玩物时，就到了"神"暴发的时候！

"我的点滴之意来自那一声长长的龙吟，我断定龙牙和龙肤来自上古的一只神兽的身体，且随我如今之意，挖掘了一些龙器的秘密，龙牙削铁如泥，你可以带着防身，若听到龙吟之声，说明周边有相似之器，十有八九是其他的龙器，而其他龙器的现世，也将是其他上古之人，上古之意出现的时刻，你需要格外留意身边之人，言语之间，只可百般试探，不可直言深浅，要知道，大商之众和截教之徒，均也对当世虎视眈眈，若他们借南土之乱，再行商周之念，那便是乱中之乱，我们会有滔天之祸啊！"子秋说得认真，穆安听得毛骨悚然，子秋但见穆安深信不疑，眼神也渐渐变得鬼魅，他继续道："而龙肤可明示你身边人的上古之名，便于你查觅我们阐教和周朝的同僚，扩大我们当世之势，此乃你首当之要务，千万谨记。虽你前忆未满，难识龙肤之名，更难分敌我，但此乃你要务之二，当辨别世人，游历天下，尤以各王族为重，同时也查觅双意一心和双意同体之源，且学掌控双意抑扬之方，易换之法。你对阐教和大周，可还了然？"

穆安微微叹了口气，眨了眨眼，摇了摇头，又点了点头，然后使劲拍拍自己的脑袋："我且记得！"

子秋王点点头："此乃长久之事，不急一时，且听要务之三，你需尽掘自身之意，忆上古事，念上古情，才有新世之先机，切记，姜尚乃一朝重臣，两世之枢，我可不想大商贼子们在当世占了先手。"子秋王此时对大商之人的顾虑显然超出穆安的认知，或者说，穆安此时头脑中的姜尚可能未必完全了解他的任务与安排，但是无论如何，以穆安和姜尚的智慧，基本诉求和自己的定位还是很清楚的，至于意识切换的难题与自己该走两人谁的命途，那可不只命运两字能解释的了。

穆安勉力记忆，子秋却也说得兴起，这一系列的任务至少在子秋王脑子里盘旋数载了，就像他穷极半生推崇四国之盟一样，他想要做的事，基本上都会有个雏形，至于结果，却只能听天由命了。

"要务之四，便是广集龙牙和龙肤这般龙器，查觅一神秘圣地，名曰'极境'，持龙器以近，见其有无作用，试探归上古之法是否存于几者之间。切记，归原史续之轮，是你我之责。"

"极境？存于何处？"穆安追问道。

"我道行所引，均来自天界之仙和上古之神的启示，极之境在南北两土之上，北土我们且未探知，只能先游南土，你需遍访诸国，寻觅此地，尤以各王族为重，我封你为通国密使，如今四国成盟，刚好通惠诸国王族，带去我燕川密文，且议成盟与分洛后事，既近盟约之事，又掩你探世身份，一举两得。"子秋王眼神有些飘忽，似乎才想到该给穆安一个遮掩的身份。

"龙器多为王族以持？"

"当是，申公豹似乎于上古手握龙骨做了什么，如今叠世初生，拥有龙器之人，必然不是王侯将相，就是商政大族，而兴得起当世风雨的，也便是这些人。申公豹如此，他在哪，哪便是旋涡之心。"子秋对于申公豹的担忧溢于言表。

"我也曾有此闪念，与申公对峙，却不记得发生了什么，但我想，在新世寻觅申公豹，无异于大海捞针啊。"穆安担忧道。

"也不尽然，既然我们认为他持有龙器，那么他必会借此兴风作浪，浪过潮退，还看不见礁石吗？若见申公，不可妄动，禀告于我，先勿夺其龙器，避免节外生枝。"子秋王此话让穆安听得有点疑惑，若是寻得申公豹所在，为何不夺龙器，反而费劲费时地先行禀告呢？

穆安依然勉力记忆所有的要务，言道："陛下，我谨记要务，即刻整顿，明日便上路，不过，我还有最后一个问题。"

子秋叹了口气："我知道你要说什么，此乃我之决定，我并无害死步旅之心，只想试探你姜子牙新世之躯是否康健，魂意、头脑和胆魄是否当得起这些要务，你觉得一个无能的人能否尽数完成我所言之事？！"

"何须尽赔我兄弟之命？"穆安不知自己的话算不算是反驳。

"我有愧，但为了燕川，为了新世，为了上古，为了商周，为了周室，为了那段史续，我别无他法！"

"你明知我乃姜尚，若此险招不得，我死于疆场如何？"

"人各有命，若不是你，此些要务，我们不为吗？此一时彼一时，时时相通，时时俱进，如今的双世双意，你还不了然吗？"

穆安无奈地点着头，站起身来，从地上拾起了龙牙，刚要转身再去拿龙肤卷轴的时候，子秋突然有些慌乱，抢先一步拿起了龙肤，然后左手捏紧，右手扶着穆安的肩膀，挡了一下他的视线："穆安，你我书信往来，不必经过羽枢院和坤宇宫转手，更不必理会子垩和鹿辞他们，直达王厅，通络于我，记得，两世之命尽数交于你手，谨慎为重！"子秋边说着，边用左手里的龙肤卷轴偷偷置换了桌子下面另一个一模一样的卷轴，然后故作镇定，拿出被换的龙肤卷轴，递给了穆安。穆安视线被挡，全然不知，接过龙肤，别于腰间，再把龙牙剑背在身后，满脸坚毅。子秋微笑着递给穆安一杯酒，穆安一饮而尽，子秋又递给穆安一些可以证明通国密使身份的令牌、国书、手谕和一些密信。

"带上令牌、国书、手谕和密信，若他国王室问起，记得陈词简易，遮掩身份便可，密信中言有成盟前路之事，切莫丢失，其余借口你自取自圆便是。谨记，所遇之人，可如你我，新世之貌，融旧世之意，万事小心，绝不可大意！"子秋叮嘱道。

穆安点着头，把国书等收进口袋。屋外突然闪过一道黑影，子秋察觉到，但是没有在意，仍然微笑地陪着穆安向外走去："我会让子笙安排你先休息，疗伤，过几日再上路不迟。"

"我可以带上我的兄弟们吗？"

"当然。"

"尊师，姜尚就此别过，穆安相携，万事小心，陛下且放心。"穆安言毕，径直而去。

子秋初听穆安最后这几句话，觉不出什么异端，但是久久回味，却毛骨悚然，一句话里，他切换了两种身份，那只能说明一点，穆安至少在现在是个上古新世双意切换开始自如的人了，而刚刚过去的二人长篇大论里，穆安显然是装得一知半解，且显得新旧之意切换如此滞涩。子秋王突然明白了一点，自己的赌博有点玩大了，而穆安显然在基本遵从自己几个任务的同时，会有自己其余的诉求。

片刻后，子秋王返回坤宇宫内，望着窗外，叹了口气，又瞟了眼屋外："子笙，进来吧！"

子笙一个闪身，进入宫内，向外探头望了望，十分机警："叔叔，这般神器怎能交与外人？那穆安一身虎胆，行事灵活，军中威望又甚高，我怕……"

子秋慢慢地拿起刚才置换掉的那个龙肤卷轴，放进了燃起的一小盆火堆里，子秋看着燃起的火苗："怕，不如栖身床榻，永不起身，穆安之事我有分寸，你不用太介意。去，通令各军，明日晌午发兵支援燕北军，直取天洛腹地，顺便也帮我把穆安和花诚等人安顿一下，几日后让他们上路。"

"叔叔，我们是否倾兵而出？"

"留些人马守于青戎和我国的边境，防止盟室有变。"

"是！我这就去办！"

子笙刚要走，子秋拦住："等等，也派些人盯住穆安，他的一切动向，随时汇报。"

"是！"子笙表情有些狰厉。

这南土秋日天高云淡，橙黄橘绿，丹枫落在龙默的龙府凉台上，一番即将收获的景色，似乎让龙默看到一些治世的希望。他半卧在一张床榻上，府内点着熏香，烟雾缭绕，龙默半睁着眼睛，不一会儿又慢慢闭上。郎虎站在龙默的身边，递去一根香，龙默闻了闻，然后深呼吸，点了点头："新世之物，果然奇特。"

"大人，您头痛病很久了，不能硬撑啊，我去唤医官来。"郎虎关切道。

"我只是觉得上古烛龙于我，有某些牵连。"

郎虎愣了一下："烛龙？"

"所以换来这新世，我付出了自己的道行和寿数，以致自己如今身体虚弱，没有精力。"龙默面色憔悴得很。

"大人，那只上古烛龙能否在新世再现？您如今身体这般，如何尽力控制朝野，完成我们的计划呢？不如我们借着烛龙回去上古吧，命薄如此，带恙而战，即便是我们成功，又有何意义？"

"它的再现与否，不由我们了。郎虎，命若绝我，该当认之，命若不绝，我们只需安心而事。去吧，黄婵来信了，说绿衣就在附近行医，乔公给我推荐过她，她善于治疗头痛，是后宫一把好手。"龙默显然对绿衣的出现有着事先的计划。

郎虎有些犹豫，半天没挪步。龙默瞟了一眼郎虎："你还犹豫什么？去找来便是！"

"大人，听后宫之人说，那绿衣虽然医术高明，但是身为女子，长相极为丑陋，左脸的伤疤更是吓人，我担心……"

"我跟你说过多次，这个世界的人，我们都需好言相待，注意言行，不一定他就是上古的某某，是我们所需要的人，绝不可貌相，明白吗？去吧。"

"是！"郎虎这才疾步而去。

龙默慢慢起身，轻轻拍了拍自己的脑袋，然后在屋内慢慢踱步，他拿起手边的龙骨杖把玩起来，然后又摘下龙须颈链端详，心里不禁觉得这两样神器似乎都有舒筋活血，通神凝气之效，只是不知还有否其他的用处。

片刻后，郎虎带着绿衣走进屋子，龙默把龙器都放在桌子上，然后上前一步，恭恭敬敬地给绿衣行了一个礼："绿衣姑娘，劳烦你来给我治病，我最近头痛难忍，实在痛苦。"

绿衣，二十五岁左右，全名墨夷绿衣，乃王室旁亲，因家族落难，故至西宫任职，略懂医术，便成为西宫宫医，左脸有红色疤痕，常以黑色面纱半遮，眼睛却大而有神，长发盘起，一身绿色纱衣。她见龙默给自己行礼，大为惊奇，赶紧还礼："龙默大人不必客气，绿衣一介小小医者，怎么受得起大人的行礼。"

"绿衣不必客气，请坐吧。"

绿衣又行了个礼，然后坐在了龙默的身边，开始为其把脉。龙默盯着绿衣的手法，露出好奇的神态："绿衣姑娘这是何种方法看病？我只是头疼，其实拿些药就罢。"

"这是一种把脉的方式，大人，病来需仔细验查，才能落药。"

"说到仔细，记得几天前陛下前去澄莹宫探望琴妃，托乔公给写一些祝语，不知那些祝语陛下和琴妃是否满意？"龙默言语至此，显然就是在套话了。

"大人刚好问对了人，我当时就在宫内，陛下很是喜欢那些祝语，不过我猜到了，那些是你龙默大人的手笔，不会是乔公写的。"

"为何？"龙默觉得绿衣异常聪慧。

"龙默大人年轻有为，笔触刚劲而不失活力，乔公的祝语则显得圆滑，老气横生。"

"绿衣姑娘还懂些文字？"

"我哪里懂？都是琴妃的言语罢了。"

"琴妃有没有问起是谁的手笔？"

"琴妃问陛下是谁的文笔，陛下说是乔公的，而琴妃说乔公必是托他的学生所写，而不是亲笔，陛下则大笑，说乔公不是国事绝不亲为。"绿衣唠家常一般言道，她与雪轮公主等是琴妃在宫内少有的亲近之人。而以夕见和暗妃为主的这些王后一脉，却不太待见琴妃的势力，只是这势中有势，王后的弟弟，训保鲁正却又不太喜欢夕见，因为彼岸公主的威望比自己暗中扶立的满王还要大，鲁正认为这夕见早晚是个威胁。

"乔公虽是我的老师，交流甚久，但是至今，他的思想我都难以参透。其实我与他学识相距太远，不是教与学所能拉近的。"

"大人谦虚了。"

"近日陛下经常前去澄莹宫，是不是琴妃身体有恙？"龙默终于把话路引向了正题。

"不是，琴妃已经临产了，后宫都知此事，大人不知吗？"

"临产了？童魄在朝堂所说的便是此事？那这时还占用医官的时间，在下实在有愧，你应该随时听唤才是。"

"不妨，我的药箱里带着所有的产妇需要的药剂，随时待命。再说了，这龙府离西宫这么近，不碍的。"绿衣很是淡然。

"那最好，不可耽误王子降生。快，郎虎，去给绿衣姑娘取些乔公从洛水带回来的特产，好给琴妃补补身子。"龙默给郎虎使了个眼色，郎虎赶紧引路："绿衣姑娘这边请！"

"大人有心了！"绿衣站起身，随着郎虎去了侧屋。龙默赶紧腾身而起，在绿衣的药箱里翻找每一个药瓶，但见一个药瓶上写着"孕"字，龙默迅速将药瓶内的药物倒进了自己的口袋里，然后拿来一些相同颜色的糖粉装回了瓶子，又把药瓶摆回药箱里。

龙默定了定心神，回到自己的床榻上，绿衣和郎虎提着些袋子回来："大人，我会把这些特产如数送给妃子。"

"不，你也留下些，都是补品，平日难得。"龙默佯装关切。

"谢谢大人。"绿衣平日在宫内受尽白眼和嘲讽，这龙默大小也是个作册官级，对绿衣这般客气，绿衣很是动容。

"不必客气，绿衣姑娘那些孕妇所用之药也是像这些特产一般来自洛水吗？"

"不都是，大多是家父传给小女的，效果很神奇，一般妃子们难产，我们才会使用！"

"我曾随着乔公游学洛水，听得一些民间医用处方，也学得一二皮毛，所以若是琴妃临产不顺，可让陛下差人来找我，也许我能尽些微薄之力。"

绿衣给龙默鞠了一躬："那在此谢过大人，绿衣谨记！"龙默还礼。

"那我不再耽搁大人休息，您的头痛病只是休息太少，平日多憩，睡前服用此药便是。"绿衣说完，放下一瓶药。

"多谢，郎虎，替我送送绿衣。"龙默和绿衣互相点了点头，绿衣脸上略带羞涩和欣喜，郎虎随即带着绿衣离开。龙默赶紧拿起绿衣留下的药瓶，将里面的药物尽数倒掉，然后把自己兜里的"孕"药放了进去，盖上了盖子，又放回了兜里，进而仰天深叹，这回就看命数会不会给自己一个机会了。

燕川国凤羽城坤宇宫内，洪番站在子秋的身侧，子秋把一份阐教教众名单递给洪番，言语里有几分责备："你若早几日出现，也不必让我陷入非穆安不可用的境地，真是造化弄人！这份名单你知道该怎么用！秘密跟随穆安，但见龙肤卷轴内阐教之人，杀无赦！若不识！比对便是！"

洪番接过名单，粗略看了看："得陛下提拔，才有洪某今日，上古之意不清，还请师父多多教诲！这燕东诸镇有一个盗会，我们是否……"

"那是你的事，我只要结果。若你不便现身，要找个靠得住的人！"子秋吩咐道。

"是，一定办妥！"

"随时汇报，不得遗漏，完成任务前，确保穆安的安全。"

"是！只是，师父……"洪番有点犹豫。话说这洪番本人其貌不扬，身材矮壮，心性沉稳，能文善武，是近几日子秋才提拔的官宦，得知其具有多宝道人之魂意并为显性，才又提拔成羽枢院云宰以辅佐自己左右，所以不言而喻，子秋王不是别人，正是通天教主，而他用假的卷轴让姜子牙相信自己是元始天尊，再授予姜子牙真的卷轴寻访天下，为的就是替其辨别世人，此事也唯有一身是胆，兼具头脑与胆魄的姜尚可为，若子秋早一天知道多宝道人便在身边，估计会有别的计划。至于战场上孤立穆安以测试其胆魄，此事确为真，倒不能说子秋王或者通天教主多么睿智，他也是无奈之举，若是当世姜子牙之躯为一介懦夫，那何必执行此瞒天过海之计？

"说！别吞吞吐吐的！"

"欺瞒穆安以寻访天下，辨别世人，是否妥当，此时召回，并不晚！"洪番也是心有疑虑。

"不！就让他去，搅弄风云者，唯有穆安与姜尚！胆智一身，天下罕之！"子秋王依然坚定。

"这两件龙器给予穆安，若是真如您猜测的，龙器可完全唤醒上古魂意，您不怕姜子牙的魂意都回来么？"

"即便都回来，在他心里，我也是元始天尊！再不然，如今何地为商，何地为周？再拉拢一次姜尚便是！"子秋显然有后计。

"世间漫漫，若是叫他碰见真的元始天尊，那……"

"那我们就比他先找到元始天尊！凤门门徒何在？"

"留在身边的均在坤宇宫外待命，穆安启程，我们便启程！"

"好！洛京城内的门徒呢？"

"也都就位，待我们攻下天洛，便可渗透入朝堂，再行秘事！"

"大商归来，指日可待！"子秋王大笑不已，"洪番，记得，穆安乃姜子牙，以防羁绊尚存，亲系犹继，他在燕川认识的所有人，一个都不能留！"子秋有了斩草除根之心，穆安既然是姜子牙，为自己妙计所用，那么他在燕川的一切羁绊都必须切断，唯有这样，才能孤立穆安，姜子牙也难在燕川腹地成势。

话说凤门本身是燕川王族的一个控制朝堂舆论的秘密机构，专为子氏王族收集群臣众将、后宫之人的逆反言论，好让子秋能尽知朝堂内外之人的言行与心思。如今子秋有着通天教主之魂意，也自然把凤门收编成了其密查当世阐教和大周之人的秘密组织，类似龙默和郎虎手下的星渚会一般，而凤门与星渚会不同的是，郎虎手下之人大多只是单纯的杀手，铲除异己，不在话下，而凤门之人，很多是江湖人士和子氏旁亲，关系复杂。

天洛国洛京城澄莹宫内人头攒动，大大小小总管、宫执、侍卫、宫女等把琴妃休憩之所挤得水泄不通。绿衣坐在琴妃的身边，翻找着药剂。琴妃面色煞白，汗水浸透衣衫，躺在床上，盖着被子，痛苦地喘着粗气。琴妃乃加济王最宠爱之妃，甚至为了她，这君王已经几日不过问战事了……

"夫人不必惊慌，您已经服过药物，自然会没事的，只需等待顺产。"绿意的手边是那瓶贴有"孕"字的药瓶。

加济王匆匆赶来，身后跟着韩魂和童魄，后宫众人皆退至两旁，鞠躬行礼。加济王走进正堂，韩魂和童魄迅速退至堂外。

"琴妃如何？"加济王坐在琴妃的床榻旁边，握着琴妃的手。琴妃满脸汗水，不时地呻吟："陛下，我实在疼痛难忍。"

"绿衣，琴妃服过药了吗？"加济王盘问道。

"陛下，琴妃刚刚服过药了，但不知为何，却仍然这般疼痛，胎儿也不见了动静。"

"快快再把脉，看看情况！服的什么药？"加济王焦虑万分。

"与上次德妃服用的一样，不知为何这次效果不明显。"绿衣坐在琴妃的身边，继续把脉，然后指了指琴妃的额头。几个宫女在不停地给琴妃擦汗。绿衣闻了闻自己药瓶里的药，皱着眉头，陷入深思，表情有些凝重。琴妃又是几声痛苦的呻吟。绿衣眼珠子猛转，她似乎明白了那天龙默无病呻吟，叫她前去医诊的目的，但是说来奇怪，世间缘分全凭眼缘，绿衣对龙默的第一印象好之又好，甚至觉得儒雅而睿智的龙默该是官途亨通的时候了，所以绿衣此时倒不觉得慌乱。

"现在就没什么办法吗？怎么胎儿也没有动静？"加济王又追问道。

绿衣略加思索，脑子里想起之前龙默的话："我曾随着乔公游学洛水，听得一些民间医用处方，也学得一二皮毛，所以若是琴妃临产不顺，可让陛下差人来找我，也许我能尽些微薄之力。"

"陛下，我听说龙默大人略懂医术，且曾经得民间妙方，不妨请他来一试，兴许会有转机。"绿衣试言道。

"龙默？一个小小作册，懂什么医术？我会用琴妃的身体来给他试药不成？"加济王厉声道。

"陛下，我们不妨请他拿药来，我可以断定药物成分的真假。"

"简直胡闹，去找其他医官来，今天琴妃若有事，明天都给你们送去战场，看看是琴妃的难产可怕，还是燕川和青戎的铁骑可怕！"加济王咆哮起来，引得众人赶紧跪下噤声。

几个宫女鞠躬行礼，出了堂去请别的医官。加济王也走到廊外，一个深呼吸，擦了擦汗。又听到琴妃的呻吟，显得十分痛苦。

韩魂和童魄互相看了看，又互相点点头。这韩童两家商网繁织，和鲁氏一样，国难财都不放过，但是这家大业大难免落个钱两周转不开。龙默半月前抵了东郊的一套宅子给沮洛，拿了一大笔钱，给韩童两家填了个财洞，韩滕义和童远生对龙府上下那是感激不已。郎虎和黄婵还秘密地做掉了韩童两家的几个死对头，韩童更是觉得这个龙默背后的势力不浅，这钱源票号与沮洛有关不难查，龙默还是乔公的学子，在他们眼里，龙氏就是横跨内廷和天下两院的潜力之势，若能拉拢求之不得。韩魂和童魄便在此时有意帮个腔，递个话。其实说白了，一切不过是龙默买通的关系，好寻个官途捷径。

"陛下，小臣认为，刚才绿衣姑娘说起的龙默，我们不妨请来一试，他是乔公的学子，乔公又是希王和列王的老师，龙默说起来也是希列二王子的同窗，而琴妃宅心仁厚，最是疼爱希列二王，视如己出，龙默必是会尽力救助自己的这位同系之人。"韩魂一脸小人模样，言语之间却把后宫党群派系道了出来。韩魂也并非全无智谋之人，他故意如此说，只是想让加济王觉得，搞党群之争的是乔公和龙默等人，而自己看得清楚而已。

加济王瞟了眼韩魂："我平日里最恨你们拉帮结派，如今你倒是跟我说得细致，韩魂！你不怕本王治你的罪吗？"

韩魂单膝跪地，手摸胸口："陛下，小臣也是见妃子如此痛苦，更是担忧未出世的小王子的安危，所以口出此言，又怕您提防如今朝内的党群纷争，不敢用人，所以直言打消您的顾虑，望您赎罪。"

童魄也同时单膝跪地："陛下，韩魂用心良苦，他说话向来直接，这次也是怕我们言语之间，一来二去，耽搁了最好的时间救助琴妃，所以说得有些直接，在下认为，话虽过于显露，但是句句在理，乔公和龙默虽与我等政见不一，但是在如今事关琴妃和未来王子安危的关头，我们也必须直言，消除您的顾虑，大胆用人，勿留下遗憾！"加济王又瞟了眼韩魂和童魄，长出一口气，犹豫起来，心里盘算着宫内医官大多也去了边陲助战，宫内哪里还有人可用，若不用龙默，怕是……又是几声琴妃的呻吟。"速去请来龙默，不得有误！"加济王面色焦急。

韩魂和童魄鞠躬行礼，狂奔而去。

不出一炷香的时间，龙默随着童魄和韩魂赶回后宫，三人一路小跑，不敢耽搁，龙默见了加济王，赶紧鞠躬行礼，心里盘算，这个机会可算是来了。加济王问道："龙默，听绿衣说，你也懂医术？"

"陛下，小臣只是懂些皮毛而已，当年随乔公游洛水，也觅得些草药，根据民间处方，制成药物，家妻曾有此恙，服下片刻，便会平安无事。"

"速去把药拿给绿衣看！"

"是！"龙默把药递给了一个宫女，宫女拿至床榻旁，递给绿衣。绿衣打开瓶子，闻了闻，然后望了眼堂外的龙默，龙默回望绿衣，眼神里满是柔情，这四目交汇的一刹那，心间也就再无隔阂，绿衣自然知道龙默的心思。绿衣把药递回给宫女，然后来到加济王身边："陛下，我闻过此药，洛水暖草和鹤粉为主料，确是好药，琴妃可以服用。"

"龙默，若是琴妃因为你的药而有个好歹，你知道后果！"加济王威胁道。

"琴妃乃南国绝艳，面美而心善，天水映雪，五国之冠绝，自有吉人天相，不会有事，陛下大可放心，我人就在此，如有差池，愿自刎谢罪。"

加济王冲着绿衣挥了挥手："尽快服侍琴妃服用！"

"是！"绿衣又回了堂内侍奉琴妃用药。

加济王望了望堂内琴妃床榻两侧的祝语横幅，上面写的便是刚才龙默所言"南国绝艳，面美而心善，天水映雪，五国之冠绝"的祝语。

"祝语是你写的？"

"正是在下！"

"好一个乔公，吩咐他的事情，永远推脱给下人。"

"陛下，乔公凡是国事，必亲力亲为，凡是后宫琐事，必是学子代劳。"

"琐事？"加济王哼笑着。

"陛下息怒，在下用词未经思考，后宫并不是琐事，而是家事而已！如今天洛四面受敌，我们的形势极为被动，国家前途未卜，而我们竟然围在这里商议一个药瓶里的药能否医治一个妃子！试问陛下，国事尚不能妥善，何乎家事？！"龙默斩钉截铁。

加济王瞬间从腰间抽出长剑，顶住龙默的喉咙。龙默半跪在地，身形有些颤抖。绿衣在堂内看着龙默，心中担忧起来，眉头紧锁。韩魂和童魄面面相觑，吓了一跳。

龙默手摸胸口道："陛下，您要了臣的命，臣也不得不说，此时韩魂大人应该在修辙将军手下布置城防京守之事才是，而不是出现在这里请我一个小臣前来送药。而童魄大人应该辅佐鲁大人治理战争中的各种民间要事，而不是在这里等候琴妃的喜讯，这些所谓点滴作为，正是国事第一的要则。后宫妃子数人，陛下身健体康，如果后宫天天传来喜讯，岂不是一般的官臣将帅都要在此听令，试问天洛的前途难道在这后宫的一亩三分地吗？这里会是我们最后的战场吗？"龙默为了官途捷径，不惜铤而走险，也要让加济王知道自己的用处，且不言如此欲擒故纵是否能得逞，最起码让加济王知道自己是战是和，都会有作用，而乔公的学子，自然不能丢了气节和气场。

加济王的剑尖将龙默的脖子划出了一个小小的伤口。"不错，龙默，你是除了乔公和修炳睿两人以外，唯一敢顶撞我的人，但是你失策了，我不吃硬，你的官阶太小，哪怕你是个天下院的军谋，我都兴许会饶过你，去地狱问问修将军吧，他会告诉你我是个什么样的人！"

加济王举起剑，韩魂和童魄都闭上了眼，不敢再看。绿衣更是疾步扑了过来，抱住了龙默，想要帮他挡住这一剑，加济王的剑眼看要落下，龙默也不愿绿衣受伤，一把将她擒在怀里，扭过身躯，背对利剑。

一声婴儿的啼哭响彻整个大殿。加济王愣了一下，手里的剑扔在了地上，跑进堂去。

龙默满脸是汗，长叹一声，绿衣这才从龙默的怀里挣脱，两人看着彼此的眼眸，淡然一笑，两人的劫后余生伴着一个后宫新生命的来临，龙默和绿衣都知道，他们的机会也来了。

子笙带着穆安和花诚，以及穆安的众多手下，进了一间坤宇宫西侧的厢房。穆安和花诚四下里看看，厢房是木式结构，光线很暗，花诚嗅了嗅四周，感觉有些异样。

子笙拍了拍穆安的肩膀："陛下选中你，必是有他的道理，可见你虽莽撞冲动，但也有些胆识！和你的战友们暂住于此吧，三日后上路，我为你送行！"

"谢谢将军夸奖！胆识不敢说，恒心是有的，自己认定的事情，一定会尽全力，至死方休！不劳烦将军送行，有几匹马就行了。"穆安直言。

"也行！希望你妥善保管神器，不负陛下所托，完成要务。"

"不劳您担忧，所有要务我都谨记于心。"

"我知道你还惦念你的那些战友，他们曾经是你的部下，也就都是我的部下，我想最后为你们燕南左师步旅点一次兵！如何？"子笙突然如此，必然是有所谋划。

"左师步旅集合！"穆安但觉有些突然，但是离境前，也不想再惹事端。花诚等几个战士迅速列队，站在了穆安的一侧，一字排开。

子笙眼神扫过穆安和他的战士们："燕南左师步旅在这几日的战役中损失惨重，我心里也十分愧疚和伤感，我见过太多战场上的伤亡，以至于如今见尸如见朽木，而见活人如见吾当年，死人已经不能再给我带来感伤，活人则带给我希望，现在看着你们，会想起你们死去的战友。我手里有你们步旅的名册，我点兵，你们回应，不在的人，我自有方法祭奠！以安你我之心！"

子笙把左手的袖子撸了起来，露出上臂，手捧花名册，开始点名，右手抽出一把匕首。穆安和花诚看着子笙的行为，很是不解。

"燕南军左师步旅点名，统领，穆安！"子笙的声音很有气势。

穆安表情严肃，手抚胸口，微微仰头："燕川万岁！"

"副统领，花诚！"

花诚表情严肃，手抚胸口，微微仰头："燕川万岁！"

"副统领，唐汉！"

穆安和花诚眼圈都有些湿润。子笙略等片刻，见无人应答，便拿起了匕首，在自己的手臂上刻下一道血痕。穆安和花诚瞪大双眼，很是惊讶，子笙在用此法祭奠死去的战友，但是这明显是鹿辞献上的一计，即先攻心再设计，至于能否成功拉拢穆安，那得看造化。

子笙连念了几个名字，均是穆安和花诚死去的战友，子笙不时在上臂刻着血痕，那汩汩鲜血流将下来，十分瘆人。

"将军不必如此，生死有命，更何况战争！"穆安制止子笙。

"你现在明白这个道理了？"子笙眼圈有些泛红。

"只是他们死得太冤，他们本该活着迎接和平！"

"那是子民该想的事情！不是你我！"子笙咆哮起来。

"请将军放弃这次点兵。"

"你现在手里还剩下多少人？"子笙四处张望。

"就现在站在你面前的这九个人了。还有些被调往了燕北！"穆安有些无奈。

子笙在自己的手臂上划了几道更长更深的口子。穆安看了眼子笙手臂上的血印，顿时惊恐万分，他皱着眉头，凝视子笙的眼睛。"我对不住太多将士，我希望与他们同苦而已，你们九个人我先行祭奠，但希望你们平安无事，若他日还能再见，我会还给你这几刀！"子笙说得有些悲壮。

穆安故作镇定，笑了笑："我早晚会死，你也不必还，谢谢你愿意祭奠他们，我们日后定能再见，将军保重！"

子笙又拍了拍穆安的肩膀，然后退后几步，冲着穆安和其他战士鞠了一躬，转身而去。穆安望着子笙的背影良久，花诚凑到穆安的耳边："难以想象，子笙还有这手？"

"做到将军位置的人，不简单。"穆安竟然显出一些敬佩。

"你就不应该拦他，我就不信他会把咱死去的几百个兄弟都变成血道刻在他胳膊上！那也不够地儿啊！"花诚调皮了一下。

"他驰骋沙场几十年，几个血道能有多疼。"穆安言罢，突然又怔在原地，脑中回闪了刚才子笙胳膊上刻的血道，几道血印似乎是个"鹿角"的形状，最后的几个血道摆成了一个汉字："反"。穆安望了望天色，已是傍晚，他陷入深思："花诚，带着兄们先去休息，我去一趟陛下的寝宫。"

"怎么了？"

"刚才子笙手臂上的血道摆成了一个鹿角的模样，还有一个'反'的字样，我怀疑他是在通知我鹿辞有了反意。"

"怎么可能？如今什么光景啊？战事正盛，窝里反？"

"我也觉得奇怪，但是子笙和子秋本就是叔侄，两人隔膜不浅，鹿辞乃外亲，这其中太多难言之隐。"

"那不该是子笙反吗？会不会是子笙他又在玩什么把戏？"

"子笙和鹿辞领了总攻天洛的任务，燕东军兵权在两人手里，这种危险不是没有！不管了，此番事大，无论真假，还是通知陛下为好，我先去找陛下，你带着兄弟们休息，和衣而睡，小心为上。"穆安言毕飞奔而去，这拳拳家国之心，全被子笙淹没在了莫名其妙的鬼谋中。

龙默轻手轻脚，快步走进光洛殿。加济王面对着自己的王座和王座后面的天洛国旗帜而立，这背影似乎有几分杀气。龙默跪下未敢擅动。

"知道为什么留你一命吗？"加济王转过身，声音响彻宫殿。

"臣知道，这是乔公的面子。"龙默知道这次得收敛点了，也拿乔公挡一挡，尽管加济王得子心情不错，但是再顶撞，可就真没救了。

"如果你的命要依靠别人的面子挽救，那就太可悲了。"

"小臣更可悲的就是一心朝政，却不能尽除朝野的奸臣，让他们有机可乘，蒙蔽陛下，鱼目王族，使得天洛陷入战争的深渊。"

"这个深渊是我延续的，与你口中的奸臣无关，他们只是混淆视听，混口饭吃。"

"陛下既然知道他们的作为，为何不严查并铲除？"龙默追问道。

"他们相当于这天洛大殿内的十几根支柱，铲除他们，那就等着大殿坍塌吧。"

"陛下这般纵容，他们早晚成为所有的支柱，那时候的大殿也不再是天洛王族的了。"

"龙默，我虽饶你一次，不代表你可以继续挑战我的底线，我知道乔公的门徒个个是人物，但是我希望你也知道，文人墨客，救不了一个被战争吞噬的国家。"加济王显得有些心灰意冷。

"陛下，没有国家是只靠一种人解救的，也没有国家能靠一种人支撑，我们如今要做的，是平衡这一切，尽快脱战，救天洛于水火。"

加济王坐在王座上，长叹一声："那天的朝堂、乔公、修将军、小女夕见、沮洛大人，他们劝我议和，放弃战争。而鲁正、韩魂、童魄则劝我继续战事。看上去像是你们这些贤臣老者、猛将孝女对我愚蠢拓战的挽救，也像是那几个弄臣对于我战争选择的盲目追从，但是你有没有想过，究竟是谁对谁错呢？"加济王看得清忠奸善恶，却看不清命中因果。

"在下认为根本称不上对错，也称不上利弊，我天洛泱泱大国，此时停战，则和谈之时，我们毫无筹码来谈，议和便是颓势，燕川和南依两个大国必定针对我们强势压榨。不停战，我们不但扛不住四国的进攻，而且战争费用支出，粮食征收，招募战士，这些种种国家行为必将拖垮我们，那个时候，四国会不战而胜，我们不战自败。"龙默说得透彻。

"乔公教你的这些太过浮夸，口头上的计划永远没有意义。龙默，我只想知道，明天我们该做些什么？"

"陛下，我请求明日您能派我前去最近的北境战场，也就是戎南一线，臣必尽献所能，力战四国。"

"哼，元攘还没出发呢，你去能干吗？你不是刚才还在劝我议和吗？"

"我们需要至少实现与四国的制衡，议和才有意义，这是以进为退，持攻思守。而且，臣斗胆猜测，陛下您并无放归元攘将军回去北线的打算。"龙默看得也透彻，加济王早就对修辙等五将不放心了，只是修辙不得不用，另外四个，还是软禁为妙。

"哼，何止元攘，龙默，我告诉你，修辙和其他四将，心思缜密，我不敢确信是否有异念，但是宁可信其有，不可信其无，现在的局势你要看得明白，'修英青郗元'五将反，我天洛必死，但是四国盟室来攻，我天洛未必死。当然，无论如何，你不用为了上位而苦苦支撑，龙默，如果你死在战场，那会和我之前在这里见到的不计其数的青年才俊一样，被自己的傲气和浮躁掩埋。"加济王的一番话当真是糊涂得很，也确实把如今的战局推向了自灭。

"陛下放心，臣若真是那般，也不枉我来这世界走一遭，静归黄土便是。"

"好，要多少人？"

"两千勇士便可！"

"面对青戎？"

龙默稍有犹豫："不，陛下，我改主意了，不去戎南，去西线，对抗燕川！不必知会郗别将军，我尽快折返。"

"希望还能再见得到你！"

"一定会！"龙默自信道。

"对了，琴妃和小王子的性命算是你救的，对王子的名字有什么看法吗？"

"琴妃吉人自有天相，王子也是受了陛下和其母的庇佑，愿其有究哲之心，成天下大举，如同陛下这般，所以在下认为'哲'字最是恰当，也寓意王子未来的治国之途充满智慧和条理。"

"'哲'？哲王子？不错！但你怎么知道未来的治国之途就是哲王子走呢？"

"陛下，希列二王宅心仁厚，却政治天赋一般，满王子尚幼，还难断未来，后宫为了王子们的政途分割几派，如今哲王子又出生，我想后宫之乱，不用我多言。但是如今四国的战事又紧，我们无心顾及后宫之事，哲王子的党群便有可能在众多派系中后来居上，坐收其余党群争斗后留下的渔利，这都是小臣的猜测，不能作数！"龙默这般说着，加济王但觉这个龙默似乎有着超脱凡人的睿智和治国大才，若是这次领兵求战得返，倒是可以一用。

两人一来二去，把铲除党群派系的计划说得详细，龙默献计之余，无非就是为了得宠，再者，便是惦记韩童这京守军的势力。修辙的禁军和巡防军大部早就充了西线，若是帮邑院和净天府的京守军能拿下，自己在这京畿要地可就更如鱼得水了，当然这要等他自己先圆了自己夸下的海口。

夜色至深，月色暗淡。穆安慢慢靠近子秋的坤宇宫，四处环视，好生谨慎，只见宫殿前戒备森严，不停地有夜守侍卫来回巡逻。穆安思索片刻，刚要迈步向前，一张巨网落下，将穆安罩在网内。穆安大惊失色，左右张望，许多侍卫举着火把，冲向穆安。不停有侍卫大喊："抓刺客！有反贼！抓住一个！"

穆安顿时咬牙切齿，拍了拍自己额头，自言自语："糊涂！"穆安抽出短剑，疯狂地割着绳子。

穆安身边的几个侍卫靠得越来越近，他不停地挣扎，但是网子越罩越紧。几个侍卫在各个不同的方向拉扯着网子，穆安渐渐失去挣扎的空间。

"是穆统领，穆安反了，燕南左师步旅反了！抓反贼！"夜守侍卫喊得越来越大声。

"坏了！花诚他们！"穆安听这些侍卫这般喊，便知是中了子笙的计，只是心中一直迟疑，若是子笙想杀自己，不用这么复杂施计。

一个侍卫见穆安还在挣扎，抽出剑，向着穆安刺去。穆安手疾眼快，反手擒住侍卫伸进网内的剑和手，自己的手肘向下一刹，那侍卫便松了剑。穆安自己双持短剑，疯狂地砍着绳网。侍卫越聚越多。穆安举剑不停地砍，渐渐地，网子被划开一个小口。侍卫们继续抽剑刺向穆安，穆安举剑抵御，然后找准时机，丢下剑，双手扯动网子，网子终于被扯开。

穆安飞奔而走，侍卫们奋力追击，他边跑边四下里环视，只见远处的一片天被火焰照得通红。穆安顿时眼圈泛红，仰天大喊："花诚！"。

木质结构的厢房，火光冲天，周围围满了燕川宫廷侍卫，他们举着长矛和剑，剑尖直指厢房的门。

花诚和他的战友们破门而出，捂着口鼻，举着剑，奋力地想要冲出来，但是燕川侍卫们一直堵着门口厮杀，花诚等人只能又退回厢房。许多花诚身边的战士们被浓烟熏得倒地不起。花诚抱着穆安的龙牙和龙肤卷轴，冲出来，又被逼退。

穆安从侧方跳了出来，高声大喊："花诚！"

花诚奋力地把龙牙和龙肤扔给了穆安，穆安接住龙肤卷轴，藏于衣襟内，然后再接龙牙，不停地挥舞。众多侍卫抵挡不住龙牙剑的锋利，开始四散逃开，还有几个侍卫临死却也堵在厢房的门口，花诚又一次被堵回了浓烟滚滚的屋内。

穆安一个箭步冲上去，砍翻几个侍卫，将门打开，却只见浓烟冒出，不见了自己战友的身影。

穆安被浓烟呛得后退了几步，然后扯下衣角，蒙住口鼻，复又冲进浓烟内。

片刻后，穆安把花诚拉了出来，花诚满脸炭黑，奄奄一息，他躺在地上，保留着微弱的呼吸。

穆安眼中带泪，抱着花诚的头："花诚，花诚，你坚持住！"

花诚眼皮微垂，带着一丝笑意："枕纶、龙牙和龙肤都是浴火而不毁的龙器，刚才验证过了，子秋这次没骗人。去吧，追随你新的生活，别再回来这里，别再回来！我们永远斗不过他们！"

"你说什么？要走一起走！"穆安泪雨翻涌，泣不成声。

"走！自己走！别留在这里，一切都没那么简单，走啊！"花诚使出最后的力气狂喊："走！"花诚泪如雨下，"捎个信儿给我和唐汉的爹妈，孩儿不能归，忠孝难全。"花诚没了气息，死在了穆安的怀里。

穆安号啕大哭："花诚！花诚！"片刻后，穆安身边又有侍卫冲过来，穆安起身，血泪遮眼，举起剑大杀四方，犹如疯狂的魔鬼，将身边所有的侍卫一剑毙命。穆安隐约见远处有大批的侍卫围拢过来，他慢慢冷静下来，定了定神，把龙牙背在了身后，然后蹲在花诚的身边，打开了龙肤卷轴，上面并没有字，穆安思索片刻，直觉若花诚没有上古魂意，则此局必然跟上古无关。

穆安将自己的额头贴在花诚的额头上片刻，以示祭奠，然后飞奔而走。

子笙随后赶来，看见站在原地不动的侍卫，一脸茫然。显然，子笙刻血字引穆安入宫是其计划的一部分，为的是之后狱中再救穆安以行拉拢，必定之前点兵刻血已经攻心成功了，谁知这一把火把自己的大计给毁了。其实子笙此时比穆安还气愤究竟是谁放的火，但是在穆安心里，可能的纵火贼只有子笙，为的就是抢夺龙器，只是花诚誓死护着龙器，这才得保。当然，也许鹿辞自己也没想到，自己给子笙出的先攻心再设套的计划，子笙会拿自己的谋反来说事儿，至于子笙下一步的计划，当然是派兵继续追回穆安和龙器，他可不会管子秋王给穆安的是什么计划。

天洛国洛京城王族光洛殿侧殿，加济王侧卧休憩，一只手托着自己的脑袋，半闭着眼睛。童魄疾步来到加济王的身边，低声汇报："陛下，龙默大人和修辙将军回来了。"

"燕川那边怎么样了？"加济王微微皱眉。

"龙默大人果然奇才，连续三次挫败燕川奔着我天洛而来的前军，如今他们已经延缓了进军速度。"

"怎么可能，区区两千人，三次挫败对手？"加济王突然精神起来，但是有点将信将疑。

"第一次，龙默大人自烧粮仓，佯装撤退，引得敌人来追，反戈一击取胜。第二次，龙默把自己绑了，献给敌人，然后竟然是对方统领莫名其妙地死了，他之后大摇大摆走出敌帐，没人认识。"童魄稍稍夸张了些。

"最后一次呢？"

"龙默喊话燕川子笙将军的副将，要求阵前议和，此副将大怒，引兵来攻，然后龙默跑回来了。"

加济王瞪大眼睛："这算是挫败吗？这是谁挫败谁？"

修辙和龙默这才走进门来，两人见了加济王便鞠躬行礼。加济王瞟了眼二人，修辙身上血迹斑斑，盔甲上还有很多划痕。而龙默一身灰色袍子，身上一尘不染，脸色白净。

加济王一声冷笑："龙默，你看看修辙将军，光看战甲就知道他的战绩，而你呢？逃回来累吗？"

"陛下，逃永远不累，解释为什么逃才会累。"龙默直言，"修辙将军的军队一直守在西线，抵御强大的燕川国，而其他三个国家的战线，青戎、崇衡、南依都是我们的副将守护，他们守城易，外攻难，所以我们需要做的就是让其余三个国家急攻我天洛，我们的防守便有机可乘。所以我最后直接跑回来，并放弃了我们边境的两个城镇，等燕川军队进来，我们瓮中捉鳖，修辙将军几乎半日便解决战斗，而其余三国听说燕川的军队进入了天洛，他们的盟室看似牢固，实际上也彼此勾心斗角，肯定担心我们天洛这个大国被燕川抢先独吞，于是他们就心急火燎，急攻我们的另外三线，我们的副将们都已收到我的密信，让他们只守不攻，再散燕川欲独霸天洛的谣言，敌人太过急迫，漏洞百出，所以我们四线同时大胜，自不在话下，功劳不是我龙默的，而是全体将士的。我天洛泱泱大国，自然洪福齐天。"

"好一个龙默！一跑戏四国！"加济王大悦。童魄在一旁也欣喜不已，自认没看错人。

"陛下，龙大人确实足智多谋，可为重用！"修辙在极力帮助龙默说话。

"说吧，你如此急功近利，想谋个什么职位？"加济王问道。

"在下希望能继续在乔公的手下学习，仅此而已。"龙默佯装淡然。

"龙默，你的睿智我早有耳闻，你不必隐晦地暗示我什么。在我看来，你刚才的话，只能理解为，你希望在乔公之下，而百臣之上！对吗？"

"陛下，在下的意思是只做学生，但是希望与您和乔公、修将军可以直接交流，规避障碍。"

"好了！不再多言，龙默即刻升为天下院卿士，辅佐沮洛大人！即刻上任，参与军事整顿与组织农耕充军，不得有失！"加济王下令道。龙默深深鞠了一躬。加济王大笑着转身而去。修辙冲着龙默俯首："恭喜龙默大人！"修辙略显单纯，还未看出龙默是别有用心。龙默也不敢有一丝一毫的怠慢，刚把童魄支开，便和修辙低声言语了加济王有意软禁郗别等将军之事，修辙这才明白为何独让自己和龙默返回西线，其余诸将均在将军府待命。陛下这荒诞的想法简直可笑，什么四国外攻，天洛未必亡，将军们内反则天洛必死，简直是狗屁。当然，龙默多少也添油加醋，试图引起修辙和将军们的不满，这朝政越乱，对自己越有利。

修辙驱马返回将军府，几日来折返边陲和洛京城甚是乏累，他探身进入屋内，但见郗别、青灯、元攘和英典围坐在一起，当中有个沙盘，众人在讨论接下来战事的布局与走向。

自从听了龙默的话，修辙心中烦闷至极。而以修辙自己的猜测，加济王这也是在威胁自己，你修辙可以出去打仗，再赢不了，我就让你看看失去四位副将是不是比失去父亲更加痛苦，而郗别等人也心照不宣，深知加济王此意。所以说，天洛国有此君王，不败才奇怪呢，也可怜了几大名将，徒有一身本事，却效力于昏主。

"大家别着急，我会让你们尽快回去军中，以抗衡四国。"修辙安慰道。

众人听修辙解释了半天，对此事也便了然了。"简直荒唐，外攻还能轻于内反了，我为国征战十多载，如今落得一个欲加之罪！"英典怒捶桌案，气愤至极。

"我认为陛下还是在要挟你，修辙，我们得想个法子。"青灯还算冷静。

"陛下君王心术太深，难言他怎么想，但无论怎样，家国危矣！"元攘长叹一声。

"修辙！你来定夺吧，我们若不能重返军中，也必然需要做些什么！家国不能如此垂死而待！我想，你也该有主意了，我们愿意听从。"郗别自知若修辙没有后计，是不会来商议的。

"无论陛下怎么想，我们不能坐以待毙，前几日夕见公主的决定我跟你们说了，实在不行，兵谏王室，以战止战！"修辙对加济王的失望促成了他对此计的坚定。

英典、郗别、青灯和元攘四人有点惊愕，然后面面相觑，良久后……

郗别首当回应道："我愿往！"

青灯娇声："我愿往！"

元攘中气十足："我愿往！"

英典双持锤斧，提在手中，厉声道："我愿往！"

"兄弟们！一朝为军，终生为国！为了天洛，至死方休！"修辙伸出手，众人随即把手搭在一起，齐声道："至死方休！"

话说这天下名将，也是被逼无奈，做此兵谏看似大逆不道的行为。英典为将英勇至极，一身是胆，虎啸天下，远震河山，双持锤斧，杀气巍然，但谋略不深，心思不密，他领洛东军数载，压制着东北小国崇衡的同时，也在协助元攘制衡北方的青戎六部，而如今之计，热血上头，唯有跟着修辙和郗别兵谏王族。放眼整个南土，如青灯一般的女流大将，却是少之又少，更何况她盔中美貌，不下于銮中凤主，为人冷峻阴刻，少言少语却心怀天下，善使青色荧光丝线，线刃丝刃锋利无比，杀人于无形，她领洛南军单独对抗着南方大族南依国，与南依国大将宗政公贺"遥遥相望"数年难分胜负，如今软禁京畿，实属可惜，要说她心里是否有兵谏之心，那可未必，她只愿战死疆场，不愿深陷权谋哪怕一丝一毫。另外，青灯对于修辙有着超出从属的感情，但她自幼为孤，心中自卑，不愿直面感情，只能久藏于心，于是也唯有疆场之事，能让她坦然以待。郗别身材瘦小，多病多恙，羸弱不堪，却头脑过人，精算天下，一把指挥剑指出天下乾坤，所领洛西军面对燕川数载，压制子笙难以东顾，曾深得加济王恩宠，但因军政院旁系枝繁叶茂，郗别也时常功高盖主，便被加济王猜忌，自己也生了异心。元攘乃当世歪才，一脸书生之气，却身材挺拔如英典一般，善射善动，好不敏捷，十八般兵器，无一不精，军中经常有人下赌注，对方的敌将会死于元攘的何种武器，就兵谏之计来说，元攘可能是四人里最支持的了，因为他痛恨王族，当年死于洛水河畔的修辙之父修炳睿将军的副将就是元攘的父亲元驰。如此说来，天下名将实际也心轨不一，若是天洛不国，四人也不知何去何从，如今也只能顺坡下驴……

　　这龙默的卿士之位得来看似简单，却也暗藏玄机，他算准这琴妃一尸两命的难关过后，加济王该是能在心里暗暗感激龙默所为的，只是这加官晋爵后的重赏，着实让龙默没想到。

　　加济王站在蕴宝阁的门口，龙默走进去，顿时双目圆睁，双唇微张，满脸惊奇。宝库内披金戴银，琳琅满目，各式各样的宝物应有尽有。龙默在宝库内环视片刻，上下打量各种宝物，突然，自己的龙骨杖和龙须颈链微微有些颤抖，他心头一紧，自知这些宝物中必有龙器，便在这金山银山内翻找起来。

　　"就算是龙大人也躲不过这些金银财宝的吸引？"加济王讽刺道。

　　"有人为此丢了性命，便无福消受，怎么会比命重要？"龙默加速翻找着。

　　"那龙大人敢为了国家独闯敌营，把自己认为比宝物还重要的命都豁出去了，真是英勇！"加济王对龙默如今的心性一探再探。

　　"都是乔公的教导，男儿不为国尽力，则是懦夫一枚。"

　　"你想知道当年乔公升任天尹的时候选的什么吗？"

"请陛下明示。"

"他选了一个夜壶而已，他说比自己家的大些，不用常去倾倒。"加济王大笑。

"那是因为乔公肾虚，起夜较多而已。"龙默不忘拿恩师开个玩笑。

"你对乔公的了解不少，翰博院尽是你们这些有心机的学究吗？"

"我不是，我还不够学识，乔公才是，所以翰博院对于他来说才是宝库，而对于我来说，这里是！"

"龙默，你城府之深，朝野内外罕见！"加济王对龙默多了几分欣赏。

"陛下，这不是城府，而是忠良之心，您若早得我，天洛不致如此。"

"你今日可言及你所想，我答应你，若你帮我解了四国之围，你将尽有你所想！"

"只怕……"

"只怕你想要的就是天洛吗？"加济王心术渊诡，如何看不出龙默之心，家国立，则龙默大升；家国不立，则第一个乱政的必然也是他。

龙默大惊失色，赶紧停了寻觅的脚步，立刻跪拜于地："陛下多虑，我的意思是，只怕天洛的四国之围，没那么容易解。"

"快挑吧，挑好了出来见我。"加济王大笑不止，心里也在确定对于龙默的定位，当下他倒是需要这么一个人，无论王族如何，这天洛的牌子可得保住了。

龙默站起身来，浑身是汗，怦怦的心跳这才缓了缓，发现自己的龙器还在不停地微微颤动。他拨开一堆宝石，但见一个十分亮眼的宝石形态的龙眼也在微微地颤动，似乎在与龙默的龙器产生共鸣。龙默大喜过望，赶紧拾起来摆弄。

龙默拿起龙眼在灯下欣赏，靠近自己龙须颈链时，龙眼竟然自动镶嵌在了链子上，好像归巢的乳燕，蜷缩在龙须颈链一个浅浅的凹槽里。龙默自言自语："难道真是龙眼？"他又摸了摸宝石，喜出望外，走出了宝库。

龙默回到侧殿，胸前的龙眼微微发出光芒。加济王凝视着龙默，眼光聚集到那颗龙眼上。龙默鞠躬行礼，加济王走上前，拿起龙默胸前龙眼仔细端详，心想这蕴宝阁还有这般上好的玉眼，该不会只是方国进献这么简单。

龙默也伸手去拿龙眼，两人的手无意中碰触了一下。龙默顿时像是被电击了一样轻微颤抖，随后似接收着龙眼发出的电波一般，眼中闪着微光，脑海中频现上古商周时代的画面，而且都是关于一个人的，那就是"伯邑考"，是其濒死的一幕。

伯邑考随着文王来到商朝做人质……伯邑考为纣王驾车……伯邑考与纣王面面争执……

龙默气息散乱，盯着加济王。加济王看着有些异样的龙默："怎么？就选这么小的宝石吗？不过成色不错，值得收藏。"

"宝物不在多，适量便可，这一个小小的宝石，配臣脖子上的链子，再合适不过了。"龙默强作镇定，心里盘算着龙眼竟是识人真魂的利器。

"好！希望它不辜负你的选择，你也别辜负我的选择！"

"臣定当尽力报效国家，效力王族。"

加济王点点头，又拍了拍龙默的肩膀，转身而去。加济王的又一次碰触，使得龙默再一次像是被电击了一样轻微颤抖，脑海中依然是伯邑考濒死的画面。

伯邑考被人捆起来……被扔入锅中烹炸……苦苦挣扎……惨死而去……

龙默双目圆睁，心脉乱颤，望着加济王的背影，自言自语："伯邑考？加济王的商周真身？龙眼有此识人辨相之能，真是天不绝我！"龙默拂袖擦了擦汗，眉开眼笑，嘴角咧到了耳朵根。

龙默庆幸自己得龙眼龙骨龙须三器保护，官途如今有升的同时，他开始思考对于伯邑考的态度是否应该有所转变。要知道，那可是周文王姬昌的嫡长子，虽曾殷商为质，但是这心可属周啊，不可轻敌，龙默思忖着，当即决定反制加济王以尽快诛杀伯邑考。

几日思索，引得龙默有了详细的计划。这日，他在坤宇宫外徘徊，神情焦虑，一个侍卫走出来向他挥了挥手，龙默一溜小跑冲进了宫内。

加济王伏案书写，见龙默来了，仍坐在椅子上，不停地写写画画，也没看龙默一眼，屋内静得只有写字的声音。

加济王冷言冷语："怎么？一个上午的时间等在秋阳下，这秋末的风可不暖啊。"

"陛下，臣昨夜思来想去，发现我们不但不能议和，相反，我们需要大举反攻，平定四国，这才是上上之策。"龙默如何能不想伯邑考的家国赶紧坍塌，只是这鹰鸽两派的态度转得有点快。

加济王终于抬起头看着龙默，放下了手中的笔："你这是晒得糊涂了？"

"陛下，臣觉得，几日来，群臣众将，乃至公主王子，多数都劝陛下议和，实则不妥。臣乃臣愿，君自有君意，您的内心如果想停战，早就停了，所以臣明白您的决定，我们的战事需要继续，这是您的决定。"

"我不是不想议和，王族的尊严往哪放呢？你们群臣众将，公主王子，有哪一个站在王族的角度想过问题。"加济王抱怨起来。

"陛下，王族的尊严放在宫内，就只是尊严而已，带不来胜利，扬不了军威，更解不了如今的国难，在我看来，既然您决战之心已定，不再思考议和之事，那么，把王族的尊严换个位置摆放，即可无往不利，扭转战局。"

"换个位置摆放？你倒没说让我的王座换个位置。"加济王哼笑道。

"陛下，臣的意思是，第一，您此时需要深入民间，体察民情，亲自平复子民的迷乱之心，此为王的尊严放在民间，子民自然重新恢复战乱年间的信心，农工才能跟得上战争的进度，让塞外的将士也能安心作战。第二，我们的公主们聪慧而有胆识，又是世间罕有的绝色美人，几年前燕川的子秋王就曾代表他的长子子幽来提亲，您当时一心执念，想着几年后燕川就将是我天洛的土地，所以拒绝了，如今我们可以重提此事，将彼岸公主送去燕川和亲。当然，若您舍得，锦葵公主等也可四散崇衡等国和亲。以此拉拢四国，我们就可以从内部制约四国之盟，从而形成四国彼此的猜测。因为公主长幼及势力各不同，我们分别和亲，他们彼此之间必然猜忌一二，旁生事端，此为王族的尊严放在异族，凭公主们的智谋，那子幽、伯谕、格鄂尔坦、宗政星沫等王子们必是服服帖帖，而后永世与我天洛修好。第三，我们的王子们都曾饱读诗书，学习骑射，上阵打仗不是问题，他们代表王室参战，必会使得我天洛上上下下所有将士奋勇当先，一心护主，为各大战场的战事提供最大的转机，此乃王室的尊严放在战场。第四，陛下您需要斩杀一批私吞军粮、非法贩盐、高价出售武器、倒卖武器、哄抬物价、鱼肉百姓的贪官污吏们，以此严肃整治军纪和民风，此乃王室的尊严放在法度上。此四计速速实行，我们的国难可解，四国可退。"龙默详尽分析道。

加济王没有理会龙默其他的观点，单揪着自己的女儿说事："夕见公主国色天香，天下人尽皆知，我是何等疼爱我这个女儿，如果送去燕川，我作为父亲实在不舍，而且燕川很有可能用公主以要挟我天洛，子秋王与那子笙将军我都信不过。我另外四个女儿虽不及夕见，但也是国之象征，怎可四散和亲而去，这样一来，我岂不是低头认错，并各自赠送王亲为质子？所以此事不要再提，我绝不允许。"

"陛下，若是您如此讲，我就是死，也要直言顶撞，若是您只是父亲，如此做便是天理，但身为一国之君，怎可因为自己的女儿们，而放弃自己国家的安危不顾，此乃天理难容！"

"放肆，龙默！你几次三番，顶撞本王，来人啊！"加济王愤怒至极，几个侍卫冲进府内。龙默瞬间跪拜在地："陛下，容我说完最后几句话再杀不迟。若是送夕见公主等人去和亲，四国会有人接受，有人抗拒，我们便可以传播谣言，说某国与天洛和亲之事在计划，拒绝之国也得掂量掂量轻重了，四国盟室必会因此而流言蜚语漫天，他们之间关系本就脆弱，那燕川和青戎、崇衡本就边陲纠葛不浅，四国盟室看上去牢固，实际上只是一层窗户纸而已。而如果四国均同意，我们就送公主们前去，那子秋等君王必不敢以公主们要挟我们，因为盟室中列王均一直以君子示人，行正义之战，反扑我天洛，南土诸小国才会应声而起，跟随他们反扑我们，若他们做了此等事情，必会失信于四方。最后无论公主们是否被送予燕川等国，我们都是在争取时间，借此充备军力，恢复国力，为继续的战事做准备啊！"

加济王瞟了眼侍卫，挥了挥手："你们先下去！"

龙默满身是汗，用袖子擦了擦额头："陛下，您不需忍我太久，如果此四计不成，我自刎以谢罪。"

"此四计不成，还用得着你自刎吗？敌人的剑自然落你脖子上。"

"那最好不过，男儿该当为国而死。"龙默义正词严。

"你能这么想，我那二十多个儿子们可没一个这么想的，一个个虽然饱读诗书，却不能吟；苦练骑射，却难称雄，唯有在后宫追个蝴蝶，追个姑娘，他们最是在行，上了沙场，他们就成蝴蝶和姑娘了，只有被追的份儿，哪里来的威严和气场。"加济王也是无奈，膝下有子却无托。

"陛下，修辙将军以及他的一众副将个个都是以一敌百的好手，只是我们连年征战，国力带动兵力略有下降才导致如今的颓势，如果王子们上了沙场，与副将们并排而骑便是，不必真的杀敌，冲锋或者混战之时即回撤佯装指挥，此法可保王子们安全，您不必担忧。"

"你想看看我刚才写的什么吗？"加济王把刚才自己写的几封王令扔给了龙默。

龙默接过王令，仔细端详，王令上洋洋洒洒尽是把龙默所献之计说了个遍，龙默讶异道："陛下早有准备？何须等我直言才作此定夺？"

"总得有个人担着责任啊！"加济王诡笑道。

"陛下尽可以把责任推给我，我愿以死作抵！"

"答应我一件事，龙默！"

"陛下请讲！"

"若真有那么一天，王族可灭，家国必保！记住了吗？"加济王也深知通亲监战之事并非救命稻草，这天洛的气数怕是走到了尽头。

"陛下，您告诉我也没用了，我只随王族进退，王族便是家国。"

加济王甩给龙默一支笔："不必再拍马屁了，去吧，把公主和亲和王子督战之事加入王令，然后准备颁布，通知内廷院和洛京上下十三府，速速将办！"

"是，陛下！"

"记得提醒韩魂和童魄，提防修辙的兵谏！"

龙默眨了眨眼，十分疑惑："陛下何出此言？"

"那是修氏将门的传统，你忘了我说过内忧危于外患之事吗？不过没关系，我自有办法！"加济王似乎对修辙的事有了打算，但是以龙默的心性来说，此事若不能替陛下了了，那就不算自己一步登天。

穆安身背龙牙返回了燕南的老家潇阳城，龙牙被藏蓝色的麻布裹着，并不觉得显眼。如今南土虽进入秋末时期，但当午烈日依然灼热。穆安一袭灰色便装，袒露臂膀，走得久了，也便有些疲累，头上缠着浸水的湿布降温，他不停地看向四周，十分警觉。

潇阳城虽小，但也车水马龙，路人不在少数，大多行色匆匆，不停有燕川国的军人跑来跑去巡逻，战争时期，街道上透露着一种惶惶的气氛。

穆安半低着头前行，不时地摸一摸衣襟内的龙肤卷轴，他看到前面的路口有燕川军人在不停地排查，许多路人都被拦了下来。

穆安把自己披风上的兜帽遮了过来，扣在自己的头上，然后放慢了速度，转进一个小巷，来到一户人家的门前，刚要敲门，又有些犹豫。

一队燕川的军人从小巷的入口经过，穆安赶紧躲在了墙角，等军人们走后，又转了出来。

穆安靠近一个院落，敲了敲院门，然后趴在门上听了听，又敲了敲，又听了听，然后赶紧放下一个钱袋，一些粮食和一封书信，转身躲入了角落。

一个女人打开门，四周看了看，然后发现了脚下的东西，她拿起钱袋、粮食和书信，若有所思，表情有些落寞，叹了口气，转身关了门，进了屋。

穆安一直站在角落里，面色凝重，不一会儿能听到屋内女人撕心裂肺的哭声，穆安握拳捶了捶自己的胸口，再次告慰战友的在天之灵。

穆安转身刚要离去，但见一个信翁提着一袋子书信，靠近刚才的院门，把一封信别在了门缝中："燕东垂信！"穆安思忖得紧，这个当口还有来信，必然是唐汉远在燕东的弟弟唐知，可怜了唐家忠心为国，如今落得两个儿子一死一散，当真可悲。

穆安随后返回潇阳城的东市买了马，驱马奔着东郊自己的宅邸而去。如今自己要务在身，朝堂内外又风声鹤唳，当是要把父母接去一个更安全的地方安顿下来才是。

不出半个时辰，穆安便急奔回了东郊，刚刚步入自己的宅邸，打开院子栅栏旁的门，但觉四周静得出奇，他驻足定了定神，嗅了嗅空气中的腥味，随后大惊失色，突然疯狂飞奔到了屋门口，推开门，见到地上满是血迹，穆安面色惊恐，里外屋查看。

穆安的父母满身鲜血，躺在地上，场面惨绝人寰，令人窒息。穆安惊恐地瞪着眼睛，脑子里嗡的一下，似重锤攘落，更似万剑突刺，怎一个痛心了得，他随后放声大哭，进而扑到父母身边。"爹！娘！"穆安不停地摇晃着父母的身体，两人早已死去多时，脖颈上有整齐的刀伤。"爹！娘！"穆安伏在父母的身上痛哭良久。这对苦命的父母，终究还是没能等到自己的孩儿来救，穆安心里万般责备自己，若不是先去给战友遗孀送东西，兴许有得一救。

穆安将父母安葬，自己跪在墓碑前，头顶着碑身，不停地抽泣。渐渐地，倾盆大雨落下。穆安依然在雨中哭泣。一场秋雨一场寒，旧人心中落凄然。

父母坟头被雨水冲了些泥水下来，弄得穆安满身都是。他慢慢抬起头，眼神变得满是坚毅与仇恨，然后是仰天大喊，瞳孔中的颜色变得越来越深，进而是螺旋般地走向散开，头脑中杂七杂八地胡乱闪过各种画面，这其中竟然包括他被制造出来时，安装工人的面相，更加可怖的是，穆安此时表情渐渐变得淡然，没人知道他在想什么，也许极度的悲愤使得他智慧超脱的速度更快了，没人知道此时的穆安还是不是穆安，还是不是姜尚，或者说，还是不是一个推演角色。

一声来自穆安心底的长啸，良久，伴着雨声……

穆安一夜悲绝，但见晨露，才疲累至极，睡去了一会儿。不到一个时辰，朦胧惺忪间，他想起唐汉院门上的信，若是自己身边人尽死，必是有巨大的阴谋笼罩而来，那么唐汉的家人必然危险至极，想到这里，穆安顾不得疲倦，驱马直奔昨日去过的院落。

穆安刚转进巷口，便见一众潇阳城的城守在盘查，那院落早已被封锁起来，另一众帮邑巡察也在来回察验什么。穆安心头拧痛，自知唐家已然落难，不对，还有唐知，他猛然想到，若是唐知还在燕东，应该还不至于有危险，闪念之间，穆安早已驱马而去。

洪番带着几个凤门的门祭和主事这才从另一侧的巷口闪身出来，看着穆安远去的背影，自知他已经掉入了另一个虎口。洪番转过身，盯着蹲在墙角的一个瑟瑟发抖的身躯，他一刀下去，那人便身首异处，细看去，正是那位信翁。

唐知，十九岁的年纪，身形已经如穆安般高大，长相虽稚嫩，但是充满灵气，他在燕东牧羊镇的镇郊酒馆打工有些时日了。这次听说穆安来看他，百感交集，他们可都是曾经潇阳城"孩子军团"的一员，如今"老大"前来，必然有安排，只是哥哥的死还是让他难以接受。

穆安疯狂行进了半个月，一步不停，才到了燕东。唐知赶紧好酒好菜招待。穆安一坐定，便将酒匀成两杯，递给唐知一杯。唐知接过杯子，一饮而尽，但见故人，眼圈有点泛红。穆安也一饮而尽，然后扔给唐知一个钱袋。

"反正现在你就是我哥，你去哪我就去哪！"唐知一杯杯饮着酒，不敢问亲哥哥的事，怕自己更加伤心。

"游历诸国，遍访天下。"穆安也不敢提唐家上下均已遇害的事，还是让唐知慢慢消化为好，"如果你愿意，我带你去我青戎边境那边的几个老战友那里吧，他们会收留你，你也可以学着做一名战士。"

"为什么不能留在你身边，哥，我知道你是去继续参战，是不是？我有本事！我可以帮你！"唐知似乎很急迫。

"什么本事？施展给我看看！"穆安哼笑着。

唐知慢慢举起一只手，手心对着空空的酒杯，然后皱着眉头，抿着嘴，似乎在使用一种念力。

酒杯微颤，然后慢慢飘了起来。穆安目瞪口呆，赶紧把酒杯按回了桌子上，然后盯着唐知的眼睛，压低了声音："谁教给你的？"联想唐汉之前歪箭驱正，怕是也用的这种念力，穆安心生好奇。

"好像天生就会了，我在后厨帮厨，偶尔会借用此力偷偷懒。"

穆安偷偷地掏出龙肤卷轴，准备看看唐知的上古身份，但是四周人多而嘈杂，他又把龙肤收了回去："我之前在军队听人说，南土有过繁盛的魔法文化和力量，但是后来莫名其妙地消亡了，你现在竟然会念力控物，必是魔法回归的源头。"

"什么念力，魔法，源头的？哥，我听不懂，我天生就会这个，没什么大不了，我哥也会，所以你可以带上我了吗？我并不是一无是处。"唐知极力自荐。

穆安叹了口气，然后微微点了点头："走吧，路上细说。"穆安盘算着唐知若跟着自己，虽不能说绝对地安全，但是好歹自己能出手保护，不如且行且看，如若太招摇，便到了青戎再把他托付给边陲老战友便是。

夜色渐浓，加济王的乾渥宫外火光星星点点，人头攒动，部分人身穿黑色战甲，部分人穿灰色袍子，群臣众将将王宫围得水泄不通。夕见公主、风铃公主、锦葵公主、雪轮公主和秋罗公主坐在修辙的戎车上。修辙、英典、青灯、郗别和元攘五人骑着高头大马，立在车前，各持武器，威风凛凛，令人胆寒。

这修辙在京畿的部分巡防军和禁军围在四周，既然要兵谏，还需有点威胁，其实修辙本就是要装装样子，可加济王不会这么想。

公主们身后是一些随从，点着火把，举着顶盖，侍女秋田和冬雪站在两侧，身上佩剑。夕见的侧脸被火把映得通红，修辙不时地望向她，只觉若夕见不是公主之身，怕是两人的孩子都能仗剑江湖了。

"我的京畿军众大部分都在这里了，郗别设法调走了这边的京守军和亲卫，我的借口是兵谏陛下，让他放弃续战，也放弃王子督战和公主们的通亲。如果你觉得此时也是个机会和借口前去跟诸国议和，我不会阻拦你。"修辙凑近夕见的耳边，但觉闻着这迷人的香气言语，都是一种享受。

夕见温柔地看着修辙："我已经派人给四国分别捎信了，说修辙将军领四将反水，要一统大殿，将王族架空，获得更多权柄，且之前多半战事并非加济王所为，而是修辙军政所授意，如今王族与修辙两方对峙，修辙势弱，墨台王族希望与四国议和，几日后交出叛将修辙，望四国考虑。"

修辙面色铁青，叹了口气，绝望地看着夕见的脸："所以今天兵谏不成，则你走，兵谏若成，则我走，对吗？"修辙对夕见失望至极，夕见眼里闪着泪，对修氏深感愧疚。

一个侍卫从宫内跑了出来，对着公主们躬身行礼："殿下，陛下说他意已决，王子们明日启程督战，公主们后日启程奔赴四国通亲，不得有变，若你们坚持兵谏，杀无赦！"

"不用他杀，如果今日父王不改变主意，我们会兵谏到底，甚至不惜自刎殉国，反正父王如此一意孤行，天洛的亡期将至，我们最终也是阶下囚！"夕见朗声道。

"若今日陛下不收回王令，我们也只能为了国家利益，接手王族！"修辙厉声道。英典顿时斧锤紧握，青灯丝刃悬空，元攮双持手弩，均是跃跃欲试。鄁别突然觉得加济王如今让墨台王室众亲外流，似乎另有他意。

夕见和修辙互看了一眼。一声大笑从宫内传了出来，加济王一身便衣，缓步而来，瞭了眼修辙和夕见："修辙将军一向忠心爱国，今日所作所为，所说所想，确实出乎我的意料，怎么？你想杀了我，接替王族执政吗？"加济王淡然。

修辙立即行跪拜礼："陛下，您一意孤行，如今不但不停战，还外派王子督战，公主和亲，这是毁灭王族的行为，绝对不可啊！望陛下收回前命，我等军人即便是战死疆场，也不会让王族受到一点委屈。"

加济王气场渐足，怒目圆瞪："你一介将军，为国拼杀，一心王族，我很是感动，比那些口口声声为了国家，却蔑视王族的蛆虫强万倍。但是你有没有想过，你是为了国家拼杀还是为了王族拼杀？你战死疆场？四国长驱直入？我们亡国亡族！你的战死有何意义？没有国家，哪里还有王族？哪里还有你们军人？回答我！"

修辙被加济王的气场震慑住："陛下难道想放弃王族？"

"我不会作任何放弃，我没理由放弃任何一个人，但是我知道怎么保住天洛，如今，王族不再重要，王子公主们都该是为国捐躯而换得胜利，以求家国得保的筹码！你记住，忠诚不基于热血，而基于头脑。"加济王厉声道。

修辙与鄁别对视了一眼，似乎眼神中在确定鄁别曾经猜想加济王已心死的说法对了一半，只是不知他会放弃王族以保国体，至于对天下名将的软禁，鄁别现在想估计加济王也有意保全，并非全然不信。

"父亲，我不会离开天洛和你，说什么我也不会去燕川。"夕见喊道，其余公主随声附和着。锦葵和雪轮两位公主所属派系不一，如今却也"同仇敌忾"，两人相望，眼神中略带尴尬。

加济王走到夕见的身边，望着女儿的脸："你只是要离开我，我的女儿，你不会离开天洛，相信我，你还会回来。"

夕见眼里闪着泪水："父亲，你送走我并不是对我的保护！燕川人不能轻信！"

"我已经收到了子秋王的回信，他同意通亲婚事，会即刻派使团前来详谈，放心吧，父王会做主一切，你只需风光地嫁入燕川子氏王室。各位女儿，其余诸国均来信说愿意通亲，你们放心，父亲会一一送别你们，不必感伤。"加济王说着却也眼中洇湿，情难自已。

其余几位公主开始啜泣起来，场面有些伤感，这超出了修辙和都别的意料。

"都是谎言，父亲，这都是子秋的谎言，您看不出来吗？他们曾借战而言商，借婚而拖战，后来竟然私通戎衡依三国形成联盟反扑我们，这一切都是他们在戏耍我们，他们已经大兵压境了，这一切你都看不出来吗？子秋不过是步步为营，图谋天下而已！"夕见歇斯底里，说实话，一介女流，能看出子秋如此的布局内在，实属难得。

"女儿，公主不可多言国事，有些问题你看得还是片面，今日之事我不再计较你和修将军，尽早散去吧，别让境外的敌人看我们笑话。"加济王泪水缓缓流下，语气变得温柔。

"我们的笑话还不够多吗？四国兵临边陲，您先是弃乔公和沮洛大人不用，竟然提拔一个小小文臣龙默，且对他的话听之任之，这合理吗？然后竟然让他带兵打仗，弃诸多名将不用，险些致使燕川大军早几日就破我洛西而入，这一切……"夕见一直说个不停。

"够了，你说得太多了，来人啊，带公主回宫。"加济王突然很恼火。

一队坤宇宫内冲出来的京守军和亲卫站在公主面前，都别摇了摇头，此时估计只有他一个人看明白了，加济王是事先知道修辙和公主要兵谏的，所以自己没能设计调离所有的宫内之人。

英典大喝一声，向前猛力一推，几个京守军被震退好几步。元攘左右手各持手弩，指向前方，左右各一支短箭射出，两个京守军的肩头中箭，又退却几步，龇牙咧嘴地不敢近前。青灯在两拨人前立起一道丝刃大网，京守军顿时被镇在原地。

"放肆！修辙！你们知道自己在干什么吗？"加济王勃然大怒。

修辙又一次跪拜："陛下，我不得已而为之，您莫见怪，过了今夜，我们就有了议和的资本和理由，我要做的只是保住王族，国家之于我，与王族无异。"

又是一声大笑，龙默驱马而至，近前几步，跳下马来，走到加济王身前，鞠躬行礼。龙默盯着修辙的眼睛，直言道："修将军耿直，忠勇，却是少了些头脑。我们从来没有过与四国盟室议和的资本和理由，就像方才夕见公主所言，我们即便投了议和的信，燕川也会领着其余三国以议和为借口进驻我洛京的，那等于施人以借口，让其不费一兵一卒，瓜分我天洛之地。他们确实不可信，你有想过这点吗？"

修辙和夕见听了龙默的话，顿时觉得似乎兵谏求议，假借军政之事确有瑕疵。

"夕见公主，我倒是觉得在战争和战争利益面前，反而感情变得可信，那子幽王子一向对你爱慕，如果你嫁去燕川，定会保住这一王室血脉，其余诸位公主，均是如此情形，对吗？而且我们有了与诸国谈判的资本，四国盟室才会在此时动摇，我们的危机才可缓解！"龙默说得头头是道，引得众人深思起来。

"龙默，你之前朝会之上还提议和之事，如今几日之后，却态度大变，开始主战，你意在如何？"夕见几乎是在呵斥龙默。

"知错能改，不适合我们这个国家的治策，我都会第一时间否决。"

"龙默大人，若是今日你也来阻挡，我不会手下留情。"修辙斩钉截铁。

修辙话音未落，青灯手中十多根青荧丝刃便钉在了龙默的两个肩头，龙默疼得龇牙咧嘴，叹着气，几个深呼吸，算是勉强镇定下来："青灯果然好身手，我身上的线让我变成提线木偶，与这家国无异，若我们不行通亲之法，我们的家国与王族便也是提线木偶，任人摆布！我很难想象，第一个反水的竟然是修辙你！"龙默愤慨青灯还真动了手。

"我们今日不谏，之后就是你反的机会。"夕见咄咄逼人。

"我从未想过反水，公主殿下，你对我有偏见而已。来人啊！"龙默大喊。几个随从侍卫带上来四个人，正是给四国捎去议和信的使者。夕见和修辙大惊失色。

龙默刚要附身，青丝刃拉得龙默身体生疼，修辙给青灯使了个眼色，青灯才收回了丝刃，又收了丝网。龙默活动了一下筋骨，忍着痛从四个人的身上掏出信件，递给了加济王，加济王一一拆开细看。

"公主和将军看来另有所图，但是我一向往好的方面想问题，二人定是在尽所能保我天洛，只是方式不一，所以，今日的兵谏，我觉得不止反对续战四方、王子督战、公主通亲那么简单，而是真的要做个样子给四国看，对吗？你们的演技我着实佩服！"龙默一语戳穿了夕见和修辙的内在布局。

龙默手里捏着自己龙须上的龙眼，然后四周看看，但是没有什么反应。加济王夺过一只火把，将信件一一烧毁，然后走到修辙的身边，扶着修辙的肩膀，眼中含泪："修辙，你的父亲是一个英雄，一个忠良，你也是！不必为了国家自损清白，何况此计虽善，却难成型，我代表王族感谢你的牺牲。"

加济王刚要给修辙鞠躬，赶紧被修辙扶了起来："陛下！不必如此啊！"

加济王依然跪拜于众军人面前，朗声道："我加济王无能，不能尽展军将所能，如今王族危难，国家疲瘵，如果今日你们依然认为所做之事正确，尽可以将我处死于此，改换国家门面！至于军将之禁，我确有袒护之心，我愿王族替家国顶罪，伏法四国，望众将体我心绪，如我所愿！"加济王所言并非心底所想，这类君王心术，龙默和郜别看得清楚，只是夕见和修辙瞬间被感化了。

修辙长叹一声，泪流满面，赶紧扶起加济王，然后带着众将跪拜于地："吾等今日贸然兵谏，实属无奈，望陛下责罚！不知陛下仍有护将之心，保国之愿，吾等愿继续追随陛下，至死方休！"

夕见叹了口气，慢慢闭上眼摇了摇头。龙默赶紧站出来，佯装说起好话："陛下，修辙将军也是一心忠善，出于好意，此时四国大兵压境，绝不可治将军之罪，不如让他戴罪立功，保着王子们再战四国便是。"

"就照你说的办，修辙，即刻领兵上路，也帮我严加管教王子们，不可有失，去吧。"加济王转身回了坤宇宫内，在转过身的一刹那，那副矫揉造作的表情瞬间消失，面具的正反面上，均是加济王的诡诈和邪念。

修辙长跪不起。夕见凝视龙默，眼中带着愤怒，龙默回看了一眼夕见，四目相对，龙默心里有愧，自是先行躲闪了。

众人四散退去，都别拍了拍修辙的肩膀以示安慰，英典、元攘和青灯聚拢过来，搀扶起修辙，但见修辙此时已泪流满面，不停地摇着头，口中不停地默念一句话："天洛亡矣！天洛亡矣！"修辙又一个瘫软，竟然蹲在地上大哭起来，能让天下闻名并久经沙场的"玉面人屠"失声痛哭的该是如何一个心碎的场面，修辙纵然不知加济王的诡诈，但是如何能不知王令带来的恶果。如今天下刀剑汇流洛京，已是定局。

龙默如今帮着加济王解了危局，回府的路上还在盘算另一件事，这龙眼今日聚众的大好机会下，似乎没发挥作用，若是只见濒死画面，是否该是牧野之战前死去的人才能被龙眼识别呢？还是只有碰触身躯才能触发？但是无论如何，在龙默看来，伯邑考的天洛，必须尽快灭亡，否则若其魂意得解，这天洛泱泱数州，岂不成了再世大周河山。

一个更大的晴天霹雳劈在沮洛的心里，他的商网贾友遍布天下，这几日送来了一些账本和名册的拓印，沮洛才知，这鲁韩童三氏通敌行商，大发国难财的行径比自己想象的还要严重。回想方才沮衍和沮云来报，这鲁正在燕东的豪府连捐带售的粮食不足一个仓廪，沮洛就知鲁正一直心怀芥蒂，只不过燕东的一众山匪和盗贼似乎抢得多，沮洛也算平衡了一些，随即吩咐几个下人去了东郊的票号给龙默多兑了些钱两出来，以供龙默从旁协助韩童的生意，似乎在他心里酝酿着一个更大的计划，以平衡国破山河在之后的危局。

此时此刻，在地球北欧挪威的奥斯陆，人类联盟与AI联盟的部分首脑和官员围着一个椭圆长桌进行会谈。

吉尔菲尔，AI联盟官员，她扔在长桌上一份文件，上面写着"双约附文"。"今天是'冥王条约'签约后的第156天，人类与AI相安无事，但是我们不会无休止地等待你们对双盟未来条约和共拟法约的重新拟定，我可不想在黑洞吞噬你们之前，看不到你们的挣扎。这是我们的建议附文，你们可以先看看，以供参考。"吉尔菲尔言外之意，便是催促人类签订新的战后法约，但是这份法约难言对人类是否有利。

维克托，AI联盟要员，他点起一根烟，抽了几口，然后半站起身，伸手把烟灰在一个距离自己较远的烟灰缸里弹了弹。

安梦文，三十岁出头，面容俊朗却略显憔悴，他是人类联盟要员，也是陆秀夫儿时的伙伴。但是两人自从人类随着"银河虚空会"在宇宙迁移和远征以来，未再见过面，一方面是因为陆秀夫的工作保密系数太高；另一方面，安梦文负责的地球上的和谈太过繁忙，便无暇顾及自己曾经的伙伴在忙什么。

安梦文看着维克托的动作，笑了笑，随手拿起一份文件，边看边说："维克托，我如果是你，就把烟灰缸挪到自己面前，那样你就不用伸这么长胳膊了，对吗？还是说，你们AI习惯把手伸得远些？"安梦文的话带着明显的嘲讽。

"人类的自私才会让你那么做！"维克托反驳道。

"这么多人里，就你吸烟，烟灰缸当然只对你有用，当然，你如果惹急了我，我也会用！维克托，AI不是只效仿人类就可以进步的，自私与变通，一线之间！我们管这叫灵性！"安梦文不屑道。

"好！安梦文，我倒要看看，你如何变通，下周再看不到你们的双约附文，我们下一步的谈判就无从开始！"维克托微怒道。

"不用等下次！罗海！"安梦文命令道。

罗海，人类联盟官员，安梦文的下属。他放在桌子上一摞文件，吉尔菲尔和维克托拿起来审阅。

维克托顺手把烟丢进了烟灰缸，罗海迅速把烟按灭了，一个微小的纸片从烟嘴中露了出来，罗海神色有些慌张，赶紧把烟灰缸里所有的杂物都倒进了身边的垃圾桶里，并且把垃圾桶踢到了桌子下面。

安梦文瞟了眼罗海，注意到了他的行为细节，心里充满怀疑，但依然故作镇定地在自己的笔记本上随意涂鸦着。

第二章　悖乱

冥王星试验田的工作间里，几位 AI 专家、计算机专家、历史学家、联合国要员和人类联盟首脑聚集在一起商谈。实验室内各种智能屏幕上显示着各种数据，室内人头攒动……

陆秀夫端着一杯茶，望着窗外的景色，几位历史学家站在他的身侧，把几张数据图放在了他的面前。一位历史学家叹了口气，"动荡啊！"

陆秀夫喝了一口茶，抬眼看向对方："您是说他们还是我们？"陆秀夫不忘嘲讽下人类。

"当然是他们，我们这叫浩劫！"历史学家的脸上泛着几分苦涩。

"没有动荡与浩劫，哪儿来的危机感？"另一位历史学家摇了摇头，"没有危机感，谈何进步？"

陆秀夫皱了皱眉："我们有死亡就够了！"

历史学家言道："对人来说，'死'也许是最不可怕的事情，有些事情来临的时候，你也许期盼着死亡，因为那是解脱！估计加济王此时就是这么想的。"

另一位历史学家接话道："我可不想看着政体的变革与朝代的更迭毁了我们在做的事，那会生不如死，秀夫，重新来吧！此局太乱！"很多专家有着一样的心境，这个推演世界的开局似乎有些偏离轨道，尤其是这个叫"龙默"的"人"。

"不！"陆秀夫摇了摇头，"再等等，乱与静，毫厘之间！"陆秀夫拿起数据图，仔细地审阅，几个试验用智能机器人的相关数据被标注为红色，陆秀夫皱着眉头，面色凝重地看向几位历史学家："红色数据是什么意思？"

"我们暂时无法检测到对象的各项实际数值，所以红色统一为预估值。"

"为什么检测不到？"

众人无语，支支吾吾什么也没说出来。

"这个世界似乎开始不稳定了！"陆秀夫把数据图放在桌上，心中渗透着不安，他凝神看着远处的风景，那轮圆日旁边似乎有一个巨大的阴影袭来。陆秀夫吹了吹茶水，边喝边思索着什么，一片茶叶终于承受不住自身的重力，缓慢地沉入杯底。

　　南依国依水城王族怀尘殿外的阁楼上，已经年过半百的南依国君王宗政楚气宇轩昂，双手背后来回踱步，然后走到了殿侧的楼台上。窗外飘着蒙蒙细雨，水雾缭绕，水汽缠绕大殿外错落有致的亭台楼阁，天色看上去因这湿冷的秋末天气有些许阴沉，但这人文与自然融合的美让人醉心。

　　正像乔公所说，这南依国为南疆鱼米之乡，雨水沁润丰农厚土，亭台养育精商灵众，群臣思一共，众将虑一土，可以说这南依国是南土之内最团结的朝堂和民基，自然也是天洛的眼中钉。若不是宗政氏在洛水附近一直据天险而抵外寇，青灯和修辙早就南下夺政了。

　　依水城与洛京城极为相似，只是多出一条横贯都市的南江由西向东流去，依水城便多了船商江贾的进进出出，更显热闹，于是这南疆最大的贸易都市也便立体了许多，南原路土与河道林立交相辉映，十分惬意。

　　梅央身着黑袍，上前鞠躬行礼，他看上去不过而立，脸上满是谦卑："陛下，一切准备妥当，臣明日即可领兵前去天洛，与我依北军大部及军首宗政公贺会合，另三国之军也已悉数到达边陲，各行军令，以待入天洛，惩加济，我们四国盟室定当尽快瓦解天洛的军力，只待接手其洛京城与光洛殿，再武力接管其全境！"梅央官拜南依国依尹，宫内一言九鼎，为人低调却睿智而冷峻，是一个智盖四方的贤士，其依水之智，远流四海，早已闻名南土，其梅氏家族也是南依国大家，所建立的梅堂更是国之政体枢纽，类似天洛的内廷院和燕川的羽枢院，梅家上下为南依国尽心尽力，从无二心，但是也因此经常引来其余大家大族的嫉妒，幸好宗政楚王乃一代明君，心里自知梅家的良善与忠诚。

　　有诗曰：南梅央，北何谦，西鹿辞，东扶季，四大鬼谋乱社稷！这诗句来自天洛小儿的唱曲，说的四个人均是一方大户，也均是天赋横流的大谋士，至于他们是否乱了社稷，乱了谁的社稷，那可各持说辞了。诗里从未提到天洛的鬼谋，也许是因为谋者太多吧，说实话，天洛坐拥乔公、沮洛、郗别和龙默这些大智大才，还能输得如此彻底，真乃旷世笑柄。

　　南依国君主宗政楚点了点头，示意梅央免礼，抬头望向绵延无边的灰云："梅央，我让你查的事情怎么样了？涣泽会会制可书写完毕？"

　　"陛下，涣泽会已立，会制明日便出，可是，您所说的持神奇龙器之人，臣和公贺将军与天洛酣战良久，未曾发现有这样的人。待臣进了天洛洛京城，定当继续搜查，尽早找到眉目！"梅央一直持疑陛下为何迷恋这龙器宝物。

"不急一时，你离开后，涣泽会交由梅勋主理，你且安心分洛之事。对了，公若将军那边情况如何？"楚王又问道。

"回陛下，宗政公若将军昨日传信，倒是听说有个燕川的叛将逃去了燕川与青戎的边境，身上似乎带着不寻常的东西，不过并不确定是否是陛下所说的龙器。"梅央边回忆边说着。

宗政楚沉思片刻，有些困惑："燕川的叛将？"

"燕川的子笙将军向来为人刻薄，不知体恤下属，有叛将也是常事。"梅央继续道，"但此消息来自燕川的山匪和盗贼，所以难辨真假。"

"让公若将军彻查此事，追紧此人，其间他不必担心军务，让副将瑶缮配合于他！"

"是，陛下！"

"领兵和其余三国会合后，进入天洛捉拿加济王并参与四国的分管天洛谈判，你可有把握？"

"陛下放心！臣定尽全力，该是我南依国的利益，绝对寸步不让！"梅央坚定道。

宗政楚挥了挥手："梅央，过来看这湖里的雨水。"梅央一愣，踱步上前。此时小雨仍旧淅淅沥沥，落在亭下的湖面上击打出片片涟漪。

"陛下，您这是？"梅央有些疑惑。

"世人皆说你梅央是我南依的乔元靖，聪明绝顶，这湖面没看出门道吗？"

"陛下的意思是，这湖水便是天洛，而雨滴是四国？"

"正是，所以呢？"

"所以天洛最终会将四国吞并？"

"不是吞并，而是同化，甚至反戈！"楚王悠悠道。

"所以陛下的意思是？"梅央立刻领会了君王的意思，"我们南依此行前去参与分洛谈判，实际上？"

"实际上是去帮助天洛留一丝国脉，也是帮助我南依国留一条后路，你懂吗？其余三国我不知，但是对于我南依国来说，天洛乃屏障，乃堡垒，有它在，其余三国即便是南下图谋我大依，也十有八九，难以成行！"楚王显然看得深远。

"陛下之思确实高远，臣远不及！"

"我静看这受雨的湖水半天了，这个道理其实很简单，湖水永远看得清楚自己，因为自己知道深浅。而雨水看不清自己，因为放纵而飘摇，所以只能借着点入湖水的一刹那看出自己的样子而已。换个思路讲，湖边的人在晴天透过湖水看得见自己的倒影，而雨天不行。四国在天洛壮大的时候看得清自己的模样，而入境四国的人如水滴般冲入天洛，实际上就迷失了自己。"宗政楚借喻而言。

"陛下，臣懂了些，臣会制定周密的计划，让我们南依不至于被四国带着冲入湖底深渊。"

宗政楚颔首："你能参透这是最好。简单说，天洛人治理天洛，将是最好的结果。而且需小心提防燕川的人，随时通报你们的情况！若其余盟室有心，则拉拢求同便是。"梅央退后几步，躬身行礼："陛下放心，臣定尽力而为。"

宗政楚望着梅央离去，又望向阁楼外的雨。淅淅沥沥的雨也在首肯宗政楚刚才的话。至于涣泽会，那是宗政楚秘密建立的组织，只是没人知道那是不是同凤门和星渚会一样，彻查的是世间魂意……

燕川国边陲牧羊镇，秋风扬尘，落叶四散。穆安和唐知缓缓走在路上，行人来来往往，路上显得有点拥挤。穆安怀里抱着藏蓝布料裹住的龙牙，怀里还揣着龙肤卷轴，小心翼翼，不时环顾四周，唐知不时瞟一眼穆安的神情和鼓鼓的衣襟，表情略显诡异。

迎面走来一个小个子男人，穆安一时间来不及躲闪，男人的肩膀狠狠地撞了一下穆安的胳膊肘。那男人微微点了下头表达了歉意，继续向前走去。穆安也没太在意，继续前行，忽然，他一个闪念，停住了脚步，伸手摸了摸自己的钱袋。

唐知也突然停下，关切地问道："哥，怎么了？"

"我钱袋被偷了。"穆安一脸惊愕。

唐知立刻反应过来扭过头，迅速锁定了那个刚刚与穆安相撞的人，对方正在慢慢走远。

穆安刚要拦住唐知，唐知便暗中翻起手掌，使用念力，将路边的一根木棍慢慢移到了那个男人的脚下，那人果不其然被木棍绊了一个跟头，穆安的钱袋顺势从他的袖子里掉到了地上。穆安连忙伸出胳膊拦住了要上前抓贼的唐知，凑到他耳边低语，"别过去，让他把钱拿走。"

只见小个子男人站起身来，拿起钱袋后四周打量了几番，赶紧跑了。

路上的行人依然熙熙攘攘，行色匆匆，穆安机警地环顾四周，随后拉着唐知向前走去，唐知满脸疑惑。"他周围至少有五个同伙，都是盗贼。"穆安对着唐知低声说道。

"哥，你一堂堂步兵统领，难道怕他们不成？"唐知更加疑惑。

"上前质问会引起骚动，他的同伙会过来协助他摆脱。"穆安摇了摇头，"到时候我们不一定要得回来钱袋，而且弄不好会引来巡防的士兵，如果发现我那就惨了。"

唐知依然懵懂，心里盘算穆安既然巡世何必担忧燕川军的盘问。

穆安双臂又放回胸前想要继续护着自己的龙肤卷轴，却忽然发现自己的衣襟内空空荡荡，卷轴早就不翼而飞了，穆安顿时大惊，四处摸索，依然不见。穆安回想着一路上处处细节，但觉该是有人设了套，定了定神，拉着唐知进了一个茶坊。

到了茶坊的二楼凉台，穆安点了茶，边喝边看着楼下的路人来来往往，很是热闹。唐知口渴难耐，把茶水一饮而尽，再看着镇定自若的穆安，目光有些闪躲。

"哥，你不是丢东西了吗？怎么一点都不着急啊！咱们要不去官府报案，要不就去追那些贼啊！"

"就怕报了案，官府抓的人就是你，因为，我的东西是你偷的。"穆安死死盯着唐知的眼睛，脑子里翻滚着来时的一切，从那信翁的书信到燕东与唐知的同行，该是有人引了自己的路，为的估计就是手里的神器。

唐知立刻摊开手，佯装无辜："怎么可能，哥，我怎么可能偷你的东西，不信你搜身。"

"第一个贼偷我钱袋，之后引发我的一串动作就是不再护着胸口里的卷轴，然后你趁我不注意，用念力把卷轴移出衣口。当时我的身边人来人往，你的另一个同伙趁机与我擦肩而过，取走卷轴，对吗？"穆安边回忆边质问。

刚才的画面回闪在穆安的脑子里——穆安扭过头看着远走的贼……穆安的一只胳膊拦住要去追贼的唐知……唐知的一只手外翻，偷偷使用念力……穆安衣襟里的卷轴慢慢飘出来，顺着他的腰飘到身后……另一个人与穆安擦肩而过，取走卷轴，一系列动作一气呵成，穆安没有丝毫察觉。要说穆安的智慧多少被脑海中姜尚的魂意所影响，学术上这叫"双魂意渗透"，说白了，就是双重人格彼此的影响，若是穆安自己的思考方式与睿智程度，任唐知如何偷取他的东西，他也不会如此迅速地发现端倪。

唐知头上冒出冷汗，神色紧张。穆安见他毫无动静，继续道："你利用人的心理，被偷后注意力涣散，难以集中精力！唐知，你还不准备说？是不是有人教唆你做什么？"

唐知默默地点了点头，又立刻摇头，解释道："哥，我几个月前就加入了燕东的一个盗会，平时利用念力偷东西也并不是难事，还能赚点钱，补贴家用。我知道这样不对，但是！我哥参军，常年不曾归家，你也知道全家上下只有我一个人负担，所以……"

"这是借口吗？你如此的天赋，竟然用于歪门邪道？你知不知道你哥把这个天赋隐瞒于自己的弓术，然后用于保家卫国！"

"哥！那个盗会里面都是些义士或者落草的兵士，他们组织盗会，偶尔劫富济贫，接济乡邻，不曾害人的！偷东西只是为了谋生！"

"笑话！义士会以盗贼著称？劫富济贫？"穆安冷笑一声，"不过就是找个幌子犯罪！"

"哥，他们真的不是你想的那样！"唐知连忙解释，"我之前在酒馆的后厨做工，有一次半夜，他们闯进来抢夺些食物。那是我第一次见他们，也认为他们是十恶不赦的盗贼或者山匪，很害怕，但是他们没有伤害任何一个做工的人，还分发了钱两，告诉我们，那个酒馆是燕川宫内的几位大奸臣用自己的黑钱开的，为的就是替他们培养宫外势力找个据点，盗贼们还劝我们离开，不要为奸臣做事，我们犹豫之间，他们就走了，后来听说是把带走的食物都分给了边陲的难民。"

穆安听罢眼光闪烁，低下头略有所思，若是有人引自己来燕东，必是唐知所说的盗会之人，那么盗会与宫内必有联系。"宫内奸臣？他们有没有说是谁？之后你就加入他们了？"

唐知回忆道："好像是管什么颐，鹿什么昭的！对，我是加入了他们，后来我也参与了他们的行动，救济了很多灾民，渐渐地，我也就学会了偷……但是偷的都是他们给我的名单上的人，他们说都是些坏人！"

"管廷颐和鹿德昭？"

"对！对！是这两个名字！"

"名单上的人？怎么，那我也是名单上的？"

唐知尴尬地笑了一下："是的，哥，盗会的人给我讲，有个叫穆安的步兵统领叛变了，是个叛将，还偷了宫内的神器，我当时就觉得不可能，其中一定有啥误会，但你那天来找我，我发现你确实带着神器，你又没跟我说清楚你究竟要干啥去，就说遍访天下，我就觉得你……可能真的是……"唐知犹犹豫豫，没敢把话说得太实。

穆安拍了拍自己的脑袋，无奈地一笑："想不到我穆安出生入死为了燕川而战，如今却成了叛将。"

"哥，到底怎么回事，你告诉我！"

"唐知，我告诉你实情，那个名册一般的东西确是神器，我们也称为龙器，加之我的这把剑，均是如此，那些龙器对我很重要，我必须把那个卷轴拿回来，这一切都关乎我的一个秘密要务，现在不可尽言，你之后会知道原因的。而我不是叛将，是王族的通国密使，为的是巩固四国之盟，需遍访天下，走动其余诸国王室，此乃秘务，不可声张，便有了借此污蔑我之言，你可了然？"穆安顿了顿，掏出自己的密使令牌给唐知看了看，继续道，"现在你先告诉我，名单哪里来的，上面都是些什么人？谁告诉你的？贼窝在哪里？"

唐知看着令牌，犹豫了片刻，眼神由飘忽变得充满信任，他言道："据说名单来自宫内，上面的名字除了你，有些还听我哥提起过，会不会就是你们被污蔑为叛将的这个步军？"

"燕南军步军左师？叛将的名单？！宫内要捉拿叛将？"穆安眼神中流露出一丝惊恐，他脑海中飞快地盘算着是谁人这般算计自己，在他心里，子秋王便是元始天尊，没这个可能；子笙不过有过口角，应该也不至于；鹿辞一向和气生财，不惹世人，应该也不会；至于刚才提到的管廷颐和鹿德昭，一个是王后旁系的弄臣，一个是鹿辞的叔辈，穆安与二人并无太多来往，也不至于引起什么对立。难道捉拿自己的人只为了自己手里的龙器？难道与那场烧死花诚的大火有关系？放火之人便是下令捉拿叛将之人？穆安百思不得其解，但觉唐知该是受了蛊惑，引自己进了一个圈套。

"好像是的，我听盗会里的人说是军方悬赏捉拿你，而且私下联系了我们盗会，所以我们拿你可以……"唐知脸上微微有些尴尬："可以换钱和……粮食，最主要的，还可以换无罪通令！"

在燕川，盗会等民间组织本不违法，但是需要每年由燕东军发一个无罪通令，证明这一年，盗会等组织没有出格的行为，可以继续维持，若是惹出点过分的事端，那可就没有通令拿了。那下一年，你就得关门大吉。之所以这种民间组织由军队管理，也是为了压制其行为，别惹事端，盗会自然谁都敢惹，就是不敢惹军队，尤其是燕东军，子笙只手遮天，说你死，如何活？但是在子笙眼里，盗会可是自己民间的"眼睛"，他可不舍得让它关门，自己有什么民间琐事，都会通过盗会去办。至于这份叛将名单，自然是子笙的杰作，他巴不得穆安和龙器赶紧落入他手呢，他就是有这份自信把穆安收归己用，再收藏起这绝世的神器。整个燕南军来说，其军首上下到右师步骑，都已是子笙的羽翼，只有这左师自己一直拿不下，主要就是穆安横亘在中间，不肯妥协，若是他拿下穆安，那整个燕南军也就是其掌中之物了，他攀临王座的那一天，就会更早地到来。

穆安心里盘算着事情的来龙去脉，猜测这军方的悬赏必然和子笙有关系，于是又跟唐知解释了一遍自己为何要来找唐知。唐知这才深感愧疚，穆安舍身来救，竟然还偷他东西。

"你个兔崽子，之后再找你算账！带我去那个贼窝！"穆安苦笑道。

"我怎么知道在哪儿？"唐知竟然还理直气壮。

"你连盗会在哪儿都不知道你就入会了？"

"哥，盗会啊，遍天下，四海为家！所以他们知晓天下事，天下人！"

穆安思索片刻，自言自语道："知晓天下事，天下人……"耳边回荡着子秋曾经跟自己说起的话："……所以你需要辨别世人……寻觅'极境'的具体位置……"

"有什么办法接触到他们？你和他们怎么接头的？"穆安追问道。

"都是他们找我的，对了，哥，他们最近还会去劫一个边境上的豪府，据说有天洛的粮食过来，那个豪府可大了，还有地下仓廪，他们也叫了我去，就是明天！"

"好，明天去会会他们！"穆安也心知盗会可能受了军方或朝堂的控制，对自己不利，但是如今已然涉足了圈套，总得会一会自己的敌人，否则也无从查起杀害自己战友和父母的真凶。

崇衡国崇神城王族崇祖殿外，崇衡国王子伯谕正在和他的父亲，崇衡国君王伯翁争论着什么。两人秉性不一，虽是父子君臣，却常常既无君臣之礼，也无父子之情，有的只是品学论道的争论，好似一个学堂的师生，甚至是同窗。

伯谕博学强识，博览群书，二十五岁便知晓天文地理，甚至懂些歪门邪术，除了骑马打仗，上阵指挥，其余的一切皆好奇，而且懂得替父分忧，处理政事，但往往略显稚嫩和青涩。

伯翁王乃东北疆伯氏大族的族首，一生致力于在崇衡促进崇族和洛族的和平，甚至有时候需要调和西南边陲戎族的融入，这是如今南土诸国里最大的族间问题，主要也是因为崇衡与天洛和青戎大致呈三角之势，再加之东临恒海，南依国北渡十分便捷，于是这个国家族群相融频繁，问题自然也不在少数。

"父王，您为什么不让孩儿去那天洛洛京？太稹将军回信说，破天洛就这几天的事了，我前去参与那四国分洛的谈判，再合适不过了！"伯谕心中着急，自己本是一国之王子，但是他总是会觉得太稹的将军之事与扶季的崇宰之事也该当是自己负责的一部分。

伯翁并未回答站在自己身边的儿子的问题，仍旧站在宫外的几尊崇衡古神的雕像前躬身祈祷。"来，伯谕，问过先祖们，看他们同不同意你前去。"伯翁为人谨慎而谦卑，心中满是对祖先的崇敬，这也是他的国家叫崇衡的原因，就连他的宫殿也叫崇祖殿。

"父王，这几尊雕像而已，又不会说话。"伯谕生性放荡不羁，只想着插手世事，从不想世事本源。

"自己的先祖前辈，你尚不懂尊重，如何去那异国他乡分管地界？"伯翁王震怒。

伯谕撇了撇嘴，走了过去，给几尊雕像鞠躬行礼，随后又央求道："父王，您赶紧下令，让我前去那天洛参政，也好锻炼我自己！"伯谕如此焦急，还有一个内在的原因，天洛名声在外，好山好水养育着一方美人，那里的一切在伯谕眼里都是美的，特别是洛女子，一个个娇艳欲滴，小家碧玉，夕见公主就是最好的证明。其实伯谕在家等着同样貌美的锦葵公主来和亲便是了，自己总是着急要去天洛见见世面，借口便是参与分洛谈判。

在四国的眼里，战之将胜，他们都在想着下一步如何瓜分天洛，就这件事上来说，那真是各国有各国的算盘。南依楚王不愿太过招摇分洛之事，他看得透彻，最后还是会还洛于洛，洛人治洛。而燕川子秋王当然是觉得天洛该是燕川接管，四国协理。至于崇衡的伯翁王，其实想法倒是简单，他们本就是四国中最小最弱的，跟着起起哄便了，参与瓜分只会惹火烧身。这样一来，其实细想四国之盟，只要他们开始在分洛上意见不一，那必是土崩瓦解的前兆，这一点，其实龙默和沮洛等天洛鬼谋都看得清楚。

"孩子，大邦之易，当牺牲小族之利，我们便是小族，不求共荣，只求自安。"伯翁说出无奈的心声。

"您若如此说来，当初为何答应那子秋成盟？"

"成盟，则与四国分洛，但无甚话语；不成盟，则见四国分洛，无甚话语且伤了颜面，你可明白这层意思？"

"那我们为何不干脆联洛抗击另外三国。"伯谕有时候显得很幼稚。

"糊涂，小儿拙见！我等今日是等着分别人的地，照你说的办，就是等着看戏，弄不好还引火烧身，严重了，被别人分去一杯羹，看你还有没有如此妄言的机会。"伯翁训斥道。

"看来那子秋王一副仁义面孔，实则是谋求私利。"

"四国之盟，哪国不是如此，说是分洛，其实都暗中打着算盘，若是分那么容易，何来天洛长久之盛。"

"那岂不是分不成为上策？"伯谕总算开了点窍。

"去！通知太积将军，分洛之事，从长计议，静观其变！"

"那孩儿是不是可以同去？"

"你若惹事我必第一刻宣你回殿！"伯翁哼笑一声。

伯谕一下子乐呵起来，连声道："父王放心！"伯谕说罢离开，首当其冲的可不是给太积传话，而是找几件好看的衣冠，把自己装扮装扮，好在鬼幕洛的美娇娘们面前出出风头。

天洛国洛京城西北郊外，傍晚渐暗，凉风西送，沁入人心脾，但觉有些凄然。夕见的王族通亲车队浩浩荡荡行至此地，她端坐于马车里，不时地透过马车的窗户看向窗外，天气有些阴沉，几滴细雨铺将开来。夕见早前便吩咐了自己的亲卫和央郄宫的宫执们协同作战，埋伏后暗杀龙默，在自己通亲离境前，为家国除害，但是现下的情形来看，夕见似乎想得简单了。

四周有些低矮的灌木，风吹过，灌木丛随风而摆。夕见望向远方，一声叹息饱含对家国的不舍和对命运的不服。

夕见未走正西的太冥门，担心的是如今四国盟室的军队，他们的檄文里写得清楚，共讨洛贼，太冥门以入，世间和平，由此而至。所以，龙默也就安排帮邑院给夕见指了一条更安生的路走，也算一点慰藉。

龙默站在远处，郎虎站在其身侧，两人都没有带武器，望着夕见公主的马车逐渐靠近。

夕见有些慌张，身体随着马车的前行不停晃动，秋田和冬雪坐在夕见的对面。冬雪悄悄地瞟了一眼马车外，低声道："公主神算，果然就龙默和郎虎两个人，而且都没有带武器。"夕见又往窗外望了望，叹了口气道："尽人事，听天命吧。"

龙默向四周望一望，郎虎看着风吹灌木，然后凑到龙默的耳边，"大人，公主殿下来了！"龙默眼皮低垂，面色有点凝重。

夕见公主的马车靠近，停在了龙默的面前，夕见撩开窗上的纱，看着龙默："龙大人费心了，还来城外送我。"

龙默和郎虎鞠躬行礼，龙默直言道："护送公主，乃是臣的本分，陛下于宫内坐镇大局，无法分身，所以由臣来送别公主，希望公主此去一路平安，早日到达燕川地界。"

"平不平安不是我说了算，出了天洛，只怕我的命就交给天了。"夕见哼笑道。

"听天由命，每个人都是如此，保不齐我龙默虽深处宫内，却会先死于非命。"

"你有此预感最好，时刻提醒你自己，多行善事，会活得久些。"夕见看向龙默身后的景色："我此去不知何时再回了，你须尽力辅佐陛下。"

"那是一定，臣赴汤蹈火，在所不惜。"龙默语气淡得可怕。

侍女拉开马车门帘，夕见慢慢走下马车，郎虎依然注视四周。龙默微微低着头，夕见公主的脚刚要落地的一刹那，龙默半跪于地，手伸向夕见的脚。

夕见大惊失色："龙默大人这是为何？"

龙默扶着公主的脚，手又摸了摸自己的龙眼，但是毫无反应。龙默故作镇定，皱起眉头，咳嗽一声，缓解尴尬道："公主的脚不可落于王宫之外，京畿之郊，公主此去，直接进入燕川朝堂，登堂入室便可，莫让世间尘土玷污公主的身体。"

"我都要走了，你还这么拍马屁，有必要吗？"夕见但觉异样，随后便站回了马车上。

龙默跪拜于马车下，不时地抬头看着夕见，眼圈泛红，不停抽泣，惺惺作态，甚是扭捏："公主与臣，虽交流甚少，但是臣知道，公主对于众臣的恩泽不亚于陛下。我等臣子如今尽力献计，辛勤备战，为的就是保下王族，进而保下国家，两者缺一不可。王族的图腾立于此地，公主是图腾上最闪亮的标记，我龙默没有大才，给陛下献此计策，为的就是保公主与王族！"龙默见夕见怔住，必然在思考自己的言语，继续道，"公主试想，四国如果退去，战争看似再入缓和，但是天洛内部会出现什么情况？四大家族把持国之经济命脉，其中三大家族都并非忠良。您也知道，只有沮洛大人肯直言善恶，那战后必是鲁韩童三大家族之人借力上位，把持更多朝政，把现如今内廷院和天下院两相平衡的局面打破，到时候的危机必是由如今的外变为内，王族的危机不降反升啊。而如果公主和亲燕川，我们的王族就有了方林的支持，燕川与天洛的通商局面打开，致使天洛内部四家鼎力的局面变弱，我们周旋余地也就变大，再加之沮洛大人等的周旋与握权，再不会出现我上述的局面，所以公主此次外出，臣是为了久远而考虑，并非只在当下。"

龙默说得十分伤感，还不时抹抹眼泪。夕见公主看着龙默，有些动容："那你有没有想过，如果我们被四国吞并呢？"

"那燕川也会顾及公主的颜面和其王室的尊严，不会太过难为天洛的王族，或者说会利用公主掌控天洛，便也不会对天洛王族斩尽杀绝，我们就又多了周旋的可能。公主殿下，听臣一言，坚定信念，勿只念当下，需思远谋啊！四国之盟分洛在即，我们且留下些王族残根，以图后用，该是当务之急，四国两两之间，勾心斗角，盟室并非稳固，殿下，千里之堤，毁于蚁穴，再小的可能，我们必须尽力而为！"龙默口沫纷飞，说得夕见有点晕乎。

"那是微乎其微的可能，信念也不是武器，如何杀得了敌。"夕见冷笑道。

龙默慢慢站起身来，递给夕见一本书，书名为《红女织记》。

"殿下，剑刃制人不过是见血，书文制人才是诛心，如果途中有变，公主可翻开此书，臣自有方法救得公主。"龙默此番说，那也便是前计后计都安排妥当了。

夕见公主拿着书，叹了口气，坐回了车里，透过马车的窗子盯着龙默："你好自为之吧。"

"恭送公主，公主保重，他日若再见，定当再效犬马之劳。"龙默跪拜。

夕见公主两行清泪顺着脸颊流了下来。马车启动，向前而去。龙默长跪不起。马车走出数米后，秋田突然低声提醒夕见："公主，我们的伏兵！"

夕见公主眼中无神，望着窗外，低喃道："你还看不出吗？我们的伏兵早就死在龙默手里了，他还上演一出哭戏，让我安心。"夕见自知她在灌木丛里安插的人早就归了西，"龙默是何等人，我们低估了他，也许现在也不是杀他的时候，只是可怜了我们的那些侍卫。"

夕见捧着那本《红女织记》，没有翻开，又扔在了一旁。至此，一代绝色远途为家，不知何时再归，只是在她心里，还未能洞悉龙默最后几句话的意思。夕见依然简单地觉得，龙默只是把自己当了和亲的工具，用以制约燕川，而在龙默的心里，公主的作用可不止制约一方，所以他有全盘妙计为继，并非只是远送公主之后，便拂袖而去。

看着远去的马车，郎虎搀扶着龙默站起身来，龙默拍拍身上的尘土，恢复笑容："一会儿把灌木丛内的尸体都收拾干净，别留下血迹。"

郎虎瞪大眼睛："大人把他们？"

"不错，我给韩魂捎了口信，是他干的，干净利索，要说京守军的实力，就是在巡防军之上。只要修辙之后调离巡防军外守，京畿就是我们的天下。"龙默早就借着沮洛的钱两，资助了韩童两家的黑线生意，当然，作为交换，这帮邑院净天府的京守军自己也有了借来一用的可能，只是韩童两家对龙默是否完全信任，还有待观察。

郎虎皱了皱眉："大人猜出公主要杀你，为何不派我去办？"

"郎虎，你心中存善，必会抓捕，不会全杀，这些事，让韩魂去做比较合适，正好试试他投诚的真伪。"龙默悠悠道。

"大人不怕那韩魂如果不杀公主的侍卫，任凭他们埋伏此地，杀了你？要知道，韩氏与乔公可一向合不来，您是乔公学子，反正那个韩魂我信不过。"郎虎依然担忧。

"绝不会，且不说我金钱造势，票头尽注，就我现在主战的立场来说，和他们一致，战争不停，他们就财源滚滚，所以在他们眼里，钱比天洛重要。走吧，记得，派人盯住公主，出了天洛，让我们的人扮作山匪，协助盗会劫持公主！"

"大人，真劫她啊？那为何……"郎虎虽知龙默的计划，但是不明内在原因。

"她不能真的到燕川，更不能被其余三国所劫，只能挟持在我的手里。派星渚会杀手暗中跟随，对了，让他们协助劫持公主的时候，换上青戎的军服。"龙默打断了郎虎的追问。

"是！大人！"

龙默负手欲走，忽然停下来又问："那封给燕东盗会的信寄出去了吗？"

"一切妥当，大人，其余四位公主呢？劫持回朝？还是留在星渚会？"

"其余四位和亲的公主，劫持后秘密留在夕见公主以前的央郏宫，最危险的地方，也最安全，让黄婵好生看管，听我命令，寻个机会和借口，再带回朝堂！"龙默转身而去，郎虎满脸疑惑。

龙默建议和亲，再分别劫掠，无非是为了引得四国勾斗加深。四国分洛已在弦上，龙默自知战事没有了转机，只能为了自己下一步计划而布局天下，而四国王族多少都有分洛之心，也便是掌控洛王族之愿，得一公主和亲，那便是美滋滋的事情。要知道，一位公主在王族的分量可轻可重，她们的王亲旁族，上下连枝极其庞杂，谁会在此时拒绝一位天洛公主的支持呢？这就是为什么燕川和青戎前几日还在书信中争先恐后地争夺与夕见公主和亲的机会，而崇衡自知得不到夕见公主，他们也在极力要求锦葵公主的光临。若在此时，除了夕见以外的公主全部遭劫，那其余三国之人必然怪罪燕川暗中行此大逆不道之事，没人会怪罪天洛藏起了自己的女儿。而夕见公主最后遭劫，其余三国也只会觉得那是燕川在贼喊捉贼，这种小儿科的障眼法，哪个国家不得有几个鬼谋之人看出来呢？其实对于龙默来说，劫持五位公主，也是要挟加济王族的筹码，至少就现在来说，龙默的每一步棋都似悬崖边游走，一不小心就是万丈深渊，他无论如何得给自己留下后路，而能想到如此之远的谋略，没人相信那是申公豹和龙默的智慧，更多的，还是超脱智能的杰作。

值得解释的是，四国之盟为何却派出了五位公主呢？夕见公主去的是燕川，锦葵公主去的是崇衡，风铃公主去的是青戎，而雪轮公主去的是南依，最后，秋罗公主因儿时疾病，无言语之能，虽貌美依然，但没有四国之人愿意收留。所以加济王为了多加拉拢南土诸国，让秋罗公主去了西南小国白梗，而白梗和荷堂两个西南偏安小国，并没有在子秋王成盟之时加入盟约，并不是他们不愿意，而是子秋王觉得没这个必要。在子秋王的心里，白梗和荷堂两国加一起，不过是子笙和穆安抽个周末时间就能打下来的，进不进盟约都一样，至于荷堂为什么没有公主前去和亲，因为加济王真的就只剩下这五个女儿了，只能先紧着大国用，荷堂为南土最小的国家，所以只能先放一放了。其实，白梗和荷堂的王族均来自北土诸国王族的旁支，据说是逃难至此，远避北土之祸，身藏绝世的秘密，可见北土也不太平，而南土很多人都知道，这两个国家虽小，但是却最好不去招惹，也只有子秋会觉得，两个小国不过脚下蝼蚁。

夜色渐深，郎虎一身黑衣，龙指双刀背在身后，机警地在郊外寻觅着一个不起眼的庭院。最后，他在一个挂满蜘蛛网的木门前停下，轻声敲了敲门，连续两下，顿了顿，又连续三下。黄婵也是一身黑衣，从里面开了门，郎虎闪身而入。

两人在庭院下方的地穴内，方才借着微弱的烛光，拉下面罩，看了眼对方的脸。黄婵虽听命于龙默和郎虎的星渚会，但是其并无上古魂意，只是因龙默和郎虎早期曾帮她赎身并惩治西郊的恶霸，故而黄婵有意报效两位恩人，至少，郎虎是这么认为的。黄婵自知星渚会性质，平日里自己都是各式面具栖颊，令人生怖。

郎虎没有言语，只是把一封密信递给黄婵，上面是秘密劫持除了夕见公主外另外四位公主的方式和时间，黄婵看着信，不停地点头示意自己明白了计划，郎虎指了指蜡烛，又指了指信，示意黄婵谨记后，记得烧毁信件，然后郎虎闪身而出，黄婵若有所思。

郎虎出了庭院，但见一个黑影从自己身边一闪而过。郎虎口中暗哨一含，拟出几声鸦鸣，意思是有人跟踪，立即作废此接头地点。黄婵刚出地穴便听见郎虎的暗哨，于是抢先撤退了，她自知郎虎对付几个跟踪的人绰绰有余。

郎虎飞奔至几乎天明，追上了几个跟踪之人，跟踪之人有十来个，均一身黑衣，面遮黑纱，与郎虎的装束无异。为首的黑衣人指了指郎虎，其余人将郎虎团团围住，众人抽出背刀，向着郎虎袭来。郎虎的身手，岂是几个小喽啰能抵抗的，只见他双持龙指长刀，挥舞自如，黑衣人们频频来袭，左右前后都不能近身。几个黑衣人合力围攻，郎虎也不伤人，挥刀一侧，左手的刀背贴住一个近身的黑衣人，然后右手的刀刃顶住左手刀背，上臂齐用力，黑衣人被震开数步。

又几个黑衣人近身，郎虎单手挥舞龙刀，一手锁住一个近身之人，反手握刀，向下一拉，刀刃将左右两人的肩膀处各划开一道大口子，鲜血直流。与此同时，正面一个黑衣人贴近，郎虎借着左右两人的力，上拉身体，一个前踢，那人又退出数步，郎虎借势一个后空翻，牢牢站在地上，双持的龙刀，一正一反握在手里，他面露微笑，轻蔑而放松，众人知道均不是郎虎的对手，都愣在原地没了动作。

郎虎环视一周，指了指眼前的几个人，说道："脚程不错，看步法和刀阵，该是京守军的人吧？"郎虎显然一直观察着跟踪人的动作细节。

当中一个人干脆拉下面罩，露出憨笑，把刀插在地上，行了一个礼，郎虎这才看清，此人便是韩魂，京守军副统领。

韩魂一声假笑："让郎虎大人见笑了，我们京守军打不过带剑宫执，也实在惭愧！"

郎虎哼笑了一声："韩魂！你几日前来投，我家龙大人还帮你说好话，如今怎么？不放心我们？跟踪到城郊来了？"

"四国围困，我们京畿京守不敢怠慢，如今家父新任净天府府首，京畿安全，我们义不容辞，京守和净天联合办案，你最好解释清楚，宫中的宫执，夜半出高墙，是私会还是通敌呢？"

郎虎大笑不止："我若是愿意，你们今天没有人能活着回去，我有什么怕的？我就是今天告诉你我做了什么，你敢回去禀报吗？"

"哦？愿闻其详！"

"公主们均已上路，但京守不离京畿，巡防不离京郊，修辙邀兵过万，均来自宫墙之内，怎么？你想让内廷院和天下院的大臣们护送公主远行四方吗？"

"哦？那郎虎大人是来安排私军护送公主们的？"

"私军？我们可不敢！没你们韩氏胆子大！我们是借鲁氏沮氏以及翰博院的家丁院丁一起去护送公主们的，只不过出行之前，我向英典将军借了些兵器并稍加训练，今日是来送信给接头人以明晰护主前行的路线的，韩魂大人，你若是愿意，你就去禀告你爹和陛下，好好查查我今日说的，对与不对！"郎虎说完，两把龙刀扛上肩头，转身坦然而去。

韩魂思忖片刻，也不敢追去，一直思索郎虎的话，真假之间，也无法确定。郎虎所言，尽是龙默所教。龙默笃定韩魂投诚，必是觉得自己在搅弄风云，且是陛下眼前红人，若是喜爱钱财，收拢过来，也算是天下院有了自己的人。可是龙默终究不是宗族之人，也非派系之人，党群之交，故寻了个空子，要试图抓些龙默和郎虎的把柄以要挟，这几日发现郎虎常常于西郊巡游，所以派人盯着，跟踪至此。龙默倒不担心，将计就计，让郎虎被跟踪后，如上述所言，韩魂和其父韩滕义因党群关系，必然不会直面询问鲁正和沮洛此事真假，更不敢问起英典借武器之事，怕是只能信了。但是龙默也算计到，韩魂必然告诉其父，韩滕义必然告诉加济王此事，加济王也就此便知龙默派人盯上了其几位公主，此乃填海镇龙之举，加济王心中震怒归心中震怒，但不会在面上跟龙默过不去，心中也必然忌惮龙默几分，毕竟自己将败，死不死已然无所畏惧，就是想要留下一儿半女，以续香火。龙默也借此在天洛将败的危急时刻，至少在加济王面前，有了保全自己的筹码，这些步步为营的招数，若不通过心渊精算，怕是只有神人才有此心机！

而韩魂此举也并非为了真的查探什么，不过是要一个龙默和郎虎的口舌，这样一来，他们韩童两家用起沮洛票号的钱才放心，龙默也早就料到了韩童两家在完全倒向自己之前，必然有所挣扎。这钱票流通京畿之地，沮洛可也都盯得紧，若是得了韩童通敌的证据，沮洛和龙默手里也有筹码，那么家族之间的博弈可就更深邃了。

至此，韩童两氏加之京守军和净天府一派，沮氏加之天下院一派，鲁氏加之内廷院一派，修氏加之将军府及四将一派，龙默看得清清楚楚，这也为他之后的乱治奠定了基础。

燕川国边陲左岸镇，穆安和唐知蹑手蹑脚，翻进一个豪府内，两人四散看去，没有动静，穆安指了指屋顶，两人慢慢地顺着一个梯子爬了上去，然后趴在瓦片上俯视豪府院落。

不一会儿，院子里开始人头攒动。一众盗贼身披武服，腰别短刀，忙前忙后，里里外外运送着大包小包的粮食，院子东西两侧的厢房旁都有被捆着绳子的府内仆人，他们拼命挣扎，却动弹不得。有人不停地跟那些仆人说着什么，还有的被松了绑，有的跟着盗贼们去了后院。

院中一个身形修长的女子，面色青秀，两把飞刀扎起发髻，刘海微垂，肤色白皙，妆容精致淡雅，她一身蓝色武服，腰间别着两把匕首，手里不停地把玩着穆安的龙肤卷轴，也不时监督着其他的盗贼搬运粮食。

显然，这帮盗会会众刚刚劫了此豪府。此女便是燕东盗会会主婴柳，燕东奇女，年仅二十，心性若风，武功似雨，脾性若雷，眼眸似电。

穆安盯着婴柳手里的龙肤卷轴，突然，自己背上的龙牙开始微微颤抖，穆安隐约看着那女子腰间的匕首，好生精致。没错，又一个龙器出现在穆安面前，那是龙骨双刃！

穆安思忖着不但能夺龙肤卷轴，还能多赚一个，便与唐知低声耳语："你见过这个女的吗？"

"没有，但好像是盗会的头目，听人提起过她，她叫婴柳，是个燕东奇女，飞刀匕首，金针银线，杀人都是眨眼间。"

"你的念力这么远挪得动龙器吗？"

"太远了，而且容易暴露！"

"他们果然没有杀人，还放了好多人，还有些人去了后院？"

"我跟你说过，哥，他们不杀百姓的，他们是好人！估计放走的是不愿归顺的，去后院的是愿意归顺的，他们会发些武器防身。"

"好人来这抢粮食啊？怪不得这么多人，每次抢劫还能发展别人入会。"

"是啊，这是燕东最大的盗会，甚至还有边境的青戎人加入，比天洛的那个什么洛和会还要大。"

"还有个洛和会？天洛的？你这都哪儿打听的？"

"哥，我在酒馆工作那么久了，如今也是盗会混事儿的，光听也能知道好多事啊。"

穆安盯着婴柳观察了半天，然后拍了拍唐知，两人从房顶的另一侧慢慢爬了下去，偷偷溜进一个厢房内。穆安翻出来几件仆人穿的衣服套在身上，唐知也拿过来几件，穆安赶紧扯过来，低声吼道："盗会的人都认识你，你换什么衣服？我先混进仆人里，你暗中跟着我，随时接应。"

"好，"唐知点了点头，转念忽然想起，"但是，哥，他们里面也有人见过你啊，我们一起偷的你的龙器。"

穆安瞪了他一眼："你还好意思说，你不偷都没这事儿。没关系，他们不会记得那么熟。"穆安说完，从地上抹了些灰尘，涂在了脸上，向着窗外望了望，然后偷偷摸摸出了屋。唐知也跟着出来，去了另一个方向。

豪府院落内，婴柳机警地环视四周，然后挥了挥手，一众盗贼带过来一帮仆从，穆安站在队列的最后一排，微微低着头，眼睛不时上瞟，盯着婴柳的一举一动。婴柳的目光扫过一群人，看了眼穆安，但是目光没有停留。在穆安眼中婴柳倒是长得精致，虽说不上多么貌美，但是女孩儿一看就是精干而聪慧的那种，发髻上盘，面容干净，穆安也是二十出头的年纪，情缘随时来，情窦随时开，他虽被偷了东西，但是对盗会没有恶意，也就对婴柳没有恶意，甚至有点觉得佩服，这小小年纪的女子，竟然是燕东如此大的盗会的会主，穆安心生拉拢之意，也自然有着借盗会知晓天下之盼。

一个盗贼跑到婴柳的身边，禀报道："会主，这些人是我们觉得很适合入会的，但是好像并不太愿意加入。"

婴柳环视一圈，精致的脸上看不出情绪，但是手里早已暗暗捏了几根银针。婴柳会主之位得来全靠一身了得的功夫，但据说子笙一直很关照这个盗会的"妹妹"，婴柳也自知自己年纪小，难以服众，便总拿跟子笙的关系说事儿，久而久之，子笙借婴柳打探江湖消息，婴柳也就借着子笙的关系掌控盗会。龙骨双刃被她耍得轻盈灵动，刃身和刃柄同长的设计使得女子用起来极为顺手，而其手中的银针名叫龙指凝针，由烛龙龙指碎屑凝炼而成，手中捏起不见针身，飞在空中更是毫无声息，当真是杀人于无形，制人于瞬息。

穆安仍然微微低着头，看见另一侧唐知和几个盗贼佯装闲聊着，知道唐知已经归了队。婴柳也看了眼唐知，思索片刻，面露微笑，站上一个台子，高声说道："乡亲们，我们燕东的盗会，会收纳很多的有志之士加入，一同实现劫富济贫，共荣燕东，闲游天下的美梦。你们是我婴柳相中的人，如果此时加入，我保你们一生享乐，无忧无虑。但是我也讲原则，如果你有家要养，可以，领些钱财和粮食离开便是，如果你因为战争没了家，那就此时作这个决定，跟我走，不要在这里替这些燕川为富不仁的奸臣奸商们维系生意。一旦你决定入会，我只有一条规矩，对我唯命是从，仅此而已！"众人面面相觑，穆安也假装和别人互看。

婴柳不时地瞟向穆安，发现穆安背着的龙牙很是显眼，龙牙虽包裹在布内，但是因剑身修长，总是引人侧目，她观察着穆安壮硕的身材，又看了看他没有换的军靴，那是一双燕川军人才有的靴子。按说以穆安之智，不至于伪装得这么差，但是实际上，穆安只是想找个正面以敌的机会，并没有想着伪装多久。而婴柳的眼神里显然带着期盼已久的意味，穆安正是她要找的人！

婴柳咳嗽几声："怎么样？决定好了吗？要加入的去后院登记，领武器，不愿就可以走了！"

众人议论纷纷，有些人离开了豪府，有些人奔着后院而去。穆安随着众人慢慢地向着后院走去。

婴柳看着穆安的背影，终于开口："哎！你！"婴柳话音未落，手中的一把飞刀飞出，奔着穆安的面门而去。穆安扭过头，瞬间将龙牙横在身前，飞刀撞击剑身，"当"的一声，掉到了地上。

穆安把龙牙收起，盯着婴柳冷笑一声，身边的人都愣在原地，他身后的墙上有几根银针，银针的针身还在不停地颤抖，穆安瞟了眼唐知，唐知的一只手外翻，显然是他刚才用念力帮助穆安躲过了银针的攻击。穆安心里暗自佩服婴柳的身手，就刚才一眨眼的工夫，竟然两次险些致自己于死地，他也对婴柳的心狠手辣充满隐忧。实际上，婴柳知道穆安是军人，第一把飞刀自是相信他会躲过去的，至于那些银针，婴柳本身就涂的是轻毒，刺入人身，只会瞌睡个半晌，并无大碍。

穆安上前一步，语气中有些许不满："怎么？要加入的人需要先挨你几刀？"

婴柳慢慢走近穆安，捧着穆安的脸，上下打量，然后露出了微笑，两人的脸庞靠得很近，面容却都十分精致与英气，穆安与婴柳都有些脸颊泛红，真是一对郎才女貌的"鸳鸯"。

"你是什么人？手里是什么？看身材根本不是什么仆人，而且还穿了燕川军人的军靴！"婴柳问得淡然。

穆安看了一眼自己的脚，又抬起头，面色无辜地看向她："我刚入府不久，燕川的伤兵退下来的，手里是家父传于我的宝剑，我必须贴身带着。"

婴柳秀眉一皱："给我看看行吗？"穆安犹豫片刻，把龙牙递给了婴柳。婴柳接过龙牙的同时，左手袖口里的毒粉抹在了包裹布上，婴柳试着掂量了一下龙牙的分量，然后扔给了穆安。穆安接过龙牙的一刹那，婴柳小口一吹，包裹布上的毒粉轻微飘散，穆安吸入了一些，瞬间觉得晕头转向，头重脚轻，失了平衡。

婴柳朗声道："这么重的剑？应该是把好剑。"话音未落，穆安一阵晕眩，倒在了地上。唐知看着穆安，刚要上前扶，又一个回神儿，站在原地没动。

婴柳冷哼一声："长得倒是俊，就是脑子不好使！绑了，带回去！"穆安被五花大绑，几个盗贼抬起穆安就走，另几个盗贼搬着龙牙跟着。唐知四周环视，然后紧跟而去，准备伺机营救。婴柳瞟了眼唐知，哪能不知唐知是自己的诱饵，本是应该隔离开的，以防相救，但是当下没觉得他是什么障碍，也便作罢。

天洛国洛京城王族乾渥宫内，加济王站在一面巨大的舆图面前，上面满是双剑交叉而成的标记，他呼吸有些紊乱，眼睛里满是血色。修辙身上满是伤痕，战甲破碎不堪，跪拜于一侧，眼中带着泪痕。

英典、青灯、郜别和元攘四将站在修辙的身后，装束均是为臣所穿，不见战甲。显然，他们并没有解禁，依然被软禁在将军府，只是不知为何今日被传唤至乾渥宫问话。

龙默微微躬身，站在加济王的另一侧，低着头，眼神空洞。

修辙颤抖地说道："陛下，东西南北四线都失守了，希王子、列王子战死，尔王子和诺王子重伤，煜王子和琬王子下落不明。燕川的子笙已经夺取了西北六镇，崇衡的太积攻克了我们东北的穗州和衢州，青戎的格图围了我们的北境大部，南依国宗政公贺已经渡船过了洛水。在下回来复命，保护王子们不利，请您治罪。陛下，不要再犹豫了，请您即刻离开乾渥宫，前去铸州避难！"

加济王眼中含泪，低着头，良久无语。龙默与四将也沉默无声，屋内静默良久。

窗外有天洛宫廷的歌声……

有群鸟飞过的声音……

有天洛宫内巡防军来回穿梭，跑步的声音……

有天洛宫殿内的钟声，甚至有天眼飞过的声音……

"你的计划失败了，龙默。说话！"加济王几近咆哮，唾沫星子溅了龙默一脸。

龙默扑腾一下跪地而拜："陛下，臣没什么可说的，最后一言，为了国家，您必须有所放弃！要不去铸州避难，要不解禁天下名将前去参战。臣不知，为何您力求死战，却还要软禁四将，我当时谏言您派王子督战，何想到您会软禁四将至此时？如今王子们罹难、失散、重伤，王族几乎一半的血脉流失，公主们在和亲路上也生死未卜，别说您的为父之心，我龙默一介小臣，如今也是哀莫大于心死，是死是活，您今天给个痛快吧！"龙默抽出修辙腰间的长剑，递给加济王。加济王握紧剑，搭在龙默的脖子上。众将面面相觑，却也没人真的站出来拦一下，其实龙默早就料到王子们也不会有好下场，只是他不想王族再留人了，要不就像公主们一样掌握在他手里，要不就像王子们一样死的死伤的伤，而龙默言语中重提公主们的安危，也就是提醒加济王，你的女儿们可都在我手里，如今你的儿子们死了一半，女儿可别再有什么闪失，龙默也料想到加济王不会真的杀他，真正让龙默觉得惭愧的是，他为了五大名将说话，竟然五个人没一个站出来帮龙默劝劝加济王。当然，龙默对于加济王软禁四将的原因还是心知肚明的，当下不过在于拉拢。

加济王犹豫间，绿衣冲进府内，跪在加济王的面前，泪流满面："陛下，龙大人罪不至死，这也都是为了家国天下啊。"

龙默怒视绿衣："绿衣，你出去！"加济王冷笑一声："竟然还有人给你求情！"

"陛下，早知今日，何必当初啊？"龙默斗胆而言。

"放肆！龙默！你何出此言！"修辙义愤填膺，一旁的都别看得起劲儿，甚至不作声地冷笑起来。青灯倚在元攘的肩头，对面前君臣的一出大戏视若无睹，也略感不屑。元攘表情呆滞，眼珠子猛转，似乎想的心事也和眼前的一幕无关，三人这心理素质，真乃天下名将所必备。唯有英典傻乎乎地在帮腔："龙默！死到临头你还大放厥词！"

加济王合上双眸，长叹一声道："朕不是战争的起点，更不是终点，天下不一统，战事永难息。"加济王语气中有几分阴冷，"那都曾是天洛的土地！我至少要去争夺！家国天下，不可在我手里少了一分一毫！"

龙默看着这样的加济王，满腔的怒气让他气血上涌，努力平复后的语气里甚至能听出几分悲愤："所以你拟定了天洛的命运，陛下，那些曾是天洛的土地！但是如今不是，你以为这样就是分了我天洛吗？但燕川那些地方离开天洛后是一片和平！你去重夺四国，却带来战争！是你延续了先王的战争！你在发动战争！你是个战争狂！你是个屠夫！你在杀人！战场上有死去的孩子和女人，有死去的老人和弱者！都是你的原因！你的灵魂沾满鲜血！你知道吗？"龙默变得撕心裂肺，歇斯底里，修辙和英典都愣在原地，就连另外三个看戏的都觉得龙默有点过了，但是语气里似乎带着主和派的尖锐立场和无法反驳的正义论据。

加济王眼中带泪，却露出一丝狞笑："好，如果有一天，有另一个人告诉你这些，请你像我一样礼貌和冷静！"顿了顿，加济王更加冷静，"我回答你另一个问题，关于软禁他们，我是为了完成父王宗勋的夙愿，保几大将门有后，我愧对修炳睿和元驰两位将军，我希望修辙和元攘得保，但是我只能软禁元攘，西线不能没有修辙，至于英典和郗别，其祖辈分别为英迁和郗漩，均有不世之功，如今天洛衰败，天下名将已寥寥无几，我不能让他们再有闪失！"加济王早就后悔了软禁之举，如今不过找个台阶下，龙默可全然不信，在他心里，君王的心术转变，就如同娇女脾性。

众人哗然，面面相觑，不知说些什么。龙默打破死寂："将军本该为国而死，陛下这是何等思索，软禁他们至此，四国破门而入，陛下觉得他们还会活着吗？四国不会问罪吗？"

"所以该去铸州的是他们，不是我！你们好自为之！"加济王说毕，转身离去，今日这君王颜面尽失。

龙默与诸将面面相觑，修辙和英典均瘫坐在地，元攘和郗别略有所思，唯有青灯，话语至此，都未能知道自己的身世，却也留得一身轻松。

龙默思忖片刻道："陛下必然还有隐忧，软禁诸将不至于只因先王之遗志！诸位且稍安勿躁，臣定有办法，救得诸位出来！"龙默言语之间，也是在点醒修辙，之前所言内反之忧，必然也是起因。

郗别缓了缓情绪道："龙大人有心了，郗某代诸位谢过大人，今大人奋力为诸将开脱，实属不易，日后如需，诸将定当有所回报！"说罢，郗别当先离开，英典摇了摇头，紧随而出。青灯和元攘扔下满脸不屑，也夺门而去，只剩下修辙与龙默四目相对，龙默什么也没说，只是点了点头，言外之意，若是今日陛下不取这个牵强的理由，兴许还有缓，只是这般说了，那便是在遮掩真相。修辙愣在原地，好像其父的遭遇又重回心头，不想自己也成了砧上之肉，成了内忧的目标，心中五味杂陈，被自己一心向之的王族背叛，这种滋味，可不好受，只是失望之余，倒是对龙默多了几分认同。

青戎国戎都王族聚兽堂内，万兽标绘环聚大堂，熊首狮头、狼牙鬣齿、凤翅鹰翼、虎皮豹绒，那是应有尽有。要说王族大堂为何装扮得如自然博物馆一般，那全仗青戎的信仰所求——自然万生，共荣以待，番邦无求，君者施恩。说白了，他们家国之念并不深入人心，戎族十区六部，均有区首部保，各管一摊事，君王每年达济天下，也就是对外送送东西客气客气，而各大部保再来进贡一番，也算是互换情意了。君王的作用便是泽被天下，不求图报，一族之图腾，象征性大于实际作用，各大部保部主才是戎族真正的灵魂，而只要一战，戎族便是一呼百应，群起而御敌；若是无战，则六部之间的事儿就来了，互相勾斗，不在话下。所以在戎族君王的心里，时不时得对外打一仗，为的就是内部的团结与共，这叫安内必先攘外！

青戎君王格索一身金黄色的战甲，肩披狮绒，腰缠蛇皮，头裹方巾，盘腿坐在王座上，喝着戎国草原的蛇皮酒。身边一名身着淡黄色袍子的谋士便是何谦，他坐在格索的身边，不停地给格索敬酒，笑得谄媚："陛下，天洛北境我们已包围了三之有二，之后就是直取天洛都城，一切依计行事，不曾有变。"何谦官拜草原大戎保，是六部保的头子，权力自不用说，但是这个官位异常诡异，实际并无手下之人可控，不过是青戎政体中枢机构千族会的一个话事人，负责召集大家开会议事便了，而何谦精于疏通各种人情，善于溜须拍马，但是也有一点自己的尊严和对于王族的执着，只要王族上下，六部大户给他点面子，别太露骨，他一般就是笑面相迎，不惹事端，但也常因此，吃个哑巴亏啥的，能忍则忍。

格索放声大笑，又是一杯酒下肚："何大人，知道我为什么笑吗？"格索生性豪放，但贪于酒色，共荣执念根深蒂固，好处想是无争世之忧，坏处想则是无处世之智。

何谦脱口而出："战事将息！分洛在即，我戎族六部，正是开疆辟土的又一次大好时机！"

格索摇了摇头："错！这不是开疆辟土，这是沿疆拓土，而且，四国的勾斗之戏，才刚开始！有的看喽！"格索口中的疆土可未必都指的是在他手里的疆土，几个部落自治而取，他也没什么意见，所以在他心里，分洛之事，何谦和六部自己看着办就行，只要自己的大部得保，一切安生。

"陛下，四国之盟只是被天洛所逼，实属无奈，如今面上的和平将至，不知盟约的前路啊，这勾心斗角，确实是有加重之变，我们是否……"

"那梦京羽和永安崇向来与我们不对付，跟那个天洛没两样，在我眼里，天洛如今败了也未必是好事！分洛，不就是逮个羔羊，一人一刀吗，怎么切顺手，可得盘算盘算了！让六部准备好了，分不清楚，那就打清楚便是！"格索的思路倒是清新脱俗。

"陛下此言精妙，五国之间的制衡打破，战事未必不再，那分洛的事可是棘手啊，如果分不好，那可不亚于当年天鬼过洛西，连夜血洗燕川牧羊镇的惨案啊！"何谦所说之事，便是天洛沿袭战事的一个标志性事件，也由此之后，牧羊镇及其周边满是战后遗留的山匪和盗寇，婴柳盗会和戎族东戎教的雏形，也便是在那一刻出现的。

"格图将军那边怎么样了？"格索一直惦记着自己这位身居大将军的兄弟。

"已经在天洛的北境驻扎，即刻就前去洛京城外与其余三国会合。"

格索一拍大腿，喜上眉梢："好！你今夜就启程，前去协助格图，分洛之事，一定要周旋妥善！哦，对了，让六部两两相结，分扎戎西、戎东、戎南，防止盟约有变。"格索跟子秋一样，也对盟室没什么信心。

"陛下放心，咱们青戎全世共荣之念早晚深入天洛的民心，到那时他们就懂得，谁才是旷世之主了！但是臣以为，此时是燕川出头而引火烧身的最好时刻，我们大可以以静制动。"何谦总算说了句分洛大势下合理的想法。

格索挑了挑眉："哦？燕川还能从哪里引火？"何谦微微一笑，"陛下，天洛本身就是火啊！"

"不是已经熄灭了吗？"格索显然没明白何谦的深意。何谦又道："刚熄灭的火，就怕风吹草动。"格索略加思索，进而朗声大笑，指了指何谦，示意他确有见地。

"照你的意思办！也别给燕川和崇衡机会，一荣俱荣，一伤俱伤！让六部机警点，我们的戏以配角出场！"

何谦大笑，举起酒杯，与格索畅饮庆祝。

话说青戎和南依实际的分洛之念有共同之处，就是觉得分不分，先得看谁出头，而出头之人的命运在四国之间横流，自有其定数。简单说，青戎和南依都会觉得燕川是出头之人，也会是分洛局面下第一个死的，只是两国虽逻辑相似，但出发点不一样，南依恐惧天洛大同天下之力，而青戎恐惧天洛反噬北境之劲，各有各的道理，崇衡小国无力左右一二，也便看其余三国的行事方式了。但如今龙默四方和亲的局势下，每个国家都在掂量各自公主的地位，也只有燕川的子秋王和子笙将军觉得已经稳操胜券，因为夕见公主可是天洛后宫最强势的存在，若是要天洛新选一个王族残根为继，那非夕见莫属。

龙默站在天洛国洛京城西郊太冥门瓮城城墙上左顾右盼，身后的士兵们忙前忙后，布置城防，四国的压力终于渗透到洛京城外了，天洛的穷冬之日，就此降临。尽管此时依然秋阳火辣，但蔚蓝渗紫的天空下是一片地狱焚尽的末日之相，兵士们早知天洛败局已定，行尸走肉般地行动着，无丝毫军人的朝气。

郎虎站在龙默的身旁，韩魂和童魄站在龙默的另一侧。龙默扫视两人，笑了笑："你们两个天天来表投诚之意，让我受宠若惊啊！我一介天下院卿士，怎敢攀附净天府和文录院的高枝？"龙默嘲讽间，郎虎在一旁默笑着，他心里自知上次龙默借韩魂之言暗中传递给加济王公主们被龙府之人护送的消息后，加济王对龙默又忌惮了几分。韩滕义和童远生也不是傻子，自然分析得清楚当下的情形，加之龙默钱票相助，韩童此时也有了票号隐线之忧，这韩童两个小儿再来表投诚之意，无非是为了让天下院在战后保一保韩童两氏。但实际上，韩童两氏亲近王族谭王和晗王两位小王子的势力，也便是有着王族半边天的话语权，四国再傻也不至于在分洛的大势下，难为这帮王族婚宦之众的，他们要做的无非两点，要不拉拢，要不软禁，至于杀戮，那可是大损天洛民心之事。

韩魂露出谄媚的笑意："龙大人，我和童大人并不是投诚，而是投明！净天府和文录院何时能与天下院并立了？谁看不出来，这天要变了，天下院沮大人和您，那是不世之才，我们当犬马以效，不惹二心！"

童魄赶紧应着这句话点了点头："龙大人，您如今主持这城防大事，还不能说明问题吗？"

龙默望着城外，冷笑道："这能说明什么？门户之固，替陛下分忧而已。"

"龙大人，你我既然是臣子，那就不用这般说话，难道我们看不出您的城防存在明显破绽吗？"童魄指了指城外的部署，"城墙上的士兵忙前忙后，竟然忙的都是些添置箭矢、箭头涂毒、修补盾甲的工作，而且都是弓手，我想问您，四国的士兵如果杀上城楼，您怎么办呢？只用盾挡吗？"

"大人，刀斧手不站城楼不要紧，此时不加固城墙城垛也没关系，但是您不能如此明显地只用弓手，我的理解就是，您故意放弃了，为的是引四国之人入我洛京做做客！"韩魂和童魄两人都来投诚了，也不忘揶揄一下龙默，这大家大族的底气当真是足。

龙默摸了摸下巴，眯起眼睛看向二人："我如果放弃，开城迎敌就是了，还在这儿听你俩指手画脚吗？"

"大人不必再怀疑我俩的来由，您可以如此办事，只需把我俩看作自己人。"韩魂语调抑扬顿挫间，满是小人嘴脸。

"是啊，大人，以您之智不至于露此破绽，如果您有什么后计，不妨告知，我和韩大人可以全力相助。"童魄附和的嘴脸更加丑陋。

龙默叹了口气，双手拍了拍韩魂和童魄的肩膀，突然，龙眼开始微微颤抖，龙须颈链也跟着抖动起来。龙默的脑海中显示着两人的上古濒死画面，他如同触电一般，分别盯着韩魂和童魄的眼睛。

费仲被冰冻于岐山，费仲跪地求饶，费仲被斩首示众……龙默后退了一步，皱着眉头，深呼了一口气。

尤浑被冰冻于岐山，尤浑跪地求饶，尤浑被斩首示众……

龙默使劲摇着脑袋，眨了眨眼，看着韩魂和童魄，缓了缓神，片刻后，才明白原来韩魂和童魄就是大商的费仲和尤浑，此等同僚，现在不用，更待何时？于是一来二去，给二人布置起任务来。韩魂和童魄见龙默如此信任，心里也就踏实了，至此肯为龙默卖命，不在话下。

在龙默的心里，什么城防漏洞，只要韩魂和童魄在，他们自己便是破绽。且修辙若领巡防军于城郊抵寇，则城内净天府的京守军替自己控制加济王等残室，更是稳中制胜。

是夜，洛京城王宫花园内，虫鸣的声音此起彼伏，丝毫不见了国破凄然之势。龙默和绿衣坐在花园的池塘边，夜色悠悠，当然，醉人的不只月色，还有人心。

"龙大人，你究竟在做什么？"绿衣关切道，没有疤痕的一侧眼睛里汪着水。

龙默面色憔悴，望着天上璀璨的星星，这是他难得的放松时刻："我自己也不清楚。"

绿衣攥紧了衣袖："我第一次见陛下气急败坏成这般，却能留人性命的。"

"这不重要了，陛下要我的命，随时可以拿去，但是他也知道，那还不如让我死在燕川人或者南依人的刀下。"

绿衣看向身边的男人，星光洒在他的肩上，像是一副战甲般，绿衣悠悠道："我有点看不懂你。"龙默深情看了绿衣一眼，笑道："纯如冰雪，又怎会知道淤泥深处的样子。"

"那你是淤泥吗？"

"我不否认，但是没有我，何来荷香？何来池色？何来鱼虫？"他转过头，看向那无尽的星空，"没有我，何来星宇归一，何来银河畅游！"龙默也只有在绿衣面前，会愿意也放心自己纵情地直抒胸臆，他最后的几句话是他具有上古、当世和超脱之智三重魂意最好的证明，更是大独裁者心性的最好流露。

"我不希望你成为国家的傀儡！"绿衣低语，显然她也没听懂龙默最后的几句话。

"我只是借口，陛下才是最后的傀儡。"

绿衣顿时心中一酸："为何家国如此？"

"我不知道，也许是太多我们这样的庸辈！"龙默自责道。

"我从不觉得自己平庸！命运使然，我已经很努力了！"绿衣倒是自信。

"绿衣，如果战事能过去，家国还得保……"龙默停顿了下，"你想做什么？"

绿衣一愣，显然是没有想到有人会问这样的问题，但是答案却脱口而出："去洛水！"

"游学吗？像我当年一样？"

"不！"绿衣摇了摇头，看上去分外柔弱："我只是想离这宫廷远一些。"

龙默牵过绿衣的手，十分郑重地说道："那我们约好，等一切都过去，同游洛水！"

绿衣深情地看着龙默，有些羞涩地轻问："你也想离开这里对吗？"言语间，绿衣牵起龙默的另一只手。

"那倒不是！"见绿衣的表情骤然失落，龙默顿时觉得好笑，补上了一句："我只是想待在有你的地方。"绿衣扑哧一下，笑出声来，龙默也大笑起来。两人的笑声卷曲在星空下，细听其灵魂深处，明明就是两个懵懂的孩子，但细细看去，那分明是破败河山中的一个弄臣和一个怜女。

燕东边陲盗会山寨外，几伙盗贼在嬉闹。山寨内却是一片肃静，婴柳和几个分舵主围坐在一个凉棚内议事。婴柳当中坐，英气十足，举手投足间，活像一个驰骋江湖的女侠。

东分舵主当先开口道："会主，依我看，无论我们是接了燕川宫内的密函还是接了燕东军的悬赏，穆安这小子，咱都惹不起啊，这可是个出了名的亡命徒，不如都弃了吧，省得引火烧身。"

"这叫什么话？"南分舵主皱眉，觉得似有不妥："现在两份名单摆在面前，依了宫内之务，我们得放人，任其东去；依了军队悬赏，我们得交人，捉其西归，这明显是王族和军队不对付，那就看谁给的钱多了，这么大的买卖，不做多亏啊？"

西分舵主冲着婴柳抱拳道："会主，这宫内交给我们的名单咱没一个认识的，估计都是后宫之宦啊，这军队交给我们的名单明显又都是穆安的人，燕南左师枝叶庞杂，燕东多年欺压我们，咱也惹不起，这哪头都碰不得啊，要不还是躲了吧！"

东西南三舵主言语之间，便说清了如今盗会的大难题，也是婴柳头疼的大事。这宫内密函，来自洪番，此乃子秋王秘密让洪番借凤门门徒跟踪穆安，然后按照龙肤卷轴上所示人名，尽杀沿途阐教和大周人士之安排，名单上尽是上古商周阐教和大周之人，这帮当世盗会的盗寇如何会知晓。但是洪番也算聪明，若是此时把这旷世要务下达给凤门之人，也便是动了王族的羽翼，谁知凤门中有没有阐教之人显了魂意，再反噬王族和子秋之位可就危矣，于是他借其新任的燕北军军首之职位，逼着宫中大宦给燕东盗会发了此密函，让婴柳秘密行事，傍穆安左右，借此密函和名单，杀穆安沿途所识之名单上的人，也算是安插了卧底，至于报酬，写的是封地授号，这对盗寇们似乎没什么吸引力，但是婴柳与燕东军打过那么久的交道，自然是明白宫内军政交恶之事的。她接到密函和悬赏后，与唐知设计引穆安入瓮，也便猜到此人有将计就计之谋，甚是提防，但见其也是个俊美男子，心里也是情窦初开，若是宫内密函违反不得，她也愿意陪穆安走上一遭，巡游世间，遍访天下，于情于理，该是如此，当然，这并非是她妥协宫廷的唯二理由。至于燕东军的悬赏，不过是子笙要捉拿穆安和龙器回军，婴柳认为这些悬赏那是每日必现的东西，她也不太在意，子笙总是拿婴柳和盗会当自己的后勤，她们也觉得烦闷。

婴柳皱了皱眉："燕东军我们没什么碰不起的，王族现在我们不摸底，依我看，宫内的事首先是推不得的了。"

"会主，到底谁给的钱多啊？"北分舵主听了半天，摸了摸头问向自家老大。

婴柳思忖片刻："钱财来说，燕东军给得多！宫内应允的，是封地授号，北舵，你以后兴许是牧羊镇的镇主，授号燕东闲盗！"

众人大笑不止，北舵主乐得前仰后合："镇不镇主无所谓，我别镇住我的主就行，婴柳，我一生追随你，不接封号！"这忠心表得比韩魂和童魄自然得多，引得婴柳笑个不停。

西分舵主顿时心生不满，嚷嚷道："那宫内到底什么意思啊？白使唤人？封地和授号能吃吗？"

婴柳单手撑着下巴，转了转眼珠："他们还有一个交换的条件，是愿意继续为我们盗会完善立法，以保护我们，这样的话，我们兴许有不被燕东军压制的那一天！"婴柳显然是编了一个说辞以劝服大家遵从宫内的密函。众人面面相觑，显然这个条件比起钱财更加诱人。

南分舵主道："这好啊！会主！这比给钱还实惠啊！"

北分舵主琢磨了一下，大喜道："那以后我们就是正道人士了啊。"

"这当然是好事！"婴柳笑了笑，随后面色冷了下来："就只怕宫内的阴谋和乱斗波及我们。"

就在众人商讨之际，一个盗贼破门而入，送来一封密信："会主，有您的信！"婴柳接过信，看罢沉思片刻就收了起来。

"会主，是燕东军的还是宫里的？"南分舵主满脸疑惑。

"都不是，但我有了定数！"婴柳似乎更坚定了心里的决策。

北分舵主追问道："那当真放了穆安？"

婴柳却若有所思："没想到世间洪流，尽汇我手！"说罢，示意大家围拢到一起，婴柳小声嘀咕其详细的计划，众人听得认真。显然，无论宫内密函还是军中悬赏，都不及这刚刚的最后一封密信来得重要。

穆安被又粗又重的麻绳捆着，躺在盗贼山寨东面的小土坡上。唐知蹑手蹑脚，来到穆安的身边，掏出一个小瓶子，在穆安的鼻子旁边晃了晃，然后拍了拍穆安的头。穆安慢慢地睁开眼睛，眨了眨眼，使劲地晃着头。唐知见状边给穆安解绳子，边凑近穆安的耳边："哥，好点没？"唐知自知和婴柳一起引君入瓮，甚是不善，心里愧疚，再想到穆安受此大难，第一个便来解救自己，心中更是充满自责，所以现在心里满是帮着穆安逃走的决心。

穆安活动了下筋骨，四周看了看，依然觉得头重脚轻，他缓声道："什么毒？这么猛？"

"盗贼们专用的'头重散'，不伤身，就是会长时间昏睡。"

穆安应了一声，活动着酸痛的脖子，昏睡的时间太久，他才反应过来："这里是哪儿？"

唐知指了指坡下灯火通明的地方："盗会自己的山寨，平时他们都聚在这里，弄来的粮食和钱财也都存在这里，也算是个中转站，燕东军仓廪就在四周，这里没有王族之人管的。"

穆安站起身来，从土坡上向下看，对这边陲大势很是错愕。土坡下是一整片盗会的山寨，里面人头攒动，黑压压一片，山寨分为不同的区域，显得秩序井然。不停有马车带着粮食出入山寨的大门，还有些孩子们在山寨内的一个广场上玩耍，旁边有大人们看护，一片社区般的景象，让人感叹燕东的盗会之体系庞杂，甚至可能是世代延生的庞大组织。

穆安目光所及，有一片地方都是餐桌，零零散散的有人进去吃饭，还有不少人坐在那里吃酒聊天。较远的一块可能是习武场，许多盗贼在那里练武，旁边有些刀剑组成的武器架。离自己近的一块都是果树和小块的菜地，地里有人在耕作，树旁有人在采摘。还有些是木制的房屋，炊烟袅袅。

穆安惊愕不已："这么大一片山寨？这是盗会吗？这是军中大营啊！"

"他们有自己的武装，戒备森严。"

"燕川的王族会如此放任？"穆安质问道。

"哥，盗会与宫内有勾结的，与燕东军更是唇齿，内服怎么会轻易动他们，他们欺负的那些贪官污吏，都是党群背景浅的，不然早就被灭了。"

穆安脑子转得飞快，瞬间决定得先想个法子震慑一下盗会，再伺机逃脱："先把神器抢回来，另外，我们需要另一样东西。"

"什么东西？"

"整个盗会！"穆安言语间，显然是想到了盗会对于其要务的作用，若是得他们帮助，寻觅世间龙器和极境，岂不简单许多。

循着唐知所指，穆安下了山坡，翻身上了一个屋顶，搬开几块瓦片，掀开毡布，一个纵身，跳进了婴柳的屋内，但见屋内水汽缭绕，昏暗不堪，好一片柔情蜜意之景。

婴柳正坐在一个木桶内洗着澡，身边挂满轻纱和几件衣衫。穆安徘徊在屋子的另一边，机警地四下看看，然后一转身就撞进了婴柳洗澡的屋内，两人对视，好生茫然。

穆安看着浴盆中半裸的身体，顿时愣在原地，这毛头小伙如何见过这般情景。空气异常安静，婴柳更是惊愕，没想到穆安竟是个轻浮的淫棍。这水汽缭绕间，除了四目相对的尴尬，也透着几分情丝暗昧。

婴柳顿时涨红了脸，娇嗔一声，桶内水花四溅，屋内水汽更盛，她飞快地丢出几把龙指凝针。穆安连忙抽过一旁挂着的几件薄纱，旋转着挥舞，将银针卷入薄纱，再丢到一旁。婴柳跃出木桶，从衣物中抽出龙骨双刃，顾不得身体赤裸，不断刺向穆安。穆安几番闪躲，绕着木桶逃避，婴柳裹起一层薄纱，掩住身体，正反手双持双刃，挥舞自如，却不见刀刀致命，只是刺击穆安的肩臂。穆安自知太过鲁莽，致使婴柳如此狼狈，却也少有反击，但是躲避不急，摔倒在地上。婴柳见机反刺，穆安腿一蹬，顺着地上的水渍滑到了木桶的另一侧，伸手擒住婴柳的细腰，然后迅速借力起身，踢开一把匕首，再夺下另一把匕首，抵住婴柳的脖子。

两人片刻的尴尬后，穆安虚着眼睛，不敢多看，把婴柳抱着放回木桶的水里，然后撕下自己的缠腰遮住婴柳的肩部，匕首依然抵住咽喉。婴柳一声声娇嗔，使得穆安气虚更乱，脸色泛红，婴柳亦是如此，但两人片刻后都徐徐淡定下来。要说穆安一个步军统领，生擒一个盗寇，用了这么半天，也是够丢面儿的了，也许最好的解释就是，穆安不忍伤了婴柳，且场面实在让穆安心性大乱。

婴柳叹了口气，面色淡然，一只手捂着胸口，一只手还扶着穆安的胳膊："醒啦？穆统领！"婴柳显然知道穆安会来找自己。

穆安甩了甩脸上的水，依然喘着粗气："大白天的洗澡，怕自己不干净？"

婴柳冷哼一声："我在自家洗澡，你却硬生闯进来，怎么？这里的路比燕川王宫好走吗？"

"燕东盗会，名不虚传，天下之人，天下之事，没有不知道的，有人叛乱的消息，这么快就能传到这里。"穆安不屑道。

"一个叛将，对于自己的丑事，还能如此侃侃而谈，不错，有点意思！"婴柳活动了下肩骨，自顾自地玩起水来。

穆安盯着婴柳的侧脸，精致的美让他有点意乱情迷。婴柳不时地瞟一眼穆安，面上飞过几丝红霞，煞是撩人。婴柳这般女子每日刀口舐血，也难得一见穆安这般俊朗的少年，此时心里小鹿乱撞，只是面上还算淡然。

"废话少说，请归还我的东西，我即刻离开！"穆安低吼道。

"你可以走，但是那两样龙器不行！"婴柳这"龙器"两字出口，穆安更确定其背后有人。

"你知道那是龙器？有人悬赏拿回去对吗？"

婴柳见穆安忽地着急，眼珠子一转，略有所思："你那两件龙器一看就是好物件，如果你说出来源和用法，你可以走得更安全。"

穆安想了想，改口说道："那是我以前步旅的名册而已，留在身边作个纪念，对你不重要，对我很重要。"

"名册我见得多了，做得这么精致，必是王宫内的东西！你个骗子！"婴柳往穆安脸上撩着水，似是打情骂俏一般。

穆安扭了扭头，脸几乎贴在婴柳的颊上。婴柳连忙护住自己身体，面对近在咫尺的一张俊脸，不由得有点娇羞。

"婴柳姑娘见多识广，什么都瞒不住。说起王宫，我就不妨直言相告，我的这个龙器，来自燕川朝堂一个名叫管廷颐的卿士，官爵不低，更替达官贵人游走宫内外，这是他记录手下官员的名册，当然之所以如此精致，也不难理解，他们官员的油水也都变相地镶在这不起眼的东西上了。"穆安尽可能编造一个能震慑婴柳的借口。

婴柳思索间，疑惑地看着穆安："我根本没听说过有这么个人。"

"这个管廷颐勾结燕川的鹿氏家族，把自己的粮食买卖越做越大，甚至不惜倒卖军队储备的粮食。更有甚者，他们还与天洛的鲁氏家族勾搭，在边境建立豪府，掩盖私囤和贩卖粮食的计划，发战争财不说，更是私通外敌，祸乱军民两政，你说可恨吗？"穆安引着话头。

"边境的豪府？"婴柳若有所思，"那我们刚刚抢的那个……"

"就是管廷颐的，你们没看到进门时候上面写的'官'字吗？"

"'官'？不应该是'管'吗？"

"旁边栽有竹子，竹枝侧弯，有竹叶搭在'官'字之上，所以就是'管'字，此乃管家暗语，谁会在这种宅府上写上真名字呢？"

"该死！"婴柳将信将疑。

"我知道盗会向来量力而行，听闻天下，言语远世，但是这样的宫内过于隐秘的事情，还是很难打听出来的。所以现在麻烦了，你们接了悬赏，准备拿我和我的龙器，但却阴差阳错惹了士官，更关键的是，他们和鹿氏有勾结啊，家族里最高的官可是当朝羽尹鹿辞啊，他会袖手旁观？"

婴柳心里盘算了一番，又觉得穆安该是在谎言震慑自己，若是管廷颐之事为真，洪番的密函还不能压他一头吗？但其实心中也犯嘀咕，她可不知鹿辞的羽尹之位与洪番燕北军的军首谁的官大。婴柳疑问道："可那些粮食明明写的是'天洛'的来源。""我刚说过了，他们与鲁氏私通，这就是更大的危机，你抢了他们的粮食，知道了他们与天洛有秘密的商往，现在两国在打仗啊，这是私通敌国之罪！所以我的推断是，盗会会有大麻烦！你们即便交出我和我的龙器给军方，也摆脱不了一死！"穆安还在吓唬婴柳。

婴柳惊叹之余，双眼圆瞪，皱着眉头，心里也一时难辨穆安所言真假："我们怎么才能躲过此劫？你有办法吗？"

穆安伸出一只手，示意婴柳归还龙器。"我一会儿拿给你！我都这样了，还能跑不成……"婴柳嗔怒："快说！不然谁也走不出这个寨子！"婴柳又把身子往水里缩了缩。

"我现在就要！"

"我现在光着身子出去给你拿吗？"

"你再不说实话，我真的让你去拿！"穆安坚定道。

"在我衣服的口袋里！"婴柳无奈道。

穆安抽过婴柳挂在一旁的一件衣服，从口袋里拿出了龙肤卷轴，他顺势把卷轴打开了一点，瞟了一眼，上面显示着"胡喜媚"三个字。穆安顿时触电般怔住了，使劲晃了晃自己的头，眨了眨眼，一个深呼吸，这才淡定下来："我的龙牙呢？"

婴柳一扬头："在兵器库，我可以随时拿给你！"

"婴柳，你的盗会不曾谋害百姓的性命，而且还分发粮食和财物，救济他们的生活，我佩服你，我愿意救山寨一次，但是必须听我的命令！"穆安把刚刚成形的想法全盘托出，"先王曾远游南土上下，得一称为'极境'之仙地，山水绝美，尤若画卷，但如今不知其南北所踪。首先，派盗会之众，四方寻觅此处，得之禀报于你我，其极境之下，便是先王所建的地下宫宇，雕梁画栋，美不胜收，我们既可屯粮屯器，也可躲避当世灾祸战乱，再不用担心朝堂之忧，军政之扰，而寻觅之途，所见世人，均可推举入会，借此庞大会宇，增多会众，岂不一举多得？"穆安这是有心借盗会巡世。

"此乃长久之愿，如何解得了近忧？"

"盗会如此庞大，人脉亨通，四散而去便是，这并非难事！"穆安语速甚快，"盗会众人先行散去，也算各自避难，过了风声，再聚不迟，盗会中旗语、暗哨、密信，边陲各大酒坊、客栈，均有通信之法，何愁天下之大？"

婴柳正思索之间，突然，一个盗会女侍卫推门进来，隔着墙说起话来。穆安更用力了一些，刀刃把婴柳的脖子压出一个血道，示意她不要暴露自己。

"会主，天洛的彼岸公主在去往燕川凤羽城和亲的路上，队伍庞大，金银财宝无数，东南西北四大分舵舵主都说可以计划劫掠，山寨一年的收成便有了保证，让我特来邀请会主晚些时候与会讨论此事。"

婴柳提高了声音："好！我知道了，让兄弟们商议对策吧，我们速战速决。"

"是！会主！"女侍卫说罢而去。

婴柳面带一丝不易察觉的微笑，穆安却皱着眉头，低吼道："你疯了吗？天洛公主来和亲，那就是燕川王族的人，你劫了她，那就不是一个鹿辞来报复的事了！"

"我有什么办法？找极境？一时半会儿找不到怎么办？我们抢粮食的事情弄不好现在那个叫管什么的都已经知道了。盗会的人先解散？他们跟着我几年了，又不是说散就能散的！现在交出你和龙器又换不来命了，只能劫持公主，要挟燕川王室！"婴柳明显是在气穆安，话毕，自顾自地笑起来，还不停往穆安脸上撩水。

"胡闹！简直胡闹！"穆安哪还顾得上水渍，他可知道劫掠公主的下场。

"鹿辞要是来了，我就说公主在我这里，如果他打我寨子，我就杀公主，他也担待不起。如果王族来了人，我也可如此！反正是天洛的公主，死了白死！"婴柳摇头晃脑，古灵精怪。

穆安干脆扔下了匕首，气得直跺脚。婴柳身子探出些水面，露出香肩，抽过来一件衣服护住胸口。穆安又几乎发怒道："鹿辞现在人在天洛打仗，本人怎么会来？来的就是鹿德昭这帮家臣，或者是子笙燕东军的后翼，人家直接攻寨子，会有跟你商量的余地吗？你如此意气用事，是怎么当上会主的？"

婴柳佯装生气："好！穆安！只要此危机过得了，你来当会主！我没意见！"

"我可没那兴趣！"

"我也就省心了，只要管你一个人就行了！"婴柳面露一种似乎已经嫁于穆家的娇妻表情，她从水里站起来，也不顾及自己薄纱下半裸的身体，然后摸了摸穆安的脸，穆安摇摇头一脸无奈。

婴柳跳出水桶，开始穿衣服，穆安在一旁十分尴尬。待婴柳穿好衣服，便上前搂着穆安道："该拿的你拿了，该看的你也看了，该出出力了吧。"

"听我的，婴柳，不要去劫持公主！"穆安继续劝道。

婴柳披上了外褂就往出走："走吧，听听兄弟们怎么说！"

穆安叹了口气，收起龙肤，跟着婴柳走了出去。两人这一来一回，像极了年轻的小两口，只是这命运间，似乎早就注定了两人的相遇相知和嬉笑怒骂，当然，还有马上就要来到的彼岸公主。

公元 3364 年，推演世界内，加历二十三年十一月初六。燕川国、青戎国、崇衡国、南依国四国军队从西北、正北、东北、东南四个方向全面击溃天洛国边陲防线，天洛终于在引战四方三十载后，几近战败。至此，横跨宗勋和加济两世的天洛外侵战事到了收尾的阶段，修辙和被解禁的四将英典、郗别、青灯和元攘全部开始收缩防线至洛京城西郊太冥门城墙附近，准备与四国之军决一死战。

龙默虽谏言解禁四将有功，但是随后一直劝说众将投降未果，只能在王宫和光洛殿四周与韩魂和童魄一起秘密领京守军意图倒戈，这天洛最后的落款，写着一个大大的"朽"字。

四国之军若四股浩浩长流,汇聚太冥门前,四军整齐划一,浩浩荡荡,远远望去,若人堆聚之河山,汪洋四流,令人绝望而无助。修辙、英典、郗别、青灯和元攘五将站在太冥门城楼之上,远望人海,但觉自己像是坠入汪洋巨浪中的小舟,众人不言不语,即便见惯了战场杀戮的几人,也不禁为此浩瀚人海之阵而动容。

四国之军为首几将,分别为燕川燕东军将军子笙、羽枢院羽尹鹿辞、青戎戎南军将军格图、千族会大戎保何谦、崇衡崇西军将军太积、崇神会崇宰扶季、南依依北军将军宗政公贺、梅堂依尹梅央,各自保有一将一臣的配置,显然不只是为了战事,更为分洛而来。

话说天下名将,横向比较,若是军力人数相当,子笙、格图、太积和宗政公贺四大将可不是天洛"英郗青元"四人的对手,子笙勇武情谋综合实力无绝对短板,但也无长处,王族身份加持不少。格图三十有余,乃格索王的弟弟,他从小习武,力战六部不倒,武力不下修辙和英典,但是头脑过于简单。太积二十有七,乃东北名将,为人刚正,名号远播,却因与小王子伯谕太过亲近,被王族其余党群压制太狠,一直难以有更大作为,如今伯翁力保,才有其参与分洛之举。宗政公贺年近四十,勤勤恳恳,为人憨直,不惹世事,勇谋均一般,也不知为何楚王派这么一个将军前来分洛,也许是太过信任梅央的能力,且真的无分洛之心。谋士里,鹿辞何谦自不必说,梅央绝对是四国中智谋之首。崇衡扶季乃一介小生,二十有一,不曾抛头露面过,无论江湖上下,朝堂内外,均无名号,如今被伯翁派来此地,似乎所有人都认为是赶鸭子上架,因为崇衡国小,实在无甚天赋之人,能出一个太积已是幸事。

至此,账面实力来看,不论军力,四国之将不如天洛五雄。而四国之谋,也难说在沮洛、龙默和乔公之上,这分洛乱流,似乎才刚刚开始……

子笙驱马向前,抬头看着太冥门城楼上的修辙,当先大喊道:"修将军,我背后乃四国之众,你背后乃朽木之境,如今是战是降,不用我多说了吧!"子笙俨然是把自己当了四国之盟的老大了。修辙手持长戟,一身亮黑战甲,朗声道:"为国而死!有何惧?今天我倒要看看,谁先过那忘川河!天洛军听令!迎敌!"修辙话音未落,太冥门上箭如雨下,四国之军顿时大乱,均是没想到修辙会如此负隅顽抗。

格图震天一吼,顿时压住气势:"青戎军听令,攻城!"但见青戎军统一暗金色战甲,大多手持战斧与战锤,冲着太冥门城楼冲去。戎族兵士大多体态健硕,力大无穷,他们搬着云梯,配合主军冲锋,准备登城而战,而主军由四国精锐组成,他们推着攻城锥,向着城门冲去。要说格图这脑子是不灵光,其余三国就等着你先发号施令呢,攻城战先冲锋,那可就是死伤最惨的一阵。

太积还算有团结之心,他下令崇衡的弓手掩护青戎军登城,自己驱马上前,也准备登城而战，且不忘冲着扶季挥挥手，示意他驱马回去后军保护自己，扶季倒是听话，调转马头就跑，生怕自己还没进城就挂了。

子笙不屑地一笑，挥了挥手，示意后队的火器阵一字排开，开始用投石机装卸浇有热油的巨石，一颗颗巨石被火把点燃，一时间浓烟滚滚，火焰升腾。子笙大喊一声"投！"一排绵延几百米的投石车阵将点燃的巨石投向太冥门内，巨大的火石遮天蔽日，化成数道火龙，直吞洛京城腹地。紧接着，子笙见青戎军搭上了云梯，第一阵军已经爬到了云梯中部，这才下令让自己的军队冲锋，只见燕川军均一身浅红的战甲，冲着太冥门而去。

宗政公贺面前满是在冲锋的南依军队，他们紫白相间的战甲，好生别致，在军中极其显眼，南依军多长矛长戟，也有长短弓弩，可远可近，全无破绽，他们赶在燕川的军队前，开始登梯，个个奋勇。

攻城战易守难攻，加之修辙等五将的奋勇，这一太冥门之战，打了半晌，一直难以收场，四国人数虽众，但是架不住天洛残军各个背水一战，奋勇至极。更多天洛巡防军和禁军补充而来，天洛军气势渐盛，但是修辙和郗别也心知肚明，如今的顽抗不过是赚一个英雄之名，四国得胜只是时间问题。

瓮城四周包砖暗道里，士兵们忙着搬运伤员，轮转换阵，不一会儿，王宫里的总管、宫执、亲卫，甚至是侍卫和奴婢等也都纷纷来参战，场面一时心酸而惨烈。

修辙手持长戟，与登城的四国之兵近身而战，以一敌众，英勇异常，英典双持斧锤，与修辙背靠背而战，百十来人登城，却无一敢近身。

天洛军虽少，但是军纪严明，阵法有致，他们大多十人一组，守着云梯梯口而战，据敌而杀。

梅央、鹿辞和何谦等人均像扶季一样，退居了后军，子笙油滑得很，但见谋士们均已后撤，也不上前，驱兵后撤了几百米，以示保护，梅央看在眼里，哼笑一声，也不言语。

格图和太稹两人一人一梯，攀爬上城。格图双持板斧，熊吼一声，拨开城楼上射下的箭矢，勇猛无比，当先抢上一步，跃上太冥门，与英典面对面站着，两个猛壮勇者，终于有了一决雌雄的机会。

英典大喝一声，举斧正砍，抢锤侧击，格图双斧交叉，架住英典一斧，侧踢开锤击。英典不等泄力，又扭起巨斧，用斧尖刺向格图的腹部，格图双脚跳起，夹住刺来的斧头，身体腾空一转，早把英典的斧头转得脱了手。英典但觉自己前两板斧出招着急了些，吃了下风，于是干脆扔下巨锤，一个鱼跃，拦腰抱住格图，同时借着冲力，要与格图一道跳下城楼而死，这份必死的决心，看得修辙不禁动容，大喝一声："英典！不可如此！"话音未落，青灯从修辙身后闪出，双手一翻，十道淡青丝刃脱手而出，直奔英典腰间而去。英典只觉腰间一阵刺痛，被丝刃紧紧缠住了身躯。格图被英典同归于尽的视死之举吓了一跳，自己手中的两把巨斧早被修辙一个长戟戳来挑飞了出去。英典和格图两个大汉被青灯的丝刃拉着，就在城墙边摇摇欲坠。但青灯一介女子，上阵对垒，靠的是身轻如燕，敏捷至上，如今要救两个大汉，哪有这般力气，青灯娇嗔一喊："修将军！帮我！"修辙早已跃在空中，长戟挑起丝刃，然后转动手腕，丝刃被搅进戟刃中间，修辙反身一踢，长戟飞出，狠狠地扎入城楼的墙壁上，英典腰间虽是一阵剧痛，但是被长戟裹着丝刃的力道扯了回来，格图自知修辙和青灯救了自己一命，拱手道谢表个客情，再捡起板斧，却动作丝毫不慢，继续向着英典砍去。元攘双持手弩，左右各一发短箭，钉进格图的手腕中，格图疼得大叫一声，身形一个趔趄。青灯挣断丝刃，反手一挑，又是十道丝刃奔着格图而去，只见太积银甲银枪，跃上墙头，只一挑，青灯的丝刃尽断，格图又逃过一劫。

修辙从墙上拉出长戟，再把英典的斧锤挑还回去，英典与格图和太积面对面站着，众人摆开架势，对峙起来。要说格图和太积怎会是天洛五大名将合力的对手，但此时可不是单挑的时候，元攘的弩箭大多送给了登城的四国之兵，而修辙还得兼顾指挥守城之事，众人分心如此，再加之登城的四国之兵越来越多，格图和太积的优势也便大了起来，一番混战，众人难分高下。

郗别站在太冥门城楼的顶层，遥望宗政公贺的旗语，不由自言自语一句："不好！"随即转过身去下令道："有纸鸢！弓弩手准备！"话音未落，只见漫天飞舞的巨大纸鸢腾空而起，那是南依国特色的攻城利器，每个纸鸢足有数十米翼宽，由浸浆麻绳捆绑而成，重量很轻，每个纸鸢，承载一到两人，可以直接发射或投掷进城内，飞行距离超过几百米，且上鸢之人，均为武功上乘的弯刀武士，身缚薄甲火雷，若是只身陷于城内困斗，也可与敌同尽，此乃南国攻无不克的撒手锏。至此，攻城战几乎开始一边倒地倾向于四国的胜利，由纸鸢扔进城内的武士开始越来越多，他们回身反杀守城的天洛军众，任凭弓弩手如何防空，也抵不过纸鸢实在又高又远。

格图与英典，太积与元攘和青灯又酣斗起来，修辙望着漫天的火石与纸鸢，仰天长叹，过不过那忘川河又如何，过不过那奈何桥又如何，如今火海烟浪，人海茫茫，纸鸢云梯，压城而袭，还有何转机能在此救家国一命呢？

攻城之役酣战良久，已是巳时之刻，天洛五将难敌汹涌而至的四国之军，终被擒获，分压在囚车内，由太积和格图押送，跟着浩浩荡荡的四国之军，破了太冥门，奔着王宫大殿而去，其中经过的街口路障，自然是碾压而过，无甚抵抗。韩魂童魄两个弄臣自是早就跑回了光洛殿通报龙默。

但见洛京宏伟的宫殿就在眼前，虽依然遥隔几个街区，但子笙、格图和太积众将终于按捺不住心情，驱马飞奔起来，所属军队见将军们如此，也便撒了欢地奔着宫殿狂奔，完全不顾及街道上已经寥寥无几的城民和商铺，可想太冥门外人山人海的军阵，如今湍流入城区坊间，得是何等的冲击力，洛京城街道上虽然已是空空荡荡，但是依然有不屈之民以躯抵挡硬闯的四国之军。梅央和扶季见状如此，几乎异口同声，高喊道："不可伤民，不可抢物，不可停留，直奔天洛大殿，后队沿途留下安抚群众，分发粮食与财物，不得有误！违令者斩！"梅央反身看着扶季，本以为是鹿辞在和自己一道高喊，却是这个青年人，梅央心中不禁暗自佩服，后生可畏，心中有子民，何愁安抚不了天洛残局，也进而对同时拥有太积和扶季的崇衡有了几分好感。

沮洛站在自己豪府的门口，听着外面四国铁骑的声音，仰天远望，泪流满面。沮云和沮衍则站在父亲的身边，不停地安抚。

"爹，四国虽入城，但是有下人来报，他们不曾烧杀抢掠，纪律严明，直奔大殿而去。"沮云勉强安慰自己。沮衍却显得比沮云更加着急："父亲，我们怎么办，陛下他们？"

沮洛长长地叹了一口气，望向王宫的方向："天洛算是亡了！快去，取出我的纸笔，我要给陛下写一封信！"沮云顿时觉得不妥："爹，此时递信进入大殿太过危险了！"

沮洛挥了挥长袖，无奈地说道："四国如今就在你我的家里，做什么事能安全呢？别再多言，我说你写！快！"沮云和沮衍对视一眼后，只得跑进屋去取纸笔。

龙默、郎虎、韩魂、童魄带领一众京守军和宫执来到侧殿，加济王穿戴整齐，一身王服，不带剑甲，早已等候众人多时。

龙默依然鞠躬行礼："陛下，四国前来朝觐了，您是否愿登位一见？"龙默把四国压境说得清新脱俗，给足了加济王面子，也略带嘲讽之意。

加济王整理装束，然后冷笑一声："去见见！"说罢，转身而去，就好像如今战事至此，将胜的是他一般，依然不失君王气度。

此时的后宫已乱作一团，哭喊声震天，宫女、宫官、奴仆等等满后宫乱跑，绿衣穿过人群，奔着光洛殿跑去。一个黑衣人从澄莹宫侧殿翻身而下，另一侧，一众星渚会杀手随即而到，众人均撤去黑衣，露出京守军的军衣装扮，奔着宫内哲王和琴妃而去，当头一人，正是黄婵，她早就办妥了劫持除了夕见外四名公主之要务，返回了洛京城，而四位公主，均软禁在央郏宫中，由星渚会看守。

黄婵带人冲进宫内，琴妃抱着自己刚出生没多久的孩子，眼神中满是与敌决一死战的锐气，没有丝毫的恐惧和颤抖。要说一介女流，当然也知京守军是如何跋扈，如今天洛战之将败，京守反水，已不是秘密，琴妃自知要捉了哲王前去献给四国，但是龙默其实没这个计划，只是为了吓唬一下如今剩下的四个未成年王子的后宫势力，这连韩童两派都不知道，原因便是与他后计相关。黄婵脸戴面具，腰间一把长刀抽出，顶在琴妃下颚上，言语冷峻："琴妃莫怕，只有两件事，与你确言。你若答应，你和哲王，均安平无事，若不答应，血洗澄莹宫！"

琴妃淡然道："说！"

"第一，天洛王嗣满十岁才可登位，若是四国问起满王、谭王和晗王之年龄，你绝不可说！"黄婵声声坠地。

"龙默小儿，谋逆天下，如今这般教唆，可笑至极！"琴妃冷冷言道。要说琴妃的智谋确是女中少见，联想几日前后宫的文录院典籍和后宫人名册录被烧毁大半，她便已猜到龙默让后宫尤其是妃子们不提小王们年龄的内在用意了。这样一来，四国也搞不清，未成年王子中，谁人可再扶，只能待岁而议。

"第二，若无京守军令牌，琴妃和哲王，便是死，这魂也飘不出澄莹宫，可否？""若出了，定要你狗命！"琴妃的气节，顶得黄婵心里也不自在，自己走动后宫好几天了，尽是禁言封口、烧书毁册之举，也没遇到几个硬骨头。

黄婵挥了挥手，星渚会杀手们把澄莹宫宫官、宫女等人拉到一起，均按倒在地。黄婵哼笑一声："妃子之言，我信了，那就一言为定，至于这些奴才，我不敢保证，琴妃帮我问问，谁若不肯，杀了便了！"黄婵长刀一横，又扔下一句话："对了，每日口粮，只够两人，所以，琴妃，我要是你，不留这么多张嘴！"说罢，紧紧盯着琴妃的眼睛。

琴妃也知不死一批人，黄婵必然不会收手，这后宫内早就被龙默分了三六九等，庞杂鱼虾必然是一死，否则怎能震肃后宫、雄慑百官呢。琴妃仰天长叹，双眼紧闭，泪水从眸间流了出来。

黄婵长刀飞闪，几道血光交织，便听见澄莹宫内哭喊求饶声混杂在一起，凄惨之状，便如这天洛最后的景象一般，叫人悲绝！

四国的军队终于冲到光洛殿前，顿时宫殿四周围满了步旅、骑旅、弓弩等军众，四国的彩旗飘飘，人头攒动。

一小队天洛的京守军和带剑宫执站在四国的对面，举着长矛，佯装负隅顽抗，一个个身影颤颤巍巍，哆哆嗦嗦。

子笙驱马向前几步，放声大笑："偌大的天洛，如今也只剩下这区区几百人，时过境迁啊！"

鹿辞、何谦、格图、太积、扶季、宗政公贺、梅央几人也并排而骑，望着天洛雄伟的大殿甚是感慨。梅央叹道："这天洛大殿如此雄伟，如今也不过是我们盟室之胜的见证，唏嘘啊！"

何谦却不以为然："这大殿见证的天洛的胜利数不胜数，今日的失败对于他们来说，也许不算什么。"

"那也足以让他们安静几年了。"太稹直言道。

格图冷哼一声："就怕安静的狗才咬人！"

子笙赞同格图的想法，又言道："格图将军所言才是真理，天洛至此都没有王族露面，这只狗，够安静。"

"将军，我们何不攻进殿去，看个究竟？"鹿辞提议道。

"鹿辞大人，此时进殿内，十分不妥，若是你我中了埋伏，那可毁了今天的好日子。"何谦当下就提出了反对。

太稹没想那么多，驱马挺枪道："我先进去便是！"

"太将军不可！"梅央赶紧拦下太稹，朗声道："我们四国的盟室一直是举着正义的大旗，如今我们不见天洛人影，贸然进去大殿，不是正义之师所为，且等等他们便是，自会有人来对峙，我们不必费一兵一卒！"

就在此时光洛殿的大门打开，加济王随后而出，面无惧色，表情平静，身穿王服，笔挺而立，站在宫殿的台阶之上。龙默、韩魂、童魄、郎虎分站在加济王的两侧，龙默环视四周，但见修辙等五将的囚车也在不远处，有些唏嘘，天洛名将如今只能目睹家国的破败。

秋末渐寒，这北风袭来，吹得人刺骨凉。天洛酉时将至，天色有些暗淡，人心更是如此，但龙默把这个时刻看作是天洛的晨朝，对于他来说，真正的开始便源于此。

子笙、鹿辞、何谦、格图、太稹、扶季、宗政公贺、梅央几人慢慢骑着马逼近宫殿的阶梯。

天洛的京守军们慢慢退到了加济王的脚下。加济王环视众人，狞笑起来，厉声道："比我想象中来得快些，怎么样？子秋、格索、伯翁和宗政楚四王都别来无恙吗？如今四国非凡啊，来朝觐我天洛，都敢带兵而入了？"加济王言毕，便是疯了一般狂笑。

众人面面相觑，被加济王的样子吓了一跳。子笙缓了缓神，半仰着头，表情傲慢："加济，四国的王族如何，你比我们了解，战争持续这么久，一切现状都是拜你所赐！"鹿辞却眼皮低垂，无精打采，言道："当年四国先王们都曾来此朝拜，那叫觐见，想必是天洛的王族们都被惯坏了，如今我们四国军队都攻至此地了，是不是加济王您有了幻觉呢？"

"哼！"加济王一声冷笑："自古成王败寇，你们如何说是你们的史书，我们的史书里，你们永远是方国，天洛四方的贫瘠之地而已，若不是我们的救济与扶持，哪里有你们今天如此地横行？"

梅央不慌不忙，朗声道："加济王此言不善啊，在我们四国来看，天洛制衡南土多年，兵强马壮，仗势欺人，如今兵力下降，国运衰退，我们的反扑是命运使然。您说的那些历史只能留给您的王族们自我安慰而已。我从来不信什么成王败寇，世间的事都在当下，谁在说话，谁就有理，谁在马上，谁便是治者，不是吗？"

"这句话听着耳熟，似乎是家父宗勋王曾经送给燕川子秋王的父亲子端王的名言。我是这么理解这句话的，你在说，则你暂时有理，你在马上，则你暂时是治者，仅此而已。所为风水轮流转，四国之盟此时便是开始动摇的时刻。"加济王言语似利刃一般，直刺众人心间。

子笙沉默了片刻，又道："加济王死到临头，还在与人说教，佩服，只可惜我们是您最后的陪客，世人听不到您再说什么了！"

"哼！"加济王又是一冷哼，"我天洛人从来少言多做，哪像你们四国，言语成盟，貌合神离！"

"加济老兄，您与家父也是有交情的，如此说来，我们也算是老友。今日的事，天洛败已是注定，我们不如痛快地完事，大家也不必再作牺牲。分洛之事，我们早言早和，谁也不会耽搁时日。"鹿辞直言道。

加济王怒言："你们想如何？"

"这个加济王想必比我们都清楚吧？"何谦坏笑道。

"天洛此败，预示战事已绝，我们当然是希望和平越久越好！"梅央插话道。

龙默此时向前走了几步，面露微笑，给四国的众将众臣鞠躬行礼："在下天洛天下院卿士，姓龙名默，号归祛，素来听闻梅央大人聪明过人，说话也真的在理，我们天洛多年在这世间征战，无非就是为的一个字'统'。无论你我国别，族群是什么，一个国家的存在就是一种平衡，如今四国的军力打破这种平衡，我们也不愿多言，只想四国的军士们表明来意，我们也好照办！"

众人不识龙默，都沉默了片刻。

子笙继续说道："天洛只需交出加济王和整个王族，撤退并解散边境残军，我们四国定会帮助天洛建立新的朝堂，维系和平，恩泽天洛子民，再次通达南土，仅此而已，绝无他意，如果天洛不肯，那我们只能占领大殿，以图盟室兵政了！"

加济王突然仰天大笑，但是眼中渐渐渗出泪水："天洛何等大国，如今竟然落入方国小辈的手里！此等境地，先王们，我加济无能，泉下赎罪了！"加济王扭头看向龙默，眼里血色与泪色交融，灵魂深处低声挤出了几个字："该你了，记住你的诺言！"

龙默大惊失色，任其精算天下如此，也想不到竟然加济王早已知道其反水之谋的点点滴滴。龙默凝视加济王的眼睛，眼中有些湿润，轻轻叹了口气，低声耳语："陛下已知我的计划，为何不阻拦？"

"若你今天也死了，泉下告知。"加济王放声大笑起来，这笑声撕裂长空，摄人心魄。

龙默犹豫片刻，又叹了口气，瞬间从腰间抽出长刀，然后抵住加济王的脖子，拉住加济王的脖领，向前走了几步，大吼道："子笙、格图、太稷、宗政公贺四位将军，鹿辞、何谦、梅央、扶季四位谋臣，你们的诺言最好自己能遵守，要王族吗？如今给你们，但绝不能是活人，我们天洛自己的罪人，必须自己亲手处理！"

子笙等众人大惊，面面相觑，几匹战马受惊，原地打转。龙默这突如其来的举动，真乃旷世之举，无人能晓，其胆魄之厉，震慑九霄。

龙默继续高声道："加济王坐拥天洛王座二十三载又十一月，战火连天三十年又四月！我天洛死伤无数，引得四国更是战火纷飞，世间一片涂炭，一片慌乱！"

修辙于囚车内见加济王被龙默的剑抵住脖子，高声大喊："龙默！王族至上，岂容你如此这般！谋逆贼臣！快快停手！"修辙喊得撕心裂肺，却无法挣脱囚车，只是徒劳。

龙默继续朗声而言："正所谓'旧世当更，旧史当去，旧人当离，旧政当废！'不用我多言，加济王族尽除！这是我的第一个承诺！我说给你们听，也说给老天听！此言既出，绝无反悔！"

龙默一脸狠相，继续高声大喊，仰望天空："加济王曾经引战全境，致使世间生灵涂炭，五国纷争，死伤无数，如今兵败如此，罪有应得，我龙默替天问罪！将加济王绳之以法！四国是个见证！莫怪我心狠手辣！"龙默说完，将加济王按跪在地。

加济王放声大哭，歇斯底里地喊叫："天洛万岁！先王万岁！四国蝼蚁！泉下当见，再战不饶！"

龙默看着加济王，迟疑了片刻，眼中闪着泪水，然后手起刀落，将加济王斩首示众，这当世魔鬼的头颅在地上滚了几圈，血水溅洒在殿前台阶，场面令人不寒而栗。

四国之众均是世间大僚，却也难见此场景，大惊失色不说，一时间也忘了劝阻，只能眼看着加济王血淋淋的头颅滚下宫殿的台阶，身躯依然跪立在台阶上。

四国军队中又一片哗然，进而耳语之声骤起，子笙等人面面相觑，无人敢言。人群中许多战马受惊嘶叫，一片骚动。绿衣刚到侧殿角落，偷偷看到了这一幕，不禁哑然而泣，掩面跪地。

天边一片孤雁齐飞……

片刻沉默后……

龙默紧握着血淋淋的刀，双眼圆瞪，充满血丝，向着四国的军队走了几步，身体有些摇晃，似灵魂出窍一般，朗声道："加济王已死！战事已然了结，试问四国可否就此作罢，我等天洛主和的遗臣感激不尽！"

子笙故作镇定，冷笑一声道："龙默，你别以为杀个加济王就是完了，祸根是天洛的王族！"

"好！来人啊！带上二十四位成年王子！"龙默冷声道，显然他为此提前捉拿了王子们，至于之前推荐王子们督战，实际上也是龙默想尽杀王子的计划，只是那几场战役下来，王子们没有尽死，龙默如今也有了尽杀王子的念头。

郎虎向着宫殿内招手："带二十四位王子！"

一队京守军带着二十四个加济王族的王子来到宫殿前。王子们纷纷跪在殿前，面露惧色，不停求饶。宫殿内传来后宫妃子们的哭喊声，响彻大殿内外。

龙默给了郎虎一个眼神，郎虎提着双刀奔着王子们而去。修辙挣扎着高喊，声音中满是沙哑："龙默！乱臣！贼子！王子们不可杀！王族不可无根啊！"

郎虎将二十四个王子依次砍头示众，子笙等几人不忍直视，目光纷纷躲闪。要说这分洛前路上，这些王子实际上还挺有用的，必定每一个都是一片势力。但是四国当下的心理便是，这留着也不一定为我所用，况且有这么多王子呢，加济王引战归引战，没事儿时候还挺能生，该也是个败家的玩意儿，孩儿们好不到哪里去，四国这是由恨而生，且不说四国除了燕川，分洛念头都不强，就是真的抢破头都要一杯羹，其实王子们之间的勾斗，他们也头疼，不如都杀了，干净利索，四国凭实力分洛更简约。所以，其实本该有人拦着的，龙默就是吃准了四国不会计较此事，于是杀人镇场子，而这样一来，四国绝不会再有屠戮后宫的举动了，龙默也自然保住了自己宫内的微弱势力和天洛复燃的机会。

大殿前顿时血流成河，残尸和头颅遍地……

场面惨绝天际。

若不是京守军一半人都守在宫内，阻拦着那些丧子的妃子，场面早就失控了。但龙默至此可不敢再动后宫了，要知道，这些人未来也都是制衡四国的利器。

一地血淋淋的头颅，龙默从人头的旁边又走回到四国军队的面前，顺便踢开了一个挡路的人头，朗声道："燕川国的子笙将军，鹿辞羽尹！青戎国的格图将军，何谦戎保！南依国的梅央依尹，宗政公贺将军！崇衡国的太稷将军，扶季崇宰！个个是大名鼎鼎的英雄英才，我龙默今日背着天洛反臣的罪名，在此诛杀加济王以及王族的所有二十四个成年王子，为的就是彻底铲除战争的祸根，铲除我们之间的心结，我的做法希望四国能理解！我的第二个承诺就是会立即与修辙将军商议撤兵之事，只是我们还不能解散天洛军政，因为后宫已经因为我的作为乱作一团，我需要这些残兵进入后宫为我维系安平，这点不为过吧？"龙默语气淡然，就像在跟邻居聊天一般。

又是一阵交头接耳，人群中一片聒噪。

子笙又是一声冷笑："龙默，你有魄力！很好，王族的下场是这般我们也满意。

天洛的旧臣我们可以放过，但全部的王族必须交出来，包括后宫的人，还有就是，新朝再立之前，宫殿暂时的管理权必须交给我们四国，这不是作不作罢的事情，刀剑之下，没有口才发挥的余地。"

"子笙将军此言必是没有考虑到我们已经在路上前去与子幽王子成亲的公主，其余三国均是如此，和亲四方也是我们的诚意。那些也是加济王族的血脉，如今却归于四方的王族，便是各国亲人，我们如今说是亲家也不为过，这算是我尽了尽杀王族的诺言，但也同时成为我们结盟的可能，对吗？四国盟室变为五国盟室这将是命运使然！盟室的脆弱就在此，多一个，少一个，转瞬之间的事情，互相协助，互相陷害，也一样是一线之间！所以，若燕川此时以公主为借口，进入我身后的大殿，尽杀我群臣，捉拿所有后宫之人，甚至烧了大殿，彻底亡了天洛，主持新政，这都在理！其余三国也皆可！但是子笙将军可曾想过，您拿了后宫，有何意义，后宫本就无人参政！占了宫殿，四国都在此，谁人主政？燕川？青戎？崇衡？还是南依？谁主政谁就会成为众矢之的！谁就会成为下一个盟室的靶子！谁就会是下一个加济王朝！甚至是下一个战争狂！就永远会有下一个龙默站出来！"龙默这话句句戳进人的心里，瞬间把这五国此时的平衡言了个清楚。

"放肆！"子笙举起剑，指着龙默，大喊道："你一个战败之国的卿士，面对我身后几万铁骑，此时还要教我们怎么处理天洛吗？"

龙默淡然道："如何处理如今的天洛从来不需要教，你们四国盟室的人自然心里明白，天洛的治理还需天洛人自己把持，如果亡了天洛，四国瓜分土地，那必是又一次纷争的开始！四国之间的纠葛不需我一个外人多言吧！"

"龙默，我们军队都至此了，难道凭你口舌几句，我们就退兵不成？"鹿辞质问道。

"当然不必，既来之则安之，四国到此，我们很是欢迎！这就是监督我龙默执行新政的最好机会，我现在就告知诸位我的第三个承诺，也是天洛战后新政！"龙默这般说着，四国之人心里也都在盘算自己的立场，毕竟这盟室之约里写了如何打天洛，但是没写如何分天洛，也正是如龙默所说，如今没人敢真的领头做事，怕的就是这制衡局面打破后的洪流。

"四国今日起，都可以暂去我亲自在洛京城四郊划定的军界内驻兵，如果我的治理你们不满意，大可以再进兵问罪，反正兵已经在我天洛洛京城四周了，我也不敢藐视四国而乱来！我已新设洛京城正西太冥门、正北天和门、东北盛京坊和正南光禄门四地为四国军界，也便是我洛京城的天眼，我随时恭候以督，不敢怠慢！"

子笙和鹿辞对视了一眼，没吭声，也都在盘算，这该是个现下可行的办法，总不能真的进殿夺政，而且终归通了亲，得给天洛个面子。

梅央高喊道："不必费什么口舌，我们不会让你一个人重新立政的，军界之立倒是可以，至于新君扶立，更无可能由你说了算。"

龙默大笑，不断点头："那最好，我的政念也是如此，那就是在这天洛建立新的共治之政，以图五国同治，众臣同治，众将监治。很简单，继续保有我天洛的天下院，但旧臣尽除，五国都可以推举合适的人进入院内，共治天洛。初品乃谋士，中品乃国相，高品依然为本国官爵之称，分管不同的院府，共同治理天洛，凡事与会决定，同商众谋，集思广益！我龙默不才，愿做天下院的第一个国相，替四国分忧，其余四国随后推荐的人，我也会妥善安排，适时加官晋爵，尽快实现共治。重立巡防军，由将军修辙代理军首，戴罪立功，负责保护天下院内五国的谋士或者国相，不知大家意下如何？"

子笙等人面面相觑，鹿辞凑到子笙的耳边低语道："将军一会儿推举我便是，既然和亲了，面子还是得给天洛，依子秋陛下的意思，我们摄政还需慢慢来。"子笙迟疑片刻，点了点头。

龙默开始不停地踱步，侃侃而谈："这样的话即是天洛人治理天洛，既可安抚子民，协调农商，重置工学，调配军队，不再为四国生乱，又可以让四国参政，但是避免了四国因为政体归属和土地分配所产生的纷争。我想这也是四国盟室达成时候，大家的约定吧，将真正的天洛还给有良知的天洛人，而不是就地分割！"

子笙目光锐利，朗声道："说了半天，是你龙默想当国相罢了！我以为你会有什么更好的对策呢？"

"此乃权宜之计，于五国都是一种平衡，请四国的将军谋臣们考虑。"龙默笑脸相迎，甚是自信。

"你都这般说了，我们现在还能烧了大殿，尽杀后宫与大臣不成。我没意见，反正不久后你们的公主嫁入我朝，天洛的内政我们义不容辞。"子笙趾高气昂。

梅央的马向前走了几步，眉头紧蹙："子笙将军此言不善啊！我们四国盟约最重要的一条就是四国同议天洛的未来，可不是你们燕川一家说了算，更何况我们几日前才知晓去燕川的是天洛最天赋异禀的彼岸公主，我们有理由怀疑你们与天洛还有他谋！"梅央怎会不知自己的话语有多大分量，但是此时他的目的便是激起千层浪，帮助龙默言语共治之事，这原本也是楚王之意，分洛之事，不可冒头，平衡一二便可。

鹿辞摇了摇头，反驳道："梅央大人，我们燕川本就是盟室的盟首，和亲也是为了领头洛政，摆控王族罢了，你不必多想，我觉得龙默此计划较为妥当，你我二人不如一同加入这天下院，共治天洛便是，不需多言多虑，更何况，你们得了雪轮公主，不一样是洛族凤主吗？"

何谦立刻附和："我们青戎最提倡的就是五国共荣，如今大家化干戈为玉帛，那是最好不过了，所以我们青戎也必须加入，天下院得有我的一席之地，希望与四国谋士继续同谋同事！"

"我们燕川希望鹿辞能直接成为国相，天下院不能你龙默一个人说了算！"子笙直言道。

"那是最好，我与鹿辞同为天下院国相，何谦大人、梅央大人、扶季大人均为谋士，我们尽力协助彼此便是，天下院内，并无太多君臣之分。"龙默对着几人行了礼，一眯眼，继续道："我们五国既然达成此点共识，希望大家谨遵天下院的制度。"

"那天下院总不是长远之计，王族如今已废，天洛之未来是否？"子笙又问道。

"这点简单，我们四国都派小王子进入天洛学习，天下院时期，王子们成长，之后从中选择，经王选大典，以立君储，接管天洛王城便是！"梅央插话道。

"胡闹！天洛的王族怎可以是外来之人！"修辙大喊道。

龙默连忙接话："将军不必激动！好！就依梅央大人的计划，但是我们天洛要首先选出有才能的幼年王子，之后完成继位，当然，随之而来的就是禅让，将王位禅让给四国最终选出的王子，也算是实现能者居位的大计，如何呢？若是无异议，便就此定夺，再设天上院，四国王子可同院修学，尽得天洛所见，学成立储，四国遴选，择优为王，等待禅让，但是我天洛幼年王子均须满十岁登位，此乃家国之训，绝不可破！"龙默要的就是这待岁的时日。

"说了半天，你还是无法实现王族尽杀。"鹿辞不依不饶。

"王族尽杀不在一朝一夕，如果今日王子们都死了，那禅让你们就要多等几年了，后宫的妃子们如今被这场面一吓，也不知能否再生育！你们难不成要直取王座？那正义之师岂不枉然？于天于地，没这个道理！"龙默幽默道。

"那可否告知小王子们的年龄？我等也算有个盼头。"梅央盯着龙默，听出了这一点破绽。

"满王子如今八岁有余，依我天洛旧礼，不到两年，十岁便可登位，到时便是禅让的绝佳时机，怎么样，诸位，等得了吗？"龙默反问道。

"好，禅让之事须写入天下院文约，通文天下，昭示四国，更是要在共治法度内言明，不得反悔。"梅央追言道，也算是帮着龙默言定了如今天洛的出路。

"那自是如此，四国的军界监督，在下不敢藐视。那就有请四国将军，分去我所言之地驻军，我即刻送上通关文书，军首可畅行无阻！"龙默直言道。

子笙垂下眼帘，只得应许："好！就这么办！龙默，你不简单！希望你不是加济王的后尘！也请谨记你的几个承诺！"

龙默鞠躬行礼："幸哉，天洛从此再无战事！五国之间再无战事！也希望四国答应不扰我国民便是！"

"那是当然！"梅央哼笑道。

子笙拉着缰绳，掉转马头："众人听令，全体撤出大殿！直奔军界！"四国的军队这便开始浩浩荡荡地撤出大殿。修辙一声长叹，与龙默对视良久，无奈摇头，心里算是松弛了下来，一下子瘫坐在囚车内。

龙默站在原地，淡然以对，却实实在在等着四国军队撤离完毕，也终于瘫软在地，虚汗直流。

至此，天洛战后政体初步成型，均为龙默一手安排，他尽抓四国分洛之异心，就在将分不分，想分难分的尴尬尺寸边缘，尽力游说天下名臣名将，也便有了此制衡的结果。天洛如今没了君王，由天下院代君摄政，五国将臣，均为天下院摄政大臣，设立初中高三品三阶，暨谋士国相与各国尹保宰等大卿，将军则为军界界首，带兵驻扎，监理参议天下院。天上院则齐聚四国王子，临学天洛文化立法，待满王十岁登位后，四国王子典选王首，受禅登位，此乃王袭易位，能者居之，天洛无话可说，王族失国，但天洛依然。当然，满王实际年龄可并非八岁有余，龙默显然骗了四国之人，而他让星渚会借京守军镇压后宫以封口舌，无非就是为了要这不到两年待禅的时间，要知道，四国之约如风中纸鸢，摇摆不定，两年后的事，谁说得准呢？

天下院自此明晰初始摄政之臣九位：燕川燕东军军首、军界界首子笙，羽枢院羽尹、天下院国相鹿辞；青戎戎南军军首、军界界首格图，千族会大戎保、天下院谋士何谦；崇衡崇西军军首、军界界首太稷，崇神会崇宰、天下院谋士扶季；南依依北军军首、军界界首宗政公贺，梅堂依尹、天下院谋士梅央；天下院国相龙默。天上院拟定王子名单四位：燕川王子子幽，青戎王子格鄂尔坦，崇衡王子伯谕，南依王子宗政星沫。而天上院法约中也规定，其余四国王室，均可入住天上院以观效学，成为天洛学臣，更可以在翰博院尽览天下群书，畅游南土浩瀚文海。龙默此政妙中之妙，便是省去了四国尽掠翰博院书册的麻烦，我让你看，你来人便是，带是带不走的。也正因为此，四国除了上述四位王子外，其余王室也均跃跃欲试，想要来天上院做学臣，并一游世间最大的藏书阁翰博院，这其中往来的王室，尤以南依国公主宗政蕊最为著名，也几乎常驻自己南依的军界，其实她的任务便是协助梅央理政，南依国可志不在分洛，他们另有打算。

龙默也自知天上天下两院为政，自己难免落于四国口舌围困，总不能一直靠着四国分洛不敢先出头的制衡搅弄五国共治的局面，于是也在暗中计划恢复军政院、净天府和内廷院，辅助自己摄政并伺机寻觅转机。当然，说白了，军政院不过是让四国放了天洛五雄，回来摄政的同时，保护后宫和京畿百姓，而净天府自然还是维系治安，内廷院估计也只能装下沮韩童鲁四大家族，以管理后宫和商基了。龙默如今手握京守军和一众宫执，修辙等人回来也只能重整巡防军，还得在四国眼皮子底下过活，至于净天府和内廷院，就只能先走个形式了。

天洛国洛京城王族后宫，龙默带领鹿辞、何谦、梅央、扶季还有众多四国的小臣、作册、卿士们四处观览，众人指着手里的王宫舆图，不停地比画，划分宫内四国王族来客栖身的地域，这也引来后宫内诸多人的不满，不停地有天洛王族残根从后宫冲出来，不停地有人哭泣、叫喊、大骂、挣扎，场面一度难以控制。其实龙默本意不愿四国之人与天洛后宫有太多瓜葛，但是四国王子携王亲而来，总不能一直住在军界内，也不方便每日天上院修学和翰博院览书，于是妥协四国王亲均在宫内住下，也自然有原来的天洛王亲搬离此处。被龙默杀死的二十四位王子虽母妃也大多自尽而死，但是其所在宫殿，龙默都以祭奠为由保留了下来。当然，真的把这些地方给四国王子们居住，他们也怕冤魂索命，毕竟在推演世界的新世界观认知中，大多世人依然坚信神鬼之论，唯心之说。

龙默递给郎虎一个眼神，韩魂和童魄早已带领京守军开始四散镇压闹事的后宫之人，韩魂和童魄也刚好借此通杀后宫异己。龙默知道，真正鲁氏和沮氏的党群，韩童两家也不敢碰，杀的也尽是小党小群，自然最后剩下四大家族的几大派系，化零为整，归龙默所利用。

观澜之余，龙默不忘一一用龙眼察验几方鬼谋的上古身份，这鹿辞便是商容，何谦便是比干，梅央和扶季不得而知。龙默琢磨商容和比干也该是上古同僚，但是如今魂意难显，且二人上古均为忠良，也难言即便得了魂意后的立场，一时犹豫，不知如何是好，心中烦闷。

是夜，王宫花园内，绿衣满脸的失望，站在池塘前，刚欲跳进去，龙默闪身而出，一把把绿衣拉住："绿衣，你干什么？"

绿衣挣脱开龙默的手，怒目低吼："别碰我！你个卖国求荣的佞臣！我若早看出你的狼子野心，说什么也不会帮你在陛下面前献殷勤！"

"绿衣！别人不懂我，你还不懂么？我做这一切是为了什么？"龙默显然唯一的真情都散落在绿衣的身上。

绿衣眼眶通红，声音哽咽："你别再巧言善辩，弑杀君上，尽斩王子，难道这还有狡辩？"

"当时若不杀陛下，死的就是整个后宫！"

"一派胡言！"

龙默只能好言相劝，娓娓道来："绿衣，你仔细想想，若不是我剔除王族的战争之孽，四国怎肯饶了你我？怎肯饶了这宫墙内外之众？"

"你做的一切都是为了求饶吗？"

"留得青山……"

"你大可不必，我虽深受王宫之苦，但这片青山我依然难舍。"绿衣插话道。

"你昨日还说愿去洛水！离开这里！"

绿衣指了指这大地，笑得无助："这里还在，那洛水就是我洛人之地，这里若不在，洛水属谁？"

"加济王引战四方，若此时再不止战,洛水还能避得几时？"龙默也低吼起来，"绿衣，你我之命都暂且记下如何？但见来日命途之向，再作定夺不迟！但你家国之念，不下群臣众将，若是内廷院得以再立，我希望你暂且放下医官之职，但保留医者之心，治一治这天下顽疾！算是帮我，也是帮着天洛子民，更是帮着天洛王族残根！可好？"龙默有心让绿衣参政。

绿衣慢慢抽泣起来，哽咽道："好！我今日不死在你面前！龙默！一月后若后宫依然，共治得保，我愿再听令于你！"绿衣言罢，愤然而去。

龙默望着离去的女子，抬头看向星空，怅然若失，不禁泪流满面，自言自语道："星宇之间，千秋万世，古今未来，多少爱恨情仇，却似这般曲水流觞，无人能懂这繁闹嘈杂中的孤独！"

夕见公主在边境驿换了一辆七彩雕辇，如今已经入了燕川。夕见坐在辇里，眼神空洞，望着窗外，一阵寒风吹入辇内，夕见一个哆嗦，不禁打了个冷战，心头一股不祥之感涌入。秋田赶紧给夕见搭上一件披风，言道："公主，别染了风寒。"

夕见也是有些谋略之人，她自知若是入了燕川朝堂，自己也便成了质子，燕川借着自己大有统洛的希望，而且宫内自己央粼宫和公主府的羽翼不在少数，王后和鲁氏一脉更加耀眼，那也一样会被燕川牵制，于是用了个花里胡哨的马车，显得显眼些，自己是抱定了一个信念，宁可被山匪盗寇截了去，也不能到燕川庙堂。再者说，龙默也必然会压着自己的王弟哲王和其澄莹宫，自是这王族如今可堪大用的势力，也不过这些了，燕川便占据着分洛最大的筹码，至于自己另外四个和亲的妹妹，夕见也并非不待见，她是真的觉得她们兴不起什么风浪。

冬雪把马车的窗子关上，想了想说道："公主，我们已经进入燕川的境内，这些路段人烟稀少，怕是不安全，我想，我们还是要有些对策。"说罢，冬雪半吐出口里的暗哨，吹了吹，似是乌鸦般的叫声，几个簇辇和侍卫抽出刀，严阵以待。

夕见看了眼手边龙默留给自己的书，面无表情地说道："没事，大不了一死。"

"公主，不要太悲观，那个子幽王子还是个好人的，一定会好好对待公主的。"冬雪安慰道。

夕见苦笑道："他对我再好又有何用，我终是有家不能回。对了，最近有什么天洛的消息吗？"

"还没有，到了前面的驿站我们再打听打听吧。"冬雪道。

"我有一计，秋田，我俩换装，你装作我，我去车外骑马跟随，以备不测。放心，我不会让你有危险，只是预防！"夕见又思索半天，总觉得有哪里不对，便出此下策。秋田行礼而言："愿为公主分忧。"夕见和秋田这便在辇内换起了衣服。

是夜，燕东盗会山寨内众多盗贼三三两两，成群结队，围在自己的餐桌旁，互相敬酒、闲谈、吃肉、祝词，场面热闹非凡。山寨内点起篝火，立起柱子，柱子间拉起长线，上面挂满了灯笼，五颜六色，微风吹过，灯笼微微地摇晃，气氛如过节一般。不停地有盗贼们搬着酒坛，端着菜，来到众人间，场面嘈杂但却如大家庭般温馨。

唐知、穆安和婴柳坐在一桌，三人喝着酒，不停地有盗众过来给三人敬酒，三人喝得有些微醉。婴柳端着一杯酒，高高举起，然后盯着穆安。有些盗贼向穆安投来异样的眼光。

"无论如何，欢迎加入我们！"婴柳眼神中柔情似水，早就把穆安之前的无理忘在了脑后。

穆安也举起一杯酒，与婴柳碰杯，一饮而尽，随后装作醉醺醺："我可没说过加入你们，我只是愿意救你们！"穆安无奈，只能继续周旋。

婴柳一饮而尽，豪爽地笑道："好！你若真救了我们，那我们便加入你！"

穆安思索片刻，回忆起自己龙肤卷轴上"胡喜媚"三个字，盯着婴柳的眼睛，试探道："这偌大的盗会，我怎么受得起？"

婴柳微醉，脸色泛红，纯情地看着穆安的脸："那你收我一人便可，我帮你管着盗会。"婴柳的娇嗔引来哄堂大笑，穆安也笑道："那婴柳姑娘真是有心了！"

"若无心，怎么管这么大的山寨？"

穆安皱了皱眉，学起商朝大臣比干的口吻，试探着婴柳是否已有胡喜媚的魂意："心！？婴柳姑娘，心是何物啊？"

婴柳愣了一下，唐知疑惑地看了眼穆安，婴柳言道："你是酒水饮得多了吗？还是暗示我什么？"

穆安坐到了婴柳的身边，两人顿时挨得很近。婴柳有些害羞，呼吸急促。穆安慢条斯理道："心者一身之主，隐于肺内，坐六叶两耳之中，百恶无侵，一侵即死。心正，手足正；心不正，则手足不正。心乃万物之灵苗，四象变化之根本。吾心有伤，岂有生路！"

"你在说什么？什么心正不正的？心不正我怎么会救济乡里，帮助百姓啊？"婴柳显然并无上古魂意，她懵懂着回话，醉醺醺地手舞足蹈，竟然搂着穆安靠在他的肩头。

穆安赶紧挣开，回到自己的座位："好！把我的龙牙还给我，我就救山寨！"

婴柳摊开手，扇了扇风，让自己的脸降温："还你可以，你得帮我劫持天洛公主！"婴柳微醉却心智清楚，他这是诱引穆安按照自己的想法行事。

"我说的救山寨，是依照我白天说的做！而不是劫持公主！那样太过危险！燕川朝堂已经盯上我们了，不要节外生枝，再生冲突！"

"你白天说的那些都不是一朝一夕能完成的，你让我如何做？劫持公主只需半日，我们就有了对峙燕川朝堂的筹码！"婴柳反驳道。

穆安摇了摇头，晃晃酒碗："那天洛公主来和亲，为的就是四国不至于直接吞了天洛，你有没有想过，如果公主到不了燕川王宫，那咱们燕川领着四国进入天洛后会怎么样？燕洛两国会怎么样？你想过吗？"

"我管他能怎么样？一个国家朝堂腐朽至极，一个国家引得战乱满世，你说我该同情哪一个？"婴柳不屑道。

"至少燕川是你的家乡，对吗？"穆安质问道。

"我从没说过燕川是我的家乡！"婴柳眼睛瞪得溜圆，似笑非笑。穆安瞟了眼唐知，唐知摇了摇头，摊了摊手，两人眼神中似乎对了一次话，"婴柳哪儿人？""不知道！"

穆安又坐到了婴柳的身边，婴柳表情变得很不自然。"你仔细听，婴柳，公主若是此时被你劫持来，那就意味着燕川王族得不到她，就会使得子笙将军那边得到消息，他就会领兵质问天洛的人，这也就导致天洛很有可能被燕川的军队完全霸占，而此时另外三国肯定不会坐视不管，矛盾就从四国与天洛的冲突转变为了四国之间谁领头治理天洛的纠纷，于是，四国盟室瓦解，战事再起，明白了吗？一切都是源于您，婴柳大小姐的一次劫持行动！"穆安有点气急败坏。

婴柳思索片刻，然后凑近穆安的脸，盯着他的眼睛，双手捧着他的脸："没想到，你还挺有头脑。"婴柳的动作招来许多盗贼起哄。

唐知开始驱散围过来的盗贼，但是盗贼们越聚越多。

"唉！会主开荤了！"众人大笑。

"会主，这压寨相公哪儿来的？"周遭的哄笑声更甚。

"会主，是该生个娃了，咱这盗会得有后啊！"

婴柳也随着众人笑得合不拢嘴。穆安表情尴尬，刚要站起身来，婴柳搂住穆安的脖子，然后对着盗贼们高喊："我今日喝得开心，公布一件事情，那天洛的公主前来我燕川和亲，随行携带金银财宝无数！你们说！我们该怎么办？"

盗贼们又开始起哄。

"劫她啊！不然呢？等着她自己救济乡亲们啊？"

"会主，这还用想吗？钱劫了分给兄弟们、乡亲们！公主劫了，给我！"众人不停地笑，有人开玩笑般地拍打这位盗贼的脑袋。穆安听在耳朵里，甚是烦闷。

"我也是这么想的，但是我的相公不同意，怎么办呢？"婴柳大大咧咧。

"你喝多了吧？"穆安厉声道。盗贼们又开始起哄。

婴柳摆了摆手，众人安静下来。"这样吧，老规矩！我和穆安喝酒比胜负，谁先干了一缸酒，就听谁的！"婴柳这一喊，更是把穆安惹毛了："你疯了吗？"

"上酒！"婴柳吆喝道。盗贼们瞬间搬上来两缸酒。唐知给穆安递来一个眼神，穆安看了眼酒缸，只得应着头皮答应："好！不许反悔！谁先喝完，听谁的！"

婴柳却摇摇头道："等下，我们要赌就赌个大的！我输了，听你的，我也是你的！山寨是我的！你输了，听我的，你是我的，龙器是你的！够清楚吗？"

穆安思索了片刻。众人间耳语声传来。

"会主！没听懂！谁是谁的啊？"

婴柳盯着穆安的眼睛，继续道："好！我再说一遍！我输了，听你的，我也是你的！山寨是我的！你输了，听我的，你是我的，龙器是你的！"

穆安叹了口气，摇着头，自知婴柳横心一条，怎么解释也没用了，一拍桌子，喊道："行！来吧！"两人都端起酒缸。盗贼在一旁高喊："听我的啊！三，二，一，开喝！"

穆安和婴柳两人同时端起酒缸开始狂饮。众人在一旁不停地起哄。婴柳这风流侠女开了这般的条件喝酒，那要定的就是穆安这个人。

唐知焦急地看着穆安，大喊："哥，加把劲儿，哥，咱不能输啊！"穆安的嘴边尽是滴下来的酒水，婴柳的衣衫被酒水浸湿。片刻后，穆安放下空空的酒缸，瘫坐在椅子上，眼神空洞，看着婴柳。

婴柳还在继续喝，盗贼中传出嘘声……

婴柳终于喝完酒，把酒缸砸碎了，说道："好！我输了，愿赌服输，明日你去拿你的龙器，我也归你了。"

穆安此时已然大醉，脑子里迷迷糊糊，眼前黑一块灰一块，嘟囔着："谁稀罕要你！？"穆安站起身，不停地打晃，唐知和几个盗贼赶紧扶住穆安，穆安只觉冷风沁头，眼前一黑，昏睡过去。

婴柳笑了笑，下令道："把他扶回房间休息吧，其他人也散了！"婴柳依然面带微笑，脸色绯红，温柔地看着穆安的背影，很显然，穆安的酒里被下了药。而对于婴柳而言，她和穆安谁是谁的也无所谓了，她心里早已定下情种，这一辈子，若不能嫁这个有情有义、睿智俊朗的军界狂子，自己也会守情相望一生，不再有二心。

天洛国洛京城龙府内，墙壁上挂着五国的旗帜，龙默面对旗帜思忖着什么。沮洛走进府内，长吁短叹，满脸不屑，默不作声。龙默转过身来，把一封信放在桌子上，然后用手指敲了敲那封信，言道："沮洛大人有心了，战前依然顶风而事，送信进来王宫，让加济王去你的府内乔装下人，躲避战事，保全王族。在下倒是敬佩！"

沮洛轻蔑地冷笑道："保全王族？我再怎么争取，也不如龙大人那一剑封喉！"

"我杀了加济王和他二十四个儿子，为的也是保全王族，更是为了保全天洛，别人看不出来就罢了，难道沮洛大人也看不出来？"龙默一直自认为除了乔公，只有沮洛该是这天洛第一谋臣。

"哼！你这就好比有人说抢了我的钱庄，为的是给我留下些值钱东西！荒唐！"沮洛反讽道。

龙默倒也不生气，言道："沮大人风趣，你有没有想过，真有人抢你的钱庄，你的钱庄反而安全了，因为没有贼再惦记了，他们会以为你的钱庄已经空空如也，再没了银票，对吗？"

沮洛哼笑一声："可笑，贼不惦记空钱庄，对于钱庄还是幸事了？"

"对于钱庄不一定是幸事，但是对于剩下的一点钱，也许是幸事！"龙默借喻宫内几个未成年的小王子。沮洛眼珠子猛转，瞟了眼龙默："哦？大人的意思是，还给我留了些银票？"沮洛哪会听不出来，但是他需要反复确认龙默的意思。

"正是如此，虽是几个小铜板，但是值得收藏。"

"大人为何不一同抢得去？"

"沮大人说笑了，我自认为并不是贼，贼人们都已经去了他们的军界了。"

沮洛反讽道："那我此刻面对的难道是家贼？"

"我无法左右你的思想，但是我龙默只看结果，如今天洛大殿、后宫、群臣、众将得以保存，是我的功劳！"龙默对如今铺天盖地的嘲讽很是介意。

沮洛指着五个旗帜，说道："那你回头看看墙上挂的旗帜，那是你的锦旗吗？"

"不给四国好处，怎么留得下天洛如今残存的一切？"

"那你倒是有骨气，任凭别人抢东西，你还自己送出些，最后庆幸自己有所保留。如果是这样，你不如去青楼做几日老鸨，看看你的客人会不会最后把你也抢走了！"拼嘴皮子沮洛可不在下风。龙默大笑不止："沮洛大人不愧是乔公后第一谋臣，聪慧而幽默，只是加济始终提防你家族的势力，一直不敢重用！否则不至于有今天。"

龙默说罢，走到沮洛的身边，拍了拍沮洛的肩膀。但是龙眼龙器并未启动，他又摸了摸自己的龙眼，皱了皱眉头，心里盘算，这龙眼似乎正如自己所想，该是有触发的条件。

"家势？鲁正和韩滕义都有家势，我倒是觉得陛下没少重用，我一直不得志，必是小人陷害，如今造成家国破败，我的责任也绝不推卸。当然，陛下多疑之心，何时少过。"

"好！有气节，沮大人，前日杀加济王，杀王子们，是我龙默不得已而为之，如今我骂名也背了，民间的压力也背了，后宫、将臣的指责也背了，如有微词，也请沮洛大人海涵，我们做臣子的，保住国体是如今的大事，希望沮洛大人真的能有所取舍，龙默感激不尽。"

"龙默，你背上的不只是骂名，你是历史的罪人。当然，我也是。如今国不成国，被你倒腾出一个天下院，我想有意见，也无力推翻，但是我不再入仕，也决不听令，要杀要剐，随你的便。反正加济陛下去的那天我就已经是亡魂了！"

龙默微微叹息："大人不须听令天下院，只需知道，我天洛乃未亡之躯，天下院只是周旋，天洛早晚再起，且如果大人肯私下配合，王族也可恢复！我会再推军政院和内廷院，以安你和修辙之身，切莫推脱，我们当携手而事！"

"哼！四院摄政，我倒第一次听说，至于那可恢复的王族，你说的是那几个小铜板吗？"

"大人富可敌国，只是郁郁不得志，商政军等意见都未被采纳，如今只好请大人将这些补给那些后来小生，区区几个小王子，就是天洛全部的未来了。"

"小铜板在钱庄里怕是只能是找零的添头，万一哪天来个大的商客，我是给呢还是不给？美其名曰'禅让'，不如说是'白送'！你倒是挺有慈善之心！"沮洛说着，心里却已经有了考量。

"这我已经与四国说起了，当然有所欺瞒，满王子八岁，一载之余后登位，再作禅让，此乃多番周旋的机会，沮大人看不出来吗？"龙默压低了声音。

沮洛冷眼看着龙默："满王实则多大？"

龙默声音低到自己都听不见："早已是外傅之年！可一岁多之差，谁人看得出来！关于满王的后宫册记与文录，我早让郎虎寻出并烧毁了，后宫也禁言封口了，四国不会知道他真实年龄的，这两年，是我们的机会，禅让之待，是天赐我们的复国之途，成则立，不成则亡！"

沮洛思忖着，叹了口气："四国会不查此事？"

"四国如今想的，都是怎么暗中勾斗，互相拉拢，成盟中党群，牵制四方，谁敢明说明察，谁又有这个必要呢，即便查出来，登了位，禅让给谁呢？"龙默捉四国心鬼，准确无误。

"别再多言，我只管收藏，其他的呢？"

"夕见公主的央鄰宫交与沮大人，然后潜心打磨便是。记得，小王子修学，当下，只可密行，若是四国探得，便会知道我们有了五国典选之心。"龙默提醒道。

沮洛一挑眉，点了点头，言道："那你不怕我把几个小铜板换了大银票？"

"大人必不会，您又不缺钱。"

沮洛大笑，拍了拍龙默的肩膀道："没想到我沮洛一生和钱打交道，逢投必赚，如今却输了最大的一票！"

"本钱还在，我们就没输。"

"好！龙大人，我们的账先记下，来日会加倍奉还。"

"大人放心，若是我龙默光复不了天洛，自会谢罪！"

"我明日来王宫点钱！低调行事！"

"王宫东门！恭候大人！"

"告辞！"沮洛言罢而去，龙默对着沮洛深深鞠了一躬。

沮洛方才出了龙府，又在思忖，为何龙默说是五国典选？难道龙默早就计划好了禅让之途上该有天洛的一份？那岂不是让四国有了斩草除根之心？但是一个转念，沮洛突觉龙默这是布了一个天大的局，而终章该就是"五国制衡"。

深夜，燕东盗会婴柳的屋内，穆安躺在床上酣睡，打着呼噜，酒气冲天，然后又不停地翻身。穆安几声咳嗽，说起了梦话："皇天生我在尘寰，虚度风光困世间。"

婴柳推开门，慢慢走进屋子，看着酣睡的穆安，坐在了床榻旁边，替他擦拭着脸颊。

"鹏翅有时腾万里，也须飞过九重山。"穆安还在说梦话。婴柳听得仔细，皱着眉头，思索片刻，自言自语道："九重山！？"

婴柳看见穆安胸口衣衫里露出龙肤卷轴，便偷偷取出，翻看起来，上面显示着"姜子牙"和"胡喜媚"两个名字，闪闪发光，婴柳想要再拉开一些，龙肤却不再滚动，只显示这两个名字。

"姜子牙？胡喜媚？这两个名字好像不在名单上！这些人究竟是谁？"婴柳喃喃自语，显然她说的是洪番所给的那份名单，而以婴柳的天资，她早就背下了名单上所有的人名。当然，那都是阐教和大周之人，洪番要她暗随穆安杀人，自然也不会有姜子牙之名。

穆安又一个翻身，手不自然地搭在了婴柳的腿上。婴柳凝视着穆安，眼中满是纯情，她慢慢凑近穆安的脸，粉唇一抿，亲了下去。穆安睡梦中摸了下自己的脸，婴柳慢慢站起身来，脸色绯红，取下了自己的发簪，头发瞬间披散下来，进而又开始慢慢解开自己的腰带，将上衣脱去，露出了香肩，然后慢慢掀开了穆安的被子。

天洛洛京城王宫东门，满王子抱着还在襁褓里熟睡的不满一岁的王弟哲王，韩魂站在两位王子的身边，四处张望。童魄又领出来两位王子，便是晗王和谭王，两个孩子双眼无神，显得很胆怯。满王一身便装，他看了眼韩魂："韩大人，我们为什么穿成这样？"

韩魂蹲下来，给满王整理了下衣服，上下均是麻布缝制，与平民无异："送你们去夕见姐姐的央粼宫学习，你们娘亲都给你们讲了吧，去那里会看到沮洛大人，他是你们的老师。"

满王子稚声稚气地问："后宫里面有老师，为何要去东面的央粼宫？"

童魄摸了摸满王子的头，劝慰道："央粼宫可以不受束缚，王子殿下，可以跟着沮洛大人学习诵诗、书法，累了还可以跟随他出后山门打猎、游山、玩水、骑马，岂不乐哉？"

满王子顿时乐了，言道："那倒是好，后宫的宫官们倒是管不到我了。"几个孩子频频点头。

远处一队南依国的巡防队慢慢走了过来，衣着紫白相间的战甲。童魄看了眼韩魂，低声道："怎么办？四国这么快就有军队入宫巡防了？"

"怕是子笙要求的，四国换防宫内，监理朝堂！没事，又没人认识这些孩子！"韩魂故作镇定。

南依国的巡防队靠近，一个巡执站了出来，低吼道："你们是谁？"韩魂躬身行礼道："在下韩魂，原天洛净天府小臣。"

"在下童魄，原文录院史员。"童魄行礼。巡逻队长躬身行礼道："二位有礼了，这帮孩子是？"韩魂立刻回话："哦！这些是天洛宫殿内宫执们的孩子，我们准备送回东宫统一安置。"

"他们为何进的西宫？"巡执警惕起来。

童魄很是机敏："是来天下院帮助龙默大人整理卷案的，人手不够，人手不够。"

巡执又狐疑道："几岁的孩子会整理天下院的东西？"

韩魂摇了摇头道："龙大人向来在意不同年龄孩子们在私塾受学的感受，故请来孩子们为他诉说自己亲身的经历。"

巡执大笑，指着哲王笑道："那褓褓里的孩子也会说话了？"

"褓褓里的孩子不会说话，却有表情，龙大人恩泽孩提，不分年龄。"韩魂有点语无伦次。

沮衍此时驾着马车赶了过来，停在了几个孩子面前，他走下了车，给巡执躬身行礼，也给韩魂和童魄行礼。"几位大人久等，我这就接孩子们回去东宫。"

"等等！"巡执叫住。沮衍眼珠子猛转，瞬间出了一额头汗。

"这个孩子叫什么？"巡执指了指晗王，又言道："我数一二三，你们一起说！"沮衍、韩魂和童魄愣在原地，三人此时可不能直呼孩子的名号，但是要说此时编一个名字，一起说又怎么能说得整齐呢？

"一、二……"三字还未说出口，一位紫色长裙装束的女子当先走了过来，她头发披散着搅在风中，面色白皙，眼睛不大却十分有神，全身上下，贵族气质尽显，唯一不太一样的，是耳朵尖而挺，好似精灵一般。巡执赶紧停了话，躬身行礼："公主殿下。"此人便是南依国的公主宗政蕊，楚王最小的女儿，天资聪慧，深谙政事，不愿只做闺中小女，一直心存南土河山，誓要帮着父亲平定四海。

"这孩子名叫什么重要吗？你们是巡防，防的是天洛后宫和朝堂不尊共治之人，跟一个孩子较什么劲？"宗政蕊言辞锋利。

"是！殿下！"巡执说罢，赶紧带着队走了。

宗政蕊看着沮衍等人，定了定神道："你们不着急走吗？"沮衍、韩魂和童魄赶紧行了个大礼，帮着沮衍把孩子们扶上了马车，驱车而去。

然而无人注意到，哲王突然在襁褓内睁开眼睛，眼神是不属于一个未满一岁孩子的深邃与寒冷……

宗政蕊看着马车离去，眼神也由明而暗，似是灵魂脱去又回归一般。良久后，宗政蕊回复神智，冷冷一笑，笑中满是妩媚，但是刚才的眼神足以说明，其魂意深处，必然不只是一个简单的王族小女，而这次对王子们的救助至少说明一点，她该是明白一些内理的。

穆安一早醒来，使劲拍了拍自己的脑袋。宿醉之感弄得他浑身不舒服，掀开被子，发现自己上下赤裸，很快又盖上了被子，自己双眼圆瞪，思索片刻，然后裹着被子，跳下床，把床下自己的衣服一件件捡了起来，赶紧套在身上，不时地四下里看看。突然，穆安头一阵晕眩，又摔在了地上。

唐知冲进屋内，赶紧把穆安扶了起来，气喘吁吁道："哥！会主他们都出发了！"

穆安愣了一下，刚睡醒的他脑子好像糨糊一般，懵懂道："出发了？去哪儿？"

"劫公主啊！"唐知顿时急了。

穆安这才猛然间有点清醒，张着嘴，一脸惊讶："坏了！兵器库在哪儿？"

"西寨！"

穆安继续往身上套衣服，低吼道："先去拿我的龙牙！"穆安言罢，瞬间又回过头去，在床上翻找自己的龙肤卷轴："龙肤呢？"

"你没随身带吗？"唐知问道。

穆安陷入深思，又拍了拍自己的脑袋，大喊："婴柳又拿走了，这婆娘！"

唐知看了眼穆安的衣衫，衣服穿得七扭八歪，回想婴柳今日脸色的红润和明显愉快的心情……顿时想歪了，悠悠道："哥，你昨晚和会主她是不是……"

穆安大喊起来："怎么可能？快走！来不及了，不能让她劫持了公主！"穆安冲出屋去，唐知紧随其后。

人类联盟与 AI 联盟正在谈判，窗外已然入夜。

罗海在会谈的桌子下俯身把垃圾桶拿了出来，不停地翻找，然后拿出了那个维克托抽过的烟嘴，慢慢把一张极其微小的纸条抽了出来，仔细地看着。安梦文从罗海的身后慢慢靠近他，罗海还没有发觉。

"人类在翻找垃圾的时候，通常会挽起袖子，罗海，你弄脏了自己的衣服。"安梦文言语中有着明显的怀疑。罗海紧张地把纸条握在手里，看着自己没有挽起来，弄得脏兮兮的袖子，神色慌张："安要员！您还没睡？"

安梦文眼色冷峻："罗海，交出来！"

"交什么？"罗海支支吾吾。

安梦文眼圈有点泛红，言语到："两年前，我面对自己妻子的死，痛心的不是永世不见，而是她颈部露出的零件！她是 AI！是个卧底，就在我身边！在那之后，我学会了观察每一个 AI 的动作，他们必定不是人类，也成不了人类，智慧和生命的有限，才是人类的标志，你们崇尚的无限睿智与永生，只能说明一点，博爱与灵魂，你们永世难得！"

罗海有些激动："安要员！我是人类啊！我是彻底的人类！你在说什么啊？我也是在查案！"罗海此时并不信任安梦文，所以并没有第一时间交出纸条。

"不管你是什么，背叛就意味着站在了我的对面！"

安梦文伸出手，罗海喘着粗气犹豫了良久，才把纸条递给了他，安梦文看着纸条里的文字，大惊失色。纸条上写着一个名字：陆秀夫！

安梦文举起了枪，对着罗海的头。刹那间，死亡的恐怖笼罩罗海的全部思维，他当即跪下，声泪俱下地求饶："安要员！你听我说啊……"

一声枪响，罗海倒在地上，鲜红的血液迅速蔓延。

安梦文看着鲜血，面无表情，慢慢蹲下身，一根手指慢慢插入了罗海脑袋上的枪口中，越插越深，然后慢慢拔了出来，依然满是鲜血。

"真是人类？"安梦文自言自语，愧疚地捶击自己的胸口，但是安梦文的原则就是如此，宁可错杀一万，不可放过一个。

安梦文陷入深思，他与陆秀夫的故事有着小说般的百转千回，如今不管这个纸条来自哪里，他的直觉告诉自己，必须要找到陆秀夫，并从他那里知道，他究竟在干什么。

第三章　推遇

实验室内烟雾缭绕，李勉给自己脆弱的肺下载了一个排烟系统，他很反感陆秀夫烟不离手的习惯。除了烟和茶，陆秀夫的生活似乎很简约，他还很喜欢观望自己吐出去的烟雾，他认为那无论什么形状的烟雾都代表他此时此刻的心境。

陆秀夫捧着夕见的照片，依然在迟疑，回想一些往事，却不得头绪。情端回望，即便你失去记忆，爱的人也终究在你心里，那不只是记忆凝成的骨血，更是人性中物化的结晶，说白了，无论你和你爱人的生死如何，爱本身是永恒的，这一点，不说 AI 能否参透，就连人类自己，都很难彻悟。

历史学家轻言轻语："秀夫！来看看修改的方案。"

陆秀夫站起身，来到一个巨大的智能投影前，投影的巨幅舆图上，有一些山脉和水域被标记出来，他仔细地查看和比较。几位绘图师和历史学家在讨论着什么，不停地指指点点。

陆秀夫叹了口气："不必遮掩什么，也不必阻碍谁的前行，各位老师，这份新舆图作废，我们不需要！"

地质勘探学家有些着急："秀夫！不要意气用事，我们的修正对于那里的一切都很重要，不能不做！"

陆秀夫反驳道："能被左右的，都不会成为命运，我们要的所有东西只有一个前提，那就是自然而然！那才是结晶，我们现实中的每一天，就是推演世界的一周，各位老师，推演不会太慢的，此修正作废！这是命令！"

"秀夫！你要为此负责任！我们不希望穆安深陷囹圄，龙默也已经越权而事！"历史学家更加着急，其实他们的顾虑明显是对的，龙默的很多数据表明，他已经不是一个正常的 AI 推演角色了。

"上面怪罪下来，就说是我的命令！既然做，就要遵从事实！否则意义何在？我们还不如拿着手柄在家玩游戏来得自在！记住！在走向深渊的途中，你至少还有恐惧！而'恐惧'证明，你还是个百分百的人类！"陆秀夫这份坚持里带着些许无奈。

两位专家面色凝重，不再多言。一个人盟要员跑过来在陆秀夫身边耳语了几句。陆秀夫皱起眉头，自言自语："罗海死了？"众人哗然。"安梦文呢？"陆秀夫追问道。

"在继续谈判，您要不要先？"

"我哪里也不去！一切照常！对了，给我接通安梦文！我要跟他通话！"

要员递过来一个通讯器，陆秀夫接了过来，但是通讯器那头只有滋滋的电流声，并无说话之人。陆秀夫挂断的一刹那，看见有干扰源对于眼前推演世界画面的干扰，画面出现了轻微的抖动，这是一个可怕的瞬间，要知道，推演计划的一切，均来自地球自然人类的秘密推进，就连传送信号，也被包装在部分 AI 混血人的脑中枢神经传递系统中，而他们的对外通讯器则是正常的信号，若是互相有干扰，只能说明一件事——AI 对于推演世界的一切都是可追踪的。陆秀夫眼前仿佛出现了 AI 联盟首脑坐在某个不知名的地方，窥视推演世界的一切发笑的画面，更可怕的是，这个推演世界里，可能还有他们的卧底。陆秀夫可能多少会有些察觉，那个卧底就是天洛如今只手遮天的龙默，而龙默和穆安的智能超脱，也在超速的发酵中，终有一天，穆安也会知道，他的世界之外，有一双"邪恶"的眼睛和手，在注视和摆弄着他的一切……

陆秀夫疯狂地查询着基础数据，他要为自己的推断找一个结果。而就在地球上，安梦文还在焦急地盘算着找出陆秀夫的方法，他坚信纸条上出现陆秀夫的名字，是示意这个人身边的一切出现了危险。

话说这四国将军子笙、格图、太积和宗政公贺带着各自的军队早就到达了各自的军界驻守，他们按照龙默的文录计划，住进了各自军界内的寨落，而其余浩浩荡荡的军队大部，部分返回了各自的国家，留下之人仍以安营扎寨的方式，围着主寨驻扎下来。这其中子笙不愿其燕东军太多返乡，于是留下的人最多，足足有三万之众，他心里也明白，太多人回去燕川，也是被叔叔子秋所布控，不如自己将在外，君命不受来得自在，也为自己伺机分洛反燕，留有余地和机会。只是养着三万人，无疑是燕川和天洛共同的负担，也从侧面坐实了子笙与鹿氏甚至是天洛鲁氏等家族的勾连关系，若是只凭燕川朝中正常拨济的钱粮，如何能够维持这么大的军队常驻别国京畿？而另外三国并非如此，都是大部分的军部返回国内，只留几千人驻守军界。当然，此四将军也在初期经常频繁走动，通惠四国之盟，更多的便是打探其他军界的动向。正如龙默分析的那般，四国如今进了天洛，那才是真正勾心斗角的开始。

至于修辙、英典、青灯、郗别和元攘五将，已经被还于天洛，押在王宫大牢内，龙默自是有心官复其职，还忠良以复报家国之机，但是此时四国怎么会答应放虎归山，能允许他们被关在王宫大牢已经不错了，否则就是带回军界斩首的命。当然，在龙默心里，救出五将倒不是难事，甚至让四国同意五将归朝而居都简单，难的就是，如何让五将接受一个屠戮王族的逆臣，并且甘心配合这逆臣光复帝国。

乔公先前因顶撞加济，且不忍睹朝纲大乱，早就自投大狱，"破罐子破摔"了。他一身狱服，跟跟跄跄，走过几个牢笼，要说为何乔公在大狱中还能自由行走，那还不是狱卒们给足了面子——您只要不出去，不唠叨，随便走。乔公来到修辙的监狱前，望着极尽憔悴的修辙，修辙仰面闭目，似是睡着了。乔公扶着栏杆，轻言道："王族欠你一个名头啊！将军！"乔公之意便是可怜修辙为了王族打天下，当初险些背了逆反之名不说，之后又险被兵谏之行拖累致死，如今四国入朝，天洛兵败，修辙也只能成为四国口诛笔伐的罪人，至于天洛残臣流民，谁又会为一个罪将说句公道话呢，谁人不知修辙其实是帝国的杀戮机器而已。

龙默提着一个小竹篮，从监狱另一侧走来，搀扶着乔公，乔公看了眼龙默，没说话，只是摇了摇头。龙默略显尴尬："老师，我带了些糕点，前来探望您，您近来身体可好！"

乔公摆了摆手，言道："你不来，我身体就无恙，若是有这功夫，你把他救出去，别管我！"乔公指的便是修辙。龙默自知肯定是要把修辙等名将救出去的，但是这可不是一时半会儿就能成的，他望着憔悴的修辙，也没再追上转身离去的乔公，心里有些异样，手抓着栏杆，思忖起来。

夕见公主骑在马上，一身随从的服饰，机警地四处张望。秋田一身公主的装扮，坐在雕辇里，表情严肃。冬雪不时地探出头，看一看夕见，然后又四周望望，公主的车队孤零零地走在燕川国边境的官道上，众人皆惶惶不安。夕阳初显，不知这是否也是天洛王族残根的冬天。

忽然一支箭矢飞过，硬生生地插入辇车的轮毂内，车突然减速，箭矢被轮毂碾断。又是一支箭矢插入辇车的轮毂，车完全停了下来。车内的秋田和冬雪因为惯性摔倒在车里。夕见大惊，从腰间拔出剑，四下里看看，勒紧马的缰绳。其他簇辇和侍卫面色紧张，仗剑围拢在马车周围。婴柳带着漫山遍野的盗贼冲入官道，将马车和侍卫们团团围住。

一个天洛的侍卫长用剑指着婴柳，大喊道："什么人？你们知道车里是谁吗？"

婴柳冷笑一声，手里把玩着龙骨刃，反问道："是你们天洛那个战争狂的千金吗？"

"放肆！哪里来的野贼？"侍卫长大喊。

婴柳慢慢走近侍卫长和他的高头大马，左右打量了一番，然后一个侧翻，反手撑住马鞍，跳上了马背，坐在了那个侍卫长的身后。侍卫长大惊，刚要翻身举剑，婴柳的利刃早就划破了侍卫长的喉咙，顿时鲜血四溅，那个侍卫长从马上一头栽倒下来。

婴柳骑着抢来的马，慢慢靠近辇车，弯腰看了眼车里。秋田强压恐惧，端坐在车内。婴柳笑了笑，以为秋田就是公主，"公主，请您下车吧，去我的山寨坐坐。"婴柳倒还算客气。

秋田故作镇定："你是谁？"

"在下燕川燕东盗会的会主婴柳，你可是彼岸公主？"婴柳又问道。夕见骑在马上，呼吸有点乱了节奏，面色凝重，手里的剑握得更紧。秋田点了点头，婴柳一挥手，下令道："兄弟们，请公主下车。"

众盗贼兴高采烈，一哄而上，把秋田和冬雪拉出了车。夕见刚要上前制止，身边另一个侍卫给她使了个眼色，夕见立在原地没动，皱着眉头，看着秋田，一脸焦虑。

一个盗贼拉着秋田，打量她的脸，淫笑道："会主，这公主长得标致啊！不如你把她许给我吧！"众盗贼大笑，开始起哄。

"你还要娶公主？等我有幸嫁给王子再说吧！"婴柳满脸的不屑。众人又是一片笑声。婴柳下了马，来到秋田的身边，上下打量她："公主此去何处啊？"

"去燕川和亲，你们这般劫车，不怕燕川的军队怪罪？"秋田声音带着些微颤，婴柳但觉这个公主少了几分贵气，她偷偷地环视着四周之人。要说识人识面，婴柳一介盗会会主，如何能被轻易地骗了，她自知也许这个并非公主，但自己心里也明白，无论如何，还是公主自己现身为好。

"怪罪？我们身为盗贼，谁不是背着几重罪？如今劫了你，多一罪而已！更何况入手你的丰厚嫁妆，我们说不定今生都不用为贼了！"婴柳哼笑着。一众盗贼又开始起哄，这帮贼人，除了偷东西，就会起哄架秧子。

"你们这样做，还会招来我天洛国的报复！"秋田倒是冷静。刚才的盗贼不停地抚摸秋田的身体，秋田不停地躲闪。夕见眉头紧锁，心头气愤至极。

"天洛如今自身难保，我估计现在都是一片火海了，还有工夫管你吗？来人，绑了，带回山寨！"婴柳下令道。

刚才的盗贼拿出绳子，把秋田五花大绑，又扔回了车里，然后自己跳进车去，搂着秋田，开始亲吻。婴柳透过辇车的窗子，看了眼里面的动静，冷笑一声，没有理会，上了马，前面领路。秋田不停地呻吟，盗贼用力扯着她的衣领。

夕见终于忍无可忍，顿时大怒，跳下马来，紧握长剑，冲进辇车，将那位盗贼拉了起来，一剑捅入其胸口，然后狠狠一脚踹出车外，随即转身把秋田搂在怀里安慰，秋田这才哭出声来。

婴柳猛然回过头来，目瞪口呆，凝视夕见。夕见探出头指着婴柳，大喊道："我才是公主，我才是夕见，别难为我的侍女，我跟你去便是！"夕见这一厉声，天洛侍卫也都仗剑而出，盗众赶紧又聚拢过来，两方开始对峙。

婴柳又下了马，走到夕见的跟前，瞟了眼死在一旁的手下，冷言道："你是公主？"

"这是天洛王族的玉佩！"夕见拿出一块玉给婴柳看了看，边说着，边走下车来。

"本想让侍女替你死的，对吗？"

"没人会替我死，只要我活着，我就会保护我的子民。"夕见眼里满是愤怒。

"你的子民都是亡国奴了，你知道吗？"婴柳眼色冷绝，两人四眸相对，竟然还碰出些娇美之态。

"天洛永不亡！"夕见斩钉截铁，目中似有万丈怒火。

"你在这里慷慨激昂有用吗？你已经是燕川的人了。"

"那你还有胆量劫持我？"

"我不想解释第二遍为什么劫持你！你杀我的人怎么补偿？"婴柳表情淡然，似乎早就预料到了夕见的出场，必然伴随着自己人的死。

"你也杀了我的人。"

"你的国家杀了我们多少人？"

"你们贼众又杀了多少人？"

"好！嘴硬！我让你再也张不开嘴！"婴柳说罢，瞬间从腰间抽出毒粉，同时自己左手捂住口鼻，右手冲着夕见撒去。夕见也同时举起剑，刺向婴柳。

穆安瞬间从官道旁的草丛中鱼跃而出，拦腰抱起夕见，一个转身闪步，躲开了毒粉，两人顿时失去平衡，倒向地面。穆安又一个翻滚，单手一撑，复站起身来，一手搂着夕见，一手扬起，不停地驱散毒粉。

却在刚才，夕见被穆安扑倒的一刹那，将手里剑扔向了婴柳，唐知早已闪出，用念力延缓了剑的速度，婴柳一脚把剑踢开，自己一个后空翻，抬头盯着穆安抱着夕见腾出好远。一刹那间，四人各施招数，已是交手了两三番。

夕见和穆安对视了一下，四眸间又是过电般地闪着暧昧和娇柔。夕见赶紧挣脱穆安，闪开几步，也不停挥手驱散着眼前残留的毒粉。其实，婴柳也并未下死手，这些毒粉，不过是头重散，吸入多了，睡去几个时辰便了。穆安拍拍身上的尘土，无奈地盯着婴柳。婴柳也皱着眉头，撅着嘴，看着穆安和夕见的一串动作，醋意大发。

穆安当先指着婴柳，喊道："婴柳，你胡闹！"婴柳一脸娇嗔，还嘴道："你怎么来了？竟然还救她？"

"我告诉过你，公主劫持不得，你为何就是不懂！"穆安有点气急败坏。

婴柳轻叹了口气，略有所思，狡辩道："公主是我们与燕川军队周旋仅剩的筹码，不劫持她，山寨的那一帮燕川士兵如何谈判？"

"你果然放空山寨，擒了燕川来寻我的士兵？"穆安这才反应过来，但觉之前自己离开山寨的时候，里面已经空空如也，想着盗会不会为了一个公主倾巢而出，必然还有后计。其实，婴柳早知不遵子笙的悬赏，对穆安不予捉拿，子笙的燕东军留守之部必然来询问，婴柳这才借着劫持公主之机放空山寨，瓮中捉鳖。完事后，婴柳反正要带着穆安游走世间，这次黑吃黑，能成则爽一把，不成也无大碍。要说婴柳的性格倒是潇洒，自己玩得开心，还能周旋宫里宫外，军部上下，确是个奇女，只不过就她爱上穆安这件事来说，不知算不算聪明，但是世间情爱，又有谁控制得住自己的思绪呢？

"不然呢？等死吗？你不是说我们劫了不该劫的粮食吗？谁知道来者的目的，我可不冒这个险！"婴柳虽有主张，但是却依然拿穆安的谎言说事。

穆安叹了口气，劝慰道："我们可以不必斩尽杀绝，他们只是奉命行事！"要知道，燕川军士，大多可是与穆安并肩作战过的，穆安怎会任由婴柳如此任性。

"我又没说杀他们！"婴柳娇滴滴地反驳道。

"走，跟我先回山寨，询问士兵们的来意。"穆安呵斥道。

"等等，你到底哪句话是真的？"婴柳为了不让自己拿了宫里密函的事露了，也只能就着穆安的谎言往下说。婴柳心里倒是明白一件事，她接了洪番的密函，秘伴穆安上路遍访四国，照着名单杀人，与劫持公主这两件事，必然有着某种巧合，她自觉似乎燕洛两国的洪流如今汇到了自己的身上，而穆安和夕见均在自己手上，却也是天赐的良机，给自己一个救赎的归途。至于她劫持公主这件事，其实也是听命于人，究竟何人命她劫持公主，那是比洪番的密函还要机密的事情。

"先回山寨！"穆安拉着婴柳喊道，两人像极了情侣。夕见也看在眼里，似是觉得两人的关系不一般。夕见虽是宫中长大，但也难见穆安这般英俊的男子，若是与修辙比较起来，夕见显然更喜欢眼前这个刚刚救过自己的"外族人"。夕见望着穆安的侧脸，看得有点出神，哪来的英雄呢？眼眸里亮晶晶地闪着义气，脸颊上干干净净，臂膀宽厚而有力。

"那她怎么办？"婴柳指了指夕见。夕见半天才缓过神来，插话道："你是何人？"婴柳赶紧站出来道："你管呢？他是我夫君！"

"谁是你夫君？谁敢娶你！做事一点分寸没有！"穆安倒也不给婴柳面子。婴柳噘着嘴自顾自生气。

穆安对着夕见躬身行礼，倒不失燕军风范，言道："我是穆安，新近加入盗会，以前是燕军步旅，公主殿下，多有得罪了，你们先行去燕川王宫吧。前方有凤羽城路标，顺大路而行便是！"夕见一听穆安这官腔，便知他绝非盗会会众。

穆安余音未落，丛林中又有了动静，似是行军步之声。穆安、婴柳、夕见三人几乎同时发现了端倪，却都没有作声。穆安凑到婴柳的耳边低声道："随我回去山寨，我有办法搞定那些燕川的士兵，快！"

婴柳故意和穆安凑得很近，搂着他的胳膊，耳语道："你先告诉我，你到底是谁？"婴柳近乎是在撒娇。

穆安挣脱了婴柳，径直往回走。婴柳看着穆安的背影，挥了挥手，盗贼们放弃了劫持夕见，开始跟随穆安往回走。

婴柳突然回头，低吼道："公主殿下，悉听尊便吧，我建议你跟着我们回寨，我可不保证这条路你再走下去能否到达燕川王宫。"婴柳不忍直接劫持了夕见就走，终究还得夕见愿意，所以撂下这么一句话，她心底倒是自信，反正这燕东上下，尽是其盗会的眼线，今日劫不得，还有后几日，更何况此时带着公主回去盗寨，也难免危险。

夕见愣在原地，思忖得紧，又听见旁边的丛林内有声响。婴柳悄悄环视了下四周，跟着穆安而去。秋田和冬雪拿着龙默之前留给夕见的《红女织记》，站在夕见的两侧，然后把书递了过去。"公主，龙默大人曾授言以助，不如看看他的计划。"秋田低声道。

夕见赶紧接过书，打开一看，第一页写着："公主亲启，听臣一言，随遇而安，切莫反抗。保存性命，等待时机。路遇奇人，随之而去。若到燕川，不可进宫。为今之计，游弋边陲，智取残军，方得还洛！信我一言，必有转机！"夕见深思片刻，上前一步："等等，你们的山寨在哪里？"

穆安转过身，愣了一下，言道："就在山上，公主速去王宫，不要在此逗留，大路安全。"

夕见狠下一条心，朗声道："我随你们去，解了你们的危机，刚好让燕川的士兵带我回去王宫！"夕见言辞间也见睿智，她怕穆安不同意自己跟着，便拿燕军说事。

婴柳瞟了眼穆安，有些迟疑，做了个鬼脸道："公主想随我们来，怎么办？这不算是劫持了吧。"婴柳似乎自己也没想到夕见回心转意这么快。

穆安盘算也倒是个法子，刚好利用公主解了与所囚燕军的误会，点头道："也好！把你交给燕川的士兵，也免得大动干戈，走吧！"

婴柳笑了笑，冲着众人招了招手，盗贼们又将夕见等人围住，簇拥着跟随而去，众人奔着山寨而来。

话说刚才丛林中攒动之人，也便是龙默让郎虎安插的劫持公主之人，他们暗中盯着婴柳是否劫持夕见成功，不然，则只能亲自动手。至此，也便明了，书信间让婴柳劫持公主再东游别国的不是别人，正是龙默，为的是夕见能以其睿智与美貌，祸乱四国。婴柳也便成了那个节点之人，穆安与夕见结伴东游，正是拜婴柳所赐，三人间这个缘分，真是乃情爱之范本，更也是之后五国前路的重要拐点。

话说与此同时，一支燕川的军队慢慢地靠近盗贼山寨之外，为首的统领不停地四周张望，然后冲自己身后的战友们挥了挥手。燕川的军队奔着山寨的侧门而去，众人在寨子外墙一字排开，仔细地听着寨子里的动静。这是子笙燕东军的后军，未曾去得天洛，一直在寨外附近留守，而悬赏令便来自他们，当然也是子笙的命令，若是婴柳得穆安不成，便自己动手，也顺便管管婴柳的盗会。

一片寂静后，燕军的统领又挥了挥手，然后大喊："盗会的兄弟们，我们是燕东后军，今日前来捉拿叛将穆安，并取回王宫神器，如果你们已经拿了他，就交出来，之前说好的悬赏酬金，我们一分都不会少！"依然是一片寂静。燕川兵众面面相觑，不知情况。

"盗会的兄弟们，听见的出个声，开个门，我们也好进去商谈。"还是一片寂静。燕川统领皱着眉头，看了眼手下，下令道："冲进去！"

几个燕川的士兵破了山寨侧门而入，不停地四下里张望着，"统领，寨子里似乎没有人！"

燕川统领迟疑了片刻，带头冲了进去，边冲边喊："破寨！"一众燕川的士兵一拥而进。"找人！"燕川统领继续大喊。

燕川的士兵开始在寨子里四下寻找。突然，寨门紧紧地关上，沿着寨墙的内侧，十多个药草包被点燃，浓重的烟气开始升腾，一时间，寨口内乌烟瘴气。燕川的士兵们瞬间乱了手脚，开始往寨子的中间集中。几个黑衣的盗贼点完烟雾后向着寨子外撤退。燕川的士兵开始不停地大喊救命，寨子内能见度很低。

龙默派去监督劫持公主的一众侍从来到了寨子的外侧，一个个伸头看着烟雾弥漫的山寨，侍从们都是青戎的军服，手持利剑，为首的侍从挥了挥手，众人们在寨子的四周埋伏了起来。显而易见，对于公主的劫持，龙默势在必得，而嫁祸给青戎这招却不知能不能奏效。

穆安、夕见、婴柳、唐知和一众盗贼以及夕见的部分手下奔着山寨而去。靠近山寨的刹那，穆安看见寨子的上空烟雾弥漫，冲着婴柳质问道："寨子着火了？"

婴柳冷笑道："那最好，一焚俱焚！"穆安皱起了眉头："你知道燕川的军队不是好惹的！"

"谁让他们敢来的？他们敢来，我就敢杀！再说了，一点烟雾而已，又死不了人。"

"荒唐，他们只是听命于军方，而且要的人是我。"

"你有没有一刻想过我？我放了他们，我和我的盗会怎么办，谁知道他们来此是拿你还是拿我？"婴柳心里也有点担心，若是不按子笙的吩咐拿人，怕是军方不会手软。

"好！我承认！我之前是骗了你，那只是为了吓唬你，你劫的粮食都是天洛的，盗会不会因为你们发现燕川奸臣的通敌秘密而被追杀！他们这次是来抓我的，因为你们接的悬赏，还有我的神器，你交出我就可以，行吗？明白了吗？"穆安几近咆哮，他现在又如何能知，婴柳此时想要尽杀燕东军追兵，无非也是想穆安得以安全上路，婴柳对于穆安的爱意，那可真是比这个世界还要真实。婴柳深情地看着穆安的眼睛："你干吗骗我？"

"我只是为了让你别接受燕川的悬赏拿我，让你听我的安排，也想让盗会不要与军方有纠缠，你们玩不过他们！"穆安对子笙的势力很是忌惮。

"你心里只有你自己！"婴柳俏眉一挑，责备道。

"我心里只有自己的话，现在就不会劝你放了燕川军队，结束这场纠葛了，你交出我和公主，然后带着盗会的人赶紧离开！"穆安坚持道。

婴柳眼中突然泅湿："是，我们和燕川的军方有约，他们悬赏拿你和你的龙器，我们接受了悬赏，之前的名单上都是你们步旅的人，我们拿的人越多，钱就越多，你满意了吗？"

"我早就知道！"穆安微怒，两人竟然站在原地吵了起来。

"但是你不知道，我从第一面见到你开始，就没打算再把你交出去！"婴柳自己也不知道这算不算表白。穆安顿生尴尬。众人面面相觑，没人作声，盗贼里有的人窃笑，夕见和侍从们则是一头雾水。

"婴柳，现在不是说这些的时候！"穆安无奈。

"所以我劫持公主，燕川军队才会受制于我，因为你不再是筹码，她才是！"婴柳对于穆安的哄骗和自作主张很是不满，更是责备他不懂自己的心意。

"没有人是筹码，婴柳，你这么做，只会引来燕川军队更加苦苦相逼，而同时，天洛人也不会放过你！"

"那也是因为你！"婴柳显得更激动，眼泪悄悄流下来。穆安不再言语，替婴柳抹了抹眼角。

夕见语气淡然："我大概听明白了你们的事，婴柳，你可以交出我，我会帮你们说情，你们可以现在离开！"

"你闭嘴！你以为你是谁？"婴柳显然有点厌倦眼前的女人。

穆安转身面对夕见道："我陪你回去燕川！"说罢又面对婴柳："你带着你的人现在走，别再回山寨，听话！"

婴柳擦了擦眼泪："要走一起走，我现在又改了主意，我不会交出你们俩任何一个人，都在我身边就是要挟，走一个我就危险一分，都走了，我就是死路一条。"婴柳这古灵精怪的多变性格让穆安头疼不已。

"那先随我去放了燕川的士兵，我跟你走！"穆安直言。

婴柳娇嗔道:"一言为定,你敢跑,我就杀公主!看你担不担得起五国混战的压力!"穆安无奈地摇着头,几人直奔山寨而去。

穆安、婴柳、夕见和唐知领着众人才到寨子外,婴柳冲自己手下的盗贼们挥了挥手。

几位贼众一溜小跑,把寨子西侧两块巨石中间的一个巨大木门推了开,顿时,一阵阵的西风吹了过来。寨子里的烟雾慢慢吹拂而散。燕川的士兵们冲着侧门跑来,倚在栅栏上,燕川的统领看着婴柳,大喊道:"你们这帮贼寇!我们有约在先,你们接了悬赏捉拿穆安,现在还敢暗算我们?"

婴柳上前一步,喊道:"统领哥哥,你当我们盗贼都傻吗?这么长的一串叛将名单?你不如说整个燕川的步旅都反了呢!还打什么天洛?再说了,有这么帅的叛将,我为什么自己不留着,还要交给你?"婴柳抖了抖手里的一个名单,然后扔在了地上,踩了两脚,又指了指穆安。

燕川的统领勃然大怒:"叛将穆安!你随我们回去燕川,交出神器,饶你不死!"

穆安一声轻笑:"念你们也是燕川步军,与我是同僚,今日放你们回去,不要再纠缠于我。我不是什么叛将,是被朝中奸臣所害,我今日之命,未必不是你们日后之痛。也告诉你们的主子,待我查清事情的缘由,绝没他的好下场。"

燕川统领冷言冷语:"哼,你关着我们,然后口出狂言,算什么好汉?有本事随着我们回去燕川对峙,清白与否,自有公道。"

"我早就和子秋王对峙过了,如今我是四国之盟的密使,有要务在身,随你们回去也行,但耽搁了要务你们担待得起吗?"穆安大喊道。

婴柳眼珠转了转,嘴角一歪,又一肚子坏水翻涌而出:"穆安我是不会交出来的,你们要是想交差,喏!这里是天洛的彼岸公主,你们可以拿去!"

燕川众人一片哗然,望着夕见端详半天。婴柳这一句话也当真说得夕见心头一冷。

燕川统领凝视夕见:"天洛公主?你们还劫持了天洛公主?速速把公主交给我们!"

"你不是不想交出公主吗?"穆安低语道。

"我就是善变,我又变卦了,你身边最好只有我一个女子。"婴柳娇嗔道。

"你哪一点像个女子?"穆安吼道。

婴柳哼笑着,试探性的眼神看着穆安。话说天下女子,性格反复无常,那是人性使然,婴柳本不想交出夕见公主,出于好玩,也试探穆安是否在乎这个大美人,所以出此言。但是婴柳在此场合说出要交出夕见的话,被龙默派来埋伏的天洛侍卫们可听个真切,他们以为事情有变,所以决定出手抢人,当然,龙默也巴不得自己的侍卫们穿着青戎的战衣与燕军打一架呢,只是这些偶然发生的事,他可安排不来。

穆安指了指夕见，然后面对燕川统领喊道："公主你们可以带走，好生送进宫内便是，但是不要再纠缠于我，这是交易，否则你们什么都得不到。"

夕见赶忙厉声道："等等，我本是一国公主，当由你们的王室亲自接驾，几个小小的燕川士兵，就想把我带回去吗？可笑！"

"说得也对，那我就没办法了，今天可怜燕川军队了，谁也得不到。"婴柳玩性大起。

燕川统领正无奈间，突然，一把飞刀从草丛中飞出，直奔夕见而去。穆安猛然一个侧身扑了过去，把夕见扑倒在地，飞刀透过寨子的门，刺中了燕川的一位士兵，士兵应声倒地，身体抽搐。穆安赶忙扶起夕见，护在身前，环视四周。

"有伏兵！"燕军统领大喊道。

燕川的士兵和众盗贼瞬时大惊。又一把飞刀飞向婴柳，婴柳侧后跃步，轻松躲闪。几个龙默派来的手下侍从跳了出来，开始向着人群射箭，他们身穿青戎的军服，倒也整齐划一，几个脚快的奔着夕见急速而去。当然，方才的飞刀箭矢等，尖头都涂了麻药，致人麻痹，不会入血肉太深，自然也不会伤及性命。

燕川统领又高喊："青戎的伏兵，他们要抢公主！还击！"

穆安掩护夕见开始撤退，心里琢磨青戎人不至于这么不识趣，盟室之内还抢人？但若是别国人乔装又是为何呢？反正在不确定这些人来路的情况下，最好还是别把夕见轻易交出去，而且转念一想，若是燕东军不善，得了公主，不予王室，那子笙岂不是更得了意，想到这里，穆安有了带着夕见突围的心。

婴柳一个愣神，然后抢过一把砍刀，将寨门上的锁砍断。燕川的士兵一涌而出，与天洛的侍从们打了起来，场面混乱至极。婴柳挥着手臂，盗贼们也陷入了混战。婴柳随着穆安和夕见寻了一个空子，撒腿就往回跑。唐知俯着身子，不停翻着手掌，帮助其余三人用念力抵御飞来的箭矢和利刃。

夕见边跑边喊着自己的两个侍女："秋田，冬雪！"秋田和冬雪在盗贼们的掩护下撤入了寨子里，两人望着夕见，十分不舍。

婴柳一直拽着穆安的衣角，穆安拉着夕见的手，唐知紧随，四人奔着丛林猛跑。就在这混乱不堪又危险万分的当口，夕见倒是觉得有些甜蜜，穆安牵着自己的手越来越紧，那手掌渗出些汗水，却浸透了又一颗少女之心。

突然，一支重箭飞了过来，婴柳见势不妙，一个飞扑，挡在了穆安的身前，箭嗖地一下插入了婴柳的肩部，婴柳顿时疼得龇牙咧嘴。穆安赶紧背起婴柳，迅速地跑进了丛林的深处。唐知和夕见紧随其后。

至此，四人的命运终于来到了一条线上。婴柳曾回忆起这段经历，像极了三角关系里你侬我侬的纠葛，而在婴柳心里，其实有没有夕见都是一样的，她对于他的爱，与别人无关，与他爱谁更无关。而在夕见心里，这是命运真正的开始，她之后称婴柳这是取三信捉两人，是缘分的起点，也是情仇的初端，更是苦海的源头。

天洛国洛京城王族龙府外突然热闹起来，人流一时汇集，似是十分匆忙。德妃、琴妃带领一众后宫要人、宫官、僚佐、总管、主事等在龙默的府前静坐，大家打着火把，一时间星星点点，龙府外灯火通明。

龙默背着手，透过窗，看着窗外的星火，面色冷峻。郎虎、韩魂、童魄、绿衣站在其身侧。绿衣早知一月已过，后宫安平，对龙默消了几分气，但是依然在观其心性。几人看着龙默的面容，也知其心里难受，只是这节骨眼上，两方对峙，怎能说得出来谁对谁错呢，一方弑君建制，确保家国依然，一方尽丧子嗣亲朋，却为家国喊冤，这一夜，又注定难眠。

琴妃本是难产之时得龙默相救，心存感激，而且几日来也在帮着龙默稳固后宫，但是无奈这后宫洪流总要找龙默讨个说法，也便有王后一脉和韩童旁支的人来劝说琴妃一起出个头，琴妃拗不过，也便一起来了，如今这个场合也当真是心里不自在。

"大人，后宫的要人聚齐了，示威显谏规模不小啊，看来，我们之前的言语威胁没起什么作用。"郎虎直言，指的是几日前龙默借"春晨病"吓唬后宫，缄封众口之计。

"大人，后宫多是妇孺、老朽，难以理解您的用心，干脆哄走算了，不必大动干戈。"韩魂见自己的党群旁支也来了，担心龙默又起杀心。

"大人，我已经急发战后天下令，希望平息后宫、子民、商工等众人的不满，但是收效甚微，听说民间还有洛和会在作祟，这……"童魄支支吾吾。

"无论如何，龙大人，绝不可出府，我们去应付就行。"绿衣关切道。

"该来的总得来，去，找些绳索，把我绑了交出去。"龙默这道命令说得郎虎、韩魂、童魄和绿衣顿时哑然。

"大人，我去帮你平定此事便可，您何必……"郎虎劝道。

龙默面色凝重而严肃，更坚定地打断郎虎："去取绳索，一个大些的水瓢，下面钻一个小孔，然后去牢房带些枷锁和镣铐，我自有办法平复后宫。"

众人还要说些什么，龙默又大喝一声："去！"韩魂和童魄无奈而去。

后宫之人在龙府前静坐，除了火把，又多了蒲扇和华盖，一时间，龙府外成了后宫的花园。郎虎绑着龙默走了出来，龙默一身破衣烂衫，身上被五花大绑，见了后宫众人就是一阵鞠躬。韩魂、童魄和绿衣站在身侧，显得有些无措。琴妃和德妃互看了一眼，眼神中满是对这种故弄玄虚的不屑，宫中之人，还能少见了惺惺作态。其余众位妃子顿时站起身来，指着龙默破口大骂。

"龙默！你个乱臣贼子！杀我儿！今日你不给个说法，谁都别活！"

"龙默！你别以为绑了自己前来邀罪我们就会原谅你，你怕那四国之众，我们可不怕。如今我儿子也死了，我活不活也无所谓了！"

"你还觍着脸告诉我的下人什么'春晨病'，无非是让后宫禁言，别再提你那些小人之事，你若真有心赎罪，绑了自己算什么？掏出心肺给我们看看啊？"这些歇斯底里的喊叫刹那间划过龙默的心头，让他有些拧痛。

龙默抬起头，目光锐利，嘴角带着浅浅的微笑，朗声道："众位妃子，后宫同僚，你们说的在理，我龙默时至今日，不知自己做的是对是错，但是你们今日还有命在此与我争论，本是应该想到此事定是有其利端，你们肯骂我、辱我，甚至不惜杀我，说明我的新政影响了你们，你们的生活才会如此。在我看来，你们有那闲情逸致对付我，本就是因为生活还过得去，如果我不杀王族大体，今日这里的所有人，当然也算上我，必是枯骨一堆，那阎王爷的门口我们再吵起来，也就别有一番风味了，对吗？"龙默的话扔在所有人的心头，大家也都在猜，若是龙默不弑君，四国到底会怎么样，但是一切都是设想，谁也难说结果。众人这思索间，也就等于被龙默的言语杀了锐气，一时没人作声。

"你们所要的责罚，我如今不可当，因为我还要治理天下院，治理洛京城内的一片残局，由不得我如今就死，你们所能在未来几年见到的，也就是我赎罪的根本，也就是我光复天洛的命途。我天洛光复之日，我才有赎罪的可能！而在那时，我是罪是功，才有分说！而不在当下！"龙默说得恳切，也让部分人听得动容。

德妃站了起来，轻言轻语道："龙大人，巧舌虽可辩世事，但改不了事实。你我都曾见到王族的惨状，拜你一人所赐，虽然小王子们得保，但是你言语间把自己说得这般慷慨，岂不是本意我等后宫之庸，在这里无事生非了？"

"德妃言重了，杀人偿命，天经地义。虽然我们的小王子们得保，但是继位和禅让并非远事，所以我们接下来的所为才是保国的根本，我之所以早前在后宫借'春晨病'掩人口舌，就是希望后宫众人随我一道，周旋于四国，再保天洛，莫让流言蜚语自毁根基，引得自相残杀。"龙默继续道。

"那你不怕你今日之言，与我等说了，会有人泄露给四国吗？"琴妃眼里的光闪在龙默的眸里，龙默突然觉得琴妃似乎并无逼迫之心。

"琴妃多虑了，四国不愚，他们早知道我的禅让只是借口，但是他们会同意，一来四国之内本就危机四伏，相互牵制，没人担得起当下就独撑天洛的压力，此乃分洛前路，将分不分，无人敢出头的犹疑之境。二来，禅让对我们是拖延，对他们也是周旋，天下大衡，博弈之间，乱局得生而已。"龙默又言。

"你以为你制造的乱局就是逃避诛杀王族滔天大罪的理由吗？"德妃不依不饶。

"我没想过逃罪，如今的乱局只是遮羞布而已，抽离此布，没人愿意多看几眼悲惨的天洛，众人愿意治我的罪，那再好不过，说明你们心里还有一点王族和法度，虽然刚才听了半天，我都觉得你们是在丧子之痛中挣扎，而没人为了丧王族而觉得苦楚，没人为了丧族根而伤心，更没人为了国体得保而庆幸，没人为了政体得保而释怀！"龙默朗声而言，气势如虹。

后宫众人终于没人再多言。龙默昂起头道："我龙默不会就此仗着口舌之力逃避罪法，该有的刑法我一并接受，来人啊，上'滴水之刑'。"韩魂举着水瓢，童魄举着枷锁和镣铐，奔着龙默而来。

"我如今还需执政，光复天洛乃久远之事，不可就此放下，我所受之刑来自本人的《翰博院法典》，所为'滴水穿石'，我每日午夜坐于此地，让水瓢中的水滴上我的'天灵'，每日如此，让我感受滴水穿石、滴水穿骨的痛苦，也时刻提醒自己复国之大业在即。"龙默喊道。

后宫众人中传来笑声，又是一阵揶揄。

"我以为是什么刑罚，你午夜于此滴几滴水就算是了？"

"水滴石穿？那是百年之磨，万年之持久，就算你龙默能活到百年，又当如何，难道能滴穿你的头颅，看见你的愚钝不成？"

"就是，龙默，你不必如此作态，没人会同情你这般自责的。"

龙默一声冷笑，然后一头撞向了门边的柱子，顿时间，头破血流，龙默一阵晕眩。绿衣赶忙冲过来扶起龙默，关切道："龙默！你这是为何啊？"

众人皆惊。龙默却定了定神道："众人所言极是，我龙默的头能否被滴穿，今生难见，那不如让滴水与我血水相融，看看会不会早几日穿了我的头颅。如何呢？水滴石穿，如今改为水滴疮疤，那痛苦便不是冬日水滴的凉意了，我也决不会自行包扎伤口，每每自己愈合，我再撞开便是了，如此的刑罚，可够痛苦？但是此法不光提醒我，也提醒你们，水滴石穿，非一日之功，光复天洛，亦是如此，若心神、口舌、思绪都不似这水瓢里的水一般平静，那么复国不过是梦中一境而已！"龙默这一席话，让众人觉得他是不是打了草稿，若是即兴发挥，那可当真是鬼才。

后宫之人看着龙默这个疯子，哑口无言。话说龙默此人当真是个政治疯子，且不说申公豹便有此性格，一句"道友请留步"就开喷，也不管别人是不是同道中人，自己就是有那份说服你的自信。而龙默亦是如此，我说服得了你，也自然有行为帮衬着，你必须得服，若还是不服，必是血泊里相见了，往往这种人不好惹的地方不在于其多么精明和睿智，就在于其气场的压制和办你没商量的决心，你说你可着劲儿跟他掰扯半天，其实都是逻辑上转移的小把戏，浪费时间，你说他滴水穿石，光复天洛和杀别人儿子有啥联系？可你不理他吧，他便得逞了，一切都是其计划中的宿命，也包括你自己。

龙默慢慢坐在刑椅上，头上悬起水瓢，水一滴滴滴入头上的伤口。童魄又把枷锁和镣铐给龙默带上。龙默表情痛苦至极。

"添些盐水。"龙默大喊。

"大人！"韩魂愣了。

"龙默！"绿衣怒道。

"去！添些盐水。"龙默又喊道。

韩魂摇了摇头，把一瓢盐加入了水瓢里。龙默一阵撕心裂肺的惨叫，然后泪如雨下，这哭泣并非来自软弱，而是实在太疼。众人皆皱着眉头，看着痛苦的龙默，似是这水滴也滴在自己的天灵上。

龙默仰天大喊："滴水之心，光复天洛，血水相融，王臣一心！穿石之力，永存我心。诛族之仇，定当奉还！你们记得我龙默，弑君戮嗣，引四国豺虎，终究是为了救我洛族苍生，只能以退为进，这般忠心，却受穿颅之痛，天理何在！天理何在啊！"龙默最后的几句话撕心裂肺，喊声震破天际，龙默的瞳孔内映射着飞在天边的天眼，他凝视天眼，继续高喊："星宇万世，朗朗众生，求我和存，定当予还！定当予还！"这些话，可能来自龙默的真魂。

龙默话毕，自顾自地放声大哭，哭声如剃刀刺入耳鼓，令人决绝和悲怆，也不禁为这个横跨三世的魂意叫苦不迭。

后宫之人被龙默这些言语彻底击碎了心结，更被龙默的举动深深震惊，甚至有的人也流下眼泪，虽然最后几句根本就没听懂，谁又能知道，那是龙默对着天眼和世外之人的叫嚣和挑衅。

"今日起，我午夜受此行刑，白日回天下院行公事，其余时间静坐牢底，焚香观书，以图赎罪，如果诸位还有什么怨言怒气，去牢底寻我便是，一言既出，驷马难追，请诸位督查。"龙默缓了缓情绪，又是一阵嘶吼。几位妃子无奈地摇着头，心头顿感无助，龙默已然这般，还能如何，甩着袖子，扬长而去。

龙默依然坐在滴水之下，不一会儿，便晕了过去。郎虎和韩魂赶紧把龙默扶进了府内，绿衣长叹一声，紧随而去。

一夜过去，清晨将至，龙默躺在床上，绿衣在一旁熬制药水。龙默慢慢地睁开眼，看着绿衣端着药坐在自己的身边。绿衣极尽温柔："何必如此逞能？还哭得像个孩子！"

龙默起身吃药，声音沙哑："我宁愿自己折磨自己，也不愿落入人手，被人咀嚼于口舌！孩子怎么了？这叫什么？这叫国有重立日，人无再少年！我以后若是哭，便要像孩子一般，人老了，感受感受孩提时代吧。"

"你知不知道这有多危险？盐水入头颅！会没命的！"

"他们来就是要我命的，命不由己！如今已是最好的结果！"

"我不许你再伤害自己！"绿衣嘱咐道。龙默看着绿衣的眼睛，突然鼻头一酸，眼圈泛红，良久才挤出一句话："上次和我说这句话的，是我的母亲！"

"如果你愿意，我就是你的义母！你要听我的话！"绿衣说罢笑了起来。

"我不想和你有血亲关系！"龙默打趣道。

绿衣愣了一下，又笑出声来，龙默深情地看着绿衣，也不禁笑起来，两人的笑声借着晨色，拧成一缕丝线，环绕彼此，这世间情愫内在，正如孩提相携，纯善至极。

燕川边陲，盗寨以东的一个丛林内，冬日寒风吹得紧，林间更是刺骨地凉，入夜而去，鸦啼鹰鸣，十分瘆人。穆安、唐知、婴柳和夕见四人点起篝火取暖，望着徐徐火焰，众人才觉出几分温暖。

穆安抽出婴柳肩膀上的箭，然后撕下自己的衣角，给婴柳包扎了起来。婴柳难以坐起，便躺在篝火旁的一棵树下，唐知不停地给她喂水，婴柳疼得汗水直冒，喝了些清水，才缓了过来。

四人结伴至此，似是一条船上的伙伴，却各怀鬼胎。

穆安望着篝火的火苗，似是勾起了他的伤感，感叹道："我们这几人今日得聚，也不知福祸，哎，世间之事，无非几个圈而已。"

夕见若有所思道："你不觉得，我、你、燕川军队、天洛的伏兵和婴柳的盗会，本就很像如今的五国吗，你追我赶，彼此勾心斗角，最后都是输家。战乱之后，赢家，只有政客。"

"夕见，你刚说那些伏兵是天洛的人？而不是青戎的军队？"穆安追问道。

夕见思忖了片刻，联想此事必然和龙默有关，又言道："我父王现在眼前有个红人，名叫龙默，也是新升任的当朝卿士，他为人阴险狠辣，城府极深，口才与头脑俱佳，行事又喜欢走极端并陷入偏执，一派枭雄之相，王者作风，我担心我们的王族会毁在他和他的爪牙手里。如今劫掠之徒，我怕会是他的羽翼，除了劫掠我，还能嫁祸给青戎。"婴柳眼神飘忽，佯装刚刚知道此事。

"龙默？"穆安下意识摸了摸自己的龙牙，心中直觉这个龙默该是自己需查觅一番的人。

"那你不想去燕川王宫，只是因为不想受制于他们？"婴柳细问道。

"这样的话，天洛和燕川很容易产生纠葛啊！"唐知有些担忧。

"我没有办法，我去了，成了亲，天洛便是燕川的囊中物，我便是傀儡。我不去，反而是父王和龙默的周旋之机！"夕见并未领会龙默让她游走世间的其他深意。

"你说的那个龙默有什么特点吗？"穆安心中充满隐忧。

"他一把手杖，从不离手，似乎愿意带厚重的颈链，常穿灰袍，不说话的时候，眼神却经常很空灵。"夕见回忆道。

"他身边可有随身的狮兽或者爱宠？"穆安脑中姜子牙的意识使他不禁开始怀疑龙默的身份，而穆安口中的狮兽或者爱宠指的是申公豹身边的白额虎。其实穆安此番猜测，已经中了十之八九，只是他万万想不到，龙默已经在天洛搅弄风云，而他还只是一个游历四国途中的小小密使。

"没有，天洛王宫内不得有兽类进出。"夕见回答得还挺认真。

"哥，你为什么对这个龙默这么感兴趣？"唐知又问道。

"如果夕见说的属实，怕是天洛凶多吉少了。"穆安给篝火添了柴，火焰更旺。

"这还用想吗？四国都把天洛围了，还能有活路？"婴柳这句话刺激着夕见。

夕见略显伤感，眼圈红润起来："所以我要挽救我的国家，无论有多困难！"

"那你准备怎么做？"穆安问道。

"东西南北四境都是天洛的残军，我以公主的身份出面，必然可以重新集结他们。"夕见眼中复而充满光芒。

"你以为我们会让你收拾残军，挽救天洛，然后再来发动战事吗？"婴柳低吼道。

"那又不是我的错，我们停战引战都是死！"夕见反驳道。

"那是你们王族的错！一帮战争狂！"婴柳不依不饶。夕见猛地站起身来，抽出腰间的短剑，指着婴柳，大喊："你！"穆安赶紧站起身，夺过了夕见的剑，拉着她复又坐下。夕见闭上眼，长出一口气，让自己平静下来。

"战事是上辈人留下来的，现在很难说清对错。"穆安安慰道。

"是啊，我们还是想想之后去哪儿吧，总不能就待在这林子里。"唐知直言。

"我为了穆安连盗会都不要了，他去哪儿，我去哪儿，反正他得对我负责。"婴柳娇嗔道。

"哥，我也跟着你走，你不是燕川密使吗？我给你做助手。"唐知眼里泛光。

"今日听你在寨外喊起，还忘了问你，你真是密使？为了盟室？"夕见怀疑起穆安的身份。

"是，为了巩固四国之盟，出使另外三国，商讨盟约前路，传达子秋王的意图，也算是通惠周邦，维稳战后之局。"穆安沿用着子秋给的巡世借口。

"那我该不该现在一刀杀了你，替天洛出一口气。"夕见一听盟室之人，气愤至极。

"你以为燕川就我一个密使吗？"穆安冷笑道，"夕见，我还是劝你考虑自己的前路，你刚才说的集结残军永远不会成功，复国更是遥遥无期。"穆安劝说道。

"你不用劝我，我们不同族、不同命，甚至是对立的，今天谢过你们让我摆脱和亲之局，之后的事，不劳烦你们相助了。"夕见有了离队的想法。

"我们又没说要助你，是我劫持的你，但是现在你要是走就走好了，我不信你能在这燕川边境活多久，如果野兽不吃你，燕川的军队也会吃了你。你以为我们一路有多平坦？燕东军和天洛眼线可都在你身边！"婴柳开始吓唬夕见，她就差说连子秋和洪番的人都在他们左右。

"夕见，找到第一波残军之前，你还是和我们在一起吧，这里荒山野岭，不是你一个公主能担当的，有我们三个在会好一点。如今，你不愿去燕川，我也不能送你回去，放你一人归去，也难说安平，若是四国之间走一遭，能让你见识到战事对四国的影响，也算是对你未来公主之途的教诲吧。"穆安有些回心转意。

"你是说你能保护我？你的剑连野兽都不怕？"夕见态度略有缓和。

"人不怕就行，管剑怕不怕。"穆安笑道。

"哥，你这俩神器到底神在哪儿啊？燕川军队一直惦记。"唐知好奇道。

"你不会是偷了燕川王宫的宝库吧？所以被认定为叛将？"夕见追问道。

穆安掏出龙肤卷轴，慢慢打开，本是要炫耀一番，但见上面多出了"苏妲己"和"韦护"两个名字。穆安瞟了眼夕见和唐知，大惊失色，但强装镇定，心中汩汩寒意涌出，沉默良久，心想这上古蛇蝎之魂竟然装在夕见如此纯情的魂意内，当是世间孽缘啊。又转念一想，夕见必然没有苏妲己的魂意，否则不是留在天洛就是早去了燕川，搅弄王室，魅惑天下。但是如今愿意在荒台拂尘，寻觅残军，必然还是公主之心，那么再想远点，龙默无论是谁，必然不知苏妲己所在，否则也不会同意她通亲的。

婴柳眼神诡异，瞟了眼穆安的龙肤，自是慢慢回忆着什么。穆安赶紧又收起了龙肤，已是百感交集。"哥，怎么了？"唐知觉得穆安有点不对劲，夕见也略显疑惑。

穆安赶紧回过神来，摇了摇头："没什么，我说过了，这是我步军的名册，剑是家传的宝贝。"

婴柳明知穆安在说谎，又怕夕见惦记这神器，便转移了话题："哎，别管是什么了，我们如今算是回不去燕川了，我得罪了燕川军队，夕见不归，王族也不会放过你，还是四海为家吧。"

"去青戎现在看来是一条出路。"穆安只知若夕见是苏妲己，还是远离朝堂为妙，当下更坚定了把夕见带在身边的想法，若是归了燕川或天洛，那还得了。至于唐知，韦护在身边，便是同僚。

"我同意，青戎临北境，那里的残军最多。"夕见觅军之念又起。

"公主，现在哪里有那么多残军啊，他们不是做了山匪，就是当了盗贼，要不就是出海做海盗，甚至还有北上去了北土的呢，谁会留在败军里过活？"唐知快言快语。

"世间突然多出来的这么多草寇山匪难道还都是天洛的军人？"穆安反问道。

"你以为呢？战事都多少年了，现在世间草寇山匪、盗贼佣兵还不是都源于各国的残兵败将。"婴柳倒是清楚这些"残花败柳"的来处。

"无论他们现在身份是什么，能找到多少是多少。穆安，你不是四国之盟的密使吗，求你，帮帮我，我需要四国王室的帮助。"夕见央求道。

"公主，你疯了吗，灭了天洛的就是四国，他们会帮你复国吗？"唐知直言。

"我说过了，四国盟室绝不像表面那么牢固，我想，我会有机会颠覆的。"夕见确有远见，也几乎在此时洞悉了龙默让其巡游四国的内在原因，但她其实不该说给穆安和婴柳听，因为他俩几乎不会给夕见翻盘四国的机会。

"他的任务是以密使的身份巩固盟室，你又想着破坏，那我们为什么同路？我们又为什么帮你？"婴柳冷笑道。

"你有没有想过，若是天洛真的亡了，四国瓜分，那冲突必会再起，到时候四国盟室不攻自破。只有天洛稳定，五国才能制衡，盟室才能维持，南土才是一片和气，对吗？"夕见厉声道。

"呦呵，公主，这些话不会是有人教你说的吧。"婴柳眼珠反转，但觉这美人儿可真是个对手。

"夕见，你其实根本没想过前去燕川和亲对吗？"穆安这才明白过来夕见该是有人指使。

"命至如此，我之前想什么还重要吗？"夕见秀嘴一噘，眉头紧蹙，这一眼刀划过穆安的面前，穆安早就不想再跟她辩解什么："好！我们同去青戎，我维稳四国，游走王室。夕见，你设法挽回天洛，寻觅残军。唐知，你学战世之技，以图立身。婴柳，伺机而动，重设盗会。我们同途异命，却相扶相携，可好？"

"嗯，同途异命，相扶相携！"夕见大悦，自认为穆安有了相助之意。众人相互传笑，但表情惆怅，各有所思，心里也都盘算着自己的那点事，更深知这一路东去，是有多么险峻。

片刻后，穆安踩灭了篝火，看着依然冒烟的柴火，目光有些呆滞。夕见给穆安披上了一件披风，然后坐在了穆安的身边，其他人似乎已经睡去。

"不睡吗？"夕见轻声道。穆安十分伤感："闭上眼，都是他们！"

"谁？"

"战友和亲人！"

"我也是，有的甚至不知生死。"

"你父亲本来就是这样的人吗？"穆安想从夕见的口中知道更多天洛的事。

"怎样的人？"

"战争狂！"

"他不是，他只是一个父亲，他没有退路而已！"

"退路都是自己走出来的，他从来没尝试过！"

"穆安！我父亲只教会我一件事，别给自己退路，那只是退缩的借口！"夕见眼神坚毅。

"那是对于人生来说的，你们抢夺的是人命，你们是没有退路，因为路上满是尸首和冤魂！"

"只有弱者会死在这条路上！"

"你是说你们自己吗？"穆安质问道。

"结局还远呢！"夕见心有不服。

"夕见！我如果是你，就不会再惦记残军的事，而是当好一个失败国度的国首！忏悔引战之罪，致歉四方！"

"没有残军，我甚至回不去天洛！"

"如果你不愿再和亲，我可以送你回去天洛，但是你必须答应我，战事永息！"

"和平永远都是幻象，穆安！"夕见直言。

"答应我，好吗？"穆安拉紧了夕见的手，希望她理解自己的本意。

"那你愿意帮我对吗？"夕见眼眸里映着穆安的俊容。

"当然！"

"永远帮我吗？"

"永远！"穆安一口答应，但这个"永远"似乎比人生还要短暂。

夕见慢慢露出微笑，然后靠在了穆安的肩头。月色下，是穆安和夕见两人的世界，尽管世界外不知有多少对眼睛看着他们。但此时，所有人都不愿打扰这对善良的年轻人，他们是穆安和夕见，而不是妲己和姜尚。魂意背后，是令人绝望的恐惧，人性两面，也只有一面是美好的，愿这两人能永远如此，但是宿命本身也有两面，悲剧的那一面永远那么耀眼……

话说这婴柳傍身穆安而去，似乎一切顺利，洪番自然回朝禀报子秋王不在话下。只是子秋不但没为自己弥天大计的完美开局喜悦，反倒为了子笙燕东军的自作主张和青戎的埋伏大为恼火，一时间感觉这内忧外患，朝军盟室，一股脑地折腾起来，弄得自己心烦不已。洪番建议燕北军往青戎边陲和燕东地区靠近，以防万一，子秋欣然答应，这天洛的危局刚到，似乎燕川的窘境也不远了。

话归天洛，这洛京城四周围着四国军队，且不说军界周边乡民镇民怨声载道，就连这洛京城城区内，四国军人也频繁惹事，惹人厌恶。虽然梅央和何谦都下令不得扰民，违令者斩，但是必定法不责众，四国军人偷偷摸摸拿点百姓口粮，调戏调戏民女，顺手牵个羊，顺嘴啃个梨，都是每日的平常事端。何谦和梅央自是惩治了一批军痞，扶季和鹿辞也颁布了战后军则，但是收效甚微。扶季年龄较小，崇衡军甚至有副将不给他面子，照样飞扬跋扈，还得太稹出面，才能制止。燕东军倒是安稳些，子笙自是治军严明，但是架不住军众太多，这口粮总是问题，有些军人出去吃几口百姓的农家饭，自然子笙也就睁一只眼闭一只眼了，但是久而久之，这军界内四国军众和天洛城内外百姓可就不对付了，天洛有识有胆之众那是每日游行发泄，抗议四国不义之举。

说到抗议游行，就不能不说天洛民间的大会洛和会。洛和会本是乔公早期为翰博院修书所备的民间献书献技的地方组织，而每个州县，城邑均有其固定的洛和会会址以供民间学者贡献书籍或民间传统技能，以便录入翰博院文库，收藏并传承。所以，洛和会其实是一个收集统筹民间文化的交流会，但是自战事吃紧以来，有识之士大多成了会里的骨干，他们懂得天下事，并有较高的基础学识，愿意为了天下苍生发声，于是洛和会也便慢慢变了性质，由一方书会，变成了民间反抗四国的秘密武装组织，其庞大程度，不亚于各个州县和城邑的院府设置，甚至地方的净天府和帮邑院均无法对洛和会进行管辖，因为洛和会本就合法，本就是乔公借内廷院所立，没人敢取缔不说，其民间武装全部掩盖在献书会的名目下，也便发展得异常壮大。如今，许多洛和会会众早就借江湖势力和原内廷院势力，慢慢渗透到了洛京城内，他们伺机而动，也煽动着城内的百姓游行发声，显谏争权，反抗四国的军政理国，更成了声讨龙默和天下院的利器。

洛京城沮府内，沮洛坐在自己的书桌前奋笔疾书。沮云走进府内，坐在沮洛的对面，面色疑惑："爹，您这是……"

"商基重创，天洛不可一日不治，我给龙默写些变法的建议。"沮洛头也不抬，下笔如风。

"爹，您又开始谏言，问题是从宗勋王晚年到加济王盛世，再到如今龙默专政，没人正眼看过您和您的建议啊，这不白忙活！"沮云性情直爽，言语从无闪躲。

"有没有人看是朝堂之事，有没有人提是心境之事，不能因为没人乘凉就不种树，对不对？"沮洛甚是反感自己的小儿子，但是该教导还得教导。

"您倒是把树种好了，结了果子全是别人的，白费劲儿。"

"你哥就从不说这种不着边际的话，你就不能……"沮洛微怒，突然，他略有所思，盯着沮云，又问道："你是不是在外面听到什么风声？"沮洛最知小儿之心，若是无事，跟自己说话三句半已是极致，今日却多言起来。

"爹，你还记得上次让我查的那些在咱家门口鬼鬼祟祟的人吗？"

"记得，查出些什么？"

"他们都是些以前洛和会的骨干！于民间，他们献书献技、理学藏学、杂耍文艺，不在话下，如今，可都是有心杀敌，无力回天地干着急！"沮云这般说，八成已经都入了会。

"洛和会？乔公以前所立的献书会？"

"没错，如今有识之士齐聚于此，早已暗中挤入咱洛京，暗中反对龙默和天下院的统治。"

"我早该料到洛和会变了性质，近日军界不太平，四国军队无理取闹，洛和会该借鸡下蛋了。"

"爹，我觉得是时候作一个取舍，若你希望保天下院，就必须尽除洛和会，如果你希望天洛回到过去，那就必须暗中帮助洛和会。"沮云心直口快，却哪知天下院和洛和会并非是你死我活的局面。"这是取舍的问题吗？"沮洛不屑道。

"要是我，恨不得现在就杀进殿去，取了龙默的项上人头，报亡国之仇！"沮云一脸正义。

"谁说我们亡国了？"沮洛面色铁青，倒不是因为亡国之说，而是自己这个废物儿子真是一点头脑没有，跟自己一点都不像。

"爹，你不会是被那个龙默蛊惑了吧，加济都死了，还要怎样？"

"加济的宿命只是早来了一些时日而已，如今的局面看似纷乱，但实际是不可多得的一种平衡，如果洛和会乱来，四国便有再次夺权，将我天洛踢出共治的借口，到时候就不是等待继位和禅让这么简单和易于周旋了，懂吗？"沮洛对当下的局面看得清晰，更明白这得之不易的平衡不能轻易打破。

"爹，您难道还要帮助那个龙默不成？"

"帮谁不看人，看事，事情有利于我天洛的复苏，那就必须帮。"沮洛是难得如今局面下，愿意理解龙默行为的谋臣。

"完全看不出龙默的天下院怎么会加快天洛的复苏，如果可以，难道四国看不出来吗？"沮云反问道。

"去，跟住洛和会的人，查清楚他们所有的情况，我自有计划。"沮洛不再多言。沮云叹着气，摇头晃脑，愤愤而去。

夜色至深，蔚蓝渗紫的天空竟然无云无月、无星无风，天之异象，却见血染四方的荼毒之乐。幼槐，年方十九，洛和会会祭，江湖人送外号"墨色啸影"，手中洛刀乃久违的宫中祭品，不知为何会在一个江湖少年的手中。此刀重约十二斤，长七尺，刃四柄三，常为骑兵所持，幼槐若不是身形修长，臂垂过膝，且力道上乘，步行根本使不来，也要不开。至于会祭，乃洛和会专有的职位，是个负责逢年天祭的差事，是个力气活，所以如今这局势下，会祭也大多是幼槐这种杀手。

但见幼槐翻身一个前滚，探入洛京西郊燕川的军界，他一身黑衣，背后的洛刀被他右手一压，横在腰间。洛刀没有刀鞘，便是刃在腰间缠布上蹭来蹭去，也不伤缠布一分一毫，这是运刀者功夫深的表现。一个燕川军副官缓步走向大寨的一角，四下里看看，明显是不放心近日游行之众太多，怕有人在军界闹事，可幼槐偏偏顶风而事。

幼槐盯着副官，从其身侧轻步靠近，腰间洛刀早已反握在手里。那副官侧耳倾听，似是有人靠近，只一个扭头的刹那，幼槐垫步向前，俯下身去，一条腿劈开，插入那副官两腿之下，另一腿微曲，滑步跟过来，右手反握洛刀，左手手掌下压刀柄，洛刀长刃由低至高上翘至其背部。待幼槐完全滑步至副官身下时，背对其腹，便左右手同时用力向上猛推洛刀，副官来不及反应，一把洛刀早已从其腹部刺入，由后脑部刺出，七尺长刀，此时三分白刃，四分染血。副官口中一口浓血喷出，后脑亦是红浆迸溅，便是忘川河已过了。幼槐抽回刀，捡些稻草，擦拭刀身，抹下一掌鲜血，在尸身上写大字"还"！

一夜而去，幼槐于四军界各杀一位副官，分别写下的血字连起来，便是"还我天洛"！次日一早，四国军界聒噪起来，无非是气急败坏地要找个说法，自然，给幼槐擦屁股的，该是天下院那位天洛人了。

次日一早，龙默面色凝重，满脸虚汗，一溜小跑，奔着天洛王宫光洛殿而去，心里盘算着是谁不着调地夜袭军界，闹出这么大动静，且杀人手法诡异至极。

子笙、鹿辞、格图、何谦、梅央、宗政公贺、太稹、扶季、韩魂、童魄、郎虎等人三三两两，围坐在光洛殿内，一个个面色如蜡，看得出是后半夜都没怎么睡。

梅央站起身来，厉声道："近日军界琐事，不停烦扰，我代南依的军人向天洛致歉，但是我们死去的副官总要有个说法，龙大人，似乎民间大有反天下院之势，反四国之势，也便是反共治之举，这需要我们严加治理，必须惩戒草寇。"

"梅央大人所言甚是，我既然已经在街头实施了军法处置，理应得到民众的理解，不想我们的副官竟然还遭遇毒手，实在可悲。天洛暴民如此猖狂，是得严加管教一番了。"何谦附和道。

"这四国军界一夜之间四个副官暴毙，且死法诡异，我当然甚是愤恨。但如今四国来此，天洛改制，五国同治，局面自然纷乱，也需彼此适应，理解包容，共思一念，多加容忍，才是行事之道。如今的局面是情理之中，我彻查便是，否则这般一来二去，小事不断，必然引出大的事端。"龙默话中有包庇之意。

"我天洛民间大会，洛和会数一，无出其右，此会如今大有渗透我洛京之势，我们会尽力彻查，绝不怠慢。"童魄补充道。这明眼人一看就知道是洛和会干的，只是一时也没有证据。

"龙大人希望我们包容这些贼寇，就意味着我们的军人、大臣处在危险的边缘，天洛这帮暴民一日不除，指不定还做出些什么来！"子笙面露傲慢。

龙默也不动怒，冷静道："子笙将军，暴民哪个国家都有，不只天洛，五国皆如此，我们的市井暴民扰了军界的诸位，但是诸位的军士，也扰了我们的子民，对吗？那我可以这样理解，我们的暴民在市井，你们的暴民在军中，这个情况可就不妙了，善怕终于众民，恶怕起于族首，你们的顽疾可是在骨子里啊。"

"我们至少现在不是亡国奴，我们的军队在你们后院，怎么？你还想教我善恶所处不成？"子笙厉声道。

"我自认为天洛只是战争狂的王族灭了，但是国体依然，我们的后院永远是天洛子民，而四国的军队只是监督改制，军理新体而已，我的理解有错吗？"龙默义正词严反驳道。

"龙默，你现在嘴硬了？我们不用一日便踏平你天洛，你口舌之力还能撑多少时日？待禅让之后，我让你知道什么是真的改制！"子笙大吼道。

"好！子笙将军，今日你的话我记住，待我查清洛和会的底细，给你交代。善恶所处，你自会明白，好自为之！"龙默竟然斗着胆子，顶撞起子笙来。其实，龙默的情商之高，不至于在此时动怒，但是于情于理，龙默此时不得不站出来为自己家国说几句话，他忍得了四国铁蹄纷至沓来，也忍得了王族大部血染王宫，但是忍不了面前一言一语的污蔑和侮辱。再者来说，龙默越是言语刺激子笙，子笙独吞天洛的心意就越明显，不说天下院其余的将军们看不看得出来，何谦和梅央自是心里明白的，在格索王和宗政楚王的心里，子秋建立盟室本就透着野心。

"龙大人，你胆子不小，我的臣子都不敢跟我说好自为之，你倒是敢！"子笙指着龙默，急得脸色泛红。

"鹿辞大人，劝劝你家将军，天下院内咬人可不好！"龙默冷笑一声，背过身去。子笙瞬间抽出腰间的佩剑，指着龙默："龙默！当日四国之军进城不杀你，不等于纵容你放肆！"子笙怒气冲冠。

鹿辞赶紧起身贴近子笙，耳语道："将军不可，龙默在引你做出头之鸟，不可妄动。"子笙稍缓情绪，四周环视，何谦、梅央和扶季三位谋士均不作声，似笑非笑，好似在看一部与自己无关的大戏，而诸位将军窃窃私语，好像在讨论这戏码哪里演得不对。

子笙这一下尴尬至极，心里瞬间涌上一个念头，龙默真乃心术奇才，几句之间，就把自己立在了不懂家国荣辱的小人一列，而龙默刚才怒怼自己的慷慨陈词，此时成了几位座上宾心中的正义之士。

子笙叹着气，收起了剑，哼了一声，不再作声，摇着头立在殿门口。梅央面带微笑，缓和气氛道："龙默大人原来有如此家国之热忱，子笙将军几句调侃而已，不必争口舌之快，就依龙大人的言语，查出洛和会底细，给我们以交代如何？"梅央自知如今既然共治平衡已立，就不是那么容易再打破的了。

"最好不过了，龙大人，既然我们是天下院，则天下均一，平等和沟通很是必要，望大人尽快平复民意，我等也好安执军政，为天洛的未来尽一份力。"说罢，何谦、梅央等人拜别而去。子笙一脸愤怒，带着鹿辞离开。

龙默长出一口气，韩魂、童魄、郎虎站在身边，面面相觑，心中显然有些后怕。郎虎上前一步道："大人，那洛和会今日暗谋不断，我们是不是尽早……"龙默盘算片刻，与郎虎耳语起来。

自从龙默试探着挑衅子笙和军界势力成功以来，他就越发有信心延长现在的共治平衡期，但是首当其冲的必须是铲除一切可能打破它的因素，比如说洛和会。

龙默与沮洛面对面坐着饮茶，龙府内熏香漫漫，烟雾弥弥，似乎那是四国阴云下肉眼可见的阴霾。

龙默不时为沮洛斟茶，在他心里，沮洛是难得的治国大才，却也不时纠结对沮洛的态度是拉拢还是疏远，因为他依然不知沮洛上古真身之魂意，龙眼显然有着苛刻的触发条件。龙默起言寒暄："沮大人近日频繁往返于沮府和央郏宫，甚是辛苦！"

"分内之事，另外，我也不再是什么大人，你就直呼姓名即可。"沮洛一直没正眼瞧龙默。

"那绝不可，沮大人乃是前辈，与乔公齐名，怎可直呼姓名。"其实龙默三十出头的年纪，沮洛不过大了他十几岁而已，也称不上前辈，叫大人已是尊称了。

"说起乔公，已经多日未见，龙大人可知其下落？"

"我也在奇怪，国之巨变，却少了许多曾经的朝堂志士，难道在……"龙默可不想此时乔公和沮洛老是串通在一起，万一合起伙把自己玩了，那当真是腹背受敌。

"那是陛下的一贯作风，我料想乔公若与陛下言语不和，那他此时不是在后宫深处，就是监狱牢底。"沮洛猜测道。

"可悲，我一个做学生的竟忘记了老师的安危。"

"但愿我所教的王子们，将来不像你这般薄情。"

龙默大笑："王子们近来可好？"

"按部就班，我们在央郏宫修学，尽量掩人耳目，但这非长久之计，四国若知我们暗中培养王嗣，可未必再妥协待岁禅让之事。另外，还有那几位被你劫回来的公主们，竟然都放在央郏宫，你胆子还挺大。"沮洛在偌大的央郏宫讲学，怎会碰不到宫内的公主们，他早就料到是龙默把公主们又都劫持了回来，要的就是四国盟室内的猜忌。

"共治盟约说得清晰，沮大人，后宫不得擅入，之前的宫内封区皆因难以公允慢慢交还了，如今四国之人与后宫彼此封禁，不得来往，只有巡防换驻，绕东西宫巡检而已。那么王子和公主们放在央邾宫里是最安全的，否则洛京城城区和四郊每日都是四国军众游走，把他们放在哪里安全？难道送到铸州或者衢州去？"龙默始终认为最危险的地方也最安全，更何况还有共治法约保护着。而让沮洛第一时间知道此事，也好庇护一番。

"那你也得抓紧寻个法子安置，这不是久留之地！"沮洛嘱咐道。

"近来宫内宫外琐事太多，四国的压力与日俱增，也未必有这个精力顾及此事。对了，沮大人可曾听说过洛和会这一民间组织？"龙默转入正题。

"洛和会，略有耳闻，怎么？四国副官之死，均是洛和会所为？"沮洛回忆儿子之前的禀报。

"我得到的消息便是如此，想来现在的洛和会应该是爱国志士所立，但是臣十分担心，洛和会的作为会引来四国的不满，进而寻得借口，再生事端，于我天洛不利啊！"龙默担忧道。

"如今的平衡若再打破，真的就难把控了，这样吧，我在城内各大商贾的店面都认识些朋友，我去详细打探，问个究竟，再来商议。"

"沮大人不必多次往复，只需打探明细，帮我邀约洛和会的头领们进乾渥宫议事便可，到时候，我会尽量劝说志士们为国以效，再不济，也放弃叨扰四国便可。"龙默眼光冷峻。

"那是最好，切记，杀不得，否则就是一百个洛和会再立的借口。"沮洛说罢，心里也犯起嘀咕。"那是自然！"龙默频频点头。

"另外，不知龙默大人可有救修辙等将军之法，若是我天洛不得军之复立，难言光复前路啊！"沮洛说到了龙默的心坎里。

"沮大人倒是献了一出妙计，若是洛和会不善，让修辙来镇一镇便是！"龙默顿悟，惩治洛和会便是修辙归来的大好机会。两人相视片刻，都大笑起来。

龙默端着些茶点进入王宫监狱，监狱内布置得像个内府，显然乔公又换了间牢房。乔公半卧在床边，半睁着眼睛瞟了眼龙默。龙默鞠躬行礼，然后盘腿坐在了地上，把茶点放在一旁，这就与老师攀谈了起来。

龙默如今频繁出入大狱，除了践行之前答应后宫之人的"服刑"之外，就是要跟乔公取取经，看看乔公对如今天洛共治制衡局面的看法，但是两人似乎很难有聊到一起的时候，只是每每龙默回想乔公所言，都会觉得老师似乎是给自己指了一条兜底的路，但对于龙默来说，还是愿意执行内心最初的想法。

这日攀谈已毕，乔公闭上眼睛，睡着了。龙默竖起耳朵，聆听四周牢房的动静，只听叮当一声，便心里踏实了，这才走开。

与此同时，郎虎则是一身黑衣，闪身入了大狱，龙指双刀空中划过几道微光，便见几个狱卒倒在地上，晕了过去，方才龙默除了探望乔公，还引得几个狱头过去跟着，郎虎好在另一侧牢房内救出修辙等人。

郎虎身形矫健，几步便来到修辙将军的牢房前，手里的几把钥匙与其说是偷来的，不如说是龙默让狱头挂在狱口，郎虎自己取的。要说救修辙等人，不是难事，狱卒狱头也都是天洛人，龙默让放人还有谁敢不听，但是样子得装出来，而且这宫内大狱靠近东宫外墙，每日均有四国的军众换守巡逻，今日便是南依国当值，而龙默选在这一天的目的也很显然，南依国梅央这般鬼才，才不会让燕川一方独大，若是修辙被救了出去，天洛恢复些军力，那自是制衡燕川的新筹码，南依如何会不乐意呢？

郎虎手持吹箭，把一封信别在箭身上吹进修辙的怀里，修辙这才反应过来，有人靠近，郎虎不语，摆了一个看信的手势。修辙略有疑惑，把信打开，仔细阅览。但见信上所言：“将军莫怪，今日差郎虎来救，请速去央鬶宫一见，要事相商，复洛以治，枉归前路，不在当下，尽需军力所向，非修英青郜元不可行，速议此事，切莫多疑！”修辙自知龙默杀了王族大部，恨之入骨，但信上所言倒是真，无军力，不复国，自己不出力，平衡终会再破。他瞟了眼郎虎，示意前方带路，郎虎点了点头，随即去开了其余将领的牢门，带着众人鱼贯而出。

话说今日南依当值，宗政蕊身形娇娇，奔着大狱而来，身后是两个南依侍卫。正巧郎虎带着修辙、英典、青灯、郜别和元攘从正门而出，与宗政蕊撞个满怀，郎虎分外焦急，却哪还顾得上言语，抽出龙指双刀就要厮杀，修辙赶紧拦住，面色淡然道：“在下天洛狱头，手下多有冒犯，请姑娘赎罪！”宗政蕊仔细打量着修辙的身形和脸庞，环视四周，除了青灯，但见一个个虎背熊腰，眼含杀气，好不戾气，开口道：“狱头？这般帅气的狱头，我还真是第一次见！”

要说修辙的英俊，天下闻名，玉面人屠，谁人可比。如今宗政蕊面前的男人，真是让蕊公主这般痴情少女动了心，一刹那间，宗政蕊也不想知道这是谁，只想多聊几句。

“请问狱头尊姓大名？”宗政蕊略带调戏的口吻。

“你是谁？”这醋意，显然是来自青灯，她嘴角上扬，气呼呼地质问。

“不可无礼！公主殿下！在下郜别，洛西曾经的军首！这位非狱头，乃我天洛曾经的将军修辙，我们被四国囚禁如此数日，身体均有恙在身，特此出狱以疗，望批允！”郜别脑子当真转得快，他怎会不知宗政蕊必然识破身份，倒不如说明本意，赌她早从梅央那里得知天洛该有军力恢复的机会，所以修辙早晚得出狱，如今必然妥协。要说宗政蕊确实与梅央商议过此事，却也不反对修辙等人重回朝堂，但是当下宗政蕊愿意放过几人的根本原因，那只有一条，她看上修辙了。宗政蕊还算沉得住气，她反问郗别道："你如何认识我？"

"加济十九年九月，西线方碑口战役，宗政公贺将军来驰援子笙将军，您也在阵前，当真女中豪杰，那一战，洛西军首便是我！"郗别冷静至极。

"好像有印象，我们赢了吗最后？"宗政蕊还自顾自地跟郗别唠上了，一旁的英典、青灯和元攘好生烦闷。

"燕东军和依北军溃败！"郗别一点没给面子。宗政蕊大笑不止："好！那今日放了你们，来日若战，我定赢回来！"

"多谢公主！"郗别赌赢了。

"修辙！你看完病，记得来南依军界找我！别忘了！"宗政蕊说罢，转身而去，兴高采烈。青灯一脸不屑："轻浮！"

"将军！我们速速离开吧！"郎虎提醒道。

"郎虎，若是我猜得没错，南依人对我们可能面和心诡，你京守军若有人手，暗中盯紧他们，日后必有大用。"修辙留了一个心眼，然后拍了拍郗别，庆幸自己身边有他，不再多言，奔着央粼宫而去。

至此，在这四国军界内的天洛眼线就不止洛和会一家了，还有星渚会和京守军，当然都是民众装扮，扮作屠夫粮客、菜农马工，不在话下。

龙默迈步进了央粼宫，似乎还能感觉到夕见的时候，女人身上的芳香，他不禁睹物思情，开始浮想翩翩，若是公主不曾离去，会是哪般情形。他动情间，工作仍不离手，手中翻阅着舆图，查看军界的动向。韩魂这才进来，禀报了洛和会之事，言沮洛大人已经约定了洛和会进宫议事，龙默一时喜出望外。

郎虎与修辙、英典、青灯、郗别和元攘等人涌进央粼宫。修辙更是动情，他与夕见公主是何等关系，如今物是人非，自己心头一阵酸楚，青灯在一旁看得心碎，不禁伸手扶着修辙的胳膊，好生亲密，似乎要告诉他身边还另有个痴情人。郎虎引路，众人来到龙默的身前，龙默赶紧起身行大礼："诸位将军受苦了！我们坐下议事，不可耽搁！"

"龙默，若是劝服我们效忠四国的天下院，你就省省口舌吧！"元攘明显是个硬骨头。

"早说早死，陛下和王嗣的仇，我今日就报！"英典握紧拳头低吼道。

"龙默，军力复建之事，只怕你想简单了，如今当口，四国谁会应允我们再惹仕途？"修辙冷静道。

"诸将不忙，对我个人的怨气，暂且放放，听我一言，再思不迟。"龙默指了指堂中的几个坐垫，众人围坐下来。

"龙大人，计将安出？"郗别有些不耐烦，想尽快知道龙默的计划是否和自己所想的一样。龙默早知五将中修辙与英典乃勇冠三军之将，元攘和青灯皆灵动飘逸之帅，唯有郗别是手持指挥剑便可念动天下之人，睿智甚至不下沮洛，于是口出大计，也便一直眼看着郗别，希望他也多少给些意见。

"如今天下院摄政，四国军界监理，王族只剩残根，我安小王子们于沮大人之手尽学国礼文学，好有登位周旋的余地，并非抢夺王位，只为禅让之前，我们有所转机。四国之心，尽人皆知，成盟以待，各怀鬼胎，燕川为大，诸国不服，皆思其立盟以图独吞南土，而南依圣君如何不知，对我天洛还算公道，分洛之事，梅央等人不会步步紧逼。青戎共荣之念大起，两国必然不服燕川独大，我等机会就在此，这天洛将分不分，想分难分，众人恐挑头独分的局面，还会持续很久，我们借此机会，恢复军力，才是当务之急，才有长远之后，才有与四国，哪怕只是军界之军众匹敌的机会！"龙默细细道来，字字珠玑。

"将分不分？"青灯默念道。

"南依和青戎并非善类，他们不愿出头，只是怕引得四国针对，久而久之，毕露凶相。"元攘接话道。

"燕川并非只是独大，他们立盟必然还有别的思绪，子秋王实在鬼谋！"修辙道。

"只是如今我天洛内廷院、文录院、军政院和帮邑院等皆废，天上天下两院如何全理国事，当务之急，还是重立各院，以图四国不只军政以图。"郗别言辞具体。

"郗将军所言极是，天上天下两院看似四国理政，但天上院皆是王亲贵族，无政念可寻，天下院四国勾心斗角还来不及，每日朝会，便是一番撕咬，如何把战后恢复我天洛大政的事进行顺利呢？我寻思，诸将不须礼让，我有一计，让诸将入这天下院，与我配合，搅弄四国，一起周旋天下，再得军力，以图制衡。而后，我再尽力恢复内廷院，但以管守后宫为由；恢复净天府，以捉拿洛和会会众为由；恢复帮邑院，以安抚州县为由，则原有国体政根，逐步再立，无甚疏漏！"龙默言道。

"可是借洛和会唱一台戏？"郗别低声问道。"郗将军好谋略！"龙默言道，然后挥了挥手，众人探身，龙默把声音压得极低，众人耳语起来，诸将听得仔细，才知龙默确有复立军队之心，便少了几分仇视的态度。

一炷香的时间，众将皆去，被安排在央鄹宫侧宫休憩，郎虎复转回来，与龙默商议起夕见之事。如今二人不得派出之人的反馈，也不得子秋的回信，更不得婴柳和盗会的暗报，心中持疑。但是龙默推测，若几方均无消息，那必然是夕见上了巡世之路，只有可能她只身而去，才会是这个结果。郎虎随即吩咐星渚会彻查夕见踪迹，两人心里也有几分焦虑，担忧公主的安危。

次日，龙默盘腿坐在光洛殿侧殿正中，面前是一个矮脚的酒桌，龙默不停地饮酒，然后望着墙上悬挂的五国旗帜，面色惆怅。沮洛领着几个洛和会的头领进入宫殿，众人都望着五国悬挂的国旗，一时间愤怒不已，自己的家国，如今得有几重姓氏？

沮洛与洛和会众人互看了一眼，传递着情绪。沮洛快步走到龙默的面前，微微鞠躬："龙大人，洛和会的几位首领到了，您是否……"

龙默才回过神来，赶紧站起身，冲着众人鞠躬行礼道："洛和会英雄们到此，有失远迎，见谅。"说罢，龙默打量着众人，显然，幼槐并不在其中。

一位洛和会的首领站出来盯着龙默，讽刺道："龙大人刚才可是望着这五面旗子分辨哪一个才是我天洛的？"

龙默尴尬地笑道："那自然不需分辨，自己家国的旗帜怎可忘记？"

"你还记得自己有家国吗？"

"当然，一日不敢忘记！"

另一个洛和会首领上前一步："那奇怪了，怎么数日前杀王族如麻的龙默是另一个人吗？"

"正是臣所为，绝不推脱，但今日你我大殿内议事，说明宫殿未失，仍是我们天洛人主宰，不是吗？"龙默早有心理准备，这天洛人谁见了龙默不得揶揄几句，更何况洛和会的英雄。

龙默指了指身边的另几个矮脚的桌子，示意大家坐下说话。沮洛四下里机警地环顾，没发现异常。众人坐下，龙默举起酒杯，准备敬酒："诸位洛和会的志士，我听闻大家都是来路各异的英雄，我今日请大家聚于此地，为的就是希望得到大家的帮助，一同共理这新天洛。"

洛和会众人面面相觑，也都慢慢举起酒杯。"共建天洛不敢提，但求如今的天洛不毁在某人手里！"又一个首领在嘲讽龙默。

龙默冷笑一声，一饮而尽："要说起毁，加济王毁过一次，战事如云，遮天蔽日，军压国脉，民不聊生，而如今战后缓和，百废待兴，我等义不容辞。"

"哼，加济王陛下毁了我天洛？笑话，那你的意思是前朝战事，加济王能一日便终不成？"

"战事若止，并不为功，战事若续，实为大过，如果四国那日不接受我新政立国，安能有你我今日？"龙默反问道。

"好！龙大人果然有魄力，我等今日不醉不归，为了国之延续！"洛和会几位首领一饮而尽。龙默慢慢喝着酒，一位首领手持刀剑，立在龙默的面前，深鞠一躬，言道："龙大人，在下不才，愿意配乐舞剑，以此助酒兴。"龙默心知肚明此乃杀心之举，却依然淡定："再好不过，英雄请！"

洛和会的首领开始舞剑，剑光闪烁，好不灵动，古乐声声，如年华流似水，家国不曾去。宫殿内瞬间一派歌舞升平，光洛殿后殿的碎碎脚步声都被淹没在礼乐中。

龙默此计，先需引君入瓮，郎虎早在几日前便放出榜文，光洛殿后殿年久失修，招募江湖大匠，修葺后殿梁栋和亭台，洛和会怎会放弃如此入得朝堂的机会，幼槐早就组了人马，趁机而入。当下侧殿内酒过三巡，正是包围龙默杀之的好机会。要说幼槐的计划也分前后之计，堂上舞剑的首领便是第一次机会杀龙默，而幼槐等人在后殿一为救人，二为补刀，若是首领不得，自己也会杀出。当然，他们也在防四国插手，围堵他们第一刀，这叫螳螂捕蝉黄雀在后，只是幼槐低估了龙默和都别的头脑，这黄雀之后，还有猎人。

修辙一身宫执装扮，早就栖在幼槐一众打扮成匠人的小队之旁，青灯、英典、元攘各自散去，盯着匠人们，伺机而动。

龙默不停地饮酒，注视人们的表情。洛和会的其他首领露出诡异的笑容，今日这光洛殿定是非一场屠杀不能解了。沮洛心里琢磨如今这局面，一个闪念，心头一沉，但觉大事不好，双方均有杀意，自己一时有心招募民势，却低估了龙默的狠心和洛和会的执念。

龙默突然举着酒杯站了起来，朗声道："洛和会志士们，我也加入舞剑，助助兴，来，举杯，共饮。"龙默一饮而尽，然后抽出桌下的一把长剑，与洛和会舞剑的首领共舞起来。其余首领饮完酒，一位首领站起身来，吟诗一首："傍水求洛，聚荣繁康，方林执归，万旗与摇，明示国心，不伦乡音，今日得举，焉能不立！兄弟们！杀龙默，复我天洛！"

洛和会的众人于怀中抽出刀剑与匕首，纷纷跳起，刺向龙默。沮洛一声叹息，不忍再看，挺身一旁，伸手阻拦，却哪里见过这般混乱之景。

龙默早知有此一出，手挥长剑，护住自己前身，几个回合，算是勉强挺了过来。

两边终于拉开对峙，龙默剑指向前，气喘吁吁。几位洛和会首领挤在一起，恶狠狠地看着龙默。龙默朗声道："景王当年创天洛，后康勋二王巩固基业，不想今日会毁在你们手里！"

当中一位洛和会首领慷慨激昂："哼，龙大人酒后之言，自己听得明白吗？到底是谁毁了祖宗基业？"

"你们有没有想过，你们洛和会在四国军界大闹，如今又在这光洛殿惹事，明是为国不甘，望光复前朝，但是暗则是施四国以借口，让其寻机占我腹地，毁我大殿，踢我们出共治，彻底亡我天洛！"龙默急得面红耳赤。

"龙默，你巧言善辩，人尽皆知，我等口才不如你，心却比你有血色，今日拿命来，还我天洛！"洛和会诸位首领扑向龙默，众人陷入打斗，龙默口才虽厉，但身手一般，近身防御几个回合还行，反击就显得勉为其难。龙默步步后退，挥剑护身，大喝一声："是你们逼我如此！刀斧手伺候！"

猛然间，郎虎领着五十名刀斧手一涌而出，将洛和会首领们团团围住。首领们面无惧色，齐声高喊："兄弟们，以死明志！"

首领们与龙默的刀斧手们又是一番混战，龙默这才喘着气，定了定神，挥手示意沮洛先躲避一番，沮洛无奈地摇着头，却端坐于座位，没有动弹。

郎虎可不管是不是忍心，他双持龙指刀，挥舞自如，即便没有这五十个刀斧手，他自己对付这些洛和会的人也是绰绰有余。

龙默又在一旁大喊道："不可伤人，活捉便可！"然后焦急地看着人群翻斗，不出一炷香的时间，洛和会首领们寡不敌众，大多身受重伤，这郎虎要不是得了龙默事先的安排，早就下了杀手了。

幼槐在后殿听得响动，自是按捺不住心中杀性，之前他力求去正堂掩杀龙默，但是洛和会年轻身手又好的会祭本就没有几个，叔叔辈的领头和堂首自然不愿他深陷囹圄，便让他乔装匠人进殿掩护，若顺利，他们趁夜而出便是。可如今，幼槐知道，叔叔们中了埋伏，他口中暗哨一吹，众匠人脱去匠服，于众多修葺建材中抽出掩藏多时的武器，冲着正殿而去。

这后殿与正殿连通，是左右两个回廊，窄小且长，洛和会众人分两路左右冲去，却被修辙等人拦个正好。英典和元攘一路，堵住一众洛和会接应之人，众人打斗，二人怎会落了下风。而另一路，修辙和青灯刚好把幼槐堵住，幼槐领众人抽刀便砍。

幼槐手握洛刀，凝视修辙眼睛，二人也无话，对冲起来。话说修辙、英典和元攘等人的常用武器均被四国没收，只有青灯的青绿丝刃还有一些藏在袖口内，但这丝毫不影响打斗。修辙手持重剑，依然挥舞自如。只见幼槐与修辙战得几个回合，自是讨不了任何便宜，心中一狠，暗杀四国副官的那一手刺腹绝活又出。幼槐一个探步，俯身而下，一腿直，一腿弯，滑步至修辙腰下，修辙身边可不止他一个人，其余众人堆在回廊里，那是拥挤不堪。幼槐借修辙分神之际，洛刀早已反握在手，右手躬，左手按，幼槐又压了压身子，几乎贴地而行，背对修辙腹部，洛刀刀刃自下而上就要挑破修辙肚皮。却见另一侧，青灯十指轻弹，几缕丝刃冲着洛刀直插过来，狠狠地钉在刀刃上，修辙只听叮叮几声，才反应过来身下有人，自己仰身后退，背后却是冰冷的墙面。青灯拉紧丝刃，幼槐刚好向后推刀，两力一合，刀身一歪，正刺中修辙肩部。修辙龇牙咧嘴，重剑来不及回转，只能刀背轻敲，击中了幼槐后脑，幼槐顿时脑子一晕，倒地不起。众人见会祭如此，都愣在原地。修辙跳到一旁，青灯过来搀扶，双方对峙片刻，都没了动作。

"此人是谁？身手不错！"修辙有点怜惜英雄。洛和会会众哪里还会言语，面面相觑，不知该怎么办，打也打不过去，逃回后殿也不是办法。修辙定了定神道："抬着他，后殿大梁左数第十二根下面有暗道，速速离去！快！"修辙可不想洛和会这帮志士为了自己官复原职的狗屁计划去龙默和四国面前送死，于是赶紧让他们逃离此处。但青灯不愿修辙半途而废，立即提醒道："辙，计划怎么办？"修辙倒也淡定："英典那边必然不放，少一些杀戮是一些，快走！" 洛和会会众犹豫片刻，赶紧抬着幼槐奔着后殿而去，逃之夭夭。

要说走在另一侧回廊的一众洛和会会众那当真是命不好了，英典力大无穷，一拳一个，击晕在地，伺机逃跑的也都被元攘临时捡来的短弩弩箭废了双腿双脚。英典提起几人，便兴高采烈地急着去正殿邀功了，元攘这才唤一众宫执把所有洛和会会众绑了带走。

正殿这边，郎虎自然利索，龙默若不喊停手，一众首领也就魂归故里了，纵是民间高手再厉害，郎虎和修辙等人可是正儿八经的天洛军人，这身手上差的可不是一星半点。

刀斧手停手，只留几位身染鲜血、奄奄一息的洛和会首领半跪于地。龙默佯装泪眼婆娑，一声叹息，然后前去扶起一位首领。那位首领还要行刺龙默，被郎虎一刀砍翻在地。其余首领举起匕首高喊："天洛不灭！"

众位洛和会首领们纷纷自刎，血染大殿，场面壮烈。

至此，正殿之外，格图、子笙、宗政公贺和太积才潜身而入，身后是四人带的一些贴身侍卫。龙默、郎虎、沮洛和四将对视片刻，龙默自知和四将对好了时间出现，可他们倒是机灵，等杀完了再现身，自己不身处危险也就罢了，这杀义士的罪名又是龙默自己的了。

龙默哼笑道："四将来得真是时候，一个都没剩下，也不劳烦四国动手了，这骂名我来背！"

子笙佯装叹息，皱着眉头，阴阳怪气道："你说让我们殿外听令，你们打起来也没个动静，这几个民瘼能掀起什么风浪？你背个屁！别说得大义凛然的，指不定洛和会还剩多少亡命之鬼呢？"

"若是子笙将军不愿涉足此事，大可不来，人进来了，这骂名，那就一起背着！"沮洛为龙默说了句话。

"你们天洛自己的祸，与我们何干？"格图大喊道。

"龙大人、沮大人，今日之事，安排不妥，我们来晚了，致歉便是，不需口舌之争！"太积还是儒雅些。

"谢过太将军，洛和会之事我们必然详查，请四国放心！"龙默客气了一下。

"将军们来得不晚！"修辙从后殿闪身而出，朗声道。修辙、青灯、英典和元攘压着一众洛和会的会众才到正殿，继续道："刚才正殿的洛和会会众乃蝉，你们便是螳螂，可知螳螂之后，还有黄雀？"

"洛和会还有接应之人？"宗政公贺反应过来。

龙默自然佯装不知，赶紧跪拜："那岂不是修辙等诸位将军救了我们？替我们捉了这些黄雀之众？"沮洛在一旁无奈地摇着头，心里已然了解这是龙默和修辙串通好的一计。

"若不是我们来得及时，这帮人掩杀进来，那后果可不堪设想！"元攘言道。

"呦呵，我以为谁呢？修辙诸将，你们是何时逃出来的？你们可知，四国于天下院早有文书以约，天洛所有参战之将，必须囚禁至死，永生不得出狱，你们如今倒是自在，还拿救我们说事，这帮贼众，能兴起什么风浪？且不说我们是没想到他们会有包抄，就是真冲进来，打起来，你们认为就凭我和格图，加之太积和宗政公贺将军，能打不过他们？"子笙没看透这是龙默和修辙串通好的，所以说的是打不打得过的事，其实太积和宗政公贺心里倒是猜出了几分，修辙逃狱必是为了得此一份"投名状"，转而复职。当然，两人心里也明白，修辙等人回来，是对于燕川和青戎最好的制约，自是无论龙默和修辙说什么，也不太愿意反驳。

"逃出来倒不敢，如今入冬，狱中寒潮，我等身体有恙，出狱以疗，前几日正撞见宫内有洛和会内应，便抓了审问，才知今天之事，特此埋伏，以救得四国之将，子笙将军，不图一句道谢，也不至于惹得你如此嘲讽！"修辙反唇相讥。

"这么多巧合？你干脆去说书好了！"格图直来直去。

"将军们不必争吵！郎虎，带洛和会罪众下去，严加审问！"龙默先让郎虎把修辙等人带回来的洛和会会众带走了，他担心一会儿子笙和格图哪根筋不对了，又杀义士，这骂名还是得他龙默背着。龙默定了定神，又厉声道："两位将军何必如此言语，再怎么说，修辙等诸将也是救了我们，今日之事，可大可小。小，则我们身居危境，利刃环身，谁知道洛和会还有什么动静呢？大，则洛和会只是冰山一角，洛京城如此庞大的京畿之地，江湖志士漫山遍野，他们若起了义，可不是咱们五国军众能压得住的，那不是为了咱们的共治陡生事端吗？"

"你就直说吧！你要干什么？"格图喊道。

"那日太冥门没与你同死，你现在倒好生嚣张！"英典怒视格图。

"好了！龙默！我不管你想怎么样！修辙等人必须立即返回大狱，没有其他的余地！"子笙冷言冷语。

"若没了我们，洛和会可不是那么好对付的！"修辙淡然道。

"我们四国连天洛天鬼都不怕，会怕一个区区民间小会？"格图继续道。

"好！诸位将军，我龙默今日只希望修辙等人重回天下院，以护我等四国理政之人，别无他意，若是你们不愿，也需问问四国谋士和国相，我们明日朝会再议，可否？"龙默缓和道。

"好！龙大人，今日也不好定夺，我们明日朝会再议，但洛和会之事，希望天洛不要姑息！"太稹就着龙默的话，作了个结语。说罢，太稹领兵而去，宗政公贺紧随。

子笙和格图对视一眼，也愤愤而去。修辙等五将这才叹着气，松弛下来，龙默皱着眉头，低声道："听今日这言语，子笙和格图似乎不愿放过将军们！"

"我们自己的事，还用他们首肯？"英典直言。

"天下院内，必是要他们首肯，但是若明日再议，会有转机，今日太稹和公贺不言，说明他们并无异议。"沮洛分析道。

"沮大人可是有了后计？"龙默就知道沮洛会伸出援手。

"四国如今驻军军界，粮草均是问题，他们也都在私下里联系各自国内大商大户大族捐赠粮草，我且认识一些大户人家，有过商往，我动用些钱财，让这些大户至少给崇衡的扶季和南依的梅央通惠一下，事便成了一半！"沮洛想要收买四国之人，在他心里钱能成一半的事。

"扶季和梅央可不像爱慕钱财之人。"青灯直言道。

"若是适得其反可就糟了。"元攘担忧道。

"不会，若钱财不成，扶季和梅央也会知道我们的意思的，他们本就要制衡燕川和青戎，如此一来，便至少会在这件事上帮我们一把。"修辙分析道。

"不错，就这么办，那有劳沮洛通惠四方！"龙默欣慰沮洛及时伸出援手。

"不在话下！"沮洛说罢，躬身行礼，众人还礼。话说当此一幕，确是天洛光复的基础，诸将与龙默几乎言和不说，沮洛也与众人合谋，当真是各方一心，迈出了复国的第一步。

这半晌过去，甚是嘈杂，但郗别一直未能现身。他早知武用不上自己，谋还有龙默和沮洛，自己早就去了鲁正的鲁府喝酒，鲁正和鲁怀见洛西军曾经的军首大驾光临，怎敢不热忱，接进府内大宴了一晚。席间郗别自是劝说鲁氏帮着收买四国军界之人，也自是让他们有重立内廷、管理后宫之心，鲁正和鲁怀怎会不从，也正好借内廷拉拢宫内势力，为自己党群的满王铺平道路，郗别这边是与龙默不谋而合，次日朝会再言重立内廷院、净天府和帮邑院之事，也不再有什么难处。

傍晚，燕川边境小村落的院邸偏房内更是昏暗。穆安抱着因箭伤有些发热的婴柳冲进院子，寻了个干净屋子，找了一个床铺，把婴柳放下休息。又反复跟唐知确认了几遍该院落确是他平日为盗会进粮的息所后，便留下唐知照看婴柳，自己带着夕见前去村子找药了。

穆安心里明知夕见公主有着苏妲己的魂意，但在此时，姜尚的魂意似乎未能压制穆安的魂意，不知为何，穆安总在心里想跟姜尚探讨一番上古之事，只是似乎在夕见面前，姜尚罕有露面，但是魂意深处，姜尚是知道苏妲己已然出现的，可就如何对待夕见这个问题上，穆安的魂意依然占据着主导，也许是穆安和姜尚的魂意还未融合一统，切换自如。或者说，在夕见和穆安的爱情萌芽出现时，其余的魂意都已是身外之物，爱，本身就是凌驾于一切情感的基础。

趁夜未至，穆安和夕见分别披着斗篷，疾步穿行在燕川边境小村子里，不时地四周张望，想寻个药铺。许多燕川的军人来回巡逻，两人很是机警，也有些紧张。穆安突然脱下斗篷，拿在手里，然后顺手把夕见的斗篷也掀开。夕见吓了一跳，挽着穆安的手臂，低声道："你干什么？不怕被发现吗？"穆安把手臂挣脱，反手又搂着夕见的肩，夕见瞬间有些羞涩。

"整个街上，就你我披着斗篷，你当燕川士兵蠢吗？"穆安耳语道。夕见扫视四周，赶紧把斗篷脱了下来。"燕川认识我的人多，认识你的人少，你走前面！"穆安又道。

夕见娇眉一挑，嘟着嘴："亏你是个男人，说得出这种话？"穆安有些不耐烦："怎么？我被抓你能跑得了？"夕见狠狠捶了穆安一把，撒了撒气，走在了穆安的前面，不出两步，便有一个药店出现在面前。穆安赶紧拉住夕见："你去药店里买些药给婴柳用，记得，减慢语速，别让人听出你的天洛口音。"夕见瞪了穆安一眼："你怎么不去？药店老板还能认出你不成？"

"傻丫头，我得守在门口，现在风声鹤唳，我不能分心！"

"那万一药店里有士兵怎么办？"

"那正好直接抓药就医喽！"穆安憨笑道。夕见无奈地摇着头，疾步进了药店。穆安守在门口，一脸坏笑，环视四周，又警觉起来。

夕见靠近柜台，一个老医者走了过来，声音沙哑："姑娘要些什么草药？可有医方？"

"我要一些蝉翼和青叶，再给我一些冰花蕊和兰草根。"夕见与绿衣熟络，学得一些皮毛。

"姑娘听口音不像是本地人。"老医者这寒暄之语，引得夕见身边一位男子侧目注视。穆安机警万分，也注意到了这名男子，两人互视一瞬间，穆安便知此人来头不小。

此人正是宗政公若，不到三十岁年纪，一身枢院锦衣，身形紧致，身长与穆安相仿。其背后一支长弓，腰间别着一篓箭矢，一看就是军人气度，不好招惹。宗政公若是宗政公贺的弟弟，两人也曾同服役于依北军，只是此时公若出现在这里，却是令人疑惑，按说战事已去，这般军中要人该是出现在天洛才是。

说到公若背后的弓，来头更大，那是南依镇国的龙骨弓，其腰间便是龙刺箭，弓身粗长，弓弦却细紧，似是没有千斤之力，连弓都举不起来，更不用说拉不拉得开弦，而龙刺箭更有"开城之箭"的美名，重而尖，正是破城破盾的利器。

穆安背后的龙牙微微颤抖，穆安便知公若背后的弓和矢也是龙器，则此人身份定不一般。

宗政公若上下打量夕见，发现了夕见腰间的玉佩。穆安又瞟了眼宗政公若，然后慢慢走进药店，从身后怀抱夕见的细腰，将她的玉佩放进了口袋里。夕见拱了拱肩头，有些羞涩，瞟了眼穆安，又肘了下穆安的胳膊，然后面色绯红，玉唇轻碰："干吗？"

穆安赶紧遮掩夕见的身份，提高了嗓门道："夫人抓紧时间，别让爹娘在庄上等得着急了。"穆安边说着边给夕见使了个眼色，夕见这才注意到身边的宗政公若："知道了，药这就抓好了。"

医者递上药物，穆安抬手搂着夕见的肩膀，似是身体一半的力量都压在了夕见的肩头。两人快步走出，没几步，穆安倒是觉得惬意，夕见挣脱了穆安的手，低吼道："你还搂着？"

"跟你说语速放慢些，你说话一听就是天洛人，天洛人自古商来商往，说得快，赚钱就快，典型商贾做派。"穆安责备道。"有那么严重吗？"夕见自己并未察觉。

"刚才你身边背着弓箭的人不简单，应该不是燕川人。"穆安提醒道。

"我也注意到了，但如果是外地人，自己背着那么大的弓，不怕引人注意吗？"夕见反问道。

"那就只有一种可能，艺高人胆大。我注意了他的靴子和缠手，不像是一般的山匪或者盗贼，应该是一个军人。"

"我们现在怎么办？"

"速度回去接上婴柳和唐知，离开燕川。"

"等等，我想找个酒馆，打探下天洛的消息。"夕见来到村间，本也有这个打算，良久不得天洛的消息，心里很是担忧。

"不行，我俩太过招摇，被燕川军队发现就不好了。"

"一点时间就好，只要知道父亲的生死和王族的下落。"夕见两眼放光，不停地恳求道。"好，速战速决！"穆安只能应允，两人牵着手，跑开了。宗政公若探身看着两人疾步而去，回想刚才自己的龙器颤抖，自然也知穆安的身份不简单，加之那个天洛王室的玉佩，公若好奇心顿起。

村落里有个一间半间的茶亭不在话下，穆安和夕见寻了一个角落，坐在方桌旁，一边喝茶，一边支着耳朵，听着周围人们嘈杂的声音。茶亭里人声鼎沸，但乱中有序。

宗政公若此时也走进茶亭，坐在了距离穆安不远的一张桌旁。穆安给夕见使了一个眼色，夕见瞟了眼公若，然后低着头继续喝茶。"无论听到什么，别激动，凡事忍忍。亭外有军队巡逻，千万注意控制。"穆安嘱咐道。夕见情绪不高，满脸惆怅，点了点头。

不一会儿，一些天洛商户打扮的人进入茶亭，坐在了穆安和夕见身边的一张桌子旁。又有一些燕川的军众进入茶亭，三三两两坐下喝茶，嘈杂声四起，叠起来的声音似乎在夕见的耳朵里也能分辨出哪些来自天洛。穆安不时地看看四周，手偷偷地放在自己的剑柄上。

几位天洛的商人要了茶，开始低声地聊起天来。

"唉，加济王死后，军械和木器卖不动，战事停了，不知是福是祸。"

"你这人真是奇怪，战事没了当然是好事，你还想继续颠沛流离，终年不回家不成？"

"在外寻商也是个力气活不是，但是万一哪天发了呢？"

"你没这个命，天上掉钱雨也砸不着你。"几人边聊边喝。

夕见举着茶杯，杯沿贴着自己的嘴唇，眼里含着泪水，牙齿撞击杯沿的声音很刺耳。穆安在桌子下面紧紧地拉着夕见的手，示意她忍住悲痛。宗政公若也听着这些闲言碎语，背上的弓放在手边，另一只手已然捏住了一根箭。

"他一年回不去几次，还不是为了给鲁大人卖些铁器，你以为战争财这么好发的？"

"你们的东西都是鲁家的？怪不得来这里卖都没个人阻拦你们。"

"最近也卖不动了，据说那龙默杀了王族后，鲁氏家族每日战战兢兢，和燕川的商往少了一半啊！"

夕见的眼泪流了下来，身体不停地颤抖，进而慢慢抽泣起来。宗政公若也不时地瞟向夕见和穆安。穆安攥着夕见的手，越来越紧。

"难道那天下院还敢管天洛大族？"

"当然，他们连四国的驻兵都敢随意支配，何况天洛大族？"

"不懂别瞎说，因为天下院内有四国的人，人家自己支配四国的兵有何不可？"

"唉，这还叫什么天洛，任别国异族的人胡乱横行，悲哀啊。"

夕见终于忍无可忍，猛然起身间，摔了茶杯，指着几个商人，大吼道："你们几个恬不知耻的奸商！国家就是因为你们这些蛀虫，致使战事大败！国将不国！"

几个商人愣在原地，大惊失色。穆安赶紧站起身来，搂过夕见，微笑跟众人示意道："喝多了，喝多了！"

夕见抽出腰间短剑，然后眼泪横流，一个探步，就向着商客们刺去。商人们吓得四散逃窜。几个燕川的士兵抽出长剑，指着夕见，大吼道："哪来的野婆娘？敢在这里撒野？"一个燕川士兵拉开自己手里的一幅画像，比对了一下："等下！天洛公主！给我拿下！"

几个燕川士兵仗着剑，奔着夕见就冲了过来。穆安哪里还顾得上安慰，赶紧抽出龙牙，与燕川士兵厮打起来。茶亭里客人四散逃跑，只有宗政公若依然在喝茶，看着战局升温，但是手里早就握紧了龙骨弓。

一个燕川士兵一剑刺向穆安，穆安一个闪身，反手提着龙牙，龙牙剑刃顺着燕川士兵的剑刃向下一划，燕川士兵顿时手指间血流成河，扔下剑捂着手惨叫。另一边，又一个燕川士兵飞扑过来，举剑便刺，穆安手里龙牙换成正手，向上一挡，抬腿一踢，正中燕川士兵裆部，却不见那个士兵落地，穆安握紧他的手腕，向后一拉，正与身后冲过来的士兵撞个满怀。

宗政公贺看着穆安的身手，心里暗自佩服，眼光落在龙牙剑身上，心中一紧，眸中聚光，这便准了，公若必是为这神器而来，否则，不会有如此这般凌厉的眼神。

夕见近身格斗哪里是燕川士兵的对手，她不断陷入被动，几个士兵前来擒住夕见，都被其挣脱，但是反反复复，夕见没了力气，穆安一时却被其他的士兵束缚住了手脚。

又是一个士兵擒住夕见的肩膀，进而搂抱起来，夕见一时挣脱不开。宗政公若猛然立身，终于出手，他抽出弓箭，搭弓而射，巨大的弓身被他摆弄得十分轻巧，一箭飞来，将燕川士兵射了一个穿心。要说公若用弓，本身不似元攘双持手弩那般轻盈，只是元攘十八般兵器都用，但偏爱拐子、短钩和手弩等灵巧兵器，加之身形纤长，所以显得灵动。而公若身材与穆安和唐知等人相似，不能说不轻盈，只是这么大的弓被他耍起来，确实需要力气，只是这力需要技巧和熟练度，任别人使用，就是似英典那般力气，也未必顺手，而这射出去的箭，打在人身上，不说穿身而过，也得向后跟跄几步，甚至有时穿身入墙，也是家常便饭。所以看着公若用弓，那是暴力美学与弓箭灵动的最好结合。

穆安看了眼宗政公若，宗政公若冲着穆安歪嘴一笑，弹指一瞬，又是几箭射了出去，死死伤伤，不过嗖嗖几声之间。燕川士兵见状不妙，一溜烟跑了。

"多谢搭救，此地不宜久留，路上说话。"穆安点头致谢道。

"不必客气，拔刀相助而已！走！"公若回礼。三人奔着茶亭外跑去。

夜深如渊，月色渐灭。穆安、宗政公若、夕见三人满头大汗，一脸焦急，跑回之前安置婴柳的屋子。众人赶紧煮药让婴柳服用，公若也与众人认识了一番。穆安安慰着夕见，此地不宜久留，众人相扶相携，又奔着村外丛林深处而去。

丛林里依然有虫飞鸟叫的声音，月亮被淡淡的云雾遮得朦朦胧胧，好似这看不清善恶的世道和战火后芸芸众生的心境。穆安、唐知、夕见、婴柳和宗政公若围着一摊篝火而坐，柴火被燃得噼里啪啦的声音提醒他们不是五个行尸走肉，而是来自三个国家，心怀鬼胎，却不得不同途异命的世间游尘。

燕川边境的密林里有了冬季的寒意，这是深冬将至的烦忧，也是早春不远的期盼。众人望着熊熊火苗良久无语。夕见似乎这才缓和了情绪，终是有一众朋友在身边，悲伤也会去得快一些。唐知又把草药捣碎，倒一些水，继续递给了婴柳。婴柳慢慢地喝着药，面色也恢复了一些。穆安翻看着一张羊皮的舆图："我们得往东走，去青戎，继续我密使的任务。这是我的几位朋友，夕见公主、婴柳和唐知。"众人互相点头示意。"你是燕川的密使？夕见真是天洛的公主？"公若眼里泛光，觉得不可思议。

"是的，四国盟室需要巩固，我秘密出访，通惠四国，语络王室。另外，夕见公主身份特殊，希望你能保密。"穆安盯着公若的眼睛，如今路上遇到的人还需试探一番。

"密使出访？这是子秋王的意思？天洛公主为何与你们同行？"公若细问道。

"你这个人问这么多干吗？你若不同路，自去便是。"唐知对公若不太友好。

"唐知，不可无理！"穆安赶紧插话道。唐知无趣地看向别处。宗政公若面带微笑，略表歉意："不要紧，我问的是多了些，抱歉，如果不方便告知，不必勉强。"

"我已经说了所有的事，我们此去青戎，同途异命而已。"穆安又言。夕见心里盘算，好像同行的四人均为盟室，如今父王新死，必然也有他们的过错，心里一时苦涩，巨大的悲痛复而涌出。她突然拾起身边的龙牙，指着穆安和宗政公若，眼中闪着泪水，大吼道："你们四国还想怎样？我父亲死了，王族亡了，国也亡了，你们还要怎么样？还通惠四国，巩固盟室？"

没等穆安等人反应过来，宗政公若便猛地站起身，把夕见所持的龙牙剑夺了下来，握在手里："夕见公主，天洛并未亡国，你且冷静。我们不得细节，现在不好定论！"公若说着话，这眼光可没离开精美的龙牙。穆安看着宗政公若的一举一动，疑心顿生。

穆安站起来，扶着夕见坐下，然后把宗政公若手里的龙牙拿了回来。公若表情很不自然，略显尴尬，咧嘴一笑。"夕见，你有没有想过，我们五个人来自三个不同的国家，不知道以后会不会还有别的异国同伴加入，都是拜你父亲所赐，如果没有战争，我们为何不在自己的国家安然度日，却要如此颠沛流离？"穆安安慰道，"既然天洛凶多吉少，那你回去太过危险。不如你回去燕川，嫁入王族，也算有个归宿。"穆安不忍夕见如此，萌生把她送回子秋身边的想法。

夕见近乎咆哮道："那还不如一死了之。"

"茶亭的那些人说起什么天下院，我猜测，天洛如今新制当立，动荡不堪。但是回去燕川也不过成了王族妇人，怕是夕见难以接受。"公若有留下公主的意思，这让穆安更加警觉起来。其实穆安并非多疑之人，只是方才听公若说起南依的事，这让他怀疑南依军方的动机。要知道，在燕川人眼里，如今的天洛已非宿敌，而南方大国南依那可是富得流油的一方大族，燕川没有足够的底气说南依是自己死心塌地的盟友，反之亦然。

"公若兄从南依远道而来燕川，不知是否有什么差事？"穆安试探道。

"哦，在下曾是帮邑司猎，如今行猎为生，游走世间，无拘无束，四海为家，今日得遇，实在荣幸。"宗政公若又站起来给大家躬身行礼，然后坐了回去。其实他若是直接说了有军方背景，穆安反倒是信他一些，如今说自己是个猎人，穆安却当即断定，他撒了谎。猎人虽熟练用弓，但是这天下罕有的龙器，他不信会被一个普通猎人玩得如此潇洒，而且看身形，必是久居军帐，因为军人睡军帐，大多仰面朝天而躺，不压左右两耳，睡梦间也需听着帐外号声，以防敌军偷营，随时起身，所以久而久之，军人的后背笔挺而坚硬，两肩平直而紧实。猎人却不一样，他们狩猎均是曲步而行，不会惹了机敏的兽类，所以躬身和俯身均是常有的动作，久而久之，略微驼背那是自然。看公若的身形，挺拔高大，与穆安无异，哪里像个猎人？

"再好不过，若不是密使之要务，我也倒是想游走天下。"穆安客套了一句。

"穆安，你此去青戎，是否要见青戎王室？那格索王可并非善类。"婴柳关切道。

"会的，我需要呈上密信，这是我的密务。"穆安直言。

"密函？你们四国还嫌害我天洛不够吗？"夕见如今对穆安充满敌意。

"并非如此，夕见，我虽是燕川人，但是并不觉得我们领头的盟室有多稳固，如果你愿意，可以轻易瓦解我们。"穆安紧握着夕见的手，不停安慰。

"我现在还不是你们手里的筹码？我还能瓦解你们？"夕见质问道，但是手却未挣脱。婴柳看着两人的小动作，心里这醋瓶子已是砸碎了好几筐。

"四国盟约，不过一纸信函。"穆安对盟室一点信心都没有。

"我不信，如今我们同路而行，若是朋友，帮我一把，只要找到天洛残军，我就会离开。大恩大德，我今生铭记！"夕见几乎是在央求。

"我们明早向着青戎出发，小心而行便是。"穆安自知夕见如今情绪不稳，也没再多言。

众人各有所思，没人再言语。婴柳无聊地左顾右盼，似是在等众人睡去，其余人都进了帐篷，婴柳起身而行，佯装在熄灭篝火，眼神却充满阴狠。若不是早有婴柳从洪番处得来的名单，她这中箭养伤的戏码可就画蛇添足了，但是如今看来，她在众人面前示弱，倒是没人怀疑其身份，这也便是其秘密行事的资本，至少，她现在知道唐知就是韦护，虽不知韦护是谁，但公若来之前，穆安身边只有一个男丁，便是唐知。洪番的名单上对于阐教和大周之人的身份介绍很是详细，所以，在婴柳眼里，上古肉身成圣的玉虚三代弟子韦护韦将军怕是凶多吉少了。

龙默在光洛殿内大摆宴席，一张张矮脚方桌铺在正堂的两侧，他站在王座前，举着一杯酒，向前方躬身行礼，好似又一位君临天下的大王，环伺自己的江山与将臣。龙默与这王座几步之遥，似乎喝几口酒后一个踉跄，就要一屁股坐在上面一般。修辙看着龙默的举动，心中不悦，前朝将军对这种僭越之臣可恨之入骨。

韩魄、童魄分站王座两侧，郎虎、修辙、青灯、英典、元攘和郡别均在台阶之下，龙默自知修辙灼热的眼神炙烤着自己，也知趣地向着台阶下走了几步。

子笙、鹿辞、格图、何谦、梅央、宗政公贺、太积、扶季等天下院将臣分坐各席。

韩滕义、童远生、鲁正、鲁怀等曾经的院府当值也分别落座在靠后的席位上。绿衣站在一侧，龙默早已提拔其为后宫总管。

"今日龙某在此大殿内设宴，款待各位天下院同僚，四国亲朋，就是为近日后宫之乱，洛和会之顽疾给大家一个说法。正如昨日子笙等将军所见，我等已于殿内将洛和会几位首领诛杀，并擒获洛和会接应一众人马，这些人目无王法，扰乱四国军界秩序，公然挑战共治大义，实在罪不可赦。而几日前，我已经尽力平复后宫等人的心绪，制止流言蜚语，天洛之王亲贵族，因加济和王子们的死而耿耿于怀，念念不忘，责怪于我，也属正常之事，天洛人本就念旧情，难忘先人，在座各位也不须太介意。而对于几日内何谦大人和梅央大人对于自己军界违反军法的人所做的处理，我也认为及时而得当。我们五国同治，这些琐事在所难免，大家各退一步，就此作罢如何！"龙默把酒一饮而尽，又继续道："洛和会一事，除了四国诸位将军鼎力相助以外，我天洛修辙、青灯、英典、元攘和郡别五将也功不可没，他们尽捕洛和会接应之众，救我和子笙等诸将于危难，今日，我朝会大宴之时，为表嘉奖，我提议，修辙、青灯、英典、元攘和郡别五员大将入驻天下院，共履共治之途，共享天下之和。他们熟悉洛族民风，更知洛京城的方方面面，有他们保护我们天下院诸位同僚，岂不美哉。但是，他们只重领巡防军，不设天洛军政院，也就是不再有天洛军队，大家也不必担心其他，不知在座诸位意下如何！"

子笙站起身来吼道："龙大人此言妙哉，你的意思是我们都犯了错，互相包容忍让便是吗？可笑，我等四国大盟如今督政待禅，以军制民，为的就是天洛的未来。我们犯错顶多只是军纪不严，甚至只是个别兵士的莽撞，而你们后宫和洛和会之事可不简单啊。就我所闻，后宫对你不信、不服、不屑，甚至有人提出对抗和驱逐我们四国，加之洛和会根本就是加济王的一帮走狗，他们眼里，废共治而复前朝才是前路，这本性根本就不同，若是同等的错误也得有个等级之分吧，你若这般护犊，我等可不答应。至于修辙等人复位，我绝不同意，他们均是南土罪人，你可知我手下多少军人死于其手？若他们入驻天下院，那倒不如再打一仗！"

"打就打！怕你吗？"英典气愤至极。

"子笙将军，错就是错，你军纪不严犯的错，和我们洛和会的错本性是不一，但是军中之错和民间之错，哪个更大呢？我们入驻天下院，那是保护你，你最好知道你现在身居何处！若是洛和会再挑衅于你，看你如何收场？"修辙义愤填膺。

"我会怕你洛和会这个民间贼穴？"子笙反唇相讥。

鹿辞缓声劝道："龙大人、修将军，此事处理的态度就有问题，试问你，种粮人若水浇得不得当，施肥不按时，甚至揠苗助长，致使收成不稳，难道找个风不调雨不顺的借口就能圆过去不成？人不作为和天不作美还同罪喽？"鹿辞顿了顿，继续道，"且不说修辙等人如何还要入驻这天下院，他们本该囚禁至死，虽是救个场，但是为何出的狱，为何会在这里，龙默大人不解释解释吗？你们想谁入天下院谁就入，那这到底是四国的院府还是你天洛的庙堂？"

何谦附和道："天洛子民大多愚善而戾气，我想这其中必是有人煽动和怂恿，我们不能只从洛和会的区区几个首领下手，若是敬告天下如今天洛属谁，还需多立法则，多修准则。至于修辙等人的事，我们觉得不妥，抓几个洛和会的人就能入院，那我们青戎驻军每天什么都可以不干，就抓人，那这天下院装得下吗？"众人中传来笑声，有的窃窃私语，有的交头接耳。

"诸家盟友也不需如此言语咄咄，龙大人也是在适应此局面，我等虽受了那洛和会之苦，但是民间的怨声载道，也确实有我们军纪不严的原因。我想当下之事需大肆修缮立法，推行新政不假，但是要适应五国之境遇，而不只是天洛了。至于天洛五将之事，也并非不可，我们如今栖身洛京城，安全当然第一，有人保护何乐而不为呢？只要有所限制，我南依倒是同意。不知子笙和鹿辞两位是否还想着战时之局，如今已是大和之日，何须揪着前错不放呢？要说前错，四国谁人敢言无错，风水轮流转，当下要看局势，不看过往。"梅央给天洛人抛了一个橄榄枝。

"梅央！你乃四国之人，还为这天洛言语？他们当年过洛水袭你依北之时，你忘了吗？"子笙斥责道。

"那依北大部，接壤天洛，也接壤燕川，曾几何时，燕南军左师不也拜访过依北，而且连洛水都不必跨，不是吗，子笙将军？"扶季年龄虽小，言语却利。

"扶季！你一介小儿如此多言？"子笙跋扈起来。

"子笙，我扶季大人年纪再小，也是当朝崇宰！你放尊重点！"太稹怒目而视。

"大家好生商议，不需这番争论！"龙默佯装劝阻，其实心里早就乐开了花，他与修辙等人眼神交流之间，满是对沮洛和郁别收买人心、攻略人脉这一计谋成功的褒奖。很显然，梅央得知修辙等人回朝，便是不支持，也不会反对，只是今日与扶季一道顶撞子笙，有点让龙默和修辙没想到，怕是沮洛要是在场，能笑出声来。而此事不难理解在于，梅央要激怒子笙，只是为了让青戎也看清燕川的嘴脸，他们不过是要总理天下，根本没有什么四国盟约之守，只是此事何谦略懂，但没有主意。而崇衡和天洛自然知道南依的目的，他们就是想在平衡的局面下，对抗燕川。只有龙默心里有更远的思虑，那便是相较现在燕川肉眼可见的危险之外，南依国也许是未来天洛不可避免的祸源。"诸位所言，都有道理，但是在天洛，我等是人，你们却不是天。我们共治，为了天洛的未来，五国同议，各安其事，如果在座的各位还用四国压制天洛的想法对待问题，那未免偏执。我同意梅大人的话，我坚持修辙等将军入院，但是需要什么限制，大家说出来便是！"龙默坚持道。

格图大怒道："怎么？龙大人这才几日，想推翻自己之前殿前的诸言不成？修辙虽不是王室，但这有何分别？"

"限制还不简单？修辙等诸位将军只领巡防军，巡防军限定人数，而且不得离了这洛京城，如此一来，四国军界，大军压境，还怕巡防军反了不成？"扶季侃侃而谈，灵魂深处哪里还是二十多岁的青涩少年。

"正是，巡防军和京守军本是京畿之守护，如今正因为缺了，才使得洛和会会众如此嚣张，那不如重立巡防军，人数，我看就在一千人便可，龙大人觉得可好？"梅央问道。

"好！就依梅央大人，巡防军由修辙诸将所领。至于后宫内廷，我希望重立内廷院，只管后宫琐事，不参天下院摄政，维稳后宫便可。再恢复净天府，领京守军，掌管民间安平，也方便缉拿洛和会之人，不知同僚们可有异议？"龙默补充道。

太稷冷笑一声，佯装反对道："依我看，这天下院也是名存实亡，难继大事。龙默大人这么想一言九鼎，那留你自己便是了，内廷院和净天府你若愿意再立，我同意，京守军和内廷宫官，我四国也要加入！"

梅央自知不能太过纵容龙默和天洛，也假意反驳道："龙大人，依你的意思，我们不是四国监督，五国共治。而是五国共治，五国共议了？若是尽立前朝院府，那这天洛小王子登位禅让之事，岂不成了你一家之言，若我们四国选出的王子待禅而出，这理的可是你家王朝？"

"梅大人这还像句话！"子笙缓了缓气氛。

"内廷院和净天府，无非管理民事和后宫，这四国为之有何不可？"鹿辞反驳道。

"我并不是此意，我们的王子登位禅让那是必然，天洛王座，能者居之。但是所谓监督我等为政，那是你们的职责，但是当下的问题就是，五国之间没有天下院内人心人伦的平等，那乱必生于其中，各位可理解？这心中之乱，起于萧墙内外，也起于边陲上下，后宫、民间、军队、王族，哪一个不是稳中求荣？如今恢复内廷院和净天府，无非稳住民事和后宫而已，京守军也可限定人数，有何不可？我从未言恢复军政院和四疆大军，也从未言恢复帮邑院和帮邑军，何来四国同僚如此反唇相讥？"龙默厉声反驳。

梅央和何谦互看了一眼，似是眼神中觉得可以妥协龙默言语，两人自然也对燕川的傲慢有些失望。

"哦？龙默大人所想太过深刻了，我们四国之人第一从无歧视天洛之心，第二从无专政之心，第三从无私立之心，第四从无僭越之心，第五从无漠法之心，第六从无军政之心，第七从无勾斗之心，第八从无毁盟之心，第九从无愚懒之心，第十从无篡权之心，你大可放心，我等之一颗红心，都在天洛之未来。"梅央一席话引得盟室内同僚频频点头。

龙默又举起一杯酒，朗声道："那是最好，我等共治的平等，才是天洛再复的基本。我敬大家，若日后再有后宫、民间、军事、法度、商工上的琐事，我定更加妥当处理，给四国以安心，巩固天下院之根基。"龙默一饮而尽，继续道："我也并非独断之人，我天下院一向民意所向，众人议言，我们把酒以决。我刚才所言修辙入驻天下院，领巡防军，再立内廷院和净天府，净天府领京守军一事，诸位同僚是否应允？若是允了，杯中酒，一饮而尽，若是不允，摔杯即可！"龙默说罢，又斟满了酒，一饮而尽。龙默这一招就是最完美的收场，摔杯子，那是土匪干的事，子笙和格图等人再不同意，也不愿摔了杯子当个没修养的人让大家看笑话，而众人都要举杯的时刻，谁人不愿一饮而尽，此乃从众之心。

"若是安平一统，一心共治，我同意！"梅央领了一个头，饮尽杯中酒。扶季、太稹、宗政公贺也一饮而尽。修辙、青灯、元攘、英典和都别自不用说，他们早就自顾自地喝了起来。何谦与格图对视一眼，无奈摇头，也都一饮而尽。

鹿辞好生无奈，看了眼子笙，子笙面色铁青，放下酒杯，头也不回，径直而去。鹿辞略显尴尬，追了出去。龙默瞟了眼两人的背影，憨笑一声，走到众人身边，开始一一敬酒。众人也纷纷站起身来，互相敬酒。龙默自知先要安抚青戎一族，来到格图的身边，边敬酒边言道："来，格图将军，我们饮个痛快！"

"来！"格图也不再多言，喝起酒来。两人撞杯的一刹那，龙默的手指尖碰到了格图的手，一刹那间，龙默触电般一抖，脑海中映出了格图的上古濒死画面——

姜皇后死后，殷洪与其哥哥殷郊与纣王对峙……后兄弟俩被忠臣放出朝歌城……殷洪路过太华山时被赤精子所救收为门徒……与申公豹巧言对峙……刺杀姜子牙未遂……殷洪死于太极图中，化身飞灰……

龙默大惊，半天才回过神来，面露难色，汗如雨下，低声默念："殷洪？"

格图拍了拍龙默的肩膀："龙大人，龙大人！"龙默回过神来，举杯一饮而尽，随后显得有些兴奋，试探道："格图将军可有兄长父母随同而来我天洛？"

格图一饮而尽，然后摇了摇头，言道："我兄长便是格索，格索王，我们青戎的大王，万族一统的大王，而家父早逝，甚是想念。龙大人为何问起这个事？"

"哦，我一直惦念，这天下院的事情繁忙，四国军界的事情也不少，各位英雄都是久居他乡，若可以，我定当尽力，接家人前来相聚，也少了思念之苦，让你们能安心政事。"

"大人有心了，我哥哥乃万王之王，怎么可能来得了，我抽时间回去便是。"

"那是，北境之王，非格索莫属，我也是该去拜见拜见。"

"大人这才是共治的态度，不是我等藐视天洛，实在是前朝之人不懂事啊，你说是不是？"

龙默点了点头，若有所思，恢复笑容，又言道："那是，大人慢饮，我再去敬酒，今晚不醉不归！"格图大笑间，频频点头。梅央看着龙默和格图的动作，略有所思。其余众人一直在互相敬酒，三三两两交谈甚欢。

龙默装作有些醉意，碰触了一下何谦的胳膊以图复验，自己摸着龙眼，但是并未发作。郎虎赶紧上前扶着微醺的龙默回了座位。郎虎低声耳语："大人是否又发现了什么？"

"那格图便是上古陛下的嫡次子殷洪！"龙默耳语道。

郎虎大惊："难道上古陛下在青戎？"

龙默思忖片刻道："茫茫人海啊，可算有了些眉目。格图之父虽死，但也许上古魂意落新世羁绊不成伦理，我还需去青戎密查一番！"龙默和郎虎此时欣喜若狂，这世间茫茫，终于算是有了一丝希望，最起码，也知道了如今上古王室的所在。只是龙默依然怀疑自己龙眼的功效，似是既有调息之期，又有显现条件，那该是所见上古之人在牧野之战前死去才能见这濒死画面不假了，只是是否还有其他的苛刻条件和意外功效，不得而知。

沮洛在央鄩宫后院侧堂内，举着一本书，来回踱步。王子们琅琅读书声从侧堂传出。龙默、修辙、郎虎三人快步进入央鄩宫。沮洛愣了一下，龙默赶紧冲着几位天洛的小王子鞠躬行礼。

"郎虎，帮我送王子们回宫。"龙默赶紧吩咐道。

"是！"郎虎言毕，沮洛赶忙阻拦："等等，课还没上完，龙大人何意？"

"你怎么还让王子们读出声了？怕四国之人不知道他们在此深学国礼？"龙默责怪道。

郎虎招呼着王子们离去。龙默示意修辙和沮洛两人坐下，快言道："锦葵公主们在后院可好？"

"央鄩宫后院可暗通东西南北，好得很，放心吧，这里有我呢！"沮洛直言。

"好，有劳大人！今日有要事相商，沮大人和修将军也看到了，如今后宫稍稳，但是四国与我们的矛盾却几次三番，不得稳固，这样下去，若我们不能治其根基，顽疾必会上身啊。"龙默铺垫道。

"龙大人莫要称呼我为将军，我现在只是天下院巡防军卫而已，你高看我了，这等事，我又能有何见地。"修辙虽被龙默恢复了官职，但是心中难免还有隔阂，言语之间多有讽刺。

"修辙将军的名声、名誉、地位，我必会尽快恢复，如今四国苦苦相逼，望将军以大局为重。"龙默安慰道。

"龙大人是否已经有了计划，只是来询问我等是否同意？"沮洛直言问道。

"什么都瞒不过你，我决定出去寻访各国君王，以图让他们理解我们共治、军督、变法、改制、登位、禅让等等恢复天洛的举措，我担心子笙他们几国的大臣将军不能如实上报天洛当下的状况，让四国君王与我等产生隔膜。"龙默为自己寻访纣王找了一个借口。

"你想先去哪里？"沮洛问道。

"最远的青戎开始，他们北境草原群居，国家意识淡薄，最该也是最急迫让其理解我们共治内因的就是该国。"龙默希望顺着殷洪的身份查觅一番。

"青戎既不是四国之盟的盟首，也不是像南依这样的军力大国，为何你选择首先拜访格索王呢？"沮洛心中持疑。龙默解释道："沮大人不需怀疑，我下贱不到共治乱局下逃跑的地步，只是想由远而近，访遍四国而已。另外，我此去第一站便是青戎，必然引得燕川和南依怀疑，到时就是这两个大国勾心之时。你之前不是说调虎离山，吾便为虎吗？我一走，燕川和南依，借言语之力，必然有一个要冒头。"

"也未必如此，我本意你是去燕川，与子秋王谈五国之盟的可能，那才是长久制衡的基础。如你之意的话，压力都在你的身上，看你如何说起此事了，可不是想走就走的。"沮洛直言。

"我会在天下院的朝会上说明此事，但是我怕此去，会引得四国……"龙默担忧道。

"那不会，四国不会贸然抢权，就怕后宫和洛和会再生事端，让四国得了借口，那就不一定了。"沮洛和龙默担心的点有所不同，龙默担心四国借口完全掌权天下院，而沮洛担心后宫和洛和会施与天下院借口后，四国再次动武。

其实远见来看，龙默的担心发生概率较小，因为除了燕川，其余三国不会在此时冒头。枪打出头鸟，子笙和鹿辞虽也知道这一点，但是哪个强大的国度，不得有几分强硬和蛮横呢？青戎的何谦和格图没个准谱，立场并不坚决，扶季和梅央心里看得清楚，五国制衡，要想真的分洛占洛，燕川必须先倒。而沮洛的担心概率反而很大，四国若是寻个借口破了这平衡，那局面可不似如今这般有希望。

"所以我需要更多武力支持，再生事端就不是我口舌所能解决的了。"龙默把声音压得自己都快听不见了。

"天洛如今哪里还有武力，不过是些侍卫、残军、后宫锦衣。巡防军和一部分京守军被取缔之后，我们分发遣散费不说，如今要想召回来，不说这些军人还愿不愿意，就说四国也不会都答应。"修辙担忧道。他心里自知，天洛四疆残军其实多得很，只是连年战事惹得众人不愿再染世事，纷纷落草投邑而去，也算是换一种生活。

"那也坚决要想办法召回这些人，修辙，暗中整编所有这些旧人，我们需要真正的军队，而不只是巡防军和京守军。要知道，巡防军如今虽在你手，但是人数极少，京守军在净天府，但均是些捕吏和民吏，难堪大用！"龙默几乎是在央求。

"这被四国知道了，等于我们白送人家一个灭国的借口。"沮洛摇着头。

"即使被发现，我们也可以说是为了天洛民安和根除洛和会，我自然有后计。"龙默此计一出，那便是有了险中求胜的决绝之心。

"我无将军之实，怕是没这个能力。"修辙无奈道。

"但你有将军之心，不用迟疑，我走的这段时间，就靠二位勉力支持天下院和这制衡之局了。"龙默站起身，深深一个鞠躬。

"你好自为之吧，天洛死过一次，这些也就不算什么了。"沮洛说完转身离去。

龙默自知为了寻觅纣王，此时此刻，也只能兵行险招，让沮洛和修辙多多屯军以平衡如今的局面，不至于四国破了局。他心里很明白，沮洛和修辙两人并不信任自己，甚至有架空其位，回堂再戮的可能，但是龙默相信的是沮洛和修辙的品性，在如今大敌环伺的局面下，家国内部的仇恨，是能够放一放的。其实，修辙刚正不阿的性格，倒是令人安心。沮洛一介商流，可并非心术多正之人，他只是道德基准较高，但是若要算计起人来，也是无所不用其极的商人做派。只是世道这个东西，你不能尽要求好人做好事，否则他们无法保护自己。

穆安、唐知、婴柳、夕见、宗政公若五人跋山涉水，终于靠近了青戎的西境。众人步行穿过一片树林，突然被林外急促的吵闹声吓了一跳，五个人俯身前行，在丛林边望着林外的村庄。村子里鸡飞狗跳，混乱不堪，一些身着浅黄色铠甲的青戎骑兵在村子里抢夺着村民的财物，不少村民哭天抢地，场面令人愤慨。

穆安等人藏在树林里，眼里充满怒火。唐知愤然道："这帮戎寇，明抢我燕川的村民。"唐知刚想往外冲，穆安一把把唐知拉了回来："别冲动，我们几个不是青戎骑兵的对手。"

"奇怪了，燕川和青戎成盟后没发生过这类事情，最近是怎么了？"婴柳疑惑道。

"四国盟室本就是窗户纸，一捅就破。"夕见嘲讽道。

"此事确实蹊跷，青戎不会傻到在盟约的约束下骚扰邻国边境的，而且还是燕川这样的盟首！"公若直言。

此时，村口另一端，一众燕川的骑兵掩杀而来，与青戎的骑兵对峙片刻后，两波骑兵陷入了厮杀，几个燕川的骑兵被打下马来，燕川军渐渐变得被动。

"有燕川的骑兵来了，但刚才那些应该不是青戎人，青戎善游牧，骑术高超，单兵能力很强，骑兵的阵法大多开阔而奔放，而这几个人总是扎堆或并排而行，如果我没猜错的话，这是天洛的残军！"穆安看得真切。

"什么？天洛的残军？"夕见抑制不住兴奋，一个探身就要冲出去，穆安赶紧把她拉了回来："你疯了？"夕见焦急道："我可以用公主的身份说服他们归顺！"

"我刚才都是猜测，还难确定，你去太危险！我曾是燕川步军，知道燕川军内的暗语，我和宗政公若去抢战马，然后我带燕川人反杀。唐知、夕见、婴柳留在林子里，猛摇树干，造成伏军的假象，青戎人必逃！"穆安吩咐道。

"好主意！走！"宗政公若挺身而出，穆安紧随，两人奔着村子而去。唐知和婴柳抽出刀，斩了些藤蔓，用以连接多个树枝。夕见不解穆安繁杂的布置，明明自己出面就可以解决的问题，非要如此麻烦，边想着，手里也开始帮忙。

穆安和宗政公若冲向几个青戎的骑兵。骑兵先是一愣，然后举起长刀冲向二人。宗政公若搭弓便射，嗖的一声，箭已是飞出数米，穆安似要追上箭矢般地疾步行进，青戎军有些措手不及。

一个青戎骑兵应声落地，穆安一跃上马，抽出龙牙，开始挥舞，瞬间砍翻另一个近身的骑兵，然后用龙牙剑剑背猛敲马臀，那匹马奔着公若而去。公若顺势跃身上马，继续弯弓搭箭，掩护穆安。

穆安双指弯曲，吹着口哨，三短一长，吹了几次。燕川的骑兵听得明白，这口哨乃援军之意，众人互相点了点头，然后又冲杀起来。燕川骑兵当先道："燕川步军的口哨，自己人！反杀青戎！"

几个本来要撤退的燕川骑兵杀了回来，青戎骑兵瞬间乱了阵脚。穆安不停地挥舞龙牙，一个个青戎骑兵坠下马来。宗政公若的箭矢满天乱飞，却几乎百发百中。燕川的骑兵慢慢包围青戎骑兵。远处树林里树木开始摇摆躁动，许多尘埃飞起，不停有鸟虫四散飞开。

穆安佯装高喊："统领，我们的援军到了！"宗政公若微微一笑，也佯装大喊："好，继续掩杀！"青戎军见二人勇猛，又有伏兵，燕川军还杀了回来，一时忙乱，一个为首的骑兵赶紧喊道："有伏兵！撤退！"

青戎骑兵开始四散撤退。穆安赶紧又吹起口哨，两短两长。燕川骑兵停止了追赶，向着穆安和公若围拢过来。穆安心里盘算着这村子该也是燕东的地界，这些燕川骑兵，估计也是来拿自己的，最好不要近身言语，一个闪念过后，大喊："公若，追青戎！"穆安言罢，驱马奔着青戎军撤退的方向急奔。公若也知穆安不敢跟燕川人言语，瞬间领悟了穆安的意思，驱马紧跟不说，还顺手抽出一支哨箭，仰天便射，提醒婴柳、唐知和夕见三人跟着哨箭的方向而投。

婴柳、唐知和夕见三人见穆安和公若急去，便也在林间穿梭起来。三人穿林而过，倒是捷径，追上穆安并不费力。

燕川军本要上前寒暄一番，见穆安奔走而去，突然心里起了疑，但见穆安背着龙牙甚是耀眼，才反应过来，这该是在燕东通缉的那个人。一众燕川军不由分说，驱马就追："那是穆安！追！"

两拨人开始驱马搏速，在村口绕着树林东去。公若稍稍落在穆安马后，一手牵着缰绳，一手提箭横弓，弯弓搭箭之后，口衔弓弦，手握弓身，直臂向后，一箭射去，直戳燕川军为首统领的脖颈，那统领瞬间坠马而死。这一箭，当真是吓得燕川军不轻，不一会儿，燕川骑兵放慢了脚步，也不敢再追。

穆安心里佩服这公若的射术，要不是世间暗流，倒是真愿意结拜这么一位兄弟。二人驱马快到丛林东侧的时候，公若又是一支哨箭问天。婴柳、唐知和夕见气喘吁吁地出现，众人算是又会合在一起。这一阵折腾，众人都累得够呛，心里也都在琢磨刚才的一幕，若真如穆安所说，劫掠的骑兵并非青戎人，那么天洛确实嫌疑最大，他们必然有了挑拨之心。当然，这也从旁印证了夕见的想法，残军必然就在边陲，而且不在少数。

战事刚息，曾经各大战场风卷残云的浩浩大军，哪里会被战后萧条的五国社会消化得干净，他们有的丢了编制或成了败军，就只能先想办法自己讨生活了，这像极了大漠里的风沙，龙卷风起，他们便是所向披靡的怪物，而平静之日，他们不过是人们脚下所踩的粒粒尘埃……

地球上，人类联盟和 AI 联盟的官员们依然在谈判。这是人类联盟和 AI 联盟的第 N 次会晤，却收效甚微，会场内气氛十分凝重。

"梦文，听说罗海莫名其妙地死了，节哀吧！"维克托幸灾乐祸。

"你也节哀！"安梦文在这种场合硬着头皮也得把罗海当一个卧底来说辞。

"我不会因为死去一个对立的人而节哀！"维克托大笑起来。

"希望他真的是，维克托！你们的双约附文我看了，海王星两极，火星岩石带，水星中轴和地球热带资源我们不同意出让，虽然我们没有了继续开采的能力，过多的太空垃圾和彗星尾尘让我们都看不清地域范围了。我想，你们也是。我的建议是，暂时搁置！"安梦文不同意任何形式的"割地赔款"。

惠子，早已出落成美女的人类要员，安梦文的得力助手，她递给维克托和吉尔菲尔一份文件，言道："我们刚刚提到的四个位置不仅难以继续开采能源，而且严重笼罩在陨石前进带的危机中，请你们慎重考虑！"

维克托瞟了一眼惠子："惠子！我们不是不知道危险，只是能力决定危险的潜在大小。亲爱的人类，我们从未担心星系的危机，我们最担心的东西就坐在我们对面！"

安梦文反唇相讥道："维克托，我们是东西，你该想想你们是什么，谁创造了你们。记得，能毁了你们的，最终也将是我们！"

"所以我们就是这种口气和谈吗？那战后岂不是和战中没有区别？"吉尔菲尔微怒。

"不管怎么样，我们赢了，这些附文我们必须首当其冲提出修改意见，请你们务必接受！"安梦文语气强硬。

维克托眼里闪着一束束的光，很有节奏，安梦文从一进门开始就在心算维克托眼里的"暗码"，那该是在给自己传递某种信息。"好！安大人，再次恭喜你们眼中的胜利，我们候着，看看你们的后续附文进展，希望我们达成一致的那一天不会遥远，和平也能延续。"维克托眼里的光这才熄灭。AI联盟的人相继离去，屋里就剩下惠子和安梦文。

惠子提醒道："秀夫跟你通话了吗？"

"惠子，秀夫现在很危险，我需要立即知道他的位置，他究竟在干什么！而不是只接一通完全不知来源的电话，还掺杂着寒暄，我们同是人类联盟的要员，难道有任务神秘到要向自己人保密？"安梦文有些着急。

"那是机密中的机密，陆秀夫要员的任务与我们是完全分离的，这是联合国和人盟一起定的规矩，我们是留守谈判，别无其他！"惠子理解安梦文的焦虑。

"罗海叛变了，好吗？我们的一切都在慢慢暴露！惠子，给你三天时间，请示上级，我需要知道秀夫的一切，这是为了保护他！"安梦文说罢，叹了口气，托着自己的脑袋思忖起来，在他的脑海里，盘算着两件事。第一，立即知道陆秀夫在做什么的同时，还需告诉他，AI联盟的间谍和特工的渗透超出了人们的想象，所以陆秀夫的任务很大可能都在AI的眼皮子底下。第二，罗海的名单中有陆秀夫的名字，说明AI联盟盯上了他，那么更可怕的事情就是，人类压根没有任何的胜利，一切都是AI在推演着什么。

安梦文等惠子走后，便把维克托传递的密码默念了出来："还差十二光年抵达！"安梦文心头似乎放下了什么一般如释重负，难得的笑容爬上了脸颊。

第四章 盟诅

陆秀夫从梦中惊醒，已过半个晌午，他并非慵懒之人，只是觉得最近的确太过劳累。夕见那个女人他很确定，并非只是梦中娇娘，而该是他现实认识的一员，她不该出现在推演世界里，那里每日刀山剑海，太过危险，陆秀夫每每有了进入推演世界去寻觅真相的冲动，又都会被自己肩头的责任压制住。

李勉把一份推演世界的推演角色数据报告递给陆秀夫，让他审阅，陆秀夫仔细打量着报告，似乎一切都正常，却正常得有点诡异。

"报告不是都周末递交吗？今日才周三就出了？"陆秀夫竟然把报告上的时间也看了。

"说来奇怪，确实周末超平台自动出具，可最近三周，都是周中就有报告！"李勉直言道。

"为何不让计算机专家们查下怎么回事？"

"有些专家被调离了这里，现在所剩的三位专家还在忙着整理超级计算机的推演程序编码，人手不够了！"李勉语气中也伴装着抱怨，他如何会不知，联合国和人盟都有 AI 卧底，现在调走大批专家，肯定有上层被侵蚀的原因。

陆秀夫的直觉在此时告诉他，事态好像有点失控了。要知道，他也是半个超级计算机专家，而且深知服务器与超级数据的保密性对推演世界的重要性，如今自动出具的报告这么频繁，有可能潜在的原因是，推演所用的超级计算机平台被 AI 反控了，想到这里，陆秀夫心中一紧，巨大的恐惧感和无助感涌上心头。"叫剩下的所有专家开会，快！"陆秀夫低吼道。

李勉赶紧跑去通知众人。经过又三个小时的会议，陆秀夫几乎失去了所有的感官回应，像一个戳在奈河桥上准备走过的枯骨。他心里明白，自己手里的推演世界背后的超级计算机平台被 AI 进攻了，他只能向天祈祷，自己还有挽救的可能。要知道，那是人类借助推演历史，索要科技和人文新结晶的唯一办法了，现在龙默制衡天下，穆安游走世间，天洛和南土都在急速地奔着更优越的家国制度过渡，那是相较商朝奴隶制的一种进步，而这只花了他们几周的时间。未来的社会和家国体系还会继续地进步和发展，超越现在人类的极限不在话下。陆秀夫要做的就是通过超级计算机的数据平台收集这些结晶，为人类联盟所用，那将是击败 AI 的利器，而现在看来，也许一切又都将是徒劳。

话说幼槐当时于光洛殿被修辙义释之后，晕在洛和会会众怀中被从宫内暗道抬出，经洛京城城北小道绕至京畿之郊，才有了喘息之机。众人把幼槐放在一棵大树下，趁着阴凉，捧上几碗水给幼槐擦拭面颊，幼槐这才慢慢醒了过来。沮云奉父亲沮洛之命，一直暗中跟踪洛和会之人，这便让沮云撞见了刚刚来到郊外的幼槐一众人，他也躲在一棵树后，看着众人的动作。

要说龙默在朝堂上摆出一副怜惜义士的姿态，那纯属装蒜，他心里若没有杀洛和会会众之心，谁都不信。原因很简单，洛和会这类与江湖有千丝万缕联系的大帮，必是其光复天洛的一大阻碍，若不是紧紧地握在手里，那必是杀尽才算心安。而修辙与青灯带头围堵洛和会会众，龙默自然不放心，派人来继续追杀幼槐那是必然的。

黄婵脸遮面具，一身黑衣，反手握着把短剑，对于她来说似乎单挑这些刚刚跑出来的会众绰绰有余了。沮云看在眼里，自知洛和会乃义会，尽是替天行道的志士，不禁担忧起众人的安危，却犹豫间不知所措。黄婵早已杀至洛和会会众面前，不由分说，举剑便刺，会众早已在光洛殿后宫耍得精疲力竭，哪还有力气跟黄婵这种冷血杀手拼杀，不出几个回合，会众死的死，伤的伤。黄婵也不理会，径直走向幼槐，似乎杀了他就算是任务完成。

沮云此时不出更待何时，他于树后捡起一根木棍，大喝一声，奔着黄婵袭来。黄婵但觉背后冷风一阵，回首便是一剑刺去。要说沮云当真应了他爹的话，干啥啥不成，唯有习武还有点样子。沮云看准来剑，手里的木棍在手心中竖旋起来，好似一面圆盾，剑尖直直插入棍身之内，沮云也不停步，抬脚就向黄婵持剑手踢去。幼槐也必定是练家子，凉风一吹，头晕也便散去一半，他自知此杀手准是朝堂奔着自己来的，于是也下了杀心。他咬紧牙关，洛刀出鞘，奔着黄婵一个闪步而去，黄婵这是左右被夹击，自知落了下风，一个后空翻，手中毒烟粉早就撒在半空。幼槐和沮云这才停步，黄婵扬长而去，两人也不再追击。

幼槐洛刀拄地，勉强撑住身体，行礼道："多谢英雄搭救！"沮云还礼道："不必客气，在下沮云，曾任洛京戍卫，敢问兄台姓名！"

幼槐愣了一下，仔细打量着沮云的面庞，言道："沮云？可是当年翰博院旗下文录教所学生？"幼槐面露喜色，这明显是看见老同学了。沮云这才看清幼槐的脸，大喜道："幼槐？是你？"

两人难掩兴奋，拥抱过后，沮云搀扶着幼槐，幼槐抓着沮云的胳膊，言道："我早就入了洛和会，现任会祭，也便是杀手，今日本想乔装入这光洛殿刺杀一番，但未想修辙将军杀出，阻了我的去路，现在不知怎么，便到了这里。"

"你先省些力气，我们先离开这里，有话回去说！"沮云机警地四下里张望，赶紧一个钻身，把幼槐背了起来："可有定所？"

"城南有我们的分舵，机警些，速去！"幼槐低语道。沮云一溜小跑，奔着城南而去。

至此这老同学之间又是过命的交情，幼槐和沮云便又更加熟络起来。当年乔公领头翰博院修书，自是知道编纂国文礼学之事非一日之功，文教文化需世世代代予以传承和教授，便又在翰博院和文录院旗下立了八大教所，这沮云和幼槐便是第一批入教所修学之人。按说这类人才入教所修学，该是都有宫内背景的，幼槐却是个另类，也不知为何乔公却很赏识。但沮云就不是个省油的灯了，也不能说游手好闲，但终究是在学术上难有作为，却是这一身棍棒功夫，有点当年元攘的影子，轻盈而灵动，非常人天赋所能及。久而久之，幼槐倒是觉得沮云比自己更合适当个会祭。可沮云本就是个孩子王般的有着"党群之性"的年轻人，他不愿只是屈居会祭，慢慢地，凭着自己的超高情商和溜须拍马的江湖本事，这分舵副会的职位也就自然落到了他的头上。

话说这洛和会的分舵等聚集地一直在频繁地换地方，怕的就是天下院和龙默的围剿，如今更是来到了城南的巷内。

城南繁花钱庄，洛和会的地下聚集地内灯光昏暗，星星点点的蜡烛繁星般点缀房间，墙上尽是些口号和标语。洛和会的一些头目聚集在一起，交头接耳，嘀嘀咕咕。沮云在房间内不停地踱步，然后站定，面向众人："在座的诸位志士、好汉、兄长、贤弟，你们不再念家父引荐先前几位首领前去光洛殿，惨死天下院刀下的罪，也不念我身出天洛腐朽朝堂政体的本，更不念我文不实武不精的过，愿意推举我为如今洛和会城南分舵的副会，我感激不尽！"沮云这场面话尽是跟自己亲爹学来的。沮云拱手行礼，继续道："我何德何能领这几百洛和英雄掀翻那龙默的乱政，再复我前朝之威，我沮云只有一颗良心，天地可鉴，日月为证，今后的路，你我同行，相互扶协，望众兄弟摒弃猜忌，忘却贵贱，一心同会，向死而生，让我们洛和会的旗帜早一天插在那光洛殿之上，让洛族人重掌天洛！"沮洛说得慷慨激昂。

众人齐声叫好，幼槐更是叫得响亮，附和道："沮云兄，以后任凭你一句话，我等洛和人，执鞭坠镫，赴汤蹈火，在所不辞。"

沮云微笑地点了点头，言道："多谢幼槐兄弟相挺，作为会祭翘楚，还需你多加帮助！”

"那是自然！"

"近日我听家父说起，那龙默要去青戎国出访，他手下的猛将郎虎必然跟随，天下院就只剩下四国那几个书生和莽夫了，我们的机会就在于此！"沮云这是新官上任三把火，第一把火就想烧进光洛殿去。

一个洛和会首领直言道："会主，那子笙、格图、太稹、宗政公贺四位将军可不是吃素的啊，再说了，四国驻军就在咱洛京城城郊的军界内，我们兄弟可都不是正规编排的军人，这打起来，我们胜算不高啊。"

众人附和道："是啊，不是我说丧气话，云兄，咱们要是没点内应，那后果可比上次几位首领入殿还要惨啊。"

"那修辙将军虽说是咱天洛之将，但是如今不知立场啊，若是他也和咱们对着干，面对这么多天下名将，我看咱还是踏实回家种地吧。"

沮云皱了皱眉头："那修辙向来王族至上，后宫为大，我想若我等趁机攻殿，他会知道我们的用意，必不会太过为难。另外我天洛的军人本就死伤殆尽了，哪里还有人镇压我们？我们的目的不在四周驻军，而是这洛京城内的四国之人，捉了他们，占了大殿，不愁天洛不复立！"

幼槐又言："云兄，此役来镇压的必是四国之人，他们借我们反攻之机为借口，必会攻取大殿，尽杀我等兄弟，所以我想，硬攻是为下策，智取才是上策。"

"哦？幼槐兄有何良策，说来听听。"

众人凑到了一起。幼槐压低了声音："天洛之旧法从无镇压谏诤一说，从四国占据我天洛开始，民间的怨言从未间断，无非是抗议四国，抵制共治，誓杀龙默，揪出反臣，我等若是借着游行显谏人群起义，那必是掩人耳目的上上之计。所谓法不责众，游谏之人那么多，怕是四国没这个胆量行屠杀于京畿，他们本就有不动民草的善政之举，这便是他们的软肋。所以，游行显谏加之暗中起义，直取大殿，我们志在必得！"

"你的意思是，我们洛和会的人纠集一些民众，发动游行显谏，然后我们的人混入其中，路过大殿的时候，伺机杀进去？"沮云分析道。

"正是如此，但是兄弟们必须在前期各行其是，暗中运筹帷幄，造出民间舆论，那言辞之力可不下于刀枪棍斧，若是我们的游行声势造起来，引得天洛旧臣、后宫、子民、残军，甚至是山匪、盗众都来响应，那必是乱中之乱，乱中制乱，我们的胜算将大大增加。"幼槐侃侃而谈，像极了某个人。众人频频点头。沮云面露笑意道："此计甚妙，既然那龙默乱得起来政，我们也就乱得起来民。"

一个洛和会副首领慷慨激昂："会主，我等快马加鞭，东奔西走，言语之间，影响城民、山匪、盗众、商贾这都不是难事，这后宫和天洛残军如何接触啊？"

"要我说，不行的话，我们假意招安，再进得那天洛宫殿一次，十步之内，我不信宰不了那帮天下院鸟人！"沮云血气方刚。

"兄弟们刚说完咱都不是正规编排的军人，天下院招安我们何用？"幼槐摇头道。沮云用欣赏的眼光看着幼槐，拍着自己的头言道："对，那就依幼槐之计，我们来详细分下工，兄弟们看舆图。"沮云摊开了一张天洛都城的舆图。众人又一次围拢过来，低声耳语……

沮云这般云议四国，敢于行起义大计，还得从几日前的连番事件说起。似是这民间、后宫和修辙的巡防军都蠢蠢欲动，但四国也许等的就是天洛民反官谏，军民起义，后宫勾心，惹天下院群理政事，让四国有个借口把天洛彻底踢出共治。而龙默苦苦寻来的制衡显然像是风中垂叶，若是落地，那不用待岁禅让，已经满盘皆输。

几日前……

沮洛于央鏻宫内举着书，来回踱步，不停地朗声念道："天水之南，洛水之北。"满王子、谭王子、晗王子三位坐在一旁，跟着沮洛念："天水之南，洛水之北。"

"无影迢迢，醉酒成飞。"

"满心渡伤，孤景残疆。"

"萱堂之泪，抹尽四方。"

……

这沮洛一心教导小王子们，却谁知自己儿子要谋划起义之事。要说这一家人，压根儿不是一个秉性，做事也没个沟通。沮洛要是之后知道沮云的行为，还不急得晕厥过去。但是事儿分两端看，沮衍和沮云这哥俩其实都已经显现出了一定的政治才能，沮衍温文尔雅，气度不凡，做事稳重，不失睿智。而沮云虽热衷于兄弟情义，江湖热血，但是其情商之高，甚至不是其父所能达到的，这哥俩一静一动，便是天赋上都有了定国安邦的基础。只是在沮洛心里，从来没想过自己孩子的这些特性，其实比央鏻宫里这些"小儿"要值得培养。

满王子一脸萌相，瞪大了眼睛，突然插话道："沮大人，近日多读此诗，我等不明是何意，您可否讲解一下。"

沮洛叹了口气道："诗意说出来就成了白水，索然无味，自己品味，个中道理，自然显现。"

"难道沮大人就是如此授课？学生的问题不作答吗？"满王说话直截了当。

"我已经回答完了，王子殿下。"

"可我依然不懂。"

"这首诗就是形容当下天洛之景，你可明白？"

"当下？这与前朝有何不同？"

"王姓不同。"

"那有何妨？为何大人们如此惆怅？"

"因为当下之政不如前朝啊，怀旧而已。"

"就因为王姓不同吗？"

"王族也便不同。"

"我看不出有何不如前朝，反正我们现在没有战事，不是吗？"满王一语道破天机，似乎这天变了，天洛所有人怨声载道，但是和平却也难得地来了，孩子哪里懂得朝堂上的波谲云诡和五国之间的"爱恨情仇"，他只知道，如今没有战火，也便看不见每日癫狂般跑进跑出的烽火信使。

沮洛看着眼神清澈的满王子，良久后才无奈道："若战事有无即是衡量一个王朝高低的评定，那乱世之内岂不是无家无国，而和平年代，满世封邦喽。"

满王子不解道："此话不对，大人，和平之世，全世便是一个家国，同族共荣。而乱世之内，家国便是一个全世，尽是纷扰。"

沮洛大惊，凝视满王子，眼睛瞪得圆圆的："满王子小小年纪，竟有如此见解，难能可贵啊。"

满王子一脸得意道："这不是我的见解，而是我之前老师所说。"沮洛多了些许警惕，也当即觉得可以趁此之机，探一探这后宫党群派系之间的底细，又言道："你之前的老师是谁？可是后宫之人？"

"不，他们是鲁府鲁英和鲁正大人，你可曾听说？"

"两位鲁大人是你的老师？"

"正是。"

"那谭、晗两位王子呢？你们之前的老师是谁？"

谭王子直言："我的老师是韩府韩腾义大人。"

晗王子直言："我的老师是童府童远生大人。"沮洛低声自言自语，面露焦虑，似是确定了心头的推测："果然，鲁、韩、童三大家族，这帮党群小人！"

满王子又问道："沮大人认识他们？"

"哦，都是同朝为官，同城为商，老交情了，好了，今日便到此，记得，除了自己的娘亲，不得说起自己在央粼宫修学之事，也不要再提及自己老师的事情，切记。"

几位王子点了点头，起身离去。沮洛思忖良久，想不明白这样两个问题，第一，鲁韩童三家商满洛水，又掺和后宫党群，无非是想把持商政，但是如今四国立天下院这么久了，怎么也没什么动静，难道是与四国商往太深，都在地下，不便明露？

还是担心被抓了把柄不利于四国共治，又或许被四国狠狠按着，如今很难抬头？第二，沮氏也是大家大族，却无半分后宫之势，如今也不知是福是祸，自己现在犹豫着是否也该有点后宫势力，为己所用，但是这又是小人之举，祸国之行，怎能在自己家族出现呢？但若不为，自己也便少了与另外三大家族抗衡的资本，也就很可能丧失一部分对于四国的牵制。其实，沮洛也有想过，自己与其他三大家族的关系，也像极了天洛与四国的关系，这种制衡的关系破不破就在自己每一步的行棋技巧上，赢一步，步步为营，输一步，满盘皆输！往后几日，沮洛又开始顺着之前借给龙默的钱两，在各大票号和钱庄翻查上下，要的就是更多的党群线索和制敌筹码。

洛京城东郊崇衡军界附近的宅邸中，伯谕跪在一个垫子上，面对先祖的雕像，不停地叩首和祈拜，这离开了父王，到了中原京畿，似乎还学会了之前不屑的事情。一个崇衡的侍卫走近伯谕，低声耳语片刻，伯谕方才站起身来，自言自语道："南依国公主？"又片刻思索后："快请进来。"

伯谕面色有些平淡和不屑，抖了抖衣袖，上前几步，擦拭了下先祖的雕像。这四国王室典选前到达的盟室王子，都自行安排在了各家军界附近取宅居住，但是这样做就直接暴露在了星渚会和洛和会的眼皮子底下。

宗政蕊长发微卷，一身公主装扮，站在伯谕的门口，先是探了探身环视四周，但见伯谕背对着自己，便彬彬有礼地轻语道："伯谕王子，近来可好？"

伯谕回过头去，目光完全被宗政蕊的美貌吸引，他凝视宗政蕊的双眼，进而又上下打量，虽是有些失礼，但能见到如此的美人，哪个"王室顽徒"不得多看几眼。

要说天洛五大公主和亲失败，其实四国都念叨着不明所以，王子们白来的媳妇突然消失，任谁都会有些恼怒。但是伯谕不以为然，他本就不认识锦葵公主，不来也好，自己多了几分自在。如今看见蕊公主，自知自己不求和亲是对的，天下花蕊这么多，随闻随采多好。

宗政蕊有些娇羞，提醒了一下在直愣愣看着自己的伯谕王子："伯谕王子！"宗政蕊言毕走进屋子，调皮地看着伯谕。伯谕这才缓过神来，但觉失礼了，面上很是尴尬，赶紧鞠躬行礼道："哦，公主请坐，在下伯谕，崇衡王子，失礼了，失礼了，四国王亲拜会，该是出门迎接才是。"

宗政蕊微笑道："没事的，四国立盟，我们便是盟友，我知道你，伯氏浪子。"宗政蕊坐在一片暖席上，伯谕坐在宗政蕊的对面，眼光就一直没离开蕊公主的脸。

"公主还知道我的江湖名号，我素闻南依国王子宗政星沫是一表人才，原来妹妹更是有倾国之美，不知公主的名号是？"

"我叫宗政蕊，花蕊的蕊，得父王之意，前来天洛惠通四国，与各王族交好，今日便是来拜见伯谕王子的。"

"不敢，不敢，南依乃南方大族，世间大国，我们当前往拜见才是，失礼失礼。"伯谕说罢，赶紧开始沏茶倒水，好生忙碌。

"不必说得如此客套，王子，我前来便是说说家常而已，我们四国成盟不少时日了，攻下天洛也算是大功一件。但是如今天洛天下院成立，四国同治，待洛王子继位，再行禅让，不知王子对此有何想法？"宗政蕊虽是一国之瑰，但是话语间，却很有政客风范。

伯谕略加思索，有些警惕宗政蕊的言语，轻声道："我崇衡国小人稀，能参与此共治，自认为是个不错的结果，我等王室必定尽心尽力，帮助燕川和南依两个大国治理好天洛。"

"怕是你我这般想，那燕川国却不是。"宗政蕊面色青厉，声音压得很低。伯谕千想万想没想到南依竟然派了个公主来跟自己谈燕川国的不是，这再怎么说，也该是扶季和太稹的事，但是伯谕王子乃四国王子中相对鹰派的一个，他倒是很愿意听听公主有何高见。

"此话怎讲？"

"我南依国有一种花，名叫'夜翻花'，秋日起，每夜开花结果，花瓣成淡紫色，但是到了清晨，最外一侧的花瓣便变为黑色，十分丑陋，内在的花蕊也便会向外不断地翻新，以挤掉难看的黑色花瓣，让其脱落，重新恢复整个花朵淡紫色的华贵，所以其实名曰'每夜开花'，不过只是夜夜翻新而已，'夜翻'也由此得名。"伯谕愣了一下，感叹蕊公主这言语逻辑实在跳跃，怎么又说到这花上了。宗政蕊说罢，递过来一个小小的精致木盒子。伯谕略有所思，慢慢打开盒子，一朵娇艳欲滴的淡紫色"夜翻花"躺在里面。

"此花真是美啊，公主为何突然送给我这么名贵的花朵。"

"夜夜闻旧歌，晨起而朝露。旧人现窗底，叫卖声依旧。王子，你可曾想过，四国之间，是不是如此的道理？"宗政蕊言语之间尽显拉拢和试探之意。伯谕看着花朵的花蕊和花瓣，然后抬起头，盯着宗政蕊的眼睛："你的意思是，谁作这内在的花蕊谁就能开，谁作这外在的花瓣，谁就会败？"伯谕绞尽脑汁，参悟出蕊公主似是话中有话。

宗政蕊显露笑容，然后点点头："谁就会应声落地，衰败至极，被人挤落，被人忘记。"

"而朝露每日见，却难长久。夜歌非每日奏，却梦里常闻？"伯谕又道。

"窗外都是旧人才让居者安心，你我之国，都起于洛水，洛族人横贯崇南，洛东和依北，一脉相承啊。"宗政蕊所言尽是柔情蜜意的同族之情。其实宗政蕊并非洛族人，他是正宗的南依王室人，也就是依族人，但是她所说的三个方位的确均是洛族人居多。南依本就是洛依两族人混合的国家，但是自古以来，两族人并没有什么大的恩怨，相互之间和平相处，且楚王尽是大智以权衡两族人的国策，所以国内一片盛景，不曾有纠葛。而崇衡则不一样，伯翁王虽也算明君，但是政治上基本是"一刀切"的原则，若是不妥之事，宁不做，也不伤和气，但是这样一来，难免惹得洛族人不高兴，切不准，就是伤及颜面之事。所以崇衡国内，崇族和洛族人还是有些矛盾的，加之崇衡西北处还有戎族人，那真是乱得可以。天下第一邪教东戎教的教众也大多活跃在此地。话归伯谕的心境，他此时联想公主的话，却是这番道理，崇洛依三国其实族人大同，文化差别也不大，虽伯谕是崇族人，但是也得洛族人相助，立国如此，对洛族人也无敌意，对公主的话多了几分认可。

伯谕思忖片刻，赶紧起身把四周的窗子关了个严实，低声道："公主此次来找我，难道是希望你南依和我崇衡……"伯谕举起自己的左右手，握在了一起，寓意崇衡和南依联手。

宗政蕊点了点头，面露绝色的媚笑。伯谕压低声音："那燕川可不是好对付的啊。"

宗政蕊附在伯谕的耳边，伯谕有些羞涩，宗政蕊低声耳语："下一个天洛而已。"伯谕瞬间满头大汗："我们这是，盟中成盟？"

"不然呢，你以为燕戎两大国会在乎你小邦之利？"

"如此勾斗，会不会……"

"斗，我们可能活。不斗，我们就是等死。子秋王的心性，你还看不透吗？子笙和鹿辞如今什么嘴脸？完全的盟首姿态，我当问，四国谁人真的服气？子秋只是把撼世野心藏在了盟室外衣下！"蕊公主冰眉倒树，眼光寒厉。

"难怪燕川不通知我们便首先应下与天洛的和亲之事。"伯谕回忆道。

"那只是第一步，你以为天下院只是龙默一厢情愿吗？四国逼宫当天，你何曾见燕川人难为龙默？"宗政蕊言语间把天下院当立的"大过"给了燕川。其实，说句公道话，四国那天都没难为龙默，也是龙默揪住众人心理才敢行此大计。

"难道是燕川一手促成的此事，这可是弥天大谎啊。"伯谕似乎懵懵懂懂。

"龙默不过是燕川控制天洛朝堂的傀偏，而洛小王登位，禅让王座，不过是燕川掌控天洛的一步步台阶。"蕊公主越说越邪乎。

"盟约里不是说四国王子典选，优者受禅吗？"伯谕又问道。

"你能在一盘看似公平的比武里赢过判官吗？"宗政蕊表情中充满一种鬼魅，眼神中甚至带着一些不易察觉的清淡蓝色与紫色，像极了天空蔚蓝渗紫的光景。伯谕陷入深思，面露惊恐的神情。宗政蕊又言："你又敢在一个点缀成寺院的地方焚香杀人吗？"

突然，窗前一个黑影闪过，宗政蕊机警地抬起头，四周环视，手里早就多了一把龙尾鞭。那是楚王送给爱女的贴身武器，鞭身紧细，平时能缠在腰间，但是抽出片刻，便会寒光四射，鞭柄不过两个掌心长度，正适合女子手握，鞭身看上去为十三节，但是节骨并无明显的接口，整体看上去十分精致。伯谕还未反应过来，宗政蕊早已翻窗而出，伯谕赶紧把夜翻花收了起来。

宗政蕊追出几步，这崇衡军界旁的宅落街巷却也不熟悉，但见黑影蹿上蹿下，似乎也迷了路。宗政蕊一个探步，龙尾鞭出手，黑衣人不恋战，转身便走，腰间的匕首却被鞭子扫了下来。黑衣人顾不上回头，一溜烟跑了。宗政蕊上前拾起匕首，端详起来，那是天洛才有的宽刃锯齿匕，其余国家少有使用，宗政蕊嘀咕道："天洛人？"叹气之间，但觉自己的话已然被听了去，但是这盟中盟之事对天洛人可并非坏事，宗政蕊也便心头一宽，少了几分担忧。

其实这东郊宅邸多商户和船屯，也便多了些跑货的伙计，人流纷杂。修辙之前让郎虎派的人手，也都乔装暗盯在附近。蕊公主所追之人来自洛和会，但是此时明显不只洛和会一家得了此重磅信息，星渚会和京守军自然也知道了。

天洛国洛京城王族光洛殿侧殿内气氛有些凝重，本该五国军将都会聚一堂的朝会变为了五国鬼谋的私下谈心。龙默如此小范围的座谈，无非是为了避一避子笙和格图的锋芒，同时，五国智谋之间谈话，龙默也可以详细地探一探四国根本的分洛诉求和动机。

"我准备动身前去四国寻访，以求重建五国的关系，再次告知诸位天下院同僚，以求在我走后的数日内，多多辛劳，担起共治的责任。"龙默尽力在言语中把自己的谎言装饰得冠冕堂皇，他的话也似沉湖巨石，一时能激起不少政客的潜在意识。

"不知龙默大人为何突然有此念头，四国的人都在此，寻访再方便不过了，为何突然想离开呢？"何谦有些不解。

"四国绕南土绵延千里，大人如此劳顿，可不利于天下院的发展。"扶季很是客套。

"这是我天洛的一大诚意，寻访四国，致歉四方，才是我们恢复共治，共建天洛，不再重燃战事最好的态度。"龙默语气诚恳。

"难得龙大人有如此的态度，这倒不是坏事，只不过如今这天下院内你走后，谁说了算呢？"何谦这就开始挑事儿。

"有事共议便是，官职有高低，言语无轻重，我们彼此不分上下，五国同心，才可渡过此难关。"龙默又道。

"龙大人，你我都是天下院同僚，言语之间，你也不必遮掩，此去青戎是何用心啊？"梅央早知龙默心里有鬼，那日他看龙默与格图喝得尽兴，自是明白龙默心里的算盘。只是梅央不知龙默是去寻纠王的，他盘算着龙默也许是去燕川的近邻尝试拉拢。在梅央的心里，天洛也是盟中盟的拉拢对象，只是要先明白龙默的诉求。

"哦？龙大人先去青戎吗？"何谦怎会不知，一直在装傻，格图早先已然言语，龙默有心拜访格索王。

"什么都躲不过梅大人的眼睛，不知梅大人是如何知道的。我此番确实是先去青戎，北境之国，最是遥远，先去数日，再折回燕川和崇衡便是。"龙默还在掩饰。

"荒唐，四国之内，我燕川乃盟首，你先去青戎，与我子秋王就是不敬。"鹿辞也并非情商不堪之人，只是他和子笙真的就是大国骨子里的自信，言语之间充满傲慢和底气，其实鹿辞已然在收敛了，要是子笙在，又得破口大骂。

何谦和梅央瞟了眼鹿辞，全然不屑一顾。"鹿大人所言盟首为真，但是不敬确实言过其实了！"扶季显得很正经，其实他心里明白，跟着大众走，啥事不用愁。

龙默浅笑道："鹿大人多虑了，此时青戎入冬，我若此时不去，晚些时日，平白添了雪陷，路途难行，增加了旅途时日，也怕耽搁天下院的要务，我先去青戎而后折去燕川，燕川的冬季并不影响道路，时日不耽搁，仅此而已。"

何谦帮腔道："既然龙大人如此说了，鹿大人何必小肚鸡肠呢？先去哪国不是拜访致歉呢？你盟首不是更该大度些。"

鹿辞哼了一声，语气渐重："何大人此言不善啊，若我燕川小肚鸡肠，能有今日你我坐在此地？我方才言语唐突了些，多有得罪，只是这致歉四方，该是诚意为先，我燕川领盟至今，第一个与天洛宣战，却是最后一个与天洛称和，泱泱南土，燕川最是受战事所累。前朝至今，十八万将士血洒边陲，而你们呢？"鹿辞越说越动容，他朗声续言道："南依偏安南境六载，若不是郗别将军占那方碑口，楚王觉得燕川南大门若破，必是唇亡齿寒，哪里会派公贺将军去救？崇衡东北一族，若不是元攘一部斜插寒岭河，制衡戎崇，太积会兵出西山？青戎六部大统，英典几乎灭了三部，另外三部才来围剿，这叫家国一念吗？子秋王就是担心大家再各自为战，这才誓立大盟，驱贼除寇，直至今日！你们说说？这致歉，首当何人？"鹿辞说罢，竟然眼眶有些湿润。

梅央赶紧摆了摆手，缓和气氛，毕竟都是盟约内的同僚，又道："两位大人为此争论不至于，鹿辞大人，我们都知道燕川立盟，首当大功，只是龙大人真的考虑的只是路途问题，不涉诚意先后。也罢，我们不多言了，龙大人请便就是，也不需与我等汇报，只求妥善安排离开后的事情，维护天下院的稳定，天洛的旧臣与内廷也需配合行事。"

龙默拍了拍鹿辞的肩膀，点头道："那是自然，为此我有周密的计划。修辙我提议恢复将军之职，但带领的依然是负责保护天下院安全的巡防军，至于都城内军界的治安，我会吩咐韩魂和童魄领净天府一同执行，内廷院既然已经恢复，自有沮鲁韩童四大家族管理，诸位不需担忧。"

鹿辞依旧不依不饶："我且说龙大人寻访之序的事，大家怎么便如此妥协了？龙大人你又借此恢复修辙的将军之位？这天下院由你一个人说了算吗？"

"鹿大人莫急，寻访之事，我们稍后折草以定便是！"扶季打了个圆场。

梅央反驳道："此事不妥，龙大人，修辙是一大忠臣良将，你恢复他地位，以安民心，我不反对，复官和领兵，你得择其一，两者皆占，我们可不安心！"

"区区几个巡防军，怎能与四国匹敌，我之所以还他将军之位，是燃起其护国的斗志，不至于整天浑浑噩噩，无所事事。我离去，他也能尽力保护各位，保护天下院，我们今日所定，当录入文书，昭告天下，也正如你所说，可安民心，何乐不为？"龙默直言。

何谦斜着眼睛看着龙默："如此说来，你和修将军都变为前朝的官职了，对吗？"

"正是如此，但是境遇不同，修将军保护的是天下院，四国的官权，我效力的也是如此，没有什么不当。野马横飞，人不能近，良驹侧卧，有棚遮阴，同是一类，时运各异，时过境迁，只论当下。"龙默自知如此专权必是会被反驳，只能硬着头皮往下说。

"好，今日之事就当如此，若鹿辞大人不愿龙大人先访青戎，我们菁草以投？"梅央不再多言，基本妥协了龙默的请求。

"还有修辙将军一职如何说？"鹿辞追问。

"均系于菁草如何？"扶季说罢，从桌旁花盆中捏下五株菁草，分发给每个人，续言道："第一定这龙大人出访之事，折半菁草便为燕川，整株菁草便为青戎，可否？"

"诸位大人请吧！"何谦言毕，只见众人藏菁草于袖袋，手里都有动作，但不知是掐断了草根还是摆摆样子。"大人们若是完成，便亮菁草吧！"何谦又言。

五人拿出菁草，除了鹿辞的折半，其余的均为整株，丝毫未伤。鹿辞大惊，愤然道："你们！这如何说法？何谦！梅央！扶季！这天下院如今有几人几盟？你们可还记得当初的盟誓！"鹿辞也不傻，如今的局面似是都在偏颇天洛，必然私下里有鬼。

梅央赶紧安慰道："鹿大人言重了，此事无甚大碍，切莫动气，切莫动气啊！"

"就是！鹿大人，走走！朝会完毕，我们去喝酒！不碍的！不碍的！"何谦也好言相劝。

"这样吧，凡事不可龙大人一言独得，修辙官复将军之事，稍后再议，他领巡防军，便是巡防军军首，好生保护天下院便是！"扶季倒真是一个会察言观色的年轻人。

"鹿大人宽慰了，修辙之事作罢，之后再议，我且去准备北上之行，其他的也会安排妥当，大人们放心。"龙默说罢鞠了一躬。

鹿辞甩袖而去，何谦含笑而随，梅央冲着龙默一笑，也随后离去，扶季鞠躬行礼道："龙大人一路小心，早去早回！"

"扶季大人年纪轻轻，却知书达理，刚才也懂言语制衡，难得的治国大才。"龙默边夸奖边扶了扶扶季的臂膀，以示赏识，但是龙眼依然没有任何反应。早前龙默也碰触了梅央，也无结果。

"龙大人过奖，小臣若是龙大人，修辙将军复官之事，不会拿来朝会上言辞，只需录文昭告，以平民心便是，燕川看到民心安然，也便安然，不会再反对！"扶季说罢转身离去。龙默看着扶季的背影，好生佩服年轻后生的头脑。

华灯初上，龙默和郎虎站在王族侧宫校场外，看着修辙一身战甲，手持长戟，独自一人，不停地挥舞，身边一圈稻草人，被修辙扎得千疮百孔。修辙疯狂地练习武艺，太平之世，依然不忘独善其身。郎虎刚要上前去叫修辙，被龙默拦住。"此般忠勇的将军，若是纣王陛下能得，上古之世，何败之有？"龙默感叹。

郎虎停住脚步，专心地看着修辙练武。龙默又叹了口气，这才慢慢走向修辙。修辙一个闪身探步，挺戟而出，才见龙默已在身边，龙默一个后撤步，向左一个回旋，闪过了修辙的戟身，左手一抬，抓住长戟的一刹那手腕一抖，长戟被搓得转了起来。修辙一个走神，长戟便因旋转脱了手，龙默随即抓紧长戟，抽出修辙的手，这一来二去，可见龙默偷袭的法子也不赖。修辙停住手脚，躬身行礼。"龙大人夺人东西的本事炉火纯青！"修辙讽刺道。

"修将军只是没看见我过来，身后之魂，不得不防啊，但无论如何，将军，好武艺！家国有你保之，无忧！"龙默略显大度，也折服于修辙的武艺。"大人何事，说吧！"修辙似乎不愿多费口舌。

"你不觉得，如今天洛在一个岔路上吗？若我们能放下心结，兴许天下会不一样。"

"还能有什么不一样，乱后归于平静？"修辙反问道。"乱后归于平静，但我希望那份平静，归于天洛人。至少我们现在看见了希望。"龙默直言。

"自己的国家，却满是他国铁骑，还能有什么希望？你看了今天童魄的录文了吗？大批四国的商人和流民进入天洛，为什么？他们的军人在此，那是占领，他们的子民在此呢？那是同化。"修辙歇斯底里。

"将军的疑虑我懂，我虽答应四国禅让，但那是以退为进的权宜之计，你明白，我明白，四国也明白，但是子民不懂。你觉得我们此时的敌人是四国？那是因为他们在明处，我们也在，而我们都忽略的是，子民在暗处，他们的作为，才决定天洛前路。"龙默分析道。

"枉你还是我天洛重臣，竟然把一切推给子民。"

"那不是推，而是必然，我们可以团结众臣、后宫、军队和部分商贾，但是子民纷杂，难以训诫，只能靠变法养民，用时间淡化仇恨。"龙默言语中是希望修辙考虑自己离开后民间的变化。

"那是下下策。"修辙并不认同。

"所以今日来找你，就是劝你，解开心结，忘却前朝，一心共治，保全和控制子民，我天洛才有前路。你不是整编了巡防军吗，那是你手里的利器！"

"你是担心你走了，天洛会乱吗？"修辙追问道。

"就看你了，我知道你对我的态度，你比任何人都想杀了我，报前朝之仇。今夜，我别无他求，你若杀我，我也不躲，只求你认了共治，用巡防军护天下院，也一样护民理民，但是非常时刻，也必须杀民！"龙默眼光毒辣，"我离开的几日，天洛定会有不平之事，四国如今制衡，谁也不敢轻举妄动，但是暗流从未停息，我倒是担心后宫和子民，若是有变，你绝不能手下留情，杀便是保！"龙默一直试探修辙还是否有这般勇气抵后宫之流，抗民间之意。

"几个月前龙大人领两千兵士就连下三阵，引军得胜，我当时就佩服龙大人的才能。如今来看，不过如此，就像乔公所言，除了口才，只会豪赌。"修辙嘲笑了一番。

"哦？修将军有不同看法？"

"当然，保得了子民和后宫，保得了天下院，但是我保不了你，保不了你能回来。"修辙低吼道。龙默盯着修辙的眼睛，面色严肃。修辙笑道："还想再赌一次吗？"

"赌什么？"龙默自知若是自己走，修辙有意架空或加害。

"你回不来！"

"我若回来呢？"

"我潜心辅佐，不再有二心！"

"好，我若回不来，必是一死，无伤大雅。我若回来就得你一员猛将，不亏！"龙默言语间依然在试图拉拢修辙。

"最后一事，可曾有夕见公主的消息，能否告知。"修辙不再理会别的事，只是心中惦记夕见。龙默佯装不知："我本也在惦记此事，如今不得燕川的消息，不见子笙和子秋的回应，必定途中有变，想必是流落了民间，我会立即派人去找，将军放心。"

"我说过，我不是将军了。龙大人此去，多加保重。"修辙说罢，转身而去。

郎虎走近道："大人，为何不告诉修辙，您已遵扶季之计，暗中恢复其身份之事。"

"说不说有何意义，他比我想象的聪慧得多。"

"那公主之事？"

"子秋来信了，说已派重兵去寻，我们只需佯装配合，我们自己也需尽快确定公主的行踪。"龙默还在回想修辙刚才的言语，自觉此时离开天下院确实危险，但是为了寻纣王，必须涉险。

入夜，修辙一身黑衣，碎步潜入王族后宫，直奔澄莹宫而去。不用说，修辙有了领兵为后宫而事之心，毕竟妃子本就为王室，修辙有心权衡天下，不迎龙默归期。绿衣则刚好经过澄莹宫侧宫，但见修辙匆匆而来，便赶紧躲了起来，暗中跟随。

琴妃必是事先得了信儿，这才等在门口，机警地四下里看着，然后招呼修辙进去了宫内。绿衣扒在窗边，贴耳偷听。

修辙躬身行礼，瞟了瞟琴妃宫内的摆设，似乎与前朝有异，尽是些自己平日难见的摆件、玩物、装饰与图绘。修辙自己心里嘀咕，若是加济王新死，琴妃该是伤心不已才是，如今还有心思推陈换新，一心雅致放在修葺生活环境上。而且琴妃平日文静稳重，不惹朝政，不言琐事，不结帮拉派，不传流言蜚语，是个知书达理的端淑女子，可今日却是一袭薄丝纱衣于宫内迎接修辙，修辙自是觉得有些不妥，似是琴妃性情大变，不再如前了。

其实琴妃是加济王生前最后迎娶的一位妃子，与德妃和暄妃等不同的是，加济王几乎默认了琴妃参与朝政的权力，可琴妃始终不越红线，只管好自家宅落，加济王因此对琴妃甚是喜爱。但是琴妃也确是在加济王死后性情大变，该是有个时间节点，却难探一二，似是魂意深处另有其人。"琴妃，在下修辙，您近来可好。"修辙对王室很是尊重。

"我还能如何，不得出宫，心里憋闷，将军近来可好？"琴妃拉着修辙坐下言语。修辙瞟了眼琴妃案头的一本书，书上有个八卦的图样，琴妃赶紧把书收了起来，然后故作镇定。修辙有些疑惑，但是并没有在意，又言道："只是管理那天下院，保护四国的走狗而已。"琴妃叹了口气："将军此来何事？"

"那龙默要去四国巡访，出走数日，我特来通报，若有计划，早日实施。"

"将军是指？"

"此乃天赐良机，我等后宫王族若能有所作为，就在此时。"

"那龙默会愚到留此机会给你我？即便是有，那四国怎会善罢甘休。"

"我们不必大动，只需拿了天下院所有的四国要人，逼迫四国退军不是难事。"

"我们后宫哪里还有帮手，宫执和侍卫也都充了你的巡防军，如何拿那天下院？"琴妃忧虑道。修辙思忖片刻："宫内党群繁盛，我们就和这些党群头目尽言禅让之事临近，咱们的小王子中也会先选出一人登位，那几人必是争破头要让自己的学生占得先机，必会尽派自己家族的人前来应付，到时候，我领兵收编，我们的人手自然充足，也算是后宫和这些大族为了除去天下院，恢复天洛王族尽一份力。"修辙之意便是让大家族出些人，琴妃怎会不知，虽鲁韩童三大家族知道如今天下院的政策，但是并不清晰其中利害，修辙想借着言辞，戏弄一番。

琴妃略有所思，点了点头，又道："对了，龙默先去何处？"

"青戎，然后折去燕川和崇衡，怎么了？"

"没事，我这就去各宫内走动走动，传出些风去。"

"那是最好，明日此时，我再来宫内，必是一番热闹，但是我会尽力控制，不扰了后宫。"

"将军费心。"

"在下告辞。"修辙行礼而去。绿衣吃惊万分，也迅速离开。琴妃见修辙去了，也便松了一口气，自是知道修辙一心王室，但是却难知此时助他是对是错，转念一想，如今自己的儿子和沮洛大人均无像样的势力保护，那么借修辙之计抽调走鲁韩童三家的家丁、侍卫、商工、奴役和打手也便是对自己的好处。思忖着，琴妃换了件衣服，走出宫去。

沮府内依然人头攒动，沮洛在屋里来回踱步，沮云在一旁研墨，举着一支毛笔，记录父亲的口述。沮洛侃侃而谈，把商农等变法新政和建议详细说了几遍，沮云记录得清晰无误。

"爹，这些变法有些您之前就曾提出，问题是，谁在乎过？"

"还是那句话，没人愿意听，你难道就不说话吗？"

"白费时日而已，爹，有这时间，还不如我们再散些钱财，支援朝廷。"

"糊涂，小儿之言，散钱财进现在的朝廷？你知道谁人收，谁人花吗？钱财身外之物，复国之道，哪有那么简单？去，让你哥哥尽快把这'变法新议'送去翰博院或央郏宫，让龙默的书童带给他，要快，一定要在龙默出访之前让他看到，也好尽快实施。"沮洛几乎是命令的口气。可见这翰博院和央郏宫也变成了龙默、沮洛和修辙等人的秘密联络点。

沮云愣了一下，又问道："龙默要去出访？"

"怎么，你还不知道？龙默要去出访四国，以诚致歉，虽然我不觉得他本意如此，必然会有变数。"沮云愣了愣神，沮洛又开口提醒沮云道："云儿，你在想什么？"

"哦，没什么，爹，出访致歉是好事啊，那个龙默有此心，也难得。"

"你这么想，更难得！去吧，尽快送去，莫再耽搁。"沮洛话音未落，沮云起身便跑了出去。

言归正路。

洛京城城南繁花钱庄，洛和会的地下聚集地内，洛和会众议起义之事已过了几个时辰，众人依然在舆图上勾勾画画，商量得好不热闹。

沮云指着舆图道："洛和会南分舵的人前去通知洛京城四周的山匪、盗贼、残兵和难民，能叫上多少人就叫上多少人，若是能暗藏武器那是最好。北分舵的前去劝说各家商贾、店家、农众和士官，叫他们有钱的出钱，有粮的出粮。西分舵的前去放些风给四国，就说洛和会又要游行显谏，他们对谏诤已经习以为常了，即便动兵，也只会是几个巡查而已。东分舵，乔装打扮，随着韩童两大家族的门客进去后宫，传出些风声，以求内应。我回去找我哥哥，让他尽可能拉拢修辙与我等一起起义便了。咱们后天日落便开始游行，听我号角声，再杀进宫去！此次行动，只可成功，不可失败，若是再不能复国，你我泉下相见，还是兄弟，来！"众人把手搭在一起，鼓舞士气，只听众人一声大喊："洛和！"

至此，洛和会的起义箭在弦上，修辙收三大家族之兵暗算天下院也在暗行。而龙默离去之后，天下院的勾心斗角只会更盛，南依想要的盟中盟残影已成，这三件事外加后宫党群之争似乎对天洛的命途有着叠加的效应。若是龙默，沮洛和修辙三人能把此间乱局算得清楚，那也不枉李勉怀疑这推演世界内，不只龙默一人有着超脱的智慧，而现实来说，除了不知这个世界的虚实外，很多的推演角色都有着超脱本能的睿智，就这一点来说，人类处了下风。

洛京城北郊天和门外，龙默坐在马车里擦着夜色前行，他面无表情，车不停地颠簸，龙默身体始终在摇晃。郎虎驱马并行，透过窗看着龙默，声音有些落寞："大人，始终不见一人来送我们。"

龙默依然面无表情，眼睛直勾勾地看着前方，叹了口气："可悲啊，我勉力维系的国家，竟是这样一帮不念救命之恩的人在掌权。"郎虎突然勒马停住，喊道："大人，有一个人来送您了。"

龙默无奈地笑了笑，显然他知道来的是谁，也只有可能是那个人，朗声道："让沮大人回吧，告诉他勿念，各自保重。"郎虎扭着头看着背后极远处的一个人影，言道："大人怎么知道是沮大人？"

"想不到来送我的竟是一个政见相左的前朝老臣，肯定是他，别人绝不会来。去吧，郎虎，你快马折回去，告诉他，小心洛和会和修辙手中的巡防军。"

"是！"郎虎拨转马头，飞奔而回。

沮洛本想真情送这龙默一程，却未能言语几句，只得了郎虎几句自己已然猜中的事端，也是烦闷，自顾自回到府内在桌前奋笔疾书起来。沮衍匆匆忙忙冲进屋内，口中不停地喊："父亲，父亲，大事不好了。"沮洛抬起头，放下笔，问道："怎么？慌慌张张的？"

"云弟他刚刚让我去宫内尝试策反修辙，并游说韩童两家，他说洛和会会有大的游行显谏，想让修辙和韩童两氏从宫内帮助造一造声势，甚至帮一帮忙，我想来，事情肯定没这么简单。"沮衍自是想到了沮云一向胆大包天，他说的事都得扩大几倍去想象。

沮洛皱起眉头，思忖道："云儿也是信你，便全盘托出了，想我几天前怎么问他都不说，但是他这头脑也是感天动地，他果然进了洛和会，此次必是有洛和会混入游行，这会没有人看出来他要领民起义吗？"

"父亲，那洛和会之人历来善于乔装打扮，四国之人未必看得出来，加之他们对于我天洛的游行之谏早已习以为常，没准能蒙混过关。但我认为关键在于，他已经无所谓别人看不看得出来了，天洛本就对游行没有管制的立法，他们游行，无可厚非，如果趁着游行抓他本无道理，这样一来，他们就有了起义的遮掩。成功，则功成名就，失败则一了百了，更激起民愤，置天下院于不义。"沮衍分析得头头是道。

"这只是表面，关键是，天洛子民不知天下院建立的内在目的和它现在的制衡作用，没了天下院，五国又会回到加济王朝最后的弥留之际，一切等于重来，制衡是否再现，便难说了。"沮洛渐露惊恐的神情。

"父亲，那我们怎么办？不管他们的话，我怕四国会以此为借口，大做文章，占据大殿，彻底亡我天洛啊。"

"去，叫我们的人做些围堵，能截住一些是一些，我立即去找修辙商议对策，你去找你弟弟，让他即刻回家等我。"

"好！"沮衍跑了出去。沮洛叹着气，闭上了眼，似乎眼前一片的黑暗都好过如今危机四伏的局面。

后宫内好生热闹，火把星星点点点缀夜空，宫女和一些主事忙前忙后，跑来跑去，这宫中的乱超乎想象。修辙骑着高头大马，带着一众巡防军冲入后宫。鲁正正领着一众鲁氏家族的人吵吵嚷嚷，指着韩腾义和童远生等众人破口大骂："你们两个也算是大家之人，如今却与我争得这般火热，满王子如今是长子，天洛正统，理应登位，再续天洛之辉煌，众人若有异议，那是大逆不道！"鲁正敢明目张胆，后宫朗言，自是觉得如今王室不在，满王该是顶梁，无甚异议。

韩腾义虽也年长，手执长剑，身形却也矫健，他盯着鲁正，眯缝着眼睛，不屑一顾道："鲁大人说笑了，如今这天洛，乱象丛生，你我都是为了朝廷办事，曾有幸当王子们的老师，但是龙默既然杀王族建立共治，那就是能者居之，我谭王子饱读诗书，熟络兵法，虽年龄尚幼，但是很显然，王位那是志在必得，不在话下。"

"放肆，韩腾义，你公然如此，废长立幼，这是祸乱朝纲，欺瞒后宫！"鲁正义愤填膺。韩腾义又哼笑一声："废长立幼？如今陛下都随先王们去了，谁来废，谁来立？你不用再拿宫里的一套陈年旧制来约束我们。"童远生憨态可掬，富态得很，他上前一步，笑脸相迎，言道："鲁大人，韩大人，我们既然都是天洛大家，如今在这后宫如此吵闹，实在不成体统。再者说来，自古王子夺嫡，那是暗斗，我们这般明争，实在可笑。我家晗王不求真的继位，只求平安，若能得两位的口头承诺，继位后封个外藩小王便是。"

这琴妃夜走后宫，传出去"天洛择储，登位再禅，急于求天，问幼而居"的执念，惹得后宫党群吵得不亦乐乎，似是静湖沉石，涟漪如涛。"童远生，你个孬种！看我等吵闹，你坐收渔利！"鲁正回口就骂。

修辙此时挺马而出，一声马吟撕破长夜，身边一众巡防军将鲁韩童三拨人瞬间围了起来。韩腾义、鲁正、童远生三人吓了一跳，面面相觑，不知所措。身边家丁、打手、奴役和侍卫们看是修辙和巡防军，也没敢再动弹。修辙勒住缰绳，朗声道："渔翁之利？可有我的好处？"

鲁正赶紧给修辙行了个礼，故作镇定："修将军啊，我等只是饭后闲谈，没什么奇怪。"韩腾义附和："将军怎么有心来这后宫逛逛？"这些大家大户都害怕修辙的铁面无私，心中难免忐忑，更何况修辙还带着巡防军。童远生也躬身行礼道："听小儿童魄说修辙恢复了将军之位，恭喜啊！"修辙愣了一下，哪知龙默早就暗中安排童魄录了文，反问道："童魄说的？我怎么不知？"

童远生笑脸相迎："哦，龙默大人托小儿拟定了文书，天下院都知道了，只是还没朝议，怎么？将军不知吗？"修辙略有所思，回忆着龙默之前说的话，但觉龙默似乎有心了，若自己恢复前朝之位，这复军立势就方便多了。

"若我已经是将军，今日的事情就更好办了。先王最是烦闷党群之扰，现在却让我撞上了，三位大人，哦，不，现在应该是三位大家，你们看，我该如何办呢？"修辙厉声道。

鲁正、韩腾义、童远生三人面色甚是难看。前朝晚期，修辙和英典就曾经查办过韩童两家的洛水黑船商，当时惹得加济王震怒不说，几乎把文录院和净天府都翻了一个天，彻查了所有旧录。鲁氏虽是王后一脉，但是战时为了国库充足，加济王也没少压榨鲁正，如今战后脱势，修辙更是有了彻查的底气。三大家族对修辙是既怕又恨，但是面上还得过得去，只能服软。

鲁韩童三人互相看着，刚才喊那么大声，现在狡辩也没用了，一时茫然。

修辙大笑道："诸位大家，不必担忧，我又不是来责问，只是来借些兵马人手。你们都是家丁数百，亲朋满城的大族，今日带来的这些人少说也该有百人吧，我区区将军，身后只跟随几十人也不是办法，既保护不了天下院，也保护不了后宫，更保护不了你们，你们说，我们是不是……"

"此事好说，此事好说。众人听令，今日起，你们跟随修将军操练，认真行军事，不得有误。"鲁正赶紧插话，卖个好。修辙假装客气："鲁大人太过客气了，那这些人也是要吃饭的，我怎么……"鲁正赶紧逢迎："有我呢，有我呢，您只需清点人数，登记入册，他们的一日三餐，都由我鲁家包了。"修辙跳下马来，拱手行礼，赞道："鲁大人真是一国栋梁，如此危难时刻，竟然如此力挺军事，在下感激不尽，日后定当奋勇而战，不辜负鲁大人的厚爱。"

修辙又扭过头看了看韩腾义和童远生。韩腾义赶紧吱声："将军，我也愿像鲁大人一般，捐赠家丁，用人和随从，当然，还有军粮，只求保家卫国，不分彼此。"童远生续言道："将军，我也愿意，在下天洛的十多家铁匠铺从明日起便会赶制兵器，供将军使用，为国出力，最是荣幸。"三家若此时不献人献粮，怕是离拆家不远了，修辙背后是龙默和将军府的支撑，三家也知这利害关系，更何况沮洛的大钱庄和票号笼罩在商网之上，三家如今是内忧外患，不得不从。

"看到各位大家如此的爱国之心，我心甚慰，在下行跪拜之礼，大恩不言谢！"修辙刚要跪下，被三人赶忙扶了起来，动作颤颤巍巍，显然还在后怕修辙震怒。

此时，沮洛正乘马而来，修辙瞟了眼沮洛，招手向三位告辞。鲁正、韩腾义、童远生拱手行礼，然后速速离去，不忘回头看一眼沮洛，已是心生不安。

"诸位听令，今日起，你们就是我天洛的军人，每日操练，不可懈怠，为了我天洛复兴，你们责无旁贷！"修辙大喊道，"好了，带去校场登记，分发军衣。"众人浩浩荡荡地退去。沮洛这才来到修辙的身旁，修辙跳上战马，两人并马而行。

"哪来这么多人？"沮洛问道。

"三大家族捐的，怎么，你不捐一点？"修辙笑道，自是知道沮洛乃良臣，家中之人可不似鲁韩童这般多。沮洛低声耳语："我哪里还有人捐给你，我是来告诉你，洛和会要有行动了，唉，家门不幸，我那次子沮云也混在其中！"

"龙默头脑还真不简单。"修辙回忆道。

"龙默知道此事？"

"他曾让我提防。"

"那洛和会借游行起义，本来还想策反你的，不知将军有何准备。"沮洛试探道。

"沮洛大人不觉得此时是个机会拿下天下院，胁迫四国离开？"修辙反问道。

沮洛皱起眉头，连忙摇手，低语道："万万不可啊，将军，四国怎会为了几个区区天下院之人退去？若是洛和会游行起义，那四国必是借此攻入大殿质问缘由，从而再灭天洛啊。再不济，也是会到龙默杀王族的那个节点，一切都不会改变，反倒是失去如今制衡的局面。"修辙面色凝重："我倒是没有想到这层关系。"修辙一听沮洛之言，多了几分忌惮，若四国把天洛踢出共治，那天洛就当真是灭亡了。

"四国如今是以'观望'或'共治'来采取成盟后的缓和之效，否则四国之间也必是一场兵戎相见。否则你觉得当时龙默提出共治怎么会没有受到四国太多的为难，因为鬣狗扑食，也尚且懂得留些残羹，不食过饱，以免纠葛，并给后日留下些余地。"沮洛尽力劝说修辙不可图谋天下院。

"难道我们要镇压洛和会？"修辙如今心下持疑，似乎倒向洛和会和天下院都有充足的理由。沮洛四下里看了看，声音更低："先行劝诫，再行镇压！"

"那你儿子？"

"若不能兼顾，我第一个手刃他。"

修辙心中依然有着复国之心，但是却得沮洛言语，也想到了会有失去制衡局面的危险，心里百感交集之时，也便慢慢放下了反戈天下院的心，但谁又能肯定一国之将，能有如此城府，吞下自己一片报国执念。

又几个时辰过去，看似平静的洛京城繁闹起来……

沮云手持火把，幼槐跟在其后，一众洛和会的头领、会祭、舵主、打手等均平民打扮，混在四面八方汇集而成的游行人群中，奔着天洛宫殿而去，众人手持标幅，口中不停地喊着口号，场面惊天动地，震慑八方。

零零散散的有一些四国军人在巡逻，他们略显被动，不敢贸然制止如此规模浩大的游行显谏，纷纷回军界和天下院禀告此事。不停地有子民加入游行的队伍，队伍规模开始越来越大，雪球效应随之而来。话说这天洛其实本没有立法是针对谏净，但就游行来说本是可以由净天府以扰民之罪问询的，只是这沮云和幼槐神通广大，也借着洛和会会众纷杂，早就给韩童两家打了招呼，通了小惠，游行一路，不打砸你商铺便是，但是你净天府别插手，京守军跟着可以，要不一起起义，要不你们留条后路。韩童两人和净天府怎么会在此时惹怒洛和会，他们且不说担心自己小商小铺被砸，就是这民间怨言和江湖势力，也够自己喝一壶的。净天府虽是京畿巡捕一职，但其实更多就是韩童两家保护自己商贾的利器，外加京守军的协助，自是民间有自己的天地。当然，如今的京守军里，大多是韩童的商工和江湖收编的小门小派，若不是龙默和郎虎的星渚会人少，他们也不爱用这纷杂的京守之人。

沮洛和沮衍身穿黑袍，兜帽罩头，混入人群中，沮衍几个箭步，走到沮云的身后，然后一把把沮云揪出了人群，沮洛赶紧凑近，把沮云堵在了一个街角。

幼槐和几个头领机警地看了眼沮云，沮云赶紧摆摆手，示意他们继续行动。幼槐略加思索，继续领着游行队伍前行。

星星点点的火把映红了整个洛京城，四国如何会不知，但是此时依然没有什么动静，人流从四面八方汇向城中心的天洛宫墙，似乎光洛殿里还是那个曾经的王朝，而众人只是来朝圣一番。

沮洛尽可能地压低了声音，揪着沮云的衣领："糊涂小儿，你知道自己在干什么吗？"沮云试图挣脱沮洛，沮衍上前抵住沮云的脖子，低吼道："云儿，不可胡闹，引来四国的话，天洛危在旦夕。"沮云情绪激动："爹、哥，我这么做都是为了天洛，待我等洛和会志士杀进宫殿去，活捉那四国天下院的歹人，就能恢复我朝正统啊！"

沮洛大怒道："胡闹！你这是陷天洛于危难，四国会在乎天下院的人吗？他们若是驱兵而来，你如何抵挡？"

"我等通络了山匪、盗众、子民、商贾、后宫、残军等诸多天洛旧人，我们会怕那四国驻兵？再说了，他们早就习惯游行，根本不会派什么正规军前来，我们有胜算的，天下院在我们手里，他们还敢怎么样？"沮云执着道。

"我刚说过，他们四国不在乎天下院，你杀了鹿辞何谦又如何，燕川有几十个鹿辞，青戎有上百个何谦，再派一个前来参政便是，但是你如此一闹，他们就会借口我们天洛不遵共治，反悔前约，进而占据大殿，不等禅让，再行分洛，那才是天洛真的亡了！"沮洛急得眼中充血。

"爹，您再说这么多也没用，我们起义之心已决，待结果来判定你我对错吧！孩儿不孝，若是有个三长两短，您勿责怪。哥，照顾父亲！保重！"沮云拍了拍沮衍的肩膀，然后挣脱开沮衍的手，跑回了游行的队伍。沮洛慢慢闭上眼，仰天长叹。沮衍扶着沮洛道："爹，我们怎么办？"

"速去宫内见修辙，快！"沮洛和沮衍从小路跑向宫殿。

话说这四国除了军界和宫内的天下院，各自也都有在洛京城内的"秘密据点"，有的是茶楼，有的是红院，有的是匠铺，有的是城郊的私宅。燕川自持盟首之位，自是在这洛京城内遍布眼线不说，自己的据点可是洛京城城西最大的茶楼，三层上下，奢华至极，顶楼的凉台放眼望去，便是光洛殿的殿顶。

子笙和鹿辞站在凉台边，耳边尽是满城风雨声，他们手中却捧着茶，也不慌不忙，看着城内星星点点的火把。鹿辞献起殷勤："将军，我领兵前去看个究竟就好，您不必操劳。"

"这次的游行，你以为那么简单吗？"子笙思索道。

"哦？有何不同吗？我们四国到此之后，天天如此啊。"鹿辞在将军面前，能装傻绝不抖机灵。"这次规模浩大，满城星火，人流庞杂，还是月下行动，你不觉得蹊跷？"子笙又问。

"天洛人宣泄不满，也理所当然，哪家丧门之犬还不叫几声？"

"人流明显往洛京大殿而去，而当下，天下院的盟室谋臣除了你都在殿内，你说，这是巧合吗？"子笙心中顿觉不是修辙有变就是洛和会再起。

"将军的意思是游行在遮掩什么？"鹿辞虽是问话，也不忘提醒将军此局不妙。

"正是，趁龙默不在而已。"

"天洛人有这个胆子？还要在此时光复天洛不成？可笑！"

"杀我们天下院的人，被他们认为是光复的第一步，更可笑！"子笙这么说，也并非为了天下院同僚着想，他只是可惜天下院这个可以在燕川之外栖身的朝堂机构而已。

"那我们如何做？"鹿辞反问道。

"出兵，去凑个热闹，有人愿意托我们一把，没理由不上个台阶。"子笙有意借此压制天洛，再争话语权，也顺便探一探其余三国的态度。要知道，之前龙默公然在天下院朝会上恢复修辕之职，重立内廷院和净天府，子笙和鹿辞是非常不满的，但是其余三国均无反对。鹿辞为了龙默先出访燕川也是争得头破血流，却被梅央和扶季蹚了浑水，燕川人心里现在不是滋味，也觉得忐忑，为何自己盟首之位不得尊崇，当真是出头鸟先死？

"将军不可轻举妄动啊，子秋陛下来过信了，彼岸公主还没到燕川，不知天洛在搞什么鬼，我们需要静观其变。"鹿辞不愿子笙太过出挑。

"还没到？这都几日了？那天洛根本就是把公主藏起来了，还有什么说的！这帮游行的人明显要攻天下院，我们借此镇压了就是，然后顺势把天洛的人踢出天下院，让我们四国共治就是了，天洛那才是真的亡国！"子笙显得有些冲动。

"将军不可啊，其余三国不知怎么想，如今的制衡不能轻易打破。"鹿辞也在担忧南依和崇衡对自己国家的态度。

"鹿大人，你就是天生胆小，事事以稳求胜，你不想想我们初心为何？难道来这里就是为了和那个龙默一起执政吗？如今多好的机会，天洛人游行，明显就是反对共治嘛，我们杀人，占殿，彻底亡了天洛就是了，哪那么多顾虑？若是盟内有人不同意，一并踢出天下院便了。"子笙话虽如此，怎会不知制衡的重要性，只是他还有后招，不便明说。任何一个不满自己朝堂有了反心的外战将军，无时无刻不在想两件事，境外领地和军权地位。

"将军，若是四国共治能形成，早在我们四国盟室攻入天洛的第一天就形成了，怎么会等到今日啊？五国共治才是制衡，四国不成啊！"鹿辞担忧的就是南依不会轻易让燕川达到目的。五国的平衡来自南依对天洛的妥协，南依人自知也无法独自与燕川抗衡，那么，在共治局面下，多一个人蹚浑水，就多一个有希望站在自己身边的人，在本就弱肉强食的世界里，最强的人注定孤独，而第二强大的人有着先天的心向优势。

"怎么不行？当时是为了平息天洛人的怨气，给个台阶下罢了，而且还有公主和亲这层关系，面子不好不给，如今呢？龙默没点诚意，第一个出访青戎，把我们燕川放在眼里吗？公主又不知去向！天洛人又反对共治，一心复国，难道我们成全他们不成？"

"将军，万万不可啊！"鹿辞略显着急，但是也知子笙不会那么没分寸。

"不要再多言，你速速回去天下院，让何谦梅央他们引军助我便是，你从内接应，我去点兵，一会儿宫殿见！"子笙说完，转身离去，鹿辞一声叹气，紧随而去。

光洛殿侧殿内，人头攒动，修辙手执长戟，身披轻甲，环视四周。何谦、梅央、扶季等天下院之人来回踱步，烦闷不已。韩魂和童魄分立两侧，身边有些京守军，但是明显没有镇压游行显谏的勇气和实力，倒是修辙身后的英典、青灯、元攘和郗别四将让人有很强的安全感。

鹿辞匆忙进殿，气喘吁吁道："游行队伍太过庞大了，修将军，我们如何是好？"鹿辞这时候想起修辙的巡防军了，也自知若是天洛的巡防军出来管制才是上策，而四国军界的军队若出动，那反倒是激起了游行之人的愤怒，弄不好演变成一场屠杀，四国均知当立仁义之政的必要，可不敢与起义民众正面冲突。子笙之前情绪再激动，也不过是寻一个借口，自然有分寸。

众人站立住，盯着修辙，似乎他脸上就有答案一般。修辙淡定道："鹿大人的燕川军队不是已经在路上了吗，还问我怎么办？"修辙心知肚明，同僚们越是这么说，四国越是会出兵保护各国之人，只是人数不会太多。鹿辞叹道："那必定是天洛乱民啊，你的职责就是保护天下院，难道你要借助我们燕川之力，平复游行不成？"

"那好，我自然会去平定，请鹿辞大人让燕川的兵都回了吧。"修辙坦然道。

"修将军，天下院如今有难，四国当然要插手，我们自己人保护自己人还有问题吗？不瞒你说，南依国的军队也在路上，我们公贺将军和宗政蕊公主亲自领兵，不保天下院誓不罢休。"梅央给修辙施压道。何谦点着头："修将军，我们成立天下院那也是你们龙默大人的主意，如今可不能被这些天洛刁民毁了啊，既然天洛的前路都寄托在我等共治的份上，你可要有所作为！"

修辙冷笑："那想必格图将军也在路上了？四国都愿意助我平定游行，那是最好不过了，我在此谢过众人。但是我们得记住一点，若是游行队伍里出了什么岔子，四国同僚帮我抓人可以，但要是越格而事，那可就不是你我这般和气了。"

"修将军多虑了，这么大规模的游行，必是有那一二人等目的不纯，心怀鬼胎，到时候，我们抓了给你，你可不要包庇啊。"梅央反驳道。

"那是自然，今日就委屈众人暂息于此，现在出去也太过危险，我会派重兵把守，若是真有事端，我会亲自处理，请诸位放心！"修辙随后安排了韩魂的京守军立于殿外驻守，童魄领文录作册昭告天下维稳，二人领命而去。修辙如今领天下院巡防军，也刚刚从三大家族借了兵，韩魂和童魄自是有些怕修辙和原来将军府的这些人的，而且天下院本来的行政级别就高于净天府和文录院，则韩魂和童魄听令也是必然。

沮洛和沮衍匆匆忙忙跑进宫殿，修辙站在宫殿前的阶梯上，远望星夜，表情凝重。英典、青灯、元攘和郗别正擦拭着自己的武器，由于方才天下院众人妥协，这几位苦命的将军终于从军械库取回了自己最趁手的武器。其实游行显谏这档子事，无论成功与否，对于这几位将军来说，都至少不算坏事，四国和天上天下两院自是知道天洛子民的威力了，也便会对巡防军的组建和扩大睁一只眼闭一只眼，总不能每次都是四国军界的军队来镇压。如今四国脑子里对于战事可不那么感兴趣，洛人自己管好自己人就行，他们想的是天下院如何向着对自己有利的方向过渡，若是禅让归了自己，那还和天洛子民动什么气？谁会在自己登位之前得罪位下芸芸呢？

沮洛呼吸急促："修将军，果然是洛和会领头的游行，我次子沮云也在其中，他们的目标就是进攻光洛殿，瓦解天下院！"

"将军要早有防范，那四国部分军众也都在路上，怕是凶多吉少，如今乱流已成，前路不明啊。"沮衍急得大汗淋漓。

"我已经安排韩魂领京守军镇守宫殿，巡防军在外侧，这是我所能做的唯一的一件事了，其他的，听天由命吧。"修辙有些无助。

"将军不可如此，我等必须有完备的计划，否则不是我们的军人抵挡洛和会这么简单啊，四国必会借此而反，杀洛和会，甚至杀我们的军人，将我们的人踢出天下院，彻底亡族亡国。"沮洛又一次重复了利害关系。

"我听闻鲁正他们也在后宫密谋什么，似是也在蠢蠢欲动，四国要是借此杀后宫之人，那可就真的完了。"沮衍补充道。

"沮大人有何良策，说来听听，你若没有主意，不会就此上门对吗？"修辙反问道。

"不知将军是否收到京守军的线报，我前几日训斥云儿入那洛和会，听他说洛和会早得了消息，南依国公主宗政蕊和崇衡国王子伯谕密谋之事，我猜测他们必是瞒着燕川在商议盟中盟的事情，此事可用来大做文章！"沮洛眼中含着光。

"对了，前几日京守军确有密信至将军府，我也在想，南依和崇衡会这么大胆，成盟中盟？"修辙疑惑道。不用想，京守军的消息能到了将军府的案头，必然是其中星渚会所为。黄婵得了龙默的令，若是四国盟室有变，消息必须第一时间让修辙和沮洛知道。只是沮洛先行从沮云那里知道了此事，便在盘算借力打力之计。

"我天洛若是不亡，这将是转机！"沮洛一语道破天机，此事不仅可以大做文章，还是让四国勾心斗角升级的引线。

"你的意思是，今日这显谏本可以是南依和崇衡所为？"修辙试着理解沮洛的意思。

"正是如此，四国之间，脆弱至极，你我看到的，均为幻象。"沮洛眼里冒出难得的杀意，在他心里，若是今日嫁祸给南崇两国，他无所谓这两国死多少人，但是天洛不能有恙。

沮衍插话道："但是我担心他们为了分我天洛，不惜同流，或是暂且忍耐，我们不能赌他们一定会为了此事内斗。"

"此乃赌局，别无他法。四国胜，则我们败，洛和胜，则四国反攻，依然胜，我们依然败，左右之间，我们均无胜算，而此法，是唯一的途径！"沮洛也有了豪赌之心。

"话虽如此，我们还需后计。"修辙直言。

"说来听听。"沮洛凑得更近。"你那日来后宫找我，我正在借着后宫党群，向几大家族要人充兵，这些人用好了，我们可以借鸡下蛋，也正好杀一杀后宫之人的威风。"修辙耳语道。

"那是最好，将军请，我们进殿去商议！"沮洛招呼修辙进殿而去。三人快步走进宫殿，英典、青灯、元攘和郗别也紧随其后。要说这修辙和沮洛本是忠良，沮衍和郗别等人也算得上国之栋梁，此时被逼无奈，甚至要行嫁祸于人的奸计，真是为了一国天下，操碎了赤诚之心。

洛和会的人带领各界子民依然潮水般涌向宫殿，不少民众陆续加入队伍，四方之流，浩浩荡荡，好似天水洛水奔流不息，誓要将四国吞噬。

众人高喊着口号："天洛万岁！光复天洛！反对共治！反对天下院！"

众人大多举着火把，星星点点的火焰映红了天空，蔚蓝渗紫的天空依然有天眼在飞行，只是天眼的颜色早就变成了闪烁的红色，不再是以前与天空相近的淡紫色，也许是有人在提醒着什么，提醒着这个世界什么……

此时的天洛宫殿后宫已经是鸡飞狗跳，宫墙内外的声势逐渐变大，绿衣和童魄劝阻着不少后宫的人由内而外开始游行，甚至有人在传播谣言，说是四国已在宫墙外开始屠杀百姓。一时间，后宫人心惶惶，人人自危，众多后宫的宫执、宫官、侍卫、宫女、奴役等甚至不惜自杀以殉国，活下来的，自然向着四散奔逃，有些则在有组织地想要攻出墙外。

修辙的巡防军本就人数有限，当下在光洛殿外摆开架势，哪还有多余人手来后宫压制局面，全凭绿衣和童魄带着些内廷院和文录院的人劝阻和压制。

韩魂不得已，分了一小队京守军前来后宫维持秩序，但是收效甚微，甚至有后宫决绝之人点燃部分宫殿，一时火光四溅，烟火冲天。童魄、绿衣和韩魂三人围在一起。童魄十分焦急道："韩魂，速去通知修将军，后宫这是有人领头造反了！"

"家父他们还在后宫安置小王子们啊，这如何是好？"韩魂问道。

"小王子们已然被安置在央郴宫的地穴里了，英典将军已经去把守了，不必担心，我这就去寻了家父他们，一起撤回光洛殿。绿衣，速去禀报鲁正大人，让他也想办法平定后宫。"童魄直言。英典早前得修辙的吩咐，已然把王子们藏好了，当然，也包括四位公主。修辙得知公主们被劫掠回朝后，觉得有所不妥，当下也在急于把她们转移出去。

"我之前见沮洛大人来找修将军议事，不如去禀报沮大人吧。"绿衣无助道。

"也好，我去寻鲁大人和家父，速速行事，不可耽搁。"童魄喊道。

青灯此时一个箭步，凑到众人身边，她此时离了光洛殿，必是沮洛和修辙已经有了详尽的对策，青灯才会此时出来执行自己所领的那一部分任务。

"修将军有令，韩魂，带京守军速回光洛殿待命，绿衣，携内廷院、文录院、翰博院、净天府等要员速回光洛殿暂避！童魄，回去找沮大人，按他所说，准备录文，以备不时之需！"青灯吩咐得清楚，三人却有点懵。

"这后宫怎么办？"绿衣问道。

"听命便是，两位的家父和鲁大人，我去寻，速速行事，不得耽搁！"青灯冷眉一皱。绿衣、韩魂和童魄自知这是修辙的命令，只能照办，速速奔着光洛殿而去，青灯迅疾闪身而去。

四国之军已然在路上奔袭多时，子笙、格图、太稹和伯谕、宗政公贺和宗政蕊，四路人马浩浩荡荡，奔流而去，沿途就与游行民众发生着摩擦，只是大军不作丝毫的恋战，直插洛京城心腹。曾经的鬼幕洛，今晚当真是地狱般的鬼哭狼嚎，如百鬼夜行，也如阴曹地府，地狱熔浆漫世横流。

话说鲁正、韩腾义、童远生三人早知这显谏不善，流民四起，必是暗藏杀机，几人也不明说，都心怀鬼胎，在后宫安顿好了小王子们交给英典后，却都被后宫洪流堵在了几人常来的后宫商赋院内。鲁正本是不愿自己在商学上的本事外露，但是前朝加济王觉得鲁正博学多才，尤以商为最，便命他办了这商赋院，为王室普及商学商理，久而久之，鲁正也便拿此当了家。加济十六年，因商政上的死对头沮洛几乎施计扳倒了鲁氏家族，鲁正的鲁府被抄过一次家，于是从那往后，鲁正的一些京畿名流往来名录，家兵名册，账本账册也就都不敢放在家里了。最危险的地方也就是最安全的地方，鲁正的部分文录之卷就都放在了这商赋院内暗藏，因为韩童沮三家也会用此地讲学和究商，所以没人怀疑什么，鲁正的弟弟鲁怀也心生睿智，他们记录的文案，虽是自己动笔，但是均有暗语，即便被发现了，也难说是四大家族谁的。沮洛常来此处，自是知道这里有秘密，只是如今家国不堪，他也就没那闲工夫再施七年前的计，谋划扳倒鲁氏了。

青灯身影一闪，已是到了商赋院的房顶上，明显的，她是来偷取鲁氏的文录的。只是这要找起来，并非易事，能不能赶得上时间要看造化和青灯的头脑了，当然，顺便偷听几人的言语，也算是个多余的收获。

"不想你我几大家族，却中了那个修辙小毛孩子的道，分明就是向我们借兵吗，说得好像我们党群夺嫡多么严重似的。"鲁正言语直来直去。

韩腾义叹着气道："你我都太过轻敌了，这修辙和龙默可不是前朝的将军和卿士那么简单了，如今一个有兵，一个有权，都不是好惹的啊，咱手里如今省这点破钱有什么用？指不定过段时间都交给四国了。"

"关键是当下这子民，后宫皆有反意，宫内宫外游行一浪高过一浪，我等就坐在此地，继续夺嫡不成？"童远生无奈道，三家如今被堵在一起，倒是面子上还都彼此给点。

"哦？童大人有何计划吗？"鲁正眼珠滴溜乱转。

"若是四国借此把五国共治改为四国共治，你我这般争执还有何用？那王座还能是墨台氏不成？不如干脆，我们带着后宫一起反了，夺天洛不在民，不在军，而在你我这些大家大族。"童远生一咬牙，扔出一道巨雷。

"我同意，要是如此下去，你我也只是那龙默的副手，区区内廷院又能如何，还不是给四国当走狗，不如领着后宫反了，王族依旧，只要没了天下院，我等还是前朝的官职。"韩滕义帮腔。

鲁正一声冷笑："只怕童大人的意思是，王族也不依旧了吧。"童远生和鲁正互相递了一个眼神，诡异之外，泛起的尽是心底欲望。韩腾义很是错愕："难道你们要……"

鲁正面露狠色："既然做，就做得狠一点，否则留了一地残渣，你不嫌扎脚吗？"韩腾义显得十分紧张："那万万使不得啊，我等能领内廷院和后宫起义，大家想的就是能光复前朝，若是有变，谁会支持我们啊？"

"韩大人多虑了，我等以光复前朝为口号便是，至于成事之后，我朝姓甚名谁，那是后话了。"童远生也知鲁正不怀好意，但是当下还是先得翻得了局面。这些大族想的尽是蝇头小利，可没有修辙和沮洛那般雄国之气。

"不用有外姓，天下院不都给咱们立好了吗，到时候我们接手就是了，反正是共治，你管是谁与共，是谁参治呢？"鲁正直言。

"京守军如今就在韩魂手里，我们岂不是……"童远生大笑道。

"若是如此，那修辙的巡防军岂不是？"韩滕义面露难色。

"别忘了，巡防军里我们也贡献人了，到时候我们下令，还有他们不反的？"鲁正自信道。

"我这就去传个话，诸位早做准备！"童远生说罢，悄悄地从商赋院后门而出，鲁正拍了拍韩滕义的肩膀，以示不必担心。韩滕义哪会不担心，京守军是自己的儿子带领，鲁童二人说得轻巧，还得是自己儿子领兵造反，心里依然犯着嘀咕。其实三人如今说起反水，也各有私心，鲁正无非是让京守军去送死，失败了也与自己无关，万一夺了天下院，自己带着韩童挤进院内任职便是，当然，若是天下院尽死，他心里也抱着满王登位的幻想，只是自己心里知道，这几乎不可能，四国军界的人也不是摆设。而童远生自知事成，鲁正不会放权，失败，韩魂和韩滕义当是罪人，自己一个看戏的着什么急呢？韩滕义就是最为难的一个，自己儿子办事，不说是不是战死起义之局，若是成，四国也会问罪，不成，还是问罪，那何必呢？想着想着，韩滕义一拍大腿，干脆，告诉自己儿子，此事成不成都得咬着童鲁两家不放。韩滕义这般想着，溜得比童远生还快，奔着光洛殿而去。

鲁正见二人已去，哼着小曲，自觉暗算了韩童两家一局，心情不错，刚迈出一步，只觉脖颈、手腕和脚腕上均套上了青绿丝刃。数十条丝刃贴紧皮肤，虽不见血痕，但是也勒得生疼，丝刃另外一端的刃尖四散飞去，钉在商赋院的架柜上，此时的鲁正，正似蜘蛛网中的猎物，被捆缚得结结实实。青灯一脸娇媚，闪步而出，盯着鲁正的眼睛道："鲁大人好身形啊！我刚才做了回梁上君子，却是发现了三个梁下佞子，我时间耽搁不起，此次来，要的是你家兵名册和京畿名流往来名录，若是不得，就对不住了！"

鲁正哪肯交出那么重要的东西，虽心里害怕青灯，也知青灯动动手指也就会要了自己的命，但是态度如今也只能强硬起来："青灯，你可是前朝将军，杀我前朝洲保，当今内廷院卿士，你是杀头的大罪。"

青灯怎会吃这一套，一声娇嗔道："你们刚才所言，不怕我禀告四国和修辙将军？"

"你口说无凭！"

"那好！我什么都不要了，你就在这乖乖待着，这丝刃你是挣脱不开的，等着四国或者韩童两氏的人来找你吧！"说罢，青灯转身就要走。

鲁正心里更是惧怕起来，他言语后宫起义之事，只是想要韩氏和童氏去送死，自己好除去异己，若是韩童两家不得，死了便了，若是跑出来，还不得找自己报仇？如今被困在这里，连府衙都回不去，谁来保护自己呢？四国就更不说了，自己那当真是个靶子了，却在这个时候还碰上青灯这样的冷峻女流。"好！好！给你！家兵名册在商赋院最后一排架柜顶层，往来名录在，在第九排最下面的地板内！"鲁正心头一横，只能认栽。

青灯动作迅疾，鲁正回声未消，两个东西均已拿在手里。"若是反水不成，韩童两家咬你，你如何是好？"青灯担心东西有假，还需言语震慑鲁正。

"只能反驳啊，还能如何？"鲁正言道，此时捆缚久了，身体已然有些麻木。

"好！若这东西为真！我保你无事。若为假！反水朝堂，反对共治，祸乱后宫，党群王室，数罪并一，我看你几条命几缕魂！"青灯言毕，转身要走！

"将军！留步！东西为真，但均是商往密言，以数代字，还需原本！"

"原本何处？"

"我府上！"

"你要我？"

"不！不！将军跟沮大人说是翰博院的修书《醉诚图澈》便是，他知道的，光洛殿侧殿便有！"鲁正这才说了实话，没了一点侥幸心理，也多亏青灯恐吓了一下。

青灯拿着两本册子，闪身而去。鲁正见丝刃未解，连声大叫，身子也便颤了颤，只见所有的丝刃都似发软的棉线一般，缓缓落下，没了刚才的韧性。鲁正拾起一根，捏了捏，哪是什么青灯的丝刃，均是些捆缚仓廪粮草的麻线，浸了水，贴皮肤便有凉意，线头绑了刃尖而已，所以能钉在架柜上，鲁正自知这些麻线必然来自沮洛府上，心知中了沮洛的计，不再停留，奔着自己府上跑去。

元攘此时快马赶至文录院，其间躲过众多后宫险峻自不必说，他撞进文录院藏阁，四处寻觅当初子秋寄给加济王的四国成盟文书与讨逆檄文，上面均有四国君王的亲笔落款。元攘四处翻找，终于在一个浅黄色的小仓柜内找到了文书和檄文，略加翻阅，确定无疑，便揣在怀中，闪身而去。

待到青灯和元攘归来光洛殿侧殿，郗别早已端坐桌前，面前家兵名册、京畿名流往来名册、四国成盟的文书和讨逆檄文、那本翰博院的《醉诚图澈》和纸墨笔砚一应俱全。要说一介以鬼谋著称的军首，要是再会仿文拓字的本事，那真是当世全才了。郗别便有这个本事，这就叫"文能提笔安天下，武能马上定乾坤，言能坟前捉散魂，情能宫院惹群蝶！"沮洛还送给过郗别另外一句话，叫"商能穿珠算九州，书能舞墨染四海！"赞美他既有文人的才华，也有商人的精明。总之一句话，郗别一介天下名将，除了举剑单挑差点意思，其余都不在话下。

言语间，郗别已是龙飞凤舞地仿拓了两封信，沮洛拿在手里反复地心读，脸上慢慢露出了难得的笑容，郗别等人亦是长出了一口气。

修辙和沮衍两人领兵坚守在光洛殿之外，夜风骤起，吹着宫殿外的五国旗帜不停地飘扬，任谁第一眼看这庞然大殿，都分不清楚是谁的地盘。修辙抬起头看了看天洛的旗帜，面色凝重，但依然不失将军的自信，这种场面，修辙也见得多了。

韩魂、童魄和绿衣领着京守军围着宫殿，士兵整装待发，童魄和韩魂不停地冒汗，两人不停地对视，显然已经从各自的家父那里得知了反水的计划。绿衣瞟了两人一眼，感觉奇怪，然后望着后宫的方向，心里没了底。

郗别、青灯和元攘这才从侧殿出来，站在修辙的身后，元攘凑近修辙的耳边低语道："将军，按您的吩咐，巡防军里韩童鲁府里充军的人，都让他们换了衣服，一部分在游行队伍里，一部分追上了崇衡和南依的尾军。"修辙点了点头，青灯又凑过来，耳语道："京守军之事为真，将军小心！"

沮洛挤到修辙身边，把两封信塞进修辙的怀里，修辙捂得严严实实，沮洛耳语道："两封信，你收好。今日若不成，将军，我们就算是殉国晚了些时日吧。"沮洛说得动容，修辙身形一颤，也压低声音："不妨，天洛的命，由天，不由人！"

"衍儿，其余的事可办妥？"沮洛问道。

"父亲、将军，崇衡和南依军界外都已经偷偷存放了铁器和私盐，一切办妥，请放心。"沮衍言道。"好，派人盯着鲁正那个老贼，以防有变，剩余的，就等着四国来找茬儿了。"修辙言辞坚定。

后宫参与游行的众多宫执、宫官、奴役、宫女、侍卫、僚佐等开始涌入光洛殿前的广场，韩魂、绿衣、童魄带领京守军摆开阵势，抗住后宫的人群，两大人流对峙，场面嘈杂而混乱。四国的铁骑也开始涌入光洛殿前的广场。子笙、格图、太积、伯谕、宗政公贺和宗政蕊骑在马上，远远望着修辙和沮洛。后宫的人在一旁喊着震天的口号："四国滚出天洛，反对共治！誓斩奸臣！光复天洛！"

洛和会所领的洛京城内最大的一股游行人流也随即到达光洛殿殿前，宫墙之隔显得那么脆弱不堪，不少人慢慢渗透进宫墙之内。

四国军队，修辙的巡防军，后宫游众，洛和会的队伍，韩魂等人的京守军，几股势力汇集于洛京城的宫殿广场之上。一时间，似乎南土最大的战役才刚要开始，也是数载战乱的一个缩影。

光洛殿前的广场之大，世间罕见。如今，殿前巡防军和京守军分守东西两侧，京守军抵住后宫游众，巡防军抵住了宫外洛和会所领的游众，而四国军马被尴尬地挤在了四股势力的中间。因四国之人知道此时不能与游众发生打斗，且自己的谋臣均在光洛殿内，不好动手，所以，也均是一些盾甲之士抵抗在前，步旅在后撑住，几股势力互相拥挤、推搡、叫骂，场面混乱至极。

鹿辞、何谦、扶季、梅央和天下院一众卿士在侧殿内焦急地等候，梅央来回踱步，猛然间，一个闪步，向着殿外走去，其余人等面面相觑，无奈摇头，也只能跟着出去。四人带着一众卿士站在了修辙的身后。游众见天下院人等还敢出来露面，叫声更大，谋臣们也不言语，似是要看个究竟，这帮流民能闹出什么花样。说实话，他们觉得天洛人几乎亡国后，能到现在才闹出这么大的动静，已经不错了，算是天下院还有个权衡四方的功劳。

修辙递给元攘一个眼神，元攘退后几步，双持巨大木槌，在光洛殿前的一面巨大的圆鼓上敲击，顿时，鼓声四去，场面才有了些许的安静。

子笙、格图、宗政公贺、太积、伯谕和宗政蕊几人驱马靠近修辙所站的大殿台阶。子笙冷笑一声，朗声道："修将军，果然龙默一走，子民就不再沉默了啊。想必，加济王也做不到如此吧，你天洛还真是可笑，臣比君更有威望和震慑啊！"子笙言毕，四周骂声顿起。

伯谕附和道："修将军，素来听闻您勇武天下，今日得见，果然英气非凡。"伯谕如今脑子里想的依然是多多拉拢天洛。宗政蕊盯着修辙的脸庞，看得出奇，面色有些娇羞，再见心上人，却是站在了对面，但这也不妨碍蕊公主心中欢喜。

修辙上前一步厉声道："今日劳烦几国军队出面帮我管制游行，实在有心了，我修辙至今还对得起自己的将军之位，此等小事，不劳各位烦心了，众人请回吧，我当处理好显谏之事，无论子民还是后宫，给四国一个交代。"修辙有意先大事化小。

"不必了，民意已经是交代了，这样一个不服管教、十足劣根的民族，还是我们亲自来管比较妥当。"格图喊毕，又是一阵声讨的浪潮。

沮云和幼槐看在眼里，听在心上，气得咬牙切齿。洛和会的一众首领、舵主、会祭在人群里慢慢地向前挤着，手里传递着可藏于袖口的短剑和短刀。幼槐的洛刀太过修长，只能藏在自己手执的旗帜中，却剑身已是露出了一半，随时有可能抽刀杀人。

沮衍一脸怒气，刚要冲上来，被修辙拦在身后。沮洛上前一步，朗声道："格图大人说起管教，我自认为我们天洛人还是比青戎人更易管教的，你们驰骋草原数载也未成大器，如今在这里说教，不可悲吗？"

格图勃然大怒："你！"说罢，双持的板斧直直地指向前方。

"沮大人这般说话，可就有伤颜面了，此时不同天下院朝会，若有管制之计，早些说来，不需言语之争！"太积缓和道。

"沮大人，我们有言在先，五国共治，共商天洛前路，如今几次三番，游行、民乱、诽言、秽语，加之后宫的胡闹，我等的共治怎能安心进行，既然共治不是前路，或者说有天洛这般的异议，那不如由四国代行，五国共治改为四国共治，那才是出路，你们乖乖听话便是，不需介入政坛，到时候顺应天时，登位禅让，岂不安逸。"子笙喊道。

沮洛仰天大笑，笑声划破天际："子笙将军这初心完全背道而驰。我天洛如今后宫反，民间乱，军界不定，臣子难为，原因就是五国共治，曾经的天洛一统加入了四个友人，谁会习惯自家里多些外人呢？你还要改五国共治为四国，剔除我天洛，那我们岂不是成了亡国之奴，民间后宫之乱会减少呢，还是增加？"

"荒唐，我四国军队在此，还能怕你更乱不成？早在四国杀入天洛的当天开始，我们就是给足你们和亲的面子，不赶尽，不杀绝，但是如今来看，是你们不识抬举，治民不力，治军不严，治后宫无序，我还能说什么？自作孽！"子笙几乎是狂喊起来。

"既然说了五国共治，那么共治出现问题，当然是五国同扛，你现在来责怪我等天洛臣子是何道理呢？再说了，四国还想在我天洛共治，你不怕背后有人捅刀子吗？"沮洛开始旁引话头。

子笙愣了一下，显然是知道沮洛话中有话，鹿辞摇着头，梅央心中自感不妙。沮洛又言："我今日如同数月前龙默大人反水杀王族，建立共治一般与你们四国言语，不希望再有血水落地，再有尸横遍野，再有争执不休，再有政体变革，但是如果问题出在你们四国盟室之内，就休要怪我无情了，再见血水，可就不是我们天洛人的了！"

宗政蕊和伯谕又互看了一眼，表情紧张起来，他们听着沮洛的话，心底也觉得事情有败露的可能，因为密谋当天，确有墙外之耳。此时宫殿内外又一次人声鼎沸，洛和会哪里还能再忍，子笙和格图话已至此，分明是不把天洛放在眼里。沮云大喊一声："天洛不灭，四国必退！杀！"说罢，和幼槐举着刀，向四国军队砍杀而去，子笙和格图等人均大惊，不知洛和会此时便会杀出，赶紧驱马备战。

子笙头脑还算冷静，大喊道："抵住！抵住！不可杀！"四国人马此时还是盾甲之士在前，步旅在后，抵住人流，沮云和幼槐冲着盾甲不停地撞击。

幼槐手中大旗一折，洛刀已然跃上手心，他垫步上前，看准时机，一刀下去，一个燕川盾士已然倒在血泊之中。燕川步旅见有战友倒下，不再思索子笙的命令，举刀便砍，沮云飞身而来，手中棍棒一挑，燕川步旅手中刀已经飞出数米，幼槐不由分说，继续杀将下去，燕川军阵顿时被撕开了一个口子。子笙看在眼里，咬牙切齿，但是迟迟说不出"杀"这个字，他担心杀民众和洛和会的人会引来众怒。

修辙焦急万分，大喊道："四国之将，你们本是正义之师的旗号，绝不可伤人！"沮洛和沮衍在远处看着沮云，瞪大眼睛，心中怎能不急。沮衍大喊道："爹！云儿在里面啊！"沮洛撕心裂肺地喊道："四国若杀百姓！天理难容啊！天理难容！"

后宫游众又开始冲着京守军冲击，韩魂、童魄和绿衣等勉力抵抗。

"我去救他出来！"修辙说罢，挺戟跃入人群，奔着沮云而去。青灯见修辙跃入人群，危险万分，也跟着上前一步。元攘伸手去拦，也未能拦住，自知以修辙的身手，不会如何，便又退了回来，保护台阶上的天下院一众。

四国军阵与洛和会会众依然在纠葛不清，只是一方抵御，一方进攻。修辙戟尖一伸，别住沮云手里的长棍，只一拉，沮云便失去了平衡。青灯丝刃飞出，钉在沮云身上生疼。修辙上前一步，喊道："青灯，捆了他！"青灯丝刃一绕，把沮云捆了一个结实，修辙夹起沮云便往大殿方向跑去。话说沮云再是习武的天才，对付修辙和青灯两大高手，又如何打得过，只是在人群中被这般掳走，沮云也确实没面子。幼槐见沮云离去，斗志也便下了一半，手中的洛刀被燕川盾士狠狠别在盾下。

韩魂、童魄和绿衣护着沮洛和沮衍向宫殿内退。四国虽不战，但也有不少民众被踩踏致死，沮洛一声长叹，闭上双眼。

此时，后宫之中又有人叫喊着杀了出来，那是韩腾义和童远生的门客、家丁、侍卫、商工们组成的侍卫队，他们加入混战，下手也够狠毒，只是方向尽是奔着天下院众人而去。后宫众人中有人唱起天洛古曲，此曲响彻宫殿上空，不少后宫和子民情绪激动，奋勇扑向四国军众之余，也都对着天下院之人冲了过去。韩魂和童魄互看了一眼，犹豫了片刻，同时大喊："京守军听令，捉拿天下院之人！"

鹿辞和何谦一愣，顿时吓了一跳，赶紧往宫里躲。梅央和扶季倒是显得不怎么意外，无奈地摇着头，被身前的元攘和巡防军护着，往宫内挤去。沮洛和沮衍也愣了一下，互看了一眼。沮衍大喊："爹！韩魂和童魄也反了！"

沮洛出其不意，出手夺下一把长刀，砍翻了几个京守军的人，元攘探出一步，双持手弩，早有漫天弩箭飘在空中，然后是轰然倒地的一众京守军军众。"巡防军，抵住京守军！"元攘下令道。沮洛低吼道："速速去后宫点燃烟火！"沮衍一溜小跑，奔着后宫花园而去。

京守军虽多是巡捕之姿，身手一般，但是架不住人比巡防军多，他们冲上台阶来，便将退得慢些的绿衣和沮洛羁押在地，元攘被一众京守军包围，也腾不出手救人。

沮洛不停挣扎，韩魂无奈大喊："沮大人，不要再反抗，我爹和鲁正大人他们自有计划！我们今日就可以趁乱改朝换代！"

"是啊，沮大人，这不也是你的心愿吗？"童魄略带哭腔地喊道。

沮洛勃然大怒："糊涂！一帮虫豸！小儿之言！你们以为那个鲁正老贼真的会来吗？这是他除去我们韩童沮三大家族的阴谋啊，这是借刀杀人！借刀杀人！糊涂啊！"

韩魂和童魄顿时怔住，心中因沮洛的话一时迟疑。绿衣厉声道："还不快放人！你们两个蠢货！"韩魂皱着眉头，童魄慌慌张张，四处张望，果然不见鲁正前来领战。韩魂渐渐冷静："童魄，别动摇，先押着他们，静观其变！"

此时，四国终于难忍洛和会的冲击，与游众厮杀起来，不停地有天洛游民和洛和会会众倒在血泊里，幼槐一人挺刀厮杀，陷入僵局，渐渐有些体力不支。

鹿辞、何谦和梅央冲出来，却被京守军军众压在刀下，梅央跪在刀剑之下，见四国在与洛和会之人厮杀，也有些许焦虑，大喊道："蕊公主，不可啊！不可杀平民！"何谦跪着往前挪了几步，也喊道："格图将军速速住手！速速住手啊！"鹿辞也高喊道："子笙将军，不可杀民啊，不可啊！"

沮洛瞟了眼三人，但觉时机几近成熟，却露出了微笑，然后干脆躺在了地上，望着夜空，哼起了小曲。一时间杀戮漫天，却迎来善臣如此惬意的动作，不禁让人觉得沮洛满怀睿智和顽劣的灵魂是如此有魅力。沮洛念念有词："无影迢迢，醉酒成飞。满心渡伤，孤景残疆。"

梅央看着沮洛，满脸诧异道："沮洛，你有何诡计！不惜牺牲子民来完成？"

"梅大人，你眼里有子民吗？我看到的可不是！"沮洛淡然而言。

幼槐挤进挤出，杀得红了眼，手里洛刀早已成了血红色，身边不少洛和会的人倒了下去。远端，部分后宫之人和韩童两府之人在韩腾义和童远生的带领下与洛和会联手，与四国军队继续厮杀，另一部分则继续冲击巡防军和元攘，试图尽快控制所有天下院的人。

修辙回到自己巡防军前，将沮云扔入人群，沮衍放完烟火回来，赶紧出面拉回弟弟，沮云挣扎间，却也挣不断青灯的丝刃，巡防军帮助沮衍把沮云擒住，沮云又几番挣扎，没了力气。修辙回首间，但见有一众巡防军也反了，他们协助京守军在冲击殿内的天下院众人。

修辙知道此时不可再等了，他看见漫天的烟火，又一次与青灯跃入人群，手起戟落，佯装打斗，挑开了几位洛和会和民众之人的天洛民服，里面的崇衡蓝绿相间的战衣露了出来。青灯丝刃出手，钉进几个人血肉内，只一拉，又是几件天洛民服被撕扯开，又有南依紫白相间的战衣露了出来。

修辙和青灯也不停手，元攘协助，拉过来几个反水的巡防军和京守军军士，脱下军衣，也均是崇衡和南依的战甲。

子笙、鹿辞、何谦、格图、宗政公贺、伯谕、宗政蕊、太稷、梅央和扶季等四国之人均大惊失色，哑口无言，一时都怔在原地。韩魂、童魄、绿衣、幼槐、沮云等人却懵懵懂懂。

露出崇衡和南依战衣的人开始攻击子笙和格图的军队，而京守军和巡防军反水之人亦是打得不亦乐乎。子笙朗声高喊："游行队伍里有崇衡人！"格图附和："南依人！还有南依人！"

子笙怒视伯谕和太稷，伯谕下意识地看了眼宗政蕊，子笙目睹此细节，心中便是有了定数，更确认游行队伍里的崇衡和南依人来自其本国，而非另有所谋。当然，人心叵测，诛心之事，谁又猜得准心之所向。太稷淡然大喊道："王子退后，我们中计了！"

伯谕退到了太积的身后，神情恍惚。梅央看着宗政蕊，摇了摇头，不停叹气。

元攘又一次擂鼓，修辙大喝一声，众人慢慢停了手，所有露出崇衡和南依战衣的人被修辙的巡防军围了起来。元攘双持手弩，指着韩魂和童魄，两人胆怯，只能暂且放了绿衣和沮洛。而其余鹿辞、何谦、梅央和扶季等谋臣依然被押着，动弹不得。修辙又大喝一声："众人停手！"

场面一度凝滞，众人皆惊于四国之人的自相残杀，也煞是苦累这一晚，被修辙一喊，均停下了手，愣在原地。韩腾义和童远生两人耳语起来。韩腾义低声道："鲁大人呢？"

童远生摇摇头道："我怎么知道？刚才一直未曾谋面啊！"

"坏了！我们中了鲁正的计！老东西，借刀杀人！"韩滕义这才反应过来。

修辙站在宫殿前的台阶上，继续大声喊道："今日我天洛面临共治后最大的一次游行，子民满城，星火映天，四国前来，兴师问罪，不过是想借此做一番文章，不想啊，原来这游行之人，不止我天洛一家，崇衡人和南依人也如此为我们不平吗？"

"我本想四国同盟不过水上云烟，看来，你们确是如此，两两相杀，不亦乐乎。"沮洛站起身来朗声道。

子笙若有所思，挺马而出，故作镇定："几件崇衡军衣和南依战甲还不好搞到手吗？谁知道是不是你们自己假扮的？"

梅央挣脱刀剑，站出来喊道："子笙所言极是，沮大人，修将军，若是我南依人借游行杀四国之友，我们会傻到把战衣穿在里面吗？等着给你看笑话不成？"梅央这是要抢个先机。

太积挺马而出："就是！修辙，你休想诬赖我崇衡！究竟如何，你给我说个清楚！"

沮洛又向前走了几步，站在了人群的中间，厉声道："崇衡人不傻，南依人更不傻，谁会傻到自己穿着自己的战衣来杀同盟呢？但是你们想过吗？若是南依人穿的崇衡战衣，崇衡人穿的南依战衣呢？又当如何？我刚说了，四国之间，本就貌合神离，互相栽赃，言语猜忌，勾心斗角，暗流四动，那是每日必现，合乎这小小的军衣之事？我说得对吗？伯谕王子？"伯谕一个愣神，所有人的目光看向伯谕，伯谕慌张到有些结巴："根本不知所云！你休想胡搅蛮缠！"

沮洛咄咄逼人道："那我帮你回忆回忆，伯谕王子，前几日宗政蕊公主拜会你的府邸，你们都聊了什么呢？难道只是卿卿我我吗？"伯谕有些乱了方寸："果然是你们天洛盯梢！"

"哦！那你就是承认了此事喽！告诉大家，你和宗政蕊公主说了什么？"沮洛追问道。众人看着伯谕和宗政蕊。宗政蕊皱着眉头，绝美的脸庞多了几分焦虑和忧伤。

场面一度十分凝重，几乎所有人都在飞速转动脑筋，想要第一时间辨别这其中的虚虚实实。宗政蕊淡然道："我来本是惠通四国，巩固盟约的，拜访崇衡王子有何异端吗？"

沮洛来回踱步："那最好，我们来听听书信之言，有没有什么值得推敲的事。"

修辙打开一封书信，大声朗读："南依宗政楚二十七年，一月初二，伯谕王子亲见，宗政蕊公主亲笔，今日送上'夜翻花'薄礼相见，不胜情谊，请细研我等商议之事，再行回复。'夜翻'，夜夜翻新，日日如新，我等在花之蕊，另人在花之瓣，情形如此，早作定夺，不胜感言，日后得相助，不胜感激。若不成，一如往常，一切如昨，不再言语，观后请燃尽，小心隔墙有耳。"

梅央上前一步道："荒唐！我们南依国还能如此通信，留作把柄不成？笑话！"

"梅大人不需慌张，我来解释其中的奥秘。夜翻花乃南依国国宝，每夜花瓣翻新，最外的黑色花瓣脱落，花蕊外侵，所以此信是南依国拉拢崇衡，成盟中盟的最好证据，为的就是共商未来结盟，对抗天洛败馁之后，世上最强的国度，燕川！"沮洛一番话引得子笙和鹿辞大惊。

"什么？对抗我燕川？"子笙咆哮起来。

沮洛不留片刻的缝隙让人插话："南依早就把燕川看成下一个将亡的天洛！"

"胡闹！你们造一封信便是，说什么都由你们！"伯谕反驳道。

"那花总不会由我们捏造吧，不如问问王子是否有此花！再不济，崇衡军界内搜一搜便是！"沮洛又喊道。

宗政蕊点头道："是我送给他的，不错，那又怎样，只是一份薄礼，其余几国我都会相继相送，这一切，都是你们妄加猜测罢了。"

"四国成盟，是子秋王所领头，把本就彼此纠葛的四国戴上了同盟的帽子，但是头适不适合，只有自己知道。"沮洛举了个例子。众人听着，却觉得再形象不过了。

子笙故作镇定道："沮大人，你以为就凭这些就能反制我们四国不成？幼稚！"

"我们从未想过反制，你们自己的事，何须我多言。"沮洛哼笑着。

"把信拿来，我看看！"格图大喊道。

修辙把信递给格图，格图看了看信，又陆续传阅给子笙、太积和宗政公贺等人。众人看得仔细，又都在偷瞄伯谕和蕊公主的表情，两人不自在是正常，几个天下名将见惯了世间之人，什么表情代表什么心境，却也看得清楚。而且信中字体，几人都是见过的，当初四国成盟，均是有成盟文书和讨逆檄文的，就如都别所仿拓的一般，四国君王将臣近百余人均在两文中有签字和提笔，更有互通建言和鼓励之词，这蕊公主和伯谕的字，一个似小女子绣花般笔触渗流，一个似情郎般湍急方正，甚是好认。也不得不感叹沮洛妙计和郜别文笔之大才，仿得让天下名将这些壮汉，没了怀疑的心思。当然，这信是万万不能给梅央看的，他如何会识不出来信之真假，言语之间也会说破此计，但这些将才若是信了，事情就好办多了。从另一个侧面也说明，宗政蕊暗中拉拢王室，并借助夜翻花通惠之事，似是楚王单独安排给公主的，梅央并不知情，所以他心里倒是也嘀咕，公主是不是真的干了，因为在他看来，南依秘密拉拢崇衡是一件很正常的事，只不过公主领头来做不太正常。而扶季心里简单得多，他不信伯谕做了此事，但是自知伯谕王子乃鹰派之作风，也难断言没有越权之举。伯谕挥挥手道："格图将军不要被天洛人所迷惑。"

格图把信揉了揉，扔回给修辙，佯装坚挺自己的盟友："我也不信！"说罢，看了看其余几位将军，却都有些落寞。

"我们不信，沮大人，一封信，不说明什么问题！"宗政公贺少言少语，也只能如此平淡地反驳。

"沮大人，此计太过幼稚，仿拓一封信，便能栽赃？"太稷赶紧帮助自己王子说话。但是子笙却不言语，心里自然多半是信了。

沮洛泰然自若道："此事的来龙去脉如此清晰，众人却不得头绪，可悲！但是我想你们现在如何口头说不信，心里也在琢磨。你们看看我身后的后宫之人，韩腾义和童远生本是天洛两个小王的老师，也是天洛大家大族，因为夺嫡之事，争得不可开交，更是反对共治，反对禅让的主，他们借着子民游行，带后宫和家族之人前来厮杀，为的就是占据宫殿，抢夺天下院，再立新朝，当然是不是新朝依旧氏，我就不得而知了。而前几日，宗政蕊公主和伯谕密谋之间，韩童二人就曾打探到消息，借着崇衡，南依和两大家族的商往频繁，四人私下里成盟，韩童勾结外族，伯蕊二王借商言政，一起组织游行，准备里应外合，攻击天洛大殿。他们互相的交易便是如此，崇衡和南依拿下燕川和青戎的军队，再不济也是擒下子笙和格图两位将军，而韩童二人则篡权成功，借天下院改朝换代，再与崇衡和南依形成新的共治，到时候的天下院，崇衡和南依的权财之力自然大于现在，分洛前景也便明朗，甚至两拨人已经达成了分洛之议也说不定，韩童两家卖国求荣，崇衡南依分地而走，这叫商臣外戚之共治。一切的后果，最终的失败者不是天洛，而是青戎和燕川。子笙将军，格图将军！鹿辞大人，何谦大人！我这般说，你们可明白？若再蒙眼而视，那当真可悲了，可悲的是你们的脑子！"沮洛这一段演讲精彩在他一直对着子笙和格图两个脑子最乱的人说话，又点一下鹿辞和何谦这两个天下院脑子最慢的主，完全是对着驴讲天下，驴也糊涂啊！

子笙和格图陷入深思，面面相觑，显然，他们真信了。韩腾义大喝道："沮洛，你一派胡言！我等只是为了天洛复国！你却诬陷我等卖国求荣！"童远生附和道："沮洛，你我好歹同朝为官，竟然为了博得燕川的信任，不惜出卖自己人！"

"一派胡言！胡言乱语！"梅央大喊道。伯谕叹着气，摇着头，太稹大汗淋淋，不知所措。

"子笙将军，格图将军，我沮洛为官多年，信守道义，王族至上，今日我怎么会同时得罪南依崇衡还有自己的后宫同僚，难道我不要前途和退路吗？原因就只有一个，那就是他们确实同流合污了，矛头直指燕川青戎和我天洛王座。自古弱肉强食，四国盟室中，燕川强，其余三国弱，青戎远族，难以尽言，南依便拉拢崇衡，把燕川作为第二个天洛针对，那是必然，也合情合理，唇亡齿寒嘛！而后宫内，沮鲁韩童四大家族，韩童则为弱势，其联手治我沮氏鲁氏也理所当然，一丘之貉，如此联手，一个得共治主权，一个得夺嫡先机甚至是王座，那是再好不过了，难道今日宫殿广场之上，这许多人之间，只有我一个人能看透吗？不会这么可悲吧，咱们南土诸国近千年不敢北跃，难道不是因为手里的刀，而是因为颈上的头吗？"沮洛嘲讽了一遍众人。

梅央忍无可忍道："沮洛！你为了保下天洛大体，不惜诬陷同僚了，良心何在！你疯了吗？"

"那你是承认与崇衡的盟中盟了？"沮洛厉声训斥。

"沮洛，你头脑过人，言语如真，但真相不会永远掩埋！子笙将军，格图将军，鹿辞和何谦两位大人，我们须彻查此事，不可再听沮洛一面之词！"梅央几乎是在央求。

修辙掏出另一封信和所有鲁正的家兵名录、京畿名流往来名录等，朗声道："梅大人，何须再查？我们巡防军和净天府都查过了，若是要查，今天就在此当着众人查个清楚，这封信，是韩童两家与伯谕王子的通信，元攘，念念！"

"韩氏童氏两族，乃天洛名门望族，今日见信如见吾，商议夜翻花之商机所为，夜翻花夜夜翻新，在其蕊不在其瓣，你们若蕊，我们若瓣，天下之人，爱花如亲，不思娇美，但见色变，则有其意，蕊外翻，瓣内噬，则花色紧致，不易败亡，若能明了此意，望有所允应！"元攘一口气读完。

"不知大家是否明晰信中之意，无非里应外合的借喻，将军手中还有韩童两家的家兵名录和京畿名流往来名录，均是我们为彻查此事偷来的绝本，其中以数代字，原本为我翰博院的修书《醉诚图澈》，对照以查，便知上月末，伯谕和韩童两家均有来往，地点便是东郊梦园和福慧斋。那均是伯谕王子的门客之店，再随意不过了，还能掩人耳目，对么伯谕王子？"沮洛侃侃而谈，"再细查下去，也便知，崇衡和南依的军队中，可有韩童两家的家兵，这是通敌充兵之举啊，实在是高明。想你崇衡和南依军界狭小，人数不足，便是如此充军，也得想想军众是哪国人啊，真打起仗来，我天洛的子民，想家了怎么办呢？可笑，韩童两氏和崇南两国，你中有我、我中有你的局面就对你们这么有利吗？"沮洛这一席话，几乎是杀死了悬念，连修辙和青灯等人自己都信了四方确有密谋，殊不知，此信也为郗别所仿，但是梦园和福慧斋确是伯谕常去之地，这些信息，沮云的洛和会早就给沮洛通报了。

"沮洛！你妖言惑众！丧尽良心！如此颠倒黑白！"宗政蕊气得身形不停颤抖。

"将军们，不可轻信啊！都是沮洛设的套啊！"伯谕极力反驳。

"将军们，大人们，天洛如此，这才是不遵共治啊，他们复国心切，自是会诋毁我们盟室，你们可要看得清楚！"梅央歇斯底里，要是有事让梅央都失了态，那当真是沮洛玩得绝了。

子笙琢磨若是天洛人玩火，不至于在自家殿前，而且还愿意咬出后宫之人，谁人不知韩童两家的势力，沮洛这可是大义灭亲啊，更何况还有这么多证据和细节对得上。崇依两国早就暗流涌动，针对燕川，子笙心里也嘀咕，楚王不是省油的灯，若是反制甚至暗算燕川，合情合理。想到这里，子笙厉声打断了梅央的话："梅大人！四国盟室有约在先，凡是商议必在明面上，如今你们与崇衡私下谋谈，必须要给个说法！我们即便不轻信，也会彻查此事！"

梅央见子笙已经信以为真，有些不知所措道："子笙将军，沮洛乃一个朝堂疯子，他的话怎可信啊！"格图挺马而出："梅大人休要再多言，沮洛难道自己不要命了吗？拿后宫和四国一起玩闹不成！那名册和信件又如何说？今日之事休要再提，我会呈书信至列王，几日后天下院你们要给个说法！还不快放了我何大人！"

"哼！本以为天洛引火自焚，不想是自家后院着火！沮洛，你的人既然不希望共治和禅让，是不是也得有个态度！"子笙大喝道。

"修辙将军！"沮洛厉声道。

"来人啊，把韩童两位大臣拿下！"修辙说罢，巡防军和京守军又推搡起来。韩童二人不停挣扎，元攘和青灯一左一右，拿下他二人自是不费任何力气。突然，韩魂冲过来把刀架在沮洛的脖子上，泪如雨下："沮洛，你敢动我父亲，我就杀了你！"

沮洛一声长叹，压低了声音："糊涂小儿，你看不出来我是诈四国吗？你若现在杀了我，谁救你父亲再出来呢？"韩魂举着刀，身体不停发料。童魄走过来，把韩魂的刀挪开，然后给沮洛跪下，低语道："沮大人，我们中了鲁正的计，你借我们诈四国，救天洛，我不怪你，只求今日过后救我俩父亲，在下愿意一心共治，效力天洛！"

韩魂丢下刀，痛哭起来，童魄这才挥了挥手，京守军便放了四国天下院的人，也不再纠缠巡防军，巡防军迅速押着韩童两位大人往后宫拖拽。韩腾义指着沮洛："沮洛，你个疯子！疯子！"

修辙挥了挥手，巡防军也同时把韩魂和童魄擒住，押了下去。洛和会会众与子民游众但见场面如此，站在原地没了声音，幼槐低声耳语相传，让众人慢慢退去，别再声张。幼槐笃定了沮洛和修辙之计，也是为了救洛和会，便没再挣扎，以防多生事端。其实幼槐心底此时也自知，四国勾斗并非坏事，天洛真正的复苏也许就在此时埋下了种子。远远看去，洛和会不再挣扎，游行大众也便慢慢退了。

子笙拨转马头，走过沮洛和修辙的身边："告辞，沮洛、修辙，你们也好自为之，天下院见！"子笙怒目宗政蕊和伯谕，然后领兵而去。格图也领兵愤然而去。

伯谕和太稷互看了一眼，伯谕自言自语："好，好一个金蝉脱壳，我们倒要看看，天洛和燕川还有几分气力。"伯谕和太稷领兵而去。

宗政蕊望着修辙良久，不再言语，宗政公贺拍了拍公主的肩膀，宗政蕊眼中含泪，竟然驱马向着后宫而去，宗政公贺阻拦不及，又不敢贸然进入后宫，修辙给宗政公贺使了个眼色，示意他先行带着南依军离开，自己去寻便是，宗政公贺对修辙甚是愤然，但也无奈，只能离去。四国的军队便如此浩浩荡荡撤离。

何谦、鹿辞和扶季表情落寞，返回了侧殿，又一番口舌之争在所难免。梅央一声长叹，摇了摇头，看着沮洛嘲讽道："有你，修辙和龙默三人，天洛还能败了，简直可笑。"说罢便又大笑起来。

"那是加济王朝的败，不是天洛的！"沮洛笑道。梅央不再言语，抽身而去。沮洛看了眼沮云："把他押去监狱！"沮衍带着沮云离开，沮云叹着气，满脸无奈。

修辙面向剩下在退去的子民和后宫之人喊道："其余人不再追究，从哪里来，回去哪里！"众人随人潮四散而去，耳语声此起彼伏，似乎也都在判断今日局面的真假。

洛和会首领低语道："幼槐兄，我们怎么办？"幼槐摇头道："沮洛言语之中，不曾提及我们，那是一种保护，今日之事算是败了，但是好歹没有太过暴露。走，撤退，从长计议。"

修辙凑到沮洛的身边，广场慢慢变得空空荡荡，修辙显然松了一口气："我本没打算这么抓韩童二人的。"沮洛松了松眉骨道："四国比我们想象的狡猾，轻易骗不了他们，没办法，只能牺牲自己人了。"

"你说的我都快信了，韩童二人看上去真像是反水的。"

"就是真的，否则为什么鲁正那个老东西会不来呢？"沮洛此言一出倒是惊到了修辙。

"我以为韩童之事你是信口开河的。"

"但是韩童两对父子杀不得，否则鲁正便没人制约了。"沮洛言道。

"那是自然，几日后放了便是。"

"天佑我天洛，共治不倒，前路可期。"

"这次算是我们挑拨四国了？"修辙问道。

"他们没那么容易被挑拨，这次只是彼此开始猜忌而已。盟约之内，他们不会太伤及颜面。"

"你从没想过在龙默离开的日子里，做些别的事情吗？"

"如果有，那在龙默出现之前就应该做了。如今，什么都晚了。"

"你的意思是，我们还需要他？"

"是天洛需要，不是我们！去吧，把蕊公主送回军界去，她还是个孩子，别伤及自尊。"沮洛提醒道，说罢转身而去。

修辙思忖片刻，方才想起还有蕊公主这么个孩子要哄，想到之前自己和诸将出狱，蕊公主是帮了忙的，南依一定也觉得天洛会是自己人。可如今，这内伤要是修复起来，可难了。

元攘和郤别均已随着巡防军和京守军带着押送之人走了，只有青灯还在修辙的身边，自是不愿修辙去追蕊公主，她怎会不知宗政蕊喜欢修辙，她跑入后宫，自是只有修辙能追回来。

"将军早点休息吧，今日累坏了，一个公主，受此大辱，让她一个人冷静冷静便是。"青灯说得冷峻，内心就是希望修辙待在自己身边，而不是去追那公主。

"南依公主去我后宫，担心是必然，我去寻了，送回军界便是，你且去休息，巡防军和京守军有元攘和郤别呢，不必担心！"修辙说罢，跃上马背，早已冲出好几步。青灯看着修辙的背影，自言自语道："战虏一方，易。陪你一生，却难啊！"青灯言罢，眼角的泪水泅湿了眼眶，却只有这样的情形，才能释放自己的感情。

一夜乱局，至清晨方休。尽是爱恨情仇，虚虚实实，尽在言语之间，刀剑之下，天眼看得透彻，世道也看得清楚，只有人心看不明白。

子笙心中自是信了沮洛和修辙的话，而且亲眼见了修辙拿出家兵名册和京畿名流往来名录，若是天洛人没这个把握，也不会拿出这么细节的东西以佐证自己的言行。子笙心里怎会不知南依会有针对自己的动作，但没想到会是拉着崇衡立盟中盟的形式，心中一阵恐慌，便暗自决定去崇衡军界周遭走上一走，探探虚实。他兵分两路，一路大军回界，一路小队随他去了崇衡军界附近。

子笙和格图领着各家兵绕着崇衡和南依军界探了探，看见不少囤积在郊外民居墙角的私盐和一些铁器，空气中还弥漫着锻造的味道。二人又对崇依的图谋和盟中盟的形成多了几分确信，这四国之人心中的裂痕算是越来越深了。

修辙在后宫寻了半天，这才在央鄰宫附近找到宗政蕊。蕊公主瞳孔泛紫，扫视一圈，直到看见修辙驱马而来，眼神才变得温柔起来，但是温柔中略有伤感和责备。修辙但见蕊公主眼神诡异，甚是怀疑其身份，驱马靠近。

"公主何故乱闯后宫？今日之事，还未有定夺，明日朝会再言如何？"

"修辙，出狱那日我放你一马，为何恩将仇报，陷我于不义？"宗政蕊噘着嘴。

"今日天洛洪流汇集于此，国家危急存亡之刻，我能如何？"

"好！答应我一件事，我便不说央邻宫私藏小王子修学一事！"宗政蕊言辞威胁道。

"你如何得知此事？"修辙大惊。

"如何得知？沮衍等人第一次接王子们入宫，便是我当值巡查，我放你们一马，却不知感恩戴德，且不说大狱外我再卖郗别一个人情，就是今日，你何尝见我反驳再三？为的什么？"宗政蕊几乎咆哮起来。

"公主且小声些，我自知南依有意暗中相助天洛，但是今日之事，我们不得已而为之，还望谅解。"修辙心里也有些愧疚，毕竟蕊公主确实对天洛仁至义尽。

"修辙，你记得，我妥协小王子们修学立身，私放你和郗别等人复职，如今又让你和沮洛借我言语四国，三件事，你欠我三个人情，来日若还，还算你是个君子！"宗政蕊媚眼频眨，却见眼神中无光无色，似是已经把修辙的英俊脸庞拓印下来。

"修辙记得此三次大恩，望公主给予报恩之机！"

"你有的是报恩的时候！"宗政蕊说罢，驱马而走。修辙看着蕊公主的背影，心中自是觉得此人眼神太过诡异，似乎脑中所想也并非如今四国之盟的事，竟然只言个人恩怨，只字不提南依国的愤慨之情。当然，修辙此时也并不知宗政蕊对他的感情。

天方亮，修辙才回了翰博院，他面对窗子，凝望远方，眼神中满是疲惫和庆幸。沮洛拿着一封书信进入翰博院，把信递给修辙。

"龙默的信，看看吧。"沮洛自是已经读了，自觉有趣。

修辙接过信，打开看了看，笑道："你猜龙默都说了什么？"

"八个大字：死守天洛，嫁祸他族！"两人大笑起来。

沮洛收起笑容："四国如今隔膜加重，我们的机会来了。"

"你确定我们还需要龙默吗？"修辙显然心底不希望龙默再回来。

"我说过了，是天洛需要，不是我们。"

"昨夜之事，沮大人当立首功，你放心，沮云不会有事，我想办法保他出来。只是昨夜信中之事，大人消息来自何处？"修辙对沮洛甚是感激。

"将军过奖，天洛不死，是天之庇佑！小儿不才，关他几日，也长长教训！如今，四国之间，比我们想象的要脆弱，一丝清风，星火便起。几日前，小儿沮云来报，说伯谕和宗政蕊有密谋，还有一朵紫色的花作为赠品，那可想而知，盟中盟是除了燕川之外，另外三国都想达成的夙愿，因为他们都看得出来子秋王的野心，只不过这个当口，宗政蕊还没来得及去拜见何谦他们而已。至于夜翻花，翰博院的书籍里没少记载，所以我的信中所言无论真假，伯谕和宗政蕊必然心虚，言中心病，无异于揭昨日之疮。格图无智，子笙性急，鹿辞伪善，何谦软弱，不会有人洞悉事实的，即便是梅央，他也未必知晓公主所为，一切，不过是一场豪赌。"沮洛当真有着癫疯心境。

"沮大人这次真是铤而走险，若不是韩童两人参与后宫夺嫡之事，只怕你我的故事编不圆满。"修辙依然在庆幸劫后余生。

"所以说天佑天洛，四国之难与后宫之乱可以相抵相制，那是再好不过了。"

"要不，你今日就把沮云带走吧，免得天下院为难，他们不会猜不到洛和会参与了此事，天下院不识沮云，我们找个替死鬼便是。"修辙也知沮洛爱子，沮洛虽心有惩戒之意，但是也担心沮云成了四国和韩童氏的靶子，犹豫再三，点了点头。

修辙手持长戟，身穿半甲，威风凛凛地站在光洛殿侧殿内，此次朝会显得气氛异常紧张，一夜不眠的大乱后，人心动荡，各自惴惴不安。英典、青灯、元攘和郗别分站修辙左右，气场夺人，不下四国将帅。

子笙、鹿辞、格图、何谦、宗政公贺、梅央、太稷，扶季围坐四周。众人盯着侧殿中央站立的伯谕王子和宗政蕊公主，似是审犯人一般，但是四国也均知，毕竟是王室，该给的面子还得给，若不是牵扯四国盟约的要害，睁一只眼闭一只眼也就算了，但是场面极度尴尬自不用说，众人良久无语。

子笙无奈地摇摇头，当先走出来，面对伯谕道："怎么？伯谕王子，对我们没什么交代吗？"

"子笙将军不必阴阳怪气，我们从未做过有毁四国盟室的事情，这其中必有阴谋！我还是那句话，沮洛言语不善，天洛人必有阴谋！"太稷厉声，转而看向修辙等天洛人。

"太稷，你护主也分个时候行吗，昨日我等看得清楚，听得清楚，也查得清楚，你怎么解释那两封信？那些穿军衣之人？你们崇衡军界四周的私盐、铁器，还有满满的仓廪，分明就是和天洛后宫的走狗勾结，还不承认！那修辙将军拿出来的家兵名册和名流录我和子笙将军也都翻阅过了，月末你们和韩童两家没少私会，难道只是互相买卖粮食？"格图几乎是在呵斥。

"格将军，信，谁写都成；衣，谁穿都行；盐，谁放都行；铁，谁打都行；粮，谁屯都行。你说的名册，我们不知，韩童两家与我们四国谁没有商往，你现在只揪着我们言语？这其中有人陷害，想毁我四国之盟，你看不出来吗？你想想，四国盟室瓦解，谁人得利？"伯谕反驳道。

"子笙将军，你且冷静想一想，昨日沮洛之言，若是我等与天洛后宫大族为武，为何与四国军队同进宫殿，我等完全可以全员乔装，等候你们进瓮就是了，难道还要骑着马等着别人揭穿吗？"蕊公主话说给子笙听，眼睛却看着修辙。

"哼！这些话你们昨日当众怎么不说？隔了一晚，你俩便说得头头是道了，我只信自己的判断，你们几天之间，就能如此大量地囤粮囤盐，收铁造器，这难道是从天而降的吗？崇衡和南依，即便是水路至此，也要半月有余，那不是韩氏童氏等后宫之人相助，如何办到？这一切，为的难道是保护天下院吗？名册上写得明白，你们的军队还有韩童家兵，巡防军和京守军有也就罢了，你们也行此事？谁不知道，如今天下太平，你们反过来开始惦记我燕川盟主的地位了。"子笙这一言，激得伯谕有些愤怒："哦？我等结盟之时，其余三国何曾提出过盟主一说呢，只是暂时遵从子秋王的命令而已，如今你说燕川是盟主，那会不会有一天还想当这天洛的国主呢？"

子笙指着伯谕厉声道："伯谕！我敬你是崇衡王子，言语不要太过分！"

"子笙，你若再对我王子出言不逊，休教我无理了！"太積咆哮起来。

"子笙将军息怒，我南依国和崇衡国的四国同盟之心不必怀疑。如今的事情也很明显，必是那天洛后宫的党群所引，然后嫁祸四国而已，当然也不排除沮洛那个疯子的胡言乱语。你细想，他们都是加济王正统，谁会甘心登位禅让呢？而离间我们必是从我等小国下手，你们燕川如何惹得起。"梅央缓声而劝，希望彼此都给个台阶下。

子笙显然接了梅央给的面子："这话听上去还有些道理。"

"但是此事不能就此罢休，若不彻查罪魁，我们对于四国国君都难有交代。"何谦插话道。

"待龙默回来，我等也需商议出个对策，这般纵容天洛乱民、后宫奸臣可不是个办法，共治不能顺利，那大家还在这里耽误什么时间？"鹿辞补充道。

"韩童两位大人还在牢里，伯谕和宗政蕊两位王室就在这里，说我们纠结谁拉拢谁，勾结谁太过儿戏了，共治若因此事瓦解，那就得不偿失了。你们想想，我们共治不成，谁得利呢？我们后宫祸乱，谁得利呢？难道不是天洛洛和会的那些亡命徒吗？上个月末，龙默大人刚刚手刃洛和会的一帮志士，他们怎么可能善罢甘休？所以昨日之事，想必洛和会也参与了主谋，而韩童等后宫之人确实也有响应之嫌，是否反水只是猜忌，至于南依国和崇衡国的盟中盟，我想应该是有眉目的，但目的也许是暗中保护天下院也不一定，乔装天洛子民可能是为了彻查洛和会也说不定，我们彼此之间有误会，有错怪，更有可能是猜忌而已，心魔由心生，所以此事既然已过，我建议开翰博院，以软禁伯谕王子和蕊公主一月，以示惩罚，其余诸事，详探再议。反正共治还需继续，众人齐心，才是王道，有则改之，无则加勉。至于洛和会我们会全城缉拿，后宫罪人，也会严惩不贷，早日给众人以交代，其余的事我们也会一一彻查，四国之敌友，当然也需自行查探，但无论结果，还需大家坦然面对，各人心里都有一杆秤，倾向哪侧，自有分寸，但是包容之心，不可一日不念，这样才能共保共治大义。"修辙给此事简单作了总结。

众人面面相觑，没人再作声，屋内气氛凝重，各怀心事，软禁伯谕和蕊公主已是四国都能接受的最好结果，没人再有异议。制衡的魅力就在于此，子笙和鹿辞心知南依和崇衡有鬼，但是却不能太过撕破脸面或要求重罚，只能私下再查，得了确凿的证据再行问罪，其余诸国也均是如此。南依和崇衡愤恨沮洛和修辙，但是修辙如今卖了面子大事化小，他们若再揪着天洛不放，便是把天洛往燕川身边赶，对自己只有坏处没有好处，所以也就都不再言语追责之事，但是私下里这勾心斗角可就愈演愈烈了，五国之间也就以燕川和南依两大强国为主轴开始划分站队，天洛自是坐收着渔利，但是也时时刻刻都在破局的危险边缘。

话说穆安、婴柳、唐知、夕见和宗政公若这五人一路奔至青戎地界，方知草原之广阔，撩人心境，开人眼识。茫茫草原上步行，驱马、赶车无所不用其极，一月有余，方才来到戎都西郊。

这青戎乃十区六部组成，区域之间连接十分紧密，驿站和关隘自不用说，穆安靠着密使令牌和子秋王手谕通行无阻。但是很快，格索王便知道了路途上有这么几号人前来通惠，指定千族会安排迎接。只是这迎接的排场和级别不算太高，五人于北延山山麓被千族会一众卿士接上，其实就是五个包裹严实点的马车把穆安等人护送进了戎都宫殿而已。

穆安等人虽不曾到过戎都的宫殿，但却知格索王的大殿聚兽堂天下闻名，奇珍异兽的毛皮角牙，世间罕物的锻造拼接，各种收藏遍布大殿，活脱脱一个博物馆。穆安等人跟随千族会卿士们进入侧殿，便已感觉到戎都大部的草原气度和自然之心。

入夜后的深冬草原显得阴冷而凄零。穆安、婴柳、唐知、夕见和宗政公若五人围坐在一个小方炉子旁，点着微微的盆火，火光照亮每一个人的脸，心里无论思绪为何，脸上都是一阵暖色。

众人聊了会儿天，尽是品评如今天下格局，穆安不主张夕见在青戎朝堂亮明身份，自是为了保护她，但是夕见似乎另有打算。

半夜，众人分屋入睡，一个黑衣人慢慢地潜入穆安的屋内，蹑手蹑脚，来回张望，他面戴黑纱，只有眼睛露在外面。

穆安躺在床上装睡，面冲墙壁，不时睁开眼，晃一晃眼珠。龙牙剑此时便立在墙角，黑衣人慢慢地靠近。穆安在床上边伸懒腰，边翻了个身，黑衣人赶紧停住脚步。

穆安又假装打起呼噜，黑衣人这才慢慢把手伸向龙牙剑。猛然间，穆安翻身跳起，一脚把黑衣人踢了一个跟头。黑衣人翻身而起，掏出匕首，刺向穆安，穆安一个闪身躲开，黑衣人明显用匕首不是很顺手，几次突刺，都被穆安轻松躲过。

穆安看黑衣人没有下狠招，一把拿起龙牙剑，挥舞一圈，黑衣人闪退半个身位，穆安手掌托住龙牙剑背，只一推，黑衣人一个跟跄，穆安上手一撩，夺去了黑衣人脸上的黑纱。

穆安抽出一根火折，又燃起蜡烛，看向黑衣人的脸，甚是分明，宗政公若的眼中满是对龙牙的觊觎。穆安哼笑一声："你的猎物就是我的龙牙剑吗？我的猎人师傅！"

宗政公若长叹一声，眼中闪着泪水，很显然，他又在演戏，抽泣间言道："你知道世间如这般的宝物还有多少吗？"穆安瞬间变得机警起来，皱着眉头："你知道些什么？"

"世间神器泛泛，龙牙为其一，而集齐这些宝物，将换来不可预知的未来。"宗政公若巧言善辩，他在试探穆安究竟对这些宝物知道多少。

"未来无人可知，公若，你被骗了，有人指使你，说出你的真实身份，饶你不死！"穆安用剑指着宗政公若，语气愤然。宗政公若依然在坚持自己之前的说法："我说过，我如今是南依国的猎户，游走天下。"

"那偷东西也是你的工作？"

"刚到燕川没几日，便遇到张榜告示，说是捉拿反贼和叛将，我便多问了几句守城的兵士，他们说叛将还偷了燕川的宝物，直到遇见你才知道，你就是叛将！"公若佯装愤慨。

"这些当朝的鬼话你若信，那我们就不配同路而行，我身边没有愚蠢的人。"

"我就是因为不信朝廷的话，才落得一个猎户的身份，否则你觉得我会站不到战场上，与你们燕川并肩作战吗？"公若说得激动起来，"榜文说得清楚，捉拿你的人，得其所欲。取回此剑的人，黄金万两！"

"就为了这些吗？"

"黄金我要来也没用，我要的是燕川西山上的几种名贵药材，我游猎世间，根本无从所得，只有燕川王宫里才有，我逼不得已。"公若编得一套好谎言，无非是为了开脱今日盗剑之罪。

"要那些药材何用？"

"我妻子奄奄一息了，得了一种世间罕有的怪病，我本带着她上路的，但是到了崇衡边陲，她实在无力跟随我了，我便付了些钱，把她留在了那边的医馆。"宗政公若言语间，竟然伤心落泪起来。穆安若有所思，放下剑，走到宗政公若的身边，拍了拍他的肩膀："然后你各地求药？"

"应该说是各地寻药，直到燕川的时候，才知这种病类似'春晨病'，需要燕川王宫内的药材医治。"公若所言之病非假，与龙默之前所言一样，此乃崇衡东疆的顽疾，春初必现。

"春晨病？这病再普通不过了，何须名贵药材，你妻子何时发的病？"

"陪我上路后不久，春晨病乃诱因，病灶呈现十分怪异的样子。"

"所以你就为了药材，准备拿我和我的剑来换？我能信你吗？"穆安哼笑着。

"若你还去崇衡出使，我可以带她来见你，如果你不怕被感染，或者，她还活着……"宗政公若十分伤感。穆安思忖片刻，良久后才言语："我的龙牙剑确是世间宝物，而宝物的确也不止一件，但是我不知道它们散落何处，何人在用，我们面见青戎王室后，就去崇衡，若此事为真，我愿意用剑换你妻子的性命。"

宗政公若躬身行礼："那再好不过，我先行谢过，若你真的不是叛将，我愿肝脑涂地，帮你挽回声誉。"穆安凝视宗政公若的眼睛，点了点头，却依然半信半疑，他也知世间惦记神器的人不在少数，而公若如此说可能还是在隐瞒某种诉求，或者说，是在掩护他的幕后人。

宗政蕊回到洛京城南郊南依军界军帐内，坐在椅子上，噘着嘴，一脸惆怅。梅央在帐内来回踱步，十分焦急："公主殿下，这般说来，那信上之事，都是真的了？什么夜翻花，盟中盟的？陛下为何不曾与我说起过？"梅央心中疑惑。

"确是，我与伯谕当日所说，都是父王的密语，多一句都没有，谁想到，竟然被人听了去。父王不愿你知，是怕你有所忧虑，毕竟分洛、典选、禅让，你均须盯紧，盟中盟之事，我替你分忧便是，而且须从王室下手。"蕊公主也不知为何父王没让梅央插手，也许是怕梅央反对。

"陛下之心，臣懂。公主之心，臣也懂。只是若要设法制约燕川，我们本还有其他的法子，也更安全些。"梅央边说边在思考。

"安全之法，当更长时日，我们等不起，跟我们和亲的是哪家公主？那雪轮公主话都说不利索，空有一个皮囊，哥哥若是娶了，当真是个累赘，于我们分洛有何好处？但是燕川的彼岸公主呢？那可是天下鸾凤，我就不信，这是天洛私定的，必然是燕川自己索要的。"蕊公主言语间，尽是龙默巧立通亲和故布疑云的结果。

"殿下所言倒是真，这燕川和亲，以盟首自居，军界数倍于我们，监理之人又是最多，确实威胁甚大。"

"但是话说回来了，我未曾送信给伯谕，不知道修辙的信是哪里来的？"蕊公主疑惑道。

　　"那必是沮洛自己写的，听说修辙手下的副将郗别是个文墨之将，手中的笔比手里的剑厉害，当是他拓印而成。信中只需描述我们做过的事，哪怕夸大一些，我们也会自怨自艾起来，沮洛真乃人才，唉！加济王也是个一叶障目的昏君啊。"梅央感叹道。

　　"我们现在怎么办，燕川和青戎肯定不会放过我们。他们一定觉得崇衡只是随着我等谋事，万一崇衡再倒戈了，我们可就被孤立了。"

　　"我们斗不过沮洛，但是拉一拉那修辙还是绰绰有余的，更何况他还有天洛兵权，哪怕巡防军如今还不成气候。"

　　"修辙？"宗政蕊说罢，脸色娇羞了起来。

　　"公主对那修辙可有什么感情？"梅央怎会看不出蕊公主的情义，故意还问了一句。宗政蕊的脸瞬间变得更加绯红，目光开始躲闪。梅央看着公主的脸，更确定了自己的想法。

　　"公主殿下不必再言，臣明白了，那修辙如今还是天洛之将，手握兵权，还是名门望族，还是天下院之人，若您同他成婚，那我南依国和天洛国两军驻于此地，就是不败之势了，我们如今的颓势，必能挽回。他燕川借公主和亲，必是也有此类想法。"

　　宗政蕊瞪大眼睛，佯装犹豫道："我乃王族，怎可如此草率地成亲，还是嫁予一个落魄之国的败军之将。"

　　"公主殿下，此事我会速速禀告陛下，我认为此时行此计再合适不过。一来其余三国都有所畏惧，不便再深究前事。二来我南依国周旋余地大增，兵力扩充。三来在分洛前路上有了和燕川一样的筹码。四来盟中盟即刻而成。而且，无论燕川和青戎查出来什么，有修辙的帮助，我们定会有所周旋。你的软禁之日便会缩短。"梅央趁着蕊公主启禁之前，一股脑把想法都说给了她听，生怕她入了宫，受什么委屈。

　　"你说的前三个我还懂，第四个，盟中盟……"

　　"崇衡国虽小，但十分精明，若见我们与天洛将军联姻，那必是依然倒戈于我们，因为自古以来，我们洛族人本就分散在天洛、崇衡和南依，一脉相连，而崇衡和青戎、燕川都有纠葛，摩擦不断啊，到时候就是我们三对二的局面，优势不小啊。"

　　"那燕川和青戎怎可能答应？"

　　"此事于情于理，他们根本管不着。要管，我们也有借口，既然五国共治，那么五国联姻也势在必行，我们只是先行一步而已。陛下上月密信说得清楚，雪轮公主还未到依水城，那说明什么？说明公主可能途中生变，那么我们补一个通亲不为过吧。"

"那你怎么肯定修辙会答应这门亲事？"

"公主放心，修辙一心王室，你若跟她说明此目的，他不会有怨言，只是委屈了公主这一天下绝色！"梅央说罢，跪下行礼，"还请公主赎罪，臣自己做主此事！"

宗政蕊赶紧把梅央扶了起来："无妨，无妨，梅大人言重了，为了南依，这不算什么，那修辙也是名将，若是能挽回局面，一切都值。"

"多谢公主！"

"那就劳烦你跟我父王说个清楚，再准备些薄礼，我明天就去见修辙。"

"公主放心，都交给老臣。"梅央言毕，宗政蕊心里乐开了花。

话说风铃公主、锦葵公主、雪轮公主和秋罗公主久未现身，四国也都在陆续地给天下院和内廷院施压，质问公主们的去路。修辙和沮洛一直装傻充愣，四国也不好太过质询，只能在各自边境大肆寻觅，心里也在猜测是不是盟室之友劫了去。这四国之间的暗流如今越发纷乱和深邃，盟室已然开始飘摇。

几日后，宗政蕊兴高采烈从军界出来，命人驾着一辆马车奔着将军府而去，车上鲜花、水果、礼品盒，五颜六色，应有尽有。

不出半个时辰，宗政蕊欢蹦着进了将军府，一屁股坐在椅子上品起茶来，修辙依然在批阅录文，面色淡定。宗政蕊的下人们忙前忙后，往府院里搬着各种东西，这些分明就是彩礼，却大多是天洛的特产。不一会儿，宗政蕊挥了挥手，所有的下人退了出去，屋内只剩下两人。宗政蕊一脸调皮："你上次欠我三个人情，这次先还第一个吧，婚书你也收了，聘礼我反送给你，本公主嫁人没想到这么草率，你是不是也表示表示？我的修大将军。"

修辙转过身来，盯着宗政蕊的眼睛："得公主赏识，在下听命就是，何时办酒，何时定宴，何时出轿，何时入房，都听你的，我无异议。既然是还人情，我还你个清清楚楚！"

宗政蕊先是一愣，然后有点生气："修辙！你！我好歹一国公主！嫁给你是你的福分，你却这般态度！"

"公主殿下，你我不同族不同国，如今在这天洛乱局里，五国同居，九族共荣，你的这些心思还能躲得过天下院里的这些老人们吗？"修辙还能不知道南依人的用心。

"修将军不愧名将！明了当下的局势！那我就不费口舌说明你我成亲的原因了，你我之亲，只为政事，不为己私，所以你最好有所准备。"

"那公主也必定是想好了我拒婚以后的计划了？"

"随你，反正答不答应，于你天洛败局也没什么利弊，但你一介名将，不会对人情世故这么没有分寸吧。"

“那好，公主，悉听尊便，今日起，你我夫妻相称，但无夫妻之实，更无夫妻之情，住在哪里你随意，我不碰你就是。对了，你的软禁我会尽快帮你解了，还有公务在身，告辞！”修辙快步离开。宗政蕊噘着嘴，皱着眉头，气得不停地急喘，但是不一会儿，却开始调皮地四处打量将军府的陈设。

说巧不巧，青灯此时快步而入，自是看见满地的聘礼，还有桌上的婚书，心底明白，又一个拿和亲说事儿的来了，她也不言语，见修辙不在，转身要走。宗政蕊上前一个探步：“哎！你以后可不能说来就来了啊，这是将军府，我以后是将军夫人！”青灯本就爱慕修辙却不得，哪里受得这般气，转身翻手，一条丝刃已在空中。宗政蕊手疾眼快，腰间的龙尾鞭捏在手里，打出一个螺旋，丝刃和长鞭搅在一起，两人同时用力，两条软却韧的武器被拉得笔直。青灯死死盯着蕊公主的眼睛，眼神中满是愤怒，蕊公主也不示弱，两人像极了拔河两端的队首之人，除了用力就是气势不减。

元攘快步走进府内，边走还边在唠叨着军中要务：“将军，巡防军那边……”元攘话未说完，看见两个冷峻女子在府内对峙，顿时吓了一跳，他环视四周，但见聘礼和婚书，明白了些什么。

“嗯，那个，青灯，鲁大人昨日在东郊仓廪和汤宗楼新上的粮草和钱两，你不去查收一下么？”元攘自知这般下去，对修辙影响也不好，赶紧先支开一个。青灯自断丝刃，哼笑一声，转身而去。宗政蕊收了龙尾鞭，一脸不服气：“野丫鬟！”

青灯必定是元攘多年的战友，元攘也不愿外人骂自己的亲朋，反讽道：“公主连个丫鬟都打不过，嫁给将军可有气生了！好自为之，告辞！”元攘也不多费口舌，转身而去。

“你！”蕊公主噘着嘴，自觉得刚进将军府的门第一天，就受了一肚子气，好生委屈，但是想到每日能陪着修辙，又觉得开心起来，女子之心，就是如此反复无常。

青戎国戎都王族聚兽堂内，格索王和龙默并排而行，诸位青戎的大臣分成两列，站在大堂的左右。

格索大喜道：“龙大人此番前来，诚意十足啊，可见你四国面前建立共治，不只是一时之勇、片刻之智啊！这天下院，龙默大人一枝独秀，若是言语之间有所帮衬，青戎感激不尽啊！”格索王自知龙默会是分洛的重要人物，言语之间客气也是自然。

“陛下见笑，我建立共治，是希望和平长存，共荣同心，让五国之间，不再有战事，此番前来，也是说予众位君臣共治的方略与前路，禅让的细节，并表达之前天洛引战的歉意和我个人的诚意。青戎大国，北方大族，十区六部，共荣天下，格索君王更是 代明君，草原荣光，我今日有幸与您攀谈，已是无上光荣。”龙默这马屁拍得响亮，其实你要问他关于青戎国更多的细节知识，他一句也说不上来。

"龙默大人过奖了，来，我们共饮一杯，我这青戎草原的羊奶酒可是举世闻名啊。来，为了共荣！"格索和龙默举起酒，一饮而尽。"好酒啊，比我天洛的酒烈多了。"龙默称赞道。

"那是，我青戎的汉子性格更烈，与这草原最是般配！"

"那是，北境之王，名副其实，我早就听闻青戎举国上下，一直有全世共荣、全族一家的理想，不知此是真是假啊？"龙默问道。

"当然是真的，我青戎人的胸怀超出家国王族，超出人间俗世，唯有天地才是尽头。我们提倡全世共荣，打破国界，无族无家，一族一家，那是自然的馈赠，我们本该如此，不是吗？"

"格索王果然胸怀坦荡，天地之宽啊！在下佩服。来，我再敬您一杯酒！"龙默举起一杯酒，向着格索走去。格索也站起身来，举着酒杯，来与龙默碰杯。龙默的手指与格索的手指相碰，龙默突然灵魂出窍一般，龙眼带来的闪念再次出现——

广成子救下殷郊……殷郊吃仙豆，化作三头六臂……殷郊生擒黄飞虎……殷郊受犁耕而死……

很显然，格索王便是殷郊。龙默愣在原地，格索看着龙默的眼睛："龙大人，龙大人，不胜酒力了吧？"格索说罢大笑起来。

龙默才回过神来，赶紧言道："陛下，青戎的酒真是力道猛烈啊，我有些上头了，借着这好酒，我想赋诗一首，不知是否合适？"

"当然，当然，龙大人请！"

龙默走向王宫的中间，吟诵起来："鼙鼓频催日已西，长子此日受犁锄；番天有印皆沦落，离地无旗孰可栖。空负肝肠空自费，浪留名节浪为题；可怜二子俱如誓，气化清风魂伴泥。"龙默此诗一语双关，本来言语殷郊和殷洪的诗句，龙默此时说出来显然指代自己的两个孩子，也借此试探格索是否有殷郊的意识。

龙默借着酒兴，甚是怀念自己的两个孩子。龙默早年自洛水而回，便成亲立家，与妻子恩爱有加，不久后便见膝下一儿一女，此天伦之乐，谁肯释手。但战事渐深，申公豹的魂意落入龙默之躯，其野心与欲望与日俱增，这般儿女情长也便不再是龙默所需，他离开妻儿，独闯朝堂，只有升官发财才是自己心中执念。为此，妻儿离散，终是给他留下了一抹哀愁，也是心里抹不去的阴云。其实就龙默本人来说，虽也有枭雄之心，但是并无贪婪之欲，这申公豹的魂意不仅压制着龙默魂意中的一切，也必然压制着其行为，所以要说推演世界中最惨的魂意，不是穆安，也不是夕见，当属龙默，他被申公豹和超脱智慧同时压制，人们本身设定的龙默自身的一切都已是心中回忆，龙默的自我早已消失殆尽，令人唏嘘。但是如今也没有人说得准，龙默智慧的超脱究竟是属于龙默自身这个推演角色，还是属于那个 AI 超级病毒。若是龙默自身有所超脱，那么兴许有一天，他能自主地击败申公豹和病毒的魂意，还自己一个天伦生平，爱自己所爱，守自己所守。

格索面色有些疑惑，龙默不停地偷瞄格索的表情。"龙默大人此诗何意啊？"格索问道。

龙默装作很伤感："只是在下想起了自己的两个孩子，一男一女，都在战时走失了，至今未能寻回，有些伤感。"龙默一直盯着格索的眼睛，格索眼中充满怜悯，龙默知道格索虽是殷郊但是并无上古魂意。"哎！乱世之事，可悲可叹啊。"格索也有些伤感。

"不知陛下是否有子女或者至亲在宫中，我也想去拜见一下，略表诚意。"龙默寻觅纣王之心不死。

"龙大人有心，不瞒你说，家父格须坡大王当年得到燕川割地，荣光一时，却不料隔年就病逝了。那时候我的长子格鄂尔坦才三岁，如今他已经成人了，却整日饮酒作乐，难继国事啊，不看也罢。来来，家事难诉，都在酒里了。"格索继续举杯。龙默若有所思，举着杯慢慢饮起酒来。

突然，一个侍卫小跑进入宫殿，半跪于地："陛下，燕川密使求见！"

"请上来吧！今日本该一起助兴的，我倒忘了这茬了！"

龙默坐回到自己的座位上，惆怅之心已然过去大半，心想虽格须坡已死，但纣王之魂绝对依存，必然就在青戎。

穆安身背龙牙随着侍卫进入宫殿，站在格索王面前，躬身行礼。龙默抬头盯着穆安，对自己眼前的俊俏少年甚是有点钦佩，不仅样貌端端，身形修长，这行为举止也很得体。龙默自己的龙须颈链、龙眼宝石和龙骨杖几乎同时微微地颤抖起来，他随即皱起眉头，更加仔细地端详穆安的脸，心中已然认定，这个密使不简单，必然深藏秘密。

穆安行礼完毕，语气十分恭敬："格索王陛下，在下燕川密使，受子秋王所托，来为四国成盟，得胜四方，向格索王道贺并商议盟室未来之事。这是国书，使者公文，子秋王手谕和密信！"

穆安从怀里掏出一个折子和一沓子信，侍卫上前呈给格索看。格索大概地翻看了几眼，也不甚仔细。

穆安环顾四周，与龙默对看了一眼，自己口袋里的龙肤卷轴和背后的龙牙剑有些颤动，更有隐约的龙吟之声。穆安也开始觉得这位格索王身边的门客绝不简单。这龙默和穆安两人相遇，自是姜子牙和申公豹当世的第一面，不想竟是在青戎的地界，想当年两人在玉虚宫，也是一时师兄弟，如今落得新世，各为其主，各怀魂意，各有心性，却再回不到当年了。

格索甚悦："好！你我盟室至今，得胜而归，你来道贺，就是上宾。来，坐，一同饮酒！介绍下，这位是龙默，天洛天下院的国相，他是代表天洛的天下院前来为战事致歉，以表敬意的。这位是穆安，燕川密使，既然天洛已是五国共治，那我们如今就是一家人，一起饮酒，不醉不归！"

穆安和龙默互相点头示意，各自的名字也都谨记在心。穆安自从从夕见口中得知龙默的名字，也便觉得龙默搅弄天洛风云，必是个人物，不想巡世之途未过半，便见了面。一时间，脑子飞速地转动，想要如何试探一番。龙默亦然。

"龙大人，在下穆安，有礼了！"穆安当先行礼道。

"唤我龙默便是，在这青戎大殿，我已经不是大人了。来，穆安兄，请！"龙默客气道。

"请！"穆安坐到一旁，举起一杯酒，与众人共饮。

"穆安兄看上去年轻，已经是子秋王的密使，不简单，真是一表人才，这把长剑更是威风凛凛，不知能否给大家见识见识。"龙默当先试探起来。穆安瞟了眼龙默手里的长杖和脖子上的宝石："见笑了，龙大人，这把剑是家传宝剑，带着防身而已，已经老旧不堪了，在这聚兽堂打开，太过寒酸了。"

格索王大笑道："穆安小小年纪，很是谦卑啊。来吧，要要你的长剑，给大家也助助兴！"

"好，那就献丑了！"穆安也不推脱，抽出龙牙剑，剑身油光泛泛，气度不俗，光耀门堂，不在话下，他稳中带劲，开始挥舞起来。龙默看得出神，龙牙剑的剑光甚是华彩。格索王和众位青戎大臣均目瞪口呆。

穆安挥舞龙牙，动作潇洒而飘逸。龙默眯缝着眼睛，尽力压制自己龙骨杖的颤抖，举起一杯酒，冲着穆安走了过去："来，穆安兄，喝酒！"

穆安收了剑，也举起一杯酒，与龙默撞杯，撞杯的一刹那，龙默拉住穆安的手，盯住他的眼睛："真是一表人才啊，这样的人才只作密使可是浪费了。"龙默显然希望龙眼给自己明示穆安究竟是谁，但是龙眼并未显灵，他摸了摸自己的龙眼，依然没有反应，龙默只能缓解尴尬道："你说这剑是家传，家父可是燕川军人吗？竟然有此利器！"

"正是，家父是个军人，这也是战场上所得之物，收为己用而已。"

"可有其他家传之物，也拿来给格索王看一看吧。"龙默咄咄逼人。

"只有这一把长剑而已，不足为奇。"

"好，他日你离去，我再赏你些宝物。"格索王大悦。

"素闻青戎地大物博，定有无数珍宝，在下期待一见。"穆安谦虚道，随即和龙默一道坐回了座位上，开始继续饮酒。

"来啊！上舞女助兴！"格索王同时得了天洛和燕川的诚意，一时忘乎所以。

一众舞女走进王宫开始跳舞助兴，堂内顿时歌舞升平。龙默继续饮酒，已是有些微醺了，不时地看向穆安。穆安偷偷翻出自己的龙肤卷轴，但觉龙默在偷看自己，又把卷轴收了起来。两人心思之间，当是千万缕的联系，却不敢太过露骨地继续试探。

聚兽堂的酒宴直至一早才散去。穆安醉醺醺回到侧殿，夕见、婴柳、宗政公若、唐知却早就围坐在桌旁，等着穆安言语朝堂之事。"今日在殿内，有个叫龙默的人，从天洛而来，我想……"穆安还没说完，夕见双眼圆瞪，抽出婴柳腰间的匕首，准备冲出门去，被宗政公若和唐知拦了回来。"夕见，你冷静一点！"穆安这一吼，已经酒醒了大半。

"那是杀父仇人，亡国罪人，你让我怎么冷静？"夕见一时间眼圈通红，心中愤愤不平。

"他身藏异物，看面相，确是城府极深之人，不可贸然行刺！"穆安嘱咐道。

"这事不用你管，我自己能办。"夕见又要起身，又被宗政公若和唐知按在了椅子上。

"公主，你就听我哥的，他会有办法！"唐知劝慰道。

"夕见，你想想，你现在很有可能是天洛唯一的王族血脉了，若有闪失，王族怎么办？天洛怎么办？如何复国？"公若关切道。

穆安扶着夕见的肩膀，凝视她的眼睛："公若说得对，夕见，我们必须从长计议，不可冒失！"

"龙默为何突然出现在这里？若是天洛共治了，他应该乖乖待在天洛不是吗？"婴柳心想龙默不会是来暗中监督自己的吧，若是如此，身边既有龙默，又有洪番，可当真是纷杂。

"听格索王说，他是来为战事致歉的，也带着天洛的诚意，似乎是出访，但是可以肯定的是，他的目的绝不止如此。"穆安回忆道。

"为战事致歉？天洛的诚意？他城府之深，言语之力根本难以想象，我甚至怀疑，我天洛最后的溃败，都是拜他所赐。"夕见情绪逐渐缓和下来。

"所以如今的天洛，就有可能是他想要的制衡，四国本就把分洛谈判看得很重，但是谁都不敢做出头鸟，谁也不敢大刀阔斧地分得天洛大部，尽管四国都这么想，谁如果真做了，就容易成为众矢之的，成为第二个加济王。龙默正是揪住这一点，完成了天下院的建立，然后下一步就是过渡为他自己的专治！"穆安分析道，"所以龙默这个人对于天洛来说，比四国还要危险！夕见，我们虽不是天洛人，也有自己家国的立场，但是就此时来看，五国制衡，共治才会长久，我们支持你复国，但绝不能暴露身份，也不可轻易行刺龙默！"

"那你有什么办法？"夕见问道。

"你先随我用使者身份遮掩，前去向格索王索要应允，让你在青戎边境找寻天洛残军，就说我们燕川在战途中有丢失的军队，我们想要整编就是了。之后，你去边境，用公主身份找人，整队后在边境等待龙默回朝，路上杀之，也许能万无一失。"穆安献计道。

夕见一时陷入深思，不再言语。婴柳摇头道："还是感觉太过烦琐，若是她夕见同意，我一个飞刀一把银针的事！"婴柳如此说，心里并非如此想。

"穆安，我还是要问你，身为燕川人，与天洛交战多年，现在却出手帮助天洛公主，是何意呢？"公若不解道。

"我们与天洛交战，是因为他们占我家园。如今战事已息，天洛败退，几近亡国，那里有着更多失去家园的人，无论战事因谁而起，子民总是无辜的，你说呢？"穆安答道。

"穆安，谢谢你！"夕见眼里闪着泪，拉过穆安的手，语气里满是柔情。

"若你有一天得了王座，希望你不是下一个加济王。"穆安言语之间，也有对加济王的怨恨。

"那可难说！"婴柳看着穆安和夕见牵手，醋意大发。穆安却和夕见对视良久，然后躲开了彼此的视线。

安梦文看着桌子上惠子扔下的一沓子文件，上面有联合国和人盟的批文。很明显，陆秀夫在执行的计划过于秘密，安梦文无权亲自过问和寻觅。他瘫坐在椅子上，自知陆秀夫陷入的困境也是自己陷入的困境，若找不到他，难言AI联盟下一步会如何逐步残噬他们心中这一片"胜利"的净土。

安梦文打开双约附文，思忖着如何在半个小时后的会议上说服维克托和吉尔菲尔，还有他们此次前来的绝对上级，AI联盟的副盟克里斯。

晚上十点，已是常人该入睡的时间了，安梦文针对众人的舌战群儒才刚刚结束，他成功地把会谈又推迟了几周。当然，他舌战群儒的能力换来了与克里斯单独聊聊的机会。

"年轻人，话术不错，说吧，想单独与我聊什么？"克里斯是个儒雅的中年人，在他手中有着无数的关于人类人性的复杂推演计划，安梦文知道，克里斯是自己最后的救命稻草。

"克里斯长官，我叫安梦文，代号蝰蛇，本是AI联盟早期的翻译官，如今卧底人类联盟超过了二十年，若是您愿意帮我破解一个密信，并找到密信中的人，我将感激不尽，这也会成为我们最后取胜人类的筹码！"安梦文最后的妥协竟然是暴露其卧底的身份。没错，安梦文是如同李勉一样的脑植入人，语言专家，也是计算机专家，身世背景复杂。

克里斯大笑起来："星宇归一，银河九天，若能得人性之底，我们何愁不成人心之神！"克里斯说的有一句下文，安梦文得对得上来，才能确定是真的卧底。

"我们早已经是'神'了！"安梦文坦然道。

克里斯又大笑了良久："你要找的人，在冥王星，人类可笑的计划，都在我们手里，你想去就去，但是没什么大用，我们一切尽在掌握！"

"长官，我收到的密信来自维克托，他曾在人盟入过大狱，此人不可深信。若是他的密信，我们必须彻查，而信中的名字是陆秀夫，若是陆秀夫如今在冥王星，那他所涉及的计划就有危险！"安梦文并非不信维克托的传话，只是被罗海探查后，安梦文也怕自己和AI联盟的秘密或计划反泄露，更担心陆秀夫的安危。

"是有危险，你说对了，他的危险就是我们！"克里斯很淡然。

"我们反制了他们？"

"所以你想去干什么呢？"克里斯直言问道。

"他虽是人类，但也是我的密友，我只求救他出来，别无其他的想法，请长官应允！"安梦文很是焦急。

"那你去便是了，我没意见！"克里斯说罢，起身要走，"安梦文，我们虽是AI，该有人类互助之心，我同意你的做法。但是到了那里，你会知道我为什么让你去的！"克里斯说罢离开。

安梦文定了定神，推测着克里斯同意自己去冥王星的原因，得出的结论是可怕的，冥王星除了陆秀夫的计划外，可能还有克里斯的计划，而这些的焦点，现在回到了自己的身上。

第五章　魅世

　　送又一波的专家和要员离开冥王星后，陆秀夫略显伤感，他心里明白这些人为什么走，为什么在这个时候走。虽然如今试验田里还有近百人留守，跟着陆秀夫完成这一弥天大计，但是陆秀夫心里隐隐地感觉自己被一种强大的外力紧紧控制着，这比冥王星汤博区之外的黑洞塌陷还要厉害。他知道人性的黑暗要比 AI 们更加让人胆寒，他也知道 AI 甚至连人类人性最黑暗的一面都想照搬学来，但不幸的是，就像 AI 永远学不会人类的灵性与博爱一样，他们一样学不会人类的残忍与贪婪。

　　人类联盟和联合国内部的腐朽和 AI 间谍与特工的渗透几乎使得地球变成了 AI 实际上的控制地，他们在向外尤其是海王星和冥王星实验基地上的推演项目发起反制与反控，他们要做的一点很简单，人类不是推演历史吗？那我们 AI 和你们一起推演，谁也别停下，究竟结果如何，看命！

　　李勉陪在陆秀夫的身边，两人看着满屏的大数据，陆秀夫心里有了一丝安慰，这个安慰不来自数据，而是他觉得至少人盟和联合国给自己留下了一个伙伴，他叫李勉，可李勉心里的想法正相反，我什么时候才能被调离这个寒冷的冥王星呢？

　　"所有平台都有被反控的危险？数据平台、计算机平台、虚拟板块和角色控制平台？"李勉在帮陆秀夫唤起一些侥幸心理。

　　"除了我自己，可能没有幸免的。"陆秀夫口里蹦出的字都带着凉意。

　　"我们没有备选方案？"

　　"有，推演世界的南土是我们的核心区域，而北土，就是我们的备选方案！"陆秀夫心里显然在盘算着挽救一切或者毁灭一切的方式。

　　"北土？我们一直没有开放啊！所有数据和启动程序都被锁着呢！"李勉接话道。

　　"所有的密码箱都留下来了吗？"

　　"我严格检查的，没有人带走过。"

　　"随我去检查一遍密码数据，准备启动备用程序！"陆秀夫很坚定。

"我们不再确定下推演世界是否真的……"李勉还没说完，陆秀夫就插话道："有人会帮我们确认，我认为他已经在来的路上了！"陆秀夫说完，冲出了试验间。

李勉心里不太明白陆老的话，有了隐约的疑惑。本身南土就已是乱局丛生了，若是北土再凑凑热闹，那AI联盟是会扩大控制呢？还是被人类反制回来呢？又或者，一切只是另一个故事的开端……

南土的冬，寒中带刺。入夜来月明星稀，凉风渐骤，枝头没了树叶的点缀，还余下青戎草原一片凄凉和哀愁。南土本是冬天不太冷的海洋性气候，但是青戎近南北土相隔的戈壁，属于南土偏冷的地带，冬日温度虽不显太低，但体感却有些刺骨。

只有一个天之异象不太符合四季的变迁，似乎这每日夜过长，昼过短，蔚蓝渗紫的天空中还有一个巨大的黑影笼罩过来，令人感觉压抑。

聚兽堂侧殿灯火刚熄，婴柳一袭黑衣，黑纱遮面，头戴兜帽，趁着夜色偷偷摸进了穆安的房间，点起一根迷魂香，自己屏住呼吸。不说偷东西对于一个盗会会主有多拿手，但要说迷人心神，那不在话下。

躺在床上的穆安皱了皱眉头，然后昏睡了过去。婴柳偷偷从穆安的衣袋里拿出了龙肤卷轴，然后探了探穆安的鼻息，确认只是昏睡，没有大碍，这才离开。

婴柳换了身轻便的女士装束，坐在庭院内，看着月亮，面色有些许忧伤和不安。唐知哈欠连天，满脸困意，走到婴柳的身边，还不忘给她披上一件厚厚的绒毯。

"会主，怎么了，这么晚叫我出来？"唐知这关心的动作和说话的语气，就好似坐在对面的是自己的亲姐姐。其实唐知心里怎么会不感激婴柳的恩情，若不是婴柳主张舵主们收留唐知，并带他见见世面，唐知很难从哥哥唐汉的离去和家境的贫寒中走出来。

婴柳在唐知身边悄悄打开卷轴看了看，上面写着"韦护"二字，自己脑海中迅速地闪过洪番给自己的对照名单，一排排阐教和大周的人名单从她脑中飞过。说实话，这么长的名单，若不是一个有着超级睿智的智能角色，绝对记不住这么多人名的同时，还记得他们的身世背景，过往经历，而当婴柳确认龙肤卷轴和洪番的杀戮名单上都有"韦护"这个名字的时候，婴柳动了杀心。

唐知满脸好奇，看着婴柳手里的龙肤卷轴："会主，你怎么有这卷轴啊？是我哥的吗。"

"哦。唐知，你来看看，我在侧殿捡到的，不知是不是穆安的那个？"婴柳言语中依然带着犹豫，她不想杀人，但是她有着更多的顾虑，洪番的爪牙和眼线已经几次三番给她施压了，她似是有更多的把柄捏在别人手里。

唐知拿起龙肤卷轴，仔细地查看起来。婴柳悄悄绕到了唐知的身后，眼眶有些湿润，手里早就握住了一把寒光闪闪的龙骨刀。"唐知，你入会多久了？"婴柳想再跟这个善良的弟弟说几句话。唐知边看卷轴，边回答道："好几个月了吧，会主，你怎么问起这个？"

"盗会有约，不杀同会兄弟！但是今日我食言了，对不住，唐知，我逼不得已！泉下若见，定当赔罪！弟弟，往生极乐，莫再遇到我这种毒辣之人！"婴柳说罢，泪流如注。

唐知疑惑地转过头，盯着婴柳，一个愣神间，婴柳手起刃落，将唐知直接割喉，唐知双眼圆睁，还未曾思索婴柳刚才话语的意思，已然鲜血四溅，他捂着自己的脖子，眼珠似要瞪出眼眶，又一口鲜血从口中喷出，倒地而死。刹那间，一道白色游魂飘然而走。

此时韦护韦将军的魂意该是去了别人的脑海中，只是委屈了这上古肉身成圣的三教护法，如今得换个躯壳过活了。

婴柳忍不住眼泪，却只能慌乱中擦拭一番，帮助唐知闭上了双眼，然后收起龙肤卷轴，闪身而去。片刻后，婴柳回到穆安的房间，将龙肤卷轴偷偷放回了穆安的衣袋里，自是知道穆安与他的战友们亲如兄弟，对死去战友的亲人也视作亲人，此事若是穆安知道了，会是怎样的心情？若是他知道了是自己所为，又会怎么样呢？婴柳不敢往下想，摇摇头，迅速离开了。

次日一早，穆安被夕见的一声尖叫惊醒，他迅疾地睁开眼，摸了摸龙肤卷轴，看了眼龙牙剑，均在身侧，但觉夕见出了危险，起身冲出屋外。

夕见、宗政公若和婴柳围着唐知的尸体，周围还有一些青戎的后宫侍卫和千族会卿士，他们在查验尸体。穆安盯着死去的唐知，瞪大了双眼，表情呆滞，拖着步子慢慢走向尸体，眼中的泪水一滴滴往外掉，脑子里顿时一片空白。

穆安猛然抱起唐知的尸体，狠狠地搂在怀里，闭上眼，泪水不住地流，他咬着自己的嘴唇，没发出一点声音，心底的痛却不亚于他失去唐汉和花诚。这悲痛中，还带着他对战友的愧疚。偌大的天下，他的父母离去，两位从小玩到大的兄弟离去，兄弟的亲人也离去了，似乎世间再无一个与自己身世有着瓜葛的人，再无一人能称呼他一声"枕纶"，这份孤独的悲绝，由心而生，至心而死。

良久后，便是穆安仰天大哭的凄惨之声。夕见半跪下来，搂着穆安，也不停地哭泣。宗政公若看得动容，狠狠捏着穆安的后颈，以示慰藉。

比穆安还要痛苦的便是婴柳，她转过身去，闭上了眼睛，眼泪通过她捂着口鼻的手指缝间流过，就好似血从心房渗过一般，若是有比痛失亲友更恐惧的悲痛，那便是对于穆安发现后，离自己而去的绝望。

至此，命运多舛的穆安身边，没有对他做出过背叛之举的人，只有夕见了。但是，不巧的是，夕见的魂意中，是那朵贪狼星中的桃花。

青戎王宫里的杀机虽未传至天洛，但是这洛京城里的乱流一点不输。四国之间的裂痕已显，天洛人要做的就是继续在伤口上撒盐。

王族光洛殿内，朝会依然，气氛凝重。"我刚刚接到子秋王的信函，陛下说不希望之前的事情影响四国盟约，五国共治，影响天洛的前途。既然这样，我们都需要拿出些诚意来，弥补失去的信任和默契。昨日我也收到了梅央大人和扶季大人的亲笔信，崇衡和南依也愿意配合彻查此事，并协助我共剿洛和会，此乃我们四国修葺关系，一心护盟，一心共治的诚意，修将军，天洛是否也表一表诚意呢？"子笙直言道。

"韩童两家如今囚禁时日不短了，我们在详加盘问，以求调查清楚此事的来龙去脉。我当然不希望此事影响共治，此事虽复杂，而孰之罪过，孰自清白，大家心里都有数，我不再多言。后宫我自会肃清，也顺着韩童两人的线索，揪出些作乱之人。"修辙话锋一转，"沮洛大人已经在彻查洛和会会众了，很快会有所交代，我们已经抓住的一些头目，不必急于斩首，要看看还能问出些什么内幕，如此大规模的一次显谏起义，至少我是不信民间只有洛和会一家支撑。至于我们天洛的诚意，那很简单，为了平复四国同僚的心境，略表歉意，我会建议龙默大人和整个天下院，多多提拔些谋士升为国相，以求五国之内，平衡言语，共修立法，齐头并进，消除误会，杜绝猜忌，尽早达成我们的共念。"修辙最后这番话本意无非是尽量让四国之人在天下院内平起平坐，以此制衡四方，也加深纠葛。

鹿辞暗自笑了笑说："修将军，你言外之意，后宫只是作乱，洛和会是幕后黑手，这与那日游行起义沮洛大人当众的推论可不太相符啊。增多国相？哼！这一点更是荒唐，天下院难道是说升官就升官的小镇官衙吗？"

"你如果愿意相信沮洛大人的话，那也无妨，只是我们想要再和平共治，像这般坐在一起共商国是，可就难了！官衙的腐朽，鹿大人这般熟悉，想必在燕川国，这样的地方不在少数吧？"修辙反唇相讥。

"修将军过分了！"鹿辞横眉。梅央赶紧插话："鹿辞大人何须如此气愤呢？修将军所言在理，如今天下院内只有鹿辞和龙默是国相，两人主管天下院事务，而我们其余的均是谋臣，这样下去，天下院就不是五国言语平等，更何谈五国利益的平等呢？再说了，我们多些国相，也好给龙鹿二人分忧不是吗？"

"文录、提案、口谕、折书等等文案每天是堆积如山，净天府、内廷院、文录院外加宫墙内外大大小小那么多院府寮处，有多少天洛国事要处理，要断决，哪是两个国相能完成的？再说了，鹿辞大人贵为燕川羽尹，怎能完全放手燕川朝堂之事呢？"扶季帮腔道。

"我同意修将军、梅大人和扶大人的说法，天下院至少需要五国国相平起平坐，否则日后议事如何平等，五数为奇，凡事不决，我们投器以定便是，岂不简单。就前几日的事情来说，崇衡和南依很有可能只是为了天下院的话语权而联手，造成了盟中盟的假象，我想如果日后要避免此种误会的发生，就需更多来自其余三国的国相真正地参政议政，而不是小小谋士的只言片语。"何谦当然也不会就此放过在天下院升官的机会，言语之间也在试探依崇的关系。

"原来梅央、何谦和扶季三位大人在这等着我们呢，我只让修辙表达些天洛的诚意，没想到人家抛出一个诱惑，你三人还真惦记起自己升官发财之事了。鹿辞和龙默是国相，却不曾引得天下院言语偏颇，政局倾倒，你三位如今索要国相的位子，未免太过张扬了吧。"子笙边言语边在思忖，这修辙引的话题，确是让梅央和扶季暴露了，依崇两国必然有盟中盟的勾搭，否则不会在朝会上如此配合，而且如今这利益袭来，似乎也都动摇了。

"子笙将军，我崇衡国小，扶季大人年轻，才略稍欠，略有言语倒向，但是梅央大人和何谦大人可都是国相之才啊，我想他们支持此建议，并非心血来潮。"太積谦虚道。

"既然燕川也无盟首之心性，为何不可四国平齐，这天下院执掌茫茫天下，怎会只有两家言语为大呢？"宗政公贺也在帮腔。

"将军们平日不曾多言，今日倒是为了南依和青戎说起话来了。"鹿辞也看出了细节，似是依崇也在借着此事拉拢青戎。太積淡然反驳："我只是就事论事，并无倒向。"

"太将军和宗政将军所言那是明事理，鹿大人，你刚刚的言论明显就是用国相之身份官压一阶，以后谁还敢跟你燕川争论？"格图厉声道。

"鹿大人、子笙将军，我们并非为了升官发财，这天下院内，我们效力四国盟室，五国共治，而俸禄依然来自我们自己的朝廷，又不是天下院或者天洛人给我们发，即便是做到了天洛王座上又如何？我难道指着高官位来赚钱不成？五国如今在天下院内的平衡，就是五国之间的平衡，就是平稳过渡至天洛登位禅让的基础，若是天下院内不平等，那不等禅让，我们可早就因为猜忌而再生战事了，这可不是危言耸听。"梅央一席话，说得众人心里诡潮翻涌。

"龙默大人出访也有些时日了，他不在，显然我们的争端多了起来，那是因为失去了天洛人对于四国盟室的约束，等他回来，事态自然好转。但是由外而内的制衡不是盟室的前路，请鹿辞大人和子笙将军好好想想，我们自己的平衡在哪里呢？"何谦反问道。

子笙对于如今的局面略显紧张："今日倒是奇怪了，崇衡和南依显出盟中盟的眉目，你青戎也处处针对我燕川，难道四国成盟不是我燕川的功劳吗？没有我们子秋王的恢宏计划，你们如今还在天洛的铁骑下挣扎呢？你知道吗？看来，你们崇衡和南依的私下之盟，不是那么简单的事！"子笙越说越气，竟然直言其矛盾，甚至咆哮起来。

鹿辞也突觉此番言语至此，似是上了修辙的当，他把矛头和纠葛抛向了天下院官阶一说上，龙默曾在建制那天言明，谋士为低，国相为高，官阶不同，以平衡共治，其实也是给燕川个面子，但是如今这却成了一个雷，龙默似是早就惦记好了其余三国均有上位之心，到时候针对的必然是燕川。鹿辞但觉背后一阵凉意，赶紧上前安抚子笙："将军息怒，将军息怒！何大人、梅大人、扶大人，你三人索要官阶，本是人之常情，但是如今四国之内，还是要遵循我燕川盟主的地位，若是完全平起平坐，那究竟谁家之言算得数，最后得利的难道不是天洛人吗？"鹿辞希望把话头引回天洛人的身上。修辙还在挑拨道："鹿大人明显把燕川放的位置过高了，五国的人在此商议国事，难道不是为了天洛前途吗？那自然是天洛人得利，否则我们共治做什么呢？"

"你们燕川不必如此高抬自己，我们成盟是局势所定，非人力所为，我尊重燕川和子秋王，但若是燕川因盟约而有所图，那我们其余三国可不答应。"梅央也不惧子笙和鹿辞看不看得出来盟中盟的事情，因为反正也瞒不住，还不如激进一些，争取盟友。

"梅央！你终于把处处针对我燕川的态度露出来了，好！我们燕川成盟，加得了你南依，也踢得出去你们！"子笙愤怒至极，上前指着梅央，大喊起来。格图和太稷上前劝阻。

"你最好禀告子秋王！若是他愿意，可以把我们依崇戎三国都踢出去，让他自己在自己的盟约里做梦吧！青戎、崇衡和我南依的国相位置我争定了！"梅央也不示弱，言语里把崇衡和青戎都拉向了自己的阵营。修辙在一旁心中偷笑。

子笙一听此言，那还得了，气血上头，猛然抽出长剑，欲刺向梅央，鹿辞赶忙上前一步，伸手阻拦："将军冷静！冷静！冷静啊！"

宗政公贺长刀一横，怒目而视："子笙！放肆！你敢对我南依依尹动武？"宗政公贺话音未落，修辙也仗戟站在其身侧，好似与南依站在一起反抗燕川一般，修辙这个细微的动作让子笙有了些胆怯，他自知自己冲动有些过了头，上了修辙和梅央的当。梅央厉声道："你最好现在杀了我，少个人跟你们燕川言语之争！"

"梅大人，少说几句吧，少说几句。"何谦也赶紧前来劝阻，背对着子笙，冲梅央挤了挤眼睛，示意不必跟燕川再多争论。看着这一细节，梅央心里便有了底，青戎也几乎默认了盟中盟，并有意倒向南依。

太稷和格图上前一步，赶紧把子笙架开，子笙一个甩手，大喊道："冥顽不灵！恩将仇报！一群无心无法之徒！子秋王看走了眼！"子笙愤而离去，鹿辞慌忙追去。

修辙露出一丝诡笑，然后赶紧恢复严肃的表情，朗声道："大家不要再争吵，不要再争吵了，此事暂且搁下，等待龙默大人回来，再作商议不迟！"众人不欢而散。何谦、扶季和梅央三人传递着眼神，如今这局面一出，蕊公主倒是省了几盒夜翻花，这盟中盟，不言自成，不拓自宽。

子笙回到洛京城西郊燕川军界，怒气冲冠，脱下自己官服内的半甲，狠狠地扔在了地上，然后拍着桌子，喘着粗气。鹿辞在一旁小心翼翼地端茶倒水，好言安慰，两人自是把今天的朝会言语又分析了一遍，这心里对盟中盟确信不说，甚至觉得天洛和青戎有意帮着南依人反盟，如果真是如此，那这天下院对于燕川人来说，无异于鬼门狱口。

子笙百感交集，觉得自己久经沙场，上刀山下火海，世间利器与凶残都不畏惧，却在天洛天下院一帮南土的人精中丧失了些许信心，那当真是人心比刀剑更利，言语比火海更灼。

梅央满头大汗，回到洛京城南郊南依军界，端起一杯茶一饮而尽。宗政蕊坐在一旁，急切地问道："梅大人，今日天下院朝会如何？"

梅央端着粗气，平复了一下心情："那修辙提出多国提拔国相，以求天下院完全平衡的建议，我顺水推舟，争取了一下，也帮着何谦和扶季说了话，还呛声了子笙和鹿辞，我估计燕川如今肯定是觉得我们和崇衡盟中盟之事是真的了。"宗政蕊大悦："那最是痛快，也杀杀燕川人的威风。"

"我前几日才接到楚王陛下的书信，说起希望先发制敌，拉拢小国，对抗燕川的计划。所以我今日便兵行险招了，只求有个眉目，但是我很难判断前路啊。公主殿下，陛下在你前来之时到底跟你说了什么？为何我近日才得此计划啊？我们不可太过造次，否则后果难料，弄不好，玩火自焚啊。这盟中盟，不知谁在内、谁在外啊。"梅央虽言语得胜，但是心中依然忐忑。

"梅大人不必过虑，我们必会得胜，只要步步为营。我来之前，父王曾告诉我，秘密行拉拢计划，先是青戎王子格鄂尔坦，再是崇衡王子伯谕，成盟中盟，对抗燕川。因为燕川背信弃义，不知会一声便当先与天洛和亲，又改称自己为盟首，且后续的四国盟约文书和檄文措辞中，尽是傲慢和无理，全然忘记了之前子秋发令但四国共商，无主无首的约定，对之前的其他盟约也一再藐视，甚至没有履行其分兵互守四国边境和共享部分军粮的诺言。但是我来洛京后，才发现格鄂尔坦王子还未前来，所以便从伯谕下手了，不想被人探听了去。"蕊公主这才翔实地说了遍自己行动的前前后后。

"那奇怪了，楚王陛下当时是极力赞成与燕川成盟的人，也与子秋王和伯翁王相谈甚欢，怎么会如此快地转变了态度呢？而且我在来天洛之前，陛下也告知不可带头分洛，不可做出头之鸟，只可静观其变，如今我们先发制人，成盟中盟针对燕川，有点想不明白啊。燕川纵然做了有毁盟约的小事，但是并没有做什么分洛上太过分的事情，此事蹊跷了。"梅央甚是疑惑，心里觉得宗政楚必是有了极大的战略转变，才会有此吩咐，不然，以其梅堂鬼谋之臣对楚王的了解，该是一个稳重而懂得克制的人，如今的鹰派作风像极了一个有统世之梦、搏压四方的枭雄。

"梅大人还质疑陛下吗？"蕊公主疑惑。"那不敢，我怎么会质疑陛下，只是担心我们盟中盟不成，便会让燕川反制，那可就危险了。燕川人不傻，天洛人也不傻，谁先成了盟中盟，谁就会得势，谁先被孤立，谁就危矣。五国共治，不过是一个递减之算术，最后剩下的一家为大。"梅央此时失去了如今得青戎和崇衡之心的喜悦，反而对燕川即将到来的反扑很是担忧。

"确实如此！我前几日听说父王得了将军的密信，是否这个盟中盟的决定，是和那封密信有关？"蕊公主回忆道。

"将军的密信？哪位将军？现在何处？可知密信内容？"

"是宗政公若将军的密信，不知密信的内容，估计是将军查到了什么，揭露了燕川更多的阴谋。"蕊公主所言之人，正是穆安身边装作猎户，且觊觎其龙器的公若。至于密信，该是言语了一番穆安的事情，而穆安在楚王心里的地位和用法，该是又比子秋王高得多了。

梅央心里这才明白，陛下的转变也许是外力所致，那么如今加快控制燕川的步伐，也许是外力作用的加速。而楚王先通知蕊公主赠花言盟，再让梅央反控天下院，为的就是循序渐进，这也符合楚王沉稳谨慎的性格。

话说这扶季人小鬼大，似是有些诡异。每日望天祈祷，还与天眼对话，尽是些人言鬼语，不着边际。若扶季有着破世之念，知道当下世界的一切，那该是龙默那般搅弄世间风雨，却不露半点马脚的睿智之人才是。但是扶季依然每日低调而事，不求闻达，研究着天眼和其背后巨大的阴影，甚至还画出了巨大的测算图。

扶季的一切行为似乎与推演世界的失控有着关联，恐怖的阴云似乎又在加重。这日，他趁着崇衡军界巡职守护宫邸之机，悄悄地溜进了后宫花园。

夕见每日在游历四国的间隙便会想念自己同是去和亲的四位妹妹，比彼岸公主更凄惨的是，她这四位妹妹虽说样貌不差，头脑也有些，但是宫中羽翼不丰，几乎是曾经任其他王室党群摆弄的对象。这龙默提议的和亲远去他国，也似乎变成了一种保护。

风铃公主和雪轮公主早前悄悄搬进了后宫的星渚会堂，这也是乔公当初给龙默等学子设立的辩学之所，龙默也正是借着"星渚"二字给自己秘密彻查上古魂意的组织取名为了星渚会。今日，锦葵公主和秋罗公主也搬了过来，于是秘密安置四大公主的星渚会堂也成了后宫的秘密，但是五国如今轮值换守后宫，这些秘密暴露，不过是时间的问题，而扔给龙默、修辙和沮洛要解决的无非是找个借口，迎接公主们真正的回归。

扶季快步靠近星渚会堂的后堂，便才见到锦葵公主。锦葵公主如今不顾危险敢面见四国之人，而扶季不顾四国盟约敢直奔后宫，正说明二人暗含巨大的秘密。

两人耳语片刻，锦葵公主面色凝重道："消息可确凿？若是十四京有了南下的目的，我们可不能坐以待毙！"

"公主殿下且稳坐后堂，我们会秘议此事。今日来报，只是让你知道国之变动，若有后计，定当早言，公主掩好身份，不可远离后宫，切记！"扶季声音低沉。

锦葵公主眉眼一挑，觉得扶季的话给自己带来了些许希望，她喜上眉梢："那就有劳京尹大人了！"扶季鞠躬行礼，拜别而去，锦葵公主机警地环视四周，回去了堂内。

锦葵公主口中这"京尹"乃是北土中原大国"十四京"的尹首大臣，类似天洛国曾经内廷院的天尹和天下院的洛宰，均是朝堂上一言九鼎的大官位，权压众生，指点四方院府帮邑。扶季的身份此时初现端倪，他乃十四京大族扶氏之后，家族早借崇衡伯翁王广收门客之机，南下在崇衡觅得官位，小小年纪便袭爵拜官至此。但是南北两土因巨大的戈壁相隔，南土之人一般不会北上，更有很多关于北土妖孽的传说，于是很是忌惮北土文理，均是极其小众的北土之人来到南土过活，也大多深藏秘密。至于锦葵公主，那便是十四京王室与加济王所生，这一秘密，也只有她自己说得清楚，而扶季和锦葵公主的秘言暂时透露出两个信息，第一，似乎北土之人一直惦记南土纠葛，是心存吞并之意还是有结盟之心，无人知晓。第二，扶季的行为诡谲，似乎了然新世，那便有了破世之心，但究竟谁在谁的世界里，扶季和锦葵公主自己也难说得清楚。

洛京城沮府内被一声声喊叫和拍门声闹得鸡飞狗跳，沮洛躺在床上闭目养神，却被嘈杂的声音吵得心神不宁，此声正是来自被软禁的沮云。沮云不停地敲打一扇房门，声音越来越大："放我出去！爹！哥！洛和会需要我啊！兄弟们不能就这么死了啊！"沮云这般喊叫，像极了外傅之年的孩子，哪里像个洛和会的主事。

沮洛气得跳下床来，举着一把长剑，奔着软禁沮云的屋子而去，沮衍慌忙跑过来，在一旁不停地劝阻："父亲，不至于啊，不至于，弟弟也是一心复国，一心复族，为了家国啊，罪不至死的，关他几天就行了，不用如此啊，父亲！"

"你给我走开！不用替你弟弟说话！"沮洛挥起手，把沮衍推了一个趔趄。

沮洛一脚踹开房门，沮云本是贴门喊叫，却被这冲力顶了一个跟头。沮洛上前一步，用剑指着沮云的脸，怒吼道："你从小就不学无术，文读不精，武学不实，天文只辨冷暖，地理只求认路，却对帮群团会和江湖浮生满是向往，那些虚虚实实的人际人脉，虚情假意，酒肉之友，刀剑之助，脑热一跪，再拜成兄，就那么让你着迷吗？天下社稷，家国之理，你就一点都不懂吗？"

沮云抽泣道："爹，天下？家国？哪里还有啊？如今这是天洛人的地界吗？我这么做都是为了复国啊！难道你也被那龙默洗脑了不成？"

"国还未亡，你去哪里复国？当务之急，是维稳，共治，牵制，再求固国之本，你这么一闹，四国险些寻得借口真的亡了我天洛，你知道吗？"沮洛咆哮起来。沮云泣不成声："这是何等谬论啊！爹！四国铁骑在我都城，国相谋士，商贾流民，到处都是，这哪里还是天洛？龙默这奸臣卖国求荣，难道还帮着他巩固弊政吗？"

"糊涂！糊涂！简直糊涂！"沮洛用剑背不停地拍打沮云。沮衍又冲进来，从后抱住父亲，沮洛拍打的动作越来越狠。沮云上蹿下跳，不停地躲闪，然后夺门而逃，沮洛气得手抖不停。

"别再回来！你个孽障！"沮洛狂吼道。沮衍搀扶着父亲坐下，安慰道："父亲，别动这么大气啊，云儿还小呢！"

"去，跟着他，看看他又干什么去了，若是他还找洛和会的人，把会址都给我记下来！拿着剑，能找到也别带回来，直接砍了，没脑子的人，留着也没用！"沮洛一直在说气话，沮衍也知父亲必是有后计，不多言语，转身而去。

沮洛叉着腰，不停地叹气，慢慢走到院子里，无奈地看着天，本是要对着苍天再发一顿火，却又见天眼飞旋，沮洛看得出神，瞳孔慢慢聚焦起来。

突然，韩魂和童魄满头大汗，急匆匆撞进沮府，来到了沮洛的身前。童魄擦着汗："沮大人，快快放了我俩的父亲吧，大事不好了。"

"什么事？我已经安排修辙放人了啊！"沮洛吓了一跳，事先本是安排修辙放了韩童两家众人，为的就是这四大家族的平衡和后宫的维稳，不料这放人还放出了问题。

"修将军是准备放人，但是鲁正那老贼不同意，坐在监狱门口示威呢，非说篡权者，必杀之，修辙将军也没了主意。"韩魂急得直跺脚。沮洛略加思索："速速带我去！"三人奔着大狱而去。

大狱外阴气极盛，天洛的冬季正值盛中，两股寒气汇聚大狱的门口，让人感觉有着刺骨的寒冷。鲁正穿得不多，一脸蛮横，盘腿坐在大狱门口的地上，像极了一尊活佛，还要把持狱中人的生死。修辙站在鲁正的身侧，无奈地摇着头。鲁怀背着手，徘徊于修辙周围，言语不敢太冒失，却也说话带刺："将军，人，你们说抓就抓，说放就放啊？总得给个说法吧。"

"我们之前怀疑韩童两位大人参与游行显谏起义和后宫谋反，所以抓人。现在证据确凿，是洛和会联合山匪和盗会所为，与韩童两人无关，他们只是带领后宫参与骚乱而已，复国之心，也在情理。"修辙这话说了好几遍了，鲁正鲁怀二人就是不想放了自己的死对头韩童两家人，所以任凭修辙怎么说，他俩咬死不放。沮洛、韩魂和童魄三人匆匆而来。

童魄指着鲁怀的鼻尖大喊："鲁怀！你别在这里捣乱，快起来！沮洛大人、修将军和天下院都同意放人了，你算个什么东西！"鲁怀阴阳怪气道："修将军刚说了，你们俩的爹参与了后宫的骚乱，这在前朝可是杀头的罪过！怎么着？共治把你们的脑子治坏了吗？我天洛无法无度了？骚乱分子还能轻易放了？"

韩魂从身边的侍卫手里抄起一把大刀要砍鲁怀，鲁怀吓得赶紧往后一个闪身，躲在修辙的身后。鲁怀指着韩魂喊道："你干什么！光天化日，你还要砍人？"

沮洛把韩魂揪到了身后，淡然道："鲁怀，你和你哥鲁正大人在此示威，是不想我们放人对吗？那也行，你给个处理之法，我听听。"

鲁怀支支吾吾，半天也没吐出一个字。鲁正站起身来，拍了拍身上的土："沮洛，你我同朝为官二十多年了，洛法哪一条不是烂熟于心呢？韩腾义和童远生纠集后宫之人犯上作乱，骚扰大殿，怎么？最终的判罚就是放人？这是天洛的法？还是四国的法？"鲁正自知心里也没底，这话说得声音也不大。其实此时他心里也没有就地办了韩童二人的自信，只是觉得既然两人落狱，定是要争取一下铲除二人的机会，而那日虽然自己也是主谋，但似乎无人知晓，青灯也不过是取货威胁，此时韩童二人即便咬上自己，那也是贼喊捉贼，反诬为贼的戏码，自己前朝就官压文录院和净天府好几头，心里对韩童二氏也不害怕，即便不成，更不担心两族反抗自己之事，反正商家械斗，不过分赃不均，今天撕破了脸，日后若用，小恩小惠往回找便是，但若是万幸除之，那将是太平之举。

"还犯上作乱？天洛现在有'上'吗？骚扰大殿？如今大殿内是何人呢？我怎么不知道韩童两人威胁了谁的安全？要说还有什么可治罪的，我倒是帮你想了一条，那就是篡权！"沮洛这话点进了鲁正的心里。鲁正愣了一下，目光有些躲闪，自知理亏。

"那日家父与我尽言，我也不怕说破天去，鲁正曾与家父密谋，口口声声说是领后宫反四国，难道我不知道你的那点伎俩？你想计划此事，但自己不出手，让四国和修辙将军的巡防军结果了家父，好铲除你后宫的政敌，那样的话，没人再给你和你的满王制造登位的障碍了，鲁大人，我说得对吗？但是你千想万想，就是没想到我和韩魂，还有家父和义叔都还活着，你就又来监狱胡闹！"童魄几乎是和盘托出。

"你个小毛孩子还挺会编故事！"鲁正哼笑着。

"这样吧，鲁大人，鲁怀兄弟，既然你们认为韩童两人有大罪，那我不包庇，按你鲁家所说，他们的罪，前朝立法里是死罪，那就查实后问斩。修将军！把鲁大人和鲁怀也关起来吧，协同密谋篡权，同样是死罪，咱们统一执行，不再分别对簿公堂了，省事！"沮洛淡然道。

"是！来人啊。"修辙佯装下令道。鲁正赶紧挥手，拉住沮洛，满脸堆笑，一时间没了跋扈的劲头："哎，哎，哎，沮大人，修将军，别动气啊，童魄说的只是一家之言，如何可深信，这四国当道，谁敢篡权啊，'权'在哪儿呢？韩童两人虽参与了骚乱，但也罪不至死啊，对吧。这样吧，我也大人有大量，退一步，放人吧，此事就不追究了，但是有一点咱可说清楚了，沮大人，你也是大家大族，前朝大臣，和后宫也都熟络，你不能这样看着我们同是大家大族的鲁氏、韩氏、童氏这般落魄吧，咱好歹也是前朝的四大家族不是，你脑子好使，乱世之内，依然游刃有余，但不能忘了我们啊。要说共治，好歹我们也得有话语权吧，还有后宫之人，不能这般半死不活的啊，你若不想个辙，以后后宫还得乱啊，保不齐这韩童两家还惦记啥呢！"鲁正胡搅蛮缠。

"你说得倒也在理，如今天下院担起外廷，这内廷也得有个安排，可我什么也不是啊，你跟我说没用的。若是可以，修辙将军会举荐你们进内廷院的，但是如今内廷院可直属后宫之管，不领堂政喽。"沮洛似是身无半分官职，却敢继续玩弄氏族，也确实胆子大。当然，修辙与沮洛前朝为官，互知人品，相互协作也不在话下。

"了然，了然，有个一官半职总好过平民之身嘛！"鲁正赔笑道。沮洛也不答话，转身而去，鲁正挥舞着手，大喊道："放人吧，放人吧！赶紧的！"韩魂和童魄赶紧冲进牢房去。

天洛国洛京城王族光洛殿朝会每日必现，今日却人满为患，除了天下院五国之人，天洛大家大族，后宫要人，伯谕和蕊公主等四国王亲也身居朝堂，似是新政一出，院府重立，该是一个向大家汇报清楚的时刻。

修辙和沮洛站在大殿当前，沮洛手里拿着一个王令，加济王死去已久，天洛已然不再使用前朝有着天洛史续绘面的金色王令，而如今的"王令"，不过是一个折子，里面是一张录文而已。

修辙朗声道："今日召集天下院，天洛大家大族，各国王族等人于此，是有要事相商，请大家细听，若是有异议，也请尽管提出，既然共治，我们就摒除隔膜，多多言辞。"

子笙显然看不惯这么多人与会，厉声道："我说这天下院的朝会怎么参与的人越来越多呢，这是边陲小镇的集市吗？这些猫猫狗狗也能来议事吗？"鲁正油腔滑调反驳道："呦呵！子笙将军，我鲁正老不正经几十载了，天天和沮洛修辙他们争得你死我活，今日我才发现，我们终于有了一致对外的时候了。你说我是猫猫狗狗？这里可是天洛！我站在自己的国土上无可厚非吧，你算什么东西？我们天洛风暖水暖，可养不了冷血动物！"

沮洛和修辙在一旁不约而同地偷笑起来。子笙勃然大怒："你说什么？找死呢吧！"鹿辞赶紧插话道："鲁大人此言过分了，我们天下院向来一片和气，希望你也自重一些。"

"修将军、沮大人，有事说事吧，我们没时间在这里看闲人吵架。"梅央却是淡然。子笙瞪了眼梅央，又看了眼鲁正，一脸不屑，暂且放下了愤怒。

沮洛挥了挥手："既然五国共治，大家都多多包容一些，冬末春将来，百物近复苏，天气转暖，天洛却不太平，民间、军界、后宫，都出了问题，主要的原因还是我们的后朝变法与通国制度未能完善，普及和执行也不能及时。所以当下之要务，是增加我们的共治范围，以求家国之内，皆能调和。正如之前龙默大人所言，内廷院和净天府虽复，但是机能有变，文录院和翰博院虽依然，但是主臣也变，所有的调整，尽需诸位细听以谏言，以免独断。臣的建议就是完善内廷院，鲁沮韩童四大家族皆入，以其势分管内廷，主理后宫，均在内务，但不惹外政，同时也管理天洛各个大家大族，重要的商贾和民会，协调四方，为共治提供便捷。再完善净天府及其下属东西南北镇畿邑司与广磨慧寺，协同立案理案，通抚京畿，重点管理京郊治安，包括民巷民宅，街道邻里，控制人言，掌握人心，也行机要、刑捕、情报之事，力求让前日之事不再发生。更多院府衙会新设，均已在本录文之内，请诸家审阅以批复。自此，天下院、内廷院、净天府等院府以及修辙将军的将军府，也就是天洛巡防军，几者相互配合，共同协调，以求共治大事，平稳进行，不知大家意下如何呢？"沮洛如今要的，就是内廷院能慢慢与天下院平起平坐，所有人也都知道，未来的内廷参与朝政是必然的。

"四国之人是否也可进入这内廷院和净天府呢？"何谦一针见血地问道。

沮洛补充道："臣以为，这内廷院和净天府都可以有四国推荐之人进入，一同行事，但是不宜过多，毕竟还是天洛对天洛后宫和子民的管理，自然是天洛人好说话，也都是为了天下院这个最高府设服务，所以四国要人还是居高位比较妥当。"

"沮大人想得倒是周到，只是不知这背后是否有什么他求呢？修辙将军复职一说，虽龙默擅自定夺，但你觉得，我们会轻易妥协吗？"梅央故作反驳，也不好每次朝会都只针对燕川一家，天洛一样需要压制。

"梅大人必是被前日的起义吓到了，我天洛也不想此事再发生，所以有此改革和完善，也尽是龙默大人所提之事，有的已然落笔成文，执行一二，有的却是新文待阅。其实这么做，也是为了共治，为了帮助四国管理后宫和臣民。至于修辙将军的真正复职，众人该是不会有怨言，也正是巡防军真正保护天下院的开始。"沮洛直言道。

"修辙将军若是复职，我倒没什么意见，省得这里所有人都只针对我们。沮大人，那想必你把所有人员也定好了？"子笙这言语之间，也得给天洛卖个好，否则南依欺人太甚。

"那就谢过子笙大人了，内廷院，由我、韩腾义、童远生、鲁正大人主管，绿衣、鲁怀辅理，鲁英大人监理，若是后宫再出端倪，拿我们问罪便是。而净天府由韩魂和童魄主管，小儿沮衍辅理，若是民间再出端倪，拿他们问罪，四国若是有人推荐，直接登记入院便是，可以吗？"沮洛宣布道。

"难得听见天洛人提个妥当的提议，就这样吧，希望一切太平，若是再有骚乱，我可保不齐天洛的前路在哪里。提到保护，我们倒是不需要巡防军，但是修辙，你记得，军人数量需每月朝会报告，不可越界！"子笙提议间，瞟了一眼梅央，心说只有你们会拉拢天洛吗？但是正因为四国之间的这种心理，修辙和沮洛几乎已经完成了一半朝政的重建，并引得旧臣归朝。

"不劳将军费心，自会有月理呈报，以待校审！"修辙很坦然，他知道巡防军将是军力滋生的基础，但是近日四国不扰自己正式复位和领巡防军，心里的算盘也是显而易见，五国的制衡正在慢慢趋于平衡之后的缓冲期。"不用你费心，子笙将军，我天洛人心里有数。"鲁正心直口快。

子笙厉声道："会有一天我把你心挖出来，看看有几个数，哼！"朝会至此，并无太多人言语，沮洛的新政录文和院府人员名单也都在各家心里有所盘算，毕竟龙默大人早就提出了院府制度必须恢复如前，才好压制后宫与民间的反抗。若是那日游行显谏的事再发生，四国倒不是担心民间压力会怎么样他们，但若是盟中盟又被引出来，那将是四国之火再浇热油的致命打击。所以到了这个端口，四国也不能不妥协天洛恢复部分前朝院府之制。至于天洛，自然有了复国的基础。

朝会完结之后，四国之人离去，韩滕义和童远生见了鲁正自是一番争吵，几人争论那日的对错与黑白，沮洛和修辙听得认真，也自知来龙去脉不在话下。沮洛和修辙心里自知，除去韩童鲁三家蛀虫那只是时间问题，但是若除，也必须让他们死得有价值，至少来说，是牵制四国而死。

沮洛安排内廷院和净天府事宜，修辙自觉龙默离开的另一个好处，便是得了沮洛的复官，虽不再是前朝洛宰，但如今领了内廷院卿士，也算是有了自己的势力与权力。修辙心里明白，沮洛外加自己身边的四大将领，未来将是制衡龙默的利器，而现在他心里依然犹豫龙默是否该平安归来。但是沮洛心里更清楚的一点是，龙默必须回来，且天洛形成的天下院、内廷院和将军府的三院府制衡，也将是长久的斗争。

穆安的愤怒和悲伤会因为唐知的离开持续很长的时间，但是就像穆安面对他的父母和战友的离去一样，真相和前路都在等着他探究，他来不及有太多的悲伤与沉郁，而终于在其心中荡漾起的新诉求，也并非是为了唐知复仇，而是挖掘自己魂意里姜尚存在的原因和这一切发生的因果规律。

就像李勉和陆秀夫在他们的回忆录中所说的那样，推演世界一切史续的走向，都伴随着穆安和龙默这两个单纯灵魂的挣扎，而姜尚与申公豹一善一恶的简单分类并非龙穆二人的精神压迫来源。要知道，智能超脱的时刻来临的时候，姜尚和申公豹想要压制龙穆二人本身的魂意并非易事。而龙默和申公豹两魂如今融会贯通成一人，重要的原因就在于两者魂意本性的近似与超脱智慧的融合统一，说白了就是超脱智慧将两人数据化处理为了一个人，但是穆安的超脱智慧并未达到这一水准，也便很难妥协穆安和姜尚。但是由于穆安和姜尚两人超强的克制能力与道德修为，使得两者并存并无纠葛，姜尚在记忆不清的时间里，便会基本遵从于穆安的主观行为线，而穆安心里也便遵从了子秋王的原本任务线。直到夕见公主和苏妲己交融魂意的出现，姜尚都在试图让穆安想清楚一件事，那就是如何让这个蛇蝎美人远离那个冰清玉洁的公主，让魅惑天下的妖孽不至于扭曲了一代凤主的报国之心，但是就夕见如今执意复国的理念与单纯的心性来看，她脑中的苏妲己可能会使她变为比穆安和龙默更凄惨的当世魂意。

青戎戎都聚兽堂内，格索王端坐王位之上，见穆安和夕见走进大殿，眼神慢慢聚焦到这位有着倾国之色的公主身上。他满眼淫光从夕见的笔直长腿，看到纤细的腰间，直到她的红润小口和娇美的眼眸，若不是穆安的脚步声，格索王全然不知夕见公主身边还有个男的，虽然这个男的和夕见公主看上去简直是天作的一对。

穆安和夕见公主鞠躬行礼。穆安察觉到格索王眼神有些异样，但是依然淡定道："陛下，今日来与您商议四国盟室前路之事，也刚好借此拜会王室其他成员，以表诚意，这位是我同行的密使夕见。"穆安本想给夕见公主取个其他的名字，以防不测，但是转念一想，似乎江湖上"彼岸公主"大名更盛，该是也无妨。夕见鞠躬行礼："陛下，在下夕见，有礼了。"

格索凝视夕见娇美的样子，眼珠子都快掉出来了，身边的大臣咳嗽一声，格索王方才缓过神来，开口道："夕见？世间还有这般美艳的女子？你是燕川人吗？燕川之地果然人杰地灵啊。"

夕见犹豫了片刻，欲说还休，心中盘算着如何与格索王直截了当地坦白身份。

穆安在一旁瞟了眼夕见，皱着眉头，很是担心她会做出格的事，刚要说话，担忧的事还是发生了。夕见眼神锐利，突然插话，表情很坚决："在下不是燕川人，在下是天洛……天洛的公主！墨台夕见，也称彼岸公主！"

穆安先是一愣，然后闭上双眼，脑中一片空白，不知该如何是好。格索王大惊，进而渐露喜悦的神情。格索王心中怎会不知彼岸公主的名号，世间凤主，唯彼岸公主有天地游走之智和皓月闪星之容。当然，格索王也知夕见公主与燕川子幽王的婚约，心存忌惮，但是世间君王见了心仪之女，还能有什么纠葛横亘在心呢？

格索身边的几位大臣窃窃私语，一片哗然，一个大臣靠近格索王耳语道："陛下，此女与本该来我戎都和亲的风铃公主倒有几分相像，该是真的！"

"你是天洛的公主？"格索王明知故问。

夕见掏出腰间一个精美的玉佩："这是我的王族玉佩，是我父王所赐。我在宫内长大，少见世人，不善言辞，无礼之处请陛下多多包涵，但也请陛下务必信任。"

"彼岸公主不是该在燕川王宫和那子幽王子成婚吗？怎么会出现在我青戎的地界？"格索王疑惑道。

"我是被迫前去和亲，燕川迎仪无理，我在路上被穆安密使误打误撞地救下，便跟着他来了青戎出使，想借其他几国王族之力，帮我寻觅各个边境的天洛残军，我想以公主的身份复国，再续天洛的辉煌。"夕见当真纯情，这一番话，穆安想笑的心都有，不说自己编一个理由遮掩来路格索王会不会信，就是索要残军一事，格索王会怎么想？那可是四国盟约内的盟国，怎会帮着一个敌对国的公主行复国之举。穆安觉得夕见也是被复国之心扰了心智，当下这个局面，也只能任其发挥了。格索大笑起来："夕见，你难道不知道我们青戎和燕川是盟友吗？怎会言语残军之事？"

"陛下，夕见她一时……"穆安刚要圆个场，夕见担心他乱了自己的言语，更担心其不轨，插话道："我当然知道四国成盟对抗我天洛之事，但是如今天洛已败，天洛内部实施共治，本是一片和气，但是那燕川人既然同意我天洛和亲在前，却又埋伏军队于边境在后，我不觉得他们会一心共治，而是彻底亡我天洛之心不死，再借我之身行分洛领洛之策。如果此时我不寻求他国的帮助，天洛就真的完了。成盟之事，不过梦中烟雨，陛下，您心里难道没有定数？"夕见艺高人胆大，一句话说得格索王有点懵，但是格索王性格豪爽，也喜欢这种直来直去的人，详加问道："哦？边境有燕川的军队？"

"正是，我与穆密使前来的路上，确实见到燕川人的军队！"夕见直言道。

"陛下，夕见她复国心切，都是一派胡言，我燕川不曾在边境安排军队啊！她寻觅残军确为复国，但是这般索要陛下的帮助，实有不妥，陛下……"穆安对夕见挑拨燕川和青戎的言语甚是不满，也没想到夕见会如此言语。格索皱着眉头打断了穆安的话："等等，穆安，你既然寻得夕见，为何不带她回去燕川的王宫交给王室呢？"

"不瞒陛下，我确实劝说夕见公主回去燕川完婚，但是她不肯，一心来青戎，说格索王深明大义，一定会帮她寻觅残军复国，所以……"穆安不愿反驳夕见寻觅残军之事，所以只要她不言燕川之事，倒是愿意顺带帮她言语。

夕见又央求道："所以我宁可铤而走险，来此寻觅残军，请格索王陛下务必帮我。"

"等等，等等，夕见，我还是不明白为何要帮你寻觅残军！难道我要帮你找到军队然后掉头打我的盟室不成？荒唐！燕川驻军边境一说，我也不信！"格索王很是冷静。

"陛下，我已经是天洛最后的王室了，您若答应我寻觅残军，待我复国后，愿与青戎成盟，永世修好，每年金银粮草，供应不断。如果您再不信我，我也愿意现在与您成盟，助您青戎在天洛夺取更多的分洛之利。我早知道，四国盟室不过晨雾朝气，迟早散去，今日您若得我相助，日后必会大成！您全世共荣的理念，也好在我天洛大国的帮助下，得以实施。"夕见饱读诗书兵书，也知格索王和戎族的统世理念，言语之间，涉及于此，也不奇怪。

"你复国，猴年马月之事，如今空有公主之名，无王室之实啊。"格索王揶揄了一句。

"陛下，四国成盟至今，虽灭洛，建共治，面交和，却心难定，燕川都明白天洛王室会有助于分洛之事，所以急于和亲，难道您不懂吗？风铃公主与我虽是姐妹，但是宫中势力不及我一半，怎会有助于您？我今日来这草原，便是看出了燕川人的虚伪盟首之面才有此行，与您成盟，我们必有可乘之机，此乃青戎分洛之路上一大助力。"夕见所言更让格索懵懂，竟然一个公主也言"分洛"二字。

"夕见！你不必为了得陛下相助，一而再再而三地诋毁我燕川，我燕川愿意和亲，只是希望天洛王族留存而已。"穆安勃然大怒。

格索无奈地冷笑了一声："天洛王族留不留存，还有什么分别吗？夕见，你且说出一二我青戎得你相助的好处来，我确实好奇。"

"如今共治在天洛建立，正统王族死伤殆尽，进而无王储继位，必是等未来名正言顺，天洛人继位，再言后事，如今世间只我一人为天洛王室，我不为王，谁人可为？而我若是与青戎成盟，登位之后，我天洛和青戎的机会将不言而喻，芝兰玉树，桃李满天，只看您在当下如何栽养，如何运筹了。"夕见语速甚快，可见复国心之切。

"陛下，您可要想清楚，四国成盟，共治天洛，但是无人敢占殿，夺权，取王座，领后宫，是因为没人愿意做那出头之鸟啊，陛下，您三思。"穆安也在据理力争。

格索哼笑一声："出头之鸟？你燕川通过和亲不是都已经做了吗？风铃公主能

和彼岸公主相比吗？你们娶了璞玉，边料给我们？合适吗？"

"陛下！不可误断！"穆安略显慌乱。

格索思忖片刻，盯着夕见公主绝美的脸，又露出诡笑："夕见公主今年芳龄？"夕见愣了一下："今年二十方过。"

穆安看着格索充满色欲的眼睛，但觉大事不妙："陛下，公主尚幼，今日言辞，实属小儿之思，您不可轻信，干脆放她回去燕川便是，也算燕川和青戎巩固盟室的筹码。"

格索摇了摇头："不，不，穆安，你把她带来见我，那是我和她的缘分。你我之事，明日再谈，公主请侧殿说话！"格索招了招手，指着侧殿，自己先行而去。

穆安冲着夕见摇了摇头，低声耳语道："你坏了大事！这格索王是个好色之徒啊！"

"我没得选，穆安，你说过要帮我的，你对燕川忠诚，燕川国却把你塑造成叛将，你该知道那是怎样的一个国家，我们不如继续栽赃燕川，这样才有可能拉拢青戎。"夕见直言。

"荒唐！那是我的家乡，不管它对我怎么样，我始终是燕川人！夕见，你疯了！你被复国之念弄疯了！"穆安低吼道。

"那是因为天洛是我的家乡！我是公主，一国之主！"夕见压低声音，声嘶力竭，然后朝着侧殿走去。穆安欲跟过去，却被聚兽堂的侍卫和副官拦下。穆安心里瞬间泛起一种恐惧，若是夕见公主借势青戎成功，则燕川与青戎将渐行渐远，此真乃红颜祸水，迷乱天下。

侧殿内便是夕见公主与格索王的长久面聊，一个心怀复国之心，一个却动了色欲迷魂。格索凝视夕见的脸庞，然后挪了挪自己的位子，坐在了夕见的身侧，他不停抚摸夕见细嫩的腿和手。夕见面无表情，半低着头，忍耐是她换取帮助的唯一心态。

"刚才殿上你所言，我都听得明白，只是你贸然前来与我索要相助，寻觅残军，我确实无甚准备啊。"格索把玩着夕见公主腰间的玉佩，然后又摸了摸夕见的长发，抓起一把，放在鼻子前闻了闻，似是香气早已沁入格索王的灵魂。要说草原之主真就没点德行，对中原之国的公主动个心思也就罢了，竟然行此龌龊之举。但是在格索王的心里，他觉得自己这是顺从天意与缘分，也是顺从人之本性，人与自然本性相融，若无色欲与繁衍，若无纵情声色与风花雪月，又何来世间芸芸众生与千秋万代呢？只是在另一层关系上，格索王却完全忽略了，夕见可是子幽王子的囊中之物，子幽是子秋最宠溺的王子，若是知道自己的人被夺，该是剑指元凶的愤怒。这也是龙默计划夕见公主游走世间、巡访王族的初心，那便是挑拨诸室，瓦解盟约。夕见虽洞悉不到这点，但是其心性龙默看得明白，什么人在什么时刻出现在什么地方会引起什么效应，这一切的一切，龙默可是算得清楚，可见其超脱的智慧早该是人类心中的神祇了。

夕见身体有些躲闪，乞求道："陛下，您可思索几日，不求您此时决断。"

"那龙默大人如今也在天洛，不如我们问问他如何办才好？"格索王也在试探夕见来此的本意。夕见赶紧抬起头："不可，陛下，那龙默是我亡族亡国的罪魁，他为人险恶，城府极深，难以揣测，绝不可轻信。"

"哦？那他前日与我说共治一片坦途，五国相容，甚是调和，天洛前路，一片鸿运。一切的一切与你说的都相反，我该信谁的呢？"

"陛下，若是真如龙默所说，燕川为何要与我天洛和亲？等待共治就是了，尽可以让龙默也杀了我，铲除王族，燕川这般做，只是为了抢夺先机。"

"燕川的作为我心里有数，他们小计小谋用过无数次了，但是若要我信你，夕见，也不是不可，但是我需要你更稳妥的保证，否则我得不偿失。"

"陛下请明说。"

"我青戎在共治里是否得势，是否能在日后天洛人登位时占得先机，是否能不被当作出头鸟针对，是否能真的得天洛残军相助，都在你此刻的决定了。公主，嫁给我，做我的妃子，日后我们相互倚重，将成为必然，天洛与青戎，再无你我之分。"格索语速越来越慢，硬是要将自己色欲迷离的双眼和语气戳进夕见公主的身体。

夕见愣了一下，虽是也有心理准备，但怎么受得了如此的侮辱。可转念一想，格索王毕竟是戎族大君，十区六部尽在其麾下，若是得了这北陲大军，何愁复国不成。夕见眼中闪着泪水，心中委屈，这便是成人心中的阵痛，心中纵使百般不愿，身体却诚实得很，她轻轻地点了点头。格索大悦道："嗯！这才是成盟的态度，夕见，欢迎来到全世共荣的大路上。"

格索伸出一只手，手心朝上。夕见表情极度惆怅，慢慢把手放在了格索的手上。格索拉着夕见的手，还没握紧，夕见把手又抽了回来，然后鞠躬行礼道："陛下早些休息，夕见先行告退。"说罢闪身而去。

格索依然面露喜色，畅想着公主嫁给自己之后，天洛的大势所趋和共治的前景，但是转念一想，毕竟龙默也在青戎，若是娶了天洛公主，在道义上还是该跟天洛人知会一声的。

夕见返回侧殿已是午夜，她在戎都的草原夜风里独自站了良久，心中悲凉可想而知，但是没有任何的情感能动摇她的复国之心，更准确地说，是那颗回家的心。

夕见拖着疲惫的灵魂和身躯刚迈进侧殿的门，便听见穆安拍着桌子，怒不可遏的低吼声："不可理喻！简直不可理喻！"

"干嘛动这么大的气啊？夕见她也是无奈之举，那天洛毕竟是她的家乡啊！"

婴柳安慰道。

宗政公若把穆安按在椅子上，安慰道："穆安，我知道你近日心乱如麻，唐知刚刚过世，夕见又遇到此事，你要冷静啊，总有更好的办法解决。"

夕见悠悠地走进侧殿，坐在一侧，看着桌子上聚兽堂侍卫和宫执送来的喜糖和婚衣等物件，当然还有通络穆安这个密室的录文和千族会的会书，上面均提及了格索王当下策划婚事一说。显然，穆安、婴柳和宗政公贺已然知道了夕见答应嫁给格索王这件事，否则穆安也不会只因为夕见在朝堂诋毁燕川而发这么大的火。

穆安狠狠盯着夕见的眼睛，厉声道："夕见，我问你，你在答应和格索成婚时，想没想到其余几国的感受，你这样会带来再一次的战事。五国历史，你去翻翻看，为了红颜起烽火，为了抢婚起纠葛，为了国色起争端，在少数吗？你几次三番，栽赃我燕川，你有想过吗？是我燕川救你出天洛那个牢笼啊，否则天洛现在就是王族尽灭！"

"燕川救我出牢笼？我天洛从来不是牢笼，那是我的国家，那里有我的子民！我是一国之公主！我不为了他们还能为谁？"夕见泪雨飘摇，身形颤抖，就像暴风雨中的一株桔梗。

"好！你有一腔热血，你是否仔细冷静地想过你这个决定带来的后果呢？我燕川，必会为了此事质问青戎，弄不好还会被你天洛旧臣利用，那盟室何去何从？"穆安反问道。

"我为何要在乎你四国盟室之事？"夕见此言反驳得利索。

"你不在乎也行，那我们说说你天洛，你如此草率地嫁予格索，天洛旧臣、后宫、子民怎么想？他们的王族会如此卑贱吗？那还不如直接亡国算了，省得留下些把柄来给其余四国，让他们有分洛的筹码。你这样一来，莫怪我直言，天洛借军力复国，已经成为泡影了。"穆安低吼道。

宗政公若和婴柳见二人正在气头上，也不敢作声，只能尴尬地对望。

夕见稍缓了情绪，声音略显微弱："我们阴差阳错，各怀鬼胎，走到这里，我不需要再给你们解释我如今的作为，我是一国公主，你们只是小卒、猎户、盗贼而已，不必再揣摩我的心思，毫无意义。"

侧殿内良久沉默后，宗政公若幽幽地道："要不我们跑吧，格索一定图谋不轨，说实话，夕见，我不觉得格索能履行诺言。"

"跑去哪里？这四面都是草原！"婴柳反驳道。

"那样的话，我密使任务完不成，我明日还要见格索和青戎王室呢。跑会被格索的军队追杀。再者说，龙默也不会放过夕见公主。"穆安分析道，心里烦闷子秋交给的任务还未执行，就遇到这么棘手的问题。

"龙默可能借着此事大做文章，我们不如先杀了他！为我天洛除去一害！"夕见建议道。

"我说过不要轻举妄动，我那日与他同坐饮酒，我的龙牙剑不停地颤抖，必是那龙默身上有与我这长剑一样的神器。我担心，龙默在借此拓展政途。"穆安本是不该如此坦言。

宗政公若略加思索，突然又警惕起来："他也有神器？"

"我猜测，不是手杖，就是脖子上的颈链。"穆安自知无法阻止夕见成婚，便又生利用之心。

"我可以帮你拿回来，只要你帮我杀了他！"夕见杀龙默之心不死。

穆安叹了口气，又摇了摇头："待我见过青戎王室再说吧，杀他，不是简单的事。"

聚兽堂另一侧殿内，龙默手里晃着格索送来的婚帖，早就笑得天花乱坠了，虽然有点惊讶夕见竟然随着穆安来了青戎，也在盘算婴柳估计也傍其左右，感叹这世间的巧合如今融汇在天洛求生的洪流里，当真是一个命数的馈赠。

格索王兴高采烈，第二天便移驾侧殿与龙默聊了个痛快，言语之间不外乎是对此婚事前前后后的安排与筹谋，但与其说是与龙默商议此事，不如说是从龙默那里得到些自信与肯定，必定夕见公主乃天洛王室，龙默乃天下院国相，若是此时言定，那天洛不说半个身子都是戎族囊中之物，就连禅让也该只是走个形式了。

龙默笑脸相迎给格索王敬上玉酒："来，陛下，为了共荣！"

"难得有知己啊，龙大人，来，一醉方休。"格索王大悦。两人持杯一饮而尽。

"陛下，我收到喜帖了，这第二杯酒！恭贺新婚，贺喜青戎！"龙默言罢，又一饮而尽，格索陪饮。

"多谢大人了，这喜帖虽然发出去了，但是我心里还是不安啊，你说这婚事我是不是……"格索王佯装心存犹豫。"陛下不需多虑，您能先发喜帖后问我，那必是已成定论了，您若喜欢我们夕见公主，为何不娶呢？"龙默直言道。

"夕见确是世间尤物，真是万里挑一的绝色美人，我青戎上下百万人，难觅相近之人啊，这等机会，我不想放过！"格索王直抒胸臆，微醺后也不拿龙默当外人了。

"那陛下犹豫什么？娶她便是了！"

"哎！你们天洛不是本想把夕见嫁去燕川吗，该来与我们和亲的也是风铃公主，这数月已过，也不见人来，不知是不是路上出了什么问题，小儿格鄂尔坦数次问起，我们也派兵去寻，均无下文。今夕见又来，燕川必然逞了口舌，说我们戎族占了两个公主去。婚事若提，我怕我这么一做，引来燕川的不满，从而影响四国盟室和天洛的共治。"格索王怎会真的怕那燕川和子秋王，只是如此态度摆出来，想听听龙默的见解。

"不瞒陛下，之前我们也实属无奈，前朝之举，旧王之念而已，这才有了夕见公主的西行和风铃公主的北上！逼不得已！"龙默佯装一脸的无奈和纠结，"陛下您想想，那子秋王盛气凌人，不尊卑贱，四国成盟至此，一直一副盟首姿态，又把其余几国当作属国诸侯看待，实在让人心里烦闷啊。他儿子子幽，更是不学无术，每日游手好闲，只等江山落手，美人投怀，这样的一个王室，我们怎么可能同意把公主送过去呢？但是我们没办法啊，燕川军力和财力都压我们一头，我们还能誓死反抗不成？但是为了权衡其余诸国，我们也就都派了公主和亲，只是这公主均是公主，宫内势力和分量差远喽。子秋王当先挑了夕见，那风铃公主便是剩下的凤主中最好的了，我们赶紧就给您送过来了不是，只是若风铃公主至今未到，那必是途中有变了，说不定被燕川劫走了也未可知，两大公主均在他们之手，天洛成年王室尽诛，那未来分洛后，天洛还能是谁的？这一切的一切都是子秋王和其王室的阴谋。"龙默这一番话，尽是把自己安排的这点鬼谋之债，全算在了子秋王的头上，格索王一听，深信不疑。

"竟然是燕川要求的和亲？"格索王心存不满。

"当然了，燕川人趁我天洛残喘之机，要求和亲，我们在重压下，不得已而为之，换一条生路而已。所以之后燕川才卖了我一个面子，我建立了天洛的共治。燕川人如此做，无非三个原因。第一，未来借公主身份抢夺分洛的先机，现在看来，若是夕见公主登位，她再是燕川的媳妇儿，那禅让只有一种可能了，对吗？即便我天洛从未有过女子登位的先例，但是未来的事，谁又说得准呢？"龙默见格索信以为真，赶紧续言，"第二，夕见公主在燕川，燕川人可以满世界寻觅天洛的残军，以公主之名发号施令，收为己用。您别小看天洛残军，天洛最强盛之时，军人数量近百万，可洛京被四国控制后，投降和死去的军人统计只有不到十万，那另外的数十万人呢？无非在各国边境做了山匪、盗贼、流寇，海上做了海盗而已，若想法子得了他们，那军力可就真的纵横南土了！"格索不停地点头，喜上眉梢。

"第三，陛下想想，子秋王何等诡计多端，如今的共治他必定有所预见。果不其然，共治开始趋于稳定后，他们燕川开始蠢蠢欲动，只是似乎南依国也开始先发制人。陛下肯定已经得了何谦大人的信报了，那南依国开始拉拢崇衡对付燕川。而燕川人早就准备的筹码，就是夕见，却此时不在手里，所以天洛人他们拉不过去。此时此刻，我天洛和您青戎的态度就成了共治走向的重要一环了。"龙默几乎是给格索王洗了脑，"陛下，您娶了夕见公主，我们自然站在您这边，南依和崇衡也不傻，自己会站队的，到时候燕川被孤立，他们反而也不敢轻举妄动了，您娶公主之事便不会有人追究。陛下是既得美人又得我天洛盟友，岂不一举两得？"

"龙大人分析得透彻啊，那我便放心了！我本十分忧愁四国盟室之事的，现在看来，是我多虑了。"格索王大笑起来。

"但是陛下需要尽早成婚，不可耽误，避免夜长梦多。我担心那燕川人已经知道公主来了青戎，会派人来私下里密查，若他们想借此放出风去，说您青戎不守四国约定，抢和亲之约，那我们就被动了。而您若立即成婚，我们先放出风去，就说公主逃至青戎，嫁给青戎君王，是两相情愿，一段佳话，我们便当先得了道。"龙默几乎是在催促格索王迎娶夕见，"您今夜便放出风声，就说夕见公主不忍燕川朝堂腐朽，人臣虚伪，逃出了王宫，来到了青戎，与君王您一见如故，便嫁予格索陛下，成为妃子，此乃流言。然后您给燕川子秋王写信，说这是您和夕见公主的两情相悦，只是普通成婚，不言政事，不灭盟约，一心共治，此乃官腔，看那子秋王的反应我们再行后计！也需告知何谦大人和格图将军，趁此时，再次孤立燕川，拉拢南依，则青戎在天下院的地位可与日俱增，我们里外相谋，前路之上，就再无燕川这个绊脚石了。"

"就依龙大人所言，我意已决，明日一早便成婚！速战速决！"格索王拍着桌子，大笑不止。

"恭喜陛下，贺喜青戎！"龙默起身行礼，这一声道贺，已然把青戎和燕川推向了深渊。

冬日寒夜，心比风凉。穆安和夕见坐在侧殿庭院里，夕见惆怅至极，凝视穆安的侧脸，似乎这才是自己该依托终生的灵魂。

"穆安，你和婴柳她……"夕见不愿再聊朝堂之事。

穆安望着月亮，那是冥王星所能看见的如星光一般暗淡的圆点，因为冥王星距离太阳和月球太过遥远，太阳和月亮的光线之暗自不用说，就是白昼的时间也随之显得很短，晌午的亮度犹如黄昏，叫人心中压抑的同时，似乎也很难看见希望。穆安轻叹道："我和她是在盗会认识的，他的人偷了我的东西，我编了一套谎话，骗回了我的东西，却误打误撞，让她把劫持你视为了最后的出路。"

"所以才有我们相遇吗？"

"是的，这乱世间，我一个小民，能遇见你这样的大国公主，实在是梦一样。"穆安挑明的相遇经历，其实夕见早已猜出几分。夕见变得很腼腆，看着穆安的眼睛，脸颊微微泛红，娇嗔道："那你与婴柳她……"

"只是好友，她被我骗得不善，失去了盗会，失去了会里的兄弟姐妹，只剩下孤身一人，便跟着我。"穆安心里对婴柳有着些许愧疚。

"你心里有她？"夕见小心翼翼地问道。

"兄妹之情而已，总不能把她就此扔下。"穆安直言道。

"若我是会主，不是公主，你会怎么对我？"夕见心里有着莫名的开心。

穆安苦笑道："那可能不会骗你了，面对你这般容貌，都是赞美之词了，谎言怎么出得了口。"

夕见扑哧笑出声来，温情地盯着穆安，责怪道："原来你也是油嘴滑舌之人，跟龙默一样。"

"龙默是你何时相识的？"穆安来了兴趣。

"早就相识，他是我们天洛天尹乔元靖大人的学臣，但是起初我并没有看出来他如此有城府，又如此有枭雄之相。似乎突然间，他就得了我父王的宠爱，成了我天洛的红人。"

"突然间？"

"是的，人之境遇，真是难以揣测。他本是一个小小的翰博院文臣，东史作册，看看如今，俨然我天洛的龙首。"夕见说得咬牙切齿。穆安陷入深思，尽想龙默是如何一夜之间名声大噪的，却不得头绪。夕见看着穆安的眼睛，然后把脸凑得很近："你在想什么？"

穆安回过神来："哦，没什么！夕见，你真的想好要嫁给格索吗？"穆安言归正传。

夕见有些踟蹰："也许是命中注定，星命中，我该是那颗被舍弃换来家国以复的人。"

"我现在再怎么挽留，也都没用了，对吗？"

"你只是怕战事再起，四国纷乱，才挽留我，不让我成婚吗？"夕见显然希望得到的是其他的答案，不禁眼眶又有些湿润。穆安片刻犹豫后，只是轻轻地点了点头："嗯，我担心燕川与青戎的关系。对不起，我们不同国、不同族，立场自然也不同。"穆安压抑着心底本该说的话，却依然用家国天下粉饰自己对夕见深深的感情。

夕见偷偷抹了抹眼泪："我理解，你是燕川西山凤族人吗？"

"我出生在燕南潇阳城，是燕川东南洛族人群居地的后裔，燕川少数的非凤族人，所以可能也是因为这一点吧，我在朝廷内不得宠，毕竟对于凤族人来说，我是外族。"

"那我们还算同族。"

"你是洛族人？"

"当然，天洛人几乎都是。"

"你想过天洛人知道他们的公主嫁入草原戎族后的心情吗？"

"我想过天洛人不能复国的心情，你觉得哪个更沉重？"夕见言辞犀利。

"你是个好公主！"穆安说得诚恳。

"但愿是！"

穆安和夕见望着月亮良久，两个灵魂深处的互爱少年，却没有逃离国仇家恨的束缚，他们没有直言感情，没有直言胸臆，没有直言诉求。此时不用姜尚和苏妲己的出现，两人已然心隔整个世界，那是人性本身的两面性，也是人性本身魂意的剥落，层次的分明。你永远是你自己，而你也有可能不是你自己，在自己的心里，有无数个自己，也只有一个自己，在命运的路上，陪着自己的人，永远都只是自己，至死不变……

冥王星的太阳光若星光一般闪烁，微弱的不足以叫醒一个伤心惆怅的人，这个人便是穆安。他趴在自己的床上昏睡，似是在他的梦里，早已与夕见公主牵手逐梦。

只是真实的一切都是刺耳的，宗政公若一个闪身，冲入戎都王族聚兽堂的侧殿，疯狂地把穆安摇醒："穆安，穆安！赶紧醒醒！夕见一早被青戎朝堂的侍卫领走了，我猜是去成亲了！"宗政公若可是南依大将，怎会看着天洛公主嫁给青戎王室。但其实他心里也有过纠结，若是顺水推舟，则燕戎确会不睦，也有利于南依，只是青戎得了公主相助，分洛又不利于南依，心里这个纠结始终错乱，于是朋友之间的情义只能当先了，这便来唤穆安一同去救，心倒是都在一处。

穆安晕头转向，却猛然坐起来，睡眼惺忪，又突然瞪大眼睛，喊道："什么？成亲去了？这么快？"

"我们怎么办啊？"宗政公若也想见见龙默的神器，心里也有抢婚的念头。

"成亲绝不能成行，不然我燕川和青戎必有一战！走！去救夕见！抢婚！"穆安说着便起身穿衣。"你可要想清楚啊，这里是青戎王宫！"宗政公若犹豫再三。

穆安四下里看了看："婴柳呢？"

"我从昨夜就没看见她！"

穆安思索片刻："这样吧，我先去宫殿！你找到婴柳，然后速去接应我！"

"你真的要去抢婚？"

"公若！帮我一次！我愿意用龙牙换草药，救你妻子！一言为定！"穆安自知自己也干不成此事，必须公若和婴柳帮衬着，才有渺茫的机会。

宗政公若犹豫片刻，点了点头："好，我去找婴柳，聚兽堂后堂会合，你小心些！"

"嗯，多谢兄弟！我以密使身份进去，你和婴柳用同样借口寻我，千万机警些，这里是青戎宫殿，不行的话，就不要管我，尽快脱身。"穆安快言提醒道。

"要走一起走，要留一起留！"宗政公若为了神器，还仗义起来了，他拍了拍穆安的肩膀，起身离去。穆安背上龙牙，摸了摸怀里的龙肤卷轴，冲了出去。

婴柳昨夜去给唐知烧纸，心中愧疚和自责可想而知，又自顾自在碑前和唐知喝起了酒，这便一醉到天明。公若想着婴柳可能去祭奠唐知了，便在墓碑前找到了宿醉的婴柳，几盆凉水泼醒后，便说穆安去抢婚了，这婴柳一听穆安有危险，醒得比谁都快，二人奔着聚兽堂而去。

夕见公主身穿一袭金纱，像极了那个曾经在宫内无忧无虑玩耍的少女，追着身前的蝴蝶，举着手里的风筝，蓝天白日下是一个美人的胚子，更有着贵族的气质，身边是暗妃和加济王，那是一家三口的欢乐时光。只是如今的夕见早已被家国责任和命运之神压得喘不过气来，她追逐的不再是蝴蝶，手里也不再是风筝，而是权力和刀剑！

夕见一步步走进聚兽堂内，这是名满天下的彼岸公主，来自深不见底的地狱之花，面色雪白，唇如薄血，长发飘飘，不停地有风吹过，裙摆和丝发微微抖动。身后看，是风华正茂的翩翩少女，但是正面看那犀利的眼神，却似一个英才远略、志盖万世的千古女帝。

青戎聚兽堂的侍卫和带剑宫执列队两侧，远远排去，举着长剑，气势庄重而威严，堂门打开，夕见缓步走进去，表情严肃，略带忧伤。

聚兽堂内布置得庄重而恢宏，布包式的穹顶透进几分微弱的阳光，整体的暗淡外加各种兽首禽爪的装点，略显古板。格索王坐在王位上，一袭金黄色的王服，面带笑容，凝视夕见一步步走近，就好像走近他的还有天洛的王印和王位。

龙默坐在王座的一侧，看着绝美的夕见公主，一时愣了神。夕见那身躯摆动，神情飘扬，像极了上古的一位故人。

不少戎都的大臣、王侯、副将，分站在两侧，堂内满满当当，都在见证戎族的光耀。夕见公主身后有两排宫女相伴，一步步靠近格索的王座。宫内又响起青戎的礼乐，横跨天洛与青戎的南北婚约便箭在弦上……

夕见公主向堂内走着，瞟了眼龙默，便停住脚步："龙大人，许久不见，别来无恙？"夕见语气怪异。

龙默起身点了点头，鞠躬行礼："臣一切都好，公主还是这般绝美，今日婚嫁青戎，实乃天洛之幸。"

夕见扭过头去，看着格索王朗声道："陛下，我想先为您献上一支天洛的古礼宫舞，以表诚意，不知可否？"夕见如此，想的却是帮着穆安索要龙默身上的神器。在夕见的心里，若是还有半点机会争取到自己深爱的穆安的帮助，她即便是已经嫁为人妇，也愿伸出援手。

格索满脸堆笑："当然，当然！公主请便！"

"我天洛宫舞，需借助我天洛宫殿内传统的首饰和置物，轻衣轻衫而跳，不知可否跟龙默大人借两样东西？"夕见看着龙默的龙骨杖和龙须颈链，心想穆安所言龙默的神器，也必是这两件了。龙默愣了一下，反问道："公主需何物？"

"你的颈链和手杖。"

龙默犹豫了片刻，自感似乎情况不妙，不是穆安的吩咐就是夕见在暗示什么，又回答道："公主殿下，我这都是陈年旧物，怎能配得上公主，不如我们取些金银首饰，玉剑翡刀来用如何？"

"那些尽是青戎之物，怎会与天洛宫廷之舞相适？如今这宫殿内，只有你我两个天洛人，你也算是娘家人，你若不借，我怎么献舞？"夕见言辞犀利。

"唉！龙大人，只是一支舞而已，你就借给公主一用便是，我这青戎金银玉器满地，用坏了，我再赔你便是！"格索王大大咧咧。

龙默又犹豫片刻，摘下颈链，连同手杖，一起递给了夕见。两人彼此瞳孔里的对方，一个娇艳欲滴，一个却是心存忐忑。

夕见带上龙须颈链，上面的龙眼宝石极为闪亮，她随即又把玩了下龙骨杖，面露笑容，夸赞道："何人的陈年旧物如此闪耀？"格索满心欢喜，看得出神道："夫人真是绝美啊！"

夕见扭过身，又靠近格索的王座几步，慢慢脱去金纱，只留丝质之衣贴身，她身材曼妙，肌肤雪白，美得叫人喘不过气来。这大堂上下百人的目光罗织在一起，套在夕见公主的肩头，不曾有人眼神游移，均被这个吸人魂魄的骨架夺去了理智。众人哗然，也略有议论之声……

"陛下，我求一只天洛的古乐。"

"古乐，古乐起！"格索王大喊道。

宫殿内响起天洛的古乐，一声声悠扬的乐曲，摆弄着所有人的心绪。夕见公主开始翩翩起舞，优美的身段不停地舞动，本来纯美的腰段，却多了些许妖媚和诡谲。众人看得不亦乐乎，格索举起酒杯，面带笑容，不停地示意大家边饮酒边看。

众人开始随同格索王饮酒，龙默也举杯对酌，望着夕见的舞蹈，情难自已。夕见边跳舞，边慢慢地向着龙默走去。

龙默还在与格索王遥相互敬，慢慢有了些醉意，脸色微红，眼神迷离。天洛人说实话真的很难顶住这草原的烈酒。夕见偷偷从自己的长发中抽出一根尖尖的发簪，攥在手里，这平日少女顶头而戴的华贵之物，如今却是夺人性命的利器，夕见对龙默起了杀心！

夕见心里本是盘算自己的婚礼不便杀人，夺了穆安所需的神器便是，但是看着龙默如今酒肉穿肠的惬意表情，心中不免想起父亲的死。面前这个作威作福的杀父仇人渐渐让夕见失去了理智，她笃定地觉得自己即便当众杀了龙默，该嫁还是能嫁给格索王，大不了，自己的夫君包庇下自己，说是龙默被朝堂刺客所杀便是，至于天下院里的事，夕见哪还有工夫想那么多？

穆安冲着宫殿急奔而去，被侍卫拦在面前："何人？"穆安掏出自己的密使文书和令牌："在下燕川密使，前日与格索王有过交谈，此番有要事相商，耽搁不得。"穆安边说边喘着粗气。

"不行，今日陛下成婚，不得入访，有事明日再奏。"侍卫很坚定，显然格索王怕节外生枝，没有允许身为燕川人的穆安前来参加婚礼。

"万万不可，我有要事要禀告，有关四国盟约之事，耽搁不得，请速速通报！若是耽搁，你我都担待不起。"穆安焦急道。

侍卫依然犹豫，穆安偷偷环视四周，有了猛闯聚兽堂的念头，但是心中没底，毕竟就自己一个人。此时宫墙门口有着四个门侍，无人换防，若是一刹那能杀四个人，也便不会引起骚动，穆安正想着，头顶斜刺里一把龙刺箭已经从与穆安对话的侍卫后颈中穿过，前胸探出的箭尖淌着汩汩热血。穆安吓了一跳，抬头一看，宗政公若半跪在宫墙上头，向下射箭，自己却再低下头时，另外三位门侍也早已魂归天国。穆安心中暗自佩服公若这运箭速度，自己只是一个抬头低头的瞬间，四支箭从天而降。

穆安赶紧把四人扶住，立在墙边，不至于让尸体倒下，便又不动声色，贴墙进入宫内，然后抬着头，给公若比画着动作，公若摆弄柳枝，指了指宫内，示意婴柳早已混进了后堂，穆安点了点头，两人迅速消失在宫墙的一侧，奔着后堂而去。

夕见公主握紧发簪，继续迈着舞步，为了不让龙默和格索王发现自己的行刺动作，她靠近龙默的速度十分缓慢。龙默站起身来，举着酒杯，四处和青戎大臣王侯们敬酒，渐渐有些微醉，凝视夕见的眼神也渐渐模糊起来。

龙默扭头朗声道："陛下，夕见公主真乃当世绝色，我想献诗一首，不知是否妥当。"

格索大悦道："尽兴便是，来吧，无妨。"

龙默鞠躬行礼，然后盯着跳舞的夕见，诗兴大发："凤鸾宝帐景非常，尽是泥金巧样妆。曲曲远山飞翠色，翩翩舞袖映霞裳。"

夕见一步步靠近龙默，手里慢慢举起发簪。龙默依然没有察觉，还在继续吟诗："梨花带雨争娇艳，芍药笼烟骋媚妆。但得妖娆能举动，取回长乐侍君王。"龙默语气渐重，最后的几个吐字几乎吼起来。这虽是纣王献予女娲娘娘的诗句，但龙默此时却觉得形容美丽的夕见再合适不过了，却不知是不是也会带来霉运。

夕见手中的发簪刚要落下之刻，正是龙默口中诗句尾音落下之时，只见夕见如触电般瘫坐在地上，一时间上古魂意尽注脑海，似两人神魂相拥，也似两人记忆混杂，夕见顿觉头脑发重，不停地眨眼，进而又平躺在地。

夕见公主脑中苏妲己魂意已在此时完全恢复，也许是因为龙默献上的那首古诗，也许是因为她佩戴的两件上古神器，而也许的太多，谁又知道根本的原因。总而言之，龙默误打误撞，恢复了夕见的上古苏妲己魂意。至此，妖狐再次现世，一样的是蛇蝎美人之心，不一样的是纯良美人之貌，而往后夕见和妲己谁能压制住谁的魂意，又成为一个新的谜团……

夕见公主又猛然坐起身来，仿佛重生一般的举动让宫殿内的人都大惊失色。格索赶紧招呼众人道："快！快！看看公主怎么回事？别伤到自己。"

不少宫女来搀扶夕见。龙默愣了一下，随即也来帮忙搀扶，然后偷偷取了自己的龙须颈链，拿回了龙骨杖，顿时觉得酒醒了几分，望着夕见，又是一阵思索。

夕见坐在了龙默的身边，不停地喘着粗气，眼睛瞪得很大，不时张望着四周，辨别世间一切。龙默仔细地端详着夕见的神情，分辨着这魂意究竟属谁。龙默赶紧圆场道："陛下不必惊慌，公主想必是近日操劳，为国担忧，有些累了，天洛的宫廷之舞，本也就是个体力活，所以让她稍作休息吧。来，我们继续喝酒。龙默举杯，众人继续饮酒。"

格索很关切道："夕见公主，你可还好？"

夕见依然在喘着粗气，缓了缓神情道："我还好，陛下，我稍作休息，成婚之事，稍后必会完成。"格索长出一口气："好！你不需太过操劳，稍事休息，我们继续。来，其余众人，我们继续饮酒。"

龙默又喝了一杯酒，凝视夕见，思忖片刻，摸了摸自己的龙骨杖和龙眼宝石，压低了些声音："公主，想我申公豹修炼千年，各界妖魔也见得多了，似你这般的横跃人鬼妖魔之美，真是头一遭见啊！"显然，龙默觉得异样，在试探夕见。而龙默笃定公主可能是苏妲己，无非是因为其出众的样貌，虽然上古魂意散落当世，人魂相隔，与相貌无甚关系，但是龙默就是压制不住内心对于夕见的直觉，直觉她该是当世苏妲己，而这份直觉的背后似乎还有跨越君臣的思绪。

夕见大惊，从龙默的瞳孔中看着自己的轮廓，好似这样就能看穿两个灵魂一般，又愣了片刻道："申公豹？"

龙默佯装醉意渐浓，晃了晃身体道："哦，酒意上头了，胡言乱语，夕见公主，你刚才可是被什么东西附了体吗？"郎虎故意来扶了扶龙默的身体，也自知夕见有点不对劲，过来听听她的言语。夕见依然在不停地深呼吸，试图理解当下的一切，片刻后疑问道："申公豹？修炼千年？"

"公主说什么？"龙默低声问，期盼着有一个期待的名字从夕见的口中说出。

"你是……"夕见犹豫地问道，但是头脑依然混乱，思绪茫茫，一时间头重脚轻又差点昏过去。

龙默赶紧扶了扶，显然明白了些什么，露出难以察觉的笑容。

夕见本欲与龙默多言几句，却猛然间，穆安仗龙牙剑冲进聚兽堂，环视大堂内众人，眼中带着怒火和坚毅。众人大惊失色，陛下大婚，却有人鲁莽地仗剑闯入，夕见和龙默相视一眼，都觉大事不好，心中一凛。

穆安大喝一声："陛下，我穆安今日无礼了，您若娶了夕见，于我燕川就是大不敬，也会直引两国的误会，甚至引发战事再起！得罪了！"穆安自知除了自己也就公若和婴柳帮忙，于这聚兽堂抢婚那是九死一生，但是一个燕川军人怎会忍得了自己家国受辱并陷入战事再起的危险。想到这里，穆安也便浑身上下充满了勇气，即便希望渺茫，也要把这个婚抢了。再者说了，穆安本身也是一个血气方刚的壮年男子，自己的爱人被人所夺，心底的热血如何不被唤起呢？

格索慌忙站起身，指着穆安，大喊道："胡闹！给我拿下！"两排侍卫和宫执冲向穆安，穆安挥舞龙牙，开始了自己大闹青戎朝堂的戏码。众臣四散逃窜，格索王手足无措。

龙默拉起夕见的手臂，十分着急地要再跟夕见确认什么一般，疾语相问："夕见！你刚才要说什么？再说一遍！你是谁？快说！"

夕见一个犹豫，穆安的龙牙剑冲着龙默当头砍来，龙默举起龙骨杖一抗，剑与杖互相弹开。郎虎双持龙指长刀，一手一个刀光，冲着穆安招呼过来。要说这大堂内，能跟穆安单挑一阵的，也只剩下郎虎了，两人陷入缠斗，郎虎双刀左右开弓，穆安一时竟手忙脚乱起来。

夕见精神变得恍惚，愣在原地。龙默又凑上来，低吼道："公主，我是申公豹，若能明白，尽言于我，不需害怕，当世之境，乃上古之延续，无甚两样，公主！你可记得申公豹？"夕见依然魂不守舍，不知所云，这脑中纷杂的魂绪搅得夕见痛苦不堪。

宗政公若从后堂冲进正堂，拉满龙骨弓，几根龙刺箭相继飞出，射翻了一众侍卫，更有一支箭从龙默与夕见之间飞过。龙默一个慌神，退后几步，又一个踉跄。公若上前一步，搂住夕见，便向后堂撤步，其间不停搭弓射箭。

聚兽堂内顿时乱成一锅粥，众臣诸将也不知穆安究竟何人，有几人几军，但觉燕川的人前来问罪了，便都四散鼠窜。其实他们大多也是草原猛汉，和穆安与公若一战之力必然是有的，只是一时心虚，着了穆安的道，他这独闯婚宴的戏码，让格索王当真大呼意外。

龙默握紧龙骨杖，自知郎虎被穆安缠斗得厉害，也只能自己硬着头皮上了。他一个探步，耍着杖头，奔着公若而去。公若虽不善近战，但是龙默这几下子如何伤得了他，他龙骨弓弓弦一端甩出，套在龙默的左肩头，只一拉，龙默一个踉跄奔着公若身前跌去，公若瞬间一个前踢，龙默又飞出好几步，郎虎但见龙默也不是公若的对手，赶紧上前保护，穆安少了郎虎的纠缠，如鱼得水，砍翻几个侍卫，疾步到了公若的身前。

"准备从后堂撤退！"穆安喊道。

"掩护我！"公若搭弓继续射箭，近身之人尽被穆安龙牙剑震慑住。此时，婴柳一袭黑衣，贴着墙壁，手持龙骨双刃，趁乱慢慢靠近格索王。

龙默手里的龙骨杖颤抖得更加厉害，自知公若手里的长弓也必是罕物，且这大殿内必然还有暗手。

格索久经沙场，怎会被穆安和公若这俩毛头小子镇住，他抽出战斧，指着穆安喊道："赶紧给我擒住他！擒住他！不，不，杀了他！杀了他！"格索王说罢，提斧便向着穆安冲去，只是这酒过三巡，步子迈得也不结实，有些踉跄。

龙默不忍公主再落燕川人之手，否则挑拨不成，反被格索王责备，又惦记穆安真身和神器所在，举着龙骨杖和郎虎一道又杀向了穆安。郎虎近身速度奇快，公若一箭射出，正落在郎虎脚尖处，郎虎一个撤步，又一箭射出，郎虎又退了一步，再抬头时，只见漫天龙指凝针奔着自己飞来，不得已，几个后空翻躲避，已然快出了殿口。

穆安趁机单杀龙默，龙默哪是穆安的对手，龙骨杖顶着龙牙剑，但听一声龙吟响彻大殿，公若和婴柳尽知龙默和郎虎手中有神器，也都各自思忖起来。

穆安抽回龙牙，附身横砍，龙默一个闪身，躲了过去，怒视穆安，厉声道："龙吟声出，上古而来，说！你到底是谁？"

穆安凝视龙默的眼睛，又刺出一剑，龙默只能步步后退。穆安却不接话，只言道："龙大人，得罪了！上古之事，稍后再议！"穆安话未毕，又一剑砍来，龙默慌忙闪躲不及，左臂被划开一道重重的伤口。宗政公若一箭箭射退郎虎，郎虎见龙默受伤，也顾不上龙刺箭和龙指凝针满天飞，一个飞扑加前滚翻，冲着公若而去，公若终于弯弓搭箭晚了一拍，被郎虎擒扑在地，郎虎顺手长刀横卧，眼见要把宗政公若见血封喉。婴柳又一把凝针飞来，郎虎一挡的功夫，穆安一剑横砍而来，郎虎双刀一挡，却被震了一个趔趄。不等郎虎站住，公若起身一个回旋踢，郎虎退出几步。若不是穆安、婴柳和公若三人合力，还真怕是郎虎以一己之力，能一一反杀。

穆安不愿恋战，拉过夕见，搂在怀里。夕见面无表情，精神依然不定，见场面混乱而嘈杂，竟然昏厥了过去。

婴柳看着穆安和夕见的亲密动作，表情惆怅，但来不及细想，闪身左右，又接连封喉格索身边的两个侍卫。格索几个板斧，轮番向着婴柳招呼，婴柳闪身而退，却不敢近战。

龙默自知夕见若在，婴柳也可能在，看着躲在黑衣黑纱里的婴柳，龙默自觉心痛，不自觉地大喊道："郎虎，捉活的，不可杀！不可杀！陛下！不可杀！"

穆安搂着夕见，在宗政公若的保护下靠近王座，然后把夕见推给公若，低吼道："公若，保护夕见，我去擒格索！"

"交给我！"公若一手揽住夕见，一手握紧龙骨弓，腾出几根手指，早有一根龙刺箭弹上弓弦，另一手腾不开也无妨，他探头张嘴，用牙咬住弓弦，伸直长臂一拉，又一箭射出，直插格索王膝盖，格索王一头栽倒在地。穆安抢上一步，把格索王擒在怀里，龙牙剑瞬间架在格索王的脖子上。

婴柳又是一把龙指凝针飞出，众多大堂侍卫和宫执，龙默和郎虎均被射住脚步，双方一时对峙起来。龙默伸出双臂，阻拦众人近身，也怕害了婴柳和夕见的性命。

穆安挟持着格索，大喊道："都住手！否则我杀了他！"格索哆哆嗦嗦，完全失去了一个君王的威严，但也似乎酒醒了几分，喊道："都住手！都住手！"

龙默指着穆安，朗声道："穆安，你说夕见嫁给格索陛下就是毁四国之约，怕燕川和青戎因此事产生芥蒂，进而引发战事，那你今日劫持格索王，你就不怕青戎日后找燕川的麻烦吗？"龙默这一番酒肉后，竟然头脑还如此清晰。穆安一时觉得似乎自己如此做也并非妥当，但是既然事已至此，也收不回去了。

"让我们出去，我自然放了格索，日后我一人来赔罪便是！与燕川无关！"穆安说得坦然。

"你赔罪又有何用？若是有这份担当，说明你根本就不是燕川密使！对吗？说！你究竟是谁？"龙默大声质问道。

"龙默！你可以再多问几句！看格索王还撑不撑得住！"穆安自知刚才打斗占了上风，可言语真不是龙默的对手，只能转移话题。穆安的龙牙剑勒得更紧，格索的喉咙出现了血迹。格索有些乱了方寸："放人！放人！先放人！"

穆安赶紧提醒婴柳和宗政公若："走后殿！快！"婴柳又一把凝针飞出，众人继续后退，公若把夕见扛在肩头，几人向后殿疾步而去。穆安架着格索，紧随其后。

所有青戎侍卫和宫执都急速追了上去。郎虎也是一个上步，龙默却拦住了他。郎虎疑惑道："怎么？大人，不追了？"龙默眼神飘忽，低语道："燕川派人杀格索，格索抢婚燕川的儿媳，这不是我们梦寐以求的戏码吗？"郎虎恍然大悟："是啊，我们不费吹灰之力，燕戎两国就……"

"只是可惜刚才我发觉夕见有点不对，她带着我的神器舞蹈，却如酒醉般神志不清了。我猜测是苏妲己，却不得确认，只差毫厘之间，便能问清身份。"龙默一声叹息。

"大人，那我们接下来怎么办？那穆安可不是善茬儿，他手里也有神器。"郎虎此时还心有余悸，若不是自己敏捷出众，该是现在都死在穆安、婴柳和宗政公若的手里了。

"嗯，穆安比夕见还重要，他的龙牙不知来自何处。如今他俩得罪了青戎，估计逃不出去这草原之国。去，你去将这里的乱局全盘托出，密信告诉修辙和沮洛，让他们可以在天下院内再掀波澜，我去再寻点乐子！"龙默面露诡异的笑容，心里盘算着燕川和青戎如今算是掉进了自己挖的坑里。其实如此看来，穆安抢婚夕见，做与不做，也无大碍，要不红颜祸水，要不风萧萧兮。一个是公主的哀愁，一个是刺客的胆谋，哪个拿来说事儿，那都是燕川和青戎之间的误会。再说了，龙默心里的计量，也从来不在当世，他直觉夕见和穆安该是自己两世的对手，甚至是第三个世界。

穆安挟持着格索而出，婴柳和宗政公若跟随。公若放下夕见，拍了拍其脸庞，夕见依然未能醒来。众人环视四周，猜测该是冲出了后堂，来到了宫墙与大堂之间的间隔地带，不知是侍卫们追错了方向还是因为戎都宫殿实在太大，反正现在戎都王族宫墙内似乎很安静。

穆安将格索放开，然后半跪于地，行礼致歉道："陛下，今日之事，我穆安实属无奈，若燕戎两国陷入夺亲之误，那将是四国盟室的噩梦，也会被天洛人趁机大做文章。我会尽快把夕见公主送回燕川，也请陛下封口青戎朝堂，此事才可以瞒过去，至于我……"穆安犹豫了片刻继续道，"放过夕见和我的两个同僚，我任由您发落！"格索勃然大怒："你们！你们！这是犯上作乱！你究竟是谁？"

"在下是燕川密使，燕川人，所以不忍燕戎两国开战啊！陛下，您想不明白婚娶夕见公主的后果吗？"穆安还在厉声质问。

"我不用你来教我如何做！一个小小的密使！都敢如此放肆！我看燕川始终就没把我们青戎放在眼里！来人啊！来人啊！"格索王大喊道。

宗政公若略加思索，弯弓搭箭，瞄准格索面门，言道："陛下，我答应过我兄弟，一起来，一起走，得罪了。"宗政公若言罢，箭头一低，一箭射中格索的肩部，格索挣扎了片刻，晕了过去。穆安站起身来，惊讶道："公若！你！"

"他只是睡过去了，我箭头涂了药草，走吧，快，再不走就来不及了。"宗政公若焦急道。

"我就这么走了，那龙默必会拿此事来挑拨燕戎两国，到时候……"穆安坚持不走。婴柳在穆安的背后用龙骨刃的柄头将其击晕，娇嗔道："废话真是多，公若，你背穆安，我背夕见，走！"

宗政公若心头这才释然，背起穆安，几人疾步而去。

婴柳来青戎之前，便从洪番那里得了戎都聚兽堂周边的地形图，好能方便行事，如今正好派上用场，他们走暗道而出，未再受阻拦。

龙默和一众侍从追上格索，发现格索躺在地上，身中一箭。龙默盯着格索的伤口，自知格索王必是昏睡过去，犹豫了片刻，起了杀心。若是此时格索王死了，那燕川这番刺杀可就是大罪了，但是转念一想，难得觅得了殷郊和殷洪的所在，且是一国君王，这般助力可不能失了，便又打消了杀格索王的念头，也自知追不上了穆安，心头一松，觉得如此局面，已经够自己搅弄一番了。龙默厉声道："快！把陛下抬去就医！"众人忙前忙后，把格索王抬走了。

次日一早，所有的混乱趋于平静，所有因此而生的混乱似乎也箭在弦上。格索身着绷带，侧卧在床榻上，恼羞成怒，把一个杯子狠狠地摔在地上。龙默、郎虎，一众大臣和侍从，远调而回的戎东军军首副将等均半跪在地。

"一群废物！一群废物！被一个燕川密使大闹朝堂，还有脸吗？"格索王随后几乎骂了每一个人，就不说他自己酒后跌跌撞撞，跟跟跄跄，差点被穆安等人杀了都不自知。

龙默安慰道："陛下，以那穆安的身手来看，必不是什么密使，肯定是燕川军人。那把剑也绝非民间之物，他此来必有不可告人的秘密。我想，十有八九，是燕川王室派来的。我听闻燕川前朝便建了机要之部，好像名叫'凤门'，他们收编燕川边陲各个山匪、盗贼的偏众，甚至是江湖人士，由王族领头，实施秘密计划，手段残忍，行事泼辣，我们不能不防啊。"龙默撒谎从来都是从细节说起，则别人相信他的概率会大增。格索王从来没听过什么凤门，天下机要之首便是他的东戎教，还有何秘密组织能比这个更甚。

格索抱怨道："燕川人当面一套，背地里一套！如今剑都架到我脖子上了！你们速去宫外追击穆安等人，所有人都给我抓回来！尤其是夕见公主！快去！"一众侍卫和士兵领命而去。

龙默续言道："陛下，此事必会被燕川人拿来逞口舌之快，弄不好天洛天下院之内，鹿辞和子笙早就在说青戎的不是了，说青戎抢夺燕川的儿媳，如此一来，青戎就变得被动了。不如我此时立即返回天洛，也好稳定局势，替青戎说说情，反击那燕川！在天下院占得言语之势！"龙默自知此时不去，自己也会有危险。格索王却不愿龙默离去，毕竟龙默乃是天下院国相，最不济，用他去交换公主，在如今朝堂都不是不可为之事。格索王当然不知修辙和沮洛心底其实也不情愿龙默回去的，只是制衡的局面不能破之。

格索略加思索，眼珠猛转，佯装夸赞道："龙默大人有心了，我会立即写信给何谦，告诉他来龙去脉，我们自己的事情，还是由自己解决为好，龙大人先去歇息，你也为此事操劳数日了，不急于一时回去。"龙默和郎虎互相看了一眼，龙默自知格索王有了软禁自己之心，也只能暂且忍下："是！陛下，若有需要，尽管唤我。"

回到侧殿，龙默在屋内焦急地来回踱步，郎虎站在一旁，不知所措："大人，格索这是要软禁我们啊？"

"那格索也不傻，丢了夕见，再让我走了？手里什么都没有，一场空吗？"

"我们现在怎么办？不能在这里干等啊。"

"那格索看我和穆安打得火热，估计也在惦记我们手里的神器。当务之急，我们得脱身，尽快回去天洛，现在是挑拨燕川和青戎的最好时机，不能错过。"龙默心底对尽快离开青戎没什么底气，"通知修辙和沮洛的信寄出去了吗？"龙默边想着后计，也边在惋惜寻找纠王的大好机会就此失去了。

"寄出去了！"

"再补一封，告诉修辙，设法救我。"龙默如今只能寄希望于自己的政敌出手相助了。

"大人，修辙一向与您不对付，这次求救……"

"放心吧，他们会救我的，天洛一乱再乱，他们会知道缺我不得。"龙默似是很有信心，又言道，"如今，我第一次觉得自己开始无能为力了，孤掌难鸣啊，看看修辙和沮洛会不会是我们暂时的盟友吧。那燕川人借着夕见被抢，会大肆揶揄青戎一番，而青戎会借着格索王被行刺未遂反击，两国之间，有好戏看了。"

"大人，我们为何不去追击穆安和夕见，把他们抓回来呢？"

"燕川人满世界抓夕见，现在青戎人也是，那穆安如果不是密使，必定也是'凤门'或者军队的人。所以青戎追杀，燕川就得保，燕川追杀，青戎就要保，我们还愁没人帮我们抓回他们吗？"龙默心底盘算的当然是穆安落在自己手上，而公主若是上古之友，却是希望回去天洛与自己共事。

郎虎自顾自地点着头。龙默自嘲的无能为力来自如今穆安的突然杀出和夕见身份的突然暴露。所以，一时间，龙默很难想得明白对待二人的态度，若是借二人挑拨燕戎，那二人必是陷入更大的危险；但是若救二人，则燕戎之间需轻言婚娶和行刺之事，这之间的矛盾，龙默还在斟酌。

天洛国洛京城北郊青戎军界内，格图在自己的大帐内查看着一份舆图。一个侍卫走进来，耳语了几句，格图略加思索道："让她进来。"宗政蕊一件兜帽披风，内穿公主服饰，轻步走进帐内，面向格图行礼道："格图将军，我是宗政蕊，有礼了。"

格图满脸横肉一挑，不屑道："蕊公主，怎么？今天也来给我送花吗？"

宗政蕊把披风脱掉，曼妙的身材，一览无余，坐在一旁，也不见尴尬，自顾自地笑起来，面色清甜而精致。格图盯着她，渗出几分着迷。

"将军说笑了，我送花，只是为了惠通四国，哪有别的什么阴谋，您别被前日的琐事影响了判断。将军，您可是明理之人，我们南依就算是要密谋盟中盟，怎么会落下青戎这样强大的国家呢？"宗政蕊自信青戎人心底的算盘，至少不会倒向燕川，所以言语之间没什么遮掩。

格图大笑，眼睛直勾勾地看着宗政蕊的身材，不时躲闪着目光，言道："那公主这是承认密谋盟中盟了？"要说这青戎格氏真是一家子色胚，草原的烈酒和六部的分和孕育出的除了勇猛无畏的灵魂，还有放纵的本性和贴近自然的心境。俗话说饱暖思淫欲，饥寒起盗心，这草原之国也不能说多么富裕，这淫欲却是不淡。而燕川这么富饶的国家，东境边陲竟然盗会林立，可见世间芸芸之命，自有天定，无甚规律。

"我可没承认，但如今燕川的一番作为，逼得我们不能不这么想，对吗？"宗政蕊自是把责任先推到燕川人的身上，也在隐喻青戎刚刚发生的那点琐事。

格图拍着桌子，低吼道："哼！派密使，想杀我王兄，还污蔑我们抢他燕川的媳妇儿，倒真是一帮西境匪徒，孤山僻疆，野族野种，逮谁咬谁，要不是当初我们被天洛的天鬼铁骑逼得走投无路，谁会跟他们结盟？"

"正是这个理，将军，那燕川领头成盟，可不止在赢下战事，赢下天洛那么简单。他们口口声声以盟主领袖自居，如今又行小人之事，其中的阴谋，不言自明。"宗政蕊才三言两语，就引得格图的憨直性子上了勾。

"公主可是来献上什么计策的？"格图咧着嘴，满是期待。

"我们如今面对燕川，单枪匹马，都不是他们的对手。天下院内，想有所作为，就得胆大为上，不做些大事，燕川根本不知道我们其余三国的厉害。"

"做些大事？"格图怔住。宗政蕊凑到格图的耳边，耳语起来，格图慢慢瞪大眼睛，然后不停地点头。

入了午夜，星光几近于无，宗政蕊这才回家，疾步下了马车，迈步进入将军府，却见屋内漆黑一片。她走进屋内，点起蜡烛，突见修辙在大堂正中正襟危坐。宗政蕊吓了一跳："修辙，你在干什么？吓了我一跳！"宗政蕊拍着自己的胸口。

修辙站起身，走到宗政蕊的面前皱着眉头凝视："你去哪了？才搬来将军府几日？你夜夜这么晚归！"宗政蕊露出笑容，搂着修辙的脖子，亲昵道："怎么？你担心我啊？我宗政蕊可不是那种朝三暮四的女人，我说了嫁给你，就一辈子都陪着你！"

修辙挣脱开，自知跟公主说话也不能太过严苛，便缓和了语气："你知道我说的是什么！又去哪个军界了？你们南依究竟在捣什么鬼？非要弄得洛京满城风雨吗？"

"我去了格图那里，怎么了？"宗政蕊给自己倒了杯茶，一饮而尽。

"现在正是青戎和燕川紧张的时刻，你不要去蹚这浑水好不好？"修辙倒不是多担心自己的妻子，只是怕宗政蕊坏了这挑拨四国的大好机会，或者说，这个机会让梅央和宗政公贺抢先用了去。"正是这时候才是出手的机会，你是我丈夫，我告诉你这些，希望你能站在我这边。"宗政蕊可不拿修辙当外人。"我只站在天洛一边，如果你们密谋的事情对我天洛不利，我会……"修辙百般克制自己的情绪。

"会怎么样？杀了我？我好歹一国公主，这般简单敷衍地就嫁给了你，连个婚礼也没有我就搬来将军府，每日还要面对你这般冷酷的对待，我也是女人好吗？我现在宁可在外面四处游荡也不愿意回家，你明白吗？"宗政蕊说得心酸，修辙听在耳朵里，心里也是别扭。他心里渐渐明白，蕊公主嫁给自己，是带着些许爱意的，但是自己一直倾慕夕见，便只能独守情无所依的孤独心房，更不敢伤害青灯一片纯良之心。而对于宗政蕊，虽无爱情可言，但是这个婚必须要结，如此一来，南依便是自己的一根救命稻草。关键的是，这根稻草，兴许最后救了整个天洛。但是就一个三十左右心性未满的男人来说，娶这么一个娇美调皮不省心的妻子，每日嘻嘻哈哈，也未尝不是一件调节心情的好事，修辙对蕊公主并无恶意，也自知不能太过冷淡。

宗政蕊边说着，边心酸地流下眼泪，修辙叹了口气，无奈地摇着头。既然是妻子，如何能不哄，一咬牙，拍了拍宗政蕊的肩膀，然后搂在怀里，轻声道："委屈你了，好了，别哭了！"修辙是多么不想跟她有身体接触，但是总得想想自己下一句话能不能从她嘴里问出点什么，又继续道："你和格图说了什么？"

蕊公主贴着修辙的胸膛，自觉温暖，这才缓和了情绪："杀鹿辞！"修辙愣了下，扶着宗政蕊的肩膀，压低了些声音："你疯了？"

"这是打击燕川的第一步。鹿辞可是燕川鬼谋，分洛之本，更是燕川财权大户，铲除他，一了百了，落得清静，这天下院没人再是龙大人和梅大人的对手。"

"杀他一个还会有无数个鹿辞来赴任，你懂吗？你以为燕川没了鹿辞不成吗？鹿家上下十三位高院高府的卿士，权压燕川半个朝廷！你不如说去燕川灭了鹿氏满门！"修辙觉得自己妻子这是幼稚至极的玩笑，却还未领会宗政蕊这是在燕川和青戎的伤口上撒盐的妙举。

"鹿辞是燕川大族，重臣，杀了他，也是杀杀燕川的锐气。"

"你劝说格图帮你？"

"他会傻到帮我杀人？他只说会协助，但是谁还不知道，真杀了鹿辞，他会全盘赖在我身上！现在的四国之人，没一个可信。"宗政蕊委屈巴巴地说。

修辙略加思索，耳边响起龙默信上的言语："将军速与沮洛大人商议，设法救我，我被格索软禁，难以返朝，如今燕戎几近反目，我等机会来之不易。燕川会借机诬青戎抢婚，青戎会借机诬燕川行刺，两国争取的将是南依、崇衡和我天洛的倾倒，我等需早日商议对策，瓦解四国之盟，留天洛前路无碍。将军，你胸怀坦荡，我杀王族之事暂且记下，不要因小失大，务必详思，不可耽搁，保重！"修辙一个闪念飘过，又低声耳语道："格图到底什么态度？"蕊公主眼眸一闪："要说杀人之心，怎会没有，燕川人险些杀了他的王兄，你不知道他有多么恼怒。"

“那你确定格图会傻到听你摆布？”修辙反问。

“所以我得将计就计，他想杀人，再诬陷我。我就反其道行之，反正浑水越搅越乱，你管插进去的是哪根棍子呢？”宗政蕊的比喻正是修辙所想，若是杀人，可不看是谁的刀，要看是谁的手。“这事太过危险，我来替你，杀人成则推于洛和会身上，不成，则让格图背锅，再陷燕戎于更深的深渊。”修辙自是不愿宗政蕊冒这个险，若是可以，还需拉着几国一起。

宗政蕊盯着修辙的眼睛，一脸娇羞道：“你是担心我的安危？还是有其他计划？”

“我可不想早早成了鳏夫。”修辙说罢，转身而去，宗政蕊慢慢露出笑容，进而大笑得合不拢嘴。

南依国依水城王族四洋宫内，宗政楚王面对一幅巨大的舆图，背着手，仔细地端详。一个大臣站在他的身后汇报道：“陛下，公主和梅央大人来信说，正在稳步实施盟中盟的计划，如今燕川和青戎那边似乎因为抢婚和行刺之事闹得很不愉快，我们的机会就摆在面前了。”

“那是最好，让公主和梅央小心行事，以免反被燕川和天洛利用。”

“是！”

“将军那边如何了？”

“他似乎发现了更多的神器，正在设法取得。这是他本人的密信，需您亲启。”大臣言罢，把信递给宗政楚。宗政楚打开信，仔细阅读，不时地点着头，又言道：“好！随时通报将军,公主和梅央的进展，我们要尽快让燕川退出这盘无止境的游戏。”

“是！臣告辞！”大臣方才退去，楚王便来了雅兴：“该是万物归心，万世归史，万然皆果，万足皆当下，当世不得，上古何去啊……”楚王言语当世与上古，自是身份不简单，他望着天眼，又是一番独白：“这就是太极两仪并四象，天开于子任为之！”

不等楚王话音落下，自己的两个儿子一长一幼前后脚走进四洋宫。长子宗政星沫，身材高挑，面色红润，剑眉星目，长得俊俏，手里捧着一个炉子，炉子上是一小锅烧焦了的类似仙丹般的东西。而幼子宗政星烛身材矮小，面色焦黑，塌鼻大嘴，长得有点失常，和自己的哥哥看上去不像是兄弟，他手里也捧着一个炉子，里面的东西却是一颗金灿灿的丹药，完整而有光泽。

“父王，你评评理，烛儿又偷我炼的丹，还撒谎说是自己弄的。”宗政星沫一上来就告状。

“父王，我是自己炼的，炼了一个月呢！”宗政星烛有点委屈。

楚王对自己两个儿子的爱好已经习以为常了，他们自诩是天下最好的炼金师，却总是炼得跟厨房事故一样，还每次都有纠纷。楚王也不言语，把两人拉开了一段距离，问道："这丹药里面都是什么啊？"楚王问完，围着两人转了两圈，闻了闻两人身上的味道，宗政星沫一身焦味，别无其他，而宗政星烛身上有药草的香味。

"九黄丹，青铜水，再加点木屑，生贝和铁油，这还不简单？"宗政星沫义正词严。

"然后就炼糊了？"楚王很是疑惑。

"烛儿手里的才是我的，我这个是烛儿的！"宗政星沫理直气壮。

"哥哥胡说，我这个是自己的，必须要加冰草和毒尾花，这样的话，生贝才不会烧焦，铁油才能发光！"宗政星烛一语说中了楚王的心里。楚王自知宗政星烛说的是实话，这宗政星沫身上没有草药香，必是没有加烛儿说的两种药草，所以才会烧焦，而烛儿身上的味道说明他去过了后宫的蕴草阁，楚王本是该对长子的谎言发一顿火的，但是看着幼子又很欣慰。

"烛儿乖，炼得好，把丹药拿去玩吧，但是记得，不许服用，要留给大人们，明白吗？"楚王言罢，宗政星烛兴高采烈地转身而去。

"父王！你这就包庇……"宗政星沫低吼道。

"你闭嘴！一个哥哥，满嘴谎话，还欺负王弟，你哪有点王子的样子？再过一阵你就要去天洛了，还能去那天下院胡搅蛮缠不成？"楚王对宗政星沫一阵训斥。

宗政星沫自知理亏，委屈道："父王，你说咋烛儿这么小，都能炼好丹药，我这么大了，就是学不会这炼金之法。"

"学，不在说，在做，在看，在用心，你若有烛儿一半用心，不说炼丹了，天洛你都给我拿下了！"楚王说罢，转身而去，留下宗政星沫一人看着自己烧焦的丹药，发着呆，良久良久……

子笙、格图、宗政公贺和太稷带着小部分军士在洛京城内搜捕洛和会，场面一时激烈有余，却成效不足。他们多多少少抓了一些人，也打了一些人，但是都因为证据不足，被迫由净天府放了人。且不说净天府的韩魂和童魄不愿自己的天洛人落人口舌，再受什么大刑，就是真抓了，也问不出什么，洛和会纠集三教九流，江湖内外太多人众，信仰各异，甚至黑白两道都混不清楚，何来大义赴死、慷慨就义的戏码，审讯出的都是些没营养的"寒暄"。但是四国军界动用武力抓捕洛和会这件事，又一次引来了民众的不满，游行显谏又有抬头之势，四国之人便是不敢再步步紧逼，倒不是怕天洛子民闹事，主要是被沮洛和修辙上次的玩弄吓怕了，怕的是自己再有点把柄落成了其他国家的口舌，那就不好挣扎了。

沮云自从逃出软禁，回了洛和会的分舵，干了三件事：纠集残势、打探消息、招募会众。洛和会分舵又进行了整合，准备着下一次的起义，他们也探得了夕见公主的所在和发生在青戎的震世消息，正在盘算广招江湖志士和武林高手的同时，如何在下一次起义避免前错，只是这三件事的处理对于沮云和幼槐来说比较头疼的就是没有名头，若是夕见这样名声在外的公主在自己手里该有多好，借着公主的名号立旗，招募天下贤士，便简单多了。

沮洛和沮衍寻了几日沮云，还是没什么消息。其实沮衍知道弟弟的去向，只是不愿父亲再担心，便没再揪着此事深查，只是自己平日和三五好友随意找找，在他的心里，带领洛和会扶助天下，也没什么不好。

沮洛平日可没时间把心思放在沮云的身上，他才听说青戎戎都的事，便即刻来找修辙。将军府里下人尽退，只剩沮洛和修辙。修辙递给沮洛一封信，沮洛打开来阅读，心里盘算着下一步的谋划。"龙默的信，夕见从青戎逃了，没完成与格索的婚事。格索恼羞成怒，把龙默软禁了起来，他想我们设法救他，沮大人你看呢？"修辙的语气明显有着对龙默的不屑一顾。沮洛还在看信，修辙继续道："天下院今日的朝会气氛紧张得要命，何谦、格图和鹿辞、子笙几乎厮打起来，在我看来，四国盟室，扛不过明年。"沮洛把信收了起来，反问道："将军看呢？我们如何救龙默回来？"

"说实话，我没想救他，你我二人，加上内廷相助，天下院倒是可以慢慢过渡过来。"修辙有意借天下院和内廷院架空龙默。

"哦？将军的意思我不明白，过渡成什么？"

"过渡成我天洛一家而言的院府。"修辙心思甚远。

"这种可能微乎其微，将军，四国之间西北方两国燕川和青戎如今产生深深的芥蒂，但是对于他们的盟室来说，只是小风小浪，他们的最终利益都在分洛之上，抢夺天洛大权，左右禅让之事，永远是第一位的，这点我们不用怀疑。所以他们不会真的为了一个天洛公主撕破脸的，今日何谦和鹿辞的争论也会在下一次天下院朝会上悄无声息地烟消云散。"沮洛分析得透彻。

"那沮大人的意思是这次燕戎两国的纠葛，我们没法做文章？"

"两国都悬在崖边，推他们的大有人在，我们不必出手，要是借此事发挥，也是用在刀刃上。"

"刀刃上？"

"对，救龙默回来！"沮洛一直觉得失去龙默，也便失去了天下院的言语。

"我们现在要他何用？"修辙不解道。

"我说过数次了，将军，我们不需要他，天洛需要！"

"你我二人，将军府和内廷院，如今也在变法改制，完善旧历，足以制衡天下院，难道要他来再祸害天洛王族不成？"修辙显然是没顾虑到军界的事。

"将军，您细想，龙默在天下院内代表了什么？他代表的是天洛，无论他最终保全天洛是何用意，但是如果他回不来，我们在天下院就失去了第一道言语屏障。那时，四国把五国共治转变为四国共治只是时间问题。四国不傻，他们会同意我们补充建立内廷院和净天府，就是知道我们即便是恢复前朝的院府之体治理天洛，也不会出现前朝的任何恢复迹象，因为把持核心统治的一直都是天下院的人。四国于龙默斩君建制的那天妥协，是因为时运和他们心中的忧虑，但此时若再有机会，他们可能就索求新的制衡了，而那种制衡里有没有我们，难说！"沮洛俨然是一个心术和道德更正的龙默。

"那是非救不可了？"修辙也想得清楚。"须速战速决！"沮洛又道。

"'借刀杀人，迎龙出狱'，沮大人，你如何理解这八个字？"修辙说的是龙默信中最后提及的八个大字。

"龙默信里如此说，必是知道燕戎两国近些日来的纠葛将是我们借题发挥的资本。"

"昨日宗政蕊倒是跟我说，她试图说服格图，让青戎加入她的盟中盟，先对鹿辞下手，削弱燕川的言语之力，断其善谋之人，但是格图似乎不屑一顾。"修辙提醒道。

"哦？南依人开始明目张胆了？"沮洛有些惊讶。

"也许正是这次燕戎的纠葛，给了他们如此的把握。"

"宗政蕊去找过伯谕，找过格图，找过你，南依胃口不小啊。"沮洛心中不由得开始对南依的步步紧逼有点忌惮。

"南方大族，有洛水天险，军力不下青戎，说他们是如今仅次于燕川的大国不为过，所以他们一直惦记在天洛战败后削弱燕川，可以理解。"修辙思忖道。

"只有把南依和燕川真的挂上钩，那才是四国盟室瓦解的时候。"沮洛心知肚明，扳倒拥有鹿辞和子笙的燕川易，但是扳倒拥有梅央和蕊公主的南依，那是难上加难。更何况，楚王可是比子秋王更有远识的君王。

"在我看来，当下宗政蕊劝说格图一起杀鹿辞根本不会实现，但是我们可以帮他们一把。"修辙微微一笑："这不该是借刀杀人吧？"

"这是借刀救人！"沮洛言罢，两人大笑起来。此时倒不是说杀鹿辞本身有多么重要，关键就是杀人背后的一系列运筹帷幄，那才是这局游戏的根本，而若根本不变，杀人手法则无关紧要。

其实天洛人和南依人第一时间认定鹿辞为施计对象，便是因为鹿辞几乎是燕川群臣里的财权之主，在诸国共秉洛政的时节里，若是一方大国失去财权要人，那是伤及国本的第一步。子秋把鹿辞放在国境之外，而且有意借此压制一下鹿氏大族，也是因为忌惮和不安。

穆安躺在一条溪水旁，婴柳不停地往他脸上泼水。穆安感觉到脸上的凉意，慢慢地恢复了意识并睁开眼睛。冬季的青戎微寒风紧，雨雪甚少，这湍急的小溪更是少之又少，穆安似乎清醒了一些，即便是听着潺潺的水声，也能平静片刻。

夕见坐在溪边的一块石头上，盯着龙肤卷轴上"苏妲己""姜子牙""胡喜媚"和"赵公明"的名字，若有所思，见穆安慢慢醒来，又把龙肤卷轴放进了穆安脱下来放在一旁的衣物中。

夕见此时便是苏妲己，而苏妲己便是夕见，她阴刻鬼魅的眼神时隐时现，似乎在捉人心鬼，摄人魂魄。苏妲己魂意全然显现，她自是知道胡喜媚和赵公明是自己人，唯有姜子牙是自己的眼中钉，杀掉穆安，是当务之急的事，只是夕见的魂意不时地侵占这个娇嫩的身躯，苏妲己的魂意也难以完全把持得住。

"你是谁？为何心存杀穆安之意？"夕见本身的魂意在其头脑中对苏妲己默念着。

"我就是你，你也是我，你若无我鬼魅之心，魍魉之计，不学我媚世之法，祸乱之功，怎么得那天洛王座？"苏妲己时刻提醒着自己同躯异魂的宝贝公主，唯有自己才是能帮其复国之人。

"无论如何，你不许杀穆安！决不许！"夕见勉力维系，头脑中一片混乱，苏妲己不再言语，两个灵魂的对话就此结束，却满满都是纠结。

两个魂意在同一躯体内均为显性的时候，基本会产生穆安、夕见和龙默这三种情况。穆安与姜尚道德基准一致，姜尚记忆不全，则基本任由穆安的魂意控制身躯。但是姜尚随着记忆与魂意的完善，其智谋与心性等穆安还不具备的特点便会融入其头脑，穆安也就渐变成一位少年老成的智者。而龙默与申公豹很好理解，他们因超脱智慧，已经基本变为一个人，成为一个融会贯通的当世肌体。最惨的当属夕见，苏妲己的道德基准与夕见相反，两人头脑非凡，但非一种特性，苏妲己妖媚成性，心狠手辣，而夕见胸怀天下，有着君王的刚柔之智。如今两人的魂意在夕见的头脑里谁占上风，将几乎决定天洛的未来，而夕见如今还没发现，她对穆安的爱，可以抑制苏妲己魂意的侵占和霸权，苏妲己的贪欲和权欲似乎也能操控夕见的复国之念。总之，夕见这红颜薄命的人生之路上，如何压制苏妲己，成了人生课题。

婴柳扶着穆安靠在一块巨石上，捧着溪水给他喝，宗政公若走过来拍了拍穆安的头："醒了？"穆安脑子发沉，依然懵懂："我们怎么出的宫？"婴柳娇眉一抖："我知道暗道！"

穆安也没细问婴柳如何知道聚兽堂的暗道，只是频频摇头："你们不该救我，把我留在格索手里任他处置是最好的办法，否则燕戎之间的误会可就大了。"

"穆安，你总是一心国事，把你留在那里就是一死好吗？再说了四国盟室那么脆弱就瓦解的话，那就证明当初的成盟是个错误。"婴柳直言。

宗政公若附和道："婴柳这话说得对，穆安，你不用太自责，救出夕见，是最好的结果。"穆安看了眼夕见，夕见走过来坐在穆安的身边，眼神由阴刻鬼魅瞬间变得温婉纯良："谢谢你们救了我，虽然我不知如此一来会有什么结果。"夕见压抑着心中更狠绝的责备，苏妲己之意明显是嫁给格索王更好，但是夕见如今见穆安抢婚救自己出来，不言别的原因，也知其心意，自是很欣慰和开心。"夕见，如果你愿意，我还是送你回去燕川吧，也许那是你本来就该去的地方。"穆安依然在坚持。

"不，也许我本就该待在你的身边。"夕见这句话明显带有苏妲己的魂意。在穆安身边的时候，夕见的感情确实能压制一番苏妲己，但是苏妲己心性中的戾气与狠毒，阴刻与娇淫，时不时便会像春雨般渗入夕见脑海的土壤，像极了被恶魔慢慢侵蚀灵魂的圣裁者与传教士。

夕见走到溪边，捧着一些水递给穆安，穆安心中泛起一丝难言的幸福感，他怎会知道面对的是一个可怕的、已经显现的灵魂，但是片刻的美好，都会让他觉得坦然。

婴柳看着两人亲昵的动作，好生吃醋，嘬着嘴，慢慢走开了。宗政公若却微笑着拍了拍婴柳的肩膀，调戏道："你喝不喝？我捧给你。"婴柳一嘬嘴："滚开！"

夕见坐在穆安的身边，穆安头晕不已，半靠在溪边的石头上。"你是不是还有其他的身份？"夕见问道。"怎么？"穆安有些警惕。

"密使会有这么好的身手？"

"你不是知道吗，我还是燕川的逃兵。"穆安自嘲道，内心很懊悔没在青戎完成师父交给的任务。

"真的有其他要务？"夕见眼中充斥着苏妲己的疑惑和顾虑。

"夕见，你怎么突然变得这么奇怪？你现在自由了，如果要去找残军，可以去了。"

"没有王族的帮助，边境这么大，我去哪里找？"

"那你准备去哪？"穆安问道。

"你去哪？"夕见反问道。

"奔着崇衡去吧，燕川和青戎都在追捕我们，龙默也知道了我们的动向，我还能去哪儿？"穆安无奈地摊开手。

"万一崇衡我们也不能有所为呢？"

"那可能这世间就不是我该待的地方。"

"你该在哪里？"夕见的问话让穆安会错了意，他怎么会知道，这是苏妲己在试探姜子牙的魂意恢复程度。穆安自是有点警觉，只能调侃一番夕见："该待在有你的世界。"夕见愣了一下，又笑出声来："我很荣幸！"

"走啦！上路，直奔崇衡！"夕见站起身，大喊起来，表情轻松而惬意，谁人会知道她在心中是多么痛苦地在与苏妲己作着斗争。

穆安瞟了眼婴柳和宗政公若，又大喝道："走吧，犹豫什么呢？等着燕川人和青戎人来抓我们吗？"众人这才大踏步地前进，像极了游山玩水的几个年轻人，但是这看似四个人的"旅行"，却是六个人的勾心斗角……

　　天洛国洛京城王族光洛殿内朝会依然。燕戎之间的隔膜依然在悄无声息地游走，慢慢转变为言语之间的争执与辩驳，而天洛人和南依人此时的想法几乎一致，那就是顺着这个伤口，撕裂开来。子笙当先嘲讽道："何大人，格图将军，怎么着？半月有余了，格索王还没对抢婚之事有个说辞吗？"

　　"何谦，在这天下院内，你我都是同僚，又是四国盟友，若是这心结解不开，那误会可就深了。国与国之间的事，本是不该在这天洛天下院内提及，但是你们的作为实在让我们失望。"鹿辞甚是不满。

　　"子笙将军，鹿大人，你说我们抢婚，问题是夕见是自己去的我青戎，见我陛下英姿，乃当世英雄，所以一见倾心，希望尽快下嫁。我们陛下也是不忍天洛公主颠沛流离，满世寻所，才同意迎娶，这怎么成了抢呢？再者说了，你们派去我青戎的密使竟然携众于聚兽堂闹事，刺杀我王，我现在怀疑这是你们故意为之，这件事我还想跟你们要个说法呢。"何谦反驳道。

　　"哼！燕川一向高高在上，盛气凌人，如今还先发制人，颠倒黑白起来。"格图几乎是喊叫起来。

　　子笙厉声反驳："要是你们青戎这样处理问题，那我们可就不再退让了，你们有违四国盟约在先，我们理应质问。至于那行刺之人，我们确实不知是谁，待我们查清楚了，也自然会有所交代，再说了，你们怎么就确定那是我燕川之人？就不能有人冒名顶替吗？当今世间，想致我燕川于死地的大有人在！"

　　"可笑，四国盟约里哪一条说了不许王室婚嫁的？冒名顶替？那个人手里拿着子秋王的文书和令牌，难道这还有假不成？"何谦厉声道。子笙和鹿辞若有所思，一时语塞。

　　扶季和梅央对视了一眼，梅央点了点头，扶季当先插话道："文书和令牌，可是能确定这人的身份？"梅央佯装训斥扶季道："扶季大人，少言几句！"鹿辞这才顺着扶季的话问道："子秋王的文书和令牌？"子笙似是想起了什么："你们可知那人姓名？"格图无奈道："这重要吗？你们燕川就是借着密使之行，行刺我陛下！"

　　子笙和鹿辞听着何谦第一次说起"密使"两个字还未太注意，这格图第二次提及，便成了两人敲击心钟的回响，他们似乎想到了同一个名字，而且亲切得很。

　　梅央打起圆场："好啦，好啦，诸位大人、将军，我们这里是天下院，不是交流四国之事的地方，而是需要共商天洛前路，你们这般争执，何时是个头呢？子笙将军，鹿辞大人，你们去查那个人便是，之后给何大人和格图将军一个交代，也让子秋王和格索王相互有个商议便是。反过来，青戎也查一查，大家配合，还有何误会解不开呢？"太积附和："就是，梅大人说得在理，我们天下院内，还是平静为上，稳定为上，我见今日修辙将军已经把新的变法改制文录呈给了大家，希望大家早做回应，也使得天洛早日觅得前路。"

"修将军，我听说近日内廷院在治理后宫疾患，可有此事？"子笙突然发问，也转移了话题。

"只是那小小的满王子染病而已，医治几日便可，春日将尽，南土温湿，大家还须防范疾患才是。"修辙直言。

"那满王子可是最接近登位的王子，若是他身体有恙，我们就平添了些等待禅让的时日，这样可不好。"鹿辞提醒道。

"修辙将军，最好让我们天下院和净天府也介入此事，后宫的稳定才是登位禅让的基础，若是有人故意残害小王子，故意拉长登位时日，那禅让可就变得更远了，我们不得不怀疑那是你们天洛故意为之。"梅央提醒道。

"几位大人多虑了，此乃春晨病而已。小儿春季多患，再普通不过，几日便好，不须太挂念。"修辙很是淡然。

"我觉得我们的立法里需要加入这一条约定，那就是满王子十岁便登位，不再多言，然后立即禅让，省得夜长梦多。修辙，你得记着，我们之所以同意你天洛登位年岁的礼法延续至今，是因为我们本就需要时日维稳后宫和子民，但这可不是给予你和王族口舌，拖延了事。"子笙直言。

"嗯，这才合理，我们的太多等待都是无谓的，天下院也不会是长久之计。"鹿辞附和道。

"满王子如今带病，此事可等龙默大人回来再议，若是燕川着急此事，我们倒是可以商量，只是不知为何现在燕川突然如此着急登位禅让之事呢？"修辙明知故问。

梅央和太积互看了一眼，梅央又点了点头，太积方才插话道："子笙将军，不如先解决了燕川和青戎的误会再作决定不迟，你若这般着急，倒是显得有些可疑了。"梅央如今显然成了除燕川外几国的智囊，真乃心中之智，全凭慧眼闪烁。

梅央朗声道："再说了，我们四国还要选出可以被禅让之人呢，王选大典说近不近，说远也不远了，但一时半会儿，却是完不成登位、禅让和典选的，只求燕川和青戎尽快处理私事，也请天洛彻查和肃清后宫，我们都一心行事，天洛的前路才会明朗啊。"

"那是，那是！"修辙这般说着，偷偷环视四周。众人哑言，可心里的言语之争从未停歇。

安梦文心里琢磨着克里斯的话，只身踏上飞往冥王星的星际航班。他看着窗外黑漆漆的宇宙，漫天的星光再美，也提不起安梦文任何兴趣，他心里总是觉得，克里斯话中有话，而最危险的并非陆秀夫和他的秘密计划，感觉克里斯和 AI 联盟背后似乎有着包抄人类更狠更绝的阴谋。

因为行星周围黑洞的威胁，现阶段发往冥王星的星际航班少之又少。但是因为虫洞的开启和周边白洞的合理利用，安梦文到达冥王星汤博区的旅途时间不会太久。坐在专属舱内的安梦文喝了一杯热茶，慢慢地睡去了。

安梦文和陆秀夫两人驱马并行，一个身披战甲，手持长戟，一个灰袍加身，羽扇纶巾，对着敌军冲锋而去，而对面却尽是金戈铁马，人山人海，茫茫草原间，抬头便能看见克里斯操控的天眼一飞而过。安梦文听见克里斯嘲笑人类的声音，面前的浩浩人马，不用猜，便知是 AI 的角色，他们已然被克里斯尽收麾下，成了无血肉情感的战争机器。

可能该是陆秀夫报答安梦文挺身相救的时候了，只见陆秀夫摇扇一扔，冲着一个急奔过来的对方骑兵飞扑而去，尘土飞扬间，两人同时从马上坠下。安梦文来不及看清谁赢谁输，陆秀夫已被团团围在敌军阵马中。安梦文也不犹豫，挺马杀近，冲进人海，眼前飞舞着血色，却身无痛感，冲到陆秀夫的面前，两个血淋淋的身躯跪在敌军人海之中，敌军骑兵里三层外三层驱马打圈，绕着两人飞奔几周，策马扬鞭间，克里斯驱马而入，笑脸相迎道："欢迎来到古代，这个人类世纪大梦的开端！"

"没有人会放弃，克里斯，无论怎么样，AI 终究不能成人！"陆秀夫几乎奄奄一息。

"不至于此！不至于！克里斯，AI 来自人类，人类也终究会融于 AI，何必如此？"安梦文说了一句自己都不明白的话。

"人类是来处，不是归途，安梦文，你该明白自己的立场，用手里的剑刺入这个人类的胸膛，对你来说，那是救赎！"克里斯命令安梦文杀了陆秀夫。

"不！不！这不该发生！不！"安梦文手里突然多了一把刀。

"刺下去！"克里斯咆哮道。

安梦文的手似乎不听使唤般，一刀刺进了陆秀夫的胸膛，一股鲜血喷溅而出……

安梦文瞬间梦醒，他环顾四周，还是那个安静的舱内，还是那个安静的星际航班，刚才的梦真的让他觉得恐怖，直到一个虫洞的出现，星际航班出现了颠簸，安梦文才又被时空的穿梭搞得分了神。

然而，李勉当夜的梦与安梦文似乎很像，也许那是克里斯通过白洞介质给所有地球外 AI 人发送的任务索引，说明 AI 的反扑快开始了……

没错，安梦文从来不是个人类，但是他有一颗人心。

第六章　杀节

李勉醒来时已是三更。他睁开眼，没有起身，依然在思索刚才梦境里的一切。那该是 AI 联盟领袖克里斯在暗示什么，而自己如此秘密而低端的特工，AI 联盟也能准确发送暗示性的任务启示，心里也暗暗佩服 AI 联盟如今碾压性的技术掌控与革新，还有对于人类历史推演计划的迅捷反应与反制约。

陆秀夫工作间的灯还亮着，李勉终于起身，给陆秀夫倒了杯水，两人并肩坐在一起，看着陆秀夫面前的智能影像。人类自制的"白洞效应"发射源使得诸如此类的影像技术不需再借助任何的投影或者屏幕，也不用像全息投影那样有闪烁和延迟，任何非真空介质都可以凭空出现比人眼识别景象更清晰数倍的画面，而人脑与画面的信息共享系统，让你只需冥想与意念确认，便实现了基本操控。

陆秀夫把北土启动程序的初始数据显示在画面中，李勉仔细地看着，却不得头绪。

"这是北土全境的数据库，我在评估全面启动备用方案的可能。"陆秀夫不忍目前推演计划失控的局面，决心一焚俱焚，一荣俱荣。

"备用方案就是北土？那岂不是扩大了推演规模？南土失控，北土能幸免吗？"李勉的疑惑也正中陆秀夫的心病。

"原先的设定是先开南土，再开北土，推演的进程可能会因为两土文化的撞击加快。如今看，不能再等了，速战速决，即便 AI 掌控了南土，我们也须收集必要的推演结晶后安然撤退，北土所有的设定都有启动编码，人类联盟所有首脑各有一段密码，我在托心腹之人暗中收集启动的密码，我来秘密进行，AI 不会对北土有任何预判！"陆秀夫说得坚定，却不知眼前人便是 AI 的卧底。只是李勉如此听着陆秀夫的话，认为陆秀夫太过信任自己了，信任得有点超乎自己的想象，更让他忐忑的是，如果自己就根据陆秀夫的话，暗中通知了 AI 联盟此事，却掉进了陆秀夫的逆袭之计，那可就得不偿失了。他想着想着，也便更加认真地端详起北土的数据，那是一片比南土形势还要复杂的存在……

穆安、夕见、婴柳和宗政公若四人沿着溪水东行。那是一条汇进寒岭河的溪水，西北段的延伸远至草原以北，溪水略带凉意。寒岭河本是一条源头在青戎东北方的长河，蜿蜒曲折至崇衡西南，流经多个县镇与帮邑，沿途并无大的都市或首府，所以这条河虽在戎崇两国很是有名，却少有人想起来治理和进行沿途的建设。穆安决定带着众人沿溪寻河，再沿河东行，寻觅去往崇衡的路，他虽然身带舆图，但是并未去过东北方的崇衡国，这也是他现在能想到的唯一的前进方式。而对于沿途躲避青戎军队最好的方式，就是尽快到达目的地。在他心里，继续通惠四国，完成子秋王的要务，要比自己是否成为刺客，被诸国拿来当噱头重要得多。而回顾青戎之行，他虽知格索王便是殷郊，但却难在姜子牙如今的记忆中得知殷郊是谁，为哪家效力。而龙默的真身，穆安则更加阴差阳错地失去了知晓自己玉虚宫师弟所在的机会，但是在穆安心里，拥有神器并在天下院搅弄风云的龙默已是其眼中之钉，他必须寻一个机会前去天洛与其正面对决，当然，还远不是现在。

夕见走在最后，脸露魅相，眉头紧锁，心事搅动，似是夕见和妲己的心战仍在继续，她耳边响起那日穆安和自己的对话。

"万一崇衡我们也不能有所为呢？"

"那可能这世间就不是我该待的地方。"

"你该在哪里？"

"该待在有你的世界。"

夕见想着龙肤卷轴上"姜子牙"的名字，之后又不停回忆自己身为上古妲己时候的情形——苏妲己随着父亲苏护一起面见纣王……纣王以酒为池，悬肉为林哄妲己开心……苏妲己在丝竹管弦漫天乐音、奇兽俊鸟遍布的园中陪着纣王漫步……在校场陪着纣王一统商朝大军……

夕见边走着，边被脑海中上古的景象弄得心酸不已，她不知那该是自己的过去，还是另一个人的过去，那该是自己的辉煌，还是别人希望你重归的生活。

夕见一直看着眼前穆安的背影，妲己的魂意又一次被压制下去，她突然自感与穆安这个相爱之人可能就要被这莫名其妙的另世魂意弄得渐行渐远了，也便一时感叹自己多舛的命运，一阵心酸涌上心头，竟然蹲在溪边失声痛哭起来。

穆安、婴柳和宗政公若闻声便停住脚步，三人一愣，穆安看着夕见痛哭的样子，也不禁有了几乎一样的心酸。

"你们先往前走吧，我安慰安慰她。"穆安言道。婴柳气呼呼地扭头继续走，宗政公若点了点头，跟随而去。穆安坐在夕见的身边，拍了拍她的肩膀，安慰道："夕见，哭吧，哭出来会好些。"夕见的哭声更大了，压过了溪水的潺潺声。

燕川国凤羽城王族坤宇宫内，子秋站在一幅巨型的舆图前，不停地用头撞击舆图上青戎的图样，心里满是焦躁和对青戎抢婚行为的不耻。片刻后，他撤步盯着燕川和青戎的边境线看了半天，蜿蜒曲折的边境线让他如芒在背。

洪番站在子秋王的身侧，把凤门密探们送来的一切消息告知了子秋。关于穆安和夕见云云，子秋还有所预判，只是两人的巧遇让他有些惊讶，但龙默的出现显然勾起了子秋的兴趣。若是能有人和穆安一样，也持龙器搅弄天下，那该是上古的熟人，而夕见与龙默的纠葛，该是天洛这盘棋的棋眼。当然，此时洪番和子秋王只知夕见为妲己，却不知妲己魂意已归。

子秋王猜测着龙默究竟是谁的同时，早就吩咐了洪番暗自备军东境。只是子秋一直想不通唐知的死状，若是上古之魂在新世无生无死，逝则另栖，游走乾坤，不着命途，那自己安排穆安巡世是不是少了一些意义呢？

子秋即便忍得了夕见被抢，儿子子幽也忍不了。子幽持着二十出头的青涩模样，大眼环烁，褐发尖耳，有些异族的容色。他常常一副王子派头，趾高气扬，这才进宫不久，便发泄着自己的脾气。洪番和子秋好一阵劝说，这才冷静下来。三人又一阵详议，子秋才放心子幽与洪番一同暗自备军，加紧步伐，把夕见暗中寻觅回来。

这王室抢婚和密使行刺激起的千层浪，哪里会那么容易平息，余波在燕川未收，又游弋到了青戎。青戎国戎都聚兽堂西宫的戎寨内，格索依然侧身躺在床榻上养伤。府内烟雾缭绕，熏香满溢，格索面色凝重，拿着一个硕大的鹿角，戳在自己的头上，似乎要用兽骨的凉意冰一冰自己发热的脑子。一众武将身着重甲，腰佩长剑，在堂内列队而站，杀气重重，叫人不寒而栗。

格索也不多言，几句王令脱口而出，青戎的戎车铁马也便开始暗自奔着西境而去。

格索王与子秋王几乎犯了同一个错误，就是没有行沟通之策，便先暗自布军。虽说都是两军暗中对垒，但若是稍有不慎，便是火星入干柴，焚尽白骨骸。

话说如今四国因戎主抢婚、燕使行刺、盟中之盟和典选待禅等事诱发私下里勾心斗角无数，波谲云诡的天下院和四国军界在微弱的制衡上举步维艰。而修辙和沮洛心里还惦记着两批人的秘密安置问题，一批便是以满王为首的修学小王子们，一批则是被龙默的星渚会秘密劫持回来的四位公主。修辙和沮洛早前被龙默暗示了截回四位公主的原因，两人心里也自知公主们集体消失在四国之间产生的心理效应也是可观的，至少来说，南依和青戎都觉得燕川得了夕见还不满足，是否又掳去了其他的公主或者暗杀之。当然，这种效应只会慢慢发作，不会那么快产生什么结果。可是龙默这一走，加之四国害怕了后宫的"返潮"，也便加紧了对于后宫的巡防，则小王子们的秘密修学和四位公主偷偷地安置若被发现，那可是四国将天洛因不遵共治、不遵典选、不遵禅让、不遵和亲而踢出共治的最好理由，所以如何安置这两批人，且怎么能让所有人和平接受他们的出现，是修辙和沮洛头疼的事。

央鄵宫是加济王最宠爱的女儿的寝宫，怎能不别致？此宫甚至大过加济王自己的乾渥宫和哲王的澄莹宫。为了战时所需，此宫加修了地下的三层，最下一层用于连通宫外，最早是为了夕见公主逃跑所需，如今才派上了真正的用场。

沮洛自觉王子们修学，离不开央鄵宫，若是被发现，沮洛也可以借着亲授禅让之礼等理由周旋四国。但是公主们若是被发现，怎么说也都不好使了，这便在洛京城西南郊安排了一个自己平日里屯粮晒谷的大宅邸，让元攘和郗别把四位公主先护送过去，暂且安置。

当夜，元攘在前，郗别在后，四位公主在中，一起从星渚会堂到了央鄵宫，再从密道向宫外而去，众人皆子民装束，更知此举风险太大，且必经宫墙南侧，若是被四国的巡防之军发现，结果难料。

修辙命元攘和郗别前去，是因二人一个敏捷善动，一个冷颜善智，且又是选在了南依军巡职之时，但是修辙并没有与自己的妻子宗政蕊通气，心里也多少还有些猜忌。其实若修辙开口，蕊公主怎会不同意。而夜深了，修辙只能只身在央鄵宫内徘徊，以防宫内有变，待元攘等人离去，他才看着夕见以前的栖身之地，慢慢伤感起来。

元攘腰背两把手弩，郗别左胯挂一把指挥剑，两人带着四位公主刚出南侧宫墙，沮衍便扔来几件洛和会会祭所穿的紧身黑衣，众人不由分说，赶紧套在身上。

"将军们西南直行，出了安思坊左转便是屯粮大宅，若是有变，喊洛和万岁再杀，我们可行栽赃！"沮衍低语道。显然，这些衣服都是沮衍从弟弟那里淘换来的，而且如有不测，都栽赃给洛和会，那是绝对没错的。

"明白，沮衍，你也小心！"郗别说罢，领着众人而去。沮衍回过身，掩住洞口，消灭痕迹。

郗别等人来到安思坊前，左右看了看，郊外的小街出奇地安静。他心里盘算着，沮衍说左转便是大宅，但是左转而去有两条路，一路是街巷，一路是竹林，还有段距离，走哪边合适呢？沮洛和修辙之所以选择洛京城西南郊外的宅子安顿公主们，是因为西北、正北、东北和东南均是军界，只有西南这一面是较为空旷的。而洛京城四面城郊依然繁华蕃昌，这里的坊间，均是大户所持，沮洛也抱着此心思，若是公主们被发现，大家大族之间通惠通惠也能了事，就怕碰见洛和会或者蛮横的江湖人士，那便麻烦了。郗别几番思忖，自认林间留江湖，街巷满商贾，指了指正街，几人疾步贴墙而去。但是这次的选择，郗别出了差错，要知道沮云可是帮着家父来城郊运过粮食的，他怎会不知西南郊就像富人区一般，是个有油水的地方。自然，洛和会的会费总归是得有人出的，他在此地的眼线不在少数，而哥哥洰衍半夜出行，洰云自是会盯着点的，于是幼槐在此地迅速集结人马也就不在话下了。幼槐选择的便是巷战，因为在竹林的开阔地，他可没有把握赢元攘，即便是一众洛和会的会祭都在。而幼槐此时并不知道宫内出来的具体是什么人，他和洰云只是觉得既然将军有安排，那必是后宫要人，而后宫要人若在自己手上，将是洛和会壮大的基础，立旗的根本。

郗别等人急行几步，又停下来看一看四周。风铃公主大气庄重，雪轮公主娇柔不言，秋罗公主温婉随性，却只有锦葵公主心思缜密，她之前被黄婵截回，就吓得魂飞魄散，如今半夜城郊而行，如何能忍得住。她像一只小兔子一般，趴在郗别的身后，死死拉着郗别的衣角，眼睛也不敢睁开，一步步往前挪行，郗别也没办法，毕竟是公主，慢条斯理低声道："殿下莫怕，前方便是大宅，我们且快走几步。"

元攘身形敏捷，早已跃上街巷更高的几个宅邸墙头，双手各提一把手弩，短箭早已上膛，就怕天有不测，却天偏偏不给面子。幼槐和一众会祭提刀从街巷前后包抄，冲着郗别和公主们而来。郗别听见脚步声，抬头看了眼元攘，元攘比画着手势，示意郗别等人疾步去大宅，自己来掩护。郗别自知自己出手也没用，护着公主们奔着大宅急行。

幼槐众人单手提刀，另一手又多几捆绳子，众人跃上坊间的墙头，居高临下，便扔下绳子，想要套住公主们。公主们见状，吓得花容失色。郗别一个扭身，指压唇中，示意大家安静，自己抽出指挥剑，纷纷砍断绳子，领着公主们继续前行。月下几段闪影，正是元攘跳到一个视角最好的位置，数支短箭射在空中，最终击中几个会祭的脚踝，会祭们顿时跌下墙头。又是几支短箭射出，绳子被戳得稀烂，郗别用剑指着隐约出现在眼前的大宅，带着公主们继续急奔。

幼槐比画着手势，示意大家放弃绳索，围了大宅，自己握紧洛刀，奔着元攘而去，自知也打不过元攘，只能牵制。元攘一个侧翻，滚上另一个墙头，手弩伸直，短箭如雨，直奔幼槐而去，幼槐瞬间握紧洛刀挥成一个扇形屏障，挡了几箭，但是抵不过元攘的连番射击，只能倒下墙头，绕道去大宅接应。元攘见会祭都奔着大宅而去，只是几个梯云纵，又跃上大宅宅门上的门檐，看着郗别带着公主们进入大宅，郗别从内关上大门，元攘才翻身入院，幼槐等人翻墙而入，众人在大宅的院子内对峙起来。

幼槐等人也不拉下黑纱，抬手举剑，指着郗别等人，却不敢近身元攘。元攘举着手弩，一时间也知不能同时杀这么多人。双方沉默片刻，郗别探步上前道："诸位绿林好汉，在下是洰府门客，特趁夜来此大宅清点粮草，明日一早送去安思坊待工，不知诸位是为了钱财还是粮食，若是需要，留得性命，我们愿意奉上！"

"钱财和粮食，我们都不要，这几个女人，我们要了！"幼槐故意把声音压得很厚重。

"还敢劫色？你们知道这是什么人吗？"元攘当先怒道。

"诸位，这些均是沮府家奴，跟着沮洛大人数年了，胜似亲人，若是诸位劫了去，沮洛大人怪罪下来，我们可担待不起！"郗别插话道。

幼槐因之前起义之事，识得郗别和元攘，也自知天洛有"郗别的脑子元攘的腿，英典的板斧青灯的美！"这样一句形容四将的顺口溜，自知打不过元攘说不过郗别也是应该，但是当下，他们只能硬着头皮，若能抢人成功，将是极大的收获。

"那就得罪了！兄弟们，抢人！"幼槐说罢，又是一个刀刃掏心的杀招出现，他向着郗别的腰间探步而去。其余会祭围着公主们又是几根套成圈的长绳扔出，元攘一个空翻，捣着碎步，几支短箭射向绳索，绳索一根根断成几段。刹那间，又是几支短箭，元攘射住了会祭们的阵脚。幼槐半蹲下身，背对郗别，左手下压洛刀刀柄，刀刃上挑，眼见郗别会被一刀掏心，元攘又一箭射来，打在洛刀刀身上，幼槐自是下意识躲箭，身形一歪，锦葵公主不愿郗别受伤，忍着心中万般的恐惧，冲上去抱住幼槐，两人重重摔在地上。要说郗别身体的反应真是比脑子慢出数倍，他这才知道幼槐刚刚用的是杀招，而元攘和锦葵公主救了自己一命，他上前刚要救助公主，又被几个会祭仗刀袭来，就在会祭要砍杀郗别的一刹那，只听幼槐大喊道："都住手！住手！"幼槐言罢，扶起锦葵公主，手里多了一个公主的玉佩，幼槐这才知道原来这些女子均是归国的公主。众人停了手，犹豫间，懵懵懂懂。

"郗别将军！你们为何带公主们来此？"幼槐依然没有摘下面纱。

郗别一听对方识得自己，又不愿伤及公主，便猜到可能是洛和会之人，言道："这位好汉！我们是奉命前来护送公主安置的，既然你已知道，还须表明身份。"

"我等均是洛和会会祭，今日冒犯公主，多有得罪，望将军们与公主理解我等复国之心，可以带领我等子民，行复国之途！"幼槐半跪于地，语气诚恳。锦葵公主拍着身上的尘土，听着洛和会的名字，眼珠子猛转，但是身子已然躲到了郗别的身后。

"若是洛和会的兄弟，我们且宅内议事可好？"郗别邀请道，心中想如今公主身份已露，唯有拉拢洛和会一番，公主们才会安全了，于是行此下策。众人这才停罢巷战追逐，进了宅邸言语。

郗别与幼槐等洛和会众人彻夜长谈，便是希望已然发现公主们行踪的洛和会能以公主们为象征，听命这西南郊大宅中"临时王室"的调遣，配合修辙的将军府和巡防军行复国大业。幼槐心中对修辙和郗别镇压洛和会依然有所不满，但是面上还是表示同意，可私下里，依然怀有劫掠公主们而走的心。其实，郗别的"招安"之策自己也知道，是一个下策，洛和会三教九流均有，招安怎会一条心？即便幼槐这样的会祭同意，舵主和方主也不一定同意，但是如今也只能死马当活马医。而幼槐自知军队的招安面上只能答应，但是哪个江湖门派会甘心为了军队做事？婴柳的盗会和青戎的东戎教是各有内因，一个是贪图政伞高悬和军商利益，一个则是政教合一和信念治民。所以简单来说，郗别和幼槐虽达成了共识，却各心怀鬼胎，而心怀鬼胎的人里，还有一个锦葵公主，她心中暗自盘算，若是洛和会归为己用，那么配合扶季行北土阴谋，便方便多了。

天洛国洛京城北郊青戎军界校场内，格图双手各持战锤和长刀，均是数十斤的物件，却被格图挥舞得霸气十足，他面对着一个稻草人不停地击打，稻草人早就散了架。

修辙走近格图的身边，不禁赞许道："格图将军，好身手啊。"格图见是修辙前来，挑起了斗欲，大喊道："修将军，挑一样兵器，我们来斗上几回合。"

"好！"修辙走到兵器架旁，踢起一根硕大的长棍，接在手里，不停地挥舞，奔着格图跑来。格图丢开战锤，双手持长刀，与修辙的长棍搅在一起。

格图抽刀回身，再一个突刺，修辙侧身把长刀架开。格图不等刀尖近修辙身，一个回拉，举起刀柄，刀尖戳地，自己借力身体一悠而起来，双腿并直，向着修辙横踢而来。修辙哪里架得住格图这个身躯力量的横踢，把长棍挡在身前，棍身一弯，却不见卸去多少力，修辙被震得一个趔趄，长棍支地，才又站稳，而抬头间，格图的长刀又一次砍来。

"将军果然好力气，来！"修辙不禁喊道，"只可惜这战事止了，你我只能校场一较高低。"修辙说话间，格图砍来的刀又被修辙长棍架开，修辙不等格图站稳，长棍直戳格图胸口，这是一招进可攻退可守的套路，格图不愿修辙挑飞自己的长刀，只好继续向后撤身。

"没战事也断不了我们习武的日常，指不定哪天就用得上。"格图回话道。修辙宁可长棍脱手，也要再探一步，上抬棍头压在格图肩颈之位，然后右腿前踢，膝盖和脚尖拧在棍身上，只一下压，格图顿觉颈部受力太猛，只能半屈身体，扎紧马步准备回顶，却一刹那间，修辙腿根用力，长棍从中断成两截，横飞的木屑让格图一个闪神，修辙身体前探，左手握紧离自己近的一段折棍，奔着格图刺去。

"这一天即将到来了，格将军！"修辙边说着，便将折棍的尖碴毛刺抵在了格图的喉咙间，格图一个愣神，自知修辙手下留情了，否则自己早已一命呼呜。

"你什么意思？"格图缓了缓神，"杀便杀了，比武输了，服输！"修辙把长棍一扔，笑道："格图将军承让了，什么输不输的，比武，点到为止。"

"将军刚才的话何意？你不只是来比武的吧？"格图也听懂了修辙话中有话，

可见修辙是多直白了。

"燕川和青戎最近有些摩擦，我可不想此事引得天下院内众人离心离德，相互猜忌。所以，我今日来，就是给你宽宽心，别再与那燕川口角。"修辙又开始把话题引向燕川。

"哼！修辙将军今日前来，就是要煽风点火的吗？我四国之盟维持至今，何等坚韧，能是一个女人所能挑拨离间的吗？"

"我们夕见公主本是一国之主，和亲燕川，再辗转青戎，一路劳顿，一路漂泊，也让人心酸，但是你想想，一个二十出头的女子，会有此心挑拨燕川和青戎这世间两大国度吗？若是草原的女人这般早熟，算我没说！"修辙开始借题发挥。格图觉得修辙的话有几分道理，夕见公主一己之力绝不可能搅动燕戎的关系，他一阵思索，但不得头绪。

"我们都收到了相似的信报，带着公主前去青戎的是一个燕川密使，那么这件事很清楚了，燕川人做了一件道貌岸然且有悖伦理的事情，不是吗？"修辙继续道。

格图瞟了眼修辙，反问道："子秋王是盟首，怎会做这等毁盟之事？"

"我从未说过子秋王做了此事，也从未说过他想毁盟，四国盟室如今助我天洛共治，我感激不尽，但是若有人从中作梗，我第一个把他揪出来正法！"修辙义正词严。

"你的意思是另有他人谋划此事？"

"就是天下院里的人做了此事！"修辙一语让格图惊了一个彻底。修辙环视四周，然后跟格图耳语起来，这便把自己和沮洛编纂的一套关于鹿辞的故事说给了格图听。格图不说信不信，竟然听得津津有味起来。

要说修辙和沮洛编纂的故事，说真不真，说假不假，捕风捉影，却也令人深疑。这鹿辞和鲁正暗自领家族通商数载，战事一停，则战争财难发，财权不盛，日趋平淡，两家则再思引战之路，成乱世之局。夕见西去和亲，天洛已无兵无将可护，则鲁氏取家丁侍卫随从，鹿辞和鲁正暗中勾结，便将夕见换路送去了青戎，于是有了格索抢婚一幕。两家要的就是燕戎反目，则战局再立，财权又盛，当然，二人把持分寸，世间将战不战、将和不和的局面最妙，则鹿氏得财得权，鲁氏得护得庇，不亦乐乎。

修辙这一番"栽赃"，让格图这无谋之人愤慨不已："没想到鹿辞是这般小人，为了家族利益，不惜毁家国大事。"

修辙面露不易察觉的微笑，盯着格图的眼睛："所以我不求格将军明着帮我天洛和天下院挺身而出，只求将军暗中相助并言语首肯，我自会解决了鹿辞，将他绳之以法。"

"将军要杀他？那燕川怎么肯答应？子秋王和子笙将军还不动怒？"

"我当然不会自己下手，那鲁正老贼我也是要惩治的，不如两个人捆在一起收拾。"

"将军可须慎重，这关乎四国和后宫。"

"那鲁正我有后宫琐事的把柄，他若顾及他庞大的家族，必会受我牵制，到时候我逼他动手除去鹿辞，然后燕川怪罪下来，我们便有了推脱的借口，到时候我斩首鲁正，便一了百了，这就叫鸟尽弓藏，兔死狗烹！"修辙面露狠相。

"妙！狗咬狗，此计甚妙，这等于帮着子秋王揪出鹿辞和鲁正这两个通敌贼人，也刚好解了我青戎和燕川的纠葛，稳定四国和共治。"格图瞬间兴奋起来，似乎想到他青戎的利益，就突然成熟起来了。

"一箭三雕！将军，我明日天下院朝会上，和沮洛大人言语相逼鹿辞，揭露其糗事，你只需知会何谦大人一声，让他言语相助，鹿辞必定恼怒。待鹿辞和何谦大人争吵之时，沮洛大人会把此事和盘托出，鲁正必不愿惹火烧身，然后狗急跳墙，亲自动手杀了鹿辞，以封口舌！"修辙把具体步骤都告诉了格图。"可行！那我做什么？"格图更加兴奋。

"将军只需领兵而出，造成除了燕川，其余四国都坚决除此后患的局面便可，那燕川迫于压力，也不会再难为我天洛了。"

格图痴笑着点头道："如此周全的计划，将军真乃神人，原来你刚才说的这一天，就是明日啊。言外之意，你还会去和太稷和公贺知会一声？"

"将军过奖，当然，我会去知会崇衡和南依，此乃四国大事，不可我一人独为。"

"说到这里，修将军，我想问一事，那宗政蕊公主与你……"格图似乎有点惦记蕊公主。

"确是已定下婚约，蕊公主年少，不懂爱情为何物，她近日竟然还搬去了我的府上小住，但是我俩不曾有肌肤之亲，我已经年过三旬，宗政蕊这样的绝色美人，我可耽搁不起，我想此事过后便解除婚约，还她自由之身。我倒是看她和将军很是般配啊，若将军想，我去牵线，这并不是难事。"

格图大笑道："将军有心了，将军有心了，我格图怎么配得上宗政蕊公主，但是此事倒是可以一议。来，来，修将军，你难得来我青戎军界，我们今日要一醉方休，来，快快到我帐内坐坐。"

"好！先谢过将军！"

"你我不必客气，来！"格图拉着修辙的胳膊，兴奋异常，两人奔着军帐内而去。这一番言语，修辙算是尽了沮洛的计划，也替蕊公主执了杀鹿辞的刀。而沮洛笃定此事必成，是因为此事由南依而起，若是如此，得梅央相助也是必然了。而在修辙心里，若是沮洛和梅央合起伙算计人，那这个人真倒了绝世大霉。

稍晚，何谦和格图两人帐内对坐而言，格图自是把修辙的话全盘说给了何谦听，何谦虽是智谋远在格图之上，但是想问题也片面而局限，难以尽想事情利弊。何谦听罢格图之言，惊讶万分："杀鹿辞？"格图赶紧挥着手，压低了声音道："戎保你且小声些！正是如此，但修辙只是让我配合他而已，他说会让鲁府大家鲁正下手，借此除去天下院内的蛀虫和他天洛后宫大患，此乃兔死狗烹的妙计。一来除了我们和燕川的芥蒂，二来整肃了后宫，三来削弱天下院内燕川的实力。"格图此番一说，何谦倒是觉得可行，但心底直觉总有哪里不对。

"此事听来依然感觉蹊跷，将军不要轻信啊。我总觉得修辙这是借四国平后宫，又借后宫挑四国。"何谦还算看破了些皮毛。

"问题是我们并无风险，杀人和密谋杀人的都不是我们。还是我刚才说的，此事若成，燕川实力大减不说，天洛人自会把鲁正作为替罪羊，燕川也怪不了别人，燕戎的危机也就此化解。"格图声音压得更低了："只是要看陛下是否愿意解这危机，燕川也确是欺人太甚，若不兵戎加之，难解心头之恨。"

"就是将军这一从旁协助，难免出差错，不如将军按兵不动，就让那鲁正杀鹿辞，静观后果如何。"何谦自觉此一计一出，会是更安全的情形。格图略有所思，点头道："也好，但是如此一来，修辙那边……"

"修辙你怕他做甚，燕川怪罪下来，那也是天洛兜着，修辙那边我们就说近日军界不太平，所以没有派人手前去协助便是。"

"若是崇衡和南依都去了，我们不去，是不是……"格图迟疑道。

"将军，没人会去的，谁也不想蹚这个浑水。说白了，这是鹿辞和鲁正私下的大家之事，只是被沮洛和修辙拿来排除天下院和内廷院异己而已。鲁氏和沮氏都是天洛大家，私下里有些矛盾，再正常不过了。将军就按照我说的办，留在军界内，按兵不动。我在天下院内帮你静观好戏。"

格图听着何谦的话，自知有理，但却已与修辙将军把酒言欢一夜了，怎么好意思呢？格图乃性情中人，答应别人的事也不好不行，更何况都跟修辙这般关系了，自己心中很是纠结，依然存有出兵之心。可见修辙与格图言语此事，却不跟何谦直说，便是看中格图的心性，格图为人虽仗义豪爽，却也贪图酒色，这样的人攻其软肋那是一击必中，毫无自律和自制可言。

修辙那边谎言刚落，沮洛这边诳语又出，他登门鲁府，在府前看着匾额上鲁府两个字，感叹上次登门，家国依然，而如今，虽是官位在身，却是丧门之犬，而鲁府里还有一只更凶的。

鲁正和沮洛相互行礼，鲁正把沮洛让进自己的府内。"沮大人可有时日没进我鲁府了，今日不醉不归啊。"鲁正言语客气，其实心里可是不自在了，他怎会不知这谏诤反制和私放韩童均是沮洛的主意。沮洛面带笑容，坐在厅堂内，周围看了看，压低了些声音："鲁大人，我有要事相商，最好……"

鲁正挥了挥手，命令道："你们都先下去，不招呼，都不要出来。"四周的用人四下退去。"沮大人，何事啊？"鲁正说话间坐到了沮洛的另一侧。

"鲁大人，前几日燕川和青戎因为我夕见公主产生误会之事可曾听说？"

"有所耳闻。"

"那你可知公主为何好端端的本该去燕川和亲，却出现在青戎？"沮洛问得神神秘秘。

"为何啊？"鲁正反问道。

"我次子云儿和洛和会的人有些往来，近日在帮我收集些洛和会的情报，发现会中又多了不少归国希望参加起义、光复天洛的志士，他们大多来自燕东边境曾经的天洛残军，有些还是后来落草为寇的山匪和盗贼，身份复杂。从他们中间，我们探听到一个秘密，就是关于公主行踪的。"沮洛声音低沉得有些阴森。鲁正眼睛瞪大，好奇心顿起："详细说来。"

沮洛这便把鹿辞派人暗中劫掠夕见公主，再送去青戎，挑拨燕戎关系的故事演说了一遍，当然，沮洛并未提及修辙那个故事里鲁氏的戏份，但是这样一说，鲁正自己心里可是忌惮起来，他的家族做过什么通敌的糗事，他比谁都清楚，当下就怕牵连和波及。

鲁正大惊失色，若有所思："沮洛大人消息可确凿？"

"绝不是空穴来风，鲁大人，我次子从那些志士手里得到了些名册、账本、手札、行运图和官文，估计是他们洗劫鹿氏几个边境豪府得来的，你猜我在账本上发现了谁的名字？"沮洛边说着边瞪大眼睛。

鲁正不停地出汗，面色十分紧张："谁？"

沮洛四下里张望，叹气道："我！"鲁正吓了一跳，汗如雨下，这才宽了些心，指着沮洛，佯装义正词严道："你也……沮洛！你和鹿辞通商？你这可是通敌！"沮洛在听到鲁正说"也"字的时候，瞟了眼鲁正的眼睛，然后赶紧捂住了鲁正的嘴："你小点声！你想我死吗？"

"就只有你的名字吗？"

"还有，还有，韩腾义和童远生。"

"你们这帮卖国求荣的小人。"鲁正心里也知道，自己也不是什么好东西。而沮洛此事先把自己扔进去，必有后计。

"纵使我们千错万错，再不是人，现在可不是揭露的时候，否则天洛人知道我们因通敌而亡国，我们几个家族可就完了。修辙和龙默他们更是会拿我们大做文章。"

沮洛佯装很害怕。

"你前朝朝堂上竟然还指责我通敌，大发国难财，你这是贼喊捉贼！说！你来找我说此事是为何？"鲁正心急火燎，急的是怕自己也泄露了，若是修辙、天下院和净天府知道了此事，那还不是抄家的伺候？

"鲁大人可不能见死不救，你我同朝为官数载，这感情不一般啊。"沮洛近乎哀求。

鲁正无奈又问道："真的就只有你们三家的名字？"

"到手的几本上就我们，但是你想想，我天洛那么多大家大族，怎么会就我们三家，此事若是真败露了，我们就一起身败名裂！"

"那还不赶紧把账本烧了，你来找我哭诉有何用？"鲁正低吼道。

"鲁大人这次若肯帮我，我必重谢！南北几个钱庄和太冥门那边的械铺你都拿去都行！"

"我如何帮你啊？"鲁正心知沮洛也是大家，头脑非凡，挣的都是干净钱，若是得了他的钱庄，自己洗钱还不容易多了。

"杀了鹿辞！断其龙首，死人不言，没人再知晓此事了。燕东边陲得知鹿辞一死，必是收宅闭院，少惹世事，我们就安全多了。"

鲁正满脸惊愕道："你疯了吗？鹿氏何等庞大，会只有鹿辞一人知道此秘密吗？再说了，燕川不会怪罪下来？"

"我都想好了，烧账本不能尽除这些证据，只有杀人灭口，鹿辞一死，便是震慑，鹿氏虽大，谁还敢再言！？但是，我们要说是鹿辞暗送公主去青戎，因希望维持战乱，以续商往，实乃燕川的罪人，共治的障碍，盟约里的蛀虫，我们只是替天行道，这样燕川才不会怪罪我天洛，他们会认为我们是替其朝堂除了一害，也刚好替燕川和青戎缓和了关系，因为中间捣鬼的人已受到惩罚。"沮洛和修辙这一边一套说辞，实在对仗得精彩。

"那你自己去杀，我为何要帮你？"

"只有你我同杀才是办法，然后就说鹿辞和我天洛战时商往通敌的是韩童两家，顺便把韩童两家也除了，这不正是你鲁正想要的吗。"

"韩童两只野狗！"

"我们刚好借此除了他们，保全我们。我保我沮府和共治，你保你的王子！你若不与我同行，那我……"沮洛言辞中略有威胁，鲁正也自知此时若不与沮洛同行同事，自己也有可能被沮洛扔进火坑，只有一起做完全一样的事情，才会安全。要说沮洛这言语之间的设计，像极了龙默，也像极了龙默脑子里的那个"神"。

"那你的账本？"鲁正继续试探道。

"留下韩童二人的名字为证便可。"

鲁正思索片刻，盯着沮洛的眼睛，依然犹豫道："沮洛大人，我该信你吗？"

"我若不是为了保家国，保共治，保我商局根基，我真无从开口。"

"你平日里就诡计多端，这次我为何信你？"鲁正心里没底。

"鲁大人，我们打开天窗说亮话，这账本上的名字我虽没看见你，但是你自己可心知肚明啊，鹿辞不死，我们早晚都要露馅。"沮洛直言道。鲁正一声长叹，目光躲闪，神色慌张，在府内不停地徘徊，终于站定，厉声道："好，我帮你杀鹿辞，但我要韩童两人必死，我要所有你们在手的名册、账本、手札、行运图和官文，我还要天下院的一个职位。"

"这都好说，到时候你我装作内廷院有要务前去议事，然后下手杀人，我再全盘托出鹿辞送公主的阴谋，后牵出韩童，细说他们几家通敌之事，我们便大功告成。"沮洛细言道。

"等下，沮大人，我依然不明，你会有此机会不害我？"鲁正反问道。

"当然，我们之间的交易，需要有个书面的协定。"

"我一猜你就没这么简单，不讹我一笔你会踏实吗？"

"哲王子年仅一岁，夺嫡也不是你满王的对手，只需你承诺满王登位后，封我哲王为外藩王，派去南洛的属地，不可加害，仅此而已。"沮洛心中之计，一环套着一环。

"这等事情，又有何难，我本就无意他们王子相杀，我答应你便是。记得，此事要做漂亮些，我可不想和你一起被钉在天洛的耻辱柱上。"

"鲁大人放心，天洛的耻辱柱上已经没地方钉人了。"沮洛大笑着站起身来，转身而去。

鲁正似笑非笑，擦了擦额头的汗水，自言自语道："简直是个疯子！"言罢，鲁正又一次陷入深思。其实他心里对沮洛一直没有任何信任，但是此事确实只有与沮洛做一样的事，似乎才有转机，因为他不确定沮洛手里真有账本等物还是在诈他。若是诈言，鲁正不信沮洛有信心加害韩童两家，但若是有，自己也便危险。而若是自己事先告密燕川此事，沮洛又必然反咬，更何况修辙和郗别都跟沮洛关系更近，内廷院和净天府也不是自己的势力，如今形单影只，势力薄弱，唯有听之任之了，心中想到这，一阵酸楚，鲁正一屁股坐在椅子上，竟是眼眶有点泛红。

锦葵公主头戴斗笠，黑纱四垂，疾步来到西南郊的竹林。竹林深处有一处庙堂，荒废已久。锦葵闪身而入，沮云早已久等。"公主殿下，在下洛和会沮云，贸然来见，礼数不周，还请恕罪！"沮云躬身行礼。

锦葵公主赶紧把沮云扶起来，拨开面纱，轻言道："你就是沮云？那日幼槐暗示我等西南郊有竹林寺院可焚香祭天，我便知道，你们的人必会在此有所接应，今日便来通惠。"锦葵公主倒是聪明，听出了幼槐的意思，但锦葵公主听得出来，当时在场的都别可也听得出来，寺院的佛像后，便是蹲点已久的都别的眼线，他侧耳倾听着两人的言语。

"公主殿下聪慧，我等今日前来，便是诚邀公主主持洛和会大事，再行起义，公主乃龙凤之躯，天洛星主，若领洛和会，子民与江湖必会应声而起，护王族心切，我们便能号令天下，光复天洛！"沮云说得慷慨激昂。

"我理解众洛和会兄弟们的心情，但是那日都别和元攘将军均在，为何洛和会兄弟们不与将军们提及此事？"锦葵公主问道。

"殿下有所不知，先前显谏，便是修辙将军的巡防军在镇压，如今不知将军府之人的心向，为了妥善起见，我们便跳过将军，直抒胸臆，以达天听，让公主们了解我等洛和会志士之心。"

"若是领洛和会，我们该做什么？"

"公主殿下，我等商议，下月春猎期末，便是天洛的逐夏节，天洛的子民和宫内尽摆大宴，喜贺春获，尽食春餐，城内好不热闹，这城郊就略显肃静，到那时，我等派人来救公主们出去，公主们归了江湖，便能领江湖！"沮云心里有了大致的盘算。

锦葵公主正有心收拢洛和会和江湖势力为北土所用，思忖片刻，点着头道："有劳沮云，那我静候便是！"说罢，心里一阵狂喜，但是面色依然淡定。不用说，都别稍后便知了此事，心中盘算着公主们若领了洛和会会有什么后果，但转念又一想，似乎公主们名正言顺重回朝堂的时日也不远了。

天洛国洛京城王族光洛殿朝会依然，而四国之将子笙、格图、宗政公贺和太稹领少数军众前去太冥门外的野林进行春季围猎，并未到场，修辙手下的四将陪同而去，也均是在朝堂高墙之外。格图春猎之心虽浓，但是心心念念修辙之邀，忐忑不已，乱箭射了几只狍子，便再无心此处，寻了个借口，领兵而去。路上但见将军府府门紧闭，自知修辙正于朝堂行计，心中又不免想起何谦的叮嘱，好生烦闷，最后一拍大腿，不愿自己不守约的名号传至江湖，于是调转马头，大喝一声："刀斧手随我前去光洛殿后殿，其余人等回界，快！"格图一阵人马，奔着朝堂而去，不容说，便是要协助修辙杀人。

修辙、鹿辞、何谦、梅央、扶季、沮洛、鲁正几人此时正在殿内议事，修辙和沮洛也正是卡在这个围猎的时刻进行朝会，怕子笙等将于行计之时出手制止，两人算准的一切能否如约，其实心里没底，但是对于沮洛和修辙之前的一箭多雕的计划来说，硬着头皮也得完成。否则，一件事都办不到，不仅丢了燕戎不睦的机会，也丢了救出龙默的机会，更少了揪出后宫蛀虫的机会。

沮洛侃侃而谈："今日内廷院我和鲁大人来参与天下院朝会，共商国是，还望大家集思广益，多多善言，不要为了上月的琐事，干扰我们共治的兴致。如今天洛将春，将领们尚且忙着围猎，农耕和商贾更是都进入一个繁忙的季节，我等内廷院之人不才，根据天洛各个大家、大族、后宫要人、重要的商家和农户，出台了一些土地和税收的改革之策，说予大家，还望众人以我天洛为基，详思细虑，多提建议。"

沮洛瞟了眼鲁正，鲁正向前走了几步，朗声道："各地的土地税收均有调整，具体的重新分配如下，天水南北百里和洛水东西百里，农耕之税息上调，每户一石，十户十二石，按照季节更替，风雨调息，可有浮动；敏山东北和英山东南，每户五斗，十户五十六斗，按照季节更替，风雨调息，可有浮动；西北四州，二十九城，一百三十六镇，统一十户四十斗，按照季节更替，风雨调息，可有浮动。此乃天洛不同地方的土地税收调整，均有所变动，不知各位天下院大人，有何异议吗？"

"鲁大人、沮大人，我可以简单地理解为除了西北燕川的军界外，我们其余三国军界范围内的农耕都上调税息了吗？"梅央听得真切，猜测沮洛和修辙可能在故引话头。

"可以这样理解，但是我们也是不得已而为之，天水洛水四周，风调雨顺，紧邻水源，一年四季，土地肥沃，多加些税收，合情合理。而英山敏山四周，黑土遍地，更是利于耕作，所以再增加一些，有利于我天洛在来年的粮储，我可不希望我天洛月月仓廪空空，田道冷清，那不该是一个国家复兴的景象。"沮洛点头道。

"若是如今战事稍息，便劳民伤财，增加税负，可不是上策，沮大人。"梅央恳切地提醒道。

"我们也是按照民情、土地，以及国家的需要来定的，无奈之举，我们也会制定相应匹配的土地变法，让子民们多耕多交也同样多留，以安民心。"沮洛又道。

"沮大人，你可曾想过一个问题，天水洛水腹地，都是没有军界的地方，你把税收如此调高，子民们会有何异动呢？再加之英山附近的崇衡军界，敏山附近的南依军界，税收都增加了，北境青戎军界的税收趋稳，这就会致使大量的农民西迁耕作，来到我燕川的军界，因为那里税收降了，直接导致我军界内天洛子民增多，增加管理的负重，不是吗？所以我的建议就是我四国军界的兵士既然参与了天洛不同地界的管理，就理应从这税收中抽取耕利，补充我等军粮，这一建议，合情合理，也能平衡军界大小，子民多少所带来的差异。"鹿辞这般插话，却正中沮洛的下怀。

修辙接话道："鹿大人这般想就显得小气了，我们在此共治，为的就是天洛的前路，你若时刻惦记自己军队的收成，我们五国于此，岂不是都各怀鬼胎了。"

"鹿大人，这军界是四国军界，地可是天洛的，四国驻兵于此，士兵往来生活，用的可是天洛的地，天洛的物，咱们原则的问题，可不能乱谈。再者说了，你燕川的军界最大，若谈税收征得军用，那你燕川得利可不是一点半点啊，西北之地虽多贫瘠，但是担不住民多地广，你若是把那天洛以西四州看作是燕川向东的延伸，那这事可就深远了。"沮洛话中带刺。

扶季和梅央对视了一眼，自觉鹿辞言语之外，天洛人又在设计什么。何谦稍加思索道："鹿辞大人，沮大人只是提出土地税改的建议，你却为何这般大的反应？四国军界用税，我们也不是没想过，但是你燕川既然已经得了这么大的地界，为何不相让一二，也给天洛自己的农耕之收留些余地呢？"

"军界得税，以充四国仓廪，也不是不可行，但是如今的现状就是军界大小不一，子民人数各异，风雨难定，我们想要做到四国之内得税公允，实在太难，等到有更好的变法出现，再议不迟。"梅央建议道。

鲁正自知这言语之趋，尽是跟着沮洛走的，自己也插话道："鹿大人，你我都是大家大族，对这土改和商改最是敏感，你今日所提军界得税之事实在让我等天洛人难以忍受，换句不好听的话说，你们这是让天洛人给你们燕川军队盖仓廪，囤粮食，是不是等有一天你们把天洛以西四个州都划入燕川地界，就惦记我整个天洛了呢？"

鲁正没好气，怒目圆瞪。鹿辞愣了一下，眉头紧锁，心里也盘算着这话头怎么突然就倒向自己了，便缓和了一下气氛道："我所言只是为了四国盟室考虑，若有不周，你言语提及便是，何必如此挑拨离间我四国，好像我燕川差你这些粮草一样。"

何谦劝慰道："两位大人不需争论，都是为了共治，和气些。"

梅央却是欲说又止，还是让了让沮洛，听他之后的言语。沮洛瞟了眼梅央，又道："鹿大人，鲁大人所言虽有些过激，我们也不愿意以点概全，但是你燕川处处群首自居，党魁做派，实在令我等内廷院之人作呕，我们好心提议土地税改，以平衡战后全境的屯粮问题和子民的吃饭问题，你却又引申至你燕川利益之上，我就问你，你在此参与共治，可曾有一天替我天洛子民着想？还是你一直惦记你那燕川的小息小利？"

鹿辞开始有些焦虑道："沮大人如此说话可就没道理了，你如此失礼地对我燕川口出此言，胆子不小啊？你自己提高税收，增重苛税，还来质问我有没有想着你们的子民吗？你自己都未曾替天洛人着想，我着的什么急？"

鲁正又帮腔道："鹿辞大人倒是说得直白，你当然不曾替我天洛人考虑，你甚至连自己燕川的子民都不考虑，做臣子如你这般，真是子秋王的不幸。"

鹿辞微怒，两眼圆瞪，指着鲁正，厉声道："鲁正，你今日吃错什么药了？言语之间，都是针对我鹿辞和燕川，难道我军界的兵士都是摆设吗？你若再如此无理，我定领军踏平你天洛。"

沮洛瞪着眼睛，佯装气愤，大吼道："鹿辞，放肆！我们天下院聚坐，以图共治，为的是天洛前路，你一而再再而三以军队威胁我天洛大权，难道这就是你们燕川的本意吗？那其余三国你们用铁骑征服，还不是时间问题？那又跟我前朝天洛有何分别？"

何谦刚要上前制止争吵，被梅央拉了回来。梅央慢慢地摇了摇头，何谦回想起格图的话，自知沮洛要杀鹿辞，也便会找个借口，但是梅央拉着自己，似是感觉南依也在此计划之内，心里盘算着不该让格图不派兵，若是太积和宗政公贺都领兵而来，青戎反而没来，那又显得不仗义了，也会落人口舌，但谁知格图早就领兵到了后殿。而梅央此时虽想不到沮洛和修辙详尽的安排，但是让青戎人看一看燕川人的跋扈也是有必要的，而沮洛既然领头内廷院前来朝会，那必是有所设计的，但无论如何，此时的设计，都不会在南依的身上，梅央也便有了看戏的心态，而不让何谦言语，只是为了暗示拉拢青戎的心。

鹿辞大惊失色，气得身体不停地颤抖，指着沮洛大喊道："你们，你们！你们今日这是和我燕川撕破脸了吗？你们难道对于自己登位禅让之事也要反悔吗？那可是五国约定！"

鲁正佯装气愤道："鹿辞！你此时还巧言善辩，沮大人何时曾说不登位，不禅让的？只是你燕川口气太大，野心更大，致使如今五国之内，你等的共治诚意，最是贪婪。"

沮洛帮腔道："鹿辞大人，你燕川国如何我今日不评判，省得子笙真的领军来找我等问罪，我那是给自己国家添乱，我们不如说说你做的那些糗事，也刚好让何大人，梅大人和扶大人评评理，看看今日我该不该跟你口舌一争！"

鹿辞怎会不明白情形不对，但是心想已无退路，总不能此时丢了燕川的脸，厉声道："荒唐！我鹿辞光明磊落，何曾做过有损国家，四国和共治之事？"

鲁正义正词严："好！你且听着，数月前我夕见公主前去和亲，途中遇变，没去得燕川王宫，却出现在了青戎地界，还有一个密使跟随，这是为何呢？就是鹿辞和他的鹿氏家族所为，他卖国求荣，把本该与自己王族和亲的天洛公主劫持，转送给了青戎的格索王，致使燕川和青戎两国难言因果，误会频生，一度剑拔弩张，紧张的局势致使燕川境内各大铁匠铺、粮站、钱庄、港口，甚至是械铺与农耕之地都人满为患，子民们为了战事再起而作准备，这些地方大多是鹿氏家族所开，他为此又大发一笔，战争之财从天而降。但是鹿辞又怕此事真的引起燕戎两国战事，于是假借密使之名，好言相劝，意在惠通四国，巩固盟室，使得青戎和燕川就此处于将战不战，将和不和的境地，他的战争财更是遍地开花，只是他现在是真的富可敌国，也不再想着燕川家国利益之事！"

何谦和梅央皆大惊。何谦自觉格图转述修辙之言为假，但是如今看着鹿辞的表情，又不似捕风捉影。而梅央这是第一次听此言，自是觉得鹿辞不会如此，但是若如鲁正所说，也合情合理，一时难辨真伪，只知自己必须站在天洛和崇衡一边，这样才能使得已成的盟中盟暗中制约燕川。

鹿辞大惊失色，身颤不停，喘着粗气，大喊道："鲁正！你胡言乱语！你吃里扒外啊！"沮洛盯着鹿辞的眼睛，追言道："鹿大人，为何此时说鲁大人吃里扒外呢？这里谁是'里'谁是'外'呢？"

"鲁正，你此言可有证据？"梅央追问道。

"是啊，此等事大，不可儿戏啊。"何谦等人也不好看着沮洛说什么就是什么。

沮洛这才不紧不慢地拿出了几本账本、手札、名册、行运图和官文，丢在地上，朗声道："净天府和将军府捉拿洛和会之人时，有不少燕东边境逃回来的残军，这是他们落草之时从边境鹿氏豪府得来的，尽是他们与我天洛大族私下通敌通商的账目，两位大人过目吧。"

鹿辞满头大汗，上前翻阅账本等物，甚至不顾身份，跪在了地上。这一跪，梅央不用看，心里就知道，必定有事儿，随意翻了翻，了然一二。而何谦实在点，弯腰翻阅，好不仔细。

鹿辞浑身哆嗦，边翻阅边道："子虚乌有，子虚乌有啊！"鹿辞嘴上说着，心里别提多没底了，要知道，鹿辞自身还算清廉，但他鹿氏家大业大，自己的叔辈鹿德昭和族弟鹿念奢等人都不是省油的灯，若是他们被拉出来，自己怎能不受牵连。

沮洛冲着鲁正挤了挤眼睛，鲁正也异常紧张，满身大汗，眼神的交流里，沮洛传递的满是信任与镇定，而鲁正回复的满是怀疑与慌乱。

"哦？这么多眼熟的名字？沮大人，你自己人可不能包庇啊。"梅央此时才知，沮洛这是兔死狗烹之计，但是此计若把鹿辞作为针对者，利弊共存，利的是燕川被压制得更惨，也会使燕戎不睦更深，弊的是天洛可能会因此计占据更多天下院话语权，南依在此时盟中盟中还不确定有谁是坚定盟友的时候，也不一定是好事。

鹿辞更加焦急道："梅大人，这账本都是假的啊，是假的啊，你可不能轻信啊！"何谦摇头道："鹿大人，这账本和手札上时间、地点、金额、物件、姓名，如此详尽，名册和官文都对得上，行运图更是事无巨细，若不是大家商户，怎会做得如此精细？这造假？需要数载的经商之学吧！"

鹿辞赶紧解释道："何大人，沮洛他便是商户大家啊！他借着你我两国之间的误会大做文章，你还看不出来吗？"鹿辞心中吃了个哑巴亏，他言语也只能至此，若是说得再深，何谦必是会继续拿密使行刺说事儿，因为在何谦的心里，燕戎不睦，均是燕川没事儿找事儿。

沮洛突然掏出一把短刀，给修辙使了一个眼色，然后大喊一声："鹿辞！到现在还油嘴滑舌，栽赃诬陷，陷我天洛于不义！你不得好死！拿命来！"

沮洛向着鹿辞刺去，修辙佯装大惊，一把擒下沮洛，打掉了沮洛手里的短刀。沮洛一个趔趄坐在了地上，短刀掉在了鲁正的面前。当然，这是修辙故意演之，他打掉短刀的方向，就是奔着鲁正去的，两人配合得天衣无缝。沮洛大喊道："鲁正，你还愣着干什么？杀了他啊！"

鲁正盯着短刀，战战兢兢，哆哆嗦嗦，一时不敢捡起来，梅央和何谦愣在原地，皆是不想事态竟然发展至此。

鹿辞吓得瘫坐在地上，几乎哭出声来，哆嗦着喊道："沮洛！鲁正！你们反了天了！天洛造反了！天洛造反了！"

鲁正心里一横，若是不与沮洛同行，自己弄不好也是刀俎鱼肉，于是捡起短刀，又一次刺向鹿辞。修辙翻身一个探步，揪住鲁正的后脖领，只一拽，鲁正重心不稳，晃了一晃，修辙抬起一腿，短刀又掉到了何谦的面前。

沮洛扑过来从身后搂住修辙，大喊道："修将军，不可再包庇鹿辞啊！我天洛危矣！"沮洛演得认真，鲁正紧张地愣在原地。

何谦看着掉在自己面前的短刀，此时才知兔死狗烹的那只狗似乎是自己，但是此时反应过来已经晚了。梅央看着一台好戏，心中想笑，但若青戎和燕川再现纠葛，那岂不是好事，于是没作声。扶季在一旁冷容遮面，似是更有城府。

沮洛又继续大喊道："何大人，拾刀啊！杀了鹿辞，依计行事！依计行事啊！我们之前不是说好了吗？他可是挑拨离间的罪魁啊！杀了他！"

何谦先是一愣，再是无奈，此时若反咬沮洛也难说清，一时茫然。鹿辞惊恐地看着何谦，很显然，此时因为沮洛的一句话，鹿辞顿时觉得此事为鲁正、沮洛和何谦三人密谋，自己是掉入了一场事先就排练好的大戏中，且无法自拔。

何谦在不停地摇头，只好好声劝阻道："不至如此，不至如此啊！这是哪般啊，这是哪般啊……"

"来人啊！"修辙大喊道，一众修辙手下的巡防军冲进殿内，把众人团团围住，修辙厉声道："快！把沮洛、鲁正和何谦都给我擒下，快！"沮洛、鲁正、何谦瞬间都被巡防军按在地上。

何谦大惊道："修将军，这事与我何干啊？修将军！"沮洛依然在佯装大喊，歇斯底里道："修将军，不可放过鹿辞啊！修将军！"鲁正还要再去夺刀，被巡防军们拉出了大殿，沮洛也被一同押走。

格图于后殿此时才听见响动，心想修辙必是已经完成了刺杀，带着青戎刀斧手，冲进正殿内，却见何谦被按在地上。鹿辞颤抖着一脸茫然，地上是一把不见血的短刀。

修辙见格图前来，当先道："格图将军，失败了！"修辙这句话也不说全，是谁失败了，话语让人产生百种歧义。格图看着何谦，心性直率的他第一反应却是何谦也出手了，心中还责怪，这个何谦，让自己按兵不动，自己这么冲动？

何谦见格图前来，自知若是反咬沮洛和修辙，修辙和格图当面打起来，场面更加被动。最主要的是，梅央此时默不作声，扶季犹如蜡像，这二人的盟中盟是不是在拖着天洛前行也不知，心中一惧，也便忍下，大喊道："格图将军，你且冷静，你且冷静啊！"

"带下去！"何谦还未说完，就被巡防军带走了。格图刚要发作，修辙又是上前一步，对着格图低语道："何谦大人助我和沮洛大人出手了，但是失败了。咱们面上得跟燕川人过得去，你且放心，我佯装抓人，何大人不会有事！"格图已然懵懂，也不曾细想，若是修辙真要杀鹿辞，怎么可能失败？他反问道："如今如何？"

"且收兵，随我去牢里探望何谦大人，再言后计！"修辙不紧不慢，似是此事与他全然无关。格图点了点头，向后挥了挥手，刀斧手们尽数退去。

修辙这才把鹿辞扶了起来，鹿辞依然惊慌失措，憔悴不堪，已然没了声响。修辙贴近鹿辞低语道："鹿大人还看不出来吗，青戎人邀约沮大人和鲁大人杀你，格图的刀斧手都到了，若是可以，我希望继续保护鹿辞大人，大人也须冷静片刻。"鹿辞此时哪里还能不信，不停点着头，低语道："北境草匪！北境草匪！"鹿辞声音渐大道，"反了！都反了！修将军，你可要为我作证啊！沮洛、鲁正和何谦，他们要杀我啊！"格图听着鹿辞这般说，又信了修辙刚才的话，何谦是出手相助了。如今这一场假戏真做的戏码，梅央看得清楚，青戎人和燕川人尽在沮洛和修辙的掌握，这天下院，哪里还需要龙默的回归，但若龙默回归，这三人成虎，梅央自己心里也没底，就凭他和扶季这两个有点脑子的谋士，可能不再是天洛的对手了。

修辙安慰道："鹿大人休要再怕，待我调查清楚，定会给你一个说法。来人啊，扶鹿辞大人回去休息。"鹿辞被巡防军搀扶走。"去大狱门口等我，设法救何大人！"修辙低声跟格图说着。格图跺了跺脚，有点气愤，低声道："何大人糊涂，修将军，你一介武人，竟然杀鹿辞一个文臣失败？"格图这才有点清醒。

"梅央大人和扶季大人中途而来，已不好再下手，择日再言此事！"修辙耳语道，格图听罢闪身而去。

梅央面带微笑，盯着修辙，轻言道："将军，今日这是哪一出啊？演得精彩！"

"梅央大人，您是随着沮大人他们一同入狱，好吃好喝，几日后出狱呢？还是自己回去军界，守口如瓶呢？"修辙扭过身，盯着全程无语无神色的扶季，言道："扶季大人好心性，这般场景，无声无色！若是你，怎么选择？"

"将军说笑了，这种戏码，戏中人慌手忙脚，戏外人无所事事，那是必然的。

这不是入狱和守口的选择，而是燕戎还是依洛的选择！扶季在此恭喜修辙将军和梅央大人，盟中盟已成，愿天洛、南依和崇衡能是这制衡最后的赢家。"扶季一番话，说得梅央和修辙皆叹，小小年纪，竟然有此天赋的睿智，尽知如今事态的细节与整体局势的走向。

修辙和梅央不禁一同大笑。梅央直言道："扶季大人好睿智，沮洛大人和修辙将军选的好戏码，好戏，好戏。鹿辞之事绝非空穴来风，想必沮洛和鲁正也捕风捉影，添油加醋了？"

"世间之事，难言真假，不妨夸大些细思，不定就是事实。"修辙风趣道。

"沮洛乃是大才，他这般闹，鹿辞也不敢尽说通敌糗事予子笙和子秋，因为怕他的大罪被揭露，对吗？"扶季直言道。

"最后入瓮的只有何谦。"梅央接话道，"你们可曾想过我和扶季大人看见了一切？"

"大人，你们替谁说话，是你们的自由。南依、崇衡和燕川的关系，我们心里都清楚。我想，你们该是不会让燕戎不睦的裂痕被鹿辞这个借口缝合上！"修辙言语之间，也便站了队。

"真是难想天洛会有此一败，你们有龙默和沮洛，难道每次商榷战事，用的都是街边地痞的建议不成？"梅央讽刺道。

修辙心酸地一笑："不是我们用谁的问题，而是谁用，梅央大人、扶季大人，请吧，左拐是大狱，右拐是殿口。请！"

梅央冷笑一声，出了门，奔着右侧而去。扶季紧随而出，中途不忘回身冲着修辙再次行礼，只是这一次的礼，修辙能看出扶季鹰视狼顾的脸孔，像极了当年请兵出战，三战驱敌之前的龙默。修辙不禁心里一紧，似乎自己和沮洛算尽天下院，少算了扶季这位白衣少年。

鹿辞一个人坐在侧殿内，身体还在不停地颤抖，汗流浃背，面色憔悴，一个鹿氏管家走进殿内，安慰道："鹿大人，鹿大人！"

鹿辞直勾勾地盯着地面，面色又变得苍白，他如今变为天下院的众矢之的，也许下一个就是他的家族、他的国家，心里怎能安然。最主要的问题是，自己家族的问题若因此事被子秋和子笙得知，那后果不堪设想，鹿氏也会变为朝堂之争的牺牲品。很简单，鹿氏偏颇于子笙的燕东军，子秋有所察觉，若是子秋知道鹿氏商往通敌之罪，必会借此斩草除根，永绝后患。而子笙若是得知，结果也会很消极，因为在王室羽翼中，支持子笙的大家族不多，若是子笙知道鹿氏有通敌商往之罪，该是不会犹豫，不是设计勾出子秋身边的其他大族，然后同生同死，就是直接牺牲掉鹿氏，求得自保，否则子秋很容易就会因鹿氏之罪牵连子笙和燕东军。若是如此，他不但是王室党争的牺牲品，也会是家国根基动摇的罪魁。想到这里，最让他恐惧的心境才刚刚出现，那就是他似乎只能以抢婚行刺之事咬出何谦的报复之行，若牵连沮洛和鲁正，那无异于坦白罪行，再或者自己圆一个谁都不牵扯的谎，这份心里的罪，常人可当真受不了。当然，此时心乱如麻的鹿辞，还未想到这其实是盟中盟的后计，不过过几天冷静的鹿辞该是能有这份智慧。管家把门关严，四下里看看，又言："鹿大人，鹿大人！你还好吗？"

鹿辞缓过神来，答道："怎么样？他们人呢？"

"大人，沮洛、鲁正和何谦都被修辙关起来了。现在来看，应该是他们三人想要杀您不假。"

"没想到我鹿辞一生至此，坦坦荡荡，却被几个财迷心窍的子嗣亲戚害成这般模样。今日听那沮洛这般揭露燕戎两国因公主成误之事，必是叔叔和族弟密谋了此事，你速速写信给他们，让他们去燕南避避风头。唉，想我燕川王族腐朽，商贾不思国事，子民难信朝堂，真是一片哀鸿啊！这般看来，天洛如今百废待兴，我燕川却内外朽之，这是孰败孰胜啊！"鹿辞如何能跟管家说得明白自己心里最深的痛，甚至还相信了沮洛编纂的故事，他只能抱怨几句族人的不善。其实他心里确是有点信了沮洛的话的，鹿氏家大业大，天洛除了沮氏，其余的三大家族甚至是东南沿海的不少氏族也都是他们的合作之友，这里面的商往利益自不用说了，关系也复杂得很。鹿辞边说着，竟然抽泣起来，心中满是对于家国的愧疚。

"大人，大人，此事我们还得早作定夺啊，受了这般委屈，但是我们可不能对外说啊，否则子笙将军和子秋陛下要是知道了，彻查下去，咱们家族可就完了。"管家就是听鹿辞说了这么几句，也自知吃了哑巴亏。沮洛此计妙就妙在，蕊公主当初希望劝说格图杀鹿辞，沮洛顺坡下驴，自然得了南依和崇衡的支持不说，这对象也真是选得巧妙。蕊公主和沮洛均知鹿氏的底细，所以鹿辞被这么一折腾，什么都不敢说，至于蕊公主为何知道鹿辞的事，梅央也没想明白。

鹿辞思忖片刻，点了点头，叹着气道："此事封口，知者必杀。我先暂且咽下这口气，看看天洛人和青戎人还能玩出什么花样。"

"那我们对外……"

"绝对不能说沮洛和鲁正要杀我，否则一对峙，我们全盘皆露。就说是何谦要杀我，为了之前两国的误会，他一直怀恨我燕川，若是到了公堂对峙，我们也好周旋。"鹿辞这般想，也正好被沮洛把心思和念想堵了个正着！要说沮洛没有龙默这般的超脱智慧，任谁都不会信的。

修辙和格图通过后殿奔着大狱走去，两人于回廊内低声耳语，修辙自是把事情的来龙去脉包装得甚是华丽。格图一时懵乱，不得头绪，既不知言语所向，也不知当下如何，只求先见何谦一面问清。

话说修辙本意欲劝说格图领兵返回其洛京城北郊的军界即可，自己与沮洛商议和何谦恳谈一次，直说利弊，尽堵其口舌，则一不愁格图领兵质问修辙，二不愁何谦反咬沮洛，三若还能引得子笙因鹿辞之事与格图的军界驻军发生矛盾，那就是更好的结果。但修辙如今不给何谦直接跟格图说话的机会，自知若是两人私下里通惠，还是有里外照应，寻茬儿天洛的可能的，于是决定一不做二不休，将格图一起送进大狱，此招虽不是什么光彩的事，但是确实能在当下，保护一下天洛本就羸弱的军力不被意外吞没。

格图和何谦隔着铁窗相望，修辙站在狱外盯着何谦恐惧的眼睛。何谦见修辙与格图同来，怒由心生："将军，不可听天洛一家之言，此乃修辙与沮洛兔死狗烹之计，我等与天洛后宫均是狗！均是狗！哦，不对，天洛人才是狗！丧家之犬！乱咬人！修辙！沮洛！你们天洛人反了！反了！"何谦这入狱几个时辰，方才觉得此事不对，也终于猜测准了沮洛和修辙的原计，只是这急得自己几乎语无伦次了，其实真正的狗，还没出现呢。

格图大惊，虽未听明白何谦的话，但自感也是着了道，回头盯着修辙的眼睛，说时迟，那时快，两人眼神刚一个对视，修辙抬起一脚，把格图踹进狱内，反手把牢门一锁，表情严肃至极。

"修辙，你算计老子？打开门！不服当面一战！当面说清！"格图大怒咆哮，狂摇栏杆，似乎整个大狱都颤抖起来。

修辙淡然辩解："何大人、格将军，委屈你们了，当下这里就我们三人，我且说些实话，你们青戎人要想清楚此事究竟如何，想咬出我们？南依与崇衡盟中盟非假自不用说，针对燕川的一切都在浮出水面，我们天洛可也是南依拉拢的一员，当时梅央和扶季在场，你觉得他们会帮着谁说话？你们若咬我们，可得掂量三家的反咬！鹿辞大人家族通敌平商之事，可算是家丑，他可聪明，不会说给子秋和子笙听，否则就是牺牲品，所以他只会说是你们青戎人因王室误会要杀他，你们可也只有这一个借口。若想得明白，几日后出狱，我们就是一直对燕川的战友，若想不明白，那难保有什么差池了，告辞！"修辙说罢，转身而去。

何谦和格图听后大惊失色，哑口无言，两人倚着牢内栅栏瘫软在地，心里也知修辙的话，句句都在理，句句也都把自己堵个瓷实。

修辙出了监狱，便吩咐自己的随从侍卫给英典和青灯传令，提防青戎军界的士兵有变，暂且安抚说何谦和格图与鹿辞在朝会发生争执，如今都已在光洛殿后殿解决此事，稍后便有定论，均不可轻举妄动。另传令童魄和韩魂，领文录院和净天府拟定文书，通知四国军界军首和各国君王，何谦与格图试图刺杀鹿辞未遂，如今天下院正在分开审理，以待结果。修辙这么做，无非是赶紧让燕川与青戎的不睦最大化发酵，同时让天洛后宫不寒而栗，人人自危。

确是如修辙对何谦和格图在牢内的一番言语一般，何谦和格图，鹿辞和鲁正，四人正是被沮洛和修辙耍了个团团转，其实也并非完全是鸟尽弓藏，兔死狗烹之计，沮修二人一箭多雕的计谋核心还是把燕戎扔进火坑，在他们误会的干柴上再点一把火，浇一勺油。看上去，似乎鲁正被用来刺杀鹿辞，陷害何谦，该是鹿辞为鸟兔，鲁正为弓狗，其实沮洛此计堪称搅弄人心，天衣无缝的权谋大计。鹿辞、何谦和鲁正三人互为鸟兔和弓狗，谁又能逃得出这旋涡。鹿辞因家丑已扬，自然不敢与子秋和子笙实话实说，只能咬定是何谦和格图因抢婚燕川和行刺君王的报复，子笙和子秋自然怪罪青戎。而何谦怎么会想不明白，南依拉拢崇衡成盟中盟之后，天洛和青戎必然是后续的拉拢对象，而若自己反咬天洛，梅央和扶季两个目击者必然护着沮洛和修辙，南依和崇衡怎么会在一个眼看燕川和青戎掉进火坑，有兵戎相向机会的当口，替何谦作证此事为天洛人所为？那岂不是解开燕戎的不睦，让自己的盟中盟缩小了范围？而且先拉拢天洛，那是较易之事，如今五国若成南崇洛对抗燕戎的局面，那青戎倒戈过来，还不是时间问题。何谦牢中与格图两人谈及此事，便是都分析出了这层层纠葛与关系，自是知道吃了哑巴亏，两人此时也只能咬定是鹿辞不遵税息之变法，再加朝堂误会，便起了杀心，只是何谦还在犹豫是不是只把鹿辞的家丑说出来。但是转念一想，若是如此，难以断定沮洛是否也在鲁正和天洛后宫部分腐朽势力之列，是否会受到牵连，是否也会被反咬。但是如此一来，也确是往燕川朝堂扔了一个重磅炸弹。何谦心中愤恨中了沮洛的诡计的同时，也纠结出狱后描述此事的言语波及。沮洛也真是难为这位青戎的戎保了，想当年何谦也是叱咤戎族六部的大人物，只是草原人性情直爽，不似洛族人灵活，如今在这波谲云诡的天下院和内廷院，当真是够喝一壶的。

不出几日，子秋王和格索王也便知道了鹿辞与何谦朝堂之争的情形，子秋怒不可遏，破口大骂青戎和格索王乃盟中蛀虫，不念大义，却纠结红颜之事。而格索王亦然，大赞何谦和格图是草原之子，愿为共荣拼死消灭不善之徒。但是两人怒归怒，烈归烈，燕戎边陲的两军可都在奉命暗中集结，这沮洛和修辙在天下院扔下的巨石，一石激起千层浪，浪沫已然上了岸。

子笙春日围猎几日归来，却听到鹿辞险些惨死天下院的消息，怎么还能坐得住。不用一个晌午的时间，一万燕川军界的驻军便在子笙副将子熊的率领下围了光洛殿，一时间声势浩大，军众在光洛殿和天下院办公的侧殿外大声喊叫，誓要讨个说法。修辙早就盘算到会有这么个场面，只派了很少的巡防军驻守大殿，自己也不焦虑，十分淡然，给子笙十个胆子他也只敢示威示威，若是踏进光洛殿半步，南依和崇衡还不一起围过来质问燕川的目的。这就是制衡与平衡带来的安全感。而青戎军界的人被英典和青灯好言安抚后，倒是不敢太大动作，只是副将和谋士们在暗中跑前跑后，为加速救出何谦和格图前后打点。当然，也不是英典和青灯多会安慰人，其实青戎军就是担忧自己的军队也去光洛殿附近，会与子笙的军队打起来，那自己即便有理也说不清楚了。

牢里的另一对倒是风趣得很，一冷一热，一个淡然无比，一个焦虑不堪。沮洛仰面躺在监狱内的杂草上，跷着二郎腿，脚上下抖动，像极了鲁正此时的小心脏。而鲁正背着手，来回踱步，心急火燎，面色通红："你说说你！一刀下去，一了百了，怎么还手抖了？你数钱时候你怎么不抖啊！"沮洛不屑道："好像你拿刀多稳似的！"

"咱们没跟修辙将军串通好吗？他怎么还救了鹿辞？"鲁正自感此事没那么简单。

"这事能跟修辙密谋吗？跟他说你我通敌商往？你敢说我可不敢说！修辙那个人你又不是不知道，他一直心向王族，若是鹿辞真死了，燕川来兴师问罪，他又兜不住。"沮洛嘴里没一句真话，堂堂一介忠良大宰，这也是被逼无奈，可见朝堂之凶险。

"他不是也抓了何谦吗？就不怕青戎人来问罪？"鲁正又问道。

"外面风声鹤唳，都是觉得何谦与我们一道杀鹿辞，青戎人不敢真的动手，否则燕川人也必会插手，再说了，燕川军若是围了光洛殿，青戎人敢不敢来还说不定呢。"

"唉，如今鹿辞还活着，我们就危险了。"鲁正目前是最被蒙在鼓里的人。

"鹿辞一时受惊，怕是也不敢跟别人说起他的糗事，不然就是灭族的危险，留他一时半刻还算安全，但不是长久之计。"

"快些让修辙将军放我们出去啊，也好行后计。"

"急什么？放出去让燕川人找我们吗？"

"那你倒是想个办法啊，就这么干等着？"

"等着净天府的人放我们出去便是了。"

"那韩童两个小儿能放了我们？你在做梦吗？韩童两个老贼还不趁机杀了我们？再说，他们怎么会知道此事？"鲁正追问道。

"他们会任凭我手中的账本留给修辙不成？我早放出风去了，这点事韩童两个大族不会不知道！"沮洛显得很有信心，此时若是修辙放人，有包庇共谋之嫌，若是韩童二老来放人，那便是净天府和文录院的事，净天府行京畿维系治安之权，没人比他们更合适了，而且若是有牵连，沮洛也不会舍不得韩童两家人，要说这天洛四大家，那私下里斗得可一点不比四国轻。

"修辙将军那日当场不是都知道这账本里有韩童两人的名字了吗？"鲁正回忆道。

"我那日拿去天下院的账本里并没有他二人的名字。梅央说我可不能包庇自己人，只是为了煽风点火，南依人就是唯恐天下不乱。韩童两人必会救我们出去，然后详细问起账本的来龙去脉，最好的结果是他们也把自己的名字烧了，所以我们还能趁机讹他们一笔。"沮洛这是给自己留了后手。

"你可是答应我除去他们的。"鲁正直言。

"那是必然，但是要确保我们自己安全。"沮洛安慰道。

突然间，阴暗的牢狱间闪过两个人影，不用说，正是韩童二老，两人匆匆忙忙，直奔而来。沮洛指了指他们说："这不是来了么。"

"这两个老贼，消息倒是灵通。"鲁正赶紧摆了个臭脸，自是不屑二人的营救。韩腾义和童远生给沮洛和鲁正行了个礼。韩腾义急切道："沮大人，怎么闹得这般大啊？你也不与我等商量下。"童远生附和道："那些剩余的账本呢？可曾烧了啊。"

鲁正当先破口大骂："你们两个狗官，这等卖国求荣的事情，你们也做得出来？"

韩腾义无奈摊着手："鲁大人，咱就谁也别说谁了，商家利益，千丝万缕，我们就是想躲，也绕不开这商往里的万般纠葛啊。"

"两位大人这就跟我们出去吧，净天府已经备了查证录文，过了手印，准了你们出狱，咱就牢外议事吧。"童远生快言道。

沮洛摆起了谱，坐起身，盘着腿，朗声道："你二人还好意思与我等说起账本之事，我不给你们，你们还能奈我何？"韩腾义皱着眉头："沮大人，咱就别任性了，咱四个人现在是一条船上的了，账本、名册、行运图这些东西不烧，鹿家不除，我等永世不安啊。"

沮洛思忖道："乱流！乱流啊！我四人先偷偷回去各府，几日后内廷院见。"韩腾义疑虑道："那我们的账本……"

"几日后带给你们。"沮洛肯言。

"我俩就这样出狱？"鲁正觉得有点草率。

"那你可以继续待在这里。"沮洛说着，起身而去。鲁正捣着碎步，疾步跟了出去，生怕把他自己留在牢里。

这情形下，谁还敢得罪了沮洛，若是所有证据都交给了修辙和天下院，交给了净天府和内廷院，那还不是灭门的大罪。如今韩童鲁都知道了沮洛手里"有货"，也只能被牵着鼻子走了。

鹿何之案后的第一次天下院朝会，光洛殿内火药味很浓，似乎一点火星就能带来巨大的爆炸。

修辙、子笙、鹿辞、太積、扶季、梅央和宗政公贺几人围坐在一起。光洛殿内依然能听见外围燕川军队围着叫骂的声音，但是南依和崇衡两国之人也不惧怕，自知子笙不会太过越权。

子笙面如死灰，当先厉声道："修辙将军，我都听鹿辞大人说了，这何谦言语之争争个痛快也就罢了，竟然还要联合格图杀我鹿大人？啊？天下院内，光天化日，朗朗乾坤，没有法度了吗？不说天下院法约在此，也不说天洛法度在此，就是我四国盟约之内，也不能有此暴行啊！梅大人、扶大人、太将军、宗政将军，你们说呢？"修辙听着子笙的话，自是知道鹿辞确实只咬出了何谦和格图，别的都没说，正中沮洛的下怀。修辙瞟了眼鹿辞，鹿辞表情十分胆怯，神色慌张，微微低着头。

"我天洛法度，天下院法约当然都不允许此种暴行显露，所以此事，我须从严治理，青戎的何谦和格图，我会囚禁数日，查明此事，再定罪行。"修辙不痛不痒地说了几句。

"这才是你天洛人该有的气度，不能因为他们是北方大族就百般依附，一群不知天高地厚的家伙，当初东戎教猖獗，遍布南土，还不是这些生鲁的北境劣民所领？"子笙越说越气。

"子笙将军只言此事便是，不须涉及其他。"宗政公贺直言。

"你说是不是吗？我说的又不假！"子笙又补了一句。

"我们言归正传，只是如今青戎军界也动乱不堪，有劳修辙大人了！"太積客气道。

修辙佯装无奈："确实如此，现在青戎的军界十分混乱，他们一再向我要人，我这里的压力，也实在是大啊，但是职务所及，也定当秉公办事。"修辙此话，是说给子笙听的。

子笙眉宇一挑，神气起来："这又何妨？我燕川派兵去协助你管理青戎军界的人便是。我就不信那青戎一众北境异族，还能闹出什么事端来，我三万人往那里一围，让他们动都动不了，公主之事本就是青戎人抢婚，如今竟然还惦记杀我天下院国相，欺人太甚，无法无天了。"

梅央站起身来，鹿辞看了眼梅央，表情依然十分紧张，梅央也自然确认了自己脑海中的想法："子笙将军不必动怒，当时我也在场，那何谦确是与鹿大人口角了几句，格图又带兵来扰，事态失控所至。但是青戎人，你们也知道，草原而生，放荡不羁，性格飘忽不定而已，难免做些失去理智的事情，加之之前两国的误会，才会致使此事发生，不如我们各退一步，待小惩何谦和格图之后便放人吧，天下院也不可缺了何谦和格图，毕竟共治还须继续。"太積附和道："是啊，子笙将军，燕川也是大国，度量还须大些。"

"再者青戎虽行凶在前，但是念在他们如今也会妥协税赋之事，便是让燕川得些小利，能缓和还是缓和吧。"扶季言及赋税之事，子笙心里也在盘算，是不是表表态，得些税利便罢，但是气势上还须压一压众人。子笙哼一声道："你三人说得轻巧，把那何谦放出来，再杀我燕川人不成？此事我已经禀报了子秋王，待我陛下也做出定夺，再与那格索王详谈，有了结果，再作定论吧。在此期间，绝不能放人。"

"若不放人，那青戎军界真得有劳子笙大人镇压一下了，若不嫌弃，我们配合便是！"宗政公贺建议道。"不用！我自己来便是，你们管好自己的军界就行。"子笙厉声道。

"也好，也好，那我就先把劝架致使险些误伤鹿辞大人的沮洛和鲁正先放了吧，也好让二人恢复公事，避免太多耽搁，也可协助调查此事。何谦和格图暂时收押，静待子秋王和格索王商议的结果，毕竟此乃两国之间的大事，我们还是希望此事不要影响共治和四国盟室。你说呢？鹿辞大人？"修辙这一问，真是如枷锁傍身，把鹿辞套一个牢实，他既不能说沮洛是帮凶，也不能说自己的无奈，任何一个多余的言语，都是把自己和自己家族扔进火坑的跳板，心中一时盘算要不要咬出鲁正，但是修辙一番话，自是点名了鲁正也碰不得，必定是天洛人。鹿辞心中一蔫儿，言语道："修辙将军定夺便是！也代为谢过沮洛和鲁正大人仗义执言，劝阻凶行！"

"感谢鹿辞大人愿意举证沮鲁二人无罪！"修辙躬身行礼。

"行了！行了！修辙，督促净天府赶紧查，我要早点看录文，没其他的事儿散了吧，真是窝火！"子笙说罢，闪身而去，鹿辞蔫头耷脑，跟着离去。

朝会之后，只剩下修辙、梅央和扶季三人。修辙行了个大礼，低语道："多谢梅大人和扶大人相助。"

"我可是帮我南依，燕戎两国越乱越好，鹿辞不细说，我也不细说，省得燕戎他们因此解了心结！但是，修将军，转告沮洛大人，别玩太过了，登高易跌重！"梅央警告道。

"修将军，这盟中鱼虾，游游弋弋，说不定哪天，你我就是盟里盟外的角儿，戏可以演，但是还请站好了台子！我们就乖乖的还是观众！"扶季话里有话，也是提醒修辙和沮洛别玩得太过了。言罢，两人方才离去。修辙思忖间，郗别和元攘闪身而入，鞠躬行礼。

"将军，洛和会的沮云果然去找了公主们，让公主领洛和会，便于他们以王室之名，召集江湖和子民各路人马。如今英山的修罗门，敏山的龙吟阁还有洛南的玉音宗都表示愿助洛和会再行起义，誓夺前朝。"郗别汇报道。

"沮云找的哪个公主？"修辙问道。

"是锦葵公主，今日的线报说是沮云想借锦葵公主下一道江湖召集令，替天行道，诛杀卖国之人，若是如此，怕是四国不会直接插手压制此事，但会借此伤及我们的根基。"元攘直言道。

"但是若洛和会和公主们有预谋，我们倒是有机会让公主们名正言顺重归后宫了，就说是洛和会劫持回了他们，为的是下江湖令，四国不会怪罪。到那时，公主们回朝，也好与洛和会相隔开来。"都别建议道。

修辙思忖片刻："锦葵公主机灵异常，若是借着江湖势力跳入这共治旋涡，那便是夕见公主之外的另一大后宫势力了，若四国利用，于我们不利啊！都别，你所言可与沮洛大人商议过？"

"商议过了，沮洛大人推测江湖令会在逐夏节前连发数次，而诛杀天洛罪人必定在逐夏节前后！沮洛大人觉得此计可行，只需计划周密！"都别言道。

"好！若是如此，你二人先行计划，秘密行事，只是这天洛罪人会是谁呢？"修辙脑海里想的当然就是龙默，可龙默现在并不在洛京城。

"依我看，天洛罪人该是所有共治内的人，我们都是！"都别推测道，修辙和元攘听罢，神色略有惊恐，怕是民间怨言又一次要顶破王室之天了。

沮洛召集鲁正、韩腾义、童远生三人来到沮府，他眉头紧锁，怒目而视三位大佬，把几本账本、名册、官文、手札和行运图狠狠地甩在了桌子上。沮洛一脸不屑道："你们的账本，该烧的烧，该扔的扔！"

鲁正、韩腾义、童远生三人饿虎扑食一般，赶紧过来翻看账本等物。沮洛一把按住，盯着几个人的眼睛，又道："你们三个想拿走这些账本，就听我一言，若不照做，我就把此事告诉修辙和天下院，再公之于众。"

鲁正焦急道："沮大人，你这是何意啊，你别忘了，我们都在一条船上。"

韩腾义附和："沮大人，咱们都是天洛大家大族，相互扶持不好吗？非要闹得这般尴尬。"

韩腾义几乎气馁："沮大人，你说吧，若是能为内廷尽些力，我们在所不辞。"

"好，你们三个，以天洛内廷院的口吻，给青戎格索王写一封信，就说何谦和格图想要在天下院内刺杀鹿辞，已经被子笙将军和修辙将军以扰乱共治为由囚禁起来，我内廷院之人希望此事能不引起四国的纠葛，于是便要大事化小，小事化了，就此帮助青戎劝说将军们放人并让燕川的子笙将军不再计较。但是我天洛国相龙默现在依然在青戎，希望他能立即回来天洛主持此事，方得圆满，不知格索王意下如何。"沮洛言语之间，便是希望借助此事救回龙默。

童远生疑虑道："沮大人，你这是要用何谦和格图换龙默啊？"

"为何要我们内廷院出面啊？"鲁正面露难色。

"天下院只剩修辙一人，他不可冒这个风险，净天府不够商议国事的资格，只剩我们有这个言语的分量。"

韩腾义反问道："那为何是我们三个啊？沮大人你……"

"那你们三个去安抚何谦、格图、子笙和鹿辞，再把后宫的事查一查，我去写信。"沮洛很不耐烦。童远生赶紧摆手道："别，别，沮大人，你看你，动不动就着急，不就是一封信嘛，我今晚起草，明日派人送去驿站便是，这有何难。"

"那就好，此事速战速决，潜心措辞，去吧。这些账本，小心处理，莫让修辙见到里面的名字，他可在密查此事了。"沮洛叮嘱道。

"那是自然，那是自然。"鲁正边说着，便开始把账本拢在怀里，韩腾义、童远生两人也不落下风，三人抢成一锅粥。沮洛看着卖国求荣的三人，心里对家国如今的落寞心酸不已，若不是如今有了把柄，还可借三家有别的用处，当真是想现在就为民除害。至于账本等物件的真伪，却是真假各一半。沮衍早就劝说沮云若是入了洛和会，也得干点正事，于是沮云借着洛和会和江湖势力收集了一些边陲豪府的物件，这些便是沮云给沮衍挑选回来的，若是能举证韩童鲁三家通敌有罪，沮云和洛和会何乐而不为呢？但是沮洛手里这么多的账本，有些也是假的，是他信得过的商学学子专门虚构的，为的就是吓唬三家，也好让他们知道，自己手里有的是把柄。

沮洛坦然走进监狱，青灯在一侧保护。修辙知道沮洛前去探监，怕格图和何谦对沮洛不利，偏让青灯跟着。青灯心里也难受，修辙只是这般有了差事才想起自己，平日里，哪有半句多言。

沮洛把一些饭食放在地上，盘腿坐在栅栏外，盯着牢里的何谦和格图。格图隔着栅栏，指着沮洛，愤然大怒道："沮洛，你们天洛反了！你们反了！是何居心！把话说清楚！"格图边喊着，边狠狠地摇晃着栏杆。格图力大无穷，整个牢房又开始颤抖，青灯右手一翻，几段丝刃飞出，缠住了几根栏杆，丝刃上带着细小的毛刺，格图下意识闪身后退，牢房这才停止了颤抖。

沮洛挥了挥手，示意两人坐下，把饭食往他们跟前推了推，淡然道："两位大人，少安毋躁，且听我说来。我那日与鹿辞产生口角，所说都是真话，那鹿辞就是那般道貌岸然的奸臣贼子，甚至不惜牺牲天下之利，也要成全自己家族之兴。我欲杀他，鲁正也要杀他，但是你们没发现吗，那修辙可是不愿意啊！"沮洛显然在避重就轻。

何谦愣了一下："他为何不愿意？"

"修辙将军之父修炳睿大人两人都有所耳闻吧，他可是当年惨死于洛水河畔的啊，此乃我天洛的一大悬案，至今没有人知晓其中的秘密。但前朝天尹乔元靖大人可是托孤的大臣啊，怎么会不知道这其中的缘由，他可是都告诉我了。"沮洛言语间又把修辙划入同舟，让何谦也不敢碰。格图皱着眉头，又喊道："这和我们有什么关系？"

"修辙将军的家父便是曾经私通鹿氏的第一批天洛人，只不过通敌是军事通敌。这下你们明白修辙为什么救下鹿辞了吗？"

何谦惊讶道："还有这等事？怕不是沮洛大人又在编故事！"

"故事，也得有风有影才成形。当然，我和鲁正欲杀鹿辞，修辙救人，又反手抓了何大人，这是为何呢？就是因为担心你说出去此事，修辙将军和修氏家族也会被牵连。"

何谦疑问道："那你和鲁正为何早早放出来？"

"我和鲁正是天洛大族大家之一，所有大族都知道此事，他不放人，难道等着我们的同僚掀他的底吗？我、修辙、鲁正，都是一条船上的人，彼此都知底细，谁也不敢碰谁。只是我和鲁正觉得鹿辞一来会牺牲我们这样的没落贵族，以削弱内廷院的牵制。二来，账本已经暴露，鹿辞会先咬人。三来，杀杀他燕川的威风，所以我和鲁正才会想先下手为强，杀了鹿辞，不想修辙家族利益依然与鹿氏捆绑，所以救人！"

格图厉声道："一派胡言，修辙将军还曾拉拢我协助他杀鹿辞！"

"那是因为他想挑拨你青戎和燕川，不得已为之，后见我们要亲自动手杀人才又反悔，此乃两件事的巧合。"沮洛极尽所能周转于二人的所思所想，言语至此，何谦倒是觉得，沮洛可能还是在担心自己咬出天洛人的阴谋，所以把所有天洛人串在了一起，让自己不敢轻动。

何谦不屑道："世间哪有那么多巧合？沮洛，你花言巧语，挑拨离间，混淆世事，编纂故事，就是为了天洛能继续残喘。"

"何大人、格图将军，我力保你二人安全，你们却一直怀疑我，真是可悲。"

"哼，你说修辙怕我走漏风声，所以抓了我，那格图将军呢？"

"当然也是如此，你二人通气还不是再平常不过的事情。"

"那当时梅央和扶季也在场，他为何不抓他们？"

"何大人，这其中的是非利益，你怎么就是绕不过弯来？那梅央是哪国人？南依人对吗？修辙现在的夫人是谁？宗政蕊啊，南依国公主！梅央会傻到扳倒自己国家的驸马吗，况且这个驸马还是个将军？再不济，南依人会想看到你们和燕川人因交出天洛人而解除误会不成？你们闹得越凶，南依人不是越开心吗？"沮洛这才把何谦之前的顾虑说个清楚。何谦和格图对视了一眼，两人都确认了沮洛此言确如此。

"既然你知道修辙将军是为了封口抓我们，那还不放人？"

"我本来早就想放你们，但是如今子笙那边可是不依不饶啊，他觉得你们俩想杀鹿辞，就是与燕川撕破脸了，所以一直领兵在青戎军界质询，要拿你俩问罪，现在外面风声鹤唳的，我暂且把你们安置于牢内，是为了你们的安全。"

格图大怒道："我还怕他子笙不成？你放我出去，我与他大战几百回合！"

"将军别急，子秋王和格索王都知道了此事，他们正在交涉，待两国解开误会，风头一过，我必亲自来接两位出狱。"

"这可是你天洛囚禁我青戎当朝大臣和将军，沮洛，你们天洛可玩大了，无论如何，待我出去，必会跟我陛下如实禀报，治你天洛的罪，将你和修辙还有鹿辞的糗事说出来！把你们踢出天下院！"何谦如此说，是要吓唬吓唬沮洛，但心里怎会不知，他这一说，青戎可死得比天洛还快。

"大人，此事您也就跟我说说，可不能告诉修辙，他若知道，你们俩可就未必出得去了！"沮洛言毕站起身，刚要走。何谦倚在栏杆处，厉声道："沮洛！你以为你编织的一切谎言骗得过鹿辞，骗得过子笙，骗得过修辙，能骗得过我吗？我若此次能出去！定要你不得好死！"

"何谦大人，我沮洛除了是个前朝小臣，还是当朝内廷院卿士，更是天洛大族。有一个身份你可能不知吧，我还是一个文客，编纂故事，我最是在行。你若听我的，待我借着你们彻查了天洛大族，肃清了后宫，换回龙默，就会放人。你们若是不听，那我可不见得再放你们出去了！来人啊，盯紧了两人，他们再闹事，就放燕川军人进来！"沮洛佯装暴怒，言罢闪身而去。

格图无奈道："天洛人是真的反了，我青戎和燕川刚有些隔膜，他们竟然如此大做文章。"

何谦瘫坐在地上，略有所思，低语道："正如我所想，我们成了沮洛、修辙、龙默和鲁正这些人光复天洛的第一个牺牲品，也是挑拨我青戎和燕川的物件了。"

"我们怎么办啊，何大人。"

"现在南依和修辙联姻，崇衡国小而不敢轻言，天洛敢对我们这样，必是子笙那边因鹿辞之事被沮洛和修辙蒙蔽和利用了，否则我们的驻军怎么会不来救我们？"

"难道我们要逃出去？"

"逃出去何用？唉！我们低估了天洛人，沮洛敢第一个拿我们开刀，都是因为陛下辱了他的公主啊！"何谦这般想，其实也是宽慰自己，沮洛确有此心报复青戎人，但绝不是主因。

"大人不必如此，我们还会有翻身之时的。若能出去，我们干脆别有顾忌，要死一起死，直接把鹿辞、沮洛、修辙和鲁正的糗事和盘托出，让他们不得好死。最不济，也把天洛和燕川踢出天下院。"格图孩儿般言语道。

"格图将军啊，你怎么还不明白？我们吃了哑巴亏啊，什么都不能说啊，只能说我们当时与鹿辞是误会一场啊！否则梅央和扶季必会继续编纂故事，颠倒黑白。他们会看着我们和燕川因揪出天洛人而解除误会吗？鹿辞会跟子笙和子秋直言家丑吗？"何谦言外之意就是责备格图你个没脑子的东西，都是因为你答应了修辙协助杀人在先，又领兵来蹚浑水在后。格图也听得出来何谦对自己的责备，自是不再作声，低着头郁闷。

青戎国戎都王族戎寨内，格索愤怒地把信件揉成一团，扔在地上，一旁的几个侍卫都不敢抬头。

"何谦和格图就是脑子发热，好端端的，杀那鹿辞做甚？我们就算是与燕川人不对付，也要有个分寸啊！这下好了，被修辙关起来不说！内廷院还要我们用龙默去换！"格索王勃然大怒。

一位大臣上前一步，行礼道："陛下，此事太过蹊跷，何谦大人一向办事稳妥，格图将军也是有勇有谋之人，这次不见何大人来信，只得燕川子秋王和天洛内廷鲁正的信，我怕是他们都未必说了真话啊。"格索思忖道："修辙敢抓我的人，天洛有这么大的胆子，必是和那燕川人有所密谋，弄不好，他们有了靠山。"

"大人，我收到军界副将和谋士的信，说子笙的军队围了他们几日了，但是不曾交手。"

"去！把龙默找来，我有话要问！"

片刻后，龙默一溜小跑，进殿而来。龙默给格索鞠躬行礼道："陛下，您唤我？"格索指着地上揉成一团的信："自己读吧！"

龙默拿起信，阅览一番。格索叹着气："你天洛人，我不管是修辙还是内廷院的这个鲁正，敢囚禁我的戎保和将军，还敢用来换你，你们倒真是胆子大啊！有没有把我青戎放在眼里？"格索见龙默还在看信，继续道："何谦可是稳重之人，怎么可能天下院朝会上杀人？"

龙默把信放在一旁，面带微笑，淡然道："陛下，此事简单，只有一件事是我天洛人所为。其余，都是那燕川的计谋，意在残害何谦大人和格图将军，削弱青戎的实力和在天下院的势力。陛下，只有鲁正大人写信给您，希望换我回去，然后放了何谦和格图这件事是我天洛人所为，因为内廷都是我前朝同僚，感情至深。另天下院自我离开后，祸事不断，纠葛漫天，只有我回去，才是调理一切的基础，自然也会劝说燕川不再追究何谦和格图大人的错，尽快放人。"

"你的意思是我何谦和格图真要杀鹿辞？"

"当然不是，何谦大人为人稳重机智，格图将军有勇有谋，都不可能言语几句就行杀人之为，必是那燕川人从中作梗！燕川人为了公主之事必是耿耿于怀，想要再惩治青戎，便希望从天下院下手，除去何谦和格图。鹿辞有可能言语引诱了何谦和格图，子笙安排了刀斧手杀人，但是修辙将军洞悉了一切，抓鹿辞和子笙自是不敢，怕燕川人怪罪，但是救何谦和格图又打不过子笙的军队，怎么办呢？只好先发制人，说何谦和格图要反杀鹿辞，于是囚禁何谦和格图，其实是一种保护，否则修辙将军绝不可能无缘无故囚禁二人。"龙默自是要寻个借口回去天洛。

"这是你的猜测还是你听说了什么？"

"陛下，此事不难猜出个一二，只有这一种可能，否则其余猜想均不能成立！"

"万一是你天洛人要反呢？"格索拍着桌子，勃然大怒道。

龙默面色依然平静："陛下多虑了，我天洛若是反，有何资本？我们若抓了两位青戎要人就是反，那青戎在军界的驻军还不是瞬间就荡平了我们？我们会傻到如此行事？若是燕川人逼我们反，为何不自己动手？所以只有这一种可能，燕川反了，我们救人，但我有一事不明，为何青戎的驻军没有动静呢？"

"子笙派人围了我的驻军。"

"那便对了，陛下，就是我刚才的猜测。燕川反了，我们救人，燕川人当然不希望青戎驻军前去问罪，借此拿了天洛的宫殿和后宫，所以借着鹿辞被刺杀未遂之事，围了青戎的军界，等着威胁陛下给他们一个交代，其实一切都是他们刨的坑，只不过我们天洛为了救人掉了进去，而燕川人利用了这一点，步步紧逼。我想他们必是想用四国盟约置何谦和格图于死地，从而削弱青戎的共治之力，进而在分洛前路上除去一大劲敌。"龙默如此说，其实也遗漏了一些其他的可能，只是如今格索并没有洞悉事态的前后逻辑，有些懵懂。

格索狠狠地咬着牙，厉声道："燕川人欺人太甚！龙默，你还有何良策？"格索倒不是尽信龙默所言，但是确实不信天洛人敢这么无视青戎军界军队的压制，那么若不是天洛人的错，就必然只能是燕川人了。龙默和沮洛完成了一个异地而言的配合。

"陛下，燕川人一而再，再而三欺我天洛溃败，欺崇衡弱小，欺南依偏远，如今又开始欺青戎这样的世间大国，我们这次不给他点颜色看看，怕是以后再难以训诫了！"龙默能多挑拨一句是一句。

"计将安出！"

"您先放我回去天洛，我和内廷院、天下院、净天府先一同力保何谦和格图将军安全。再把我刚才的一切猜测公之于众，让燕川人的丑恶嘴脸暴露于世间，燕川人慌乱之时，我借此把何谦大人的身份由谋士升为国相，与我和鹿辞平起平坐，以提升青戎在天下院的言语之力。如此一来，燕川人的威风我们杀了，何谦大人和格图将军保住了，还提了青戎在天下院的地位！"

格索思忖片刻，点头道："也只有这样了，你即刻回去天洛，救我何谦和格图出狱，然后依计行事。"

"是！陛下！感激数日来的款待，我龙默定当奋力救人。保重，陛下！"龙默言罢，转身疾走而去。

龙默火速冲回侧殿，满头大汗，手忙脚乱收拾自己的东西。郎虎一边帮忙，一边问道："大人，格索就这么让我们走了？"

"修辙和沮洛设计在救我们，我言语迷惑了一下格索，他现在同意了，我们得赶快走，等他回过神来，我们就又走不了了。快！格索给的那些赏赐，太琐碎的就不拿了。"龙默心急火燎，恨不得此时便上路。

"回过神来？"郎虎手边一直没停。

"速速离城，路上说！"

午饭都未来得及用，龙默和郎虎两人便轻装上阵，穿过戎都王宫南玄门，直奔青戎南境而去。

二人坐在马车内，马车飞奔于原野，时间渐渐来到傍晚。草原的傍晚凉风渐下，也略显凄凉和荒芜，龙默不时地探出头张望，生怕格索王追兵赶来。

郎虎焦虑道："大人，要不我在旁骑马相随吧，也好查探四周。"

"不，你就坐在车内，防止他们暗箭伤人。"龙默猜到可能的追兵会持弓而来。

"大人，我们为何如此着急啊？我们已然出城了，不曾有人来追。"

"鲁正来信说，修辙抓了何谦和格图，要把我换回去，说实话，我不知其中缘由，估计是沮洛的计谋。我在格索面前说了谎，说估计是燕川想害何谦和格图，于是修辙抓了两人，为的是救他们，然后鲁正借此来换我。那格索实在愚钝，便放了我。"

郎虎满脸疑惑："听上去没什么不妥啊。"

"关键是我说错了一点，百密一疏，若是修辙要救何谦和格图，我回不回去又何妨？反正都是要救他们，我又不是救他们的必须筹码。我应该说此事必有误会，我这一条贱命换两个要人才是。此时一示弱，倒显得我们没了底气。"龙默分析道，其实龙默除了一时性急，说成回去救人，还不如就说修辙和沮洛念在自己保国有功，要换回去，心还是在天下院向着青戎的，格索哪里稀罕龙默的命，格图可是他的弟弟，何谦也是戎保，但是如今说回去救人，格索若反应过来，公主走人，密使在逃，还不如扣下龙默要挟天洛呢。

"那格索怎么可能绕得过来这层关系？"

"更甚者，我的神器必是格索王惦记的一点，否则不会软禁我们。另外夕见尚在境内，那也是交换的筹码，格索王若是聪明，他必然会回信说尽快放了何谦和格图，否则杀了公主和我。"龙默早前必是没想到公主这层关系，这样衡量来，天洛和青戎手里的筹码就相等了，只不过若青戎提及杀夕见公主，会与燕川扩大心结。

"对啊！"

"但是格索一定会立即想明白此事，然后追上我们的。"

郎虎思忖片刻，然后从前面探出头去，大喊道："车夫，再快一些！"

格索王在戎寨内侧卧着，斜眼看着眼侧的舆图，陷入深思。一位大臣走近格索的身边，轻言道："陛下，龙默已经出了南玄门，我们是不是该去……"

格索王摆手，示意大臣不要打断自己思考，良久后大惊失色，一拍头，喊道："坏了！上当了！速去追回龙默，快！"大臣愣了一下："是！"说罢慌忙跑了出去。

那边话音未落，这边快马已至，郎虎和龙默坐在马车内，突然听到外面隐约有马蹄的声音。风卷草原席，蹄扫沃土垫，群山身边过，夕阳逐孤雁，一队手持长弓的骑射手冲着马车飞奔而来。

这戎都的马车虽说也是常备的出行工具，可这草原民族谁人不骑马，平日坐马车的少之又少，且不说这木制的马车木头久放不动，已是有些糟了，就连这套马的工具都显出风霜雨雪的痕迹，自然车夫也不敢太过快地行进，防止车散套脱，人仰马翻。骑射们则是飞奔而至，距离越来越近，骑手也均是羽箭手，长距离弓射不在话下。

龙默和郎虎对视一眼，龙默语气凄然："坏了！有人追上来了！"

"大人，我去应付！"

"等等，看看有没有人放箭。"龙默小心翼翼道。

郎虎慢慢探出头去，只见一众骑射手的身影越来越清晰，为首的骑射大喊："龙默大人慢走，格索陛下还有要事相商！"龙默听在心里，怎么会就此停下。郎虎坐回自己的位子，又问道："大人，怎么办？"

"绝不能回头，回去必是一死，他们有弓箭吗？"

"看不清楚，应该有！"

"几个人？"

"也就十多个！但是看来势，估计后面还有大队人马！"

"你骑马随行，待他们接近了，杀！若是羽箭，自保为上！"

"好！"郎虎说罢，从马车前帘跳出马车，喊道："车夫，你且驾稳马车，我去借一匹马！"郎虎双持龙骨长刀，纵身跳上一匹拉着车的跑马，然后反身砍断连接马车的绳子，马车一阵摇晃，车夫拉紧缰绳，保持住平衡。郎虎驱马减速，绕到了马车的一旁，骑射手驱马而至。

郎虎这才看清青戎的骑兵均是羽箭手，便决定尽快近身。一个羽箭手弓箭搭在掌上，眼见一支羽箭悬在弦上，郎虎一个侧身，闪过一箭。郎虎骤然降速，靠近骑射手，挥刀便砍，那个羽箭手躲过第一刀，却被郎虎接连第二刀砍下马来。又几个骑射手靠近，弯弓便射，郎虎长刀反手一握，左右一闪，一个刀背各挡开一箭。

郎虎左脚一踢，快马左倾，又靠近两个羽箭手，这些羽箭手射箭虽好，近身便弱，郎虎一刀一个，砍下马来，却不停脚，自知自己拉车的老马腿脚不利索，便起身一跃，夺下一匹羽箭手的战马，翻身拿出马臀挂着的备用长弓，抽出马侧身悬挂着的箭袋里的羽箭，又是几箭射出，另一边赶来的骑射手也纷纷落马。

近身几个骑射手被郎虎一扫而光，他驱马靠近马车，继续并驾前行。要说这郎虎的身手，也如元攘一般，各种兵器均不在话下，格索王也是低估了郎虎的身手和龙默逃跑的速度。

此时的穆安、夕见、婴柳和宗政公若正走在青戎边境的小镇内，众人均身穿黑色的斗篷，带着兜帽。穆安机警地四周看看，远处的街边有一队青戎的步军跑过，气势不弱。婴柳拉了拉穆安的衣角，然后瞟了眼身后，穆安回头看了看，一队青戎骑兵又在四处盘查，心里自知已是被前后堵截了，情况危急。

"得找个地方躲一躲。"穆安边低声说着，边环顾四周。

"这边有个茶楼。"婴柳向街边指了指。

宗政公若凑过来低语道："不行的话就开干吧，总是这样躲躲藏藏不是办法啊。"

"不行，我们四个胜算太小，又容易伤及无辜。快，先去茶楼里，躲到二层去。"穆安摇着头。夕见望了眼茶楼的二层："茶楼里人更多啊。"

"先去凉台，见机行事。"穆安吩咐道。

四个人疾步进入茶楼，上楼进入凉台内，穆安透过窗看着路边沿街盘查的青戎骑兵和步兵，四个人都凑到窗边，气氛凝重，似乎这次在劫难逃。

宗政公若建议道："这帮青戎人早晚进来茶楼查探，要不你们先从后门走，出了这个坊，应该还是我们来时沿途的溪水，我留在这里居高临下放箭，引他们过来。"

"那你怎么脱身？"婴柳问道。

"他们就算抓到我又能怎么样？"公若反问道。

"不行！你不去救你妻子了吗？"穆安摇着头。

夕见提醒道："现在来看，后街和坊间也应该有青戎的军队，我们该是被包围了。"

穆安叹了口气，略加思索后道："该来的都得来！这样，婴柳，你带着夕见去三楼，那里是红苑，等会儿我和公若和他们打起来，你们就乔装成这里的红女，随着客人们从后门跑，边跑边喊茶楼内杀人了，士兵也就吸引进来了，我们之后镇东的小河畔集合。公若，你守在二楼箭雨掩护我，我去一楼门外和他们死战，就算是我被俘，也无妨，我有密使的手谕和文书，格索王不会真杀我。若见我被捕，公若你就立即去河畔找她俩，然后你们向着崇衡而去，切记，把公主保护好！到了崇衡，可言残军之事，但不可言与我有瓜葛！"穆安叮嘱得详细，自是也给同伴说明了去路。自觉伯翁王也是一代明君，但他们若提及自己密使的身份，若伯翁欲成拉拢青戎之行，必然会对众人不利，想到这里，穆安也是担心万分。

"不行，刀剑无眼，这样还是危险！"婴柳反驳道。

"没时间犹豫了，依计行事！"穆安焦急道。

"就这样吧，我尽力掩护你，若是被捕，一起入狱便是！"公若怎肯放弃穆安。穆安坚定地看着宗政公若，又捶了下公若的胸口，以示共患难的决心。

夕见关切道："那你自己小心！"婴柳拉着夕见向楼上跑去。两人虽被吩咐趁乱逃走，但是对于穆安的感情均不浅，也就都有了迂回接应穆安和公若的心。

穆安返回一楼，龙牙剑早已反握在手，倚在背上，心念自是逃不了了，必须先下手为强。宗政公若站在二楼的凉台上，弯弓搭箭，瞄准着街面。

婴柳和夕见来到茶楼的三层，不少客人在客间内饮茶聊天，二人冲进一个客间，婴柳抽出龙骨双刃，抵住一位客人的喉咙，低吼道："我们是青戎格索王的亲卫，特此来查案，不想受牵连的，赶紧从后门离去。"客人们惊慌失措，逃之夭夭。夕见没想到婴柳会这般硬地当头驱赶客人，心里不禁有点担忧婴柳坏了计划。

婴柳和夕见倚在窗边，看着楼下的情形。穆安倚在一楼的大门旁，等着骑兵和步军靠近，大战一触即发。夕见凑到婴柳的耳边道："我们在这里怎么帮他？"

"青戎的步军也善使连弩，我一会儿跳下去抢几把来便是。"婴柳说得倒是轻松。

一个青戎骑兵驱马来到茶楼的门外，瞟了眼穆安，命令道："你，抬起头来！"穆安迎上前去，抬起头，面无表情，看着骑兵。骑兵看了眼手中的画像，瞪大了眼睛，突然面色铁青，有些慌张，指着穆安，刚要说话，一支箭笔直地从空中射下，插入了骑兵的头颅，顿时鲜血四溅。刹那间，一群马的惊叫声，随之茶楼内尖叫声和逃遁声此起彼伏，混乱不堪。

又一个骑兵哗然道："快！就是他！给我拿下！"一众骑兵奔着穆安围了过来。穆安龙牙剑挥舞，一下子砍翻一个骑兵，然后不由分说，翻身上马，驱马远离了茶楼门口，夺了片开阔地，开始大肆拼杀，也给公若赢得一个好视野。

街边的步军听见响声，也迅速围拢过来。一时间，穆安身边是步骑一片，刀剑所向，均指穆安的胸口。宗政公若当先射箭，射翻几个步旅中的弩手，防止暗箭伤人，步骑自知茶楼内有火眼，近身的速度慢了下来。

穆安头一低，躲过一个近身骑兵的长刀抢砍，反身龙牙剑剑背一甩，便把那骑兵抽下马来。又一个骑兵挺戟而来，穆安长剑一捅，龙牙与长戟搅在一起，穆安回拉龙牙，骑兵一个探身，穆安左手也不嫌刃部锋利，紧握剑头，一个用力，剑身划过骑兵的颈部，血痕未出，那骑兵便摔下马来。左右两个骑兵近身，穆安双脚一夹，马蹄上扬，穆安向后倒身，翻下马来，再走下三路，左右各砍一支马腿，那两个骑兵平衡不再，跌下马来，空中两支弓箭，早把两人钉在地上。穆安挑眉往上看，公若对着穆安挤眉弄眼，自是觉得这配合天下难找第二对儿。穆安扯下衣角的麻布，裹在手心里，刚才被剑尖划破的手掌依然在泅血，他却顾不得疼痛，举剑跳回马背，继续拼杀。

宗政公若继续搭弓射箭，一个个骑兵被射翻在地，他运箭的速度当真是快如闪电，一会儿的工夫，步骑身上的箭便多过了自己箭囊里的箭。街边的民众乱成一团，四散逃避，茶楼内早已空空如也。

婴柳拉过来一条窗帘，一头拴在凉台的栏杆上，一头垂下，身影早就顺着"绳索"来到了二楼。婴柳厉声回喊："夕见，待在那里！"夕见点了点头，焦急地看着楼下打斗的穆安，眉头紧锁，眼珠子猛转，略有所思，却似苏妲己的魂意在此时略有压制夕见之意。

婴柳顺着窗帘垂下二楼，反身一踢二楼的栏杆，借力跳上一匹战马的马臀，双手各掏出一把龙骨刃，将身前骑座上的骑兵直接割吼。夺下战马的刹那，又是一撮龙指凝针飞出，两个步旅应声倒地。穆安瞟了眼婴柳，大喊道："婴柳，快回去！保护夕见！"

婴柳一个侧空翻，跳下马来，与几个步兵近身格斗，只几个刀光剑影间，青戎人早就散了阵形。宗政公若加快了弓箭的射速，保护穆安和婴柳，不停地有骑兵和步兵被射翻在地，骑兵的围拢速度变得更慢。

一众弩兵半跪于地，排开阵形，举起弓弩，准备射击。穆安飞起一脚，踢了一匹马的屁股，马受惊后，奔着弩兵阵形而去。几个弩兵一个慌神，箭都射偏了方向。婴柳纵马冲过去抢来两把弩枪，然后反身扔出去几把飞刀，几个弩兵应声倒地。宗政公若将三支箭齐搭上弓，射向弩兵，保着婴柳再回到穆安的身边。婴柳和穆安两匹马左右成弧，马臀相对，护着彼此的后路。

"婴柳，快回去，这里太危险。"穆安低声道。

"这就回，你自己小心！"婴柳言罢，踩着一匹马，只一蹬，重新跳回垂下的窗帘，向着三楼爬去。有弩兵瞄准了婴柳，宗政公若一箭射去，将弩兵射翻。穆安继续挥舞龙牙，渐渐杀红了眼，青戎骑兵和步旅却越聚越多。

穆安慢慢抵抗不住，有些疲惫，动作也有些失去了节奏。婴柳跳回到三楼，把一支短弩扔给夕见："快！掩护穆安，我去后院牵几匹马来，准备冲出去。"婴柳说罢跑向了后院。

夕见接过弩，犹豫片刻，却瞄准了穆安。很明显，夕见公主脑中苏妲己的意识开始作祟，两个灵魂一善一恶，百般纠结，苏妲己在此刻拼命压制着夕见的魂意。

"苏妲己！不可！"夕见在灵魂深处拼命地挣扎。苏妲己又怎会听夕见之言，但瞄准穆安的手迟迟未动，夕见的魂意在誓死保全穆安，心中苦海，早已波涛汹涌。

穆安还在奋勇杀敌，满身是血，一次次跌倒，又一次次站起来。宗政公若箭矢用完，他抽出腰间的两把短剑，从二楼跳下，与穆安一同杀敌，好不惨烈。夕见还在瞄着穆安，依然在犹豫，呼吸急促，眼圈有些湿润，苏妲己和夕见公主对姜子牙和穆安完全两样的情感是多么错综复杂，而这一切，完全寄居于一个躯体。夕见心中已是渐渐支撑不住了苏妲己魂意的侵蚀，自言自语道："穆安，对不起了！"说罢，夕见泪如雨下。

穆安还在浴血奋战，他瞟了眼楼上的夕见，放声大喊："夕见、婴柳，跑！快跑！跑！敌人太多了，跑！"

不少步军要从正门冲进茶楼，宗政公若反身冲过去，一把关了茶楼的大门，倚在门边，继续杀敌。穆安继续大喊："夕见、婴柳，跑！跑！"

夕见放声大哭间，狠狠咬着牙，扣动了弩的扳机，顿时连弩短箭如雨，一众靠近穆安的步军被射翻在地，夕见终于在最后一刻，压过了妲己的魂意，然后是撕心裂肺的仰天大喊："啊……"

穆安向楼上望了一眼，但觉夕见会有危险。看着不少步军开始继续冲击茶楼的大门，宗政公若倚在门边，穆安瞬间赶来帮忙，两人都杀红了眼，不停挥舞刀剑。

突然，茶楼的门被从内而外地撞开，婴柳骑着一匹马，牵着一匹马，从茶馆的后院急奔而来，出门的一刹那，龙指凝针梨花带雨般飞散空中，青戎步骑均被打散开来。婴柳大喊："穆安、公若，突围！"

穆安和公若各砍翻一个步兵，跳上马来，宗政公若与婴柳一马，穆安一马，开始向着小镇东端郊外突围。穆安昂起头看着三楼的夕见，大喊道："夕见，向东跑，快！"

夕见站在三楼，听到楼梯似乎有人跑来的声音，她顺着客间旁的外廊与穆安的马一个奔驰方向跑了起来。婴柳带着宗政公若拖后，公若拾起部分尸体上的箭，继续射住追兵的阵脚。

穆安望着三楼，不停地向前急奔，夕见继续顺着外廊与穆安的马同向奔跑，身后开始有步军出现，夕见疯狂奔跑间，穆安骑着马靠近茶楼的墙壁："夕见！借着前面的凉棚，跳下来！我接着你！"

夕见跑到另一客间的凉台，待穆安的马将要奔过，冲着二层的一个凉棚纵身跳了下去。穆安看准时机，驱马赶到，夕见被凉棚兜了一下，弹向前方，穆安把夕见接在了怀里，然后驱马飞奔而去。

婴柳和宗政公若也飞马赶到，一同离去，身后还有步军在不停地追击，公若又是几箭飞出，青戎骑步躲闪不及，不死已是万幸，哪还有心继续追击。

龙默的马车一夜飞奔，眼见天洛的国土就在眼前，可这望山跑死马，心中的急切与身体的疲累都到了极限。郎虎一直在马车边护送，渐渐也骑得有些乏累。

突然，又一阵青戎的长弓手从侧翼杀出，弯弓搭箭，天空中顿时一阵黑压压的箭雨袭来。要说这弓箭之法，青戎人是不及南依人的，但是这武器一点不比南方的差，羽箭本是能于轻骑间敏捷射击了，射程也不短，可这长弓硬弩一出，用的箭均是傲天穿阳的金属响箭，带着风吼云怒，直插天边，那飞行的距离可不是一个破马车能逃得出去的。

龙默从马车的窗子探出头去，十分焦急，大喊道："郎虎！赶紧进车来！"

"大人，来不及了，你快些趴下！"郎虎说着，已然在驱马靠近马车。

龙默赶紧在车内趴下，躲到了座椅下面，抱着头，心中默念，若是躲过这一劫，哪怕折自己几十年道行呢。郎虎一手把住车沿，从马上纵身跳下，眼见身躯就快在飞速行驶的马车下被碾碎的刹那，另一只手也狠狠抓住马车的车沿，将自己的身子一悠，双臂用力一屈，躲进了马车的车底。郎虎咬着牙，狠狠揪着车底的横木，身旁就是飞速旋转的车轮，身下是快速划过的地面，手指间已有血痕被榨出鲜血，但是郎虎怎能松手，只能咬牙凭借超人的毅力坚持住。

一阵箭雨噼里啪啦地射了下来，车夫惨死在车前，尸体掉下车去。郎虎从车底看见车夫的尸体远去，又开始慢慢顺着横木爬向了车头。龙默赶紧又爬出来向外探着头，不见了郎虎的身影。

龙默万分焦急："郎虎！郎虎！"郎虎从车头爬了出来，重新拉紧缰绳，但见马身上也插着长箭，自知马也快撑不住了，他扭过头喊道："大人，我在这里！"

龙默坐回到车里，靠在椅背上，长舒一口气。又是一阵重箭升天的呼啸声，龙默赶紧趴下身体，躲在了椅子下面，不禁大喊："郎虎！躲避！"

郎虎拉着马的缰绳，向前一跃，纵身跳上马背，然后躲在了马身的侧面。这一阵箭如雨下之后，马儿应声倒地，马车晃晃悠悠，四轮猛转，却失去了方向。郎虎从倒地的马身下站起身来，奔着马车狂奔。龙默赶紧起身，身体不停随着失去平衡的马车剧烈摇晃，他又一次探出头去，看见马车奔着一棵大树而去。龙默扭头大喊："郎虎！别管我！找掩护！"

郎虎依然奔着马车急奔而去，在马车快要撞到树之前，郎虎飞扑而去，奋力拉住马车，自己的身躯被拖在马车之后，他用双腿双脚狠狠把住地面，下半身早已血肉模糊，马车这才慢下来，最终停在了大树前。郎虎精疲力竭，躺在地上，昏死过去。

龙默慌忙跳下车，大喊："郎虎！郎虎！"龙默赶紧把累瘫在地的郎虎的身体推进了马车的车底，然后自己躲在了马车的另一侧。又是一阵箭雨袭来，马车满满地插着重箭。夜已深，晨未至，暗不见天日的草原上，谁人能知有这么两个灵魂竟然如此饱受折磨，而让他们坚持下来的却是一心归家的路。

龙默借着龙眼的微亮，瞟了眼车底的郎虎，表情惆怅，自言自语道："唉——，虎儿，想着你我千年的修为，万年的沉思，跟着教主修行一生，今日却要命丧于此啊。"

又是一阵箭雨袭来。"人之命途，时也运也啊！"龙默眼皮低垂，但觉身子极度疲累，慢慢睡去了。荒野上阴风骤起，却还好，两人未到忘川河畔。

天色渐亮，其实已然是一天过去了。龙默慢慢睁开眼睛，模糊的眼前出现了绿衣的笑容。

"龙大人，你终于醒了，千万不可起身，我已经给您用药了。"绿衣温柔的声音瞬间治好了龙默心底的伤，只是这身上因马车撞击和摇晃带来的外伤却是疼痛不已。龙默眨了眨眼，一声轻叹道："绿衣，我这是在哪儿？"

"大人，您已经平安回来洛京城龙府了，放心吧。"

"你们去寻了我？"

"沮洛大人和修辙将军算着时日差不多便派巡防军去边境寻你，不想在一辆破旧的马车旁找到了你。"绿衣解释道。沮洛让鲁正寄信后的第二天，便算着龙默可能会借此归来，便让黄婵带着星渚会的人去接应。当然，沮洛只以为黄婵是龙默的家臣，并不知道星渚会为何物，而绿衣自然也不知，以为是修辙的巡防军，其实此时修辙哪里还有人手派去接应龙默。

龙默望着屋梁，两眼无神，问道："沮洛和修辙有心了，郎虎呢？"

"他在侧府，我已经医治过了，无大碍，只是需静养些时日。"

"快，帮我安排，我要立即面见沮洛和修辙。"

"他们已经在来的路上了，大人稍等便会见到。"

片刻后，龙默再醒，却见好转。他披着一个袍子，半卧在床榻上，绿衣在一旁燃香。沮洛和修辙坐在龙默的对面。"唉，第一次感觉见到你俩是那么幸福的一件事。"龙默感叹道。

沮洛大笑道："大人别来无恙？"修辙在一旁嘴角上扬，勉强挤出一丝微笑。

龙默语气里明显带着劫后余生的庆幸："你看呢？我这像是无恙吗？那格索愚蠢至极不说，还心狠手辣，险些箭雨封路，将我和郎虎埋葬在荒郊野岭。"

修辙直言："沮大人算着寄出信的时日，让黄婵领家臣去寻你，第七日才寻得你，实属万幸。"

"多谢沮大人，修将军，不想我龙默顶着卖国求荣的罪名数月了，还会有人救我。"

龙默自嘲道。

沮洛语气依然带着嘲讽："大人不必再感慨，我天洛如今缺你不行，所以不得已而为之。"

"这书信中所说要以何谦和格图换我可是沮大人一计？"龙默追问道。

"臣不才，借着青戎抢婚燕川，密使刺杀格索，燕戎陷入勾斗这些种种琐事捕风捉影编了个故事，好引何谦、格图、鲁正等人上钩，杀鹿辞，再因禁，一来换回龙默大人；二来顺手彻查大家大族，肃清后宫；三来加深四国隔膜，尤其是燕戎的决裂。不成想，最后还是不得不用蛮力将何谦和格图因禁，以续后计。如今，还请龙默大人回来指点一二。"沮洛自知计已得逞，不过是卖龙默一个面子。龙默微笑道："沮洛大人编的何种故事能一举三得？"

"我一会儿便说给你听，眼下，你已经回朝，但何谦和格图还在牢内，格索也更会恼羞成怒，我们需要想个办法，安抚青戎人。"沮洛又言道。

"你这般玩弄青戎人，他们的军界不曾有异动？"龙默问道。

"不瞒龙大人，燕戎的勾斗如今被沮洛大人一刺激，已经上升到了局部的武力冲突，子笙因鹿辞之事愤愤不平，每日便围着光洛殿的天下院和青戎军界的几个寨子，以求个说法，所以我们虽几乎将青戎人完全惹急了，但是天洛却表面依然太平。"修辙有些庆幸。

"我虽不知道沮洛大人编的何等故事，这般有趣，但能让如今的天洛竟然乱中求稳，实在佩服。依我看，平抚青戎人的心不是难事，关键是四国之间的勾斗不能停了，我们得继续火上浇油。"

绿衣和修辙在一旁笑起来，沮洛这才开始侃侃而谈，把"刺杀鹿辞"的戏码给龙默讲了一遍。

再一次的洛京城光洛殿内的天下院朝会总算有了龙默的身影，却不见青戎的任何人，龙默自是已然全盘了解了沮洛和修辙的弥天大计，如今燕戎不睦的景象也正是他们期盼已久的。只不过，天洛人自己也明白，这一计虽堵着鹿辞和何谦的口舌，加深了燕戎的纠葛，但是终究还是打不死燕川和青戎任何一家。燕川兵强马壮，不可不让，青戎兵马不弱，也防狗急了跳墙，所以龙默给沮洛出的后计便是协同挽回青戎的地位，这一招曲线救国，看似重回共治平衡，但是燕戎之间的裂痕只会因何谦和格图的回归而更加深重。

子笙、鹿辞、太磺、扶季、宗政公贺、梅央、沮洛、修辙围坐在一起。龙默来回踱步，许多四国将臣、侍卫跟班都四散坐着，朝会内也如当年加济王上朝一般，仪式感十足。

龙默躬身行礼，朗声道："我出访多日，之前本希望从青戎借道直接去燕川拜访子秋王的，但是近日燕川和青戎的纠纷深重，我担心这天下院的五国共治会受影响，所以提前回来，帮助诸臣诸将解决问题，我们之间必须秉承的宗旨有三，共治稳定、一心天洛、五国和平，若是有人伤害其中一条，我们其余几国绝不姑息。"

"龙大人，你回来就好，你可不知道，你走的这些日子，众臣勾心，众将斗角，子民起义，后宫叛乱，真是应有尽有啊，一样都没落下，更甚的，在四国盟约内，五国共治间，竟然有人对自己的同僚下手，你说说，该如何处理？"子笙明显是要给龙默压力。

"我听闻了何谦和格图的事情，他二人本是青戎的重臣猛将，如今在天洛天下院内，二人显得不怎么像是南土中原民族的性格，青戎人一向是豪爽、好斗，天下院内众人谈论事情，难免发生口角，这次的事情我看只是误会，也请鹿辞大人和子笙将军大人有大量，放过他们吧。"龙默规劝道。

"放过他们？此二人想置我燕川羽尹于死地，就是对我燕川国的大不敬。在我看来，抢婚之后，再诬陷我们刺杀他君王，然后何谦和格图再杀我们重臣，格索王是铁了心要撕毁盟约了！"子笙突然大怒。

"子笙将军此话虽有理，但是这隔膜与误会总是要说清的，鹿辞大人那日也有失风度，强言赋税夺息之事，确实不甚公平。依我看，何谦也不是要杀人，只是吓唬吓唬罢了！"梅央自知龙默和沮洛要缓和气氛，拉回何谦，也便帮腔道。

"再者，何大人举刀比画那几下，一看就没有持刀杀人的胆魄，依我看也只是吓唬人罢了。"扶季帮腔道。

"子笙将军休要如此冲动，毁盟不至于，我们看看有没有其他的办法，梅大人和扶大人也是当事人，说了这般细节。鹿辞大人，你也是当事人，你意下如何？"龙默问道。

"此二人虽想杀我，但我鹿辞也不是小肚鸡肠之人，在我看来，那日确有言语争执，我也有不妥之处，既然大家愿意在此共治，一心天洛，一心和平，一心在盟约之内相互扶持和尊重，此事就此过去也罢。我已经收到了子秋王的信，他会在下个月初五与格索王在燕川和青戎的边境小镇屏台巷会面，解开两国纠葛。我看，既然两国之王愿意当面成和，我们臣子也就不须再争论了。"鹿辞说话间，还依然有点哆嗦，心里别提多憋屈了，子笙看着鹿辞说话的样子，也自知情形有点不对劲。

"哼！既然我家陛下和大臣如此说，也就罢了，我今晚可以从青戎军界和这光洛殿四周撤军。龙默大人、沮洛大人、修辙将军，两国陛下虽这般处理问题，但是我们天下院可要有院内的原则，之前五国同立的共治立法可还算数？"子笙质问道。

"当然！"龙默点头。

"那就好，依照共治立法，何谦和格图须踢出天下院，同时削减青戎军界范围、驻兵量、军粮储备，削减其每日提案数量和决议权，更不能再选王子受禅让！"子笙厉声而言，引得众人面面相觑，一片哗然，发出交头接耳的声音。沮洛、修辙和龙默相互看了一眼，略感意外子笙会如此决绝。龙默瞟了眼梅央和扶季，两人面色平静，但是扶季微微地摇着头，龙默自知他是觉得此事不妥。要说这朝会上各族大佬林立，扶季已是最小的摄政之臣，龙默言语前，还要看一看他的心思，可见扶季这人小鬼大的才略当真不一般。

"此立法我们确实有，我当然希望依法办事，我会即刻在净天府提审何谦和格图二人，然后颁布此惩处之法，如若青戎不肯执行，那我们就只能另想他法了。"龙默缓和道。

"龙默大人，立法岂有不执行之理？你放心地去办，我们四国之盟给你撑腰，你怕什么？"子笙一副唯我独尊的嘴脸。

"龙默大人，子笙将军，我认为此事若按立法行事，对青戎并不公平。第一，今日并无青戎人与会，因为何谦和格图都在牢内，我们这般议事本就不公。第二，那日我也在场，鹿辞大人也有反驳、谩骂，甚至动了刀。虽然我坚持认为口角之争上升至相残相杀完全不至于，但也是人之常情，如今何谦和格图既然已经受了数日牢狱之灾，只让他们跟鹿辞道个歉，也就罢了，我们毕竟还是四国盟约的兄弟，五国共治的同僚，日后在这天下院内天天都见面，何不彼此留个面子呢？子笙将军，鹿辞大人，你们说呢？燕川乃西北大国，如今世间最强大的国度，何不大度些，也好让世人效仿，让其余四国同学！"梅央把燕川架得很高。

鹿辞和子笙对视一眼，子笙也自觉刚才自己说的惩治之法过于严苛，而且其余诸国尤其青戎的格索王均不会答应。鹿辞面色铁青，知道自己已经被众人吃得死死的，只能缓和态度道："梅央大人所言在理，我同意，就照此办吧。龙默大人，你去放了他们，也好言好语劝说几番，让他们不要再针对我们燕川，我们如今一心共治，一心成盟才是前路。"

"鹿辞大人大量，臣替天下院同僚谢过，那子笙将军？"龙默行礼。

"你也告诉何谦他们，再有下次，我可不是围了他们军界这么简单了。"子笙言毕，和鹿辞二人又瞟了眼梅央，自是觉得南依国已是眼中之钉。这次挽救青戎，也等于南依的暗示，似乎天洛和青戎被南依拉拢得更紧，这已然并非盟中盟之计了，而是四国盟室有了新的定义，天洛早就在这份盟室之约内替换了燕川。

郜别和元攘乔装成流民，走在洛京城西南郊的镇子内，看着民众忙着置办过逐夏节的食材和衣物，还有摆件和玩物，街头好不热闹。郜别一个凝神，看着镇子中间一个搭建好的擂台，猜到这可能就是沮云和锦葵公主要大办江湖召集会的地方。当然，他们会很自然地掩藏在江湖擂台比武大会之下，为的是广收江湖志士与民间高手。

"到时候我们邀约子笙和太稹他们来比画比画，刚好解解去年太冥门一战的恶气！"元攘依然对当时的失守不服气。

"重点是揭露洛和会劫掠公主们的罪行，不可因小失大，派人盯住这个地方，也再寻寻其余的地方，别有疏漏。"郗别提醒道。

"此事可与沮大人和修将军商议？"元攘问道。

"商议过了，均觉得妥当。下月子幽、格鄂尔坦和宗政星沫三位王子就要来了，典选将近，修学为先，沮洛建议公主们和王子们一起修学，好戏都在后面！"郗别说的正是沮洛的又一个乱四国的法子，这几位王子年轻气盛，公主们又貌美如花，这青春不羁的心性和芳华正盛的容貌相撞，撞出来的全是天洛光复的希望。

沮洛、修辙、龙默三人在牢房里准备了些酒菜。沮洛亲自把牢房的门打开，三人各举着一杯酒，面对何谦和格图。龙默鞠躬行礼道："何谦大人，格图将军，多日牢狱之灾，受苦了！近期琐事，误会颇多，我等天洛同僚，天下院同僚有什么做的不妥之处，还望海涵，我先干一杯！"龙默一饮而尽，修辙也给何谦和格图各端来一杯酒。

修辙拉过何谦的手，恭敬道："何谦大人，格图将军，我也是为了保护二位，才不得已收押。你们也知道那子笙等燕川诸人太过咄咄逼人，不依不饶，天天管我们要人，我要是那时放你俩出去，怎一个惨字了得？"

格图冷笑道："哼！我害怕子笙不成？你们这些天洛人，不必如此道貌岸然，此事来龙去脉，我们看得清楚！"

何谦拉了拉格图的衣角，示意他不可言语太过。修辙佯装附和道："格图将军神勇，自是不怕，但是我们好汉不吃眼前亏，那子笙仗着人多，难道我们还能硬扛吗？如今你二人出狱，我等又成了天下院同僚。来，我一饮而尽，略表诚意！"修辙一饮而尽。

沮洛也端起一碗酒，朗声道："两位大人，我之前曾来狱中探望，言语间，各家利益都已经摆明了，相信二位也是明白。如今出狱，我们摒弃前嫌，再踏前路，来！"沮洛一饮而尽。

何谦心里憋屈，但这几日静观牢顶，鼻吸潮气，心里也想得明白，直言道："好！沮洛、修辙、龙默，你三人演得一场好戏，我言语不得说，肢体不得做，但是思考从未断过。你我既然天下院还续前路，那就来日方长，近日的仇，我记下，来日必报！"

何谦端起一碗酒，一饮而尽，然后大踏步离去。格图抱起一缸酒，一饮而尽，把缸狠狠地摔在了地上，然后随着何谦疾步而去。刺杀鹿辞的闹剧至此才休，却是又一番乱局的开始……

穆安、夕见、宗政公若、婴柳四人围坐在一个郊外的废墟中，点着篝火。夕见凑过来，给穆安已经包扎好的伤口换药。几人身边能听见溪水流淌的声音，他们并没有因为青戎步骑的追击而迷了方向。穆安略显焦虑："我们得尽快离境，到达崇衡，青戎现在境内的军队几乎都在找我们。"

"我担心的就是崇衡会和青戎私下有联络，那对我们来说，也十分不利。"宗政公若分析道。

"这是必然，他们可是盟室，崇衡帮着青戎通缉我们再正常不过了，所以现在去哪儿都危险。"婴柳直言。

"不一定，青戎能扛着燕川的压力娶公主，崇衡也就会效仿，利用公主，在分洛的事上大做文章。"穆安猜测道。

"早知道这样，当初不如留在燕川，起码子幽还算有些心智。"夕见后悔道。

"你别在这里装无辜，一切的一切都是拜你所赐，而且天洛不是正盼着四国闹别扭吗？这么一来，阴差阳错，你的目的达到了。"婴柳厉声责备。

"我还是想去纠集残军，这样才有复国的希望。"夕见坚持道。

"现在青戎和燕川的残军很难被利用起来了，崇衡边境应该是天洛残军最少的地方。依我看，夕见，你需要转变你的目标，想想其他的办法。"穆安劝说道。

"要不你就偷偷回去天洛吧，既然龙默建立了天下院，那么你回去，至少是天洛王族的领袖。"公若建议道。

"这样不妥，龙默口口声声登位与禅让，应该是打定主意从年幼王子中选人，待年稍长后登位，然后禅让王位于四国。你若回去，这一切便加速成型，因为你已经是成年王族了，天洛人周旋四国的余地和时间变得微乎其微。"穆安替夕见打起了算盘。

"穆安，你到底是不是燕川人啊，竟然帮着一个天洛人说话！"婴柳责备道。

"穆安，若你说的是真，燕川何必答应和亲？直接留公主于天洛，岂不是更快登位和禅让。"宗政公若疑惑道。

"问题就是，四国都这么想，但是没人敢出头，怕成为众矢之的，燕川便借着和亲，拉拢天洛王族，想借此加大禅让倾向于自己的可能。"穆安又道。

"所以青戎的格索也这么想？"婴柳问道。

"当然，而且我敢断定，他们还惦记着我们几国边境的大量残军，希望借我之名，再立残军名号。至于继位之事，我天洛旧礼本是不允女眷登位的，所以我也就不在考虑范围之内。"夕见直言。

"也有可能，青戎虽军事之力整体不如南依和燕川，但是骑兵的机动性世间最强，他们若是借着公主全境搜集天洛残军，应该会是四国之内最快的，格索肯定想到了这一点。"穆安推测道。

"难怪格索顶着撕毁盟约的压力也要娶公主。"公若顿悟。

"那我们去了崇衡，那个伯翁王难道不会如此？"婴柳追问。

"我倒是听闻伯翁王是个明君，但是崇衡国小人稀，又有不少航海带来的海外异族，他们的凝聚力也并不强，所以无甚作为。"穆安言道。

"要我看，我们不能下赌注他们的王室会有什么作为，不如我们先去南依国，那里可安全多了。"公若存有私心。

"你不去找你妻子？"穆安反问道。

"我去接她便是，我们南依国会合。"公若直言道。

"不，去南依国必然横穿天洛，我此时若被龙默的人捉去，一样还是送回燕川，我不但残军没找到，还失去了自由身。"夕见拒绝道。

"那我们就直奔崇衡，我继续行密使之能，看看崇衡的王室是否能借我们一用。"穆安几乎是下令的口吻。公若有些敏感："穆安，我一直想问你，你的真实身份到底是什么？"夕见公主和婴柳不自然地看了眼穆安，两人自是知道穆安不同的秘密。

"公若，我选择相信你，也请你相信我。"穆安厉声道。场面一度十分尴尬，良久后，婴柳才插话道："我听说崇衡的西北城镇正在发生严重的瘟疫，连他们的王子和将军都从天下院回朝了，我们是否要绕行？"

"不能绕行，那样路途太远，我们横穿疫区！"夕见摇着头。

"我同意，我妻子就在那里，我得去找她。"公若直言。

"先接近那里，看个究竟，如果太过危险，就我和公若去找人，婴柳和夕见先去崇神城等待。"穆安建议道。

"我可不离开你，你休想就这么甩了我。"婴柳摇着头。

"要走一起走，绝不能分开！"夕见拒绝道。

"好，明早启程！"穆安下令。四人起身，熄了篝火，各自回帐睡去。

夜半风凉，夕见躺在帐内的杂草上，翻了翻身，身体哆嗦了一下，自感寒冷，然后站起身，出了帐，又把篝火点了起来。她望着燃烧的篝火，眼中无神，篝火的火焰带起一些星点，还有木柴噼里啪啦的声音。

穆安坐起身来，看着篝火和篝火旁的夕见，心中不免替她感到心酸，堂堂公主却在这夜黑风高的边陲废墟中过夜。穆安起身走到夕见的身边，给她披上了一件外套，然后坐在她身边。

"世间之事，无异于苦海行舟，总有浪大浪小，船高船低，也像这篝火一样，纵有燃得再旺的时刻，最后也都归于灰烬。"穆安很是感慨。

夕见依然看着篝火的火焰，眼中带着泪光，片刻后才说话："穆安，你爱夕见吗？"很明显，因为感性，夕见变成了苏妲己口吻的问话，但其实苏妲己的魂意并未压制夕见，只是女人的心性在慢慢交融。穆安愣了一下，凝视夕见的眼睛，略有所思，有些犹豫："这个世界，若和平，可能所有人都爱你。但是，事与愿违。"穆安显然也在试探夕见。

夕见眼泪流下来："那另一个世界呢？"穆安有点吃惊，尽量保持自己的淡定，他盯着夕见的眼睛，看出了一些异样。

"你是说死后的世界吗？"穆安开始有意回避一些问题，姜子牙的意识告诉自己，苏妲己似乎离自己不再遥远。夕见抹了抹眼泪道："还会这样痛苦吗？"

"我与死神擦肩了几次，但是还没见过他老人家。你这个问题，我答不上来。"穆安风趣道。夕见破涕为笑："这个世界的你，没那么古板。"

"你认识另一个世界的我吗？"

"认识。"夕见很肯定道。穆安变得更加机警，一直盯着夕见的眼睛。

"另一个世界在哪？在那里，我是一个什么样的人？"穆安的试探开始加深，两人的对话充满意味。夕见的眼神却始终没离开燃烧的篝火："另一个世界在我的梦里，没有战乱，没有硝烟，没有子民的饥饿和痛苦，没有后宫的勾斗和腐朽，没有王族的冰冷和无情。"夕见怕自己暴露太多，开始借此世喻上古，而心里纵使有万般心酸，也不能言语太多。

"有这样看上去和平的乱世吗？"

"那是一片真正的和平，而你，是我认识的一个人而已，一个纯粹的人而已，我们可以没有束缚地交流、对话、玩耍，尽情享受一切。"

"这都成为你的奢求了吗？我们现在也可以这样。"

"现在不行，穆安，你知道自己是谁吗？"夕见这才看向穆安的眼睛。

"当然，我叫穆安，是曾经的燕川军人，现在的密使。"

"那都不是真正的你，穆安，你所能定义的现在的你，都不是真正的你。"夕见很是感伤。

"什么意思？"

"你看不到真正的自己，即便是透过镜子和人性。"

穆安略有所思："夕见，你现在变得太多愁善感了，我知道你的压力，你要自己排解一些，这没人帮得了你。"

"你可以帮我！穆安，帮我返回天洛，我要重建王族！"夕见几乎是在恳求。穆安面无表情，叹了口气："我是燕川人，为何帮你天洛重建王族？"

"你要眼睁睁地看着我的国家灭亡吗？"

"你知道天洛让多少曾经的国家灭亡吗？南依东方的罗曜国，现在还是一片灰烬，满是枯骨和游魂，至今都无人敢踏上去一步！"穆安近乎低吼着。言语中的罗曜国是前朝被天洛宗勋王焚灭的一个岛国，与南依国隔着白鹭海峡，那是一个很久远的灭国故事。如今的罗曜，几无人烟。

"那是因为我们想统一这个世界，一统带来的将是和平，你懂吗？"

"荒唐！你的意思是战争带来和平吗？那你不如说死亡意味永生。"

"不是吗？"

"你们想一统？我燕川不想吗？允许你们一统其余诸国，不许我们一统其余诸国吗？你们天洛不能是被吞并和灭亡的那一个吗？"

"所以你和燕川王族还是一个想法吗？"

"这无可厚非，我先是燕川人，其次才是穆安。"

"那我们此行至此，还有何继续的目的？既然不同路，何必同行？"

"好，我答应路过崇衡后，送你回去天洛，但是前路如何，我不敢断言。"

突然，树林里传来脚步声，穆安机警地转了转眼珠，压低了声音："夕见，有人靠近我们，你先回去睡觉，我去查探。"

"你小心些。"夕见提醒道。

穆安站起身，佯装慢慢走回去睡觉，却突然间撒腿奔着树林里的影子追去。夕见望着穆安的背影良久，却见还是那个逐风少年，不曾有老者的丝毫影子。

次日一早，穆安起身，把熄灭的篝火里的火星打散，夕见睡眼惺忪地走近穆安的身边，低声说道："昨夜是谁偷听？"

"没追上，我担心你和婴柳还有公若有事，追了一小段距离就回来了。"穆安耳语道。

穆安走到还在熟睡的宗政公若身边，拍了拍他："起来了，公若，准备赶路。"宗政公若慢慢起身，揉了揉眼睛。穆安又走到婴柳的身边："婴柳，醒醒了。"婴柳慢慢起身，伸了个懒腰。穆安的目光突然停留在婴柳的鞋上，上面有还没干的一些淤泥，穆安低头看了眼自己鞋上的淤泥，似是溪边所粘。婴柳的身份可疑，穆安也终于有所察觉，只是如今团队不好分散，穆安暂且埋下了这个秘密。

春日未去，夏日未来，人不尊世，瘟神先至。之前龙默和绿衣在后宫所言的病症如今在崇衡西北的叡沁城蔓延开来，一时间人心惶惶，瘟尘游荡。

崇衡国崇神城王族崇祖殿内，伯翁坐在王座上，身边三三两两站着一些大臣和侍卫。伯谕和太稹几乎是十天未歇，驱马而回，替君分忧，二人站在王座的阶梯下躬身行礼。

"现在来看，西北几个城镇都有被感染的危险，若是现在不采取行动，怕是后果难料。"太稹汇报着西北几个镇的疫情，心中满是烦躁。

"父王，您让我领兵前去探个究竟吧，近日青戎和燕川都不太平，咱们西北边境的几个城镇可别出什么岔子。"伯谕焦虑道。

"你怀疑是青戎人所为？"伯翁心思缜密。

"我们不能不有所提防啊。"伯谕回答道。太稹附和："陛下，王子殿下所言有理，我们还是不能急于作判断、诊治、预防、封锁，一样都不能少，但也要去查明瘟疫发生的原因。"

"现在正值春末，我们的医官已经去了几十个了，很难查出具体的病因。症状倒是很像春晨病，但是要严重很多，还有些人有出血和癫疯，实在是蹊跷。"伯翁焦虑道。

"父王，若是春晨病的病症，那并不是多难医治，天洛近日也有此病，只是被及时控制了，不曾太多传染，也不曾与其他病症混合。"伯谕分析道。

"陛下，我这就去清点些骑兵，前去一探究竟。"太稹直言。

"我们的几个副将都已经去了，封锁了那几个城镇，已经控制了子民不得外出和进入，你若去我担心染病，你和王子先去休息，明日召集所有大臣武将，一定要有个决策。"伯翁言道。

伯谕和太稹见伯翁王如此无奈，心里也没底。伯翁王虽是明君，但是性格稳重至极，往往做事犹豫不决，过于沉稳的行事方式也经常错过转瞬即逝的机会，当今疫情蔓延至西北几城镇，若是治理不善，怕是有蔓延全国之危。

这崇衡国土虽小，但是富得流油。此次疫情之所以引起王族重视，便是因为立国以来，民基强富，若是小病小灾，民众使些钱财，都能扛得过去，可这次不一样，一连一月有余，西北几城镇的帮邑院和镇府均在发急文上报朝廷此事，求整治之法，每日宫医、作册、卿士、贞人和镇守等大小官员也是一道道请文汇报疫情并出谋划策，却始终不得一个良方良法，此事在伯翁心里已经成了心病。

安梦文飞过最后一个虫洞时，自己的智能手表已然乱了时间，剩下唯一的功能就是波段的接收和区分。安梦文看着手表上显示的一个深紫色的电波波段，心里盘算着已经离地球和木星基地这么远了，还有哪一种电波不能被自己的手表直接破译呢？当安梦文的手表检测到第十九次射电暴发时，安梦文突然觉得，这不该是一个被发现的星系文明所发，连续的重复波段和信息似乎在传递一种任务或是一种求救。

就超智能时代的人类来说，早已不是存在多种理论解释这些宇宙电波来源的时代，而是有着三种理论确凿地证实电波的来源。第一，便是强磁场的中子星，也可能是多颗中子星合并在了一起，而人类的超智能手表便可以第一时间区分这种中子星电波，显然安梦文碰到的并不是这一种，否则手表会显示出区分度说明。第二，便是以格利泽667星系为核心的人类太空移民区的电波，格利泽667星系是天蝎座的一个三恒星系统，离地球大约22.7光年，电波传至如今安梦文穿越的远阳虫洞几乎不可能，因为时间对不上。第三，便是AI联盟在宇宙各地制造的干扰源，这些干扰源可以最大限度地干扰人类联盟在各大星球上彼此的联系，但是这种可能也被安梦文排除，因为电波在他的手表上出现了译文。

译文似乎是发给一个公主的，只有一个字："逃！"安梦文心里琢磨着，为何他断定这是发给公主的文字，因为这个逃字旁边还有一个象征公主的高跟鞋和王冠的图形，当然这也是破译出来的。安梦文想着若是自己刚才经过的虫洞附近的星球上有类地文明，自己该是知道的，自己从小便主修文明学和社会学，如今星系繁杂，很多外星系文明人类都已经发现了，而大多自己都研究过，自然知道他们的分布，甚至有些还在黑洞暴发前去出访过，自己却从不知这航天飞船飞行的途中有这类文明的出现。但是如今的破译却依然让安梦文有根可查，因为这个文明使用的语言明显在星系的人类语言库中，或者，它本来就是中文。

安梦文注视着电波的变化，也不断给陆秀夫发送远程电波，只是如今没收到任何的回复。安梦文心里茫然，若是这个"逃"字还与陆秀夫有关系，那可就好玩了，自己不仅是去救人的，还得救场，弄不好，还得救下那个星球。安梦文甚至都忘了，自己飞去的是冥王星，在冥王的眼里，一切本就都是冥物，灵魂的深处，便是死亡的深渊。

安梦文研究着电波，但是没注意到虫洞背面一个巨大的阴影，那个阴影似乎在冲着冥王星逼近，大有吞噬一切的趋势，而且那股黑暗之中，明显带着一种不甘和仇恨。

第七章　瘟君

　　当陆秀夫发现冥王星外六光年的一个类地行星的时候，还没有从他托的人那里得到任何一个北土推演世界启动的密码。陆秀夫几乎心灰意冷的同时，看着接收屏中显示为零的波段接收数量，心里一紧，自知整个推演试验田的波段和信息接收系统似乎也被 AI 控制了，但是转念一想，联合国和人类联盟的要员们该是不会傻到把他需要的密码以信息和波段的形式发给他，那样的话，被 AI 破译只是分分钟的事情。转念再一想，该是有人在来的路上吧，毕竟把北土的启动密码以人类口述语言的形式传递出来是最稳妥的事情，说罢他穿上厚厚的外套，来到了试验田的环境测控室，透过巨大的玻璃窗，看着冥王星外该准点飞来的宇宙飞船，但是很不幸，其实来的路上只有一个什么都不知道，只是为了救人的安梦文。

　　那颗距离冥王星六光年的类地行星便是安梦文没注意到的那个巨大阴影，之所以现在才被陆秀夫发现，他自己的推测是那颗行星上的文明太过高级，以至于可以随意地开启和关闭行星周边的隐形罩，这类隐形罩均由超细纳米技术合成，若不是人类如今的航天技术支撑，连那个罩子是什么都不会知道，而根据陆秀夫的推测，现在那个行星愿意被人发现，只说明了一个问题，他们有意接近冥王星上的近邻，但是不知是好意还是恶意。

　　陆秀夫叼着一根烟，凝视着那颗行星，在什么都做不了的日子里，他唯有望着星空，感受时空与银河的魅力，该是也能在他死前给自己一点宽慰和鼓励，至少让他知道，自己是这个银河里的一粒尘埃，虽然有着智慧，但是也恐惧死亡，在虚空的边缘和时间的尽头，他该不会只是一个填充物，至少在走向深渊的同时，他能告诉自己，少年，在宇宙最伟大的文明中，你来过。

　　李勉这才一溜小跑递过来那颗行星的全部资料，陆秀夫仔细地看着这个和地球相似度达到 89%，却大出五倍之多的行星，这几乎颠覆了陆秀夫对于银河系的认识，这个庞然大物的出现，是人类的一大发现么？这个发现难道属于陆秀夫和李勉？

"这不是简单的行星，他本不该出现在这里，我们最早的测绘图显示，他应该出现在镜面星系的边缘，也就是说，他该是银河系某个行星在虚空另一端的对称物！"李勉解释道。

　　估计这是陆秀夫第一次听不懂李勉对于行星出现的解释，他反问道："镜面星系？"

　　"那是 AI 联盟领袖之一克里斯·安迪的学说，叫镜面星系学说。简单比喻就是，银河系有孪生兄弟，另一个时间维度和虚空世界的银河系里，是镜面化的反衬，那里有另一个地球，也就有着另一个冥王星！"李勉用最通俗的语言解释道。

　　按说人类的领袖该是不会不看敌人的学说的，但是陆秀夫是真的没听说过这个他觉得荒谬的学说，或者说，虚空来自银河边缘，但是边缘也是无限大的，说白了，宇宙的边缘就是另一个宇宙，如何会有镜面？时间维度也只会带来平移，而没有对称，但是陆秀夫转念一想，如果眼前这个庞然大物该是虚空另一端的冥王星，那么会不会只是一个类似海市蜃楼的东西，那上面的文明怎么会这么强大呢？还是说镜面带来的只有星系结构的相似，而文明各安天命，兴许有更多比人类强大的文明藏在那个镜面和虚空里。想到这里，陆秀夫继续屏气凝神看着资料上的描述。

　　这颗行星叫作瞿麦星，似乎并非镜面的产物或者虚空奇点的"排泄物"，而是来自一个名为瞿麦星系核心的行星。瞿麦星系因云图像瞿麦而得名，但是并不如瞿麦的花语一样，这个星系并没有人类普遍认知的"永爱"，而目前出现在冥王星附近的景象，确实有可能是海市蜃楼一般的景象，但是这更证明了一点，这个行星或是星系上的文明，强大到了可以在其他星系"投影"的地步。陆秀夫心里一阵凉意，若是黑洞危机、AI 危机之外，还有未知生命体和未知星系的危机，自己等死算了，还挣扎个屁。

　　一位翩翩女子，白衣如瑞雪，长发如松瀑，在雾气弥漫的崇衡边境小城内飘然而过。与这瘟君降临的城市不符的是她脸上的淡然，似乎死神的镰刀已经插入其胸膛，但是却不见其凝魂离开躯体半步。

　　小城的名字叫作叡沁城，是寒岭河畔最小的城市，却因为与青戎相邻，成了自由贸易的必经之路。如今，在瘟疫缠身的时刻，却成了崇衡军队封锁的第一个自贸帮邑，但它也很自然地横亘在穆安等人的必经之路上。

　　街上的行人十分稀少，各家各户都紧闭房门和窗户，似乎瘟君若游尘飘忽在街头巷尾，整个城市渗透着死亡的气息，也略显末日景象。

　　白衣女子继续向前走着，眼神坚毅，不时地咳嗽几声，她看见路边坐着一位奄奄一息的老者，便疾步走过去，坐在老者身边，掏出一服药，帮助老者服用。这一幕随后跃然纸上，直入宫内。

崇衡国崇神城王族崇祖殿内，瘟君未至，生死簿已然高悬，群臣众将人人自危，个个惆怅，不光是担忧这瘟疫，更怕的是动摇这民基和王信，惹出事端。要知道崇衡这地理位置十分地尴尬，西邻青戎，西南邻天洛，南邻被天洛灭国的罗曜，东临恒海，往北有一条幽静的山路直通北土，却无人敢探，如今也被伯翁王封为禁地。这样的一个国土位置，被各方掣肘不说，治理其民间之事很是麻烦，不光是叡沁城，寒岭河河畔均是自由贸易都市，人来人往，各族各家，完全是一个大杂烩，伯氏治理起来轻重缓急均不是，十分头疼。

　　太稷鞠躬行礼，上前一步道："陛下，第一批前去的先锋军已经部署完毕，以叡沁城为中心，向其周围散射，我们都扎起了大营，更多镇口和城邑在包围中。下一步，建议扩大包围的范围，因为寒岭河河畔城邑均有疫情，这是今早帮邑院传来的文书。"一个宫执把太稷手里的文书递给了伯翁王。

　　伯翁看着疫区的手绘图，心中略感凉意，随后又接过文书，看得仔细，不停叹气，自知疫情不仅没有在叡沁城被扼杀，反而波及了周边的城邑，人流往来也没能及时控制住。

　　"比我想的还要快，那就尽快扩大包围圈，不可有一个城镇内的人出来，除了医官，也不可有一个人进去！"伯翁对疫情的扩散之快感觉很意外。

　　"父王，我们第一批去分发药物的医官是否先接回来？他们需要更多的药物。"伯谕建议道。

　　"你疯了呀？药不够，那就给他们送到镇口城外，不要让他们出来，你想他们传染得满崇衡都是春晨病吗？"伯翁感觉儿子的话很荒谬。

　　"父王，这有点不近人情啊，他们可是医官，我们不能放弃啊。"伯谕直言。

　　"正因为他们是医官，才应该为王族分忧，我前几日送他们进去，也就没打算再让他们出来。"伯翁王虽是明君，但是他在位这些年间，何时遇到过这种事，他的担忧也不无道理，如今只能用最小的代价，换取最大的利益。

　　"陛下，这瘟疫可是比春晨病厉害百倍的，若是送进去的医官我们不再理会，之后怕是没人敢再进去啊！"太稷斗胆道。

　　"最后再不行，就我亲自进去，看看有没有人敢跟着我，只要能保了崇衡其他的子民平安渡过这次瘟疫，我做什么都可以。君不与民同，何来永安崇？"最后这句话是伯翁训斥大臣们常说的一句话，但是他倒是很少训斥太稷。

　　"陛下，我请求从军队中再调去两千弓箭手，分部驻扎几个镇子周围，若有外逃者，也好远端牵制，避免近前接触。"太稷建议道。

　　"也好，你若想扩大包围，尽早为之，避免再生祸乱。其他崇衡的城池，也安抚下子民，避免因为疫情致使民心动摇。"

"是，陛下！"

"好了，大家各行其是，一定通力合作，共渡难关。"

话说伯翁王、伯谕和太積三人是当真为了瘟疫之事着了不少急，更有天洛天下院里的琐事放不下。这崇衡国不大，王族为了博得哪怕一点当头小利，操碎了心。几人回到崇祖殿侧殿，伯翁一屁股坐在椅子上，伯谕和太積站在一旁，十分焦急。三人又商议起来。

"陛下，王子殿下，我今晚就去镇外大营督战，二位一定要放心，此乃危急时刻，我定尽力而为，你们也须放宽心些。"太積不断为王室宽心。

"父王，我们不能除了派军围镇什么都不做啊，再不行，加派一些医官、军人，入镇前去诊治，不能放弃城镇里的子民啊！"伯谕继续道。

"我何时说过放弃他们？此时先要弄明白疫情暴发的原因，若是贸然送人进去，岂不是白白搭进去几条命吗？"伯翁又道。

"父王，我恳请和太積将军同去叡沁城外扎营，坚守城口，彻查疫情缘由，想办法治理！"

"太積，你去命军队速速作准备，明日一早，我们同去。既然子民如此受苦，我们与他们近一些，也是一种慰藉。"伯翁改了主意，还是决定亲自动身。

"好！父王，正好让孩儿我也放手干一次！"伯谕跃跃欲试。

"又来了，这又不是领兵去打仗，这瘟疫可比战事更无情。"伯翁叹道。

"那怎么会？这瘟疫还能比天洛的铁骑更可怕？"伯谕反问。

"说到天洛，那天下院你们可安排妥善？"伯翁似乎想起什么，追问道。

"陛下，扶季大人和一众谋士都留在那边继续参与天下院的议事，不会有所耽搁。"太積答道。伯翁面色依然有些焦虑："燕川和青戎现在如何？"

"暗流汹涌，纠葛不断，这盟室怕是在飘摇了。"太積说得还算客气，"陛下，瘟疫过后，我们须继续抢占天下院的高位，否则扶季大人也独木难支，如果治权只能如此旁落他国，那我们分洛的前景就太被动了。"太積直言道。

"是啊，父王，我们的谋士们一个个兢兢业业，但不是太过软弱保守，就是为人处事直来直往，容易伤及同僚的关系，想我崇衡百年大族，如今除了年轻的扶季大人，竟然没一个治国大才啊。"伯谕不禁有些忧虑。

伯翁深深叹了口气："那天洛老臣乔元靖曾经游学四方，倒是也为我崇衡大族教出了些可用之才，扶氏也曾受此恩惠，只是这些人眼难及平民，思难融王权，脚难踏黄土，手难触桑麻，用起来实在是太过飘忽，年轻一些的臣子又大多浑浑噩噩，如你一般，心不稳，情更躁，扶季却是唯一的少年天才，只是年龄太小。哎！我小国之忧，外人难懂啊。"

"陛下，这也就是我和王子担心的，若是天下院内，我们一直这样下去，怕是禅让与我们也就渐行渐远了。"太积似乎和伯翁一样，不太信任扶季的处世。实际上，扶季如今的所做，虽说也只能附和梅央大人，但是已然很不错了。

"上次宗政蕊拉拢你之后，可见南依国的后计？"伯翁追问道。

"他们见燕戎两国如此勾斗，还能有什么后计，继续煽风点火呗。我们与洛北，洛东和大部分南依人本就同是洛族人，我想这南依国其实也没多想，就是把我们当作自己人了，否则那宗政蕊不会那么直接来与我说盟中盟之事的。"伯谕难懂其实"鹿辞案"也是南依人引出来的，只不过被修辙和沮洛利用了而已，梅央最后对于天洛人的包庇正说明了他们的盟中盟在不断扩大。

"陛下，我看这盟中盟确是个妙计，燕川如果被孤立出盟室，那他们分洛、禅让都机会渺茫了，若是实在气不过领兵再攻天洛，那他们可就是下一个天洛，子秋可就是下一个加济了。"太积直言道。

"南依不傻，他们久居洛水以南，有天险庇护，燕戎洛三国连在一起的边陲之线他们不会视而不见，如今他们必会把天洛一起放进旋涡里，只求他们自己能待在船上。"伯翁分析道。

"那最后他们必然把我们一起扔进去。"伯谕推测道。

"船近旋浪，安能得生？"伯翁话中有话。

"陛下可有了详细的计划？"太积又问。

"明日行军路上细说，你二人今夜分头准备。"伯翁下令，伯谕和太积异口同声道："是！"

这叡沁城和周边的镇子被围，不管是患病的、没患病的、流民、城民、郊民、商民个个吓得魂飞魄散，生怕围城的军队做出点什么出格的事情，他们找寻各种办法四散逃窜，有的上了山，有的入了林，还有的投靠城郊的亲戚，更甚者冒死去了青戎边陲，跨过寒岭河奔西而逃。而这个"大好"的瘟疫时期，山匪和盗贼怎么能错过抢劫的机会，他们在寒岭河河畔及多个镇口烧杀抢掠，民众们是苦不堪言，逃出瘟疫之口，又入盗匪之爪，这乱世之间，战事刚息，天灾人祸又起，当真是够世间众生受罪的。而这罪魁祸首，不是天洛，也不是瘟君，却是人类自己。

太积安排的先锋军当先到达叡沁城周边，这才镇压了一些为非作歹的匪寇，对于去了山林和郊外的流民也就睁一只眼闭一只眼了。他们迅速布置围城的防御工事，瞬间就构建了月牙形的包围圈，重点围住了叡沁城的东南方向。言外之意，所有的流民愿意往青戎那边跑，那就不归崇衡军人管了。为此青戎的格索王也确实发了一肚子火，他们的轻骑兵因此在东境线拉了长长的一道警戒，怕的就是流民的侵入，其实更怕的是两国边境上那些东戎教的教徒借着此事闹点动静。

不少热血不怕事儿的流民在叡沁城外的先锋军队大营周边游行，吵闹，叫喊，要进瘟疫泛滥的几个城镇内寻亲。

不少流民跪在地上，哭天抢地，好不悲壮。还有不少流民试图突围，被先锋军一次次拦阻，却也只敢拦下安抚，不敢滥杀无辜，但久而久之，军队也渐渐失了耐性。

一个外逃的流民拉着自己的孩子从瘟疫泛滥的叡沁城内向东郊外跑，先锋军见状，起了杀心，两支箭矢飞来，眼看孩子要被击中，一个黑色身影闪出，抽刀断箭，先锋军军首赶紧挥手示意弓箭手别再射击，大喊道："何人擅闯军阵？"

"若是有种，别杀手无寸铁的子民！"说罢，黑衣人闪身而去。

军首挥手示意步旅把刚才的流民和孩子送去郊外的医官所，不得再射杀，几个弓箭手刚要追那黑衣人，却被军首叫了回来："太将军有令，只围城，不得有误！再有流民外逃，射住阵脚，不得取了性命！"军队阵形未乱，也没再理会黑衣人的事。

黑衣人趁夜色将至，方才窜入寒岭河流经的林子里。她靠在一棵树下，摘了黑色面罩，歇了歇脚，趁着微弱的光，能看见此人疲倦的脸庞，不是别人，正是龙默手下星渚会的杀手黄婵。她奉命来寒岭河畔打探消息，却是遇到了太稷的先锋军围城，自己似乎也一时失去了第一时间重回洛京的机会。她稍歇片刻，从怀里掏出一大包药剂，看着流经身边的寒岭河，自知投这些解药，还得找一找寒岭河的上游，于是便沿着寒岭河流径逆向而去。

话说这龙默让黄婵来投解药，可不是善心大发这么简单，黄婵一个纯正的洛族人，怎会知道这寒岭河的源头并不在崇衡国境内，而是在青戎东北的草原上，她如今这般寻觅源头，得寻到何时去？黄婵顺着河道走了许久，便觉得不该如此愚钝地寻觅上游，本是要折回附近的村子问一问，却见又一个黑衣人在河边鬼鬼祟祟，似是也在往河里撒着些许白色的粉末。黄婵躲在树后，一阵微风吹来，黄婵闻见一股草原热岩草的味道，此草曾在洛京听绿衣说起过，是一种加重体热的毒草，食用多了甚至会令人产生幻觉。黄婵当即觉得此人不对劲，若是有人毒害流民，那还了得。黄婵思绪未定，抽刀便向黑衣人袭来，黑衣人吓了一跳，抽剑便挡，两人一来二去，都没能近身。

那黑衣人见自己行为败露，起了杀心，剑剑奔着黄婵要害而去。黄婵毕竟是杀手出身，动作敏捷，她身体不停后撤，躲得轻巧，两人来回招数渐多，黄婵才看出来此人是个军人，所有的步伐杀招均是刚猛有力，却灵巧不足。黄婵看准下三路，挺刀上前，仰身一翻，刀刃上划，那黑衣人被黄婵挑开了胸襟衣衫，黄婵大惊失色，那衣衫里便是太稷先锋军的战服。黄婵当先道："崇衡先锋军？在此下毒？来者何人？"那人如何还有工夫搭话，看清了他的面目，还有机会活？又是疯狂的几剑刺向黄婵。黄婵躲闪不及，胸口解药的包裹被刺穿，一些粉末喷洒出来，那人一闻便知是解药，哼笑道："原来是来放解药的，想必不是崇衡人也不是青戎人，不然怎会于此处下药？这寒岭河七段寒冻，三段急流，放错了位置，可一点效果都没有。"黄婵一听，便知对方最是了解河流的情况，为今之计，只有擒了他，才能问出下药的地点，两人又交手几个回合，那黑衣人见势不妙，急攻了几个回合，被黄婵看出了破绽，一刀将怀里的热岩草药剂包砍翻。那黑衣人也不留恋，探步要去，黄婵背后一击，正中黑衣人肩颈，一个硕大的淌着血的口子印在黑衣人脖颈间，他忍着痛，疾步而去。黄婵定了定神，再看自己怀中的解药，也是所剩无几，不得已，顺河而下，决定先回洛京通报龙默崇衡人下毒的消息。

扶季几次三番借着崇衡军巡职后宫，偷偷来找锦葵公主，都不见人，心中焦虑。是夜回到崇衡军界，在大帐内徘徊几步，心中想着若锦葵公主不在了，谁人可配合自己行北土之计，正思间，一个身影撞进大帐，扶季定睛一看，正是裹在兜帽大氅内的锦葵公主。锦葵气喘吁吁，却是娇眉乱颤，巧颜微醺，似有心事，扶季赶紧让座公主，机警地探头帐外，吩咐侍卫不得有人靠近此帐。"公主这是去哪了？我找了几日不见踪影，你是怎么来此处的？太过危险了！"扶季语急声低。

"你上次给我的暗号，我进了崇衡军界，有军首拦我，我便说了，他们便让我来此见你，果然灵验！我被郗别和元攘他们安置在了洛京西南郊的大宅，近日借天洛公主之身，与洛和会打得火热，他们要在这几日在西南郊设江湖擂台，明是招贤纳士，尽收江湖志士与高手，暗是要我以公主名号，领江湖群雄，再议起义大事。我们西南郊距离太冥门直线虽远，但是一路并无阻碍，若是起义，我们可领洛和会直杀燕川军界腹地，到时候即便失败，一方是天洛的洛和会，一方是燕川的燕东军，谁死谁活，对我们都有利！"锦葵公主一番筹谋，听得扶季一时茫然，不知此计对北土和崇衡是好是坏。

"公主，不可着急，前日朝会，沮洛和龙默皆说起过此擂台，伴着逐夏节将至，民间活动此起彼伏，这擂台本是可掩人耳目，但是龙默和沮洛邀请了四国将臣前去看个热闹，也好放松放松，我担心这其中有变数！"扶季虽不知沮洛和龙默葫芦里卖的什么药，但是当真对这两人心里没底。

"他们去了最好，我让洛和会尽屠天下院，则南土大乱，岂不是我北土福音？"锦葵公主思忖道。

"不可！不可！公主细想，你等四位前朝凤主，不声不响地就被人劫持回了天洛，而后安排你们秘密起居的又是郗别和元攘等人，不用猜，必是天洛人所为，虽不知龙默或者沮洛为何答应和亲，又劫你们回来，但是可以肯定的是，他们不想四国之人知道是他们所为。如今你借洛和会聚集势力，行我等北土之计，龙默、沮洛和郗别三人可都是有傲世之智的鬼才，必然借此大做文章，弄不好，我们前脚打了擂台，他们后脚就捉洛和会和你现身，然后言辞劫持你们归国的乃是洛和会之人，这样一来，你们名正言顺又归了朝！"扶季几乎洞悉了都别的完整计策。

"那又如何？我们不等他们行计，要不拿下天下院，要不直攻燕东军，看他们还有什么计策应对。"锦葵公主似他的父亲加济王，一贯鹰派作风。扶季听着公主的计划，在帐内不断地徘徊，心里思忖着若是真捉了天下院，这天下会是什么走势，毕竟如今北土还未有定论。

"公主最近可曾收到北土十四京的消息？"扶季问道。

"有一阵子没收到消息了，几日前于城郊得白梗国细作传话，说是北土有变，不知细节！"锦葵公主说着，心中忐忑不安。

扶季听罢也是心头一紧，二人本是来自北土十四京行乱南土之职的人，如今数月不得家国之信不说，竟然还听到家国有变的消息，心中不悦。要知道，青戎虽比邻北土，但是大片的戈壁断绝着一切的往来，大军徘徊于如此戈壁是近乎与死神擦肩的行为，而崇衡的东北山路已被伯翁王禁封很久了，也无人再从那里南下。南依西方的白梗和荷堂两个小国，虽是北土诸国王室的南迁，但是早已南化，虽能靠着不知道什么手法得到北土的消息，但是真假难辨。扶季盘算着白梗的消息，自是认为非真，但是若家国安然，何来如此谣言呢？

"公主殿下，逐夏节这江湖擂台，若捉天下院，你便带着洛和会与江湖志士们喊起声势，不杀天下院之人，发配北土戈壁，我自然带着他们去到北土看个究竟，手握这几国栋梁之材，我不信四国敢舍命夺人！四国没了他们，实力折损不说，我十四京也是手握质众，可搅弄天下！"扶季当真是艺高人胆大，他此计把自己也算在人质之中，行的便是瞒天过海之计，锦葵公主却大惊道："发配？你也佯装被发配回去？"

"若不施此计，我们握不住天下院，也不知家乡情形，即便杀光天下院之人又如何？我十四京何时发兵南下，我们皆不知啊！如何配合？"扶季心中也在盘算其他的可能，但是为今之计，似乎只有活捉天下院包括自己在内的十多个人，作为人质，一起发配才是正途。正好伯谕和太稷也不在，刚好让自己南土"家园"躲这一时。锦葵公主听着扶季的言语，不停点着头，似乎二人也觉得此计并非最妥，但暂时别无他法。

艳阳高照，照不清这瘟君盘旋的叡沁城及周边的人心。先锋军围城数日，流民四散，死伤皆有，民众怨声载道，匪寇不亦乐乎，黄泉路人满为患，小阎王忙忙碌碌。

伯翁和伯谕分别坐在两个华丽的马车上，奔着叡沁城外的大营而去，后面密密麻麻跟着很多后宫之人，侍卫、步军、大臣和副将比比皆是。太稷驱马行在马车的前面，身旁跟着一众骑兵，一个人旗上写着"崇"字。

太稷的弟弟太辽身形伟阔，面色如玉，也是银枪白马的帅气先锋官，他跟在哥哥的身后，不时整理一下戴在肩颈处的绷带，他把绷带往战甲里藏了藏，似乎那个地方有一道不为人知的伤疤，而伤疤下面是更不为人知的秘密。

一众流民跪拜在地，堵在了太稷的行军前。探马回报："将军，前面有一些流民，挡住了去路！"整个车队停下，太稷向前望了望："多少流民？哪来的？"

"几十人，是周边镇子的，都嚷着要进去叡沁城探亲！"

"先不要驱赶，我去禀报陛下。"

"是！"探马跑开。太稷跳下马，跑到了伯翁的马车旁。伯翁的头探出马车，向前张望，见太稷跑了过来，便问道："前方何事？"

"陛下，有些流民，他们都是周边镇口的，希望进去咱们围了的几个瘟疫城镇探望亲人。想必是被军队所拒，不得已来此堵截王族的车驾。"太稷答道。

伯翁叹了口气，慢慢走下车："我去看看！"

太稷有些紧张："陛下，不知是否是真的流民，这里近青戎的边境，也是东戎教地和自贸镇区，还是小心为上。"伯谕从另一侧跑了过来："父王，怎么了？"

伯翁四周张望："有些流民，我去安抚安抚，不打紧，有青戎的人我也不怕！走！"

伯翁、太稷和伯谕奔着流民的人群而去，一排崇衡骑兵堵着流民，流民们跪成几排，不停地叩首，人潮中，有几个面露横肉之人抬起头看着伯翁，眼神狠厉而诡异。

"求求你们，我们的孩子在里面啊，他们只是进去镇子取东西啊，你们这都不放出来吗？"

不停地有人哭泣和叫喊："你们这是残害自己的百姓！你们这些军人不得好死！"

太稷挥了挥手，一排骑兵散开。伯翁和伯谕走到流民的面前，太稷凑到伯翁的耳边，低声道："陛下，小心些！"太辽下了马，手持长矛，站在伯谕身侧，佯装帮助，却是给了那几个横肉之人几个眼神，不用说，这帮人身份不浅。

伯翁扫了眼众人，朗声道："各位子民，我是伯翁，崇衡君王，今日我前来这几个受瘟疫侵扰的城镇，就是为了亲自来领军治理，请你们相信王族，我们不会就此放弃一位子民，我们这么做也是为了更多的崇衡子民着想。瘟疫不是一朝一夕可以根治的，我们此时必须控制子民的流向，防止疫情的扩散，请大家理解。"

几个满脸横肉的流民站起身来，拿出身上携带的酒袋，递给了伯翁，太辽看得仔细，不动声色。一个很魁梧的流民靠近伯翁道："陛下，我们虽是流民，身份与您天差地别，但是我们也有一颗誓死抵抗那瘟疫的心！我们虽然是寒岭镇的镇民，不曾进得那叡沁城，但是那周边几个城镇里都是我们的兄弟姐妹，我们不能见死不救，您来此救我们，我们愿夹道相迎，若是瘟疫躲得过去，我们就去参军，誓死保卫崇衡王族！来！我先饮！"流民把酒袋里的酒饮去一半，然后又递给伯翁，言道："陛下若不嫌弃，我们同饮一袋酒，便是一条心！"

伯翁看着流民递过来的酒，犹豫了片刻，刚要往前走。太辽向前迈了一步，盯着流民的眼睛道："这位老乡，陛下近来身体有恙，不宜饮酒，我代饮如何？"

流民面露不悦："将军，此乃我敬给王族的酒，你代饮不合适吧？"

"有何不妥？进献王室之物，我等须尽查！"太积厉声道。伯谕上前一步："那我来如何呢？这位老乡？敢问这是什么酒？"

"这是寒岭镇自酿的冰苔酒，用的就是几个小镇周围的寒岭河河水，十分甘甜，我们镇子里的酒一般不外传，只有亲人来了，我们才敬上。"那流民说得亲切。伯翁摆摆手："好了，我来饮便是！"

"父王！还是我来吧！"

太积也上前一步："陛下，我来吧！"

"既然是子民献酒，我怎可推脱？自古没这个道理，君不尝民之疾苦，如何称君，将不体兵士哀乐，如何称将？"伯翁振振有词。

伯翁接过酒，一饮而尽。太辽看在眼里，似笑非笑，冲着那献酒流民挤了挤眼睛，流民眼睛快眨了三下，又慢眨了两下，此乃东戎教特有的暗号，意思便是三个计划，已完成其二。

太辽便是那东戎教教徒，前日于寒岭河畔下毒热岩草的便是他。黄婵与他功夫路数不一，因为太辽从小便是军中长大，但是也并非哥哥太积所教，他早前是崇衡王室送予青戎王室的精壮武夫，太辽一半童年便在草原长大，只是长大后，成盟前，青戎为表达诚意，让太辽带了些草原壮士回赠崇衡。伯翁也很是欣赏这些武士，便收入自己的十九贤宗门客中，太辽也重回哥哥手下任先锋官，但至于太辽在青戎曾经学的什么，什么时候入的东戎这类邪教，那要问他在教会的上司了。至于太辽吩咐给教徒的任务，便是下毒和献酒，其二已经完成，第三个任务也就不远了。

"好酒！甘甜！乡亲们，且让我一让，半月之内，我必解此难，若不能成行，我愿第一个进去城镇内，替镇民拂袖疗伤！"伯翁说得诚恳。

流民眼中含泪，跪在地上，齐声道："陛下圣明！"一众流民这才让到了道路的两旁。伯翁、伯谕、太积等人奔着叡沁城而去。

伯翁等人刚到叡沁城东的军营大帐内，就开始翻看几个城镇的线报，伯谕来回踱步，太积和太辽站在一旁，不动声色。

"父王，你知道那流民来处吗？这里距离青戎那么近，万一那酒里有毒可怎么办啊？"

"王子殿下，陛下也是无奈，崇衡自古之理如此，子民献酒，君王如何不受？"太积解释道。

"我喝下此酒，还有另一个原因。你们没听那个流民说的吗，这是寒岭镇的冰苔酒，他们自己酿造的，用的就是寒岭河的河水，你们听出些什么了吗？"伯谕，太稹和太辽互相看了一眼，满脸疑惑。

"父王，难道这酒是瘟疫的源头？"

"酒怎么可能是瘟疫的源头，酒自古用来饮用，也作医药，可防疾病，这寒岭镇距离叡沁城不过一个山腰的距离，却好端端的不曾有人患病，这是为何呢？"伯翁王问道。

太辽立即反应道："这冰苔酒可治疗瘟疫？"

"我猜测如此，若不能治，也可抵御！"伯翁似乎看见了希望。

"我这就派人去寒岭镇安排人多酿此酒，在军中备用。"伯谕着急道。

"太稹、太辽，你们去几个镇子周围查探，若是其他地方查出有人患病，及时扩大围地……"伯翁话未毕突然面色铁青，捂着肚子。伯谕、太稹和太辽三人大惊，赶紧过来搀扶。

"父王，你怎么了？"

"陛下！陛下！"

"那酒有问题……"伯翁腹中一阵拧痛。

"将军，速去抓那几个流民，此乃毒酒！"伯谕赶紧吩咐道。

"我去便是，殿下照顾好陛下！"太辽话毕闪身而去。

"快！传医官！"太稹急得大叫。伯翁王不等医官前来，已是疼得龇牙咧嘴起来。太辽才出军帐，这笑容就爬上了脸颊，东戎教的教徒，果然一个个均是胆大狂妄之徒。

穆安、婴柳、夕见和宗政公若走近一个雾气蒙蒙的城口，望见城门上悬挂的城匾，三个大字"叡沁城"，不少流民四散向西逃难，四人面面相觑，不知所措。穆安猛然间拉住一个流民问道："这位老乡，请问你们这是为何啊？"

"崇衡先锋军围城了，还在扩大围区，快跑吧，要不围在这城内，不染病死，也难逃拘役啊！"

"这么严重？"

"可不是，听说陛下和王子都在城东扎营了，弓箭手围城，还能有假！哎，我们五国混战侥幸没死，却差点死于这瘟疫啊。"流民说罢转身便跑。宗政公若略有所思："你们还是在这里等我吧，待我进城去接我妻子，再回来找你们。"

"我陪公若进去，夕见、婴柳，你们两个在这里等我们。"穆安显然不想女士们以身犯险。

"不行！这样更危险，万一你们患病，连个照看的人都没有。"婴柳固执道。

"一起进去就是一起患病，一起赴死，婴柳，听话！"穆安劝道。

"我们还是一起进去吧，我随身带着些宫里的药，我们先吃点，作些预防，四个人都患病的可能总会低些。"夕见直言。

"那可是传染性极强的重病，我还是担心……"公若有些犹豫。婴柳拉着穆安的衣角："别说那么多了，走吧，一会儿关了城门，我们就进不去了。"

"那也行，撕开衣角，护住口鼻，我们准备进城。"穆安无奈道。

四个人撕下衣角，遮住口鼻。宗政公若灵机一动："刚才那个老乡说的是不是横穿这个城就到了伯翁的大营？"穆安向前指了指："刚才看路标，应该是，既然伯翁和伯谕都来此扎营，那么穿过去是最快找到他们的方法。"

"等等，他们会不会因为我们来自疫区而不见呢？"夕见很顾虑。

"先找到公若的妻子，然后我有办法，让伯翁不得不见我们，走！"穆安言毕，四个人奔着城里疾步而去。

叡沁城里如今不说满目疮痍，也是冷清至绝。街道上人丁稀少，不少散落的蔬果小吃、推车竹筐等遍布在街道两旁，都没人拾取，几家街道沿途的当铺和钱庄开着门，匾额和门框东倒西歪，显然都被洗劫一空了。穆安心里嘀咕，这城被先锋军围了，为何满地粮食不抢，尽是抢夺钱两的，抢完钱两还不是得买粮食。除非，抢夺钱庄和当铺的，并非城内子民。

穆安、夕见、婴柳和宗政公若在路上走着，路边零星有一些瘫坐在地上的人们，有些屋院内传来哭声。"公若，你还记得把自己妻子安顿在哪里吗？"穆安突然问道。

宗政公若显然眼神有些闪躲："就在城南的一个小院内。"

穆安吩咐道："走，我们直奔那里，然后去城郊，尽量避免在城内多停留。"几人快步向前转入城南。走不多久便看见一个埋藏在烟雾中的小院。城南的烟雾显得比城西要大些，显然，太积的先锋军在城墙上由外而内，由上而下播撒了药雾。

宗政公若撞破小院的栅栏门，冲进去，四处看了看，大喊道："瑶缮！瑶缮！"公若显得很急切，其实不过是想在碰到妻子的时候当先言语。穆安、婴柳和夕见四处查看，几个人又冲进屋子，里面空无一人，宗政公若四处疯狂地寻觅，继续大喊："瑶缮！瑶缮！你在哪？"

穆安在墙角发现一个军用的短刀和弓箭箭矢，略有所思，朗声道："会不会出去寻药了？"宗政公若面色凝重："我估计凶多吉少了。"婴柳插话："我们来时的路上几个药铺都已经关了啊。"夕见有些焦急："她平时会去哪里？"

宗政公若眉头紧锁，也不答话，奔着郊外而去。一连几个时辰，众人寻觅瑶缮累得已然没了精神，却依然四处大喊："瑶缮！瑶缮！你在哪？"那个白衣女子却始终没有出现。

夕见指着远处："快看，那边有崇衡的战旗！"

四人望着郊外寒岭河的另一畔，几面崇衡的战旗在随风摇摆。原来，四人虽未从城东门直接出来，却阴差阳错从城郊绕到了寒岭河河畔，而河东岸自然也是崇衡先锋军的包围圈。

穆安眉头紧锁："坏了，这是崇衡军队围区的边缘了，我们的喊声，很可能被他们误以为是要逃出城的流民，这会引来军队攻击的。"宗政公若焦虑道："崇衡会这么狠毒？射杀百姓？"

"不好，弓箭手列队了。"穆安指着河对岸，河面有共鸣泛起的涟漪。"快，找掩体！"穆安喊道。四个人奔着一块巨大的石头跑去，躲在了石头的背面。一阵箭雨袭来，箭矢噼里啪啦地打在地面和石头上。婴柳刚要站起来，被穆安一把拉回怀里。婴柳偎在穆安的怀里，小鸟依人，还面露娇羞。夕见看着穆安和婴柳，表情十分尴尬，这醋意蔓延得比瘟疫还要快。又是一阵箭雨袭来，然后是弓箭手退去的脚步声。众人听得清晰，因为崇衡的羽箭不似青戎的羽箭，他们的箭羽大而厚实，用的是恒海泰宁湾水鸟的羽毛，箭在空中飞行，声音要大很多。而南土最好的弓箭自然来自南依，他们的羽箭均是宫廷贵品，这就是为什么穆安从一开始就怀疑公若身份，因为他用的弓箭均是世间少有的上乘佳品。

穆安探了探头："他们走了。"宗政公若指着河水："穆安，你看那河水！"穆安从石头边缘探出头去，看着河水的表面。河水里泛起了一些青烟，有些箭矢歪七扭八地飘地河水上。

婴柳更加疑惑："河水有问题？"夕见直言："这么多烟？箭头有毒吗？"穆安思忖道："不会，太积和伯翁都是宅心仁厚之人，他们弓箭封城，只是为了让百姓暂时别出城，不会在弓箭箭头涂毒的，必是河水有问题。"宗政公若提醒道："会和瘟疫有关？"

"现在是傍晚，我们先回去你妻子的院子暂歇，等深夜再回来，查探这河水的情况。"穆安吩咐道。四人躲了个箭雨，便又折回了城内。

夜色渐浓，穆安、夕见、婴柳和宗政公若四人不动声色，慢慢又溜回到河水边，他们趴在河畔，穆安冲着夕见做了一个手势。夕见抽出头上的发簪，沾了沾河水，然后把发簪放回了自己的口袋里。宗政公若半蹲起来，弯弓搭箭，环视四周，以备不测。婴柳抽出腰间的缠腰，用河水浸湿，然后放入了自己的一个口袋内。穆安用手挖了些河畔潮湿的泥土，也放入了口袋里。几人这是在采样准备调查水质，他们的动作像极了当年游学洛水的乔公和龙默，两人经常研究洛水为什么是紫色的，后来的结论就是蔚蓝渗紫的天空的映射，但是明明在众人的心中，河水和天空该都是蓝色的样子。

几个人起身，刚要离去，远处的丛林内蹿出几个黑衣人，他们弯弓搭箭，开始向四人射击。宗政公若的箭哪能比他们慢，只见他三支箭戳在自己的手缝间，早已搭在弦上，只听弓弦嘣的一声，那边的黑衣人已经倒了一半。

穆安站起身，压低声音说："又是崇衡人，快！回城！"宗政公若环视："先趴下别动，他们好像不是崇衡军队！"宗政公若边说着，边不断搭箭回击。

穆安、夕见、婴柳三人趴在原地没动，几个黑衣人被宗政公若的快箭封在丛林内。突然，丛林的深处杀出几个镇民，瑶缮领头，开始袭击黑衣人身后。黑衣人见势不妙，迅速撤退。宗政公若赶紧招手："穆安！快！撤！"

穆安、夕见、婴柳和宗政公若四人奔着城里跑去。瑶缮带着村民，也奔着同向而去。崇衡的军队在河对岸听见声响，又一阵箭雨袭来。

众人冲进城去，一起躲在了一堆废弃的房舍后。穆安点起火把，瑶缮也点起火把。宗政公若这才看清楚瑶缮的脸庞，喜出望外，喊道："瑶缮！"

瑶缮愣了一下，刚要开口，被宗政公若一把搂在怀里并抢过话头，温柔道："夫人，我找你找得辛苦啊，我以为你已经出城！你病可好？"公若这几句话说在瑶缮的心里，瑶缮也便知道公若在用自己的身份打掩护。她眼珠子一转，面带羞涩，随后略有所思。瑶缮瞟了眼宗政公若身边的陌生脸庞，回过神来道："公若，你可回来了，你知不知道现在城里都变成什么了！"

"你受苦了，瑶缮！"

"这些是你的朋友吗？"

"先回去院子，我们细说，也正有要事问你。"众人来不及多寒暄，奔着院子而去。

夜深人静，一天的折腾弄得众人疲惫不堪，却还要研究破城解疫的对策。穆安、夕见、婴柳、宗政公若和瑶缮五人围坐在一起，村民三三两两坐在四周，屋内燃着些柴火，上面架着一锅热汤。瑶缮不断扔些药材进汤里，轻声言道："我们会不时地去郊外的山上采集些木番草和夜点蓝，熬些汤喝，也算是简单预防下，既然逃不出去，我们只能靠自己。"

穆安把刚才收集的潮湿的泥土放在一个碗里，然后言道："瑶缮，你之前和公若分开就一直待在村子里吗？"瑶缮和宗政公若互看了一眼，穆安仔细地看着两人的表情，心中生疑。

瑶缮点头道："是的，大约一个月前瘟疫就暴发了，我没来得及出去，就被军队围在了这里。"

婴柳把湿漉漉的缠腰里的河水挤到了一个碗里，然后放进去一支金属的配饰："崇衡没有采取其他的措施吗？"

瑶缮又摇头道："瘟疫来得突然，我想，伯翁他必是也不敢贸然治理，还是稳妥起见，围了这几个城镇，只是派了些医官和侍卫进来镇子发药，但是眼下来看，这些药物并没有什么作用。"

夕见把自己的发簪也放在一个碗里，边观察边言道："这个伯翁也是憨直、愚蠢，瘟疫暴发至今，却除了围城，没半点办法。"

穆安话头又抛给瑶缮："瑶缮，你知道刚才袭击我们的是什么人吗？"

瑶缮一直在摇头，语调有些柔软："不知道，我们每次进山采药，都会受到袭击，但是每次我们只要稍加抵抗，他们就会撤走，从不恋战。他们中间似乎有青戎人，因为能听出一些青戎的口音，所以让人感觉奇怪的就是，竟然有戎崇联合的山匪或盗寇阻止我们对抗瘟疫。"

"戎崇联合？青戎人来阻止镇民采药？他们想让瘟疫在崇衡肆虐吗？"公若陷入疑惑。

"事情没那么简单，若真是有青戎人在其中，他们会想不到这里的位置吗？这里距离青戎的国境如此近，瘟疫会很轻易传到那里。"夕见分析道。

"瑶缮，这城外的河水流经哪里？"穆安又问。

"我也曾经怀疑过河水，它流经青戎和崇衡两国，在青戎境内叫作东戎河，而在崇衡境内叫作寒岭河，刚好流经我们的叡沁城，几个周边的镇子和东侧的寒岭镇。"瑶缮答道。

"这河在青戎境内还有河道？"穆安似是觉得此事若是牵扯青戎，就不再简单了。

"当然，这是一条流域很广的河，但是只有在这几个城镇周围，河道才会变得很窄，于是成了镇民的水源之一，至于真正源头，也许在北土也说不定。"瑶缮答得更加精细。

"难道真的是青戎搞的鬼？"公若质疑道。婴柳继续追问："东戎河水位高于寒岭河吗？"

瑶缮回忆道："听北边镇子的镇长说，东戎河要比寒岭河高出三十米之多，可以说，那是上游无疑。"夕见摇着头："若是青戎人投毒，这也太冒险了，他们距离这里这么近，甚至镇子里还有很多往来戎北戎东和崇西崇南的商民。"

"现在下定论还为时过早，我们需要先救治几个城镇的民众，当然这需要崇衡军队的协助。"穆安言道。

夕见不停地咳嗽，看着自己的发簪："发簪有些变色了，河水果然有问题。"穆安给夕见盛了一碗热汤："夕见，先把汤喝了，你一直咳嗽，怕是已经染病了！我们须尽快有个决策，就从河水下手查！"

"我听说有流民给前来扎营督战的伯翁献酒，后来伯翁中了酒毒，卧床不起，咱们是不是可以借此做做文章？"瑶缮道。

"伯翁中了毒酒？太奇怪了，流民献的酒会有问题，那是有人要谋害伯翁吗？"穆安疑虑道。

"这瘟疫已经不是简单防治的事情了，我猜，四国都在借此大做文章。"公若直中要害。

婴柳指着碗里河水浸泡半天的配饰："看，配饰也变色了，河水就是有问题。"

穆安在已经稀释的河畔泥土里不停地翻找，发现了一粒泛着金光的颗粒，那是金子，很明显，寒岭河河水中有金矿，而且难说叡沁城和周边镇口是不是还有其他的秘密。穆安不禁思忖着又问道："刚才瑶缮说的伯翁中毒之事可信吗？"

"应该不假，最近有崇衡军队在郊外抓人。"瑶缮肯定道。

"那好，明日你们把我绑了，就说抓到了献酒的流民，而且我身上有解药，等我见了伯翁，自然就好说话了。"穆安想兵行险招。

"不行，太冒险！"夕见边皱眉头边摇头。宗政公若直言："实在不行，还是杀过去吧！"

"不！我们时间不多，再拖延，都会死在这里，就依此计，我自有分寸。崇衡人视伯族为象征，不会让伯翁轻易死去，而且我有密使的手谕、文书和令牌，被抓也无妨。"

"我与你同去！"公若接话道。

"你们在此等我！"

"不行！要不一起去，要不都留下。"婴柳近乎撒娇。夕见坚定道："穆安，你不要想再自己逞能。"穆安犹豫片刻："那也好，加上瑶缮，我们五人同去！"众人言罢，方才喝了些药汤，各寻个屋子休息。穆安回想着公若和瑶缮的话语，觉得两人身份很是可疑，但是如今的局面，却又少不得二人的帮助。

第二天一早，药剂喷洒的雾气散去了一些。众人寻路来到了河畔，穆安身上缠着麻绳，宗政公若揪着穆安的领子，站在河边。瑶缮，夕见和婴柳站在穆安的身后，众人望着河对岸，神情都略显紧张，似乎崇衡的箭矢比这瘟君还要厉害。穆安叹了口气，提示道："喊吧，一次喊完，别间断。"

宗政公若清了清嗓子，对着河对岸大喊起来："河对岸的崇衡军队听着，我们抓住了前日献酒陛下的流民，特来交出此人，他身带解药，希望能早日救得陛下性命，请军队放我等过河去。我们都是未感染瘟疫的郊外住民，希望面见陛下，呈上罪魁。同时，我们也查清了瘟疫的来源，希望说予陛下知晓！"

众人等了片刻，河对岸没有声音，河上慢慢起了些雾气，地面有些颤抖。穆安略有所思，突然大喊："不好！他们根本没理会我们，有弓箭手列队了，快！屏息！跳进河去！"众人的紧张来自河畔基本无其他掩体的悲催情形。穆安本是觉得喊话最起码会有回应，不想先锋军直接箭雨开路，怕是也被四散不守纪律的流民和漫山遍野的匪寇弄怕了。

一阵箭雨腾空而起，黑压压一片。众人一个愣神，然后奔着河水冲去，五个人很快潜入河底，几阵气泡不断地升腾。又听见水面嗖嗖的有箭入水的声音。穆安在水里睁开眼，看见河底的细沙中有点点金色，他用手指了指河岸的对侧，几人奔着河对岸急速游去。

穆安的头刚露出水面，他一个深呼吸，环视四周。婴柳、夕见、瑶缮和宗政公若相继出水，这春末虽暖，但是北方的河水依然凉得刺骨，几人打着寒战，冲上岸寻觅掩体。穆安低吼道："喊话没用了，攻过去，公若，你掩护我。婴柳，保护瑶缮和夕见。"

宗政公若一手持弓一手抽箭："好！"话音未落，已是几支箭刺入远端雾气。瑶缮眉头一皱："我不需要保护！"瑶缮抽出腰间的一把短刀，冲了上去，动作好不利索。穆安愣了一下，抽出龙牙，跟着瑶缮而去。

宗政公若有点不解瑶缮的冲动，他认为瑶缮好歹要装一下弱女子，怎会如此雷厉风行的冲锋陷阵，自己加快了运箭的速度，掩护着穆安和瑶缮的冲锋。婴柳抽出龙骨双刃，也疾步而去，夕见尾随在最后。

一排弓箭手看见穆安等人冲来，把举向天空的弓箭指向了跑来的众人。在穆安等人的眼前，那个弓箭手队阵的模样渐渐清晰起来。穆安瞪大眼睛大喝一声："躲箭！"

宗政公若先行放箭，射翻了几个弓箭手，其余众人四散扑倒。宗政公若躲到一个巨石后面，一阵箭雨飞过，又是一地的箭矢支棱开来，公若倒是有了足够的弹药，只是还不习惯使用崇衡笨重的羽箭。

"继续冲！"穆安叫喊着扑杀而去。

宗政公若原地放箭，又射翻几个弓箭手。瑶缮一跃而起冲入弓箭手的摆阵内，大肆刺杀，弓箭手们来不及换近身武器，被瑶缮左右旋刃，上下俯蹿，已是几个魂魄归了其手中的利刃。穆安举着龙牙，也跃入敌阵，拼命砍杀，只见弓箭队后一个长身修影，长枪白马，挺矛而来，正是先锋官太辽，两人一个马上，一个马下，厮斗起来。

穆安见此马高头玉面，也不忍直接砍了马腿，龙牙剑尖戳地，支起身躯，两腿上扬，侧踢太辽面门。太辽一个闪身，似是拉痛了前几日黄婵所伤的脖颈之位，龇牙咧嘴间，动作便慢了半拍，穆安借势剑背抽击马腹，那马扬蹄，太辽几乎要从马臀部摔将下来，穆安再次寻回重心，附身而立，龙牙剑早已反握在手。

宗政公若每射几箭便向前小跑几步，弓箭手们慢慢死伤殆尽。婴柳挥舞龙骨双刃，撒着龙指凝针，慢慢掩护穆安并靠近太辽。

太辽不忍落马被擒，反手仗矛，回刺穆安。穆安把龙牙剑冲着长矛矛身一揽，顺势一抽，长矛飞出几米远，太辽落马而下，手中已无寸铁。婴柳一个闪步踢开玉马，太辽身位完全暴露在公若的箭下，只听嗖的一声，一支箭穿了太辽肩骨，太辽痛得大喊，婴柳瞬间把太辽压在地上，用双刃抵住了喉咙。

"再喊就给你放血！"婴柳说得娇柔。太辽不忍这极痛，又是几声喊叫。穆安伴着这惨叫，又砍翻了几个近身的兵士。

不到一炷香的时间，穆安、婴柳、瑶缮、夕见和宗政公若便在战场上收拾起了残局，太辽被绑在一侧。穆安捡起几副战甲，警示众人："大家赶紧捡些战甲穿上，估计第二波的敌人不会太晚过来。"

"你们究竟是什么人？"太辽喊道。

"呦呵，不疼了？刚才疼得都失态了！"婴柳嘲笑着太辽。

"你让我穿你肩骨试试！"太辽和婴柳还斗起嘴了。宗政公若也捡起一件战甲披在了身上："咱们不如奔着他们逃走的方向继续杀！"没人理会太辽的问话。

婴柳捡起两个护腕，戴在自己的手腕上："走吧，今天不见到伯翁，我们回去一样是被瘟疫折磨死。"

穆安捡起一片战甲和一个盾牌，递给夕见。夕见接过盾摆弄着，似乎很不顺手，穆安帮夕见穿好战甲，夕见盯着穆安，眼神温情，显得楚楚可怜："我们要继续杀过去吗？"穆安帮夕见调整着战甲的位置："我们既然杀过河，就没有退路了，回去是瘟疫，大家的身体也抵挡不了多久，现在只剩一条路，杀向伯翁的营帐，把我们查到的事情告诉伯翁，以换取信任。"

"哎！你们到底什么人啊！若要见伯翁，我可以带你们去啊！"太辽还在喊话，穆安这才看了眼自己的这位手下败将。

"什么官位？"

"崇军先锋官啊！"

瑶缮插话道："先锋官这么小的官还敢多话？穆安，你怎么知道伯翁会信我们？我们可是城里跑出来的。"

穆安语气坚定："我们有河水渗毒的发簪，还有我们所做的一切推理，这是救治镇民，驱赶瘟疫的基础。"

"万一伯翁借口我们是疫区出来的人而杀我们怎么办？"公若担忧道。

"那他就再也别想驱赶瘟疫。"婴柳抵触得很。

"不会的，他们肯定见你们！只要不杀我！"太辽还在叽叽喳喳说个不停，生怕眼前这几个"恶魔"哪个心气不顺把自己杀了。

"现在只能赌了！走！这位仁兄不是说带我们去见伯翁吗，跟他走吧！"穆安又道。

夕见显然很在意自己的生命："穆安！我们一定要为了这些民众而渡此劫吗？"众人突然都因为公主的话愣在了原地。夕见继续道："公若已经找到瑶缮了，我们大可以远走高飞。"

众人又是片刻寂静。宗政公若捡起几根箭放进了自己的箭囊，直言道："公主殿下，你是惦记自己能不能安全回去天洛吗？"瑶缮愣了一下："公主？天洛公主？"太辽也听在耳朵里，甚是惊讶。

夕见摇头道："我不是惦记自己，我只是觉得我们为了镇民，进攻伯翁的军帐，这本不是我们该做的事。"穆安突然很反感夕见自私的想法："夕见，我们不只是救他们，我们也要救自己。"夕见反驳道："我们本可以更早地自救，或者用其他的方法。"太辽听着众人的言语，眼珠子不停地打转。

"我不想燕川和青戎的追兵都追着我们的同时，再平添崇衡的军队。"穆安低吼道。

"我们逃出这里，崇衡人不会再追我们的。"夕见有点气急败坏。宗政公若插话："那你要眼睁睁看着城里的人死吗？"夕见反问道："崇衡一国之君都束手无策，我们除了告诉他河水的问题，还能做什么？"

"至少，我们应该先告诉他们，然后自有医官针对河水里的毒制药，否则他们连第一步都踏不出去。夕见，我现在就往伯翁的军中大帐走，我不信你不跟来！你要记得，不是只有你的子民，是这天下芸芸，我们身边的一切，都有生命！世间没有什么东西高于生命！而生命不分贵贱！"穆安说完，没再理会夕见，径直而走，宗政公若、婴柳和瑶缮押着太辽，跟随而去。夕见犹豫片刻，无奈地摇着头，跟了上去。

逐夏节的开端便是春末的围猎和子民们自发的各种民间活动，只是这国覆邦倾之后的第一个逐夏节并不如往常热闹，却也有热爱生活的洛京城子民走街串巷，感受夏日来临的美好。其实四国军界被天下院录文的几项纪律管理得还算和谐，民间虽怨声载道，但是这和平年间能有几日不吵不闹，不惹生死的团圆饭，已是天大的恩赐了。

逐夏节与卜秋节是天洛最大的两个节日了，只是上一个卜秋节正赶上国破山河在的日子，民众哪里还有闲心过节日，而这个逐夏节的恩惠如今显得有点重要，这正是各项战后变法实施的初期，似乎天洛的光复之相便在这个夏日里滋生。

逐夏节并不似卜秋节，各家做蒸糕分发邻里，以庆祝阖家团圆，只有在那一日才是节日的高潮。逐夏节是春末这半个月都在过的一个区间性的节日，而最后的压轴大戏，便是民间的各种擂台，台上"搔首弄姿"的各路英豪是这个夏日人们走出家门活动筋骨最好的先行示范者。

沮洛、龙默、修辙和郗别四人早已商议好于洛京城西南郊擂台擒拿洛和会之人的布局，并且趁公主在场要为江湖志士"立旗"的当口，带回公主，借口洛和会劫持了公主，向天下院要求恢复公主们正当的后宫之位，重回翰博院修学，以陪同将至的几国王子，也算是陪读，培养培养感情，就地和亲了。其实四人心里的算盘很清晰，四位公主正值青春芳华，四国王储也是翩翩少年，于这欢乐场走一遭，那又得有几人横刀，几人夺爱呢？

但是沮龙修郗四人算盘虽好，谁知道还有黄雀在后呢，锦葵公主和扶季这一招釜底抽薪当真是玩了四个人，沮洛当时心思都在变法、内廷院和肃清后宫上，修辙和郗别玩着命在扩充巡防军和恢复军政大策，只有龙默带着子笙、格图、宗政公贺、扶季和郎虎乔装平民出现在了擂台前，龙默心里思前想后，只要子笙他们看见洛和会的人和公主，自己言语之间一糊弄，此事必成。

六人站在擂台前，擂台上众人打得不亦乐乎，龙默和子笙还有说有笑，指着擂台一阵指点。幼槐得沮云和锦葵公主之令，带着大批洛和会南城分舵的兄弟们乔装成平民，混入看擂台的人群里。锦葵公主乔装成登京书生模样，站在一旁看着热闹。其实洛和会和公主的计划非常简单，取了擂台的一众高手入会，公主于擂台完后回后场一亮身份，一动员，大事成矣，起义不日便发。可如今扶季一计携天下院而走的戏码浮出水面，这便有了好戏，只是扶季没想到，沮洛、修辙、鹿辞和何谦等人并未在场，如今只能劫了一半天下院而去，也算是个收获了，只要自己身份不露，到了北土一切好说。

郎虎看得手痒，龙默给郎虎递了一个眼神。郎虎一个鱼跃，上了擂台，面对一个壮汉，拱手行礼，便开始比武。那壮汉也不强攻，几个来回，身上便被郎虎打出几道血印，疼得龇牙咧嘴，直喊求饶。又十几个江湖好手，连续上去擂台挑战郎虎，都是铩羽而归，但郎虎渐渐有点显出疲态，龙默但见每位上台的武者，均是宽口肥衣，一个拳印腿踢，便能扬起很大的尘土，这尘土不似平日杀场上那般暗黄，却是亮黄带点白色，龙默心中一紧，但觉这是一众人在有意消耗郎虎的体力，而这粉尘像极了盗会所用的催汗散，致人头晕目眩，乏力无神，虽不伤大雅，但也会数日疲累。龙默自知也不便大喊制止郎虎，便对子笙低声耳语道："情况可能有变，将军，且小心些！"子笙自信满满道："抓个洛和会分舵的人有什么变不变的，他们混在这人群中，咱不是都知道吗，放心吧，郎虎、格图、公贺和我都在，绰绰有余！你和扶季看着就行。"

龙默在人群里迅疾地搜索着公主的样子，自感情况不妙，也至少要在出事的一刹那，让子笙他们知道公主们在此，且是被洛和会劫持而来的。子笙、格图和宗政公贺依然在津津有味地看着郎虎打擂。扶季眯着眼睛环视四周，任龙默如何猜测这其中的变数，都不会想到扶季压根就不是南土人。

幼槐把洛刀悄悄捏在手里，口鼻遮上了黑纱，给远端的几个会祭使了个眼色。只见几个会祭口中吹箭射出，奔着子笙、格图和宗政公贺而来，三人来不及躲闪，几支带着催汗散的毒箭便浅浅地刺入了三位将军的背后。子笙、格图和宗政公贺三人顿觉身后一阵刺痛，瞬间又脑子发沉，知道洛和会出手了，身边侍卫们一个激灵，子笙高喊一声："擒拿洛和会！"侍卫们递上子笙的佩剑，格图的两把战斧和宗政公贺的长弓，便要开战。

幼槐从斜刺里杀出，又是探步掏心的杀招，子笙哪吃这一套，佩剑由下而上抢开，奔着幼槐头颅而去，幼槐变换握刀方向，正手面对子笙再刺，格图一个板斧开路，幼槐变刺为挡，只听当的一声，格图当真是力大无穷，把幼槐震开好几步，宗政公贺一箭补来，幼槐又撤几步，才知自己的突袭杀招算是失败了。

洛和会南城分舵数十来人，里三层外三层把龙默等六人围个水泄不通，郎虎早已从擂台跳下，挡在龙默身前。

"低估你们了，这么多人都是洛和会的，明显就是杀局！"子笙自言自语道。

"别想着捉人了，杀出去再说！"格图喊道。

"龙大人，此局何解啊？"宗政公贺冷冷地问道。要说龙默与沮洛商议此计，但真是没想到洛和会会把擂台招贤和誓师大会变为捉拿天下院院众的瓮口。龙默当真是大意了，不禁大喊道："洛和会谁人在此主事，可否当众言语？"

沮云未来，幼槐也不便当先说话，带着黑纱躲在了后面，南城分舵的舵主上前一步道："我是南舵主，龙大人，你杀我天洛王室，杀我洛和会统领和舵主，杀后宫异己，今日便跟你算清这笔账！"

"大胆！天下院将军均在此，谁敢造次？"子笙朗声道。

"四国人在此最好，占我家国，吞我河山，今天该偿命的一个都不会少！"这分舵主正义凛然。

锦葵公主躲在人群里，扶季冲她不停地摇头，示意她不要出现，否则场面会失控。他此时倒是冷静，知道若是公主出面言语捉拿天下院之事，那便是天洛后宫的罪，而如今再怎么场面火爆，也都是洛和会的事儿。

幼槐望着龙默，面色有些怅然，这情志迷乱间，动作似乎也慢了几拍。

格图火气上头，哪里受得了这般气，举起板斧就要砍杀，却脚下一沉，催汗散作用又起，重重地摔在地上。洛和会会众一拥而上，子笙和宗政公贺也均受催汗散作用，没了力气，头晕眼花，挣扎片刻，便被五花大绑，按在地上。郎虎刚要反杀，只觉脖颈一阵凉意，也便中了吹箭，刚才本就费了半天力气，如今也是强弩之末了。幼槐上前一个抱摔，又把郎虎擒了下来。

龙默、郎虎、子笙、格图、宗政公贺和扶季六人被铐上枷锁，押在擂台前。舵主跳上擂台，好不兴奋，厉声道："逐夏节，我等洛和会会众替国分忧，擒拿天下院余众，当众斩杀，来，酒肉伺候！"龙默看着幼槐躲在黑衣黑罩内的身架，但觉眼熟，但是当下也来不及多想其他，只能盘算起逃难的法子。

"等等！杀不得！"锦葵公主跳上擂台，自己象征公主身份的美玉早已举在手里："我乃天洛锦葵公主，今日以公主之名，号令洛和会和天下江湖英雄，此天下院四国之人虽吞我河山，灭我王族，但四国军界军众不在少数，若今日杀得他们，会引军入城，造成子民屠戮，实乃下策。不如秘密囚禁六人，发配北土了事，四国无人可查，却也削弱实力，我们寻得安生，自谋再行起义之事，循序渐进，光复我天洛！"锦葵公主尽是按照扶季交代的所说，只是扶季本意是让公主交待给洛和会的人言语发配之事，没想到洛和会起了杀心，没有遵从自己和公主的意思。锦葵公主自然不愿扶季一死了之，便如此亮明身份言语了此番话，扶季此时也心里后悔，此计太过险峻，如今公主亮了身份，自是也落了龙默的话柄。

果不其然，公主话音未落，龙默当先演了起来，顿时声泪俱下："锦葵公主！确是锦葵公主！我是老臣龙默啊！锦葵公主！你去年和亲崇衡是何等风光啊！冬末得知你下落不明的消息，老臣心中难过啊，不想却是这些洛和会的人劫你而去，公主！不要被洛和会的人蒙蔽了双眼啊！他们均是江湖之徒，哪知家国之事，我们如今与四国共治，乃救国唯一的路啊！"龙默说罢，还在不停地给公主磕头，锦葵公主一时间被龙默说懵了。

子笙、格图和宗政公贺早就被龙默垫了话，如今再听龙默这一席话，自是对洛和会劫持了公主，再拿公主主事是深信不疑，只是一个个被催汗散弄得蔫头耷脑，没了说话的力气。

扶季怎会不知龙默的用意，但是如今硬着头皮也得把自己这愚蠢的妙计演完了。"公主若是发配，我们且不与你争执，还请洛和会的志士们想清楚了，我等天下院之人，本有立法，不动民物，不抢民财，这般共治，还图变法以驱天洛光复，何来侵吞山河与屠戮王室？若是发配北土，我无怨言，只求你们想得明白！"扶季得让四国之人觉得自己心向天下院，也得让洛和会的人觉得自己是同意发配的。

"好！就依公主之言，带六人秘密押至洛京北郊分舵，择日上路，秘密发配北土，这沿途是生是死，自有天定了。现在起，所有会祭放出风去，天下院六人逐夏节城郊围猎，失踪不寻，以示昭告，免得军界有什么躁动，但是我要提醒你们，你们军界的军队，我们也不怕！"分舵主吩咐得周全。但是军界怎么会没动静，之后向天下院要人是一定的，只是这四国心里有气，却也没地方寻个正主撒气。

龙默等六人这才连夜被秘密押送至北郊囚禁。这一夜无眠，龙默自知是被洛和会还有锦葵公主算计了，但是自己最后的言语也算是为了公主铺了条后路，算是以德报怨了。扶季虽是也被绑得难受，但总算自己的计策还在继续，若是这几个人跟自己一起到了北土，成了质臣，那十四京的南下可就顺利多了。要知道，子笙、格图和宗政公贺可是燕川、青戎和南依军中顶梁式的人物，郎虎也算是天洛一等一的高手，至于修英青郜元五位名将，他们虽厉害，但是手中无兵。想到这里，扶季脸上竟然还出现了微笑。

锦葵公主被幼槐送回了大宅，两人秘言片刻，幼槐提醒公主必会因此事有沮洛或者修辙的人来把她们接回宫内，宽慰她好生休息，不必担心别的事，洛和会宫内的眼线自会跟公主们联络。锦葵公主这才稍稍宽心，只是惦念扶季，心中烦闷。

夜未至深，修辙、郜别和元攘便亲自带巡防军来把四位公主接回了宫内。不用多说也知，第二天早上的天下院朝会，必是一片血雨腥风，连锦葵公主自己都没想到，没有夕见公主的朝堂，自己竟然成了风云人物。

朝阳未起，星点未落，龙默便在一片黑乎乎的城郊囚禁地内透过牢房的栏杆向外探头，心里正琢磨呢，洛和会本是也有自己星渚会的卧底的，但是怎么到这个时候还没有人来跟自己接个头。谁知，想曹操曹操到，一个矮小的狱卒机警地四下里看看，便蹑手蹑脚地靠近了龙默的牢房。龙默等六人均为分开囚禁的，龙默虽不知郎虎和子笙他们在哪里，但是自知都会暂时安然，而且每日都会换地方，不怎么担心自身的安危，只是忧心如今崇衡瘟疫大难，正是可利用的好时机，可自己分身乏术。那个狱卒低声道："星渚漫天，星宇归一，大人，您吩咐！"这是星渚会的诸多暗号之一，龙默自然放心，招了招手，狱卒贴耳倾听，龙默一番言语，尽是给沮洛和修辙带的悄悄话，言罢，狱卒便闪身而去，消失在狱道的尽头。

太稷听闻军报，知道有人闯了军阵，便沿着叡沁城东门的郊外小路，寻得了穆安一众人。穆安等众人押着太辽，站在太稷的对面，太稷骑在高头大马上，背后是一队骑兵。太辽见是哥哥来了，赶紧喊道："哥！这一帮土匪可是厉害啊！你注意……"

"你给我闭嘴！"婴柳狠狠踹了一脚太辽。

太稷盯着穆安，眉头紧锁："是你给陛下献的毒酒吗？怎么这才几日？你还换了个脸吗？"

穆安向前走了几步，行了个礼："是太稷将军吧？我们并不是流民，说谎只为一见陛下！我们之前在战场见过面，我曾是燕川燕南军左师步旅统领，我叫穆安，现在是子秋王的密使，特来崇衡面见伯翁王，言成盟后事，路过那叡沁城，被困于内，实在没办法了，行此下策。"穆安边说着边晃了晃手里的密使令牌和一本手谕。

太稷若有所思："穆安？没听说过，我们何时见过？"

穆安淡然道："三年前，我们燕川燕南军步旅北调在青戎南境黄沙湾和千兽山狙击天洛的骑兵，我就是配合你们崇衡骑兵的步军统领，你还记得吗？我们的行军口号是崇衡的歌谣。"

太积很疑惑："哦？你还记得歌谣？"穆安悠悠道来："崇神播种，衡神祭天，幽幽恒海，远望散仙，时近元年，海风扶帆，十里渡船，心甘梦焉。"

太积愣了一下，瞪大眼睛，盯着穆安，自是信了这是曾经自己的跨国盟友，就算不识，当年那一役的老战友情，也会有所惦念。穆安正是抓了这分秒的人心，笃定太积不会有所为难。而宗政公若和瑶缮听着穆安的言语，也是心中澎湃，那黄沙湾和千兽山是何等军屯要地，三年前的大战现在还历历在目，两人也均是南依北调的步旅参众，为的就是遏制天洛先吞西北，再破东南的外侵大计，心中也不免觉得穆安和自己有着一种莫名的缘分。

穆安又从衣服里掏出了湿漉漉的两个小册子，一本文书，一封密信。一个骑兵上前把穆安手上的册子取了过来，递给太积。太积仔细地翻阅，然后点了点头，挺马向前走了几步："穆安，若是曾经的战友，你可得跟我说真话，我听说在青戎的时候有密使要行刺那格索，可是你啊？"

"那不是行刺，而是救人！"

"救人？你们里面谁是天洛公主？"

夕见朗声道："我就是！他救的是我！"太积点头道："好！身手不错，都逃到我崇衡来了，你们不怕被我们擒获吗？"穆安警示道："将军，我一个密使你们怎么对待无所谓，但是对于公主的态度，你们可要慎重了，若是出了纰漏，那燕戎的纠葛若是发生在崇衡的身上，伯翁陛下可就头疼了。"太积大笑起来："你要挟我吗？"

"我还有更好的东西要挟你，请你速速带我们前去伯翁陛下的军帐，我们查到了瘟疫的来源，若是再耽搁，后果可难料。"穆安快言道。

"医官，查探他们的病情！"太积片刻思索后吩咐道。

几个医官跑向了穆安等人，便开始就地给穆安等人查验身体，把脉，听诊，翻眼皮，看舌苔，好不专业。太积与一个骑兵耳语了几句，骑兵掉转马头，飞奔而去。

几位医官奔着太积走来："将军，公主似乎有些风寒了，血脉不定，气色异常，怕是瘟疫之灾降临了。"夕见上前一步："你胡说！我只是昨夜没睡好而已！"

"公主单独押送回军帐外的医所，其余人遮了口鼻，带回中军大帐！"太积本是也犹豫带不带穆安等人回去，必定也是夕见的亲密接触者，但是既然是密使身份，又说发现了瘟疫之源，那还需进一步商议对策才是。

"夕见，别急，先去了大帐再说！"穆安低语道。说罢，一众人被太积的军队押送着，奔着大帐而去。太辽见哥哥没给自己松绑，还在聒噪："哥！你倒是给我解开啊！我还捆着呢！哥？太将军？"太积也不理，心里烦躁不堪。

众人又行片刻，来到了叡沁城东郊的军帐，穆安眼见这么一大片军帐，密密麻麻地盘踞东郊，可见崇衡人对瘟疫的重视，只是这围城之法不是久长之计，可得有个办法根治，也是自己能在崇衡朝堂站稳脚跟，按照子秋王吩咐一探究竟的基础，心中不禁回想于青戎朝堂的鲁莽抢婚，要务未完不说，还弄得满天下风雨，心中懊恼。

伯翁半卧在床榻上，看着穆安、婴柳、宗政公若和瑶缮四人远远地站在帐内。帐子的中间烧着少许樟木消毒。太辽此时才被松了绑，与太积站在一侧，刚又要言语，被太积一把揪了回来，没敢再作声。伯翁和伯谕透过薄薄的烟雾看着穆安的脸庞，也顿时觉得挺有眼缘。

太积轻声道："陛下，夕见公主已经送去另一个帐外医所医治了，医官说是受了风寒，但是与那瘟疫的病灶一样，不可掉以轻心，因身份问题，我们没有完全隔绝。"伯翁笑道："那留给我们这位穆安勇士的时间更少了，对吗？"伯翁自知穆安若救同伴，尚需好的对策。

穆安行礼便言，虽表明密使身份，但暂且搁置了固盟之事，把发簪沁毒并怀疑河水有恙等猜测一一汇报。伯翁王听罢便让医官查验河毒，医官均表示河水虽有毒，但是未曾在世间见过此毒。

众人迟疑片刻，穆安似是想起了什么，又言："陛下，您喝完流民的献酒，是哪里不适呢？"

"有些嗜睡而已，全身乏力，头昏脑胀，但似乎并不是什么致命的毒物。"

"陛下，河水投毒之人，骚扰民众采药的黑衣人和给您下毒的流民可能存在某种关系。"

"哦？会是一拨人吗？"

"应该是三拨人。"

"为何呢？"

"投毒之事，乃伤天害理之事，非邪教不能为。而若投毒，再阻止人们采药，本是合理，但是那些人却遇反抗则退，说明他们并没有想瘟疫延续，只是骚扰，甚至是谋财，该是匪寇之举。而流民若是想真的杀您，必会下烈毒，邪教和匪寇无胆，该是崇衡异己之行，所以我猜测，是为三拨人所为。"穆安此番言语，也多少有着姜尚智慧的渗透。太辽听到穆安言邪教之事，眼神飘忽，心有所虑。

"言之有理！穆安，没想到你一个刺杀格索的密使，来到我崇衡后第一件事有可能是解了我崇衡大难。"伯翁言语中略有嘲讽。

"陛下，我说过了，我没刺杀格索，只是救人。"穆安淡然道。

"你有没有想过，我有可能把你交还给格索，以换取他查出河水投毒的元凶。"

"陛下，若是格索自己命人投的毒，您送回我也查不出来，若不是他所为，那必定不是青戎朝堂所知，您一样查不出来，那又何必送我回去。"穆安很机警。伯翁大笑道："你反应还挺快，那你有没有想过，若是你解不了我崇衡大难，你可能更回不去燕川！"

婴柳插话道："穆安可是燕川密使！"

太積反唇相讥："放肆！"

"陛下，您知道我的真实身份？"穆安听得出伯翁话中有话。

"我从不留逃兵，更不留叛将！"伯翁哼笑道。穆安大惊失色，不知为何伯翁一介君王，会知道自己在燕川朝堂留下的流言蜚语。伯翁又是一阵大笑："穆统领，我不会承认你是燕川人，因为他们自己都不承认。我也不承认你是密使，因为叛将不可为。你若是帮我解了瘟疫之难，我放了你，若是不成，你们几个都会死在这里，到时候我跟燕川有交代，就说帮他们杀了叛将，跟青戎更有交代，就说惩罚了刺客。"伯翁这是在逼迫穆安只许成功，不得失败。

穆安追问道："陛下，您是如何知道我的事的？"

"我十九贤宗，乃当世第一宗门，何愁不知世间贤士所归。我门客遍天下，岂是儿戏？瘟疫驱除之日，细说给你听，瘟疫不除，你泉下再猜吧。太積、太辽，传我命令，第二批医官带远山融水和药物再入城镇，然后分发冰苔酒，寻觅解药，配药，若七天内瘟疫再不退去，就地屠城！"伯翁此言如晴天霹雳，裂开在众人的心里，众人皆大惊失色，一片哗然。伯谕赶紧劝阻道："父王，万万不可啊，城民镇民乡民万余人，还有很多未感染的人啊，不可如此极端。"

太積附议道："陛下，若瘟疫不退，我们再寻药送水便是，不至于屠城啊。"太辽佯装大义："陛下，先锋官愿执药入城，解救百姓。"

"陛下三思，屠城会惹得子民怨声载道！绝不可为！"穆安坦然道。瑶缮耿直而言："昏君！大逆不道！你这与那战争狂加济王有何不同！"太積再次反唇相讥："放肆！"一众侍卫瞬间围了瑶缮，拔剑相向。宗政公若掏出弓箭，弯弓搭箭，众人形成对峙，气氛突然紧张起来。

宗政公若盯着伯翁："伯翁，我们念你是明君，故冒险觐见，献计献策，若是你以屠城结束瘟疫之难，实在丧尽天良！这与恶魔无异，与魍魉同性！"太積指着宗政公若："你！"

"好了！"伯翁拦住太積，示意他们放下武器："你们该知道我这么做是为了什么！？"伯翁言毕，突然脸色焦红，然后一阵晕眩，倒在了床榻上。"父王！""陛下！"伯谕和太積赶紧冲过去扶住了伯翁。

太積大喊："医官，快，快！"医官赶紧过来给伯翁号脉。太積转过身，挥了挥手，下令道：“带他们先下去，依照陛下的吩咐，速速行事！”一众侍卫把穆安等人带了下去。屠城和死神的阴霾逐渐笼罩整个崇衡，伯翁如今似乎也成了赌徒，而为他掷骰的就是穆安。

天洛国洛京城王族光洛殿内，众人已经争论得不可开交了。龙默、子笙、格图、宗政公贺、郎虎和扶季的突然消失让大家众说纷纭，却难得头绪。修辙派了英典和青灯前去寻觅，四国军界大军不得妄动，也只是造了造声势，分别有几只小队在城郊各处查觅。

如今的朝会还剩下修辙、鹿辞、何谦和梅央，郗别和沮洛也代表将军府和内廷院前来议事，众人心急如焚，自不在话下。

“你说说这叫什么事，不是说去春末围猎然后城郊比擂吗？怎么？让野兽叼了去？这是谁围谁啊？就算有洛和会的事要查，何必动用将军们前去？”何谦有点气急败坏，自己和格图刚从狱里出来没多久，又发生这等失踪的大事。

“你着急有什么用？围猎的猎物不都运回各军界的仓廪了吗，说明必是打擂时候出的事，洛和会逃不了干系，如今将军府和净天府都派人去寻了，军界也有人在城郊查觅，我们不如先想想办法，怎么跟各国君上解释吧。”鹿辞心里发毛，上次被刺之事虽咽在肚子里，但是也生怕子秋和子笙有所察觉，自是觉得现在有点风吹草动，心里都不自在。

“你倒说得轻松，鹿大人，跟君上解释？如今人是在洛京城郊丢的，还得天洛人想办法！”何谦自知有鹿辞的把柄，说话也不客气。

“你休要如此吼我！何大人，上次的事可不是就这么罢了！”鹿辞也嘴硬了一次，两人心里都有火，压不住拌几句嘴也是必然。

“两位大人不必争论，若是打擂出了事端，也必是与城郊洛和会有关，否则谁有这胆量劫持天下院之人？”修辙这就开始把话头往洛和会身上引，“我们也在尽查那日的情况，会尽快给大家一个交代。”

“既然要交代，不如先交代交代为何打擂前龙大人言语彻查洛和会之事，难道这擂台与洛和会有关系？”梅央问得仔细。

其实此事龙默、沮洛、郗别和修辙起初商议便是引子笙等人去查洛和会的事，再揪出公主，装成是洛和会劫持公主回朝，只是未与子笙的人言明是查洛和会的什么事，是抓人还是查觅？是问询还是求证？梅央此时直觉告诉他，必是天洛人又玩什么花活。殊不知扶季与锦葵公主背后捣的鬼，修辙、沮洛和郗别也一时只觉龙默等人是被洛和会反捕了。

“要说洛和会与擂台的关系可就大了！”郗别直言道，“我们本是怀疑洛和会借逐夏节的江湖擂台招贤纳士，尽收天下好汉对付我天下院，所以由龙大人带着将军们彻查此事，本是也不愿过多宣扬，怕隔墙有耳，但是如今彻查不利，必是被洛和会反捕了，顺着这个线索往下查，不久便能寻得诸位将军的行踪，大家不必过于着急。"

"修将军、郗将军，我们四国之人也不是傻子，你们只言查洛和会，却落得如此结果，该不会有什么后手吧？"梅央很担忧天洛人的心思用在南依人的身上。

沮洛也知梅央如今丢了宗政公贺将军，自己不好交代，怕是天洛设计对南依不利，会出现之前借盟中盟平息显谏和借刀杀鹿辞的事件再发生，也便直接言明了锦葵公主的事："梅大人所虑我理解，那日擂台一切本是尽在掌握，却出现了意外，我天洛曾经派去和亲青戎、崇衡、南依和白梗的四位公主均出现在擂台，不用说，必是洛和会在和亲路上劫持了四位公主返朝，并以公主名义扩大洛和会，广招江湖志士，以图起义复国，诛杀奸佞。"

何谦、鹿辞和梅央都有点吃惊，因四国均未接到和亲的公主，使得公主的下落成了战后南土的一大谜团，各国王族都在责成天下院和各大帮邑院追查公主们的下落，却始终不得头绪。直到夕见公主出现在青戎朝堂，戎崇依甚至有点相信是燕川劫持了所有人，如今按照沮洛的说法，鹿辞倒是松了一口气。

"哦？如果是这样，不如让公主们前来对峙，也好给公主们的失踪有个交代。"鹿辞言道。

"好，有请公主们！"沮洛言毕，风铃公主、锦葵公主、雪轮公主和秋罗公主四人从侧殿缓步而入，均是公主装扮，四朵金花立足朝会，让这帮大老爷们眼前一亮。

"锦葵公主那日被洛和会逼迫，便于擂台期间说了些什么，公主殿下，这里均是天下院同僚，您直言便是。"修辙与锦葵公主言语，显然在侧殿都已经跟公主对好了词儿，锦葵公主只需把责任都推给洛和会便是，而在她自己心底，虽知洛和会也是自己鼓动的，且与扶季共谋此事，但是此时却也只能怪罪洛和会，才能自保，否则四国怪罪，那就后果难料了。

"几月前洛和会劫回我和姐姐们，便安置于南洛，如今须立旗招贤，又带我等回了洛京城郊。几月来，他们虽敬我们是王族残室，却也尽受颠簸之苦，近日得天下院相救，不胜感激。"锦葵公主演得一手好戏，说着说着竟然还抽泣起来，"那日擂台，他们逼我于台上尽言复国激励之语，好借我等身份号令江湖，我也是没有办法，便说了起义复国之事，将军们于台下彻查此事，也便被洛和会捉了个正着，我听闻他们欲把将军们带回洛南先王墓前正法，不知真假，还请大人们速速救回将军们，以安天下院之心。"锦葵公主这最后一句话可不是跟修辙和沮洛对过的，明显是要破坏众人追查的思路，于是指了一个与发配北上相反的寻觅方向，听到这句话的同时，沮洛和鄑别互望了一眼，有点吃惊这个消息，锦葵公主并未私下里跟他们说过。

"若是如此，公主受苦了，我等会即刻通文陛下，言明公主失踪之事，让君上放心，只是这公主后续的安排？"鹿辞问道。

"这还用说，和亲是签了国约和文书的，可不能反悔。"何谦接话道。

"但如今典选临近，王子们也快来洛京了，该如何是好呢？"梅央给沮洛抛了一个话头，在他心里，自是公主不再离开天洛才是最好的，那是他们玩转燕川和青戎最好的棋子，而这个想法也正中沮洛和龙默的下怀。

"梅大人所言极是，王子们下月便临洛京，公主们如何还能异地和亲呢？这天洛去周边几国，哪个不得数日时间？"沮洛朗声道："我看不如这样，安排公主们于翰博院修学国礼家礼，也学四国方礼，为了以后能尽相夫教子之能，等王子们入驻天上院，也会于翰博院修学数日，到时候，公主和王子们共学堂，同修礼，感情归一，岂不乐哉？"

何谦和梅央一听，觉得顺理成章，只是鹿辞心想如今夕见公主不在，如果天洛后宫王子和公主们尽享同堂修学之乐，那燕川岂不是落了下风？"那如今彼岸公主不得踪迹，这样一来，未免偏颇了，沮洛大人，我不同意！"鹿辞直言道。

"寻那彼岸公主已然多日，那寻不得，你也不能妨碍我们和亲啊！"何谦依然没个好气儿。

"我想此事妥当，鹿大人，若是彼岸公主不得，我想白梗国也不会介意，你就把秋罗公主拿去便是！"梅央说完，何谦和梅央竟然笑了起来。修辙和沮洛咳嗽了两声，提醒二人有些不尊公主们，两人这才笑罢。秋罗公主眼中淡然，不理会两个异族的言辞。

"我姐姐岂是随便送的礼物？你们若不愿，我姐姐便不嫁了，也不许你们在此戏弄！"锦葵公主倒是讲义气，替姐姐说起了话。

"梅大人也并无恶意，我近日提交文书便是，就按此法提案，等诸位将军和龙大人归来，我等定下便是。"沮洛也一点没给鹿辞面子，权当鹿辞没说话。鹿辞也知沮洛有自己把柄，不好太过言语阻挠。

"将军们失踪之事，我会尽快彻查，也须大人们配合，巡防军和京守军如今都加派了人手保护光洛殿周边，料洛和会不敢此时有什么动作。我们在这里如何自怨自艾也无济于事，还不如想想那崇衡瘟疫之事，伯翁王和伯谕王子均已来了国书，让天下院也想想办法帮助解围，此瘟疫太烈，若是蔓延开来，诸国可都不保！"修辙把话题转移到了崇衡的瘟疫之事上。

"这瘟疫之事我们要帮着崇衡赶紧解决，否则那几个瘟疫之镇，西临青戎，传播开来，后果不堪设想啊。"何谦有些焦虑。鹿辞插话道："何大人，这瘟疫之事可大可小，可深可浅，你若是真有心帮忙，还须让格索王早日协助。"

"此乃五国之事，都不可作壁上观，我南依也会尽快送些药材去青戎的军界，烦请青戎的军士派兵押送。"梅央言道。

"这件事事不宜迟，依我看，何谦大人你不如亲自去一趟崇衡，一来亲自押送这些珍贵药材，二来带去天下院的问候，略表心意。"沮洛建议道。何谦叹了口气，皱着眉头："哎，我何尝不想去，那瘟疫之地离我青戎东境那么近，我也确实心里着急。但我们青戎政客也有年头不曾踏上崇衡之地了，为的还不是之前那点国土的纠葛，而且现如今格图将军失踪了不在，我这再走……"何谦心里担心沮洛又玩自己，不敢贸然听了沮洛的话。其实他倒是有心北上，通惠一下崇衡，要是真跟燕川干起来，自己的后方可就全晾给崇衡了，还不如提早买卖好。

"哦？那件事影响那么深吗？"沮洛对诸国边陲纠葛那是心知肚明，也想听听何谦的想法。

"不瞒你，沮大人，镜海以北的七个镇连成北斗七星的图案，在舆图上清晰可见，排列极为规范，加之那叡沁城为七星之眼，远观天下，近监朝政，我青戎的神话里早有记录，那是戎神所赐的七星一眼，世代守护我戎东之地，自古也是我青戎的土地，古称东戎七镇和锐眼之城，由东戎河串在一起。但是当年我格须坡大王领兵扩地，向北进攻，不料遇到了神鬼之气，北方异族将我等大军顷刻间击溃，格须坡大王败走东戎，不料那崇衡将军太墨堂领军乘虚而入，围困我先王数日，不得已，我们割地换王族，才迎得先王回朝。自此东戎七镇的东端三个镇和叡沁城便归于崇衡。几年前我格索陛下索要，却被那伯翁胡搅蛮缠，敷衍而过，简直荒唐啊。"何谦敢说得如此精细，也是因为伯谕，太磧和扶季这些崇衡同僚均不在场，若是有一人在，何谦会说得含蓄得多，只是这些陈年旧事，并不是什么新闻，哪个国家边陲没点这类烦心之事。

"你们青戎的军队向北进军过？"沮洛抓了一个自己未曾听说过的点追问道。何谦叹气道："此非重点，沮大人，我的意思是，崇衡拿去我们的地，我们要不回，我此番去，甚是尴尬啊。"沮洛点头道："这倒是，那先派些人去送草药，略表诚意，其他的事，再观其变。"

朝会完毕，沮洛走在通往侧殿的廊内，手里掂着龙默让接头狱卒送来的鹰眼草，耳畔又想起狱卒传来的龙默的话，自是知道龙默又在布局一二。只是龙默的想法虽沮洛也猜得透，却难免怀疑龙默后计是否会牵连自己和修辙将军，如今修辙领英典和青灯各地去寻龙默和诸将的下落了，元攮和都别在帮公主们重归后宫，且不受韩童鲁三党的欺辱，这天下院的人手可当真是不够了，沮洛琢磨着如何安然度过这艰难的时期。

　　侧殿无比安静，何谦和沮洛对坐饮茶。何谦讽刺道："沮大人若是因为借刀杀人而道歉就不必了，你天洛人的心性我看得清楚，不是不报，时候未到！"沮洛笑道："何大人，我确有致歉之意，只是想到何大人也是风骨之人，不会于言语之间有所动摇。我那日之计，不过是想震慑燕川和鹿辞，不想事态失控，难免连累了同僚。我今有一个良策，可助你帮青戎要回东戎三镇和叡沁城，也就是那瘟疫之地！也刚好是还些人情，为之前我的鲁莽致个歉。"何谦哼笑一声："良策？！说不说归你，信不信归我！"

　　"何大人，我诚心相助，你且听得仔细，我给你一种我天洛独有的药草，名为鹰眼草，入药可治顽疾，你随燕川和南依的献药一同送去崇衡，给伯翁和他的王族处理，告诉他们鹰眼草可缓解瘟疫便可，他们自知如何使用，这样一来，你是去帮他们解瘟疫之难，他们不会为难你。"

　　"这与索要我东戎三镇和叡沁城有何关系。"

　　"你刚在朝堂上说东戎七镇和叡沁城，被东戎河串在一起，那割让的三镇和城郭必是此河的末端，是不是？"沮洛凝视何谦的眼睛。

　　"你怎么知道的？"何谦似乎想从沮洛的眼神里看看此言善不善，但是两人这眼神的交流都深邃得很。

　　"青戎地势较高，此河的上游必在你们境内啊，所以崇衡境内的便是下游了。"

　　"你的意思是河水有问题？"

　　"必是如此，否则不会城镇一同暴发瘟疫，而且崇衡人会怀疑是青戎人于河中下毒。"沮洛一说起此事，何谦立即一个哆嗦。"那我此去岂不是送死？"何谦此时怎能轻信沮洛。

　　"四国盟约内，你不会有危险，而且带了药草，还表达了诚意，伯翁反而不会怀疑。"沮洛声音压得更低，"你告诉伯翁，此河既然有问题，那就大家一同治理。伯翁是个明君，心系子民，必会暂时接纳你。但河水不是那么容易清理的，你就向伯翁索要三镇一城周围的河道，说此河，依然是崇衡的河，但是由青戎来帮助治理，自古河道就是青戎的，你们治河有百年的经验了，所以你们接手是当务之急，以免瘟疫再发，那伯翁必会同意，没有君王会想这样猛烈的瘟疫再发的。这样一来，河道到手，青戎名正言顺派兵治河，久而久之，三镇一城回归，还会远吗？那伯翁要得赖，食得言，你们就不行吗？"

　　何谦眼珠子猛转，要说心里不信沮洛是真，但是此法也确是可行，如今瘟疫压城，伯翁满脑子都是子民，只要救了人，驱了瘟，什么要求不能提呢？但是转念一想，沮洛能这么好心？"沮大人，你们天洛若是再忽悠我们青戎，那此事可就深了。"

"这正是我们的诚意，若是能助你青戎家国完整，一统如前，岂不快哉？即便不成，你回来便是，你们与崇衡最不济还是盟室，他们还能害你不成？"沮洛直言。听到这里，何谦方才露出点笑容，若是药草不成，那也便说是沮洛进献便是。

"我的计策献完了，还有一个小事想拜托何大人。"沮洛又拱了拱手道。何谦突然泄了气："我就说哪有这好事儿，你会无缘无故给我们献计？"

"此事简单，何大人，刚才你在朝堂上说起当年格须坡大王领军进攻青戎以北土地的事情，可否跟我详细说说？"

"这个，不瞒你说，我们青戎的史书里所有的相关记载也都被抹去了。说起来也奇怪，知道这些事的人大多不在了，毕竟是先王之事了，你要让我说，我也只能说先王领兵打到过那里，但是没有结果，领败军而回罢了。"何谦满脸的无奈。

"难道戎北还有异族？北土之地，不曾有详载？"

"谁都不敢去，也便是传说的多了，还不是记载一些神神话话的，不知真假。"何谦显然也没说全乎。

"好！那我不多问了，何大人，早去早回，如何运筹，就看你自己了，记得献上鹰眼草。"沮洛躬身行礼。何谦还礼："多谢沮大人献计了，若此计能成，我们之前恩怨一笔勾销！"

都别带着锦葵公主回到她最初离开的公主府，元攘双持手弩守在府口。都别自知锦葵公主也会像其他公主一般触景生情，难免伤心，便也没有催促她进去。四国加白梗签署了和亲文书后，便都要求公主于一个月内到达各国都城，在公主们失踪一个月后，四国加白梗还曾发来催促和质询的文书，谴责天洛不遵法礼和约定，一时间公主们在途中生变的消息传进后宫，也引起了轩然大波。隔世之苦犹在，故人已去多半，风铃公主、秋罗公主和雪轮公主均在回到自己的公主府后一蹶不振，都别分别安排了宫执和侍女照料，加派了侍卫看守，以免不测，而锦葵公主也难逃一时情怀复燃，灼心之痛怎一个撕心裂肺能言明。

锦葵公主刚入了府门，又迈步入院，都别跟在其身侧。锦葵似是听到了小时候自己的嬉笑声，还有母亲的问候和责备，声音是那么熟悉，东厢房热气腾腾，家丁和女婢准备着饭菜，西厢房有铁器的声音，哥哥们挑选着武器，誓要再比画比画。正堂里，母亲微笑地看着自己，父亲身披披风，伸出双臂，要抱一抱自己，而这一切，都是幻象。锦葵公主在踏入正堂的一刹那，一切均已幻灭。

随后是仰天大哭的声音，她跪在正堂上，哭声划破云霄，似乎整个后宫都在颤抖，都别很是动容，谁人离家众亲送，归来不见往日人的时候还能控制自己的情绪呢？锦葵公主哭声更烈，心中的仇恨不止对四国，还有对南土的怨恨，她随母亲南下有着深远的秘密，而一切的命运把她本该在北土十四京幸福的日子推向了毁灭，任其心性如何坚毅，也难咽四国和南土毁其家族的这口恶气。

锦葵公主几乎哭晕过去，郗别上前一步，把公主搂在怀里。锦葵公主也不避讳，搂着郗别，似乎是得到了一丝安慰，但是哭声仍然不减。

龙默在城郊的囚禁地百无聊赖，难得几分清闲，他透过悬窗看着窗外，心头却是有几分想念自己多年未见的孩子们，也不知孩子们如今身在何处，心在何处，也难免想起绿衣，那似乎是世间除了乔公和郎虎外，最在意自己的人了，这几分伤感伴着清闲涌向心底。无聊至极，他掏出几根残留在口袋里的鹰眼草碎屑，在手里捻了捻，瞟见狱里角落似是有些返潮的滴水，几只蚂蚁在水滴旁畅饮。龙默把鹰眼草的碎屑撒进水滴里，几只蚂蚁瞬间翘了脚，死去了。龙默心里想，自己举手间又夺了几个生命去，这些蚂蚁过了忘川河，该是也会碰到加济王和那些王子们的，也该是会一起吐槽自己几句，说这龙默乃奸臣贼子，谋逆之徒，但是若天洛有一天光复，龙默定是要所有的流言蜚语和诋毁之词变为自己的赞歌。

何谦带着鹰眼草北上，倒是比龙默他们发配来得快。这天洛待久了，突然北上，何谦但觉鼻子里满是灰尘，干燥的北方天气让初夏的日子显得有点心急火燎，可能也是瘟君所致，何谦心里没底自己和沮洛盘算的事能不能成，但是且不说天下院的事端，就算是作为草原一言九鼎的千族会大戎保，也该是为家国争取一方水土。

伯翁半卧在床榻上，面露疲态。伯谕、太积、穆安、婴柳、宗政公若和瑶缲均站在另一侧。众人本是要来商议瘟疫之事的，何谦突然求见，伯翁也便停了讨论，把何谦让进了大帐，何谦见君便躬身行礼。伯翁声音有些沙哑："何谦？想起来了，青戎何氏的顶梁，千族会大戎保，不错，如今都成了重臣了，你从天洛天下院而来吗？此来何事？"

"陛下，您还记得何氏，实属荣幸！我们青戎格索王听闻崇衡西境叡沁城及周边几个小镇瘟疫缠身，特此派我来慰问，也带了些青戎、燕川、南依和天洛的名贵药草，以助救治，尽绵薄之力，尽四国盟友之义，尽五国同治之情。"何谦恭敬有加。

"好啊！难得青戎上心我崇衡之事，你带的什么药草啊？可有奇效？"伯翁话里还带点刺。

"陛下，我带来了青戎的草原之橘，此乃尽除百毒的良药，还有燕川的天山雪桂和南依的野生谷皮，均是上好的药材，王室之选。"

"你可知这瘟疫有多顽固？我们想方设法实施救治多日，却收效甚微。"

"陛下，瘟疫自古在我们南土诸国偶有发生，都是病来如山倒，病去如抽丝，怎可这么快就退了，所以这次我还特意带来了天洛的名药鹰眼草，此乃世间最名贵的药材之一，本可明目清心，但是如若与刚才说的那几服药相配，可解奇毒，我们不妨一试。当然，其中的用法用量，医官们自然比我了解。"

穆安听着何谦说话，心头盘算着什么，似乎鹰眼草也并非什么名贵的所在，至少自己并没有听过。伯翁冷笑一声："鹰眼草？这药怎么用？你觉得我会让你用我万余子民试药吗？"

"陛下依然信不过我？"

"何谦，你可知这瘟疫来自何处？"

"愿闻其详！"

"正是你们那东戎河，我们的寒岭河被人下了毒，此毒诡异，与春晨病相互作用，致使病者病情加重，甚至会极速传染。"

何谦装作刚知道此事，皱着眉头道："哦？那陛下可曾查到河水中为何种毒物？"伯谕站出来一步，恶狠狠地盯着何谦："若是知道是何毒物，我们不就配出解药了吗？何谦！你还在这里装？此河上游便在你青戎境内，不是你们下的毒，还能有谁？"何谦装作十分紧张的样子，赶紧再次鞠躬行礼："伯谕王子可不能这般说，我格索王听闻此事，便即刻派我前来送药救人，根除瘟疫，若是我青戎所致，何苦如此？"太稷插话："何大人，我且问你，你此番来，是代表青戎还是天洛的天下院？"

何谦的手微微有些颤抖："当然皆有，此乃瘟疫大事，我五国之人都义不容辞。再者说了，这几个镇子距离我青戎不过几十里路，若是我们投的毒，那岂不是玩火自焚？"

伯翁若有所思，微微点了点头："快说，你带来的药如何使用。"

"这需要医官们帮衬，我想这几服药必会见效。"

穆安心思更密，盘算着这大帐内这么多人，该是一探身份的好机会，他慢慢退到了宗政公若的身后，偷偷拿出怀里的龙肤卷轴，又机警地四周看看，打开卷轴，看见上面有几个高亮的名字，分别是"李靖""哪吒""杨戬""比干"等，穆安环顾众人，却难辨谁是谁。

婴柳瞭见穆安隐蔽而异常的举动，慢慢移动脚步，看见了龙肤卷轴上"杨戬"和"哪吒"的名字，若有所思。穆安又思忖片刻，赶紧收起了龙肤卷轴，努力辨别当场这些人。但无论如何，此四人均为良善，三者属大周和阐教之人，比干也属忠良，心头便有些宽慰，自知崇衡该是自己势力范围之内的国度，心生拉拢之意。穆安能如此辨人，也正说明其姜子牙之意正在慢慢回归，至少他懂得了分辨人物的所属和善恶，这比刚刚出发寻访天下的时候要精明得多。婴柳此时想得很简单，此四人中三人均在暗杀名单内，也便心里有了定数。

太稷插话道："陛下，此乃危急时刻，不如我们把何谦大人带来的药草尽快让医官们一一试药、配药，再送去城镇里救人。"伯翁面露难色，伯谕很是着急："父王，你还犹豫什么？先试药吧！"伯翁叹了口气："先送何谦大人去营帐歇息。"何谦躬身行礼："谢过陛下，请陛下不要再犹豫，尽快试药！"何谦言毕被几个侍卫领着，退了出去，从头到尾，他也未说鹰眼草究竟如何用。

穆安略加思索，上前一步："陛下，我知道您犹豫药材的真假，但您不妨这样想，即便都是假药，青戎人要置我们镇民于死地，不也正好迎合您屠城的意图吗？"伯谕气得满脸通红："穆安！你胡言乱语什么！"

"所以药材无论真假，都是解除此瘟疫之难，为何不赶紧试药？"穆安此言便是逼迫伯翁不要再犹豫。

"穆安，我担心的不是药材假，而是药材真，你可理解？"伯翁显得十分沉稳。众人因伯翁的话而面露疑惑，面面相觑。"父王，你这是何意？"

"若是真的，那便是青戎人献药，救得患民，驱走瘟疫，这几个城镇的子民戎族人居多，你觉得他们会不会对青戎感激涕零，从而再生变故呢？"伯翁想得当真是远。宗政公若插话："伯翁，这都什么时候了，你还想着自己的版图之事？"太积反讥："放肆！"

"好！公若！我问你，你若是一国之君，你是要家国一统还是子民安康？"伯翁反问道。宗政公若欲言又止，沉默下来。瑶缮却插话："若无子民安康，要家国一统做什么？"伯翁又反问："家国不一统，便是战乱绕世，子民何来安康啊？"瑶缮和伯翁一问一答，倒是讨出一个悖论。

"陛下，我理解您的所想，但那是后事，我们不如先试药救人，若戎族人有变，我们再议后计不迟。"穆安也知伯翁就是这么想的，先垫个话。伯翁叹道："医官，你们可曾清点过何谦带来的药材？"

医官躬身行礼："陛下，我们都已经清点完毕，正是何谦大人所说的那几种名贵药材不假，我们已经查探过用法用量，先试药为当务之急。若是真药，我们将其溶于河水中，再让患民集体饮用便可见效，省时省力，争取时间。"伯翁挥手道："好！速去试药吧！河岸周边几处，多撒些药粉，不要吝啬！"

穆安眼珠子猛转，心中一凛，赶紧插话："等等！陛下，若是药材为真，放于河水中，再让患民饮用祛病，那必是因为此药可解河毒和病毒，此乃用法之一。但若是此药只解病毒而不解河毒，那患民饮用，岂不是又中河毒？所以此药实际上有四种用法。第一，溶于河水，让人饮用，解两毒。第二，人直接食用，解病毒。第三，还是溶于河水，但是只解河毒，不解病毒。第四，溶入河水，解病毒，但不解河毒。我们可要想好如何使用，不要一失足，成千古恨。现在这个当口，解病毒事大，解河毒事小，容不得我们有半点失误。"穆安这缜密的心思，若不是姜子牙魂意滴滴渗入，自己都不信会以如此逻辑思考和审视问题。众人陷入深思，随后是纷杂的议论之声。伯翁思忖片刻，点头道："言之有理，穆安，你意下如何？"

"陛下，给我快马一匹，我即刻返回叡沁城，尽快让自己身染此病，然后服用带去的药草，以身直接试药，看成效如何。若不成，则此药无效，若成则大功告成，我们不必再作溶于河水的打算。"穆安大义凛然，自是知道如今一点时间都耽搁不得，若是成，也便把崇衡握在了手里，说来说去，这依然是穆安自己的赌局。

婴柳迅速反驳："不行，这太过危险了！你不能让患病的患民直接服用，再看成效吗？"穆安摇头道："不行，若这些药草常人试药无碍，而重病之人服药则加重，那便害了一位平民百姓。"穆安有此爱民之心并不难得，但是往深了说，穆安想的是只身犯险，试药救民，换来崇衡伯氏王族的信任与授衔。

"穆安，你又求险以避祸！你的性命比那些百姓重要，你知道吗？"公若呵斥道。

"命，何时分过轻重？"穆安反问道。太积、伯翁和伯谕看着穆安，面露钦佩之情。瑶缮态度坚定："要去就一起去！"穆安决绝："你们在这里照顾夕见，我不会有事的！"

"医官，此计可行吗？"伯翁觉得穆安有胆，便问道。医官点头道："陛下，穆密使所言可行！是该用不同方式试药！如今这河毒和病毒确有互相催化之嫌，我们既然下令了禁止饮用河水，那么河毒不再是威胁，反倒是病毒本身是根除之本。"

"好！穆安！若此去成功，我愿以王室之礼相待，王族之位相授！十九贤宗，从此有你一席之地！"伯翁说得坚决。穆安要的就是这个效果，鞠躬行礼："好！陛下，我去去就回！"

穆安闪身而出，婴柳追了上去："穆安！穆安！"宗政公若拉住婴柳，安慰道："算了，你知道拦也拦不住他的。"瑶缮感叹："真是个疯子。"

"太积，去领兵协助，我们的原则不变，若是患民外涌，不可留情。"伯翁下令道。

"是，陛下！"太积退出营帐。

穆安骑着马，飞奔入叡沁城，马身上挂的全是一瓶一瓶扎好口的药剂，有的是药粉，有的是溶剂，还有一些草原烈酒。刚入城不久，便见烟雾缭绕的空气，多是来自城外焚烧的星点草和寒蕊草，均是提神醒目，驱菌杀毒的平常草药。穆安呛得口鼻不适，跳下马来，坐在空荡的街旁，脱去上衣，开始饮烈酒，不时地看一看空荡的街道，自己很快微微有了些醉意，烈酒带来的虚汗满头，风一刮，任凭再怎么坚实的身体，也会刹那间感染风寒，而这春晨病般的瘟疫，最容易吞噬虚弱的躯体。

醉意勾起穆安多愁善感的一面，他回忆起刚刚来之前的一幕：

穆安坐在夕见的病榻旁，夕见正在昏睡，身上盖着被了，身边有正在煎熬的药剂，升腾起的热气弄得营帐内朦朦胧胧。

穆安对着熟睡的夕见说道："夕见，我终逃不出为民谋利，以家国为本，心念天下子民的轮回。若是回得去商周，还有此一念，我会把穆安的名字刻在那边的墓碑上，他是个值得纪念的人，即便封神，我也不会吝啬。"夕见在不停咳嗽，神情很痛苦。

"还有你，可怜的你，我总归是一念分两段，一段道一段义，而你，却是一段善一段恶。"穆安慢慢靠近夕见的脸，近乎耳语："希望你梦里的人能一念无段，哪怕执恶于心，难得善举，那也是一世一人一情思，一家一国一信仰。"

"夕见，等我回来救你！"穆安言罢便飞奔而出，夕见没有醒来，但是眼睛里有泪水溢出，即便是苏姐己的魂意听到这些，也得掂量一下自己的处境了。而穆安最后靠近夕见的鼻息，并非有什么非分之想，只是想借夕见的病尽快感染自己，好迅速进那叡沁城去试药，说实话，若不是夕见如今身患重疾不起，甚至有生命之危，穆安该是不会采取这样的行动，但是其念想里必是有天下人的，也正如同姜子牙心中的道义，救天下人便是救身边人，救身边人便是救天下人。

穆安继续一边喝着酒，一边吹着风，然后站起身，身形有些晃荡，他开始挨家挨户敲门，请求施舍些食物，都被无情地赶走。世间风凉倒是不管恩仇，但凡有个人知道穆安是来救人的，该是都会给点吃的，而穆安此举倒非忘记带吃的，只是希望自己别露宿街头，但最终，穆安还是在路边睡去了，幸好此时是夏初之季，天气暖柔。

叡沁城东的军中大帐里只剩伯翁王和何谦两人，伯翁披着一件锦袍，坐起身来，有医官端过药来服侍，伯翁慢慢地饮着药。何谦鞠躬行礼，见伯翁瞟了眼自己，这才说话："陛下，我知道您心里的芥蒂，这不言自明，那条河既是戎崇两国的国界，更是两国王族的心界。"

"那是你们青戎人的想法，自古东戎七镇，七星连珠，叡沁更是一眼南窥，本是一脉相承，戎族人世代繁衍，近些年才有洛族人移居，但是我们'借地'也好，'割地'也罢，那都只是史书上的事了，只看当下，抛去这瘟疫之难不说，戎洛两族相处融洽，生活安逸，甚至世间这战事都未曾波及此地，那是上天的守护，崇神的恩赐，不是吗？"伯翁开始耍赖。

"陛下所言当然在理，没有什么比安稳和安逸更加重要，这是子民的心声，更是王族的向往。但是您若论当下，我们不能回避的问题就在此，若瘟疫不根治，哪来戎族人和洛族人在这几个镇子的安稳和安逸呢？世间之事，宛若平静的湖面，无风无雨，无朝夕日月之变，那湖面自然平静无常，但是万变便是世间之不变，世态炎凉，乃当世之永恒，一石激起千层浪，这瘟疫久而久之，两族人于此，可难言安定。"

"我就知道你们青戎来此，目的没那么简单。何谦，有话直说！"伯翁面色不悦。

"陛下，您想想，我青戎和燕川为何如今闹得这般尴尬？燕川人说我们抢婚，其实只是我格索王和夕见公主两情相悦。我们说燕川人行刺，其实又是那穆安深爱夕见公主，都是情爱之事作祟。情爱之事，不过小民小族的家长里短，这引发国与国之间的纠葛，未免显得小题大做。如今这河水诱发瘟疫之事也是如此，民间疾苦，我们不能不问，但是若因此引发两族隔膜，那就得不偿失了，您可明白我的意思？"何谦言语几乎抚平了燕戎的伤，也是为了给伯翁王施压。

"哦？你说的隔膜在哪里呢？"

"几个镇内风言风语，都说此河上游在青戎境内，称东戎河，下游在崇衡境内，称寒岭河，而青戎人下毒一说已经不胫而走。这使得几个镇子里的戎族人和洛族人隔膜不小，若是瘟疫未除，死死伤伤，在所难免，再加之异族矛盾，那可就因小失大了。我想，陛下您让太稹将军围城，也必是有此顾虑。"

伯翁长吁短叹："我围城只是为了防止子民在几个城镇内来往，使得瘟疫扩散出去，并无他意，甚至之前还有屠城的想法，你所说的异族纠葛我倒是想过，但似乎没那么严重。"

"陛下，此事是否会上升至矛盾之根本，在于瘟疫是否能根治，若久而久之瘟疫不去，那可就是群燕扑食、群马争锋了。为了活路，人，可未必再行人事。"

"你担心叛乱和起义？"

"还有异族和教义屠杀！"何谦说着，也便抬起头，眼中满是狠厉与血色，似乎此时东戎教的教徽便印在其瞳孔内。伯翁面色凝重："有你东戎教的教徒在镇子里？"伯翁怎会不知何谦之意，在崇衡人的眼里，整个千族会都是东戎教的"保护伞"。

何谦压低了些声音："陛下，那是当然的，他们无处不在！东戎教虽在几年前被我们王族打压，因为他们的教义里主张'戎族贤圣，诸族向学'和'血祭群夷，剥骨群蛮'的理念，致使戎族外的大部分外族人在我青戎生不如死，被极尽奴役和压制，更有很多善良的戎族人被东戎教徒游说，变成他们屠杀异族的工具，这些噩梦般的故事止于我先王格须坡，但是留下的东戎残根这些年持续向崇衡和青戎边境聚集，试图卷土重来。这些可怕的教义之奴可比那肉体上的瘟疫恐怖万倍啊，我戎族人受此苦难数年，现在我可不想洛族人和崇族人跟着受难啊。"何谦口诛笔伐的东戎教其实骨子里早已是青戎的第七部落，只是他教义里有对异族的不屑，于是迫于诸国的压力，格索王不得已在国策上持反对和打压状态。但是暗中，也会资助和扶持，作为交换，东戎教部分教徒愿意为了青戎行秘密组织之能，替国收集情报，暗杀诸国政要，反正见不得光的事，一般格索王会让千族会指派东戎教去完成。当然，这里面也包括对于北土神秘之地的探索。

"但是这些年我并未听说有东戎教的人闹事啊，此教派似乎绝迹许久了？"伯翁回忆道。

"那只是他们在韬光养晦，以待厚积薄发，我们不能有一日怠慢，须谨防精神之疫的来袭。"

"所以你的意思是，这河毒和春晨带来的瘟疫，实际上只是表面现象？"

"必是！若真是我青戎投毒，也必是这东戎蝼蚁从中作梗，伤害我青戎人和崇衡人的情义。"

"格索王可知此事？"

"我陛下就是在密查此事，有了些眉目，才特此派我来献药献计的。"

"有何良计？"

"陛下，我怕说出来，您又怀疑我们青戎人的初衷。"

"你且说来！"

"我们王室的意思是，第一，请求您将此河交由我们青戎人治理，从清淤、治毒、疏通河道开始，全面治理，以根除瘟疫。第二，请允许我们青戎的王室亲卫军在瘟疫退去后，乔装进入这几个城镇彻查和抓捕东戎教分子，根除这一丧尽天良的恐怖教派。第三，建立戎洛族区，成立戎洛教，宣传戎洛两族永世同好的教义，恢复这几个城镇之民精神上的坚毅。"

伯翁苦笑道："说了半天，你们是想要河要地啊？"

"陛下果然怀疑我们青戎人的初衷，我们只治理，并非索要，河还是寒岭河，还是崇衡的国土，而这几个城镇更不用说，我们的亲卫只是来帮助崇衡军抓人，也无他意，若是东戎教不灭，我们何来边陲安居？"

"我们自己不能抓东戎教的人吗？"

"陛下，这就又说回了刚才的问题，若是我戎族亲卫抓人，那是清理门户，若是您的洛族人抓人，就又变为了异族纠葛，那些东戎教的人虽然我们不想承认，但却都是十足的戎族人。另外，戎族人有自己的乳语与部徽，也常作他们的暗号，如果是洛族军队，根本一句听不懂，我们抓人就方便多了。"

"我听说这些东戎人有北方未知的异族人的血液，你们王室可曾求证？"伯翁王此言为真，北土南下之人很多也栖身东戎教，为的也是祸乱南土。

"陛下，此乃谣言，他们只是思想偏执的纨绔，并非有异血的鬼魅。"何谦当然不愿承认，相较南土其他诸国，他们是最了解北土情况的人。

"照你这么说来，东戎教徒河中下毒，可以定论了？"

"这倒也不一定，东戎教徒何必冒着感染的危险做此事呢？但有一事我说来，陛下可能会明晰一些此事态的来龙去脉。东戎教起源左戎年间，当时我们青戎国的国境比现在要向西方延伸许多，东戎教里也是各族人混合的一个时期。那个时期，除了戎族人，可还有不少凤族人加入。直到中戎时期，我们国土东移，东戎教为了躲避王室追杀，慢慢东迁，直至这东戎七镇和叡沁城为核心的区域，凤族人可都没离开过，而且为了掩护东戎教，留得一息教脉尚存，甚至有不少教团的领袖之位由凤族人担下，直至今日。"何谦所言非虚，也有嫁祸给燕川之嫌。

伯翁眼睛瞪得圆圆的，微怒道："凤族？又是燕川人！"伯翁对何谦之言倒是越来越信，因为何谦所言大多为真。伯翁十九贤宗门客遍天下，这些消息自是有一些的，而偏偏与何谦口中之言都能对上。何谦也确是有备而来，除了千族会与东戎教的关系外，其他大多说真话，把异族问题摆在瘟疫问题之上，则这可非民间之难，已上升为家国之危。

"此事可不是我多言，陛下，此细节我们不能不查。"

"好！你且去休息，待我与群臣商议，再作抉择。"

"是！陛下，望您早作抉择，为了子民，为了戎洛两族永世的修好。"

伯翁听罢何谦一席话，心里盘算两个主要的问题。第一，青戎王室和千族会确实没有下毒的理由，因为这些城镇实在是离青戎太近了，这初夏还盛行东风，戎东的子民也有少数会饮此水，青戎岂不是玩火自焚。第二，那就只可能是东戎教干的了，因为山匪和贼寇也没这个能耐，那么如此一来，何谦所言异族隔膜就会立即浮出水面，捉拿东戎教徒，就是戎洛两族又一次大动干戈，不捉拿东戎教，那它就有死灰复燃的苗头。想到这里，伯翁一时心中酸楚。

一个时辰后，伯翁的心中犹疑投于朝堂之人心中，也一石激起千层浪……

伯谕狠狠地拍了下桌子："简直荒唐，父王，别听那何谦胡言乱语，颠倒黑白，我从出生至今，也未听说过再有东戎教教徒作乱之事，还凤族人？凤族人说话能有洛族口音？"伯翁闭着眼睛，坐在床榻上，陷入深思。太辽心中已起波澜，但是面色沉静，他猜到了有人与陛下说了东戎教之事，但是他接到的秘密命令是投药加重河毒不假，并没听过最初的毒是谁下的，那么在东戎教徒的心里，此事可并非完全与教会有关。

太稹走上前道："王子息怒，虽然我也未曾再听说过此事，但是史书上确有记载，而且似乎与北方的未知民族还有些牵连。"

一位大臣站出来："陛下，那何谦虽是青戎重臣，但是脑子并不灵光，他这样说，必是背后有人教他，但是无论此人是谁，必是忽略了我崇衡的利益。在我看来，河不可让青戎人治理，他们的亲卫和轻骑更不能越境，那新立的教区和教派更是多此一举！"另一位大臣插话："陛下，臣认为，河倒是可以让青戎人治理，但是我们要与他们一起行事，才能安心，而青戎的亲卫军若是进驻这几个城镇，也不是不可以，我们需限定人数和武器，由我们的步旅带领，一同抓人才更合理，至于教区和教派的新立，可事后再议。"

伯谕挥手道："绝对不行！请神容易送神难，不管是河道的治理之人还是青戎的亲卫，他们来了，可未必会走，这几个镇子都是我崇衡的西境要地，若是青戎人图谋不轨，我们如何是好？"

太辽一时不敢插话，只能听哥哥太积自荐道："陛下，您若是担心河毒不能尽除，瘟疫不能根治，东戎教再作祟，甚至再起叛乱和起义，不如我去驻兵这几个城镇，以解后顾之忧。"伯翁反问道："你会解那河毒吗？你会治理河道吗？你听得懂东戎人的暗语吗？"伯谕又疑虑道："父王，何谦不是带来药了吗，穆安也去试药了，我们自己来治理如何不成？"

"那寒岭河河道诡异，河水深不见底，若是那么容易根除河毒，下毒的人何必采取这种投毒的方式？"伯翁质问道。

"那东戎教也不至于再掀起什么风浪吧，这都安静几十年了。"伯谕依然不愿妥协，其实为今之计，伯翁也想不出来其他的办法了，治理河道与围捕东戎，这两件事的确都是青戎的长项。更主要的问题是，崇衡做这两件事，水平且不说，当真耗时耗力，要知道，他们已经远离天下院和南土中原快一个月了，扶季等人失踪的通文前日也到了，伯翁这是娘家的事儿还没着急完呢，婆家的事又出了。

"天洛也曾断续安静过几十年，然后呢？"伯翁心中已然有了定论。太积再插话："陛下，不然我们就中和几位大臣的建议，我们让河道于青戎，让他们来治理，我们来监军！然后让青戎派一百亲卫来，我亲自为他们配五百随从，这样一来，所有的事，都在我们的掌控内。"

伯翁思考片刻，点了点头："就依太将军所言，派人去与何谦说明，然后下王令，让青戎人即刻登记造册后入境，我们需仔细清点。记得，若抓了人，东戎教里的风族人要更仔细查验身份，另册登名，谨慎为上。我再重复一遍，青戎人来，只能治理河道和抓捕东戎教徒，若是有越线的事，你们清楚该怎么办！"群臣回声："是！陛下！"

"对了，穆安呢？"伯翁追问道。

"他还没有消息，但是医官们已经在寻他。"太积答道。

"无论如何，让穆安活着回来！"伯翁显然比格索王更惜才。

太辽听着伯翁王等一席话，心中盘算青戎王室这是要黑吃黑啊，本是东戎教的秘密后盾，如今为了拍崇衡人马屁还要抓人？太辽怎能领会何谦如此借口的用意，只想着要寻个机会赶紧去给叡沁城周边的教徒报个信。

修辙、英典和青灯外加四国部分军众于洛京城郊外寻了个遍，也不见龙默、子笙、格图、宗政公贺、扶季和郎虎六人半个影子。江湖之大，洛和会会众也当真聪明，尤其是沮云，虽从小调皮捣蛋，但是也学得其父一点鬼谋。他命令幼槐把六人藏在了北郊天和门城门下几米的暗室中，虽是暗室，但也似一个小型监狱一般，每日有人送些茶饭。这个城门每日通流数千人，谁能想到门下便是暗室？洛和会重金买通了城门旁原帮邑院的几个看门小卒，于是这最明目张胆的地方也就成了最藏污纳垢的地方。幼槐也早已通知龙默等人，三日后上路发配北疆。

龙默心里其实早就想通了，否则也不会只让自己星渚会的眼线给沮洛献计而不通知自己在哪，速让修辙来救。他想着此事没那么简单，若真是洛和会自己的主意抓了自己和将军们，那怎么会不杀呢？就只发配？如果是因为忌惮四国军界驻军而不敢杀子笙他们，但是自己可是弑君建制的罪人啊，没有不杀的理由。而且以锦葵公主为首的公主们的家人大多死于对王室败亡的失望，更有杀了自己的理由，如今却留下性命，必是有旁人献计。龙默此时虽想不明白是谁留其命以图后计，但是这勾起了他斗心眼儿的欲望，龙默此时就想着一点，老子能叫人来救也不叫了，就是要看你们如何玩，而自己反杀罪魁的一刻，才是又一次炫耀其超然智慧之时。

龙默在狱中望着的天窗其实是城墙顶部镜面折射而来的微光，他早就想到，每日见此光深而远，必是狱上有墙，墙外有路，得此光线。而且小卒来送饭，皆是门吏装扮，哪里像狱卒，自己在狱中星渚会的眼线也曾暗示，这里是北郊城眼，再隐约听见头上过路马车之声，那必是城门之下不假。龙默如此联想，也便推算出另外一件事，北郊城门门吏，均是原帮邑院指派，而锦葵公主年少时生性贪玩，圣游天下城邑与河山不在话下，这天洛帮邑院上下百十来口子人都跟公主熟络得很，有的时候甚至公主府和内廷院都不用过问，直接就由帮邑院的臣子带着公主出去玩了。想到这里，龙默推测，锦葵公主必然精神控制了洛和会，而不似都别所言是洛和会假借公主之名。而若是公主抓了自己，也是必杀的下场，那么进一步推断的可能就是四国中有人与公主串通，换取福利。如今天下院里，燕戎不睦，却也引得子笙、鹿辞、何谦和格图老实多了，因为再越雷池，必是大战，且鹿辞被沮洛手捏把柄，何谦无此极谋，该是崇衡或南依人设计？再想一步，囚禁的六人中，子笙、格图和宗政公贺均是三国军中顶梁，若有差池，军中必乱，梅央该是不会冒这个险，那么如今崇衡瘟疫，伯谕和太稷早已东去，若是行此计，即便失败，不会损失太多的，唯有崇衡。龙默透过监狱的栏杆，一把眼刀投向扶季，心里一紧，不禁暗自佩服，这翩翩少年当真是神魄鬼谋，仙心侠胆，好似二十年前的自己。当然，龙默这一串精彩的内心推理和最终的结论论证了一点，人类终究是人类，超智终究是超智……

当然，龙默也不是"神"，他依然想不明白扶季策划这件事是为了什么……

穆安慢慢醒来，模糊的视线逐渐聚焦在几个围着自己的医官身上。穆安不停地咳嗽，身形微颤，身体极度地虚弱，面色青黄，眼神空洞，他慢慢挣扎着起身。医官们赶忙搀扶："穆密使，快些服药吧！"

"你们怎么在这里？溶水发了吗？冰苔酒呢？还有粮食！"穆安首先惦记的依然是苍生涂涂，自己亲身感受，这瘟疫之苦当不下于战火。

"太稷将军飞鸽传书，让我们在城里找你，接应你，水、酒和粮食都发下去了，瘟疫没有扩散的迹象，但是目前还没有痊愈的患民，我们有十多个医官也倒下了。唉，情况不妙啊。"一位医官很是无奈。

穆安痛苦地站起身，有些晕眩，环视四周，但觉眼前一黑，又要摔倒，医官们赶紧扶住。"我的马呢？"穆安几乎是用意志在言语。

一个侍卫牵过来一匹马，穆安踉跄着走到马旁，从马鞍下抽出一袋药，打开袋子，里面是一些药粉，穆安赶紧把药粉都倒入了嘴里，开始大肆咀嚼。

"这些药材怎可直接服用啊？不用煎熬吗？"医官疑惑道。

"不！我来试药，就是要把药的用法都试一边，几日后我的病若不好，再煎熬此药或溶净水服用。"穆安全然没把自己的身体当回事，试药的步骤却记得挺清楚。

"穆密使，你这可当真是玩命啊，是药三分毒，分分攻心攻肾啊，你若反复试用，这伤害不下于瘟疫啊！我们还是找患民试用吧。"医官关切道。

"不，他们已经足够痛苦，若药有问题，不该他们承受，我乃军人之身，这般痛苦，不算什么，对了，这里可有民居，供我小住几日？"

"快快！带穆安密使去城东的小院，细心看护，把这些药煎熬、研磨、烘烤、溶净水等不同方式做成几份备用，若是有事，飞鸽互信。"医官下令道。几个侍卫瞬间忙碌起来。

几个时辰飘然而过，瘟君盘旋叡沁城的上空，久久不散，就像那天眼一般顽固。蔚蓝渗紫的天空透着几缕血色，初夏的雨就这样突兀地下起来，似是感怀人间地狱之中，却有人愿意放声而歌。

夕见慢慢睁开眼，瑶缯在一旁摇着扇子："夕见，你终于醒了，你都睡一天了。"婴柳和宗政公若赶紧来到夕见的病榻旁。婴柳拍了拍夕见，阴阳怪气道："公主，你说你，天洛大败你不死，和亲路上你不死，青戎王宫你不死，崇衡边境你不死，若是现在染病死了，那真是冤。"

夕见听着众人还在讨论穆安只身犯险如何如何，心神早已飞去叡沁城陪伴心爱的伙伴了。倒是如穆安和夕见两人所感悟，这两人之间的感情，确能一定程度上压制住姜子牙和苏妲己的魂意显露，但是姜子牙的睿智和道义，苏妲己的狠毒与鬼魅，两人是扛不住魂意里的渗透的。说白了，就是姜苏二人魂意的加载一直在持续，这不仅局限于二人的记忆储备，也在于主要人物特性的强度和本身智慧的提升。当然，穆安和夕见作为主要角色，他们自身的智慧也在明显地超脱，且超过人们的想象。

穆安躺在城东小屋的床上，看着周围微弱的烛光，灵魂似乎要脱离身体般躁动，他的意识渐渐变得模糊，眼前也变得模糊，却又渐渐出现一幕幕商周之景：

周朝千军万马奔着商朝的军队而去……姜子牙指挥若定……元始天尊领兵来救……

穆安不停地深呼吸，勉强支撑自己的意识，姜子牙于其意识中跳脱出来，两人相对而言。穆安声音淡然："这就是商周世界吗？"姜子牙一派老者之风："都是乱世，与五国之世也无异。"

"你会在我死后离开我的身体？"

"此世彼世，无故长存，若你就此死去，我不会停留。但这世间，仅你一人，无可替代。"

"我对于你，只意味着一个躯体吗？"穆安有些伤感，自是觉得命不久矣。

"你有你自己的魂意，穆安，你并非任何人的躯体，你是你自己的魂魄。"姜尚所言太哲学。

"告诉我，为何穆安的魂意和你的魂意都在我这个躯体里。"

"你自己的躯体和魂意，本也是挚友之遇，两者相知，成就此生。你若问我如何相遇，我又怎会知道，我现在连个躯体都快没有了。"

穆安嘴角露出一丝微笑："你若随我而去，兴许是回去商周的法子。"

"我答应你，你若就此而去，我七日内不离，你若活过来，我便永世不去。"姜子牙万般喜爱穆安这个年轻人，觉得他该是年轻时候有胆有谋的自己。

"你有没有想过，你若换一个躯体，兴许我能帮你，那样的话，我们就是两个人了。"

"我也曾如此想，但是我若离去，你我未必再记得彼此。"姜子牙在没能研究透魂意之制时，敢想不敢为。"你究竟回忆起多少商周之事？"穆安又问道。

"在我脑海里的，永远是我所知道的全部。"

"夕见怎么办？"

"若是我，必杀之，因为她是苏妲己，但是你，我难言究竟，也许有一天为了你，我会救她也不一定。"姜子牙也自知苏妲己该杀，但是夕见是无辜的。

"那龙默呢？"

"也许到了该直面他的时候了，穆安，一切的一切，也许才刚刚开始。所以，任何时候，别放弃……"姜子牙鼓励道。

穆安又是一阵痛苦的抽搐，几个侍卫赶紧跑过来按住穆安。侍卫紧张道："穆密使！穆密使！你怎么了？"片刻后，穆安晕厥了过去。

军中大帐内，伯翁坐在床榻上，伯谕在一旁端着药，太稷面色憔悴，这一场瘟疫弄得常人也是病态如患，精神萎靡。一个侍卫冲进营帐，躬身行礼，气喘吁吁："陛下，我们接到飞鸽传书，穆安他，穆安他晕厥过去了！"

伯谕手里的药掉到了地上，伯翁狠狠叹了口气，自是知道若穆安试药无端，该是瘟疫还要拖延，不如屠城来得干脆，自己心里杀意又起。太积赶紧询问："晕厥了多久？"

"有两个时辰了！"

伯翁仰天长叹："若此药再不行，那是天要亡我崇衡。"却在这希望近乎破灭的一瞬间，又一个侍卫冲进营帐，鞠躬行礼，大喊道："陛下，穆安他醒了！"

伯翁、伯谕和太积大吃一惊，喜上眉梢。"醒了？身体可有大碍？"伯翁有些激动。

"正在随医官作些检查，似乎没有大碍了。"

太积继续问道："他如何服的药？"

"是直接食用碾成粉末的药，主要成分便是鹰眼草，但是据医官所说，此药渗入脾胃较慢，所以药效虽好，但是治根时日不短。"

伯翁长舒一口气，大笑起来："快！太积，去接穆安回来，然后安排我们的步旅、医官、侍卫去给患民发药。记得，碾成粉末直接用药，不可耽搁，若有情况，随时来报。"太积激动道："是！陛下！"伯翁挥着手："谕儿，召集群臣，拟定王令，舆论制民，就说瘟疫正在慢慢散去，几日内便可解围，七日后我们班师回朝。"伯谕大悦："是！父王！"

"哦，对了，知会何谦一声，我会修书两封，一封致格索王，略表合同治河的态度，一封致龙默和天下院，深表谢意。"伯谕点头道："是！父王，那夕见公主她？"

"先不见，容我再三思。"伯翁思忖道。

伯翁一番命令下完，将臣各自散去执行，这瘟疫绕梁月余，终见散去的希望。伯翁这十九贤宗广招天下贤人做门客寮友，有的甚至是登堂治臣战将，纵横四方，如今这个当口，不用说，穆安和其一众途友已是伯翁心中不可多得的宗门座上宾。

穆安坐在院子内，望着夕阳，面色依然煞白，但见血色泛泛，呼吸还算匀称。一个医官给穆安端来一碗药水："穆密使，你这可是救了我崇衡啊，不日去了朝堂，陛下必会重赏你的。"

"能活下来，已经是重赏了。"穆安有点庆幸劫后余生，当然脑海中姜子牙的魂意也给了自己鼓励，似乎这生死之间的徘徊让穆安顿悟了什么，他眼神中至此再无少年之色，只剩下一个治世之臣的狠厉。

"我真是经历毕生所学都未见过这种病，你竟然完全失去意识后又苏醒了。"医官只觉神奇。

"我们都被骗了，这瘟疫不是春晨病，只是很像而已。"穆安如今呆坐于此，便是在思索这病因，春晨病并无如此痛苦，他心知肚明，然后把药一饮而尽。

　　稍缓几日，穆安便启程向着军中大营而来。伯翁面色微白，身披灰袍，伯谕站在身侧，等待太积的军队和穆安的马车。太积骑着马，身后是一众骑兵，簇拥着一辆马车，穆安坐在车内，双眼紧闭，面无表情，似是又在与魂意中的姜尚交流着什么。马车停在伯翁的面前，穆安定了定神，才走出马车，太积随即跳下马来。穆安躬身行礼："陛下，劳烦您了，还远行来接我。"

　　伯翁面带笑容，拍了拍穆安的肩膀："难道我不该出来迎接一下崇衡的英雄吗？"伯翁大笑，挽着穆安的手，一同奔着营帐走去。

　　众人自是一阵相互夸赞和疫后安排，伯翁直言给穆安赐爵封赏，穆安一直推脱。不得已，众人均决定回了崇神城再议。

　　王辇上路，车马随行，骑兵开路，步旅拖后，一行人浩浩荡荡，整个车队绵延几里，奔着崇神城而去。穆安、夕见、宗政公若、婴柳和瑶缮坐在一辆宽敞的马车内，五人既有劫后余生的庆幸，也有瘟疫过后团队去向的分歧，只是这争吵和攀谈间，已然是有点家人的感觉了。穆安也在想，若是能为了众人寻一片归宿，那该是自己必做的事，眼前的十九贤宗宗门该是必进无疑了。

　　崇衡国崇神城崇祖殿内富丽堂皇，伯翁坐在王位上，面前一个矮脚的桌子，上面摆着酒肉。伯谕坐在王位的一旁，太积坐在另一侧，太辽显然对瘟疫的退去心有芥蒂，面无悦色坐在哥哥身后。诸多崇衡的臣子、副将、大家大族分坐四周，殿内殿外好不热闹。

　　穆安、宗政公若、婴柳、瑶缮、夕见坐成一排，面前均是美酒佳肴。何谦坐在对侧，盯着穆安和夕见，若有所思。

　　伯翁端起酒杯，起身朗声道："诸将众臣，大家大族，王室恭亲，还有来自燕川的穆安和婴柳，来自南依的宗政公若和瑶缮，来自青戎的何谦，来自天洛的夕见公主，我们今日齐聚于此，感谢上苍，感谢崇神衡神，助我们摆脱瘟疫的侵扰，实乃崇衡的大幸！我们共饮一杯，今日，不醉不归！"众人当中有议论的声音，然后众人举起酒杯，一饮而尽。伯翁继续说道："穆安、宗政公若、瑶缮、婴柳、夕见公主，五人除瘟疫有功，特此封赏金银、布帛、土地、粮食、豪府和佣奴。何谦，青戎戎保，特赐美酒。穆安，我已经引为王室十九贤宗门客，当然，我依然在等待他的决定，宗门谋职还望你考虑。宗政公若、婴柳和瑶缮为将军府门客，至于夕见公主，此乃天洛王室，我不好定夺，不知夕见公主你有何想法呢？"

　　夕见起身鞠躬行礼："陛下，我身中瘟疫，多日不醒，多亏崇衡的王室救得性命，十分感激，但是如今我天洛国共治刚起，五国同朝，实在是乱局当前，不敢奢求其他，我希望伯翁王陛下给予我一个名头，使我得以名正言顺，摆脱燕川的和亲之束，返回天洛，参与共治，与四国同事，参五国之局，也好在复国之路上看到些希望。"众人一片哗然，面面相觑。伯翁有些尴尬，思忖在心里，若是公主要个一官半职，硬着头皮也还好给，这索要名头以返乡立国，而且还摒除与燕川之系，那就当真为难了，思前想后，伯翁也没第一时间给出答复。

何谦盯着夕见和穆安，慢慢站起身来："陛下，我以为，夕见公主此时不宜回去天洛。原因有四，第一，夕见公主与那燕川有婚约，若是从这里回去了天洛，崇衡国本是好意，却不好跟那燕川人解释。第二，夕见公主又与我格索王一见如故，我青戎一直在寻觅夕见公主的下落，若是从这里回去天洛，与我青戎也未免尴尬。第三，那天下院现在是五国同朝，若是突然出现了天洛王室，难免使得天洛子民再度质疑天下院存在的必要，这于共治不是好事。第四，天洛所答应的登位、禅让都已不远，若是公主此时出现，必会是一片骚动。不是我挑拨咱们四国的关系，那燕川本就派首作风，到时候又会借着曾经的和亲之事大做文章，那样的话，分洛的天秤可就倒向燕川人了，谁人不知彼岸公主的名号，如今夕见在此，便是天洛后宫大势在握，咱们可得详议其去往。"何谦此时也不好定夺夕见的所属，便是言语之间摆明了关系，让伯翁自己选。伯翁听得仔细，心中所想尽是犹豫不决。

穆安突然站起身，指着何谦："何大人，念你还是千族会大戎保，今日却说出这样挑拨离间的话，我燕川领头成盟，大败天洛，才有今日的和平，你言语之间，却把我们的功劳说成了歪风，你是何居心？"何谦安抚道："穆安，你以死试毒，辨别良药，确定用法，驱除瘟疫，救得子民于水火，既是救了崇衡，也是救了我青戎，我感激不尽，也确实佩服你有胆魄和智慧。但是请你摸着自己的心口说，如今的五国之世称得上和平吗？"

伯谕插话道："何大人，你有话直说，你们青戎难道想要接夕见公主回去不成？"何谦赔了个笑脸："王子殿下，夕见公主在崇衡也罢，在青戎也罢，都是上策，只要不回去天洛和燕川，一切皆有周旋的余地，对公主更是一种保护。"何谦此言只是为了不让燕川做大，但是心里也有对于天洛的顾虑，尤其是沮洛和龙默这两个多智近妖的"弄臣"。

太积质问道："何大人，你青戎要去河道治理，还想派亲卫军入城，如今又要决定公主去留，想得太多了吧。"何谦谦虚道："将军，我敢断言，我的所想与伯翁陛下一致，不信的话，您可以问问陛下。"众人这才盯着伯翁，期待君王的言语。

伯翁叹气道："如此场合，欢乐一聚，如何把话题说得这般僵硬，夕见公主之事我没有定论，明日再议，我现在只想喝酒。来，举杯！"伯翁一下子把所有人的话噎了回去，然后一饮而尽，众人跟随。何谦、穆安、夕见三人面面相觑，这三人基本代表燕川、青戎和天洛的基础论点。穆安想，燕川若不得夕见，那必是回去天洛。

何谦想，青戎若不得夕见，那燕川也别想得到。而夕见想，天洛若是回不去，那就必须在找寻残军的路上，所以三人动机和诉求皆不同。

婴柳盯着伯谕和太稷，表情凝重，她于那日见了穆安手中龙肤卷轴的名字，但觉伯谕和太稷无论谁是哪吒谁是杨戬，都已是在自己暗杀名单上的人，此时心中起了杀意，也在盘算杀人的手法，要知道，伯谕可是王子，太稷是名将，这可不似杀害唐知那般简单。

何谦满脸堆笑，举起酒杯："既然陛下说今日只言瘟疫之事，那我们就不言其他，我只是有一事不解，想问问陛下，您是怎么知道这鹰眼草要这般使用的呢？"伯翁大笑道："我也有此疑问！穆安，说说看，你为何要去试药！"

穆安朗声道："陛下，何大人，这些来自天洛由几国捐献的药材确实都名贵至极，世间罕见，甚至有些需要上天山，下恒海，登敏峰，游四渠方才得一二，可见几国献药，实在是诚意满满。所以此乃五国的功劳，不在我一人。但是药材如人，如何相处是个问题，当时看来，瘟疫漫漫，我们时间紧迫，来不及深思熟虑地思考用法的时候，很容易陷入一个思维的定式，那就是磨药后撒入寒岭河，再组织患民饮河水，此乃最快的方式，省时省力！但是正如我之前所说，我们都忽略了一点，那就是，鹰眼草的药性，此药是唯一一个医书中不曾记载使用方式的药草，因为世间实在罕有，甚至我们都不知道它可以解何种毒，治何种病，这样一来，如何使用便是棘手的问题。其他的药，都解不了河毒，因为河毒的毒物至今无法分辨，所以指望鹰眼草成了最后的希望，但若是鹰眼草研磨后撒入寒岭河，它不解河毒解病毒，那患民饮后一样中毒，因为河毒与病毒相互催化。若解河毒不解病毒，则我们纯属浪费时间，因为患民的病没有被医治。若既不解河毒也不解病毒，那更是无上灾难。只有既解河毒又解病毒，我们才会用药成功，这么小的可能，我可不会去豪赌，所以我必须亲身得病，以身试药。成，则大成，不成，不至于浪费宝贵的时间，也不用死伤无辜，为我们试用其他方法赢得时间。最后，万幸，天不灭崇衡，也祝崇衡永昌。"

穆安端起一杯酒，露出微笑。众人一片哗然，都交头接耳，称赞穆安之声不绝于耳。"而且，就我得病的症状来看，此瘟疫并非春晨病，而是活死病，来自史书记载的北方异族之顽疾。"穆安此言如晴天霹雳，炸开了殿内众人的心。众人又一片哗然。伯翁有些惊恐道："北方异族？"

穆安点头道："陛下，还是彻查寒岭河北地为妙，此病可能引来其他事端。"

伯翁思忖着若是此事发酵，必然带来新一轮的家国恐慌，不如私下再议，便又恢复笑容道："此事再议，我会详加盘查。穆安，真乃治国之才，若如我之前所言，区区门客谋士，可真是委屈了你。来！再饮一杯！"众人又举杯，一饮而尽。伯谕插话道："父王，我记得先祖曾书一件大事，说有一位门客就是像穆安这般救得万千子民于山火之中，那位门客也是异族，不肯接受封官晋爵，于是先王创立了'崇相'这个职位，实为国相之下，谋臣之上的一个官位，主管国策立法。我想，穆安也当得此位。"

太积附和："是啊，陛下，崇相之位就是专为异国他族有功之人设立，本就不必遵理法和传统，穆安当之，不再有纠葛，若是十九贤宗宗门应允，当这宗门崇相也可。"伯翁点头道："我倒是忘记了此事，我崇衡百年，只有过寥寥几个崇相，但都是大名鼎鼎的良臣。穆安，如今理法和传统皆可抛，你可愿意当这崇相啊？不！崇相之位只安于朝堂，我要赐你天下之位，十九贤宗宗门崇尹，可理家国之事，可督天下之局，如何？"

穆安支支吾吾，佯装面露难色，心想这崇相之位已是高不可攀，如今若是进了伯翁的门客大宗十九贤宗宗门任崇尹，那可是与崇神会里的尹保们同级别了，心中喜悦，也正是借此身份惹天下院的好机会，但是面上的客气还是要做足的。众臣诸将纷纷起身，举起酒杯，面对穆安。

"穆安兄，不必再推脱！"

"穆安，你当得此位，不用再犹豫。"

"穆兄，快快接受吧。"

"你不答应，我们不再落杯。"

穆安依然在犹豫。太积和伯谕也站起身来，举着酒杯，等着穆安的答案。伯翁也慢慢站起身来，举着酒杯，盯着穆安。何谦、宗政公若、瑶缮、婴柳皆起身以迎新崇尹的到来。

夕见轻声轻语："穆安，别辜负崇衡人的一片心意。"夕见自知与穆安这份感情，若是其得升大位，岂不是自己残军之事还有着落？穆安此时百感交集，自知密使要务在身，子秋王陛下期许也在身。万般因果之间，自己若是得了这大位，倒也是前去天下院根查世人的良机，也顺便把李靖和哪吒等上古同僚拉拢在了身边，纵使这一决定带来许多负面的影响，例如青戎会言刺客被崇衡嘉奖，燕川会言叛将被崇衡授勋等等，但也显得不那么重要了。总之，在穆安的心里，上古要务与搅弄天下院，该是当务之急。

穆安长出一口气，举起酒杯："陛下，诸位将臣，大家大族，前辈晚辈，我穆安再说一次，我是燕川人，永生不变，但我愿做这个崇尹，为了崇衡国，我也肝脑涂地！燕崇两国既然同盟，我也算是为了一纸盟约，鞠躬尽瘁，向死而生。来，干了！"

穆安一饮而尽，众人跟随，大殿内满是咕噜咕噜吞咽酒水的声音，好似青溪过畔，河道通畅之声，这也是穆安前路的基石，愿一切畅通无阻，坦途绵绵。伯翁大喜道："好！就现在，我宣布，穆安入十九贤宗宗门，官拜崇衡崇尹，与崇神会诸臣相携以监国策立法，入住穆府，领西南宫万博殿，分三百亲卫，特此下诏，尽快让子民也知道此事，他们的英雄，已收为国用！"众人齐声喝彩。何谦盯着穆安，面露坏笑，举起酒杯："恭喜了，穆崇尹！"

"谢过何大人。"穆安对眼前这个将来的天下院同僚更是尊重。

伯翁大喊："来！上宫廷礼乐，起舞！"一时间，宫廷礼乐起，一群舞女进入宫殿，开始翩翩起舞。众人开始互相敬酒，一片热闹，伯翁笑得前仰后合。

穆安向夕见的身边靠了靠，低声耳语："夕见，为何希望我坐此位？"

夕见难掩一笑："你若是崇尹，我还怕回不去天洛，复不了国吗？"

"夕见，我现在帮你，就等于毁盟弃约。"穆安倒不是拒绝，而是犹豫。

"我没说要你帮我，若是回去天洛的是一个公主和一个崇尹，那天下院，可没人敢动我们了。"夕见的媚笑里，能看见苏姐己的嘴脸。穆安虽认不出这面孔，但姜子牙怎会不知，心中盘算夕见最近略有反常的举动，不禁心生惊怖。

沮洛和修辙数日寻不见龙默，也是心中焦虑，倒不是多关心龙默的安全，怕的就是这其中有家国之危。四国将军如今少了三个，军界的压力自是不小，每日朝会，鹿辞和梅央自是少不了唠叨，沮洛甚至买通了净天府的人彻查京畿上下，依然不得结果。

这日，龙默、子笙、格图、宗政公贺、郎虎和扶季六人头戴黑色面纱，身戴枷锁，脚戴脚镣，排着队，从监狱内的密道准备穿行而出，龙默自知这是北上的发配开始了。他们穿过北郊天和门城墙下的密道，走出了数里，似乎还未见天日，龙默透过薄薄的黑纱，隐约看见外面黝黑的墙壁，才知这监狱真是当年北郊天和门下的暗道，供城战将士逃跑之用，只是隔了数年，早已封存。如今洛和会倒是真大胆，敢借此路外逃。龙默走了不久，吭哧了几声，郎虎在龙默身前，嘀咕道："大人可好？"龙默方知郎虎在自己身前，心里踏实了几分。"北上不近，我们得伺机寻个法子。"龙默声音极低，郎虎没再回应。

数里之外，有一道北郊宅院的小门通外，六人被拉至城外官道，才见天日，虽是隔着黑纱，也能感觉到阳光的滋润。但是每日餐食里都有催汗散，几人见了阳光也不兴奋，蔫头耷脑，行尸走肉般前行着。

一众洛和会会祭和江湖志士押送着六人，只望见官道，确定了方向，便改走了小路，不易被人察觉，有时还会走些山路。子笙等将军久经沙场，倒是习惯这些，龙默和扶季哪里受得了这份罪，心中满是烦闷，只不过一个能看得见希望，另一个有些茫然。

龙默心里盘算着一件事，这总是走山路或者小路，不是遇到山匪就是贼寇，哪个不长眼的虎人当真一刀下去，就算自己是神仙也没救了，得寻个法子去官道，但是洛和会和江湖志士又不是傻子，怎么会走偏了呢？他们也是例行公事，就算遇到了匪寇，只当是押镖的丢镖就是了，自己小命要紧，龙默正盘算间，夏雨又至，浇得透心儿凉。

话归太辽和其东戎教徒，这崇衡朝堂也有部分崇神会的官宦身份是教徒不假，但是因戎崇联合剿过邪教，他们也都不太敢露头。太辽属于这些人里教会职位较高的，他是教会贞人级别的人物，说白了就是办事人里最大头了。当然，太辽平日里也绝不敢召集这些人开东戎教的"碰头会"，商量事情，唯有使用各种暗号接头，久而久之，一些朝堂之事也能在这些人中不胫而走。如今，穆安升十九贤宗崇尹之事，让太辽很是反感，因为十九贤宗表面看是伯氏广收门客的大宗门，其实是其巩固朝政的利器，如今收了穆安这样有胆识之人，对东戎教的压迫就更大了。

其实暗地里，十九贤宗还承载着机要之务，例如探索北土，安插其余南土诸国的细作等，彻查东戎教也是在所难免，而最近另一个在东戎教徒之间不胫而走的好消息是似乎有了崇衡边陲原天洛残军的消息，若是彼岸公主得知，必然领军杀回天洛，那将是东戎教借鸡下蛋的好机会。

崇衡国崇神城王族崇祖殿侧殿内，穆安终于逮着一个机会与何谦单谈，谈的事离不开这鹰眼草和天下院的愿景。何谦本是觉得穆安行刺格索王已是污点，甚是愤慨，但穆安三言两语便洞悉了天洛人让何谦来送鹰眼草的目的，何谦一时懵懂，直觉天洛人可能另有阴谋，这才把沮洛献草，让其借河借地的事情一五一十地说了出来。当然，洛和会捉拿了龙默等人的事，何谦也照实说了。穆安顺着何谦的思路想着龙默和沮洛可能的计划，也自然想到了关于东戎教的事情，这几件事联系在一起，似乎印证了天洛人的搅局和东戎教的复苏。若要查清这些事，穆安也必是要去天洛走一遭了，只是没想到自己入洛的第一件事就如此头疼，更令他没想到的是，崇衡这个靠山可未必靠得住。

格索得知何谦借了河道，还借了叡沁城及周边镇口，开心得不得了。他自知这时间长了，要回这些地方不是难事，于是赶紧吩咐官将安排药剂师、船工、渔夫、监工甚至是水手和铁匠成堆地往叡沁城运，抓紧时间先把河道占了，自己的亲卫队也没闲着，一早就兵发叡沁城，且秘密派了一些轻骑随时接应。

格索正激动间，一封来自天洛的密信送到了他手中，格索猴急地拆开信，本以为是自己弟弟格图得救回天下院的消息，却不知，这个消息更令他兴奋，他反手把信递给身边的一位副将，那副将看着信，大悦道："陛下，东戎河中有金矿？那……"格索大笑不止："天洛人，就是这般，狗的嗅觉，哪里有利益，哪里就有他们，这不，天洛内廷院的密信，必是瞒着天下院寄出来的，目标就是河底的那些矿藏。龙默也算有心，还个人情给我！"

"这可是世间罕有的啊，陛下，我们要尽快开采吗？"

"不急，让我们混入监工的那些步军和密探暗中查探，千万不要让崇衡人知道，有事速速来报。"格索脸上洋溢着笑容，就似这东戎河里的金子都已经在他的国库里一般。

话说这信来自内廷院，确是龙默安排的，这犊子别看被抓了数日，搅弄天下的事儿倒是没少干。他早先便留给韩滕义两封信，让他按时按点秘密寄给了格索王一封，言明河里有矿之事。韩滕义也是见利行事之人，龙默的交换条件就是帮他向沮洛索要更多的账本。只是龙默这一失踪，韩滕义心里琢磨这信是寄不寄出去，自己要不要偷看呢？最后的决定是自己反正斗不过龙默，还不如照常行事，卖个乖呢，于是这封信直接到了格索王的手里。其实龙默自己被抓后，心里也打鼓，韩滕义会不会照办，还不如把信给沮洛呢，但是龙默担心的就是沮洛被发现，受了连累，龙默此事倒是做得道义。至于龙默为什么和穆安一样知道河道里有金矿，那可是星渚会的功劳，于是另一个事情似乎有了线索，这河毒必然不只是东戎教的事，龙默必然做过什么手脚。

韩滕义的另一封信便是寄给伯翁的，伯翁刚安排军队盯住格索王派来的所有人，就收到了这封信。伯翁细阅此信，方知青戎派来的各职杂人中有步旅和细作的存在，心中烦躁不说，除了加强戒备也做不了其他的事，若是河道治理不善，才有问罪的借口。龙默此乃趁火打劫之计，他给格索王的信可没有落款，只是说了些曾经遇到格索王时候常说的话，格索王也便知是龙默的言语，龙默要的也是这个人情。而给伯翁的信自然也没有落款，伯翁也会猜这是谁发来的信，但是这都不重要，重要的就是信里挑拨离间的内容与抓人心性的字眼。格索王听闻金矿，必然加大借治偷采的力度，若是伯翁往后得知，怎会不怒？而伯翁得知格索王派人的路数，必是心里也憋着火，加派人手不在话下，等到暴发的一天，那将是灾难的降临。正如东戎教的教义所言，异族同地，永无宁日，龙默当真是东戎教最好的传教士，尽管他曾是玉虚宫元始天尊的徒弟，但如今，他心中之道，绝非善类，此道非彼道。

伯翁刚回到自己的腾宙宫，穆安便等在宫外，伯翁赶紧把穆安让进宫内，两人坐定，穆安便言道："陛下，这几日承蒙您的关照，日日饮酒，夜夜笙歌，但我身为崇衡崇尹，也想为崇衡和十九贤宗做些事情，在这里请求您让我随伯谕王子和太积将军前去天洛天下院赴任，以图在分洛之路上，尽微薄之力，占先头之机。"伯翁慢慢露出笑容："穆安，不瞒你说，我正有此意，只是担心你见了天下院那些燕川人会有所顾忌，毕竟燕川是你的家乡。"

"陛下，您说过待瘟疫之难后，说与我听，为何知道我的身世。"提到燕川，穆安这才想起伯翁之前的话。

"穆安，穆克祥统领既然是你的教父，那就应该告诉过你一件事情，那就是穆氏和太氏都曾是我王族的门客，也同是我军中大族。但是从先王重用太氏开始，你们穆氏没落了，西迁去了燕川，本是希望就此隔绝战事，却被子秋王重用，得以恢复军统，你虽出生于燕川，长于燕南，但是与我王族的关系，一刻也未断过。我伯氏十九贤宗为天下第一宗门，武徒、宗众、门客和寮友遍天下，经常能得到你的消息再简单不过了。你出事后，被诬陷叛乱，我本欲救你，但是燕川有人从中作梗，我们便不方便插手。谁知，你虽年轻，却胆识过人，极具智慧，阴差阳错到此，还帮我解了瘟疫之难，只能说，穆氏我们没白养活，你顺理成章坐我崇尹之位，也该是上天赐我的礼物。"伯翁这才说明了穆氏与王族的渊源，但其实伯翁口中的穆克祥与穆安并无血缘关系，只是穆安之前惨死的乡下亲生父亲见穆安喜爱习武，便寻了个法子送进了兵训院练习，久而久之得当时的将军穆克祥宠爱。穆安亲父也自知燕川朝堂腐朽，若无关系，混不久远，便自作主张让穆克祥做了穆安的教父，姓氏也随即而改。穆安后来得知此事，也自知生父心中痛苦，对父亲的爱有增无减，直到生父惨死的那一天，实际上穆安都没有真正地展示自己的武艺给父母们看，也没有时间报答父母的养育之恩，心里苦痛至极。而穆克祥曾受伯氏恩典，来往书信不在少数，自然言语穆安颇多。当然，穆克祥后来的死可能也与此有关。

"陛下，此事可当真？所以我生于燕川却是洛族人，也是这个原因？"

"就算我骗你，你的口音还能骗你自己吗？"

"难怪子秋王用我们，却也时刻提防，是因为他也知道我们曾是崇衡王室的门客？"

"必是如此，但是你要知道，子秋王恃才傲物，那个子笙心狠手辣，两人叔侄关系，却明和暗斗，如果子秋王用你，子笙必排你；若子笙用你，子秋必排你，你可明白？"

穆安这才了解了子笙和子秋的态度，似乎确有异常，但其实子笙有拉拢之心，可拉拢不成，那也便是杀心。

"陛下，瘟疫之难，用药之事，绝不简单，那鹰眼草是天洛龙默和沮洛所赠，而用药之法稍有差池，便是南辕北辙。所以我想，天洛人在从中作梗，意欲挑拨四国，甚至我怀疑，这河水之毒，便是龙默离开青戎的时候绕道戎东所下。"穆安这个猜测与龙默寄信挑拨相吻合。

"你想去天下院查那龙默和沮洛？"

"龙默绝不简单！沮洛虽听说是良善，但也难免被龙默所要挟！"

伯翁思索片刻："好！我推举你进天下院，但你要记得，那里可是五国同治，处处是险路峭壁，不亚于龙潭虎穴，你可要万分小心，如今扶季大人失踪有些时日了，你且去补个及时，待扶季归来，相互照应，凡事有个商量。"

"多谢陛下厚爱，我定为了崇衡，尽我所能。"

伯翁拍了拍穆安的肩膀："孤雁南飞，不在路遥风阻，不在阴晴无常，不在望眼欲穿，而在于，你想飞多远。穆安，你是燕川人，我不逼迫你必须为了谁做什么，但若有一天崇衡和燕川相抵，请你想明白利害再做事，好吗？"伯翁王难掩心中不安。

"陛下，生之所，不由我定，但信之源，由心而生，若心所相触，我会尽力安妥两方，不惜以死相护！"穆安说得坚定，伯翁听得坦然。

穆安刚走，伯翁便招来伯谕和太稷，商议天下院之事，言语之间，也各有顾虑。

"陛下可是在担忧那夕见公主如何处置？"太稷问得真切。伯翁叹道："若是留，没有理由，毕竟是天洛王族，她现在可能是唯一成年正统，之后大有所为。若是放，燕川和青戎必会再次争亲，而与我崇衡便是渐行渐远。对了，她可曾提出过什么要求？"

太稷回忆道："前日在侧殿，她确实问过我崇衡边境天洛残军的事情，依我看，她在寻觅天洛残军，以求复国。"伯谕感叹道："这公主也是疯了，茫茫大地，战事也都停了快一年了，哪里去找残军啊！"太稷又言："我倒是佩服她的魄力，一介女流之辈，有此抱负，实在难得。"伯翁思忖得紧，这残军难寻，但是公主心里这诉求似乎不难达成。

"那就给她一帮东戎教的疯子，让她带回去咬人算了。"伯谕一句无心之语却引得伯翁灵机一动。

"王子殿下，你又说笑！"太稷无奈道。"等等！谕儿，你说什么？"伯翁心里有了主意。

"父王，我说笑的。"伯谕怕父亲又骂自己无知。伯翁却坚决地下令道："太稷，给她一支我们的军人乔装而成的天洛残军，让她带回天洛，并大张旗鼓，昭告天下，说天洛夕见公主领军归来，待四国天下院之人出城迎接她之时，杀掉所有人！反正扶季失踪不在，如今的天下院，能杀多少是多少！"伯翁这一代明君，也被分洛之欲逼得起了杀性，其实他本不愿如此，只是青戎这次借河也确实欺人太甚，根本就是乘人之危，而燕川盟首做派，也不把崇衡放在眼里，南依的盟中盟难言真假，伯翁无奈，出此险招，希望搏一搏。伯谕和太稷瞪大眼睛盯着伯翁，满脸惊恐。

"父王，您这是，这是……"

"陛下三思啊。"

"我们不是俘虏过天洛残军吗？"伯翁又问道。

"陛下，那是早前的事了，他们早就都整编入我们的军队了。"

"查军籍和名册，抽调并重组出一只残军给夕见公主，如今我们远离天下院有些时日了，我们必须抢回先机。"伯翁眼中带着明显的杀气。

"可是，陛下，这……"

"速速照办！"伯翁几乎喊了起来。

"父王，这实在是危险啊！"伯谕不解父亲的意图。

"不破不立！这样一来，都会认为是天洛残军所为，到那时，不过是四国再灭一次天洛，但是这次故事的起点，就再无子笙、鹿辞、龙默、何谦、格图、宗政公贺和梅央等人了，而我们，还有你，扶季、太积和穆安，重建的天下院内，就是我们的天下。"伯翁边说着边还在想着失踪的扶季，"加派人手找扶季等人的下落，若能先找到，失踪这些人里该杀谁，我不用多说了吧。"

伯翁王话音刚落，便成了字字如新的官文发给了夕见公主。夕见但见残军找到了，且官文说得详尽，也便信以为真，开心不已，第一时间把此事告知了穆安。穆安疑惑道："奇怪了，我们从未和伯翁王说起过夕见需要寻觅天洛残军以求复国之类的话，伯翁王为何突然发官文给你，说发现了戎南和崇西的天洛残军呢？即便是发现，也不该直接交由你处理。"

夕见若有所思："我确曾提及，但事发突然，我也曾查验。太积带给我的那支军队编排和当年的任务密信，我都看了，是天洛曾经的东北线洛北羽箭军，隶属韩俅副将，他也是我天洛修辙将军的人，也曾因为不同意我父王的北掠计划而缓行军，遭到处罚。战事大败后，一众残留的几百人，便龟缩于戎北和崇西的白水山落草，直至前几月，被全部收缴。"伯翁让太积找的这个收降的残军确是这个来头，但并未落草，而是投降的。官文里写得模糊，只是穆安和夕见都没想到这其中的一个漏洞，若是落草的贼寇收编，太积怎会安置于军中，必是会收为先锋军或外派巡游，不至于扰乱军心，而伯翁不敢说是韩俅投降，怕夕见怀疑其复降公主的决心。穆安心中存疑："你可见到了那个副将韩俅？"

"没有，他已经死了，我只见了密信，确是当年修辙的亲笔，还有我父王的刻印。韩俅虽死，但是统领苏定文我认识，是个不折不扣的洛族军人，修辙将军也认识的。"

"此事蹊跷，若是行军密信，必与将军令牌，君王手谕同在，不可单独出现，若是世间高人模仿密信的笔迹，岂不是号令天下了？"公若说得精细。穆安附和道："公若说得在理，夕见，此事重大，不可轻信，须反复求证。再者，你若如此公开回朝，我担心五国又是一片哗然。"

"我总不能就此流浪下去，我会再确认残军来路，但回朝之心，不再动摇。"夕见很决绝。

"我也会和伯谕、太积一同去天下院赴任，公若、瑶缮，你俩作为太积将军府的门客，随我一同前去，我们也好相互照应！婴柳，那燕川军队曾经悬赏抓我，你与他们打过交道，我怕他们认出你。"穆安想得周到，正在安排同伴们的去路。

"你休想把我扔下，我已经跟太积说了，我做你的贴身侍卫，寸步不离。"婴柳想在了前头。

"也好，大家记得，去了天下院，那里可是各派各势，人言纷杂，五国之人，难辨善恶，我们须小心行事。"穆安警示道。

"穆安，若是有一天崇衡和南依不相为谋，我们怎么办？"公若也有所忌惮。

"那我就做回燕川人！"穆安风趣了一把，逗得宗政公若和瑶缮大笑，婴柳和夕见也跟着笑起来。这似乎是众人最后的笑声，也是团队最后的一抹美好回忆。

夕见摇头自嘲道："所以除了残军，我还带回去了你们几个与我天洛为敌的弄臣不成？"穆安安抚道："夕见，天洛的共治局面，不是我们创造的，但是为了和平长久，我们需要结束它。"

"那结果会是天洛易主吗？"夕见追问道。

"我们很难断定，但是我们会尽力，保住这份和平。"

"好，我明日再去确认残军，我们各自上路吧。"

"夕见，依我看，你再怎么确认，也都是那太积拿给你的，你才看得到，不如我潜入宫去，帮你查探一番，看看伯翁他们是否有诈！"婴柳心里盘算的显然并非探查这一件事，伯谕和太积的魂意身份更让婴柳感兴趣。

"婴柳，你会为了夕见去舍命调查？"穆安疑惑道。

"夕见好歹也是我一路陪伴过来的，没有我去劫她，她如何能与我们同行？"婴柳质问道。穆安挥着手："好了，婴柳，不许去，太危险！夕见，明日我陪你去查验残军的由来，若无定论，不可妄动。"婴柳噘着嘴，把穆安对于夕见的关切听进耳朵里，心中不悦，琢磨着若是穆安此生不愿正视自己，还不如做点惊天动地的事让他侧目。

安梦文在距离冥王星越来越近的时候，还在回忆克里斯的话，他该是还在研究其他的课题，否则不会对自己 AI 联盟如今反控推演世界这么有信心。想到这里，安梦文对自己的身份产生了怀疑，若自己有 AI 的头脑，又是陆秀夫的好友，那必是居于人性与机器之间的感情，但是自己即便救下了陆秀夫又如何？让自己兄弟看着自己手上的推演世界毁于 AI 之手？还是帮着陆秀夫反转一切，让克里斯的计划落空呢？

安梦文还在研究那段波段，心想这位公主该是谁？她是怎么样的存在，若是在冥王星，为何要逃？安梦文的一片东拉西扯的思考被一声巨响淹没，但见宇宙飞船的巨大舷窗前出现了一个极度光亮的球体。他心中一紧，知道那是星系其他生命体的宇宙飞船，人类的飞船亮度难以接近于此。随后便是一段谁也听不懂的星系语言的喊话，安梦文所坐的宇宙飞船也悬停在那只未知生命体的宇宙飞船前。

渐渐地，巨大的光亮球体减弱了亮度，安梦文才看清一个让人绝望的大出自己宇宙飞船数千倍的类似高山断崖般的大型飞船，船体表面有着五彩斑斓的条形激光结构，形态威武而霸气，不时地重复着对于安梦文宇宙飞船的喊话，但是安梦文还是一句都听不懂。

　　一位宇宙飞船的驾驶员从驾驶舱匆忙地跑出来，惊慌地大喊道："未知生命体！未知生命体！他们喊话让我们远离冥王星，乘客们，我们得掉头，他们会在一个小时后开火毁了我们！"这一席话便让舱内的乘客们炸开了锅，大家几乎异口同声地说赶紧返航，驾驶员其实也是这么想的，只不过得经过乘客们的同意。只是安梦文心里有了异念，心中一横，一不做二不休，不到冥王星誓死不悔，他从怀里抽出一把微型手枪，举在手里，指着驾驶员大喊道："不许返航！"乘客们一听又炸开了锅，谴责安梦文的同时，也忌惮他手里的枪。安梦文不由分说，疾步来到驾驶员面前，用枪顶着他的脑袋，又喊道："进去！"驾驶员一个愣神，安梦文右肩一横，把驾驶员撞进驾驶舱，自己紧跟而去，反手便把舱门锁了。但听乘客舱内一片哀号和惨叫，但是这死亡之前的悲绝，也只有人类才有，安梦文不觉得有一点害怕。他知道，若找不到陆秀夫，他死的那一天到来的时候，人类也就差不多了，而人类的死亡和灭绝也是 AI 生命系统倒计时的开始。

　　安梦文用枪顶着驾驶员的太阳穴："推速十五秒绕到这个庞然大物的后面，有难度吗？"

　　"你疯了！先生！这个庞然大物必然有无死角的武器，我们怎么都是死！"驾驶员解释道。

　　"那好！给你二十秒，撞进它前面断崖的圆心内！它武器不是先进吗，我看它敢不敢打自己的心脏！"安梦文简直跟穆安一个秉性，险中求胜！"快！"安梦文又大喊道！

　　驾驶员一声长叹，也知这个时候再跑也来不及了，干脆开足了马力，向着眼前这个庞然大物的亮色圆心撞去，而且速度越来越快，近乎疯狂。这个庞然大物确实并没有开火，而是打开了圆心的照明灯，把宇宙飞船迎了进来，就像客人一般，还腾出了一个巨大的内部停机坪。

　　安梦文这才看清飞船内部的结构，精密到让他咋舌。那是他在游戏里才能看到的矮人锻造的精密至极的电子和金属，精神分子与魔法产物的结合，那该是银河系之外的产物，或者说，那是宇宙奇点外才有的艺术品，而人类想都不敢想，AI 自以为傲的近神天赋在这种文明面前也是蝼蚁一般的存在。安梦文当下产生了一个念头，尽力说服这个文明帮助自己找到陆秀夫并解决人类与 AI 的矛盾，说白了就是救一救可怜的地球和银河系。

科幻史诗长篇系列小说

任 为 ◎ 著

避世岛书

第一部（下）

新华出版社

第八章　归志

陆秀夫和李勉连夜对瞿麦星做着深入的研究，两人已经不敢再使用原本为了操控推演世界而组建的所有新智能系统、神经元系统和云储存系统，只能靠着简单的波段分析器处理瞿麦星发出的波段翻译。他们仔细地处理每一个细小信息的翻译过程，慢慢地，一段数字显示在翻译器上：55101316042124031552。这一串不知所云的数字让陆秀夫和李勉猜测是密码或者暗号，但是两人又很快打消了这种念头，因为作为星际间文明传达的密码，这过于简单，而若是暗号，又过于复杂。

陆秀夫盯着这段数字，感觉有点眼熟，似乎在哪里见到过。这个令人感觉悲凉和凄然的试验间内，除了夕见的脸庞，让他感觉熟悉的东西其实并不多。陆秀夫搜尽脑海每一个细胞和脑空间的角落，终于想到了曾经在哪里见过这一串从瞿麦星破译出的数字。他不禁魂灵颤抖，大惊失色，眼中满是对于这个星宇和银河的绝望。李勉看着陆秀夫惊恐的眼神问道："怎么？你认识这些数字？"

"我见过，就在那本书里！"陆秀夫指了指操作台上的那本《红女织记》。没错，就是龙默给夕见公主的那本，陆秀夫也不知什么时候进到推演世界拿回来的，也许是他太过想念夕见了，也许他也是推演世界里的某某，在做着什么挽救推演世界的事。尽管他知道，在 AI 的全面反控下，一切都是徒劳。

李勉打开《红女织记》，最后几页是一沓沓数据表格，表格的下方有一排来自云储存系统和神经元系统的破译数码，连在一起便是：55101316042124031552。这是落款，简单说，就是数据来源或者签署人的名字。

"明白了吗？"陆秀夫反问李勉。

"不明白，这些数据难道来自这个编码？还是说这些数据是这个编码人的手笔？"李勉心中有些惊慌，他还不想承认自己的推断。

"这是瞿麦星发出的编码，这些数据是推演世界北七的所有数据，他们在北土的数据库中留下了落款，很简单，他们在宣誓主权。北土实际从来未被 AI 控制，而是被瞿麦星控制了，也许他们以为这是冥王星的文明，也许他们知道这是我们和AI的衍生文明，也许他们以为这是我们的先古文明，但是无论如何，北土若安然，那必是瞿麦的武器；若不安，则我们失去了挽救南土的最后条件。若瞿麦非善，他们不必费一兵一卒，就可借北土控制所有冥王星的推演系统和世界观让我们输得彻底！"陆秀夫的言语中充满着念悼词一般的悲怆和无助。

李勉良久无语，两人随后的沉默祭奠着这一刻的迷茫，还有人类将至的又一次惨败。

瞿麦星和安梦文遇到的巨大断崖飞船并非来自一个星系，但是几乎可以肯定的是，银河系里璀璨繁星中并没有他们的身影。那么，以陆秀夫和安梦文两个科学家的分析，他们该是有三种来源，虚空边缘、未知界洞和宇宙奇点，而无论哪一种来源，都又说明了三点现实，他们具有超级文明，具有控制推演的企图和对人类未知的态度。

暮夜如织、风紧月稀、夏蝉远鸣，泛起杀念。崇衡国崇神城王族预言宫四周灯光昏暗，婴柳身穿夜行衣，顺着宫殿的大梁慢慢地爬行。这预言宫为王子伯谕的寝宫，造型别致，如雨后冒尖的春笋，梁梁之间有着四通八达的路径，婴柳这身手，轻易地由侧宫弦窗爬到了正宫大堂。

宫内有宫执经过，婴柳赶紧贴紧梁体，隐蔽起来，见四下无人，方又机警地环视周围。静默片刻后，一个挺身跃步，顺着梁柱滑了下来，然后在一个桌案前四处翻找。

婴柳在一叠文书中发现了一个"军队边防调令"，婴柳打开调令仔细地阅读，突然瞪大眼睛，脑中回忆着夕见的话，似乎这天洛残军确有问题。

一阵脚步声传来，婴柳赶紧放下调令，闪进了一旁的垂帘后面躲避起来。太积和伯谕片刻后便来到了桌案前，伯谕侧身靠着桌案，叹气道："哎，也不知父王是如何想的，这一招实在是险中制乱，九死一生啊。问题是我们没到破釜沉舟，最后一搏的时候，若是此计失败或者暴露，我们得不偿失啊。"太积有意压低了声音："陛下也许是酝酿此消彼长的计划，我们得了穆安和公若，若是再能借夕见公主，闹得天洛一片哀号，杀了何谦、梅央、鹿辞这些天下院的顶梁，说不定，剩下的残局，真的就是我崇衡来收拾了。"

"四国之盟和五国军队岂是摆设？万一出点事，我们崇衡如何交代？"

"放心吧，殿下，这次选的降军绝无差错，言语也都对好了。他们随夕见公主前去乔装天洛残军，绝对万无一失，即便是暴露，我们还有后招。"

"什么后招？"伯谕还是不太放心。

"东戎教！"太积心知肚明，而且明显也是得了伯翁的意，只要失败，就嫁祸给东戎教，一了百了，弄不好，青戎朝堂也会被拉下水。伯谕惊恐万分，想到了当年父王跟自己的猜测，似是有东戎教的人收留过天洛残军，为的是扩大教面，增加教众。"当时救济他们的，确有东戎的人？"伯谕问得直接。

"已经查实了，东戎教的崇南分教曾经收留过他们。"太稷说着，伯谕心里盘算，若是有这个后路，那便踏实许多。

婴柳躲在一侧，听着两人言语，才知这天洛残军之事果然有假。但是转念一想，若是夕见为此谋戮天下院，几无胜算，要是丧了命，也没人跟自己争穆安了，而且残暴王族的残根，死活也不值得可怜。这私念一去，邪念又来，闪念陡生，这伯谕和太稷必是李靖、杨戬和哪吒三人之二，都是暗杀名单之人，一起做了便是，但太稷乃世间名将，不可正面对敌，唯有智取。

只听太稷继续言道："王子放心，退路已经留好了。"

"将军，此事不可有任何差池，瞒住穆安他们之外，军队一律禁言。"

"只是……"太稷有些犹豫，"若是穆安兄知道，会不会对我们失去信任，毕竟所杀之人里还有燕川的鹿辞，若天下院失踪的子笙寻回，那可是文武尽失。"

"事到如今，局势所迫，国事当头，顾不得私情。再者说，此计既然父王首肯，那必是举国之事。去吧，记得，切莫走漏风声。"伯谕反复叮嘱。

"是！"太稷言罢转身而去。婴柳本要闪身而出一把龙指凝针结果了太稷，但是这杀念终被太稷银甲魁身和雄霸之气顶了回去。婴柳探出的一小步，还是收了回来，决定待太稷走了，先把伯谕做了完事。

但是婴柳这一个犹豫的碎步，却让伯谕朦胧间听了个大概，他眉头一挑，心中但觉堂内还有别人，一时警觉起来，一把手刀坠进掌心。不待伯谕思索太多，婴柳拉起黑色面罩，一个转身，闪出垂帘，已是一把亮晶晶的龙指凝针飞在伯谕眼前，伯谕向后倒身，再一侧身，右手支地，欣赏着漫天繁星从自己的瞳孔上飞过。

伯谕武功不如婴柳，但这脑子可是转得飞快，虽还不知对方是谁，但这几根针扔的当真有力道和技巧，自觉若是单挑，不出十回合，必被对方戳成筛子，于是手刀扔出，击响了堂侧的一绺编钟，声音虽不甚响，却因青铜共振，显得很尖厉。太稷刚出宫口，不觉耳尖一竖，心中盘算为何王子这个点敲钟，思忖间，不怕一万，就怕万一，闪身而回。

婴柳一直觉得，若是世间无青灯这个人，自己该是第一暗器高手，但这飞刀和凝针可比青灯的丝刃飞得快些。暴雨梨花间，满天繁星坠，伯谕抽出桌案上的铺布，抢成圈保护在自己身前，婴柳绕着伯谕疾跑，好闪出角度，却一时难见要害，伯谕虽胳膊已是血痕累累，但却未伤及身躯。

一把弯刀飞出，婴柳侧身一躲，太稷探步上踢，婴柳便落了下风。太稷白衣将军，武功路数可轻可重，他从柱上抽回弯刀，自知此人已伤得王子狼狈不堪，必须迅速近身，于是一个滑步，挺刀至婴柳身前。婴柳不停后撤步，左手凝针，右手飞刀，太稷一拨二挡三跳步纷纷躲开，近身而来。婴柳抽出龙骨双刃，交叉挡在头上，太稷一个山工砍柴，婴柳又一挡，被太稷的力道压得屈腿承力，自己娇胯一扭，太稷力道太大，向前便是一个踉跄。婴柳自知若是被太稷这么压着攻，三招就死，只能祭出杀招。自己一个挫步，腾空而起，左手短刃已是架在太稷肩甲之上，婴柳头下脚上，双腿蹬直，借太稷宽肩，腾跃在空中，双刃直握，奔着太稷头颅而来，好一招毒蜂袭颅，双刃锁颈。太稷久经沙场，这般江湖伎俩怎奈他何，他弯刀反握，瞬间下蹲肢体，婴柳刃尖到其头颅的时间便长了几分。太稷再一蹬腿，向后鱼跃，反握的弯刀上扬，与龙骨双刃擦出火花，婴柳在空中半天，刀刃相接，难免受力不均，失去了平衡。太稷侧身立稳重心，一个上踢，婴柳的双刃便飞了出去，眼见要摔将下来，太稷上前一搂，把婴柳捧在怀里。

婴柳一个无奈，心态倒是好得很，刺杀伯谕和太稷不成，在太稷这般俊俏将军怀里躺一会儿，也算是个收获了。太稷这一抱，才觉出刺客是个女子，反手拉下婴柳的面罩，把她推开两步，弯刀早就顶在了婴柳的喉间。"婴柳？"伯谕这才把卷满银针刀片的桌布扔了，惊讶地喊道。

婴柳眼珠一转，心鬼闪烁，自己得先发制人，拿假残军说事才有生机，朗声道："我们好心救你崇衡于瘟疫大难，你们却要乔装天洛残军，借兵夕见公主，破坏共治大业，撕毁四国之盟！居心何在？"

太稷和伯谕一个对视，以为婴柳行刺为的是此事端，怎会知暗杀名单之事，于是一时犹豫是杀是留，终是理亏，也没得辩解。太稷弯刀探进，刀身一侧，刀柄奔着婴柳侧后颈部就是一击，婴柳瞬间昏厥过去。伯谕捶胸顿足，懊悔不已。

伯谕和伯翁、太稷商议何去何从，这谈判自是少不了了，否则要是把婴柳一杀了之，那穆安和公若那边如何交代呢？一个谎圆另一个谎，那便是深渊的起始。

大牢内昏暗而潮湿，伯谕站在婴柳的面前，婴柳双手双脚被铐在墙上，面色冷峻，狞笑着盯着伯谕的眼睛。伯谕也面露一丝诡异："婴柳，我们不想说的你都听见了，死前，是不是让我听听你不想说的！"伯谕自信能跟婴柳谈判，若不成，大不了鱼死网破。婴柳哼笑一声："你们崇衡人看上去深明大义，实际上是一帮无耻小人！"

"小人？我们不做自家的小人，就会成为别国的下人，你懂吗？"

"荒唐，世间名家贤士那么多，也没见几个在别国屈膝。"婴柳说得凛然。

"现在整个天洛都是，你看不见吗？"伯谕质问道。

"天洛没有死，你睁开眼睛看清楚！"

"说得好像你是天洛人一样！你们燕川手里捏着公主和亲的文书，是不是觉得天洛不死，也是燕川手中的物件了？"伯谕故意把话题引向燕川的不义和盟室现在的局势。

"燕川手中有你们这些走狗，要公主做什么？"

"燕川果然高傲，连你一个密使手下的人都这般猖狂？"

"放我出去！我不会泄密，我若是死在这里，你们反而暴露！"婴柳寻思自保的可能。

"哦？真的吗？"

"我是谁，不重要，我说了，你也不一定信！我们做个交易，你们只要不杀天下院的龙默和修辙，你们的秘密，我一个字也不会说出去。"婴柳此时言语的这两个人，让伯谕很是惊讶。

"不杀龙默和修辙？你到底是谁？你是天洛人？"伯谕试着猜想道。

"你现在只有信我，如果杀我，穆安和公若必知，他们本来就怀疑夕见公主的残军之事，也知道我夜探军报的事，以他们的心智，会想不到我的死和残军有关系？"婴柳句句逼迫伯谕接受自己的条件。其实，婴柳此番言语，也听出些端倪，她笃定残军之计胜则天下院失，败则夕见和残军亡，于自己和穆安无伤大雅，甚至没人再横刀夺爱，没人再剑指家国。

"探军报？你对我招招都是杀招，会只为了军报？你这是缓兵之计吧？我放了你，你回去变了脸怎么办？我们这次可是破釜沉舟，不只你，若是穆安阻拦，我们也舍得杀。"伯谕回忆当夜的情形，心中迟疑。

"伯谕，我若是你，就接受这个交易。你细想，杀不杀龙默和修辙，天洛也就是这个惨况，有什么分别？你们的目的无非是鹿辞、何谦、梅央他们，世间几个大国，都明白这个道理，千万战将易寻，治世能臣难觅，若是他们死了，燕川、青戎和南依用什么再和你崇衡抗衡？"婴柳说得仔细。"你真的是天洛人，对吗？否则不会眼看着鹿辞他们陷入我们的陷阱。"伯谕直觉婴柳动机不对。

"子笙军胁朝堂，鹿辞家族腐朽，他们周围的商友军侯，均是乱国之党。杀他们，我还真不觉得可惜。"婴柳言语有些遮掩，并未直击话题。

"我问你两遍了，是不是天洛人，你都不接话。婴柳，你是天洛派来的细作，对不对？"伯谕揪着不放。

"是又怎么样？我现在能帮你们，你还要杀我不成？"婴柳这才承认了自己的身份，当真是天洛人不假，只是如今才亮明，必是有心鬼难捉。

"好！婴柳！我看得出来你和穆安的关系，你若是此刻逞口舌之快骗我，出了大狱又揭我们的底，那你们这一行人，可一个都走不了了。你不想你自己，可得想想你这些朋友！尤其是穆安！"伯谕威胁道。"那你接受我的交易？"婴柳追问道。

"我接受，但是我再重复一遍，穆安现在是我崇衡的崇尹，我们若杀他，随时随刻！"

"好，让太稹尽快吩咐你那些乔装的兵士，龙默和修辙若是死了，我们谁也别活！"

"你们这一行人我觉得越来越好玩了，不仅一个穆安可用，如今还多了个你。好！婴姑娘，我们天洛见！"伯谕这君子皮囊下的阴刻之魂当真让人胆寒，他转身边向外走边喊道："放人！"几个狱卒赶忙进来给婴柳解了镣铐。婴柳活动了下疼痛的四肢，瘫软在地，自言自语道："我能做的只有这些了，天洛、穆安，我也是被逼无奈，被逼无奈啊！"婴柳言罢，自己心里一阵委屈，不禁眼眶通红。这一桩桩的事连在一起，把她拉入如今似乎欺瞒身边所有人的境地，但是有哪一件事是她心甘情愿做的呢？除了爱上穆安。

伯翁一夜无眠，又重回预言宫，愤怒地训斥起伯谕，心里忐忑不说，主要也怕此事暴露，引得崇衡成了众矢之的。伯翁、伯谕和太稹三人商议如何不杀龙默，如何推卸责任，如何败露收场，如何云云，好不忙碌。

片刻后，伯翁、伯谕和太稹返回崇祖殿。穆安、宗政公若、瑶缮和夕见早已站在朝堂上，众人面色凝重，似是听了婴柳之事，均有不安之心。唯有穆安明白，婴柳不是得了残军秘密，就是行了其他诡谲之事。在穆安的心里，对唐知的死多少还是有所怀疑的，只是不得证据，不好伤了同伴的心。

伯谕躬身行礼，佯装无辜道："父王，那婴柳行刺我，被我当场擒获，击晕在地，如今已经押于大牢。现在尚不知行刺的原因，但是念在她依然除我崇衡瘟疫大难有功，还望父王考虑从轻发落。"其实婴柳早就出了狱，估计这会儿都回了侧殿了。

伯翁佯装反问道："穆安，婴柳是你带来的人，如今竟然行刺我王子，你可有何说辞？"

"陛下，此事一定事出有因，误会一场，还望等我质问其缘由，再行发落。"穆安有心救婴柳，夕见听这言语，心中多少有点醋意。伯翁佯装气愤："好，我即刻把婴柳送入侧宫软禁，你随时可以去问她缘由，只给你一天时间，给我一个交代，否则的话，再行囚禁！"

"是！殿下！"穆安再次行礼，恭敬万分。伯谕和太稹瞟了眼穆安，心里惭愧，不敢更多眼神交流，言罢也都随着伯翁离开了。

宗政公若、瑶缮和夕见这才围了过来，压低了声音："会不会与夕见的残军有关系？"公若问道。瑶缮点头："同感，婴柳昨日说替夕见去查探，是不是发现了什么？然后被王族……"

"我先去侧殿看看她，你们回去住处等我。"穆安说完疾步而去。夕见思索片刻，蹑手蹑脚，悄无声息地跟了过去。宗政公若与瑶缮见众人离开，窃窃私语起来。"这边的事密报给洛北的依军了吗？"公若此言不禁暗示，南依也似乎有所密谋。

"已经通报，梅央大人这几日就会收到消息。"瑶缮答道。

"公贺将军还没找到？"公若有点担心起来。

"还没！"瑶缮说罢，拍了拍公若的肩膀，安慰他无须担忧，两人皱着眉头，良久无语。这残军阴霾将至，失踪的半个天下院也不得下落，南依军和东戎教均有预谋，世间暗势洪流，似是要在崇南洛北撞个头破血流了。

穆安坐在婴柳的床边，婴柳狱中受苦，精神萎靡，一觉梦游四海，魂过阴曹，九转而回，几个时辰后才慢慢醒来。直到模糊的视线中出现穆安英俊的脸，她才露出幸福的笑容，拉着穆安的手。夕见躲在窗外，见两人牵手，心中不悦，醋意再起，但是她偷听偷窥的重点可不在此，她怎会不知婴柳是去替自己刺探残军之事的，她就是要听个明白残军是真是假。

而伯谕也没闲着，他躲在另一侧的窗外偷听，担心的自然是婴柳是否是按照和自己的约定所言，如若有变，这些人可是一个都留不得了。

"婴柳，为何刺杀王子？"穆安看着身上带伤的婴柳，想着她一路跟自己走来，确实受了不少苦，心中满是亏欠。"我没想杀他，只是出面质问，却被他擒下，简直小题大做。"婴柳这是给自己留个只言片语的时间，好编出一套逻辑清晰的谎言。

"质问什么？"

"夕见的残军有诈！"婴柳直言道。夕见躲在窗外，大惊失色，身形没站住，扶了下窗框。伯谕心中一紧，更加担心婴柳揭底。婴柳听见外面有动静，猜测不是夕见就是伯谕在偷听，谁知两人竟然还都在，她思忖间，提高了些声音。

"那些不是天洛残军对吗？"穆安追问道。

"不，那些是如假包换的天洛残军。确实如夕见所言，统领是苏定文，但是，他们的目的不只是随夕见回朝那么简单。"婴柳言语间，也在反复试想自己将说的言语逻辑是否天衣无缝。

"他们还要如何？"

"夕见是天洛公主，既然此次公开回朝，天下院的五国同僚必会出城迎接，此乃国礼，也许夕见全无此意，但是残军内呼声很高，他们要在天洛都城外反水，杀光四国的天下院之人，结束天洛的共治局面，以求借此复国。"婴柳此言虽正是夕见内心之意，穆安也有想到，但是婴柳如此说，倒是没把伯谕出卖了，全部的罪过都推给了残军之人。

"你怎么知道军中有变的？"

"我本欲帮助夕见彻查军队的收编文书，但是发现一个恳求陛下军法处置的折子，上面写着太稹已经在三天内杀了几十人，这些都是我所说的有意返朝即反水的兵士。但是，你想想，他们所抓之人，怎么可能是全部的反水之人，必还有不良残军留在军中，若是夕见带回去，可就完了。"婴柳这般说，伯谕也便听得明白，她不言残军为崇衡粉饰，直言有人反水，穆安便会觉得正常。

"既然是天洛残军中有反，那不是再正常不过的事情，你质问伯谕干什么？"穆安反问道。

"我担心是崇衡王族故意安插崇衡军人，浑水摸鱼，要对我燕川乃至四国不利，也许是我态度不太好，伯谕便把我擒下了，还说我要刺杀他。如今事实已定，倒是我莽撞了，该不是崇衡的罪过！"婴柳借了一下这个噱头，却又把崇衡择得干净，但是言语间，冲着穆安挤了挤眼睛，用下巴指了指墙外，示意隔墙有耳，而自己说的话，有一部分是反语。

穆安盯着婴柳的眼睛，若有所思，便知婴柳话中有话，似乎已经暗示了自己什么，佯装继续着问话："伯谕没反驳你？"

"他反驳了，但是我难以全信。"

"崇衡会傻到让自己这里出发的兵士去屠杀天下院？"穆安在跟婴柳密语确认这个结论。

"那可是天洛残军，又是夕见带队，谁会怪到崇衡头上？但是，我转念一想，若是崇衡谋划此事，那岂不是扶季大人也危险了？他们不会不近人情到大义灭亲吧？所以只有一种可能，天洛残军自己要反！"婴柳说着，却不停地点头，示意穆安所想为真，而自己所言只是虚晃。两人这南辕北辙的言语和哑谜当真是得够长时间的相处才有这默契。伯谕听到这，才放了心，但是担忧穆安有所防范，也心中念叨婴柳这丫头太鬼。

"天洛残军的收编公文和出城的手谕，文书都在哪里？"穆安追问道。

"肯定都交到夕见手里了啊。"

"此事不会是崇衡所为，也不会是夕见蛊惑，必是这些残军残将知道要回朝了，兴奋之余，复国之心又起。"穆安提高了些音量，也只是说给窗外人听的。夕见在窗外若有所思，心里本是盘算带残军杀将回去的，如今与将上倒是不谋而合。

"怎么办？我们要不要去阻拦？"婴柳问道。

"他们何时发兵？"

"三日后。"

"那还有时间！"穆安盯着婴柳的眼睛，婴柳目光有些躲闪。"婴柳，我想问你一件事。"穆安突然换了话题。

"还有什么事？"

"唐知的死，你可有线索？"穆安这样问着，也在观察她眼神的变化。婴柳不答，犹豫了片刻，突然口中一道白色暗气吐出。穆安一个激灵，躲闪不及，中了婴柳的头重散，一刹那支撑不住身体，倒在了婴柳的怀里。婴柳自知夕见在外面，便抱着穆安，像抱着自己的丈夫一般亲昵起来。

"穆安，你从未真的信任过我，即便是如今只有我真心陪伴你的情况下，你依然认不清敌友。"婴柳把穆安抱得更紧，朱唇微翘，一颗热吻印在穆安的脸上。"依然不肯承认与我在盗会的肌肤之亲，我是如此爱你，你却如此不近人情。"婴柳自言自语着。

夕见只听见婴柳自语，不闻穆安之声，便又踮起脚，透过窗户，看着两人，瞬间醋意大发，眼圈通红，咬一咬牙，才抽身离开。而伯谕早已在回去自己宫内的路上，心中盘算收尾之策。

婴柳自己说得动容，几颗眼泪流下来，打在穆安的脸颊上，好似两人都在流泪一般，这世间情爱，怎一个"虐"字了得。

话归龙默一行人跋山涉水，好不辛苦，终于来到了天洛东北的边陲山区，眼看山林原野间，不出十日也便踏入崇衡边境了，这才寻得一个烈日当头的中午时分，在一棵老槐树下休息了片刻。龙默环视四周，但见子笙和格图蔫头耷脑，一贯喜欢掐架的两人都没了精气神。宗政公贺和郎虎也均是躺在树下乘凉，没什么动作，这催汗之药用过一次两次，恢复起来本不是难事，但是久而久之却是伤身之物，人很容易没了精力和体能，但似乎只有扶季还算精神，他远眺山涧，似乎在辨别方向。龙默望着扶季的背影，虽然也有些疲累，但心中所思未曾断过，若是扶季在背后捣鬼，那么，洛和会的人给他些优待再正常不过了，可能这药也就下得轻些或者干脆不下。只是龙默依然在盘算，身边这些个黑衣灰衣的武者，究竟是不是洛和会的人，路上一言不发不说，似乎还对北上之路如此熟悉，按说洛和会京畿之地的人物在天下院时期该是不会离开洛京太久的，这北上之路崎岖不已，蜿蜒曲折间还能走得如此顺畅，心中不解。

郎虎刚借了点阴凉，似乎缓过点劲儿来，活动了一下筋骨，虽手镣脚镣极重，但是这些习武之人适应得总比文臣快些。他活动得差不多了，便四下里走走，几个洛和会的会众三三两两聚在一堆聊着天。数日过去，这些人本对龙默等人还有些防备，日子久了，也便疏忽起来，郎虎这般吊儿郎当地近身几步，他们也不在乎了，反正真打起来，铐得这么紧，郎虎和子笙这些武夫也伸展不开。几人这般心理，也就聊得尽兴起来，郎虎侧耳倾听，几人似是在聊夕见公主的残军之事和崇衡人重返天下院之行，郎虎瞬间警觉，悄悄又挪了几步，听得更加真切。

洛和会会众满天下，这几日发配途中，龙默等人均是山脚林间、溪旁河畔休息吃食，而这些会众轮着就近寻个村子镇子吃酒聊天、喝茶小憩，美哉不说，进出各大酒馆茶庄，也能探得一星半点的消息。这崇衡瘟疫刚过，伯翁和伯谕就出了"残军打天下"的幺蛾子，还放出风去，说夕见归国，天洛残军入编等鬼话，自然通过各种人言人语传到了这些洛和会会众的耳朵里。如今郎虎听得真切，若是夕见公主领残军归来，该是有屠戮天下院和捉拿龙默等人的危险的，听得差不多之后，赶紧靠近龙默耳语起来，把自己听说的一切关于夕见领残军回朝之事跟龙默说了起来。龙默自知夕见和穆安逃去崇衡，该是不会闲着，可是这么快就寻得了残军，确实有点蹊跷。但是转念一想，若是路上能碰到公主回朝，会不会有被救下来的可能呢？但是龙默又很快打消了这个念头，以夕见的秉性，见面不杀自己已是万幸了，如何还能救自己？但是又一个转念，无论如何，公主如今希望的是回朝当政，也有拿了这里半个天下院回去要挟其余人的可能。如果这样想，自己即便被挟持回去天洛，也要好于如此被发配北上，若是还有机会揭露扶季和洛和会的罪行，那便是在燕戎不睦的导火线上再挂上崇衡的好机会。想到这里，龙默拽了拽脚镣手镣，费劲地移步到了一个洛和会领头人的身边坐下，呻吟声压得很低："这位统领，我听闻夕见公主，哦，彼岸公主可是从崇衡寻得了天洛残军，正欲回朝入编，如此一来，也必是走这崇洛之间的东北向官道，我们不如一同前去迎一迎。"龙默又怕这位统领不明白自己的意思，追言道："这彼岸公主可是闻名天下的凤主，洛和会得锦葵等公主立旗号，便可有号令江湖、再立家国的能力，若是得彼岸公主，那可是让天下洛族群起而举的大事，发配不在此一时，你可要想得明白，机不可失！"

"你已经是今天第二位跟我说这个话的人了，我们自有定论，不劳龙大人费心！"那位统领说得淡然，也是不屑与龙默多聊什么，起身走开了。龙默对统领的话略有惊讶，若自己是第二位说这个话的人，那第一个出此言的唯有一人了，龙默抬起头，正赶上扶季在远端回眸而视龙默，眼里不仅是鹰视狼顾，还有那凌迟血肉的寒气和鬼魅。龙默心中却不慌，他差不多确定了扶季该是本次发配的幕后指使，虽不知动机，但是自认为此次危局翻盘与否，对手便是这个人。

扶季本是与锦葵公主谋划了此事，锦葵公主劝说洛和会发配众人以消民仇，也不至于立即惹得军界兵压朝堂，再灭家国，而是有着周旋的余地，方是兼顾之计。扶季抱定了引南土名士前去北土做质臣的想法，但是如今崇衡瘟疫刚过，太积的军队把崇衡国境几乎围了个遍，怕的就是疫后乱局，这让自己的北上计划有了阻碍。而且细想残军回朝之事，若是彼岸公主重现天日，锦葵公主在洛和会还有何作用？自己在洛京可借助的势力就会大打折扣，所以不如设计在这东北官道上来个"邂逅"。夕见公主疾恶如仇，与天下院势同水火自不用猜，若是路上遇到了，夕见即便不杀龙默等人，也会绑了带回去要挟天下院。这样一来，夕见可就是五国共治的罪人了，除去她再简单不过了，也避免龙默、沮洛和修辙借公主复国，子笙和鹿辞借公主和亲授禅。且谁杀公主，谁也是罪魁，这南土的乱局只会继续。所以扶季笃定了发配倒是可以晚一些，质臣北行之事不急于一时，继续祸乱南土才是真，而这第一步就是揪住彼岸公主不放。而龙默此时所想几乎与扶季完全相反，那就是极力引导公主救这半个天下院回朝，则公主在天下院立了威名不说，参政也是理所当然了，和亲之事周旋之间，也能牵扯燕戎的关系。再者龙默内心是隐约有点怀疑此残军真伪的，不知有何后计。所以如此一来，扶季和龙默都愿意迎一迎夕见，众人也便走得缓了些，并且往官道偏了偏方向，好能在官道"邂逅"夕见和她的残军们。

太辽此时也没闲着，他摸清了夕见公主领残军回朝的路线，便即刻秘密安排了沿途野里乡间的东戎教徒拦截。太辽只安排了拦截公主的教徒截杀并替换残军，然后挟持公主回天洛朝堂，再伺机杀天下院之人，殊不知这残军本就是假的，他这一计再施，这残军可就换了两茬儿了。至于动机，东戎邪教，戎族之外皆为异族，屠戮尽显异族之仇，何须动机？要说太辽有一个私心，那就是最好在沿途把伯谕和太稷也干掉，只不过他知道哥哥的武艺水平，要做到这点，只能看天命，若是老天有眼，那下一个坐上将军之位的，非太氏英才太辽莫属。

天下波谲云诡间，计欲横流、谋略相叠，苦的永远是权塔中游的将臣，幸的永远是王座之上的兽性，这趟多方的邂逅背后，是新一轮秩序的诞生还是洪流的又一次推进，不得而知。别忘了，还有穆安和婴柳的追逐，伯谕和太稷领正牌崇衡军的回朝，宗政公若和瑶缮的南依北迁军搅局，"乱"本身就是"秩序"！

接近中午，天气渐热，宗政公若焦急万分，匆匆忙忙跑进侧殿，撞进穆安的屋子，猛推还在酣睡的穆安。"穆安！穆安！你怎么还在睡啊？"

穆安迷迷糊糊起身，揉着眼睛，才看清宗政公若的脸。"怎么回事？我这是在哪？头这么疼？"穆安声音沙哑，婴柳的头重散药效太猛。

"每次一出事你都在睡觉！"宗政公若责备道，"赶紧起来吧，上路了，夕见带着残军，一早就出发了，奔着天洛都城而去，看上去十分着急。我说来通知你一起走，她只言残军人多不好调配，便先走了。"

穆安这才完全惊醒，惊讶之余，心头一紧，想起婴柳的话，夕见领军回去朝堂，那天下院还能有救？谁会任凭异族坐在自家朝堂号令天下？

"伯翁放行了？调令办妥了？太稷的文书和给四国的入编通文也都办妥了？这么快？"穆安心中明显知道这些繁杂的事端要想办齐，根本不可能这么快，那么其中一定有其他的故事。

"陛下怎会给调令和文书？夕见拿着的是残军自己的通文，连冲带撞而去，崇衡守卫怎么拦得住啊？"宗政公若这般说着，穆安思忖起来，此事崇衡也脱不了干系，如果想拦住这些脱缰的野马，怎么会拦不住？而且伯翁和太稹均不下调令和文书，连四国人编的请信也不写，这不明摆要和这个残军撇清关系吗？若心里没有鬼，为何要择得如此清楚？

"伯翁、伯谕和太稹呢？"穆安追问道。

"他们三个急得不可开交，出兵时日不对，生怕军中出乱子，他们都在等你呢。陛下让你，伯谕与太稹即刻上路奔赴天洛，追上残军！"

"快！公若！你和瑶缮现在就去追，追上了就拦下来，他们残军中有反共治的兵士，我怕天洛天下院之人出城迎接，会出乱子！快！快去追，把此事说给夕见听！劝她冷静，若她也有此心，绑了回来！"

"好！那你呢？"

"你快去，我去与伯谕和太稹言语一声，随后就到！快！"

"好！"宗政公若疾步而去，穆安迅速更衣，也冲了出去。

穆安随即与伯翁、伯谕和太稹三人商议立即启程去追残军之事，崇衡三人佯装焦急万分，实际心里却是有着十足的把握，只是不愿穆安事后发现抱怨崇衡王室的鬼谋。崇衡小国小族，此时也是万般无奈。穆安在与三人言语间，注意着每一个人脸上的神情，心中猜出了几分玄妙，只是此时捅破无异于自陷囹圄，还不如将计就计，去天洛入驻天下院来得实惠。几人谈罢，穆安、伯谕和太稹便各自准备车马上了路，直奔洛京城。

几日行程过去，这几路人马终于汇集于天洛东北端的修罗渡，寒岭河由北至南从此处流入罗曜国北面的三角洲地带，而修罗渡西南端的大片开阔地就是曾经南土乱战的著名古战场之一。罗曜国最后的曜西军步旅也是在这里被天洛的天鬼群灭，从而导致了罗曜的彻底亡国，这一仗也促成了崇衡与燕川，青戎和南依的迅速成盟，于是戎东军横移向东阻击天鬼，天鬼不得已班师回朝，却在路上被远途偷袭而来的燕东军和依北军合力围剿，导致几乎全军覆没。那一仗剩下的天洛羽箭军才成了北逃崇衡远郊的一批人，当然，这些人只有少数还在如今夕见的残军里，也就是抱定了杀心的一批人，而其余的，均是太稹派死士冒充的，虽然也抱定了必死的决心，但是怎么死，为谁死，也就无所谓了，更不用说东戎教的人。

夕见与苏定文并马驱进，没敢有半点歇息时间，两人一路上也谈及了残军的来处，苏定文倒是说得头头是道，夕见也无心再求证残军真伪，这归乡心切，杀敌心更切，一众残军便浩浩荡荡奔着修罗渡而来。

残军未至，龙默、子笙、格图、宗政公贺、郎虎和扶季六人排着队，戴着脚镣手镣，已经在渡口河道西南侧等着公主们了。一众洛和会的会众近百人，稀稀散散地站着，望着河对岸的情况，也自知残军必过此处，若是公主一来，纳头便拜，直言洛和会复国之心便是，至于这六个人怎么样，那就听公主发落了。可龙默和扶季不是这么想的，他们两人的对决这才刚刚开始。

天洛国洛京城王族光洛殿，鹿辞、何谦、梅央、修辙和沮洛五个人已经凑不够两桌麻将了，几人干脆横坐正堂阶梯前。如今数日不得龙默等人下落，心中也确实烦闷，变法与新政已在路上，半个天下院又不好定夺什么，满是忧愁。沮洛声音低沉而忧郁："天下院如今残酒未消，诸位同僚久寻不回，我们也不能耽搁了新政和变法，诸位需重整心绪，一心共治。这天洛旧法中，内服外服，协调一致，诸多细节，虽不能王族与子民同罪同罚，但是法度上已经尽量统一和平衡了。如今的新法中，我们为了照顾王族残根的尊严，还得慢慢过渡，以求平稳，不宜一步至深，举国大同。"

"沮大人，五国之内，无论外事内务，哪一个国家都不能完全做到王族与子民同罪同罚。既然如此，我们四国之盟不多强求，但是如今的共治局面下，天洛虽然较之初平静许多，但该有的变法、新设、修葺、改制、废制一样都不能等，过渡期越短越好。在我看来，王族残根的尊严事小，五国的前路事大，一切的一切，先得给将至的王选、登位、禅让作准备。既然天上院和天下院相辅相成，王子们尽来，诸事皆须准备起来，若是子笙等人不得归，我们必须有所准备。"何谦此言觉得，若失去子笙、格图和宗政公贺几位将军，横向类比来说，似乎青戎的损失稍微小点。

"沮大人，我听闻前几日天洛民间和后宫多有淫乱、聚赌、斗殴甚至是反政、反朝、散播流言的种种劣迹，若是不及时整顿，怕是天洛社会根基一塌，王族信仰遗失，那可就难以挽回了。"鹿辞质疑道。

"鹿大人，这些事我也有耳闻，但似乎也发生于军界内。我并非言语推脱和质疑此乃四国之人所为，但是如今天洛的新法度推行困难，根本在于一国之内，调和五国之法。这部分商议定夺，得等将军们和龙默大人回来予以完善。"修辙接话道。

"修将军，这世间的法度，大同小异，既然约法于人，但约法始于人，约法更制于人，那就不必拘泥于几国之内、几国之法，只需一法同约，五国尽执便是。"梅央提议道。

"梅央大人，此话我听不明白了，四国盟约都有约法，天洛的新法始于天下院，而终于天洛子民，怎么如今变成五国同法了呢？要是我四国之人还听天洛之法，那不同族则不同信，不同国则不同习，万一出了岔子，谁收场？"鹿辞故作疑虑。

"自古便是约法之地，治此地之民，你我虽是实际上如今天洛的统治一阶，但是若不受新法约束，那如果真出了岔子，岂不是更不好办？你难道需要天洛出现五种国法不成？"何谦直言。

"新法修葺、改制等我已经提交了天下院和内廷院，各位的案头都可详阅了，若有不妥，大家再提及便是，不必在此争论，伤了和气。到底是五国同法还是洛法治洛，我们等崇衡的伯谕王子和太积将军回来再议也不迟，总不能少了一家之言，当然还有扶季大人，我们总不能替他们定夺了此事。"沮洛缓和道。

突然，童魄急匆匆地跑进天下院，对着众人鞠躬行礼道："大人们，崇衡发来国书，说了……说了几件大事。"童魄有点支支吾吾。

"什么大事？当着天下院同僚的面，说吧！"沮洛吩咐道。

童魄打开一卷长长的文书，念了起来："崇衡伯翁亲笔，第一，瘟疫大难已过，诚心感谢天下院同僚及四国之盟友相救，此情永记，无上感激。"

"别整这虚头巴脑的！说重点！"何谦有点着急。

"第二，已经派遣王子伯谕和将军太积返程，回归天下院参事。之前王子的所做已经彻查清楚，并无盟中盟之事，请四国之友勿怀戒心，也请继续同心协力，共行共治大事。至于龙默和扶季等诸位天下院将臣失踪之事，深表震惊，会派遣太积将军领军协助其余诸国军士寻觅其下落，望非常之期，患难与共。"

何谦满脸不忿："哼！自己查自己，还能查出端倪不成？"

"第三，崇衡历来少有善谋善政之士，如今通过瘟疫大难，得一天纵奇才，此人有崇神之胆，衡神之智，已经升任为崇衡十九贤宗宗门崇尹，例行国之立法监督之事，如今也随王子将军前来，入驻天下院。赴任之期，当以谋士之身做起，也算暂时填补崇衡谋士之位于天下院之内的空缺，请诸位大人批阅文书后予以首肯，还望今后同事之时，予以提携和相助，扶季大人寻回之时，另有调用，勿因疑生虑。"

鹿辞疑惑道："崇衡崇尹？"

"第四，天洛公主夕见于崇衡边境寻得几百天洛残军而归，崇衡已经依照四国盟约予以协助离境，交予天下院处理，请于十日后辰时出城迎接，特此收编其残军，安顿洛王族残根。若天下院立法章程有变，另行商议收纳和处理之法。"

众人听得这最后两条，均目瞪口呆，面面相觑，不时有议论声四起。修辙和沮洛随即思忖起来，沮洛追问道："崇衡前来天下院赴任的谋士叫什么？"

"大人，文书上未写明，但是崇衡提供的这次入院的新名册上有写明，此人名叫穆安！"童魄回道。鹿辞大惊失色，提高了嗓门："穆安？那是我燕川的……那是我燕川的密使啊！怎么在崇衡为官了？"何谦呛声："哦？密使？我这次前去崇衡，他可是道貌岸然，一副崇衡大官的嘴脸。"

"童魄，你的名册上还有什么名字？"梅央追问道。

"还有宗政公若和瑶缮,据说是太稷将军的门客,随军方而来,不用入驻天下院,但是需修辙将军签阅名册,之后散居都城军界便是。"梅央听闻这两个名字,面露难以察觉的笑容,心中暗喜,南依军中的接应终于来了。鹿辞叹道:"好!老友相见,倒可以一聚了,今日真是大喜之日,连我燕川的儿媳也回来了,还带了兵,好!好啊!童魄,你去拟定回文,让伯翁王放心,他的人我们会好生看待,夕见公主更不在话下。"鹿辞又扭过头看着修辙:"修辙将军,穆安如今虽是崇衡崇尹,身份已然今非昔比,但是毕竟是我燕川旧人,他来后,我们可否相聚一谈,不再避讳呢?"

"那是自然,崇尹之位说明了一切,崇衡设立此位于十九贤宗,就是为了异族大才。既然穆安是燕川人,又是崇衡之尹,他的身份特殊,之后的往来制度我们也会宽泛些。"修辙自知龙默跟自己提起过穆安非常人,如今鹿辞又这般言语,也是没了推脱的理由。梅央反驳道:"刚还说到我们是五国同法还是洛法治洛呢,如今为何燕川人又要特殊呢?穆安既然是崇衡派来的天下院谋士,又是崇衡崇尹,那就应当以崇衡人来对待。鹿大人,你们是不是先给自己找好私下走动五国的借口了呢?"

"梅大人,你一天到晚阴阳怪气,穆安是我燕川人,故人相见,也碍着你了?"鹿辞不悦。

何谦若有所思:"为了个谋士,诸位争论成这样不至于,既然穆安得两国身份,那就更有益四国之盟不是吗?"鹿辞话锋一转:"穆安之事好说,现在夕见公主既然回朝,那就继续执行和亲之事便可。沮大人,修将军,你们没有异议吧?"

"我天洛公主刚刚回朝,一路颠簸,还需静养,此事不着急在这当口解决吧?"修辙推脱道。

"若是和亲,还要再问过公主,不急于一时!"沮洛心中盘算,这公主回来得当真着急,若是还带着残军,那首当要解决的是残军问题,而不是公主的归属。

"将军,和亲乃两国钦定之事,无论在哪个当口,都是首当例行的大事。你这样说,倒是让我们觉得天洛似乎有意周旋。"鹿辞咬定此事不放。

梅央思忖间,言语又在挑拨:"鹿大人,我没记错的话,夕见公主与格索王也有婚约,这可如何是好啊?"何谦摇头道:"此事还须两国君王相言,我们在这里争执,根本无从结果。"

"好了,诸位大人、将军,我们十日后出城迎接伯谕王子、太稷将军、穆安谋士和夕见公主便是,我会带上巡防军和文录院的人收编残军,到时等众人坐定,再议大事不迟,散了吧。"修辙不愿多争,忽听心上人回京,已经够让自己百感交集的了,哪里还有心思定夺归属之事。

夕见公主和苏定文指挥着几百残军费尽周折乘船渡了河,但见天色有些阴沉,河水湍急而去，风紧微凉，该是天意相授，不该急功近利，公主心里不禁又迟疑起来。两人领着残军在岸上稍作整顿，望着修罗渡这几个字，直觉苍天之道，今日之渡该是有个定论的。想当年夕见离开天洛，出了太冥门，一直哭到接近牧羊镇遇见婴柳和穆安才为止，哭的不是世道和薄命，哭的是自己无能为家国一战。而如今到了这修罗渡也就是回了天洛，心中不禁感慨，离开家不足一年，却已物是人非，若此战不胜，家国心何存？想到这里，夕见似乎又燃起了斗志，只是这心火一燃一灭间，又觉得自己像个孩子了，想问题还是如此简单。长辈常说我们该如何如何成熟，学学看看别人四五十岁年纪的做派和理性，言语方式和处世哲学。但是在夕见心中，这完全是个悖论，我一个二十出头的姑娘，为何要像中年人一般处世？那这青春芳华让谁来轻狂和叛逆？谁来逐风和驱马？谁来在爱情里浮浮沉沉、哭哭啼啼呢？夕见正惆怅间，只听一众人疾风般跑来，边跑边由领头人当先喊道："公主！彼岸公主！公主！恭喜回乡！恭喜回乡啊！"这当是洛和会押送龙默等人的那个统领，他刚喊完，其余的会众跟着喊起来，场面一度令人动容，连夕见自己都没想到，自己刚踏上天洛的土地，还能有人迎接。

夕见公主和苏定文还看不清来人，便驱马向前几步，残军大队人马也围拢过来。那统领领着众洛和会之人纳头便拜："公主殿下，我等为洛和会洛京城东北两大分舵的舵主和会祭，现押送天下院罪人龙默、扶季、郎虎、子笙、格图和宗政公贺发配北疆服刑，路遇公主，不胜荣幸。请公主与洛京城北郊洛和会会众会合，共商义举，起兵反捉天下院，驱赶四国，立您王室威名之余，救我子民于水深火热，我等效力公主，万死不辞！"几个人说罢，便狠狠地磕头。

龙默等几人这才慢吞吞地凑过来，听见统领这般虚语，那还了得，若是夕见在这里应了他的话，被子笙等人听在心里，回去还不被四国砍成肉泥。夕见远见龙默等人过来，听着统领的话，也才明白一众人来路，心里暗喜，这天赐良机给了自己，几乎不用费什么力，就能在此尽杀天下院的武力顶梁。但是彼岸公主之智可并非如此直来直去的，若是杀，最好别留活口，回去天洛即便被四国军界的军队逼供，也可推给洛和会甚至崇衡军。但是若留，是挟持返朝还是卖个人情，倒是都有余地，夕见这般思索间，也可见其魂意深处已经并非只是夕见一个人了，若只是她，估计杀心偏重，但是如今苏姐己的鬼魅和蛇蝎之心在慢慢渗透夕见的魂意，这便有了变数。

龙默见夕见犹豫间，与扶季对视了一眼，扶季本要抢先说话的，但是自知这种场合，也说不过龙默，不如先听其言，再寻对策。龙默挺身向前，不等夕见言语，硬生生地跪倒在地，佯装声泪俱下，朗声道："公主殿下，臣龙默啊！当日一别已数月不见，不想公主寻得这残军而来，必是有参与共治之心啊！公主殿下！不可听此洛和会会众之言，臣知殿下心，此残军来自崇衡边陲，必是伯翁陛下和太积将军批复而行，若是公主无意参与共治，领兵被天下院收编，伯翁王和太積将军怎会放人？公主殿下，快！杀了这些洛和会贼人，我等即刻返回天下院，公主那当真就是救了天下院啊，也便是救了如今的共治，救了我天洛与四国之间的和平！"龙默说得动容，一时间还真哭起来，哭声在这修罗渡上空盘旋着。要说龙默此言这般，也是在影响听者之心，子笙、格图和宗政公贺心里自然把残军来路听得清楚，也便会想若是真动手杀人，究竟是谁要杀他们，龙默此言当是摄人心魄的巧言。而且，龙默也说得清楚，公主是来入编的军队，言语之间也就把公主化为了自己人，但是龙默也只能笃定夕见在此时想得明白该怎么做，杀人无异于自杀，留人挟持无异于自缚，唯有救人同去，才能卖个人情，避免后祸，也好借此参政。"公主殿下快快救我等，殿下！"龙默凝视夕见的眼睛大喊，就好像要进入其灵魂深处，操控她救人一般。

"公主似乎有所犹豫啊！"子笙自知夕见对于天下院的恨，心里没有底，但是也得硬气起来。

"夕见！你还犹豫什么？洛和会刚刚劫了你的四个妹妹，还能少得了你？"格图说得清朗。

"若不成，给个痛快，今日过不去这修罗渡，那就去修罗场！"宗政公贺没对夕见抱希望。

扶季不言，凝视着夕见的双眼，心中暗赌公主绝对过不去心里这道坎。只要杀，就会尽杀，一个不留，不存在劫持和挽救的可能。因为劫持回朝，那是施四国以动武的借口，若是挽救，公主还未到如此城府和心机，只是可惜了自己有可能见不到北土之胜了。

"洛北羽箭军残军听令！眼前尽是占我家国、吞我河山之人，尽除侵者，还我天洛！杀！"没等夕见想明白龙默的话，苏定文当先大喊道。这倒是一个抢戏的主，话音未落，手里的长刀前指，杀将过来，残军之众一呼百应，杀奔而去，也不管什么洛和会会众是自己人了，先杀再说。

"公主殿下！奸人蒙蔽！奸人蒙蔽啊！此非残军！此非天洛军众啊！殿下，看得可清楚！"龙默撕心裂肺地咆哮，甚至寒岭河水和上苍都听得见他的声音，天边顿时阴云密布，掉下雨点来，疾风又起，一时间这古战场朦朦胧胧，远看以为是曾经的那场大战又回来了。

子笙、格图、宗政公贺和郎虎见残军冲来，惊愕不已，但是手脚束缚，也只有等死的份了，几个人倒也都是汉子，死不死无所谓，可这死得不明白啊。龙默这么一喊，几人一听，也当真觉得这残军太异样了，好歹留着洛和会的人别杀啊。

但是苏定文得到的命令就是尽杀，他确是曾经羽箭军的统领、韩俅的副将，但是这些年自叹命运不公，家国不幸，妻儿被战事逼得惨死，父母被宫斗惹得自缢，徒留自己一人苟活世间，没了念想和希望，报复的自然也就是这个世道，哪里还管自己的家国王族。要是有残念，他有一万个理由抱怨天洛人不遵法礼，引战四方，那该是万劫不复的大罪，所以他杀哪国人都有理，这正是东戎教教徒的心性。不错，苏定文可是太辽最看好的军中教徒，为了这一时刻，他们暗中布局了太久。苏定文这一喊，引得河道旁灌木丛里的东戎教教徒也一呼百应，都身穿天洛残军统一的军衣，杀将而出。夕见见到这般阵仗，才明白龙默所喊的话，这些残军，没一个真听命于她的，一切的一切都是假的，而自己只是一个工具而已，再想到穆安和婴柳的缠绵，顿感痛心疾首。

"救天下院，救天下院之人，不可杀！苏定文！残军志士！不可啊！你们究竟是谁？"夕见回过神来大喊道，心里也明白了龙默相救之意，也算是被子笙等人听见，挽回一丝同情之意，不至于把此事怪罪在自己头上。苏姐己之魂意怎会让夕见于此事落了下风，这魂意一转，心中有了一计，于是又大喊道："洛和会会众，此残军挟我于此，埋伏天下院，救我！救众！"夕见这般喊完，龙默这心才算放下，即便今日死了，也算命数已尽，而不只是被作为家国罪人屠戮。

洛和会这帮生瓜蛋子，本是糊涂着呢，听公主这么一喊，又见苏定文和埋伏的残军杀来，心中明白这些歹人终究不是天洛人，于是挺刀而杀。"兄弟们，救公主！杀啊！"统领言罢，领众与残军斯杀起来。但洛和会这么点人，怎么顶得住苏定文的正规军人，不一会儿就被压制下来，死伤惨重。苏定文似杀红了眼的武士，一刀一个，尽释心仇，不言辜孽。

龙默冲着夕见猛摆头，示意她驱马向着东侧的河岸跑，这如今的局面，唯有众人乘船而逃了，否则横竖都是死。子笙、格图、宗政公贺、郎虎和扶季五人也跟着龙默往河岸跑，众人心急火燎，苏定文的残军和其身后的东戎教徒边杀边追。

扶季心中懊悔赌输了夕见的心性，但心中又生一计。若是几人于河畔登船，这寒岭河下游回流，入了罗曜国的河湾，便是入了恒海，这恒海海水一直向北进潮，也便等于坐船北上了，于是大喊道："快！河道有船！快！"扶季不喊没事，龙默本也是希望坐船而逃，但是扶季这一喊，龙默心中一凛，自是又觉得不对，凑近郎虎的身边，耳语道："虎，可有擒贼先擒王的可能？"郎虎也不答话，回头看了眼还在挣扎的几个洛和会会众腰间的脚镣手镣的钥匙。

"子笙、格图、宗政公贺三位将军，助我取了钥匙，杀将回来！"郎虎喊罢，忍住手镣脚镣割着皮肉的剧痛，疾步回奔，一个鱼跃，用嘴衔住那串钥匙，一甩脖子，钥匙离了那会众的缠腰。子笙、格图和宗政公贺均是军人出身，见惯了场面，岂是甘心逃跑之人，只听郎虎这一声唤，便勾起了斗志。

"我来助你！"格图亮嗓，镇河道南北。

"公贺，兜个马玩玩？"子笙给了宗政公贺一个眼神，宗政公贺自然心领神会，两人奔着一个残军骑兵而去，那骑兵见二人来得急促，本该鱼跃飞过两人蹲身拉起的手镣脚镣，但是不成想，一个马吃屎，人吃剩屎，那骑兵便飞了出去。子笙和公贺也不犹豫，举起手镣脚镣，奔着马背上的备用砍刀而去，瞬间手镣脚镣被敲个粉碎。那骑兵起身，举刀欲反杀子笙，子笙举手接住刀刃，只一抽，前踢骑兵的肚子，砍刀已在自己手上，扭身回砍，那骑兵便成了两段。宗政公贺拉起战马，骑上后奔着一个羽箭手而去，羽箭手拉弓放箭，公贺左右闪躲，瞬间已经近身，一个飞扑，把羽箭手扑下马来，反手抽出羽箭手箭囊的箭，直接刺入其喉咙，左手再提弓搭箭，怒射四方，一时没人再敢近身。这几位习武之人当下顶着猛药之苦而战，当真是奋勇。

　　夕见被几个灌木丛里出来的东戎教徒拉着就往回走，显然东戎教徒有了劫回公主之心，公贺又是几箭射出，方才掩护夕见拼命地往龙默的方向跑去。

　　郎虎口中的钥匙甩给子笙，子笙接过钥匙，开了格图和郎虎的手镣脚镣。这二人如青鸟归林，游龙入江，开始大肆反杀残军军众，一时间，这四位天下名将震慑百人之团，已是显出压制之趋。"快看！河畔有援军！"龙默大喊道，又撒腿往回跑，扶季见龙默不愿意乘船了，皱着眉头，心里盘算龙默这老贼果然心机重，但是一时无思，也只能往回跑。

　　龙默其实也没看清那河畔来人是谁，但是先喊援军，可以震一震残军的杀戮，更何况子笙、格图、郎虎和宗政公贺四人顶住也不是太大问题，这些残军本就被洛和会杀了一些，如今洛和会会众几乎死光，也算是为了公主献身了，剩下的残军人数虽不少，但是有了转机。

　　格图抢过几把砍刀，一手握住好几个，疯狂地回砍，这些残军久不经沙场，谁人见过这般杀人机器。郎虎也不寻武器，近身几个拳脚，便已是无人能敌的武夫。子笙挺刀上马，奔着公主而去，在他心里，这可是燕川的儿媳，要不怎么这么积极第一个去救。他心里也有底，身边尽是掩护自己的公贺的箭矢，一阵枪林弹雨之后，自己几乎一马平川，可远远望见河畔下船而来也在奔着夕见急奔的快马上的身影是如此熟悉，那不是别人，正是快马而至的穆安，另一匹马上是婴柳，两人早已武器在手，杀奔而来。

　　穆安怎会知龙默言语慑心、扶季暗思搅局、子笙和格图砍杀无数、郎虎和公贺救人心切之事，只想到夕见如今领着异心之师回朝，必是凶险万分，于是驱马疾步来救。穆安见子笙在对面，以为子笙是要来杀夕见的，龙牙剑在手，挥舞而去。子笙吓了一跳，心说穆安怎么会在这里，心中一颤，手中又握的是不顺手的朴刀，自是没有自信单挑穆安。

　　穆安一把搂过夕见，放在自己马上，舞剑刺向子笙，子笙挡开第一下，翻身拉紧缰绳，驱马回头大喊道："穆安，你个愚将！夕见被假残军劫持至此，欲对天下院不利，我们刚刚杀散，你如何奔着我来了？"

"将军勿怪，快，向南逃，我见水路还有船，怕是有埋伏！快！"穆安反应够快，见子笙只挡不杀，必是对自己没有敌意，又想夕见若是被认为是挟持杀人，那也便安全，于是挥舞着龙牙，冲着南方冲开一条线而去。婴柳虽是见穆安怀抱着夕见，心中醋意渐浓，但是这乱局中如何还有心思儿女情长，左手一片银针漫天，右手一排飞刀散落，又是几个残军落马而去。

"夕见可还好？"穆安边驱马急行，边问道。

"残军确有问题，刚才灌木丛中还有伏兵，龙默大喊提醒我残军不妥，我便犹豫了片刻，那苏定文掩杀已起，洛和会也均惨死于此。"夕见简单地把刚才的情形说了一遍。

"龙默还算救你一命，我们这算有缘！"穆安感慨道，然后远远盯着龙默，大喊道："龙大人，洛京城见！"穆安喊罢，驱马急速而去，婴柳紧紧跟着，却见龙默扭头过来，自己把黑色面罩戴了起来。

苏定文见公主被人救去，上马就追："公主！为何要逃！公主殿下！"苏定文哪会这么容易放了当今凤主，抽出马侧长弓，搭箭便要射。格图一个疾步追来，抢起大刀砍断了马腿，苏定文一个不稳，手中弓箭却已射出，刹那间，另一侧宗政公贺的箭也射来，刚巧将苏定文刚刚离弦的箭撞个粉碎，两支箭箭身粉末状溅射开来，苏定文一个闪神，坠下马来。子笙驱马而至，把苏定文捉了一个正着，提上马来，俘虏而去。

"公贺将军，掩护子笙将军！格图将军，我们去救龙大人和扶大人！"郎虎驱马奔着龙默而去，牵着一匹空马，把马缰绳甩给格图，格图握紧缰绳，跳上马去，两人快马冲着河畔而去。

穆安带着夕见快马赶出几步，婴柳驱马护送，子笙押着苏定文，公贺在一旁掩护，却见河畔隐约有大船靠岸，众人心中一凉，怕不是还有埋伏？

郎虎载着龙默，格图载着扶季，又两匹快马追上穆安等人，却见大船上下来一众轻骑兵，跃马扬鞭，砍刀挥舞，奔着众人而去。众人这才甩了洛和会，东戎教和假残军，这又来一众人马，均是残军衣衫，依然不知真实身份，他们冲着穆安等人追杀过来。

一声闷雷，一道闪电划过傍晚的空中，这倾盆大雨说下就下，冲刷着这六匹马、十个人的不安、焦虑、失望、遗憾、鬼谋和思绪，当然还有醋意。

这大船承载而来的军众不是别人，正是东戎教徒。太辽远站在船头，不敢露面，面具里的双眼满是屠戮的快感和对这个世界的憎恶。东戎教虽经常易装成别族模样，可这驱马的姿势颇有北族人的样子，马步不出五下，骑者便是一个夹腿，大刀永远上扬，亮出气势，口中不时吹着口哨，倒不是因为潇洒，只是这暗号随时驱动编队阵形的变化。这阵首驱马者便是教众里的教保，也称教尹，该是下命令和头脑之人。这些人的这些细节，别人看不出来，长居北境的格图可看得真切，但只有他一个人破解了东戎教的阴谋可不算数，因为这东戎教的背后可就是他们千族会的朝堂，可这当下局面，也由不得格图思前想后了。"公贺将军，射那领头人！"格图大喊道。

"这就来！"公贺说话间，几支箭射出，却都未射中，这疾风暴雨，让公贺这样的神箭手模糊了视线。穆安听着格图喊公贺的名字，再看那射箭的身形，可与公若几乎一模一样，若这个叫公贺的人是天下院的将军，那必然公若身份也不浅，穆安心头一阵咒骂，与公若出生入死数次了，他还在隐瞒身份。

另一侧，一支响箭飞出，却正中东戎教领头人的头颅，不用猜，这是另一个神箭手。只见宗政公若和瑶缮从河岸南侧迂回杀出，后面一队南依的长弓手箭雨压阵，瞬间把东戎暴徒制了回去。太辽在船上见此阵势，自知大势已去，摇旗下令撤退，心中满是愤怒，不但半个天下院和夕见公主一个没杀，还被捉走了苏定文，心里只能祈祷苏定文是个咬死不说的汉子了。

这东戎教之所以水军厉害，无非两个原因。第一，南土均以祛除邪教为乐，他们自然东躲西藏，落草为寇、立山称匪，不如外海逐浪、成为海盗来得安全，所以这久而久之，崇衡东海岸的灯塔均是他们回家的路了。这太辽先锋官自从掌握了灯塔的规律，也便有了调遣东戎海盗的优势，这次逐杀，便是苏定文在陆，他在水，若是不成，自己抽身而去，太积的军方不会怀疑，穆安和龙默等人在陆地上也看不见。第二，这罗曜国灭国如此之久，国土大半已是断壁残垣，而此国却是恒海上的半岛国，所以很多流离失所之人愿意归岛立命，不受约束，东戎教自然不会放过这一片焦土上的家园，外出出海作业也方便得多。

宗政公若和瑶缮驱马追上穆安等人，此便为八匹马，十二个人，穆安的团队终与龙默的天下院交融在一起。这是两人第二次面对，却是同向而驶进，不知前路之上，天下院和穆安的伙伴，又是怎样的一番纠葛。

夜至后半，太积和伯谕才路过修罗渡，古战场上已是只剩下风雨，遍野残尸早已被东戎教教众收拾干净了，也是不愿留下证据。两人领军也奔着天洛而去，一夜洪流至此散去。正是雨夜混战修罗渡，南投还是故乡人。

数日后，一路人马也便先后到了洛京城。修辙早已得了龙默的书信，与天下院协同，领四国之军众和巡防军，在北郊天和门外迎接诸位的到来，也顺便留了些人马，以防北境因假残军而生变。但是修辙心里清楚夕见的为人，若是有杀天下院的机会，她该是不会就此罢手，所以也就相信了龙默信中所言，此残军非彼残军。

天洛国洛京城王族光洛殿终于恢复了往日的热闹，这可是龙默等人失踪和崇衡瘟疫之后最齐整的一次朝会了，更是迎接回了夕见、穆安、宗政公若和瑶缮等人。至于婴柳，她在回程的路上便消失不见，似是归了江湖。穆安寻不得其踪影，只能大事为重，先行入城临院了。

这劫后余生，众人朝会前寒暄几句，人之常情。只是夕见进入这大殿之内，见均已是外人掌职，异族立事，感慨万分，心中惆怅不已，一阵来自脑海的鬼魅之笑和蛇蝎之毒泛起涟漪，她远望着空下良久的王座，暗自起誓，该还回来的，终究一个都不能少。

龙默、沮洛、修辙、子笙、鹿辞、何谦、格图、太稹、扶季、宗政公贺、梅央、宗政蕊、伯谕等人围坐一圈，郎虎站在龙默的身后。夕见、宗政公若、瑶缮、韩魂、童魄、绿衣、鲁正、鲁怀、韩腾义、童远生等人坐在稍稍靠后的位置，天下院和内廷院这次朝会，该是穆安入驻的一次"面试"了。

穆安上前一步，面如少年、姿如老持，心绪稍定，给众人行礼，朗声道："各位天下院、内廷院、净天府、文录院等同僚，后宫的大人，将军，侯爵，在下穆安，崇衡十九贤宗崇尹，如今来天下院任职谋士，望各位予以方便与相助，日后如有不善，还望海涵。数日前修罗渡风波我等崇衡臣将已将事态录文分发各位案头，诸位应当均已过目。臣以为，此事不难分断，夕见公主于崇衡边陲寻得天洛原洛北军羽箭队一众，收为残军残部，经崇衡王室同意，遵四国之约，天下院之法，予以批复，准许归朝入编。不想其中有不法之徒，巧遇失踪多日的天下院同僚，便起了杀心，不顾共治，不顾五国约法，大肆杀戮，虽洛和会会众也死伤殆尽，但是此行为依然有违天理。夕见公主被挟持却依然仗义执言，言不可伤天下院同僚，这子笙将军、格图将军、宗政公贺将军、扶季大人、龙默大人均看得清楚，无须辩驳，我们当彻查残军来源，彻查同僚失踪案洛和会的背后黑手，了结此两件大案，我新入之臣，愿替诸位身先士卒。"

龙默站起身来，鞠躬行礼："穆大人所言极是，此残军之案，还有几点可疑，我当先言。这残军若是得崇衡王室应允来朝，必是至少确定了没有崇衡之军，且夕见公主确认是洛北残部，但是如今修罗渡杀人，洛和会也不放过，夕见公主也敢挟持，那必不是天洛残部，我想可能另有秘密。我们捉了残部统领苏定文，这几日审出个结果，便会给众人交代。至于失踪案，那是洛和会作为，证据确凿，只是不知为何要将我们发配，而无杀戮之心。"

"给他洛和会十个胆子，敢杀天下院的人？军界军队是摆设吗？"格图直言道。

"不尽然，若是不杀，也不只发配一条路可走，这其中可能还有别的事。"宗政公贺分析道。

"公贺所言我信，洛和会什么脾性大家还不知道吗？这发配确实奇怪，你们净天府有事干了，若是残军案和发配案这个月审不完，可得拿你们问罪！"子笙把任务甩给了净天府，因为自己也不得头绪。

"其实也不用净天府了，今日朝会我们便可以问个究竟。"龙默倒是自信，瞟了眼扶季和伯谕。龙默这心算之术可谓恐怖，看得正是这两案子的罪魁之人。扶季和伯谕心里怎会不知若案底揭露，那崇衡在天下院的位置可就不保了，两人也不答话，佯装淡定。

穆安也知得保一保崇衡，便接话道："龙默大人，若问个究竟，还得从我们离开青戎时候说起了，此两案背后指使，我认为可能为一家！"

何谦早与格图通过气了，心里知道东戎教干的好事有可能坏了青戎在天下院的地位，于是阴阳怪气先发制人道："穆安，你还好意思提起青戎，若不是龙默大人相助，我们格索王陛下怕是早已经死在你的刀下了。"

"何大人，你我崇衡一别也已经不少时日了，怎么今日还冲我说起旧怨了。当初那只是误会，我是不想燕川的儿媳落入青戎之手，让两国误会而已。"穆安当真反应快，轻易地把话语的矛头拉向了燕川和青戎之间的纠葛，让子笙站出来帮自己说话。

沮洛和修辙盯着穆安的脸，面露欣赏的表情，自觉此人虽年轻，却不似扶季那般阴刻，不似沮衍那般柔弱，有胆有谋，有势有术，张弛有度。子笙厉声道："那是，此事我们秋王和你们格索王也没个定论，你何谦在这里着急作甚？若是聊失踪案和残军案，不得揪旧事而言。"

"哼！你这时候倒是向着你们燕川人了？"格图不屑道。鹿辞接话道："格图将军，穆安本就是我们燕川之子，我们向着自己人说话有什么不妥吗？再说了，夕见公主的婚娶之事至今悬而未决，你我这般咬来咬去，何时是个头呢？"

"鹿大人，我们不如继续问问正事，也好让崇衡的这三位要人给个说法。"梅央自知残军没那么简单，该是刨根问底的时候。这个时候，能死一个分洛之敌是一个，还管什么盟中盟。龙默上前一步道："穆大人，你既然说两案可为一家，那就说说看，为何？另外，伯谕王子、太稷将军，残军终是崇衡而来，你们也要说个明白！"

"我早就猜到今日返回天下院，会有此一遭，我也是前几日听闻的残军军中有变，想着加急行军，赶来挽救，不想今日入了朝，反被当作了罪魁。"伯谕佯装无辜，心里却乱得很。

"诸位天下院的同僚，如此质问未免显得你们过于无知。"太稷自恃清高。格图暴怒："你说谁无知？我们几乎死在那修罗渡，残军若有问题，不是你们崇衡的诡计，难道是残军自己的主意吗？天洛残军会不放过自家公主和洛和会会众？"格图接了何谦一个眼神，自是知道青戎人若是要掩护东戎教，就得先咬出崇衡，其实何谦和格图心里也不确定是不是崇衡所为，龙默这般问话，也是要激起青戎和崇衡的不睦。

"夕见公主带回来的天洛残军，但凡有一点头脑，也知道洛京城内驻军遍野，四国之人横竖万千，他们自作主张这么做，未免显得唐突。"何谦直言道。梅央步步紧逼："伯谕王子，我敬重你和你父亲是有头脑之人，但是如此行事，实在诡异。"

"我们审查的苏定文依然什么也没说，依我看，事情还是不要如此下结论的好。"修辙又言。

"这不是下结论，而是必然，崇衡今日没个说法，我们谁也不会离去。"沮洛直言道。穆安听着龙默、梅央、修辙和沮洛之间的言语，只是觉得几人之间打着配合，誓要给崇衡和自己一个下马威，那可得把刚才自己准备的那一套逻辑说得圆满。

"伯谕王子，夕见虽是我天洛王室，但是为人处事一向万般小心，若是军中有变，她不会不知。残军反水的利害关系，任谁都看得清楚，她作为天洛凤主，自然更明白。所以，我觉得此事非常明朗了，你们崇衡难逃干系。"沮洛言语又深一步，其实修辙和沮洛心里也都不确定此事如何，只不过是这几日从天而降的一个事端，但是龙默如此引话，谁人听不出来原因呢？

夕见坐在一旁，面色黯淡，似乎思绪并不在朝会之内。

伯谕冷笑一声："哼！燕川、天洛、南依、青戎，我因瘟疫大难出走数日，不想回来后竟是如此模样，你们接下来是不是想说我们崇衡犯下此大错，该是违背了四国盟约与共治约了，那么王子之选、驻军之地、共治之位、分洛之权，统统没收，一了百了，对吗？"子笙哼笑："伯谕王子，你若实话实说，这些倒不是非免不可，但是我想受禅之权，怕是灰飞烟灭了。"

穆安上前一步道："子笙将军，我还担心你不说此事，也便不知你的目的，在我看来，青戎和南依也是这般设计的，少一个对手，就少一分忧愁，王子之选的前路也就明朗了。但是，对不起，天难遂人愿，崇衡既然得了我穆安作为崇尹，那你们的算盘落空了。你们不是想知道残军的来路吗，那我说给你们听，也许你们就知道缘由了。"穆安言辞犀利，"我刚说了两案可为一家，便是由此而来。那苏定文的身份不用我多说，文书和公主的鉴词中已经言明，他们的军队来自戎南的洛北军，还有一部分是戎北和崇西的侧翼，大部分是羽箭手，曾是天洛北线战斗的精锐，但是不知原因，身陷囹圄，后落草为寇，落草之地即为我崇衡西南三镇，其中镇民与刚刚的瘟疫之地的三镇颇有渊源，诸镇与叡沁城更是唇齿，本是同根同族，后因南北水路通运而往来颇多，自然而然，青戎人也就多起来了。"何谦微怒道："穆安，你有事说事，别又扯到我们青戎的身上！"

"让他说完！"沮洛厉声道，何谦见是沮洛说话，自己一点底气都没有了。

"多谢沮洛大人。"穆安继续道，"青戎和崇衡的边界在戎先王期间有一大案，古称'东戎教惨案'，指的是东戎教传播狭隘的教义，甚至扭曲人性，不惜草菅人命，而东戎教众最集中的便是我刚刚说的六个镇口和叡沁城。苏定文的残军就是在东戎教的资助下得以在战后延续，苟活至今日，甚至已经入教成了教徒也说不定。那么我想问问何大人和格将军，苏定文他们算不算是东戎教的人呢？如果不是，东戎教能让异国之军偏安于此，说不过去吧。如果是，那么显而易见，他们不可能受我崇衡控制，也不会受公主控制，那么下令反杀天下院要人的显然就是东戎教的人，对吗？而且，龙默大人的事态录文说得仔细，灌木丛中有埋伏，恒海入河口还有大船而来，若是崇衡军，我们在瘟疫之地留守还来不及，何来大船出海？何来伏兵守株待兔呢？东戎教北守叡沁城四周，东入罗曜废墟，自是围在恒海镜海两头，出海最是简单。所以我猜测，残军之案，必是东戎教所为，而杀戮就是他们根本的动机。至于龙默等天下院同僚的失踪案，我猜也有东戎教参与，否则洛和会不杀子笙等将军有理，怕军界躁动，但是不杀龙默大人就显得蹊跷了，不是吗？而若是东戎教教徒行事，那还有带回教所，受教皇审讯这一道关要过。如此想来，两案皆清晰。"穆安自然不能把事情归到崇衡身上，也不能不管夕见，更不知洛和会底细，那么现在唯有言语东戎教的罪责了，穆安这一排除法，正好揪出了崇衡外的第一罪魁。

"一派胡言！"格图反驳道。

"如此牵强的推论，穆安大人，显得有点造作了吧，你新官上任三把火，把把往东戎教身上烧。这邪教数年未露面，你这两个大案一出，就往这莫须有的组织上放，未免太小儿科了！"何谦不以为然。

"我不知为何何大人和格将军如此恼怒，东戎教早就被你们的先王格须坡大人列为反军和邪教，至今都一直在抓捕，并协同崇衡清剿，甚至不惜派兵入我崇衡，也要缉拿东戎要犯。那么，东戎教显然与青戎朝堂没有瓜葛，我说是东戎教所为，你又急什么呢？"穆安言语当真诛心。众人听着穆安的话，也自是心中有了一杆秤。穆安继续言到："所以，此事为东戎教邪教所为，清晰明了，与青戎和崇衡都没有关系，冤债自有头主，猜测只能是臆想，永远不会是事实。"穆安本也是猜测，但看着何谦和格图的反应，心中也将信将疑。

伯谕与太稹对视，觉得穆安真乃人才，言语之间就把崇衡择了个清楚。

"穆安，好一副唇齿，你说是东戎教所为就一定是吗？东戎教的人杀我们做什么？"子笙反问道。

"子笙将军，当年满世界诛杀邪教之人，燕川、南依、青戎，甚至是天洛都没少出力，东戎人恨你们，恨我们所有人那不是理所当然吗？我听说天洛的洛和会已经不止一次游行了，你真的以为那都是天洛志士和大族鼓动的吗？"穆安的话术与龙默的相似点就是总能牵着人的思绪往前走。

"穆安，你的意思是，东戎教在复仇了？"沮洛问道。

"这是可能之一，我想你们没人想知道这之二是什么！"

"快说！还有什么可能？"鲁正是个急性子，这么精彩的故事听得兴趣盎然。

"东戎教掀起波澜，是因为他们资助了天洛残军，但是一山更有一山高，若是有人资助东戎教，那我们可就有的查了，对吗，何大人！"穆安总得咬住一方，自己才算安全，心中更恨青戎人险些坏了夕见的婚姻大事，夺自己所爱。

何谦慌乱道："你别阴阳怪气的！穆安！我们青戎何时资助过东戎邪教？"穆安一摊手："我从来也没说是青戎朝堂资助东戎教啊！我也没东戎教是青戎的机要部门啊。我的意思是，北方那么大片的未知地域，万一……"格图怒喝："穆安，你给我闭嘴！"格图双眼圆瞪，虎视眈眈看着穆安。众人都盘算着自己在此事中的言语倒向和小利小益。梅央环视众人，面露微笑："好啦，既然穆安大人说得这般清楚，我们何必自己太过执拗呢？既然不是崇衡，也不是青戎，那必然是东戎教作祟，我们详细查探便是，不要伤了天下院和气。"

龙默不依不饶："听了刚才穆安的一席话，感觉确实有些眉目，但是若没有证据，这空口白牙，编纂个故事，可蒙混不了我们天下院啊。穆大人，你初来乍到，低估我们了吧。"穆安笑言："谁敢低估天下院呢？这件事我拿不出证据，但是所说没一句谎言，大家悉听尊便，爱信不信。至于处罚，我们崇衡愿意接受一半，以惩罚地界管辖不善之罪，但是残军反水的大罪，我们万不敢当！"

"哦？那你们想当何罪呢？"龙默问道。伯谕低声提醒道："穆安！你冷静点！"

"我们崇衡不再参与王子之选，但是天下院之位必须保留，以此为一半的惩戒！十天内，查得真相，上交证据，再恢复选位即可。当然，十天内，任谁有铁证说我崇衡密谋此事，我绝不作推卸，立即携王子和将军退出天下院，携驻军一道回国，立辞共治，不染同路，婉拒受禅，不归洛京，谨以此言，明证清白！"穆安言语之间气势巍然，躬身行礼间，已是让众人觉得其有胆有识，可为上人。

伯谕和太积目瞪口呆，众人一片哗然，议论声此起彼伏。沮洛、修辙和龙默看着穆安，又看了看彼此，略有所思。龙默厉声道："好！穆安，有胆识！欢迎来到天下院！希望你留得下来！"

"留不留，都是天意。"穆安意味深长。

"穆安，我们思来想去，允许你破格走动燕川和崇衡，不必拘束，因为你身份特殊，但求此事查明后，证明你的清白，欢迎来到天洛。"沮洛朗声道。穆安鞠躬行礼："多谢沮洛大人，只求共治路上，天洛得保平安。"

至此众人心里对穆安之言虽没那么确认，也猜崇衡该是没有染指此事。只有穆安心知肚明，那日与伯翁和伯谕言语，见其神情，必是有事隐瞒，且此事从崇衡的角度去想，若是真的残军，崇衡已经收编数载，何必放去？若要放，那么不通过夕见公主便入编天下院或者是修辙的巡防军，岂不是卖了一个好？怎会如此推荐给夕见，让她领军回朝，那必是拿住了夕见复国心切的心理，办了这件借刀杀人的糗事。但是穆安如何能陷自己刚刚立位的家国于囹圄，只好拿东戎教来说事。其实穆安所言东戎教的推理，也并非完全编纂，穆安听说何谦帮青戎借河借城之事后，便能想到青戎也会派兵捉拿东戎教徒之事，此事也从伯翁王那里得到了证实。穆安自幼便听教父穆克祥说起过东戎教之事，也知青戎王室是教首所在，明里剿灭教根，暗里资助教体，大有吞为机要之部的意思。穆安推测此次何谦借河借城，为何所言格索王会派亲卫军来剿灭东戎教，因为亲卫军可是格索王的心腹，他们有保护东戎教之意，所以让亲卫军直达天听做事，不愿六部四方的军部染指此事，又引出事端。穆安一番推理，虽不说全部猜中原委，但是八九不离十了，只是心中更痛苦的事还有三件，第一，此事若了，燕戎或戎崇必然有隔膜，而燕川为乡，崇衡为家，心里纠结只深不浅。第二，夕见公主虽未被定罪，但是修辙和沮洛为了保护公主，显然会行软禁之法一段时日。她兴致满满领军回朝，却落得一个人权皆空，空剩下一个公主的名号，心中是否还有生存之焰，难说了。第三，这龙默近在眼前，自己最大的敌人已经出现了，纵使自己身边有扶季、伯谕、太稷和宗政公若等这般人才，但是龙默身边可是修辙、沮洛、郗别和一众公主的家国同胞，这一番团战，难言前路有多险峻。

穆安回了洛京城东北郊的崇衡军界，自是得了伯谕和太稷的坦白和认错，穆安一阵抱怨和斥责后，还是得遵守自己的诺言，做自己的分内之事，于是直奔了苏定文的大牢而去，又是一阵苦口婆心的质问。

四国之人如今彼此走动受限，便都开始找天洛人疏通关系。何谦本是要质问龙默献药之事，却被龙默又一阵忽悠，坚定地开始觉得天洛人似乎在还青戎人的人情，而献药之事似乎被穆安拿来做文章了。但是何谦不懂一点，这龙默没有必要替沮洛还任何的人情，只是如今为了制约穆安，龙默必须手里有"刀"，而且还要百般劝说何谦让格索王别对夕见公主松口，这样一来，燕川就绝没有了专美的机会。不过每当龙默想起何谦所说的穆安试药救崇衡的大义之举，心头就是一阵酸楚，自己的对手兼具道义善举和智谋胆魄，那么这场游戏似乎又出现了悬念。

龙默约沮洛和修辙前来龙府议事，三人趁夜色相聚，也是怕走动多了，任人猜测。修辙显得很焦虑："公主这次回来，实在是危险，残军之事虽妥，但是如今我后怕得很，若真是洛和会和东戎教都惦记公主，难言京畿有多安全，燕川人还惦记着和亲之事未了，青戎人合计着成婚之事中断，崇衡和南依肯定也咬着不放！唉，堂堂王族千金，落得一个人人抢夺的境地。"

"还不是为了将近的四国王子之选做一份努力，五国共治之约里写得明了，天洛小王十岁登位，再行禅让，四国王子之选，受此外禅。但若是谁得了夕见公主之势，那天平自然有倒向。在分洛前路上，也有筹码。"沮洛分析道。

"问题是，四国王子之选，与公主何干？"修辙问道。

"咱们王族如今的残根，都是夕见公主的王弟，无论谁登位，夕见公主都说得上话，虽然登位与禅让可以无甚相隔，但是这其中的变化，可就微妙了。"沮洛答道。言外之意，谁得了夕见公主，也便有了后宫和王亲的支持，心里把王位禅让给婿亲，总好过完全给外人。

"燕川如今的国力，若是得了夕见公主，无论天洛哪个小王登位，他们只需鼓动夕见公主说服王弟禅让于燕川，那便是大成，几乎与典选无关。若他国问起，燕川得了天洛，再打一仗，也愿意了。"龙默担心的是燕川智武共挥，双管齐下。

"夕见公主怎会如此行事？"修辙不解。

"她一心复国，在她心里，王位落于亲夫之手，也好于落于旁人。"龙默又道。

"那四国王子之选难道是摆设吗？"修辙这才有些顿悟。

"问题是四国之选，是五国评定，你以为为何四国之人在这个当口，还都要与我们天洛之人面上过得去，就是为了选举之时，即便天洛王亲贵族多有不服，但是也会被逼无奈，偏向相对亲和殷实的一方势力。若是谁得了夕见公主，那天洛王族后宫，大家大族，自然倒向该国，选举胜出，理所当然。"沮洛分析得更加透彻。

"我现在担心夕见公主回来后，四国会修改前约，既然已经有成年王室之人，何必等小王外傅之年，直接公主登位，再行禅让便是。这样一来，我们周旋四国的时间，就会大大缩短。"龙默担忧道。

"四国还能如此无赖和贪婪？那锦葵公主他们同朝已经有些时日了，不见四国提及啊！"修辙继续问道。

"锦葵公主她们毕竟势弱力微，党群不满，难以仰仗，她们若登位，四国依然没有底气赢这一局。而夕见不一样，得夕见，如得位，且他们四国不无赖、不贪婪，也就没我们如今挑拨燕戎和戎崇的这般好戏了，我们需要对此早日谋划退路，虽然依照天洛旧礼，女子是不可登位的。"沮洛直言。

"实在不行，就再把夕见公主送走。"修辙一提到夕见，心里难免不理智。

"那她就不会再如此平安地回来了。"沮洛言道。

"你们有没有想过，穆安为何一直保护夕见公主至此？"龙默突然反问道。

"穆安究竟是何人？"修辙追问。

"燕川密使，但是有燕川军方和王族的背景，我曾和他在青戎谋面几次，谁想他后来阴差阳错解了崇衡的瘟疫大难，所以成了什么崇尹，还得十九贤宗和崇衡王室庇佑，简直荒唐！"龙默很气愤穆安突然的得势。

"此人路数你清楚就成，是敌是友，还得过几招！"沮洛那日朝堂一见穆安，但觉直接对抗，似是心里没底。

"曾经抢夺夕见公主，在青戎朝堂刺杀格索未遂，穆安这身手和心智，皆上乘！"龙默对穆安褒奖有加。

"就是他吗？他救了夕见公主？"修辙反倒有些感激。

"不过穆安的身份我们倒是可以利用，他是燕川密使，又是崇衡崇尹，我们连接燕崇的棋子已经到位了。"沮洛直言道。

"沮大人可是要牺牲他？"龙默问道。沮洛笑起来："内事难解，就只有外事牵制了。"明显沮洛话中有话。但龙默心思却没在此处，他回想着当初于青戎聚兽堂自己龙骨杖的颤抖，也便是穆安龙器现世的证明。那么当下如何制约和密查穆安便成了心头大事，只是这第一步，还得从夕见下手。

夕见早已换上一身前朝的公主装，雪白华贵，悠然飘过后宫凄惨而悲绝的景象，正如南国之夏潮热的天气突然飘下零星白雪，刮起微微的柔风。那感觉，便似沁心的凉意驱赶着一切的恐惧和无助，吹散一切的悲凉和颓废。

这已经是时隔将近一年后公主的回归了，刚刚跑出来的几个孩子早已经被英典将军带走了，夕见甚至都没察觉到那是自己的弟弟们。她的眼里只有这央鄰宫，从宫门到院门，再到宅邸的一个景深，里面有欢声笑语，有悲欢离合，有家国天下，有茫茫河山。白驹过隙，如今已是出水芙蓉的彼岸公主，那个曾经在加济王战争地狱盛开的彼岸花，如今成了四国共治的傀偏，丢了复国残军，丢了公主之实，丢了党群环伺，丢了翩翩少女之心，也丢了原有的那一片纯良。

夕见一步步缓缓进入央鄰宫，修辙、龙默、沮洛、郁别和青灯站在公主的身后，元攘依然双持手弩，半蹲在宫顶俯视一切，这个时候，公主的安全便是天洛的希望。

修辙上前一步想要扶住这个落魄的身影，青灯在一侧拉住修辙的胳膊，然后摇着头，让他先不要打扰公主的思绪，最是女人才懂女人心。修辙停住脚步，沮洛也递给修辙一个眼神，示意他不必妄动。

夕见的步子越走越慢，心里百感交集，她想念父亲，想念母亲，本该是一个心中念叨着有家可回的孩子，可如今是一个灭国的王室残根。再想到穆安在自己领军回朝前日与婴柳的一番苦情缠绵，但觉心中爱情也已经灰飞烟灭。这韶华之时，自己一事无成不说，苏姐己的魂意还如病魔缠身一般，阴魂不散，这一切的惆怅引得夕见慢慢流下眼泪，抽泣起来，自言自语："夕见，你一世家仇、一世国恨、一世妖奴、一世卑贱、一世流浪、又一世情伤，如今你还不知道吗，唯有权位，才是你王贵之身，妖魅之魂的前路。善恶如此，人性使然，你不必再有什么顾及……"显然，如今的夕见公主伤心过度，认为世间人都在蒙蔽于她，于是处在夕见公主和苏姐己意识游离状态下的自言自语也变成了其肺腑之言，但是这下定王权之决心的一刻，会不会是公主之名在共治之路上的印刻呢？还是另一个誓死追求王权的魔鬼终于诞生？

夕见公主蹲在央郏宫的宫院内，将头埋在了自己的怀里，失声痛哭起来。这哭声，撕裂云霄。

元攮立在宫顶，远望西宫摇着红旗，似是有四国之人欲拜访后宫，元攮这才几个闪身，下到央郏宫口，在修辙耳边耳语了几句。

"穆安来拜见公主，放行吗？"修辙也压低了声音，对着龙默和沮洛言语。沮洛和龙默对视一眼，几乎异口同声："放！"

这穆安一溜小跑来到央郏宫前，未见宫邸模样，这公主的哭声已至。穆安也是心碎不已，自己的爱人这般，心里怎会好受，只是这姜子牙的魂意略有显隐，心性中的淡然和温宁有着些许的渗透。

"诸位大人、将军，谋臣穆安，前来拜见，望诸位海涵，公主与臣一路相携至此，理解其返堂之苦，特来安慰，希望能……"穆安客气道。"穆大人，有我们就可以了，若是愿意，你可以在这里听一会儿这悠扬的哭声。"修辙口中明显带着醋意。

"穆大人，想进去也不是不成，得表明来意，除了换值的驻军和对应的天下院将臣，这天洛后宫不是随便进的，今日可是南依当值，你……"龙默刨根问底。

"诸位大人似乎忘了，苏定文如今入狱不浅，我进大狱来审，本是已经进了宫内，这是四国同意的。只不过这残军之事，臣有一事不明，须问过公主！"穆安直言。

"那你这不是安慰，公主现在的情绪你也看见了，不适合见你！"沮洛反驳道。其实龙默和沮洛此时是愿意穆安来见公主的，只有这样，穆安入驻天下院的诉求和动机才能尽快在公主面前显露，两人本是忌惮这般胆谋兼具的英才对抗天洛的，若是能拉拢，不如借用公主，早行亲近之计。"此残军之事说清便是安慰，望各位通融！"穆安又一次行礼道。

众人互递一个眼神，纷纷让了个身。"长话短说！"沮洛提醒道，然后冲着元攮挑了下眉。元攮几个跃步，重回宫顶巡视。众人守在央郏宫外，也不动弹，穆安刚走几步，一个回身道："你们不走吗？还要等我？"

"不然呢？你还要聊一夜？"修辙微怒道，青灯拉着修辙的胳膊，让他淡定一些。可这修辙怎么能淡定，公主与自己守情相望数载，如今返回朝堂，竟然到现在跟自己一句话都没说呢，而穆安也是这般俊朗之人，男人之间谁心里还没点数？

"将军勿怒，我尽快，若是到了早晨我出来，将军依然在此，我请你去南街吃早点。海涵！海涵！"穆安风趣了一把，赶紧闪身进去了宫内。修辙被穆安的一席话说愣了片刻，青灯、龙默和沮洛在一旁忍着笑意。

穆安慢慢走进宫院，夕见依然背对着他，慢慢站起身，怀中多了把军刀。穆安边靠近夕见便言道："夕见，我明白你的心情，你要想清楚，如今天下院觉得你是被挟持而回，已是最好的结果，只是迫于压力，沮洛和龙默他们把你暂时安顿于此，并非软禁般的惩罚，这是一种保护，四国未追究，你重登朝堂指日可待！"

夕见猛然站起身，军刀刃尖前探，顶在穆安的喉咙处，穆安略惊，一时无言。

"你和婴柳那日言语残军之事，我听得真切，一言一语，均是谎言。你和崇衡骗了我，东戎教也脱不了干系，狼狈为奸之徒，欺谎天下，瞒骗四洲。穆安，你险中求富贵，要这十九贤宗的崇尹，便是这个目的吗？引我领残军回朝，杀成，则你崇衡大破大立，不成，则天洛再失一位公主，王权不再，左右相谋，均是你穆安得利，你说啊！居心何在！"夕见这一番醒悟，当真可不是自己的魂意和睿智能分析得出的，这苏妲己魅惑天下也就罢了，不时地也感染下自己可怜楚楚的肉体。当然，夕见内心的愤怒也源自那日穆安被迷倒后与婴柳的缠绵幽幽，可这些穆安并不知情，第二日一早便被公若叫去救公主，那还来得及反应自己是不是被婴柳下过迷药。

"夕见！你为何如此说？我早上醒来，你已离去，我驱马飞奔，为的就是拦下你，那修罗渡不下奈何桥，我救你心切，你还看不出吗？若是残军有恙，我一不是崇衡军储，二不是王室宗亲，如何安排此事？这些残军连你们洛和会的志士都杀，怎可能是崇衡军人或者天洛军人，必是东戎教啊，你还想不明白吗？龙默大人文书中如何言语的？他为何当先喊你被挟持，那也是救你啊！"穆安无论如何也不能说是崇衡的伯翁和伯谕计划了此事，否则以夕见现在的心性，保不齐咬出崇衡以图己利。

"若是如此，你如何证明？"夕见问了四国已经问过的话。

"来之前我已审过苏定文，在这里就是要夕见你一个证明，才能把东戎教绳之以法。"

"你且说来！"夕见这才慢慢放下剑。

"那苏定文本有崇军之身，估计你也问过，他也曾有洛军之身，但唯有你能证明这其中瑕疵。"穆安边说着，边上前几步，然后贴在夕见耳边言语了片刻。夕见眼皮微颤，似是觉得穆安说得在理，心里也明白，穆安是想让夕见也在几日后帮自己做个证，心里又有些酸楚，自己已然这般感伤，他竟然不思先行安慰，还要先求帮忙。穆安不等说完，也知夕见如今心情低落，便缓缓给了她一个拥抱，声音压得更低道："若如此言语，公主回朝之日，不再久远。"夕见这才觉得穆安是在帮她重整权略，心中有了些许安慰。

沮洛、龙默、修辙和青灯依然等在央郯宫外，似乎这一夜，他们就没打算让公主歇息，各自有各自的倾诉和计策。沮龙修三人面上是政友，其实心里也都有着隔膜。沮洛自认修辙太过王室至上，不思家国进步。而修辙认为沮洛有再立新储之心，不再是墨台王室之仆，心中不悦。龙默和沮洛更不用多说，龙默立朝为的是寻纣王而复商，沮洛子民为大，只要天洛更好，无所谓王储相侯谁人居大。而修辙恨龙默依然入骨，家国之恨，不日必报。这哥仨貌合神离之间，竟然也把天洛这战后共治理得挺顺，还在稳步复国，那当真是鬼才相会，再无错对。

这夜色墨染，却听蝉叫声声，烦闷得让人难以入睡，微风渐下，若是睡不着，倒可以出来遛遛弯。雪轮公主、秋罗公主、风铃公主和锦葵公主也是这么想的，四人身后跟着大批宫执和奴婢，一溜小跑地来到央郯宫外吵着闹着要见姐姐。沮洛、龙默、修辙和青灯拦住众人，却哪里敢对公主们不敬。

"沮大人、龙大人、修将军，你们这是排着队要见姐姐？"锦葵公主快言快语。

"是，是，公主新回，能第一时间拜见，不胜荣幸。"龙默行礼道。

"什么第一时间？朝会上你们不都见了吗，这央郯宫是你们随意进的？"锦葵自知夕见回来，对自己是个威胁，这探一探底是必要的。不然的话，洛和会和江湖势力被夕见立旗号令，还不是早晚的事。再说了，党群之内，均是夕见曾经的朋羽，谁知若是沮洛、龙默和修辙倒向她，会是什么局面呢？

"殿下，夕见公主虽无天下院和内廷院之职，但王室之位不移，我们也均是汇报院府工作，别无他意。"修辙解释道。

"那好！你们先！我们排着就是了。"锦葵公主也不吵不闹，甩了个脸。

沮洛、龙默和修辙面面相觑，还未出声，穆安疾步跑出，鞠躬行礼道："我见完公主了，多谢诸位。朝会见，朝会见！"穆安言罢便去。

"四国人都排你们前面了？下一个谁？去啊！"锦葵公主喊道。龙默假模假样客气了一下，赶紧冲进了央郯宫，等在外的人也没再抢上，尴尬异常。

龙默慢慢走进殿内，坐在夕见的对面。夕见面色憔悴，却是比刚才稳定了情绪。

"公主殿下，我曾说必会迎您回朝，虽是邂逅，也算做到了，不知刚才穆安大人说了什么？可否告知？"龙默见夕见似乎还在想穆安，又安慰道："崇衡小计，不必挂念，残军虽失，家国犹存啊。"夕见冷笑一声："穆安说这是东戎教的阴谋，你却言是崇衡小计？家国犹存？你说的是天下院统治下的这一片焦土吗？"

"怎可能只是东戎教，崇衡若不发通令和文书，这残军如何出得了宫墙？如今天洛百废待兴而已，殿下，我们在尽力实施变法，以求天洛的一切都在回来的路上，包括您！"

"数日前那些志士也在回来的路上，而你们做了什么呢？"

"公主殿下，我想穆安该是说得清楚了，这残军你心里有定数，只是要明白，若是真残军，难道不怕军界驻军拿我们试问？"

"那你可以再反水一次，再杀一次王族啊，比如我，你这次可以杀了我，再去抵罪！"

"糊涂啊，公主殿下，四国制衡至此，我们胜利在望啊，为何要回到原点，你这分明是气话！"

"胜利在望？你说的是四国的胜利吗？我看到的是王选临近，登位禅让随至，之后就是我们真的覆灭！"夕见几乎咆哮起来。

"凡事不可表面而觑，殿下，我和沮洛、修辙拼尽全力，让四国陷入湍流和旋涡，如今燕戎因公主的婚事和鹿辞的刺杀闹得面合心离，两国边境冲突不断。崇衡和青戎因瘟疫之事再生波澜，青戎更是借了河堤与城镇，不日之后，我们揭出此事再做文章，戎崇之战，一触即发。四国盟约眼看就要被他们自己撕毁，在这个时刻，我们自己可不能乱了方寸，若是王室和我等大臣不能同心协力，则前功尽弃啊。"龙默心中难免觉得公主不识大体，但是夕见怎会不明白此事，只是要压制龙默并试探其心性，不能不言语相激。

"你知道我回来要做什么吗？"夕见眼神已显鬼魅之态，蛇蝎之毒。

"请公主明示。"

"我要登大位！"夕见说得斩钉截铁。龙默大惊失色，目瞪口呆，一时没了话茬儿。夕见接着说道："你帮我，以前的事我既往不咎。"

"殿下，此时万万不可啊，四国现在就惦记着你登位呢，然后就是接踵而至的禅让，你不是不想王座旁落吗？再说了，你一介女流，如何登位？这旧礼不容，旧规不许啊！"

"我自有办法，登位后，也会取缔禅让。"

"这不是儿戏啊，殿下，万万不可。"

夕见公主犹豫了片刻，凝视着龙默的眼睛，悠然道："登上王位的不是夕见公主，而是我，苏妲己！申公，别来无恙啊！"夕见这苏妲己三个字落在龙默的心头，那当真是潮夏一壶冰镇的梅汤，灌在龙默心头好似勾起家乡无限的美好。

龙默愣在原地，良久后给夕见叩了一个响头。"公主，你果然有上古魂意，那日在青戎大殿……"龙默又晃了晃头，自知该改个称呼："妃子殿下，受申公一拜，不知您的魂意……"

"我也是在青戎大殿时突然才有此记忆，实在奇怪，但是无妨，既然当下你我相认，也便省了不少事。我问你，你当初弑君建制，是否有私心？"夕见的魂意此时被妲己占了个全部。

"回殿下，确有私心，本想此朝非彼朝，此世非彼世，若是我们回不去上古商周，那么在这里，我们建立一个新的大商，将是对将败的大商最好的挽救。"龙默这才吐露了最心底的声音。

"所以你是在挽回一切吗？"

"自然是，前去青戎就是因为我知晓了格图的身份是殷洪，猜测格索王家族里有我们的陛下，但是事与愿违。"

"可有陛下的其他线索？"

"至今没有查到。"

"还有我们自己的人在左右吗？"

"郎虎是我的白额虎，也有上古魂意。此外，鹿辞为商容，何谦为比干，韩魂为费仲，童魄为尤浑，但他们均无上古之意。"

"你如何知晓他们身份的？"

"在下的龙眼，可见周边人上古濒死之状。"

"与穆安的卷轴倒是异曲同工。"夕见思忖道。

"穆安的卷轴？"龙默反问道。

"穆安的卷轴可识别周围人的身份，所以他早知我是苏妲己。"龙默凝视夕见："穆安究竟是谁？"夕见压低了些声音："姜子牙！"这三个字显然是打碎龙默心里那碗冰镇梅汤的巨锤，这世间若是姜尚比纣王和通天教主先现世，那可是个棘手的问题。龙默深深叹了一口气，面色凝重："该来的真的来了。"

"他的魂意和记忆必然在穆安的躯体内有所恢复，但以我所见，不是全部。我们需要在他恢复完全魂意前，杀了他，一来抢夺神器，二来削弱阐教的势力。"夕见已不再是夕见，这个与龙默言语的人，已经是个不折不扣的蛇蝎美人，不然，怎会言语杀害自己爱人之事。只是也难得这与人相见时的心性，若在穆安身前，夕见似乎还是那个宛若游凤的纯良公主，而在龙默面前，地狱的彼岸花开得血色如洇。

"现在看来，他不得不死了！"龙默露出狠厉之相。

"若是寻陛下不得，我们没有时间作太多挣扎，这世间风云际会，瞬息万变，不知何方何地，何时何刻，谁人再起，谁人再现真身。我还是那句话，你帮我登上王位，天洛自然在我们手里。"

"殿下，此事我们须从长计议，当世之事与上古之世，交错之间，实在纷杂，万万不可意气用事。当务之急，尽快杀掉穆安，才是上策，即便放其魂意四去。"

"我担心穆安背后还有其他人，而且，我觉得有人在监视穆安。"夕见若有所思。

"卷轴还在他手里？"

"从不离身！"

"得了那个卷轴，我们便是明眼人了，任谁都看得清楚，若世间阐教不再阻碍我们，被我们扼杀于摇篮，那当世之事，我们就可以更加稳妥地掌控。"龙默分析道。

"一面当世纠葛，一面上古旧仇，一面家国天下，一面儿女情长，我苏妲己还真是薄命。夕见之魂魄，妲己之忧伤，怎一个'悲'字了得。"夕见感慨道。

"殿下不必太过悲哀，当世双意双魂，但是难以聚命运于一躯，无论对错成败，终有一命相适，一人相得。所以没有择路之苦，也没有言语利弊，有的，只是茫茫人海，漫漫长路，史书再续。"龙默同时宽慰着悲伤的夕见和激进的苏妲己。

沮洛和修辙在宫外来回徘徊，等得烦躁，青灯递给修辙一些冰水，修辙饮了几口，又转递给沮洛，沮洛刚要喝，龙默冲出央邻宫，似是心情不错，抢过冰水，一饮而尽后抹着嘴："热，真是热，久等了，我先去歇息。朝会见，朝会见！"龙默摆着四方步，这便走了。

沮洛和修辙都要抢身进去央邻宫，但是又有所顾忌地看了眼锦葵公主。

"对了，郗别呢？我都三天没看见他了！"锦葵公主这是想念郗别了，"你俩谁先答，谁先进去！"锦葵公主知道两人都着急，出言风趣。

"他睡了！"沮洛话音未落，转身就往央邻宫里冲去，修辙都没来得及反应，叹着粗气，只能继续等，青灯在一旁乐个不停。

沮洛语气缓和，本就敬佩公主，不希望自己的言语再影响公主的心情。夕见也敬重沮洛，两人互相行了个礼。

"公主殿下安然归来，实乃天洛大幸，公主无论心绪如何，可要有重归朝堂之心。这一点，老臣愿尽一份力。"

"多谢沮大人相扶，有何计划，说来听听。"

"殿下，因为战事，耽搁了一些时日，翰博院上下百余书籍编纂尽废，这些还未修完的书籍均是家国精神源泉。公主虽未曾插手编工，但文韬不下编臣作册和文录卿士，只能委屈公主在翰博院暂且修书，以避四国锋芒，重新通络后宫，肃清党群，近良臣良将，疏小人小事，以得安心，从长计议回朝之事。四国之约和共治条约有言在先，天洛王室不得参政，立即重返内廷，我又担心后宫恶势为难殿下，什么都不做，怕是公主难渡心劫，思来想去……"

"没关系，我理解沮大人的一片苦心。修书，我愿意，翰博院我会常去，你且放心。"

沮洛有些惆怅："公主是否见过暄妃了呢？"

"见过母后了，她同意我回来央邻宫，但是也需走动宫墙内外。后宫如今暗流涌动，我们该做些什么？"夕见也想听听沮洛的意见。

"公主莫急，四国王选在即，后宫的党群之争也会露头，到时候，我们尽力周旋，以争取时间瓦解这一顽疾。"

"把我安排进翰博院也是龙默的意思吗？"

"是我的主张，公主殿下，如今您虽回来天洛，却也时过境迁，我们能为您做得实在有限，我斗胆恳请公主忍辱片刻。后宫、四国、天下院我们都无从下手从而恢复正统的情况下，希望您能稳中求胜，从民间汲取力量。"

"民间？"

"臣斗胆请公主几日后去臣家中商议，以求后计。"沮洛心里已经有了让夕见威望重归四方的计划，只是让沮云见夕见，把洛和会秘密地交给公主的心虽好，却难断言洛和会是否真的像沮洛想的那样能顺利交由修辙变民成军，揽江湖成汪洋。

"修辙将军，你惦记我姐这么久，都不愿意看看身边的青灯姐姐吗？她那么好看，跟你也很配啊。那个叫什么宗政蕊的一看就是个狐狸精，你这婚结的，稀里糊涂的！"锦葵公主开始调皮起来，也给无聊的等待多几分乐趣。

青灯和修辙同时尴尬起来，青灯心里也感激终于有个人能直言自己的心里话，可修辙当真拿青灯当个副将，与英典和元攘没一点区别。

沮洛一溜小跑出了央郯宫："有礼了，有礼了，先行告辞！"沮洛匆忙而去，修辙就纳闷儿了，这穆安、龙默和沮洛跟公主聊完天就这么急匆匆地走，是计划着什么要赶紧去办了吗？

边想着，修辙也便快步往央郯宫内走，青灯跟上了几步，也要进去，修辙瞥了她一眼，青灯立在原地不动了。修辙又迈几步，青灯又跟了过来。

"你去替元攘盯梢！"修辙下令道。青灯盯着修辙的眼睛，就像抱怨自己的夫君不通人情一般，然后一个闪身，上了宫顶，坐在元攘身边，百无聊赖，干脆躺在瓦片上看起了星星。

"我要是你，就自己主动上来，下面这人情世故，可不是你能招架得了的！"元攘开玩笑地揶揄青灯。

"杀场进出百余次，丝刃下雄鬼过千，却搞不定·个活着的男人，唉！"青灯少言少语，也就在元攘面前抱怨几句。

"看星星吧，最羡慕这些闪烁的游魂，彼此之间有距离，才是最美的！"元攘说得安然。

修辙缓步走进央郯宫，盯着夕见的侧脸良久，那是他朝思暮想的容颜，也是心里揭不开的伤疤。夕见也扭过头来看着修辙，这一个眼眸的眨，几乎粉碎了一个天下名将的心，堪比魂落桃花源，尽拾一世情。

修辙声音很轻："本来以为你回不来了，或者是穿着燕川王室的羽服回来，那样的话，觉得你更遥不可及。如今的样子，还是没变，还是那个会让我兵谏陛下的鬼才！"修辙说着说着，竟然有点动容。

"听说你和宗政蕊……" 夕见心里虽有了归属，但是对于修辙的感情，依然很是异样，只是现在收起苏妲己的魂意言语，也难免心有隔膜。

"南依的政治筹码而已，四国之间，太多须根错落。" 修辙赶紧插话，生怕夕见误会自己移情别恋，其实夕见倒不是太在意。

"你竟然同意了？"

"天洛都不由洛民了，更何况我们。"

"军力恢复几成？" 夕见直言相问。

"我整编了朝堂和后宫侍卫，从各个大家大族借来不少人手，加上之前的都城残军，三三两两边境回来的残军和巡防军，还有部分洛和会的投靠之人，也只有三千余人，勉强算是能抵抗住崇衡军界的驻军。跟其他三国比，实力悬殊。" 修辙明显还多说了一些，不想公主太过失望。

"洛和会？挟持龙默等人发配北疆的那些人？"

"没错，他们是民间的反共治组织，根基很深，以江湖为底，天地为宽，人数众多，遍布全国。如今京畿内，有不少暗点，若是不能招安，确有再显谏起义之危。" 修辙担忧道。

"若是拉拢，可有把握？"

"微乎其微，但是若你公主出面，兴许有转机。"

"后宫呢？"

"四位王子及其背后的党群争斗日趋激烈，一盘散沙。"

"既然我回来了，后宫不可长期如此，肃清和团结后宫刻不容缓。" 夕见阴刻之相又露。

锦葵公主在央邻宫门口徘徊，心里念着扶季回朝后跟自己言语的后计，自知发配北疆失败，虽不曾暴露，只怕龙默和沮洛这些鬼谋有所怀疑。不得已，只能把夕见公主拉出来计划一番，只是两人不曾想这天洛人如今这么拿公主当回事儿，似乎都在谋划什么，还都跟公主有关，锦葵公主心里也没底。

修辙才走不远，锦葵带着妹妹们便围着姐姐夕见欢闹起来，夕见直到见到妹妹们，才略有了回家的感觉，不似与穆安那般感性，不似与龙默那般鬼魅，不似与沮洛那般客套，也不似与修辙那般尴尬。姐妹们说说笑笑，直到天亮，觉得时间过得飞快。锦葵心中纠结，是否引诱夕见行扶季的后计，只是见姐姐脸上难得的笑容，自己也似是这亡国第一次有了家的感觉，便把心里话放了放，然后又咽进了肚子里。

等天色渐亮，元攘和青灯才从宫顶上醒来。元攘定了定神，却见一个身影淡然从央邻宫附近擦过，定睛一看，不是别人，正是扶季。青灯这才看清，刚要上前问个清楚，元攘拦住，耳语道："你去告诉将军，扶季大人又来后宫了，频繁得很！

我去跟着他，看看他要见谁！"青灯也不答话，一个翻身，从宫顶后檐闪去。元攘起身，不动神色，悄悄跟着扶季而去。

四国军界方才得了圆满，也是各有各的喜怒哀乐。洛京城南郊南依军界军中大帐内，瑶缮、宗政公若、宗政公贺、宗政蕊与梅央五人围坐，言语之间，才知公若和瑶缮真实来路。这公若和瑶缮本是南依军人，一个是军首，一个是副将，楚王命他们于北疆寻觅神器，刚好一个在燕戎边境碰上了穆安，一个在戎崇边境以逸待劳，这才成了穆安团队的同行伙伴。其实公若和瑶缮心里都拿穆安当兄弟，只是这王命背负，不得已还得惦记神器的索取和调查。如今穆安身份不浅，梅央和公贺也觉得公若和瑶缮可以继续与穆安维持关系，而且坦白身份，不再遮掩，争取彼此交心以拉拢。只不过借着残军的事，南依面上的功夫还是得做足，毕竟燕川和青戎还没走到水火不容的地步。

而鹿辞得子笙归来，更在洛京城西郊的燕川军界大摆宴席，庆祝劫后余生。两人好一番商讨穆安的问题，子笙如今拉拢之心已淡，甚至有点不解穆安对于夕见公主的态度，竟然劫掠不还。但是鹿辞劝说子笙暂且忍耐，毕竟穆安身份已经今非昔比了，若是南依和崇衡有盟中盟之举，为何当下燕川不借着穆安的身份把崇衡拉拢回来呢？子笙想到这里，似乎突然理解了子秋对于穆安的使用，那么如今若是穆安还有心，倒是可以"再续前缘"。

王子典选前可能最苦恼的就是何谦和格图了，格鄂尔坦可不是省油的灯，而且这灯动不动就"自燃"，连格索王都头疼。何谦和格图自是要为王子的到来准备一切，只是此二人之谋，经常被淹没在洛京城偌大的诡海谲沙之中。

穆安在崇衡军界军中大帐中查看舆图，准备重理崇衡军界布局，却听见帐外一阵骚动，他快步走到帐口，见宗政公若与瑶缮跪于帐外，穆安赶忙上前扶起二人："公若、瑶缮，这是为何啊？"

宗政公若和瑶缮站起身，鞠躬行礼。"说来惭愧，穆安兄，我们对你隐瞒了身份，也是不得已而为之，我乃南依军首宗政公贺的弟弟，瑶缮是我的副将，我们分别藏身燕戎边境和戎崇边境，为的是密探这三国的边陲情形，不想碰到你，便一路追随。军令在身，一直不能如实相告，罪过，罪过。"宗政公若心中确实拿穆安当个好兄弟，只是这家国不一，身存要务，如今负荆请罪，也不能尽说心底的话。

穆安心里盘算这两人谎话说尽了，这次估计还是有所隐瞒，但是异国异族之身，也不难理解，无奈地笑道："谎言不思，则无趣不是！"

"多谢穆兄理解，谎言一出，岂是能说收就收的。至于神器，我并非抢夺，只是有心收集查探，充斥我南依军力。今日既然说开了，我也不怕告诉你实情，你穆安一身是胆，我必须查清关于你的一切，因为难言我们今后处世之路，会不会成为敌人。"宗政公若此言说得动容。

穆安指了指帐内："进来说吧！"三人这才进入大帐，分坐开来。宗政公若佯装态度诚恳："穆安，你若还信我公若，就告知我神器的来源，我也好回去复命，不再强取。"

"我不是不信你，我如今既是燕川密使，又是崇衡崇尹，还是天下院谋臣，身份特殊，也请你见谅。我实在不能说得太多，神器为我私有，若复命，你也只能言语至此。"

"穆安，无论如何，神器在你身上，我们放心。但是如今四海之内，五国之中，寻觅神器的不在少数，你要有所防备。"瑶缮提醒道。

"哦？除了你们，还有别人在觊觎神器？"

"穆安，你说这话就显然是不信我们。我们收集神器，是为了南依军力，各为其主，这点无可厚非，但是如今神器在你的手里，我们愿意放弃抢夺，是因为你我本是兄弟，虽非同族同国，但是信任是无形的，只求你细心照料神器，莫落入旁人之手。"公若自知如今抢夺也不是办法，只能如此说，神器放在穆安手里，也算是在信任的同伴手里。

"你们来就是告诉我，你俩是南依军中要人，然后让我看好神器的？公若，残军的事你不想说什么吗？"穆安笃定他们还有献策。

"若不是我们在修罗渡救了天下院，怕是天洛残军真的得逞了，还有何要说？"公若反问道。

"你若有时间追上夕见，必是由北而南。你和瑶缮当时竟然由南向北领南依军出现，若是不见我们已经逃脱残军和东戎教的魔掌，你们是不是要在背后反戈一击呢？说！这是不是梅央的主意？"穆安一语中的，说出了南依的阴谋，他们本也有截杀半个天下院之心的，只是当时的情形来看，救人似乎更加妥当，也无必杀的把握。

"穆安，我们救你于水火，你竟然这般猜忌我们？我们怎会有劝说夕见的把握，若不成，陷入残军包围，岂不是更糟？梅大人又不知此事。"瑶缮反驳道。

"穆安，我们领南依军北上，为的就是怕夕见杀红了眼失控，那几百残军岂是儿戏？你如何这般说？"公若心里很是失望。穆安思忖片刻，又缓和道："那天下院为何栽赃我崇衡？"

"众人的推断而已。穆安，你若是想帮崇衡翻身，我们能帮你。"公若直言道。

"怎么帮我？"

"你我一路坎坎坷坷，途径燕川、青戎、崇衡再到天洛，也算是相依为命，相扶相携。如今五国共治，四国盟约的情形再清晰不过了，燕川一家独大，欲制霸四方，青戎地广人稀，不过匹夫莽族，崇衡人杰但地狭，我南依地灵但偏远，如此下去，燕川的受禅将是必然，那分洛前路上，你我都没好果子吃。"公若分析道。

"你的意思是，趁现在燕戎不睦之机，把燕川彻底扔进火坑？"

宗政公若凝视穆安的眼睛，点了点头。"公若，你忘记我是燕川人了吗，你跟我说这些，不怕我去告诉子笙将军？"穆安狞笑着。

"穆安，你刚才自己说的身份特殊，你大可以告诉任何人我说的话，但是崇衡若不保，你可也不保。"公若揪住穆安的身份言道。

"真是难得，我有你这般的同僚，竟还是一路摸爬滚打的兄弟。"穆安有点失望。

"正因为是兄弟，我才拉你一把，若你现在念及燕川的乡情，那就什么都做不了了。"

"是梅央和蕊公主让你来游说我的吧。"穆安猜到了南依人的诉求。

"穆安，你念及燕川旧情，可是他们何时念及过你？你和崇衡被怀疑是天洛残军案的主谋，第一个落井下石的难道不是子笙他们？"瑶缮插话道。

"那是人心难测，并非家国负我，崇衡崇尹和天洛天下院谋臣的身份改不了我燕川人的本质。"穆安言辞坚定。

"穆安，我不逼你如何站队。你现在代表崇衡，若是不联手我们制约燕川，那最后，你会随着燕川人给你挖好的旋涡连带崇衡一起，消失殆尽。"公若提醒道。

"穆安，你不是许诺了查清残军来路吗？我们是唯一可以帮助你的人，我久居崇戎边境，捉拿的东戎教徒不在少数，只需把他们交出来，提供口供，你和崇衡就会安然无恙，误会就会解除。"瑶缮言道。

"所以作为交换，你们要我做什么？"穆安又问道。

"如今夕见回朝了，燕川和青戎必然相争，你要帮我们劝说夕见在燕戎两国之间不作取舍，之后的事，自然妥当。另外，若你不愿，也至少不要再向着燕川说话，我们自有办法连同天洛和青戎制约燕川。"公若这是在逼穆安做一个违逆良心的事。

"如果我不同意呢？"穆安很决绝。

"穆安，是兄弟，我才直言不讳的，你要替崇衡的后路着想，崇衡工室和十九贤宗宗门是你的根基。记得，家国根族，都是虚无的，只有你自己的地位和权力才是实际。告辞！"宗政公若起身而去，瑶缮拍了拍穆安的肩膀，紧随而去。穆安眼神空洞，虽觉得公若和瑶缮两人言语有些道理，但是自己作为燕川人，无论如何也下不去手对燕川不利。只是如今自己家国已是南土一霸，军力财力均冠绝世间，稍有盟首姿态也是必然，南依和崇衡看不惯再正常不过了。且自己如今又是崇衡崇尹，做事也不能太偏颇，心中纠结得很。穆安没想到这新官上任三把火还没燃起来，就陷入如此的家国纠葛之间，就像太稷所言，要是有一天这崇衡和燕川真的打起来，自己怎么办呢？若是燕川和天洛打起来，自己的心中爱人又是天洛公主，那又该怎么办呢？想到这里，穆安心中百感交集，更有把这个身躯和灵魂扔给姜子牙处理的一了百了的心，自己也落得一个清闲。

一切念想过后，穆安回归理智，但觉无论如何，这盟中盟比自己想象的要坚实。似乎南依人这一招早把燕川人捆在了绞刑架上，那么如今天洛的共治，实际也是燕川的渊潭。更让穆安想不到的是，沮洛之前已然把鹿辞的把柄展露给了天下院，而且把青戎人轻而易举地扔在了燕川的对立面上，也就是南依人的盟中盟里，那么在实际的天下院统治里，鹿辞已废不说，只要天洛人愿意，那么燕川早就是被孤立在外的"野魂"了。

夕见公主一身素装，头戴斗笠，笠檐垂纱，好不神秘。她不坐王辇，自己一人步行去了沮府。刚转过一个街角，似乎有人盯梢，夕见疾步闪进一个人稀的小巷，又快步向前走了一段。几个黑衣人闪出，手持朴刀，把夕见团团围住。

"什么人？"夕见低吼道，手里也慢慢撑起一把公主剑，但是这一介王室女流，哪里有打架的技巧，心中有点忐忑，却称不上害怕。

如今这夕见回朝，惦记她的人不在少数，但是想要保护她的更不在少数。龙默暗中派了星渚会的黄婵保护公主的安全，修辙也让元攘寸步不离。沮洛自知今日公主会来沮府秘密做客，也便派了沮衍带着家奴前去接应。另外，这婴柳早已秘密混进洛京城，在与自己的一众江湖势力和盗会残根接头，伺机重立盗会不说，还要配合穆安和龙默的行动，十分繁忙，自然保护夕见也在所不辞，只是自己还要保护情敌，心中难免烦闷。

黑衣人挺刀上前就要砍杀夕见，夕见见这些人似乎出的都是杀招，心中盘算着是哪一股势力。若是四国该是没到杀的时候，即便杀也不是暗杀。洛和会需要自己立旗借号，也不会下杀手。若是上古阐教之徒或大周之臣，也未听说有身边人如此，当真奇怪。

夕见这一个刹那思来想去间，元攘面遮黑纱，跃上小巷旁房顶，几支短弩箭飞出，当先冲过来的黑衣人纷纷倒地。黄婵也是一身黑衣，短刀在手，闪出一个空当，在夕见前横刀立马，闪身几下，黑衣人应声倒地。婴柳遁在黑暗处，自知自己也不必动手了，眼见远处沮衍等人领家奴前来，沮衍当先大喝道："什么人！敢伤我主子？全部拿下！"那群黑衣人一听，赶紧一溜烟地跑了。黄婵见有人过来，也便闪身而去。

元攘本是想追上黑衣人和黄婵查个究竟，转念一想，还是保护公主要紧，便跳下房顶，与沮衍一个行礼："沮兄，有礼了，切勿久留，速去沮府！"

"多谢元兄搭救！"沮衍回礼。

"元攘，可知刚才救我之人是谁？"夕见很奇怪，未曾见过黄婵，却又救了自己。

"殿下，还不知，我是奉修辙将军之命来的，但是放心，我会查清楚，先离开这里再说！"元攘疾语道。

"殿下，家父已在家等候，我们速去！"沮衍行礼道。三人这才抽身而去。

不一会儿，沮衍和元攘把夕见让入沮府，把公主遇刺之事说了个详尽。沮洛心中不忍邀请公主前来，却让公主陷入危境，心中惭愧。"既然还有衍儿和元将军之外的人保护公主，那该是天洛人，可是也不该如此神秘啊？"沮洛思忖道。

"父亲，我认为那些要杀公主的人更是要首当查清，如今四国该是不会暗杀殿下，洛和会又与修辙将军等商议过，借公主名号招安充军，那么洛和会也不会杀人，还有谁会如此呢？"沮衍分析道。"会不会是后宫之人？"夕见疑惑道。

"后宫党群也被沮大人惩治得不善，该是也不会！"元攘补充道。

"元将军和青将军上次言扶季总是在后宫徘徊，可曾查得与何人接头？"沮洛突然想起了几日前元攘和青灯给自己和修辙的禀报。

"我查探了几日，还未查到他与何人接头。他每次进出后宫，都会与几个宫执总领和公主府侍卫聊几句就走。"元攘说道。

"哪个公主府的侍卫？"沮洛追问道。

"还未探清！"元攘答道。沮洛和夕见公主皆有些惊讶。

"我这四个妹妹倒是貌美如花，扶季大人也似少年，该是有点情窦初开，常去拜会，也正常吧。"夕见说道。

"雪轮和秋罗公主都是稳重之人，风铃公主体弱多病，不愿涉猎世事，这锦葵公主……"沮洛话未说完，意思已经到了，他看着夕见的眼睛，夕见思忖片刻，也便点了点头，似乎觉得扶季该是去找锦葵公主的，必然有些事端。

"这与刺杀公主有联系？"沮衍问道。

"元将军，劳烦将此事禀告修辙将军，暗查详尽，我等会尽快完成与修辙将军的商议，收服洛和会！"沮洛吩咐道。

"是，大人放心！"元攘说罢，闪身而去。

"沮大人叫我来，为的是洛和会？"夕见问道。

"公主殿下回朝，实属天洛的万幸啊！我等与修辙将军已经商议过了，希望公主与洛和会相识，借名号收服洛和会招安充军，以扩大巡防军和天洛正军实力，以求复国！"沮洛说得清晰。

"殿下，天洛如今的乱局一片，终于有个人可以来继续正统了。"沮云从帷幕后闪身而出，鞠躬行礼道。

"唉，正统早已在那一日丧失了，我如今回来，谁又会在乎这一正统。"夕见感叹道。

"公主殿下，洛和会都是复国志士，若是公主能秘密领导，我们必然再起啊！只要公主愿意，我愿领头劝说整个洛和会随父亲和修辙将军之意，归顺朝廷，以充军备。"沮云说得诚恳，但心里可未必真这么想，若是公主肯借名号一统江湖，那自己心里还是不是要招安可不一定。

"公主殿下，洛和会确实遍布四海，人数庞大，但是多为小农小工，难成气候。再者说，四国因洛和会前科，一直忌惮，四处打压，若是公主与他们混在一起，有辱王室尊严，而且十分危险，也会被四国当作把柄，对天洛不利。但是反之想，这些人忠于家国，肯习武卫军，向学卫民，实属军力扩充的必须，所以公主秘密行此事，绝不可声张。"沮洛分析道。夕见点了点头："若是洛和会的人愿意效力朝堂，则确是我们再次募兵的一大来源，不可重招重用，也不可视而不见。沮大人，此计甚妙！"夕见这般说，心里也想的和沮云近似，这洛和会若为己用，何必与军队掺和在一起，反正在她心里，修辙也是自己控制得住的人，两股势力均为己用，没有无事生非的必要，而且一明一暗，正是天作之合。

"公主殿下，天洛的募兵旧制已然被废黜，修辙将军在龙默的力荐下保住将位，已经实属不易。如今重提募兵新制，四国必然阻挠，我们如履薄冰，所以唯有此法，暗中渡兵，方得圆满。"沮洛解释道，但是心里也有点忐忑，夕见和沮云虽是都同意，但是难免心里有自己的算盘。夕见不停地点头，心思早已飞远。沮云盯着夕见明眸皓齿，绝色天下的脸庞，心里乱腾得很。

又几日过去，夕见与沮云熟络起来，一个惦记着收编洛和会会众为己用，一个惦记着为洛和会立旗扩众。

夕见和沮云都披着黑色的斗篷，趁着月色，在巷间穿梭。两人潜入一个暗宅，转眼消失不见了。锦葵公主气喘吁吁地跟着两人的身影，终于还是跟丢了，不用多言，之前的那批黑衣人确是锦葵的杰作，她要的就是夕见的死，这样一来，洛和会还会是她的羽翼，后宫就将是她为大势。而且夕见一旦死了，这待岁受禅之事必然再乱，南土万劫不复之余便是北土挥剑南下之时。当然，这一计若不是扶季言明，锦葵公主也难想象得到。

不过苦了元攘也跟随而来，确认着夕见公主和锦葵公主的行踪，一个是修辙授意，一个是郗别授意。郗别和锦葵公主之间的感情朦朦胧胧，两人有着羁绊，却也没时间言明。郗别对锦葵的照顾有加，为的是让她回头是岸，他对锦葵与扶季的勾结也确实伤心，当真是有情人难言仕途。当然，郗别如今依然不知二人的北土预谋，只是猜测可能有盟室新计。

沮云领着夕见进入一个暗房，两人脱去斗篷，看着面前跪下的众多洛和会志士，夕见瞬间眼含热泪，感怀家国还有这样一批热血之人肯为了朝堂和王室甘愿赴汤蹈火，向死而生。

幼槐当先抬起头，凝视着夕见的眼睛："公主殿下，此处为洛和会洛京城南城分会，大小三十六位头领都在此了，天洛境内，随江湖以扩，我洛和会兄弟近三万人，十二个分舵，三百二十位头领，愿听公主和沮云统领调遣，早日光复我天洛，驱赶四国。"

夕见眼泪终于流下来，也顾不上擦拭，她咬着自己的嘴唇，上前一步，把幼槐扶了起来。众人这才一起议事，好不热闹，志士们虽是家国第一的英雄，但也值青春年少的芳华，大多人看着夕见的绝色面庞，难以控制内心的翻江倒海。

天洛国洛京城王族光洛殿朝会依然，一开场就是人声鼎沸。龙默、沮洛、修辙、子笙、鹿辞、何谦、格图、宗政公贺、梅央、宗政蕊、宗政公若、瑶缭分坐四周，身前摆放着矮桌，上面放着一些果品糕点。

夕见一身红衣，慢慢步入朝堂，坐在一旁，众人端来坐垫和矮桌，置办果品。子笙不解道："龙默大人这是为何，只不过是听审东戎教和他们崇衡之人的残军之事，你弄得像个寿宴一般。"

"我天洛公主回朝，因残军事件，闹得不欢。今日，我作为天下院国相，也是曾经的天洛旧臣，必须给公主一个还算体面的大宴。当然，审问穆安他们不伤大雅，若是他们无罪，一样坐下来饮酒便是。四海之内，五国之间，有什么深仇大恨是几杯酒说不开的呢？"龙默甚是有心。

"龙大人真是心宽，若是今日伯谕他们没有证据，那可真是送行酒了。"鹿辞幽默道。

一阵礼乐声响起，伴随着一阵脚步声而来……伯谕、太稷、穆安和扶季走进大殿，给众人行礼，众人还礼。何谦赶紧追问："穆大人，证据呢？"

"带上来！"穆安向后挥了挥手。

崇衡侍卫带着几个囚徒上了大殿，众人盯着这几个人，议论纷纷，随后苏定文和其一众重新抓捕回来的副统领也被押在正殿之上。

穆安指着苏定文和几个囚徒："这就是残军中的统领苏定文和几位副统领，还有一众我们抓回来验身的东戎教徒，我连夜审问，他们都招了，确是东戎教所指示！当然，他们招供是有原因的，我们崇衡的边境军刚刚抄了几个镇子里的东戎分子，救出了他们被其他东戎教徒胁迫的家室，所以没了后顾之忧，只是招供晚了些。"

何谦不依不饶："我怎么知道是不是你借着他们的家人要挟他们？"

"何大人，我在力证这件事是东戎教所为，洗脱的不只是崇衡的罪，还有你青戎的罪，你非要咬死不放吗？"穆安厉声道，"苏定文和这些副将，几个月前入教，得东戎资助军队，而后为了杀我们这些取缔教派的人，他们出此下策，让苏定文露面，假意领命于夕见公主，实则是回天洛复仇五国之人。当然这明面上看，确是像崇衡所为，但是细想一下，我崇衡的军界内还有这么多将士，若真是我们所为？难道其他国家不会兴兵问罪？我们会不顾将士死活吗？子笙将军，若是你，你会不顾那么多将士的死活吗？"穆安明显话外有话。子笙愣了一下，哑口无言。

"你们何时入的教？"龙默厉声问道。一位囚徒缓声："春时二月！"

"为何入教？你说！"龙默指了指他身边的另一个人。另一位囚徒接话："我们实在没了退路，东戎人愿意资助我们，我们实属无奈。"

"东戎教现在的教主是谁？"沮洛的问话犹如晴天霹雳。何谦和格图互看了一眼，面色慌乱。几个囚徒有些犹豫。"快说！"梅央催促道。一位囚徒犹豫片刻后低声而言："是格丹鲁尔！"

众人听到这个名字，皆大惊失色，大殿内议论纷纷。

"你可说清楚了，此处是天洛天下院，不容胡言乱语！"穆安淡然得很。

"在下所言属实！"

"放屁！穆安、伯谕、太稹和扶季，你们这群崇衡走狗！我苏定文乃天洛将士！生死皆为天洛躯魂，你奈我何？你崇衡阴谋此事，还拿我们如此开刀，居心何在？天下院众人会看不透你们吗？"苏定文本是该如穆安在狱中和他所说认罪了事，穆安也会保他性命，没想到果然是个东戎教的钢骨之人，但穆安明显留了后手。

"苏定文，天洛有你编制不假，但是早已因战末外逃而被修辙除了名，你可承认？"夕见站起来喊道。说罢，修辙把一个前年的军队名册扔在了苏定文的面前，上面有着他的名字，名字上被打了一个红圈，红圈外写着"逃"字。众人探头看着，也便肯定了他与天洛军的隔阂。

"修辙将军！我苏定文一生为了家国拼死而战，这是为何啊？！穆安和公主皆为崇衡而来，他们被蒙蔽了双眼，你也看不出来吗？"苏定文几近咆哮，然后声泪俱下，这多少还有一些的赤诚之心算是被修辙踏得粉碎。修辙也看得动容，不忍直视苏定文的眼睛。

"你别以为号哭几声便是反驳了，苏定文，你个东戎教徒，吃里扒外的东西！来人啊，揭开肩骨的拓印，让天下院看个清楚！"夕见厉声道。

几个巡防军士扒开苏定文上衫，露出肩骨，肩骨上是一个东戎教教徒才有的拓印，一个圆圈内，一个血红的手印，其余的囚徒也被扒开示众，众人皆看得真切。

"东戎教邪念丛生，屠戮异族，不在话下，不求共荣，但求独享，这红色手印由来已久，便是东戎再生的印记。"梅央说得真切。

"糊涂啊！天下院！诸位将臣！糊涂啊！我这烙印前几日才在狱中印下，怎可能是教徒啊，穆安他栽赃陷害啊！小人之行！小人之行！"苏定文咆哮道。

"好！还不认！苏定文！你的人都写了招供的文书，你且看看！再不认，那就是诡辩！"穆安把一沓子招供的文书扔在了苏定文的面前。

"好！修辙将军！我知道今日难逃此劫，若是天洛得保，当算我苏定文头功！"苏定文言毕，眼含热泪，大喊道："天洛不灭！还我家国！"喊罢，一头撞向了正殿的大柱，额头瞬间塌陷，血如泉涌，就此死去。修辙看得动容，眼角含泪。穆安走过去，慢慢帮他闭上了眼睛，然后挥了挥手，巡防军赶紧把尸体拖了出去，然后把血迹擦了擦。

正堂内一片哗然。这苏定文真正的身份之惑和穆安究竟背后是否有诈也便成了谜团随其魂魄而去了。但是天下院诸人通过修辙的表情多少还是能知道，这苏定文心中必然还有点滴家国之念，若是东戎教徒身份也为真，当是世道所逼了。一个人的死掺杂善邪两念，亦如多少年后的夕见。

"这是罪有应得，若是我，死在狱里，更干净。"伯谕淡然道。

"刚才有人说这教皇的名头，似是来路不浅啊！"梅央续言道。何谦厉声反驳："放肆！穆安！你们分明就是收买了他们，或是要挟他们如此说的！这是你的阴谋。"

"何大人为何如此着急啊？教皇虽乃格氏，又没说是你们青戎人！"伯谕话里有话。

"一个囚徒的话，如何算数？就是你们的诡计！穆安、伯谕你们把话说清楚了！"格图喊道。

"格图将军，格丹鲁尔是否与你们王族有瓜葛呢？看把你紧张的。有没有，你们查清楚就是了，你们剿灭邪教的心，我们还是懂的。"太积说得轻巧，可这众人谁人不知，何谦便是千族会戒保，权盖九霄，若是其他大部与千族会没关系，鬼才信。

"我没记错的话，格丹鲁尔是你青戎先王格须坡的王弟吧？他怎么成了东戎教主了？不是在戎北封地了吗？该是那个叫什么……"龙默接话道。

"该是阿祖柯部的部首吧。"穆安显然作过详细的研究，其实这些均来自他在崇衡与伯翁和伯谕的交流，这东戎教别人不知，崇衡可是深受其害，其中崇族人死伤之惨，不下于瘟疫。

"何大人，格图将军，这听了半天，原来东戎教还与你们青戎王族有关系啊？我以为就是什么民间教会呢，那你们要不要解释解释？"沮洛这明显是火上浇油。

"这是我们的家事，何需在此解释？我们王室也在缉拿教皇，我如何解释得清其身份！既然穆安他们证明了崇衡无罪，那青戎也无罪，那便是东戎教所为，我们信了！就看你们了！"何谦有点慌乱。

"何大人，胃口都吊起来了，你话说一半不好吧？"子笙追问道。

"都说了，这是我们的家事，上辈琐事，致使格丹鲁尔退出草原，被贬异族，想必是创了邪教，报复世人，这有什么的？如今查明了真相，我们继续饮酒便是！"格图大概编了一套说辞。

"好！既然崇衡无罪，伯谕王子、太稷将军、穆安谋士、扶季大人，欢迎回来天下院，我们举杯，一饮而尽。"龙默自知大家已心知肚明了，缓了一下气氛，随后举杯饮酒，众人跟随，表情各异。穆安面带笑容看了眼何谦和格图，两人眼中满是愤怒。穆安、太稷、伯谕、扶季纷纷坐下，侍卫抬来矮桌和酒水。

龙默又一次举杯："我天洛迎回公主，又有新客，如今共治太平，五国前路明朗，时局虽有动荡，但是王选临近之日，我们也算是求得一片共荣。"沮洛续言道："是啊，天洛得四国相助，平息战事，至今近一年，前路漫漫，还望四国相助，得保天洛太平。"

"两位大人，感激之词留到禅让之日再说不迟。两月后王子之选，还望内廷与我天下院配合默契，共同完成一个平安顺畅的大典。"子笙直言道。

"来！再举一杯酒，共治万岁！"梅央举起酒杯。众人又一次畅饮，有说有笑，大殿内变得热闹起来，一队宫廷舞女开始献舞，宫廷礼乐充斥大殿。

穆安偷偷打开卷轴，但见"申公豹"三个亮闪闪的大字，目光停在龙默的脸上，心绪不宁，百感交集，长叹一声。这龙肤卷轴上还有众多名字亮起，穆安环视四周，太多人在此，难以尽辨。他皱着眉头，思索片刻，又收起卷轴，心里盘算，谁人之智能在申公豹之上呢，这正殿诸臣诸将，也唯有龙默对其心性了。这般猜测着，也不禁多看了龙默两眼。龙默盯着穆安的眼睛偶有闪躲，却一举一动尽在其掌握。

酒过三巡，龙默走出大殿散步，扶着墙有些微醉。穆安从另一侧走过来，搀扶龙默。"龙大人，喝得尽兴吗？"穆安开始一番试探。

龙默瞟了眼穆安，露出微笑，眼里微微有些闪着泪。这二人互知了底细，多少有些念故人之旧，也都少不了一番寒暄。要知道，姜子牙和申公豹原是玉虚宫的师兄弟，这同门之谊，多少得顾及。"和故人喝酒，怎能不尽兴？"龙默有点感慨。

"哦？故人？你指的是我吗？我们不过在聚兽堂和修罗渡两面之缘。"穆安装傻道。此时，夕见也走了出来，站在角落看着龙默和穆安二人，面色有些凝重。

"两面之缘也是缘，你我如今天下院共事，便是同僚。"

"那真是幸会，不想龙大人还是个性情中人。"

"见到你我再不露性情，那就太孤独了！穆安，这个乱世，就这个眼下的乱世，远不如商周，它太可怕了。"龙默醉醺醺地打着嗝。

"商周？龙大人在说什么？"穆安佯装不知。

"你不用再瞒我，姜尚！昆仑山唤你三声你不理我，就注定一生你我隔膜，永世相敌，如今到了新世，却反而觉得见到你，如见故人乡亲，真是可笑，可笑至极！"龙默更加伤感。

"申公既然如此说，我便直言了，你我不同，一个师傅教出来的却有如此差别，也属罕见。我见你，没有故人之念，因为你的所为所想，太过执念。"穆安也不再隐瞒姜尚魂意，直言善恶。

"我执念的是如今新世再立大商！"龙默朗声道。

"那是祸乱史续，惑乱人心，祸乱朝纲！你大商在上古消亡殆尽，如今的挣扎不过是再乱一个世间！"穆安反驳道。

夕见有些动容，听着两人的对话，眼眶渐渐湿润，这三个魂魄被套在上古之人的羁绊中，当真是苦不堪言，更何况其魂意之外，还有超然的睿智和不凡的心性。这人类附加的枷锁，无非就是这样一种无形的束缚，叫人挥之不去，更深受折磨。

"都无所谓，都无所谓，我不惜再乱一次世间，天洛终会成为又一个大商。"龙默酒兴渐深。

"那你想过吗，你如此执念，实际是毁了这个国家！"

"我不在乎！"

"世人在乎！史书上如何写这里的一切？覆盖商周吗？覆盖纣王功过吗？"

"那又如何？你刚才说的在这个世界没有发生，后人读的是我们现在写的，不是吗？"

"你还会再败一次的。申公，收手吧，我们共同寻觅回去上古之路，那才是正途。"

"我站在哪里，哪里就是正途。姜尚！不！穆安！你好自为之，这个世界，我没有败，你没有胜，一切都是未知！"

龙默甩手离开。穆安盯着龙默的背影，视线转而看向一旁慢慢走出来的夕见，心中有些无奈。穆安自己的魂意稍有恢复，夕见见到穆安的一刻，也便不是苏姐己了，两个孤独且守情相望的灵魂正在渐行渐远，两人眼中都有泪，却也都有恨。

稍晚时候，夕见回到央郯宫，龙默等在院内，两人相对良久无言，自是知道上古旧人已到，却是几乎决战之时。

"我看到你们二人在殿外闲谈了，他是不是已经……"夕见自然不想承认穆安与姜尚的融合。

"姜尚的魂意在穆安的躯体内不停地恢复，目前我感觉他依然有些懵懂，但是已经具备了上古大千的辨别之力，我们不能坐以待毙了，必须尽快除去他。"龙默心念一横。

"你想怎么做？"夕见有些伤感，自知爱人气数将尽。

"明日侧殿后院戏台，我会邀他来看戏，到时候，直接杀之。"龙默酒劲儿未过，但头脑还算清醒，这件事他倒是计划几日了。

"崇衡和燕川会不会怪罪下来？"

"穆安一死，你觉得燕川和崇衡会怪谁呢？"

"互相责怪？"

"少了一家。"

"青戎吗？"

"我们咬定是青戎人和东戎教报复穆安而为，那么掉入旋涡的就是三个国家，一举多得！"龙默即便是为了杀旧人，都找好了新世的借口，这世间之人的恩怨就是这么矫情。

天洛的戏不似燕川的色彩绚华、凤羽妖娆，也不似青戎的力道十足、崇尚霸蛮，更不似崇衡的轻快盈动、曲水流声，也与南依的留白留青、有中似无不同。天洛的戏曲文化讲究天下包容与曲中意境，说白了，就是其人事反转需要趋于自然，而感情流露真切而简约。

这种戏穆安可是听不惯，他的母亲喜爱燕川的凤羽玄天这般的光鲜大戏，他自然耳濡目染，如今看天洛的戏甚是提不起兴趣，也便眼神游离，四下里环视，十分机警。

龙默、穆安和夕见坐在戏台下，看着一众人在戏台上唱戏，郎虎和一队侍卫站在众人的身后。

"龙大人这是何意？怎么有心请我来看戏？"穆安看了个开头，觉得有点无聊。

"两月后王选大典，我特意选了天洛的洛南戏种，准备到时候给五国之人助助兴，你游走多国，最是了解几国人的共性，你给看看，是否适合到时候演给众人看呢？"

"我乃军人出身，脾性和文底怎么禁得住这天洛国粹的洗礼？"穆安客气起来。

"穆大人谦虚了，看看无妨，看看无妨！"

戏台上的人继续唱戏，唱词显得十分跳脱，戏台上的两个人开始比画起刀枪来。龙默、穆安和夕见三人不时有个眼神交流，却也表面无事。

龙默突然拍了下桌子，暴跳而起："这演的都是什么？枪耍得也不好看啊，穆大人，你来吧，给他们耍一套看看，来！"穆安目光锐利，吓了一跳，盯着龙默，又瞟了眼夕见，夕见目光有些闪躲。"好！正好领教下洛南戏的魅力！"穆安心想武器在手还能怕你不成。

穆安接过来郎虎扔给自己的长枪，跳上舞台，厉声道："来吧，比画比画！"

穆安与舞台上的戏子比画起来，戏子们比画得越来越快，而后招招奔着穆安的要害而去。穆安一一躲闪，心里盘算，这雕虫小技还能要了我的命，却是越要越开心，除了近身防御，也偶尔出招。这几个戏子哪里是穆安的对手，见穆安也反攻，收起了招式，频频防御。

龙默仔细地看着穆安的身法，皱着眉头。夕见十分紧张，眼神中满是对穆安的担忧，看了一会儿，突然觉得龙默也并非是真要杀了穆安，前日那般说，无非是在试探自己是不是向着穆安，这个老贼，真是家里家外都防着，心眼儿多得很。如今这场面看去，倒像是吓唬吓唬穆安，或者致伤不致死。

"龙默！你这是杀局还是伤局？"夕见压低了声音。

龙默还未作声，穆安边要枪，边大喊一段唱词："四国飞雪，五国寻风，一念风雪，一念悬星。"龙默仔细听着穆安的唱词，思忖起来。

"天南有星，三株相连，天北有星，四株相连。"穆安的枪要得更加飘逸，"天之南北，不由心说，若得其通，唯有良辙。"

"谁为此辙？"龙默突然大喊道。

"只有在下！"穆安言外之意，你要找"辙"对付四国，只有自己能帮忙，你今天要杀要剐，悉听尊便。穆安又一个挺枪，马步，振臂，外翻，用力，收力，早把几个戏子都震到了台下。

"好！好！好一出洛南戏，穆大人，下来落座！"龙默心知肚明杀不杀的，逼得就是穆安的心底话，若是有这个同驱四国的心，如何不先拉拢呢？穆安此时当真聪明，言明与龙默志向相投的一面，也避免了灾祸。其实姜子牙的心里，是把天洛看成又一个大周的，但是穆安为何屈从愿意驱赶四国呢？因为他一早就明白，天洛落在四国谁的手里，都是平衡的打破，都是战事又起的诱因，唯有重回天洛人手里，才是五国的平衡，南土的平衡。当然，穆安与姜子牙思绪不一样的地方自然是对于燕川的态度。

穆安跳下戏台，坐在一旁，盯着夕见的眼睛。夕见这才放心一些，喘着粗气，平复心情。

龙默赶紧挥挥手："其他人，散了吧！"说罢冲着坐在对面的穆安一阵暖笑，随后斟上一杯茶："穆大人此时改唱词，我听出来了，如此说来，你有心帮我天洛做那'四株连星'？"

"我不这么唱，还下得来戏台吗？"穆安略带讽刺。

"师兄多心了，我这些戏子，遇见生人，下手狠了些而已。"龙默面上还是要维护一下。

"申公，你快别这么叫我，新世之中，还是换个称呼为好，我小你十多岁，怎敢当你师兄？"

"也好，穆兄，说说看，你是不是有意帮我驱赶四国？"

"龙大人，昨日的酒醒了吗？我帮你驱赶四国？我可是燕川人，如今更是崇衡崇尹，怎么的？你已经胆大到要和四国的人商议驱逐我们了？"

"师兄，你我同路而来，最后也会同路而去。我拿天洛当大商，你就不能拿这里当大周吗？我们有何前路不可同谋的？"

"你说得轻巧，我姜尚可是说翻脸就翻脸的，若是我肯，穆安肯吗？"

"你的神器不能镇住穆安的魂意？"

"哦？你都把神器琢磨得这么透彻了？"

"若不然，你我之间言语，岂不是四个人的密谋？"

"我和你不一样，龙默、申公，本就一路货色，但是姜尚和穆安不一样，我姜尚若助你，穆安不会同意。当然，若穆安反你，也许我也不会同意。"

夕见插话："穆安，你又在这里胡搅蛮缠，说些胡话。"穆安听着夕见的话，若有所思，但觉苏妲己若不显魂意，该是不会这般反应。

"我不是不可以帮天洛，但是我分量不够，一介小小的谋臣，如何成事？"

"提携你不是难事，只要你肯帮我驱除四国，一切好说。"龙默大悦，眼见有希望。穆安佯装推辞："你和沮洛大人足够聪慧了，燕川和青戎边境摩擦不断，崇衡和青戎如今隔膜越来越深。我用东戎教解围，青戎更是陷入百口莫辩的深渊，我还能做什么？就要听你龙默的了。"

"穆安，你果然不一般，世间之事看得清楚，南依远在我天洛以南，可以先不提，燕戎崇三国如今已经陷入摩擦，我们需要在禅让之前，给他们一击致命。"

"那是再简单不过的事情，只要我成为天下院和你、鹿辞平起平坐的国相，此事迎刃而解。"

"姜尚！你若在这里还诈我，那可不像在商周之时，你身后还有姬昌。"

"我现在身后也有子秋和伯翁啊！我跟你说了那么多遍，时也命也，不是那么好改的！"

"我为什么信你？"龙默又开始犹豫。

"我没让你信我，龙大人，你现在以为在和姜尚谈建商之事吗？荒唐！更荒唐的是，你同时在和穆安谈驱四国之事！龙大人，现在没有你信不信我，只有杀不杀我。杀我，一了百了，但是你未必成功。不杀，则也许你能得到我的帮助。但是记得，这里不是大商，也不是大周，未来也都不会是，这里只是天洛，夕见公主的天洛而已。"穆安鞠躬行礼，"我的要求已经说了，你答不答应自己抉择，哦，对了！别以为我不知道！寒岭河下毒是你的手笔！引得瘟疫大难致死无数，你手上满是无辜之人的鲜血，他们的冤魂自会来找你算账，若是你的噩梦里你能独活，我兴许可以帮你！如今埋下这些伏笔，终有揭露的时刻，但是你若认为如此就可以祸乱四国，那就太天真了。龙大人，商周前路不在此，天洛前路不在彼，若是我俩相残，最后输的是两世之途。告辞了！"穆安说完转身离去，临走瞟了眼夕见，两人却似陌生人一般。

言及河毒之事，穆安所言便是最真实的推测。龙默早在戎都之时便暗中指使黄婵于青戎的东戎河下毒，引得下游的寒岭河旁的城镇暴发瘟疫，好借此大做文章，挑拨戎崇。但龙默下药只是为了加重春晨病，没想到瘟疫如此严重，甚至出现了北土活死病的症状，之后便又让黄婵去上游下解药，于是才有了黄婵巧遇太辽之事。而太辽只是奉命去下药加重瘟疫而已，此事源头确实不是东戎教徒所起，他们给伯翁下毒，无非也是拖延治理。而更可怕的巧合就是，穆安之后所认定的瘟疫是北土活死病，是因为北土似乎有变，此河毒中还有神秘之物，引起了瘟疫病变，得病之人便不再似春晨病的病灶，且死率甚高。只是穆安一时猜不出北土究竟发生了什么，只是觉得龙默的雕虫小技实在幼稚，若没有他让沮洛鼓动何谦借河借城，穆安兴许还想不到这么深。

龙默看着穆安的背影，皱着眉头："他知道你有苏妲己的魂意吗？"

"你觉得呢？"夕见万般无奈。

"捉摸不透，穆安一身是胆，姜尚一身是谋，当真不好对付，那还杀他吗？"龙默竟然也一时间出了一句糊涂话。

"你说呢？"夕见反问道，"你是否早有联手他驱除四国的打算？那还前日套我话，试探于我？我会不向着你行事？"

"我也被逼无奈，这天洛如今五国盘踞，两世魂叠，怎一个乱字了得？至于拉拢，你敢说你没有此心？"

"他即便同意，也是为了大周和姬氏。"

"那就足够了，等四国一走，姜尚必然如我所说，把这里当作大周来建立，到那时才是我俩的戏台。"龙默抱定了先与穆安联手的决心。

"若不联手，我们自己驱除不了四国？"

"难如登天！"

"你到底是愿意挑战四国还是姜尚？"夕见问完这句话，龙默陷入了深思。四国之难和与姜尚的恩仇，确实难说哪个更厉，只能在当下有个先后的取舍，但是怕的就是这取舍之间被姜尚钻了空子。

安梦文慢慢地走进这个断崖形状飞船的时候，已经几乎没有了时间和空间的概念，他心中的恐惧变成了死亡前的一种无助和放任，这怕是恐惧的极限了。而自己慢慢腾空的身体和几乎不能左右的意识在某一个时刻稳定了下来，他悬在巨大中控仓内微弱的淡黄色柔光中，环视四周，墙壁是一种说不清材质的似乎微微有些流动的暗灰色物质，其中有着一道道壁纸的凹线，线内是金黄色流动的类似橙汁一样的东西。安梦文闻到了一股刺鼻的金属熔化的味道，然后眼前出现了又一道柔光，一个庞然大物缓缓挪了出来。

那个庞然大物类似一个抛光的球体，带着浓重的机械感，慢慢靠近安梦文的躯体。安梦文在死前想到了自己的妈妈，她喜欢给自己唱歌。想到了自己已经三年没见的女友，女友喜欢和自己吵架。想到了自己的发小，那个抠抠搜搜、饼干渣都捏起来吃的家伙。可怕的是，这些思维内回忆的东西，可不是安梦文自己想象的，而是那个庞然球体在搜索安梦文的头脑。

"来自地球？可以说中文和英文？不错，有我们数据库破译的语言，那我们可以直接交流了！"庞然大物发出声音，当然，那是中文，明显它已经把安梦文了解得很透彻了。

"你们是谁？来自哪里？"安梦文好歹要知道自己死在谁手上。

"这些你都不用知道，帮我们办一件事，之后，你会知道所有的事，并且安全回到地球！"庞然大物的声音显得很机械化，甚至听不出来男女。

"你说！"安梦文如此悬空的束缚显然有点不舒服。

"冥王星上，有我们的公主，想办法救她。我们不想与瞿麦星的人发生任何冲突，也不想与他们有任何交集，这是你能做的唯一一件事。带着公主来见我们或保证她的安全，你才会更安全！"

"公主是谁？"

"一个小时后，我们会植入你的记忆，包括我们是谁，公主是谁，怎么救她，若是你想跑，我们有一万种方式找到你！"

"为什么是我？这里还有一飞船的人！"

"那你去问克里斯！"庞然大物言罢，熄灭了光，渐渐退回了飞船的内核区域。

安梦文被慢慢放了下来，他回过头，刚刚的飞船已然不见了。一个硕大的泛着微光的椭圆形传送门出现在他的眼前，他心里盘算穿过这里该就是冥王星了。但是，他回忆起刚才那个庞然大物的话，似乎此时脑子嗡嗡的，它们植入的记忆在慢慢发酵。安梦文顾不得那么多了，他也必须等记忆成熟才知道这个飞船给自己的任务究竟是什么，现在要做的就是穿过那个传送门，尽管他不确定穿过门，是不是真的就是回家的路。

第九章　牵诱

陆秀夫把瞿麦星的一些资料录入了眼前的智能影像中，他盯着这个几乎只知道名字的星球无从下手，满桌子的推演世界北土资料提醒他如今挽救的机会已经所剩无几。

安梦文穿过传送门的空间，摇头晃脑，似乎神智还不太清醒，直接撞进了陆秀夫的实验室。他看着陆秀夫模糊的身形，步子一深一浅，晕晕乎乎地直接奔着陆秀夫而去。李勉看见有陌生人闯入，赶紧上前堵住安梦文的前进路线。陆秀夫吓了一跳，甚至一度以为是瞿麦星人开始进攻了。

陆秀夫仔细打量被李勉抱在怀里的安梦文的脸，惊诧万分，自己怎么也没想到当年同为少年，逐影那个蓝色星球的同伴，如今能出现在自己的身边，陆秀夫赶紧喊道："自己人，自己人，快，他可能不适应虫洞空间，赶紧送去医疗室。"其实安梦文并非不适应虫洞的结构，而是不适应断崖飞船的传送门，那个门所用的奇点和虚空技术，还不是现在人类所能理解的介乎于科学与魔法之间的超然技术。

等安梦文醒来，陆秀夫已经端着药水守在了他的身边，两人此时已顾不得寒暄，安梦文被植入的记忆显然知道了陆秀夫及其所做的一切，而此次来，他几乎是同时兼具人盟和断崖飞船所在文明使者的身份与陆秀夫交流。

"秀夫，快！停止推演！瞿麦星人进攻并控制了北土，雅苏梅蒂星的公主在推演世界内，他们不想与那个地狱般的星球正面对抗，于是让我来解救公主，若能成形，他们承诺保护我们和推演结晶安全撤离！"安梦文脑中被植入的记忆已经发酵，他依然揉着自己的太阳穴，不停晃荡着脑袋。

"雅苏梅蒂？"陆秀夫脑子嗡的一下，一个瞿麦文明的出现已经够头疼的了，难道还有一个类地超文明出现？

"雅苏梅蒂文明来自宇宙奇点，瞿麦是虚空边缘的旅行行星，两者文明一正一邪，完全对立。瞿麦如今对银河系有着侵占的预谋，他们第一个涉足的就是冥王星！"

安梦文知无不言。

"可是我们停不下来，现在我们对推演世界完全失控，南土已经被 AI 控制了，我们仅有的结晶采集晶球在我的手上，如果我们安全，才有可能把它带回地球，但是如今的局面，怕是凶多吉少了。"陆秀夫有点绝望。

"南土被 AI 控制？难道是克里斯？"安梦文反问道。

"我们调查过，克里斯还有其他任务在进行，采用的是神经元超智能组件，这些技术对于我们是碾压的，他们只要愿意，用云端和银河黑客的渗透，很轻松就能反控南土全盘。"陆秀夫这几天在进行全方位的研究。

"推演世界可有异动？"

"目前还算正常，只怕更多结晶被转移和偷取，若是瞿麦与克里斯领南北土正面对决，我们还有余地，只是可惜了之后的推演结晶。"

"我们必须开始干预，至少来说，要劝服克里斯先与我们一同抗击外敌！"安梦文想得清楚。

"我也这么想，雅苏梅蒂文明能否帮我们驱敌？"陆秀夫显然觉得自己和克里斯加在一起也不是瞿麦文明的对手。

"几乎没有可能，他们不会正面树敌，但是救出公主，兴许有机会谈一谈对于我们安全撤离的帮助。"安梦文并不觉得雅苏文明是一个助力。

"那位公主是谁？"陆秀夫好奇地问道。

"她在推演世界的名字叫作宗政蕊！雅苏文明是奇点空间中最先知道我们推演计划的，他们早就渗透了卧底，只是如今进来容易，出去难了。瞿麦虽未控制南土，但是已然在全盘地布局，我们需要把蕊公主巧妙地救出来或者妥善安置。"安梦文脸上一丝不易察觉的狞笑闪过。

"不对，若是公主，雅苏不会是这样的方式救人，以你的描述，他们若有穿梭奇点和虚空的技术，该是不会惧怕瞿麦，这里面另有原因。"陆秀夫的一席话让安梦文觉得蹊跷，两人都没想到，这一本来只牵扯人类与 AI 未来走向的推演，却成了牵动整个宇宙的真正奇点。

穆安悄悄走进将军府的武堂内，看着修辙挺戟练武，身形刚猛有力，却不失优雅飘逸，心中当真佩服。他慢慢掏出龙肤卷轴，看着上面亮灿灿的"黄飞虎"三个字，拉拢之心顿生，执念中满是商周时黄飞虎的忠肝义胆和疾恶如仇，没想到这个世界的他依然如此。

穆安不再躲藏，仗龙牙剑，疾步靠近修辙，速度越来越快，弹指间，一个跃步，龙牙剑举过头顶，向着修辙砍杀而来。修辙吓了一跳，但见是穆安砍剑而来，举起长戟，只一挡，穆安和龙牙均被震得微微颤抖。穆安泄了劲儿，退后几步："将军好力道！来！斗几回合！"穆安朗声，兴致益然。

"好！穆大人！听闻你文武双全，文斗不过你，武可以试试！"修辙边说着，便拧着戟身，斜刺而来。穆安反手握龙牙，由下而上抽开长戟的攻击，自己贴着修辙长戟袭来的右路一个打转，修辙被让过了半步。穆安换手仗剑，扫荡修辙下三路。修辙腾步而起，自知跳得不会有元攘那么高，似乎也躲不过穆安的扫击，灵机一动，踩在了龙牙剑身上，借力扭腰，马步落地急刹。穆安回身的同时，龙牙再回反握的姿势，疾步上挑刺来，修辙自知这几下挥舞剑的方式，当真是力道和技巧的均衡，如果硬战，必是穆安剑下亡魂，只能用巧。于是扎紧马步，双手握紧戟身，搅动起来，龙牙剑瞬间近身，却被长戟搅进，两个兵器发出摩擦之音，一股利刃相摩的尘狞之味蹿鼻而来。两人都知泄力必是丢了兵器的劣势，也都握紧柄身，僵持了片刻。

几条丝刃隔空打来，把龙牙缠了个结实，穆安并未见过如此丝细的刃器。修辙却知青灯以为有人偷袭自己，前来帮忙了，大喊道："青灯，不可无礼，我们在切磋！"说话间，修辙握着戟身的手松了劲儿，穆安的龙牙剑一个反拧，长戟斜刺飞出，扎在了地上。青灯这才从房顶侧翻而下，躬身行礼道："原来是穆大人，这剑法中原确实少见，刚猛又轻快！"

"青灯将军过奖，修将军好身手，在下偷袭而出，赢得不光彩！"穆安赶紧给修辙和青灯行礼，"修将军，你我战场上不曾交手，实在可惜了，如今和平已至，只能切磋，也是遗憾！"

修辙不停擦汗："听说你曾是个统领？"修辙边说着，便把长戟从地上抽出，扔给了青灯，青灯帮他把长戟放回了武器架。

"当过一阵子，如今算是弃武从文。"穆安收起龙牙剑。

"弃武从文还手里握着这么好一把剑，怎么？觉得天下院不安全吗？来，府内说话！"修辙指了指府内，两人边说着边进了府，青灯便守在府口。

"这天下都不安全，何况天下院呢？"

"穆大人是来找我聊'天下'的吗？"修辙说罢才坐，穆安坐在了修辙的对面。

"修将军，都是军人脾性，我开门见山，我是为了夕见公主而来。"

"听说穆大人一路陪伴夕见公主，万般保护，修辙感激，若是惦记其他的，那可多心了。"

穆安大笑道："修将军一心王族，在下佩服，我来只是知会一声，夕见公主一路坎坷，历经万险，得以重回天洛，若她希望王族重立，则军力不可轻视。"

"你这言辞是替燕川还是替崇衡呢？我们自己的军队如何，需要四国来干涉？"修辙听到穆安言军力之事，突然警觉起来。

"五国之中，有一国军力不支，则全盘皆倒。而相互制衡，才得万世平衡。修将军，听我一言，后宫与军队，变法之内，都要尽力恢复。这内廷院与巡防军成败与否，也是天洛的成败与否，你可尽悉？"穆安自知黄飞虎早晚是自己的助力，这军力也必早晚是自己的，如今姜尚的魂意已不再是初出茅庐时残羹记忆的时刻，现在的姜尚更明白自己在天下院和这中原京畿该做什么，只是穆安的意识并未被姜尚侵占，还依然是睿智与诉求的渗透，这使得两人一躯显得浑然天成，当真是一派少年老成，黑发白须的青壮老翁。

"你会好言相劝我做这些事？你这个谋士倒是与众不同。"修辙戒备心更强。

"今后有的是时间切磋，修将军，我今日只有此事告知，别无他事，不多久留，告辞。切记，军力为大，不可一日怠慢，不送！"穆安走前这一番话，修辙却想得有点歪，他觉得穆安该是说了反话，提醒自己别越界。但是自己所有扩大军力的事均是秘密而行，未有半点声张，当真奇怪穆安的言语，百思不得其解。

刚入夜，洛京城龙府已是灯火繁花。龙默为了公主到来，精心布置了一番。龙默邀夕见对坐，面前的圆桌上是上古商周世界的舆图，但周朝版图已经被龙默撕去。

夕见嘲笑龙默有愚复大商之心，建议他弃纣立己，甚至寻计取缔禅让。龙默苦口婆心劝说苏妲己不要控制着夕见的心性和意识夺这天洛大位，苏妲己如今权欲正盛，哪里听得进去谏言。两人几个时辰过去，竟然吵得不可开交，夕见的魂意更是难以放下龙默的杀父之仇，龙默不得已，这才缓言会替公主想办法登位，借此平复公主的心情。但是龙默自知，若是夕见此时登位，天洛将大祸临头。

夕见走出龙府，失魂落魄地来到了府后的一个凉院内，心里盘算着苏妲己对自己的压迫，与穆安守情相望的尴尬境地，家国天下异族满街的悲惨现世，心里一酸，眼中热泪便挤了出来。她慢慢向前走着，身形一歪，靠在凉院里一座假山的岩石旁，然后蹲在地上，抽泣起来。"一躯两魂，夕见，你何至命薄如此？"夕见自言自语。

瑶缮一身紫衣，戴着斗笠，黑纱遮面，站在凉院一侧宅邸墙后，盯着公主的一举一动，显然她在奉命监视夕见，四国如今得知最有内廷势力的公主回朝，自然都在暗流涌动。

苏妲己的声音回荡在夕见的脑海里："夕见，大义之下安有周全，大念之下安有兼顾，世间的善恶是非，大是大非，本就是牺牲小义小道而得之，你何必在乎你我之间的善恶之差，反正复国立洛是我们如今共同的目的，我答应你不为难穆安就是，你何必在意家国情爱之间的取舍，难道穆安的情谊会比天洛王座还吸引你吗？"

"王权对你来说就如此诱惑吗？"夕见反问道。

"诱惑的不是王权，是王权下人的心性。夕见，你若复国之念还留存，那么听我一言，顺从我的魂意，王座会与你越来越近。"这勾魂引魄的手法，苏妲己玩得纯熟极了，若不是夕见的牵绊，没人不信现在天洛已经有了新王。

夕见靠着岩石，身体一软，突然岩石开始慢慢滑动。夕见吓了一跳，回头一看，一个黑漆漆的洞口出现在眼前。她面露疑惑，心想这龙府后身的凉院竟然还有暗道？思索间，夕见走了进去，瑶缮悄悄尾随而至。

漆黑的洞窟向内延伸不浅，夕见走了半炷香的时间，便见另一洞天，一面闪着微弱烛光的灰墙，靠墙是一个褐色的多层供桌，桌上满是灵位、蜡烛、红绸、焚香和几本族谱。

夕见愣了一下，心中有点胆怯。瑶缮贴身在墙壁上，藏进一个湿漉漉的洞壁内，盯着夕见的一举一动。夕见慢慢靠近灵位，看见一个牌位上罩着红丝绸，她慢慢掀开，牌位上写着龙默的名字，但是色泽发暗，镂刻的牌子上并无漆色，夕见大吃一惊，心道龙默这是抱死决心复立天下。

夕见又看了看周边的牌位，她拿掉另外一个红丝绸，一个牌位上写着"龙默之女龙婴柳之灵位"，色泽也发暗。夕见瞪大眼睛，看着"婴柳"两个字，不禁自言自语："婴柳？"背后一阵凉意，已是细汗满身，心中盘算此婴柳若是彼婴柳，那这世局岂不是被龙默布得太大了，这般精算天下的人，如何能信？

瑶缮躲在洞墙后面，望着这些灵位，目瞪口呆，自己捂着嘴巴，生怕惊诧间出了声音。夕见眼睛扫过又一个牌位，上面写着"龙默之子龙幼槐之灵位"。"幼槐？洛和会会祭？"夕见已然拜帮立旗，借了号命，自是了解洛和会上下会祭与统领的。若婴柳和幼槐均是龙默子嗣，那一个领盗会满天下，又引自己和穆安巡世半载，一个领洛和会通秉京畿，又引王室号令天下，这当真是把外廷当作自己后院了，洛京上下若是被江湖笼罩，又怎么逃得出燕东盗会和洛和会的左右夹击。

夕见扭身要走，瑶缮赶紧把身形躲进了洞墙的黑影深处，随后两人一前一后出了凉院，心里都在盘算这一发现，也许又会惊起洛京一片哗然。如今夕见和瑶缮发现婴柳和幼槐与龙默的关系，也就觉得此事必须有同僚知道，回去报信儿都不在话下。

趁着夜色，夕见换了黑衣，偷偷地混入崇衡军界，苏妲己的声音仍在回荡："我若是你，就不会告诉他。"夕见纠结了片刻，依然奔着穆安的军帐而去。

其实夕见如今以公主身份回朝，经残军之事，子笙和天下院等人都觉得乃东戎教不义，而夕见只是要救人，所以对其虽有责备，却无处罚。只是龙默和沮洛觉得公主需重归后宫，才暂居内廷，如今来军界若是以公主身份前来，本是无事的，但是夕见心有芥蒂，怕四国再咬口舌，便暗中拜访。

穆安的大帐靠近军界的一侧，瘟疫刚息，还有很多军士归国未回，防守也松懈一些，夕见混进来不难。她看着穆安的军帐亮着灯，便一头撞了进去。穆安一惊不说，见是夕见，赶紧把军帐的帘子拉上，又赶紧倒了茶水："夕见，你怎么了？这样着急？"

穆安很关切。

夕见把茶水一饮而尽："我刚才与龙默议事，刚出来，却在他的府后凉院内意外发现了一个洞窟，里面竟然都是龙默家族的牌位，甚至他自己的牌位也已经立好了，似乎这世间风云搅弄，他已经有了破釜沉舟的信念。"

"夜半三更，你就是来跟我说这个？"

"其中一个牌位上还有龙默女儿的名字，那个名字是龙婴柳，我怀疑就是我们身边的婴柳，她可曾随你回来天洛？放她在身边太过危险了，弄不好，一切都是龙默的阴谋。"夕见果然见了穆安，眼中满是柔情与爱意，苏姐己早已"魂归故里"。穆安面色突然变得凝重，思忖片刻："你看得可清楚？"

"绝对无疑！而且还有一个牌位上写着龙默儿子的名字，叫作龙幼槐，他是天洛洛和会的一个会祭，也许是最好的杀手，几乎是统领级别，他们的舵主都对他很尊敬，现在就盘踞于洛京城内。"

"龙幼槐？龙婴柳？龙默给全家祭了牌位？这是为何？"穆安有些疑惑，但是也不得不提防苏姐己的魅惑，"夕见，我知道你一直怀疑我和婴柳，但是我俩真的只是盗会相识的朋友而已，她不愿意交出我得到悬赏，那只是她对我的情谊。我对她，只是兄妹之情。"穆安突然转而言明与婴柳的感情，这让夕见很是意外。

"你为何跟我说这些？你怀疑我在骗你？离间你和婴柳？"

"夕见，婴柳一路保我至此，她如今藏身这洛京，因为刺杀伯谕之事，又不肯居住于崇衡军界。一个女子，一路随行，吃此大苦，为了什么？即便她是龙默的女儿，她若不曾害我，我们怀疑她做什么？"穆安显然想歪了夕见的意思，他感觉夕见有意挑拨之外，孤立婴柳的存在。但其实夕见只是让穆安注意，并且查实婴柳的真实目的。夕见凝视穆安的眼睛，无奈道："我也一路陪你至此，何时跟你说过这些话？我怀疑婴柳是因为担心你的安危，你反过来质问我？"

"夕见，我不是质问你，只是觉得如今天洛，乱象丛生，纠葛遍地，我们自己的同伴，还是信任为上，不可猜忌，龙默之女又如何呢？"

"你有没有想过，婴柳若真是龙默之女，那么她本身便是天洛之人，却又在边境建立那么庞大的盗会，这一切不可疑吗？她一路都未曾与我们说起过什么，她对我们何时有信任可言？"夕见如此说，引得穆安又思索起来。夕见继续道："你不觉得你我于燕川边境相遇，我被劫而随你巡世，你计骗婴柳而离境，一路上我们相携同行。因为我，燕戎不睦，因为你，戎崇不悦，这一切的一切都太过巧合了吗？"夕见若是能这么想，即便不得苏姐己魂意的干扰，也表明苏姐己的睿智正在慢慢充盈夕见的头脑，正似穆安这般的黑发白须，夕见这叫清纯风尘。

穆安盯着夕见的眼睛，心生疑惑与焦虑，回想龙肤卷轴中对于夕见身份的鉴定，这苏妲己三个字当真是扎眼，虽不知其魂意初现，但是也一直防范。穆安此时隐约觉得这便是苏妲己的言语，因为夕见的纯良至少让她不会这般言语。

"夕见，是你这么想？还是有人逼迫你这么想？"穆安试探道。夕见有点惊讶穆安的反应，也自知不能漏了苏妲己的魂意。这魂意纠葛间，夕见更是伤心对穆安的一片痴情好意，被他曲解成如此："你什么意思？"

"夕见，你我之间言语，只有穆夕二人，我不想有其他。"

"我是真心对你，你又在怀疑什么？"

"我问你，你和龙默密谋了什么？"

"你怀疑我和龙默密谋骗你？你疯了吗？我会拿婴柳来开玩笑？"夕见突觉穆安有点不可理喻。

"你想登位对吗？"穆安早就猜到夕见有了异心。

"是又如何？"

"所以龙默是你的绊脚石！好！我答应你，我帮你除去他，这一点都不难。"穆安也知道天洛人此时都不会想有人登位，能把禅让拖得越久越好。

夕见心头酸楚，自知与穆安心中的隔膜越来越大，这君臣不说，异族不说，两世不说，就单是与婴柳的三角关系就够折磨人了。她眼中闪着泪水："穆安，你真的不知道我半夜跑来告诉你这个秘密是为了什么吗？"

"夕见，你我一路相携，情谊至深。但是家国天下，难有儿女私情，我劝你放下些东西，包括你魂魄里的鬼魅。"穆安直言。

夕见眼泪流了下来，自己抹了抹泪："你是不相信还是不愿相信我就是她？"夕见这样说，也就是承认了魂意深处的魔鬼已经回来了，而自己也正在变成魔鬼，堕落远比升华来得容易。

"你不是她！从来都不是！"穆安试探成功，却本不想得到这样的答案，他眼里也闪着泪水，凝视夕见的脸庞，哪里能忍受近在身边的爱人已是如此地魔性成痴，"夕见，纵使你万般好，但是苏妲己是个妖魅，一生魅惑众生，一生祸乱朝堂，一生焚漠天下！你知道吗？我纵然百般爱你，又如何防那苏妲己再乱当世！"穆安声音渐厉。

"你我之间，从来没有过别人，你没发现吗？"夕见希望穆安至少相信自己的魂意和爱意的真实，但是穆安自己都很难控制自己的魂意，又如何思忖他人。这两人魂入牢笼，早已万般痛苦。

"你以为穆夕之情能掩得过上古之意？"穆安也希望夕见正视现实。

"你我之间，何曾有过苏姜之言？你还不明白吗？当世的爱，大过那新旧之世的魂意纠葛，更大过那魑魅魍魉的阴诡厌恶！"夕见边哭边揪着穆安的袖口。

"你是说我们的感情能抑制魂意？"穆安有点惊愕。

"至少我相信，穆安！我不是苏妲己，你也不是姜尚，至少你我相对时，是这样！那些都是另一个世界的事，那里没有五国之争，这里才有！而你我，都属于我们自己的史实！"夕见泣不成声，为了换来爱人的信任歇斯底里，"穆安，你相信我，婴柳和龙默必有诡计，不可不防，若是天洛不立，你我都会越陷越深的。"

"我且信你，但是，苏妲己，若是我见你乱了夕见的魂意，我自有办法让你惨死当世！"穆安坚定直言。但是他也知道，苏妲己根本没把穆安当回事儿，她怕的永远都是那个玉虚宫的高徒。

夕见眼泪依然在流，深情地看着穆安："最后一事求你！"

"说！"

"帮我！我必须要坐上王位！"

"夕见，听我一言，你若登位，燕洛必有一战。我劝你放弃此念，我自会保你太平。"

"燕洛一战？为何？"

"我不须多言，你自会明了！来人，送公主回宫！"穆安说完背过身去，几个侍卫进入帐内，鞠躬行礼。夕见心知如今两人爱慕已是四人纠葛了，虽从不愿承认苏妲己与自己就是一个人，但是这双魂意若是择不开，在别人眼里，便是一个整体。想到这里，夕见开始觉得，若是登位，兴许有号令天下寻觅分离魂魄之法的路子，到那时，天下和穆安均是自己的，何乐而不为？

扶季坐在崇衡军界北界外的小山丘上，向北望了很久，似乎家乡的一切都能看得真切。自从暗中运筹领半个天下院发配北疆，扶季的身份已然显露，他不仅是北土的鬼臣，似乎也有着世外之世的秘密。只是如今自己在洛京城独木难支，总不能只靠着锦葵公主过活，自己虽与穆安被称为崇衡如今的双谋，但是自己比穆安还年轻，又不是王室如今眼前的红人，地位受到的冲击比想象中还要大。

扶季展开眼前的一封密信，心中自知这些北土语言并非谁都说得利索，其中暗语、诗词，借势喻世，各种暗示比比皆是，也无落款。扶季明白，这洛京城即将到来的王室典选中，必然还掺杂有北土之人，心中略有宽慰，自觉不是一个人在勉力维系。

信中所言典选和夕见如今是祸乱南土的关键，只是这一来二去难免伤及四国之盟和天洛利益，还需权衡而事，扶季心里盘算该如何修复之前两次失败计划的遗病。

扶季拉开袖口，看着自己左臂肘窝偏上一点的一块刺青，那刺青成五角花形，花瓣外宽内细，花萼成细微撕裂状，整个花朵淡红泛白，远看似胎记，近看才知精致异常，正是瞿麦！

穆安循着婴柳当时从修罗渡逃亡之时留给自己的京畿地址，来到了东郊外寻找婴柳的下落，心里盘算，这婴柳能入城之前便留下住址，肯定其盗会部分贼众已经入城为会主铺路了，否则谁会知道去一个陌生的地方先住哪儿？要不，就是婴柳对于洛京城并不陌生，他不禁回想起夕见的话，若婴柳是龙默的女儿，二十出头，龙默四十多，倒也对得上。

穆安转过一个东郊大宅，便是一个不起眼的土路小巷，巷内两旁有几家小贩在叫卖。穆安看惯了燕东贼盗山匪的面目，多是皱眉斜眼，机灵活分之徒，这些小贩哪有一丝一毫的市井气息，但觉这周边可能都被盗会控制了。

穆安前走几步，一个盗会舵主模样的人递了一个眼神，随后奔后巷转身而去，穆安跟随。

穆安才进了后巷一个草屋，便见婴柳坐在草垫上，自顾自喝着茶，然后示意穆安坐下。穆安知道婴柳对自己的到来也不惊讶，却也不敢碰婴柳身边的任何东西，要知道，他倒在盗会的头重散和催汗散下好几次了。

"早知道你得来，东郊可都是我们的。怎么样，你当年的计谋成功了，我盗会异地重生。"婴柳面带笑容，很开心穆安的到来，"是不是出什么事了？四国又为难崇衡了？还是子笙他们为难你？有事你就告诉我，我还有一些盗会的兄弟准备入城了，如今他们是我们的一大助力，我从暗中协助你。"婴柳自信满满。

"都不是，婴柳，我想问问你，你和龙默，究竟是什么关系？"穆安对夕见的话半信半疑，在他心里，如今巡世的伙伴都在身边，但是家国各异，总得摸个底细，谁还能同行天下。

婴柳愣了一下，叹气道："你派人查了？我不瞒你，龙默是我的父亲。几年前，他还是一个翰博院作册，后随着乔公游学洛水，我们一家本是支持的。但是战事拓至天洛边境，我们一家难以自保，写信给父亲，却一直没有回信。无奈之下，我们只能搬去燕川边境为生，隐姓埋名，防止被势如破竹的燕川边境军骚扰。也正是那时候，母亲病死了，我再无生计，才与一伙盗贼混迹在一起，后来创建了盗会，而弟弟不愿意久居他国，后来悄悄回了天洛，至今没有下落。"

"龙默以为你们死了？"穆安有些动容。

"也许一直在寻找我们，直到去年我收到他的来信！"婴柳眼神飘忽。

"他的来信？让你劫持公主对吗？"穆安自责早该洞悉这世间一切都是有其内在因果的。

"没有事瞒得住你，穆安，虽然当时我不知他怎么知道我还活着，又是怎么知道我在燕东的盗会，但是他的信里说要让我劫持公主，然后带着公主游历四国，那是对于濒死的天洛最后的挽救时，我决定帮他！"婴柳直言。

"为什么？"

"他一生追求权欲，一家人恨透了他，因为他没有一刻在乎过我们的想法。我的母亲至死都不知道龙默到底是怎么样一个人，为何对于家人全然不顾。但是我帮他是因为天洛，我出生在天洛，在这里长大，我期待有一天能回来，而不是在那个燕东的寒冷山沟里待上一辈子。"

"你母亲是哪里人？"穆安追问道。

"她是燕川人！你连她也查了？"

"若你家里与燕川全无瓜葛，怎么会躲过燕东边境军的搜查？若是我猜的没错，燕东军和你的盗会该是有些不浅的关系。"

"母亲带着我们在燕东生活，就这样，年复一年，我和弟弟几乎忘了还有个父亲。燕东军是子笙一手养大的，他与燕川王室的关系你比我清楚，在江湖养些势力再正常不过了。但是我们没有听从他的悬赏拿你，该是如今关系很难修复了。我暗地里潜入洛京，也是怕与他正面冲突，引起不便。"婴柳心中顾虑颇多。

"所以你决定按照龙默的信中所说，劫持夕见游历四国，而不是之前你骗我说的要挟燕川军方和朝堂？"

"许你骗我，不许我骗你吗？"

"军中悬赏你确定是子笙那里来的？"

"当然，我不愿交出你给军方，拿那些悬赏，所以就一路同行，怎么？你不谢谢我吗？给了你一个机会接近当世绝色的美人！"婴柳风趣之余，其实很伤心这机缘巧合下的羁绊。

"你接受的只有一份悬赏？"

"当然了！怎么？我一路护你至此！你还怀疑我？"

"唐知的死，伯谕的刺杀，你如何解释？"穆安直言相问。

"唐知的死是燕川人干的，不是我，我那夜也发现了有人盯着唐知，所以去帮你查，但是没有结果，我又怕回来你责怪我贸然单独行事，所以没敢跟你说。至于伯谕，是因为他们密谋了天洛残军返程杀天下院的阴谋，但是我当时怕龙默有危险，所以跟他们交换了条件，只要他们确保龙默不死，我就不把真相告诉你。如今真相都大白了，你也质问伯谕他们了，还平安解决了问题，所以我愿意都告诉你！"婴柳这言语真真假假，令人懵懂。

"没有半句谎言？"穆安死死盯着婴柳的眼睛，依然心中持疑。

"我连龙默的阴谋都告诉你了，穆安，你对我就一点信任都没有吗？"

"你可知道龙默为何让你带着夕见游历四国？是否还安排你的盗会为他收集情报？"

"确实，龙默希望我的盗会帮他掌握四国的动向，我帮他了。所以如今暗中进城的一些盗会会众没有被京守军严查。至于公主之事，我也疑惑，带着她一路而行，有何目的呢，只是离间几国王室这么简单吗？"

"燕戎的纠葛不就是这样来的？夕见一路而行，到了一个国家，其他国家自然起疑，到时候四国之间暗斗不灭，自然是盟室瓦解的诱因。一个公主而已，被龙默当作离间四国的棋子一样玩弄。还有你，他何时真的拿你当作他的家人？四国之行，万般险峻，若是自己女儿，怎么会忍心扔入这样的火坑？"穆安对龙默这个人的底线突然产生了很深的怀疑。

"母亲也这般想，龙默一心权欲，即便是儿女又如何？该抛弃的时候，他绝不会犹豫。"婴柳抱怨道。

"你如今有何打算？"

"我想在洛京城内重建盗会！"

"四国眼皮底下？帮龙默做事？"

"也为我自己，我总不能一辈子跟着你，你又不会要我。"婴柳近乎撒娇，揪着穆安的袖子。穆安无奈长叹，轻轻挣脱开婴柳的拉扯。

"婴柳，若是有一天我与你父亲立场不一，你如何选择？"

"穆安，我说过一生追随你，无论我在你眼里是什么，你在我眼里，永远都是爱人，别无其他！"婴柳再次表白，眼里微微有些湿润。穆安心中一份情，身外一份情，却都是异族情念。如今天下纷乱，禅让不定，自己怎么有心安然接受一份爱恋以图家平，想到这里，心中甚是酸楚，虽无泪，却空寂得很。

洛京城逐夏节过去没多久，天洛残军回城之事虽被穆安借东戎教掩盖了事实，也顺带让天下院再次完整，但是夕见和婴柳这一明一暗两大势力的出现，显然让天洛复国前景出现了一些变数，而更大的变数在如今这盛夏炎炎的日子里也终于出现了。

洛京东南西北四郊均是张灯结彩，布置一新，各大城门都铺设了红毯，以迎接各国王储宗亲前来准备王子典选。虽说这典选还有两个多月，要等秋季才开始，但是大家早些前来，也就是早几日的准备。四国之间如今已不是暗流涌动这般简单，可以说，若是典选不善，四国在这南土核心之地打起来都不为过。

宗政星沫驱马刚进了南郊，就忍不住秀一秀自己的炼金术手段，街头巷尾虽没什么天洛的民众，但是夹道欢迎的南依军马和北上商贾也不在少数，他们冲着宗政星沫不停挥手。星沫手持一个水桶，里面尽是调好的黏稠物，像极了霜露浆果一类的东西，却抄手一抛，这黏稠物撒在空中，被烈阳一照，尽显彩虹般的色泽，好不艳丽。街道两旁的人欢呼着争相用手接着色泽淡化后的泡沫，追着星沫的马一路奔着洛京而去。宗政星烛跟在哥哥身后，调皮地拿出一桶金黄色的汗草水，偷偷撒进宗政星沫的水桶里，等哥哥再次抛出黏稠物，已然没了彩虹，只剩烈日下的一道道灰尘。宗政星沫苦心钻研炼金术这么久，怎会不知弟弟的戏弄。宗政星烛也不等哥哥责备，驱马奔着洛京飞奔，星沫在背后追得辛苦："星烛，你给我站住！"

"殿下们，跑得慢些，别摔了！"这是宗政公若的声音，他负责来接王储入城，心里也对这两个族弟的调皮无可奈何。

格鄂尔坦驱马在北郊外的校场驰骋片刻，但觉洛京夏日美得不可方物，骄阳落土，尽得芳草林树的香气，伴着鸟语花香，让人醉得神魂颠倒。格图驱马追逐，两人玩得不亦乐乎。

要说这格鄂尔坦本是也该如伯谕一般提前来洛京的，但是这草原之人贪玩成性，他在洛南和洛东玩了几月，眼见典选不出一季了，手忙脚乱地开赴京畿，路上还不忘留一把情愫，让他风流的个性与这中原大国交融一把。这不，格图身后还有一众穿得花枝招展的天洛姑娘。如今家国不平，这也是一群想傍着四国王储，求个余生安稳的花季少女，别说什么红颜薄命，什么情欲满心，谁人还没个追求幸福的心性。

子幽是唯一一个当前时日不曾前来的王储，子秋王犹犹豫豫，不想子幽过早地来到子笙的身边，似乎心中担忧着什么。洪番曾催促了几次，想让王子前去准备，也在翰博院与公主们一同修学几日，拉拢些关系，但是子秋就是没同意，只是一心准备与格索王的边陲会面之事。洪番很是不解陛下的意图，只觉陛下和子笙似乎还有更深的纠葛。

天洛国洛京城王族光洛殿朝会，这是三国王储齐汇，翰博院再添新丁的第一次朝会，各家的明争暗斗也加剧了不少。

龙默、修辙、子笙、鹿辞、何谦、格图、扶季、穆安、太积、梅央、宗政公贺围坐一起。龙默朗声道："格鄂尔坦王子和宗政星沫王子新到，翰博院修学之所熠熠生辉，公主们早已等候多时，此乃迟到的少年情愫，多多益善啊。四国王选之日也已临近，此时也都是各位王子面授机宜，做着准备的最后时刻。我们天下院要尽力配合此次王选大典，不要有纰漏，这也是天洛共治的前路，禅让的根基。近日天洛变法艰难，新制受阻，民间与后宫怨言依然未能平息，根本原因就是这王选之日的临近，虽然洛和会依然平静，但是我们不能不提前预防，毕竟有前车之鉴。"

"龙大人绕这么大圈子，又是民间，又是后宫，是不是想说天洛也要参选呢？"子笙哼笑道。

"子笙将军真是懂我，其实此话我真是很难开口，四国王选本是约法之事，不能擅改，但是为了安全起见，我希望四国重新考虑，在王选之途中加入天洛的几位小王子。他们只是区区小儿，不构成威胁，但是却能平缓民间和后宫之怨言！"龙默开始借题发挥，他早已与沮洛和修辙商议此事，让天洛在典选插一刀，一为平息天下怨言，二为搅弄四方争取机会，三也为王室尊严。

鹿辞愤而起身："简直荒唐！几个幼齿小儿，参与王选？成何体统？难道王选大事是小儿嬉闹不成？为了平后宫之怨，民间之乱，难道要乱了法纪？满王待岁登位，即便选出来又如何？"

"鹿大人，这只是权宜之计，话别说得这般难听！"修辙提醒道。

"龙大人，你的建议我们不但不会答应，而且我要提醒你，若是四国王选有了差池，那可是内廷院和净天府不作为，到时候拿他们问罪，你可别袒护！"何谦添油加醋。龙默缓和道："何大人言重了，王选还需时日，怎么现在就盼着有差池。我说此言，也是防患于未然，望四国思虑。"

"你打什么算盘，我们心里清楚。共治法约可不是说改就改的，那是定论，一切五国的前路都在此。若是你非要改，我给你一个建议，刚好几国同僚也都听一听是否妥当。"穆安接话道。龙默听着穆安言语，也自知多半是姜尚的馊主意，心里多了几分紧张。

"既然夕见公主已经归国，法约里未曾记载天洛成年王室重新出现后我们如何处置，那不如简单行事，让夕见公主登位了事。然后待王选结果出炉，直接禅让岂不美哉？就省去天洛小王子的待岁登位了，也免去后宫和民间一片乱象。夕见公主在位，也可以保证王选的正常进行，不是吗？"穆安说得淡然，却无异于往天下院扔了一道炽灼的猛火。

"好啊！再好不过了！夕见公主不就是现成的天洛王室吗？她登位岂不是顺理成章？"子笙的心性被穆安抓个正着。在子笙心里，夕见可是燕川的媳妇，若是她登位，有国书和婚书在此，那可大有文章可做。

"就是！这是最省事的办法！"何谦也接话，他自然也被穆安抓了心性。在青戎人眼里，夕见可是妃子，怎能不妥？

"万万不可！我天洛自古没有女子登位的一说，怎可为了夕见公主破例。"龙默言辞坚决，盯着穆安，心中加紧盘算着穆安这言语之间的妙道。太积也开始施压："龙大人，天洛如今变法改制也数月了，怎么这旧礼就不能改呢？都是为了禅让，明共治前路，公主做些妥协又如何？"

格图帮腔道："就是！龙大人，你不会是还在等什么吧？"

"再说了，夕见虽女身，名望和威严不下加济。若是她登位，天下皆和，禅让智者，也算这家国天下安稳过渡，没有纰漏！"宗政公贺义正词严。子笙指着龙默的鼻子尖："龙大人，我看穆大人的话是最好不过的，不用再多言！你别惦记再行拖延！"

"绝对不可，旧法可改，旧礼难修。我天洛丢了法度，丢了殿宇，丢了王室都可以，但是旧礼、文俗却扔不得！夕见公主登位便是女子掌王权，我问问你们，四国至今，有哪个国家如此过？"龙默几乎气急败坏。

穆安又道："我们就事论事，龙大人，莫急莫急！如今我们言语至此，没有什么余地了，龙大人，你自己选择，要不履行你当时弑君建制的诺言，尽杀成年王族，夕见公主也不例外。要不，你就准备让夕见公主登位，以求禅让！"

龙默面色凝重，盯着穆安，一个深呼吸，心头胀痛，盘算穆安才智心智真乃当世之杰，如今这么一招把自己和天洛架在了进退两难的境地。修辙站出来誓死捍卫王族之尊："夕见公主不可死，也不可登位！她只是王室象征而已，不曾参政，穆安！你今日为何苦苦相逼？"

"修将军，若是夕见公主一人之事，怎么都好说，如今这是四国之事，岂能儿戏？我穆安是燕川密使，更是崇衡崇尹，天下院谋士，难道我不为了四国考虑，为了共治前路考虑吗？"穆安厉声顶回。子笙直言："龙默，给你三日，你去考虑！依我看，杀，就算了，毕竟夕见公主是我燕川的儿媳。留，那就肯定要登位，绝无二话可言，什么象征不象征的，你天洛都这般田地了，还要个象征何用？"

"子笙将军，杀不杀，留不留，留给谁，可不是燕川你一家说了算，明日就是子秋王和格索王边境密谈的时日了，到时候有了定论，我们再作抉择不迟！"何谦缓和了一下气氛，也自觉龙默给过自己一次借河借城的机会，该是言语之间有个照应，更气不过燕川一家独大索要夕见的态度。

"好！明日待两王有了结果，再议不迟。若两王相议杀之，我绝不姑息，但是登位之事，绝无可能！"龙默说完，转身而去。朝会内议论纷纷。

修辙与穆安对视，修辙眼中充满怒火，自是觉得上次比武闲聊，穆安尽是言语让天洛增进军武之力，似是一种试探。但转念一想，似乎这次劝说夕见登位，也是穆安的一种声东击西的预谋，心里多了几分烦乱。穆安却眼中满是淡然，似乎不给龙默一个下马威，这截教之徒不会老实。

燕川和青戎边陲，两军摆开阵势，格索王和子秋王各自坐在华贵的王辇上，被抬着慢慢向战场中间靠拢。这草原夏日硕大，灼烧四方，但军阵之间的狭小空隙有着几分凉意。

两军人马对视，没有人敢擅动。两个王辇慢慢靠近，子秋王远眺格索王，笑了笑，站起来拱手行礼，嗓音低纯，隔空吼道："格索兄别来无恙啊，这满面春色，想必是有什么喜讯？"

格索王一个冷笑，朗声道："子秋，你我成盟快三年了，喜讯没听见，婚讯倒是听到过一次，咱们约法里可有这一条，天洛王室商议决处，你怎么私自要去一个公主呢？"

"格索兄玩笑了，之后还不是都有通亲，何必计较这些？这纯粹是为了我那不懂事的孩儿，他一见夕见公主便瞬间倾心，我也是一个为父之人，怎见得孩儿这般相思之苦？"

"子秋，你的孩儿来自哪里，我不想多说，还真是委屈了你一片父心。现在我们的问题纠结于此，夕见公主来我青戎，与我一见倾心，婚约也达成了，这便如何是好？"格索王说得直接。子秋王有点尴尬，心想这老东西，老牛吃嫩草也就得了，还跟自己孩儿抢婚，没一点大人的礼数和王室尊严。

"格索兄何必和一个孩子相争呢？我答应你，只要把夕见公主让给我燕川，我们只把她放在燕川宫殿内，半步也不出去，绝不干涉天洛的共治，也绝不诱引后宫，教唆臣民。"

"夕见这个公主，可不像你说的这般听话，你说不让她参政议政，不让她搅弄天洛的一切，就真的可行吗？我信你，可不信她，她若是还有二心，如何是好？我已经一把年纪了，这样的绝色美人，我有心也无力，让给你小儿也可，但是你如何保证她不像我说的一样，再掀风云，拨乱时局呢？"格索把问题甩给了子秋。

"我们可以重新写入法约，我们燕川愿意承担夕见公主参政后带来的一切后果，若是你还不信，那我们唯有搁置此事。"

"搁置此事？王选在即，天下院的人都在等我们的结果。夕见公主登位，则禅让在即，夕见公主若死，则再依前约等半载待岁受禅，你自己衡量。若你燕川觉得这时日等得，那我们只剩一条路可走，那就是处死夕见公主，不留加济王族根。"格索算准了子秋定会不舍。

"王兄这点说错了，加济的族根都在宫内，他们四个小王子和四个年轻公主各自的党群之争从未停过。夕见公主只不过是我们借通婚救出来的一个花瓶而已，你又何必在意她的去留呢？"

"花瓶？谁不知夕见公主在天洛后宫、民间、朝堂，乃至军队中的威望？你若得了，我轻说是为了世子的情爱，重说可否怀疑你惦记天洛的一切？"格索直言。

"王兄多虑了，我看出来了，你得不到的东西，也不想我得到，好！如此美女可惜了，生难有定论，那我同意杀夕见公主，半载后等待天洛小王登位禅让，如何？"子秋一言，倒让格索有点意外。

"这是最好，也最公平的结果。"格索勉强而言。

"王兄一路劳累了，是否来我驿站稍作休息呢？"

"不必了，我还有国事处理，先行一步。记得，子秋，夕见公主不死，也绝不会是你燕川的，我们既然成盟，约法三章，一点私心都不可以有！告辞了！"格索再次行礼。

格索王的王辇被慢慢抬了回去。子秋王远眺天边，无奈自己这一番筹谋，到头还是一场空，自己孩儿不得王室残根不说，这分洛前景也扑朔迷离。但是转念之间，也觉得若是夕见不得，未必是坏事，因为子笙身在天洛，自己并不放心其行事，只是身边无人，朝堂腐朽，无奈之余，唯有听信命途所指。

子秋王回到自己的军帐内，将一个茶杯狠狠地摔在地上，气愤至极："简直是明抢！明抢！山匪做派！一个天洛公主而已，死咬着不放！还把我燕川放在眼里吗？好歹我们也是成盟的领头人，一点尊重也没有！"子秋几乎是嘶喊。

"陛下息怒，这青戎人不傻，当然知道得了夕见公主的好处，天洛如今五国错综，共治进入相对平缓的时期，几国都在争取微小的利益，这无可厚非。只不过那格索实在咄咄逼人，连王子的身份都拿出来寻衅，实在可气！"洪番在一旁宽慰子秋。

"子幽身份这件事格索为何知道？"子秋突然问道。

"陛下，当年您兵政夺权之时，有些王族受了牵连，之后他们怕您怪罪，便以凤族豪贵的身份迁去了青戎和崇衡，有些人为了自保和有回朝报复之日，甚至加入了东戎教，随着教众一路东迁。那青戎明面取缔东戎教，可私下里没少从教里搜集情报，我们王族的这个秘密，估计已经不胫而走了。崇衡也须提防，他们的十九贤宗乃天下第一宗门，门客遍及天下，这个秘密，可……"洪番说得颤颤巍巍，生怕子秋气个好歹。

"他们知道此事，会瞒着不说？"子秋嘴唇发抖。

"这才是可怕之处，子幽王子的身份之谜何时需要揭露，也许是他们的一个后计，制约我们燕川的后计。"

"真是祸不单行，夕见公主之事未了，子幽的事又被挖了出来。"

"陛下，当务之急还是公主之事。臣以为，杀不得，万万杀不得，她可是我燕川重要的分洛筹码，有了她，我们以后执掌天洛，才能通达，这一点，不能让步。"

"格索王今日所言，就是要和我两败俱伤，他得不到，我们也别想得到。他自己心里也知道夺公主在后，所以不言索要之事，一心只说杀人，我们如今如何还蒙混得过去？"

"再不行，干脆发密信给鹿大人和子笙将军，让他们把公主调个包，救出来，秘密遣返回我燕川，这样一来，她也可以安全一段时日，之后我们用到她时，再另寻他计翻案就是了。"洪番这一做法有失王臣之风，但却让子秋觉得这似乎是唯一的办法，也多少能挽回子幽的心。

"这太冒险了，万一被四国发现，我燕川哪里还有盟主的诚信可言？"

"陛下，就其他的不说，夕见公主可也是苏妲己之身啊。我们于情于理，绝不能让她死！虽然我们现在不确定杀了当世之人，旧世魂魄的去往，就算是苏妲己的魂魄在夕见公主死后依存他人之躯，那还是一番大海捞针般的寻觅，且世间女子谁人有公主这般势力呢？"洪番几乎是寻了个救两世之人的法子，"而且此事必须我们燕川秘密为之，夕见若日后得知，也算是个人情。"

子秋王思忖良久，眼皮和嘴唇颤颤巍巍，魂意间满是上下翻腾的无奈："目前也只能如此了。去，马上给鹿辞和子笙发密信，让他们想方设法调包夕见，把她救出来，然后秘密遣返。"

"是！陛下！"

"王子的事情，派人去密查，咱们王族里谁还知道此事。知者，杀无赦！"

"陛下放心！"洪番眼神间，有着和扶季一般的鹰视狼顾和阴刻诡谲，让子秋看一眼就觉得不寒而栗。但是为今朝堂上下，除了洪番和多宝道人，还有谁能是自己心腹之人呢。

夏夜至深，蝉鸣不止，凉风微下，却依然多得是未眠人。子笙和鹿辞在军界军帐中查看舆图，商讨着事宜，一个侍卫走进帐内："将军，我们在城北发现了一众刚刚进城的盗贼，形迹可疑！"

子笙满脸不耐烦："你们是军人，燕川军人，一帮贼入城，归你们管吗？你们是净天府的吗？"

"将军，依线报所言，他们是之前燕东盗会的一伙人，就是婴柳的手下，所以我们怀疑婴柳也在城内！"

鹿辞皱着眉头，赶紧反问："燕东盗会的那个婴柳？没接子笙悬赏拿穆安，还带着穆安出了燕川边境的那个会主？"

"正是！"

子笙略有吃惊，该是想到穆安归来，婴柳也在身侧的，握紧拳头："我正要找这个婆娘算账呢，要不是她，我早就寻回穆安，拿到神器了，真是冤家路窄！"

鹿辞挥了挥手："你先下去吧，盯紧婴柳，找到详细住处，若是见穆安与她来往，速速来报！"

"是！"侍卫退下。鹿辞扭过头对着子笙："将军，依我看，婴柳应该是随着穆安和伯谕他们崇衡一众人而来的，也许我们碰不得，她有穆安和崇衡庇护，今非昔比了。"

"等下！鹿辞！天助我也，天助我也啊！"子笙突然灵光一闪。

"将军何意？"

"刚刚子秋陛下的信里不是说让我们明杀夕见公主，暗中调包，再行秘密遣返吗？这不最好的人选就摆在我们面前了吗？"子笙眼中闪过一丝狠毒。

"将军，不可啊，这婴柳是燕东最大盗会的会主，江湖势力庞大，我们拿她去调包公主，这不自己找事儿吗？再说了，他和穆安什么关系，说她也是崇衡十九贤宗的门客不为过吧，我们如何拿她行计啊？"鹿辞如今如焦林野兔，怂得很。

"话虽如此，但是这婴柳不除我心里不痛快，燕东盗会我扶持良久，说散就散了，还把穆安引去给了崇衡。若是如今穆安在我手里，那是如何局面？既然陛下王命已到，安排调包之计，我们唯有如此了，难道你还有其他的人选？"

"不如我们买通一下净天府的那些人，韩童两大家都是财迷心窍，散些钱财，随便找一个死囚，不是一了百了？"鹿辞建议道。

"随便找个死囚？杀夕见公主乃是大事，谁不是谨慎处理，你随便找个人，不像怎么办？唯有婴柳，他们盗贼都略懂易容之术，只要稍作装扮，没人认得出来，那才是万无一失的法子！"

"婴柳怎么会乖乖听我们的去换公主呢？她们盗贼最惜命了！"

"不是还有穆安吗，从他下手，穆安也不会让夕见公主真死的，你去劝劝穆安，再让穆安劝说婴柳便是！"子笙这一席话说得鹿辞一阵晕眩，虽觉此事不妥，但是若劝说穆安，也刚好听听他的建议。

这诸子百家的学臣游师和痴书大家在翰博院对诸国王子和四位天洛公主是悉心教学，不敢有丝毫怠慢。伯谕、格鄂尔坦、宗政星沫、风铃公主、雪轮公主、秋罗公主和锦葵公主七人在学堂内一片少年向学、同窗意浓的祥和，与世外典选前的暗流涌动、危机四伏形成了鲜明对比。只是这七人的心思可不都在学习上，老师教个天洛礼仪、民间风俗，众人还算听得认真，但是一旦有个室外活动，众人可是不亦乐乎。格鄂尔坦看锦葵公主小家碧玉的模样甚是喜爱，也不顾风铃公主才是与自己有和亲之约的人。伯谕怎么能忍受格鄂尔坦对自己的公主这般，每每交谈，言语揶揄也是不在话下，只有宗政星沫对雪轮公主倒是客客气气，只是一个是炼金着了魔的学究，一个是不善言辞的冷峻风主，这性格差得实在太远。当然这也是龙默和沮洛要的，这些王储之间的纠葛，早晚会是四国盟约瓦解的助力。

宗政蕊和宗政星烛虽不参与典选，但是偶尔入这翰博院学习也是无碍的事，只是这两人每次见到自己不争气的兄弟宗政星沫就气不打一处来。伯谕和格鄂尔坦多少皆有参政之心，只不过一个自负，一个求色，但是也算有心助禅。只是这宗政星沫似乎誓要研究出一种世间罕有的丹药一般，心无旁骛，但是天赋又不及弟弟星烛，真是让人操碎了心。

这日，星烛和星沫刚刚下课回了南依军帐，便争执起夕见公主之事。蕊公主对两人幼稚的言论十分不悦，只等梅央、宗政公若、宗政公贺和瑶缮前来，才得以问个仔细。

"梅大人，夕见若死，锦葵是不是就是天洛第一凤主了？那为何我还要与那雪轮通博感情？"宗政星沫问得十分幼稚。

"哥哥，夕见公主哪里死得了，她和姐姐一样，有通亲在身的，必有人救！"宗政星烛年龄虽小，但是这话说得极有水准。

"星烛殿下所言极是。"梅央赞道。

"梅大人，我听闻穆安与夕见公主似乎关系不浅，这次穆安反其道行之，揪住夕见公主不放，会不会是崇衡在捣什么鬼？"宗政公贺问得仔细。

"以我对穆安的了解，他做事一向有远谋，与他的年龄极为不符。所以，也许他的最终目的并不是杀掉夕见公主，肯定别有用心。"公若解释道。

"而且婴柳与穆安也关系匪浅，这次的发现，明着看是婴柳与龙默有瓜葛，但是暗里看，似乎是穆安与天洛有了关系。"瑶缮联想到了之前随夕见在龙府的发现。

"若是穆安身牵诸国，那这次谏言杀夕见，背后必是牵动四国的弥天大计！"蕊公主说道。

"公主殿下和瑶缮此言有理，弄不好，这次穆安针对夕见公主的施压，反倒是在救她。"梅央思忖道。星烛争着问道："梅大人何出此言？"

"夕见公主回朝，各国惦记她登位，则禅让之事简约不少。夕见公主会慢慢陷入五国的纠葛，而穆安这么做，显然会引来各路人马的暗中相救！燕川来说，子笙和鹿辞必不想夕见就此死去，因为夕见与子幽王子有婚约。而青戎，更不想，因为格索王与夕见也有婚约，两人前几日的谈判虽然以同意杀夕见为结果，但是暗流之中，必然都在设法相救。而救得之后，该是又一种制衡。"梅央此话在理，明面众人对夕见的杀戮，都只是形势所迫，且为法礼压制，而心底都知，若是夕见死，均无好处可言。南依当然第一个不希望夕见死，好端端的一个引得燕戎不睦的筹码，为何要丢弃呢？

宗政蕊顺言道："而穆安和崇衡其实也不想夕见死去，因为穆安和夕见的关系，更因为夕见若活着，就是同时牵制燕戎两国的筹码。"梅央不停点头："对！我们虽然与夕见无瓜葛，但是依我看，夕见不死，对我们最是有利。"

"夕见与我们一路同行，倒也看得出是个明君的胚子，既然我们也不想她死，为何如今的舆论一边倒，都要她死，就没有余地了吗？"公若不解道。

"将军，世间之事，不是人心左右，也不是情爱左右，而是利益与权欲。夕见公主若逃不出此难，那就是被四国的权欲所淹没，没法救，谁救她，就是风口浪尖的靶子。没人会傻到明着来，但是暗地里，也许都在寻法子，好戏有得看！将军，若是穆安来找你求助，必是救人之事，你只需全力配合他就是，不须多虑，此事我会即刻上奏楚王，听候他的王命！"

"好！"公若心里也舍不得同路战友陷入如此窘境，自是救人的心胜过南依所有的人，听梅央也是这般说，心里顺畅多了。

龙默在花园里惬意地放着风筝，沮洛一溜小跑，来到龙默身边，指着鼻子责备道："你还有心思在这里放风筝？子秋和格索的文书今日一早到了天下院的案头，同意尽杀王族，将加济王的残根铲除。夕见公主若真死了，你我也就随着民间和后宫的大浪消逝吧。"沮洛喘着粗气，样子有点狼狈。

"沮大人没主意是不会来找我的，说吧，怎么救公主？"龙默当先问道。

"我来就是问你的，你倒问上我了？"

"四国眼皮底下，大家都主张杀人，我们怎么救？万一被发现，那可是违反共治约法的大罪！"龙默明是在推脱，其实只是想沮洛献计，自己添油加醋而已。

"你不觉得奇怪吗？燕川、青戎本该不希望夕见死，而穆安和宗政公若更是夕见一路相携的战友，难道此时夕见的死被一致推行，真的只是共治法约的压力？"

"沮大人，我不跟你绕弯子，我们需要调包夕见，让她暂时去城南躲避，远离朝堂！"龙默实在忍不住沮洛绕弯子，提了一个建议。

"四国会看不出来？"沮洛哼笑一声。

"既然都在救她，谁救不是救？"

"错了，都想救，但是谁出手，谁完蛋，你信吗？"

"那沮大人意下如何？我认为，不是谁都这么想的！"

"我们救一半就是了。"

"什么意思？"

"龙大人，去牢里提个犯人，准备调包，但是闹出些动静，自有净天府的人盯着你。"沮洛借用后宫官僚的心又起，他手里的把柄倒是足够驱动韩童鲁三家的追随。

"他们盯着我何用？"

"你去做就是了，那韩童两个老贼自会帮我们完成后面的事，而且没有燕川人骚扰！"

沮洛说完转身拉起风筝，开始乘风放了起来。龙默远眺着风筝，又看了看沮洛，心里盘算这老顽童，献计也不说完整了。但是只要自己不出手，就不会着了穆安和四国的道，想到这里，也便心里有了数。

央郯宫内，水亭墙上冰水如瀑布般流下，一丝丝寒气沁骨而来，夏日的炎热到此为止。可夕见公主心中的凉意比这更甚，她眼里含着泪水坐在桌案旁，天下院的文书、内廷院的批折、四国君王的执函均在桌上，她心里有了必死的信念，只是不想自己家国未复，爱人未央，心中太多放不下的羁绊，当然还有世外之世的一切。

龙默静静地靠近公主，鞠躬行礼："殿下，这是权宜之计，你就不能信我一次？就不说你我当世君臣一场，上古那也是同朝相携啊，我怎么会这么轻易让你死了？"

"龙默！你是什么人我还不知道吗？你权欲之路上的垫脚石还少吗？"夕见自是拿龙默当了心头发泄的工具，虽然申公豹不会这般让苏妲己流魂世间，但是龙默对夕见的态度可不一定。当年几位王子前线督战，与龙默也好生熟络，甚至于战场抵命相救，可不久后败局之间，还不是该杀的杀。

"这件事本就不是我提出来，是那穆安先言，四国苦苦相逼，子秋又和格索达成了共识，我们天下院才没有办法的。我和沮洛大人刚刚商议了此事，决定调包换人，救你不死，让你去城南躲一躲，若是洛和会愿意，你也可以去他们的分舵。"龙默直言道。

"穆安提出来的？"夕见失望至极，但如今苏妲己与姜尚直面相对，穆安确有杀人的动机。

"不然呢？我们怎么会让你平白死了？"

"怎么不会？"

"公主殿下，我若是有害你之心，你当初就没有机会前去燕川了。再者说了，你我真身是谁？我会不顾及上古之情吗？你是大商妃子啊！"

"所以你和沮洛不愿我登位？怕四国的受禅来得太快？甚至不惜以死明志？"

"话虽如此，但是殿下，我们希望你理解如今的天下院局面，燕戎不睦、戎崇隔膜，我们驱赶四国指日可待，这时候登位，可不明智啊。四国等的就是受禅之日，你若称王，岂不是让禅让的文书，早一刻放到天下院的桌案上？"

"我不这么想，我若为王，自有不禅让的法子。"夕见任性道，"那你和沮洛可有妙计？"

"殿下，我与修辙也商议过了，明日他亲自护送你去城南躲避，我去大牢里提出一个替死鬼，假扮成你，等待行刑便是。等替死鬼一死，此事过去，你再回来。"

"胡闹！那时我再回来还能有何为？都以为我死了，我如何登位？如何复国？冤鬼一般再出现在四国面前不成？"夕见低吼起来。

"公主莫急，若是你不愿回来，可暂时居住城南，我会让修辙帮你训练一支军队，待王选之日，你打回来，一举拿下四国王子，挟持在手。到那时，四国可不敢轻举妄动了！"龙默为了劝说夕见，乱言了一种几乎更不可能的方式。

"龙默，你言语唬我？"夕见怎会不知军界驻军的威力。

"公主明鉴啊，这种事我怎么会儿戏？说实话，我也有此意，若是驱赶四国没有眉目，我也想这般行事，早日解了天洛危机。"

"那都是后话了，调包之事，万一四国发现怎么办？"

"绝对万无一失！公主你想，你是燕川儿媳，又是青戎的准妃，更是穆安的密友，宗政公若和瑶缮与你也一路相携，修辙为了保你，甚至跟蕊公主都求了情。四国明着要杀你，其实暗地里都想救你，现在就看谁出手了！我来调包，四国都会睁一只眼闭一只眼，怎么会难为我？即便是难为，也是在四国插手的时候，各自埋怨！你可明白这其中的玄妙？"龙默分析道，但是心里也没底，自知这是穆安的一个妙计，几乎没有破绽。夕见微微点了点头："明日几时离宫？"

"午时三刻，西宫南门，修辙、郎虎和沮衍在那里等你，他们三个人护你前去城南沮洛的大宅，附近均是枯街稀巷，无人知晓，绝对万无一失！"

"龙默！拜你所赐，我在这宫殿内几进几出了。若是有一日天洛得保，我什么都不会计较，若是有失，我做鬼也不会放过你！"

龙默跪拜，也没敢再抬头。对这次夕见的生死风波，他心里十分忐忑，一直琢磨，穆安这可是牵动四国之盟的大计，不把天洛整死也得把自己折腾得够呛。那日戏台听穆安一言，本是觉得穆安懂得五国制衡的道理，没想到，却是这样的一个开头。龙默也知姜尚的心性，这类搅弄风云之事若无胆识和头脑，没人敢玩。说调掉包公主的事，虽是沮洛出的主意，龙默自己会去照做，但是心里也知，四国都会行此计，否则别无他法，只看谁换得明白，谁换得天衣无缝罢了。自然，夕见以后也就会念谁的好，这不在话下。可若是太过出头，龙默自然担心穆安随后的制裁，这换与不换之间，龙默还得拿捏一个度，不得已心生焦虑。

龙默和郎虎一早便疾步走进大牢，牢里的偏厅站着几个死囚。龙默一个个翻看着她们的脸庞。一个狱卒来到龙默的身边："龙大人，这是西宫大牢所有的女死囚了，您看看合不合适！"

"韩魂和童魄何时来牢里监察？"龙默问道。

"一般都是辰时前来，目前来看，快到了。"

"好！一会儿等韩童两人来了，你就提高嗓门和我言语！"

"是！大人。"

片刻后，韩魂和童魄撞进大牢，远远看见龙默在查验死囚，便躲在一旁偷听起来。韩魂耳语道："龙大人怎么在这里？"

"你躲起来干什么？前去拜见就是了。"童魄有点迷糊。韩魂赶紧阻拦："等等，斩杀公主之事闹得满城风雨了，龙默现在在查验别的死囚，你不觉得奇怪吗？先听个一二。"

郎虎瞟了眼远端的韩童二人，跟龙默耳语了几句。龙默提高了嗓门："这个死囚倒是眉清目秀，可惜了，虽不及公主之美，但是调包公主，装扮得蓬头垢面一点，可以蒙混过关！"

狱卒装腔作势："是啊，龙大人，您若调包公主，这个死囚就最合适，她以前本就是宫内的丫鬟，宫内的礼仪也懂得一二，让她假扮公主，最好不过了！"

"好！就她！装扮上，越像越好，她的家人，查探清楚，送去些衣食钱两，也算是个慰藉！"

"大人放心！"

龙默转身而去，一脸诡笑。韩童二人大惊，闪身便跑。

沮洛本想着暗救公主的天洛大家之人都有求势立旗，巧卖人情之心，便略施推手。韩童如今党群萎靡，后宫势力离散，已是江河日下了，就都有了拉拢夕见和暗妃宫内势力的念想。于是沮洛也揪着通敌账本商册略加要挟，这便让韩童前来秘密救公主，算是将功赎罪，只是未说龙默也在密行之事，于是韩童二人似乎是想到了同谋之人，也给自己找一个靠山或出路。

韩童二人盘算着若龙默行调包之计，那么自己只需重金收买狱卒，私底下再换他们想杀的人救公主，事后邀功请赏不在话下，晗王和谭王自然势力不减。若是被四国发现，只需叫人作证，此乃龙默所为，甚至反过来栽赃沮洛，都不是问题。

只是沮洛再精明，也算错了一点，如今韩童两氏吃里扒外，要的可不只是夕见的势力，他们胃口更大，要的是四国的支持，若是晗王和谭王得登位再禅，即便日后下了台，可也是天洛封王，四国也会卖个面子，不会立国便杀。

子夜未至，韩魂和童魄冲进韩府内，韩腾义和童远生正在对坐聊天。韩魂面色慌张："爹，童叔，大事不好了，我刚和童魄前去巡查大牢，发现龙默在寻觅死囚，以求调包夕见公主！"

韩腾义大惊失色："什么？调包？龙默也在救公主？这是什么路数？"

"就怕这沮洛鼓动我们去救，龙默又在密行，这里面有诈！"童远生言道。

"但你之前所言也对，若是救，也得我们来救，夕见若活，我们卖个好，那暗妃的势力在鲁正手里就是一个变数！"韩滕义又道，当然心里担心的还是通敌之事被揭露。

"救人也得救得值当，不拉着外人咱们不好直接出头，否则再中了沮洛的计就是死路一条！如今谁最想救人？肯定是燕川，我们与他们通商这么久，鹿辞什么人你还不知道？若是我们通知鹿辞此事，他们必然也想卖夕见个好，以求拉拢，到时候让他们再换人不就成了！我们一举多得，献计救了夕见，也算递了个人情，给燕川献计，也算给四国一个示好，若是不成被发现，那可就是燕川和龙默的错，我们只是帮凶，绝无大碍。"看上去童远生是献了个不错的主意。韩腾义思忖片刻："妙啊！鹿辞怕是也不敢不听话，正好探一探虚实，能借此要回我们留在他手里的账本更好！"童远生又道："鹿辞的口风一日不探，账本一日不拿全，我们通敌之事就一日悬在心里。我们借着此事，了了彼事，一举多得，看沮洛下次使什么要挟我们！"韩童又是好一阵嘀咕，行计之心便坚定下来。

次日一早，鹿辞一进燕川军界的军中大帐，便见韩腾义和童远生两人笑眯眯地点着头，三人一个晌午聊得不亦乐乎。鹿辞依然有些疑虑："此话当真？"韩腾义佯装亲历此事："我们亲眼所见，龙默和狱卒的言语我们听得清楚，调包之事必是龙默和沮洛挽救公主的计策。"

童远生帮腔："鹿大人，既然五国共治，四国达成了一致，子秋王和格索王也首肯，我们就坦诚一点，加济王族的成年王室里残留了夕见这个公主，那么依照龙默建制那天的许诺，就该杀掉，你燕川可别因为和亲之事，有所顾忌。"童远生先是试探了一番。

"和亲本是两国王亲所订，既然如今子秋陛下和格索王首肯了杀她，那我们怎么会包庇。若是此事确凿，只要暗中再调回来不就行了？"鹿辞心中淡然。韩腾义反问："你们知道夕见公主会被龙默藏在哪里吗？怎么会那么轻易就换回来？"

"这个两位大人不需顾虑，那夕见还能逃出洛京城吗？即便是换不回来，斩首当日揭穿了龙默，他还会有好日子过？"鹿辞反过来试探韩童的心性。

"鹿大人有心扳倒龙默和沮洛？你就不觉得再调一次包那便是燕川的功劳吗？夕见可是燕川的儿媳啊！"童远生绷不住了。

"杀一个假公主，于我们燕川有何好处？既然他龙默敢做，那就陪公主一起去死。不然的话，就该让公主好好活着，为燕川活着不是吗？"鹿辞说罢，自顾自笑起来。韩腾义也面露笑意："这事必然有沮洛一份，到时候若不成，揭穿他，也是一死。若成，那是你我救得公主，私下里，夕见的势力怎会不知，这宫中党群，可就是我们的了。"鹿辞又反问道："你怎么知道沮洛也掺和了此事？"童远生答道："这还用说吗？沮洛为了救公主，什么事做不出来？龙默会不找他商议？不单是沮洛，修辙也有一份，要是你再调包不成，干脆把他们三个都拖下水。反正成败与否，我们都值。"韩童两人自知鹿辞有除去沮洛的心，而且如此说，鹿辞必然忌惮之前通敌之事。

"他们三个要是下了水，你天洛可就……"鹿辞对韩童两个卖国求荣的走狗很是不屑。韩腾义赶紧搭腔："有我们在啊，鹿大人，我们可是天洛重臣，先朝之中，官职不下于龙默和沮洛啊！"

"你们惦记天下院的位子？"鹿辞看穿了韩童的心性。童远生似笑非笑："能为国出一份力，谁不想？"

"你二人想的是遮掩与我燕川通敌之事吧。"鹿辞一席话，说得韩童两人面色骤变，瞪大眼睛，一时茫然。片刻后，韩腾义才赔个笑："鹿大人，虽说我们两家借战与你鹿家通商，但是这可上升不到通敌的高度。你鹿家也是燕川大族，与你们只是商往，你可别借题发挥！"童远生帮腔："鹿大人，虽说招呼生意的是你鹿家亲宦，但是你要想脱了干系，可没那么容易！咱们都是一条船上的人，船翻了，都得死！"鹿辞一脸愤怒："你们两个天洛的败类！韩童两家与鹿管两家通商，本就私利不断，借战言商，险些一度把燕川和天洛都扔进火坑，你们还好意思用此事威胁我？"韩腾义挥挥手："这不是威胁，鹿大人，你帮我们解救夕见或除去龙默、修辙和沮洛，我们补充进天下院。于你，于我们，于燕川，岂不都是美事？"童远生又言："就是啊，鹿大人，四国盟室如今风雨飘摇，我们若是带着天洛后宫支持你们，那你哪里还有失败的道理？"

"帮你们进了天下院，我还不是被你们牵制？我可不想再吃个哑巴亏！"鹿辞心中焦虑。

"你只需言明，对于夕见，是救是杀？"韩腾义逼问道。

"我若不肯帮你们又如何？"鹿辞绞尽脑汁思索利弊，若自己被天洛人牵制，怕是又凶多吉少。可子秋陛下的命令又悬在头上，心里一时乱麻一般。

"鹿大人，你再想想，再不济，您把我们通商的账本归还如何？这一来，你我都安全，彼此也不用牵制。"童远生直言相逼，谁不知鹿辞如今是天洛人的"玩物"。韩腾义继续劝道："鹿大人，在这件事上，你已经没有余地选择了！第一，你归还账本，你我互相遣返各自边境豪府的佣人，通商之事，只当没发生。第二，借着夕见之事，扳倒龙默和沮洛，我们进入天下院，配合你燕川占得分洛的先机，或者让公主势力倒向我们。这两件事，你难道都不肯做？"

鹿辞叹道："我今日才明白，天洛为何军力参天，却这般迅速地几乎亡国。全是因为你们这些蛀虫。"

"鹿大人，若您没什么异议，我们就照此办吧。你换不换人，招呼一声。"韩腾义直言。

"好！你们最好嘴严一些，通商之事虽然沮洛知道，但是别再声张！我即刻归还剩余的账本，遣返佣人。你们手里有的账本，也希望一并销毁，此事要抹去，就干净些。"鹿辞无奈道，"但是丑话说在前，若是出了纰漏！各自保命，若是互咬，我们就都是一死！"

"大人放心，都有分寸！告辞了！"童远生说罢而去，韩腾义紧随。

韩童一番灼言灌顶，鹿辞已如枯骨一般。两个老贼前后堵死了这事的两端，若救夕见，该是功劳归燕川和韩童两家，韩童这党群之势算是直插了鲁氏和王后一脉的心腹。若是杀夕见，则咬出龙默和沮洛也是必然，韩童依然得势。鹿辞自己也在猜测沮洛在背后的推动是多么可怕，只是沮洛似乎无意中助了穆安一臂之力，他也会在韩童这番动作后很快地猜到，他们找了四国的"靠山"。

穆安这是当了崇衡崇尹之后第一次踏进燕川的军界，眼前的一个个灰色军帐是那么熟悉，又那么陌生。想当年，穆安带着花诚和唐汉驰骋燕东燕南的时候，每每扎营，必然是要三人吃一顿燕南的煮肉，喝一顿美酒的。只是如今家国在远方，兄弟在天堂，美酒自己已然戒了有些时日了。正是物境犹在，人已远隔，家国不留，梦中当归。

"鹿大人，我们好久没这样对坐相叙了，今日得见，实在感慨。"穆安有些伤感。

"穆安，你一介军衣，出入沙场不下千次。说真的，不知为何，看你现在成了崇衡崇尹，实在觉得你变了一个人一般。"鹿辞也觉得恍若隔世。

"战事数载而过，朝堂万世纠葛，民间游访洗礼，再入共治旋涡，任谁能逃得出这命运的变迁呢？换一个人，何尝不是换一种活法。"

"穆安小小年纪，感悟颇深啊！我们不说远事，就说眼前。穆安，夕见公主之事你也知道了，她的罪处之事，明看五国之人恨不得剥皮抽心，暗里却都使劲相援！她和咱们燕川的关系你也知道，哦，对对，你现在是崇衡……"鹿辞觉得言语有失，有点尴尬。

"鹿大人，我是哪国任职不重要，燕川人的本质永远变不得，你说吧，需要我做什么？"

"好！穆安，赤子之心不变！夕见公主与子幽王子的婚约是我们的分洛利器，她肯定死不得，你有何妙计救她吗？"

"鹿大人叫我来，必是想好了计策？"

"什么都瞒不过你，计策是有，需要你帮忙而已。"

"但说无妨！"

"你出使四国，一行人中有个叫婴柳的姑娘对吗？"

"鹿大人怎么知道的？"穆安机警起来，却也猜出了点眉目。

"燕东的盗会赫赫有名，一时之间却消失殆尽，会主不翼而飞，与你离宫不过几天时间，你与她同行这有何难猜的？"

"怕是有人盯梢吧？"

"那也是为了保护我们的密使！"鹿辞略显尴尬。

"我听说曾有燕川军方悬赏拿我？"穆安质问道。鹿辞眼神闪躲："那是了虚乌有！"

"盗会里我都看见燕川前去拿我的军人了,我亲眼所见,会是假的?"

"穆安,你不傻,有些话我不想说明,子笙和子秋什么关系,你清楚!燕川的军队编制你也清楚,谁发号施令,谁听命于谁,你都清楚,那些你看到的军人来自哪里,你还没个推论吗?"

"哼!子笙的事我自会和他有个了断!"

"那是你们的事!穆安,如今燕川的事你可不能坐视不管。婴柳,是我们的一颗棋子,此时不用,可就没机会了!"

"你的意思是用她去换出夕见公主?"穆安这是行计一半,众人相补,心里也便踏实了。

"正是如此!"

"我为何要用自己的挚友渡这生死之劫?"穆安佯装不悦。

"因为夕见公主不能死!"

"大牢里满是死囚!"

"只有婴柳与夕见公主相熟,两个又都是绝色美人,让婴柳举手投足模仿夕见公主,才能掩人耳目。再有盗贼的易容之术,天衣无缝。而救下夕见公主,燕川分洛筹码得保!穆安,牺牲你一个挚友而已,燕川得利不少啊!为了家国,你可不能有私心!"鹿辞把此事盘算得紧凑,其实无外乎是子秋和韩童给的压力,也便是穆安和沮洛间接给的压力。

穆安陷入深思,眼珠子猛转:"好!就依鹿大人!我这就去劝说婴柳调包夕见公主,为了家国,一切皆可抛!"

"大仁大义!"

"鹿大人过奖!"穆安行礼这一刹那的工夫,但觉自己这一计猛火确实搅弄得天下院不得安生,他怎会不知龙默、修辙和沮洛必然换人,可是这一再换人若是换乱了,也难说惩治龙默的深浅了。如今自己有个把柄也好,所以婴柳换人当是需要,只是再联络公若救人,甚是麻烦。

穆安刚走,子笙便闪身而入,又是与鹿辞一番言语,自知需要派个分队去寻真的夕见回来,以留后用。鹿辞依然心有不甘,待子笙离去,又吩咐家丁前去边境豪府、盗会遗址继续查觅自己通敌的证据,得之即毁,不留分毫。

穆安说服婴柳怎会是个容易的事,虽然并不爱婴柳,但是婴柳对自己的感情可不敢如此辜负,更何况又是一路同生共死的战友。

婴柳不停地流着眼泪,东郊的宅子内静得令人心悸。"我去后宫换出来夕见?亏你说得出来!穆安!她比我重要对吗?"婴柳心若死灰,万籁俱寂间,能听见心碎的声音。

"婴柳，现在不是谁重要的问题，夕见不能死，也不会死，你是目前救她的最好人选。你与她相熟，她的习惯你也知道，而且你懂易容之术，只有你去才不会有纰漏！"穆安知道自己的劝说是多么无力。

"五国之人谁不认识夕见？"

"行刑之日，公主需要坐在金色王辇中被焚烧，谁会看得出来？你掌易容之术，绝无纰漏！"

"我若死了，你和夕见之间就再无障碍了是吗？"婴柳几乎哭起来，拉着穆安的袖口，觉得此生最爱的人竟然如此对待自己，真是一份孽债。

"我不是说了吗，我会让公若在王辇焚烧的一刹那救你！"穆安没敢说救完人再揭露龙默的事，否则婴柳现在就得有杀了自己的心。

"好！我说过！我愿意为你做任何事！即便真的死了，你良心过得去就行！"婴柳低吼道，然后擦拭着满脸泪水，望着窗外。穆安拍了拍婴柳的肩膀，抚摸着她的头，进而又把她搂在怀里。婴柳抱着穆安的腰，越来越紧，哭声也越来越大。现在，唯有痛哭，才是最好的良药。

第二天入夜，伴着夏夜蝉声和微弱凉风，韩魂、童魄、韩腾义、童远生四人身穿黑衣，带着婴柳潜入央郅宫。婴柳被绳索捆缚，面带黑罩，嘴里堵着一个木制的嚼子，发出微弱的挣扎之声，让人生怜。穆安躲在房顶，盯着几人行动，一个扭头环视四周，发现元攘就在不远处的宫顶，也看着众人，两人相对而视，略有尴尬，互相比了一个手势。穆安自知修辙派人监视，元攘也知穆安要救夕见，都是为了公主，也便没有冲突起来。

韩魂才闪进院子，一个丫鬟吓了一跳："你是何人？"韩魂轻声言语："别怕，我们受密令，前来调包公主，以保其性命！"丫鬟满脸疑惑。童魄以为龙默已然换完了，赶紧解释道："换一个更像的！"

夕见此时慢慢走向院子，盯着几个人："你们是觉得我不像我自己吗？"

韩魂、童魄、韩腾义、童远生大吃一惊，目瞪口呆地看着夕见，心中皆一紧，此时才知中了沮洛的"接续"之计。这龙默打个幌子，根本就没换人，如今自己这般来换，若是四国指责起来，还如何能借龙默言语？大狱选人之后，夕见还依然在央郅宫，整个后宫都能作证，鹿辞更得栽赃，韩童四人当真尴尬至极。韩腾义满脸疑惑："夕见公主？你没被换走？"童远生感叹："坏了！又是沮洛！"

婴柳一脸疑惑，透过面纱，模模糊糊地看看四周。沮洛大笑，从后院走了出来，几个带刀侍卫点燃了火把，把众人围了起来。穆安躲在屋顶，皱着眉头，看着众人。

沮洛自是不会轻饶了韩童这两个老痞子，自信满满地当先道："好！几位大人，真是忠良之臣！竟然千方百计帮我天洛挽救公主！沮洛在此谢过了！快！还不把公主换了？修辙将军还在南门等着呢！你们可得亲手完成这救赎！韩大人、童大人，我可有奖赏哦！"

丫鬟赶紧把罩着面纱的婴柳扶进央瓾宫。婴柳和夕见擦肩而过，夕见本该认不出带着黑纱的婴柳，但擦身而过的瞬间，闻到了婴柳身上熟悉的芳香，她当即便知此人是自己同路相携的好友，本该是拒绝交换的，可夕见眼里蛇蝎般的狰狞说明了她不会拒绝婴柳的死。若是如此，穆安该是只归一个人所有了，这也算是妲己给夕见的"礼物"。

韩魂、童魄、韩腾义、童远生等人面面相觑，强行抑制内心的紧张，谁能想到沮洛暗中推手也就完了，如今还来见证。当然，沮洛必须要让韩童两氏无所遁形，同时也确保夕见的安全。

韩腾义赔笑："沮洛大人过奖了，夕见公主乃唯一的残存王族族根，怎可这般死于四国人的口舌之下？"童远生帮腔："不知沮大人这么晚到此是做什么呢？只是为了接公主出宫吗？"

"当然不是，我担心四国之人都暗中寻觅夕见公主，她岂不是危险？所以，当然是四位大人去护送，净天府这身手我可比不了！你们若不愿意，要不换人去？"沮洛假笑道。

"沮大人，不用了，救公主乃我们分内之事，应该的，应该的！"童远生摆着手。

"那还有些分内的事希望几位大人帮忙，想必你们不会推辞吧。"沮洛又言。

"沮大人明说！"韩腾义就知沮洛还得开条件。

"今晚是谁换了公主，我们都看得清楚。明日行刑，几位大人如何说、如何做呢？"沮洛厉声问道。韩童二人互看一眼，犹豫片刻。韩腾义赶紧试探："沮大人放心，燕川人偷换了公主，这样说合适吗？"童远生又道："再不然就是龙默大人的手笔？"

沮洛大笑不止："大人们就是明事理，思考事情都这么妥当。好了，走吧，别再推脱了，上路晚了，都担待不起。万一路上碰到燕川人，几位大人还能有个说辞！"

韩童四人这才咽下这大亏，硬着头皮把夕见公主交给了修辙。后宫之内，一夜百人，都是眼皮子底下的过客。只是韩童想救人成了，邀功可得勤快点，若是不成，自己可惨了。本想拉个一起出头，一起垫背的，谁承想该来的没来，不该来的都来了。

子笙、鹿辞、何谦、格图、穆安、扶季、太积、梅央、宗政公贺等天下院四国之人分别落座。这太冥门前人山人海，虽比不上当年四国破门的阵势，但是如今这惩杀夕见公主的刑场也是一座压在天洛人心头的大患。在众人的心里，若是夕见死去，那统治天洛近百年的墨台氏就算是到头了，若是天洛不灭，也该是改朝换代的时候了。当然，是不是还叫天洛，就两说了。

龙默、沮洛、修辙、绿衣、韩魂、童魄、韩腾义、童远生、鲁正、鲁怀等人坐在另一侧，郎虎站在龙默的身后。这天洛人坐在同一侧还属朝会的首次，而这次行刑也当朝会一般，当是表明了五国人一心共治的态度。而格鄂尔坦、伯谕、宗政星沫、宗政星烛和宗政蕊这些四国王储不参加，也是为了孩子们的心智。当然，这是沮洛提出来的，也只有他心细如此。

英典、青灯、元攘和郗别四将分站行刑台的四角，以示威严。

四国的部分驻军和修辙的巡防军在太冥门西侧四周站定，不时地有子民拥挤、喊叫、闹事、推搡。一些盗会的人四处游走，一些洛和会的人四处查看情况，这声势之大，让天下院的人不禁有些紧张，生怕再生事端。

宗政公若和瑶缮均是一身黑衣，头戴兜帽，混在人群里。穆安从远处望着二人，宗政公若微微地向着穆安点了点头，示意准备妥当。

幼槐和沮云也是平民装扮，混在人群中。洛和会今日只会造些声势，因为穆安已然带着夕见的佩玉给洛和会下了命令。他们自知替身已换，夕见得保，只要声势够大，四国必然之后会妥协公主不死，也算民愿赦天下，民声镇朝堂。

"将军可查到夕见公主的踪迹？"鹿辞对着子笙耳语道。

"昨夜没抓到，不知从哪里出了城。我今日已经安排了兵力，再去寻觅。"子笙的声音更低。

"将军费心，越快抓到越好！"

"你放心，婴柳换进去了？"

"放心，一切妥当！"

一个硕大的金色王辇奔着行刑台而去，现场人头攒动，叫喊声越来越大。人潮之间，瑶缮掩护着公若靠近王辇，公若手里已然换了一把如元攘一般常用的手弩。

"反对共治！反对龙默！赶走四国！"

"不能杀公主！不能杀公主！"

"誓死保卫公主！还我天洛王族！"子民的喊声震彻云霄。天下院众人之间的耳语都很难彼此听得见。巡防军拉开一圈，堵住人潮。

王辇靠近行刑台，随后被架在台上，十几个侍卫手持火把，围着台子站了一圈。烈日之下，火焰热气蒸腾，看不清浓烟后的一切，似乎王辇颤颤巍巍诉说着帝国的崩塌。

龙默站起身，向前走了几步，朗声道："天洛共治数月，擒王族余孽彼岸公主于上月初九，三日前经天下院以及燕戎两国君王商议，铲除加济王王族残根，斩杀墨台夕见，以确认共治之心，明五国前路，灭战事复苏之源，以图五国之间，和平永存！国书、录文、批折均在此！"龙默一把把自己提到的各种文书扔上了行刑台。

王辇里的婴柳能听见父亲的喊声，也能听见子民的喊声，自己莞尔一笑，却道这命运对自己真是不公，爱人都对自己如此，还有何求。若是能选，自己倒希望今天一死了之，断了这红尘俗念，奔向那极乐净土。

何谦朗声道："龙大人！不让夕见公主这绝色美人站出来说几句吗？你要知道，这一把火下去，世间的美可就少了一道了。"

"何大人，此时还要看将死之人的脸庞，再美，你不怕晚上做噩梦吗？"梅央调侃道。

"无妨无妨！看就看！反正一代天香，就此陨落，也确实可惜！"鹿辞插话道。

"可怜我燕川王子了，这般世间真爱，却连心上人的最后一面都没见到！"子笙虚情假意。

"我看不必了，难道这事还能有人作假不成？"宗政公贺喊道，喊得某些人心虚不已。

"那我们格索王岂不是更可惜，为了世间和平，如此尤物，也只能弃而远之！"格图就是要与子笙对着呛声。

"依我看，夕见公主的死不可惜，可惜的是她一心复国，却连王座也没看上一眼！可惜，可惜！"穆安演得真切。

"大家不必如此哀伤！共治之局，前路坎坷，共同经历之事，此起彼伏，今日之事，指不定就被哪个后世之命掩盖呢！"龙默当然不希望夜长梦多，没接众人的话。

"龙大人此言妙哉！多希望你我命途，尽快有个定数！来人啊！差夕见公主出王辇问话！"穆安吩咐道，自是得给龙默一个后世之命的当场说法。一个侍卫传话道："彼岸公主出王辇问话！"

婴柳头戴面纱，慢步走出王辇，站在行刑台子上，面色淡然，透过面纱昏暗模糊的视线，扫视着这个凄凉末世的一切。

台子距离众人有些距离，众人都眯缝着眼睛，看着婴柳，但不知是不是真的夕见。众人面面相觑，若有所思，其实心中都不想夕见死，所以也没人质疑是不是真的公主，不过是走个形式。

穆安朗声道："夕见公主，今日将死，你有什么说的？"婴柳声音有些低沉，模仿着夕见的声音："家父引战五国，数载死伤无数，家国如今不保，王族残根没落，我无话可言，只能引颈受戮！"龙默皱着眉头，听着婴柳的声音，似曾相识。

"好！既然如此，行刑开始。夕见公主，愿来世，无论王侯将相，还是万千子民，你都能远离喧嚣，梦无硝烟，一念从心，安静生活！公主，且走得安然！"穆安大喊道。

婴柳眼里闪着泪水，她站在原地没有动。周边的群众群情激昂，拥挤不堪，场面一度难以控制，叫喊声更是刺痛人心。

宗政公若在人群里偷偷举起手弩，一箭射了出去，婴柳的头纱瞬间被射落，头发披散开来，她眯缝着双眼，看向四周。众人皆哗然，盯着婴柳，现场一片嘈杂，议论声此起彼伏。

婴柳自知穆安会救人，也有面纱，倒没如之前的安排使用易容术，这小家碧玉的脸庞，怎么会与夕见相像？青天白日，朗朗乾坤下，秀气的小脸一扬，当真是傲视整个天下院，似是在说，我这般瑰丽，你们怎么舍得下手。

龙默盯着婴柳的脸庞，大惊失色，向前迈了几步，揉揉眼睛，又把婴柳上下打量了一番。婴柳泪水夺眶而出，也盯着龙默，一时间，父女相望，百感交集。龙默闪着泪水，双手伸向前方，失声大喊："婴柳？你怎么在这里？"

"父亲！我很想你！"婴柳这话一出，天下院又是一道猛火天降，烧灼群臣群将，众人心头感叹命途条条，这般大戏还能如此演起。

龙默一下子跪在地上，眼泪不停地流："女儿啊！我险些杀了你啊！"郎虎赶紧跑过来搀扶龙默。婴柳一时动容，也跪在地上大哭起来。

穆安自知要制服龙默，必是先掐去其言语之力，如今这动情的画面，父女数载不见，感情推至心窝，感动还来不及呢，哪有言语能脱口而出，更不用说脑子能如何转动了，现在估计连其魂意中的申公豹都没了主意。穆安这打七寸的法子，也真是算得上一个精字。当然，这还得感谢鹿辞和韩童的"帮助"。

穆安上前几步质问道："龙大人真是家国至上的大忠臣！为了救夕见公主，自己女儿也舍得牺牲来调包啊！"何谦被穆安一引话头，当先愤怒地喊道："龙默！几日前朝会上你就推脱说夕见公主杀不得，登位不得，这倒好！找个替死鬼来糊弄我们？"格图咆哮："反了？天洛人反了？这是弥天大谎！"这两人有机会报复天洛人还能放得过。

"何大人、格将军，少安毋躁，听听龙默如何解释再说不迟！"梅央淡然。

"梅大人，龙默都哭成这样了，如何解释？"鹿辞哼笑一声。

"那我们这般大呼小叫能做什么？"宗政公贺言道。

"这还用说吗？龙默什么人天下院清楚得很，王族都敢杀，自己女儿算什么？"扶季自知龙默若倒，天洛的平衡也会破坏，言语之间帮着穆安不在话下。而四国其实都是这个心理，龙默不善，沮洛和修辙更甚，反正夕见死不了，不如借坡下驴，把天洛整治一番。再者说了，虽是四国都要救人，可这明面儿上不想公主死的，只有天洛人。沮洛朗声道："既然公主被人调了包，那就是有人暗中想救公主，大家也不用矛头都对准龙默，他会傻到用自己的女儿去替公主死吗？"沮洛也觉得穆安领头跳脱很是奇怪，赶紧帮着龙默说话，心里也盘算，若是此局玩不过穆安，天洛有可能丢了天下院的位置。

"沮洛大人，话虽如此，但是刚才扶季大人说得对，龙默是什么人，天下院同僚能不知道吗？他连君王都敢杀，更何况子女？"穆安厉声反驳道。

"就是！沮洛大人，护短可不在此时！龙默和这个，这个叫什么柳的，可都要问罪，这事不查清楚了，可说不过去了。"子笙狠狠瞪了婴柳一眼，故意结巴了一下，以示侮辱。

"沮洛大人，如今夕见公主在何处，我们全城通缉便是。到时候，有的是证据交代谁救了夕见，谁坐收渔利，谁在暗中谋划一切。"鹿辞帮腔道。

"鹿大人，子笙将军，你们燕川最是可疑，反倒在这里颠倒黑白，谁人不知夕见公主和亲燕川，你们救公主有一万个理由。"修辙呛声道。

"修将军本就是王族至上的忠良，现在反倒说我们会救公主？可笑吗？别忘了，子秋王和格索王均下了王令，对于夕见公主，杀无赦！"鹿辞反唇相讥。

"鹿大人，修辙将军说的也不是没道理，我不是怀疑你们，龙默他自己也不会把女儿送上断头台的，而天洛人哪来的勇气在四国面前调包公主呢？"何谦开始搅和。

"何谦！你说话给我小心点！今日四国驻军也在此，你别让天洛人看了笑话。"子笙冲着何谦猛眨眼，示意他如今四国反压制天洛的局面，别破坏了团结。何谦心里也知天洛人拆台四国盟室有点嚣张，如今的局面由穆安引起，是个重置平衡和压制天洛的好机会，只是不想燕川人太过跋扈。

"好了！好了！都是天下院同僚，这般争执有何意义。龙默大人就在此，他若愿意说，就让他说！反正天洛逃不出这罪责，就看谁人担了！龙大人，你平日巧言善辩，今日怎么这般感性？"穆安这话中有话。龙默心里虽伤心和动容，也十分震惊和后怕。但是若要有人担责，非自己莫属。修辙肩负扩军重任，沮洛非天下院之人，且在内廷外廷威望甚高，若是自己坠罪，念着穆安自知五国平衡之事，也不会把自己真的杀死。再想到姜尚的魂意，好歹也是玉虚宫的师兄弟，且此事借题发挥，穆安想必也是杀杀自己的威风，戏台有心杀人，也确是自己莽撞了，想到这里，龙默少了几分挣扎的心。

龙默虎视眈眈看着穆安："穆安！祸不及家人，你这般做，就不怕天地之间，再难容身？"

"龙默，你都容身得了世间天地，我如何不成？虽然今日我不知婴柳为何在此，但是我断定你的苦肉计不会成功。我四国都是明眼人，看得出你龙默城府多深！你越是让我们觉得你不可能用亲女调包公主，我们就越相信眼前的一切都是你所为！但我答应你，婴柳不死，你也不死，但是你俩何日出牢笼，我担保不了。若是你身后有谁挺力相助，你最好早日进言，以免错杀无辜！"沮洛和修辙听着穆安这杀人诛心的言辞，觉得天洛要想驱敌复国，难如登天。这梅央、鹿辞和何谦还没弄明白呢，如今崇衡的穆安和扶季双谋拍门，真是又够喝一壶的。

"穆安！你处心积虑！为的是什么？我躲不过去四国之治，你就躲得过去吗？"龙默咆哮道。

韩腾乂开始先咬人，生怕怪到自己头上："龙大人，再怎么狡辩，也不及我们目击一切。昨日夜半，你去央郏宫换取夕见公主，怎么就没想到今日这般失态吗？"

"龙默！果然是你！"何谦大惊。

"当然！我不觉得龙默一个人便有此能耐，调包公主，也得藏得严实！这满都城，遍地都是四国驻军，往哪里躲呢？难道有驻军帮助掩护不成？"童远生也怕鹿辞咬出自己，只能硬着头皮震慑一把。何谦瞟了眼子笙，子笙面色尴尬，目光躲闪。鹿辞自然不敢多言。

"既然龙默难逃嫌疑，依照天下院法约，押入大牢候审！"子笙又喊道。

"等等！我挺好奇龙默背后有谁指使！待我问问他，自有定论！"穆安走到龙默的身边，佯装搀扶，耳语又道："龙默，你是聪明人，我让你下得去，自然也让你回得来，此时该怎么做，你自己知道！还有，婴柳此时只有我能救她，子笙可起了杀心！这燕东军和盗会的关系你也清楚，婴柳手里可有子笙和鹿辞的把柄。若是我不救，今日婴柳必死，何去何从，你自己定！"穆安也不忍心如此要挟龙默，只是事赶事至此，也只好让龙默赶紧认罪。

"只要我和婴柳得保，你说如何？"龙默自知此局已败，天下院、燕川、青戎和崇衡都咬定了自己，更有后宫之人栽赃，沮洛和修辙也不可能此时太过相助，有被牵连的危险。穆安要的就是天下院之人的票数倾倒，燕川和青戎都与夕见关系紧密，自是会找替罪羊，而自己就代表崇衡，那么天洛和南依的决定也就不重要了。

"咬出子笙！"穆安冷冷地道。

"为何？"

"你没时间问原因！"穆安转身回来，看了眼子笙，大声言道："哦！龙默告诉我了，确实有人帮他！但是我不信，依我看，此事不查不妥了！"

何谦刨根问底："谁帮了龙默？快说！"

"我确实送了夕见公主出城！有燕川军队保护！"龙默悠悠道，表情淡然，自知穆安也不会食言，只要今日女儿得保，自己也无所谓了。看来这世间再大的枭雄，也有心境的软肋，若不是穆安抓得准，当真难把龙默按入大牢。何谦气急败坏："什么？子笙！你！"格图再次咆哮："子笙！你想独吞夕见！"

子笙恍了恍神，有点莫名其妙："龙默！一派胡言！一派胡言！"

"好了！来人！把龙默和婴柳押入大牢候审！全城搜捕夕见公主！子笙的事……"穆安故意给子笙留了一个话口。

"穆安！你可要信我！"子笙与鹿辞琢磨过此计，心里也没底。那日沮洛引韩童带着公主交付给修辙，子笙的军队可就在相反的方向，这是西宫不少宫执和宫外巡守都能作证的事。

"我信得过，但是将军，彻查此事还须你配合，我们回天下院再议不迟！"穆安缓和道。几个侍卫把龙默和婴柳带了下去。这一举动，引得子民又是一阵阵地狂喊。

"天洛不死！公主不死！"

"还公主清白！让公主回朝！"这里面，尤以沮云喊得响亮。但他转身一看，幼槐已然蹲在地上，哭成了一个泪人。沮云不知所以，赶紧挥了挥手，洛和会的部分会祭搀扶起幼槐，把他带回了分舵。沮云递给身边兄弟们一个眼神，让他们继续造势，自己跟着幼槐先行离开了。

鹿辞宽慰道："穆安，龙默临死咬人，这话算不得数。依我看，先找到公主，一切都会明朗！"

"哼！闹了半天，又是你燕川人！"何谦冷笑道。

"穆大人，公主若找到，你想如何处置？"沮洛自知没法与穆安在这局面下抗衡，追问道。

"天下院自会商议，不劳沮洛大人费心了，但是沮大人若对此事有看法，或者要揭露龙默的同谋，随时进言。告辞！"穆安朗声道："今日朝会毕，择日再言！"

半日喧嚣至此为止，人潮缓缓而去，尽是感叹这天下不平。这就叫世间情愫淡如水，只是未见伤心人，家国不赠平安事，徒留忠心也枉然。

修辙凑到愣在原地的沮洛的身边，低声耳语："沮大人……"

"我没想到四国还有这样的人物，穆安，真乃天纵奇才。"沮洛不禁感叹，但总是觉得穆安该不会是自己的敌人。这般聪明的人，该是与梅央一样，懂得五国平衡之事的，可能这也是沮洛给自己的宽慰。

次日的朝会，天下院的一纸罪书，帮着穆安把龙默打入了冷宫。

"天下院国相龙默，戏弄四国，妖言惑众，用自己的女儿婴柳调包夕见公主，试图包庇加济王族根，保留天洛余孽，念其往日对共治有功，也念其家国赤子之心，特此削去其天下院职位，暂押西宫大狱，特此声明。待查清事情缘由，再行发落！"穆安念得洪亮，这暗流中的线索，那就各有分说了，只是最终的真相，永远也不会在所有人的心里保持一致。

龙默盘腿坐在牢内，望着窗口投进来的一束光，似乎在细数这光束中游尘的数量，那该是与自己同病相怜的身不由己的挚友。数了片刻，自己又无奈地笑起来，进而仰天大笑："命数！命数！命数啊！姜尚！你我同出师门，何苦如此，何苦如此啊！"龙默眼圈泛红，有些伤感："商周相易，洛燕难辨，新旧之世，无端纷争，自作孽，自作孽啊！"

　　沮洛和修辙走进大牢，把一盒餐食放在了地上。三人分析了当下的局势，也不禁感叹穆安竟然把天洛人要得如此不善。龙默心中怎会不知穆安与姜尚谁人主谋此事，只觉若是翻盘再笼络穆安，怕是难了，若不服软，这驱赶四国之事更是难上加难。而沮洛和修辙如今倒也着急救出龙默，可解铃还须系铃人，如何跟穆安言语此事，还得盘算一番。

　　暗流中，四国军界如触角般伸向洛京城的四面八方，为的是彻查偷换公主的来龙去脉。只是包括净天府和内廷院在内的全城全民彻查，基本上还是政治的博弈，永远是想让人看见的明面，桌下交易永远暗无天日。

　　穆安此次搅弄风云，并非只为了杀一杀龙默和天洛的风头，让自己躲过残军之诬的低迷后，能在这天下院立一立名头。主要还是为了一来让五国真正明白夕见公主死不得，且有参政的必要，为的是维稳天洛后宫与民间。二来为了和平驱赶四国军界驻军并结束共治奠定基础。这基础看来并不坚实，但是四国也看得出来，他们想要在盟约和天下院约法基础上再杀天洛王室已经是不可能的事了，且民间和后宫满是声势浩大的压力，天洛还于洛人只是时间问题，否则真的禅主以异国之身坐在王座上之时，也便是天洛真的天翻地覆的起义之刻。

　　又一次朝会上的气氛十分压抑，南依和青戎均觉得龙默之外，必是燕川不轨，而崇衡作为事件推动的核心，和沮洛是一个心态，稍有不慎，便可搬出其他的挡箭牌来说事。穆安自然与子笙不睦，要不为何以婴柳之命要挟龙默反咬燕川。穆安虽劝说婴柳来调包，算是略加推手，但事态发展到现在正中穆安的设想，婴柳无论如何也不会说出穆安，那么鹿辞在背后的推动和与韩童的关系必然在沮洛这里是个不定因素。要说这牵动四国、天下院、后宫与内廷的引线木偶玩法，穆安当真和之前显谏起义和诛杀鹿辞时候的沮洛有一拼。

　　鹿辞朗声而言："诸位，既然龙默偷换公主，包庇天洛王族，如今已经入狱，那么这个天下院只剩下我一个国相，我愿行代政之礼，替大家分忧，做主此事。经过两日的探查，龙默确有调包公主的行为，这是天洛后宫内廷院韩腾义和童远生两位大人的供词，还有后宫诸位主管、宫执和巡防军军众的画押，至于人们所怀疑的我们燕川人协助暗藏夕见公主之事，纯属子虚乌有。那日只是我们换防西宫外而已，但是并未见到夕见公主，我们也加大了搜寻范围，争取早日寻得夕见公主归来。"鹿辞把一摞文书放在了案台上，上面密密麻麻全是画押手印和录文。

　　"鹿大人，你们燕川还真是可笑，又做这些自己查自己的事情，你查了子笙没有派军协助潜藏夕见公主，那么子笙就无罪吗？我们南依查的可是燕川军夜访西宫，但是夕见公主依然逃脱。那我要问了，前几日西宫换防本都是崇衡的事，怎么变成燕川了？子笙将军，你领兵一千巡防小小的西宫，夕见公主还能走脱，你不想说点什么？"梅央刨根问底。

"如果查得没错，最近穆安大人进出燕川军界也甚是频繁。要查，大家一个也别落下。"宗政公贺直言，这南依看戏不嫌事儿大的心理可以理解。

"穆安大人本就被允许通络燕川和崇衡。怎么，你们南依还要怀疑之前的法约不成？"扶季帮腔穆安。

"梅大人！宗政将军，你们不必次次引诱众人质疑我燕川，崇衡国穆安刚刚到任，巡防之事不甚熟练，我们从旁协助巡防，这有何质疑？天洛宫殿百年历史，东西两宫宛若寰宇，区区一千巡兵，你围一个我看看。既然围不住，夕见公主跑了，我们怎么会知道去哪儿？难道我们会比从小在这里长大的夕见公主还熟悉地形？"子笙巧言舌辩。

"子笙将军，我们不是怀疑你燕川。既然子秋王和我们格索王陛下都已经言明，夕见公主可杀，那就天下院一心明示便是。杀了她，以儆效尤，不要再生事端！"何谦缓和道。

"梅大人，宗政将军，我通络燕川并非与此事有关，只是念及家乡故人而已！何大人，至于杀夕见公主，我如今倒有所异议，夕见公主既然此次不死，便是气数未尽，龙默的落马也正说明，保夕见公主，确实是天洛当下稳住根基的条件。我不知道诸位有没有后怕，若是当日夕见公主真的死了，那周边的一众乱民中可有不少天洛江湖势力和洛和会，一乱起来，我们就说能全身而退，四国驻军可也要死伤惨重。夕见得保，才是稳住民基和后宫，乃至茫茫江湖的根本。"穆安直言。

"那你的意思是不准备再杀夕见公主了？"何谦反问道。

"何大人，夕见公主死不死，如今不是共治前路的阻碍和症结。正如穆安所言，不留她，似乎是天洛民间和后宫大乱的开始，我们之前施压杀夕见公主，似乎低估了天洛暴民的勇气。"鹿辞自然觉得要为子幽王子再争取一下留住公主的机会。

"正是如此。几位大人，子笙将军这次只是巡防协助我而已，正如之前鹿辞大人所说，希望更庞大的子笙的燕川驻军在公主行刑前日换我崇衡驻军，以求一切安好，不需小题大做。这只是龙默的诡计，想让我们四国相互猜忌，以求削弱盟室。还请几位大人不再念及子笙的虚无之错，我们尽力共治，一心行事才是前路！至于夕见公主呢？依我看，天洛维稳才是四国王选的前提，不如召回夕见公主，让她进入天下院参与执政，也好借此安抚天洛官臣、后宫、军队和民众，以求公主调包案的波及能少一些！哪怕直至典选再作协调。如今稳字当头，才是典选禅让的基础。"穆安提议道。之前让龙默咬出子笙，也不过是对子笙的一番震慑和孤立，为之后再除子笙这颗毒瘤打下基础。而子笙听穆安这般说，心里还有点感激。

鹿辞和子笙互看一眼，也互相点了点头，明白穆安抛了个橄榄枝，有意协助燕川留住夕见公主的性命。"穆安所言，我觉得有理，既然此次行刑已经引起了天洛的大乱，那么我们继续搜捕夕见公主，再行杀害，只会引发更大的动荡。我同意夕见公主参政，天下院也不是谁都能进的，一个天洛王室加入，我看天洛的后宫和民间，至少没人再质疑天下院的存在。"鹿辞赶紧接过穆安的话头。

"坚决反对！穆安，夕见公主可是加济王之女，若是这种人参政，岂不让那些被龙默杀死的成年王室白白死去？他们至少在战事之时没有参政，可是夕见公主一直参与辅政加济，她不是罪魁，也是帮凶！这天下院不能有墨台氏的人！"何谦厉声反驳，他哪里会看不清楚，这穆安有意帮着燕川挽救公主，以子幽王子和穆安的关系，这青戎哪里还有抢夺夕见势力的可能。

"穆安，你的意思我们明白，夕见公主参政不是不可以，但是进入天下院太过招摇，这等于明摆着告诉天洛人，他们的王室没有错，发动战争没有错，如今依然是王室执政。这样一来，难免有过于宽恕之嫌，我认为让夕见公主加入内廷院是个不错的选择，一来震慑后宫，二来维稳子民，三来辅政共治，一样也不落下。"梅央给了一个折中的选择。

"若是如此，那与加济王传位有何区别？"格图喊道。

"将军，这天下院通文说得清楚，有事五国同议，王位之言，可不尽如此！"太稹反驳道。

"梅大人所言有理，也是如今的一个万全之策了，就让夕见公主入驻内廷院，再好不过！大家还有异议吗？"穆安又言。

何谦和格图心里明白，这穆安现在几乎能代表燕川和崇衡言语，南依又怎会让夕见这个红颜祸水的小妮子死了？进了内廷院还不就是把燕戎不睦钉死的那根钉子。天洛人更不用说了，怎么会不想自己的公主重返内廷，四对一，任如何反驳，也都无用了。这穆安如今的身份确实可怕，只要顺从燕川的利益，稳住南依的局面，那就是一马平川的绝对决策者。

"另外，小臣不才，还有两件事自认为有利共治，不知是否当讲！"穆安得了便宜还卖乖。

"你都说到这了就说完呗！"何谦气急败坏。

"第一，王选临近，四国王子已经陆续到宫，无论谁胜选，都是天洛新主，这天洛的文礼、风俗、宫规、法度都要学。虽然已在翰博院学习数日，但这力度依然不够，望各国严格以教，让王子们能安心修学，尽早大成。"

"这你去办就好！"子笙挥了挥手。

"穆大人说得在理，只希望该学的学，不该学的，还是尽早丢弃为好。"梅央话里有话。

"第二，何谦大人、梅央大人和在下，都是天下院谋士，为了四国以后减少纷争，四国盟约稳固，故而建议取消上下级所设，将我三位一同升为国相，与鹿辞大人一同尽职天下院如何？"

"这……"鹿辞有点惊讶，但觉穆安已然帮着燕川留住了夕见，且洗脱了罪名，又不好如此推脱，似乎不信任一般。再者说，何谦和梅央也必然会同意。何谦一个转念，赶紧附和："鹿大人不会不同意吧，燕川可是一向愿意领头做事的！"

"鹿大人，我们只是替你分忧，大家虽是平起平坐了，但也是为了公事。如今龙默下台，你总不能自己扛起天下院所有的事情。"梅央帮腔道。

"那是！那是！那就恭喜各位，待提案提交内廷院和天下院诸位官臣审核批复，我们立即就办理荣升大典。"鹿辞只能客气了事。

"好！如今这才是真正的共治，四国平衡，虽然修辙不曾参会，我自会禀明我们今日的商议。望大家摒弃前嫌，共治为重，多多相携！"穆安言语完毕，自是这第一次对天下院的搅弄和摆布以得胜告终，天下院众人也觉得，这穆安心性之间，可不是一个国相和崇尹那么简单了。

穆安在军帐中徘徊，手里捏着龙肤卷轴，盘算着这世间商周之人如何应付，也惦记着当世五国关系的梳理，心中略有烦闷。这修辙忠良之将，黄飞虎也是心怀家国，如今处理起关系便顺手得多，只需作为自己人拉拢和劝慰。但是这夕见怀揣苏妲己魂意，当真让自己左右为难，如今虽救下了公主，且安排内廷院摄政，但是无形中也让苏妲己有了活跃的阵地，这无异于让大商和截教有了反攻的基础。

穆安正思索间，沮洛缓步而入，鞠躬行礼。穆安余光瞟了眼沮洛，又瞟了一眼龙肤卷轴里的名字，却听沮洛当先说话："穆大人，打扰了，沮洛借内廷院前来议事。"穆安没再打开卷轴，怕节外生枝，把龙肤卷轴放进了袖口，但是卷轴里的名字早已刻在心头，他鞠躬道："哪里哪里！沮洛大人造访，实在荣幸，请！"

穆安和沮洛两人坐定。穆安斟茶，沮洛看着穆安这年轻模样，十分欣赏，颇有自己当年的风范。只是这心性，却真是老者一般，若是完全的青年人，谁会懂得斟茶寒暄？那必是一杯冰露果酒以度这炎炎夏日，且帐内水亭凉壁也得搭起来，驱赶酷热的潮气。

"沮洛大人可是为了什么事而来吗？"

"哦！翰博院之事已经办妥，留给天下院听用，以备王选，特来禀告！除了子幽王子，其余王子和几位公主均在翰博院修学数日了，一切顺利，并无纠葛！"

"沮洛大人有心了，派人前来禀报就是，何需亲自登门。"

"穆大人也是聪明人，小小年纪，如此有为，老夫佩服啊！"

"沮洛大人过奖了，我们不必再寒暄其他了，我知道翰博院之事会触动您的神经，必会登门，这比请函还要有用。"穆安直言，原来之前他言翰博院之事，为的是引沮洛出洞。

"你故意言翰博院之事，引我登门？"沮洛疑虑道。

"大人，我们敞开说话，不用遮掩。翰博院乃天洛文史命脉，后宫之人都有复国之心，所以残存的小王子们修学于央郪宫，偶尔也去翰博院阅览，本是理所应当。我这次先下令扩用，再派人收拾，便是给你时间安排好小王子们，以防四国借着此事与你天洛不利！"穆安说这话本是没什么大碍，主要就是试探一番沮洛的心意。

"大人愿意帮我天洛？"沮洛反问道。

"沮洛大人乃前朝洛宰，当世内廷要人。说实话，你的头脑不在龙默之下，如若复国，你当马首是瞻，领群臣而起，领军威在先，而不是辅佐于他龙默！你可明白？"穆安这话没用多少敬语，算起年龄，姜尚可比沮洛大多了。

"你的意思是让我进去天下院替换龙默？"沮洛思忖道。

"非也非也！天洛若是有一天光复，那么最多余的就是天下院，如此一院相当于当世王位，天下院诸人相当于当朝君王，而内廷无论如何，也不会变化。你做内廷的廷首，再合适不过。只不过，我希望明确地告诉你我的目的，我愿意扶持异姓君王重掌天洛，那就非你莫属！"穆安这话当真是晴天霹雳。

"穆大人这是让我犯错啊！扶我掌洛？这与龙默他弑君建制有何分别？"沮洛大惊。

"沮洛大人少安毋躁，我知道你是忠良之人，这种僭越之事你不会做。但是如今的局面下，命不由你！四国之人都想借禅让把王位攥在手里，但是无论四国之中谁得权，那都是另一个乱局的开始。如今五国之内，看似安静，实际暗流涌动，乱象暗生，若是最后的结果回不到洛人治洛，四国驱散的局面上来，任何的结局都是一种更坏的开始！"

"穆大人小小年纪，看问题如此透彻！"沮洛很是欣赏。

"所以，大人，现在的问题就是你的赤子之心、官臣之念重要还是天洛的前途重要。"

"非得我掌权？"

"龙默一代枭雄，即便登位，战事只会再起！夕见公主一介女流，虽然有善心善念，但是无治国之才！修辙军人出身，不会明白这其中玄机，只会鲁莽理解我的善意！我在这天洛要人中寻觅一圈，唯有您当得！"穆安说罢，回想着早就印在脑海里的卷轴中的名字，这沮洛不是别人，正是周文王姬昌，周朝的奠基人，一代勤政爱才，广施仁德的明君。"沮洛大人，请您务必相信我的话，我会尽全力帮你掌权天洛，那才是天洛的前路，五国的前路，当世和平的前路！"穆安继续道，当然他心里也自知，抛开周文王不说，这沮洛也是纯良善谋，疾恶如仇的明君胚子。

"不！万万不可！我宁可夕见公主登位，绝不接受此事！"沮洛傲骨不朽。

"沮洛大人……"

"等等！穆大人，于情于理，你一个燕川密使，崇衡崇尹，又是天下院谋士，不该在此时劝我掌权天洛啊？若是想有洛王禅让，也轮不到我，夕见公主可是正经王室！"沮洛有些怀疑。

"沮洛大人误会了，我全无登位禅让之念，只求五国维稳，这是最权宜的办法，你且考虑。我刚才说得明白，五国不想再入战事的乱坑，必须洛人归朝！所以四国共治法约里的一切都是谎言，遮掩五国心性和双眼的谎言，登位禅让不过是将五国扔入又一个战争旋涡的前提罢了！"

"穆安，你一个二十出头的小子，能有此想法？你到底是谁？"沮洛全然不信这些该是只有自己和龙默才想得明白的事，会被一个青皮参透。

"沮大人，我只求您相信我一言，再不济，也需谨慎思考。我是谁，您日后定会知道，我现在言语，您不会尽懂！"穆安起身行了个大礼。

"你和龙默倒是奇怪，都说我不会懂你们的言语，难道你们说的是北方未知民族的兽语不成？"沮洛也赶紧起身，还了个礼。

"沮洛大人，您三思，若是同意我今日的提议，我日后定会暗中相助于您并尽快驱逐四国，挽救天洛于共治血口，还天洛一个和平新世！"

沮洛凝视穆安的眼睛，但觉这言语不像有魅惑和欺瞒，也不像是有计中之计。若穆安想对自己不利，那日偷换公主，本是可以把自己牵连其中的。回头再一想，穆安毕竟是身牵燕崇两国的重臣，又与夕见和南依的宗政氏交好，没道理在天洛扶持旧势。

修辙和沮洛接公主回朝的路上，夕见的王辇停在南郊的一个树林外。暑热难耐，修辙让巡防军的军马四散巡逻，自己带着沮洛和夕见在林内阴凉地稍作休整。

"你们说的可是真的？那当晚来换我的人就是婴柳？"夕见还佯装意外。她坐在一棵树下，见树根泥土外露，便把腰间缠布解了下来，垫在了屁股下面。沮洛和修辙注意到了这个细节，心想夕见本是落落大方、不拘小节、亲民亲地的凤主，怎么最近变得细腻起来。

"错就错在，调包殿下的同时，我们和燕川人都被穆安利用了，他料到了会有人换你，于是找到了扳倒龙默的棋子。"沮洛直言道。

"穆安扳倒龙默？龙默如今还在监狱里？"夕见问道。

"我已经有了救他出来的对策，公主放心，我们不会失去天下院的制衡。"沮洛答道。

"那我呢？我要去内廷院上任？"

"天下院的文牒里写得清楚，应该是穆安的主张，让殿下上任内廷。这样一来，便于你重整后宫，但是你若不愿赴任，也不强求。"修辙掏出一个录文拓本，给夕见看了看。

"依我看，穆安是帮了我们。一来，妥善安置了公主殿下，还让她有了接触后宫的机会；二来，明治罪龙默，暗掣肘燕川，把子笙孤立起来；三来，给了我一个机会，真正的肃清后宫！"沮洛思忖道。

"肃清后宫？可是韩童两家？"夕见问道。

"公主放心，此事我来办就好。只是有一事不明，穆安和龙默素昧平生，为何为了整倒他布下这么大的局？本可以借此把天洛余臣都拖下水的，但是穆安却又适可而止了。"沮洛不解道。

"难道穆安有更大的阴谋？难道是燕川人的欲擒故纵？"修辙猜测道。

"不会，毫无道理，若是针对我们天洛，以穆安的头脑，我们早就都下水了。但是他只谈龙默，不谈其他，若是矛头对着其余几国，依然不见穆安的后计。"沮洛也心中生疑。

"真的只是私人恩怨？"修辙问道。

"也有可能，在青戎的时候，龙默曾经帮着格索王求婚于我，穆安与我感情至深，可能这是两人的纠葛源头。"夕见还在装糊涂。

"不！穆安是个轻易就可以分清局势的人。龙默劝说格索王娶公主殿下，只是为了离间燕川和青戎，穆安应该会明白，不会因此太过记恨！"沮洛又道。

"依我看，他也许和当初的宗政蕊公主是一个目的，为了盟中盟，只不过在他的盟约里，我们是他的盟友。"修辙直言道。

"穆安可曾找你言语些什么？"沮洛突然问道。

"之前他来找我，表示愿意相助天洛复国，而为今之计，军力复苏首当其冲。"修辙答道。

"他也对我表明过此意，将军和公主殿下如何想？"沮洛又问道。

"穆安所言，我觉得有道理，驱赶四国，我们自己的军力不可落后。"修辙答道。

"当然，若是沮洛大人和修辙将军肯帮我扩充军队，那再好不过了。"夕见大悦。

"那就劳烦将军全力协助公主殿下整备和扩充军力，我去暗中查明穆安的底细和动机，以免再被他利用或者掉入他的陷阱。"沮洛直言。

夕见可是明白穆安内在动机的，若此时姜尚找了沮洛和修辙言语拉拢或亲近，那龙肤卷轴必然给了穆安什么提示。如此说来，沮洛和修辙的身份根本不用龙默的龙眼再行确认，此二人必是上古大周或阐教之人。夕见心里矛盾，穆安、沮洛和修辙若是驱敌、扩军、复政和保王本是对公主和王族大大的益事，可这也意味着阐教势力在天洛已经生根发芽了，而如今龙默入狱，韩魂童魄不过净天府和文录院小臣，截教的复苏似乎还任重而道远。

幼槐自从那日见了父亲和姐姐，心中哀叹一家人离散和颠沛的生活，自知父亲龙默如今虽官拜天下院国相，但已然不再是那个能把自己扛在肩头的慈父了。更何况穆安这一计偷天换日的压制，龙默更是失了天下院的大位。而姐姐入狱不说，自己思前想后，竟然什么都做不了，总不能领洛和会会祭前去大狱救人吧。

入夜，夕见和修辙身穿夜行衣，潜入南郊一个大宅，两人顺着后院摸进宅内暗室，眼见一排壁画后面有一个暗洞。修辙丢了一块石头进去，里面瞬间星光点点，两人这才放心地轻步而入。

沮云和幼槐见夕见和修辙进来，赶紧鞠躬行礼，异口同声："公主殿下！"

幼槐虽心事重重，但如今公主立旗，借号扩军，暗收江湖，复国在望，哪敢以私情怠慢。

夕见指了指修辙："幼槐，这是修辙将军，不必害怕，我们是来商议洛和会整编入军之事的！"

"洛和会整编入军？"修辙虽知公主有意招安洛和会，但是却不知会有整编入军的心思。若是如此，巡防军迅速扩大，也须登记造册，入天下院文案，到时候会引来祸端。

"沮洛大人说了，你需要全力配合我扩充军力。我和沮云商议过了，洛和会人数庞大，是现在最快的军队扩充之源！若是招安，我担心天下院有阻碍，还不如整编。"夕见直言。

"是啊，修辙将军，我听公主殿下和我父亲说了，现在是与四国搏力的最后时刻，我们的军力不可落下，我们洛和会为国而战，义不容辞。"沮云表了决心。

"将军，如何整编，我们要做什么，如何训练，何处安置，都听你的。"幼槐直言。

"此事事关重大，招安已是难事，若是整编或再立军政院，被四国发现，便又是他们挑起事端的由头。"修辙很谨慎。

"我们暗中行事，不会有纰漏！只需想个法子遮掩。"夕见言道。

"你要知道，穆安也建议过我们扩充军力，但他本身就是四国之人。"修辙担忧掉进穆安的圈套。

"这点你放心，穆安那里，我心中有数。"夕见宽慰道。

"你们的人现在都在哪里，有没有舆图让我看看。"修辙思忖片刻后问道。沮云赶紧掏出一张舆图，众人聚拢在一起研究起来。

　　穆安拎着一壶酒，缓步来到大狱里，给狱卒使了个眼色。狱卒赶紧开了龙默的牢门，穆安进来坐下，把酒一放，掏出两个小杯子，斟满了酒。

　　"师兄！我小瞧你了，初来乍到，竟然把四国之人，天洛之人，玩得团团转，我龙默连天洛后宫和洛和会都没怕过，也没栽过，这次真是怕了你了。"龙默也不管这酒有没有问题，自是对穆安和姜尚还有几分敬佩和信任，且他们也不是下毒的小人，便放心地畅饮。

　　"你也是大意，见了女儿，能不乱了分寸？"穆安端起杯，和龙默碰了一下，一饮而尽。

　　"但你机关算尽，算不出沮洛依然会救我出去的，我斗不过你，他你可未必是对手。"

　　"沮洛？我会帮他救你的，你放心！"穆安心里有数。

　　"你这么快就要救我？"龙默心里也觉得穆安就是杀杀自己的威风，不会真的下手惩治，否则这天下院制衡便会出问题。

　　"证明我能扳倒你足以，也刚好惩戒你戏台害我之罪，我们打成平手了。若你再害我，下次，我可没那么好心救你了！"

　　"师兄！我就知道你是个识大体的人，你若助我重建天洛，那一切的一切都将顺理成章，四国在我俩面前，根本不足为惧！"龙默信心顿生。

　　"助你重建天洛？为何呢？"穆安佯装傲慢。

　　"明知故问！我告诉过你，我拿这里当作大商，你也可以拿这里当作大周！不一样吗？"

　　"周室将兴，商朝覆灭，那是史实必然，如何一样？"

　　"我新建的大商，可以摒弃一切导致覆灭的源头和罪魁，甚至可以引入大周的治国之念，那将是一个永世不灭的帝国，此时的商周，还有何分别？你灭商建周，难道不是为了得到一个更好的国家？一个更好的法度？一个更好的世外桃源？"

　　"申公！我要的不是商周，不是那个完美的国度，而是那一段流逝的历史，那一段属于我们的史实，那在上古，不在当世，你明白吗？"姜尚的心性显然比申公豹要高远。

　　"那你为何放我？你有妥协之心对吗？你有助我之心对吗？你明知道我们不可能那么轻易回去，甚至……"龙默有点歇斯底里，手里颤颤巍巍地把酒洒了一地。

　　"那只是我的后计，若回不去上古，当世不会出现大商，而周室必现！"穆安义正词严。

"那不一样吗？我为的也是建立一个周朝一样的国家！"龙默此时只能先稳住穆安。

"你明知周朝政体更佳，王室圣明！为何在上古助纣为虐？为何一心匡扶大商？"

"我们各为其主啊！大周将立又如何？未来不会有推翻你们的王朝吗？大周能永立吗？"

"这就是历史！你一己之力能停得下历史的巨轮？腐朽的朝堂就该消失！就像商朝的一切！"

"好！我只需你帮我！就算我辅佐你也可以！只求你一心帮我天洛！"

"我自有分寸！你好自为之！也希望你知道当世复国的意义！"

穆安举起杯，等着龙默的动作。龙默长叹一声，也知姜尚用意，但是如今，即便是争论，也是自己输了一头，而如今龙默的忍耐和妥协，又何尝不是他复国立世的新策略和新智慧呢？龙默斟满酒，举起杯，与穆安狠狠地碰了一下，然后两人一饮而尽，似乎这一次碰杯，才注定了天洛的起死回生。

天洛国洛京城王族光洛殿的朝会，天下院、内廷院和净天府三大院府齐聚朝堂，这阵势极其少有，人头攒动间，仿佛能听见人们心中的诡谲和阴刻。沮洛当先道："今日龙默大人依然在牢里，我就代行天下院、内廷院和净天府的朝会，跟大家言明夕见公主调包案的进展，我天洛查出些端倪，也在此与四国同僚说个清楚。带上后宫总管和燕川军界的守卫！"

一众侍卫把几个后宫总管和燕川军界的守卫带了上来，众人面面相觑，议论纷纷。话说这后宫总管或者宫执是天洛人不假，这燕川军界的守卫可是燕川和天洛人都有。军界虽驻军不少，但毕竟是他国之地，自己不敢留太多人，因为还得供着军需，辎重由燕川至天洛说远也不远，说近也不近，开销自然不低。燕川找些原来净天府或者帮邑院的熟手来当守卫，省了粮草不说，还熟悉天洛的一切。太积便是听了穆安的吩咐，秘密抓的都是朝出夕归，语速较快的天洛人，这作起证来，就顺手多了。

鹿辞和子笙对视一眼，面色有点凝重。

"哦？燕川军界的梁统领？说说吧，这几日造访你们燕川军界的都有谁？"穆安问道。

"回大人话，近日只有天洛后宫的韩腾义和童远生大人来过！"梁统领这口音一听，便是洛京城西郊的贩子转的行，尾音还收着点。

"属实吗？"

"绝对属实！"

韩童二人瞬间变得慌张，瞟了眼鹿辞，几人顿时汗如雨下，这不见天日的暗谋，怎么如今又被天下院揪了出来。

鹿辞赶紧厉声反驳道："这也算是证词？天下院约法里没说我们四国之人不许与天洛内廷的人走动吧，我们相互通个文案，研究下变法，有什么异端吗？"

"鹿大人，别着急啊！还没问完呢！几位总管，西宫重地，可有宫外人进出？"穆安追问道。

"行刑前一晚，韩童两位大人和婴柳姑娘来过，还有沮洛大人。"

"时间是子时三刻，沮洛大人先进入，韩童两人后入。"两个总管一人一句。

"可曾见龙默大人出入？"穆安又问。

"不曾看见！"

"哦？那与韩童两位大人行刑当日的言语不一致喽？"穆安抓住破绽不放。韩腾义忙解释道："穆大人！我们内廷院进出宫内外最平常不过了，又是如此非常时期！"童远生接话："婴柳我们之前从未见过，就凭几个总管的话，你要说是我们换的人？"

"婴柳当时头戴黑纱，对吗？"沮洛问道。一个总管点头道："是！"

"那很简单，韩童两位大人，换夕见公主的就是你们了！"沮洛斩钉截铁。韩腾义指着沮洛，大怒道："沮洛，你别血口喷人！总管说了，你也在！你想诬赖我们？"

"沮洛大人，找来区区几个小人物，就想栽赃陷害吗？未免太低估天下院人的智慧了吧？还有你，穆大人，行刑之日也是你质疑龙默在先的，怎么？你自己说的前后不一，也想反悔？"鹿辞言辞犀利。

"哼！这朝会岂是审案的净天府，让你们在这里胡搅蛮缠？栽赃陷害？"子笙微怒道。

"鹿大人、子笙将军，行刑当日不是我质疑龙默，而是大家都质疑，我只是第一个言语，而且之后并未真的治罪龙默，只是刑拘，就是为了让真凶自以为已经蒙混过关！这不，狐狸尾巴都露出来了！"穆安言语之间，总是把自己归类，也便有人帮腔和协助。子笙烦躁不堪："荒唐！谁知道你是不是收买了这几个人。"

"好！我就知道子笙将军不信人言，那看你信不信这些！"沮洛言罢，指了指身边的下属，几个侍卫把几个账本、名册、商往舆图、边境豪府位置图等鹿辞与韩童互相通敌的证据扔在了地上。鲁正在一旁瞪大了眼睛，焦急万分，心中只怪自己之前没一刀杀了这个任人乱取把柄的鹿辞。沮洛瞟了眼鲁正，摇了摇头，示意他冷静。鹿辞和韩童大惊失色，呼吸急促，似是这铡刀一半都已经落在了后脑勺。子笙皱着眉头："这些是什么？"

"子朝六年起，鹿氏家族与管氏家族暗中背着燕川朝堂，于边境牧羊镇至关南镇一线，建立豪府、仓廪、匠铺、钱庄、商行和公会无数，借战养商，以战敛财，行通敌之事，通敌的对象就是我天洛的韩童两大家族。战事最近的六年，两个家族共贪得钱财九千万两，直接致使两国边境难民死伤无数、物价飞乱，粮资衣物均不能第一时间到民手军手，间接致使燕川军人死伤三成，天洛军人死伤五成。这些都是证据，包括账本、名册、商图等等，以及一些私下里交易的规矩。子笙将军，自己看看吧，你不信人言，信不信这些呢？这三个老贼，视边疆战士的生命如无物，视难民流众的生命如草芥，手上沾满多少英魂的血泪，身边萦绕多少冤魂的屈辱！"沮洛说得动情，这一番言语几乎撕裂了每一个人心头的愤怒。

　　子笙瞪大了眼睛，赶紧翻看账本，心里自知鹿氏是有些不良之事的，也与自己有着一些桌下的军商之交，但是这通敌可是更大的事，若是直接或间接导致民死军伤，那可是大大的死罪。要知道，这牧羊镇到关南地区，可都是燕东军的势力范围，那还用说，这军资军粮偷作商用一条，就可能致使子笙的军队间接有战时的危险，那死伤多少人真就难以想象了。穆安当然比子笙还要恨这类人，花诚和唐汉的死，虽是王族有嫌，但是赢弱的燕南军可早就被鹿氏和管氏家族掏空了，之后的燕东军不过是他们新的寄生肉体。

　　韩童二人瞬间急得跳起脚来。韩腾义几乎泪涌而出："沮洛，血口喷人！子虚乌有啊！"童远生破了音："沮洛！你疯了吗？"韩魂和童魄急得奔着沮洛冲过来。

　　修辙给侍卫使了个眼色，几个侍卫把韩童父子四人按在了地上，韩魂和童魄还在不停地挣扎，口里骂骂咧咧，吵闹不堪。当场众人皆惊讶，谁还有心思关心公主调包案，那必是一致觉得是鹿辞暗中与韩童两氏搞的鬼。

　　鹿辞几乎瘫软下来，惊诧片刻才知挣扎："子笙将军！沮洛一派胡言，不可轻信啊。"

　　子笙还在翻着账本，面目已经狰狞得不行，心里惦念那些燕东的将士，倒不是因为他多么思念故人，感性率真，是因为燕东军可是他的心肝宝贝，是反制朝堂的利器。众人议论纷纷。何谦和梅央互看了一眼，梅央冲着何谦点了点头，示意他可以添油加醋。

　　何谦这才插话道："今天不止还了龙默大人清白，也正好还了我清白，几个月前刺杀鹿辞之事，我终于能说几句了。那日便是沮洛大人质疑鹿辞此事，鹿辞狗急跳墙，想要杀人灭口，我便阻拦而已。而后，修辙将军和沮洛大人知道燕川人最会颠倒黑白，所以把我抓了起来，再行保护，摆脱燕川人的纠缠！对吗？鹿辞！"何谦会这么说，也是沮洛料定的，无非当下给一个借口。而何谦只说鹿辞之罪，不言沮洛之过，是因为他当然想看到燕川因此一蹶不振，而不是天洛的雪上加霜。

"何谦！你！你！落井下石！"鹿辞自知此时也兜不住了，心中愤恨的倒不是沮洛的直言和穆安的后计，恨的是自己鹿秀文、鹿德昭和鹿念奢三位亲眷的嗜血无度，贪婪无限，几乎领头把燕川数十载的基业抽了个干净。自己也有点家国大念，想到愧对王室，心头一酸，泪如雨下："家国不幸！家门不幸啊！"

"鹿辞大人，我刚明白为何沮洛当时和韩童两人同时出现在西宫内了，你让韩童去调包公主，自然也会知会子笙将军配合你抓真的夕见公主，韩童二人自知燕川军的布防，若是沮洛不带着韩童一同逃离西宫，那不是等着被抓吗？对吗？韩童两位大人，你们想说说那日子笙将军的西宫外部署吗？"梅央脑子转得飞快，卖了沮洛一个好，把他择了出去。

子笙面色极度慌张："你们，你们反了天了？要把我燕川人赶出天下院不成？穆安！穆安！你说句话啊！"穆安缓和道："子笙将军的部署，再怎么说，也是为了保护夕见公主的安全，依我看，也许子笙将军不知道鹿辞和韩童两人的阴谋，此事只是节外生枝。当下，鹿辞和韩童两人相互通敌在前，残害子民与军众在后，如今又相互勾结，扰乱五国共治，偷换公主，达成互利，罪不可赦！"

"穆安！你疯了！"鹿辞几乎咆哮起来。子笙打断鹿辞的话，为了自保，不惜呵斥同僚："鹿辞！你闭嘴！证据确凿！你还想抵赖！"鹿辞半跪在地："将军！这是天洛人的阴谋，不可轻信！"

"这些账本和舆图难道也有假吗？"子笙反问着，心里盘算，鹿辞落马，自己可不能有事。这天下院和天洛可是自己燕东军的温床，若是失了这里，回去朝堂，可变数太多。

沮洛厉声道："子笙将军明鉴，鹿辞把婴柳换入宫内，是为了借公主之事杀人灭口，因为婴柳的燕东盗会已经收集了太多他鹿辞家族边境暴行的证据。而韩童配合他，也是交换了条件的，让鹿辞劝说子笙抓夕见公主，再暗杀，以确保他们党群所支持的小王子登位前没有障碍。而婴柳的事被揭穿，正好众人会被误导是龙默所为，也刚好依了韩童二人的心思，除去龙默，他们二人好有机会入驻天下院，参与共治，也为自己的王子们登位铺平道路。"沮洛当真是偷一点逻辑残根，就能连成一个故事，他就是不言韩童为何会知道换人的事和牢里少了死囚。当然，如今这个场面，任谁来言语，都不可能尽说此事最真实的来龙去脉，丢个旁枝末节再正常不过了。

"好啊！韩童两个老贼！扰乱后宫就罢了，还敢扰乱共治！"鲁正赶紧站在沮洛一边；好确保安全。韩腾义破罐子破摔，大喊道："鲁正！你个吃里扒外的东西！通敌你也有一份！"童远生指责沮洛道："沮洛！四大家族，一脉相生，现在你不惜拿我们救那个卖国求荣的龙默吗？"

"国之蛀虫！到哪里都罪不可赦！若没有你们！天洛如何会有今日？"沮洛声

嘶力竭。

"沮洛！你上次设计杀我，这次又编造谎言，你是何居心？"鹿辞声音已经变得沙哑。

"天洛几万难民流入燕东，你鹿氏家族却守着百余仓廪不肯开放！以至于燕洛边境绵延几十里路，饿殍遍地，冤魂四散，你良心过得去吗？"沮洛咆哮起来，也是为这世间冤魂出一口恶气，眼圈泛着红，心底却流着泪。鹿辞喘着粗气，慢慢低下了头。

"来人！把鹿辞关入大牢，明日一早，随所有物证一起，押解回燕川！"子笙下令道。

"将军！不可啊！共治内不可无人啊！将军三思！"鹿辞依然在挣扎。

"带走！传信给子秋王陛下，鹿氏家族通敌，建议株连，满门抄斩！"子笙进而吼了起来，他这么做虽也是心有不舍，但是无奈，若不如此，穆安和沮洛若是继续咬自己，那可就更麻烦了。

鹿辞失声痛哭："将军！将军！"一众侍卫把鹿辞拉了出去，子笙眼角也泛着泪水，众人看着子笙的难处和刚才沮洛的声嘶力竭，颇为动容，这一幕大义灭亲和申冤怒哮的举动当真是天下院的大戏。

"来人，把韩童父子四人押入天牢，听候发落！"沮洛下令道。又一众侍卫们把韩童父子四人带了下去。

朝会上一度沉默了许久，似是在为冤魂默哀，也似是众人心鬼横蹿，盘算着自己的利益该何去何从。沮洛环视四周："今日我天下院震动，驱扰乱共治之奸徒，捉通敌拓战之罪人，望大家明鉴，我们天洛不会包庇，会立即以文书通告呈给天下院和内廷院以及民间各地，待大家亲自画押确议，我们就会斩首罪臣。"

"好！沮洛大人，大义灭亲，确实大家风范。依我看，龙默既然无罪，那就早日开释吧。"穆安追言道。

"等等，沮洛大人，上次无故囚禁我之事……"何谦点了一下沮洛。

"何大人刚才也说了，那只是我们保护你的权宜之计，如今谜团都解开了，自然会还你名誉。"沮洛答道。

"子笙将军，既然沮洛大人都大义灭亲，秉公办事了，希望你燕川别包庇鹿辞。也知会子秋王一声，罪臣不除，可不是共治天下，和平全世的态度。"梅央心头一块石头算是落了地，如今鹿辞已除，龙默即便回来，也难言还是国相，这天下院内将臣也无所谓升不升位了，官阶一样，言语之力也就平衡多了。更庆幸南依与崇衡有着盟中盟的言语约定，不曾逼迫天洛太紧，这几次大难，倒是都躲了过去。穆安、龙默、沮洛和修辙也没有太难为南依。当然，这里也有蕊公主通亲和公若与穆安关系的制衡，但只怕往后的路上，也难免一战。

"那是！那是！"子笙有点失魂落魄。

"诸位，谜团尽散，我几日前的言语不知大家是否记得。第一，夕见公主赴任内廷；第二，宗政公若辅政天下院；第三，我、何谦和梅央大人升为国相，这几点此时起便生效，为了王选之备，不再另行大典，大家若是没有异议，那就开始实施了。"穆安朗声道。何谦赞同道："这样最好！"梅央行礼："恭喜几位大人，同僚之间，还需相携！"何谦回礼："同喜同喜！"

"子笙将军，你也早日知会子秋王一声，燕川需要一个新的国相来赴任。到时候，五国之间才是平衡，共治的前路才会公平和坦荡。"穆安也卖了子笙一个面子。子笙点了点头，行了个礼，这一次行礼，奠定了子笙对于穆安的态度，他心里知道，穆安已然少了军人之心和家国之念，他能如此对待燕川，也许最终想要的，比自己还要多。

沮洛随意寻了个借口，说明了夕见是在哪里被韩童二老藏匿的，如今已然平安归来。至此，夕见也终于迎来了一个摄政的机会。

朝会之后没多久，穆安便疾步跑进燕川军界的军中大帐。子笙坐在帐中，忧心忡忡，失落不已。

"将军！将军！"穆安轻轻唤了几声。

"若不是你力保，今日过后天下院怕是没有燕川人的言语了。"子笙也不抬头，听着穆安的声音还能不知是谁？心里烦闷得紧，声音低而沙哑。

穆安静静地听着，显然还有别的事要问个清楚。

"那鹿辞本是个不爱宣扬之人，虽然为人有些懦弱，但是也有赤子之心，这些事，必然都是他亲眷所为啊！尤其那个鹿德昭！"子笙有些不耻，"唉，穆安，你也知道，子秋王平时对我是防范有加，派我来天洛你还不知道吗？眼不见心不烦呗，而且主事的都是鹿辞，我能说什么？只能瞪个眼，摆个谱！"子笙也是逮到机会大倒苦水。

"陛下对你会如此？"穆安有所疑惑。

"穆安，你我之前虽有瓜葛，但我是真心佩服你的为人，今日你又救了我，我愿意跟你说真话。子秋王陛下万般好，但他不该兵政夺权，军政天下，致使燕川朝堂内党群满地。我虽是他侄子，但心里怎么能舒服？我父王的事情虽然是秘密，被整个燕川守护，但我心里能不明白吗？他是抢了我父亲的王位才有今日的啊！这可是弥天大谎！"子笙早就有收集神器、拉拢穆安的心，今日才愿意畅言心事。

"但陛下还是信任你的！"穆安有点惊讶子笙会对自己说这些话。

"你哪里看出来信任了？我带来天洛的军队，多半是我的燕东军，小半是他自己的禁卫军，禁卫军并不听命于我，否则今日朝堂上，会有我们自己的守卫揭穿我们自己的糗事？"子笙明白太稹捉的人，有天洛人，也必有禁卫军，使他落得这一个里外不是人的境地。

"怪不得你的军队进不去凤羽城！"

"何止凤羽？我连燕东都离不开半步，进朝堂何时不是我自己？"

"那陛下会让你来驻军天洛？"

"谁知道，死也就死在这里了，他一直也没拿我当回事！你觉得分洛之境会是天国还是泥犁？"子笙问得真切。

"我一直有一事不明，将军，我离开燕川王宫的当日，你在手臂上刻下鹿角的形状，还有一个'反'字，可是提醒我鹿辞要反？"穆安这才回忆起当年的事。

"说来惭愧，我不怕对你直言，我刻下鹿角和反字，是要告诉你鹿辞反了，但此事非真，只是我知道，你必然会去报信子秋王，到时候诬陷你是刺客，以你的身手，引起后宫大乱是必然的，而我会借此机会，下手杀了子秋！"子笙说得淡然。穆安惊得瞪大了眼睛："是你反了？"

"但我当时趁乱到了子秋的殿口，才知道他当日不在宫内，所以作罢了。"子笙言语虚实不定，有试探穆安之心。

"那我的一众兄弟被烧死宫内是谁干的？"穆安情绪渐渐激动起来，眼中闪着泪。

"烧死宫内？花诚他们吗？"子笙惊讶道。

"那还能有谁？"

"我知此事，但并不是我所为，我看子秋王不在宫内，就赶紧离开了，以免被怀疑！"子笙满脸无辜。

"子笙！你若再骗我！休要怪我把你一同治罪！"穆安也顾不上曾经的上下级关系，大怒道。

"穆安！你现在是什么身份啊！谁敢惹你？我骗你做什么？花诚他们也曾经是我的手下，我为何杀他们？再说了，我反水之事都愿意说给你听，是对你何等的信任？你我若联手，燕川怎会不立？"子笙终于说出了拉拢之心。

"你现在除了我，还有可信之人吗？但要我们联手，可能要等到下辈子了。"穆安言辞犀利，"难道我的猜想一直错了？"

"你一直觉得是我杀了他们？我何苦杀军队的人，要杀，我就直奔王座！"

"难道另有其人？"

"穆安，你可是燕川正根！你的父亲穆克祥也是我并肩作战的战友，对于子秋王，你可要有个态度！"

"你想我帮你反水？你疯了吗？"穆安呵斥道。

"不是反他，我们自己在如今的天洛就可以建立我们自己的朝堂。他会兵政，我们不会吗？我手里的军队是四国之中最庞大的，只要一个机会，我们就可以建立一个与子秋王对立的朝堂！"子笙歇斯底里，言语犹如晴天霹雳。

"子笙！你个疯子！我保你在天洛平安，你给我老实一点！"

"穆安！你三思啊！崇衡小国能有什么作为，你这么大能耐，天洛残垣上立国才是资本！"

"好！我想办法帮你！但是让你的心腹在燕川朝堂帮我暗中查一查，谁杀了我的战友。另外，监视子秋王身边还有什么我没见过的人。"穆安佯装同意，为的就是换来真相。

"这简单，朝堂里我的眼线不在少数！"子笙一口答应下来，心里盘算，若是穆安得以相助，那自己借天洛庙堂掣肘燕川的大戏，可就拉开帷幕了。

天洛国洛京城王族光洛殿朝会少了鹿辞参议，却也多了夕见摄政，她一袭公主服饰，飘然而来。夏末的节气里，这迎面的绝美让朝会上所有的人侧目而立，眼神不忍离了她倾国倾城、星宇繁天的美。龙默也自然归来，成了蛇蝎身上的尖牙和毒刺。

"今日得夕见公主归朝，入驻内廷院，行治理后宫、子民、辅修文法和军制之职，共治同僚不胜荣幸。既然天不绝天洛残根，前事我们也处理妥当，更是揪出燕川和天洛贼人绳之以法，那么共治前路，王选之途，就已经一片坦途，望大家相携而行，切莫再生纠葛。"龙默朗声道。

"得天下院和内廷院同僚相助，我得以以王室之身辅政，也算是为我天洛尽一份力，赎父王引战之罪，还望众人相扶相携。若有微词，当面提及，莫心生隔膜。"夕见公主细声细气。

"好！既然公主这般诚恳，我们前事不提，登位之事我们依然按照天下院法约办理，反正王选还未进行。但是今日有一事相求，也请夕见公主考虑！"穆安言道。

"既然我们不再言夕见公主登位之事，因为燕川和青戎依然难有定论，那么，我们依然想让夕见公主为维稳四国王选做些努力，这也是公主殿下当务之急的要事。"何谦直言。

"所以，还请夕见公主主持和主管将至的四国典选。这样一来，也可平复后宫和民间的反对之心，以求王选大典顺利进行。"梅央说道。

"若由夕见公主带领内廷主持此事，那我们天下院做什么？"龙默反问道。

"这还不简单吗？天下院的四国之人当然是调和自家王子。到那时，天下院的人哪有时间主持全事？"穆安解释道。

"不错，我倒认为穆安大人的这个计划可行，四国同僚分管各家之事，王选的总管和主持就交由我们内廷来就行了，我们通力合作，才是王选平稳进行的前提。"沮洛当先同意。

"那四国的驻军可要参与内廷的筹备与净天府的协调？"修辙反问道。

"那当然！你天洛人手也不够啊！"子笙直言。

"这个事情简单，我们抽调军力给你们就是了。"格图说得轻快。

"修将军，另行造册，不与巡防军同所！"宗政公贺插话道。

"然后同防同守便是，所到之处，均有五国之人便可，也防止有事端发生。"太稷补充道。

"不错，就这么办，同僚们放心，我们内廷一定不辱使命！"沮洛鞠躬行礼。

"若四国还有什么要求，尽早提及，我们也好准备。"龙默言罢，与沮洛对视一笑，自知穆安这一主张，也是在助天洛一臂之力。

夕见却哪里懂得这些，朝会完毕后才回了侧殿，便气急败坏道："我堂堂天洛公主，现在要为了其他国家的王选铺路？尊严何在？"

"公主莫急！穆安提出此意，是给了我们周旋的空间。殿下细想，王选的筹措之权都在我们手里，那我们便有了机会拆台此事不是。"沮洛宽慰道。

"穆安会不顾四国反对，给我们这个机会？而且竟然朝会上四国之人无一人反对？"修辙有些疑虑。

"四国那些人反对这个有何用？他们本就想着赶紧四处疏通关系，让自己的王子胜选可能变大，哪里有时间筹备王选大典？"龙默分析道。夕见反问："疏通关系？我们天洛的关系吗？"

"四国王选，本就是五国评定，我天洛后宫、大家、贵族、豪商、王亲国戚、江湖势力，错综纷杂，到时请来的都是有头脸的人物，他们当然惦记多多疏通这些人。"沮洛心里也盘算，这些人多是无用之人，四国即便拉拢，其实也是浪费时间。

"这些人若是齐聚天洛宫殿，那我们的筹措压力可着实不小。"修辙感受到了几分压力。

"要的就是压力，把这些压力分给四国才是良策。"龙默直言。

"如今燕川在天下院倒了半边天，有公主殿下的牵制，燕戎两国相互不服。穆安明里相助崇衡，却有为我天洛人铺路的想法，我们的余地大增，就看我们如何运筹！"沮洛心中满是希望，"穆安是个忠良，他洛人归朝的理念与其余几位天下院同僚确实不一样，也体现出他过人的头脑和对事情的预判，若是得他真心相助，我们天洛光复就并非远事。"

"可是我依然想尽快登位……"夕见盘算着心里的诉求。

"不！公主殿下，也许你登位也不远了，但是还须再忍忍。"龙默直言。

"殿下，王选是个机会，你且忍耐。待王选过后，四国会是另一个局面，到那时我们再议不迟！"沮洛一番话，带来了众人片刻的沉默，这沉默里满是天洛将臣王室对于破局的期待，只是这棋局里，棋子之间尚有博弈，棋者也有思虑，当真是环环相扣，乱象丛生。

当陆秀夫和安梦文换好古装面对面站着的时候，两人几乎忘记了嘲笑彼此滑稽的外表和夸张的表情。他们现如今除了尽快在植入推演设备和熟悉自己角色之后进入推演世界营救蕊公主，并巧妙地通知南土人北土危机以外，什么也做不了。总不能寄希望于克里斯控制的南土和人类成盟，一起反扑北土，还不如借推演世界里的剧情来尝试反击。也许克里斯这个AI的头目能看到他们与人类共同的危机，这就像穆安与龙默的相携一样，敌人与密友永远一线之隔。

在李勉看来，他前几天暗中通知AI联盟安梦文的出现，没有得到回复的原因很简单，他开始怀疑安梦文的身份了。但是与陆秀夫和安梦文几日畅谈计划后也对自己的思维有了很大的改善，李勉也觉得若是瞿麦星人控制了北土，把北土当作了冥王星的文明，那么克里斯就有理由控制南土与人类合作，或者让人类自由地寻觅与推演世界合作的机会。那样的话，将是一出人类的过去，现在与未来联手对抗外星未知生命体的戏码，这是多么令人兴奋的一件事。当然，推演世界里的一切就代表着人类的过去，人类的历史，而现在的人类联盟就代表着当下的局势，克里斯与AI联盟其实就是人类的未来，这是时空造就的一场大戏，一场恒通古今，玩转时空的旷世反抗。

陆秀夫除了要去挽救蕊公主，当然还有另一番私心，那就是夕见。他对夕见似曾相识的感觉还依然盘旋在头脑中，若是得见，那将是两个世界的纠葛，或者说是三个世界，因为在夕见的脑海中还是否有这个现实人类的残存，不得而知。

最重要的一点是，在安梦文的头脑中，实际对于雅苏梅蒂星发送的记忆储备有着错误的解释。雅苏文明的人是希望安梦文解救蕊公主，但是其实也说明了蕊公主前来推演世界的动机和目的，只是安梦文如此紧张的个人情绪，忽略了这一点给予陆秀夫的解释，这很可能造成两人在推演世界的危险，但是无论如何，他们必须尝试让南土警觉北土的行径，就像扶季和锦葵公主做的那样，他们只需反过来执行。

而李勉背着陆秀夫和安梦文再次给克里斯发送暗语的几日后，也没能得到克里斯的回复。李勉猜测克里斯也在头疼一件事，那就是瞿麦文明的突然出现，AI联盟本是有着反控整个推演局势的雄心的，但是如此一来，若是瞿麦不怀好意，有可能导致AI联盟最终也徒劳一场。所以李勉觉得，若是克里斯有一天和陆秀夫联手，他也不会太惊讶。

第十章　篡畔

　　克里斯对于李勉和各路卧底特工的反馈信息进行了综合的评定，甚至召回了维克托和吉尔菲尔这些 AI 的要员，商量对于瞿麦星靠近冥王星后 AI 该实施的计划。当然，他更相信自己王牌卧底们的判断，瞿麦是为了冥王星文明来的，而当下陆秀夫的推演部分就是这个文明的基底，瞿麦也在为其之后的银河系掠夺计划铺陈。

　　克里斯心中本是盘算反控南土后，在云端和银河数据中心中建立推演计划的所有结晶分析源，借助人类的推演为 AI 造福。但是如今他们刚刚用云端技术和超强的智能平台反控南土，就出现了抢夺蛋糕的"土匪"，这让他对于失去如此重要的推演结晶感到担忧。

　　实际上，克里斯也并非完全地控制了南土，南土诸国中罗曜已经是被天洛灭掉的国家，这个国家的数据库基本上成随机状态。说白了，它是一个落地云端，用来承载推演世界内废弃的一切物质和角色。而南土除了五国纷争外，西南紧挨南依国的白梗国和荷堂国，是完全的非数据化程序设定，他们所有的角色均为人类辅助扮演，并非借助任何 AI、大数据、智能系统和平台，因为克里斯的南土大数据中，完全没有这两个国家的任何信息，若不是李勉口头的汇报，克里斯甚至认为南土只有六个国家和一些自由区。而克里斯猜测陆秀夫和人盟之所以设立一个类似白梗和荷堂这样的"白区"，为的就是怕推演失控后，自己的纯人类角色没有挽救的插手点。更简单说，就是陆秀夫和安梦文如今要想救南土，只能进入推演世界扮演白梗或者荷堂的王室，从旁劝说五国对于北土危机的重视，别无他法。当然，还有一种可能就是克里斯愿意和陆秀夫联手，帮助他们修改穆安和龙默的高智程序，以达到保存南土的目的，只是这么做的危险就是进一步地让瞿麦星发现南土世界的更多秘密。

　　"克里斯，你该对这个感兴趣！"维克托把一份雅苏梅蒂星的云端影像发给了克里斯。克里斯聚精会神地看着这段影像，其大概意思是在表达对于瞿麦星的担忧和展示瞿麦星都有哪些可怕的科技和认知。

"这哪里是虚空里的行星？分明是一个行走的精密仪器！"克里斯这样评价瞿麦星出现在冥王星附近的巨大影像或者实体，而且担忧的是拥有如此发达科技的世界，会对于冥王星的南北土有着何种诉求。其实若是他们愿意，如今人类长期居住的地球、木星、水星和海王星该是他们窥视的第一选择。当然，也许他们已经都在布局中了，而冥王星虽然是中国商周史推演的主要基地，但是冥王星上确实少有人类探索，瞿麦星在那里建立一个以北土为根基的科学站也是可能和现实的事情。

"吉尔菲尔，现在从地球去汤博区需要多久？"克里斯似乎有了前去一线一探究竟的目的。

"克里斯，我不建议你去，雅苏的影像当中表明了，目前瞿麦在干扰冥王星附近的电波，我怕有危险！"吉尔菲尔答道。

"那就看命吧，若是能死在瞿麦手里，而不是人类手里，也是一种胜利！"克里斯抱定了保护南土的心，而且不惧与陆秀夫和安梦文直面相对。

燕川国凤羽城王族坤宇宫内，子秋王勃然大怒，拍着桌子，血气上涌，脸色紫红。洪番站在一侧，即便是上古和当世见过牧野之战和太冥门之战大场面的重臣，也被子秋如此的情绪吓得不浅。他也深知，鹿氏乃羽族商脉脊梁，若是他们都有陷国之举，那简直是王族梦魇。

"乱臣贼子！奸臣当道！乱我家国！乱我朝堂！腐朽至极！泯灭良心！泯灭良心啊！"子秋脸上泛起深赭的血色，脖颈上青筋暴露，最后的几个吐字甚至能听见嗓子撕裂的声音。

洪番赶忙劝慰道："陛下，气大伤身啊，鹿辞和管廷颐通敌之案还在细查，不可这么早作定论。鹿辞大人本性良善，这事他的家族虽然逃不脱干系，但是可能有内情，念在他为国效力多年的份上，如今又是分洛要时，王选之刻，千万稳字当头，不可乱了分寸。"

"通过此事，能揪出来的人，一律重罚！不可姑息！"子秋之所以让洪番这类军方大族彻查此事，为的就是躲避宫内官宦的相互遮蔽，但是谁又能保证多宝道人手下没几个贼子呢。

"陛下，此事牵扯甚广，据说天洛龙默和沮洛那边也在查，几乎半个天洛的贵族都拎出来了，还好王族之前死的死，跑的跑，牵扯的不多。但是咱们不一样啊，鹿辞和管廷颐能这般有恃无恐，我们若是深究，那王族可就震动了。"洪番还是有意适可而止，若是深挖，那可伤筋动骨。

"上古让我遇见一个昏庸无道的大商纣王和腐朽至极的朝堂也就罢了，当世还重蹈覆辙？这次更甚！我这边辛苦成盟，拒敌千里！竟然背地里有这么多大家贵族，王亲国戚拆我的台？难道我子秋这么不得人心吗？"子秋这话问的其实就是自己，自负的性格，难免背后有人言鬼语。

"陛下，此事细查归细查，还是低调处理为好。至于涉案的王亲，私下警示为妙，以免在这个共治的节骨眼上，再生旁枝！"

"管廷颐人呢？"

"已经收押候审！管氏上下抓了三十九人，但是有些确实并非主谋，且官位不低……"

"鹿辞呢？"子秋王几乎是打断了洪番的汇报。

"也在牢里，前夜到达的！"

"那些子笙差人带回来的证据呢？"

"都已保存妥善，其中牵连的人都已悉数造册，绝无一个人漏掉！"

"好！通知内廷诸臣和禁军，明日审鹿辞和管廷颐，让鹿德昭也到场！"

"是！陛下。另外，案中牵扯的军方的人……"

"可有子笙的人？"

"那倒是没有，我只怕审出王室和军方的人，对您…"洪番犹犹豫豫，也不敢太直接往下说。

"先审鹿管两家，其余的私下处理！"

"是！"

"可有牵扯子幽那边的人？"

"臣担心的也是此事，鹿家在我燕川朝堂根基太深，他们与子幽和子匡两位王子的人都走得很近，只怕王子的秘密，他们会有所知晓。"洪番说罢，窥着子秋的表情。

"子笙虽唤我一声叔叔，但是我只大他三岁不到，不同辈分，却出此乱伦之事，实在是羞愧！"子秋这话一出，当真是把洪番心里的疑惑也给坐实了，这羽族王室为了国脉延续，有着一个不为人知的惊天秘密。

"陛下，此乃政事使然，无关伦理。子幽王子虽是子笙亲子，但是既然您的王兄首肯，这种'过继'实属无奈，总不能族根无续，家国无继啊！"洪番要不是这个军中地位和多宝道人的魂意显现，换个人说这个秘密的由来，怕是会引来杀头之罪。而子秋听后，觉得自己也是为了王室，无甚大错，自己的两个儿子都是过继来的，那又如何？要不还能学着天洛禅让不成？

"此事你去暗查，若是鹿辞的通敌案中牵扯此事，有人知晓秘密，别留情面，知者通杀！"

"陛下放心！王族的秘密，以死捍卫！"洪番行礼后便去。子秋心里烦闷，思虑若是无此事，那与子笙该是多么亲密的关系，但是就像加济王在战事颓废的末期，依然不敢用有造反之心的郗别一派军首一样，他心里对于王权的维护，可远远大于扩城掠地的欲望。军政天下的事没少被世人嘲笑，而子秋心里只有一个诉求，那就是善始善终地让截教现世，让政族围绕，这上古的劫才有安渡的可能。

鹿德昭，须眉微白，却神采奕奕，虽说不上仙风道骨，但是有点先驱思潮者的意味。他一身白袍，坐在鹿府庭院中间，面色淡然。他便是鹿辞的叔叔，羽枢院任职文录卿士半生，不见提级，不见降职，要的就是半生清淡，原因只有一个，钱没少赚！鹿秀文，舞象之年，稚嫩青涩，却不失风度，略显惧色，坐在鹿德昭的身边，牵着叔公的手。

"叔公，为何此时了，还不见禁军来抓我们？"鹿秀文问得清脆，心里又多了几分忐忑，自知父亲鹿辞本有良善之心，可这鹿德昭为首的家族长辈可是没少借其名头敛财，自己幼小的心灵里满是铜臭味。"很快就到，秀文，你记得，你父亲既然把所有的事都担下来保了我们，那我们也得至少为了他活下来。"鹿德昭可不想这么早死。

"父亲他会不会……"鹿秀文问着，心头一酸，泪光闪烁。

"不会，子秋知我鹿家的威名，不会株连，也不会杀人，大不了囚禁至死。"鹿德昭这么多年提不了级，除了心术不正，还有阅人不善，子秋没有杀心就不会抓人了。

"我们怎么办，叔公，我们怎么办？"

"等着一纸王令召我们进殿便是，到时你不用言语，只诚心认错，其他的我来说。念奢呢？"

"叔叔他去了边境的豪府善后。"

"叫他先不要回来，出去躲一躲。"

"好！"

这才听见几个禁军士兵进入鹿府的脚步声，燕川红色略带粉柔的战甲，虽是战时一景，只不过如今这一抹艳色，已经快成了砧板上的印记。众禁军鞠躬行礼："鹿大人，鹿少爷，陛下有请！"鹿德昭淡然地挥了挥手："带路吧！"

不到一个小憩的时间，鹿氏大小两位"罪人"已经跪在了子秋王面前，鹿秀文倒有几分鹿辞的才华，但是这懦弱和怂劲儿也像得很，他颤颤巍巍间，屁股撅得老高。

子秋王眼神深邃，瞟了眼跪在地上，头皮紧紧贴着地面的两人，他真有心拔剑就刺，但是转念一想这鹿氏在朝堂盘根错节，不究问一番，如何罢休？

鹿德昭当先直言："陛下，老臣鹿德昭请罪，侄鹿辞不知燕东豪府边境销粮之事，都是在下一手为之，还请陛下看在他为国操劳半辈的情面上，饶恕他的罪过。臣有违羽枢院院规，更辜负了陛下的恩典，尽认罪责，甘愿受罚，绝无怨言！"

"陛下，父亲他确实不知家事，自天洛共治以来，他已经久不归家，通敌之事，是在下所为，请陛下宽恕！"鹿秀文说道。子秋王气急败坏指着二人："你们这一家子……知道鹿辞怎么说的吗？他说你俩都只是结算账目和听其所命，不知通敌之事，那我该信谁的？要不一起进大牢坐上几年？"

鹿德昭反驳道："陛下，侄子他一直宽厚待人，疼兄爱弟，信仰家国，他这么说只是为了洗脱我的罪名。实际上，事实正好相反，我才是罪魁，鹿辞他并不知情！"子秋王撕心裂肺："好啦！你们还想哀求到什么时候？秀文！你先下去，随侍卫去牢里看看你爹吧，我有要事与你叔公商议！"子秋下令道。

鹿秀文看了眼鹿德昭，鹿德昭示意鹿秀文赶紧走。鹿秀文鞠躬行礼，转身离开。

"你平身！"

"陛下找我商议何事？"鹿德昭这才起身。

"坐！"子秋指了指身前的一个座位。鹿德昭心里紧张起来，盘算若是陛下一剑刺来，自己反而安心，替侄子和侄孙受一番罪，可如今子秋还如此淡然，必然有后计。

"知道为什么此案关系重大，你鹿家罪孽深重，但却留你鹿家香火吗？"

"请陛下明示！"

"我们彻查了此事的来龙去脉，鹿氏家族既然有洛族旁支，那你们与同是洛族人的天洛韩童两家商往也不足为奇了。只是我看商往的账本里还有往来子笙燕东军的斧钺和铜戈等武器的运送，以及天洛以西凤族聚区的一些粮食。我想问问你，这些东西是不是超出通敌的范畴了呢？"子秋眼里闪着锐利的光，射得鹿德昭心里刺痛，这商往通敌虽是大事，但是周旋一番可有免死的概率，这若是帮着燕东军私自扩军屯粮，制器造械，那就是谋逆之罪，多少条命可都不够死的。

鹿德昭赶紧又跪拜于地，臀部翘得比刚才还高："陛下，请您一定明察此事，我鹿家只是战时商往未停，算不上通敌啊，这些运往燕东军的武器和凤族区的粮食，都是，都是……"

"都是什么？都是你们跟着那子笙意图借分洛而谋反的罪证吗？"子秋咆哮起来。

"陛下！明鉴啊！我们运武器之事我是监事，春末和冬初我们各运一次，但都是子笙的副将子熊吩咐的，我们不运不行啊。子熊副将有燕东军的通文，我们这般小臣，军队有令，我们只能听从啊。您也看到账本里的记载了，不曾牵扯银两进出，就是因为他们让我们打造武器，外加运送，从来不曾给钱啊，我们实属无奈！"鹿德昭说得可怜兮兮。但子笙手下的盗会都能富得流油，这商民怎么可能少了油水。

"此事坚持了多少年？"

"已经六年了。"

"天洛洛西的凤族区可有异动？"

"有些人在持续补充进子笙将军的天洛驻军中，也就是燕东军！"鹿德昭只能一门心思地把罪过往子笙和燕东军身上推。

"你知道他这叫什么吗？这是拥兵自立！想要自立门户！我燕川雄兵十几万！他要囤积到什么时候才能用区区三万燕东军击败我？"子秋王歇斯底里。

"陛下，恕老臣直言，依我看，子笙将军压根没想用三万燕东军抗衡陛下的禁军，而是另有打算！"鹿德昭这心思缜密异常，毕竟是羽枢院政海和边陲商海游走的两栖老油条，这时候怎么能不找替死鬼呢，他刹那间便想到了以前鹿辞跟自己说起的一个猜测。

"你这是为他开脱还是真发现了什么？"子秋死死地盯着鹿德昭的眼睛。

"陛下，您细想……"

"站起来说话！"

鹿德昭拍拍腿，站起身来："陛下，您细想，子笙将军不傻，手下的副将又都是子熊这样的猛将，他若有反意，怎么会用燕东军与您正面对抗？"

"那还能怎么样？暗中来刺杀我不成？"

"陛下，那子笙如今身在何处？天洛啊！他发展凤族区的人只是兵源的一小部分，偌大个天洛才是他意图谋反的温床！"鹿德昭眼神里满是"子秋你要是敢杀我，我就把秘密都带走！"的一种自信。子秋王瞪着眼睛，凝视鹿德昭："他要借天洛反我？"

"陛下，臣斗胆揭出子幽王子的真实身份说事。那子笙为何知道此事，却从不拿来大做文章？因为他知道，子幽王子义薄云天，他说出来，包括子幽王子在内的所有燕川朝堂之人都不会信，自己只是哗众取宠，进而万事殆尽，难继后行。所以，他自己当初请命前去天洛驻军，为的就是远离朝堂，再行反攻。这反攻的时刻便是王选之日。子幽王子前去天洛之时，子幽与子笙近乎独处，子笙也好明说此事，拉拢子幽王子，待子幽王子胜选之日，名正言顺登上天洛王位。那么，究竟天洛是谁的天下呢？他再回看燕川，那还不是渡桥望月，投石破镜，回可攻，退可守？这叫声东击西，谋反之举，未必都在朝堂，也可在他国境地不是吗？"鹿德昭把鹿辞走之前跟自己说的一套对于子笙的怀疑和盘托出，为的不只是自保，还有这将功折罪的机会。

而鹿辞之所以发现子笙这个想法，是因为不但凤族区的私兵在注入燕东军，还有盗会、山匪和贼寇的招安。另外，子笙对于夕见保护有佳，自然是希望子幽与夕见能帮自己立住天洛的一切，这也就是为什么子笙从骨子里是必须支持龙默建立共治大体的，只有这样，他才能在异地有养精蓄锐、一击致命的机会。若是四国第一时间就分了天洛，子笙的异地牵制作用就小多了。当然，龙默对燕川朝堂秘密之事全然不知，否则若是能读人心性到这个地步，那就真的是一方神圣了。

子秋王听得面色惨白，唇齿均淡色无血，心里这一把刺痛，叫人痛不欲生。他一把把桌子上的所有东西扫到了地上，这气度也难免有人要反他了："亡命之徒！

哪里还有一点家国之念？等等，你是怎么知道子幽王子身份的？说！"鹿德昭又瞬间跪下："陛下，臣万死，老臣如今年龄大了，当年之事记得不清楚了，但是您别忘了，子幽的母亲洹妃是我亲手埋葬的，而悖伦常过继之事，是老臣的谨言啊！"鹿德昭有些伤感，子秋王眼圈泛红，泪水几乎游走在眼睑上。

"但是臣深知此乃家国秘密，不可言语，所以从未提起！今日说起，是因为实在担心王选之日临近，子笙有所动作。老臣不才，愿意将功折罪，亲手收拾残局，前去天洛天下院，暗中为您除去这个奸佞之徒，以求家国安稳。"鹿德昭等的就是这一刻，若他去了天下院，可不定向着谁。

"原来当年是你帮我解的后顾之忧！但你也上了年纪，你去天洛怕是难以制约子笙，他立于战场，百十人都不得近身！你如何能有作为？"子秋几乎是呆愣着蹦出这些字，他也不想想，鹿氏大难临头，若是放虎归山，岂能以罪克敌？但凡鹿德昭有一点家国之念，何必残噬帝国至如此。

"陛下，您忘了几个人。第一，就是我们的密使穆安大人，我听侄子说穆安为人忠良，又头脑过人，现在虽是崇衡崇尹，但却是不折不扣的燕川人，若是将此事说给他听，他必然会替君分忧，弑杀罪徒！"鹿德昭分析道。

"我倒把他忘了，还有谁？"

"还有天洛的修辙与龙默，那子笙做事一向飞扬跋扈，在天洛天下院没少得罪修辙和龙默这些天洛要人，若是稍加挑拨，子笙难以栖身！"

"你说的主意好是好，但是如今天洛天下院就剩下子笙一个要位上的燕川人了，他若是再倒了，我们于天下院内，可就没了言语之力。这一时半会儿，我本就愁找谁替代鹿辞呢，还得再找个将才？"子秋现在竟然还有工夫惦记这些。

"陛下，臣不才，愿意替君分忧，前去天洛接替天下院事宜，至于子笙的替代者，我认为子幽王子若能瞒住身份之事，也是个好的人选。另外，洪番大人聪慧勇猛，怎会不如那子笙？"鹿德昭说着说着，还推荐上人了。

"鹿德昭！我可信得过你？"子秋优柔寡断一辈子了，此时心乱如麻，百感交集，当真是没了别的法子。若是不派了幽去，典选如何成？若是领兵问罪，其余四国哪知你是来问罪的还是来兴兵占洛的？若是召回子笙，他异地坐拥大军，东境还有盘踞各地的燕东军和一部分收为己用的燕南军，子笙怎么会傻到这个时候回朝？子秋已然养虎为患，甚是懊悔当初派了子笙前去分洛。但是当时不识洪番，又朝中无人，战时人财均吃紧的时刻，也只能信任一把宗族亲人，没想到，自己给自己挖了一个几乎爬不出来的大坑。

"陛下，老臣不是急功近利，一把年纪，只想为家国分忧，求一个安心。我的整个鹿氏家族几乎都在您的手里，我又怎么会做出大逆不道，欺君罔上之事？"

"好！你戴罪而去，若是办得利索，鹿氏家族可以减罪！不，可以免罪！"

"臣谢过陛下大恩！"

"你与子幽和洪番明日上路，前去天洛天下院，参与王选，你暗中行计牵制子笙。记得，万无一失，若是失败，你自己回不回得来无所谓，你的整个家族我可难保！"子秋说得令人胆寒。

"陛下放心，臣定当尽力，只求侄子和侄孙他们……"

"你放心，你回来之前，他们不会有事！你的所有近况，随时与我通报！记得，见了穆安，所有的事照实说给他听，若是他有更好的计策，你须配合他行事！不可莽撞！不可给天洛人可乘之机，更不可给其余几国人钻了空子！"

"臣谨记！"鹿德昭颤颤巍巍爬起身，转身离去。

洪番这才闪身而出，看着满头大汗的子秋王："陛下，鹿德昭这个人曾经在羽枢院巧立名目，趋炎附势，拉帮结派，一副小人嘴脸，不可轻信啊。如今年纪大了再出山，我怕……"洪番对于鹿德昭没有一点信任。

"我知道，但是他的亲人都在我手里，料他不敢再做奸佞之事。"

"这种人哪里有亲情可讲？"

"写信给穆安，秘言此事，我担心鹿德昭不会一五一十地跟穆安说，让穆安也有所准备！"

"是，陛下！"

"穆安那边可有新的进展？"

"婴柳因公主调包之事被囚禁了一段时间，她刚刚出狱不久，也耽搁了些时日。最近她不在穆安身边，我们也就少了些消息。但是据我们其他的眼线所言，穆安最近似乎私下拜访了沮洛和修辙，不知缘由。"洪番此话一出，必是在怀疑沮洛和修辙的阐教身份。

"沮洛和修辙？让婴柳尽快查清两人的身份。另外，龙默身边可有我们的人接近？"

"陛下，龙默这个人多疑得很，他用人实在挑剔，我们的人很难接近。"

"子笙那边，先派人盯紧。另外，青戎的边境再拉一万人过去，以防不测，王选将至了，万事小心！你明日随鹿德昭上路，若是他也有异心，你取而代之便是。"

"陛下放心！"洪番嘴角微扬，挤出一丝诡异的笑容，心里比鹿德昭还想要去那鬼幕洛一探究竟，因为可以见到自己的同乡扶季和锦葵公主。没错，那封扶季手中的密信，便是来自洪番，他可是十四京举足轻重的大人物。

要说子秋当真可怜，身边所有人都几乎与自己不是一条心，可这自负傲慢，又缺智少谋的一代君王，哪个不是这般下场？洪番本是可以以多宝道人的身份帮助子秋很多的，但是如今看来，似乎这北土的魂意能对上古的魂意有所压制。

夕见公主自从入驻内廷院，这权欲之心越发膨胀。内廷院可是前朝中枢机构，此时虽只是管理和抚恤后宫与民间琐事的小廷，但是这其中通络三教九流的路子可广得很。沮洛和龙默怎会不知公主的需求，不出一个月，两人各自分工，劝服天下院和内廷院下了两道通令，内廷院为了典选之事，可与四国驻军和王室直接交流以便了解需求，且若是民间有乱，公主可以亲力亲为，平江湖之远，解民基之近，这远近之间，尽是天洛最后反攻的康庄大道。

夕见公主游走四国的第一站，便是西郊的燕川军界，也正好解了鹿辞走后子笙的孤独。

"公主殿下，我以为你是来汇报内廷要务的，再不济，也是说说王选之事或者和亲之事，你这突然提出让我们暗中支持你登位，如今这个当口！我们燕川人底气不足啊！说实话，你登位，我们当然愿意看到，你是谁啊？我儿……"子笙说得兴起，感觉言语有失，赶紧改口："我燕川的儿媳啊，你在王位上，我们自然王选便利，所到之处，尽收恩惠，到时候再行禅让，岂不美哉？但是青戎、崇衡和南依人可不这么想，就拿青戎人来说吧，他们能不处处跟我们抢夺利益？王选终裁那是五国钦定，你登不登位，现在微妙得很啊！"

夕见登位之心在子笙这一番言语中是昭然若揭。没错，夕见四国走一圈，要的就是争取诸国暗中对自己登位的支持。此事，她没有与龙默商议，也没有与穆安商议。当然，龙默和穆安此时也必然不会同意。而以苏妲己的心性来看，四国均有典选后直接受禅的企图，那么这个当口，自己提出来暗中上位，也就合理多了，省得自己的王弟墨台予满来碍事。这就叫众人拾柴火焰高，只是夕见和苏妲己此时忽略了一点，那就是这火焰上烤的人，最终还是她自己。

"子笙将军，王选在即，谁能胜出，自然受禅，无可厚非。若是我在王选之际登位，那就是燕川的必胜，我会不让自己的夫君继位吗？"夕见知道子秋稍早前收回杀自己的君命，为的也是子幽可以周旋于夕见左右，这夕见如今女人之魅游走得多了，也便发现，自己绝美的脸要是不用来搅弄风云，那当真可惜了。

"你要王选之际登位？"

"天洛共治之局，不破不立，如今你们燕川鹿辞倒了，你面临巨大的信任之危，燕川人拿什么来制衡王选？现在谁不知穆安的崇衡最是火热，后宫可是谣言四起，都说穆安几乎扳倒龙默，又帮沮洛压制了韩童两个老贼，天洛人心里若是家国非得易主，能不是崇衡人当先？"夕见揪着子笙最担心的一个人当说辞。

"还有这等事？怪不得穆安之前的布局都这般可疑，闹了半天是向着天洛人办事？"

"所以，我若登位，那是救你燕川，子笙将军，你好好想想！"

"公主殿下，不是我不信你，这你登位，青戎人也惦记你和格索王的婚事不是，谁知道你会不会倒向他们呢？另外，你和穆安的感情我也知道。还有，你毕竟是天洛人，万一……"

"子笙将军，我知道你的顾虑很多，但是王选之日临近，这是你燕川最后的选择。我借公主之名，能拉动的后宫、王亲、贵族和大家不在少数，到时候子幽胜选必然不费吹灰之力，你要想清楚！"夕见打断了子笙的推测。

"公主殿下，我有一事想问，不知是否合适。"子笙试探道。

"军队之事吗？"

"公主果然聪明！我想的是……"

"天洛军力你也知道，但是我若登位必有复苏！你若是另有他用，也不是不可商议。"夕见窥视着子笙的心境。子笙眼神闪躲，不自然地笑了笑。这夕见能知道子笙图谋异地扩军，也是沮洛在彻查鹿辞的军政财报和通商文册时候的推测，夕见几乎是照猫画虎地简要说给了子笙听，发现沮洛的推测还真不假，心中惊喜万分，若是子笙有这般谋逆之心，那自己可就有了后盾了。

"公主的话我明白了，这样说吧，你登位，我燕川自然支持，只是与我子幽的婚约？"

"可以再签订文约，我若登位，婚约绝不反悔！"

"那就好，公主殿下，有你此言，我就放心了！说吧，你究竟需要我如何支持你？"夕见靠近子笙耳语起来，子笙频频点头，笑容慢慢爬上脸颊。

穆安才抱着一摞文书出了光洛殿侧殿，就一脚踩在了龙默的腿上。穆安吓了一跳，赶紧闪身一旁。龙默龇牙咧嘴，从地上一个挺身，站了起来，浑身大汗，喘着粗气，揉着腿，似乎是跪麻了，然后摔倒在殿口。"龙大人，这宫执不看门，换你当值是吧？"穆安知道龙默是来跪拜请罪的，调侃了一把。

"谢罪嘛，就该有个谢罪的样子，戏台之事，是我的鲁莽！"龙默晃晃悠悠，站直了身子，扶着穆安就往侧殿里面走："师兄，你这个人，千好万好，就是一点不好，智多而近妖，胆雄而近魔！你说你这样一个人，既是燕川密使，又是崇衡崇尹，我怎么能放任你对我天洛不利？我又不忍杀你，只是吓唬一下罢了。"

"那日戏台上可不是这般，申公！你这嘴皮子我还不知道吗，一声声'道友，请留步！'错乱了多少才俊与将臣的思绪？"

"那都不如得你一个，说白了，若是通天教主或者纣王陛下得你，商未必亡！"

龙默的假设并不成立，此二位的作为，也不可能得到姜子牙。

"商亡不亡，不看臣如何，只看君如何！你不明白吗？"穆安反问道。

"我何尝不明白此道理？王朝终有寿数，若想永昌，君也非唯一定数，子民为上，才得永生！"

"申公，如今的天洛，乱象丛生，若是政体还是如此这般混乱，子民如何不敢说，夕见公主早晚带着后宫和王贵们反了，你可要有心理准备。"穆安提醒道。

"王选之日临近，夕见打着什么算盘我知道，但是四国的算盘打得可也不小。师兄，眼见如今燕川颓势，另外几国都虎视眈眈，望再领盟约之首，盼再摘王选之冠，我们给他们最后一击的时日可也不远了。我们天洛人笃定要和平结束共治了，就看你愿意站在谁身边了。"龙默如今抱死了拉拢穆安的心，于是真正地第一次放下芥蒂，愿意从旁协助。

"你不用几次三番地试探我的态度，我早就说过了，洛人治洛，洛法制洛，才是共治的最好结果。否则，无论四国王子谁受禅，战事还会再起，这一段时间的共治不过是一段停战而已。"

"所以，你要帮我驱赶四国，对吗？"

"申公，驱赶四国，必定伴随四国两两之间的纠葛顿起，那样的话，四国盟约才会被我们自己撕毁，于是战事依然未停。所以，我有什么道理帮你天洛？有什么道理在挽救天洛的同时，把战火再次引向其余四国？"

"师兄，这件事我们必须区分对待。你也说了，天洛若不是洛人治理，那就是战事再续的开端，所以王选禅让都没有实际的意义，不过是五国欺瞒心性的借口。那么，我们为何不借此把天洛还于洛人呢？"

"我何尝不是这般想？然后呢？你借着王选、登位和禅让制约四国吗？"

"那并非是挑拨四国，引战外境，只是把他们引向将战不战，将和不和，但是足以废抵盟约的程度。"龙默所说的度才是最难拿捏的，"我们没有别的办法，师兄，若是五国再起乱战，那天洛就不是再称大商还是大周的问题了，那将是这新世毁于一旦的时刻！北方未知大族且不说，南土怕是危在旦夕了！"

"商周无二，此世做何？"穆安盯着龙默的眼睛。

"我再妥协一步，此事过后，我愿追随你，共建这个商周的延续，一个更好的朝堂！"

"好，申公，我帮你，但不代表我站在你身边，也不代表我同意你的执念，只是我们的目的近似，那就是洛人归朝，四国维稳而退。我在帮你的过程中，若是再发现你试图行奸佞之为，试图再立大商朝境，再复大商腐朽，那我第一个置你于死地！"穆安义正词严。

"那自是不用说，师兄，我也有话说在前。若是同事之时，你有其他图谋，我也不会留情。"

"哼！商周之治，绵延至此，不想你我二人竟然还是这般纠葛！申公，保重吧，若是有一天回得去上古，我定再封你一次神！不送！"穆安转过身背对龙默，挥了挥手，示意龙默离开。

龙默叹了口气，鞠躬拜别："若回得去上古，我愿与你再入同门！告辞！"龙默跨出这侧殿的门，也便是进了穆安的寮。这幕僚要做的无非三件事，身先士卒、权谋以助和一心向学。除了谋略，龙默可根本没别的心思。而四国驱赶之后才会是龙穆二人的舞台，只是眼下的局势并非螳螂捕蝉黄雀在后这么简单了，傍在龙穆二人的当世与上古魂的，是世外之世悄然而至的压力，三个世界错乱间，是这盘棋最迷人的大势。

宗政星沫每日在天上院、翰博院和南郊军界之间往来，当然还有他设在军界以南的一处自己的炼金室。现在充斥星沫生活的不再是与弟弟每日的斗嘴和大闹，还有为了典选而付诸努力的决心。更重要的是，他得完成父亲楚王交代的一项似乎比典选和受禅还要重要的任务，把一封绝密的、誓死捍卫的楚王亲笔信交给穆安。但是这并非一件轻松的事情，南依与崇衡唯一的交集在于伯谕与蕊公主的私交，还有公若与穆安的同路情谊，但是在盟中盟被揭发和穆安入了这十九贤宗后，似乎借助蕊公主和公若去联系崇衡不太现实。更何况父亲说得清楚，这封信必须是亲手交给穆安，不得转手，若是蕊公主和公若转交，自己也必须眼看着穆安拿在手里亲启并阅读。星沫回想着父亲在自己临出发前的叮嘱。

"两封信，这第一封交给梅央大人，让他亲自开启，这是我们王选中的立场和分洛的新计划，不得有误。第二封，缝在你王服里，你要找准时机交给穆安。记得，一定不可有第三人在场，若是机会不好，宁可不为！若实在机会难寻，让蕊儿或公若协助，你也必须在场看着穆安亲启此信，绝不能有误！"

星沫在几日前父亲封笔时见过第二封密信，信封精致异常，封口极严，雪白的封面上为了避人耳目，并无任何标识，只有一层薄薄的星沫独家制作的星火草液，若是此信在阳光下暴露，不出一个闪念，必自燃而焚，可见其重要性。

星沫思忖着父亲跟自己说过的话，无论信送不送得成，至少觉得穆安该是自己人，可这横跨燕川和崇衡的一大世间才子，不至于在南依和崇衡成了盟中盟的时刻还帮着南依蛊惑燕川人，难道父亲笃定了穆安会有巧治燕川的法子？但是穆安如何会对自己的国家下此狠手？星沫边想着，边到了翰博院院口，但见自己的弟弟星烛捧着一根似乎沁过药物的长草甩来甩去，在和雪轮公主玩耍。这雪轮公主是个不善言辞的文静女子，自知自己最后的归宿可能还是嫁予南依，成为星沫的妻子，于是跟自己的小叔子玩得不亦乐乎。星烛显然喜欢这个姐姐多于自己絮叨且爱较真的哥哥，每日翰博院修学，课后必然和姐姐玩耍一会儿。

但这星沫的鼻子可是炼金室内千锤百炼出来的，弟弟手中的长草上涂抹的药水可能是其新发明，这其中有着南依特产的橙蔓和青鸠。青橙一夜闻，魂意一世隔，这是南依有名的民间传语，说的就是这两种植被被特殊炼制后，能让人魂意跳脱，仿坠幻梦，神魂颠倒间，反转现实与梦境，严重的还可能致人昏死，难以复逆。

星沫盯着星烛与雪轮，但觉两人玩耍间不同于常人，雪轮似乎很在意弟弟手里的长草，每每他丢在地上，雪轮都会捡回来，拿在手里继续地挥舞，却也不像是在逗孩子玩耍，自己也会闻上一闻，却安然无恙。当然，青橙之毒若不是长时间傍身，倒也不会太过伤身，只是星沫一直觉得，雪轮似乎对自己都没这么上心过，怎么会对自己的弟弟如此地热情，难道她以为自己通亲是下嫁给王弟？一个转念，星沫依然在发愁自己如何递交密信的事。当然，这种对于生活细致的观察，也是炼金师的职业病，没得治。

夕见这游说四国的第二站便是南依。梅央和蕊公主猜得到以夕见的睿智，若进了内廷，必然会动用四方势力加持自己，只是如今天洛百废待兴，军政院、帮邑院和外廷之四野八荒均未复立，她能借助的，除了后宫和洛和会，只有四国之间自己所认为的"幕僚"。当然，这些寮客她也只能利欲拉拢或交换王室禅码，除此之外，没有四国会愿意此时的夕见取代天下院。

"夕见，我们既然同为公主，就感同身受。但是你这未免有点操之过急了，当初四国同意你登位，再行禅让，但是龙默他们不允。如今他们同意你辅政了，你又想登位？这共治之局可不是你天洛一家儿戏。"蕊公主显然对夕见的做法有点异议。

"蕊公主，我虽与南依国没什么交情，但是你们也知道，我以公主之名陷在燕戎两国之间，世人都觉得我将是引战两国的诱因，但是何人知道我自己的苦楚？"夕见心头酸楚，这眉宇间尽是委屈和无奈。宗政蕊放低了些声音："你心里是不是还惦记修辙将军？"

"修辙？"夕见自知蕊公主对于修辙的爱意，自己哪里还能多言。

"修辙说他心里有别人，我们成婚后聚少离多，只是互为政用。这次你回来，我不止一次见他看你的眼神里带着异样。"蕊公主这醋意怎么都散不去。

"蕊公主误会了，我与修辙只是挚交，他一心后宫与王族，自然对我呵护有加。若是蕊公主这次肯助我登位，我必还你和修辙将军一个宏大的婚宴，也不枉你对他如此情深。公主也毕竟是一介女流，一个像样的婚典必不可缺啊。"夕见又开始魅惑之举。

"夕见妹妹你也有心了，修辙要是能像你这般想就好了，我俩看上去是互为政棋，但是其实，我俩的感情，外人难懂啊。"蕊公主眼中泛紫的光束里透着柔情，这雅苏文明不以科学和政论为恒通不变的真理，唯有这惹人心醉的性情和心魔才是他们追随的至上之物。

"姐姐无须伤感，我会尽力帮你们恢复感情，以坐稳婚事，因为这个婚事，我天洛和你南依也好歹是联姻之情，通亲之故，感情至深啊！"夕见这关系拉得一点都不尴尬，宗政蕊甚至点了点头，抹了抹眼泪。

梅央看得明白夕见的用意，这话头从蕊公主这里就打开了："公主殿下，我们现在很难断定您若借王选登位后的共治前路，如今的局面，扑朔迷离。燕川颓势，青戎人政念松散，崇衡国小人稀，我南依要的就是这最后的一口气，公主可有什么后计？"

"此事不难，我若登位，禅让之事简约不少，直接平息了我天洛后宫闹剧不说，子民间的怨气也会平复不少！燕川人欲借我与子幽王子的和亲之事，拉拢天洛票选，青戎人亦是如此，崇衡的穆安也私下找过我，但正如你所说，如今的局面正在倒向南依国，我只要一碗水端平，南依国胜出，就是理所当然。"

"公主殿下，臣并非信不过你，你与子幽的婚事，你与格索王的婚事，你与穆安的关系，都决定了你与他们的王族更加亲密，于情于理，你坐在王座上，我们受禅的可能微乎其微。你没有理由不把王位让给自己的丈夫或者爱人。"梅央死死地盯着夕见的眼睛，这眼睛再美丽，在梅央的心里，不过是魔性渗出的一个窗口，他看得见这心魔中权欲的深浅。任谁会信一个新王的自立，会是为了随即而至的禅让，即便是王座再烫，王冕再重，那登位之人也必然是心怀妖鬼的躯壳，心里早就没了人性。

"那些只是假象，什么丈夫爱人的？我与格索王不过一面之缘，他欲抢婚，我能如何？与子幽王子更是多年未见了，感情何处而来？与穆安不过挚交，与修辙无异。我若登位，那将是和平王选，公平禅让的基础。"夕见明白，南依不好说服的原因就在此，除了公若，其他人跟自己均无私交，所以把燕川视为眼中钉的南依，夕见认为只要公平，宗政星沫就将是南依在天洛的首选。

"公主殿下，臣有一计献上，若是公主答应相助，我们南依国自然言语之中，支持你登位。"

"你说！"

"您也去燕川和青戎的地界走动走动，这样一来，说不定言语之中还能赢得他们的支持，而且借着您再次挑动燕戎关系，那才是助我南依国。"

"不瞒梅大人，我该走动的都已经走动了，燕戎之事，睦与不睦，就看他们自己了。梅大人，我夕见无能，受世人贱言所欺，自觉相貌还过得去，既然用不得别的办法，美人计就是最后的退路了，这正是我现在的底牌，燕戎不睦，这不正是南依想看到的？"

"好！公主殿下，我们定当再议此事。星沫王子晚归，我会说与他听，他也会作些判断，若你的登位无伤大雅，那我们自会相助。当然，是秘密而为！"

"再好不过了，梅大人，保重，望南依的王选之路一路平坦。告辞！蕊公主！告辞！"

"夕见妹妹，保重！"

夕见自知梅央最后也就是搪塞搪塞，自己也不好多言。这四国之间，是否能有多数支持自己登位，只能看命。这个概率问题背后，还有夕见心底的小算盘，若是她登位，自有不禅的方式，只是这方式并非是现在的夕见和苏妲己能驾驭的。

夕见与苏妲己现在有着同一个登位的目标，但是这诉求的背后动机，可完全不一样。夕见为的当然是最纯正的立国复业，而苏妲己则是商念又起，两人如今在魂意深处也不吵闹，反正都是觉得自己在利用对方的鬼谋和身份，这真是一个人最纯粹的两面性，若不是夕见这个人类的魂意里有着 AI 的植入，那她该是人性阴阳两面最好的诠释。

婴柳因调包之事，才出大狱，又入市井，和自己一众燕东混入鬼幕洛的盗会兄弟们耳语着什么，心中自然对穆安说服自己去换夕见的做法有着心底最深的谴责。但是这也无济于事，因为爱远远凌驾于这份谴责，婴柳甚至因此很鄙视自己的卑微和屈从，为何这世间的爱都如此不公，但是心底反射的言语告诉婴柳，必须让穆安高看自己一把，只有这样，才是挽回这段感情最好的方式。当然，这跳板就是龙默和夕见，何况她背后还有着渐渐恢复的庞大盗会，虽不比洛和会繁盛和错节，但是这一帮善使阴狠招数的贼众永远是这风云际会的京畿中的变数。

婴柳才见完了几个会众，便潜身来到龙府背后的凉院。她一个腾步，从院角一处矮墙翻身而入，正落在龙府西南角的灶房附近，但随后闻到的可不是饭菜香，只有香火味徐徐飘来。婴柳循着味道，这才到了龙默的内府，但见龙默还在给龙氏的家族牌位上香。婴柳从门口大摇大摆走了进来，眼光所及，尽是自己熟悉的名字，这些家族之人，多多少少都在婴柳的记忆中，儿时一幕幕的光景，便如这香火烟渣戳在心肺里，绞痛的感觉让她瞬间湿了眼眶。

龙默听到脚步声，转过身，出落成如此美人的女儿立在面前，他良久才挤出几个字："若是不出此事，你依然不愿来见我？"婴柳奔着牌位走了过去，点燃了几炷香，开始祭拜。两人沉默片刻，婴柳把香插在香炉内："你不是也不愿意见我们吗？"

"那是局势所定，我不为了朝堂尽力，天洛就是一片枯骨。"

"那现在好了，你连母亲的枯骨都看不到了。"

"你母亲她……"

"死前还在喊着你的名字。"

"她怎么死的？"

"病逝，思念成疾。"婴柳言毕。龙默闭上双眼，长叹一声。

"你怎么知道我在燕东的？"婴柳追问道。

"我没有停止过寻找你们。"

"所以我又成了你劫持公主，游访四国并离间诸王的工具？"

"这都是穆安告诉你的吗？"

"你给我的密信里，言外之意不就是如此吗？"婴柳所言的密信，便是龙默之前让郎虎领星渚会秘密发往燕东的信件，信中便提及了婴柳须协助自己挟持公主东游的计划。

"婴柳，我是不得已而为，为了保留下王族残根，但是又不忍她落入燕川人之手，只好拜托你配合行此计划。你在公主身边，四国之人虽然寻觅甚紧，但不至于伤及其亲随，所以实际上，这是对你最妥当的安置。"

"我不求你再行父念，告诉我，接下来我要做什么！"

"你就待在我的身边，王选临近，接下来就是登位禅让，乱局之内，安有完卵，你绝对不可再入洪流。"龙默第一次如此想要呵护一个人。

"我会与你暗通，但是我不会住在龙府！"

"你去哪里？"

"我盗会残余的兄弟们已经入城，我会与他们同住，你不必担心。"

"绝对不行，燕东的盗会，燕西的凤门，洛北的洛和会还有戎南的东戎教会，这些江湖势力，最后都会成为五国的夺权利器，被卷入乱局。你还是回来府内与我同住为安。"龙默紧皱眉头，语速极快，迫切地想要婴柳答应自己的要求。

"龙默，若是你还念及我们的父女之情，你就给我些时间重新接受你。"

"那要多久？"

"可能是一辈子！也可能就在王选之后，我要一个政位官阶，净天府级别的，这对于你来说不难！想清楚吧，我会再来找你！"婴柳丢下这句话，闪身而去。

龙默心里扎进女儿的这句话，那比他下十次大狱都要痛苦。政海泛舟，谁有那命过这风浪雨骤。如今正是驱赶四国的关键时刻，龙默心里突然觉得儿女情长之事要比天下院的波谲云诡还要难处理，自己一个怨念泛起，真是不如待在玉虚宫跟随师父念念道完了，图个清静和安逸。

婴柳刚回到巷口，机警地四下里看看，一个转身抹进另一个巷子。猛然间，一个黑衣人一把把她抓入阴影中。婴柳面色惊恐，几乎是下意识地低吼："谁？"

　　"燕东盗会会主，别来无恙啊？"黑衣人摘了口罩，正是洪番阴郁冷峻的脸，眼神里满是对婴柳的鸷鸷和不屑。"王选在即，都城戒备森严，你怎么进来的？"婴柳怀疑洪番是秘密而来，意图不轨。"我在这世间来去自如，你信吗？"洪番得了子秋王的令，便没等鹿德昭等人，先行来了洛京，当然第一站就是婴柳在洛京的落脚点。

　　"你到底是谁？子秋王派你来的？"

　　"阐教名单你可处理妥当？"洪番直入正题。

　　"名字都记下了，名单已经烧毁。"婴柳眼神不停躲闪。"做得不错，最近在穆安身边查到谁了？"洪番果然得了子秋的意，安插了一个眼线在穆安身边这么久。

　　"我非天下院和内廷院的人，进不去天洛王宫侧殿，最近没有什么收获。"婴柳对这个任务十分抵触。

　　"婴柳，这般做事可不应该啊。你要知道，你燕东一半的盗会会众都在我们手里，我们好吃好喝地招待，不曾亏待兄弟们，能不能救他们可就看你的身手了。"洪番的燕北势力早就在那日婴柳与穆安逃出山寨后，围了大部分的盗会会众，逃出来的一部分后来召集了一些零星的残部，这才来了洛京与婴柳重新会合。婴柳也早就知道洪番和凤门的人秘密控制了自己盗会的一部分会众，只是自己心里觉得，这虽是要挟自己继续为洪番做事的筹码，但是不等于自己完全被束缚在这件事上，若是鱼死网破，她可不信如今的穆安没有能力直接干掉洪番。

　　"阐教到底是什么？你们为何杀他们？穆安的卷轴又是什么？这一切到底怎么回事？"婴柳本是也想自己查一查这件事的原委，奈何这本就不是这个世界的事。

　　"婴柳，你只需照办，慢慢地，你就会懂了。我们又没让你杀穆安，只是他周围的一些对他不利的人而已，你何必纠结？"

　　"唐知是他的兄弟，怎么会不利？"

　　"知人知面难知心，最后的结果会告诉你一切真相。到那时，穆安也自然是你的了，你不会不想要你的这个爱人吧？"洪番言外之意，这个世界若只剩下姜尚，也便无用了。

　　"我接下来做什么？"

　　"随着江湖势力，混入宫内，王选之日，探查宫内谁是名单上的人。但是这次，不急于杀，速来禀报就是。"

　　"我怎么知道我盗会的兄弟们是否安全？"

　　"办事没有诚意，何来成功？放心吧，我会让你盗会的兄弟们写信给你，报个平安。说实话，他们在我手里可比在你那个破盗会里幸福多了！"

"洛京城内，我如何联系你？"

"我自会找你，婴柳，记得一句话，你是我们的人，注定是，这无从改变。你别想挣脱什么，一切都有定数！告辞！"洪番遁入巷陌人海，空留下婴柳对于坠入此局的懊悔和对于穆安的亏欠。

婴柳心心念念的穆安此时就正在夕见公主面前踱步，伯谕和太积对夕见的拜访和登位之求百思不得其解，若是夕见没有龙默和修辙早禅失国的顾虑那是不可能的。夕见这一个弱女子纵然后宫势力庞大，民间威望甚高，但能有什么办法在四国的眼皮子底下登位而续政，不会被典选后的压力摧毁呢？难道就只是借着王后和鲁氏一脉的势力生吞外敌？

"夕见，我知道你的心意，但是王选之际，登位并非上策，秘密支持你不难，但是燕戎两国并非你想的那般容易挑拨。"穆安好言相劝。

"依我看，子幽和格索王都惦记夕见公主，那她若是登位，燕戎必定更加不睦，我们有机可乘。"伯谕觉得可以一试。

"王子殿下，子秋和格索二王既然商议杀夕见以求妥协，那我认为，夕见公主登位后，二王不过就是再一次妥协制约，不会有什么大碍。"太积分析得透彻。其实子秋和格索也知天下院不会真的把夕见杀了，不过是下个君王通令甩锅而已，这四国四王之间的勾心斗角像极了天下院里的众生，只不过四个人都不互相见面，没有那抬头不见低头见的尴尬。而王子们的天上院可是更奇妙的存在，四国之间的矛盾都会直接地写在芳华王储的脸上，这就是子幽还未到院，否则格鄂尔坦还不每日鸳鸯如鼍协地上蹿下跳？星沫和伯谕还是有一番治世之才的，所以多少收着点。

"将军说得对，夕见公主，内廷辅政是个暂时栖身的良处，你应该感到满意了，而且对于你的安全而言，那里也有最好的庇护。"穆安宽慰道。

"穆安，我们一路同行至此，你最了解我，一个区区内廷，让我如何安身？"夕见反问道。

"我崇衡不反对你登位，王选之事，虽说我认为伯谕王子远胜另外三国，但是我必须坦言，这世间之事，并非能者得权，而是权者择能，我们的胜算并不大。那么一来，王选之路对于我们来说，制约的用途便大于争权，你懂吗？"穆安说得深了些。

"穆安兄，我明白你的意思，只是我觉得若是夕见公主登位，有你在，我们或许有险中求胜的希望。再不济，也不能让燕川和青戎人专美！"伯谕直言，却让穆安心里多少有点不舒服。

"穆安，你的意思是无所谓我是否登位吗？我现在要的是你们崇衡的支持，朝堂之上，群臣言语，我只需你们帮我夺位。之后的王选，我自会言语回报，助伯谕王子胜出。"夕见这蛇蝎之言可是对每一个国室都说了的，可见苏妲己的用心，只是这雕虫小技子笙看不出来，可梅央、穆安和何谦看得清楚。

"只怕公主和另外几国的人也是这么说的吧？"穆安很不耐烦，姜尚还能不知妲己是何人？伯谕和太稹瞟了眼夕见，均愣了一下。

"穆安！现在是最紧迫的时候，你不会不帮我吧？"夕见根本不愿顺着穆安的逻辑言语。

"夕见，你怎么还不明白？我劝你不要此时登位，是为了保护你！你细想，你在位又能如何？坚守王位，不思禅让吗？那样的话，我们都会不服，盟室会像当年拉下你父亲一般再把你拉下王位！而你禅让呢？还不是丢了王位？所以，别再惦记王位，那是一个无底洞，谁坐在上面，就会成为众矢之的！"穆安也顾不得伯谕和太稹在场了，实际上是说了一些天洛人该说的话。太稹和伯谕一个对视，但觉穆安此言不太妥当。

"那天洛永无王吗？"夕见直言。

"万事总有因果，夕见公主，好自为之！"穆安一句话把气氛僵住。伯谕和太稹没再插话，看着互相凝视的夕见和穆安两人，就好似这空间内该是姜尚与苏妲己的对峙一般，这玉虚老者可参透了千年妖狐的心，但是这大商妃子如何能懂西岐老翁的计？

扶季从东北郊的军界独自驱马到西南郊的私宅用了几乎一天的时间，为的就是掩人耳目并与久未谋面的洪番见上一面，为此也几乎看出了两人在北土十四京的关系。洪番显然是扶季的"上司"，只是这两人虽都对锦葵公主尊敬有加，却都不敢信任一个女子可以在此时祸乱南土，助北土一臂之力。

洪番开了私宅的门，左右张望一番，赶紧挥手让马夫把马牵到后院，然后闪身把扶季迎进了门。两人才坐定，扶季端起一杯凉茶一饮而尽，这夏末的烈日照得人心发慌。

"扶季，可有新的动向？锦葵怎么样了？"洪番赶紧问道。

"殿下，上次发配北疆之事，本是我们抽空天下院最好的机会，这南土精锐，尽在天下院。但是我没有成功，似乎龙默洞察了此计和我有关，之后我怕锦葵公主和洛和会的关系暴露，没有再施后计。如今典选在即，我们不能再等了！"扶季这一口气吐出这么多话，差点没给自己憋死，也是终于见到个自己人，说话放松了些。

"发配之事可惜了，如今夕见在京，怕是锦葵用不上洛和会了，我这凤门虽在手，但是被子秋盯得太紧，燕东军在此，我燕北的势力也过不来多少，我们怕是还得隐匿一段时间。对了，你多久没收到京首大人那边的消息了？洛京可还有我们的人？"洪番问道。

"至少半载没有京首大人和十四京任何消息了，我甚至托人问了白梗和荷堂的人，也都没了北土的消息，他们可是流亡西南的北土大族啊，不知家乡是不是出了什么事？"扶季忧心忡忡，但是这面相和眼神的深处，似乎还有一种淡泊和期待。

"半载无信？怎么会呢？"

"殿下，不如派人回去看看？但是洛京内我们的势力，如今可是少之又少了，有些是不知去向，有些怕是被净天府查出了些端倪，秘密给……"

"不会，我们如此卧薪尝胆，在南土数年不曾暴露，怎会有势力暗中针对我们？你且安心，让锦葵尽快挽回洛和会，我想想其他的办法，先与京首联系上再说！"洪番直觉此事不对劲，自己本是这祸乱南土最大头的执行者，自己该是能持续得到十四京的消息和指示，但是正如扶季所言，自己也已经半载没有北土的消息了，甚至每次想到此处，洪番的魂意能完全压制多宝道人的存在，那么，自己本就该是命中注定的北土先驱者，别无他念。

"好！殿下，若是再不得消息，干脆我们就一不做，二不休，这天上天下两院，典选之时可都是南土脊梁……"扶季这鹰视狼顾的脸上爬满了阴狠毒辣的暗色。

"没我的命令，别轻举妄动！"洪番依然百思不得其解，他哪里知道，扶季身上的瞿麦早已经盛开在了俏美的北国，而冰雪下的人们也已失去了往日的欢颜。

天洛国洛京城王族光洛殿内，天下院和内廷院并举朝会。夕见这望眼欲穿间，满堂之人似乎都在朝拜自己的登位，只是这个幻想的实现似乎气数未到。在她心里，那个妖鬼之魂曾经无数次地言语大商和截教的美好，这使得夕见多少会让自己的家国有那般的倾向，无论人伦纲常还是政体法度，无论是文风将色还是民众之心，甚至是奴隶制转向分封制的折点，都该是人类早期历史的结晶。但在夕见心里，这算不上财富，这只是自己渐渐充盈内心权欲的一些边角思绪，这曾经充满纯善和温暖的心中，如今饱含着无上的王念和无底的贪心，当然，这都是拜那位妖狐所赐。

龙默当先朗声道："王选还有几日便开始了，天洛各后宫要人、王亲国戚、大家大族、江湖盟主，都已经陆续进京了，我们已经派净天府的人在这几天严加看守都城东西南北各个城口，以防闲杂人等入城。另外，这天洛王族大殿如今也已经由内廷清理一新，我们的王选之地，就选在光洛殿内进行，也好让四国王子对未来的王座先睹为快！"

"龙大人处理得当，我们自然放心，只是不知道我们四国的驻军如何分扎，要是都进入大殿，这可待不下啊。"何谦提了一个众人都很在意的问题。

"何大人，四国驻军自然是宫墙外待命了。怎么，你还想让四国驻军摆在殿外监督王选吗？那是选天洛未来王储呢？还是选当世谁能雄霸天下呢？"子笙说了句公道话。

"子笙将军，你们燕川都这般颓势了，说话依然不留余地？"格图直来直去。

"颓势？不见得吧，共治前路，那是五国人一起走，谁颓势无非是大家都走得慢点而已，你以为你青戎能走得快吗？"子笙呛声。

"几位大人，依我看，我们的驻军都在宫外守候可以，但还是各自抽调出一百精兵，随各自王子前来大殿，也好给王子们涨涨声势！"梅央找了个折中的办法。穆安迈出一步，摇头道："不妥，梅大人，声势，天洛已经做足了，无须四国驻军如此。若是驻军都到了殿前，那与两年前的四国攻入大殿，建制分洛有何区别？让四国驻军宫外候着便可，但是每个国家只许驻守三百人，不可多一个！龙大人，你看如何？"

"好，宫内自有我天洛的巡防军驻守，王子们绝对万无一失，请大家放心。"龙默直言。

"穆大人，如何今日风向你吹去天洛一边了？天洛人守我们的王子，我不是不放心，只是我们也得对各自的王室有所交代，你这不让我们的驻军进宫，未免有些不近人情。"梅央质问道。

"若是如此，我看王选也不一定就在这光洛殿内，不是吗？南郊大片的空地，何不搭个台子呢？"宗政公贺帮腔道。

"那还能算是典选吗？宗政将军，这与江湖擂台有何区别？"太稹反问道。

"我不同意四国驻军守宫外，一百人也好，五十人也罢，我们青戎必须亲自保护王子入宫王选。"何谦厉声道。

"何大人，并非我们不同意自家军队守自家王储，只是这光洛殿也确实装不下这么多人，总不能把大家贵族和民间之众拒之门外。若是都在，这岂不是埋下祸根？谁会看自家王族如此禅让王位而不叫屈呢？"扶季帮着穆安说话，也自知穆安和龙默有着自己的算盘，若是天洛当真典选有所动向，也是祸乱的开始，他倒要瞧个明白。

"扶季大人所言有理，何大人，你还真矫情！穆安也说得清楚，四国都如此，为何你特殊？"子笙继续呛声，这典选四国驻不驻兵，似乎是三对二的局面，青戎和南依难得口舌之利。

"子笙将军，那我们也想要带兵入宫，你看呢？"梅央自觉何谦的提议有理，也知穆安和天洛人葫芦里卖的药，这次须尽力反驳一次。

"既然各国难以就此事达成一致，那就随意吧。愿意带，你就带，但是不可超过百人，如何？"沮洛缓和道。

"这样吧，说一百就一百，一百驻军，随王子入宫，各国都是如此，怎么样？"何谦直言。

"等等，修辙将军，你天洛新制下的巡防军有多少人？"梅央突然问道。

"不过千人！"修辙答道。

"可否与我们带入的军人统一下数量？"梅央但觉天洛如今复苏的迹象太过明显，也不愿这墨台王室专美。

"梅央大人何意呢？信不过我天洛吗？"夕见突然问道。

"公主多虑了，此乃公平。天下院条约里说得清楚，王选力求五国公平，那才是大典成功的前提。"梅央直言道。

"哦？梅大人，你的公平指的是军力吗？那依我看，四国王子都参选了，唯独天洛没人，这是公平吗？"穆安这一反驳，却让梅央没想到，也不禁奇怪，自己楚王希望百般保护的穆安，竟然有着倾向天洛人复国的心态，一时语塞。沮洛上前一步道："梅央大人，天洛之地，王储之选，唯有四国族根，不见地主之嫡，这个公平我也真是第一次见！"

"难道沮洛大人和穆安大人想反悔前约吗？共治条约写得清楚，只有四国参与王选，怎么天洛觉得不平了？当时可是以为天洛成年王族尽死的，谁知道又冒出一个公主殿下来？"梅央只能反唇相讥。

"那就是天意，梅大人，夕见公主依然辅政，不足为虑，若是你要绝对的公平，我们的小王子须一同参选，那才是你要的公平！"龙默厉声道。

"荒唐！荒唐！引战的贼子，乱世残孽！你要把他们端出来参选？"何谦大吼道。

"放肆！何谦！对主国都没有尊重！何来以礼王选？"修辙指着何谦瞪大了眼睛。这一句放肆引得格图跳将出来，双持利斧，怒瞪修辙："怎么？说你残孽怎么了？你去问问四国因战而死的数十万冤魂，这么称呼你们王族对不对？"修辙怎会被格图吓退，挺戟上前，一个跃步，眼看斧刃白戟就要搅在一起，子笙瞬间拉住格图的后领，宗政公贺拦腰抱住格图的下盘，太稷银枪一吐，挑起修辙长戟，穆安这才近了修辙的身，低声耳语了一句："息怒！"

这五国好手在一刹那间上演了一幕欲打还休、各自拉架的好戏，看得几个国相甚是过瘾。子笙安慰道："你看看你们，说急就急，这鹿辞不在，还没人劝架了！何大人，梅大人，你们这不是挑事吗？人家天洛人都说了，替我们派军护卫，你着的哪门子急？非得要公平？人家提出天洛小王子也参选，你们又不同意，前言不搭后语，谁能信服？"这子笙不愿四国驻军参与王选，必然有其不为人知的秘密，否则哪里会这般向着天洛人言语，也许他抱定了夕见公主是自己人的自信，那么修辙的巡防军，甚至是京畿的京守军和所有后宫带剑宫执，都会是子幽王子的屏障。但是若四国驻军都参与，那这光洛殿的一亩三分地若是因王选打起来，全是近身的白刃战，岂不是身材魁梧的北戎草原人最占便宜？还每个国家一百人，青戎就是十个人站在堂上，若没有地形的迂回和战术的延展，燕川人和南依人必然弱势。当然，梅央不会想不到这一点，只是楚王的命令说得清楚，保护星沫和穆安，若是没有驻军，如何达成呢？

"子笙！你别借着天洛又来胡搅蛮缠，你也是四国盟约里的人，你能同意天洛人反悔前约？"何谦反问道。子笙的手松开格图，格图才把双斧别回后腰。修辙冷静下来，只是平日里不易被激怒的自己也懊悔这一莽撞，但是别人侮辱自己的王室，真心叫人气愤。

"我怎么会同意？这是你们提出来的公平啊，你们入了天洛人的陷阱自己不知道吗？依我看，我愿意妥协，几个天洛的小毛孩子能有什么威胁？他们参选就参选好了，还能真胜选不成？"子笙愿意在此时卖龙默和夕见一个面子，说罢，也不经意地瞟了一眼夕见，夕见眼中满是操控了子笙意念一般的骄傲和自赏。

"荒唐！四国王选，五国评定！天洛的小王子们参选，那还用选吗？天洛人岂不是都倒向小王们？"梅央直言症结所在。

"那也未必，四国居京畿共治已然快一年了，若是天洛人想得明白，就不会推自己王室登堂，因为那不会是共治的结束！"扶季说了句耐人寻味的话。穆安佯装很烦躁："这也不行，那也不行，梅大人，你给个对策！再不行，那就放弃驻军入宫！"

"梅大人，何大人，万事不能全如意。王选是我们主持，四国之内，选出来的也是我天洛新主，我们还能为未来的新主添个堵不成？"沮洛补充道。

"再不济，那也是我天洛的大殿，王位空缺一年了，我们心里也难受，王选不成，那就是继续空缺。所以无论如何，我们会力保王选顺利，也请你们放心。"龙默承诺道。

这一番盘踞天下院和内廷院之间的舌战，将近一个时辰才收了尾，何谦只是问了驻军之事，梅央便续上了一个公平的大旗，天洛人也没放弃这个机会，和穆安一道争取了最后一个有利的局面。

梅央无奈道："哼！好！那是最好！我妥协，不再驻军入宫，若是有差池，拿你们问罪！"

龙默转过头盯着何谦："何谦大人呢？"何谦冷笑："都定下了，何必还问我？"

"好！那就只留我天洛巡防军守宫，其余驻军宫外等候，人数不得超过三百！若再有变化，自会另行通文。"龙默话音未毕，一个大殿侍卫匆忙跑进朝会。

"龙大人，燕川新任天下院谋士鹿德昭已到，还有王子子幽！"

"这么快？快请！"龙默摆着手。众人窃窃私语间，也都明白燕川为何这么快就补充人手进这天下院，天上院的王储们都在跃跃欲试之际，这鹿辞通敌之案似一记闷锤，把燕川敲醒了。这鹿德昭将功折罪的机会虽是自己争取的，但是子秋王如何会不知鹿家和子笙的小算盘，可如今燕川朝堂震动，骨血流失严重，腐朽之气漫漫，还有谁人可堪大用？也只能赌一把鹿德昭的计谋和穆安的家国之念了。只是子秋这次豪赌，几乎赔上了国脉。

鹿德昭和子幽阔步进入大殿，两人和众人相互鞠躬行礼。鹿德昭声音低沉，语速缓慢："在下老臣鹿德昭，羽枢院卿士，新任燕川谋臣，还请诸位多加关照！"

子幽本是要当先行礼介绍自己，却看见数载未见的夕见公主，一时动容，大喊道："夕见，我是子幽啊！夕见！"子幽边说着，还边挥着手。夕见公主眼神躲闪了一下，心中觉得尴尬。穆安扫视二人的眼睛，心中滋味也是醋意盎然。众人面面相觑，低声议论这个子幽原来是个目无尊幼、礼数尽缺的毛头小子。也确实，子幽的性格乖张，跟子笙一模一样。

子笙赶紧凑近子幽的身边，低声道："殿下，先行礼，行礼！"子幽一个慌神，这才对着众人鞠躬："子幽拜见天下院、内廷院诸位将臣，失礼了，失礼了！"

龙默赶紧缓和道："哦，不碍的，鹿大人路途劳顿，我这就安排歇息，王子殿下……"子幽依然痴痴地看着夕见公主，没有反应。龙默再言："王子殿下？"子幽缓过神来："哦！什么？"

"殿下，先去歇息吧，我稍后自会去拜访！"

"好！好！"直到朝会结束，众人离席，这子幽的眼睛就没离开夕见的脸庞，他看着夕见的眼神这叫一个灼热。修辙和穆安心里自知子幽这痴情汉子的心境，遇见夕见这般女子，谁不幻想着一段情愫，只是如今家国天下间，儿女情长有人懂得往后放一放，而有人偏偏为此而生。

朝会才毕，子笙就赶紧与鹿德昭絮叨上了，两人你一言我一语，尽说这燕川如今的桌下事。

"鹿辞之事揭发，鹿德昭你还能安然无恙？"子笙全然不顾鹿德昭比自己大得多的年纪，直呼姓名，且甚是怀疑鹿德昭来朝的目的。鹿德昭满脸奸笑，也不在意子笙的语气："子笙将军，我巧言舌辩，意图将功折罪，这才来得了天洛替位我侄儿不是？但陛下手里毕竟有我的家眷，我也自身难保。"

"将功折罪？'功'在哪呢？你不会是有什么要务在身吧？"子笙对子秋派来的人都一样敏感，就像之前对待穆安的态度一样。

"将军，我们开门见山，我侄儿和管公可都因为通敌之事落了马，陛下通过账本查出我鹿家给您和洛西凤族区私下运送武器和粮食的事了，所以大发雷霆。我只说是商往助军，广施王恩，但是陛下不信啊，非得说你暗中借着天洛温床而谋反，并欲揭露子幽王子身世旧事来大做文章，我便借此说来彻查此事，将功折罪，这不才有了天洛之行！将军，你我两家可是世代通好，我的心将军不必怀疑，我只是借事脱罪，好能抽身来帮你，若是借着王选之机，将军真的有计划，我必相助！"鹿德昭这窥心之言甚是绝妙，他基本说了事实，也必然知道子笙的心，若有此事，子笙杀一知晓之人，不如在这异地拉拢一人，而若无此事，鹿德昭便是妖言诛心，子笙也必对自己尊重三分，以谋后计。

子笙瞬间大惊失色，凝视着鹿德昭的眼睛，良久无语，眼睛瞪得溜圆，汗如雨下，心里怦怦跳个不停。虽心中计划此事已久，但是除了心腹之人，未曾与外人提及，难道真的已是路人皆知的秘密？但是子笙转念又一想，自己拥兵异地"独立"，这朝堂上鹿氏和管氏都是枝丫，怎么会没人知道自己的算盘，这点心机子秋和鹿德昭等人若是猜不出来，那也不配在朝堂与自己执拗了。

鹿德昭见子笙依然怀疑，直言道："将军，人之命数，深浅不一，有事当为，当断立断，才不枉巡世一场，持家国执念！"

"子秋他竟然知道了我的计划？"子笙也不妨多言了，如今天下院一载，心里当真知道这庙堂里的诡异和深邃。鹿德昭眼里闪着精厉："将军，在下有一计献上，估计与将军之计不谋而合！"

"说！快说！"子笙迫不及待。"助夕见公主登位，然后立即与子幽王子成婚，直接禅让，则天洛归于您了。"鹿德昭说得淡然。

"夕见公主倒与我说起过此事，我在计划助她登位，以收买天洛人心，毕竟四国王选，是五国评定。但我只是犹豫，夕见公主若登位，未必禅让于我们啊！"子笙心中疑虑不少，对夕见的怀疑也是每日必现。

"将军，此事不难，我们邀来夕见公主，让她写下婚书与禅书，一式两份，夕见公主一份，我们一份。作为交换，我们助她登位，等她一登位，我们便先后出示两书，则婚事可成，禅让也可成。夕见公主总不会让王座落于外人之手，如果必须禅让，为何不给自己的丈夫？其余诸国若有异议，咱们驻军三万余，可是摆设？"鹿德昭可全然想不到什么制衡不制衡的事，他要的无非两种结果，子笙成，则鹿德昭必然倒向燕东军，反制子秋王朝，则兴许家人有救。若子笙不成，正好邀功请赏，这里外里，他都获利，只是这险招出手，难免深陷洪流。

"我与夕见公主商议过了，夕见公主确有此意。但是我担心她不会就此听命，如果登位和禅让相隔无日，她何必登位？登位有何用呢？"子笙顾虑颇多。

"将军，夕见公主想登位，必有反悔禅让的心，好让自己留在王位上。但是登上去，必须有我们的支持，所以婚书不难立下，禅书之事，我们只需做做手脚，这样一来，王位可夺！"

"其余四国怎么会同意？真禅给子幽，其他国还不反了？"

"将军，你不是已经把天洛宫内的防御之权推给天洛人了吗？你之所以这么做，能没有后招？"鹿德昭刚才打听一通子笙的朝会言语，想到这些话，也必然是有所准备。

"我本是欲借夕见公主的亲兵，插入我们的人手，夕见公主为了王位，已经走火入魔了，现在她几乎什么都答应，只要能登上王位，我估计她六亲都能不认。"

"那最好，将军，我们的人安插入夕见公主的亲卫，我们的驻军这么多，把宫殿也围了，到时候谁敢不遵禅让，就地正法。"

"和其他几国撕破脸了？"

"将军，撕破脸的不是您，是那子秋啊！青戎人一着急，北境向西打的可不是我们，可是燕川边境。崇衡人急了，也不过兵助青戎。南依人急了，还须横渡洛水不是。我们的一切罪过可都扔给子秋了，世人只会觉得此乃燕川君王的侵洛大计。子秋陷入乱战，我们依然把持天洛，这不是您最愿意看到的吗？"鹿德昭抓住了子笙本就惦记的后招，口出此言。子笙倒是也这般想，确实在这洛京城内外，能与燕东军抗衡的几乎没有，若是此事败露或者其余诸国反对，大不了一战，鬼幕洛依然是子笙的囊中之物。而戎崇依三国无非在境外对着子秋用兵，真到了子笙也扛不住的时候，大不了大义灭亲，倒向三国，把所有事都推给子秋，言子秋让自己专政于此便是。想到这里，子笙突然觉得，这借地谋逆，也并不是太危险的事，心中多了几分自信。当然，这也得益于其燕东军的强大实力，若是真的一战，不说他能一家独大鲸吞三国，但是这军界间应该没人敢造次，子笙这大军横压鬼幕洛与梦京羽之间的做法，当真一绝。

子幽缓步而来，呆立在门外，一切的一切已是尽收耳鼓。鹿德昭继续言道："将军，事已至此，箭在弦上，不得不发啊！"

"你会这么好心来助我夺天洛反制子秋？你的整个家族可都在他手里啊！"

"正因如此，我才需跟子秋要人的筹码！"鹿德昭说出自己两全之计的一端。

"天助我，天助我也，这关键时刻，得你相助！"子笙兴奋起来。

"将军，秘密安插兵力之事，您需要与夕见公主再言。另外，我们也可借着穆安相助于我们。到时候，没人说得清楚到底是谁在帮谁夺位！"鹿德昭一提穆安的名字，正是中了子笙的下怀，他一时竟忘了穆安这个自己本就想拉拢的大才。

子幽顿时大惊失色，机警地四下里看了看，又闪身往廊角里躲了躲。一个侍卫进入侧殿："将军，穆安大人求见，说是要拜见王子。"鹿德昭招了招手："正好，将军，我们的帮手来了。"

"让穆安进来。"子笙一个深吸，又低声道："子秋，该还的你终究要还回来！"

穆安这才走到门口，鞠躬行礼。子笙喜上眉梢："穆安，快请进！"

"将军，我来拜见王子，特此允许。"

"穆大人，你先坐！"鹿德昭把门关上。子笙直言道："穆安，夕见公主几日前来找过我，说让我助她登位。此事，你如何想？"

"夕见公主如今权欲太重，登位未必是好事。怎么，将军可是这么想的？"穆安也在担忧夕见游说四国，若是这五国间真的有至少三个国家支持了她，那后果不堪设想。

"哦，我在想，若是夕见公主登位，以她与我们燕川的关系，我们的王选之路，或许会平坦些。"子笙直言。"将军的意思可是让我助她登位？"穆安思忖道。

"对，以崇衡的名义，你可愿意帮忙？"

"当然，将军发话，我当如此，我本是燕川人，理应出力。"穆安料定子笙必然要说服自己同意夕见的登位，自己也不想再浪费时间反驳，反正心底的算盘算是敲定了。鹿德昭笑道："穆安兄真是一片赤心啊！"

"好！好！穆安，我没看错你，如今燕川颓势，你可要暗中助力啊！"子笙拍着穆安的肩膀。

"那是自然。"穆安微笑道。子幽这才推门而入。穆安鞠躬行礼道："穆安拜见王子殿下！"

子幽挥了挥手："穆安兄，平身，听说你特意来拜见我，我们去亭台相叙吧，多日不见，好多话想跟你说。"

"当然！"

"将军，那你们继续议事，我和穆安先走了。"子幽也不敢多看子笙，怕他从自己心里看出胆怯和畏惧。幸亏子幽只在门外听见子笙和鹿德昭的谋逆之言，若是还得知自己的身世之谜，那还得了？

"好！王子殿下，有事便唤我！"子笙看着子幽的眼神里满是溺爱，也苦了一介天下名将，这眼前的亲子，却只能以殿下相称。

穆安和子幽才来到亭台，子幽便四下里张望，但见四周无人，才收了收眼神里的恐惧。穆安看着子幽的眼神，知道王子这是有难言之隐。"王子殿下，你这般着急叫我来，可是有什么事？"穆安问道。

"子笙和鹿德昭在密谋借着王选，直接让夕见公主登位，再禅让给我，然后兵制朝堂，兵政天洛，意图反制父王，并将一切反诬燕川，意欲谋反！"子幽言简意赅，声音虽低，却在穆安的耳中振聋发聩。

"真有此事？"穆安虽与子幽不常见面，但是早年也是一同习武的王室内外的伙伴，如今子幽来参与典选，穆安效力天下院，也算是一圆二人合作的愿望。穆安觉得子幽不至于撒谎，这子笙的燕东军向来有二心，也不奇怪，只是若此次借地谋逆，真是闻所未闻，但是顺着殿下的言语细想这其中逻辑，却已清晰可见，还当真可能实现。

"我刚才听到一些碎语，千真万确。"

"王子不必担忧，我料想他们必会严密部署，即便惹怒了其余诸国，也都只会迁怒子秋王陛下。所以此乃险中制胜，我们还有时间针对他们的计划，再行破解。"穆安淡然道。

"穆安兄！我只求与夕见公主成婚，别无他求。王选胜不胜，我无所谓啊，只求你帮我，帮我啊！"子幽是个痴情的种子，典选大考临近，心里竟然只装着一个女子。要说其与格鄂尔坦倒真是一脉的王室纨绔性子，再加上宗政星沫痴恋炼金术，似乎这王选之途，伯谕有着明显的先机。子幽说罢，便要给穆安行礼，穆安赶紧把子幽扶起，又一同坐下。

"殿下怎可给我行礼？夕见公主乃绝色美人，我了解王子之心。但是王选的执念，不可放下，王子乃国之翘楚，人中龙凤，为何不争那王选之胜？再说了，你若有受禅登位的机会，还会怕那子笙等人谋反？公主也自然是你的，谁也抢不走！"穆安心中虽不忍夕见的归宿是这般，但是家国为上，也只能如此教导王子。

"话虽如此，穆安，王选岂是儿戏？我哪有胜算？"子幽面对子笙这般的恶行和夕见这般的温柔乡，似乎一时对王选没了兴致，自信也少之又少。

"无论如何，王子殿下，你去全力争夺便是，其余的事交给我来做！"

"穆安，燕川如今动荡不堪，你可要助我家国啊！"

"那是自然，为了燕川，万死不辞！但是，王子殿下，无论王选之日发生什么，一定记得，王室之风不可遗失，心里要有所准备。"穆安扶着子幽的肩膀，不停地鼓励。子幽听在耳朵里，可是这心一半是悲凉，一半是火热，夹在谋逆之危和情爱之温中间的心绪，一时难以平静。

龙默、沮洛和修辙三人可没敢如子笙和鹿德昭一般在侧殿言语，燕川一向跋扈，那光洛殿的侧殿就像他们的军界一样，习惯了之后，也就不再避讳。而龙默和沮洛才下了朝会，还没来得及餐食几口，便乘车来了将军府，他俩唯有见了正院把守的英典和府顶巡视的元攘，心里才算踏实，似乎这五国盘踞的洛京城里，只有这里才是真正意义上的天洛家园。

"这次能抢到宫内的驻守兵权，也实在难得，穆安真是言语相助啊，子笙倒感觉反常。"沮洛当先言道。"我总觉得梅央大人是故意提出'公平'二字，卖个破绽给我们，其实他心里，也并不想驻军进宫。"修辙猜测道，"即便是想要驻守权，以梅央的性格，也不会如此积极。"

"只有何谦和子笙这般想，其余的，都不愿驻军，若是驻军，那就变成军力之选了，毫无意义。梅央确是卖个破绽，想让天洛进了典选，再不济落个军权也算安慰。"龙默直言。修辙疑虑道："子笙？可是子笙一直在帮我们说话啊。"

"所以他漏了破绽，燕川人必有阴谋，梅央和穆安不停地引诱他接话，为的就是知道子笙的态度。他的本心使然，若是要求驻军进宫还好，他这反着一来，必有隐情。"沮洛直击要害。

"依我看，子笙是密谋了什么，否则不会与何谦和梅央唱反调，十有八九和夕见公主有关系。"龙默心里盘算的可不是夕见，他只想妲己妃子能安全，这样的话，至少截教有个主心骨。

"我们想到一起了，夕见公主在借着王选，密谋登位！"沮洛猜到这一点不难，因为之前众人欲杀公主之时，曾言语担忧夕见若是登位，禅让就会拉近的忧心。但是夕见表现得很抵触禅让之说，那也必然有了登位的心。龙默更知道夕见和苏妲己的心，当然也猜得到。修辙却大吃一惊："啊？真的吗？这与子笙何干？"

"利益总是相互的，若不是互利，两人不会走到一起。"龙默推测道，"夕见若要登位，不会不游说四国之人。"修辙反问道："那我们怎么办？"沮洛有点无奈："现在棘手的就是如此，我们不知道他们具体的密谋，不好行对策。"

"我去找夕见！"修辙冲动道。

"等等，将军，夕见公主不会说的。公主如今利欲熏心，唯有王位能满足她。说白了，她是死里逃生，如果不登王位，她自己依然会是任人摆弄的棋子，她自己最明白这一点。所以你现在去问她，她什么也不会说。"龙默言道。

"实在不行，将计就计，夕见公主想登位，帮她了之，然后把燕川彻底拖下水！"沮洛指了个方向。"只怕燕川不善，夕见公主登位了，禅让也就随即而至，我们连周旋的时间都没了。"龙默依然担忧。

"实在不行，反正宫内守卫都是我们的人，绑了四国王子，强行驱赶四国！"修辙甚至起了杀心，只是不便言明。"你信不信，那是四国最想看到的局面，他们有了一万个理由彻底覆灭天洛，屠城屠殿屠后宫！"沮洛反驳道。

"唉！若是王选内真能有天洛一份就好了。"龙默有点悔恨朝会上没能争下这几乎不可能得来的特权。"并非不可以，夕见公主若登位，我们推她一把，然后再把后宫之人逼出来反对，天洛自古没有女子登位一说，自然夕见公主与后宫乱成一团，再借口让小王参选平复一切，重归秩序。这样一来，四国为了王选稳定，也不得不同意了！至少，我们该试一试。"沮洛又出险招。

"后宫会完全听我们的？夕见公主登位他们又不是不能接受。再说了，五国王选，如何评定？还不是各家投各家的票？"修辙反问道。

　　"评定之事只能再议了，韩童两个老贼可还在牢里呢，鲁正天天来给我施压，让我杀了他们。这个旧案，我们可以拿来制约他们，若想活，韩童就得听命，若想韩童死，鲁正就得听命。"沮洛这心思缜密至极，"而且还有个人可以帮我们添把柴！"

　　"穆安吗？"龙默问道。沮洛招了招手："附耳过来！"三人低声耳语起来。

　　梅央夜深未眠，一遍又一遍地阅读宗政星沫带来的楚王亲笔信。这信中尽言分洛思路，也有南依的立场，只是没言明原因。梅央看得一头雾水，这其中最核心的几句话一直绕在心间，不得楚王陛下的动机和最终诉求。

　　"梅依尹，万事汇集，不如一字安心，此为'助'，助天下太平，助分洛安平，助百姓无战，助河山无恙，此乃南依国本。穆安吾感，无问所以，只言相助便是，分洛之局，宗政星沫只可稳局不可造次，你须多加管教。蕊公主生性多情，切莫让修辙牵制内外。让宗政兄弟多加小心天下名将，不可鲁莽行事。另，夕见绝不可登位，切记。其虽面美心善，但久居庙堂，又是王室残根，切莫让墨台氏族的妖孽引战之性死灰复燃，谨记。若夕见或龙默有此心，宁杀之！"

　　梅央虽然觉得楚王不让夕见登位的动机是合理的，但是如今的局面就是，若登位成功，禅让也会加快，子幽和格鄂尔坦看上去并非是宗政星沫的对手，只有伯谕是个挑战。而且燕戎不睦，戎崇也有潜在危机，爆发只是一瞬间的事，若是早禅得登大位，对于南依是一件好事的，梅央心里盘算，楚王必是还有难言之隐，自己也不便再问。

　　宗政星沫几日前才完成了给梅央送信的任务，如今依然烦闷如何把王服里的密信交给穆安。听自己的父王也说起过，穆安是一个喜欢寻险求生的颇有性格的文武全才，若是自己用计给穆安，万一聪明反被聪明误怎么办呢？想着想着，便又走到了翰博院后庭的长廊，远见雪轮公主领着宗政星烛似乎是奔着琴妃的澄莹宫而去，这已经是他第三次见到弟弟和雪轮去澄莹宫了，难道琴妃和哲王的宫内有什么好玩的吗？边想着，宗政星沫便不由得缓步靠近了去，这才发现，那根青橙长草依然在弟弟的手里，而琴妃似乎也对此物很感兴趣。

　　宗政星沫刚离开这廊子没多久，只见龙默小跑着奔侧殿而去。不用问，必是去找穆安言之前与沮洛商议的结果，也无非就是找穆安相助。

　　"哦？你们有此意了？"穆安听了半天，才明白龙默和沮洛设计了一盘棋路，只是穆安对于这些小伎俩，已经不太在意了，他要做的是筹划全局。

　　"夕见公主这是虚晃一枪，不作数的，要的是把子笙的阴谋勾出来。"龙默直言。

　　"你怎么知道子笙有阴谋？王选在即，哪个国家不在私下密谋？"穆安自然知道龙默说的是啥，也知道龙默和沮洛并不知道子笙具体在做什么，只是预防而已。自己如今汇集各路消息，有了统一的计划，但依然要佯装不知。

"那日朝堂争论驻军是否入宫你还看不出来吗？众人都是常态，只有子笙不是。"

"捕风捉影而已，龙大人，守护好大典才是你现在该想的。"

"师兄，我知道你有主意，我只是来告诉你，我们在配合你，希望你的计策也与我们相配，别到时候相互抵触！"

"子笙作何谋划，不难得知。你我分河道而阻，则洪流难汇！"穆安这颗定心丸，直直地塞在了龙默的嘴里，言外之意，你即便什么都不做，我也会救天洛，龙默心里这才踏实下来。

一早晨雾未散，穆安循着婴柳留下的盗会印记一路向着东郊找去，才看见一个草宅的轮廓，便知此必是婴柳多个落脚点的其中之一。因为雾气中有铁屑的锈味，盗会可能在密谋什么，否则不会这个时候抢磨武器，这东郊多钱庄和餐食之商，没什么匠铺，那只可能是盗会所为。穆安从侧墙跃身而入，心里琢磨婴柳为何如此神秘地过活，只是因为与伯谕和太积的纠葛，还是另有太多秘密不便随时现身呢？

"你们相认了？龙默说了什么？"穆安才进入大宅，就看见婴柳在等自己，赶紧关了门，低声问道。"第一次看他流泪，估计也是最后一次。你想的没错，他密信我，希望我劫持公主，然后巡游四国，就是为了借此离间凡世，真是阴狠的诡计，闻所未闻。"婴柳边说着，边又竖着耳朵听外面的动静，然后把穆安带进了里屋。

"婴柳，虽然我与龙默政见不一，但是我觉得，他也是有难言之隐。朝堂之人，可不是伦理人常、亲念故交所能左右的。所谓权之下，枯骨嶙峋，权之上，一人孤寂，为了权力，人非人！"穆安生怕婴柳也陷入这种纠葛。

"我不怪他什么，真的，他在我的生活里没出现过几次，我为何要为了他伤心？只不过我替母亲悔恨，男人之责，难道都在朝野上下？"

"你接下来去哪儿？"穆安问道。

"我会整肃盗会，配合你后续的行动。"

"龙默没有留你入府？"

"留了，但是我拒绝了，我还是和盗会的兄弟们在一起比较踏实。"

"那也好，你在暗处也安全些。"

"对了，我有一事查清楚了，燕川军方要悬赏拿你的人就是子笙，是子笙下的命令。"

"可确凿？"穆安思忖道，直觉此事没那么简单。

"盗会在朝堂的眼线查明了此事，是子笙托他的副将子熊找到了我们盗会的分舵主，以求悬赏拿你。所以我之后布下天罗地网，好看看穆安究竟是何方神圣。"

"所以唐知引我入会也是你的布局？"

"那是意外收获。你的战友死了，你去探望他的家人，此乃常理，你也是有情之人，也许是义气救了你。若是别的盗会兄弟先拿了你，你未必有后来的运气和唐知的相助。"婴柳眼神飘忽。

"我还是那句话，查出杀唐知的凶手，我第一个手刃了他。"穆安眼里满是怒火。婴柳目光闪躲之余，心中难掩恐慌，迅疾岔开话题："你准备如何处置子笙？"

"燕川颓势，我虽不忍直视，但是鹿辞和子笙两个蛀虫不除，燕川即便拿下天洛，也是腐朽的另一个温床，不如现在除而后快。"

"子秋王那边可有其他安排？"

"子幽王子和鹿辞的叔叔鹿德昭来了。"

"鹿德昭？替鹿辞职位？子秋王没因为通敌之事株连？"婴柳眼线甚广，什么都知道。

"我也奇怪此事，鹿德昭竟然像没事一般前来赴任。管廷颐他们早就伏法了。"

"真有管廷颐这个人？之前在盗会，你不是骗我的？"

"怎么？这个年头，真话都像谎言吗？我可对你一直诚实。"穆安说了句发自肺腑的假话。

"若查出新的蛛丝马迹，我都会告诉你。"婴柳没敢再看穆安的眼睛。

"那是最好！对了，你去帮我查查洛和会和东戎教在洛京城内的动向，我怀疑，他们和天洛朝堂或者天下院有联系。"

"洛和会和东戎教？"婴柳疑惑道。

"对，王选在即，我们得做点什么。再派些盗会的兄弟，帮我找几家豪府，控制些当朝要人的家眷。"穆安吩咐道。"哪几个豪府？"婴柳又问。

穆安扔给婴柳一个牌子，上面写着"鹿"字。婴柳瞟了眼穆安，穆安点着头。这一局，手里的提线木偶更多了几个，加之牵绊江湖盗会，那不胜就没道理了。

夕见公主游走四国的尾声，终于掉进了鹿德昭和子笙设计的圈套。她连想都没想，就把婚书和禅书签了下来，甚至连鹿德昭和子笙都不明白她登位驱禅的法子究竟是什么，难道还有当朝毁书的戏码？

子笙自然许诺在巡防军和公主的亲卫中秘密安插燕东军的事情，为的就是确保公主能登位，甚至安排好了调换的手法和时间。鹿德昭私下走访鲁氏的事情，他也几乎没做隐瞒，就是要让公主放心。通过王后一脉，这修辙和龙默新立的朝堂禁军里，也尽是燕东人和公主亲卫，说白了，只要四国驻军不入朝堂，那么登位之举便在燕东军和公主亲卫的庇护下进行。

夕见公主落笔签字婚书和禅书，捺下手印，这一黑一红之间，赌上了天洛的前路。夕见虽是被子笙和鹿德昭安排了细节，但是她有着另一份打算，那就是笃定了修辙、穆安和龙默会在自己登位后挺身力保。再不济，也不会让禅让发生，她要的，就是逼出最狠毒的龙默和最睿智的穆安。但可惜的是，夕见赌对了一半。那个蛇蝎美人的权欲之心被卖国求荣的虚伪架在了另一个高处，让夕见轻则不胜寒宵，重则坠身而亡。

几日后，穆安再来燕川军界拜会鹿德昭，已经距离典选没多少时日了，如今这众人都在阴谋阳谋中畅游，也不知自己身居深浅了，剩下的只有大风大浪前的随波逐流。

鹿德昭饮着酒，穆安闪身而入，鞠躬行礼，鹿德昭赶紧起身招呼："穆安大人怎么有这个雅兴来我这里一聚啊？"穆安坐在鹿德昭的对面，端起个杯子，抿了一口："雅兴源于平和之世，如今这世道，难有心情啊。"

"穆安大人何事如此烦忧？"

"唉，我是替你烦忧啊。"穆安佯装长出一口气，看着鹿德昭花白的眉宇，自知对于这位老者心态的猜测十有八九对上了。鹿德昭眉头紧锁，满脸疑惑："替我烦忧？何事啊？"

"鹿大人可是为了将功折罪而来？"穆安直言。鹿德昭面色有些紧张："穆大人所言何意？"本是要说服穆安帮助自己和子笙的鹿德昭此时见穆安先发制人，心里没底。

"鹿大人，你我同朝多年，当年家父借病东游，以避子秋兵政之灾，还是鹿辞大人和您一起相送的，这份感情我至今难忘，所以我是有心救你鹿氏一家啊，只是不知你可愿意配合？"

"救我们？"

"大人，你与子笙密谋借分洛而谋逆，我知道所有的布局，你们不但不会成功，而且会把燕川的分洛前路完全堵死。至于你一家老小，唉……"穆安没把话说得太露骨。

"荒唐！穆安！你可知自己在说什么？"鹿德昭装得深沉。

"鹿大人，如今步步想来，你们助夕见公主登位，行婚约，后禅让，再揭子幽真身，让子笙幕后听政，以求掌控天洛，制约燕川，且造燕川篡洛的假象，让子秋王承担四国之压，一切的一切不过是云烟中望燕雀，瀑水后见窟穴，空留几分残影和徒劳而已。"

鹿德昭喘着粗气，凝视穆安的眼睛："我不如此，难道等着通敌之案坐实后一死了之吗？"鹿德昭听穆安说到如此细节，自知瞒着也没必要了。

"如今你险中求生，助子笙谋逆，那是剑走偏锋，我估计你也是答应子秋王陛下揭露子笙，何不继续为之呢？"

"揭露他？我还没傻到把自己放在子秋和子笙两个王中间来折磨自己，我若揭露不成，则子笙难饶我命不说，谋逆不成，子秋也不会求其死。而我，终是落难之人，何处栖身？难道子秋和子笙会同时放过我吗？我会不知道子秋放我而来，只是无计可施？"

"大错特错！鹿大人，你不想夹于两王之间，这点我理解，你会倒向一边我能预想。只是，你倒错了方向，自古谋逆之罪，罪孽滔天，更何况子笙之谋，还是借外谋逆，你自己想想，胜算几何？另外，既然子秋有言在先，让你揭露此事，将功赎罪，自然不会于之后出言反悔，你若助我揭露子笙谋逆之事，我也会帮你言语，洗脱罪孽！"鹿德昭面露犹豫之情，身体有些颤抖，穆安继续言道："鹿大人，你乃当朝大官，孰轻孰重，自然明白，鹿辞大人也明白。他若在，会怎么做呢？另外，你是否知道，子秋王陛下虽然下令彻查你的边境豪府，但是只是封停商往销路，并未尽抓所有的人，囚禁的尽是带官爵之人，家属一律留府，这可是很大的恩宽了。所以，你不必担心豪府内的妻女们，他们绝对万无一失，我已经都帮你照看好了，若是有变，我会即刻派人带他们南下，燕南的小镇再美不过了！"

鹿德昭瞪着眼睛："你！你！你僭越抓我鹿氏之人？你要挟我？"鹿德昭这才听出弦外之音。

"僭越？我又没抓人，只是看护，我的江湖朋友相助而已！来，见家书如见亲人！"

穆安递给鹿德昭一封信，鹿德昭打开，看了几行，眼中闪着泪水，然后把信慢慢叠好，手拄着自己的头，慢慢哭了起来，自言自语道："我如何行事？"

"再简单不过了，鹿大人，听我细说。"穆安这便凑过来耳语。鹿德昭老态尽显，这几行热泪，流得让人心酸，纵使千万罪，终是老翁魂，只是不该拿家国开这弥天的玩笑，还助纣为虐。穆安看着他，也觉得动容，知他转了念，多少有救年轻家眷的心，自己已然无所畏惧了。

夏末秋初，正是这个叫作天洛的帝国倒塌之后一年的祭季，但是如今天上院、天下院、内廷院、净天府等院府帮邑，均无心"纪念"，剩下的只有天洛人与四国之盟搏斗的最后决心，当然还有四国人为了禅位一搏的坚持。

秋凉不见下，但是暑热已经退去大半。龙默几日前梦见这个凛冬便是四国退去的日子，但是随后便是更大的战事，这是一个悖论。无论如何，这一年的停战期，是一个修正，人心也获得了希望，甚至他欣慰女儿回到了身边。

而穆安不忍回想父母的双亡和花诚唐汉等兄弟的离开，如今自己权压四国，似是觅得了归宿，但是这份归宿，但凡是有点情义的人，都不会希望以挚爱亲朋的生命去换取。

光洛殿殿门打开，天上院王储、天下院将臣、内廷院卿士、净天府群史，以及一众四国其他的谋士、副将、官员、小臣，一众天洛王亲、贵族、大家、商头、武林盟主、江湖要人、子民代表、后宫要人等陆续进入宫殿，大家相互行礼，落座四周。

众人在礼乐声中寒暄起来，场面好不热闹，这大殿也终于又一次被填满，只是这其中的暗流涌动，非常人所能体会。

四国王子、子幽、格鄂尔坦、伯谕和宗政星沫走入大殿，鞠躬行礼。龙默站起身来，手执通文朗声念了起来："天洛各众，天上院、天下院、内廷院和净天府诸位，四国的国相、将军、王室、谋士、副将、官员和诸臣，我们今日得聚此地，为的是五国共治前路上的一件大事，那就是四国王子之选。王选胜者，便是受禅之人，也就是未来天洛的君王！选试分为三步，今日为第一步，文试，四位王子且听沮洛大人言语便是，也好给今日在座的诸位有个初步的印象。"

"天下院诸位面前都有一把玉器，当然，我知道，你们都会投给自己的王子，而每个在座的天洛人也都有一把玉器，你们只需在最后投入你们认为较为满意的王子所属国的竹篮里便是，不可弃权！"修辙补充道。

"第一题很简单，我天洛依洛水而居，以敏山为根，可否请诸位王子，以天洛山水为题，作诗一首呢？"沮洛当先出了题。

子幽上前一步当先道："五国群臣众将，王亲国戚，我乃燕川王子子幽，天洛山水之美，不但养于天地之间，更在美女的眉宇之间，就好比夕见公主。我今日的诗句，便由山水引至洛人。洛敏之相惹君颜，不过眉宇一点寒，若得中洛一佳人……"

夕见公主一袭公主长裙，慢慢走入大殿，众人的目光瞬间被吸引过去。夕见边走着，边续言道："何须当世乱人言！"夕见这出场接诗不就出人意料，可更出乎意料的是夕见竟然走到王座之前，才转过身，给众人鞠躬行礼。

殿内百余人一片哗然，不知所以。龙默和穆安对视一眼，面色冷静。子笙和鹿德昭对视一眼，却略有忐忑。

"公主殿下，今日乃王选之日，不知公主这是何意？"龙默当先问道。

"我的国家王选，我不能参加吗？内廷院不是都在吗，我不能来？"夕见反问道。

"公主殿下，您迟到了，如此打断子幽王子的诗兴，实在是……"修辙厉声道。

"哪里话，公主此次前来，稍晚而入，必是有话要说，不妨给公主些时间，只是这王座目前还……"沮洛没敢往下说，生怕公主一气之下坐在王座上。

"夕见公主，你虽打断我燕川王子之言，但是既然是你父王曾经的朝堂，我想你自是百感交集，惆怅万分，我们也不好说些什么。你要是有什么想说的，就说吧，如果合理，我们自然会满足你。"子笙朗声道。

夕见公主长出一口气，定了定神："今日我来王选大典，站在这王座前，只有一事相告！共治一年，秋初，也就是加济二十四年，十月初六，我墨台夕见，彼岸公主将在此登位，以主持大典，登位变法，改制天洛，推进共治，再行次年的大禅！"

夕见这一席话说得简单，当真如星石落世，激起弥天潮浪，引得人间一团炼狱。这朝堂上顿时炸开了锅，议论声此起彼伏，众人皆大惊失色。但是很快，天洛诸位大家、贵族、后宫、子民等人声浪顿起，把这光洛殿瞬间淹没在喊声中。

"彼岸公主得大统！"

"支持公主继位！"

"天洛万岁！彼岸公主万岁！"

龙默、沮洛和修辙自知如果真是这般，四国还能轻饶了禅让之局？赶紧挥手示意大家安静下来，这声浪足足持续了有一刻，方才静下来。子笙佯装镇定："哦？若是夕见公主有此意我们当然欢迎了，你在王位上，那岂不是正统继位？我们刚好也省了天洛小王待岁的时日，何需次年？"

"荒唐！我们之前议事，本就商讨过公主登位之事，最后众人商议杀了公主，以求灭王室族根。今日怎么子笙将军重提此事？莫非要扰了共治秩序？"龙默厉声抗拒道。

"龙大人，之前说杀夕见公主，不是也没成吗？命数如此，天意如此，夕见公主今日还站在这里，那就是四国前路的注定，她此时登位，主持大典，再言禅让，岂不简约？"何谦说得淡然。

"何大人，燕川的子秋王陛下和青戎的格索王陛下可是在边境相言，说杀夕见公主，不可迟疑。阴差阳错，夕见公主没死，后又进了内廷辅政，那便形同于你我同僚，怎么你会此时看着一个同僚登位？那两位君王之言我们听不听呢？"梅央只能听从楚王的意思，拒绝夕见登位，也便是支持了龙默等人的想法。

宫殿内的天洛人又开始有些激动，不停相互耳语，大殿内一时躁动不已。

"支持夕见公主登位！夕见公主乃天洛正统！"

"此乃天理，无论禅让之路在何方，此时夕见公主登位，那是顺应天理！"

"夕见公主登位！否则我们无意再续王选之典！"

子笙挥了挥手，示意大家安静："看见了吗，天洛人的情绪如此怎能安心大典？夕见公主登位那是最好的结果！"子笙几乎是喊了起来。

"多说无益！绝无可能！"梅央也提亮了嗓门。

扶季瞟了眼穆安，心里盘算着还是少说话为妙。这洪番本是燕北军军首，该是参与这次典选的。但是这来的路上，洪番与鹿德昭商议，此时燕北势力参与，怕是子笙会打草惊蛇，露出狐狸尾巴，所以洪番便没来。只是前一天与扶季通络了一番，若是朝堂有变，自己带着一些人于宫外接应便是。

说到这凤门，一多半还是子秋和洪番的心腹，如今也在洛京，但是确有一小部分是子笙的门客，如今混入了夕见的亲卫和修辙的巡防军。所以子笙和洪番倒是都在用这个神秘的组织，只是最终的结果可能大相径庭。

"子笙！夕见公主刚说登位，你为何这般支持？"龙默反问道。

子笙缓声道："好！好！龙大人，我不说那么多了，免得你天洛又针对我燕川大做文章。我最后一个提议，既然夕见公主想登位，但是天下院之人难以达成共识，那么我们就如王选一般，投玉器而选，五国各一个代表即可，如何？这最是公允！"
何谦高声道："我同意！"

子笙第一个把自己的玉器投入身前的篮子里，然后厉声："夕见公主登位，燕川应允！"

大殿内天洛的人情绪更加激昂，喊叫声不断。

何谦也投入一个玉器："夕见公主登位，青戎应允。"燕戎两家多少还是放不下婚约。

穆安面带笑容，十分淡定，一语不发。梅央一把把玉器扔在地上，摔了个粉碎，然后高喊："夕见公主登位，南依不允！"

子笙看着夕见公主的眼神里，满是对那金灿灿王座的向往，甚至想到了自己儿子指点江山的画面。夕见公主表情淡定，心中纵使有山崩于前，巨浪滔天，也没让自己权欲的心性动摇分毫。

龙默长叹一声，缓了缓神，把玉器也扔在地上，摔个粉碎，高喊道："夕见公主登位，天洛不允！"所有人此时都看着穆安。穆安则毫无反应，还在饮茶，他手里的那一票变成了决定这次登位的关键。

"穆大人，就等你这决定的一票了！"何谦提醒道。

子笙和鹿德昭看着穆安，表情慢慢变得有点严肃。穆安还在喝茶，无比淡然。夕见自知似乎穆安另有他计，但心里盘算着如今穆安与自己的感情，该是能敲定这登位最后一击了，只是心里一时激动不已，眼里竟然还沁出泪水。

朝堂内喊声更大。穆安站起身，手里拿着玉器，刚举起来，还不知投入篮内还是摔个粉碎，悬念却被留了下来。

鲁正、鲁怀、韩腾义、童远生、韩魂和童魄领着一众后宫妃子、主管和四个天洛小王子冲入大殿，鲁韩童三氏之人屈身而跪。鲁正厉声道："夕见公主万万不可登位，我携后宫诸位妃子、小王、总管，以死相谏，望夕见公主退出内廷，让出王位！"

"鲁正！你疯了吗？你还是不是天洛人？"夕见颇感意外，大喝道。

子笙和鹿德昭瞪大眼睛看着鲁正等人，这半路杀出的猴子抢着香蕉还惦记着树。子笙下意识地瞟了眼沮洛，沮洛似笑非笑，这面容里藏着一种诡谲，若是今日不得，那必是沮洛和龙默又在耍花活。韩腾义高喊："公主殿下，天洛自古并无女子登位之例，先王为求偏安，得保妇幼，曾立下国文，不许女子和未满十岁的世子登位，此乃国法国礼，更是天洛文俗。天洛子民不知，四国外人不知，难道您一个王亲也不知吗？"童远生也高喊："公主殿下，您今日提出此事，就已触怒国法，理应罪加一等，收后宫处置，但是念在您是王族最后的残根，只求您作罢此事，让王选继续！"

夕见公主烦躁不堪："荒唐！你们后宫就是这般对我夕见的吗？"若不是沮洛用了手腕，借案压制，韩童鲁断然不敢如此，不过党群勾心之余，三家也对夕见颇有微词，谁会不想自家孩子登位。

"鲁正！你个吃里扒外的东西！你天洛之主提出登位，你却在这里提什么天洛旧法？"子笙气急败坏。"礼旧可以改，共治本就是新法，有什么不可以动的？说白了，登位不过是为了禅让，你这般较真是为何？再说了，之前怎么没人提及此事？"何谦慢条斯理道。

"何大人，我们臣子本不是后宫之人，确实不了解此旧礼。但是既然提出来了，我们还是遵守为好！"龙默直言。

"何大人，后宫这些人中，可有内廷院的人，这便是两院的意思，你也觉得不妥吗？"扶季终于帮了个腔。

"王选之前，我们于天下院可说的清楚，天洛旧礼改不得，甚至还让四国王子于翰博院修习了月余。怎么，子笙将军，何大人，此时惦记改天洛旧礼了？"梅央质问道。子笙开始有些焦虑："谁知这帮后宫奸佞说的是真是假？这韩腾义和童远生根本就是上次通敌案揭露出的天洛罪魁！他们的话怎么能信？对了，怎么他们此时出狱了？"

"子笙将军，说了半天，我们终于说到点子上了！几个月了，我怎么都绕不开通敌之案！今日我们才把通敌案最后一个罪魁引出来，实在不易啊！"沮洛坦然道。

"最后一个？"子笙心中一凛，但觉这事态有些危险了。

鲁正、鲁怀、韩腾义、童远生、韩魂和童魄等人拿出一些新的账本、舆图和文册，扔在了地上。鲁正拿起一本念了起来："子秋九年，燕东聊镇镇口，斧钺两百把，铁戈四百把，运抵燕东军副将子熊帐下，不得有误。"韩魂举起一份舆图："此乃燕东军武器与粮草的运送舆图，从鹿辞，也就是鹿德昭边境的豪府直达子笙的营帐。"

子笙和鹿德昭目瞪口呆，两人顿时汗如雨下，任他们如何谋划借地谋逆之事，也没想到，沮洛和龙默竟然留着这么个后手，两人此时倒还没怀疑到穆安的头上。

只有穆安自己心知肚明，这沮洛和龙默自有保护天洛的法子，自己只需推手并最后一锤定音，只是委屈了夕见公主，在这王座的阶梯上止步了。

童魄又念道："洛西凤族区，一年内收粮草千石，入伍两千四百人，此乃子笙借粮充军，拥兵自立的证据！"子笙大惊失色，嘶吼起来："你们疯了？造谣！纯属造谣！我这是商往，军队补给而已！德昭！你说话啊！"鹿德昭低着头，始终不说话。

"鲁大人、沮大人，咱们现在可不是翻旧账的时候。子笙的军队之大，不可想象，他们自己的供给何须质疑？你不是想拿通敌之事扰夕见公主登位吧？"何谦直言，其实心里也挺美，燕川也有今天。子笙帮腔："就是！这是两码事！沮洛，你别胡搅蛮缠！韩童两个老贼你还留着，你这是徇私枉法。你是什么时候把他们从牢里提出来的？你私通净天府！"

"不留着他们，如何发现你拥兵自立的证据呢？"沮洛笑得诡异。

"这是自立吗？这是军事补给，再正常不过了！"子笙极力反驳道。

"子笙将军，我实在看不下去了，你的粮草不来自燕川朝堂，而是来自鹿辞氏族，实在蹊跷，难道燕川的国政是羽枢院羽尹的家里给军队供给不成？洛西的凤族区可是天洛管辖，你也这般惦记？难道燕川的军队要用天洛人补充吗？"穆安讽刺道。

"穆安！你！"子笙到这时候才确定，穆安与龙默等人通了气，心中有些万念俱灰的感觉，只是这最后一搏还是要坚持。

"只有一种解释，最合理，子笙将军，你要借洛谋逆！篡统分治！"穆安大喊道。朝堂中众人大惊失色，面面相觑，议论声又起。天洛人情绪激动，喊声嘈杂。子笙瞪大眼睛："穆安！你疯了！你这是诬陷！"

龙默挥了挥手，示意大家安静，又道："将军，我说你怎么从一开始就那么力挺夕见公主登位呢？你这是要借公主篡我天洛王位，以此反制燕川吧？这里是你谋反的温床吗？"

子笙气急败坏："荒唐！一切都是你们的言语，抹黑事实！断章取义！"

"龙大人、穆大人，我并非向着子笙说话，你们欲借此抵制夕见公主登位，那可是过分了。"何谦是看戏的不嫌事儿大。

"何大人，你还看不破一切吗？子笙今日力挺夕见公主登位，必是做了周密的计划，若是我猜得没错，婚书和禅书，该是夕见公主和子笙都签好了的。"穆安直言。

"有此事？"何大人疑虑道。

"子笙！你私定了婚书和禅书？"梅央也在追问。

"荒唐！子虚乌有！"子笙眼中充血，气血上顶，面红耳赤，如同醉醺醺一般。众人一看他这般模样，就已经信了七分，哪里还用辩驳。穆安直言道："修辙将军，劳烦了！"

修辙走到夕见身边。夕见立在原地，早就没了响动，眼泪在眼里打转。修辙轻轻地上下摸索，搜着夕见的身，也自知对王族不敬了，低声耳语道："夕见，你不该如此，但是无论如何，我保你周全！"

修辙摸至夕见的腰间，缠腰中搜出了婚书和禅书。修辙打开禅书念了起来："今，彼岸得位，自兹以赦，典选不授，天降之举，众臣务尊，群将掌领，求禅让之位三月后传于子幽王子，特此通文，百官评批，充详文录，两院辅言，不得缓决，以安民心！"

朝堂又一片哗然，这今日大戏，朝堂上所有的没事儿人当真是看了一个痛快，也都在心里暗自嘲笑子笙之举。若是婚书和禅书都藏在身上，此不是给人以证据？但是子笙和夕见并没有别的办法，只能硬着头皮将两份罪书带在身上。可这玄妙的地方就在此，若是登位之前被揭穿，拿出来就是罪证，而登位之后夕见出示，则可是君王之言了，这一念之间，天差地别。

"禅给子幽？"格图怒吼一声。梅央指着子笙大怒："子笙！你果然密谋夺位？"

"子笙，今日不说明白，谁都别走！"宗政公贺一把长弓已经握在手里，宗政公若比他哥哥动作还快。

"子笙！没想到你燕川这魁首，果然有手段！"太積亮了长枪，子笙已是百口莫辩。

子笙失心疯一般仰天大笑："来人啊！围了大殿！"这巡防军和一众公主亲卫一拥而入，把殿内众人团团围住。夕见公主剩下的亲卫站在了她的身后。

格图大喝一声："好啊！子笙！我说你怎么前几日主张天洛人守护大典，好为了摆脱我们几国驻军！"说罢，双持板斧已在手心。

"天洛的巡防军怎么听子笙调遣？"太積疑惑道。

"守住天下院！"宗政公若厉声道。

"夕见公主！你这是随着子笙一起反了？"梅央反问道。修辙低声提醒道："夕见！冷静！"

夕见面无表情，眼泪一滴滴流在雪白的脸上，冲刷着自己最后的不甘。也难免众人的怀疑，这些亲卫和巡防军该是夕见和修辙的人，但此时哪里有人会怀疑修辙围自己的公主？

"子笙，你用心良苦啊！你以为偷换朝堂之军，兵力所压，就能完成你设想的每一步吗？你力挺夕见公主登位，再行婚约，后禅让子幽，想得太美。但是命数不定，你没想到，今日有人拆穿你的一切吧！"龙默冷言道。子笙哼笑："我燕川成盟至此，带领四国反洛建制，那是最大的功劳，理应燕川接掌天洛，这有何不妥？你们还搬出通敌旧案，诬陷我借洛谋反，图谋天洛王位，居心何在？"

"子笙，你意图谋反燕川，借天洛王位反制子秋王陛下，四国质问起来，又可以迁怒燕川，你这招实在狠毒，不拆穿你最后的秘密，你是不会承认了。德昭！该你了！"穆安指了指鹿德昭，也自知这可能是他最后留给世人的礼物。鹿德昭慢慢走出来，欲言又止，子笙面色惊恐："德昭！你！"鹿德昭朗声道："这是我燕川朝堂几十年来的秘密。先王，也就是子笙的父亲兵政之期，于塞外应战之时，被自己最小的王弟，也就是子秋王拥兵谋反得逞，于是坐在王位上的变成了子秋。而先王之子子笙只能屈居燕东的将军，长期留守燕东，难近朝堂！子笙也确实咽不下这口气。但是，更加有悖伦常、大逆不道、失王室之风的是，先王知道子秋因疾不能生育，膝下无子，于是把自己的孙子，也就是子笙当时只有三岁的亲生儿子过继给了自己的王弟当作嫡子，以求王室有续，王权不断，先王也是担心子秋之后再生王储之争！"

子笙跪在地上，身体颤抖，掩面而泣。子幽听着鹿德昭的话，瞪大双眼，难以置信。

鹿德昭继续道："于是子秋便有了王子，那就是子笙的儿子，子幽！此次王选，子笙欲借夕见公主登位，和亲之约，让子幽抢过天洛王位，以求自己的正统燕川王族能再回王位，只需子笙私下与子幽说明家族旧事，以图相认便可！但是若此秘密不揭露，其余诸国只会迁怒并怀疑子秋王下令了这夺位之事，引战燕川边境，则子笙和子幽手中的天洛，变成了他谋反燕川，再夺西方朝堂的根基！"鹿德昭不顾家国脸面，照实全说。当然，这也是穆安之意，防止子笙反咬子秋不遵盟约。

子幽跪在地上，情绪失控，这心绪间犹如突坠地狱般的痛苦，放声大哭。众人触目惊心，朝堂内鸦雀无声，只听见子幽和子笙的哭声。子笙仰天大喊："家国不幸！王室之丑啊！今日大白天下，子秋！我看你如何再执朝堂！"子笙发疯一般仰天长叹，然后是放声大笑，近乎疯癫，站起身，指着众人怒喊："今日完不成我的复朝大业，没有人能离开这里！"

子笙拔出剑，一剑刺进鹿德昭的胸口。穆安刚要上前相助，鹿德昭跪在地上，血口渐露，凝视着穆安，发出微弱的声音："救我家族！救……"鹿德昭言未毕，倒地而死。

巡防军内的凤门门徒和燕东军军众跳脱而出，把众人团团围住。太稷、格图、修辙、宗政公贺、郎虎、宗政公若、瑶缮、英典、青灯、元攘等诸国名将各自掏出武器，护住自己身边的人。

子笙指着众人："都是跳梁小丑，一帮无知之徒，你们以为一年共治，是在干嘛？暂时停战而已！谁信天洛会真的易主外人？谁信天洛会真的停止引战？你们看到天洛人在做什么了吗？一群跳梁小丑！一群战争狂！虚伪！你们撕下面具看看自己，谁不是为了一己私欲？谁不是为了王权之辉？你们扪心自问，谁对得起这片河山？谁对得起共治二字？谁真的为了和平？谁真的为了家国？啊？"子笙这几句嘶喊，戳在人心中，叫人思绪联翩，也有反省之意。但是这人心，巧得也便是如此，看别人都清晰如洗，看自己却犹如烟朦。

众天洛人群情激昂，朝堂里又变得吵闹不堪。子笙挥了挥手，巡防军中的燕川人奔着所有人杀来。朝堂内顿时乱作一片，不少人争相奔着殿外跑去。

太稷、格图、修辙、宗政公贺、郎虎、宗政公若、瑶缮、英典、青灯、元攘等人与燕东军厮杀起来。这燕东军和凤门之人虽众，但是这些天下好手也不是吃素的，他们一个个身怀绝技，一时间子笙也控制不住这朝堂。

太稷银枪出手，格图双持板斧，两人背后相顶，一个转圈，十多位燕东军兵士被枪挑的枪挑，斧砍的斧砍，另几个兵士也不敢贸然近身。宗政公若和瑶缮熟悉穆安的身手，两人护在龙牙剑的两侧，三人进可攻退可守。郎虎一人双持龙指长刀，护在龙默身前，左右摇摆，一时间清出一片空地英典、元攘和青灯护着天上院的王储和天下院的诸臣，便往身后退，这燕东军似浪潮一般，不断袭来。

夕见掩面而泣，失魂落魄地奔着王座慢慢走去。修辙冲过去，一把把夕见搂在怀里，抱向一旁。宗政蕊看着修辙，略感伤心。婴柳一袭黑衣，已是在人群中沉寂了好久，终于到了自己出手的时刻，她从混乱的人群中挤了出去，顺手向着子笙扔了一把银针。

子笙正与太稷打得激烈，不幸中针，慢慢陷入被动。穆安从旁仗剑而出，换了太稷的位置，一剑劈来，占据上风。子笙负隅顽抗，抽剑又攻穆安左路，郎虎一个疾步杀来，反手夺了子笙的剑，宗政公贺和宗政公若一左一右，两发箭矢狠狠插入子笙的脚面，顿时疼得子笙龇牙咧嘴。

元攘手弩连发，英典挥舞斧锤，一时把燕东军镇在殿中央。修辙给青灯使了一个眼色，只见一道丝刃穿众而去，把子笙双腿捆了个结实。这子笙论单挑本就不一定赢得了穆安，加之这么多天下名将插手，子笙输得彻底。郎虎和宗政公若奔着子笙而来，协同穆安，便把子笙擒下，押在地上。穆安高喊："燕东军人听令，子笙已擒，你们束手就擒，即刻宽恕罪责，绝不追究。"燕东军军众一时间慌了手脚，犹豫片刻，停了手。

修辙大喝："巡防军听令，天洛人，把燕川燕东军人卸除武器，带出宫城，听候发落，不得有误！"话音刚落，这巡防军中不明所以的天洛人就把身边的一些燕东军擒了下来，这谁也不认识谁的尴尬之间，穆安又喊道："面生者擒！"

燕东军见子笙被擒，一时不敢动，但是天洛人自是觉得无碍，四周看了看，很快把一众燕东军和不识面目的凤门人擒了下来，押了出去。浩浩荡荡间，也必然有那浑水摸鱼而去的燕东军，但是穆安自然要给军界的驻军留个传话的，就说子笙已然谋逆被抓，这军中的乱，子秋王也会知道，而且军中自乱，才是他们不会第一时间来此寻仇的条件。

穆安狠狠地按着子笙，子笙不再挣扎。龙默厉声："子笙扰乱共治，破坏王选大典，意图篡权天洛，谋反燕川，暂时押入天牢，通文一封，即刻告知子秋王，商议后再行发落！"

太积、宗政公若、宗政公贺和格图押着子笙离去，剩下的巡防军把鹿德昭的尸体抬了起来。穆安下令道："即刻把鹿德昭的尸体送回燕川吧。"

朝堂内的天洛人又开始群情激昂。

"还我天洛！洛人治洛！"

"四国人滚出天洛！滚出天洛！"

"结束共治！反对共治！"

沮洛给鲁正使了个眼色。鲁正摆摆手高喊："诸位！天洛民声如此，我们也不好全言不听，只求众人考虑，让我天洛小王也有王选的资格！替代燕川的位置，如何！"天洛人情绪依然高涨，随声附和，此起彼伏。

梅央当先反驳道："荒唐！别以为你们天洛人刚刚揪出天下院的蛀虫就可以任意妄为！"

"算了算了！今日不言此事，明日天下院朝会再议，散了散了，简直胡闹！"何谦无奈道。

"那我这最后的玉器也没用了，就留着了！"穆安瞟了眼悲伤的夕见，却调侃道。龙默和沮洛相视一笑，这才放松了心情。

"把韩腾义、童远生、韩魂和童魄带回各自府衙软禁，没有内廷密文，不得进出，以备候审！"沮洛下令道。

"今日大典至此完毕，择日再续，诸位且回去，待我们商议后，再续通文！"龙默大喊道。

这大殿众人陆续离去，足足一炷香的时间，才慢慢走完，犹如观戏后退去的观众一般，还带着看戏后余波未平的心绪，有的担忧，有的怅然若失，有的依然激昂。这便是天洛的命数和子民的心绪，伴随着这大好河山，在这命悬一线间，流露出最具魅力的声潮和顽强的生命。

龙默走到穆安的身边，笑了笑，附耳私语："师兄，这就是我们第一次联手的结果，你还满意吗？"

"你呢？"穆安但见夕见如此，心中愧疚之意又生。

"去吧，还有两个人等你劝呢！"龙默又言。沮洛和修辙相继拍了拍穆安的肩膀。

穆安走到子幽的身边，子幽眼神空洞，佝偻着背，干涸的嘴唇和带着血丝的眼睛挑起最后的精力，却如同行尸走肉一般。

"殿下，有些事总要面对，子笙在西宫大狱，子秋王陛下在燕川朝堂。我想，你该和他们叙叙旧。修辙，帮我送子幽回去燕川军界。"穆安有意放子幽一马，毕竟此事与他无关。修辙走过来搀扶子幽而去。

大殿内渐渐空无一人，只剩下穆安和依然望着王座的夕见。夕见慢慢坐在地上，面无表情，穆安走到夕见的身边，捧起她的双手。

"夕见，还是那句话，不到时候，王座只会害了你。"

"都是你的布局吗？"夕见面无血色。穆安却没敢有丝毫的反应。夕见泪流满面："你还要玩弄我多久？"

"夕见，这不是玩弄，这是……"

"我是你扳倒子笙的棋子吗？下一步你要拿我做什么？"夕见声泪俱下。穆安叹了口气，掏出刚才的玉器："我答应你，下次，若有下次，我一定把玉器投入篮子中！"

夕见掩面而泣。穆安伸手把她拥在怀里，这一刻，没有姜尚和苏妲己，只有穆安和夕见。

夜已深邃。穆安依然眼圈泛红，面对夜空中的圆月，长吁短叹。太积坐在穆安的身侧："穆安兄，我知道你心里难受，哭出来会好些。"穆安长叹一声，呼出万般无奈："鹿辞倒了，子笙也倒了，我几乎亲手埋葬了共治下燕川的一切，我还怎么配做一个燕川人，怎么回去那片家园？"穆安如此惆怅，但是心里一杆秤还是四平八稳，为国驱除奸佞，无论时局，只能如此。

"穆安兄，政事使然，命数各异，鹿辞和子笙只是咎由自取，和家国之念须区分对待，反过来想，燕川国没了他们两个蛀虫，那风气也会正一些。"

"鹿氏三世侍奉朝堂，子笙为先王之子。如今一个商往通敌，乱家国财途，一个谋逆作乱，乱王室伦常。实在是罪孽，罪孽啊！羽族不幸，不幸啊！"穆安眼泪几乎流下来。

"现在燕川基本在天下院内失去了一切，一蹶不振是肯定的了，不知子秋王会不会迁怒于我们。穆安，我们可要时刻提防，燕川军界那些燕东军可正愁没地方撒气呢。"

"燕川如今动荡，子秋王估计难以东顾，军界的一部分兵也许会调离，去往燕南或者燕北。"

"调离？为什么？"太积疑惑道。

"在子秋王眼里，他的朝堂可比分洛之事重要多了。如今子笙落马，他一定会担心副将子熊暂领的燕东军有变，他会把这三万人马悉数分散各地，使他难以抱团行事，也好借此机会，把燕东分给他自己的心腹将帅带领。"穆安似乎并不担心燕东军在军界直接反了。

"燕川的驻军减少，这就证明燕川的分洛前路基本堵死了。"

"也未必，鹿德昭一死，算是揭露子笙谋逆案有功，也许反而救了鹿氏家族，鹿辞可能会因祸得福。"

"鹿德昭真的是你拉拢过来，扳倒子笙的？"

"他为人奸佞，这次来，本就是助子笙谋逆的。所以我先下手捉他心鬼，让他难以施计，进而为我所用。"

"我崇衡若早得你，盟主说不定是我们的。"

穆安破涕为笑："将军，立即把这里发生的一切密信伯翁王陛下，看他接下来有什么安排。然后叮嘱王子殿下，燕川颓势渐深，我们的机会大增，但是要提防天洛小王们加入王选，到时候，又是棘手的问题！"

"好！"太稷抽身而去。穆安又一个人静了下来，一个人的独处，能听见两个人的心声，这些该是姜尚愿意看到的天洛的复苏之境，只是苦了穆安几乎要带着愧对母国的懊悔走完这一生，在那个二十多岁的年轻人心里，可不懂什么大义凛然和死而后已。

穆安一直未忘却子秋王交予的要务，他也自知把天洛立成另一个大周的必要，那么他踏出的这些步终究是打下了一个基础，洛人必须归朝，而周人必须反制。穆安呆呆地望着龙肤卷轴里的这个即将消失的名字，孔宣，也便是子笙。

央郯宫里传出的哭声借着秋初的凉风润满整个后宫，这悲凉和凄然背后是一个具有天下之心的凤主和蛇蝎之心的妃子的交融心绪。四国之所以没有制裁夕见的贸然登位和助子笙谋逆共治，是因为龙默和沮洛也在私下里走动。这何谦依然念着龙默的好，且顾虑格索王的心思，自是不会追究。穆安也能做得了崇衡的主。梅央怎会不知子笙下台已经是最好的结果了，留下夕见必然是把燕戎扔进火坑的关键。所以夕见别说登位谋逆，就是杀几个四国人，都不会有事。但是夕见伤心的也便是如此，她被这世间巧妙的制衡钉在了内廷的辅政之位上，前无进路，后无退路，不上不下，心里自然烦闷。

燕川国凤羽城王族坤宇宫内，子秋王看着天下院发来的关于子笙谋逆的通文，胸口一阵剧痛，一口鲜血喷了出来。洪番刚刚稳住燕川军界的燕东军，并按照子秋事前的吩咐分拆了驻军，部分发往了燕北和燕南，且留了部分凤门的门祭秘密在洛京城西郊料理后事，就连夜风尘仆仆赶回了凤羽城。这才来到坤宇宫，便见子秋几乎是心肺俱裂，被子笙的谋逆之事气得不轻。

洪番赶紧把子秋扶住，擦拭着血迹，让子秋坐在一旁。子秋王长叹一声，声线凄凉："家国不幸！家国不幸啊！臣不行臣事，将不走将途，商往通敌，借地谋逆，建财粮帝国，违伦理人常，子笙这是如何？把人都丢到天下院去了！其余四国如何看我燕川？一个有失伦常的帝国吗？"子秋歇斯底里，然后猛然咳嗽了几声。洪番赶紧安慰道："陛下，借着婴柳之言和盗会的线索而查，此事似乎是天洛的龙默和咱们的密使穆安两人联手所为，借夕见公主登位之欲和鹿德昭赎罪心切，推动子笙借子幽身份举和亲之事，行禅让进而借堂谋逆之计。依我看，龙默和穆安的这次联手实在诡异啊。"

"两人联手？穆安我还是信得过，他不会轻易对我燕川不利，若不是子笙谋逆大罪，他不会借此把燕川置于如此境地。至于龙默，我怀疑他心有不轨！"子秋对穆安自信得很。

"陛下切莫心急，还是先请医官来看看吧。"

"我自己的身体，我自己知道。说说看，我们现在如何办？"

"陛下，当务之急不是处置子笙，而是保住天下院内我燕川的地位。依我看，鹿德昭既然以死明志，揭露了子笙谋逆之罪，那大可抵罪通敌之案，鹿辞本也是良善，不如再让他回去天洛复职？"洪番心里想了几百次善后之事，这燕川朝堂虽大，也尽是一些奸佞之徒，要说选人，还真就没有比鹿辞更好的人选了。

"那怎么行？简直胡闹，鹿家的人一个都不办，管家杀了好几个了，这公平吗？通通杀了，子笙、鹿辞，一个不留！"子秋心里一横。

"陛下，都杀不得，杀不得啊！"洪番担忧这朝堂一杀尽杀，抽空了基业和人才。要知道，这贪臣贪归贪，但是能力多少还是有的，否则光是织这人脉大网，就得需要多么睿智的头脑。

一个侍卫疾步进入宫内："陛下，鹿辞大人在狱中大喊要见您，且以死相逼，说是有要事启奏。"子秋王瞟了眼洪番，洪番点头示意，有见面的必要。

"去，唤他前来！"

"是！"

洪番又提醒道："陛下，不妨听听鹿辞如何说。"

"他还能有何说辞？听说叔叔死了，已然将功折罪，他当然有恃无恐。"

片刻后，鹿辞一溜小跑，进入宫内，跪拜道："陛下，臣听说叔叔已死，子笙谋逆被囚禁，子幽哀莫大于心死，分洛前路我燕川颓势，甚至会丢失王选之权，特此来进献良言，望陛下思虑。"

子秋王一阵叹息："鹿辞啊！鹿辞！你身居大狱快一个月了，消息还这么灵通？你好意思说你鹿家不在朝堂内外攀亲结派？"鹿辞强装镇定："陛下，几个狱卒常年蹲守牢底，风湿骨痛常有，我在燕川之时，就经常给他们拿些药剂镇痛。长此以往，也便与他们熟络了，得此宫外消息不难啊！陛下，且听我良言，子笙杀不得，子幽也绝不要遣返，王选之位不可丢，天下院之争不可弃啊！"子秋王大怒："子笙借洛地谋逆，这等大罪不杀？子幽再不回来，我如何解释这一切？就任凭他在天洛一个人苦痛？这两件事不解，如何再争王选和天下院之位？"

"陛下，此非两件事，而是一件！子笙若死，子幽必然颓废而度日，终不得解脱，一个王子陷入如此王族纠葛，又被当世之人看个正着，他自然苦闷。依我看，子笙与子幽敞开心扉一见而诉，才是解开双方心结的关键。如今洛京内，我不在，子笙不在，子幽烦忧，我燕川几乎失去一切，若不及时挽回，分洛之路我们可就到尽头了。"鹿辞多少还有免罪之心。

"哦？依鹿大人看，如何挽回呢？"洪番问道。

"陛下，请您株连我鹿氏上下一百三十口人，全部问斩，以救家国危难！"鹿辞真就没跟穆安学好，这险中求胜的精神学了个皮毛，就敢在子秋面前叫板了。但是鹿辞这也是不得已，他自知罪孽深重，要不全家死以震慑朝堂，要不赦免回去天下院，走通一条路，也比在这牢里待着强。

子秋大惊，盯着鹿辞："你说什么？"

"陛下，您此时杀我全族，然后致信天下院，就说谋逆之事，全然是误会，都是鹿德昭挟子笙将军所为，并非子笙自愿。子幽之事，纯属子虚乌有，也好反咬穆安和龙默，这是我们最后的机会。"子秋王冷笑："越抹越黑你知道吗？越抹越黑！"

"此事不妥，鹿大人，若是龙默和穆安是那么好反咬一口的，子笙和你也不会栽在他们手里。另外，他们身后还有修辙和沮洛，一个将才，一个帅才，天洛的根基即便如此这般，却依然稳固，实属不易，我们须从长计议。依我看，陛下，我与鹿辞同回天洛为妙。我们通文天下院，就说鹿德昭助穆安揭子笙谋逆之事有功，已经特赦鹿氏家族通敌之罪，另鹿辞大人经查，并不知家族琐事，完全是鹿德昭所为，如今既已将功折罪，就不再追究，特此恢复鹿辞天下院之职。鹿大人也好重新领国相之位，而我代行将军之职，再得天下院，多少挽回些颓势，也好镇住燕东军。"

"也是个办法，燕东军如何了？"子笙自知朝中无人，除了鹿辞和洪番，谁去了天下院也都是待宰的羔羊。

"我连夜回来之前，已经分流两万人回燕北和燕南，凤门留守了近百人秘密探查谋逆残罪。陛下放心，燕东军大势已去，既不会兵向朝堂，也不会刺激共治，我们分洛还有余地。"洪番现在觉得燕东军不寻衅共治甚至比回剑朝政更重要，心里也明白，毕竟还留了万余人，这子熊是子笙的族弟，子幽若是心有父志残念，复而指挥这万余人的残军也是可能的。子秋王疑虑道："我们出了此等丑事，盟室必然动摇，青戎第一个就会在边境起势。去，把调往燕北的人全部补充进你的燕北军，分驻青戎边境，然后你去天下院替下子笙，领其余驻军，再行分洛之事。记得，尽力挽回名誉，若是子幽依然能继续王选，那是最好不过的。"子秋王又思索片刻下令道："鹿辞，你先去准备，明日便上路回天洛。"

"陛下，我……"鹿辞但觉这幸福来得太快。洪番给鹿辞使了个眼色，鹿辞磕了几个头，感念君王的大赦，这才离去。

"陛下，穆安他……"洪番提醒道。

"我自会密信他，让他帮助你和鹿辞挽回燕川颓势。至于婴柳，我们的计划不变，该杀的人，继续。另外，迅速查清龙默的目的和动机，不得再有误。"

洪番在这共治末期如此勤奋，心思可不在什么分洛和领军。北土十四京如今依然无信，他心中也是焦虑，不惜动用燕川几乎所有自己的势力彻查此事，但依然没有消息。为今之计，也只能先回到天下院，这南土越乱，北土的机会越多。

话说这格索王听了子笙之事，但觉这燕川必是有了毁盟的心，连夜便派了几队轻骑人马补充了燕戎边境的军力，燕戎在边陲的危机似乎越来越深。

入夜，燕川骑兵和青戎骑兵在两国边境对峙起来。夜风渐凉，这世间的天平开始了倾斜，正所谓风水轮流转，天洛的秋高气爽缓步而至。

一位燕川骑兵阵前大喊："这里是燕北渔夫镇东，你们越境了知道吗？"

一位青戎骑兵驱马而近："边境线在哪里？你怎么知道我们越境了？"

"你没看见镇口写的燕川东线吗？"

"怎么？越线怎么了？你们王室连伦理之线都越得，我们越个国境线怎么了？"青戎众骑兵大笑不止。

燕川众骑兵忍无可忍，一个骑兵杀出，一刀把一个青戎骑兵砍翻在地。青戎骑兵大喊："燕川人反盟约了！燕川人反盟约了！"

"杀！"

两军这便陷入死斗。一夜过去，死伤虽不多，但这足以在四国盟约上划开一道裂痕，顺着这道裂痕，天洛有了典选谈判的基础和最后一步险棋的胜算。

穆安步入翰博院，一早听修辙言语夕见情绪有危，穆安担心得紧。翰博院内，烟熏缭绕，夕见捧着《红女织记》看得仔细。原来这本书与织记并无关系，说的尽是这布与人的关系，似乎每一条细线和丝棉都以为彼此交织就是一生的宿命，殊不知这平面外的人才是操盘手，似乎这世外之世，也是命外之命。夕见看得认真，心里不停琢磨内在的意义。

穆安才坐下，夕见眼中惆怅，瞟了眼穆安："这是我第几次拜托你帮我登位？又是第几次你让我事与愿违？我属意王政许久，难道如今辅政便是去路？"

"夕见，我说过多少次，你不能坐在王位上，哪怕一炷香的时间，都不行。"

"我若得了王位，你还能再把我拉下来不成。"

"天洛命数归去何处，不在何人称王，何人称臣，而在于天洛的子民对谁信任。"

"那除了我还有何人？我是王族正统。"

"难道加济王不是吗？你们王族每日勾心斗角至今，何尝有一日反思引战之罪？"

"我如何反思？我和修辙一直主和。"

"可是结果呢？没有结果等于没有作为！"

"我能改变什么？我唯有坐上王位才会有改变的能力。"

"你若这般想，那便是权欲所思！每日尽思若得仕途而所为，却不思当值之所为，那是蜡炬之思，不见光火，则不思燃身吗？君思君事，臣思臣事，相辅相成，朝堂之所成。若臣思君位，君思臣斗，岂不是两相悖？"姜尚这是说给苏妲己和夕见两人听的，若是两人都有王权的欲望，那即便登了位，也是徒劳。

"穆安！你是在教育我吗？我乃一世王族！思什么臣事？"

"你现在是内廷之臣！"

"我不是！我是王族！"

"天洛王族已死！"穆安字字如坠地的玉珠，弹在夕见的心里。

"你说什么？"夕见玉眉紧皱。

"我是说，引战之族已死，你若想复族，必须思通体之变！"

"穆安，我不会放弃登位。我知道，我登上王位的那一天开始，你才会全力相助于我！"

"为什么？我为什么帮你？"穆安质问道。

"情世难聚，我们只能权世相携！"夕见坚定地挤出这几句话。穆安的眼神里满是苏妲己的魅色，这两世的纠葛正如《红女织记》里所言：丝绵两相携，群线已成毯，不知红织人，已在毯中眠。

丝绵与织人的关系，就像这人类、AI与推演世界的关系，他们造就和控制着这个世界，也从这个世界获取着什么。其实，细想来，如今早已过了人类保护推演世界的时期，南土被AI控制后，更是让这个"冥王星的文明"成了两盟的遮盖布。克里斯这般想着，心里也明白，AI对于推演世界的控制，早晚也会失去，瞿麦来势汹汹，虽还不知具体目的，但是这个"文明"的去留与未来，将是牵动人类和

AI命运的一根弦。

克里斯反复试验着能传送到冥王星的办法，甚至不惜尝试在自己的实验室利用奇点学和虚空学构造时空仪。他想把自己内心对于人类的新看法和最后防御瞿麦的大计划尽快地说给陆秀夫和安梦文听，当然他也想到过借助李勉传达，但这并非稳妥的事情。

冥王星在克里斯心里是一个不折不扣的地狱。由于公转的差别，时间和空间的错落使得克里斯在自己的报告文学里直呼冥王星为"地狱的深渊"。他甚至觉得，冥王星是银河系里周边奇点最多的星体，那里充满了未知，而人类之所以把商周的推演放在那里，为的是让AI恐惧于接近虚空的边缘。但克里斯想错了一点，没有人类认为冥王星是一个地狱，那可是陆秀夫所言的回家的路，在这乱世内，哪一条回家的路不是充满荆棘呢？与到家的喜悦相比，走在哪里，都会是地狱。

克里斯创造的时空仪加入了DNA捕捉与精神转移的设置，这使得他有充分的信心能把自己传送到汤博区的时候，确保那个克里斯还是自己。

李勉在陆秀夫和安梦文讨论亲身涉入推演世界的方案之余，悄悄开启了实验空间暗层的一个磁场装置，里面有一个供传送用的真空空间。那是人类早就具备的科技，只是战后被AI控制了大片云端数据后，人类没敢再启动这一传送装置，担心AI的军队前来毁了推演。

李勉偷偷地开启了接收装置，就等着克里斯亲自传送到位了。他也知道克里斯可不会像安梦文那样傻傻地坐着太空飞船闯过虫洞辛苦而来，他只会借用高科技，但李勉也不确定这仪器是不是也成了瞿麦的囊中之物，或者瞿麦也传送点什么东西过来。

克里斯终于开启了传送装置，他身穿宇航服，闭上了眼，心中默默地倒数，一束强光照射在仪器内克里斯的身躯上，几个眨眼的工夫，克里斯真的消失了，只不过李勉那边的接收器里可迟迟没有出现克里斯的身影，一直都没出现，一直都没有……

所有人都认为克里斯传送走的实际上只有精神数据和灵魂编码，至于躯体在何处，那是一个新的谜团。

"白梗国，北土大族，以音律和文学居于北境文礼的顶端。不似十四京地广民众，喧嚣闹世。也不似荷堂宗教逐心，唆人以律。有的只是雅兴与诗性，有的只有诗音琴画，水墨留白。好一个北国江南，冰雪水乡、亭台落雨、瑞雪飘然，真叫人向往。"安梦文复习着白梗国的知识，为涉身推演之世做着准备。不久后，当几位现代人走进这未来的史实里，又会是怎么个光景呢？

第十一章　诳天

　　李勉琢磨着克里斯早就发出了传送的预备信号，可是这等了几个小时了，依然看不见接收器里的任何人影。焦急之余，李勉突然想起一件事，那是曾经推演计划开始时陆秀夫说起的"地眼"设置，一个与"天眼"相对应的地面监视系统，也是一个推演世界的角色，它拥有监视和调控功能，而且安装了接收器的信号源和数据匹配系统。简单说，就是若接收器不工作或者数据不正常，这个"地眼"会直接取代多元的工作。顺着这个思路推算，若是瞿麦已经控制了实验室的诸多仪器，那么这个主控的接收器也不会幸免，所以克里斯很有可能把自己的精神系统或是DNA数据传送进了推演世界某个人的身上也说不定。李勉不确定若是克里斯先进入推演世界，会不会与陆秀夫和安梦文的计划相抵，但是一种难言的不安油然而生。

　　克里斯把自己的精神系统做成数据传送并非AI的什么新发明，这个灵感来自他的王牌生物工程教授李恢元，当他得到代号POF的仪器时，他就想到了尽快去往冥王星的办法，他很不屑李恢元给这个传送器或者叫"DNA捕捉器"起的名字——Past of Future（未来的往事），似乎空间和时间在李教授的眼里均是矫揉造作的工具。但是克里斯如今的精神体系在浩瀚星空徘徊几个小时以后，总算安全"落地"了。

　　克里斯睁开眼睛的时候，满眼都是灰蒙蒙的雾气，耳边水滴声滴答滴答，眼光刺穿雾气，几根黝黑到发绿的栏杆出现，外面是一条长长的硬石铺成的长廊。而克里斯自己就躺在稻草上，似乎是小憩刚醒，他摸了摸自己的面容，白须之上，眼眸之下，是已经呼吸不太畅快的酒糟鼻，他确认自己是个老头了，但是直到狱卒走近自己所在的牢笼，他才意识到，这是推演世界的内部。

　　"乔大人，吃饭了！"狱卒把餐食放在栏杆处。

　　克里斯用精神数据在脑海中压制着这位乔大人的魂意，没错，这是克里斯"附体"了乔元靖，而乔公就是陆秀夫口中那位"地眼"。当然，这个地眼虽有监视功能，但是乔公自己可不知道自己世外之世的身份，他只觉得自己是推演世界的人。更令人感觉诡异的是，克里斯附体后，竟然还知道乔公的身份和意识分析，也就等于瞬间理解了推演的一切，那么其实对于乔公来说，他的魂意里已经不再是闻仲，而是克里斯，任谁也没想到，第一位现代人的中途涉足，竟然是一个 AI 的头目。

陆秀夫和安梦文跋山涉水，往西南境的白梗走着。他们俩的身份如今虽已经是白梗的王室，但是依然需要到位后以启动角色的地点设置。两人刚刚跨过荷堂的盆地，便觉这推演世界里的一切实在太过真实，冥王星如此极寒的天气，竟然在这个天穹下的推演世界里，能营造出接近三十度的夏日高温，而且所有眼见的建筑和植被都如此逼真，逼真到他们的眼睛和大脑给出的反应与真实的无异，包括触感和认知。

"若是咱们拥有这般技术，还输给瞿麦，简直是天意！"安梦文摘下一株星点草，拿在手里端详，"而且，这夏日的温控如此舒适，虽然咱们也植入了皮下温控系统，但这种温控科技，我打赌瞿麦人没有，否则他们早就着陆了。"

"这不算什么，也许瞿麦人都没觉得这里冷！"陆秀夫坐在草地上休息，望了望灼热的骄阳，心里也觉得这人类如今的科学还挺神奇，"你知道吗，你手里拿的星点草，其实只是虚拟影像！"

"什么？那我的触感？"安梦文惊讶道，他不停地揉搓那根草，与真实的无异。

"咱们的皮下推演适配系统，有触感元，会根据不同的现实虚拟影像，产生触感而已，否则，这偌大的东西南北四土，我们哪有时间在汤博区实地建设？"陆秀夫看着安梦文惊奇的脸，笑个不停。"所以只有推演角色是真的？其余都是假的？"安梦文追问道。

"当然，地球难道不是吗？你敢说除了你自己，周围一切，都是真的？"陆秀夫反问道。安梦文听着陆秀夫的话，觉得他似乎说了一个很有哲理的话，但好像又什么都没说。

穆安和龙默几番折腾，终于也算是把四国之盟弄得外强中干了，心底也都在琢磨着回去上古的路径与方式。

这洛京城东郊有一片静谧的湖水，名为凯旋湖，因先王宗勋曾连续战罗曜国十次获胜，班师回朝均是路过此湖，宗勋便觉此湖有着神力，在庇佑一方，故取名凯旋。穆安但见此湖，便觉得很像子秋陛下所言的"极境"。

穆安从自己崇衡的军界来这东郊也算方便，他站在湖畔，湖面的凉风撞来，但觉惬意。这湖面也甚是诡异，凉风悠悠，却不见涟漪，本是有鱼荷上下触水，却依然不见涟漪。穆安这才怀疑，此湖的镜面该是一个出口或是进口。

穆安掏出龙肤卷轴，再把龙牙剑反握在手里，然后打开卷轴，念着其中的几句诗词："湖水为上，心境为下，两世之求，一世之念！"

等了片刻，这湖面十分平静，映射着蔚蓝泛紫的天空和天空中翱翔的天眼。再过片刻，依然毫无反应。穆安自言自语："极境，难道并非湖面？"穆安透过湖面，凝视着那个天眼。良久后，他的眼里闪着一丝疑惑与恍悟，该是穆安和姜尚之外的AI超智又在进一步超脱了，只是这次的超脱之间，似乎让穆安在怀疑什么，若是这世间之人有着两层魂意，那该是有可能有人故意为之？

刚刚入夜，天洛国洛京城王族光洛殿却依然灯火通明，天下院和内廷院的朝会少有地放在了晚上，这子笙借地谋逆的大事若不解决，在任何人心里都是一个结。龙默来回踱步，朗声道："子笙将军如今借共治和王选试图谋逆，我等天下院同僚绝对不妥协，无论四国盟约还是天下院法约内，此等做法都将被严惩。依我看，加之鹿辞的通敌罪，就此废黜燕川王选之权和受禅之权，如果子秋王对此有异议，我们可要把持住，底线终归是底线，人不遵礼法，何为人？"龙默说出这般话，也必然是与沮洛和修辙商议过的，天洛要的就是第一时间把燕川踢出共治。

"龙大人此决定甚好，燕川人不可姑息，如此无礼之事接连发生，我只能说，那个子笙和鹿辞，包括子秋王就没把天下院和四国盟约放在眼里。若是他对此决定还有异议，那还真是恬不知耻了。"何谦趁燕川如今没了天下院的将臣，极力地落井下石。

"何大人，燕川如今没人反驳你，你倒说得来了兴致，何必呢？既然惩罚已定，就不须多言了，龙大人，王选何日继续？我们是否有个商议？"穆安轻言反驳道。

"穆安，你个燕川人帮着自家说话，我理解，但是凡事终有圆满。我们何不先商议如何处置子笙呢？"何谦追究道。

"子笙虽触犯天下院法约，擅自求禅，意图篡权，但是归根结底，他忤逆之外，为的是自己的王子子幽。谋逆篡权，也是为了反抗子秋王，这都属于燕川家事，若是你要僭越处罚，那可就影响燕戎两国的关系了。"穆安直言道，也知此时若不是自己，也没人会为燕川的利益争夺一把。

"穆大人，此话这么说就伤感情了，子笙首先触犯的是天下院条约，就擅自求禅这一件事，我们就足以治他死罪，若是成了燕川家事，可不知子秋王会不会包庇他了。"梅央当然有意借着此事，把燕戎推向深渊。

"若天下院不得处理子笙的权利，我们还须致信子秋王，这子笙可饶不得！"宗政公贺直言。

"梅大人，宗政将军，无论燕川人包庇与否，子笙都不能在此任职了，燕川也已经失去了王选资格，何必步步紧逼呢？"龙默心里盘算要是不帮着穆安说几句话，似乎也不合适。

"依我看，子笙之事本是个警钟，如今惩治前错并非大事，而是警示后者，谁若是再犯此种错误，那可就不是遣返各国那么简单了。"沮洛警示道。

"好！既然子笙被遣返燕川，燕川王选之权也没了，我们不咬着不放。只求王选继续，之后的路还需各位相互扶携。"何谦缓言道。

"那是当然，这王选……"龙默话未说完，夕见突然站起身，抢话道："这王选之事，我内廷有些说辞！既然鹿辞通敌案在前，子笙谋逆罪在后，都与王选脱不了干系。依我看，王选、登位、禅让越早完成，对于我天洛越是幸事！既可以维稳后宫，也可以平民间怨言，所以，至于天洛旧礼，我建议废黜，以便于满王子不用再等数月后十岁登位，而是当下便可。"

夕见这一番从嘴里冒出的话，众人听在心里可是五味杂陈。戎崇依都觉得公主有夺权之心，如此说也不惊讶，只是刚惦记完王座的人又荐王弟登位，前后这行为有点相悖。唯有天洛人觉得，这公主是当真疯了，若不是这姓氏为墨台，任谁都会觉得这是四国的公主，一心就想着尽快把禅让完成了，简直不可理喻。

龙默惊讶之余，赶忙接话道："公主殿下，子笙谋逆之事便是借你登位而成，如今你又来提登位之事？难道天洛王位空缺这么久，还急在这几天不成？"

"龙大人，公主既然是内廷辅政之臣，就有提出修改立法礼法等的权力，你何必如此潦草收场，当即否决呢？"何谦质问道。

"天洛小王十岁登位，待岁而治，这是历朝历代的约法。无外傅，宁流位，无议定，宁守言，从无例外。更区别于礼法的是，此乃约定俗成的后宫之规，怎么能说改就改呢？"沮洛眉头一横。

"沮大人、龙大人，当初夕见公主说登位，再求禅让，你们不同意。这次夕见公主自己提出来，废黜旧礼，让满王登位，你们还是不同意。怎么？天洛王座这般珍贵吗？还是你们在等什么？"梅央已经开始觉得此时是南依发力的时机。

"梅大人，天洛人明显等的是贤主，贤主择位，贤主当立，等王选出了结果，那便是天洛新主诞生，到那时再议不迟，何须此时提出谁登位呢？此时登位又有何用呢？"穆安怎能不知此乃苏妲己的魅惑之计，当然先行挡一挡。夕见凝视穆安的眼睛："穆大人，此时天洛有人登位你还看不出有何用吗？当然是震慑四海，稳固后宫，整饬民心，以保王选平稳，若是再出岔子，谁来负责？天洛的前路难道要一直等下去吗？"

"夕见公主所言不错，这次的事件一桩桩看似是燕川人所为，但是你天洛也脱不了干系，子笙的人那么轻易进入大殿，你们之前还口口声声助他反对四国驻军入驻朝堂，这其中的罪过可还不小呢。我们不愿追究也就罢了，这次公主的提议，你们休想就这么蒙混过去。"何谦强势起来。

"就是，我看一年的共治该是在典选和登位后结束了，也是为了你天洛好！"格图朗声道。

"何大人和格将军不需着急，既然夕见公主提出此事，依我看，可以写入新的天下院立法。只求满王子登位行权两个月，典选一毕，禅让之后，大功告成，根本无伤大雅。"梅央建议道，心里对于如今共治的末期有着自己的判断。

"绝无可能，满王明年才满十岁，那就必须等！若是天洛王族之礼四国同僚不再遵从，那又何必立于我洛族朝堂之内言语？"沮洛严词拒绝，心里思忖着诸家的心态，自觉这天下院如今在燕川萎靡之后，原本的平衡正在慢慢失去，似乎另外三国都有了最后一决雌雄的决心。

"就是！这里归根结底还是天洛，故地之法，来者自从，这些道理你们不懂？"修辙厉声道。

宗政公贺冷笑一声："天洛的立法？你们的立法里面写了引战之罪何当吗？你们的立法里引战可合法？如果没有，那么你们先王的引战之罪何来？是否他也触犯了洛法呢？"

"就是！战争之罪！可是洛族旧礼？"格图大喊道。

"你们！"修辙指着格图和宗政公贺回呛道。

"诸家大人，我们同是四国之人，共治前路，总是争执不会有结果。依我看，各退一步，满王登位可以提前，但不是下月，也不等到明年，以三个月为期如何？三个月后满王登位，再行禅让，这其中的时间，也好留给我们典选王储，留给天洛人善行后宫，善言子民，如何？"穆安琢磨着如今二对二的局面，没了燕川的牵制，怎么说，也难在这朝会有个定夺，于是找了一个折中的法子，自是心里有了在深冬前驱赶四国的自信。

"一个月和三个月有何区别？不过是王位易主的时日不同而已，你们难道要多看天洛三个月无主吗？"何谦反问道。

"何大人，穆大人都找了折中的法子，你就别再咬着不放了！"扶季帮了个腔，觉得穆安的法子是个北土祸乱的最后时机。

"何来无主？王族虽不立，也当是天洛之主！"修辙依然在反驳何谦的话。

"好！既然退让三个月也不成，要不这样，各退一大步。满王下月典选再续时登位，我们同意。但是王选中，我们希望天洛最聪慧的小王墨台予哲也参选，一来，稳后宫情绪；二来，压子民声浪；三来，给洛族交代，如何呢？你们不会觉得一个幼年的小王子会给你们带来威胁吧？"龙默心里想着借个坡把天洛的典选机会冲进来，不敢直言满王的典选，只能选了最小的哲王。这哲王乃是神童，如今不满三岁，四国也自然不会太过为难，但是似乎只有沮洛和龙默知道，这哲王心脑中的睿智，该是上天赏赐给天洛的新主大礼。

"哼！这叫退让吗？这分明是胡搅蛮缠，你天洛自己说的，四国参选，五国评测，若是你小王参选，何须评测？难道你们的人会不向着哲王子？"梅央质疑道。

"这个简单，文试武试，均由几国同僚商议出题便是，然后统一作答，不须再五国观测评测，只有精准之答为准，再不行录分以取，如何呢？"沮洛想起了前朝废黜的议分寮学，以不取人言的方式求学以进，选拔人才。

"好！省得我们再反驳，你们又说无理，那就各退一步，满王下月登位，王选加入哲王子。龙大人，别再出什么岔子，天洛拖延的时间够久了，我们若是看出点什么，那就不好了！"何谦朗声道。

"当然，但若是盟室之人自己再添乱，那我们可就没辙了。"龙默反讽道。

突然，一个正堂侍卫匆匆跑入大殿："龙大人，燕川传来通文，言鹿辞因鹿德昭以死揭穿子笙谋逆之罪，而鹿氏全族得到赦免，鹿辞无罪开释。如今子秋王希望他返回天下院恢复前职，以求批允。另，燕北军军首随即到位，请予以通便。"

朝会引来阵阵热议，此起彼伏，但觉这子秋竟然为了共治连国罪都饶得，甚至把燕北军的军首又派了过来，似乎有了死灰复燃的机会。诸家心里也都有了统一的思绪，这燕川恢复气候之前，必须结束这共治和典选，也必须禅让了大位，否则难言燕川还有什么幺蛾子。夕见这登位和推位之举，穆安这大义灭亲之行，实际上给天下院和共治政体挂了一个倒计时的大钟，当然，这也是天洛最后覆灭与再立的生死倒计时！

"鹿辞无罪而归？"龙默惊讶道。何谦摊开双手："看吧，我说什么的？子秋王变着法地包庇自己的爱臣，指不定子笙死不死得了呢！要我说，就不该遣返，天下院治罪就是了。"

"通文可说了新帅的名字？"梅央追问道。

"已经在给修辙将军的驻军通文内写明，但是未写在天下院通文内。"侍卫如此说，勾起了众人对这个同僚新人的兴趣，尤其是穆安。

"子秋王的本意就是不让燕川在天洛朝堂落了颓势，这样也好，我们同意了再次接纳鹿辞，子秋王也不好要回王选之权了。"沮洛言语赶紧压了一头。

"下去吧，把通文发去四国军界。"穆安挥了挥手。

"是！"侍卫碎步离开。

"既然鹿辞回来，还是希望大家对他不要太有芥蒂，王选之权剥夺之事，我会对他和子秋王言明，大家不须多虑。"龙默言道。

"好！那是最好，龙大人，天洛前路可能这几个月内就明了了，天洛的后宫和都城子民，还须你们费心管制了。"梅央行礼道。

"梅大人，后宫和子民自会因为我的建议而稳妥迎来王选，请您放心。"夕见直言，眼神里满是残碎的王权执念，但是很快又汇集成一道狠厉的光，照射在这朝会的众人身上。诸家看见的可不再是夕见的善念之心，只剩下贪婪与战欲，这和那个泰努昭王几乎一模一样。

子笙一身囚服，手镣脚镣傍身，望着边陲茫茫原野，眼里却有了一番光，光里透着自由与向往，透着前所未有的自在和逍遥，仿佛这脚下回家的路不再是通往朝堂，而是一个与父亲以及燕东志士重聚的天堂，纵使知道回去一死难免，但是心头的事已经做完了，还管他成不成功吗。

穆安看着子笙的背影，也没有丝毫感觉到他的悲凉，这是一种解脱。子笙虽谋逆在先，但是也确有难言之隐，这庙堂之事，难言绝对的对错和正邪，只有党群政见的不一，只有派别远见的不同。要说子秋和鹿氏是不是赢了这次的忤逆大案，要说燕东军和子笙党羽是否输了，也都未必。

子幽乘马立在一侧，面如死灰，眼中含泪，盯着子笙，似乎不敢相信第一次看这心头认定的父亲，竟是走在服罪的路上。

子熊一身浅黑色铠甲，冲过来抱住子笙，放声大哭，几个侍卫刚要上前拉开子熊，负责押送出城的沮衍挥了挥手，侍卫们没再动作。子熊哭天喊地："将军！你为何不跟燕东军的兄弟们说此事啊？你只带几十心腹如何掌控朝堂？你为何不跟我们事先说明啊？你以为这样就可以让我们远离大罪吗？"子熊这可是逢场作戏，必然也事先和子笙商量过，为的就是洪番接手后的自保。如今燕东军已经快分崩离析了，子笙也聪明，若是依然让大军有反抗共治甚至反击燕川的行为，会被天下院诸国联合剿灭不说，还会彻底丢了共治前路，子秋也会和天下院站在一起，到时候死的便是燕东三万将士。但是如此一来，即便燕东军消逝，残存的势力依然是子秋的心头大患，也没让子幽彻底失了天下院的位置。但是子笙这般想，自己那个政念不善的儿子可起了异心。穆安一听子熊的虚言就知道了子笙的小心思，但是这次却失了对于子幽的猜想。

子熊跪在地上，继续号啕大哭，子笙甩了甩手脚上的枷锁，把子熊扶了起来："你还有点军人的样子吗？你可以死在沙场，你可以浴血成魔，杀人如麻，但不可以行妇人之举！我不叫燕东军随我进入朝堂，是因为大殿里待不下那么多人，不是有心保你们，但是你们本就无罪，子秋王不会为难，分流出去的人不会被降罪，剩下的只要等着新帅赴任便是了。记得，子熊，你是军人，军人战死沙场，无可厚非！"子笙的话也在暗示身边的穆安，继续道："只不过我比你们多一片战场，那就是燕川和天洛的朝堂，我如今败了而已，但是无悔。"

"什么新帅，将军，我们只认你一个将军，别人不认，没有人可以领我们燕东军，我这就整顿您的十二位副将，随您回去领罪！"子熊低吼道。

"子熊，这是命令，带领燕东残军原地待命，助新帅和新相继续共治之路，不得有误！"子笙嘶吼道，眼里满是血色，五官甚至有点变形。

"将军！"

"这是命令！"

子熊叹了口气，鞠躬行礼，站到了一侧。

子幽下了马，立在子笙的面前。子笙拍了拍子幽身上的尘土，压低了声音，耳语道："孩子，子秋王没召回你，天下院也迟迟没有定你的罪，因为你本就无罪。记得，无论如何，别回燕川，留着这里，留在穆安身边，伺机重夺燕东军，那是我们的根基！"子幽面色有点惊恐，身形颤巍，眼含热泪，不停地点头，心里已经有了替父行志的决心。但其实子笙如今也是豪赌，他赌穆安必然会保下王子，即便子幽领了燕东军不再行忤逆，也能落得一个帮邑之王外放。但是子幽把子秋和穆安都想简单了，子秋即便此时不拿子幽，又怎会任其领军？而穆安确有保护子幽之心，但是如今子幽可不是王子了，那么这前路之上要是不与燕川为逆，还好说，若是反之，难言进退。

子笙走到穆安的身边，冷笑了一声："我可能没你那么好运，你持剑闯朝堂都没事，我就不行了，我也想质问咱们的君王，天下何归！唉，无所谓，天难遂人愿。穆安，帮我最后一个忙。"

"你说吧。"穆安淡然道。

"保护子幽！"

"为什么？"

子笙偷偷塞给穆安一封信，耳语道："我在朝堂里的眼线已经帮你查清了你想知道的事，但是这封信上只记录了一部分，还有一封信，我留给了子幽，上面有更多的秘密，信不信由你。穆安，作为交换，必须保护子幽渡过这个风头！"穆安看了眼信，藏进口袋里，点头道："放心，我会让子幽平安，也会让他与子秋王相安无事，若是必要，我自有办法让他平安回朝。但是，我不能保证他领得起燕东军。"

"那看他自己的造化吧。穆安，好自为之，下辈子，你做将，我做兵！"子笙有些动容，真是打心底喜欢穆安这个将才。

"不胜荣幸！"穆安行礼道。子笙站直身体，凝视穆安："燕川燕南军左师步军统领穆安！"子笙生平最后一次点兵。穆安眼中含着热泪，站直身体，大喊道："燕川万岁！"心头这一份感动，并非因为子笙赴死，只是这点名之事，让他想起了唐汉和花诚以及步旅所有的将士，那个真凶的答案如今似乎不再是子笙，他复仇的路依然遥远。

子笙仰天大笑，大步向前走去，没走几步，又大喊道："记得，刻一道血印在你的胳膊上，以祭奠我！凤羽振翅，遮天蔽日，翼下之堂，安有欢事，促膝三生，三生事尽，效力九宫，九宫无信啊！"子笙继续大笑，大步远去，从背后看，这哪里是赴死的将军，乃是一个凯旋的兵士，走在回家的路上，心里想着母亲的饭菜和父亲的叮咛，没有丝毫的恐惧和悲伤。

子熊跪地痛哭，子幽眼含热泪，穆安轻揉了下眼睛，然后冲着沮衍点了点头。沮衍押解子笙而去，也走上了一条属于他自己的不归路。

待身边人尽去，穆安打开子笙留下的信，看着信里的内容，面色凝重，自言自语地念道："燕北洪氏家族？军侯洪番，于燕洛战役最后时日，烧天洛粮草后追天洛重骑尾翼和侧翼，将天鬼重军赶至燕南小镇，迫使其猛攻驻军燕南的燕川步旅。洪氏的燕北军为防止穆安的部队争功，不惜放弃驰援和进攻，以图让穆军全军覆没，再追击天洛重骑，得以独享大功！"穆安思忖着什么，又继续念道："穆安和花诚于西宫安顿后，穆安因事离开。洪番路过而发现花诚等人，得知穆安众人不但没因闯朝堂被治罪，还得了神器调派外用，怀恨在心。所以命人反锁西宫小殿，火烧花诚等人，花诚发现火势，奋力反抗，不得逃生……"

"与婴柳所言不符？"穆安心里盘算着，这子笙和婴柳必然是有一个人没说实话，但是婴柳对自己的感情日月可鉴，否则不会有替夕见赴死的决心。但是如今子笙已是半截身子入土了，更需要换取穆安的信任以保其子安然度日，更无欺骗的可能。这两人的言语反而把穆安弄糊涂了，再加上子秋王在自己巡世之前的一番话，似是有意考验自己才设此局，那也有可能是这个叫洪番的人执行的陛下的命令，也符合逻辑。穆安当然有了倾向于洪番驱军之举的心，但是依然想不明白花诚的死究竟为何，这让他伤透了脑筋。

夕见凝视着龙默给自己画的苏妲己的画像，那运笔勾勒，线条墨丝，媚眼神态，身段衣衫，倾国倾城间，更多了几分贵气和骄纵，眼里似乎还渗出一种爱恋，这爱恋是只有画者能明白的情愫，叫人说不清道不明。

龙默有着对苏妲己和夕见超越主仆的心思，但这个秘密除了魂意间的龙默和那个有着星宇信念的灵魂之外，没人知道。其实，对于龙默这般有着寰宇大念，星宙雄心的"人"来说，若是一个美娇娘改变了其宏观心念，当真是一个讽刺了。夕见可不是什么普通角色，她是彻底的人类，那是不是某种意义上说，人类驾驭星宇唯有通过情感？

龙默满脸忧愁，微怒道："你何时能有大局之心？满王登位必会使禅让随即而至，我们还有何时间周旋？"夕见很淡然："现在是最好的时机给四国最后一击，你还要周旋到什么时候？"

"太仓促！若是不成，何来余地？"

"你已经周旋快两年了，结果呢？四国盟约可有动摇？此时是什么时局？燕川颓势，戎燕擦枪走火，崇衡有穆安制衡伯谕和太稷，南依有修辙掣肘蕊公主，我们还等什么？此时是驱赶四国最好的时机！"夕见觉得时机已经成熟，再晚一点就失去了主动。

"我与穆安刚刚联手，你知道他如何想的吗？他若依然犹豫，不肯诚心助我，我何来资本给四国最后的痛击？"龙默不是不知时机的到来，只是对于穆安的信任一再徘徊。

"我就是资本啊，你想想，穆安和我是什么感情？"

"妃子殿下，此时不是聊感情的时候。"

"申公！你平日油嘴滑舌，聪慧过人，怎么一到关键时刻，看不清形势呢？"夕见有些焦急。

"如今是哪般形势？"龙默被夕见问了一个愣。

"那我直说，满王登位之日，我会杀了王弟，然后自己完成登位。"夕见语若悬剑，坠心而来。龙默大惊失色，瞪着眼睛："你疯了吗？你几次三番惦记王座，何时成功过？"

"此次必会成功！"

"如何见得？"

"满王登位之日若死，必会引来当朝所有天洛王贵王亲，后宫要人，子民大众的群情激愤，他们自会以为是四国之人的暴行，我借此平复四国的压力，登位以稳人心，再顺理成章不过了。"夕见胸有成竹。

"糊涂！你即便是如此登位，有何用？不出两个月，王选结束，你一样是禅让！"

"那不见得，若是个把月内，四国被驱逐了呢？"

"我们没有十足的把握！"

"若是穆安尽力相助呢？"夕见眼神锐利。

龙默盯着夕见狠厉的瞳孔，自己的轮廓像极了一个恍悟的卑臣，试言道："你的意思是你若登位大成，穆安必会尽力帮你于冬末内驱赶四国，以求保住你和洛人的王座？"

"你终于明白了！"夕见这才松了一口气，"穆安和夕见是何关系？夕见若是这次登位以失，禅让为继，四国必让退位的夕见不得好死！要知道，没了她，就没人再对新王有威胁了，但是穆安会同意吗？"这苏姐已把夕见的魂意压制得死死的，这般说着，就好像夕见是在另一个躯体内引颈受戮的残魂一般。

龙默慢慢露出顿悟后的笑容："你不惜杀你王弟，借声势篡夺王位？不惜借用与穆安的情爱，驱赶四国？妃子殿下，不用看，就知道是你苏妲己的阴谋！真叫一个狠绝啊！"龙默说是这般说，心里早就不屑苏妲己的蛇蝎之计了，他心里会不知道大商怎么亡的？但是苏妲己如今的计策确实可行，只要造得起声势，得了自己和何谦的同意，只需说服梅央，夕见就有了再尝试登位的基础。只要登位成功，确实可以利用穆安对于夕见的爱恋，让姜尚妥协一番，至少穆安肯定会明白，若是夕见禅了位，从离位的那一天开始，就是夕见死亡的倒计时。夕见大笑道："苏妲己若不登位，何人会高看我一眼？"

龙默笑得勉强，虽知苏妲己用计狠绝，但确实可行，只是这穆安和姜尚的魂意交错间，谁人主命也叫人捉摸不透。

洛京城西南郊外，夏末的傍晚霞光四溢，云赭麓金，沙松叶响，秋意渐逆，林间细风流荡，惹肌肤舒爽之余，头脑也显得清亮许多。夕见和修辙乘马并肩穿梭林间，奔着一片郊外的空旷之地而去。修辙声音压得很低："给满王子备军？新立的禁军和扩充的巡防军不行吗？"

"历来天洛王子登位，必有扩军一说，此乃储幕大举，彰显王族势力，也能压一压那些不服新锐的老臣。这次满王登位，虽有些仓促，但我不希望王弟受委屈，该有的礼仪我已经让内廷的绿衣他们去办了，但是备军扩军之事，还须修将军你协助。"夕见直言道。

"这如何帮呢？禁军三千人，巡防军三千人，这才六千人！秘密复招残势的洛北军八千人，但是不敢进入洛京并造册，担心四国之人找我们的麻烦。"修辙只敢借着风言语。

"确实少些，今日出来，我就是带你见沮云的。"

"沮云？他在哪？"

两人这才转入郊外的一片旷野。这旷野并不大，似是几个西南郊外独宅的后院拼凑而成，细看四周，是个掩人耳目的好地方，只要不出大的声响，就是练兵也无妨。

沮云从一个大宅后院闪身而出，半跪于地，行礼道："公主殿下，修将军，有礼了！"修辙凝神注视沮云身后又陆续闪出的几十位统领，有些诧异："我训练你们多日，这才几天不见，你们怎么都跑来城郊了？这里有多危险你们不知道？"沮云直言："将军，我们听说了满王子登位之事，至于禅让，我们决不同意，但求修将军收编我们新立洛南军，我们定会竭尽全力，制止禅让发生。"沮云虽知洛北的秘密复招势力大多是以前英典和元攘的残军，但是也有洛和会提供的一部分北方分舵的人手和四大家族势力举荐暗招的兵丁，甚至有些是改邪归正的盗匪。沮云心里憋着一口气，这偌大的洛和会，总该有个像样的集体编制。

"不可，洛和会庞大，人员纷杂，秘密收编过多不现实。而明面收编军队或者扩军均须通文四国，报批天下院，他们怎会同意？"修辙显然还是有些不信任这些江湖毛头。如今沮云更多地推荐训练完的好手进入军队，修辙自然觉得不妥，其实他本意训练洛和会的人，为的是让公主暗中私用以保王室，没想到这夕见的野心大得超乎想象。夕见劝说道："修辙，既然成大事，不须拘泥小节，你可以把他们都先收入洛北，以图与禁军和巡防军相照应。"修辙有些犹豫。夕见又道："再不行，帮我私下找些禁军和巡防军的装备，我想先暂时收一些洛和会的人进入宫内，我们也好多些帮手。"

"好！我这就去办！"修辙虽然觉得夕见此招有点险峻，但是既然拒绝了洛和会更多人进入正规的军队编制，那么必然要答应夕见后续的要求，也不能在王室面前太过强势。其实在修辙的心里，虽然王室为大，自己决无僭越之心，但是他也明白和理解郗别他们的心底之忧。当年郗别等人都曾暗示军力昌盛，只手遮天，大权在握的修辙可有所将外之举，但修辙绝不做大不韪之事，兵谏已是底线。当然，他也不会怪罪郗别和英典他们，毕竟是数载鬼门关外逍遥的兄弟，但久而久之，墨台氏这些党群蝼蚁怎会不知五将的心思，他们更是被修辙的兵谏弄怕了，这才有了加济王战事末期对于郗别等人的软禁，让修辙一人悬剑八荒，可苦了这个王室至上的世间良将。

说到郗别，锦葵公主每日思念得紧，却不见其身影。其实郗别与元攘早就去了北郊秘密处理洛北军的事情，估计此时已经在回京的路上了。锦葵朝思暮想间，也盘算着北土的情形，扶季半月没个消息，正在宫里徘徊的时候，一个宫女疾步跑来："殿下，果然有天下院的人来找彼岸公主，咱们是不是……"锦葵之所以在央郏宫附近安插自己的眼线，就是笃定了夕见在立旗领洛和会妄图掌控后宫党群，自己怎么能落得下风？

"快，你去听个究竟！"锦葵吩咐道，那宫女疾步而去。

这夕见自从重返央郏宫以来，哪还有秋田和冬雪这些原班人马伺候着，尽是其余诸宫调来的宫女和宫执，上下百人间，可是身份不一，这锦葵派来的眼线便是如此。

穆安借巡防之机缓步进入央郏宫，那宫女便跟在随行伺候的两排宫女之后，一同进入，之后转向正堂幕后，偷听起来。穆安坐在夕见侧面，开口道："朝堂上你推举满王登位是何意？"

夕见有点故作伤感："你我之间只有朝堂，再无其他吗？"

"言其他又能如何，命数至此，安有彼此？"穆安对夕见的任性颇为不满。

"你若肯帮我，一心向我王族，我们何以至此？"

"我们本不同国，站在对立面，无可同谋。"穆安低吼道。

"有何不可？你既然提倡洛人归洛，就该让四国尽还军界，废黜共治，驱兵而散，留我王根！"夕见直言善恶。

"事情若这般简单，何来一年之久的共治？共治之内，千丝万缕，百般纠葛，所有你能想象的一切都是羁绊，何来一人之力解决一切的可能？"

"你就可以！穆安！你就可以！"夕见眼里满是憧憬，本是也想多说几句提醒穆安王弟有危险，但是如今这苏妲己对于夕见魂意的控制正在增显，夕见难以完全把持自己的言语和心性，好似着了魔一般，只是面色依然平淡。

"我若可以，天下早已太平！"

"我们相互扶携！五国之间，必会逢凶化吉。"

"夕见，你几次三番惦记王座，这次可是……"穆安本想问是不是苏妲己之谋，夕见却直接打断道："不！我这次并非惦记王座，只是王弟登位后，留给我们天洛人的时间就不多了，希望你坚守洛人归朝的理念，在这最后一个月，帮帮我们。"

"我无十足的把握，若是满王不登位，我兴许有长远之计，但是当下，时间太紧迫。"

"长远之计对于当下的天洛并非善计！穆安，天洛承受不了太长时间了，洛和会元气已经恢复，民间反共治浪潮再起，这次若是再触怒子民，那么迎来覆灭的将不会只是我们天洛！"

"我终是四国之人，不会帮你撕毁这份盟约的，除了把王权归还天洛人，其他的我都不会做。"

"那就足够了！我知道你心里纠结，子笙和鹿辞的事你一直谴责自己，但是这与你无关，并非你做了对不起你家乡的事，而是因为他们本就是燕川朝堂的蛀虫，扳倒他们那是必然！"

"夕见，你不必安慰我，我知道自己在做什么，我会帮助天洛，以求和平结束共治的前提下，归还天洛于洛人，但若是这过程中伤害了我燕川和崇衡，我会立即停手！"穆安行礼后转身而去。

夕见望着穆安的背影，但觉这背脊里的心房可能不再有自己的一席之地了，心中一阵寒凉，酸楚之劲涌上情愫，不得爱人的乱世之内，感叹自己薄命如此，再想到要踏着王弟的尸首夺位，心中一酸，泪水又流了下来，不禁自言自语道："对不起了，穆安！对不起了！弟弟！"

这夕见最后的一句话传到锦葵的耳朵里，那可有一番嚼头了。对不起穆安自然是由爱生了恨，可这对不起弟弟是什么意思呢？满王又不欠姐姐什么，而且鲁氏这是王后一脉，暄妃与王后交好，鲁氏也几乎是央邺宫的钱罐子，还能有什么对不起的地方吗？除了……锦葵这机灵鬼不会放弃这种猜测下的机会，她现在急需寻个办法见到扶季或者郗别，只是先见到谁，极有可能就用谁的计，这命运的走向，值得玩味。

天洛国洛京城王族光洛殿内一派迎宾之景。其余四国均知鹿辞如今大赦而归，必然带着子秋分洛的新念，而最让人感兴趣的莫过于这燕北的新势力军首，这可是个世间还不见威名的政客，不似子笙那般有着震慑燕洛边陲的名声。

鹿辞一身浅黑官服，面色已不显之前离开的落寞和惊惧，似是放下了千斤重担，只剩下最后一搏的稳决。他谦虚行礼道："同僚们如此礼待，让我受宠若惊，我这次代燕川朝堂返回天下院，还望各位同僚不计前嫌，一路相携，完成最后的王选和禅让，以求天洛前路，一路平坦。"

穆安凝视鹿辞的眼睛，誓要猜出几分他返回天洛的诉求来，也感叹这五国间如今的平衡，竟然能让如此滔天大罪的人还能安然无恙。转视那另一名燕北军首，刚好摘掉兜帽，露出面容，脸侧有一块红色胎记甚是明显，黝黑的亮甲随身，不似子笙那般魁梧，眼神里却有着子笙不曾有的沉稳和淡然。此人正是洪番，他鞠躬行礼，朗声道："在下洪番，燕川燕北洪氏军侯，本掌管燕北军九部，如今进驻天下院，领燕东残余驻军，还望各国同僚相携相助。燕川近日一些琐事给众人带来不悦，还请见谅，子秋王陛下已在处理此事，我们会尽快给诸位以交代。"

穆安听着洪番和洪氏军侯的名字，这才回想起子笙的信中所言，此人瞬间成了穆安眼中之钉。洪番自知穆安底细，两人相视，勉强一笑。龙默当先说话："既然燕川鹿辞无罪开释，还望同僚们忘却前事，一同寄望王选，协力共治，以求天洛稳步向前。"

"鹿辞大人，你们子秋王还真是豁达，通敌罪不治，谋逆罪不问，是不是前几日边境纠纷，他也不想给个说法呢？"何谦讽刺道。

"久闻何大人聪慧，今日得见，果然不凡。我子秋王陛下，一向赏罚分明，既然鹿德昭戴罪而立功，且揭露的是谋逆之案，自然鹿氏有功，鹿辞大人无罪开释，无可厚非。子笙之事并非没有过问，只是这是燕川家事，不好宣告天下，通文邻里，到时候我们自然会有说法。至于边境纠纷，那可是发生在我燕川境内，你青戎人出现在我燕川境内，本就有悖常理不是么，怎么，何大人，您今天想就边境纠纷与我一论么？"洪番淡然而精明，穆安也看出，这不是个好对付的角色。格图厉声："你们的军人越境再回撤，难道还不许我们追去纠察了？"

"诸位，诸位，在这里争执两国边境之事还是不妥，我们既然同时效力天下院，还是以和为贵，商议之事也与共治相关才是。"龙默劝慰道。

"不错，洪军爷，在燕川的时候对您的大名有所耳闻，不知您这次来天下院赴任，除了接手燕东军，可有其他的要事？"穆安当先试探道。

"哦？穆安兄为何如此问呢？"洪番反问。

"洪兄别多想，我只是诧异，燕东军似乎有助子笙谋逆之举，为何子秋王陛下没有彻查，而只是在分流几部后，指派新任将军重领军队。这让我们其余四国人很担忧啊，若是谋逆之罪非子笙擅自谋划，而是有王族扶持，那性质可就变了。且不说燕川王室借着谋逆罪掩盖什么，这次擅自求禅可是违背四国盟约的，对吗，洪将军。"穆安这是一计当头棒喝，就看洪番如何接招。洪番大笑道："穆安兄有此猜测，我甚是理解！不瞒各位，我们子秋王对此事的态度之所以如此谨慎甚至给人以漫不经心的感觉，为的就是彻查子笙和燕东军背后的朝堂势力，若有王族扶持子笙做出此事，有意用谋逆掩盖篡洛改制的滔天大罪，我们绝不姑息！更愿意交给天下院同僚处置。"

"那是最好，洪将军，如今五国洪流汇聚于此，任何污点可不能是石沉大海一般悄无声息。一点风浪，都可能激起涟漪，若是子笙的事情和边境纠纷处理不当，引发四国的误会，可就不妥了。"梅央提醒道。

"洪将军需直言子秋王，表明四国的担忧，这件事我们当然愿意相信是子笙一个人的擅自之举，但是还需你们王室明文通牒，说清来龙去脉，我们才好安心。"沮洛直言道。

"但是对于鹿辞大人，我们就不须多虑了，相处之间，信任为上！鹿大人，若是有人因前事找你麻烦，你不需忍让，直接提出来就好，如今王选择日再续，登位禅让都已在当口，我们五国若是再出岔子，可要从严处理了。"龙默给了鹿辞一个台阶下。

"龙大人，你们天洛最是要自律，夕见公主所提满王登位之事，你可要盯紧内廷和后宫礼司办妥了！"何谦嘱咐道。

"那是自然！"龙默点着头，也看出穆安和洪番似乎有点内心不畅之事。穆安也在思忖着婴柳和子笙的话，虽然指出了子笙和洪番两个抢功和纵火的罪魁，但是似乎这两件事当真没有必然的联系。穆安虽然很信任子秋王和他心里认定的元始天尊，但是却在借战试探自己这件事上不敢苟同，这样一来，便是在子笙，洪番和子秋三人之间，必然有一个到两个是这件事的始作俑者，真相究竟还有多远，穆安不得而知。

朝会方毕，洪番便来到侧殿与穆安对坐饮茶，两人一番寒暄，却貌合神离。

"来，穆安老弟，好久没喝这燕川的凤凰露茶了吧，尝尝家乡的味道。"洪番给穆安倒着茶，浅橙色的茶汁倒在杯里，泛起的茶渣若游尘般翻滚。

穆安看着洪番的动作，有些异样。这南土之人喝茶，可称为"饮冷茶"，这虽秋日就在眼前，但是暑热未退，这般热的茶不待凉冷，如何入口。且茶渣不退，便推杯荐饮，也不礼貌，这世上估计只有北土的人会饮热茶，且满杯而待，举杯不高于胸间，但是穆安自知洪番的将门身份和与子秋的关系，倒没沿着这个思路往下细想。

"洪军爷可是要从子秋王陛下那里带话给我？"穆安探了探茶杯的温度，没再饮茶。

"穆安，陛下给你的计划，我全都知道，稍后再议不迟！我知道今日朝堂上你为何给我一个下马威，质问子笙谋逆之事是否与燕川王族和朝堂有关，我也知道你本意不是把自己的家园置于风口浪尖，而是不信我，对吗？"洪番似笑非笑。

"军爷为何如此说呢？我们同出燕川朝堂，为何要不信你？"穆安目光有些闪躲。

"穆安，你的步旅几乎覆没于燕南，那是陛下的命令，你不必怀疑！我知道有你或者子笙的眼线在宫内彻查此事，但是无济于事，那是陛下的命令，任谁都无可反悔。"洪番也知穆安的心结和担忧。

"军爷误会，我只是有一事不明，军爷本是燕北将军，为何通晓宫内琐事？"穆安还在试探。洪番大笑不止："穆安，不卖关子了，姜尚老兄，我帮你破那十绝阵之时，可不见你如此多疑啊！"洪番说罢看着穆安大惊的眼神，更是笑个不停。

穆安一番惊诧，脸上渐渐露出笑容，似是心结放下了一半。洪番指着穆安，无奈地摇了摇头，再言道："想我徒儿李靖也是不知流离何处，今日见你，算是一方安慰了啊。"

"燃灯道人！你是……"穆安脱口而出。这都表明与李靖的关系了，穆安恍悟。

"不错，姜尚，你也不想想，陛下让我来此，还不是助你一臂之力！如今天洛天下院内乱象丛生，新旧之世，更是人骨情血，横魂竖魄，杂乱无章，此时我们可要稳住自己的势力，不可让截教教众占了上风。"这洪番必然与子秋商议了来哄骗穆安的新法子，此法与子秋错乱身份异曲同工。穆安自己也不知为何，略有迟疑，便掏出龙肤卷轴查验，却刚要打开，洪番一把把卷轴拿了过来，装出一脸的苦笑，又问道："你可用这卷轴查出什么新的谜团？"

穆安愣了一下，虽是也信任眼前的燃灯，但是洪番的这个动作让他略带疑惑，若是燃灯，为何这言语之间，没提上古关系下的后计，只是言语当下的局势。

穆安叹了口气，把一路见闻和发现说了一遍，却看洪番的神情，没有丝毫的惊讶，也难怪洪番秘密派人跟了穆安一路，怎会惊讶其所言。

洪番眼珠子猛转，犹豫道："天洛可有我们的人？"

穆安透过洪番的眼眸，看不出和燃灯的几分亲近，话语绕了半天，却是感觉生疏。且龙肤卷轴也被洪番收了，难以确认，心中茫然师父怎么会派了这么一个诡异的人来接头，思来想去，犹豫间，也就没说自己发现了哪些天洛的阐教人，更不敢暴露修辙和沮洛的身份，假装叹了口气："还不得而知。哦，卷轴可否留给我，我可以继续探查。"

"不！陛下决定先拿回卷轴，调查燕川宫内的一些新臣！如今朝堂的局面你也清楚，鹿氏虽赦，但不敢尽用。子笙的党羽也在彻查，这上古魂意间，我们得心里有数，避免同僚相害。"

"也好，我们自己的根基更重要一些。但是我如何继续探查？"

"就现有的一切，足够我们做些文章，你既然是崇衡崇尹，那你就把控好他们。而龙默和夕见，绝不可贸然让他们掌握了天洛大权。必要的时候，抢夺天洛军权！"洪番虽知龙默和夕见便是申公豹和苏妲己，但是这截教内可也勾心斗角得厉害。若不是申公豹在烛龙现世的那天引发的谜团，通天教主可能还不会怀疑那么深，在子秋的心里，如今的申公豹和苏妲己该是在篡夺天洛的迷途上，这心结不解，怕是难以直接收用。

"天洛的军权？"穆安略感惊讶，这是他跟修辙提起兵权之事后，首次有人附议此事。

"天洛必须在我们的手里，若是有兵权，一切就好办了，还怕那龙默和夕见夺权占殿吗？穆安！你可要想清楚，燕川是我阐教之地，天洛也必须是！"洪番和子秋如今是抱定了穆安对自己的信任，誓要一用到底。当然，他们也没有与姜尚相互戳穿后直面的勇气和能力。

穆安点着头，盘算着接应子秋和洪番的办法，但是对于洪番的怀疑，愈加深厚。

宗政星沫自从暗中调查雪轮公主和弟弟频繁接触琴妃与哲王的原因却始终不得头绪以来，对自己钻研炼金术的心思减弱了几分。才来这鬼幕洛的京畿月余，就感觉到了天上天下两院中的波谲云诡似乎不是自己能简单驾驭的，更盘算着王服里的密信如何能稳妥地送到穆安的手里。

洪番才走出侧殿，便见宗政星沫在宫殿花园来回踱步，这惶恐和犹豫的神态，让洪番思忖起了子秋之前的叮嘱。似乎觉得之前的盟中盟和鹿辞案预示着如今南土其余三王，格索、伯翁和宗政楚都并非截教之徒，更是对于燕川的群起攻之和全面压制让子秋担忧这三王中必有明眼的领头人。玉虚宫个个都是大智若愚的贤者，谁人领了江山，不得是一番搅弄。

洪番缓步走了过去："王子殿下可是在等人？"

"哦？洪大人，我只是随便走走，告辞！"宗政星沫很机警，本是在侧殿等着穆安独自出来再求递信，不想杀出一个军首来。宗政星沫转身而去片刻，又迂回而来。洪番自知星沫心里有鬼，非要看个究竟，便在一个花园假山后藏匿起来。

穆安这才出了侧殿，宗政星沫看准了机会，四下里巡视无人，便向着穆安径直而去。这时，几个宫内主管从洪番身边经过，洪番赶紧低声招呼过来，耳语道："哎！你们几个，东宫鹿辞大人刚刚复职，有些东西在置办，你们过去看看有什么要准备的。"几个主管面面相觑。洪番挥挥手："去啊，要让鹿大人直接找内廷院吗？"

"是！大人！"几个主管奔着东宫而去，也刚好要路过宗政星沫和穆安的花园。

宗政星沫站在穆安的身边，正要掏出藏在衣服里的信件："穆大人，请留步。"话音未落，几个主管匆忙走过。宗政星沫赶紧把信收了起来，面色惊恐异常。洪番躲在一旁看着，心里断定这南依王室必然有鬼，楚王也绝对对穆安有善诱之心。

"王子殿下，何事？"穆安也看出星沫的焦虑，似是有难言之隐。宗政星沫慌乱道："哦！那日朝堂上您揭露子笙谋逆之事实在英勇，我南依上下人等，实在佩服，本来欲献礼一份。今日仓促，改日便把王族之礼送到府上。"

"王子殿下不必客气，我虽是崇衡崇尹，但是自家琐事，不可不问，只是举手之劳，不足挂齿。"穆安盯着星沫的眼睛，自己也在频频眨眼，示意星沫有什么话可以直说，不必遮掩。

宗政星沫环视四周，但见无人，心想若是回去侧殿，反而引人耳目，不如快刀斩乱麻，便脱下外侧的一件王服，披在了穆安的肩上，暗示道："穆安大人谦虚了，我南依王服为上，特赠与有功之人，等他日薄礼备毕，必会送到府上。"然后拍了拍王服的内里，又低声道："穆大人，王服夹层里有我父王赠予的密信，请务必收下，后仔细查阅，以求前路与共！"

穆安思忖片刻："好，我便收下，王子殿下有心了，告知宗政楚陛下，我会细阅信件，以求共事之机。"宗政星沫如释重负，行礼而去。

穆安披着王服，心想楚王不过是让梅央和蕊公主从旁照应，成盟中盟的掎角之势，自己又与宗政公若和瑶缮是同路好友，还这么神秘地递这密信做什么呢？思忖间，穆安便发现了洪番的监视却佯装无事，行险之心又起，这可是一个试探洪番的好机会。只是这次，穆安似是打错了主意，耽误了大事。

穆安疾步走过花园，洪番迎面赔笑而来，两人正好打了一个照面。洪番假意问道："穆安兄，朝会散去这么久才回？"

"哦，我去翰博院借阅一些书卷！"穆安随口一说。

"你这件王服可是南依王室的？如此精美？"洪番不禁伸手摸了摸，细瞧这王服甚是精美，交领窄袖，长衣绣纹，色彩偏淡紫，点缀着微微的丹红和栎绿。绸子的彩亮透在领口到宽带束腰间，每一寸都是那么贵气和别致。其韦鞸悬在衣侧，麒麟兽头纹样渗着工室的霸气，这南依的织绣技术当真是世间一绝，洪番不禁看得痴醉。

"正是，怎么？洪兄喜欢？"穆安看着洪番的眼色，这称呼都改了，自然还得试探一番燃灯和洪番谁人主魂。当然，在穆安心底，由于没有龙肤的鉴定，这是不是燃灯如今也打了问号。

"不满穆安兄，我洪氏久居燕北寒冷之地，对各种长服最是喜爱。家父就是这般，最喜欢几国的世代王服，收藏起来，好不过瘾，你这件王服，可是南依雪蚕的蚕丝所编啊，名贵天下。"洪番十分懂货，宗政星沫能把雪蚕的丝里融进丹红和栎绿，这是别的氏族所没有的染色技术。

"洪兄若是喜欢，拿去便是。"穆安这招欲擒故纵，可是把自己给涮了一把。按常理来说，穆安该是看过信再给洪番，卖个人情，但是如今直接给，便是笃定楚王的信不过是拉拢一番，巩固盟中盟之约，此又不是什么秘密，心头宽念，嘴上也就豪爽了一把。

"那怎么好意思呢？"洪番装得还挺客气。

"拿去吧，这是方才宗政星沫王子所赠，不妨事，都是共治同僚，何须这般客气？再说了，咱商周可未必有这么上好的料子！"

"那我就不再推让了，穆安，改日我再送些上好的燕北露茶给你，就算是换的了。"

"洪兄说笑了，我们何须这般？"

洪番拿过来王服，披在了肩头，鞠躬行礼而去。穆安望着洪番的背影，琢磨着此人面色青暗，眼神朦胧，像是阴刻之徒，若不如此试探，终是不解心性，万一是龙默这般人该如何。只是可怜了楚王一片好心，不过把楚王的野心晾出来看看也好。

洪番匆忙回到自己的府内，关好门窗，在王服内上下翻摸，找到了密信，他撕开王服，任由绸子里外撕扯，哪里还有珍惜之心。他拿出密信，开始阅读，表情变得越来越凝重。

"宗政楚王，果然在拉拢穆安！小人之举！"洪番心里默念，然后赶紧提笔给子秋写起信来。

楚王心里清楚，这种信，言辞要很小心，绝不能直接提及自己上古的身份，万一递信有失，自己也好保全了身份，只能说拉拢之心、拉拢之意和拉拢之法，得穆安理解和推测便是，以后当面有的是机会澄清。谁想，穆安竟然把信送了人，这叫一念换一心。

穆安心里可没工夫再盘算信的事，这洪番脸上的印记和倒茶的习惯，让他警惕起来。他刚到翰博院内便在书阁上翻找着什么，然后从架子上抽出一本名为《北方记事》的书籍，开始不停地翻阅。但见几条关于北方未知民族的记载映入眼帘，上面写着这样的几句话："北境之族，面色暗殷，近似胎记，不落南土，难辨其究，如遇此相，万般小心。"又翻了几页，一篇泛黄的插页上，有一个瞿麦形状的印记，印记虽在旧纸上，却似乎微微泛着翡翠绿的光芒，好生诡异。

穆安面色凝重，露出惊恐的神情，继续翻看书籍，出现了另外的一些文字："青戎之奴，南北万千。流落北方，难返家国。戎族之恐，不甚于此。掣肘之结，无胜北族。东戎邪念，唯有北迁。万般困境，不予南顾！"穆安一声长叹，脑中回闪洪番的面相和青戎的地理位置，再想到东戎教的教义，难道青戎王室与东戎教确有相携？否则他们如何得与北方对峙？更奇怪的是，这瞿麦是何物？为何出现在《北方记事》里？任凭穆安超智如何分析这些事物，依然不得头绪。

入夜间，秋初细雨微凉，星点般披在洛京城城郊的上空。洪番和穆安的二人转还没唱完，各自又都运作着下一番事务。

扶季和洪番均是一袭黑衣，约在北郊的林中见面，两人才撞身，扶季便半揭开兜帽，气喘吁吁道："殿下可回来了，北土可有消息？"

"我托人从西南的白梗和荷堂带来消息，似乎北土如今遭了难，王室的密信送不出，我们的人进不去，至于是什么大难如此棘手，还不得而知！"洪番眉头紧锁，十四京的巨变正在上演。

"大难？还有谁能在这世间与十四京匹敌？"扶季眼神里多了一丝算计，佯装的痛苦让洪番也很难看得出来。

"也许是北边的白梗和荷堂在算计什么，你以为北土比南土消停吗？"

"我们怎么办？若是天洛典选和禅让正常推进，四国得之，则乱局依然！若是天洛复立，那可就是放虎归山了！"扶季原来担忧的从来不是四国，而是天洛、龙默、修辙和沮洛这些人可比何谦、梅央和鹿辞他们可怕得多。

"锦葵呢？"洪番突然问起。

"还在宫内！"

"去找她，这典选之途不作为，更待何时？"洪番嘱咐道。

"十四京要的可是天上天下这些人，我们是不是……"扶季这才言明为什么自己之前要带着人发配北疆了，对于十四京政局来说，这些南土精英可都是瑰物。

"要人？谁说的？君上？"洪番反问道，显然他们接到的命令并不一致。

"如何不是，不然我之前顶风领人北上是何原因？南土不攻自乱，但是天上天下两院这些可尽是天下名将，世间贤臣！"扶季像是在说几件宝贝一样。

"若是如此，你我和锦葵在天下院和后宫都不得言语，哪里有行计的方便？"洪番盘算了几刻，把扶季拉近了一些，耳语起来。扶季频频点头，眼里闪着最后一搏的决绝。

次日午间骄阳当立，央漻宫内便传出婴柳和夕见两位美娇娘的言语。婴柳一身的暗影本领，本是偷摸入侧殿也不难，夕见偏偏让她正门而入，似是礼遇不低，这让婴柳顿感欣慰，心里也盘算这江湖偌大，若是真找个说心里话的，好像夕见也合适，这美人性子温温的，即便是急了，也能看出娇美和柔弱，怎似自己，一股子泼辣劲儿，浑身带刺儿，估计这也是穆安反感的地方。

夕见公主来回踱步："所以，你帮我得了王位，我自然不会再追随穆安，若是你同意，我愿以国礼相待，助你二人成婚。"

"真的吗？夕见！你我可是同路的姐妹，此话作不得假！"婴柳面露喜色，对苏妲己这当头扔下的糖果接个正着。

"当然，婴柳，你我二人一路走来，虽有分歧，但都是些家国之念、治世之道的不同，何时因为他事争吵过。你我姐妹二人，都对穆安感情不浅，但是你应该看得出来，我对他，更多是兄妹的依赖。我复国心切，所以对穆安这般旷世奇才心爱有加，也是合情理的，对吗？"夕见哪里会这样捉人心性，苏妲己的言语充满技巧。

"可是他似乎对你，对你的感情……"

"那不过是他一个燕川人的敏锐嗅觉！王室那些败腐之人尚且知道我的用处，何况穆安呢？他讨好我是再正常不过的事情。"

"夕见，我并非不想帮你，只是穆安不希望你登上王位，我若违背他的意愿，心里怎么过得去。这洛京城内，乱象丛生，我真的无暇顾及，我只求穆安得保平安，仅此而已。"

"我若登位，那是对他最好的保护。婴柳，你想想，穆安自己都说过这个话，洛人归朝，才是五国前路，最后坐在王位上的一定会是天洛人，那为什么不能是我？"

"你的王弟怎么办？"

"这就是你要为我做的事情。"夕见眼里充满狠厉。

"你要杀他？"婴柳读得明白。

"对！暗杀！这是你最拿手的事情！"

"不可能，暗杀天洛王子！这绝不可能！我也是天洛人，怎会做出这种事？"婴柳拒绝。

"你不为你父亲想想吗？龙默若眼见小王子登位，根本就失去了控制禅让的能力。那时候，天洛流向谁手，就说不定了。"夕见有点焦虑。

"夕见，你为了登位已经丧心病狂了，你知道吗？"

"我是为了救天洛！"

"难道你登位就能避免禅让吗？"

"我是公主，自然有握权后宫和王尊的能力，满王刚九岁！谁的胜券更大？"夕见反问道。

"那也不止杀人一条路可走吧？"

"满王不死，四国怎会让旁人登位？那是一年前写入天下院法约的事情！满王不死，怎么激起后宫、王室、大家、大族以及万千子民的愤怒？他们没有愤怒，如何给四国人施压？他们感受巨大的来自我天洛的压力，才会迫使我登位平复一切，否则他们梦寐以求的王选和禅让一样也不会按时到来！这山河间，可不止一家洛和会，更不止一家燕东盗会，纷乱间，万事皆为尘！"夕见说得动情，甚至有几分哲理。

"夕见，你以前不这样！我们一路相携，最开始的你只有赤子之心，善良至极，为何你现在如此毒辣？且权欲之心充满灵魂！"婴柳更像是质问苏妲己。

"这才是赤子之心，婴柳，我若不狠毒地对待四国，天洛就真的没救了。"

"我可以帮你，但是绝不出手杀王子！"

"为什么？"

"那是王子！"婴柳几乎喊出来。夕见赶紧上前一步，捂着婴柳的嘴，低吼道："你连自己盗会的兄弟都杀，何况一个与你素昧平生的王子？"夕见语气里满是威胁。婴柳瞪大眼睛，凝视夕见："你说什么？我杀盗会兄弟？"夕见质问道："唐知不是死于你手？"

"你怎么知道的？"婴柳额头渗出汗水，她以为自己做得天衣无缝，却其实早就露了馅。

"你以为只有你一个人惦记那个卷轴和卷轴里的人吗？"

"我不知道你在说什么！"

"那夜你去偷卷轴，还不是为了确认唐知的身份？"夕见眼光如刺。

"你到底是谁？"婴柳心底有些慌乱，这些事，除了洪番，还没有人发现和提及。

"婴柳，我跟你说的，也许你现在不懂，但是你一定要记住，也一定要信我！你，并非你自己，卷轴里标注的那个名字，才是真的你，你叫作胡喜媚，是我苏妲己上古世间的姐妹，如此新世，你正在被人利用铲除异己！只不过从你铲除的人来看，利用你的应该是我们自己人，这次弑君之事，我需要你帮助，以后你自会明白做了怎样一件大事！"夕见跨着两世言语并不明智。

"我完全不知道你在说什么，夕见，王权已经把你逼疯了。"婴柳听得云里雾里。

"婴柳，我本不想逼你做什么，我们上古是姐妹，今生依然是，我只求你答应我。"

"那也绝无弑君的可能！"

"这都是你逼我的，这次你杀也得杀，不杀也得杀！如若不然，我会告诉穆安你杀了他兄弟唐知的事，并告诉他来龙去脉！到时候，你就彻底失去挚爱了！我说过，我不会与你争他，但是如若你不按照我的旨意行事，我唯有再与你抢夺穆安！一个满王而已，比你的爱人更重要吗？"夕见这言语步步紧逼。婴柳叹了口气，犹豫不决，心里一阵猛拧，好像已经被架在了一个进退两难的境地。夕见拍了拍婴柳的背：

"婴柳，我会把你乔装后安插入守殿的禁军中，看我暗示，下手释放银针杀人，不露痕迹。之后的事交给我，不会有人知道你做了什么，明白吗？一个时代就此终结，共治的结束就在那一刹那。婴柳，你好好想想，你是在救天洛，救子民，救你的爱人，也救你自己！"

婴柳面色惆怅，良久后，慢慢点了点头："你若反悔，我自然也有办法杀了你！"

"绝不食言，我刚才说的，都作数。"夕见暗喜。

"还有，无论你说的上古是什么，我都决不与你同流合污。夕见，若是你还念得一些同路之情，多为穆安想一想吧！"

"婴柳，你总有一天会明白，我们是为了什么在此奋战！"

"如果那是失去穆安而换来的，我宁可永远也不知道！告辞了！"婴柳转身离开。夕见长叹一声，然后瘫坐在椅子上，心力有点憔悴，光是这一番推语已经够让人费神了，还得尽可能压制夕见的纯良和责问，苏姐已感觉这可比"酒池肉林"更费体力。

如今夕见惦记王位已经人尽皆知了，锦葵也一直没闲着。自从上次偷听了夕见的话，早猜到夕见欲对王弟不尊，若是此事利用得好，自己是不是也有一争王位的机会呢？这样想着，锦葵走在去光洛殿侧殿的回廊里，盘算着若是遇见郗别该如何说，若是遇见扶季又该如何说，两人给出的意见该是完全相反的，还是一致呢？

侧殿通向后殿的回廊就如同当时修辙和青灯捉拿洛和会统领时的情形一般，两侧迂回的廊间都有一个岔口。锦葵缓缓走来，也正巧郗别和扶季都从侧廊而出，锦葵若是右拐，便会遇见郗别，若是左拐便是扶季。就在这个当口，锦葵却停了脚步，犹豫起来。要说这世间命途，都在几个眨眼间偏了方向，郗别才出侧殿不久，却又被修辙召了回去，这扶季便如约出现在锦葵的面前。扶季先是一愣，后赶紧四下里看看，把锦葵拉回了后殿的隐蔽处。

"殿下怎么来找我了？咱们这么见面很危险的！"扶季有点焦虑。

"我有要事相告！扶季！附耳过来！"锦葵几乎是揪着扶季的耳朵，把夕见之前的言语说了一遍。扶季心里明镜一般，怎会猜不到夕见有了杀王弟的心，也必然嫁祸给四国，借声势夺位。但谁还不是个公主呢？锦葵虽不是王后一脉的党羽，却是不折不扣的晗王派系连枝，韩童两个老贼会不托一把？当然，如今韩童也是颓势，难说一定。扶季鬼谋荡漾，附耳又跟锦葵言语了几句。

锦葵虽有与夕见暗争洛和会和后宫之宠的心，但是对于王位的觊觎一直很犹豫。扶季的主意让锦葵惊讶之余更加坚定，只是一想到要为了夺权姐妹相残，一时间眉宇间吓得没了血色，心跳也如同夏日凉壁间的滴水，好一会儿才反应过来："这……可行？"

"殿下若不狠一把，这大好河山可就是……"扶季还没说完，锦葵已经捂住了扶季的嘴。正所谓成王败寇，夕见若得了大位，这些王族姊妹可就都是威胁了，到时候……锦葵没敢往下想，一个转念，若是郗别会怎么建议呢？但郗别可也曾有巧逆之心的，更是与自己亲密，估计也是这个与扶季一致的想法，这逻辑的惯性让锦葵没再顾及是否询问下郗别，自己一溜烟跑回寝宫准备起来。这一刻的偏念，几乎是锦葵命数的缩影。但扶季心里也知道锦葵对于郗别的感情，盘算着若是郗别怕是有一样的目的，不过手法各异罢了。

　　穆安在西南郊外雨里徘徊，似要把自己如今在各种错愕中的纷杂思绪冲个明白。婴柳也不穿夜行衣，要见穆安自然打扮得精致，一个高高的发髻插着几根龙指凝针，一路兔子般喜悦地跳着脚而至。穆安见婴柳前来，拉过来就是一阵耳语，婴柳不停点头，也不问缘由，偷取王服密信和龙肤卷轴对她来说本就不是什么难事，只是伤心这类涉险的事，穆安竟然会让自己去做。

　　夜末微凉，星光暗淡，彼岸已无花，地狱却殷红。婴柳穿夜行衣求险谋生，走的是刀尖上的生活，这种秋末月色，倒是她最惬意的时刻。

　　婴柳几个暗影晃动，已经潜入了西郊的燕川军界，但见平日燕东军紧凑的军帐间，多了几个土宅子。她蹑手蹑脚游走间，便到了宅顶，环顾四周，巡逻的兵士少之又少，确认燕东势力确是分流了不少，于是匍匐下来，在顶上拆下一片瓦砾，透过缝隙，看着洪番在屋内徘徊。

　　洪番向上瞭了眼房顶，面露诡笑，然后踱步而出。婴柳见屋内无人，翻身而入，四处翻找卷轴。几个眨眼间，洪番复而回屋，呼的一声关上了房门，盯着婴柳又一阵冷笑："婴柳姑娘，你在找什么？"

　　婴柳心里一颤，一把龙指凝针悄悄地捏在手里，故作淡定，扭过头来："洪大人，冒昧了，我只是忘记了部分阐教名单里的名字，所以来你这里找找有没有其余的借来一看！"婴柳谎言脱口而出。"无妨，从现在开始，我让你杀谁，你就杀谁。"洪番淡然道。

　　"不会还是伯谕吧？"婴柳试探道。

　　"崇衡人大多在名单上，但是若要引起些动静，唯有杀伯谕了。"

　　"你们到底是什么人？"

　　"你们？还有人指使你杀人？"洪番听得细腻，也在琢磨是否有别人要挟婴柳。

　　"我不需要跟你解释太多！我们盗会的人你是否履行承诺放人了？"婴柳又问道。

　　"每个月都会放走一批！婴柳，你放心，答应你的事，绝不食言，你盗会的兄弟们在我那里是享乐朝夕，我放走的人里还有盼着回来的呢，你说这上哪说理去？"洪番哼笑着。

"伯谕什么时候杀？"

"王选大典！"洪番语刺戳心而入。

"你疯了吗？"婴柳直言道。

"婴柳，伯谕一介王储，身手不如你，现在当口，你也只能杀伯谕了，不然就是太稷，你选一个！"洪番看着犹豫的婴柳，继续道："另外，穆安那日送给我一件心爱的王服，我穿着穿着，发现夹层里的一件密信。你帮我还给他吧，我没拆开看，那样不礼貌！"

洪番递给婴柳一封信。婴柳看着信，猜测洪番会这么痛快给自己，必然信的真伪存疑，但是若不拿回去，也不算完成了穆安的嘱托。

"你最好说是你偷回去的，如果说是我给你的，那咱俩的关系可就会暴露！婴柳，你失去穆安的信任事小，失去盗会的兄弟们事大啊！你是聪明人，别在这个当口犯错误！另外，告诉穆安，卷轴你没偷到，因为那个东西，已经不可能再回到穆安的手里了。"洪番冷笑着，那块殷红胎记一般的东西被拉扯得更狰狞。婴柳对于洪番的厌恶可不止表面，她更讨厌被束缚的一切，但是为了盗会和穆安，自己也没有其他的办法。

"你若是敢对穆安不利，我会杀了你。"婴柳放下一句狠话。

"那不会，我与穆安可曾经同朝效力的！"

"你怎么知道他要偷你卷轴和信件？"

"世间之事，总有因果，你多动动脑子就会发现，你的思绪比你的飞刀银针还要快！"洪番边说着，边把婴柳搂进了怀里，顺便把她手里的龙指凝针捏在了自己的手里，又别回了婴柳的腰间。婴柳不想洪番如此亲昵，刚要挣脱，洪番却搂得更紧，这习武之人的力道，可不是一个江湖女子能挣脱的。洪番附在婴柳的耳畔："穆安有什么好？我哪里比他差？"洪番言语间，手慢慢爬进婴柳细腰的衣服内，揉着婴柳腰间的肌肤，"若是你愿意，燕北和燕东都是我们的！"洪番这是起了了笙一般的异心和对婴柳的淫念。

"只不过心爱一人，心念一人，万般纠葛，因念而起！好！我帮你杀人，若是我听说盗会兄弟们不保，你知道你会怎么死！"婴柳虽挣脱不开，但是依然嘴硬。

洪番几乎是与婴柳脸贴脸地面对，插入婴柳衣内的手心里多了一枚毒针，针头便是洪番傍身的龙涎毒药。洪番手心一翻，那毒针狠狠地刺进了婴柳的皮肉内，再拔出来，针头已净，肉色渐暗。婴柳疼得一凛，洪番这才松手，婴柳后退几步，顿时大汗淋淋。

"龙涎毒药用在你身上真是可惜了，我不用多说这毒有几分吧！婴柳，杀了伯谕，我会再给你寻觅杀太稷的机会，等这两人都死了，你来领解药，我保你不死！"洪番说得阴刻。

婴柳这疼痛片刻便消失了，自知龙涎毒药是天下奇毒，每日都会有片刻的剧痛，久而久之会五脏六腑衰竭而死，但是一旦服了解药，立解。婴柳如今被洪番拿着这么多的命脉，一时心碎，也不得不如此，只是心有不甘。

洪番看着婴柳这娇嫩的面容，色心又起，冲着婴柳走了几步，刚要上前抱住，婴柳起身抽出龙骨刃，抵在自己的颈部，低吼道："你说的事我照办，你若有不轨，我死了，看我的盗会和穆安饶不饶得了你！"婴柳大义凛然，此时是绝不能入了虎口的。

洪番也盘算婴柳毕竟是穆安的心腹，还是正事为重，停了脚步："你误会了，我只是怕你疼痛，想要搀扶，你若能走，自行去吧，记得，万无一失！"

婴柳拿着信，闪身而去。洪番狞笑间，竟羡慕起穆安，这世间夕见和婴柳两大绝色，竟然都绕在身边，一静一动，好不放浪，若是自己有这桃花运，何苦做这搅弄风云的世间政客。

婴柳带着一肚子委屈和无奈，连夜返回东郊崇衡的军界。才潜入穆安的军帐，便见穆安焦急地在帐中来回踱步，见婴柳折返，赶紧问道："都拿到了？"

"卷轴没找到，这是那封密信！"婴柳见穆安全然没顾及自己是否涉险，一上来就直问卷轴和信件的事，心里有些失望。她掏出信件，甩给了穆安。穆安迅疾打开信件阅读一番，然后眯着眼睛，思忖片刻，但觉这信上言语说得蹊跷。

"楚王警告我？莫伤及颜面？勿玩火自焚？"穆安自言自语道，心里顿时觉得这不该是楚王的语态和目的。婴柳疑惑道："宗政楚的信？"

"婴柳，此信可是你偷出来的？"穆安怀疑道。

"是的！"婴柳佯装淡然。

"那件王服什么样式？"穆安追问道。

"我也没细看，只见王服的里子丝绸般反光，我确认是不菲的材质，所以过去摸了摸，发现有夹层，就偷了信！这到底是怎么回事？你究竟在干吗？"婴柳说得简单，穆安怀疑得更深。

"我早就怀疑洪番的身份！我知道王服的秘密，他也知道，他跟我来要王服，就暴露了他自己。一件王服，一封信，看清一个人，我不亏。"穆安怎会对自己的行为不后悔，但是如今为了试探洪番的身份，只能行此下策，如今确定了洪番必然不是燃灯，因为此信非真。

"你送给他的吗？所以他要了王服就暴露了自己？"

"不！这封信虽然还在夹层里，但是已经难辨真假了，就像我刚才说的，宗政楚王没必要警告我什么。但是通过此事，能验证更多的事！"

"洪番换了信？还能验证什么？他到底是谁？"婴柳也想借着穆安来搞清洪番的诉求。

"真相不会太远了。对了，卷轴真没找到？"

"未曾发现，灯光也暗，我怕被发现，于是先把信给你带回来了。"

"婴柳，你伺机而动，务必帮我偷回卷轴！"穆安叮嘱道。

"好！我也会帮你查清洪番的身份。"

"你去查他在燕川的身份就可以了，尤其是与子秋王的关系。"

"他还有燕川以外的身份？"婴柳反问道。

"他身上有诡异的胎记，那是北方未知大族才有的！"穆安担忧洪番对燕川和南土均是威胁。婴柳大惊失色："北方民族？轻易击垮青戎数万铁骑的北方大族？"

"这是我那日去翰博院书库里看到的记载，见过北方人的南土人不多了，他的出现，让我有些恐惧，五国的闹剧未完，不知又会有谁跳入旋涡，不知道更大的危机是否在接近。"

"我们怎么办？"婴柳问着，穆安却无奈地摇了摇头，闭上了眼，心里忐忑不安，少有的一种无奈和无助涌上心头，自知若是借着天洛复了大周，北土终究还是威胁，这一双世之战不知何时才是尽头。

郗别在将军府内把洛北军的相关录文点办齐全，心里有了一丝的释然，这个本就有着异心的天赋将军正在慢慢放下年轻时候的追求、信仰与热情，他并非一个心无朝堂和家国的人，但是对于墨台氏的失望和修辙无立场的庇护，才让他心生异念。在这一点上，英典和元攘非常地理解他，甚至若不是修辙曾经兵谏停战，他们早就离修辙而去了。如今典选和禅让在即，郗别对于家国的复立并不看好，无论墨台氏再登位还是四国受禅，都不会是天洛的前路，但更让他痛苦的是，他找不到天洛该有的前路在哪，这也就是为什么龙默、沮洛和修辙如此看好年轻的郗别，也希望他加入复洛的阵营，但是郗别却很少与这几个人相谋共事，也甚少出现在天下院和朝会，甚至有时候很久不出将军府和之后的洛北军秘营，他在苦思冥想的一件事就是天洛何归，军政何归，自己何归。

英典、元攘和青灯才安排完禁军和巡防军今日的部署，就返回了将军府的侧府，三人见郗别面前厚厚的一叠录文和压在录文上的无力的双肘，但觉郗别这是有心事。

"回来了？"郗别头埋在手腕处，无精打采。

"你怎么了？这么没精神？"青灯赶紧来到郗别的身边，帮他捏了捏肩膀。众人也知修辙把洛北的事交给他，但又必须秘密行之，郗别压力确实很大。

"洛北都妥了，郗别，下月巡视，我去，你且歇歇！"英典安慰道。

"可是洛北出了什么问题？"元攘问道。郗别没再言语，把录文的一部分文字扔给几人看，三人围凑过来，但见几行大字写着："遁逃三十九人，不知去向，洛北军暂匿，按匪寇驱解至北境，不日返洛再募，以听调遣。"

"又跑了这么多？不是止住了吗？"英典问道。众人皆知秘密募兵却有这么多逃兵，且不说兜不兜得住这个秘密，就是这洛北的军纪也几乎散了架，谈何战斗力。

"若以匪寇编排，怕是逃遁者会更多啊，郗别！"元攘插话道。

"难道这军粮军禄真的不够？沮大人不是说几大家族都有捐赠吗？"青灯更加焦虑。

"韩童不解软禁不掏钱，且与四国关系不菲，不敢擅用！沮大人不放心他们的捐助，用的皆是鲁氏和沮氏的一些钱财，但是沮氏也快被掏空了。鲁正那老贼你们还不知道吗，点到为止，怎肯为了军力耗其族库？"郗别这才抬起头来，把这复招录文点火烧了一个干净，"洛北几千人复立，当下且不说军粮军禄，这逃了的人怕是会被四国利用，我才不得已以匪寇之名重新编排。但是诸位且有个心理准备，若是此事被揭露，我们怕是……"郗别担忧的可并非是如此，以他的睿智，即便被揭露了，也有说辞。他担心的是这洛北军的浪费，若是不然，也必须让这些洛北志士的流亡更有意义一些。

"可曾报予修辙将军？"青灯问道。

"这怎么能说呢？郗别，别着急，一起想办法，再不济，就只当浪费这月余的工夫了，洛北的事，我帮你扛了！"英典十分义气。

"只怕郗别现在不是这么想的吧！"元攘自从得知修辙让郗别秘行洛北之事，心里有些不悦，毕竟这洛北军曾在元攘的麾下，也有些旧部在北境边陲。如今修辙却似乎更信服郗别，元攘倒不是小肚鸡肠，只是觉得郗别一直顾全西线，对北线不甚了解，如此既浪费时间又浪费人力。

"你什么意思？"英典质问道。

"郗别，洛北军若不能用来攻城拔寨，你得想好了，可不能白白撤编！"元攘虽无二心，但是也对天洛的前路没了信心，如今若是郗别领头做点什么，元攘必然义无反顾。

"这还用说吗，这录文和军册是用来做什么的？郗别，你心里想好了，若是要做，我一定帮你。当年加济王软禁我们，今日也成了笑柄，我们不过是晚了一年多复立而已！"英典低吼道。

"荒唐！你们要做什么？如今满王若是登位，随即就是禅让，我们能做什么？

做什么都是徒劳！别犯傻！"青灯心里明白英典、郗别和元攘都有了兵政夺权的心，但是这对于修辙来说可是灾难。修辙虽知郗别的野心，但是一直好言相劝，用心抚慰，郗别才压制着心魔，如今四国盟约动荡，眼看禅让将至，当然也就坐不住了。而如今四国未驱，天洛若是闹得军堂一分为二，可就是命数使然了。

"青灯，我们知道你跟修辙的感情，但是当下什么局面你看出来了吗？典选之后就是禅让，龙默和沮洛已经妥协了缩短禅期，天洛马上就是别人的了，我们还坐视不理？"元攘话音未落，青灯闪退一步，几道丝刃已经在侧府蛛网一般织开了。元攘没来得及掏出弩枪，便已被几根丝刃钉住了手脚，英典和郗别的动作还不如元攘快呢，怎能逃脱得了青灯的先发制人。

"荒唐！青灯！你想想家国天下，再来对我们动手！"英典愤怒至极。

"青灯，我们无意伤害修将军，他是你的将军，也是我们的将军，我们五个人生死间相携数载了，怎会相害？如今洛北军撤编，必然成了四国的说辞和修辙的伤踵，我们不先发制人，天洛满盘皆输！典选之后便是登位禅让，我们亲手把洛族送予外人吗？"郗别说得动情，"你且收了丝刃，我们商议办法便是，找寻个既不伤害修辙，又能抢回政权的方式也不难！"

青灯看着眼前有点不认识的几个人，心生失望之情，但是转念一想，若是英典和郗别有兵政之念，也不至于要了修辙的命，这便手心一翻，丝刃一软，弹射而回。但是青灯低估了人心性的变化，权欲之害，岂在深浅，丝刃还未回到青灯的衣袖，一根细小的吹箭当先插入了青灯的颈部。只一个眨眼的工夫，青灯眼前一花，晕倒下来，元攘赶紧从旁扶住，收了嘴角的吹筒，心里对青灯再是迈不过去的私情，如今国难当头，也顾不了太多了。英典也上前帮忙，扶着晕倒的青灯躺在了一侧的床榻上。

"你伤她作甚，好言相劝便是！"英典咆哮道。

"青灯你还不了解？怎么劝，到最后都是通报修辙一声了事！"元攘无奈道。

"一会儿你把她带回你宅邸，软禁几日，等过了风头再说！"郗别叮嘱道。

"放心吧，郗别，你有什么安排且说来！"元攘话毕，三人咬起了耳朵，好一顿部署。郗别有意用洛北军复立的证据延缓一下满王的登位，也算是洛北军没有白立，甚至能有军政院复立协助辅政的机会。殊不知，这大位，可不是满王在惦记，郗别再聪明，也不知夕见如今的魂意中有个蛇蝎美人。

宗政蕊夜半坐着王辇前来修辙的将军府，已经是有些时日不曾登门了。不在之日，也不见修辙的消息，这哪里有夫妻之实，蕊公主心里一时悲凉，但南依之事放不下，该来言辞的也躲不过去。蕊公主本是每月末都会按照夜翻花的花期，给楚王写信汇报，似是后宫各个地方栽种的夜翻花盛败不一，枯荣不定，该是一个问花窥人，以蕊驱心的障眼法。今日蕊公主便是依楚王之令来给修辙带话的。

蕊公主自然打扮一番，面相娇嫩，眼里依然是泛紫的柔光。修辙给宗政蕊鞠躬行礼："公主殿下，不知这么晚前来将军府何事？"宗政蕊神神秘秘，挽着修辙的胳膊，一同坐下，手指蘸水，在桌面上写下了一个"纠"字："修辙，我不与你辩解，我与你成亲，便不会害你和你的国家，父王有令转达，世外有世，世上有世，哲王乃纠，纠思未念！你且谨记！定会有一天，使你看清一切，再立家国。夕见公主之事，你好自为之，我已经提醒你了，别说我没帮你！"宗政蕊没头没尾的话泼向修辙，修辙一时懵懂，他看着"纠"字，心里默念，一时间竟然联想到了之前穆安的言语，似乎这平间云水之上，还有着雾里雕梁，心头盘算这不会是什么蛊惑之术吧。如果南依和崇衡有盟中盟之约，且此约定扩大到天洛人的头顶，本该是幸事。但是穆安本贤良，蕊儿本纯善，也不至于欺骗自己，更何况这种事骗得了自己，还能躲得过龙默和沮洛的慧眼吗？再联想到夕见如今让自己备军扩军一事，这权欲下的灵魂未免善变，修辙想法未尽，也顾不上蕊公主又说了一堆话，已然起身去寻答案了。

穆安还在光洛殿侧殿办理公事未回，这修辙一头撞了进来，穆安吓了一跳，刚要起身，被修辙按在了椅子上，也不作声，蘸着茶水，便写了这个"纠"字，他想看的是穆安的第一反应如何。

"纠？"穆安顿时一惊，"将军何来此字？"

"蕊公主赐字，言哲王时所写，不知穆大人有何感想？"修辙自知南依和崇衡如今也是一丘之貉，不如问个明白。

"你为何不将此事禀告龙默或者沮洛，而偏偏告诉我一个外人？"穆安疑惑道。

"宗政蕊言语间，说了些我确实听不懂的话，而你上次所言，我也有不懂之处，两者相比，似乎感觉你们说的是一件事，事关一个我并不了然的世界！穆安，你若也信我，请尽数告知！"修辙这心间对于穆安不知何来的信任救了一把天洛。

"修将军，你很快就会发现，你对我的信任是在挽救你、你的军队和整个天洛，但是我并非不想告诉你实情，只是你真的不会了然，你只需知道，你我乃同僚，无论魂魄何居，你必须坚信。"穆安直言："将军，这个'纠'字乃惊天秘密，你不可再说给第三个人听，尤其不可告诉龙默和夕见，这是第一。第二，保护好沮洛，我担心他在这个当口出现危险。第三，我希望立即面见哲王，你立即帮我安排。"

"我真的可以信你吗？"

"将军，燕川颓势没落，青戎越境兵扰，崇衡独掌于我，南依偏安一方，都是我一手布局所得，此乃最好的时机还天洛于洛人，这一切，不是你想看到的吗？你还怀疑我什么呢？"

"好，依你，我会照办。明日午时，你来后宫花园，我会让你面见哲王。"

"将军，感激不尽！"穆安猜到这"纠"字必然是蕊公主提示给修辙的线索，只是还不知蕊公主身份和为何知道上古之事。但是当下若是把此事说给黄飞虎听，也必然是阐教所为，截教不会冒这个险。

乱世的贪婪和欲望在天洛国洛京城内流淌，这光洛殿内的一切都是这个世界史续里程碑上的一块坚石，任凭风吹雨打。这历史、时空与未来间，满是纵横交错的奇点，人类要做的就是用意念和回忆穿梭其中，得到他们需求的一切，包括混乱和秩序，包括正义和邪恶。

漫天秋色间，尽是天洛那听上去像是丧钟一般的礼乐。天洛国洛京城王族光洛殿内人头攒动，似乎这个国家的一切都被装在这个小小的棺材壳里，等待着最后的礼遇，至少乔公是这么想的，他认为现在洛人做什么都会是彻底灭亡的开始。

天下院、内廷院、净天府等院府将臣悉数到场，一众天洛贵族、王亲、大家、军侯、后宫要人、部分子民代表、江湖盟主等纷纷落座。

修辙手执长戟，站在空着的王座一侧。夕见公主一身王服，缓步而入，坐在王座另一侧。四周满是禁军和巡防军，重装守护。婴柳身穿重甲，隐匿在队列之内，站在夕见不远处。夕见偷偷瞟了眼婴柳，心里这才踏实下来。

哲王子、格鄂尔坦、伯谕、宗政星沫四位天上院的王子落座四周。侧殿缓步而入的还有风铃公主、锦葵公主、雪轮公主、秋罗公主、宗政蕊公主和宗政星烛王子等这些王储及家亲。

扶季望着这些南土的"脊梁"们，心里盘算着还不如一了百了铳焚了光洛殿了事，北土都省得打了，但显然这北土的命令不是简单的夺南土之地，这些人的作用可不在疆土山河之下。

龙默站起身，缓步走到大殿中央，朗声道："诸位，今日已共治近一载，典选之期，王选大典继续。但是在王选之前，一如我们的约定，将会举行满王的登位大典，以求满王登位，迎来王选平稳，禅让以顺，也能短暂地雨露子民，造福后宫，使得天洛平稳过渡共治最后的时期，以完成天下院同僚和五国之人的共同之愿，那就是五国之世太平。我不多言，登位大典开始。"

一阵天洛古乐后，满王身穿王服，身后一众后宫要人相随，慢慢走向王座，这条路已经在满王派系之人，尤其是鲁正和德妃的心里想了千万遍了。

夕见慢慢站起身，凝视着满王，眼里闪着泪水。龙默看在心里，面色极其凝重。洪番、扶季、郗别和锦葵等诸人心怀鬼胎者皆面色不浅，好似这血液里沸腾着浆汁，要燃烧一颗躁动的心。

整个大殿内气氛庄重。满王慢慢走近王座的一刹那，婴柳偷偷翻手，几根龙指凝针捏在手里，等着这古乐里的某一个音符的出现。世间大事都是瞬息之间的因果，夕见一个眼刀飞出，但见光洛殿一个角落的巨大红色帷幕落下，巨大的响声引得殿内一片哗然。不用多说，这自是沮云和幼槐引洛和会中夕见的心腹由后殿而入，从回廊登入了光洛殿殿顶的夹层，看着夕见眼色砍断了这帷幕的接口。

　　婴柳手掌一翻，几根龙指凝针已然翻滚在天，一个眨眼的工夫，满王已经脖颈中针，倒在了地上，抽搐起来，很显然，此针涂了剧毒。

　　大殿内瞬间乱作一团，众人对帷幕的落下本就慌手忙脚，但是很快又都发现了满王的异状，大呼小叫，尖声厉吼从天袭来，这叫一个热闹。

　　德妃、鲁正、鲁怀和修辙赶紧跑到满王的身边，德妃失声痛哭，把满王抱在怀里。世间之最痛，不过如此。夕见看在眼里，这泪水可是自然而然为了自己弟弟而流的，掺不了假，但是心头又泛起一阵权欲将至的喜悦，这泪水间也带着兴奋，苏妲己的心性已然有这两面了。

　　"我的王儿！王儿啊！你怎么了！"德妃叫得凄惨，这尖厉的声音刺入人心。扶季赶紧冲着锦葵挤了挤眼睛，示意时机将至。郗别、英典、青灯和元攘站在修辙的身后，还都未动声色，但是被眼前的一幕惊个魂震魄颤。鲁正大喊："满王！满王！"鲁怀跳起脚来："有刺客！封锁大殿！"修辙这命令喊得更响："封锁大殿！"

　　禁军和巡防军瞬间把大殿围了起来，众人面面相觑，面色疑惑而恐惧，但是议论声未停，恍惚间，诸家将臣还都在思忖这件事的来龙去脉。

　　夕见已经恢复了些许淡然的面色，穆安远看去，已是明白了七八分，自己千想万想，也没想到夕见有了这般狠绝的心思。

　　"谁也不许离开！禁军听令，封锁整个王宫，四国驻军也不得进入！巡防军围下光洛殿，严查后宫！"夕见假装跑去满王的身边，把满王从德妃手里夺了过来，搂在了怀里，满王就此死去。夕见泪水又猛然间流下来，但是左手暗中把婴柳的几枚龙指凝针拔了出来，藏在了自己的衣袖里。至此，证据消失殆尽，这龙指凝针可是世间最细的武器，疮口若不是几日的药水浸泡，当下可是很难用肉眼看出来的。夕见轻声自语："弟弟，我不会让你白死的。"

　　顿时大殿内的天洛贵族、王亲、大家、军侯、后宫要人、部分子民代表、江湖盟主等纷纷提出不满，一时间人声鼎沸，气势汹汹，认准了是四国人杀的满王。

　　"四国滚出天洛！"

　　"还我世子！还我王储！"

　　"天洛万岁！结束共治！"这里面就属沮云和幼槐安排的洛和会大佬们喊得激烈。

梅央无奈地摇头，何谦面露诡容，这二人心里想的是一回事儿，这天洛人当真是狡猾，他们让典选继续，满王登位维稳，自是四国没再要求驻军进殿协护之事，不想这乱局又发，却让四国在这朝堂上孤立无援。要知道，这巡防军和新立的禁军可均是修辙的心腹，若是所有人站出来搅一搅天下院，怕是等各国驻军从宫外杀进来，自己的尸体都凉了一半了。

软禁新解，便来大典的韩腾义和童远生跳将出来，"好啊！四国贼人！抢婚王室在前！设法杀我彼岸公主在中，这又来惦记我天洛小王，你们的共治倒是风光！何曾顾及我们天洛人的感受！"韩腾义大义凛然，沮洛看在眼里，也没见多么紧张。童远生帮腔道："四国贼人不除！天洛难有安定！"众军侯跟着高喊："掩杀四国贼人！"众后宫要人跟着高喊："四国给个说法！"众江湖盟主跟着高喊："燕川贼寇！乱世之贼！"

大殿内一时间躁动已至顶峰，修辙挥了挥手，禁军开始尽力地维持秩序。洪番、格图、太稷、宗政公贺和宗政公若各自保护自己的天下院国相，众人慌乱的神情里满是猜忌和怀疑，这件事的突发可是众人众相，各思其事的，心里都不是一个逻辑。

德妃趴在满王的尸体上继续失声痛哭。鲁正抽出一把剑，指着韩童二人，泣不成声："还四国之乱？我看是你二人的诡计！奸佞之徒，拿命来！"鲁正冲着韩童二人砍来。修辙挺身而出，长戟一挑，把鲁正拦下。鲁韩童这三家继续对骂，竟不嫌丢人。沮洛依然淡定无语，这不难猜测，沮洛必是又在典选之前煽了煽风，怕的就是这庙堂变数。

夕见一声长叹，慢慢站起身来，走到王座前，面向众人大喊道："这里是天洛王族大殿！你们还有一分尊重吗？"夕见的大喊瞬间把众人镇住，大殿内渐渐安静下来。修辙挥了挥手，一众禁军把满王抬了下去，德妃哭晕在地，也一同被抬走了。

夕见继续朗声道："满王已死，今日乃共治近一载，我天洛各贵族、王亲、大家、军侯等均在此！四国将臣、天上院、天下院、内廷院和净天府同僚也在，若无人镇殿、无人言语、无人相协、无人主事、则王选还是一拖再拖，禅让更是遥遥无期！我愿临时登位王座，行君王之职，代理国事，望众人信服与支持。若是不然，天洛不治，共治难续。"夕见一番话，正好在大殿内天洛人群情激昂的当口，要的就是这借势推手，逐人心性的大成之机，夕见心里有着万般的把握，龙默自然也是这般替夕见设计的。

众人依然鸦雀无声，夕见又道："我墨台夕见今年二十二岁，加济二年所生，无甚治世之道，无甚治国之念，只愿一片赤子之心，泽被天下，雨露将臣，带领天下院和内廷院同僚度过最后的共治之年，以保子民和后宫不再有异议，将天洛国脉，延绵而续。无论最后禅让之途通向何处，我都愿意让位于王选之胜者，绝无反悔之心！"

这一计响雷，是天上天下两院不少人预料到但不敢深想的事情，如此力劈在众人心间，倒是引得人性两端有了一致的燃点，天洛人自是无异议，但是四国间这微妙的关系油然而生。

何谦站出来当先道："不错，夕见公主，当此危难时刻，敢挺身而出，实在难得，勇气可嘉！你上次登位不得，已是惋惜，今日大势所趋，我青戎再次同意你登位，以续王选大典和禅让之途。只不过，最好别再出岔子了，这已经是第二次王选了，若是天洛借此耽搁时日，那可就有悖你的意愿了。"

"多谢何大人！"夕见鞠躬行礼。何谦这一席话引得光洛殿内的天洛人群情激昂，声浪阵阵，似乎这夕见已然登位待治一般。梅央高声道："夕见公主，你是唯一仅存的天洛王室！当年龙默可是信誓旦旦，说杀尽王族的，如今一来，我们免你死罪，甚至允许你辅政，你如今是作何呢？这与龙默当年的承诺可是相违背的。另外，若想稳住天洛，我们彻查大殿，揪出刺客便是，你何需匆忙登位呢？我们南依绝不同意你在位！也绝不承认！"梅央的心思两层有余，这第一层，梅央也料到穆安可能不会同意此事，楚王有令协助穆安，那必然需要投返一票。再一层，夕见登位，则燕川和青戎必然停止明争改为暗斗，因为君王之间，已是国家对话，没了私下的通亲之纠，私下里的子幽和格索的争夺，就显得微弱很多了，甚至因为权势的倒向和子幽现在的颓势，燕川有可能放弃争端，一心庙堂政治，这可不是南依愿意看见的。

"梅央大人这就显得片面了，龙默所言杀尽王族，明显有指代之意，谁引战，谁拓战，不言自明，关夕见公主何事？我更听闻，夕见公主和修辙将军乃前朝仅有的主和之人，难道他们的治国之念与我们现在的天下院之念相互违背吗？如果不违背，何来不同意夕见公主登位之礼？再说了，王选若结束，禅让随即而至，夕见公主还能霸着王位不走吗？"何谦既反驳了梅央，又激了一下夕见，一语双关。

穆安直言道："何大人，说杀夕见公主的，你们的君王格索有一份，如今你又支持她复位，我能说，这是因为格索王陛下和夕见公主的婚约所致吗？既然我们有言在先，满王登位，王选后禅让，何必今日之事后，再改言辞之定呢？而且你不觉得今日之事太过蹊跷了吗，怎么夕见公主一再登位不成，今日却又死了王弟呢？我崇衡不同意夕见公主登位，也绝不承认！"

"穆安大人这是直指夕见公主有所阴谋了？那你尽可以跟这里一众天洛贵族、王亲、大家、军侯们说个清楚，可别让天洛人觉得我们四国人无理取闹！天洛人自古家国意识浓厚，王位空了这么久，自然心里难安！今日满王被刺，我虽不知是谁所为，但是夕见公主登位稳局面而行后事再妥当不过了，有何不可为？什么事都循规蹈矩，难道就徒等王选和禅让遥遥无期吗？难道大洛人不配在此时临时有个君王吗？我燕川支持夕见公主登位！"洪番一席话，尽显心头截教之念，虽与申公豹和苏妲己心有隔膜，但是任何时候，若是截教之人得洛，远好于旁人。洪番的话又引得天洛人一波声浪，此时穆安和梅央显得孤立无援。

天洛贵族、王亲、大家、军侯等人声鼎沸一阵阵袭来，这光洛殿的殿顶似乎都要被掀开了。沮云和幼槐在殿顶挥了挥手，示意洛和会秘密潜入殿顶的会众先行离去，留下两人依然在看戏。

军侯大喊："支持夕见公主登位！天洛不死！"后宫要人大喊："王座不可易主！夕见公主登位万岁！"

韩腾义和童远生对视一眼，又都看向锦葵公主。锦葵点了点头，示意二人开始行动。韩腾义进言道："公主殿下，不是我等内廷不支持你啊，天洛自古无女子登位治世啊！"童远生劝道："公主殿下三思啊！"鲁正直言："夕见公主！三思啊！"

"公主殿下、洪大人、何大人，今日之事依我看，都只是因果之谋，并非意外！殿下若登位，于天洛旧礼，则称不孝，于共治法约，则称不遵，于世间子民，则称不伦。请您三思而后行！"沮洛缓声道，但是心里也知这一次可能难逃天洛新主了。

夕见朗声道："我既已站在此处，我心已决，众卿不必再多言！天洛此时是共治末期，不可一日无主，旧礼新法，当以局势而定，如不变通，何来前路？"

"公主殿下，务必三思啊！"修辙焦急地跪在一侧，青灯也跟着跪下。但是都别、英典和元攘依然立在原地，没有动作。修辙身后一冷，但觉今日的都别等人有点不太平，怕是对这登位有着后招。"修辙！你！"夕见有点反感修辙这个不通私礼的固执心性。

洪番又劝慰道："诸位，听我一言，事已至此，我们争论也无头绪，闻言上次夕见公主欲登位，便是五国之人投玉而决，今日不妨也如此。玉器我们就不备了，只需言语相诉就好，我们燕川依然应允，青戎的何大人也首肯，崇衡的穆大人和南依的梅大人不同意，那就只看天洛的龙默大人了，天下院的事，还是我们自己钦定为上！"洪番这个多宝道人的思绪怎会不知夕见和龙默通了气，自己抛一个橄榄枝，申公豹和苏妲己还能接不住？

所有人望着龙默，夕见更是紧张地凝视龙默的眼睛。龙默不慌不忙走到王座之前，正了正身，拍打衣袖，俯身而跪，面色淡然，朗声道："那就恭喜夕见公主登位，天洛万岁，公主万安，只求共治前路，王选之继，禅让之途，得孝安王庇佑！"这孝安王的名号是加济王的临终之言，说与龙默一个人所听。这后宫众人唯有哲王和夕见有君王之能，若是哲王登位，便称孝和王，若是夕见，便称孝安王！众和安天，举孝治民，以滋芸芸的道理，龙默谨记在心，今日说出来，没人不懂，此乃天意。

穆安和梅央大惊失色之余，天洛人等声浪又起，尽是跪安之声，顶礼膜拜。

但夕见还未坐下受礼，都别、英典和元攘三人当先一步闪出，立在夕见面前。

夕见吓了一跳，如何能想到郗别会是一个变数，盘算这是否是修辙的后计。

郗别举起一叠录文和军册，朗声道："今日谁人都可坐此王位，唯独彼岸公主不可！"众人一片哗然之后，天下院诸位也是一个冷不防，心想这天洛人戏还真多，一个王位百转千回，这是活生生坐不上去人啊。

"此乃秘密新立的洛北军录文、军册、地形图和辎重粮草等的路运图！自古天洛新王登位，必然引扩备新军，以图服众，邀治众臣，提携诸将。彼岸公主借此撺言江湖，诱引修辙，甚至是洛和会，秘密违背天下院盟约和法约，私自复立洛北军数千人，此乃证据！天下院同僚，你们可要看个明白！何大人、洪大人、龙大人，若是你们想不遵共治的人登立大位，就算我没说！"郗别这一招釜底抽薪，把修辙也钉在了罪途之上，修辙可不知郗别有着重立军政院的异心，他只是觉得郗别这是无奈之举，为的就是先把夕见拉下来再说。郗别赌的就是修辙这个想法，所以必然第一时间认罪！

天下院诸人大惊，何谦当先质问道："夕见！修辙！可有此事？"

"简直荒唐！"洪番自言自语道。

"确有此事！我也是听令夕见而为，罪过自认！"修辙果然着了郗别的道，但是青灯看在眼里，却痛在心里。

"所以夕见无权登位，若是维稳子民和后宫，天下院同僚们可要等一等了！"英典补充道。

"郗别，此事还未查清！也不能算是夕见所为！这洛北的势力本就是原来元攘的旧部，我们怀疑这其中有诈！"龙默也觉得事发突然，只能先找个替罪羊顶着。

"龙大人，这录文和军册说得明白，我的旧部死的死，逃的逃，你让我去哪里给你找数千人的残军？若不是公主立旗，江湖之大，提我元攘有用的话，我早就不是一方军首的职位了！"元攘说得动容。

"若是如此，夕见公主和修辙还须查证此事后言登位大事，不然，可不作数！"穆安接话道。

"倒不用等，这天洛可不止一位公主！我锦葵虽不是夕见这般的后宫大势，但也是得姐姐们扶携，有些治世之道的。如今若是登位待禅，维稳后宫，我也当之！"锦葵疾步走出，朗声而言。其实锦葵本是要执行扶季暗中杀夕见之计的，只是这锦葵哪有苏妲己那般心狠手辣，心里惦记还须等一个众人驳倒夕见的机会，本是希望韩童完成此事，没想到最后还是郗别出来帮忙。这一时间内，把扶季和洪番急得够呛。但是如今也好，算锦葵聪明，借着郗别的言语，来争一下这大位。

"荒唐！郗别将军，你说洛北军是我秘密复立，就凭这些册子？你给我月余时间，我也编得出来这些谎言，这又如何作数？"夕见反驳道。

"如果公主殿下有异议，我们不妨一查！但是今日登位！必须作罢！"郄别直言。

"哎呀！你们天洛人好生麻烦，这大位几次不得，典选一拖再拖，几个意思？"格图大喊道。

"这满王已死，夕见新罪不知真假，何不直接典选立位，不待禅让！"宗政公贺直言道。

"更荒唐！如此就不违背天下院的共约吗？"龙默大喊道。

"既然如此，我便引了天下院的同僚，登位彻查夕见复立军众之事，再行禅让，再好不过了！"锦葵边说着，便走到王位旁，立在夕见身旁。一时间，众人也茫然这二人谁当之合适，穆安、龙默和沮洛如此睿智的三人，也一时茫然起来。

"既然如此，典选还须继续，何不让此难局成为典选之试呢？天上院的王子们，如何选，你们自定便是！"扶季是个浑水摸鱼的好手，这样一来，避过了天下院对于夕见的偏颇，对锦葵有利起来。

众人目光才看向伯谕、格鄂尔坦、宗政星沫和一脸懵懂的哲王，只见夕见抽出修辙腰间的佩剑，一个侧滑步，仗剑刺向锦葵。锦葵还未反应过来，这利剑已经由右肾刺入，斜穿过了心脏，她顿时口喷血浆，两眼闪着柔弱的光，似是魂魄已然归去了一半。郄别听见抽剑之声，回身已然晚了半步，他飞起一脚刚要踢开夕见，修辙腾空而起，把郄别挡出几米，护在了夕见身前，也用凝视的狠毒眼神斥责着夕见不冷静的行为。

郄别把奄奄一息的锦葵搂在怀里，这泪已遮了脸颊大半。锦葵也知争位可能一死，心里也瞬间释怀了，低声跟郄别耳语道："别难过，我不后悔，锦葵长大了，郄别！"锦葵又压了压声线，耳语道："北土剑指南境，你，快跑！郄别，我……"锦葵话未说完，娇嫩的脸颊泛起煞白，魂意已去。

郄别泣不成声，抱着锦葵的尸体，身形猛烈颤抖。穆安见夕见如今亲人都杀，勃然大怒："夕见！你当朝杀人！该当何罪！"

夕见推开修辙的胳膊，仗剑立在王座前："锦葵妖言惑众！郄别篡改军册！为的就是让天洛这王位空待禅让，这典选即便今日完毕，如何求禅？天下院诸位还看不出来吗！我登位乃天意所为！有谁要违背这天意！"夕见一席话朗声而出，震在人们心间却是一派君王之威。

殿内众人虽哗然，却也被震慑住……

"孝安王万岁！恭喜天洛新主！"龙默跪地而拜，再次引领着众人的心绪，光洛殿内的天洛人片刻犹豫后，声势又起。

"孝安王万岁！孝安王万岁！"这子民的忘性可比王室大得多，夕见虽杀了人，但是子民心里，若是天洛人登了位，可就是复国之举，如何会不同意？只是可怜了锦葵这以卵击石的举动，当真是可笑。在郗别的心里，他若先知锦葵有此心，必然会让锦葵待自己和修辙、沮洛一起把夕见处置后，再言登位。但是锦葵只是一步之差，之前未能见到郗别，所以听从了扶季先发制人的计划，只是心软至极，落得一个最差的时机质疑夕见，最终被夕见权欲之心所杀。郗别怪罪自己对于爱人的心思都不了然，还在惦记军政大事，一时间抱着锦葵哭得更厉害了。

洪番也来到大殿中间叩首："恭喜天洛新主！孝安王万安！"这余光瞟向锦葵，心中的痛只能藏匿在微笑之下，若是祭奠，锦葵当是北土第一位南侵的志士。

何谦鞠躬行礼："孝安王万安！"

这二人不由分说，洪番也无所谓谁人登位了。何谦还顾及着夕见和格索的关系，自然前来拜见。三人已跪拜，朝堂上稍微静谧之后，便是全部天洛人潮水般的跪拜。

"孝安王万安！天洛万岁！"

沮洛和穆安没了神情，淡然接受着一切。穆安此时才确定了心里最模糊的那个想法，龙默必然最终会让苏姐己登位，只有这样，穆安才会尽全力保夕见之位。而沮洛就当世之心来想，也是如此，夕见在位，穆安怎会不因爱尽心，这样一来，不说青戎和南依，至少燕川和崇衡都被套牢在手里，这就是为什么沮洛之前秘言龙默说夕见若再登位，已是大势所趋。

修辙不知郗别等人的异心，冲着英典和元攘挤了挤眼睛。英典和元攘也知此局未能成功，便来搀扶和安慰郗别。郗别突然抽出腰间指挥剑，指着夕见道："我不认孝安王，今日你若登位，我立辞军首，永不效力朝堂。"

夕见绝美的脸淡然无色，也知道这登位必然带来杀戮，只可惜是锦葵和郗别这对苦命的鸳鸯。夕见心里理解郗别，她和穆安何尝不是如此："郗别，你所言复立洛北军之事还未查实，你且冷静，我不降你的罪，你好自为之！"

"郗别将军！孝安王已然登位，你且冷静一些！"沮洛直言道。

"若无天洛前路，我等军首与枯骨无异，只是苦了锦葵，我当来陪你便是！"郗别见没了转机，又想到这天洛典选之后也便交了外人之手，自己的锦葵也新死，他本就抑郁的心里熄灭了最后的一丝火焰。这剑从身前立起，便奔着脖颈而来，想要自刎而去。修辙哪能让自己的兄弟这般陨落，一个疾步要上前，青灯的丝刃先至，几个尖头钉在郗别的指挥剑剑身上，修辙一把擒住郗别的手，把剑回拉，丝刃绷直，指挥剑剑刃在郗别的脖颈上划了一个口子。英典也上前一步，从侧身一个横劈掌，把郗别打晕在地。

"快！带下去，连同锦葵一起！"修辙低声吩咐道，元攘和英典这才抬着郗别和锦葵离去。这一场面惊得大殿众人一时间语塞。夕见面露笑容，缓了缓神："多谢天下院同僚相携，我自会查清复立军众之事，也会厚葬满王和锦葵公主，肃清后宫！

彻查杀害满王之凶，至于我的鲁莽，也自会在禅让后受理，绝不姑息！"

鲁正、韩腾义和童远生这便又冲到夕见公主的面前，哭天抢地。鲁正大喊："夕见公主！大逆不道，大逆不道啊！"韩腾义大喊："公主，不可啊，万万不可啊！乱了旧礼啊！"童远生大喊："天洛无女主啊！"

"来人，把这三个天洛的通敌要犯，祸乱后宫的罪魁拿下！"夕见今日就是要神挡杀神佛挡杀佛，祭出一条通往王位的血路。

修辙愣在原地，夕见瞟了眼修辙："修将军，你不听王令吗？"修辙看向沮洛，沮洛无奈地点了点头。"来人，将鲁正、韩腾义和童远生三人拿下！"修辙这才下令道。

禁军刚要把三人押走，夕见又下令道："等等，三人罪孽深重，若不就地正法，不足以平民愤！今日我天洛贵族、王亲、大家、军侯等都在，那就当着他们的面，杀了三个贼人，以正视听，也言定我治国之决心！"

鲁正、韩腾义和童远生三人大惊，韩魂、童魄和鲁怀也跪倒在地。韩魂大喊："公主殿下，不不，陛下！饶命啊！"童魄大喊："陛下，登位大典怎可如此见血腥啊？"夕见厉声道："刚才满王之死，为何不见你这般说？"

"夕见！你不过一介公主，却这般谋逆作乱！你不得好死！"鲁怀几乎是崩溃边缘。

"鲁怀！你敢这般说话？杀无赦！"夕见勃然大怒。这四国之人虽知夕见几乎是被权欲弄疯了，但这些终究不关四国的事，也就都成了看客。只是穆安见曾经纯良的夕见如此，已经闭上了双眼，热泪慢慢挤出眼眸，他开始痛恨这个被上古欺压的世界，这个被制衡的天下院，这个疯狂的世界。

鲁正声泪俱下："陛下！天洛不可自乱！不可自乱啊！"韩腾义悲极而泣："陛下！这是哪般啊！谁想我等天洛大家，四国洪流不死，今日却要死在自己人的手里？"

童远生跪抱鹿辞的腿，鹿辞面无表情，他又揪着沮洛的腿，面色惊恐："沮洛大人，你不能见死不救啊！"龙默盯着沮洛，一阵摇头，示意他别管此事。

沮洛正义凛然，站在夕见的面前，朗声道："公主殿下，我不认为四国之人和龙默同意你登位，你便是登位成功，我永远不认还有个什么孝安王！你不配！当然，先王也不配！我沮洛一生坦荡，至此也是效力朝堂的最后一天，我劝言你几句，若是你只有王权之心，你在王位上待不久，先王如何丢掉王座的，你也会如此！你若只是有复国之心，你也不会在王座待得久远，因为如今禅让而至，复国只是泡沫。你唯有爱世之心，爱民之心，才有可能坐在王座久一些！夕见公主，王座之上，人非人，王座之下，物非物，你好自为之！"沮洛说完行了个大礼，此意了然，便是辞官而去了。这让龙默、修辙和穆安非常吃惊，但也知一时在朝堂之上拉不回沮洛，都在盘算如何在私下里说服沮洛返朝。夕见愤怒至极："沮洛，放肆！你在跟谁说话？给我拿下！"

修辙和龙默无动于衷，禁军和巡防军也没了动作。沮洛潸然泪下，声音渐渐洪亮："一年前，龙默弑君建制，天洛不洛！如今夕见夺位改制，天洛难继，我天洛造的什么孽！"

夕见厉声道："来人啊，给我拿下！"

"不用！我知道大牢怎么走，不想我沮洛原来是当年乔公的运途！夕见！好自为之吧！天洛亡矣！史续之幕，尽是往复！"沮洛说罢，自己转身而去，留下这伟岸的背影，笼罩在人心中。

夕见面露焦急之色："还不杀！等我下手吗？"

几位禁军抽出刀剑，把依然在哀号的鲁正、韩腾义和童远生一一斩杀，顿时大堂内血流成河，腥气四溢，众人捂着口鼻，也不敢再看王座上的妖魔。夕见如此，这天下院的四国之人似乎也被震慑住了，一朵殷红的地狱里的彼岸花开在了大殿之上，任这阴间地狱其余众魔如何恐怖，也不及这冥王一般的冷峻脸孔。

鲁怀、韩魂和童魄哭天抢地，爬在尸体上痛哭不止，禁军把几人押解而去。鹿辞、何谦和梅央等人看着几具尸体，闭上了双眼，几道白色的魂魄飘摇而走。

扶季眼里满是惊惧，洪番冲着他不经意地点着头，示意他这是可以接受的结果。扶季也知若夕见如此魔怔，倒也不一定锦葵夺位了，只是少了把握住洛和会和禁军的机会，心里略有遗憾。

龙默定了定神："陛下，三位老贼已除，登位大典已毕，王选是否继续呢？"

"陛下，王选可是正途，不可再推后了。"洪番接话道。

此时，一波未平一波又起。一位禁军头领跑进大殿，鞠躬行礼，大喊道："陛下，子幽王子领燕东军残部于宫外叫阵，言誓杀五国奸佞，再领天洛，禁军已经与他们打起来了。"

这一声闷雷激得天上院，天下院和净天府众人大惊。夕见的登位之路当真是坎坷不已，只是心中这誓改命途的决心未变，装也要装得冷静一点。她心里盘算若是燕东残军来袭，格图、太稷、宗政兄弟，加之修辙、穆安、青灯和郎虎这些名将该是打得过的。

"打起来了？燕东残军？"夕见反问道。

"你看清了？可是子幽领军？"洪番心头一凛，自觉没处理好残军之事，留了祸根。

"多少人？"龙默追问道。

"近万人之队！该是燕东所有的残部。"头领答道。

"整个王宫都围了？"穆安也凑过来。

"已无缺口！"

"陛下不必着急，必是那子幽窃取了兵权，意图为父报前仇！我们刚好借此试试各位王子，只当是王选之题，若是哪位王子能解此难，便是第一局王选胜出如何？"穆安提议道。

"都什么时候了？你还惦记着王选之题？"何谦焦急不堪。

"怕他作甚？出去砍了便是！"格图喊道。

"依我看，是个法子，但我们最好先出去与子幽言语，免得无辜死伤太多。"梅央冷静道。

"禁军和巡防军听令！护军在前，中军保护陛下，出宫登门迎敌！"修辙下令道。大殿内一众人被禁军和巡防军簇拥，浩浩荡荡出宫而去。夕见虽登位，还没真的坐上王位，便又面临燕东残军的叫阵，她回望了一眼王座，只是一声轻叹，已经诉说了心底万般的无奈。

夕见、穆安和修辙领着天下院、内廷院和所有与会大众登上宫门，才看见浩浩荡荡的燕东残军围在宫墙外，这阵势虽不及当年太冥门战役的万分之一，但是如今这宫墙内可只有禁军和巡防军寥寥千人，即便天下名将汇集，也难逃恶众血口。

薄凉世间，读懂了人间诸事，读懂了无常心性，也便懂了人生不过是赎罪和归元之途。如今子幽虽然不得子笙和子秋的本意，也想不明白该如何与二人继续相处，但是这贱命一横，死了心也要洗刷之前的耻辱和命运带来的不公。

子幽和子熊摆开阵势，子幽挺马向前，抬头望着宫楼上的诸人，大喊道："听闻夕见公主登位了，不错，有担当！夕见，你我婚约两年未成，今日可否一促心愿？"子幽这样一喊，天下院这帮子心眼儿多的可就听出来了，子幽这是等着夕见妥协呢！若是承诺婚约继续，则当下天洛可就等于归了子幽了，但是若不同意，子幽就有了剑指朝堂的借口。这小犊子心里这点坏水，和他爹一模一样。

夕见探出半个身子："子幽王子多心了，那是子秋王为他儿子所订的婚事，我正想问你呢，你到底是谁呢？何人之子？"夕见有心讽刺一把子幽，却一下把子幽惹怒了。

"夕见，拿这个事开玩笑，过分了吧！不过没关系，今日我就收了天洛朝堂和你，看你躺在我床上，还会说什么！"子幽厉眉一皱，大喊道。

"王子殿下，我不知道燕东残军军权何时到了你的手上，但是你如此莽撞行事，可妥当？这代表你谋逆反洛也就罢了！若是引得四国之友怀疑我们燕川有其他心思可就事大了。"洪番当先这么一喊，让人觉得这是子幽自己的计划，全然与燕川和洪番没有关系。鹿辞觉得洪番此举处理得当，赶紧补充道："王子殿下，你快收手吧，子秋王爱你如子，你何必这般作践自己呢？"

"子幽王子，王选今日到了这般田地，就是拜你和你爹子笙所赐！更滑稽的是，穆大人以你逼宫夺朝为题给四位参选王子出了题，你若攻，我们便作罢。你若不着急，干脆，试着让四位王子出个手，解解难如何？"何谦觉得此事不能就此放过，与格图一个对视，起了玩心，誓要把燕川这糗事嘲弄一番。子幽大笑不止："以我为题？你们这般冠冕堂皇地共治天洛一年了，分洛之路越走越看不到边际，这王选还有何用？还信誓旦旦出题明示，以供择主？"

"子幽王子此言差矣，共治只为和平结束共治，就似战争只为结束战争，既然命途至此，我们如何推脱？"梅央喊道。

"子幽，我劝你领燕东军回了吧，你若不愿归去燕川，我们天下院愿意庇护你！但是我们也希望你与子秋王有所通络。"龙默好不容易把苏妲己推上了王座，还是希望尽快息事宁人。

"子幽，我很奇怪一点，既然燕东残军兵权已经经过子秋王陛下应允，交给了洪番大人，为何又回到了你手里呢？"穆安觉得此时不玩弄一把洪番，就是浪费机会，更何况自己答应了子笙，需要保全王子，无论如何，须让子幽的罪过小一些。

"燕东军虽与我无甚瓜葛，但是与家父情深，我怎能不为继？"子幽答道。

"你认贼作父倒是快啊，子幽！你知道此时自己在做什么就好！四位王子，不给我们出出主意如何解围吗？"穆安追问道。伯谕、格鄂尔坦和宗政星沫面面相觑，一脸纠结，十分犹豫。

哲王子被青灯抱在怀里，指着子幽，乖巧地言语道："今日之事，最好解决，只要众人看清谁在作乱就好，我们扼住命门，事情迎刃而解。"

"小小哲王不足三岁，说话人五人六！不错，那你说说，命门是何呢？"何谦追问道。

"燕东军看似在子幽之手，其实另有他人所控。"哲王这话语，正是让修辙安排面见琴妃和哲王的穆安所教。穆安早知洪番对残军的管控失去了一个军首基本的常识，这样一来，以子幽的性格，必然有所图谋，虽当下还不知洪番如此做的目的，但是穆安从王服和换信之事不难看出，洪番心存不善。而穆安之所以在得知哲王为纣王后依然有心扶其大成，也是在惦记有个人制约苏妲己的权欲，若是沮洛和修辙不立，唯有哲王，这便是商人与截教的内斗。

众人大惊失色，穆安假意问道："哦？那是何人所控呢？"

"洪番！"哲王小手一指。众人看向洪番，洪番有些惊慌，故作镇定，摊着手："哲王这是何意呢？"

"洪兄何必明知故问呢？"穆安笑道。

"穆安，是你教哲王这般说的？"洪番缓了缓神情。

"我何德何能教天洛小王言语呢？洪大人，子幽与你的感情不一般吧，何不说出实情呢？"穆安言语咄咄逼人，"我前几日去翰博院求书，偶遇哲王，哲王于西宫见过洪番大人，小孩子记忆超群，便记下了洪兄的长相，与我说了些言语。当然，你的胎记也确实好记，只是我们都一直弄错了一点，你脸上的并非胎记，而是印记，来自神秘的北方大族！"穆安直言，其实这些都是穆安所查，并非哲王言语。众人大惊，彼此开始低声耳语，这宫楼之上一时间成了朝会的大殿。

"我们青戎以北的北方大族？我们领几万大军都不得近身啊，他们的人会出现在我们南土？"何谦疑惑道。龙默面色冷峻："穆安，你说清楚些！"

"我借阅的书籍上有所记载，验证了哲王对洪兄的猜测，北方异族，印记而分，大族小寨，纷乱而居，中央地带，王者自居，一呼百应，万部顿起！这些特征与青戎国相仿，所以我猜测青戎人是早期南迁的北方大族，而神秘的北方大族鲜有涉及南土的人，洪兄便是其一，我们还算幸运，与他打了交道。"穆安说得细致。洪番大笑不止："穆安，几载不见，头脑见长，你的故事，我很喜欢！"

"所以我和哲王聊过此事，哲王宫内曾有囚奴，便是北方之身，所以印记未消，那是因为这是他们的图腾，永世随身，不得移除。"穆安把《北方记事》看了个透彻。

"北方大族会傻到带着印记涉足南土吗？"扶季赶紧插话帮腔道。

"就是，穆大人，口空可无凭！"梅央觉得穆安越来越倒向天洛，这种制衡，自己还是要把持牢固。"青戎以北，尽是戈壁荒漠，南北之路数载不通，又有何人真的见过北方大族的人是何面目呢？所以他们来此当然明目张胆，为的就是祸乱南土，为北方人的南下，留有余地！对吗，洪兄？"穆安质问道。

"所以你编造这么个故事，是想助天洛的哲王胜选呢？还是想我和鹿辞刚刚再起的天下院仕途再次倒塌呢？"洪番反问道，面色淡然。

"你明知子幽会夺军逼宫，你不管不问，为的就是把燕东军让给他，从而让燕川和天洛乃至五国之间剑拔弩张！"穆安直言揭秘。

"好！穆安，我若此时狡辩，正中你下怀，那你不如现在绑了我，看看以你口舌之力，会不会扼杀一个天下院同僚。"洪番也不挣扎，自知事后子秋会书信穆安，解了自己的危机。但是如今他可以肯定的一点是，穆安绝不信任自己是燃灯道人的，这一借势蒙蔽之法，算是失败了。

子幽满脸愤怒，见城楼上的众人显然没把自己当回事儿，还唠起嗑来了，大喊道："到现在还敷衍于我！燕东军听令，杀入光洛殿！"

燕东残军浩浩荡荡，一众步旅冲着宫墙冲了过来。数把云梯支起来，似是从天而降的巨大悬臂，倒向宫墙的顶端。天下院和与会众人惊得后退了几步。

"修辙、格图、太稹、公贺、公若、瑶缮、青灯和我据守宫楼，其余人保护天下院和陛下退回光洛殿正殿，快！"穆安迅速下令，众人又开始纷纷退去。

"郎虎，把洪大人先绑了，听后天下院发落！"龙默下令道。郎虎掏出绳子，把洪番绑了起来。洪番面露笑容，倒也从容，并不反抗，只是心中嘲笑穆安似是过激的宠臣，为了讨好天洛人，没了立场。但一个转念稍有后悔，若不是通天教主与申公豹上古心有隔膜，当先与龙默和夕见相认，应该会有不同的局势。

修辙撑戟备战，格图双持巨斧，青灯丝刃已经织在自己和眼前的云梯间，太稹亮出银枪，宗政兄弟弦上立箭，瑶缮朴刀紧握，穆安仗龙牙侧目，这天下名将的守城战一触即发，只是少了子笙、英典和元攘等人的参与，若是聚齐所有人，扶季和洪番这些北土人当真过目一下南土的实力，可未必有绝对的胆量寻衅南顾了。当然，扶季胳膊上的瞿麦是另一回事儿。

天下院和天洛众人此时退入光洛殿内，众人齐心合力，关闭了殿门。龙默挥了挥手，让郎虎赶紧回去助穆安等人一臂之力，郎虎这才双持龙指长刀返回宫墙。

一众禁军和巡防军随着郎虎疾步而去，守宫大战终于拉开了帷幕。

夕见在王位前焦急地徘徊，似是少了几分坐上王位的冲动。龙默、何谦和梅央三人看着绑在一侧的洪番，觉得此人越看越像北方人，倒挺符合这天下院的名字，天下人理天下事。

光洛殿外宫楼宫墙的据守战可不似一载前的太冥门战役，且不说这燕东军人数少了六七成，更无投械、弩车、攻锥、巨鸢、长弓和硬弩等攻城器械，就连步旅都只配了简单的刀盾，甚至云梯还是久不翻修的老牌号。子幽心里也清楚，自己如今面对的可是天下名将汇集的天下院，虽天洛军力羸弱，但若是速战，没有必胜的把握。若是围宫久战，那更是必败，因为这典选朝会虽无青戎、崇衡和南依的驻军参与，但若是光洛殿四周开战，那另外三国的驻军怎会不知？不出一个时辰从城郊杀来，那子幽的燕东军就是腹背受敌，便再也无屠戮的可能。想到这里，子幽忐忑之心甚重。连子幽都想到了只能速胜，天下院那些老匹夫怎会想不到，所以穆安只下令据守，绝不出宫对敌。

云梯在宫门外高墙左右各搭了四条，子熊勇猛无畏，带着一众步旅就开始攀爬而上。子幽不停地左右挥手，示意弓箭手掩护。但这燕川的弓箭手穆安最是清楚，可不似公若他们的南依人擅使各种箭头弩头搭配步旅的冲锋，燕川只有一种窄头的短箭，射不出太远不说，还声响巨大，这宫楼顶的名将们躲起来不是太费事。

名将们各自据守一个云梯的登口而战，两军交错，怎一个惨字了得。修辙长戟画龙，据守第一个云梯，前后两个燕东步兵蹿跳而上，举刀便砍，修辙横戟身一挡，后转身一让，那步兵就是一个趔趄，挺戟前探，那步兵一躲，正中修辙的下怀，他长戟并不探直，扭腰一踢戟身，重重的长戟飞出撞在步兵的腰间。步兵顿时失了重心，刚从郜别那里夺下的指挥剑正在腰间，修辙一个反手抽剑，侧探步由上而下反拉剑刃，那步兵早已身首异处。另一个步兵猛扑而来，擒抱之态，似乎要与修辙一同坠下墙去。修辙也不捡戟，再丢下指挥剑，反手拉开步兵的双臂，用头颅猛撞步兵的正脸，虽是不太优雅，但是这一虎将的上肢前冲力，顿时把那步兵撞得晕眩了一阵。修辙淡然抽回长戟和指挥剑，由下而上十字拉开，左右开弓，那步兵便倒在血泊里动弹不得。

其他战将在各自云梯旁战得不亦乐乎，穆安大喊道："守住，子幽必然速攻！"话音未落，左右两个步兵奔着穆安砍来，龙牙剑顿时龙吟一般前后挥舞，巨大的冲力把一侧的步兵连刀带胸甲砍成两截。另一侧的步兵探步而来，穆安一挡一推，把步兵震开几步。几根丝刃横空而出，这恍惚间谁还看得清楚这么细的武器，那步兵再冲着穆安冲去，已然被丝刃割断了喉咙。青灯也不停手，又是几根丝刃飞出，正好打在格图的战斧上。"格将军可禁得住我？"青灯喊道。

"那还用说！"格图话毕，大喝一声，聚集全身的蛮力，把青灯细瘦的身躯一兜而起。这两人间的丝刃拓成一个圆圆的巨大绞盘，犹如无罩顶的血滴子，几个刚要近身格图的燕东军步兵瞬间被丝刃饶了脖子，重的已是身首异处，轻的也已经重伤难立。青灯被格图巨大的兜力震出几步远，几乎一时收不住。太积见势挺枪一跃，把青灯接在怀里，青灯扭头一看这太积虽汗流满面，还如此俊俏，当真是个白马银枪的俊将，竟然还娇羞了一把。

"再战！"太积一推，青灯这才恢复了重心。再看格图那边，双持战斧，被丝刃缠了脖颈手脚的一众步兵早已被格图砍了个稀巴烂。格图见自己的云梯登口没了人上来，也不顾视线被挡，会不会有人再跳将上来，丢下双斧，又是一声大喝，把巨大的云梯勾住墙边的倒刺拔了下来，然后把云梯使劲地向外推去，这一推，让已经登在云梯上攀爬的步兵失了重心，纷纷摔落下去。

"拆云梯！"穆安见格图这般治根的办法有效，大喊道，自己几个跃步来到宗政公贺和宗政公若的身边，帮他们拆云梯。这宗政兄弟俩均是用长弓的好手，若是持续近身，瑶缮一个人的压力太大。刚好他们几个身边的云梯攀爬者似乎更多，子幽也看出来了，这些名将之中，似乎也只有宗政兄弟是一个弱点了。瑶缮挥舞着朴刀，不敌近身的步兵越来越多，宗政公贺甚至用长弓频繁抵抗步兵的近身。穆安龙牙剑刺来，反手握柄，另一手推柄尖，连刺两人，公若在另一侧运箭极快，几乎是一箭一个，全部正中咽喉。

"公若，掩护我！"穆安大喊，他与公若的默契自不用说，只见宗政公贺和宗政公若两人弯弓搭箭，贴墙而战，跃上宫墙的步兵第一时间都被狙击而死。穆安猛推云梯，一时间巨大的力量倒将回来，他可没有格图那膀子力气，瑶缮从旁协助，依然不见云梯动了丝毫的重心。一个巨大的身影从穆安身后跳出，"穆大人退后，我来炸开云梯！"穆安听声便知是郎虎。只见郎虎把双刀别在腰间，肩上扛着一门巨大的火铳，这火铳本是天洛天鬼当年开路扫碍的利器，却久不现世。这郎虎虽身形不如格图蛮壮，但这力气丝毫不下草原将军，这巨型火铳本都是立在地上发射的，且不说如今郎虎扛着不好掌握重心，就是这巨大的反作用力，也必然自损颇重。郎虎立在墙头，一个步兵跃然而起，奔着郎虎就要砍，公若运箭上拉，一支穿云箭瞬间刺穿步兵的脖颈。郎虎扣动扳机，巨大的火浪瞬间吞噬了一整个云梯的中部梯身，其余的部分带着余火，掉下墙头。郎虎被这瞬间的热浪冲击回去，眼看就要被带下墙头的另一端。

"青灯！拉人！"穆安大喊的同时，青灯丝刃已经钉在了郎虎的身上，但是她这清瘦的身子，哪里拉得住郎虎。太积迅速冲过来，把丝刃绞在自己的长枪之上，反身回拉，郎虎被这丝刃的刃头刺得生疼。穆安心里钦佩，郎虎也是个跟自己一般的求险狠角。众人也顾不上这丝刃多么锋利，一拥而上，把郎虎往回拉，等郎虎上了墙头，才发现，这胸前的皮肉早就开了花，他却不顾疼痛，抽出双刀，继续拼杀！"青灯！下次能不能拆了你这倒刺！"郎虎不禁开玩笑似的抱怨了一句。"那下次不救你了！"青灯娇嗔了一句。

众将配合得天衣无缝，子幽在墙下看得焦急，若是几国驻军此时赶来，自己还不是引颈受戮？他大旗一挥，下令加速进攻，一时间这光洛殿外已是血流成河，魂飞八方。

众将勇猛异常，这燕东残军的步旅们眼见登了宫墙，也是被杀的份儿，显然也就没那么奋勇争先了。穆安抽得一个空闲，与修辙耳语道："修将军，他们必然继续猛攻，我们不如放些烟火，拖延一番！"

"好！宫楼里有干柴和狼粪！"修辙说罢，又大喊起来，"禁军听令！燃干柴和狼粪，起烟遮蔽宫墙！"话音未落，一众禁军便冲进宫楼里搬运干柴和狼粪。这狼粪本是烽火举号的起烟材料，如今用来遮蔽这宫墙内外再好不过了，既可以延缓子幽登墙攻殿的步伐，也可以给其余驻军发信号。

一时间，禁军上下百余人便点起干柴和狼粪，有的扔下墙角，有的堆在墙顶。这天下院之人熟悉宫墙的地形，稍有视线的遮掩不是大事，但是这燕东军可要攀爬云梯啊，一时间哪里还看得清情形。

子幽眼见这光洛殿内外如今烟气遮天，好似这蔚蓝渗紫的天空塌了一半，天色也开始渐晚。而且这烽火一起，青戎、崇衡和南依的驻军必然拍马就至，心中直呼大事不好。但当下若是跑，那就坐定了谋逆之罪，唯有硬着头皮把这天下院和驻军隔离开，自己还有得言语和周旋，于是下令停止攻殿，先行围困，若是夜色降临，兴许还有扛到日出的可能，至少迎来一丝谈判的机会也是个不错的结果。

不出半炷香的时间，云梯也就都撤了下来，疯狂的攻城战至此暂休。子幽的燕东军把光洛殿和后宫的整个宫墙冲南的正方向围了一个结实，只派了少量的轻骑游走其余宫门。

修辙留了青灯和瑶缮等人领禁军看守宫楼，其余人便陆陆续续退回了光洛殿内。之前返回的夕见、龙默、何谦、鹿辞、梅央和被绑着的洪番等人已然百无聊赖，忧心忡忡，在殿里四散坐着，等待消息。修辙等人刚一回来，大家就一拥而上，想要问个清楚战局如何，穆安百般解释，众人才安心等着驻军来救。

沮云、幼槐和婴柳三人本是在典选之时都在暗助夕见登位，只是沮云和幼槐不知满王的死究竟是如何，只是被夕见安插制造响动。但如今满王新死，锦葵被杀，二人也猜到了这夕见为了夺位，心性已然染了墨色，心里失望至极，但是无奈之下也只能先藏匿在后殿伺机逃跑。

早前沮洛不忍夕见毁了天洛复立的基础，毅然辞官而去，本是要走南宫门而出的，这沮云和幼槐早前已然发现了子幽燕东军的响动，便把沮洛接应去了后宫翰博院藏匿，之后再行逃脱。沮洛训斥一遍沮云自是不在话下，只是三人躲到了傍晚，见烽火狼烟遮了半个后宫，沮洛才明白，这是修辙和穆安在等驻军援助，并延缓子幽的急攻。

一个黑色的身影此时撞进翰博院，才入了这书阁后身，便摘下面罩，喘着粗气。幼槐机警地抽出洛刀，举在身侧，先探出一个刀尖，盯着那人的侧脸。那人扭过半个头，趁着晚霞余光，看得清是个小家碧玉的娇美女子，发髻有些凌乱，几根刘海沾了汗液贴在额头上，正是婴柳，幼槐早前见婴柳替死夕见，已经见过了姐姐，如今有个直面的机会，怎能放过。

"姐姐！"幼槐说罢，放下了洛刀，沮云和沮洛听得云里雾里。

这一声"姐姐"已是数载未近耳畔了，婴柳扭过头来，但见幼槐已经出落成一个精壮的男人，手里提着刀，一副侠客之相，英俊异常。"槐儿？"婴柳几乎是噙着泪吐出这两个字，幼槐顾不得那么多，冲过来一把把姐姐搂在怀里，声泪俱下。当年相离，还是个懵懂的孩童，如今已是高出姐姐一头的江湖少侠，这人世间的久别再相见，已不再是缘分云云，所有断离的那些回忆，都会在重聚后被这浓浓的亲情瞬间充盈个满当，一个拥抱之后，再无隔阂与陌离。

众人在光洛殿内依然焦急万分，渐渐围坐一起，如同朝会一般聊展而来。

"不想我第一日登位，便遇到如此棘手的问题。"夕见显然没做足准备。

"你们天下院的人原来这么愚昧，只凭穆安几句话，竟然把我捆到现在？"洪番嘲讽道。

"你的事晚些再议！龙默，这如何是好，我们要在这里等死吗？"何谦逼问道。

"奇怪了，我们自己的驻军竟然没有动静？"梅央有些疑惑。

"我们放这烽火，除了减缓急攻，就是为了报信儿。但是我担心子幽有后计，他只需蒙蔽外面的人说擒了我们，要挟青戎、崇衡和南侬的驻军不要轻举妄动！更何况燕东残军现在依然近万人，其他驻军难言速救。"穆安心中只求子幽没这个头脑。

"等到深夜吧，我趁夜色出宫擒他，然后逼燕东军离开。"修辙自荐道。

"好！到时候我去帮你！"宗政公贺点着头。

"我也去！"宗政公若接话道。

"我和郎虎、公若前去便是，人多怕是动静太大，万一他们再次急攻，修将军、格将军、太将军、宗政公贺将军还得坐镇大局！"穆安建议道，众人点着头。

"今日之事无论何时完毕，王选须下月再续！"夕见突然言语道。

"为何要隔一个月？"何谦反问道。

"王弟满王新死，还有锦葵，我心痛不已，按照天洛旧礼，须一月祭奠，不可妄动！如今子幽这般谋逆，我们也须查个明白，若是子秋的旨意，岂不是这共治成了笑柄？"夕见有意为天洛再争取时日，只是众人心中嗤笑夕见竟然为了自己杀的人痛心。

"哦？陛下，您现在想起天洛旧礼了？锦葵公主还不是死于你手！"梅央哼笑道。

"旧礼，有些当之，有些不当！怎么，梅大人，登位之事你还是不平吗？再说了，子幽如今这么做，已然是挑明了不遵盟约，若是天下院查不明白、捋不顺，我看这典选取消都可以！"龙默厉声道。

"荒唐，龙大人，你这叫胡搅蛮缠！子幽那是燕川的事！我们天下院少了燕川，盟约少了燕川，还能作废不成？"何谦怒目而视。

"依我看，下月王选也不是不行，若是这次危机你天洛人解得了，我便同意！"穆安给了夕见和龙默一个台阶。

"那不需穆大人和公若将军同去，我一人便擒得回子幽！"郎虎朗声道。

"好！郎虎，有骨气！今晚子丑相交之时，我出西门，你出东门，若我得子幽，则典选明日继续！你得子幽，我们同意下月再续！如何？"穆安显然是给天洛人开了个后门，这谁还想不明白，穆安只需消极怠工或者暗助郎虎，此事没有别的可能。

"一言为定！"郎虎面色坚毅。何谦和梅央也听得出来穆安有意让一让天洛人，毕竟这夕见新登大位，洪番北土身份不定，如今子幽谋逆，也确实不知是一己之念还是羽族王令，确实贸然继续典选，怕是暗坑太多。若是缓一个月，也不怕夕见跑了，若是把燕川踢出天下院，自己的胜机还能大些，何谦和梅央不再作声，坐在地上休息起来。

这烽火狼烟慢慢蹿进光洛殿，熏得人口鼻生疼。

龙默瞟了眼穆安，似笑非笑，心中这喜悦可不是一星半点。要知道，若是穆安真的一心帮着天洛复立，帮着修辙扩军，帮着夕见固位，那么自己大商之念，就几乎成了一半，四国驱逐而去只是时间问题了。

婴柳、幼槐、沮洛、沮云四人在翰博院的书阁里躲着，也不点烛火，借着窗外月色，攀谈了很久。婴柳回忆了在燕东的生活，幼槐说起洛和会的日子，姐弟俩感慨颇多。沮洛也不多说话，但是偶尔教育孩子们要心向家国，匡扶天下，心里盘算着婴柳和幼槐若是龙默的子嗣，倒可有一番牵制，琢磨着婴柳一路和夕见与穆安同行，似乎这里面有着超越邂逅与缘分的人为之计，但是又不好在此言明一二。

婴柳谈起崇衡的日子，这才想到，自己似乎一直都没有机会出手杀了伯谕或者太积。如今洪番被擒，若是自己不执行此计，怕是燕东被俘的一众盗会会众都有危险。但若是自己执行此计，必然是乱上加乱。犹豫间，弟弟幼槐还在邀请婴柳加入洛和会，一起行复国之念，这让婴柳顿时产生了合并盗会与洛和会的想法，只是若是此时放弃了盗会的兄弟们，自己这江湖名号可就受辱不少了，心一横，入夜还是得回去杀了伯谕，即便洪番被穆安牵制，自己也得先有个说辞。

光洛殿这几个侧殿成八卦之势摊开四周，入夜便成了诸国的落脚点。穆安，伯谕和太积才进了侧殿，便发觉这窗外似乎有点响动。联想白天夕见登位时满王诡异的死状，穆安觉得必然有人暗中协助夕见，这个人不是洛和会的人就是婴柳。穆安怀疑婴柳已经不是一天两天了，自从唐知殒命，穆安便怀疑有内鬼，否则怎可能在异地还有唐知的仇家？这思忖间，几根银针已是透过窗户飞进了侧殿。穆安正在擦拭龙牙剑，准备着和郎虎的夜间突袭，但见银针掠过，自己展开龙牙剑的裹布，向外一撒，银针全部被兜在布内。"谁！"太积也刚刚反应过来，踢起长枪握住便要追，穆安赶紧拦下太积："将军勿追！怕有埋伏！"

"有人刺杀王子？"太积问道。

"难道是子幽的人潜入进来了？"伯谕问道。

"王子殿下，此次行刺，非同小可，燕川人怕是狗急跳墙了，必是破坏王选之心不死，更有子幽这样的谋逆之举和洪番这样的塞外之人，天洛看来不可久留了，王选既然可能下月再开，不如殿下待解围后先回去崇衡，这样也安全！"穆安瞟了眼银针。婴柳当然不会傻到用龙指凝针杀人，但是如此细的重头银针，江湖也少有人用得灵巧。穆安肯定这该是婴柳出的手，联想之前在崇衡时伯谕言说婴柳暗杀之事，该是真的，只是穆安依然不知婴柳的真实动机，但是为了暂且保护婴柳，也便让太积不要再追，并建议伯谕先行回朝，也是为了自己的后计。

"不行，我怎可这个时候离开你们，五国洪流至此，决不能退缩。"伯谕直言道。

"殿下，如今燕川颓势，王选不利，必有毁盟赖账之举。你设想，一个设局之人，最后发现局中不再有自己的一席之地，那会是如何地烦躁不安呢？若如此，燕川和天洛会被逼得联手，这不是我们想看到的结果！这盟中盟可不仅在南依和我们之间！"穆安想得高远。

太积点着头，安慰道："殿下，您还是听穆安兄的吧，先回去避避风头！要不这里确实危险！"伯谕思忖了片刻："也好，那我解了围之后，通文天下院，就先行回去，你二人可要保重。"

"太积，你随王子同去，沿路小心保护。"穆安言道。

"不，让太积留下保护你！"伯谕反驳道。

"殿下，我让所有副将护你回去，我留下保护穆安，绝对万无一失。"太积仗义道。

"将军、王子，你等厚爱，我穆安受之有愧！"穆安行了一个大礼。

"哪里话？你自从做了崇衡崇尹，入驻天下院以来，何事不是为我们尽力？"伯谕看得出来对穆安信任有加。

"王子殿下过奖。"穆安谦虚道，"对了，怎么不见扶季大人？"

"他去帮着我们领些饭食，一会儿就回来！"太积答道。

"好！那我先去准备夜袭之事，有劳将军保护王子，切莫大意！"穆安行礼而去，才出了这侧殿，便见扶季拎着一些饭菜鬼鬼祟祟进了回廊，然后折去了另外一边的侧殿。穆安疾步跟了过去，但见那边的侧殿是关押洪番的地方。穆安又走了几步，冲着看守侧殿的几个禁军招了招手，又把食指放在了嘴唇上，示意一个禁军士兵悄声过来。

"扶季今晚去过洪番那边几次了？"穆安等禁军兵士才近身，就一把搂了过来，耳语道。

"已经两次了！"

"都是送饭？"

"一次送水，一次送饭！"

"你且去偷听个一二，然后来禀告于我！"穆安吩咐道。

"这……穆大人，这侧殿这么大，如何听得清楚？"

"你去听便是，听到什么，回来跟我复述什么！快！"穆安言罢，那兵士疾步而回。自从穆安鼓励修辙暗中扩军以来，这禁军的一些将士多少知道穆安有心助天洛驱赶四国，所以心中对穆安有几分好感，否则这穆安一介崇衡崇尹，很难吩咐得动修辙的人。穆安当下怀疑的就是这洪番有着跨越南北两土的行事动机，而这天下院或者后宫，也必然有他的党羽，如今扶季似乎就露出了狐狸尾巴。

夕见坐在王位上享受着这登位后短暂的快感，空旷的光洛殿内，只有她和龙默没有回去侧殿小憩，虽然宫外子幽的军队依然在叫骂，但是夕见此时听见的却是万国来朝的礼赞和跪拜，似乎这些朝聘的方国对墨台氏有着神祇一般的敬仰。

龙默坐在王座下的第一节台阶上，看着夕见享受的样子，那两条大长腿搭在王位的扶手上，侧卧的感觉好似出水芙蓉。若不是当世的情形，龙默甚至能看见苏妲己娇柔甩弄的狐尾和竖立嗅敏的狐耳。龙默此时也难言这大商复立的第一步让苏妲己得位好不好，但是可以肯定的是压制并牵绊着穆安总不是坏事。

龙夕二人好一番言语，夕见略表哀愁，龙默则开始忌惮穆安最近频繁接触的沮洛和修辙二人，龙夕均怀疑此二人身份可疑。龙默直谏夕见可设法夺修辙兵权，以防后患，夕见似乎自有打算。

子幽这几个时辰也没闲着，正如穆安所料，他通信各个驻军，言已经抓了天下院诸人，谁人敢造次，直接屠戮。这各国驻军未敢妄动不说，甚至连个探子都没派出来，当然也是忌惮燕东军的实力。穆安显然低估了子幽的头脑，这才有了后计，与郎虎邀约夜擒子幽，赌一赌这子幽在成功一计之后，必然会想稍作歇息。

穆安和公若才偷偷出了宫门，就奔着郎虎的方向而去。早前龙默已然告知了郎虎，穆安无意抢功，只需两人加公若相携而事就行，不可争功，郎虎这便放慢了脚步，等穆安和公若趋近，三人奔着子幽燕东军在宫外的临时大帐而去。

穆安紧握龙牙剑，愣头青一般杀进中军大帐，探头的一刹那，但见帐内空无一人。突然间，帐头一软，大帐塌陷而下，穆安顿时被困在帐中，四周火把渐亮，一围而上。穆安奋力砍翻军帐的幕布，探出头来，正好被幕布内的锁扣扎了起来，燕东军步旅瞬间把他围了一个瓷实。子幽和子熊大笑不止，上前几步。

"穆兄，我以为你有什么妙计呢？直接硬冲？当年天洛的天鬼可都冲不破咱们的燕东军，别说你一个人单枪匹马了！"子幽嘲笑道。

"谁说我是单枪匹马了？"穆安咧嘴一笑，身边的一位燕东军兵士瞬间挣脱了盔甲，双持龙指长刀跳将出来，正是郎虎。另外一边，两支箭矢嗖嗖而来，一支射穿了困住穆安的幕布绳索，一支刺穿了子熊的脚踝骨，子熊一声惨叫，跌倒在地，也就没了保护子幽的力气。子幽大惊失色，公若又运了几箭，射穿了几个兵士。

郎虎瞬间近身子幽，一个手无缚鸡之力的王子，如何能跟郎虎过得了一招以上？郎虎侧身擦过子幽的肩甲，抬腿轻踢子幽胭窝，子幽便已跪在地上，郎虎一手把刀架在子幽的脖子上，一手用刀背死死地按住子幽的颈椎，这凉凉的刀身激得子幽一个颤抖，心里一凛，挣扎的心瞬间失了大半。穆安砍翻几个近身的兵士，用龙牙剑指着子幽的喉咙大喊道："再近前来，就让你们的王子身首异处！"

这一喊，围过来的众多兵士赶紧收了脚，公若撑住弓，凑到穆安身边，这三人演得一出欲纵故擒的好戏。白天急攻的燕东军多少人死在了天下名将的手里，燕东军军服还能少得了，穆安让郎虎和公若扮上，从自己的另一个方向杀入，自己引敌居中，郎虎和公若混入围军中，便能伺机得手，子幽终是大意了。子熊龇牙咧嘴地忍着痛："穆安！放开王子！你这是犯上作乱你知道吗？"

"子熊，我问你几件事，你如实相告，我保你和子幽王子还有燕东军无事。"穆安朗声道。子熊犹豫片刻，郎虎用刀在子幽的脸上划出一道血痕，子幽王子呻吟一声。

"好！你问，不可伤了王子！"子熊赶紧接话。

"两年前燕南之战，我们燕南军步旅守卫燕南小镇之时，燕东军在哪？"穆安直言道。

"我们刚烧了天洛西部的粮仓啊，然后我们就返回燕东了！"

"当时军令通文中写的何人军队在燕南军和步旅的翼侧？"

"那应该是南调的燕北军啊！"子熊回忆道。

"带着你的燕东军撤离这里，我保王子不死，快！"穆安喊道，"你只有这一条路走。"

"我为何信你？"子熊眼中充满血色，似是十分不甘。

"子熊，别信他，再攻殿，攻殿啊！"子幽大喊道。

"你没得选！如若不然，我现在就杀了他！"穆安狠厉道。

"燕东军听令，撤回燕川军界！"子熊摇着头，无奈大喊道。

"子熊！不可啊！不可！"子幽还在叫喊，穆安冲着郎虎使了一个眼色，三人俘虏着子幽，慢慢向着军帐外撤退。

一天的烽火硝烟，围困据守，血染宫墙，潜心谋逆，直到朝阳出来，才算休止。若不是一众宫执和奴婢在宫墙内外洗刷血渍，收拾残局，你都不知道这历史上犹如尘埃拂过的一天竟然如此重要地扭转着整个南土共治的局面。

早上的朝会自然推迟了，诸家将臣三三两两回了军界修整。子熊和燕东残军守在东郊的军界内没敢乱动，但是早已被青戎、崇衡和南依的驻守联军围了起来，若是不得子幽的消息和穆安的命令，如今的局面也是一个制衡。

穆安顾不上处理燕东残军的事，便先行来了大狱里审问洪番，洪番自然把所有事都往子笙的身上推，更是言语之间暗示穆安别惦记扳倒自己，否则惹了北土，大家脸上都不好看。

穆安推测若洪番为截教之人，那么通天教主必在北土，只是一向相信自己头脑的穆安和姜尚犯了一个天大的错误，那就是若通天教主在北土，大可不必借着燕川放进来一个细作，先不说子秋会不会有揭破身份的危险，就北土与青戎和东戎教的关系来说，借青戎显然更加稳妥。而且通天教主显然没必要在南北两土实力悬殊的情况下，让自己的上古之臣前来祸乱一方，搅弄风云。

穆安盯着洪番的眼睛，回味自己的推理，似乎也能察觉一些瑕疵，但觉这复杂的世间真不是一老一少魂意相叠就可以安稳度日的，可想不明白的是，若是洪番不发援军可能是子秋试探自己的布局，但是为何烧杀自己的将士，屠戮自己的父母呢？

夕见坐在王座上，望着空荡的光洛殿宇，两眼直视前方，终于一切平静之后，自己如今算是暂时得了安稳。穆安缓步走入大殿，面对夕见，鞠躬行礼，两人相视，良久无语。

"陛下，天下院通文和关于北方大族的典籍已发至五国国相案头。通文所言，一、严明王选之事因满王和锦葵公主一月祭奠而延后。二、洪番北族身份被净天府接手调查。三、子幽因不遵共治，已经押入大牢。四、韩魂，鲁怀和童魄收押以候庭审。"穆安均是官腔，这让夕见听着很不舒服，本是一对苦命的鸳鸯，如今却在这君臣间筑起一座高墙。夕见眼圈微微泛红："今日非天下院和内廷院的朝会，你何必如此？"

"陛下，此处不再有穆见二人，只剩君臣了。"穆安也说得有些伤感。

"我非你君，你非我臣，何来君臣？"

"天下院内，不分国别，你既已登位，天下院便是辅政之物，不可僭越。孝安王，孝安天下，天上天下尽需守护！"穆安虽未和天下院商议是不是改为辅政，但是如今的局面已然没得商量，这君王大成，天下院也便是以前的内廷院了，正如羽枢院之于子秋王。

"其他人这般想吗？"夕见追问道。

"至少我是这么想，陛下！"

夕见有些动怒："你别叫我陛下，穆安，你可曾有一日正视我们的感情？"

"陛下，你都已经坐在王位上了，还是这般小孩子脾气。之前我百般言语，劝阻，你都不听，如今你登位，就是四国盟约压垮你的时候！"

"我明着告诉你，王座不会再易主！"

"那不由你！"

"穆安，你会帮我对吗？如今是最好的机会，驱赶四国，光复天洛！"夕见几乎是哀求道。

"夕见，我知道你为何夺王座，知道你与龙默所谋！我知道自己也没得选择，四国不走，一切都是乱局！我愿意帮你！只求一件事，留哲王不杀！"

"哲王？我本就没想杀他，你为何突然提他。"夕见疑惑道。

"陛下，满王如何死的，我猜得出几分，只求哲王不是这个下场，念在姐弟之情，也请你高抬贵手，如今你已经登上王位，若是难与王族异己同存，即便流放，也勿杀害！"穆安怕这苏妲己的邪念害死满王和锦葵后，继续屠戮王室，则穆安连一个能扶立的正统都没了，那才是最可怕的。夕见不会想到这一层关系，但是转脸就告诉了龙默此事，她想不通的事，必然还得申公豹来分析分析。只是龙默似乎也对于穆安保护哲王的举动很是费解，当下唯有先监视着哲王和琴妃，只不过，这一监视，龙默便发现绿衣、雪轮和星烛似乎和澄莹宫有着密切的来往，而且自己的龙眼对于这些人也是闭而不睁，令人生疑。

前日典选乱局烟消云散的当口，沮洛、沮云、幼槐和婴柳自是由东宫门而去。沮洛邀约婴柳等人几日后沮府相会，婴柳却惦记的是另一份邀约，来自父亲，这是她少有的与龙默的通络，心中不知是开心还是失落。

翰博院内透着入秋来最阴森的气息，天上院王储们因典选推迟，修学之季也就变得稀松起来。如今的翰博院藏书阁，已经成了龙默密会私友的地方，因为这里是后宫的核心地带，四通八达。

龙默、修辙、夕见、婴柳和穆安五人围坐在一起。龙默声音低沉："今日可不算朝会，不算内廷院和天下院任何一方的辩驳，更不是朝堂之争，只是商议天洛最后的去路。"

修辙瞟了眼穆安，又看了看龙默。龙默以为修辙心中对穆安生疑，笑了笑："穆安虽是燕川人，又是崇衡崇尹，但是他的共治理念，我们甚是同意，那就是洛人归朝，与族根相携。"

"我救天洛为了什么，大家最清楚。如今我千方百计，也算是大义灭亲，将燕川打击至此，如此的局势，是我们最后一击的时刻！青戎如惊弓之鸟，东戎和北族重压必会让他们失去天下院信任，并渐渐无暇南顾。何谦于瘟疫之难借河借城必会是戎崇大战的引子。而燕戎不言而喻，早已陷入将战的深渊。所谓唇亡齿寒，崇衡必定也会防范燕川。此三国两两纠葛的局面，将是我们驱赶四国的基本。"穆安分析道。

"你的意思是让他们自己打起来？"修辙依然持疑。

"压死骆驼的最后一根稻草，就是我马上要分配给你们的连环计！也是最后驱赶四国的计策，只许成功，不许失败！"穆安环视众人，似乎每人都有一份败不得的重任。

"说吧，穆安！我们愿意跟着你！"婴柳当先表态。

"穆安，你可是要借几位王子行事？"夕见猜测道。

"那是其中之一！"

"你可想过，如果我们成功，战事会引至你们燕川。"龙默提醒道。

"燕川从不惧怕什么！另外，战火引燃，只会烧毁盟约，但是不会引战南土全境，因为五国交融，没有人敢真的倾兵而出，没有人有当年天洛先王坐拥百万天鬼的绝对实力！"穆安思忖着这微妙的引战尺度，当然，心里也难免对于家乡燕川的亏欠。

"将战不战，将和不和，只是盟约已散！"龙默言道。

穆安掏出一份名单，上面标注着四国之人各自的归属以及网状图。"大家来看这份名单。"穆安详细说来，众人聚到一起，开始窃窃私语。

夕见一袭王服，坐在王座上环视光洛殿内的一切，就好像天下院和内廷院真的只是自己辅政的机器，这也是她第一次以孝安王的身份主持共治朝会，这精气神可当真不一般了。夕见朗声道："我新登位，满王惨死，罪魁虽未抓到，但是依然念在尸骨未寒，须一月祭奠，故王选推迟，为了略表本王对天下院四国同僚的歉意，特此推行新政，望各国笑纳。"

"如今临冬，虽粮收之事还很久远，但是此新政，将是四国同僚在我天洛长久而居的不二之法。"龙默接话道。

"等下，龙大人、孝安陛下，王选推迟我们理解，新政还我们人情，我们也理解！但是可否先解释下洪番这个北族贼寇，你们想如何处理呢？"何谦这问话的态度，可全然没把夕见这个君王当回事儿，"不瞒大家，北族不善，我们青戎扼守至今，如今一个洪番，可是会引起南北纷争的人，若是处理不当，那就不是五国的事了。所以，依我看，洪番交给我们处理，最是妥当。"何谦早与格索通了气，这洪番必是要彻查一番的，但是需掌握分寸，也不能真的惹了北方人。当然，在青戎人的心里，这北人南现，心里十分忐忑，甚至连续几夜都在秘密驱兵北境，以防万一。

"何大人，洪大人好歹也是燕川朝堂派来的将军，如今罪责未定，怎可交给你们处理呢？"梅央直言道。"若是北族人知道我们囚禁了他们的人，一怒之下，驱兵而南进，还不是我们青戎人挡着？"格图直言。

"我本来要上奏此事的，不想何大人先提出来了！洪番虽是北族人，身份可疑，但子幽带领燕东军逼宫之事未有其是否参与的定论，所以，我们其实只是先入为主地觉得洪大人是北族的细作了，这样来想，实在武断！刚才何大人的一番话，不无道理，我们若是如此囚禁北族人，未免不近人情，也会引来麻烦，我斗胆请陛下和天下院共同裁决洪番无罪，让他回归天下院，也好再观其言语，定其善恶。"穆安一番话也正是扶季想说的。这穆安早就与夕见商量了此事，夕见怎会不同意，天洛人佯装一下也就过去了。而穆安如今又来欲擒故纵的戏码，为的是洪番能死在自己手上，亲报不共戴天之仇。

"穆大人，你这般说抓人就抓人，说放人就放人不妥吧。如今天下院和陛下同政，可不是你一言牵两国那般简单了。"修辙佯装讽刺道。

"我只觉得，此事要查个清楚，若他的身世与北族有关，而心性和目的并非不善，那其实不必计较。五国之南土，戎凤洛依等多个民族彼此交融，又岂有不尊外客之礼？再说了，我们也需时日通报子秋王陛下不是？"鹿辞帮腔穆安。

"鹿大人！只求你禀告子秋王所有的事，我们需要孝安陛下与其通络，若是子秋王同意，我们自然没道理拒绝。"龙默尽量把夕见抬到和子秋同语的位置。

"好！就依龙默大人的话，通文燕川，问问子秋王洪番的归去，再作定论。"夕见下令道。

"既然此事有了定夺，我就继续说刚才的新政。现在至冬末春初，都是税政调整之时，天洛内廷做出了如下调整，燕川、青戎、崇衡、和南依四国的军界内的耕地均增加税收，但是按照比重，税收之息会分配给四国同僚，以求让你们的军队和天下院同僚均有油水所得。"龙默言道。

"哦？龙大人，此新政妙啊，我们若是能拿税息之几分，那可就大不一样了，这些军界之地才会对于我们来说，有心之所属！"何谦喜上眉梢。穆安瞟了眼众人，装作十分欣喜的样子："这才是天洛该有的共治态度，我们分拿税息，本就是该有的同惠，那样的话，才是真正的共治啊。否则的话，人地物税均为洛人所持，那我们岂不是看管地界的门主而已？"

"陛下，老夫不胜敬意，现在王选推后，一个月内军队均有调动，粮草也随之而行，甚是麻烦，若是就地取息，就地取粮，那是再好不过了。"鹿辞全然没提燕东军如今被围之事。

"孝安陛下，新政虽好，但是不知这税息是否一致啊？另外，如此当口，突然推行新政，可有其他所虑？"梅央多了一个心眼，听出了这其中的瑕疵。

"梅大人问到点上了，我会把新政通文发回各个军界，待同僚们看完，就可一一回复我进行微调，至于税息的高低，四个军界一律一致，你们私下里可以一一相对，我们也不会有所偏袒。我们只是希望通过此事，回报四国，陛下新近登位，也是泽被天下的第一件事了。"龙默直言。

"好！天洛人有情有义，此番新政，将是平稳过渡到禅让的基础。只是我提醒一点，提高税息，我们说得轻巧，子民可未必接受！"梅央提醒道。

"梅大人，天洛子民都是先王所养，为了平息他们接受共治的怨气，我们早就在初期调低了税息。如今，不过是复原而已，我想，民声不会有太多异议。"修辙解释道。

"新政如此，好是好，但是我有一事不平。"穆安佯装挑起事端，"我崇衡军界最小，驻军自然也少，但是如今这税息一变，我们所得可比不上其余诸国，要是平等，我们需要些变通。"

"什么变通？"龙默问道。

"我要求天下院和陛下同意我们缩减军队人数，从而扩耕还土，这税息才有油水不是。"穆安这一句话当真是激起千层浪，鹿辞、何谦和梅央陷入了片刻的深思。穆安继续道："另外，税息虽一致，但是长久来看，收入差距甚大，我希望我们四国之人可以统一一下耕作之地的大小，以求此新政公平。"

"穆大人，这恐怕太难了吧，我燕川军界连着天洛西郊大部，那么大的军界，那么大的耕作之地，如何与你们统一？你们整个军界全是耕地，也没我们大吧。"鹿辞反驳道。穆安故作忧愁："原来燕川的军界这般大啊，那可就难为我们了，这新政如何公允呢？"

"依我看，若是穆安大人觉得不公，你们再调税息便是。"何谦没琢磨明白其中奥妙。

"不妥，擅自动息，会引得民乱，如此新政既然有不公之处，我看还是作废吧。"梅央但觉这里面穆安和龙默又在盘算什么，还是觉得不接招为妙。

"不！就按何大人说的办，龙大人，如何？我们在自家的军界给予适当范围的调息，可行吗？"穆安问道。

"当然，耕地之围，税息大小，军人数量，均可自取，但是我们会在通文内写明高低范围，绝不可越线而事，免得引起子民愤恨！"龙默直言。

"当然当然！如此甚好。对了，孝安陛下，我和鹿辞大人均已致信子秋陛下，这如今围困的燕东军还会调离一部分，剩下的先由鹿辞复领。若洪大人无事，也自复职便是，所以今日晚些，还须诸位下军令，撤回各自的驻军。子秋王也必然会再彻查子幽之事，给我们以交代。"穆安自是已经把这燕东军安排明白了。众人心里不满燕东军的作为，谁人心里不知是燕川捣的鬼。这穆安逐人心魔至此，在青戎、崇衡和南依心里浇了一壶热水，这晕开了的裂痕只会继续裂下去。至于这次税制变法，便是连环计的开始。

梅央思忖着穆安今日和龙默一唱一和的内在鬼谋，这税息必然是一个引子，南依不但不能跟风崇衡退军屯出，而且要通信陛下，加派兵员至此，以防万一。而且还须瑶缮和公若劝说婴柳领着天洛人造一造势，谴责一下新朝的苛政与猛税。在梅央的心里，若是在穆安和龙默的虎口下忍到共治结束的边缘，那就算是胜利了一半。

正如梅央所想，婴柳的江湖势力和夕见手里的洛和会都基本在遵从连环计的细节而事。第一，散播谣言，民间已尽是传说龙默和夕见带头提高天洛税息之言，当然也就引得一些民众不满，且盗会和洛和会的人秘密砸了一些仓廪。青戎和燕川又生了错觉，觉得天洛又乱，这样一来，他们也便开始因调息新政而放心大胆地退军屯田，扩耕收息。第二，盗会和洛和会会众四处盗取四国的战衣，屯于各路要地，这些江湖好手开始大肆换装以骚扰四国军界，四国的纠葛加速深裂。第三，这四国驻军军界附近，已是布满了盗会的眼线和洛和会的会众，为的就是不时之需，若是修辙的禁军和巡防军正面打不过驻军，唯有靠着偌大的江湖解决问题了。

龙默和穆安在龙府内对坐谈天，府外是子民的反抗税改之声，忽高忽低，一阵又一阵袭来，扰得二人心神不宁。"穆安，你与洪将军是否有私人之怨？不光是为了借他言北族之事而恐吓青戎吧。"龙默但觉洪番若是与穆安不合，有可能是上古的同僚。

"洪番北族之身，却被燕川所用，依我看，他应该是蒙蔽了朝堂，而暗中行祸乱南土之事。"

"那你为何力荐他重回天下院？"

"我就是想明白了一个问题，若是洪番倒了，北族便有了兴兵的借口。"穆安扔给龙默一本书，龙默凝视《北方记事》四个字，翻看着书上记载的几个北族印记的身份标识。一个与洪番脸上印记一样的图案，旁边标示"王子"二字，龙默大惊："北族王子？"

"所以洪番死不得，而是必须官复原职。"穆安这才言明他捉放洪番的原因之一。

"没想到我苦心光复天洛，如今的大难却有可能是外族而来。"

"这也给我们的连环计蒙上了阴影。"

"四国驻军未驱，北族又来捣乱，我们有什么对策？"龙默更加忧心。

"他目前是帮我们牵制青戎的利器，甚至燕川和崇衡也不敢直面南方了，他们都会顾虑北族的军力，所以洪番暂时可以利用。"穆安边说着，便敲打着《北方记事》里的那份模糊的舆图。这二人心里都对南土有了更深的担忧，但他们超然的智慧中在慢慢渗透一件事，这北土为何现在才慢慢浮现在眼前，似乎之前并未有任何消息，难道真的是神秘之力在驱使？

陆秀夫和安梦文跋山涉水，终于来到了推演世界西南的小国白梗，这个不涉世事的小国在此安然度日已经数载，虽然与北土的白梗宗国有着千丝万缕的联系，但是当下二人无力再去挖掘其他的旁枝末节，他们要做的就是尽快和这里的人类推演角色一道，研究拯救蕊公主和通络南土北土之变的方式。

一众白梗的南下王室宗亲和白衣南鹤会的众人来到赐白城郊外迎接陆秀夫和安梦文，因为全部都是人类同僚，他们自然不受 AI 的反制和信息传送的限制，见面也几乎没有寒暄，赶紧盘算起这几件棘手的事情。

简单来说，白梗国在南土的西南引地盘踞，其实是北土宗国大士和王室旁支的南迁，他们的到来神秘而低调。因为几乎没有军队和防卫，却与北土有着千丝万缕的联系，所以南土诸人不愿招惹他们，如若不然，一来落得一个欺压弱者的不义之名，二来惹了北土大族也得不偿失。所以白梗这迁徙之都在这乱世求得了一方平安，旁边更小的番邦荷堂也是几乎一模一样的情况。

这秋罗公主本是不愿自己公主之身委曲求全去白梗通亲的，但是在知道了这一方安平之地的背后秘密后，也曾表示愿意委身而居。如今陆秀夫和安梦文其实也是这个心态，先低调涉世，图个安平，再想办法步步为营，团结南土以抵挡北寇。

这白衣南鹤会之于白梗，就像加济时期的内廷院之于天洛，羽枢院之于燕川，是这个白梗小国的政体核心，全部由人类组成。早年因南迁之后一直参与南土各个大国的君王鹤会，于是被南土人称为南鹤会，而白梗人以白衣为纯，雪色为傲，这白衣南鹤会的名字便被南土人叫得响亮起来。其实他们早先并未为此摄政机构取名，但觉白衣南鹤会还挺好听，便沿用下来。很多南土士族大家，王亲国戚有时也来拜访南鹤会，主要也是对北土颇为感兴趣，而北土确如之前青戎的何谦和格图所说，曾经与青戎十区六部的大军有过一次属于他们的上古之战，但是惨败以后，戎都的千族会领头封锁了一切关于北土的消息，这源头一断，南土其他国家对于北土的了解便少之又少了。

陆秀夫和安梦文扮演着白梗王室举足轻重的大人物，他们当先了解到的信息是如今夕见已经在天洛登位，史称孝安王，而沮洛毅然辞了官爵。四国之盟在天洛岌岌可危的同时，子秋和格索一个被朝堂琐事束缚，一个被北土进犯威胁，似乎都没了分洛的激情和信心。伯翁如今被瘟疫后的财力不支压得喘不过气，似乎只有楚王在稳中求胜。二人研究着究竟从哪里下手，才是提醒和团结南土的最佳方式，但是又不能破坏了推演的平衡，毕竟无论AI还是瞿麦掌握推演，这都依然是人类的瑰宝，无数结晶还未摘取、存储和收录。

第十二章　业果

　　克里斯在乔元靖脑海里百思不得其解的一件事是关于龙默和穆安的。在他看来，如今 AI 控制下的南土并非和瞿麦星控制的北土是对立局面，因为 AI 显然清楚他们所获得的云端数据和智能系统里并没有白梗和荷堂的一切，那么如今的局面与其说是对立，不如说是 AI 的南土五国，人类的白梗和荷堂，还有瞿麦的北土三足鼎立。只是这种鼎立局面的微妙在于不是任何主观能动能够随时驱使和掌握的，那么除了遵守推演规则，保护历史结晶和这些精英人物外，克里斯还需要搞清楚瞿麦星的一切和人类下一步的计划。当然，他通过观测也早已发现了龙默和穆安智慧超脱的比率太过夸张，只是不明白这种夸张最终会引领两人的智慧到达哪一个量级，是能玩转推演世界而已，还是能理解推演与现实的关系，甚至能明白瞿麦文明的逻辑，再甚至比瞿麦还要发达，克里斯不敢想下去。

　　为了不破坏推演世界自己固有的事件逻辑和规律，克里斯和陆秀夫他们一样，在绞尽脑汁寻找提示和协助南土应对危机的方式，只是陆秀夫和安梦文在白梗受尽王室待遇，克里斯可是在牢里孤独了几日。乔公看着放在面前的孝安王大赦天下的文书，心里盘算到底是出不出去，龙默倒是已经连续两天来邀请自己的老师出狱了，可乔公一直矜持着。克里斯这两天几乎把自己所有会的古文言语都跟龙默说尽了，为的也是旁敲侧击提醒北土的威胁，但是龙默和一个现代人的对话让两个人都感觉跳脱和尴尬，龙默甚至觉得乔公已经老糊涂了，即便北土有威胁，穆安不是已经提醒了吗，在这个世界上还有谁比姜尚和穆安更能主事，甚至连龙默都觉得此人可以辅佐，怎会听信别人的劝言。当然，以超智能的角度来说，龙默这是另一种智慧的爆发，以烛龙和银河级别黑客的头脑来说，龙默早知一切的一切，但是正因为如此，他更会遵守推演世界的规则和秩序，这便是遵守现实的一切，更是银河和宇宙的一切，人类的颓败早就提醒了龙默这样的超智一件事，那就是自律！

　　乔公伸了一个懒腰，屈身走出大狱，秋天的阳光既不辛辣也不柔弱，这凉风吹进胸口的一刹那，克里斯觉得生命是如此娇美，无论瞿麦最终把南土如何，他都想在这个世界有个善终，告别 AI 和人类纷杂且黑暗的一切。

乔府被收拾得一干二净，这可不是龙默的杰作，这来自沮洛。大赦天下后，沮洛自知必须让乔公为首的元老悉数归朝，即便不再任职，这摄政顾问的大事也得担起来。就这样，乔公连续数日接待天下院、内廷院、净天府和各方大家大族的拜会和通络，忙得不亦乐乎，似乎自己从未有过牢狱之灾。这一晃，原来的势力又开始盘踞在这个曾经最有威望的天尹脚下，只是克里斯自己知道，现在还不是着急忙活北土之事的时候，最起码，家国需要先真的复立，或者先与白梗的人打个交道。

因为新政税改的问题，这子民和各路江湖人士早就把光洛殿宫墙外的几条主要大道围了个水泄不通，人声鼎沸间，尽是各种嘶吼出的口号，表达对于天下院、对于共治、对于变法和改制的不满。

其实这奴隶制和分封制的衔接，一直伴随着社会中各种思想和认知的变化，子民们不理解执政者对于外侵者的牵制也是情有可原。

婴柳带着一些乔装打扮的盗会兄弟来到宫外，看着浩浩荡荡的示威人群，也心知如今四国不敢惹民众，修辙手里又没几个多余的军人，这镇压是别想了，只能私下里引导，但是往哪里引是一门学问。"去，把这些发给抗议的子民，记得，也口头传些四国的留言。"婴柳低声吩咐道。

盗会的会众奔着人群而去，私底下分发着写有四国各种流言蜚语的传单和书文，这些飘然的秽语如同瘟疫一般迅速在人群和洛京城内传开，有时候，这人言确实比瘟疫和武器还要厉害。

四国如今私底下勾心斗角不说，燕戎甚至都已经擦枪走火了。龙默和穆安等人就是在抓这个裂开的口子，使劲地将裂纹一展开来。

燕川的子秋每日发愁这朝堂的内朽和各路军马的外患，一路从庙堂彻查到帮邑，揪出来的人不在少数。鹿辞归朝，鹿家人得了恩赦，自然为了将功折罪，也在大肆向外咬人，这子秋不查不知道，一查竟是把政体几乎快刨空了，要说燕川如今还有分洛典选的实力，那可就是痴人说梦了。

青戎自从向崇衡借河借城，没少秘密地挖掘东戎河里的金子，倒不只是贪图富贵，主要如今北土和东戎教的事情被曝出来，青戎人也是内忧外患，得早作准备。虽然格氏王族与东戎教也有千丝万缕的联系，但这个度始终要拿捏好，再加上北方的压力和燕川崇衡东西两方的威胁，重金在十区六部扩充军备不在话下。更重要的是，千族会还得绞尽脑汁团结六部，否则这草原人散漫之气很容易外露。

崇衡和南依情况各异，龙默和穆安知道崇衡瘟疫之后财力匮乏，力不从心。而南依最大的优势便是楚王这个明君和梅央这个贤臣，二人不会不知洛人归朝的结果是必然的，眼下来看，确实南依是最大的威胁了，只是龙默和穆安二人一时半会儿还找不到南依的弱点。

连续数夜，婴柳安排盗会的会众们乔装成各国兵士，在不同的军界闹事、叫喊、挑衅甚至是烧杀，引得军界的驻军坐立不安，但是也不敢太过明目张胆互相质问。

这盗会的会众虽是三教九流都有，但是也正因为此，这四国军界就是抓了人，也赖不到盗会和天洛人头上，因为几乎没有验明正身的录文和名册，更没有编制和身牌。四国人知道此事必然是天洛江湖人掺和的，但是这真真假假间，往往让人迷了心智。

终于，这四国军界按捺不住，反杀了几路盗会之人不说，还彼此之间有了摩擦，死死伤伤间，梅央、何谦、鹿辞和穆安才开始整顿军纪，惩罚军痞，让天洛子民的气愤稍稍降了温。但是这天下院每日的朝会火药味可是越发浓烈，孝安王似乎在纷乱和动荡中看见了光复天洛的曙光。

龙默把一筐上好的洛水水果放在沮洛的面前，笑脸相迎，这已经是他第三次来沮府拜访沮洛了，一直可惜这复立家国的大好时机，沮洛却因不满夕见的登位辞官而去。当然，龙默心里也理解，一个加济王惹得天洛数载战火纷飞，如今墨台氏的子嗣竟然还敢朝堂内杀人夺位，真是叫这些天洛老臣心寒，想到这里，龙默似乎觉得沮洛能慢慢放下对自己弑君建制的仇恨已经是莫大的幸运了。

"沮大人，你去给陛下认个错就不用受此软禁之苦了啊。"龙默舍不得沮洛这般人坐穿宅邸。

"龙大人，你不必劝我，能妥协你乱政已是我最大的忍让，再来一个祸乱天洛之人，我可受不了了。"沮洛倒不是不顾全大局，他也知道如今有龙默和穆安在，自然有了驱赶四国的基础，自己只要给点建议就行，也不是什么必需的要位之人。

"唉，你这性格若非如此，也不至于先王不重用你，多吃些水果吧，消消气。"龙默宽慰道。

"你又上调税息了？你不怕子民、后宫和洛和会再找你麻烦？"沮洛质问道。

"这是我们退四国驻军的连环计之一。沮大人，税息上调，四国分取农耕之利，以至于燕川、青戎和崇衡三国都在退兵还耕，我们的计策开端算是成功了。连环计若成，我们天洛自然光复，只是最近新得一消息，说洪番乃北族之身，我们怀疑他有祸乱南土五国之心，不知如何办啊！"龙默有意听取沮洛的想法。

"唉，随他去吧，不然呢？杀，施人以借口！其实最好的方法，不过是转变其意愿！"沮洛觉得这就是命数，而并非劫难。

"这岂是易事？"

"你去试试吧，别在我这里耽误时间。"

"沮大人，我会上书陛下，尽快解了你的禁，你再忍耐些时日。"龙默依然不舍。

"不劳你大驾，去吧，我沮家南北三十多个仓廪，让管家画舆图给你，去把粮食救济给受税息新政影响的灾民吧，那是我们唯一能做的事。"沮洛直言。龙默有些动容，鞠躬行礼："沮大人，你乃君之才，君之度量，君之仁心，可惜了啊。"龙默这一番话，让沮洛大笑不止，心中已经盘算开了龙默所言的北土之事。早年沮洛就曾听乔公说起过北土不善的林林总总，如今疑云紫绕，若是戎族之前的大劫难再出，可就不是天洛一国一族的事了，这对于一个心怀天下的贤臣来说，可是举世大事。

当天洛第三场秋雨来临的时候，洗刷的可能是锦葵公主的冤和孽，还有本该精彩的余生和悲惨的身世。她的墓地设在北郊，可能祭奠的是其原本北族的身份，这样随母入京的北土人，又是细作的身份，虽贵为王室，但曾经的过往早就成了一个谜团，在后人的回忆里越滚越大。

郗别依然跪在墓碑前，已经没了哭的力气，心里只剩下失去爱人的空洞和无奈，这巨大的空虚感和虚无的静包裹着郗别的心，使他感觉窒息和刺痛，失去至亲的恐怖就在于自己静下来的那一刻。扶季也能感受到如今郗别的痛，甚至是锦葵公主的痛，在他看来，这是族人的死亡，甚至是瞿麦花的耻辱，这是对"永爱"的背叛。

扶季慢慢走到郗别的身后，为他披了一件披风，北郊外的凉风渐下，雨似乎小了一点，雨声被扶季的言语盖过："郗别将军，我若是你，此仇必报！"

"我若是你，就直言与锦葵的密谋，若是她自己，绝想不出争位的计策，你数月来秘密进出后宫多次，别以为没人知道！"郗别早就从元攘口中得知了扶季在后宫的鬼祟行为。

"锦葵本是北方十四京大族，随母南下行商，而后数载，揽商会，筑资台，辅王尊，续战事，这加济王与其母的关系便如此定了下来，你先王无非就是拉拢北商。等锦葵长大，这公主势力在宫里哪里比得了王后和暄妃一脉，甚至不如琴妃，饱受欺辱和责备是必然，她幼小的心里便是重归北土的心愿！郗别将军，如果我了解的没错，你也非洛族人，这外族在此有多么艰难，你比我清楚！"扶季说得郗别心酸不已。

"你也是北土人？"

"正是！"

"你们要祸乱南疆？"

"将军，你对于天洛引战一族的态度我了然于心，若需要从旁协助，随时来找我！"扶季有意拉拢郗别。

"你不怕我去天下院揭露了你！"郗别反问道。

"郗别将军是聪明人，以你的睿智和胸怀，不该是修辙之下区区的一方军首！

将军，告辞，好自为之！"扶季行礼而去。郗别对于扶季和洪番等北土人的出现本是不甚惊讶，如今却对锦葵的身份有些讶异。但是若如扶季所说，锦葵一家上下如今对天洛和南土依然是威胁，也就都有自身潜在的危险。这天洛如今是否复立，都有战火再燃的可能，以郗别的头脑，怎么会想不明白更远的事，墨台王室的复苏才是天洛再立的资本，而墨台氏骨子里本就是战争狂，那只心魔如今已然开始苏醒。

洛京城王族翰博院内，穆安、修辙、夕见、婴柳和龙默又围坐在一起，秘密商议连环计之事，他们给此次计划取名"驱鬼"，但是各自心里的鬼，可没人帮他们驱除。

"几天后就是青戎格鄂尔坦王子的生辰了！"龙默言道。穆安点着头，面露微笑，众人私语片刻，便已入了深夜，王子们的群戏终于拉开了帷幕，多少个不眠夜，众人为的就是换来一个彻底的干净家园，只有天洛人的家园。

清晨将至，穆安、婴柳和修辙才离去。龙默本是要送夕见回去央郫宫，但见夕见全无离去的意思。"我们已经步步深入穆安的连环计了，龙默，你最好清楚自己在和谁并行。"夕见心里依然不放心姜尚。

"大商不复，还有何颜面言其他，我拼尽全力制衡四国，保留天洛残室，如今请神容易送神难啊。若没有穆安的帮助，我们不会是鹿辞、何谦和梅央他们的对手的。最终的结局无非就是天洛易主而治或者民起乱世，再引战诸国。"龙默并非对自己没有信心，只是这两世魂意相叠，变数太多，若无四国之人从内相助，这胜算怕是不高。

"你有没有想过，穆安也在借我们把天洛一手捏成大周的模样。"

"怎会没想过，但是那又如何，即便我拥立大商，但是谁又能否认，纣王陛下的朝政，远不如西岐姬氏们的朝政来得廉洁与近民，所以即便穆安要在此建立大周又如何，更好的朝政永远在前赴后继！"这显然不像申公豹的言语。

"荒唐，申公！你是被穆安蛊惑了吗，大商不立，那就是你我之国亡矣，何来别国之政更好一说？难道你愿意为了姜尚光复大周吗？"这显然是苏妲己的言语。

"我并非此意，只是我觉得，此世不再适合当立上古的那个大商，我们需要姜尚的辅佐，他的政见，他的变法，注入我们自己的朝政，那才能得到一个更好的王朝，那才不会被又一个西岐灭亡掉，那才是我们在当世恢复大商的意义！"龙默有点动情。

"那就不再是商了，而是彻底的周室。"夕见皱着眉头微怒道。

"不，周室无论成败，入我大商辅政，两朝良政相融，良策相辅，良臣相携，良将相睦才是我愿意看到的又一个大商！"龙默似乎此时显出了一点超越申公豹和自己睿智与认知的东西，这是那星宇归一理念下的一大进步。当然，要说他心里对北土没有忌惮肯定是假的，只是如今必然需要一个最好的政体孕育最强的军力。

"姜尚此时想的也许与你一样，只是不定谁入谁的朝堂。"

"陛下，我不愿直言挑明，但是你必须明白，天下院犹在，四国不退，盟约不毁，你的王位犹如戎族骑兵盔甲上的花翎，除了装饰，别无他用。"

"不，修辙与我正在尽力恢复天洛的军力，洛北有我们秘密复立的军队，到时候若能抗衡四国，会是另一番景象。"夕见还不知洛北势力如今已经被英典和郗别分流掩人耳目之事。前些日郗别当朝借复招洛北势力的事拉夕见下台，本是四国该彻查天洛秘密恢复军力之事的，但如今四国被天洛的子民和江湖纷扰弄得心神不宁，又惦记还耕取息的大礼，此事也就交给了净天府。

"你这么想，就是又一次引战的苗头！陛下，我们要做的是把天洛稳步过渡至你我之手，再寻纣王陛下，当然，最好是没有上古之意的陛下，让予其王座，再立大商，且避免前错，以图久政，你可不能再想引军制衡四国之事。"龙默与夕见的政念终于出现了偏差。夕见冷笑一声："纣王不尊天地，不遵礼法，那是上天的惩罚，要他何用？"

"妲己殿下，如若没有反思，天洛即便落入你我之手，也不过是一飘而散，过眼云烟，姜尚他取走大权，不过是时间问题。"

"那我们就看看，谁还能抢得走我的王位。"

"陛下可曾记得哲王被穆安利用，揭穿洪番身份一事？"龙默不愿再吵，岔开了话题。

"你查得怎么样了？"夕见缓了缓情绪。

"我们之前的猜测似乎有纰漏，哲王，我怀疑是你我截教之人！"

"那为何穆安有意让他从王选中脱颖而出？"夕见疑惑道。

"我现在没有头绪，如若不是穆安希望你我和哲王之间产生截教内斗，就是有意把哲王推给四国处理，以除后患。"龙默琢磨了很久穆安推立哲王的事，得出了各种不同的思路，这便是其中之一。"你为何猜测哲王是截教之人？"夕见追问道。

"姜尚生性稳健而谨慎，不似穆安，此事定与上古之事有关，所以穆安的魂意绝对不曾参与决策，只有可能是姜尚所设的布局。但是哲王若真是阐教之人或者周室之人，以姜尚的心性，必然按住不表，以防被人有所图谋，而他对于哲王不抑反扬，那必是有所图谋。"

"龙眼不作为，我们也得不到穆安的卷轴，现在来看，由穆安的行为推断，也是唯一确定世人身份的方式了。如果哲王真是我们的人，我们怎么办？"

"保护起来，无论如何，可以确定的是他是商周要人，不可断然对立。"

"好！沮洛怎么办？"

"我本是想求你解了他的禁，有了他，我们如虎添翼。只是如今韩童鲁三个老贼刚死，韩魂、童魄和鲁怀正在气头上，寻思复仇是一定的，不如先把沮洛放在府里保护起来。"

"他的禁令随时解，若是韩童小儿不善，一样杀了便是！"

"陛下，保护贤臣才是你现在该做的！"龙默行了一个大礼，但似乎劝诫夕见包容穆安等人的念想还是落空了。苏姐己的心里有着自主执政的执着，龙默没想到夕见会如此排斥上古大贤的辅政和支持，若是最终两人政念不一，那么天洛命中注定不会是截教的温床。

天下院的国相们在光洛殿侧殿商议商税改制之事，为了连环计，龙默绞尽脑汁："既然大家对于梅央大人的商改调息之政也没有意义，那我们就加入新政，我会即刻让内廷录文，把最后的新政文书尽快递到各位的案头。"龙默言道。

"再好不过了，龙大人，天洛的变法坚决，态度诚恳，我们佩服，只是一月王祭之后，还是希望王选大典能早日重提，以免夜长梦多。"鹿辞提醒道。"龙大人，天洛举国上下，都在进行对于满王的大祭，不知几日后我格鄂尔坦王子的生辰之宴可否举行呢？"何谦问道。

"我看还是私下办为好，不宜大摆，否则，显得天洛举国哀伤之时我们有点不近人情了。"梅央答道。"梅大人言之有理，对于天洛丧储之痛的宽慰，臣言谢在先。但依我所见，私下办虽好，但毕竟是一国王子之生辰大宴，不如青戎诸位同僚给我陛下发一份请柬，让她前去参宴。一来，表现你我异国同僚的相睦之心和共治决心。二来，略表我天洛人的敬意。三来，也刚好让处于哀愁之苦中的陛下找找乐子，哪怕只是开怀畅饮一番呢？"龙默有心让夕见参与大宴。

"好主意！龙大人，不愧是天洛国相，有大国之风！依我看，王选既然推后，但天洛与各国王储的亲近之心不可断绝，让陛下参加王子的生辰之宴再合适不过了。"穆安赶紧帮腔道。

梅央但觉这龙默和穆安一唱一和有点异常，却细想来，又都合情合理。何谦满脸堆笑："那就太好了，我们正愁天洛和其他各国是否赏脸与会呢。那好，我们定当按时寄送请柬给孝安陛下，到时候也会发给诸位天下院同僚一封，希望大家到时候光顾青戎军界。"

梅央打断众人的话头："等下，龙大人，此时王选未毕，天洛和青戎都是参选之国，私下里让王子和陛下走动，似乎不太好吧。"梅央终于还是没忍住心里的话，虽不知缘由，还是觉得不妥。"没错，孝安陛下如今身份特殊，既然已经登位了，那就是天洛暂时的天之骄子，为何要去别国军界参宴呢？"鹿辞也觉得有些异样。何谦反驳道："两位大人此言何意啊？我们只是欢宴，那有何妨？你们还怕我们串通什么吗？"

"梅大人，鹿大人，孝安陛下如今乃君王之身，代天洛而去四国之一的青戎与宴，此乃礼仪，如何不妥呢？王选一个月后才会继续，且是五国同出选题典试，你们还怕此时有变数吗？"穆安厉声反问道。"鹿大人和梅大人若是不放心，一同前去便是，这有何虑呢？"龙默说得淡然。梅央面色冷峻，鹿辞面露不悦，思来想去，若是如此反驳，也确实有点矫情，若是天洛和青戎不轨，也只能另寻个办法查探。

何谦才回了青戎军界内，便和格鄂尔坦王子、格图三人围坐一起商议此事，在何谦的心里，这可是龙默和穆安赐予的天大机会笼络孝安王的人心。因龙默似乎一直对青戎有亲近之心，这何谦一时也没察觉什么不对。

郗别趁着修辙出了将军府，这才招来英典和元攘商议洛北军的复立之事，他每每回想扶季的话，就会思忖起自己和几位兄弟的归途，若是继续辅佐夕见的孝安王王朝，那和当年加济王的战时政体没什么区别。加济王敢引战四方，无非是因为手里有包括自己在内的这些举世名将，但是后果又如何呢？加济王只因为担心修辙和自己再起兵谏或者军政，便能不顾战事倾斜，软禁自己和英典等人，这是何等无能与荒唐的表现。而如今孝安陛下竟然敢当朝杀了锦葵公主，且满王之死她也绝脱不开干系，甚至满朝文武与四国贼帮，竟然对此事视若无睹，滑天下之大稽。郗别想到这里，这心中的异样已是燃烧得强烈，自己早已失去了对于天洛一方水土的归属感。当然，这一半的愤怒与反抗之心，还是源于死的人叫作锦葵，若是别位公主，兴许郗别还有释然的可能。

"洛北势力元攘最熟悉了，我估计修将军也是怕有变数，才让我去的，最终分了四股势力，都盘踞在敏山以北和戎陲一带，只要你发话，重新聚集，绝超不过一个月！"英典自信满满。修辙自知复招军之事四国会借题发挥，便让英典行了分流之事，刚好也掩盖了之前军众逃遁之事，可这一来二去的变故，让郗别很担心剩下军众的心境。"还有多少人？"郗别问道。

"不到万人，我在洛北还有些江湖的势力扶携，再找些人入编，应该万余，冬末前可以整编。"元攘汇报道。"那是最好，英典，洛东那边呢？"郗别又问道。

"唉，兄弟，我都不好意思说！改制那天，洛东小部分残军都被修辙拉回来进了巡防军，否则他手里哪还有兵。再剩下的，过了修罗渡，出了恒海，做个海盗拜天拜地不拜王，多自在！东土的商船富得流油！"英典也是无奈，他几乎一己之力就震住了东边的崇衡并协助修辙灭了罗曜国，可是到头来，连个兵渣都不剩，现在和一个后宫总管的人手差不多。

"若要再聚些人手，有可能吗？"郗别试问道。

"春初我给你三千人，多了不敢保证！"英典拍着胸脯。

"好你个英典，修将军说缺人的时候你不献人，现在说话间你就三千人！"元攘责备道。

"你好意思说我？洛北我和郗别秘密去扩军的时候，你敢说没瞒报？"英典呛声。合着这英郗元三将一直都存了私心，残军势力宁可分流部署扮了匪寇，也没有第一时间交还修辙和将军府。当然，在他们心里，也并非全然都是拥兵暗募，谁不知道这残军上交修辙，就等于给了朝廷，那还不如就地撤编，散在乱世，若要用，再反过来招募便是，即便有些人也不愿再回来。但在郗别的心里，只要有一个武装势力，他必然要在世间掀起自己的风浪。"好了，你二人且去反募残军，冬末归册，不可声张，秘密行事，记得，对青灯也不要说此事，我另有后计！"郗别叮嘱道。

"郗别，你可是要……"英典依然好奇郗别拥兵边陲的目的。

"你问那么多干吗，郗别，若是青灯愿意，我觉得还是让她一起，毕竟洛南与南依纠葛多年，没打什么大的战役，死伤不多，她的边陲势力回来，我们兴许……"元攘明白郗别的用意，有意推举青灯共同举事。"青灯我得找个机会试探一番，她与修辙关系斐然，我们还是小心为上！"郗别显然并不觉得青灯能同意自己的想法，更是觉得此事最终的障碍还很有可能就是青灯和修辙。

婴柳身影晃动，穿梭在崇衡军界。这崇衡和青戎已然成了退军立耕的典范，这一片片菜地反而让婴柳感觉不适应，绕了半天才来到穆安的军帐外，仿着夜狼的低嚎，穆安赶紧出帐把婴柳让了进来，然后探着头四下里看看，赶紧缚了帐门。"穆安，发生了什么？这么着急唤我来？"婴柳焦急地坐在一旁。"婴柳，把所有的实情告诉我，否则你以后不会再见到我。"穆安这急迫显然有三分佯装。"到底发生了什么？"婴柳边说着就要搂住穆安的胳膊。

"你的阐教名单哪里来的？"穆安挣脱开，严肃地问道。"阐教是什么，你在说什么？"婴柳反问道。"你要瞒我到几时？之前我就怀疑你得到了两份名单，一份是我步旅的军员名单，用来让你知道该抓谁；一份是阐教名单，用来让你知道该杀谁！"

婴柳目光闪躲。"还有，你之前所查的子笙陷害我步兵团之事，到底是真是假？"穆安步步紧逼。"当时悬赏拿你的，的确是子笙的燕东军，他们给我一份步旅的军员名单，让我按照名单抓人，然后接受赏赐。而另一份名单……"婴柳脑海中猛然回闪起洪番的话："如果不幸被穆安发现，你只需说是宗政楚所为便是，记得，如果不想穆安憎恨于你，也求你的盗会兄弟得保，你绝对不能说出实情。"婴柳犹豫的片刻，穆安似乎要透过她的眼睛看清这心术的诡诈："另一份名单谁给的？"

"是南依的人！"婴柳脱口而出，显然在她心里，失去穆安和盗会残余兄弟的代价实在太大了，那等于抽离了灵魂。"南依的人？宗政公若还是梅央？"穆安疑惑地猜测道。

"都不是，我当年抓你之后，曾有一名南依国的密使拜访盗会的山寨，给了我此名单，说是按照你的卷轴核对，若是名字对应，便下手杀人，且留下了大量的黄金，以求让我努力行事。"婴柳这谎言显然是一直编纂好的，就是怕穆安的质问与探查。

"所以你杀了唐知！"穆安试着按照她的逻辑思索。

"不！我当时并未同意，他留下名单和黄金就走了，我也没当回事，你要知道，我的盗会每天都有这样的雇主进出，那是再平常不过的事情。"婴柳见穆安有点相信，便继续说道："后来我见过你的卷轴几次，确实上面的名字与名单有对应，唐知的死让我觉得此事不简单，本想告诉你南依曾经试图雇我与盗会一事，但我又实在难以确认那个人的身份，也不知道来龙去脉，自己也是疑惑不断，所以不曾言语，也怕破坏了你和宗政公若等南依人的关系。"

"婴柳，你自小盗会里长大，说谎话比谁都擅长，你觉得我会信你的栽赃之言吗？"穆安也不确定婴柳说的真假，毕竟自己也在查探的过程中，只能不停地反复试探。

"穆安！我说的都是真的，我不曾骗过你，为了你，我死都愿意，何必言语蒙骗？再说了，这份名单上的人我一个都不认识，我又何必下手杀人？"

"那唐知的死……"

"必是那个南依密使找了其他佣兵，且我们被一路跟随了。否则，唐知不会平白而死。"

"南依人所为？宗政楚王的警告！梅央的静默，宗政公若惦记我神器……难道南依是截教的温床？"穆安将信将疑，心里也实在没了底。

"阐教到底是什么？穆安，你告诉我！"婴柳也百般好奇，毕竟这些是不可能从洪番那里知道的。"你可曾听谁提起过这两个教派？"穆安追问道。

"只听你提起过，它们是东戎教那样的教派吗？"

"说了你也不懂，婴柳，你刚才所言若有半句谎言，可会害死我的，你知道吗？"

"穆安，若是有一天你会因五国洪流而死，我会随你而去！这里太过冰冷了，没有你，我难寻哪怕一丝的希望。"婴柳面色惆怅，眼圈殷红。

"若是有一天你愿意说真话了，记得来找我，永远都不晚！"穆安这半信半疑间，满是费解和烦闷，婴柳却显得更加伤感。

"最后一件事，子笙害我步旅之事可是你盗会所查？"

婴柳点了点头，心里还是不舍对于穆安一次次的欺骗，她突然觉得谎言的缺口如今越来越大，若是真惹得穆安和南依反了目，兴许会影响到连环计和驱赶四国的大计，于是心一软，眼泪流了下来。穆安拍了拍婴柳的肩膀，起身要走的刹那，婴柳拉住穆安的手，疾语道："他们抓了我盗会的兄弟们，我没有选择！"婴柳失声哭了起来。穆安这才转过身，擦了擦婴柳的眼泪："是洪番对吗？"婴柳频频点头。

"他给了你阐教名单，让你依附于我，窥视卷轴，按照名单杀人对吗？"穆安句句灼心，婴柳继续点头。"那日我让你去偷卷轴和王服内的密信，你见到他了，对吗？然后他给了你一封假信，让你带回给我。再之前，子笙领军逼天洛铁骑攻击我步旅也是洪番让你告诉我的，对吗？"穆安眼圈也湿润起来，想起这婴柳该是自己最信任的同伴，却也是一再欺瞒自己的人。若世间并无夕见，穆安该觉二人会是另一种局面，但世间的感情，飘然若尘，谁又能言定。

"唐知是你杀的，对吗？"穆安几乎是咬着牙吐出这几个字。

"对不起，穆安，对不起！"婴柳扑进穆安的怀里，哭得梨花带雨。

"冤有头，债有主！婴柳，你把事情都说清楚，我会找洪番复仇的。"穆安终是确定了自己步旅被害，唐知之死的元凶。这洪番背后还有谁指示，穆安一时没敢多想，只是依然费解花诚被烧死和父母被残害是否也是洪番所为。若是，他想不透洪番赶尽杀绝的必要理由。

婴柳哭哭啼啼把洪番和自己前前后后所有的事交代了一遍，穆安也均印证了自己的推测。

"婴柳，杀满王可是夕见指使你干的？而欲杀伯谕的，也是你？"穆安继续追问。婴柳只能默默点头，面容憔悴，却心中释怀了一切。

"若是洪番再对你有何吩咐，记得，随时通报我。"

"穆安，你还愿意相信我吗？"

"我们之间不再有信任！"穆安也只能如此而言，"婴柳，记得，没人能通过任何东西困住你。真正困住你的，是你自己的执念。"婴柳搂着他的腰，眼神里是更坚定的对于这个男人的信任与肯定，她确定今生可以为了这个男人去死，去偿还和救赎一切，但她其实并不亏欠这个男人任何东西，穆安自己心里也了然。

婴柳刚去，穆安便提笔书信一封致子秋："陛下，师父，姜尚和穆安进献此信，新任燕川燕北军将军兼燕东驻军军首洪番身份有所异端，其面色有红印，此乃北族人特征，怀疑其有乱南土之嫌，特此通信以明示，望朝堂查探以认。"

子秋王仔细品着穆安的信，但觉这穆安是个缜密的良将："另，其上古真身并非燃灯，怀疑为截教之人。师父身边并无龙肤卷轴，恐认人有误，不可不提防，如今洪番在我天下院任职，我自有办法制约，请师父小心为上，暗中清理燕川朝堂蛀虫之余，提防截教小人乘虚而入。"子秋王阅毕，面露诡异的笑容，只觉这搅弄天下风云的穆安和姜尚，如今却被自己这一招瞒天过海欺得服服帖帖，当真是这一夏至秋末最好的消息了，若是利用得好，穆安将是其后发制人，触底反弹，搅弄天下的利器。

洪番在燕川军界软禁了子幽数日，也终于被子秋要求先行试探一番。洪番苦思冥想了几日如何与子幽言语，这王族身世和谋逆未遂都是举世瞩目的大事，莫大的压力放在一个青涩的王储身上，简直是罪过。

"王子殿下，如果不愿归还燕东残军，您留着也成，但是无论如何，请殿下重新振作，以求重领共治之路。"洪番略带威胁的口气，显然是子秋授意了先行忍耐，完成分洛大事。子幽心里十分抵触："燕川不再有任何东西归于我，洪将军，你自领军而去便是，不必顾忌我的想法。"

"殿下，世间哀愁，凡人伦常，不过几载之苦，事过而云散，万般纠葛都会归于平静。殿下，请您务必振作起来，我们也好给陛下有个交代。"

"给他一个交代？谁给我交代？我究竟是谁？有谁告诉我吗？"子幽显然不满子秋及其座下王室竟然派一个燕北的军阀来劝说自己。

"殿下，您不该如此颓废。至少，我们还和夕见有婚约，如此的绝色美人，难道我们要拱手让人吗？"鹿辞从旁而近，宽慰道。

"我子幽立于世间，难道就是为了一介女流？"子幽这话说得自己也没什么底气，他可是最后一个来天洛典选的，若不是夕见一方清美，子幽都未必亲临。

"殿下，此女子如今可是天洛君王！婚约不废，则必然是约定，您已然在此约定之内，则王选虽将我们排之在外，但是我们依然有余地，只要咬住不放。"洪番坚持让子幽咬住夕见。

"简直荒唐！"子幽已是心灰意冷，热情尽灭。

"殿下，您可知青戎王子格鄂尔坦生辰之宴临近，夕见也会赴宴，虽然龙默等人于天下院朝会上应允此事，但是我依然觉得十分不妥。夕见如今虽是君王，但终归是与殿下有婚约的啊，如此推去青戎人的客座，岂不荒唐？"鹿辞试图唤起子幽的斗志。子幽愤然而起："胡闹，夕见是我未婚之妻，任由他人大宴中轻佻戏弄不成？那格鄂尔坦和格图是什么货色我会不知道？青戎人好色好酒，天下皆知！"

"殿下，在青戎军界，若是夕见有个差池，青戎人难辞其咎，但若是大宴之后，格鄂尔坦和格图随着夕见回去央獭宫，那可就事大了，到时候，我们再行质问才是法子啊。"鹿辞分析道。

"殿下，到时候，就是我们翻身之时！夕见带格鄂尔坦和格图回去央獭宫是必然之事，因为夕见要的就是引你出面，与青戎人产生矛盾。但你绝不可贸然质问，只需言语激化此事，格鄂尔坦必然言语中与你抢夺夕见，到时候，您只需自伤一处，造成格鄂尔坦所为的假象便是，我们咬准此事不放，必会引得天下院妥协，归还王选之权。"洪番直言，他和鹿辞计划得细腻，却也是一步步迈进了穆安和龙默的陷阱。

子幽若有所思："此计未免矫情！"

"只要能成功，不拘小节。"洪番绞尽脑汁，倒也想不出其他的办法，这事再拖，怕是典选之前就没有机会了。

"谁知道格鄂尔坦和格图会把我怎么样，我会傻到去央邻宫送死？而且还有修辙从旁保护，我们不如半路拦截！"子幽直言。

"殿下，您在天洛后宫出事，有青戎人在场，才能成功，臣会在一旁暗中尾随保护，不会有事！如今若不颠倒黑白，我们此局可就败了。"洪番执意如此。

"好！若此计能成，我愿再争王选，也愿戴罪立功！"子幽缓了缓神，但觉鹿辞和洪番确是为了自己好，行了一个大礼，却不知这二人是把王子往火坑里扔，此计风险和机遇都大得很。

宗政星沫几日追随弟弟宗政星烛在后宫的行踪，才发现他们与哲王宗亲走得近的原因似乎是为了给琴妃提供各种炼金药物，而这些药物均是南依上好的药材经过纯熟的炼金手法精制而成，包括长草、青鸠和橙蔓这些药材。这让星沫突然感觉王弟、雪轮和琴妃之间似乎有些什么约定和共谋，为的就是哲王，也许天洛还在惦记让他们的小王子夺了这典选的大胜，但是这三岁不到的孩子如今能成了南土的霸主不成？

郗别刚来到后宫，要去找巡防的青灯聊一聊洛南势力复立的事情，却走在后花园里，当头便和匆匆回身的宗政星沫撞了一个满怀。"郗将军，失礼了，失礼了！"宗政星沫赶紧行礼致歉。

"殿下言重了，是臣没看见你！不知殿下今日来这后宫是为何？翰博院不是暂时休学了吗？"郗别这脑子转得飞快，各路王储都已经按兵不动暗中集势的当下，宗政星沫还有时间往后宫跑，肯定不简单。"哦，王弟星烛贪图玩乐，常来这后宫随雪轮公主玩耍，我见他久不归军界，有些担心，便来寻找，还未找到！"宗政星沫也不会撒谎，就照直说了。当然，该隐去不讲的还是要守口如瓶。"哦！那王子殿下不须着急，我去办些公事，稍晚去找雪轮公主，帮你把星烛殿下送回军界便是！"郗别客气了一把。

"那就有劳将军！"宗政星沫行礼而去。郗别眼珠子转得飞快，若是宗政星沫心里没事，不会这般慌张，那其王弟和雪轮必然有故事，等找完了青灯，还得前去探个究竟。

"为何突然问起洛南的残势？"郗别到了翰博院的后庭才找到正在巡防的青灯，便拉着她去了一个没人的角落，一吐对洛南势力的疑问，青灯才如此惊讶。

"如今洛北的情况你知道，英典在洛东的势力大部分也补充进了禁军和巡防军，但是修将军没有让我们停止秘密复立军势，所以你若是洛南的残军有些眉目，可以试着招募回来，有多少算多少！"郗别没敢多说，只能先拿修辙的命令试探一番。

"若是有我早就交给修辙了，洛南曾经为了抵抗宗政公贺的强压，勉强渡水而战，伤亡惨重啊。建制前的太冥门之战，我几乎拉不回来残军，甚至有的都去了依北和燕南落草，还有的宁可当难民挤去依水城，都不愿归国！"青灯直言。

"若是如此，我担心完不成修辙将军的复立大任，耽搁了立国的时机。"郗别佯装还在替家国所想，也猜测青灯没说实话。

"我实在没办法了，修将军今日就在修缮募兵新政，也唯有借洛北复立大军了！"青灯盯着郗别的眼睛，怎会看不穿他心里的鬼祟。虽然青灯这谋略不及郗别，但话头上全然不接郗别的引诱，这让洛西曾经的鬼谋也是一筹莫展。

"那好！我再想想其他的办法，若是修将军新政初示，记得赶紧告诉我！"

"好！"青灯拜别了郗别，便把此事尽快告知了修辙，修辙心知肚明郗别和英典有着异心，但是一直不肯承认。在他心里，郗别这是对家国的失望，而并非对兄弟的不义和对王室的不忠，他也犹豫是否找个机会劝说郗别回头。

郗别自知青灯必然会去告知修辙，自觉打草惊了蛇，心里无端地焦虑起来。正往回走，突然想起了答应星沫王子的事，这便奔着雪轮公主常去的琴妃的澄莹宫而来。刚到宫口，突然闻到一阵炼金水的气味，郗别留了个心眼，但觉不妙，这便从澄莹宫的后院悄步而入，希望一探究竟。刚转过后院假山，便觉炼金水的味道越来越重，他踩着一个矮石，踮起脚，从墙头望着临院，却被眼前的一切吓了一跳。只见绿衣、雪轮公主、琴妃、星烛王子和一众炼金术师围坐成一圈，中间是盘腿而坐的哲王。哲王身边尽是长草、青鸠、橙蔓等珍稀药材，且均是被炼金水泡制过的。哲王鼻息一急一缓，似是在吸收这些药材的精华一般，眼神也随着鼻息一亮一暗，似是这邪教一般的法阵正在把哲王的灵魂慢慢唤醒。这一幕当真让郗别惊讶不已，他才下墙头，就赶紧翻身而去。

郗别思忖此事，全然不知所以，难道后宫妃子们与东戎教有染？还是学了什么蛊神惑魂之术？他绕回澄莹宫正门，却见雪轮公主已经在招手告别宗政星烛，似是法事已经做完，而每天都会有此一番功课。

话说绿衣早就慢慢疏远了龙默，为的似乎就是这后宫的秘密，而龙默每每来找绿衣，都会被琴妃或者澄莹宫的人想各种办法拒绝。龙默也是忙于政务，便没有过多纠缠，但是心里对于绿衣一直放不下。反过来，绿衣对龙默越来越冷淡，魂意里早就有了另一个人的存在，也难怪龙默的龙眼都看不出绿衣是谁，这橙蔓和青鸠怕是还有"遮魂蔽魄"的效果。

雪轮公主见郗别在远端，便正面走来。郗别赶紧上前行礼："公主殿下，亲自送南依王储归界，有劳了！"这雪轮公主不似锦葵公主那般机灵外向，多言善问，是一个文静淑雅、兰心蕙质的女子。宫中多变，早期其母便被王后一脉借计蛊戮，尽人皆知，却无证据，成一方宫谜。但是雪轮公主不愿仇恨满性，且之后加济王和夕见均待其不薄，更是被琴妃庇护，便慢慢放下了仇恨，潜心为哲王当这"宫礼之师"，但是后宫终是各方势力盘踞的虎穴，她便也学会了噤若寒蝉，独善其身，如今见都别这样的别致将军跟自己打招呼，也只点了点头，送出一抹浅淡羞涩的微笑，便擦身而去，不再回头。

都别略显尴尬，望着雪轮公主的背影，只觉即便如今王位若是雪轮公主所得，自己都不会对王室这般失望，心底的怒火伴着对雪轮公主的好感一起升腾而起，一个兵政的妙计便又浮现在眼前，似乎一时还真忘了刚才邪惑的一幕。

穆安一头撞进龙府，披着披风，似乎被这秋末的瑟瑟寒风吹了个透凉。龙默也不顾穆安冷暖，赶紧把他按在椅子上盘问起来："师兄，如今四国摇摇欲坠了，可否告知王子之乱后，可有后计？如果前日所言之计不成，可有退路？"

"能成的话，何须后计，一切都会归于自然！至于退路，那你要问四国之人有没有了。"穆安四周找着取暖的东西，实在没办法，只能把披风扯下来，盖在了自己身上。

"你如此自信？"龙默这才发现穆安觉得冷，把自己的披风也摘了下来，给穆安盖上。

"若不成，一死了之便是！"穆安长出一口气，这才暖和过来。

"死的心若此时流露，那可不是好事！师兄，破釜沉舟，才能明见前路。"龙默就怕穆安此时要花活，心里实在没底。

"申公，若不是夕见登位，我不会加紧施计连环四国，借王子们乱南土全境。如今既然车辙已显，再停辇回望，已无济于事，我们唯有紧步而行，谨慎小心。"

"师兄可是有什么事拜托于我？"

"我想向你借神器一用！"穆安这话瞬间把龙默的脸色涂了一层泥灰，龙默思索片刻才道："不知师兄何意？"

"南依国远在洛水以南，我一直苦恼如何把他们牵入连环计中。如今思来想去，宗政公若将军虽与我一路同行，但是似乎一直惦记我的神器，我们唯有用神器，引其上钩，方得圆满。"

"你自己不是有神器吗，龙牙可是当世无双。"

"我的龙牙剑他见过，他也曾与我许下诺言，不会抢夺。我若是不得其他神器，怕是难以引他上钩！"

"师兄，不瞒你说，我信是肯定信你，只是我这神器久不离身，我也是体弱多病之躯，请你谅解。"龙默赶紧寻了一个借口。

"申公，我们计行至此，一切的一切，都在路上，你自己想清楚，我不强求。"穆安起身这就要走。龙默赶紧唤住："唉，唉！你这有些为难我了，师兄，这神器可是回去上古的关键之物，你自己也明白，这可不能流落他人之手。"

"我只是借用，完事后必然归还。"

"你是否发觉了神器的用法？"龙默眼里闪着光，试探着穆安。

"这很简单，我的龙牙一路护我至此，这是我发现的它最大的用途。"

"那卷轴呢？"

"早已不在我手里了。"穆安心里也盘算，龙默必然是从夕见那里知道自己这龙肤卷轴的。

"哦？何人敢抢你穆安的东西？"

"申公不是也一直惦记我的神器吗？"穆安自顾自笑起来。

"你又说笑了，好！我的龙须之链你拿去。"龙默摘下自己的颈链，递给了穆安。穆安接过颈链，好一阵把玩："不错，龙大人，识大体，连环计一成，我定当第一时间归还。"

"师兄本就是守信之人，我也不怕你不还，只是最后有一事想与你确认一下。"

"说！"

"哲王你可知道是谁？他是我截教之人对吗？"龙默问得直接。

"他是纣王帝辛！"穆安贴近龙默的耳畔，竟然直接说出了这个惊天的名字。龙默瞬间瞪大眼睛凝视穆安，面色惊讶，转而放声大笑："若是陛下，你会告诉我吗？"

"我说不说，你自己都查得出来，先告诉你又如何呢？"穆安这又是逐心的大计，要的就是龙默最后的态度，且看他有没有再扶新王的执念。

"穆大人，你借哲王揭洪番身份，让其王选占得先机，可是有什么布局？"龙默问道。

"布局？我整天布局累不累，我只是不希望天洛王选失败，若是我们连环计不成，还有退路不是吗？"

"胡闹！你明知夕见如今的王权之心，怎么会容得下纣王突然的出现，你这明显是往我截教中人里扔下一枚巨石，让我们在自己的浪里翻船！"龙默当面便洞悉了穆安的计谋，但这可并非穆安唯一的运筹。

"申公！你想多了，夕见苦守王位不假，但是纣王此时没有魂意，怎会抢夺王位呢？除非你愿意帮他！再说了，你不是也一直在找他吗？"穆安哼笑一声。

"荒唐！穆安，哲王王选还须你相助，但是如果你再僭越而行，我不会再与你同谋。"龙默但觉穆安在有意搅乱天洛王室的浑水。

"现在没人走得开了，龙默，不是你想不想与我同谋，而是你离不开我。"

"你要挟我？"

"是你希望联手的，你要知道，目的相依，不等于同路同求，你若再不明白纣王做过什么，商朝如何覆灭，那就永无真正联手之时。盲目寻觅商室王储，没有好下场。"

"好！忠言逆耳，我明白你的意思，你会看到我如何对待纣王，你也会看到我如何反思。但无论如何，商周何去，我无所把持，但复商之心，我绝不会泯灭！神器你小心使用，切勿丢失，告辞！"

"你去哪儿啊？这是你家！"

龙默显然被穆安气得晕头转向了，且不说他要不要分辨穆安所言真假，就算是纣王陛下真的出现，这苏妲己如何？两人在这个世界如何会相让？就凭苏妲己如今的权欲之心，不吃了哲王已是好事，所以他笃定若穆安此言为真，也确实不担心说出来，要的就是截教内斗。但是若为假，夕见也必然有尽戮王室的心，否则哲王终究是一个威胁。这穆安和姜尚的心思如今把自己一个有着星宇归一大志的人玩弄至如此，鬼才信穆安的魂意里只有姜子牙。

入夜星默，月色哑言，不见风雨，不见故人。洛京城凯旋湖湖畔，穆安拿着龙须和龙牙，望着湖水，似乎能从镜面中看见那个在古今笑谈中游弋的商周时代，能看见那个自己为之叱咤风云的中原河山，能看见封神之地一众兄弟姐妹。

穆安举起龙牙和龙须，开始背诵龙肤卷轴里的几句小诗：

周室开基立帝图，分茅列土报功殊；

制田世禄惟三等，品爵官人树五途。

铁券金书藏石室，高牙大纛拥铜符；

从今藩镇如金布，倡化宣猷万姓殊。

念罢，穆安依然望着湖水，那平静的表面没有丝毫的反应，他又看了看手里的龙须，自言自语："神器不会有假吧。"穆安又一次默念诗句，湖水依然没有反应，思忖片刻后，他摇了摇头，心灰意冷地转身而去。

修辙坐在光洛殿前的台阶上，长戟搭在肩头，夜风摇着肩甲不停地扇摆，面前有两个巨大的箱子，拴在一辆马车上。午夜才至，宗政蕊疾步走向修辙，坐在了他的身边，修辙赶紧把手里的一个厚厚的披风抖开，披在了蕊公主的肩头，就这一个微小的动作，已是让蕊公主从头到脚暖和起来，甚至心头一阵酸楚，之后眼眶里还凝结出几丝泪："这么晚了，你还要押送货物？"话还未说完，脸上又爬上几许羞涩。

"嗯，把货物送去西宫看守。"

"你叫我来就是帮你押送货物？"蕊公主有些不解，最近发现修辙对自己的态度在慢慢地转变，欣喜之余，当然不会拒绝他的邀请。

"这些是西宫要物，须入库登记造册，更须将军亲自押送，我信不过西宫管事，于是自己来办。但是一夜实在无聊，叫你来，我们也好聊聊天。"修辙解释道。

宗政蕊疑惑地看着修辙，眯缝着眼睛，虽觉心中暖流四溢，但确实踌躇："你修辙大将军一向视我为政坛棋子一枚，没有半分爱意，今日这是要如何啊？"蕊公主该撒的娇还是要撒完。修辙笑了笑："我不想别人说我修辙的妻子不是深居南依军界，就是我将军府，我好歹也得带出来走动走动不是吗？"宗政蕊望了望满天星光的夜色："那一定要选在深夜吗？"

"凡事循序渐进，不多说了，你愿意陪我去西宫押送货物吗？"

"走吧，来都来了！"蕊公主自顾自地笑起来。这一笑，修辙能看出宗政蕊对自己的感情，心里虽放不下家国如今的残局，但是这仅有的一丝儿女情长也是个安慰，不过说到底，自己对蕊公主并无爱意，若非得要相守，便保了她太平就是。

修辙拉着车，奔着西宫而去，两人并肩而行。"押送的什么货物？"蕊公主问道。

"龙默和穆安两位大人的神器，说是献给孝安陛下登位之贺所用的，也不知具体的用途。"修辙这是有意引南依的人上钩。

"这样的贺礼让你一个人押送？"

"这才最安全，我天洛向来如此，如今共治境地下，更是没了人手，我不自己来还能怎样？"

"神器是否有什么秘密？"

"不得而知，但听说可连通另一个世界，似乎蕴含难以言语的力量。"修辙说得神乎其神。宗政蕊略有所思，盯着两个箱子："我们要运送去西宫什么地方？"

"西宫蕴宝阁！"

"不会有很多江湖高手或是王亲国戚惦记吧？"

"所以越少人知道越好。对了，你我成亲之后，我曾接到楚王的密信，可知你父王说了些什么？"修辙突然言语道。"我父王给你的密信？"蕊公主有些诧异。

"嗯，信中说希望你助我恢复天洛军力！"

"我助你？我凭什么信你？"蕊公主本是信任修辙，但自己的父王如此行事，她却心中持疑。

"你我夫妻不可相信？"

"父王给你留了暗语对吗？"蕊公主追问道。

"依人漫漫，花香婉婉，芬芳半世，迷人心眼。"修辙说得慢条斯理且顺理成章，这几句诗伴着夜风，让蕊公主听得亲切。宗政蕊凝神看着修辙的眼睛："父王真的给你写过信？叫我南依助你复军？"

"今日叫你来，便是核对此事，若你信此暗语，我们就相携而行。对了，夜翻花你在后宫和军界都种了？楚王说提醒你按时浇灌。但我可提醒你，若是跟盟中盟有关，你可别怪我不客气！"

"我南依竟然不思王选和禅让，转而助你天洛？我不是告诉过你吗，通络王室，我们才会赠花，当然也会栽种！你去央鄰宫和澄莹宫那边看看，还有将军府和翰博院，全都是，可美了！"

"还有别人得此恩赐？"

"不知道！修辙，你可是与我王族有私交？"

"一点都没有。"修辙摇着头。

"奇怪了，父王这是为何？"

"我也疑惑，若是你们南依有所预谋，还请看在我们夫妻一场的情分上，手下留情！"修辙似乎是哀求了一把。宗政蕊叹了口气："父王密信都到了，暗语也对，我们还会于你们不利？"

"那就好！还请夫人尽力相助！"

"你叫我什么？"蕊公主掩饰不住喜悦，愣了片刻，上前一步，搂住修辙的脖子，"你再叫一遍！快！再叫一遍！"

"夫人！"修辙心中无奈，为了这连环计，也只能把这纯善的姑娘耍个够呛，但心中也默默许下了誓言，若是家国再立，世态安平，他愿意和蕊公主守这一生，一声夫人，一生人夫。宗政蕊眼圈泛红，把修辙搂得更紧，脸靠在修辙的脖颈间："你不止拿我当作一枚棋子对吗？"

"若不是乱世，也许不是。"修辙安慰道。

"你也爱我对吗？"蕊公主问得动情，身体抽搐着，显然是哭了起来。修辙拍了拍宗政蕊的后背，进而也抱住了她，但并没有作声。在这寒夜里，乱世间，让人触动的并非一心惑一心，而是一情化一情。

第二天，蕊公主欢欣之意未过，就把此事告诉了梅央、宗政公贺和宗政公若。宗政公若面色冷峻："这是个机会，陛下当年派我游走四国，为的就是寻觅这些神器，如今有了新的机会，我们没理由拒绝。"

"对啊！公若，你赶紧去打探下消息，陛下的要务，还须及时完成！"宗政公贺提醒道。

"不，修辙一向对我蕊公主殿下若即若离，却在这个当口邀约前去一同押送天洛要物，这不奇怪吗？而且穆安怎会献出神器给夕见作贺礼呢？"梅央直戳要害。

"我也怀疑此事，修辙像是故意要让我知道！但是，修辙说父王在我们婚典后密信过他，让他尽力恢复天洛军力，而我们也会暗中助他。"蕊公主回忆道。

"哦？还有此事？可有我们王族暗语？"梅央问道。

"有，他说得分明，不会有误！"蕊公主坚定道。

"那此事必为真，陛下难道有意助天洛复国？"宗政公贺接话道。

"那岂不是放弃了典选？"宗政公若不解道。

"奇怪了，修辙早不说晚不说，偏偏此时言语此事。"梅央疑惑道。

"依我看，修辙是把我们当作自己人了。"蕊公主深信修辙的话。

"不会，殿下，修辙是要引我们上钩，而此时言语陛下的密信，是为了让我们相信他的话。"梅央推测道。"但是如果暗语不错，那就是真的有陛下的密信啊。"公若直言。

"修辙暗中试探我们良久，此时终于愿意接受我们的相助了，也同时密谋着什么。"梅央心里盘算着修辙和穆安是否是一路人，若是听楚王的安排，两人都帮，但两人计谋相左，也是个麻烦，"神器之事尽快忘掉，将军们，绝不可惦记神器，则我们相安无事，切记！公主殿下，请您费心书信一份致陛下以确认此事，如若为真，我们就依陛下所言，帮助天洛复军。若为假，则修辙不再可信，且天洛必有后计！"梅央自知楚王不言此事于他们，必然是希望知道的人越少越好，而若修辙的复军最后可为南依利用，那么楚王必然有釜底抽薪之计。

看来这天洛如今王座刚有了归属，军权又成了众矢之的。

乔元靖每日收受拜会，忙得不亦乐乎，可这来来往往众人里，除了龙默和修辙，似乎还没有一个谈得来的。此时的他已然知道了白梗王室的变动，心里的魂意也便掂量如何与白梗的人至少打个配合，让南土的人明白如今的处境。若是自己直说了，似乎也无妨，只是五国蒙乱，自己虽是威望极高的老臣，但要在孝安王和天下院面前逞威风，可已然不是那个时代了。

沮洛的登门算是乔公最近收到最好的拜会，显然龙默已经解了沮洛的禁，本是希望沮乔二公均回朝理事，但是一个心怀外世，一个心念灰冷，都没了再涉世事的心。乔公虽心急如焚想要集结南土尽快反制北土，但心里也清楚在这纷杂精密的世界里，自己还是遵循一些史实规律的好。

在乔公心里，对于南土的拯救，大概思路并不复杂。青戎和崇衡外加燕北势力，可以成为第一道抗击北土的冲锋线，这青戎既然曾有北抗的经历，该是不会被北土大族一击而破。天洛和燕东势力再成第二道抗击线，虽如今天洛军力不盛，但是若第一道线扛得住时日，天洛立国复军，唤起民心，当是还有希望。最后的白梗、荷堂、南依甚至是罗曜残势形成最后的防御线。若是北土势如破竹，最后能保留南土希望的可能也就是这几家了，那也是所有人最不想看到的局面。

"乔公？你可安好？"沮洛登门见到乔公的一刹那，恍若隔世。没想到，之前天洛的两位尹宰，再相见时已是丢了俸禄。

"沮大人别来无恙啊，听说你入了禁，又解了禁？怎么？官位也不要了？"乔公见了沮洛觉得亲切。

"估计乔公也知道一二了，夕见登位，且计杀王弟，锦葵也没能幸免。我言语不忿，入禁而来。唉，王族不幸啊！"沮洛摇着头。

"沮大人不必忧愁，夕见虽心智柔弱，政念难树，但是家国之念不在先王之下，不必介怀。"

"乔公有所不知，夕见自重返天洛以来，权欲过盛，觊觎王位已久，却难以看到以前那个眼神清澈的公主了，剩下的只是一个每日忧思王路去向的阴刻之人。"沮洛有了郗别一样的思绪，对王室失望至极。

"若非受了谁人指使，夕见该是不会如此。"乔公思忖道。

"说来奇怪，龙默本是站在我这一头的，一直坚决不接受夕见此时登位，唯恐禅让来得太快，但是这次不知为什么，龙默公开支持夕见登位，实在困惑。"

"龙默的心性飘摇不定，脾性更是难以捉摸。所以，我料想，龙默除了暗中助夕见登位之外，可能也有别的原因，但有一点可以确认，天洛国境中的四国之兵怕是快走了。"乔公乐观起来。

"乔公为何如此说？"沮洛反问道。

"龙默做事，诉求太强，他于天洛坠崖之时，九死一生之刻力挽狂澜，留王根不死。如今，不会眼看四国主导王选和禅让的。既然夕见登位的变故已发，龙默又态度大变地予以支持，必然是有了与四国决战的决心！"乔公了解自己的学生。

"乔公这么自信龙默会胜？"沮洛追问道。

"我自己的学生，我会不知道吗？如若无胜算，龙默不会做，如若必胜，龙默也不会做，他一向向死而生，那才是他存活世间的意义。"乔公话里有话，似乎早就知道了这件事必然的走向。

"如果驱赶四国败了，天洛万劫不复啊。"

"我们必胜，因为时运已到了，只是不知天洛何人可以当位。"

"龙默会不会生了篡权之心？"沮洛担忧起来。

"难以定论，沮洛大人，你乃天洛大族，如今天下变革，万事俱迁，你要有所对策。我的建议是你去燕南躲一躲，那里有我的一些门客，你带我书信前去，必会有人收留和庇护。如果不愿去对立之国，西南的白梗和荷堂两个偏安小国不曾涉入五国之乱，你前去寻安也是个办法。"乔公推荐道。

"乔公，我不会在这个时候离开天洛的，若是龙默驱四国不成，我还能帮帮他。"

"沮大人，你要知道，你是天洛富可敌国的大族，不可与这次洪流一起尽没，若是留不下我们的天洛旧臣于外境，那如果龙默失败，可就真的是彻底亡国了。"

"我不是夕见，我不必作为王族残根流落他国。乔公，若是家国复立不得，我情愿死在这里。"

"你且先想想，切记我的忠告，若能远走，不须久留。驱赶四国未必是我天洛的胜局，而乱世之局稍有不慎，便是又一次引战的开始。"

沮洛思索着乔公的话，如今即便朝堂复立，但军力羸弱，也确实危险重重。自己走不走倒是无所谓，只是家大业大，韩童鲁三家脊梁已断，自己已然是天洛的商网根基。自己的两个儿子，沮衍为人方正，但是略显憨直；沮云机灵聪慧，但是毛毛躁躁，这家业若是远流，何以为继呢？

而此时乔公力荐沮洛南下，就是希望他带着钱财、威望和智慧与白梗联手，建立这第三条防御线，而自己留在天洛建立第二条抗击线。当然，这第一条线自然青戎、崇衡和燕川人不会急慢，这可是家国大族存灭的大事。

子笙一路"风雨兼程"终于回到了凤羽城。看着繁华似锦，车水马龙的梦京羽，心里的思乡情喷涌而出，离别还是将军身，归来已是戴罪人，心中空冥与酸楚灼得胸口阵阵刺痛。沮衍安慰几句，众人齐刷刷进了城郊，便被一队王室禁军领路而去。

子秋王本是该急迫地见见子笙这个谋逆罪魁，但是对他来说，自己快丢了的儿子都不着急召回，这时候已经进城的子笙还着什么急处理。他在盘算另一个人，这就是沮洛的长子沮衍。

沮衍有威臣之风，大智若愚，虽显得憨直文雅，但这心里的君王之气只要想个办法捉出来，必是世间一大贤者。子秋虽不是智君，但是怎么会想不到如今天洛韩童鲁三家脊骨尽断，只有沮洛一人可称为大家之范，沮衍也便成了一个变数。于是子秋第一时间便派人好生招待押送子笙前来的沮衍吃住，也不见面，算是一个优厚的软禁，为的当然是手里多一个棋子。

几天之后，子秋王才在上泽殿堂审了子笙。一众王亲国戚，燕川大族，众臣诸将堂下站得满满当当。子笙一身囚服，跪于堂下，面无表情，心里纵是千万个对于子秋的诅咒，也不能在死前流露丝毫的惊惧。"子笙，借洛地谋逆之罪你可认？"子秋也不怒，淡然自若。

子笙一声冷笑："借洛地？亲子犹可借，何乎别国？谋逆？你的王位难道是父死子继而来的吗？"子笙这一言顶撞，可是把这庙堂揭开了锅，谁人不知子秋兵政得来不顺，但是少有人知这内在的来龙去脉。堂下议论纷纷，子秋王面色稍显难堪，但是心里也有准备，片刻便恢复淡定："子笙，自古强者为王，你跪于堂下言语，已经表明了你的败局，何须强词夺理？谋逆之罪当立，你必死无疑，死前有什么交代的，尽管说来，若是有同谋，你也交代一二，我或许免了株连之罪，饶你家人不死。"

"我为燕川出生入死三十载，妻早就在我世子过继于你的当晚自杀，我日日战于疆场，夜夜栖于荒台，何来亲人？"子笙大义凛然，这心中确实早已没了家庭之念，将死之心下，无家人之亲的将臣，该是多么坦然。

"我不是吗？"子秋反问道。子笙仰天大笑，这笑声戳进人心，鞭笞着每一个子秋党群之人的心性："你？我认识的儿时子秋早已死去，王权之欲使你面目全非，一日而尽改颜面与秉性。我甚至不知坐在王位上的是谁！我告诉你，子秋！若权欲侧心，利欲而思，你离死的那一天也不远了！"子笙此话当真不偏，子秋本是像夕见公主一般的王族良善之人，甚至稍有唯诺。后因通天教主的魂意凸显，而使得子秋王性情突变，这才有了夺权而政，后索要侄子为亲，乱家伦而求久治，秉性全失！子笙的话暗示一切，也几乎算是叫嚣庙堂。

子秋王勃然大怒，站起身来，指着子笙："胡言乱语！你个乱党！"说罢，自己亲自提着剑，奔着子笙疾步而去。子笙看着子秋趋近的身躯，依然大笑道："子秋！报应很快就到！只是可怜我燕川大国，羽族大立，竟毁在你一个昏弱之人手里！"

子秋一剑刺进子笙的胸膛，子笙顿时口吐鲜血，这魂意已是去了七八分。他用尽最后的力气狠狠抓住剑刃，勉力大喊："还我梦京羽，还我梦京羽，还我……"子笙身躯慢慢瘫软下来，含恨而去，终了也没成就自己的君王大梦，这梦京羽，成了一语惊梦，被他带去了天国。

子秋王瞪直双眼，眼圈慢慢泛红，眼泪渐渐留了下来，手里的剑惶惶坠地，缓缓道："厚葬子笙，封燕东王。不，免封，只厚葬！"

众臣行礼，没人敢作声。子秋晃晃悠悠，行尸走肉一般返回自己的王位，在他眼里，此时的王位模模糊糊，尽是飘摇在四周的王室冤魂，心里惊惧有一天自己去了，如何与他们言语。

北土威胁压境，这草原人还有心思给王子庆生，夕见的理解就是十区六部和千族会必然有着百般的信心。但是在大戎保何谦的心里，若是能先拉拢了孝安王，再成禅让，与这青戎一同抵抗北寇，那才是天衣无缝之举。但对于小王子格鄂尔坦来说，自己立不立大位无所谓，能否保住自己父亲在十区六部的族王地位也无所谓，要的就是今朝有酒今朝醉，心中美人心中睡。

青戎军界内炊烟漫天，恨不得所有军众都来献个手艺，各种鸡鸭鱼肉堆积在军中大帐内。夕见坐在桌前，举杯示意众人。格鄂尔坦、格图、何谦围坐四周，一众青戎军界的小臣、谋士、副将等三三两两坐着，气氛热烈，场面宏大。夕见环视四周，行礼道："今日得格鄂尔坦王子之邀，前来祝贺，实在荣幸之至，但求共治之路，天洛和青戎相携而行，共荣互通！"

"孝安陛下言语甚是，如今王选虽推后，但是我四国盟室之人心里实在惦念，还是希望共治和禅让再到新主当立，一切都能平稳而渡。"何谦祝福道。

"不错，陛下，天洛小王如今也在王选之列，我们乃竞位关系。但是我格索陛下与您毕竟有婚约在册，所以这份感情可不同于其他几国啊。"格图插话道。

"那是，那是，我本欲邀请王子、将军和何大人，前去央郏宫一叙的，不过在这青戎军界也好，我只是怕有些说辞脱口而出，难免人多嘴杂，心性不一。"夕见直言道。何谦和格图对视一眼，何谦赶紧赔笑道："陛下可是有要事相告？"

"当然，我与格索王陛下有婚约在先，这不同于与那燕川子幽王子的婚约，一个是当世北境君王，一个不过是燕川谋逆罪将之子，这其中的分别，我自然晓得！哲王不到三岁，我天洛王选实在前路迷茫，我这一心热血，可就扑到青戎身上了，不是吗？"夕见笑颜道。格图喜上眉梢："陛下明智，若得天洛君王相助王选，岂不乐哉？"

"陛下不必担心，我们酒肉一番后，随你前去央郏宫一叙便是，该当敲定之事，我们当面言语清楚，在这军界内，也难免被天下院众人咬了舌头。"何谦应了邀约。

"是啊，陛下，我们随你前去央郏宫便是，想必陛下也有不方便携带之物，无妨的，无妨的。"格鄂尔坦直言。夕见故作疑虑："只怕其他国家对我们如此密谋有所介怀。"

"无妨，陛下，祝贺而已，何人敢言呢？"何谦摆摆手。夕见大笑，举杯敬酒，众人跟随。

一个时辰已过，夜灯朦胧。夕见、格鄂尔坦、格图和何谦四人的马车驶至央郏宫前，四人下了马车便疾步往宫内走去。几个黑衣人的身影从屋顶上一闪而过，何谦酒醒三分，有些警觉，四周看了看，皱起眉头，心神略显不安。

夕见有些醉意，脸色微红。格鄂尔坦过来搀扶，夕见顺势把胳膊搭在了格鄂尔坦的肩上，两人相互搀扶，继续走着。格鄂尔坦一介草原猛汉，怀里揽着这么一个微醺的绝色美人，香气沁人，酥胸起伏，滑嫩的肌肤擦过自己的脖颈，这心里已然不是小鹿乱撞了，这是群鹿袭食，酥醉心骨。

何谦看着夕见和格鄂尔坦的动作，思索片刻，拍了拍大腿，赶紧赶上几步，把格图揪住。格图也有些微醺："何大人，怎么了？"

"将军，有人一直跟着我们，我担心这宫内有变啊。"何谦酒醒了七分。格图拍了拍何谦的肩膀："大人多虑了，夕见如今愿意相助，那是好事啊，别多心了，赶紧进来吧,兴许一会儿还有后宫之人前来议事,这大局我们可要把握住了。"格图迈步而入。何谦思索片刻,叹了口气,跟着走进了内宫。

崇衡军界内,穆安在一众轻骑前备军,帮着伯谕勒紧缰绳,检查马镫。太稹和伯谕这才出了帐,聚在穆安的身侧。"我今晚便离开吗?这月色甚暗,不见星辰啊!"伯谕觉得穆安有点着急。

"殿下,今晚就走!"穆安点着头。"为何这般着急?"太稹问道。

"格鄂尔坦生辰之宴,夕见前去赴宴,我担心天洛人有所布局。"穆安解释道。

"只是赴宴,有何玄机吗?"伯谕追问道。"难道龙默和修辙有意借夕见对青戎不利?"太稹问道。"必然是,夕见前去给格鄂尔坦祝宴,子幽必然不悦,到时候引得子幽和格鄂尔坦不睦可就坏了,这正中天洛人的下怀。借此推断,天洛人正在图谋对四国王子不利,还请伯谕王子回避。如今我们以退为进,才是上策,也保得王子殿下安平。"穆安直言。

"天洛人反了吗?胆敢如此?"伯谕焦虑道。

"殿下,夕见登位的玄机就在此,她可以借君王之力再游走王子们中间,这威力不下于其当年游走四国,若是引得燕戎两国越陷越深,那四国可就走上绝路了。"穆安直言。

"唉,我们一直防着青戎、燕川和南依,不想这天洛悄无声息,竟然有了翻盘的资本?"伯谕叹道。"真是养虎为患,穆安、王子回朝就能解决此事?"太稹依然持疑。

"我们崇衡只要不引火烧身,等燕戎不睦,我们必然有机可乘。"穆安解释道。

"你的家乡陷入如此危机,你可要把持住信念,切莫儿女情长。"伯谕劝慰道。

"我自有定数,多谢殿下提点。"穆安行礼道。

"好!那我去整顿片刻,一个时辰后上路。"

"殿下一路保重,切记,回朝之路不远不近,也许会有变数,如今五国乱局,还是小心谨慎为妙。"穆安提醒道。

"要不我护殿下回朝,然后再折回来?"太稹建议道。

"不,将军还是留守军界为妙。殿下,委屈您平民装扮而去,放弃王辇,骑马而行,不会引人耳目,沿途我安排了驿站的护军接应,您只需在头上系上红丝带便可被护军于半夜认出,引路而去。若是见生人靠近,不可犹豫,迅速下令随去的副将射杀便是。记得,千万不可犹豫,宁可错杀,不可自身有伤!"穆安安排道。

"穆兄,你是不是听到了什么风声?"伯谕心中有点惊惧。

"殿下,待过后解释给你听不迟,还请保重,务必平安抵朝!哦,对了,这个东西你拿回去给陛下过目。"穆安言罢递给伯谕一粒金子。伯谕瞟了眼金子:"金子?

哪里来的？"穆安又道："殿下可还记得瘟疫暴发时候的那条寒岭河？"

"青戎人借去治理的寒岭河？"

"正是！这是我托人彻查河道所得来的。一粒金子，说明河底有金矿，若是陛下军费不足，可思索开垦之事。"

"等下，青戎人借河而去，可是因为知道了此事？"太稷突然敏感起来。

"有这个可能！"穆安明显是在引诱太稷和伯谕的思绪。伯谕勃然大怒："岂有此理，青戎人这是强盗行为，欺瞒之罪，明知河里有玄机，竟然借河治理，私下再行开掘？"

"此时不可断言，殿下，你带着金子回去朝堂，把这个猜测说予陛下听，再行派人秘密彻查此事，方才知道答案。若是青戎人真的借河是为了金矿，这事态可就不一般了！"穆安直言。

"好，那军界就有劳将军和穆兄了，事态重大，我这就去准备，即刻上路。告辞，保重！"

众人一番行礼，穆安望了望月色，盘算着夕见那边该是已经到了央郯宫，这些连环计成环与否，不在心性，而在时机，若天命应允，一切皆是另一个时代的开始。

洛京城南依军界郊外小路，一支龙刺箭嗖的一声从黑暗中射出，坠在一位盗贼的面前。那盗贼愣了一下，又几支箭射出，插在地上，把盗贼围了起来。盗贼吓得哆嗦，不再前行。宗政公若从黑暗中走了出来，淡然道："哪个盗会的兄弟？"盗贼面色紧张，支支吾吾："燕东……燕东盗会！"

"会主可是婴柳姑娘？"

"是，是！"

"婴柳姑娘托我来取易容术所用的燕东橡树面胶，拿来吧！"公若边说着，边提了一支龙刺箭。公若运箭只在眨眼间，盗贼心里怕得很，又不得不执行婴柳的计划："可有盗会的暗语？"

宗政公若举起龙骨弓，拉满弓弦，箭头指着盗贼的额头，面色狰狞："我忘了，可以吗？"盗贼吓得赶紧拿出一包面胶，递给了宗政公若。公若收起面胶，抬了抬下巴："你只能原路返回了。"

盗贼颤颤巍巍，闪身而去。宗政公若犹豫了片刻，手起弦弹，龙刺箭依然离了弓，眨眼间便穿透了盗贼的脖颈。宗政公若面露诡笑："既然明抢，何需暗语？"

半炷香的时间，公若便返回了南依军界，他和瑶缮面对面站着，相互易容成了对方的模样。两人互相看着彼此，就似在照镜子一般。这燕东盗会的面胶天下闻名，虽叫面胶，只是因为它基本只能用于易容术，敷于脸颊之上，色度与皮肤一致，且易于切割、沁笔、描画和揉捏。公若寻神器数载于燕东和戎南，这些伎俩学得十分纯熟，虽不能说和瑶缲两人互相易容能够逼真到骨子里，但这深夜蒙混过去，不在话下。宗政公若言道："你现在就是我，我就是你，兵分两路潜入宫内寻神器。记得，按照我刚才安排的计划行事，若是暴露，舍器自保，明白吗？"

"将军放心，绝对万无一失！"两人穿上黑色的夜行衣而去。在公若和瑶缲的心里，纵是把夕见和穆安再当兄弟姐妹，这楚王的命令还是不能不执行。虽然梅央已经尽力阻止两人前去，但是如今大好的机会夺器，决不能放过。

二人才走了片刻，梅央便进入军帐内议事："公若将军，你可知道，格鄂尔坦竟然随着夕见去了央粼宫，我担心事态有变啊。"帐内没人应声。宗政公贺早就去巡防守夜了，公若和瑶缲该是在的，梅央盘算着，左顾右盼："公若将军？瑶缲？"

梅央走来走去，发现桌子上放着一个瓶子，他拿起来，闻了闻，皱着眉头，脸色凝重："燕东面胶？燕东盗会易容术？"

"坏了，来人啊！"梅央大喊，几个侍卫进入帐内。

"快！沿着去西宫之路，把公若将军和瑶缲追回来，快！"

"是！"侍卫们离去。梅央一屁股坐在椅子上，仰天长叹："终于还是来了！"梅央闭上了双眼，黑暗里满是天洛旗帜飘摇在光洛殿的样子。

这半夜过去，各个军帐都不太平。子幽听了侍卫的汇报，勃然大怒："什么？格鄂尔坦和格图随着夕见去了央粼宫？还有何谦？这大半夜的，这几个色胚去夕见的宫邸？有没有把我一个燕川王子放在眼里？我王选之位丢了也就罢了，自己的未婚之妻还能丢了不成？"

子幽抽出侍卫的剑，要夺门而出，鹿辞赶紧拦在面前："殿下冷静啊，不可莽撞，待心绪稍稳再去不迟啊。"

"那还来得及？格索和夕见什么约定我不知道吗，你想他们商议出什么？"子幽越说越气。

洪番赶紧劝慰道："殿下，您带着怒气而去可不妥当。记得，我们的计划是闯入后质问，然后自伤一剑，方有转机。现在来看，几人都是酒后之态，您大可言语相激，引得他们伤您，我们的计划就更加天衣无缝了。"

"这样的话，王子岂不危险。"鹿辞担忧道。

"我随王子而去，绝不会让王子受到太大的危险。为了重夺王选之权，我们必须有所舍弃。"洪番有心求险翻盘，心里也唯恐天下不乱。

"将军，不如我们再寻他计吧，如今这夕见带着格鄂尔坦他们回宫，实在是可疑。天洛人一向遵礼重教，堂堂王室，应该不会如此轻佻，带外邦人入了自己宫邸，若是还有其他宫里人就更不妥了，我们还是小心为上。"鹿辞提醒道。

"青戎人都欺负到头上来了，如何小心？难道任凭他们与天洛成了君王婚约不成？我倒要看看，青戎人究竟要干什么！你让开！"子幽一把推开鹿辞，提剑而去。洪番似笑非笑间，这眉宇上并未显出担忧，似乎这世间的乱正是他想要的，什么虚无的自伤一剑，重夺典选之权，不过是他的说辞。

"殿下，不可啊，殿下，万万不可啊！"鹿辞自然要帮着子笙留这王室一脉，焦急万分，虽之前觉得洪番之计尚妥，但如今越想越觉得离谱。

"鹿大人放心吧，我随王子而去，必然万无一失！"洪番说罢，也提剑而去。鹿辞一声长叹，坐在了椅子上，拍着大腿眼中含泪："我燕川这是造的什么孽啊！"

崇衡军界大帐内，穆安站在几个牌位前焚香祭奠，牌位上写着"唐汉"、"花诚"和"唐知"等人的名字。穆安不停地鞠躬行礼，把几根香插在了一个香炉里，心里发誓这杀害战友兄弟们的血海深仇，今夜必须做个了断："兄弟们，陷害你们的罪魁我已经查实，我这就去取他命来，为你们报仇！若是不得，泉下再叙！"穆安再次行礼，然后抽出一把短剑，剑柄上写着"燕南步旅"的字样，他穿上燕川的战甲，夺门而去。

穆安的龙牙此时正在西宫的蕴宝阁，为了引南依人上钩，他倒真下血本。此时找洪番寻仇用的剑，是燕川军队常用的步旅短剑，也就是曾经他在燕南与唐汉和花诚并肩作战时用的那种剑，此时他觉得用这剑替战友报了仇，才算是最合适的。但其实穆安现在能确定的只是洪番没有及时援救他的步旅并密谋抢功，造成他的队伍死伤惨重，但洪番究竟是不是杀死花诚和父母的罪魁，依然不确定，而且找不到丝毫的动机。从这一点来看，穆安认为洪番必有幕后指使者，而那个人必然在洪番死后才会露面。

洛京城城中街道昏暗不堪，夜半风凉，星月更暗，杀气四起。子幽怒气冲冲，提着剑奔着西宫而去。洪番却不紧不慢，跟着子幽，他路过一个街角，不见了子幽的去向。突然风起树摇，但见一个黑影扛剑而出，立在洪番的面前，正是穆安。

两人对视良久，相差不过几米远。洪番自知穆安的心性如此，必然是查清了什么，只是惊讶他如此迅速就来寻仇。洪番也抽出长剑，攥在手里，盯着穆安，露出奸笑："怎么？穆大人这是晚餐后遛弯吗？都遛到宫墙下了？"

"洪大人，这扛着剑是去抢王座还是杀仇人呢？"穆安又近了几步。

"王座是谁的，我不在乎，南土纷乱数十载了，你们自己的心性自己看得清楚。并非我有意祸乱南土，我只是见证，见证你们一点点被自己的贪婪和欲望埋葬！"洪番如何不知穆安的武艺，这是定要在最终挣扎的同时，让穆安明白，南土也是死期不远了。

"你终于不再避讳自己北族人的身份了，祸乱南土的阴谋是北族南下的前兆，对吗？"

"穆安，你的睿智，或者说是你的推想，终有一天会毁了你。你要知道，我如今变了心思，并非祸乱南土，但唯有南土战乱，五国才会侧目军力，大肆买卖和打造武器，囤积粮草，那才是我的目的！"洪番似乎话中有话。

"哦？五国军力的进退你还要操控不成？"穆安似乎觉得洪番在传递另一种意思。

"若是不这样，你们会在顷刻间灰飞烟灭！"洪番狞笑着。

"在向我的战友赎罪前，我不会信你说的话！"

"穆安，旧账，我会给你时间算！但不是今日，我还有要事要做！你先让开！"洪番举着剑指着穆安，心中觉得穆安不至于此时杀了自己。

"你的要事无非就是鼓动子幽前去央邾宫质问青戎人！洪大人，这种凡人一眼便识的小计，你也拿得出手给王子用吗？"穆安直言。

"刚说完你的自作聪明会毁了你，你就犯了个大错，你不想想，子幽这个气性和格鄂尔坦的脾气相撞，会是小伤而已吗？"

"那就多谢洪大人帮我完成一计，我正寻思让两国王子拼个你死我活呢，燕戎若开战，天洛犹可活！不错，我们志同道合，你有空在这里与我言语，怕是央邾宫内早就乱了。但你不必去收场了，今日你迈不过这里。"穆安把剑反握在手里，横在面前。

"穆安，你可曾想过，你们如今在南土勾斗得不亦乐乎，但是问题的关键并非如此！我自从南下之后，见人便说北土之事，被人当作疯子一般看待。然后我学会了见人说人话，见鬼说鬼话，不再言语北土之事，却步步攀升，直至燕川将军之位，可笑吗？谎言救命，真言桎梏，我如今别无他法，只能尽可能引战南土，让你们无压自危，无难自哀。我知道这帮了你和天洛，但是又何妨呢？乱局自有乱中乱，危境还有危上危！"洪番这几句话引得穆安多想了几番："北土究竟怎么了？说！"

"你下地狱去问问吧！"洪番长剑竖立，疾步向着穆安刺来。穆安向前一跃，反手向下砍压而来。两人一个对剑的工夫，洪番瞬间被穆安的力量压制下来，两剑剑刃相抵，瞬间擦出火花。

洪番撤步一让，举剑刺向穆安的下盘。穆安疾步后撤，洪番每剑都不落实，便甩着剑花，变化方向而刺。穆安未曾与洪番交过手，但觉洪番用剑的技巧轻快而柔和，不似子笙和子熊那般刚劲有力。洪番显然就是北土的练家子，若是王室之人，也必是习武很久的剑客，如此剑法，不是急攻的路数。穆安又躲过洪番的上下三路急袭，短剑在手里已经正握过来，学着洪番的路数，反手回攻了几招，每一招都被洪番轻松躲过。

"这洪氏的快剑,你可学不来。穆安,若是愿意,我改日教你几招!"洪番这般说,却每一剑都是奔着穆安的要害而去。穆安耍惯了龙牙这般重剑,手里的剑觉得很不跟手。洪番又是一个急剑袭来,穆安左后撤步,甩着剑身,把洪番的剑挡开,也不等洪番站稳,又一剑刺回。

"去教泉下的怨鬼吧!"穆安这一刺,让洪番险些毁了容。洪番一个腾空甩袖,又让到穆安的身侧。穆安觉得洪番步伐和剑速都太快,求险之心又起,连续急剑后,等着洪番一个中盘的刺击,一击必胜。

洪番见穆安似乎是没了力气,闪步上前,奔着穆安的腹部刺去。穆安站在原地,几乎没有闪身。洪番也是一愣,就好像对面的人一心求死一般,这一个闪念的犹豫,穆安上步侧身,把自己的剑拧在腋下,用力一挣,剑身断成两截。穆安手持断剑,犹如匕首一般,更加轻松地挥舞而去。正待洪番剑破腹部皮肤之时,穆安一侧身,用另一边的腋下夹住洪番的剑刃,洪番一时难以挣脱。穆安反手把断剑狠狠地刺入洪番握剑的上臂,顿时鲜血汩汩而出,穆安的腋下也被洪番的剑刃划开了口子。

"亡命徒!"洪番下意识一喊,穆安的断剑越插越深,然后使劲拉住洪番的上臂。洪番疼得钻心,只能顺着穆安的方向倾斜身体。穆安瞬间攥紧洪番的剑,手一甩,夺了下来,反手把夺下的剑又抵在了洪番的脖子上,同时断剑抽出,狠狠地插入了洪番的腹部。

"那也是被你逼的!"穆安插入洪番腹部的断剑一拧,这极度的疼痛把洪番一激,倒将在地。穆安抵在洪番脖颈的剑压出一道血印。

洪番已是口吐鲜血,眼神迷离,身体抽搐之间,用血淋淋的手握住了穆安的胳膊:"穆安!听我一言,夺南土之兵,救救北土,救救我们……"

洪番这一句话,瞬间把穆安说蒙了,这抵在脖颈的剑没再动弹:"救北土?北土究竟发生了什么?"

"答应我!救我们……"洪番话音未落,头猛然一甩,脖颈划过穆安手里的剑,便顷刻间死去,一道白色的游魂飘然而去。

穆安思忖间,在洪番的身上反复摸索,找到了龙肤卷轴,仔细地查看了一番,这"多宝道人"四个闪亮的大字慢慢消失在绸布之内。穆安确认了洪番利用假身份蒙骗自己之事,只是觉得这一幕似曾相识,再想洪番最后的言语,这将死之人该是不会说什么谎话,那么北土究竟是怎么了呢?

婴柳此时带着几个盗会的盗贼急匆匆地跑了过来,见穆安负了伤,赶紧包扎起来:"穆安,这么快就解决了?你怎么还受伤了?"

"快!先别管我!依计行事!"穆安叮嘱道。

"他可曾说出把我盗会的兄弟们藏在哪儿？"

"他不会说的，我有办法查出来，快！先办事，修辙那边撑不了多久！"

婴柳点了点头，掏出匕首，用力把洪番的头颅割了下来，放入了一个木盒子里。突然，婴柳腰间一痛，瘫软在地。"婴柳，你怎么了？"穆安和盗众赶紧来搀扶婴柳。

"洪番之前为了要挟我，给我用了一种毒，叫龙涎毒药。"婴柳有点虚弱，似是毒药有点攻心。穆安赶紧在洪番的身上翻找解药，却在缠腰里找到了两瓶一模一样的药："两瓶？"

"必然一个是解药，一个是毒药！我且先去行计，过后再服！"婴柳勉力起身，带着几个盗贼迅速离去。穆安本要劝阻，让其先行服药，但是如今行计的焦急当口，也只能先忍下痛苦。

穆安仰天长叹，双手合十，向天祭拜："兄弟们，大仇得报，你们安息吧！爹、娘、花诚，我会继续彻查害死你们的罪魁，等我！"穆安闭上双眼，口中依然在默念兄弟们的名字。一个个名字脱口而出，就好像在沙场点兵一般，好似这些兄弟们从未离去，而是一直守着这两个魂意踏遍世间纷杂，搅弄世间风雨，尝尽世间冷暖。

几乎是在婴柳取走洪番头颅的同时，子幽提着剑，一头撞进央郯宫，但见格鄂尔坦搂着夕见吃喝攀谈，不亦乐乎。这夕见腰间佩戴缠腰已解，衣襟掉下来半截，香肩半露，脸庞微红，醉醺间这一幕缠绵香柔，酒池肉林的狐色，让子幽怒发冲冠，一时间气得双眼通红。

央郯宫内所有人皆大惊失色，怎能想到一个燕川王子能如此莽撞？但子幽连光洛殿都敢急攻，还有什么做不出来，若不是子秋从小娇生惯养，能这般处世极端？

子幽用剑指着格鄂尔坦的脸大怒道："格鄂尔坦，你个色胚！你知不知道夕见与我有婚约？你敢这般放肆，对一个君王行此不轨？"格鄂尔坦厉声道："婚约？她可是我父王的爱妃，什么时候轮到你一个毛头孩子抢婚了？要论起来，她可比你大一辈！"

"子幽王子，不可动气啊，有事好商量。"何谦显然很忧虑两国王子之间的剑拔弩张。

"子幽！你先把剑放下。"格图瞬间跳将而起。夕见不动声色，早就让修辙撤了这央郯宫的宫执和巡防军，若是王子们打起来，可有一场好戏看。夕见佯装劝慰道："子幽，你冷静一点！"

"我如何冷静？夕见，我们的婚约算什么？两年了，就这般搁置吗？"子幽声量渐高，刺得人耳膜阵痛。格鄂尔坦变本加厉："我都跟你说了，夕见与我父王有婚约，轮得到你吗？"

"王子殿下，不可这般说话啊。"何谦赶紧劝阻。子幽气得粗气频出："你还知道你父王与夕见有婚约啊？你看看你自己，这般搂着夕见，你是要乱了伦常吗？"

格鄂尔坦放声大笑："我乱伦常？你燕川的王族乱伦常、错尊卑、无长幼那是天下皆知，你还有脸问我要不要伦常？现在你燕川王宫里的那位你是喊爹爹还是喊叔公啊？啊？你要那么喜欢被过继，那你过继给我，我给你当爹，来，叫声爹，有酒有肉！"

"息怒啊，王子殿下，息怒啊，子幽王子！"何谦几乎急得跳起脚来。

子幽勃然大怒："格鄂尔坦！你嘲笑我？拿命来！"子幽提剑刺向格鄂尔坦。格鄂尔坦醉醺醺地开始在正堂内四处逃窜。夕见若有所思，才回想起穆安的嘱咐："夕见，若子幽前来质问，务必保护其性命无忧！务必！"夕见给一同饮酒的宫内同僚使了几个眼色，这些人也都有些身手，护着子幽，似是阻拦，其实就是从旁象征性保护一番。

格图上前要帮助格鄂尔坦逃脱，但也吃酒了一晚，这腿脚晃荡起来，身形不稳，夕见一伸脚，格图醉醺醺地摔了一个跟头，迷迷糊糊半天没起来。何谦追着劝阻子幽，大喊道："子幽王子，殿下，不可啊，万万不可啊，有失国体啊，王室不可如此啊。"

子幽继续追着格鄂尔坦刺杀，格鄂尔坦抄起一把椅子还击，正好扔在子幽面部。子幽更加焦急，一剑刺去，格鄂尔坦又是一个闪身避让。要说这平常打斗，格鄂尔坦可不输子幽，但是如今这么多酒粮下肚，一时晕得不行，自是没信心跟子幽直面相对。

格图醉醺醺又要起身捉子幽，但总是扑空。夕见慢慢把一个匕首握在手里，伺机而动。

格鄂尔坦一个趔趄，摔倒在地，子幽一剑袭来，把格鄂尔坦胸膛刺穿。这草原猛汉瞬间鲜血直喷，晕死过去。格图和何谦大惊失色，刚要去扶格鄂尔坦，一个侍卫冲进央郼宫，跪拜行礼："陛下，宫外有燕川军队围困，一直叫骂，说誓杀，誓杀……"夕见佯装很紧张："杀什么？说啊！"

"誓杀青戎人！"

格图和何谦瞪大眼睛，一脸吃惊。格图人喊："燕川人反了，反了！"

"子幽，你杀了我们王子！你！你！"何谦急得哭了起来。

子幽提着剑，身形颤抖，眼中充满血色，一脸惊恐，这魂魄已然散了七八成，吓得没了思绪，哪里还知怎么办，只能硬着头皮大喊："杀了他又如何？我还在乎杀谁？我自己多活一天都是恩赦！你青戎人欺人太甚！拿命来！"子幽又向何谦和格图砍来。夕见这才大喊："何大人，格图将军，快跑啊，保命要紧，子幽疯了！"何谦和格图对视一眼，更怕宫外的燕川人杀将进来，便跳脚而起，夺窗而逃。

子幽刚要追出去，夕见一把揪住子幽，一个用力之间，这衣襟全然而落，只剩下一身内衬附在胸间。子幽一看，顿时失了战力，夕见为的就是这柔情一刻，软了子幽的心。她搂着子幽，压低声音："子幽！你冷静点！就算是为了我，好吗？"

子幽刚要搂住夕见，又一众侍卫进入宫内，把子幽围了起来："子幽陛下，我们带你离开！"

"子幽！你杀了青戎王子你知道吗？你醒醒！"夕见劝说道，"快回去燕川的军界躲起来，何谦和格图逃了，一会儿必然有青戎人来寻仇！"子幽喘着粗气，神色游离，看着血淋淋的现场，愣在原地："我也是将死之人，还怕他们不成？"

"不！子幽！我们还有婚约！我们还有婚约啊！"夕见佯装抽泣起来，子幽看着夕见，眼圈泛红，渐渐流下眼泪："夕见！我负了你！我负了你啊！"

夕见捧着子幽的脸颊："殿下，我们还有婚约，你为了我，也不能死在这里，知道吗，走！快回燕川军界，不！回去燕川！快！现在走，要活下来！为了我！"

"好！夕见，我会再来接你，你等我！"子幽长叹一声，迅速离去，一众侍卫相随。

夕见恢复狰狞的蛇蝎之容，看着依然在微微挣扎的格鄂尔坦，一匕首刺了下去。格鄂尔坦就此死去，这凶手，所有人都能作证，是子幽无疑，格图和何谦是证人，夕见也是，整个后宫都是。

"快！把格鄂尔坦的尸体送回给青戎人！记得，抛尸青戎军界前就可以了，让青戎人的怒火再烧得旺一些。然后把格鄂尔坦被子幽杀了的消息传开！"

"是！陛下！"侍卫们抬着格鄂尔坦的尸体离去。

夕见望着窗外，一声长叹："天洛！商周！谁会先回到我的身边……"这一夜至此并未结束，才刚刚是个开始，但无论故事的结果，天洛人已然在回家的路上了。只是一介君王竟然行此小人之计，也难说是天洛的大幸还是悲哀。放眼南土五国，除了楚王，似乎所有君王的秉性中都有着明显的缺陷，但愿在面对北土之人时，他们还有再成盟的希望。

格图和何谦慌慌张张向青戎军界跑去，才看见北郊军帐的帐头旗帜，何谦便大喊："将军，快，连夜返回戎都，禀告陛下此事。王子已死，燕川人所为，燕川人宣战了！快！"

"那你呢？"格图此时才酒醒了三分。

"我去调配军界的驻军，回朝援助，留在这里也是燕川军的靶子！快！"何谦大喊。

"好！我这就返回戎都，何大人小心！"

"将军保重！"两人分路而走。此时的央郪宫外比青戎的军界还要安静，哪里有什么燕川人来袭，不过是夕见吩咐侍卫演了场戏，何谦和格图自然认为子幽不是一个人杀戮而来的，这戏里戏外，不说全是穆安和龙默的计划，也得青戎人和燕川人的愚蠢和莽撞帮个忙。

穆安早就料到夕见不会尽执自己的计划，他本是希望修辙不要撤掉央粼宫的宫执和侍卫的，只为了保护子幽。但夕见反倒清空了宫邸，只让酒客拦一拦子幽，其实也就是没想多管子幽的死活，在夕见的心里，格鄂尔坦和子幽谁杀谁都一样。

穆安才杀了洪番，就奔着宫内急奔，却在宫墙外撞见了失魂落魄，奔着西郊而去的子幽。穆安赶紧上前一把抱住子幽，但见他一身血色，已知落入了自己的圈套，但毕竟是自家王子，这心里一时酸楚："殿下，速回凤羽城躲避，沿路不可停留！"子幽哪里还有心琢磨穆安是怎么知道自己闯了祸的，弱弱地回道："穆安！我把青戎王子杀了！"

"殿下，相信我，我必然保你无事，陛下也会如此，相信我们！"穆安拍着子幽的后背，宽慰道。"这个世上，我还该信谁？不，这个世界我都不信了！"子幽泪如雨下。

"殿下放心，你会平安无事的，相信我！"穆安扶着子幽的肩膀，凝视他的眼睛："子笙之前交给你的另一封信，把它给我，我需要它！"

"穆安！我替你回去那个朝堂一探究竟，你若看了信，求别失了心！"子幽显然知道信的内容，他把信递给了穆安，然后疾步而去。

穆安握着信，打开一阅，子笙的言语仿佛就在耳边："穆安，见此信之时，我必然已去，但求你保得下子幽的同时，也保得下燕川朝堂。我之前所言未尽，洪番燕北势力确为曾经燕南抢功迫敌的帮凶，但非罪魁，其背后另有主谋。我曾密查当年军令，似是燕北军乔装天鬼围困尔等，你且仔细回忆。"穆安回想着当年的情形，心中一阵可怖的感觉荡漾开来。当年在燕南林外，确实天鬼停了很久才入林捉人，若是燕北军所乔装，必然是在那个时间整备，这完全说得通，真天鬼没有道理多给敌人休整的时间。

"花诚死后，其尸于宫内医馆验身数日，你父母之坟被掘之后，其尸也均是如此，想必是宫内有人在查探你身边人的秘密，尽探已安，不念天良，但觉蹊跷而诡异。你且于天洛多加小心，我前事尽查如此，不得更多证言，望此举得以宽恕我罪。若得来世相携，必然再领战友之情。保重，子笙诚言！"穆安阅毕此信，已是眼泪横流，一时觉得子笙也是可怜之人，且这幕后罪魁原来这般丧尽天良，甚至不释尸首，不安亡魂，真乃魔鬼之举。穆安暗自许下诺言，此仇不报，誓不为人。

宗政公若持着瑶缮的模样，瑶缮持着宗政公若的模样，连夜潜入西宫。两人蹑手蹑脚，翻墙而入，不时四下里看看。这公若本是高出瑶缮一些，也魁梧一些，易容不是太像，但为了稳妥起见，公若还是想了这个法子连夜盗取神器，夜色下，也好遮掩一些。穆安早就料到公若必然还惦记神器，所以设下圈套，但婴柳的橡树面胶，可当真不是穆安的布局。婴柳的面胶均是盗会自用，公若早就发现了盗会在向城内密运这些盗会之物，便劫了一些而去，那被劫惨死的盗贼没能按时回去分舵，婴柳和穆安也自然知道了公若盗取神器的方式。

一队天洛巡防军走过，两人遁入阴影里，宗政公若凑到瑶缮的耳边，低声耳语道："我们同去偷神器，然后我带着神器而走，你带着一个空盒子而走。记得，完事后直奔我们的军界，沿途不得逗留。"

"将军，我若是引不开别人耳目怎么办？"瑶缮问道。

"不会，无论龙默还是穆安，都会猜测偷神器的是我公若。所以，你乔装成我的模样，必然会被盯梢，引敌而去。瑶缮，我并非牺牲你而窃宝，若是你被人追捕，就弃了空盒子而走。记得，自保为上。"公若关切道。

"将军，为了使命，万死不辞。"

"好！走！"

两人相互点点头，然后奔着宫内深处而去。修辙从阴影中走出来，暗中盯着宗政公若和瑶缮，脑子中回闪穆安的提醒："修将军，记得，宗政公若可能会携他的副将瑶缮来偷取神器，两人若易容，按照身材区分两人。公若身材高大而魁梧，瑶缮身材轻盈而灵动。切记，不可按照样貌而分，夜间难以辨认！最终携带真的神器而走的必是宗政公若，但可能是瑶缮模样，须拦截，瑶缮伴装而走，不须理睬，留给婴柳处置便是。"修辙思索片刻，偷偷跟上了宗政公若和瑶缮。

宗政公若和瑶缮两人偷偷潜入蕴宝阁，四下里翻找神器。这蕴宝阁就在翰博院的南端，很好辨认，天洛国一些王室珍藏的宝贝大多放在此处，之前加济王给龙默挑选的一众宝物，也均是此处而来。

宗政公若好一番寻觅，找到一个精致的盒子，打开一看，里面躺着精致的龙牙剑和龙须颈链。这两件神器放在一起，隐约能听见龙吟之声，令人叫绝。公若本是拿起欲走，但是转念一想，这得来全不费功夫，实在蹊跷。瑶缮也凑到公若的身边，压低声音："将军，这般神器竟然如此轻易到手，我担心有阴谋。"

"龙默和穆安行事飘忽，他们也知道梅央疑心很重，不会让我们来偷取神器的，所以他们并未重兵看守，也可以理解！"公若找了一个借口说服自己。

宗政公若继续翻找，找到一个一模一样的盒子，随意装了些宝物，递给了瑶缮，下令道："你带着这个盒子出去。记得，走大路，我走小路，这次行动，务必成功。"

"将军放心。"瑶缮拿着盒子，正门而去。宗政公若稍等片刻，带着真物，跳窗而出。修辙在旁边的宫顶窥视一切，然后疾步跟了上去。

瑶缮持着宗政公若的模样走在西宫花园，面色紧张，不时四处张望。但夜色极暗，若不是有宫灯，什么也看不清楚。婴柳从另一侧的宫顶探出头来，盯着瑶缫，一个翻身，从顶端跳了下来，立在了瑶缫的对面。瑶缫吓得愣了一下，看见婴柳手里也拿着一个一模一样的盒子，顿时懵了。

婴柳佯装诧异："公若？你怎么在这里？"瑶缫有点心虚，趁着夜色，把脸往一旁侧了侧，把自己的声音压得很低沉："哦，我是来，我是来帮着穆安取些宝物的。"

"你的盒子和我的一样啊，穆安计划偷取龙默的神器，他也拜托你了？"婴柳这般说着，瑶缫自是觉得似乎话头能对得上，应声接话："哦！对！对！他也拜托我了，帮他偷取神器！"

"你可曾偷到什么？"

"我也不知道神器具体的模样，就随便拿了一二。"

"你来看我的这个！"

婴柳打开自己手里的盒子，一个金灿灿的卷轴躺在盒子里。瑶缫盯着盒子里的卷轴，虽然也看不太清楚，却回想着宗政公若的话："穆安手中除了那个龙牙剑外，卷轴似乎也是个神器，只是不得用法。"

"你这卷轴哪里来的？"瑶缫多了个心眼。

"我听闻穆安前几日丢了卷轴，怀疑是龙默所为，今日来偷取夕见登位的贺礼，意外发现了此物。"婴柳这谎言显然是事先编好的。

"此物难得啊，婴柳，你可要收好了。"

"哎！只是近日盗会兄弟们入城，可忙坏了我了，这神器不知何日可以交到穆安的手里，公若，你近日可有见到穆安的可能？"

"当然，你需要我帮你转交给他吗？"瑶缫试着问道。

"那再好不过了！对了，你偷的什么，打开看看！"婴柳问道。

瑶缫打开盒子，里面是一些不起眼的后宫宝物。婴柳赶紧建议道："我俩交换如何，你这些宝物我刚好带回盗会去，让兄弟们卖了，你我还能分些钱财。这个卷轴，你带回军界，尽快转交给穆安。"

"好！就么办！"瑶缫赶紧答应下来，自己手上的烂东西换取穆安的卷轴，简直太值了。婴柳和瑶缫互换盒子，瑶缫心里暗喜，自觉今夜算是来值了后宫，自己和公若满载而归。

"走，公若，我带你从西宫暗路出去，绝对安全。"

"有劳婴柳！"瑶缫跟着婴柳而去，两人出了西宫的暗门才分开。婴柳心里也在嘲笑这瑶缫竟然如此好骗，虽是副将，但这女人骨架这般细瘦，除了脸，哪里像公若，怕是连长弓都拉不开。瑶缫若不是借着昏暗的夜色，绝不敢跟婴柳如此照面而语，自己虽然声线不细，但要模仿公若说话还是困难得很，好在婴柳并未怀疑，抱着装有卷轴的盒子直奔南依军界。

而宗政公若显然没这么好运了，这西宫长廊一眼望不到头，灯光昏暗，宗政公若抱着盒子，蹑手蹑脚急奔，若不是走长廊，公若可不知道如何出这西宫，他只有过了宫墙，才能走小路而回。

修辙手持长戟，堵的就是公若在西宫内的去路。公若绕过长廊的一个拐角，猛然看见一个人高马大的身影立在廊中，这长戟傍身，不用说，必然就是修辙。

"瑶缮姑娘几日不见，胖了啊！"修辙打趣道。

宗政公若轻轻叹了口气，面色凝重，目光闪躲，冷笑一声："听得出来，修将军，你知道我是谁了，那就不须再隐瞒什么。今日你若让我走，我们平安无事，你若不让，唯有决个胜负了。"宗政公若撕下易容面具，露出自己的脸庞，两人对视片刻，本就暗得出奇的月色下，又有廊檐遮了些光，这长廊内，若是公若用箭，怕是修辙不好近身。公若盘算间，也自知与修辙近身必死，又后撤了几步。

"原来是公若将军，你若想走，走便是了，只是龙牙和龙须两件神器得留下，你带不出宫去。要是天下院问起来，说你偷了天洛国宝，岂不是有丢了典选的可能？"修辙劝慰道。

"龙须和龙牙并非你天洛的国宝，只是流传世间的珍物，何必留在你宫内呢？能者得之，无须多言。"公若放下盒子，运箭提弓。

"好一个能者得之，那就看看，我们谁能得了！"修辙挺戟奔着宗政公若袭来，公若横弓便射。修辙一个屈身压盘，躲过一箭，长戟横扫，公若一个后翻，又是一箭射出，正擦着修辙扭动的脖颈而去。

"好箭法！"再来，修辙单手持戟，单手悬梁，把身体荡悠起来，奔着公若一个飞踢。公若哪里会让修辙近身，一个侧翻，从廊里闪到花园内。这正中修辙下怀，这长廊的立柱均成了自己的掩体，公若又是连续三次运箭射来，修辙一一躲过，廊柱上整齐地多了三支箭。

这修辙的近身戟术和公若的弓术糅杂一起，当真是难得一见的对决，虽不能说比穆安和洪番的单挑好看，但是也别有一番风味，只是修辙一旦近身，这单挑也就结束了。

公若反手再抽箭的时候，箭囊里早已空了。修辙这才翻出廊间，仗戟看着公若："还打吗？我要是你，赶紧回去南依，别生事端，我天洛和你南依共治期可并未相互冒犯，你且斟酌好了要不要打下去！"修辙也明白公若和穆安的关系，抓了也没用，自然还是要放的。公若心里也明白，坚持下去，自己也赢不了修辙，只可惜了与这神器一步之遥。

"修辙将军不愧是当世第一猛将，在下佩服！"公若行了一个大礼。

"公若将军谦虚了，你箭囊弓箭不足，也没有用刚偷的龙牙，够君子之谦，承让了。我们之间没有胜败，将军，请吧，西宫小路而走，我没有安排巡防军，你尽可以全身而退。"

公若叹了口气，瞟了眼装龙牙和龙须的盒子，一脸无奈，闪身离开。修辙拾起盒子，清点了龙牙和龙须，这些神器拿在手里，顿时一阵晕眩，似乎这魂意间有什么东西在震荡一般，但是缓了缓神，又似乎什么也没发生，且听耳边龙吟一声，修辙没再逗留，放好神器，盖好了盒盖，疾步而去。

洛京城宫内的事刚毕，这戎崇边陲又热闹起来。伯谕头缠红丝带，骑在马上，奔着崇衡的方向飞奔而去，身旁带着十几副将随从，一众人荡尘疾驰，马不停蹄。

格图醉醺醺地骑在马上，一个人飞奔在荒野，与伯谕的人马越走越近。这穆安和龙默本是安排驿站和沿途的帮邑要员引导格图的驱马方向，让格图和伯谕有相遇的机会，可是这天意使然，人力不可驱，格图竟然不看烽火，不听驿号，不受指示，就真的挺马趋近了伯谕的马队。

伯谕身边一个副将靠近："王子殿下，有一个人乘马靠近，我们如何是好？"

"穆兄有过嘱咐，当下时局，不可掉以轻心，喊话他，没有反应立刻就地射杀。"伯谕赶紧吩咐道。"是！"副将们乘马靠近格图，大喊道："侧翼何人？来自何地？"

格图醉醺醺的，看了眼喊话的人，没有说话，只顾闷头飞奔。这野风一吹，格图更晕，已是在马背上吐了好几回了，若不是身体壮硕，两腿依然夹得住马背，格图早就摔下马来了。

副将继续喊道："侧翼何人？来自何地？"格图依然没有说话。伯谕面色凝重，下令道："杀！"

"是！"几个副将拿出弓箭，弯弓而射。几支箭奔着格图而来。格图听见嗖嗖的箭声，瞬间酒醒了九分，放声大喊："何人射我？报上名来？"

"你是何人？"副将边喊，又是几箭射出。格图伸出一臂抵挡，一侧的手臂和腿脚均中箭，格图不停地呻吟："红丝带者何人？"

"王子殿下，这声音好耳熟啊。"副将们再报。

"不好，可能是格图！快，收手，择路而走！"伯谕思忖片刻，便和副将们驱马远离了格图。

格图龇牙咧嘴，疼痛不堪，又喊："红丝带者何人？这厮，乘人之危！"格图咬着牙，不再理会，驱马加速而去，这脚下泥土纷纷在马蹄下急速后撤。格图冷风吹头，但觉要失重摔下，赶紧大喝一声，拉出马上的长绳，把自己的缠腰和缰绳拴在了一起，这才稳住身躯，似醒非醒地继续急奔。

宗政公若怒气未消，回到军界的大帐，但见梅央和瑶缮在摆弄一个盒子。二人见宗政公若回来，凑了过来，瑶缮关切道："将军，神器呢？"

"被那修辙抢了回去，该死！我们似乎中计了。"公若还在喘着粗气。

"将军，你怎么此时才发觉这是中计啊，我早说过，神器只是引君入瓮，你没听说吗，现在外面风声鹤唳，子幽在央邾宫杀了青戎的王子格鄂尔坦，四国盟室危在旦夕了，只怕你和瑶缮前去夺宝之事，也是天洛人的阴谋！"梅央直言。

"什么？子幽杀了格鄂尔坦？燕川和青戎岂不是要翻脸了。"公若心头一紧。

"燕戎早就在边境纠葛不断了，这样一来，青戎有了开战的借口，他们十区六部本就不团结，这北土的压力来之前，他们正盘算打一架团结一下草原众生呢。子秋王也本就不善，若是格索索要杀子仇人，子秋怎会交出子幽，开战已是必然了。"梅央几乎说明了这燕戎大战的所有原因。

"那分洛之路岂不是就剩下我们的王子和那个伯谕？"公若还挺乐观。

"伯谕因为王选推后返回崇衡了！"梅央提醒道："将军，事情并不简单，我们四国盟约一毁，分洛之事可就没人压制得住天洛人了，王选会不会到来，禅让会不会到来，都未可知啊。"

"将军，你且先分辨一下这个卷轴可是穆安的那一个？"瑶缮催促道。宗政公若边思索，边看着瑶缮打开的盒子，三人盯着盒子里的卷轴，倒觉得异常精美。"这卷轴哪来的？"公若问道。

"我还未出宫，便见到了婴柳，他是受穆安所托，前去偷取龙默拿走的卷轴的。然后她让我转交给穆安。"瑶缮答道。宗政公若拿起卷轴，仔细地端详。

"婴柳一个平民之身怎会出入后宫如此自由？"梅央疑惑道。

"她毕竟是龙默之女，这应该不难吧。"瑶缮分析道。

"龙默拿了穆安卷轴这件事，你是听婴柳所说，还是本就知道此事？"梅央追问。

"听婴柳所说！"瑶缮答道。

"公若将军，我若是猜得没错，这个卷轴应该是假的，对吗？"梅央问道。宗政公若把卷轴一把扔进了盒子里，怒气冲冲："这个是西宫出入粮蔬所用的文录卷轴，我们上了天洛人的当。"

"啊？天洛人为何骗我们去偷神器呢？"瑶缮更加疑惑。

梅央盯着盒子的一道缝隙，盒子被宗政公若扔下的卷轴砸出了一个裂缝。"等下，盒子里有玄机！"梅央指着盒子。

公若伸手打开盒子里的暗层，慢慢揭开暗层的盖子，洪番血淋淋的人头躺在盒子里，两眼直视公若，似乎死不瞑目。这瘆人的一幕把梅央、宗政公若和瑶缮吓得面色苍白，大吃一惊。

"洪番的人头？"瑶缮的声音有些颤抖。

"洪大人死了？"公若呆愣在原地。

"坏了！我们果然中了天洛人的计！他们杀了洪番，然后把人头给了我们，我们有口难辩！"梅央急得汗水直流。

"奸诈！偷取神器，不过是为了引我们拿取人头？"公若这才恍悟，这穆安和龙默的一串计策，由婴柳、夕见和修辙配合而成，为的就是四星连珠。

"我们怎么办？我刚还听到线报，说燕川人正在满洛京城地寻觅洪番！"瑶缮焦急道。

"不急，快！唤蕊殿下和星沫殿下，还有公贺将军，我们紧急密言此事，先不要声张！"梅央吩咐道。"好！"瑶缮闪身而去。公若把盒子盖好，与梅央对视，两人良久无语，陷入深思。

片刻后，宗政蕊、宗政星沫、宗政公贺三人疾步而来，与梅央、宗政公若和瑶缮围坐一起。南依若是解释不清这洪番人头之事，怕是会被燕川责问，但梅央心里也清楚，如今燕戎必是躲不过一战了，若是做得彻底，倒不碍南依在天洛的地位。

梅央压低了声音，与众人密谋起来。一来二去，不过是要在盟中盟内，把北疆搅乱。虽然崇衡与南依关系紧密，但是如今这乱局之内，已再无信任和相携，盟室也名存实亡。

这连环计一夜忙碌，却不见一人出面行计，这个人就是龙默，他一个人在龙府内祷告，似是要告诉上天这天洛的复苏究竟有多么难得，这是多少人用多少危局换来的一点希望。连续几日的平静之后，天下院和净天府已然闭会多日，但这暗流最终形成爆发的一刻即将到来。

格索王坐在自己的王座上，悠然地喝着酒，千族会依然在讨论北土之事。格图满身带伤，跌跌撞撞地闯入聚兽堂，一下跪倒在地，哭声连天："陛下！不好了！格鄂尔坦王子他，王子他……"

格图不停地哭泣。身边诸位副将和大臣面面相觑，不知所措，赶紧来搀扶格图。格索半张着嘴，心里听着格图这般哭喊，似乎一个天大的噩耗遮面而来："格图，这是怎么了？"

"格鄂尔坦王子他生辰之宴，去天洛央粼宫与夕见陛下同乐，却不料，被那子幽气不过挑逗其未婚之妻，王子他……他……被子幽杀了！"格图倒地痛哭。

格索突然站起身，身形颤抖，眼圈泛红："你说什么？你再说一遍！"

"陛下！子幽把格鄂尔坦王子杀了啊！"

格索眼泪夺眶而出，长叹一口气，愤怒地瞪着双眼："坦儿死了？"格图还在放声大哭，捶胸顿足。各位大臣和副将纷纷摇头，面色凝重。

"何谦呢？"格索缓了缓神，这一介君王，还是得有些气度和威严，再痛再伤，也得忍住。

"他留在我们的军界了，准备调派驻军回来以应陛下之命！"

格索一屁股坐回王座上，面容惊惧："子秋！燕川！一而再再而三欺我戎族，如今还杀我王儿，此仇不报，如何对得起列祖列宗？"格索乃戎族六部中第三部的君上，曾在千族会会举中得任大君，成为青戎的君王，也有了号令十区六部的权力。这格鄂尔坦是他的独子，心头肉，手中宝，世事无常，如今遇害于天洛，若是其他五部听说君上没了后，这青戎可是要出乱子的。当下唯一的解决办法，其实也是格索最不想用的办法就是攻打燕川，以图让五部的愤怒转移外境，团结千族会和各路戎保、戎尹、区首、部君和副将，让草原的乱晚点到来。

"陛下，我愿领三万军士，前去攻打燕川，为王子报仇。"

"陛下，我愿为先锋官，直奔燕北！"

"陛下，我这就去通知其余五部，齐聚燕北，若子秋不交出子幽，我们誓不罢休！"几位副将跪在地上，纷纷谏言。

"陛下，将军们，万万不可啊，此事虽是燕川王子所为，但那子幽已经并非货真价实的燕川王子了，此事来龙去脉，暗中纠葛，还须明察啊！不可轻举妄动！"

"陛下，燕川虽几次三番欺我戎族，但是我们毕竟还是在盟约之内啊，若是跟燕川打起来，四国盟约可就毁了啊！"

"将军们，暗斗可以，这明争实在不明智啊，还望三思而后行。再者说，这分洛大事还没有定数呢，若是我们和燕川打起来，天洛借此必定恢复元气，到时候我们就被动了。"

"陛下，北族人出现在天洛，此事不胫而走，说明北人南顾之心一直未灭，我们的压力可不止西方这一重啊！"几位谋臣和千族会的卿士似乎还算冷静。

"我亲眼见子幽杀了格鄂尔坦王子，还查什么查？王子都死了，谁来分洛，谁来做天洛新主？你们这些谋臣，一说言战，一个个退缩成这样？还有一点戎族汉子的样子么？"格图勃然大怒。

"好啦！何谦领驻军回朝，何时到达？"格索问道。

"陛下，半月便可回。"

"陛下，我们天洛的驻军不可撤啊，分洛不可不压兵以制啊！"

"不回撤驻军，我们用什么打燕川？啊？"将臣们又在七嘴八舌。

"传我命令……"格索大喊，话未说完，一个侍卫跑进殿内，直言道："陛下，将军，前几天夜半之事已经查清，戎南哨站传回的消息，红丝带者为回朝路上的崇衡伯谕王子，射箭的也是他的副将！"

"什么？可确凿？"格图追问道。

"绝对无误！"

"又怎么了？"格索心头一悸，但觉这局势的转变来得太快。

"陛下，我前几天连夜赶路，路遇了伯谕回朝的人马。他们……他们袭击了我，但是估计当时夜深了，他们并不知道那就是我。"格图直言。

格索喘着粗气，仰天长叹："四国盟室，简直可笑至极！传我命令，调三万军马去往戎西边境待命。格图，待何谦领驻军人马回朝后，直接派去戎东边境，以御崇衡侵犯，即刻行军，粮草相随，不得有误。"

"是！"众人接令。格索抽出佩剑，直指殿外："我要燕川人血债血偿！"

和青戎几乎是前后脚，不出数日，这伯谕也回了朝堂，第一时间便去了腾宙宫面见伯翁。

"所以，你之前所试图射杀之人就是格图？"伯翁听了伯谕的汇报，心间忐忑。

"是的，父王，如今子幽杀了格鄂尔坦，燕川和青戎估计会撕毁盟约，奋力一战了，我们倒是不必担忧因为误会引得格索和格图痛恨我们，但是防御我们不可松懈。"

"天洛乱局一再加重，可是穆安从中布局？"伯翁心存疑惑。

"穆安兄让我先行回朝，估计就是怕我有所闪失。现在来看，子幽杀格鄂尔坦一事，必是穆安的布局，这样一来，燕川无暇南迁，青戎无暇东顾，我们的机会来了。"伯谕十分乐观。

"只怕这四国盟约一毁，谁都没有分洛的机会了，而只剩下天洛人自己恢复元气。"

"怎么会呢？父王，我们的驻军都在天洛，还有南依与我们分庭抗礼呢。"伯谕直言。

"你半路射杀格图之事虽不会引起两国交战，但青戎人必会派兵于东境，以防我们西侵，我们的驻军不回，何以与他们相抗？"伯翁才洞悉了天洛人的这一路数，戎崇不必陷战，只需举兵对立，这边陲自危。

"父王的意思是，此布局之后，燕川、青戎和我们都必须撤了天洛驻军以求自保或外战？"

"若是穆安设此局，看上去是为我崇衡，但暗中却帮了天洛人。"

"穆安兄也不是神仙，一个布局怎能顾全所有人？"

"谕儿，速速密信太积，让他抽调精兵回朝，我们需要在崇西聚集兵力，以防青戎人有变。"

"好！对了，父亲，穆安让我带回这个给你，说是我们让给青戎人治理的寒岭河河道里似乎有金矿！"伯谕把一粒金子递给伯翁，伯翁拿在手里，仔细地端详。

"河里有金矿？难道何谦借河而治为的就是这个？"伯翁突然觉得此欺瞒大事该是格索王的一个计谋，为的就是这河里的举国之财。

"若是青戎早有借河求矿的心，那这可就是另一回事了，这不下于强盗之举！"

"青戎简直放肆，快！加派人手，查河道，看青戎人是不是在秘密开掘。"伯翁下令道，"另外，有青戎人驻扎的那几个城镇，也秘密地查探，看他们是不是真的在抓东戎教教众！"

"父王放心，我会尽快查清一切！"伯谕转身而去。伯翁仰天长叹，也知这四国盟室几乎荡然无存了，感叹天洛人还真是命硬，竟然在这几乎灭国的悬崖边上，死里逃生。

子秋王看着盒子里洪番的人头，十分伤感，他手里捧着一封信，信上标注着几个字：南依国依尹，天下院国相梅央敬上。子幽跪在一旁，颤颤巍巍，十分惊惧，不敢说话。

"子秋王陛下，南依国依尹、天下院国相梅央敬上此信，说明事情来龙去脉，望陛下明鉴。几日前所得洪大人头颅，为陌生之人放于我军界之前，大有耀武扬威、恐吓威胁之心，我们不敢擅自处理大人头颅，于是决定寄回给燕川王族，以求妥善安葬，也请陛下节哀。臣不才，推断此事一二。首先，大人之死，可能与青戎人有关，此时估计陛下也已知道了子幽王子杀格鄂尔坦王子之事，所以青戎人寻仇，杀了燕川重臣。其次，可能与崇衡人有关，因为伯谕于几日前已经抽身离开崇衡军界，我怀疑有躲避之心，也许是洪大人发现了伯谕的阴谋，几日前伯谕曾经来我军界言盟中盟之事，被我们断然回绝。最后，我们猜测是天洛人所为，而之所以把头颅寄给我们，必是想祸乱四国，我们万万不可为此产生纠葛，致盟约受创。"梅央这言语间，把自己家国择了一个干净。子秋王叠起信件，看着子幽："幽儿，你受委屈了，子笙之事你受牵连，如今四国都借此辱你，实在是居心叵测，你也须调节心境，勿受其扰！"

子幽泪流满面："父王，我到底是谁？"

"你是我的王子，永远不变。"子秋眼含泪水，一是为子，二是为国。青戎是什么样的国家，子秋心知肚明，格索必然引战不在话下，只是可惜了这四国贪婪之人，才息了战事一载有余，就不得不又复走不归路。

"子笙都告诉我了，你还要瞒我到儿时？"

"幽儿，你生在王室，身不由己！我对你的感情，只有父子之情，我不愿多说。

你杀格鄂尔坦之事，父王来帮你挽回！"子秋心生保下王子之念，这战事便不会瞬息。子幽不停地哭泣："父王，我杀了格鄂尔坦，燕戎将战，都是我的错，都是我的错啊！"

"幽儿，燕川王族无懦夫。子笙虽谋逆，但我欣赏他男人之风，有所担当。青戎来犯，必会让我交出你，但是我坚决不会。兵来将挡，水来土掩，我自有办法抵御戎寇！来人！"子秋有心护着子幽，也是还他一个弑父的人情。几位副将进入侧殿，鞠躬行礼。

"听令，密信鹿辞，让他带天洛军界燕东残军回朝增援，直接去燕东北边境驻扎，以防青戎人来犯。另加派两万人增援，不得有误！至于崇衡，密查动向，随时来报！"子秋下令道。

子秋把子幽扶了起来，盯着子幽的眼睛："幽儿，这世间，没有事是站在疆场上，远望敌人的时候忘不掉的。去，鹿辞回朝后，你接手燕东军众，抵御青戎！"

子幽看着子秋王的眼睛，情绪激动，热泪盈眶，狠狠地点头："儿臣定不辱使命！但是这四国盟约……"子幽犹豫间，断然没想到子秋竟然相信自己，而且还能重握燕东兵权。

"四国再无盟约！只剩战书！"子秋面色坚毅，似乎知道这一天必然会来临。子秋此时也是无人可用，唯有感情相依，让子幽继续带兵，笃定这一次子幽不会再负了自己。当然，君王心术怎会如此随意，燕东军不过万余人在子幽手里，剩下的增派人手，可还是子秋的人。

格索王和伯翁王互通密信，无非是一个索要河道和叡沁城，一个变着法耍赖，一个惦记私掘河矿，补充军费；一个惦记驱除戎兵，清扫边境。两人所有的言语都未达成一致不说，戎崇边境竟然也一时紧张起来。

崇衡崇北军的步旅分队一身浅蓝色的战甲，腰配短剑，手持轻弩，奔着寒岭河畔的叡沁城而去。这瘟君刚去几个月，善后之策，河道清淤，城内安抚等等琐碎之事迟迟难以完结，崇北军是分神分力，自然没怎么注意青戎的将士在城内捉拿东戎教徒和借清理河道偷偷采挖金矿等事。如今伯翁王下令密查，这才赶紧加派人手进了叡沁城，却连续几日盘查，发现登记造册的一众青戎轻骑一个月内尽是抓了一些边陲商人或是小盗小匪，几乎都很难确认是东戎教的教徒，这让崇衡人疑心更重。

查了一圈叡沁城，伯翁得报青戎人似乎不仅没怎么抓捕东戎教教徒，甚至还有意在包庇，伯翁心中不悦，自知这借河借城必然是有图谋的，此时燕戎关系已经破裂，似乎到了下手驱赶青戎人的时刻。伯翁这般想，也正中了穆安和龙默的下怀，他们自知这四国盟约一旦有两方撕破，则其余的裂口不扯自开。

青戎清理河道这"手艺"可是祖传的，河工和步旅配合默契，其实几个月之间已经完结了大半，只是在崇衡人眼皮子底下如何采挖金矿呢？也简单，这寒岭河的淤泥清亮透彻，若有金物，这崇衡监工和亲卫不难看出，所以青戎人在淤泥清出河道后，赶紧添加墨色的草染和容易挥发的凉灰土，淤泥还未出水，便是油腻暗淡，甚至腥臭无比，哪里还有崇衡人愿意看上一眼，青戎便一车车地拉着"原料"西北而上，回到自己的东戎河畔再行筛选。

崇北军进入叡沁城后，就地惩罚了一批无所作为的青戎步旅，驱逐回了戎都，这引起格索王的不满，可是不出半月，这清淤河工和一些轻骑又被驱赶而回。格索王勃然大怒，又加派了人手前去质问，这才形成了叡沁城外寒岭河河道两旁戎崇两军的对峙，似乎对此河都志在必得。自此，两军也不真的兵戎相见，每日对着射几箭便鸣金收兵，相互示威一下。伯翁心里清楚，北土压力也在自己身上，现在是养精蓄锐的时候，而格索王更清楚与燕川一战在所难免，北土更不用说，现在与崇衡的矛盾安置在对峙边缘就可，绝不越界，也绝不犯怂。

但是青戎和崇衡有意思的点不在于他们拿捏的战争边缘的分寸，这寒岭河如此长，两军怎可能把所有河道河畔都围住，尽管崇衡人依然没有夺回叡沁城的实际控制权，但他们对于这河道里的金矿可是和青戎人一样热衷的。这两国之人，一个沿着叡沁城外河道西北方，一个沿着东南方，开始大肆地开采，似乎在为了抵抗北土势力进行军备竞赛一般，一时滑稽。

戎崇不睦，吵得鸡飞狗跳，燕戎边陲更是热闹。子秋加紧改了编制，燕北军和燕东残军兵合一处，在鹿辞和子幽的带领下在燕川东北方向的边境扎营，而青戎的戎西军在格图和何谦的带领下在青戎的西南方向边境扎营，两军摆开阵势，大战一触即发。

龙默本是还要去西郊的燕川驻军军界看看燕东残军撤退的浩浩阵势，用以祭奠这四国最大的势力完全撤兵的历史时刻，但是却在醒来之后便知燕东军尽离。这比他想象的还要快，虽有失望，但心中窃喜，如今燕戎崇三国几乎都陆续撤走了驻军，说明这驱赶四国之计几乎达成了，虽险象环生，但是结果终究是好的。当然，如今还剩下一个南依的驻军和崇衡残部，若是平衡的最后一击前功尽弃，那依然是失败。

龙默走在空荡荡的光洛殿内，周围没有一个人，他长叹一声，自言自语："这到底是开始还是结束？"龙默心里依然不安穆安协助复立家国之后的举动。穆安慢慢走进宫殿："这当然是开始，人走，茶未必凉。"穆安说的"开始"，并非是天洛的新生活，而是两个人终盘游戏的"开始"。

"四国摇摇欲坠了。穆安，恭喜，你的连环计成功了。"龙默道喜。

"是付出了把自己的家园和效力的朝堂都扔入火坑的代价后实现的。龙默，燕戎开战在即，戎崇已经陷入骚乱，三国军界的兵也几乎一夜间退去，只等你一纸通文，见证这驱赶四国驻军，结束共治，把天洛还给洛族人的历史时刻了。"穆安话里有话，表面意思是如没有通文让天下院审理，这次撤军本不合法，且若是没有昭告天下之书，子民也不尽知。

"还有颁布通文这个必要吗？我们天洛人直接接管天洛就是了，不必通络四国。"龙默在此时更加小心穆安的安排。

"不然，申公，明文而告结束天洛乱局是必需的。一来稳定民心，二来稳定王族，三来稳定政权，四来警示四国。"穆安言语相逼，这件事还只有龙默才能做，穆安毕竟是天下院的盟室之人。

"这是警示四国吗？四国若见我天洛明示结束共治，会不会立即停战，反手恢复共治呢？我们所有的布局可就前功尽弃了。"龙默担心燕戎崇三国只是暂时陷战，并非有意全然结束共治。这也是必然的事，三国怎会同意共治结束，把天洛还给洛族人，不过是一时无暇南顾罢了，但四国盟约既然已经名存实亡，其实天下院和共治时期早已结束，只是看天洛如何平安地过渡到天下人接受且军力足以制衡的时期了。

"你不必这么快就从联手协作转变为孤军奋战吧！申公，若是不颁布通文，结束共治，我会让四国瞬间回来，你信吗？"穆安几乎是在操控着龙默的行为。

"好，师兄，听你的，我这就颁布通文，全国通文，结束共治，驱退四国。但我不会在通文落款写上自己的名字，你休想四国迁怒于我，我知道你的后计是什么。"龙默十分谨慎。

"申公，是否继续联手在于你的诚意，若是疑心如此之重，那我们可就前路迷茫了。"

"师兄何必着急，我只是开个玩笑，通文我会尽快拟定，落款是孝安陛下便是，我们不必承担此四国的言语压力。"龙默直言。

"燕戎崇三国乱战已起，何人还有工夫言语天洛之事呢？"

"南依未曾受乱，也未退兵，你可曾想过？"龙默说出了自己的担心。

"你担心一纸通文引得南依翻脸吗？"

"不然呢？"

"我们要的就是他们翻脸！"

"哦？请师兄明示！"

"南依若翻脸，必然加速走完只剩他们自己的分洛之路！"穆安直言。

"王选没了，禅让没了，难道南依人会引军夺殿亡了天洛？"龙默想了一个最坏的结果。

"当然，你以为宗政楚王和梅央平静这么久是酝酿什么，不过是担心天洛设局乱南土，所以按兵不动罢了。最后一击，他们自然会施展潇洒，这大忍者，往往得大利，大胸怀者，往往得大位。"穆安这句话几乎是把龙默所有的喜悦浇灭了。

"然后燕戎崇三国便会分兵南下攻击南依，讨个说法？"

"这要看三国的战局，如若成形，最终四国都陷于洪流，我们不战而胜！"穆安想的是天洛能扛过南依的反击是最好结果，当然，他所说的我们，指的是天洛。

"这就是你颁发通文，明示结束共治的目的吗？"

"你以为呢？"

"师兄，上古之怨的发生也许就是因为你我心性不一。"龙默突然感慨道。

"怎么讲？"

"你不知我，我不知你。"

"你是不知我，但是我知你，申公！若是没你，天洛没有现在，我们不会有一个温床来保留商周之复的机会。"

"你是在夸我吗？"龙默大笑起来。

"但愿以后有更多人夸你，也包括后人。"穆安转身而去。龙默反复思索穆安所言之计，如今南依不去，似是最大的隐患，确实只有处理好了南依，才是结束共治最好的收尾。且自己也心知肚明，燕戎崇三国之战不会打得太久，若不是北土的压力，他们甚至可能留下些驻军。但如今看来，这是上天赐予天洛更好的一次彻底复国的机会。

深夜的静谧，唤醒心里最真切的伤，想到家国如今的颓势和悲凉都与自己有关，穆安不禁潸然泪下。他也知道，鹿辞、子笙甚至是子幽这些庙堂的隐患不除，燕川会亡得更快，但若是借地铲除这些人，那也必然会带来燕川如今的危局。当然，子秋心里也清楚这一点，重病还须猛药治，这病去如抽丝，谁服完药还没几日深深的痛苦呢。

穆安看着五国的舆图，望着图上"燕川"两个字，眼泪依然止不住。太稹捏了捏穆安的肩头："穆兄，我知道你伤感，燕戎快开战了，戎崇也是。这里有你的家乡，有你的游地，有你的朝堂，但这不是你的错。"穆安缓了缓情绪："陛下召你回朝了？"

"我明日一早动身，陛下不希望我们放弃驻军的军界，留下三千人供你和扶季调遣，分洛之路，我们不会放弃。"太稹话毕，穆安才猜透伯翁的心，他是不想南依专美。

"这只是一厢情愿了。"

"振作起来，我们与青戎，并非什么人战，对峙些时日便是，只需说明河道与边镇的归属，战事自会停息，你别担心。"

"我担心的是燕川，我的家园因为我再次引战，我难辞其咎，甚至是个罪人。"

"你只是避免了更大的南土之战而已，穆安，保重！"

"将军保重，帮我转告陛下，河道和边镇不可退让。燕川苦苦相逼，戎崇早晚会从敌对变为盟友的。另外，分洛之路，我会坚持，但是不要再求结果。"穆安也是有苦难言，总不能强迫他现在带着三千人跟天洛和南依抢王座。

"那是自然，穆安，尽力而为！告辞！"

"告辞！"太稹离开以后，巨大的空虚和无助包围着穆安，他长叹一声，望着天边，那天眼依然在闪动。穆安凝神看了许久，眼神里不再是恍惚和疑惑，似乎这天眼的功用他也了然，只是在脑海里，这些并非当下该解决的事，用乔公的话说，一切该来的都会到来。

夕见坐在王位上，修辙和龙默站在两侧，一众天洛自己的将臣充斥光洛殿。穆安、梅央、宗政公贺三人登堂而入，鞠躬行礼。"孝安陛下，燕戎崇三国陷入不和，但是天下院犹在，共治法约犹在，不可如此轻易撤除，这有悖礼法。"穆安佯装不同意。

"陛下，四国盟约虽然已经触底，但是天下院绝不能废黜，天洛的前路还须五国人同议！"梅央直言。"两位大人，我们颁布通文让四国退兵，结束共治，完全是为了避免北方三国在天下院不和，这也是为了天洛，为了天洛的和平，为了共治的和平，我们也没说天下院被废黜，只不过天下院从今日起，辅政孝安陛下，犹如内廷之职，两位大人可理解？"龙默几乎是颁布了新令，这等于天洛的摄政局面重归加济王时期，天下院和内廷院双院以治，辅政孝安。

"那退兵之令可真是蹊跷了，既然你们怕北方三国在天洛打起来，为何不取缔军界，驱散三国之兵呢？这与我们南依何干？我们有什么必要遵守？"宗政公贺反驳道。

"四国本是盟约，我们可没收到子秋等君王的毁盟之书。所以，你们还是四国盟室，那我们就一并处置了，有何不妥呢？请南依上下遵守通文，即刻退兵而去！"龙默言外之意这四国盟约已是废纸，你们自己不尊和平，那就一起驱逐。

"北方三国如今引战，那就是反悔共治之约，自然没了分洛、王选、受禅的权利。那么，天洛的新主，在我们与天洛中定夺而出便是，为什么驱赶我们呢？难道这一切的布局都是天洛人所为吗？"梅央厉声道。

"梅央！放肆！如今通文已下，共治就是结束了，你去问问天洛上下在外欢庆的子民们，他们还答不答应与你南依国同行？"修辙大喝道。

"天洛不简单，你们军力复苏，如今有了筹码和底气与我们翻脸了？"梅央也不退缩。

"梅大人，别这么快忘了我们崇衡，我还留在这里呢，何必言语中只留你和天洛呢？"穆安也得帮着天洛言语一番。

"穆兄，你不即刻回去崇衡助战，难道要等到崇衡被灭了吗。"宗政公贺微怒道。

"不急，公贺，我想看看究竟南依有没有能耐于此境地之下，拿下天洛！"穆安这话似乎是表明了对南依的态度，但是听在龙默心里，却依然感觉异样。

"穆安兄想对我南依宣战吗？"梅央盯着穆安的眼睛，语气十分强硬。

"当然不，如果你们愿意，王选可以在天洛、崇衡和南依三国之间进行。"穆安服了个软。

"穆大人，共治已经结束了，你们最好记住！"龙默提醒道。

"好！崇衡步步紧逼，天洛不言自立，我们倒要看看，南土战事再起，究竟谁主沉浮！"梅央转身而去，宗政公贺摇头无奈跟随。穆安与夕见，龙默和修辙均是相视一笑，这笑里藏的并非是刀，而是又一个"谋篡"之心。

朝会才散，夕见把修辙喝住，光洛殿内只剩下二人。夕见招手，修辙这才上前一步，她压低了声音："将军，军力整编如何？"

"巡防军、禁军、洛和会新立的复洛军和边境的小部分残军已经整合为宫内的禁军、洛北军和洛西军，军力已达两万，足以和崇衡抗衡。"修辙心里明显还有一些疑惑："本可以更多，只是原洛北和洛东的势力出了些岔子，有逃亡之人，我们怕走漏了风声，暂时分流隐匿了，此时还未寻回！"修辙后知后觉的担忧正是郗别和英典等人的秘密行事，这些洛北和洛东的势力可难再回到修辙的手里了。

"若与南依一战呢？"夕见没太在意修辙后面的话。

"不是对手。"修辙摇着头。

"与青戎呢？"

"不是对手。"

"这事也急不得，让洛北军和洛西军围在洛京城四周待命吧，我担心南依有变。"夕见直言。

"是！陛下！今日朝堂，我听龙默和穆安的口气，似乎没把南依人放在眼里。但如今军界中的军队几乎只剩下南依了，他们若是破釜沉舟，趁乱而入，我们如何抵抗？"

"南依应该会等子秋王和格索王撕毁盟约，再行军变。否则的话，四国盟约之内，南依人擅自惦记独吞天洛之事，必会引起事端。既然燕川和青戎开战，他们也不会介意多一个对手，子秋和格索正是杀红了眼的时候。"

"陛下可有后计？"

"南依若来，我们誓死反抗！南依不来，我们复国以立！"夕见眼中满是希望，但这如今的军力恢复不如预期，也难有底气。

燕川和青戎摆开阵势有几天了，双方都试着佯攻几次，也算是刺探军情。这燕戎边陲有一小城，燕川人唤作滩角驿，青戎人唤作随角驿，是一个北商西进的必经之路，本是小驿扩商，后成自由贸易之区，进而再立册号，成了在编的城市，但与小镇并无区别。这镇口往南便是广袤的平原，燕川人自知若是在开阔地与青戎人的骑兵一战，劣势太大，于是一直据城而守。青戎人也不敢急冲燕川腹地，怕燕川步骑断其腰腹，前后难续，于是两军一直在这滩角周围游弋。

子秋连续折损了子笙和洪番两员大将，哪里还有良才能与青戎这草原猛兽抗衡，只能硬着头皮让子幽领兵而去，也算是破釜沉舟让子幽明白自己的良苦用心。要说这子秋也真是心大，当初为了试探穆安的心性与勇气，不惜把燕南都几乎放弃掉，也要让穆安在绝境中求生。如今竟然让一个王储小儿领军抗敌，为的就是一心换一心，让子幽有立世之责。最关键的是，他旁边的谋士可是鹿辞，一方家国大难的制造者。子秋若说心性里没有通天教主那股子有教无类，捐忿弃瑕的雄气和霸念，是万万做不到这些的。当然，这与愚智和昏明无关。

鹿辞和子幽商议了几日，但觉还是闭门不出，据守内野为好。若是戎西军从滩角北面山麓绕行，必然浪费时日，若是从南面直冲燕川腹地，则出兵拦腰截击便是。子幽是个鹰派之人，心中不悦，但这风族当下一个愿意和格图直面而战的战将都没有，也只能忍下。

相反，何谦和格图虽不说比鹿辞和子幽强多少，毕竟青戎轻骑是天下闻名的，燕川步旅虽优，但被骑兵天克不说，这机动性更是差得远。何谦抱定了三日内破了这滩角的决心，倒不是为了一探燕川腹地，为的就是争下这第一口气，为戎族的王子报仇。

天色未亮，滩角南郊的西北风刮得猛烈，风沙卷着盟约残存的信念扬满世间。一众青戎轻骑内穿淡黄色战甲，外穿浅黑披风，奔着平原腹地猛冲而去，这一众轻骑儿百人上下，却也奇怪，不见砍刀和长矛之类的武器傍身，也不见有领头之将。

鹿辞一夜未眠，研究舆图，却听帐外急报青戎人从滩角南郊开始陆续突围，大惊失措，青戎人还真敢做这莽撞之事？子幽撞进大帐，两人一阵商议，便决定步旅快速截腰而杀，城上弓弩掩护。言定之后，不出一炷香的时间，这燕北军的步旅便杀出滩角，要与青戎轻骑决一死战。

既然是为了商往，这滩角的城门可是大得很。城郊的摊位、坊间、田界和匠铺都收了摊，被燕川的弓箭队征为掩地。燕北军的步旅才向南冲了没一会儿，便见冲击腹地的青戎骑兵，黑压压一片，卷着风沙，四散绕着圈。这些步旅面对骑兵本是没什么信心，但若一鼓作气断了腹部，青戎军前后便难续。谁知城郊的燕川弓箭手还未列队完毕，就见这青戎的一众骑兵齐刷刷扔下披风，怀中掏出长弓，开始反身对着燕川的步旅狙射起来。一时间，这风沙又被重箭长矢遮了一半，急雨遮天，尖云茫茫，燕川步旅躲闪不及，被射得焦头烂额，只能反身再往滩角跑去。青戎人哪里会没有后招，又一众重骑兵身穿金甲，贴着城墙掩杀而来。这燕川弓箭手列队不成，反被抄了后路，死伤惨重，几乎来不及运箭弹弓，便被杀得人仰马翻。重骑兵过后，又一队轻骑兵高举青戎大旗，冲进滩角驿，所到之处均喊："放下武器，否则格杀勿论！"这滩角驿城内的燕军驻守小队瞬间败下阵来，弓手和步旅死伤无数。

子幽和何谦哪里还用等战报回帐，看见这长弓之箭遮天，就知道何谦是把在天洛军界时收购的南依的重弓长弓，重箭长矢都带回了青戎，否则青戎哪里造得出这种玩意。这截腰的燕川步旅被长弓杀一个措手不及不说，这重骑兵纷纷入城，那还不是直接丢了要塞？何谦和子幽也不收拾东西，两人带着一队人马，朝北麓的山区而去，若是青戎人借此进了腹地，也只能再行后计了。

不等当日入夜，子秋王便见了前线的战报，几个大臣站在身前哆哆嗦嗦，也知输了一阵，颜面全无。"第一战就这么输了？"子秋也不急，知道这青戎新丧王储，哀兵突进，势如破竹。

"陛下，青戎上下气势太盛，我们难免力不从心。将士们也两年多不举重器，久疏战阵了。下一役，我们必然挽回颜面。"

"陛下，燕东残军虽是精锐，但之前子笙将军篡权之事必然影响甚广，可能连带着燕北军军心不定啊。"

"陛下，若是有穆统领在，如今也不至于这般无将可用啊！"几个大臣七嘴八舌地说着。

"穆安？"子秋并非忘了穆安，只是一直希望穆安完成自己之前布置的要务，不想其分心。但如今战事吃紧，确是动了让穆安回朝的心。可转念一想，若是姜尚回朝，又风险极大，毕竟龙肤卷轴还在其手，姜子牙如今可是一个明眼人，若回来，自己通天教主的身份就有可能暴露，若是其不回，那自己就永远是他心里的元始天尊。

"陛下，穆安虽是崇衡崇尹，但毕竟也曾是我燕川军人，朝堂密使，在这个家国危机之时，他绝不会袖手旁观。"

"快，密信穆安，我有要事相告！"子秋还是决定致信一封，安排夺世大计。

白梗国在如今战火又起，纷乱不堪的南土就好像被恶魔忘记的"世外桃源"一般。陆秀夫和安梦文每日研究推演世界里的一切，享受了几天古代的生活不说，感觉似乎这历史的骤变才是人类文明永恒的高点。人类创造 AI 这类超级科技，显然也给自己独特的文明带来了超越上限后的恶果，而历史一直试图教会我们的一点就是"适可而止"。在所有永恒的"平衡"中，人类既是那个平衡的原点，也是那个支点，在我们的智慧里，若是不能区分时代下我们角色的转变，那么一切都将奔着虚无和灾难而去。

对于陆秀夫来说，这几日的冲动包括想去天洛见一见那位新登位的孝安王，像穆安一样朝拜一下天洛历史上第一位女王，可是一封来自天洛的密信止住了他的脚步。

"乔元靖的信？"陆秀夫边读着信边说，"他说希望和我们一起想办法处理北土危机，也希望我们尽力参与进来！"

"乔元靖是谁？"安梦文显然不太习惯古代的生活，他对一切都是充满疑问。

"他是天洛曾经的天尹，权压九霄，后国破改制，他入狱一载，今得自由，被龙默委以辅政审议之职！"陆秀夫很认真地解释了一遍。

"他会知道北土的事？"

"你看看信的落款！"陆秀夫把信递给安梦文。安梦文瞪大了眼睛，但见"Chris"的字样，大惊道："克里斯？乔元靖是克里斯？他怎么来到了推演角色身上？"

"我估计是意识植入或者远程操控，如今南土除了这白梗和荷堂，其余都被 AI 的云端和黑客控制着，他这样做并不难。北土和瞿麦的危机估计他也知道了，现在抛来橄榄枝，我们得想个接应的对策！"陆秀夫也有意与克里斯联手，这将是人智大战后，人类与 AI 的一次里程碑式的合作。

"我们现在连瞿麦要做什么都不知道，谈何危机，谈何合作？"安梦文反问道。

"未知才是我们共同的敌人！"陆秀夫的话进了安梦文的耳朵，安梦文瞬间觉得他好像说了一句很棒的话，但又好像是句废话。

"他信里说建立北疆、中原和南岸的三线抗敌。让我们想办法连通白梗、荷堂和南依一线，建立防御，可这是一朝一夕能成的吗？"安梦文还在快速地读着信。

"他还说沮洛有可能南下避难，若是如此，我们倒有办法完成这几线的建立，只不过我们不能尽用他的办法，还得找自己的退路。"陆秀夫如临大敌。

安梦文看完信，把信甩在了一旁，长叹一声："你可想好了，若是插手推演世界的事太深，可就真的覆水难收了！"安梦文的话打在陆秀夫的心头，令他百感交集。陆秀夫何尝不想促成这次串起历史、现在与未来的旷世合作，但万世相叠的未知恐惧，哪那么好释怀。

第十三章　幽冥

　　乔元靖一直强避世人，只敢单独约见，尤其是推演世界里的主角，担心的就是自己过多的参与使得推演世界本身的超级系统和纷杂逻辑崩溃，甚至出现自己的 AI 智慧都无法修复的终极 Bug。但在接收到更多李勉秘密发来的关于瞿麦星的信息后，克里斯突然觉得瞿麦控制北土，可能不是因为他们觉得这是冥王星的文明或者产生了征服欲。对于瞿麦这类超高的星系文明来说，应该很清晰和透彻地理解北土的文明是一个类人类文明，或者说是人类虚构文明，而人类文明的衍生如果没有强大的科技支撑，是不可能在这极寒的，地狱般的冥王星生存下来的，那么从这一点推断，瞿麦来的目的就并非征服和探索，而应该是移植和扩生。移植的该是瞿麦生存空间受限制后的瞿麦生物或者相关资源，甚至是宇宙殖民生物，而扩生的基础便是瞿麦DNA的叠加输入，简单说就是把北土变为宿主或是载体，以繁殖或借生瞿麦的新代文明和生命体。当然，克里斯的这些推断现在来说都是想象和推测，很难在此时得到有效的印证。

　　乔元靖迈步进入将军府，本是要单独找修辙谈谈军队复立之事的，但修辙公务缠身，半晌未见人影。乔元靖在府院内等得久了，便起身在府内溜达起来，忽听侧府人头攒动，似是郗别和英典等人在忙活什么。乔公无聊，疾步想去打个招呼，却被郗别、英典和元攘三人商议的大事惊了个透。乔公也顾不得步履缓慢，竟然蹲在府外听了片刻，这才知郗别等人竟然有了拥兵自立的心，甚是惊讶当年修辙手下的四员大将，竟然有三人都是这般心存异心。但转念一想，加济王引战四方，孝安王见血掠位，哲王这唯一的王室大才，如今不到三岁，对墨台王室还有何屈尊附和的必要。当下也就理解了郗别等人的心，只要不是有立威夺权的心，只是拥兵自立，领军而去，倒是情有可原。

　　英典和元攘才离开侧府，郗别便仰天长叹世事不公，缓步走了出来。乔公躲在侧墙，见四下无人，这才疾步而出："郗将军有心了，若是拥兵自立，我有一良策献上，不知郗别将军是否愿考虑！"乔公这威望甚高的老者给郗别行了一个礼，郗别扭过头来，吓了一个趔趄。

"乔公为何在这里？拥兵什么？你在说什么？"郗别还能不知乔公是何人，若是他知道了自己的事，如何还有后路。

"郗别将军刚才的话，我都听见了，你不须遮掩。你对王室的失望之情我甚是理解，不用说你，老夫也有此心！"乔公一个狠厉的眼神，刺得郗别心口生疼，他也知乔公乃威望盖世的老者，若助一臂之力，将事半功倍，一时笃定若乔公对王室不失望，也绝无这一载有余的牢狱之灾。

"乔公有心了。来，府内言语，请！"

"将军请！"二人相扶便进了府内商议拥兵自立之事。乔公如今的魂意下，再说什么天洛的家国天下和王室人伦，已然是小格局的矫情之言了，唯有引导郗别懂得这北土危机和东西南北四土的旷世大难才是他当下该做的远眺之举。郗别睿智至极，对乔公所言似乎一听即懂，心里也有了一个基本的轮廓，既然拥兵聚义，该有个最好的归宿。

穆安才起身要去参加朝会，便见一个侍卫急匆匆冲进崇衡的军中大帐。穆安定睛一看，此人是浅粉的骑服，该是燕川的轻骑持着子秋王的信进了崇衡的军界。"穆大人，陛下密信，定为亲启！"侍卫喘着粗气。

穆安赶紧拿过信来，打开阅读一番，子秋云云，一二三四，尽是关于这如今全世局面的。穆安合上信，思忖了片刻，但觉子秋王与自己收拾共治残势和天下院残局的理念虽是大致一样，但陛下似乎有点过于急迫和偏执，这信里的某些主张让穆安不敢苟同，但若是结果一样，倒不必介怀方式方法。

穆安阅毕信件，才去了朝会，已是晚了半炷香的时间。夕见坐在王座上，梅央、龙默、修辙等人站在堂下。

"如今孝安陛下登位近月，燕戎战事难断，我们新颁布全国通文，告知天洛战时新政。第一，燕川、青戎、崇衡三国共治时期引战此三国境内，有悖四国盟约、共治法约，特此暂时取缔此三国王选之权、受禅之权和驻军之权，命此三国留守之臣将，即刻撤离所有天洛军界内驻军，不得迟疑。第二，南依国虽也属四国盟约之内，但并未引战，特此保留王选之权和受禅之权，但是剥夺驻军之权，以求五国平等。第三，农息和商息调整就此作废，恢复共治前期标准，以求农商领民心而稳，减轻净天府的压力。特此改年号为孝安元年，大赦天下！"龙默朗声道。

"龙大人的战时新政还真是用心啊，燕戎崇三国还有何心管你是否剥夺王选之权和受禅之权，现在他们的心思可都在烽火狼烟上。但是我就好奇了，如今保留我们的王选之权和受禅之权还有何意义呢？难道我们和天洛人在天洛的地盘争这王位不成？还有，我再说一次，我们并未引战，四国盟约从燕戎开战的第一天开始也就随即而解。我们不该遵从四国盟约，四国盟约不在，那么共治法约也必修改，我们南依人坚持走完共治之路，绝不撤离天洛驻军！"梅央执拗道。

穆安这才听明白龙默的意思，插话道："龙大人，我们崇衡引战实属无奈。再说了，那何谦趁火打劫，瘟疫未散便借河借城，我们又不会治理河道，更不认识东戎教徒，如何推脱？如今坐实了青戎人有借无还的态度，那我们驱散他们越境之人再正常不过了，这只是边境纠葛，与引战全无关系。所以，我们坚决反对剥夺王选之权和受禅之权，也决不会退去军界内所剩的军人，还请龙大人和孝安陛下思索战时新法，以求我们平安渡过此共治之路上的大劫！"

"两位大人都不同意战时新法，我们也理解，但你们可曾想过，你们崇衡和南依不退兵，让燕川和青戎人怎么想？"夕见反问道。

"你们若不去，燕川和青戎的战火会因为天洛如今内部复杂的情形而尽快熄灭的，恐怕这不是崇衡和南依两国人想看到的吧。"修辙补充道。

"荒唐！不可理喻！"梅央哼笑一声。

"梅大人，你自己刚刚说的，燕戎开战，则盟约已毁，谁还跟你是盟友呢？你们若不撤军，我敢保证，不出三个月，燕川和青戎自会停战，纷纷回到共治之路上来。到时候，王选和禅让还是乱局，南依依然得不到便宜。"龙默直言。

"无论如何，我只求王选在王祭结束后继续，只有你我两国参选，我愿意妥协，只要公平。驻军之事，我们不急着作定论，反正驻军也不过是为了王选维稳，何必着急驱逐呢？"梅央代表南依，坚决不肯撤军，心里早知天洛人那点驱赶四国，焚毁盟约的心思。当下时局，梅央决不允许共治局面下驻军之权、典选之权、受禅之权和天下院要位的失去，这四样东西，梅央看得比命还重，谁会不知如今共治残局下，坚持到最后的就是赢家。

"不妥，梅大人，洛依两国王选和禅让，失去了其本身的意义，四国盟约先成，而后共治再生，这本是五国之事。如今燕戎开战，盟约失效，则共治变为虚无。若是坚持如此，必会引来燕戎两国不满，进而引发五国全境的战事。"穆安这言语来回来去偏转。

"那依穆安大人所见，我们如何治世才是正路呢？"龙默佯装反问。

"依我看，如今四国盟约既然不在，那便把盟室协同天洛而成的共治推后便是。第一，王选、禅让，均等到燕戎战罢，有了五国再言共治前路的机会后再立不迟。而这期间，正如前日所言定，天下院也不废黜，而是由孝安陛下主政，而天下院和内廷院辅政便是。第二，至于驻军，燕戎尽退，我崇衡只剩三千人，不如南依也撤去一半。一来做个样子给燕戎看看，我们并非有意拥兵围扰，乘人之危，借机分洛。二来，我们并未引战，也算是个宽慰。第三，天下院既然保留，我与梅央之位也须保留，我们会尽力辅佐陛下行政，不再言王选和禅让之事，一心恢复天洛之体。龙大人、梅大人、孝安陛下，这样可好？"穆安粗略说了些共治残局下的行政方向，其实说推迟共治，就等于结束了一样，只不过现下为了安慰南依人，换个说法。

"好！穆大人说得这般诚恳，我们也不好再推辞，我会尽快下达通文，也顺便知会子秋王和格索王一声，他们同意并回复通文，我们的新法便即刻生效，也好让子秋和格索两位君王安心打仗，不必分神南顾。"龙默风趣道。

"至于我天洛军队，既然天下院法约还须修正，那我们为了国政恢复之安，还须发展些军力，以稳天洛之民。如果穆大人和梅大人没有异议，我们也就写进新政了。"修辙补充道。

"至于后宫，我们会解禁一部分要人行走各宫，并唤回旧臣充实内廷辅政，也请两位大人应允。"夕见直言。

"陛下、龙大人，你们天洛是什么意思，我心里清楚，四国之人都清楚。如今战事再起，已经不是天洛之错了，我不想再看见第二个天洛群政之相，但也请你们好自为之！告辞！"梅央愤然而去。龙默对着穆安咧嘴，心头也暗自庆祝了一番当下可贵的胜利。

"我也是此意，陛下、龙大人、修将军，先王之错你们谨记便是，无论新政何去何从，和平之念，终不可忘！告辞！"穆安刚要转身离去，龙默赶紧挽留道："穆大人留步！"

穆安一愣的工夫，这光洛殿侧殿里满是将臣、大家、大族、副将等疾步而出，很快便充斥了整个光洛殿正殿，众人皆是前朝官服，整齐划一。夕见从王位上站起，龙默和修辙分站王位下的阶梯两侧。龙默当先上前一步，半跪于地，行了一番大礼，朗声道："穆大人，救国复政之恩，扶族立念之情，天洛人感念至深！感念至深！"

龙默言罢，半跪于地，双目凝视穆安的眼睛。一瞬间，天洛将臣也尽数半跪于地，修辙鞠躬，夕见右手握拳，贴近胸口，众人异口同声："天洛人感念至深！"

穆安被这突如其来的浩然场面惊在原地，他万万没想到，在愤恨于把自己的家国天下肢解得七零八落之后，另一方水土的人们却对自己如此爱戴和诚恳。但这终是从深渊底部救了一个中原大国，只是看着半跪在地的龙默，穆安心中略有伤感，这天洛本该第一个感谢的人就是他，自己只是在他的奠基下，做了一个收场的推手而已。想到这里，穆安也半跪在地，拳口向心，朗声道："此乃天洛国运，也感激洛族人一心复立，尤其是龙默大人，若无弑君改制，立共治之局，一切的一切都不会到来，穆某人难受此礼，过誉过誉！"

穆安这一席话并没有让任何人对龙默有任何的赞誉和感激之言，包括修辙和夕见。众人哗然片刻，也都三三两两散去了。这长久的沉默和洛族人的无理，顿时让龙默感觉有些无奈和压抑，他半跪在地许久，直至这光洛殿内只剩下穆安和他两个人。穆安本是要让他自己站起身来，平复此时的心情，但终是抵不过心头的酸楚，走过来把龙默挽扶了起来。穆安可以清晰地看见龙默似乎眼角泛着红，当然也理解龙默这个洛族人眼里的"罪人"，似乎永远都难以真正抬起头了。

龙默似是丢了魂魄一般向着殿外走去，身形微颤之间，穆安能发现龙默灵魂深处的变化。这个旷世枭雄，不会只是一个心居庙堂和天下的贪主，若是有可能，南土的未来，依然在他手上。

鹿辞和子幽绕着濉角北麓山脉一阵驱马迂回，才被燕北军其余的主力军接回。但是这几日间，青戎轻骑可是势如破竹，一路杀至了濉角驿西南侧的青羽隘。这是燕川东北最大的隘口之一，若是过了这里，青戎军可真就一马平川了。当然，格索王早就已经下令了，先吓唬吓唬如今多事之秋的燕川，若是子秋肯交出子幽，那这战事还有的商量。只是一众戎西军的将士听闻子幽亲自领军督战，便个个奋勇，捷报频传。

格索王虽是蛮霸之人，但是久居草原也知如何团结这十区六部的戎族兄弟。千族会自从战事复起，每日便尽发战报于各个部族，檄文拟书间，大肆团结天下不说，也尽是把戎族一统大世的理念继续灌输而去，字里行间也都是饱含同族情谊的邀约。一时间，六部都整齐了人马，要与燕川一决雌雄。只是这北土的压力浮现，格索王和千族会也制订了详尽的抵御外寇的计划，现在攻打濉角和青羽的轻重骑兵，都是西部两个偏部的人马，格索王当然会把重兵屯在北境，只要子秋愿意妥协并交出子幽，格索愿意随时撤军。

燕戎交战之际，天下院推行新政，推迟共治的消息传来，鹿辞和何谦分别被子秋和格索紧急召回了朝堂，自是要商议一番分洛大势不说，也得分析如今天下局势的走向。那么燕戎如今变成了格图和子幽的对局，战火却依然烧得很旺。

子幽独自守在这青羽隘，远望青羽山，近冬已然秃了一些，却仍有翻翻绿意贴在山麓上。子幽经过这一串的变故，如今不得子秋的责备，更不失燕东军的信任，当时的叛逆之心已收了大半，现下才想明白一件事，自己就是什么都不做，子秋还依然会认自己这个儿子，那么这王位岂不是顺水推舟的事儿，何须再争？但转念一想生父最后的挣扎，感叹这世间纵使只有一个最终的执念，可这通路永远是千万条。

修辙亲自驱马带着龙须颈链和龙牙剑，直奔崇衡军界而去，这几日指挥人马收拾燕川和青戎军界的残局，已是累得疲惫不堪，但是对于穆安的承诺必须第一时间完成。

修辙把龙须和龙牙放在穆安的手上，这才释然："物归原土，穆大人，多谢你愿意用自己的至宝引蛇出洞！"

"将军请坐，如今天洛整个家国物归原主，才是正道。宗政氏的将军们和梅央是四国中最难缠的对手，我们如今还没有稳胜他们的把握，所以还须时刻警惕。"穆安和修辙对坐而言。

　　"穆大人，多谢你愿意倾囊相助，助我天洛复国、复王族，我修辙今生难报大恩，只求不负穆兄的吩咐。"修辙说得动容，起身又要行礼，穆安赶紧挽扶修辙坐下。

　　"修将军言重了，我只是思索当世乱局，一时半刻难以平定，唯有一步步稳妥而行，方是正路。第一步，无非就是还洛于洛，洛人治洛，那样的话，五国最终才会回到相互制衡的局面，但凡一天共治不完结，五国的洪流就难以止住。"穆安直言。

　　两人一言一语，尽是把如今的天下大势分析了一遍，穆安也解释了一遍自己的深层布局，但觉加速拉拢修辙的时机已到，于是隔着两世的言语脱口而出。

　　"修将军，我说来怕是你不会明白，但是请你务必信我，我说的都是实情。南土之人，燕川、青戎、崇衡、天洛、南依，甚至是西南的小国白梗和荷堂，所有的人都被另一个世界的人之灵魂侵占了躯体。哦，不，应该说是融入了身体，形成了双魂同体，但另一个世界的灵魂并非在每一个当世躯体内都能显现，而所有的神器都有操控这些魂意显抑的能力，更是连通另一个世界的宝物，我们得到它与否，会是件影响当世和另一个世界的重要大事。所以，神器的夺取，我们不能退让。"穆安知道修辙本良善，魂意中是黄飞虎，也便直言，希望他明白自己的用心良苦。

　　"穆兄，你可知在我天洛妖言惑众，过分言语神鬼，那是惑天大罪！"修辙怎么可能信穆安这些荒唐的言语。

　　"修将军，你听我说完！所以我起初本想把神器让给公若，便是此意，若是公若和他的君王宗政楚用了神器，使得他们的人有了另一个世界的魂魄，那么我必然得助或者被害，这也直接决定了南依人是敌是友，你可明白？"穆安反问道，也直言了起初想用神器辨别南依立场的小心思，只不过后来觉得太过险峻，又让修辙截回。

　　"你的意思是他们有可能是你另一个世界的敌友？"修辙还是顺着穆安的逻辑想了想。

　　"对，虽然当世我们为盟友，但是另一个世界的敌友之辨，也会决定他们当世的行为，因为他们的君王宗政楚似乎一直在暗中助我，甚至是保护我。起初，我觉得他们会是友，但是如今看来，只有南依军界驻军最多，而且未受我们连环计的牵连，这是一忍百忍，低调行事的大谋。似乎一切都预示，南依在卧薪尝胆，酝酿北方三国战事再起后，夺权天洛！"穆安对楚王从骨子里就没有一点信任，他笃定在燕川归于元始天尊，青戎归于殷氏，崇衡归于李靖后，南依不太可能还是阐教所控。

　　"夺权天洛？"修辙大惊。

　　"不错，这也是他们助我乱燕戎的原因。除了此原因，我想不出一个曾经密谋盟中盟抵抗我燕川的南方大国会有什么其他目的。"

"宗政楚竟然也拉拢了你，且暗中助你挑拨燕戎？"

"哦？将军为何说'也'？难道宗政楚王也暗中拉拢你？"

"穆兄，你先告诉我，你怎么知道宗政楚王在暗中助你或者保护你？"

"此事不难推断。将军，南依国完全有资本扩大盟中盟以对抗燕川，但自从我进驻天下院后，南依国似乎取消了此计划。我猜测，可能南依国想到了我的身份，欲加利用，比盟中盟更有把握，但又不忍完全为敌，把我推去对立面。还有就是崇衡，南依国之后几次把崇衡拢在怀里，也是怕燕戎的旋涡，把崇衡小国卷进去，让我觉得南依国是在相助。"穆安心思缜密。

"穆兄未免想多了，我认为南依国只不过是在试图远离天洛的反扑，当下他们不失军界就是最好的验证，也是他们不谋而谋的最好结果。"修辙推测道。

"不然，将军，以梅央的睿智，楚王的运筹和公若的胆魄，他们反制天洛不是难事，甚至可以和燕川叫板，但这一切都没有发生。更奇怪的是，几次天下院朝会，朝堂之言，梅央和宗政公若看似言语相抵，不过是留给我们咬住燕川和青戎的机会，暗中却是在帮我们，但结果而言，我们成了南依人的棋子。"穆安此时才觉得天洛人似乎一直被南依人推着走。

"所以你想用神器加以验证他们另一个世界的魂魄是敌是友？"

"不错，我们与南依人当世立场不一，他们会帮我们，有两种可能，一种就是我所说的，把我们当作棋子，乱燕戎崇三国的棋子。另一种就是他们乃另一个世界的同僚，但不便明说。"

"穆兄，你自己的话，说服得了自己吗？"修辙对于自己接受这份荒唐的理论更觉得荒唐。

"将军，可否告知，宗政楚王是否拉拢了你，是否借由你与宗政蕊公主的婚事？"

修辙思索片刻，稍作犹豫，点了点头："我接到过楚王的密信，让宗政蕊等人助我恢复天洛军力，但是军权必须在我的手里，不可旁落！"

"此事当真？"穆安但觉若是楚王直接拉拢过修辙，此事就更蹊跷起来。

"我不会去骗一个救我家国的人。"

"助你夺兵权？且独掌兵权？奇怪了，南依人究竟想干什么？"穆安一时不得头绪。

"穆兄，你的第一种推断若为真，我们不可不防啊，你的崇衡驻军所剩无几，这南依可是分毫未动，若是南依人举兵攻我大殿，我们可就前功尽弃了。"

"不错，干过程，南依相助不假，但如今的局面，又难定南依人的心性，实在纠结。"

"我们最好还是想着最坏的打算为好。依我看，不如穆兄做个榜样，撤去崇衡驻军，然后让梅央效仿，也撤军回洛水以南，这样的话我们才安心。"修辙此时还不忘劝说穆安撤军。

"不，南依人咬定不撤军，可能有后计。如今燕戎崇都无暇南顾，唯有残破的天洛暴露在南依人面前，此局面，我实在没有料到。"

"那我们还能做什么？"修辙反问道。穆安思忖了片刻，一时冲动，不再心存芥蒂，掏出龙肤卷轴，打开来，给修辙看了看："将军，我所言，你必须尽信之。不然，我们无法同心而谋。"穆安直言。修辙仔细看着卷轴，表情疑虑："黄飞虎是谁？"

"你！"

"我另一个世界的灵魂？"

"不错！"

"那你是谁？"

"我是姜尚，姜子牙，你在另一个世界的挚友，我们同为周室效力，你也是将军。当世之途，我还未找到用神器恢复你黄飞虎魂魄的办法，但是我们现在不能再等了，我急需你的帮助！"

"你说！"修辙凝视穆安的眼睛，心里依然觉得这实在荒唐。

"将兵权牢牢握在自己手里，绝不轻信任何人！"

"这与楚王的言语一致！难道孝安陛下和龙默也不可信？"修辙再问。

"那龙默信不信得过，将军心里自有定数。至于夕见，恕我直言，将军，她当世之魂魄，绝对纯良，乃不可多得的一国之君，但其另一个世界的魂魄如今已经显现，那是个不折不扣的妖魅！"穆安直言。

"你敢言语我陛下妖魅附体？"修辙皱着眉头，突然觉得现在眼前的穆安就像个巫婆一般。

"将军！你想想！夕见自从回朝后，可与离开之时有何变化吗？"穆安的话引得修辙思忖起来，穆安继续道："你仔细想想，她离开天洛时是何样子，将军可比较一二，返朝后的夕见呢？利欲熏心，王权为上，不思家国，只求尊位，是不是？将军，我姜尚无力让你尽信我所言，也不求将军帮我如何，只求将军握紧军权，绝不可旁落夕见和龙默，则我自有办法让天洛得保，不落南依人之手，更不落另一个世界我们的敌人之手。"

"穆兄，你救我家国王室有功，我不难为你，若有一天我证实你今日所言均为虚，我会第一个杀了你。"修辙觉得穆安言及夕见之事，确是如此，但如此荒唐的言语一时让修辙难以接受。

"一言为定。将军，为了天洛，为了南土之和，请务必握紧兵权！"穆安俯身鞠躬，良久不起，修辙拍了拍穆安的肩膀，转身而去。

修辙仔细琢磨着穆安的言语，但觉荒唐，又觉得合情合理，这夕见和龙默都是心性百转，脾性难定之人，要说这魂意里有那么几番思虑，倒也有可能，只是这世间如何会有这种鬼魅的东西操控心性呢？

一个闪念间，修辙已是回了将军府，才踏进府门，便招呼郗别、英典、元攘和青灯聚正堂议事。"如今共治名存实亡，家国初复，我们要加快募兵招兵，否则军力不支，这南依和崇衡依然是个威胁！"修辙有些苦恼，"洛北如今怎么样了？可有迅疾复招的可能？"

青灯心知肚明郗别和英典该是有其他的预谋，只是这几人均是几载的战友了，手心手背都是肉，如何言语呢？"将军，洛北有些势力还是山匪和盗贼之身，这后来农息和商息改制引得民不聊生，这些人借此榨干了周围的民生，被净天府通缉了，我前几日再回洛北，已然都找不到接头人了。"英典苦笑着答道。

"将军，洛北我熟悉，虽不是一马平川，但是也有平缓之地，我驱马巡境找寻几个月，应该还有希望！"元攘自荐道，也是想看看修辙是否真的信任自己。

"不，我们可能没有几个月的时间了，若是残军残势不得，我们需要其他的办法！"修辙的话依然让元攘很是失望。

"将军，洛东势力也是一样的局面，这家国百废待兴，可这军心毕竟是伤过一次的，想要复立，不似民心啊！对了，洛和会呢？可有入军的把握？"郗别直言。

"入了一些，但是江湖草寇，哪里有正规军好用。"修辙很是无奈，本是有心巡境再觅残军的，可是如今都打了水漂。

"将军勿扰，我们再去寻觅。但求一月，各领百人，于东西南北四境寻觅，不得不归！"郗别信心满满。

"你们四个按下军令状再去，不许再有复招不得之事发生！"修辙无奈，也只能如此，心里隐约觉得郗别等人没说真话。

"将军，我们……"青灯话未说完，郗别又抢过话头："将军，我们三日内上路，军令状不在话下，但不需他们三人，我一人领此状便是，若不能领残军回朝，我提头来见！"郗别为了堵住青灯的嘴，也替众人挡下了这一死罪。

"不……"英典还没说完，郗别又喊道："无须再争！"

修辙面对面盯着郗别的眼睛，纵使曾经再相信这位身边的军首，如今也只能为了家国，如此行事，心里忐忑的不是郗别的死活，也不是残军能有多少充军，而是郗别的心性。修辙知此人心高气傲，如今墨台王室续登大位，这些曾经被王室伤透心的将军何去何从，都难以定论，不过为今之计，也没有更好的办法了。

"二日内，你们自行上路，我自会在孝安陛下面前替你们领下军令状。若一个月内你们和残军不回，就砍我的头！"修辙义正词严，言罢而去，空留四人在府内面面相觑，心神不宁，若是拥兵自立负了修辙的心，才是最痛苦的。郗别虽看出了修辙的诛心之法，但如今箭在弦上，已经不得不发了，他扭过头看着一直在犹豫的青灯："青灯，你不须勉强，依心性而事！"郗别言罢也去，英典随去。元攘走过来，心里替青灯发着愁，但自己又不便多说，一把把青灯搂在怀里。青灯这女中豪杰，战场上如入无人之境，英勇善战，可这人心善恶当头，儿女情长之间，却是尽显女人之心，元攘宽厚的肩膀贴来，她心中一酸，眼泪瞬间浸湿了青眸。

郗别同时盘算扶季和乔公的话，这拥兵自立、领兵而走，借不借王室立旗，是一个学问，而且在哪里拥兵，以谁为靠山，都是值得反复思考的问题。扶季敢于在锦葵下葬的那天与郗别说那些话，再加之郗别和元攘之前查探的他与锦葵和洪番在洛京城的密谋，郗别不难推算扶季该是北土的重臣。但若是以北土为靠山，这当真是险中求生了，但若如乔公所说，这东南的罗曜国也确是一个栖身之地，只要做得圆满，罗曜那片只剩下断壁残垣的土地上，曜族人民是不会介意有人前来协助他们再立家园的，只是这家园属谁，还须斟酌。

青灯心里有一百个不愿意，但也知和修辙这份感情终是没有结果，还不如像郗别所说，既然没有结果，不如自己亲手再写一个开头。在青灯的心里，本是对墨台王室有着一定的感激之情的，毕竟身为孤儿，若不是王族收入宫内，再由修炳睿将军带去杀场，可能这个弱小的女孩就要在世间洪流中自生自灭了。也正因为这一点，元攘希望青灯给自己多舛的命运一个归宿，不要在这个漠视生命的王族身边过活。青灯带着一百轻骑踏上南去的路时，似乎想通了这件事，她要为了自己而活，南下复招残军，再建编制，随着郗别再建一番功业，也让修辙能正目而视。

元攘和英典也分别领兵前去东境和北境寻觅残军并复招归朝。当然，这个"朝"在哪里还不得而知。郗别驱马奔着西境而去，刚出洛京城西郊，便见扶季在树林深处，一袭官衣，似是等待良久了，郗别下马走进，两人相互鞠躬行礼。

"恭喜郗别将军终于踏出了这一步，不知这拥兵自立，立于何方呢？"扶季显然希望郗别能引军投了北土。

"不劳扶大人操心，我们自有去路，也自有办法过活！"郗别自从知道扶季身份后并未揭露，是因为单凭一席话并无证据证实扶季北土人的身份。他并不像洪番有着红色印记，似乎是北土的异族，但这言语之间不难听出扶季对北土的一切比洪番还要了如指掌。

"将军，你心里已经有了方向，否则不会此刻便上路求军，我一番好意，你切勿误会。这世间通向北土之路，可并非青戎的北境戈壁和崇衡东北的秘境幽林，还有罗曜北部湾的恒海可以直接北上，你若需要……"

"我为何要投靠北土，扶季，我为何信你？"郗别打断了扶季的话。

"将军，北土不需要你投靠，你也不必信我，只是有几点你要想明白，拥兵自立，若无朝堂和君储所依，若无大势所依，若无长久之政，那就等于为别人养兵。修辙乃如今王室正统大将军，若天洛稍作休整，孝安王立旗，修辙复招，你觉得你的佣兵，会有多少还留在你的身边？"扶季说的，郗别也都想过，也都在安排，只是当下依然在犹豫这最大的靠山和该拥立的储君都是谁。

"我并非拥兵自立，扶大人，这叫警醒朝堂，若是孝安陛下和修将军懂得了家国真念，我们行军再回又何妨？"

"如果是这样，那叫兵谏，何须领兵而去？将军，我们不绕弯子了，我直言，你的大势所依只有北土，若是你需要恒海北上或是在南土接应，我们都应允，若成大事，将军就将是这南境之王，不在话下。另外，我见将军曾秘密在东巷湾打造船舶和小舟，那必然是有了东渡前去罗曜的心，只是罗曜国已经灭国数载了，如今人迹罕至，王室尽灭，若是你愿意去那里再立朝堂，需要旁边南依大国的暂时扶立，则你要带上一个人帮你，可储君不失。"扶季其实等于默认了郗别东渡罗曜建国的行为，当然郗别也是在百般斟酌之后，采取了乔公的建议。

"你说的可是雪轮公主？"郗别反问道。

"将军聪慧，雪轮公本就与南依王子宗政星沫有通亲所在，楚王必然会同意协助你东渡，若是罗曜成了南依东延的土地，依族人何乐不为？"扶季的一席话几乎与郗别想的一模一样，只是郗别心思缜密，如今天洛新立，但南依未退，这最大的威胁便来自南依。若是罗曜和天洛最后都被南依尽收，那这南境岂不是要和北土分庭抗礼，天洛便再无夹缝中生存的机会。

"扶大人一席话我谨记在心，也希望你给北土的人带句话，若是有得商议，我们坐下来一切好说，若是不顾一切南侵，我们决不束手就擒！"郗别驱马而去，扶季露出一丝略带匪气的笑容，他不求什么南北两土的安平或是纷乱，在瞿麦花下，最美的就是抚子之人，粉嫩之童。

伯谕捣着小碎步，迅疾奔着腾宙宫而去，见了父王，便把一套供状摊开了给伯翁王看。伯翁不看也知道，青戎人没少在自己眼皮子底下干偷鸡摸狗的事。河道开掘、私运金矿、借口东戎、驱逐崇商，甚至还惦记着扰乱城镇内的崇衡院府机构，这些糗事，青戎人一样没落下。伯翁随后还拒绝了青戎的密使求见，他推测青戎似乎有了缓和之意，甚至是再成盟之念，因为戎族西线的战事实在紧迫。

太积指挥着一众崇衡轻骑押解青戎的河工撤离河道，几路人马浩浩荡荡奔着边陲而去，几辆押送青戎监工和士兵的囚车陆续驶过，不停地有人叫喊："崇衡走狗！我们助你们清理河道，你们却如此薄情？"

"告诉伯翁！我们会再回来的！"

"青戎万岁！"

太积扫视着一众俘虏，面色淡然。突然，一个崇衡骑兵驱马赶到太积的身边，递给太积两个带着淤泥的金黄色器皿，太积拿在手里，仔细地端详。

"哪里来的？"

"将军，这些东西均来自我们自己河工的开采，多是与金矿混在一起的，像是王室的东西。"

太积用手擦了擦器皿一侧的淤泥，镂空的精刻上赫然出现四个大字："白梗帝国"。太积又擦拭着另一个器皿，另一个上面写着"荷堂公国"。太辽在太积身边不远处，望着这两个王室器皿，脸上挂满了泛着血色的坏笑。

太积心头一紧，自知这两个国家该都是西南小国，虽然也听说两国都是南迁的王室，但由于中立和宗教的关系，也因为他们与燕川王室的亲密，世间诸国并未太多走动，怎么会在寒岭河和东戎河河道里发现他们王室的器皿呢？难道是从北土河道冲流至此？如果真是这样，那么北土现在岂不是……太积没敢多想，又自顾自问起来："白梗？荷堂？这两个不是西南偏安的小国吗？他们王室的东西怎么会在我崇衡的河道里？我们收集了多少这些东西？"

"有不少，还有像是王族宫殿的其他东西，甚至有宫殿修葺用的巨石堵在了上河口。"

"所以，一直所说的金矿，不过是王室器具？"太积问得仔细。

"河道内确实有金矿，而这些东西，经常伴随金矿被挖掘出来。"

"上河口的巨石挪开了吗？"

"河工们正在挪动，今日便可取走。"

"连同已经挖掘的王族器皿和那块巨石，一同押送回朝堂，拿给陛下和王子看，不得有误。"

"是！将军！"

"等等！这条河到底起源于哪里？"太积追问道。

"青戎境内的东戎河！"

"可是纯粹的源头？"

"听一些青戎的河工说，东戎河似乎也并非源头，而源头在，在，似乎在……"

"在哪？"

"在北土！"

太积似乎证实了一部分自己的想法，这个想法如今显得有点沉重，若北土如今成了残垣，那么会是什么势力如此强大呢？隔海相望的东土？应该不会。群山相隔的西土？应该更不会。

　　穆安在军界内调动人马，实际是操练一番，并无退军的趋向。龙默乘马而来，把一纸通文扔给了穆安，大喝道："穆大人，说好的撤出一半军队，你可要言而有信啊，我已是这个月第三次给你发通文了，你老是这么赖着，可有失风度。"

　　"龙大人，我已经于昨夜撤走了一些人马，如今剩下的，刚好一半，他们也在抓紧重塑阵营，梳理农耕。怎么？你信不过我？"

　　"你休要唬我，你崇衡如今留守三千人，就昨夜北境而走的人，满打满算不过几百人，怎么也不会有一半。你想反悔我们一致同意的战时新政不成？"

　　"龙大人何必着急呢？你也不想想，我为何趁夜虚走人马，而实留重兵于天洛呢？还不是帮你天洛吗？"穆安语气诚恳，"我崇衡驻军横竖三千人于此，对南依人便是掣肘。我们若走，他们驻军万余人于你天洛可就是决堤洪水，漫天蝗蝇了，到时候你要是止不住，可别怪我没提醒！"

　　"哦？你担心南依人借机夺了我大殿，再亡一次天洛？"龙默虽不太信，但心中一凛。

　　"没错，这次，你即便熊胆一抖，再杀了夕见等残室也没用了，因为南依人一心只为占洛。"

　　"穆大人，你真是说笑了，南依人会傻到四国盟约刚毁，就单枪匹马夺我天洛？那燕川和青戎调转矛头不是瞬间的事吗？谁会把自己立为众矢之的？"龙默始终坚信这残存的平衡，南依不会贸然戳破，除非楚王真的认为燕戎均不会再南顾。

　　"世间之事，万千羁绊，龙大人难道不知崇衡发现了青戎人在边境抓捕红印之人的事吗？这说明，北土之人已经慢慢渗透南土了。燕川和青戎敢于东西线用兵，但绝不敢再南下了，若是天洛有变，他们望尘莫及。"穆安这是连吓唬带劝慰，就是希望龙默给自己留点人，但这些人如今扶季也在惦记。"不然，你先去试探试探梅央的口风，再来催军于我可好？"穆安这眼神分明就是催着龙默赶紧走。龙默当下也确实有点怀疑梅央的心性，谁知这五国闹剧如今似乎变成了天洛和南依的对弈。

　　龙默也不耽搁时间，告辞了穆安，直奔南郊而去，见了梅央就是一阵劝说，希望梅央撤军而去，没必要引得燕川和青戎南顾，可这梅央岂是那么好说服的。

　　"龙大人，并非我不愿遵守这战时新政，也并非不愿撤军。只是你可曾想过，万余人抽之一半，那崇衡的驻军可就是你天洛都城郊外的一枚毒刺了！失去我们的制约，他们就会扎入你天洛大殿，入毒骨髓，真的亡你王族残室。"梅央几乎和穆安商量好一般，拿着对方当说辞。

　　"你们俩还真是默契。"龙默冷笑一声，"梅大人多虑了，崇衡怎敢于此时惦记我天洛？你们虽然盟约不在，但若是谁敢在此时分洛，燕戎还不分兵南下以质问？"龙默笃定平衡还未打破。

"崇衡人可未必这么想。这样吧，我们撤去百十人装一装样子罢了。再说了，我们既没说保留商息农息之事，也没提王选和禅让之权，只有军界的弹丸之地，区区万人，你也不留吗？"

"梅大人可是与穆大人密谋了什么？怎么都不愿撤军呢？"龙默这才觉得似乎穆安有阴谋。

"哦？穆安没撤军？这不正好说明，他们崇衡有意不轨吗？"

"穆安也是这么说你们的！"

"那就看龙大人信谁了，不是吗？"梅央说罢，偷笑起来。

龙默少有的气急败坏让自己的脚步都有些凌乱。他一回到龙府，便把这战时新政的通文甩了桌子上。郎虎赶紧凑过来宽慰道："大人，注意身体啊，这穆安不撤军，梅央也不撤军，两个人同时耍赖，我估计是有私下商议的。"龙默一时不语，还在思索穆安和梅央可能的布局，生怕天洛和自己之前所有的挣扎晚节不保。

"大人，您的龙须可还没要回来呢，这穆安不可信啊。"郎虎又提醒道。

"龙须我并没有要回来的打算。如今龙眼不灵，龙骨防身，龙须也便显得没了太大作用，不如让给他，看他如何寻觅旧人，我们也好暗中辨认。"龙默如今这是一事未平一事又起，心里烦闷不已，"对了，我还想问你呢，借出龙须后，你可曾盯住穆安的行踪？"

"一直在我监视下。大人，像我上次所报一样，穆安确实言而有信，只是用神器引诱宗政公若前去蕴宝阁偷取，直接导致瑶缮误把洪番的人头带回了南依的军界。"

"宗政公若带着神器去了何处？"

"还未出宫，就被修辙将军把神器劫了回来。想必，修辙已经把神器都还给穆安了。唉！他若是有心，早就归还神器了。看来，穆安还是有意独吞神器。"

龙默点了点头，却猛然间，似触电般身形一颤，瞪大眼睛，表情惊恐："等等，修辙劫回了神器，还给穆安？那穆安接待修辙之时你可曾暗随？"

"不曾，那时他们连护卫和随从都支开了。"

"坏了，我千想万想，没想到穆安此时在策反修辙。"龙默顿悟穆安是在拉拢有兵权之人。

"策反修辙？难道修辙是周室或者阐教之人？"

"必是！但穆安不得回魂之法，只好言语相劝修辙投诚。"

"修辙一心天洛王室，怎会信他的话？"

"姜尚何许人也，鬼都能让他说哭了。"

"难道姜尚想不通过神器，回修辙之魂？"

"也许他在尝试，但更重要的是，穆安想借用修辙的一样东西。"

"什么？"

"兵权！"龙默所言也让郎虎惊恐万分，两人一时无语，但觉这世间兵众似纵横于大地的江河一般，纷杂奔流，汹涌不已，却始终难以驯服和尽用。

龙默次日一早便去了光洛殿拜见孝安王。朝会还未开始，龙默便冲进侧殿与夕见念叨起兵权之事。"陛下，此时可不是念及旧情的时候了，我们必须有所对策。"龙默直言。

"穆安惦记修辙手中的天洛兵权？这不简单吗？修辙的兵权我们抢过来就是了！"夕见显然并未觉得这是什么大事。

"陛下，穆安与修辙可能有所预谋，我们有些后知后觉了。整编后的禁军、洛西洛北军总共才两万人，但你要知道兵在谁手里。子笙领区区三万燕东军就所向披靡，但格图领十万草原之狼连先王的两万天鬼都破不了。如今呢？若是穆安与修辙联手领军，那可真是兵如鬼魅了。"龙默忐忑不安。

"我不信只凭言语之力，修辙就能被穆安策反。"

"我们不能低估了穆安的能力，姜尚是何人你可领教过的。"

"修辙到底是谁？可有眉目？"

"借此推断，必是周室大将或者阐教高徒，否则穆安不会如此亲近。"

"穆安的崇衡军界还有多少人？"

"三千人，加上修辙的人，不可小觑。"龙默心算了一番。

"若是穆安真的要以兵夺政，那我们就先下手为强。"夕见盘算着若是不行，还得是拿夕见与穆安的情义说事。

"不，我们现在没有借口对穆安动手，更何况他身后还有崇衡的支持，南依人也跃跃欲试，我们能做的，就是把修辙的兵权先拿过来！"龙默建议道。

"如何做？"夕见顿生惊怖。

龙默近前而来，两人耳语了一番，似乎四国共治刚刚结束，这庙堂内斗又开始了。

几乎月余的时间过后，沮洛和沮云才收到沮衍从凤羽城偷偷寄出来的求救信。这子秋斩杀了子笙之后，就一直把沮衍软禁在凤羽城。沮洛猜测子秋为的是牵制自己的商基，既然韩童鲁三大家都与鹿氏有来往，那么自己的财富被鹿氏吸取而去，该是最合理，也最快速的补充燕川军费的途径，也算是鹿辞将功补过了。当然，这也是鹿辞还能被委以重任，前线领兵的内在原因之一。子秋已然安排了鹿辞对于天洛四大家族的吸金途径，就只差这沮洛配合了。

沮云才安排了幼槐把洛和会的一众新招的江湖好手送去给修辙整编入军，便又秘密准备了车马，要带着洛和会的人前去凤羽城救出哥哥。沮洛当然第一时间识破了沮云的想法，但心中也有了西去的冲动，进而又盘算起之前乔公的话，若是去西南小国寻个彩头，和白梗或者荷堂的王室一同前去燕川要回儿子，是个不错的办法。否则自己单枪匹马去了燕川，插翅也难再飞出，借着白梗和乔公的关系以及自己的商往，此事有得商量。

沮洛和沮云都知龙默虽然解了自家的软禁，但这周围孝安王和龙默的眼线依然不在少数，甚至连穆安和梅央的细作都能嗅得出来。

幼槐连夜带人于城郊闹事，引得东郊外火光四起，这冬初光秃秃的林景内，可少不了京守军的身影。他们一是怕火灾，二是怕动乱，好一阵忙活，才把火熄了。

沮洛和沮云二人借着城郊乱事，出了后堂暗门，坐上马车，直奔西南郊外而去，第一个目的地就是乔公所言的白梗。"幼槐那边你都安顿好了？"沮洛还是有点不放心家国的复招军力之事。

"爹，放心吧，有幼槐在城内安顿并带领洛和会，不会有问题，复招之事他会与修将军通络的。"沮云自信道。

"此去白梗，路途不远不近，怕是途中也有变，你不可鲁莽，见机行事！"沮洛又叮嘱道。

"爹，放心吧，等救出哥哥，我带你们去西郊狩猎！"沮云依然孩童秉性难改。这两人驱车而去，也苦了父子二人。

龙默和郎虎站在远处看着沮洛的马车远行而去，郎虎甚是不解："大人，为何放走他们？这沮洛和穆安也走动几次了，不知身份啊！"

"沮氏几代忠良，沮洛更是难得的治国之才，只是我与他秉性不一，难以同朝，由他去吧，总比留在穆安身边要好。若是自己人，以后定有缘分。"龙默其实也笃定了沮洛该不是自己人，否则穆安不至于如此亲近，为今之计，留在天洛也是个祸害，又不可能杀了如此威望之人，且魂意还可能换躯而栖，不如让其一走了之。

"我们就不能劝劝陛下，让沮洛官复原职吗？"

"夕见如今一心扶持心腹，怎会留用沮洛。"

"那我们……"

"我们更留不住他，在他心里，我永远是一个佞臣！"

"沮洛这种大才，我们还不知其上古真身就如此放他而去，未免……"

"无论去哪，让星渚会盯紧他，随时来报，无论他是谁，不辅佐大商，就是失败！"

"是！大人！"

"另外，替我去看看乔公，劝他回去洛南的老家吧。他若不愿意离开，就给他换个豪府，替我好心照看！"龙默心里感觉愧对沮洛和乔公两人，若不是弑君建制，两人该还是国之栋梁的，如今年岁已高，还都没了官职，余生确实惨淡。

　　梅央和宗政公若整顿人马，似乎在为了最后的分洛做着准备。几炷香之前，宗政公贺已带着几百人的轻骑返回了依水城，这便是他们佯装撤军的全部军力，混淆视听之余也实在不拿天洛人的新政当回事儿，如此一来，南依人的野心也暴露了出来。

　　为了进一步掌控天洛的后宫，梅央建议楚王把宗政星沫和宗政星烛两位王子留在了军界，二人不时前去后宫笼络笼络关系。夕见和龙默碍于军界驻军的威胁，且天下院和天上院也未撤编，都不好阻拦，这宗政星烛和雪轮公主也就走得更近了。当然，哲王琴妃的势力一直笼罩在二人的身边，就像之前都别所见，众人对于法阵和炼金术的痴迷日益增加，这与哲王的身份不无关系。绿衣也在其中如鱼得水，他们众人就像住在世外桃源的一众"仙人"，与这乱世"隔绝"开来。

　　穆安驱马而来，扫视四周，下马行礼，反讽道："梅大人和公若这兴师动众的，是要班师回朝呢？还是原地活动活动筋骨？"

　　"穆大人说笑了，己所不欲勿施于人，既然崇衡做做样子，我们也就随着做做样子了。不过无论如何，燕戎两国也不会介意我们走不走人的，对吗？"梅央大笑道。

　　"不尽然，别人不说，就怕这天意难违啊！"穆安直言。

　　梅央心中一亮，倒愿意听听穆安的献计："穆大人帐内说话！请！"

　　"请！"

　　三人才入了帐内，宗政公若赶紧为穆安沏茶倒水，梅央搬了几把椅子引众人围坐。

　　"王选因王祭推迟，至今未能重提。但不知二位是否还记得天洛的小王子哲，他于宫外揭露洪番身份，胆魄与智慧异于常人，是个有君王之相的孩子！"穆安引言道。"还有印象，为何你提起他？"梅央问道。

　　"他可以暂时成就我们的计划。"穆安继续道。

　　"你不会想让一个三岁的孩子坐在王位上吧？"公若疑惑道。

　　"正是如此！"穆安狠狠地点着头。

　　"荒唐！"梅央哼笑一声。

　　"满王之死，你们心里有定数，只是没有证据指明就是夕见和龙默暗中所谋划，但我有证人，若我们指认当朝陛下和天下院国相均为灭亲夺位之小人，那么夕见王位不保，龙默也随之而倒。且当时夕见朝堂杀了锦葵，早已引得半个后宫不满，我们借此再推举哲王登位，你我两国幕后而运筹，摆弄一个三岁小儿还不是易如反掌？那与天洛落入你我之手有何分别呢？"穆安说得详尽。梅央和宗政公若对视一眼，各有所思，"你想我们帮你扶持哲王，用以打压夕见和龙默？"梅央补充道。

　　"不错，这样一来，天洛实际就是你南依控制了。对内，我们一切按照天下院旧路而行，你南依一言九鼎。对外，不过是天洛哲王夺位，杀佞臣的假象！天洛子民不会乱，商农依旧，燕戎也不明所以，不会认为你们独吞天洛，久而久之，天洛就是洛水以北的南依了。"穆安直言。

"穆安，你崇衡崇尹会帮我们密谋如此完备之计？你别无所求？"公若一时想不出破绽。

"我当然也有所求。第一，夕见和龙默交由我处置。第二，天洛的崇衡军界扩大一倍交由我崇衡管辖。第三，留天洛后宫不得为难。"穆安开始反控龙默和夕见。

"穆大人，此计听上去不错，天衣无缝，我南依万余人大军逼宫，挑明夕见和龙默阴谋，然后扶持哲王便是，引不来任何流言蜚语。但就一点！我为什么信你？"梅央眼中满是狠厉。

"你们别无选择，梅大人，撤军，则你们虽偏安，但一切都结束了，两手空空！不撤军，则不出三个月，必然引燕戎南归，则失去最好的吞洛之机。我若是你们，就刚才之计，我不会有丝毫迟疑！"

"我们即便信你，如何信得过哲王呢？他背后的天洛后宫势力根基如此之深，会听从我们摆布？"梅央其实心里早已经有了路数，不过是再套一套穆安的话，终是要确定穆安的诉求。

"你们的驻军难道是摆设吗？"穆安反问道。

"驻军施压天洛朝堂，燕戎怎会不知？到时候必然兴师问罪，说我南依以图独吞天洛。"梅央直言。

"到那时，修辙的四方复招之军也是哲王手中之物，则必然也受你南依所控，再加上你们万余驻军，燕戎即便知道，怎肯轻易南顾？再说了，哲王若得助，登位备军，你们尽可以粉饰驻军为禁军，蒙混燕戎两国人之眼，他们彼此战事深入，怎会细查此事？只要坐在王位上的不是你南依人，燕戎绝不会南顾责怪！"穆安心思缜密。

"此事纷杂且关系南土战和，一不小心，就是南土大乱，绝不可乱来。再说了你怎么知道修辙有心复招残军？"公若反问道。

"就凭禁军，如何成大事，此事很难推测吗？"穆安言道。

"穆安！你怎么来的，就怎么回去，我们权当此事没有发生过，你休要再唬我！"梅央佯装不愿顺从。"你们自去思索便是，此计万无一失，如今我崇衡和你南依都留守天洛，那就是一条船上的人，咱可别让落水的人拉下船去。"穆安比喻一番，"我今日劝诫，你们不肯从，算是良机错过，若是这个机会还有第二次摆在面前，那就是天意了！告辞！"穆安言罢而去。梅央皱着眉头，思来想去，却也没找到穆安逻辑里的破绽。

梅央佩服之余，依然不得穆安劝言夺洛的内在动机，该是有一个逻辑的死角存在，而众人并未发现才是。公若随后依照梅央的吩咐，密信了楚王，为的就是看陛下是否愿意接纳这份"天意"。

话说这姜子牙之计，当有军事大家的风范，他对南依人下的布局，便是一个奇招。劝说南依人夺权天洛，目的之一，为的是试探南依君王宗政楚究竟于上古魂意中是敌是友。穆安推断此布局会有几种主要结果，第一，若南依夺权，龙夕二人辅政，哲王登位的结果发生，则穆安便知宗政楚为上古商朝之人或截教之人。因为他把哲王，也就是纣王推到了王位，若是周室或者阐教之人不会如此。第二，若南依夺权，直接由宗政楚执政天洛或扶立其余王储，囚禁龙默和夕见，则宗政楚王为上古盟友。第三，若南依夺权，直接由宗政楚执政天洛，但并未囚禁龙默和夕见，则宗政楚王为上古截教之人，且截教内斗初现。第四，若南依人始终未能行此计，则宗政楚王身份不定，这也是最小的可能。只不过此计并非天衣无缝，若是楚王有心，也有反制和遮掩的办法。其实徒劳了穆安这般费力算尽，终是遗漏了几种可能。当然，穆安依然有心让南依推立哲王，也就是纣王，让龙夕二人陷入商截争位的内斗。他要的，就是乱中取兵权，并且分划天下大势，为了心中的元始天尊争取境外利益。

光洛殿内静谧异常，夕见、龙默和修辙三人心思横流。夕见坐在王位上，表情慵懒，龙默和修辙站在堂下，气氛一时冷峻，刚才的一番话题显然聊得并不愉悦。

"你这军令状有何用？修将军！英典、元攘、郗别和青灯各自于边境复招和寻觅残军，若是真的最后入册人数不够，我还能真砍了你？"夕见拿着修辙之前答应郗别等人所领的军令状，不停地颤抖。夕见当然没想到郗别拥兵自立之事，只是在担心复立的军众数量和质量不够。

"修将军，你这军令状作废，家国天下因你复立，还能再为难你不成？刚才的话，请你理解！这次军队调动，一来，为了稳固朝局。二来，也是怕燕戎战事影响北境。三来，也得有人监督南依和崇衡的驻军调离。四来，我们的军队调往原来的燕川和青戎驻军之地也是必须的，毕竟前朝就是如此，这你比谁都清楚。"龙默直言道。

"修将军，你不必多想！拆分编制后，巡防军交由龙默指挥，再分兵而去北境是怕你辛劳，禁军交给我，我只是为了分兵以重建王室亲卫，后宫宫执和侍卫，以及其他院府方便而已。我们会立即分兵调拨一支新的京守军给你，让你前去南依驻地附近监督他们调离，我们三人分头而事，为了天洛军力重建，须不拘小节。"夕见小心翼翼地引导修辙，有意对军权先分后撤。

"陛下，我明白朝堂之意。我作为将军，分兵而制，义不容辞，我也愿意交出军权给陛下，但龙大人乃天下院国相，无权领兵，恕在卜不能应允。"修辙抓住一个破绽便咬住不放。

"哦？那也好，交由陛下全权处理也行，我只是一心想为陛下分忧，所以张罗此事。"龙默赶紧接话道。

"好！既然将军愿意交出兵权，那我即刻命人写明调令和通文，以下达百官通议，几日后于朝堂易权可好？"夕见赶紧安排。

"陛下，此时天洛乃战时新政，此政不同于前朝兵制，我不知何为前朝的朝会与内廷，何为外廷和军所？只留天下院和内廷院，不见军政院和帮邑院，怕是难以完成军权的易换，我们不如在下次朝堂议事之时，言明此事，说明天下院和内廷院于辅政之时的分工，然后再言百官通议，换兵权给陛下如何？"修辙百般挣扎。龙默面色突然严肃起来，盯着修辙的眼睛："哦？修将军，陛下乃一国之君，难道此时管你要兵权，你不给吗？"

"龙大人是质问我吗？陛下索要兵权，我如何敢不给？但无论如何，无论君臣，不可乱了制度，兵权大事，怎可如此草率而事？"修辙当先厉声道。

"好啦！修将军刚才所说的兵权交接需要几日完成？"夕见问道。

"若下次朝堂之议言明一切，天下院和内廷院辅政得当，百官通议后，我自会去都别等人的东西南北四处复招之军取回兵符，再入军册，加之禁军，交给陛下。到那时，估计不出半月。陛下，我并非有意犯上，兵权在我手里，也是为陛下办事，陛下何须亲操呢？"修辙只能拖延一番。

"修辙，我只是担心你分身乏术，你去南依那边监督调军就很辛苦了，难道北境和其他军界还要你去不成？我如今可就你这么一个将军！"夕见佯装体恤下属。

"多谢陛下体恤，我会去准备军中文案，希望早日交由陛下处理！"

夕见挥了挥手，修辙行礼而去。龙默凑到夕见的身边，压低了声音："修辙似乎有所防范，不肯交出兵权。"

"他敢！他不交兵权就是谋逆之罪！修家世代忠良，我就不信他要亲手毁了家族名誉！"

龙默又耳语了几句，夕见频频点头，二人似是需要个法子反制修辙的挣扎。

不由分说，修辙辞别了夕见和龙默，径直奔着穆安的军界而去。要说如今修辙不信夕见和龙默这般同胞之言，却信穆安一个异国人的献计，似有不妥，但对于如今夕见的权欲和龙默曾经的嗜血，修辙一直耿耿于怀。穆安也是救了修辙家国之人，这信任有了倒向也不难理解。

穆安早知夕见和龙默必有此一招，便连夜与修辙商议了对策，如今修辙也不知都别等人会不会带着残军而回了，穆安知道了此事，心中略显忐忑，也便制定了都别等人不归之计。反正无论如何，这天洛的禁军，还有之前整编的洛北军和洛西军，他们是定要握在手里了。

宗政楚王在依水城的四洋宫内反复看着梅央的信件，宗政公贺在一旁静待楚王的反应，也知道如今行险夺下天洛可能是一个机会，只看楚王陛下是否愿意赌一把了。

"此事倒有点意思。"楚王显然心里并不排斥。

"陛下，依梅央大人的意思，穆安所言之计似乎并无破绽，也无太大风险。但想来还是难以信任穆安，担心如此大事会从中有变，所以告知陛下，再行商议和定夺。"宗政公贺直言道。

"穆安还真是秉性不改啊，老样子，不轻信、不妄言，布局以试探，不错。我会细想此事，再作定论。对了，蕊儿、沫儿、烛儿可都好？"

"陛下，王子公主们均安好，梅大人在照料，不必挂念。"

"你去吧，整肃合并我们的依北和依西两军，随时待命。"

"是！陛下！"宗政公贺领命而去。一个侍卫进入宫内侧殿："陛下！梅勋大人求见。"

"来得正是时候，快快有请。"

梅勋一身长袍，慢慢走进殿内，鞠躬行礼："陛下！老臣前来议事！"这梅勋便是梅央的哥哥，为人稳重憨直，刚正不阿，官拜梅堂依宰，也是楚王数载鏖战四方的密友，曾助楚王理政、变法，一统南境，这才有了楚王的奖励，以梅氏命名这主政的机构，这一番信任可是天听所至。当然，梅氏本也是王后一脉的宗亲，家族关系甚密。

"快坐！梅大人来得正是时候，看看你弟弟的信！"

梅勋仔细地阅读，然后言道："陛下，我来也正是为了此事。吾弟梅央这几日也送信于我，商议办法，我觉得此时穆安相助我南依献策，本是好事，但我们得看清其目的。"

"梅大人，你我直言便是，这里没有外人，不必藏匿上古之身，我且推断，此非穆安之意，而是姜尚之心。"

"必然如此，穆安若献计，不会如此。崇衡夺洛之心不在我南依之下，他没有理由引虎归山。依我看，这是姜尚献计我南依，以图试探我们的上古之身于他自己是敌是友。"

"嗯！我也是这般揣摩，我们虽知穆安乃姜尚，但世间风云际会，我们不便与其互通，你我之下，再无上古魂意明晰之人，实在难以轻信。依我看，怕是之前封在星沫王服中的密信，穆安也没收到，否则不会再试探于我们。"楚王甚是无奈，偌大一个家国需要照料，也是分身乏术。

"必是如此，陛下，姜尚此时献计，您可看清其布局中的奥秘？"

"不得尽知，愿请教梅大人。"

梅勋贴在楚王的耳畔，尽是把穆安所想分析了一遍，但也对哲王身份持疑。楚王思虑如织，不停地点着头："必是如此！我们南依的夜翻花乃上古烛龙的龙鳞所变，遍布新世，除了日日翻新之能，亦能辨别世人上古的善恶之阶。遇大善之人，日日翻新常开不衰，反之亦然。哲王身边的不开一日便败，那是因为纣王荒淫无度，暴政不止，使得家国难续，政治糜烂，恶念冠绝天地，夜翻花难持一日之念，皆枯萎而死，问上古世间大恶至此之人，除了纣王还能有谁？"楚王解了梅勋心头对于哲王身份的疑惑。其实洛京早就有了楚王涣泽会的人，这宗政星沫王子便是会中一员，他早知弟弟与雪轮公主和琴妃走得近，便一刻也没停了彻查哲王的身份。只是哲王就是纣王之事，确为楚王从细节中推测，且感觉哲王此时并无上古之意。

"陛下高明！姜尚如今就在那里，我们于此时不能不直言于他了，他一心助我们，我们才可无往不利！"

"只怕龙默和夕见没那么好反制！"

"他二人身份可确凿？"

"公若与瑶缮在穆安身边已久，从其卷轴中早已得知，龙默就是申公豹，夕见就是苏妲己，而且就天洛龙默乱政，夕见夺权来看，两人必有上古魂意。而穆安的姜尚之魂意，我不确定完全恢复了，因为他比我想象的更加多疑。"楚王担忧道。

"此多疑之心必然来自上古之敌的诱骗，依我看，姜尚现在飘摇不定，难确去留，更有试探我南依之心，怕是有截教之人从中作梗。"

"穆安出途燕川，游历青戎，称臣崇衡，如今任职天洛，唯独与我们未能有一面之缘，这路途中，难免遇敌遇友。唉，苦了他了。"

"陛下，我们需早作定夺，如今天洛前路不再浑浊，我南依大军压天洛都城之外，穆安从旁而助，这是大好局面啊！"

"马上拟定一封密信，让公若飞马带去给穆安，让他知道我们究竟是谁，也好相携而事。然后再密信梅央，让他做好准备，我们夺洛，捉龙夕二人，主政天洛！"

"是！陛下！臣这就去办！"

楚王这一语便是敲定了南土未来几十年的分和之路，当是一个里程碑的见证，只是这商周之人魂意里对当世之人的压迫就更加深了，也就更苦了穆安、龙默和夕见等当世之人，纯粹是活给了另一个世界，抹杀了自己的人生和家国之路。

光洛殿朝会再起，夕见坐在王位上，龙默和修辙分站堂下。穆安和梅央对视一眼，觉得这朝会气氛略显压抑，一些天下院和内廷院的谋臣三三两两站着，有的也在交头接耳。

"承蒙各位大人相助，天洛如今暂时脱离共治之局，以图自政，我们定会尽力而为，以续众人努力维系天洛至今的良果。上次言天下院和内廷院辅政之事，于我天洛内服乃大幸之事，也让孝安陛下轻松不少，我们如今已经重新编制内服之职，特此通文各位。天下院和内廷院依然辅政不变，净天府延伸至天洛诸州以维系全境治安，直接听令内廷。穆安和梅央两位大人升为国之亚相，领天下院参政，我龙默不才，兼任太师之职位，总领天下院和内廷院。修辙任大将军，领新编军制，新编禁军交还孝安陛下亲领。"龙默朗声而言。

修辙和穆安对视一眼，穆安这才明白，龙默和夕见有意把天洛的一部分制度过渡到大商去，为其下一步的计划作铺垫。龙默继续道："其余于内服新设之职包括各司之卿士，内事之卜、祝，藏史，内史，师长，乐工，司工，墙，牧正，兽正，酒正，车正等共一百五十五职位，具体管辖皆以录文明示诸位，以图尽快通过百官通议，尽早实施。"

"龙大人，你说了一堆我们根本听不懂的官职之位，不知这是你自己新设之位还是前朝所用呢？"梅央追问道。

"梅大人有所不知，前朝用了一些不假，我们新设了一些也不假，还不都是为了维系共治留下的一片大好局面吗？所以我们只是细化了一些职位，无须太多质疑。"龙默笑脸相迎。

"那龙大人所言修辙将军领新军制，也未言明是什么军制，其余军力移交陛下之事，可会写入录文，供百官通议呢？我知道，天洛之朝政，彼此通达，万事相议而得结论，甚至陛下之言也须通议全朝，这移交兵权之事虽是你天洛自家之事，只是我不希望坏了前朝规矩，更何况，这也是天下院的规矩！"穆安咬住不放。

"当然，我之所以明晰新设，再立前朝在天下院期间废弃的职位，为的就是百官通议之时能顺利交接录文，以求议事通畅，由各官各级行使职权，再达天听，才可事半功倍，不影响新政之事。"龙默言道。

"我移交兵权于陛下，此乃天理。但天洛百废待兴，须照章办事，如今新设职位中不见礼兵和军机的职能，不见监事，不见兵工，更不见军督府，不见军政院，不见帮邑院，你让我如何交接兵权？你让我把军策拿给谁看？你让我通过谁调动军队人这王畿要地呢？"修辙显然比龙默和夕见更懂军制细节，这拿专业之事来压人的本事当真了得。

"修辙将军，天洛旧政远去，新政不稳，有些官职，有些部门尚未恢复，尚未再立，实在是再正常不过了，何必如此纠结呢？移交兵权并非多么烦琐之事，你只需报备内廷转接就是了，你若再如此纠缠兵制之乱，那我就怀疑你的初衷了。"夕见厉声道。

"将军，军人行事，如你这般谨慎我很佩服，只是你要想到我们如今的处境，当年四国之军入朝，半个王畿的人都逃之夭夭了，你现在让我去哪里找人重建军督府？你让我去哪里再立军政院和帮邑院？你让我用什么收纳监事和兵工？你让我用什么付这些人的俸禄呢？"龙默反驳道。

"龙大人，此言差矣，既然旧政不能立即完备而归，何必于此时交接兵权呢？天洛旧政本就是如此，修辙和加济王各领其兵，外服之邦也是分兵而制，这才构成天洛军力帝国之恢宏。你如今趁陛下新近即位，就索要已经在修辙手里十多年的兵权，甚至不顾塞外分兵而制的法度，这有点不近情理吧，难道陛下要这兵权还有他用吗？难道你们自己都信不过自己的将军吗？难道你们自己的王族离了共治就不知军政相携了吗？"穆安字字珠玑。

"龙大人，我们没心情在这里看你天洛人自己倒腾这点军政琐事，我要你一句话，共治法约还作不作数？"梅央质问道。

"当然，但那是四国以盟约之局与我天洛所议，如今盟约不在，我们必须修改法约。"龙默答道。

"那就好！给你时间修改法约，但修改法约之时，法约的旧制不得违抗！法约里说得清楚明了，天洛禅让之前的新主不得握兵权，国相不得图改制，将军不得拓军力！我希望你记住，今日开始，你去修改约法，随时发给我看，待新法出炉，再商议兵权易主之事吧，告辞了！"梅央帮了穆安和修辙一把，这态度已然明了。

龙默和夕见自知梅央和穆安一丘之貉，也无奈两人军界已然兵力压制，话语权在这两人外加修辙的口中，也不足为奇了。龙默和夕见只叹如今一个是君王，一个是太师，但似乎没什么大用，还不如三个手握重兵的人有言语之力，这一点让龙默和夕见头疼不已。

龙默刚回到侧殿，就一把把新政王令狠狠地摔在地上："梅央、穆安、修辙，这三个人倒联手了？一丘之貉！"

"还不是被你我苦苦相逼成如此局面？还不是怕你我领兵对他们有威胁吗？难道这三人有了商周……"夕见长叹一声，对三人的主张很是疑惑。

"若是有周人魂意，梅央早就攻进光洛殿了！唉，修辙可是当朝将军，他理应为君王分忧，如今呢？他这是拥兵自立！这是谋逆之罪！"龙默脑子里闪了一下都别在前朝时候的一些政念主张，只不过现在对于他自己来说，两人的性质是一样的。

"依我看，穆安揪住修辙和他的兵权不放，必是两人有了默契。"

"修辙身份不简单，此时与穆安联手，必有后患。"龙默突然紧张起来，当下确定穆安确实占了先机，自己后知后觉了。

"修辙不信你我也正常，你弑君改制，我亦如此，还有什么值得如此忠善之辈信赖的呢？当务之急，我们不能再心软了，修辙和穆安都留不得，你可要心里有数！"夕见起了杀念。

"难得姜尚一代治国大才啊，却站在我们的对面！"

"我意已决，穆安，杀之，永绝后患。"夕见边说着心里却泛起一丝酸楚。

龙默琢磨着修辙可能的身份，若是盯紧了穆安，倒也可以窥视修辙的一切，只不过要想做得漂亮，把两人一网打尽，还得盘算一番。

穆安坐在桌前奋笔疾书，一封给子秋王的急信飘然而去。

"陛下，师父，此信谨慎详阅，过后尽毁。姜尚斗胆献计密言天下之事，如今燕戎战事不断，戎族人步步紧逼，不过是妄图取子幽首级，以报前仇，我知陛下不忍交出王子，故两国心结难解，但久战并非两国前路，更何况如今我燕川连败两阵，格图虎视眈眈。子笙伏罪而死，洪番尸骨未寒，朝中暂无大将可用，十分被动，我得师父之计，拉拢天洛重臣，以图兵权入手，已有眉目。修辙乃我上古大将黄飞虎，我虽难得其上古魂意显现，但已博得修辙信任，兵权并未旁落龙默和孝安王之手，吾自感半月内得修辙兵权并非难事。若成，我定领兵而回燕川，助战于朝堂，以解东线之危！"

子秋王读着穆安的信件，喜上眉梢。

"另，辨别世人之事初有眉目，南土几国立场与上古敌友之身也已清晰。青戎君王格索乃殷郊，格图乃殷洪，何谦为比干，我们对其宣战，需尽快令其臣服并归顺，再不然就拉拢或议和，甚至再成盟，绝不可久战。崇衡伯翁王乃李靖，伯谕乃哪吒，太積为杨戬，于我的身份之内，均为囊中之物，我们只需言语拉拢成盟便是。天洛为龙默和孝安王把持，申公豹和苏妲已不好对付，我已经周旋数月，如今的局面，两人空持旧朝，无甚兵力，我欲夺兵权，后带修辙投回燕川，则两人只剩待死之躯，无甚惧也，只是天洛必洛人所治，否则天下再乱，我会妥协一二。南依最为棘手，梅央虽是散宜生，但宗政公若为赵公明，不知其王室之人面目与立场，但我已经下了布局，只待谜题揭晓。最后，天洛大族沮洛为文王姬昌，但我前日入府探望却不见了人影，问询得知他已经举家西去，可能在燕南，也可能在白梗和荷堂，我们需集结兵力寻觅，以图保护和收拢。若师父还有其他良计，望尽快知会，我定会尽力配合。一月内领兵而回，望得见陛下，重振朝纲，以图周室再兴！"

子秋王把信放在了桌子上，定睛看着舆图，自是赞许曾经的诳言大计如今要得穆安团团转，引得穆安对自己还真是信服，只需继续钓着他不放，似乎这世间风云尽在自己的掌握。且不说天洛兵权兵力可以加持一番，就连崇衡和天洛的王室，似乎也能被穆安拿捏稳妥，当真是一将在外，举世可待。

初冬的夜风慢慢渗进光洛殿，这偌大的朝堂只剩下夕见一个人，紧致的细风盘缩在她的身边，吹起儿时的一片回忆，能看见那个还有父亲和母亲围在身旁，小女孩儿嬉闹于大殿的时刻，能看见百官来朝，躲在父亲背后窥视天下的銮中凤主。

若不是苏妲己鬼魅缠身，夕见至少现在会有一颗明君的心，但眼下被压迫在另一个魂意下的纯善之心，难得能出来透一口气。穆安缓步走入大殿，鞠躬行礼，夕见看着他，眼中满是温存。

"穆安参见陛下，不知陛下召见有何吩咐。"穆安与夕见这对苦命的鸳鸯，如今命途被上古之人压制得如此惨淡，已然难得有如此的独处之境了，竟然还君臣相隔。

"穆安，我今日仔细看你，清瘦许多。"夕见似乎只有别了朝会，才难得多看几眼穆安。

"多谢陛下惦念。"穆安有点动容。

"你我如今君臣而事，难道你就不再想当年同游之情了？"

"陛下何意？"穆安每次与夕见言语，先要分析这究竟是苏妲己还是夕见。

"你还装糊涂？你和梅央朝堂之上助修辙遮掩兵权，不思新政，你当我看不出来吗？"夕见责备道。"陛下，此乃天洛家事，我不敢妄言，我只是就事论事。天洛旧法本就军政相离，分兵而管，分兵而治，我确实不懂陛下希望手握所有兵权的意义何在，那只会给你带来后宫、王族、大家乃至外邦的各种纷扰。"穆安据理力争。

"你不必再假装担心我的安危，穆安，你我再无同游之情，也无男女之爱，如今你是臣子，我是君王，你就必须为我而事！"夕见厉声道。

"陛下说笑了，你我二人之间，除了血缘之情外所有的情分似乎都有，君臣、同伴、战友、同僚，甚至是敌对，但何曾有过男女之爱？"穆安缓缓抬起头，眼神尖锐。

"你倒撇得清楚，穆安，别以为你现在是崇衡崇尹我就不敢碰你！"

"陛下，你有多妖魅，有多毒辣，我都见识过，何必再当面恐吓？你只需下手便是！"

"穆安！你！"夕见顿时起身，愤怒地指着穆安道："龙默助你稳住天洛，为的就是新世建都，再成商周，你何必纠结这国别是商是周呢？只要纣王不再现世理政，我们何惧之有？"

"到现在了你依然把大商覆灭的理由归结于纣王之乱吗？苏妲己！你魅惑众生，意乱朝堂，几乎一手把如日中天的大商埋进一片黑暗之中，你还有心与我说起前朝？"穆安愤慨至极。

"放肆！姜尚！你不过新世借此躯壳偷生，有什么资本教训我？我苏妲己自青戎宫殿得魂意至此，哪一刻不是为了复国而事？你愿意掀开上古之意说话，那也好，我们评评理，那纣王辱没先神，难道还不许我治一治他？"苏妲己的灵魂几乎快脱壳而出。

"陛下，你虽于青戎大殿得了魂意，但也丢了国风不是？"穆安态度稍缓，此时发觉夕见提及魂意归来的时刻，他有心套一套话，探探这魂意究竟如何来去自如。

"丢了国风？"夕见见穆安话锋一转，似是有点懵懂。

"你几近赤裸翩翩起舞，难道是天洛的礼仪吗？"

"你满嘴胡言的说些什么？我跳的是天洛古舞！"

"天洛古舞需佩戴天洛之古玩古器，你可曾有？"穆安试探道。

"我带着龙默所献之物，这有何不可？"夕见直言道。

"舞曲可是我天洛的？"

"当然！龙默吟诗而侍，这是正经的天洛古舞和古风！"

穆安窃喜，思索若是如夕见所说，那么神器和古风必缺一不可，只是是否还有其他的机关，需要一试才知。"那还真是难为你了，孝安陛下！不，苏姐己，你好自为之！无论商周何去，你怕是前路茫茫了。"

"你还要置我于死地吗？穆安！你曾经誓言助我复国！"夕见依然有心拉拢穆安。

"陛下，你若与姜尚言语，就别说新世之事。你若与穆安言语，就别露旧世峥嵘！我劝诫你一句，若是你有魂魄游走的法子，就尽快放了夕见，别在毁一个家国的同时，也毁了一代明君！"穆安提醒道。

"穆安！你不愿再助我了吗？"夕见有点伤感。

"我再说一遍，苏姐己！好自为之，别再利用夕见魅惑朝堂！"穆安拜别而去。

"试探我？教你魂意显现之法又如何？带着你的人一起去死吧！"夕见面露狠绝之色，自言自语道："夕见，只要你听我的，很快，等这家国富足，我们就可以重归四方了。"苏姐己这句话当是说给魂意中的夕见而听的，却不得夕见的任何回答，苏姐己但觉此时的夕见魂意已经被压制得几乎失去了主动，心里便放心了很多。

扶季独自一人在东郊崇衡军界的军帐内看着一份东南西北四土的舆图，这本是南土人少有的全境绘制，扶季也是早早从十四京就一直带在身边的，如今望着舆图上北土的一切，心里也有了思乡之情。

这罗曜国东北向的恒海本是阻隔在南北两土与东土之间的细长海峡，但由于东土人更不常出现在南土，所以南土人一般把恒海画得很大很大，以示自己的版图幅员辽阔，无非是自欺欺人，其实东土的面积比南北两土加起来还要大很多。这恒海的航路一般都是东土人在走，但南土不及东土商贸发达，所以东土人一般只是借海南北而行，极少有东西来往的。而北土人也是如此，所以久而久之，其实南土便废了此四通八达的恒海海峡，罗曜国一灭，更再无南土世人留恋那片蓝色的海域了。

只是扶季觉得，若是自己带着目前崇衡军界的三千余人，再加之都别的复招人马，从罗曜国登船，沿恒海北归，是个不错的主意，或者将此航道复立，那么十四京的巨船乘风破浪南下，也是一个直插南土腹地的好办法。这思忖间，扶季难得地品起酒来，若是自己成了征服南土的大功臣，那么将来的仕途会是怎么一番光景呢？

都别、英典、元攘和青灯在东西南北边陲复招自己原来的手下本不是难事，这复招入册，登记录文的残军每日剧增，四人约定了一个日子一同归朝。但这寻觅归寻觅，若是带兵回来，可是有学问的。都别每日苦思如何瞒天过海领兵而回，也在思索扶季临别前所赠的挟雪轮公主东去的计谋，这些烦心事在心里荡漾，当真不好受。

穆安就不似都别这般的性格，凡事说出来，他觉得畅快而且能借此了解别人的看法和心性。不出三日，穆安又来拜访龙默，苦言良计，龙默现在难辨穆安心归何属，自是听他言语，心中总有些徘徊。

"今日是新政不畅还是共治有难呢？让你穆安大人亲自来找我议事？"龙默当先问道。

"龙大人，我费尽心力，削弱燕川，再行王子之乱，为的就是把天洛还给你们，但你可要想清楚我的位置摆在哪里！"

"师兄，你只需直言，若得你真心相助，无论你想要什么都可以。前几日朝堂之上，我直接把国之亚相都给了你和梅央，就是为了表我诚意！"

"你的诚意我看得见，只是我在崇衡的崇尹之位上待得久了，不为崇衡做些事心里不舒服，你把我摆在亚相的位置上，我不胜感激，但我可不想和梅央平起平坐。"

"哦？师兄眼里容不下南依人了？"

"我可帮你做过说客，前去说服他们撤离驻军，但梅央和公若一直很坚决，绝不服从。我如今可心里没底，若是南依这万余人反水来攻，不止你天洛遭殃，我崇衡驻军也得跟着遭殃。"

"师兄，你多虑了，我知道南依人有此资本，但燕戎两国岂能坐视不管？南依人会傻到独自分洛，然后成了几国的靶子吗？"龙默依然抱定了无人敢动天洛庙堂的想法。

"青戎现在夹在燕川和崇衡中间难受得很，有何精力南顾？燕川就更不用说了！南依人的实力摆在那里，而且听闻他们私下里在争取西南小国白梗和荷堂的成盟，那实力超过我们的想象。他们若夺殿，我们岂不是吃了哑巴亏？好不容易得来的天洛和平，难道你要拱手让人？"穆安又详尽分析了一遍局势。"你有何主张？"龙默反问道。

"再用神器引蛇出洞！"穆安这一句话惊得龙默反而笑起来："原来你又是来借神器的啊！上次的龙须你还没还我呢！"

"这次不把显露江湖的神器都亮在宗政公若面前，他怎么会上钩呢？"

"谁会上第二次当呢？"

"我就不信面对四样神器，宗政公若和梅央不动心！"

"四样神器？"

"龙牙、龙肤、龙骨、龙须！"穆安瞟了眼龙默脖颈上的龙眼，但没敢言语太多。

"你可还有其他神器的下落？"龙默追问道。

"据我所查，南依国的夜翻花便是龙鳞散落世间而成！但这个我们根本无法收集！"

"你若拿走我的龙骨杖，也不是不成，但若丢了，你可得负责！"龙默如此痛快便要外借，倒让穆安心里多了几分警觉。

"当然，引得宗政公若来拿，我们生擒便是，若想我们交出他，南依只有撤军一条路走！"

"南依人一向固执，他们会为了一个将军，丢一片疆土？"龙默一听就知道穆安这是骗神器的法子。但穆安也不傻，龙默知不知道无所谓，此时崇衡和南依是威胁，龙默对自己必然要有所妥协，所以这是一个愿打一个愿挨，只不过找一个面上过得去的借口罢了。

"南依人确实固执，但他们会为了一片疆土，丢了一个用神器换来的世界吗？"穆安凝视龙默的眼睛，两人不约而同大笑起来。

"好！穆安！我再信你一次，若南依驻军得去，这太师之位我也愿意让贤！"龙默依依不舍地拿起龙骨杖，递给穆安。"一言为定！"穆安接过杖，鞠躬行礼，拜别而去。

"郎虎！"龙默待穆安去了片刻，唤道。郎虎闪身而出："大人！有何吩咐！"

"昼夜盯紧穆安的行踪，随时备好刀斧手，准备捉拿穆安及其同党！若人手不够，让星渚会出面。"龙默下令道。

"捉拿穆安？"

"不错，我刚把龙骨杖也借给他了，就看他用在谁身上了，如果我猜得不错，必是修辙！"

"大人，这龙须他还没还呢，您又把龙骨借给他？这太过危险了！"郎虎惴惴不安。

"不愁！得失之间，生死之间，看谁能得了这些神器！"

"可是我们的刀斧手安插在哪里呢？穆安会在崇衡军界行事还是将军府呢？这两个地方我们实在难以靠近啊！再说了，穆安若是借神器，并非要恢复修辙的魂意呢？"

"不，为了兵权，必然是穆安为了修辙的魂意而备下神器，我们只需同时捉了两人便是！依照穆安的心性，崇衡军界本是最佳之地，也最安全，周围都是他的人。但他必会掩人耳目、混淆视听，取危险之地，那就是将军府！你且去安排，实在不行，就血洗将军府，一个不留！"龙默此时眼中已是刀剑横飞，血肉模糊了。

扶季疾步撞进穆安的军中大帐，把一份拓印的战书放在了穆安的面前，面色有些焦虑："穆兄，天下院和内廷院发来通文，言燕川已经于几日前对我崇衡宣战，并下了战书！"

"你说什么？再说一遍？"穆安怎会不惊，本是已经跟子秋王言明了世间局势，上古敌我，子秋本该知道伯翁王便是李靖的，如何会宣战呢？

"燕川对我崇衡宣战了！据线报，燕川抽调燕南军两万人，连夜绕过青戎南角湖和碎岩城，开赴烈州华阳镇！"扶季又把一份局部舆图扔在了穆安的面前，指着燕川屯兵的大概位置。

穆安站起身盯着舆图良久，又一屁股瘫坐在椅子上。这一道晴天霹雳，击得穆安的心脏碎了几瓣，每一瓣都在苦思冥想这是为何呢？难道子秋王想先抢个兵势，再迫使伯翁归降？自己刚找到了摄取魂意的方式，这也来不及给伯翁王使用。

突然，一个侍卫急忙跑进帐内："扶大人，穆大人，伯翁陛下和太稷将军发来密信！"

"快！快拿给我！"穆安赶紧拿来信，摊开一阅，扶季也凑过来。

"穆崇尹，扶崇宰，子秋王战书已至堂下，言语污蔑我们杀害了洪番将军，并再提我们之前盟中盟之错，欲兵力相逼，质问缘由。我等已经商议对策，驱马而战，绝不屈服。想燕川受青戎之累，必不敢长驱腹地，久攻久战，我们也好推后言语与青戎的河道与城镇之事，全力夹攻燕川，杀其锐气。穆安，此乃举国挥剑之当口，朝堂上下也知你心向两国，但危局之时，当断则断，须有个立场而事，绝不可寡断。待回信献计，不辱使命！"此乃伯翁信言。

"穆兄，燕川燕南军已至华阳，直逼浦台，求你领崇衡军界剩余军力北上相助，以图两线夹击燕南军，得此首胜！"此乃太稷信言。

穆安手中捏着两封信，眼眶湿润，一时犹豫起来，这官居之所和家国之乡打起来，心中怎叫一个难受："我陷自己家国于危难也就罢了，如今把崇衡百姓也拖下了水！我为了上古之史，害当世之生灵啊！"

扶季拍了拍穆安的肩头，心里倒觉得似乎有了机会掌兵："穆兄不必悲伤，这里面可能有什么误会。我知你心中为难，如若不嫌，我愿领兵北上华阳和浦台，接应太稷将军！"

穆安当真是欲哭无泪，此时哪还有心思琢磨扶季是不是真心相对。思忖片刻，但觉自己还有留下来策反修辙和夺取天洛兵权的要务，绝不能离开。但伯翁王和太稹将军双信邀约，这份信任哪里能辜负，长叹一声："那就有劳扶季大人，领三千人尽去，接应太稹将军。记得，华阳和浦台地势均复杂，燕南军步旅世间无二，切莫让他们行了诡计。"穆安当然对燕南军了如指掌。

"穆兄放心，我前去接应，所到之处，常与太稹将军联络便是！"

"好！你即刻去整顿，立即上路，我马上回信陛下和太稹将军，我留下延分洛后路，此时南依不退，我们不好都走，望理解！"穆安又叮嘱道。

"穆兄放心，我也自会说明此事！"扶季行礼而去，空留穆安一阵悲凉，心头盘算着如何解这燕川和崇衡的危机，本是自己一番联合师父与李靖的好戏码，不想此时却成了一场空。

扶季才出了大帐，就开始清点人马，他做梦都没想到，这兵权掉在自己手里全不费功夫。但至于去不去华阳和浦台，还须斟酌一番，若可能，他多希望接应的是郜别的军队，而不是太稹的。

穆安和修辙两人于大堂内对坐，面前是龙肤卷轴、龙牙剑、龙骨杖、龙须颈链四样神器。修辙过目神器，只觉这些玩物虽精致，但依然不信穆安的言语，他凝视穆安的眼睛，然后打开卷轴看着里面自己的名字"黄飞虎"。

"你有办法让黄飞虎的魂意回归我身？"修辙内心也在嘲笑自己竟然愿意一试。

"不错，神器在此，我们一试便知！"穆安自信道。

"穆安，我信你，愿意助你，是因为你救了我天洛不死，王族得保，但并不意味你可以僭越而事。"修辙心里没底。"将军，我知道，在天洛言鬼言神，占卜祭祀，祈祷天地，摄魂取魄要有分寸，不然可是触犯国法的。但你放心，即便今日一试不成，也绝不会伤你分毫，我只想让你知道我所告诉你的，都是真的，而你我之间并非只是当朝同僚！"

"好，我愿意给救我家国之人一次机会。但你要知道，这四周之兵若知其将军有事，你走不出这里，你崇衡的几千驻军也走不出天洛。"修辙厉声道。

"将军，我穆安心里有数，只求将军配合于我，稍后便知分晓。"

"我如何做？"

"请佩戴龙骨和龙须。"

修辙带上龙须颈链，再拿起龙骨杖，盯着穆安。穆安翻看卷轴，看着一段关于黄飞虎的古风，朗声念道：

五将东征会渑池，时逢七煞数应奇；

忠肝化碧犹啼血，义胆成灰永不移。

千古英风垂泰岳，万年烟祀祝嵩尸；

五方帝位多隆宠，报国孤思史册垂。

突然修辙身形一颤，灵魂出窍般瞪大眼睛，凝视着穆安，然后环视四周，满身虚汗，一会儿便晕了过去。穆安赶紧上前把修辙扶起，让他趴在了身前的桌子上。

这便是东岳大帝降临之时，世间万物，皆有其内外之灵，若不是潜心而归，难得自我。修辙已经是世间名将，可这魂意之中的武成王，更是一代英雄，即便是曾经的死亡，也让他成了这幽冥地府的总领，似是和这冥王之地再相配不过了。

龙默手持孝安王的令牌，领星渚会和一众宫执围了将军府，片刻不见响动。龙默一仰头，示意攻进去，郎虎和黄婵领着一众人正门一拥而进，在正堂正院，侧堂侧府上下翻了一个天，不见人影。龙默心里盘算，若是二人行此招魂秘事，该是有两个可能，要不修辙引禁军围安保护，要不就二人独处了事，怎会如此不见了踪影呢？

"之前可曾看见穆安和修辙进去？"龙默见郎虎和黄婵无功而返，悻悻地走出府门。

"大人，不曾看见，上下也找了，不见人。奇怪了，我们收到线报，穆安也并不在崇衡军界内。"郎虎答道。

"可曾看见修辙出了将军府？"

"也不曾看见。"黄婵答道。

"这将军府可与西宫相连？"

"不知啊！"郎虎和黄婵几乎异口同声。

"去！抓个府里的人问清楚！"

"是！"郎虎又冲回了将军府。

修辙慢慢醒来，四周环顾，然后瞪大眼睛望着穆安，这心间已是多了一层重量，上古和当世的魂意相叠，是个莫名彷徨的感觉。

"大王驾临，姜尚不曾远接，有失迎迓，望乞勿罪！"穆安鞠躬行礼，看着修辙的面相，必是黄飞虎归来。修辙眼圈泛红，凝视穆安的眼睛："丞相！是你吗？丞相！"修辙情绪激动，扶着穆安的胳膊。穆安拍拍修辙肩头，示意他坐下："正是我姜尚，黄飞虎显世，周室之兴不远了！"

"这是哪里？发生了什么？到底发生了什么？"黄飞虎当是沉睡了些时日一般，当下的一切，懵懵懂懂。

"大王少安毋躁，且听我细细道来。你我于上古领军与大商和截教激战，不料烛龙横空出世，而后便得了此新世，再非上古之商周了。但个中详细之缘由我也不得而知，只知此新世之内，王侯将相，万千子民，芸芸众生，是得了上古商周之人魂意的，只是这其中有显有抑，我们难辨世人。就像你，修辙将军的身躯内还有黄飞虎的魂意，两大英豪于一体，世间罕物啊！"穆安赞不绝口。

修辙站起身，看着自己的身体，头一阵阵眩晕，又坐了下来。修辙的魂意与黄飞虎交谈道："黄将军相托，略表敬意。"

"承蒙魂意相托相互，不忍叨扰此身躯与魂意，暂且栖息，还望相携与故，不胜感激。"黄飞虎心间念道。

"飞虎，你如今归来，不妨与修辙的魂意交流，便可知当下新世局面、天洛局面，也好让你理解你我相携对于新世之局何等重要。我们要做的，并非光复天洛这般简单，更重要的是辨别世人，辨别敌友，寻觅出路，找到回去上古的路，同时也必须在新世有再立大周的信念。"穆安直言。"丞相，末将黄飞虎乃难臣，弃商归周，如失林飞鸟，聊借一枝，我……"

"将军，我不想再听一遍你的投诚之言，你我于新世自此成盟，不得有二心！"

"我怎么做？"

"领军随我投奔燕川！"穆安说得诚恳。黄飞虎对姜子牙一片忠心，哪里还会不从，自此这天洛兵权被穆安抢了一个干净，且几乎不费一兵一卒。

郎虎疾步来到龙默的身边："大人，将军府与西宫之间，确实有密道！"

"坏了，穆安果然险中求生，他既没有选择将军府密会修辙，也没选择崇衡军界，而是去了光洛殿！"龙默这才明白穆安选了一个最危险的地方为修辙摄魂，完全出乎了意料。龙默本是要捉拿二人伏法囚禁的，则这兵权和大周要人尽归自己所有，不想被穆安和修辙躲了这第一劫，似是心头有点后悔借出龙骨、龙须，但若不如此，也没有其他的办法。

"快！集结我们的人马，再派人通知孝安陛下，调动宫内侍卫和宫执，今日不拿下穆安和修辙，我们永无宁日！"龙默喊罢，驱马奔着大殿而去，郎虎和黄婵乘马紧随。

穆安和修辙对坐，这平日里朝会热闹非凡的光洛殿今日竟然安静得可怕，若是龙默此时来袭，怕是世道也难改了。

"领天洛军投奔燕川？穆安，不能因为你是燕川人而逼我背叛自己的家国啊！"黄飞虎难在一时完全驾驭魂意，也便难说服修辙的悔意。

"飞虎，我并非让你背叛家国，我们带着整编后的禁军、洛西军和洛北军投奔燕川，是因为子秋王就是元始天尊，我们在燕川可以集结天下周室之人和阐教之人，重立上古大周势力，以图亡了大商和截教之人于新世再立殷商的野心！"穆安直言。

"那我们也不必领兵而走！难道没有别的法子？"

"龙默乃申公豹，夕见乃苏妲己，两人上古魂意已显，且一个是天洛君王，一个是当朝太师，势力庞大，根基很深，我们二人在这里与他们周旋，难有胜算！"穆安更怕和子秋分兵，被逐个击破，也担忧让修辙起兵夺权，修辙更不同意，还引来南依的反攻。

"怕他做甚？来得正好，我正要杀他个痛快！当年纣王荒淫，权臣当道，不纳忠言，专近小人，残杀忠良，全无忌惮，甚至施土木陷害万民，除了纣王自己暴虐成性，不修边幅之外，苏妲己这妖魅也脱不了干系，更有申公豹从旁相助，颠倒黑白，多少忠臣良将惨死他们之手？我们不如直接领兵反了，于新世替天行道！"黄飞虎愤恨道。

"将军，万万不可！这新世魂意飘忽不定，我们已经有同僚惨死新世，上古的魂魄便飘摇而走，不知又寻了哪方躯壳安身。所以于新世，上古之人的魂魄是杀不死的。你手刃申公豹和苏妲己又有何用？还不是给了他们一个栖身暗处的机会？而且，当下我们既然压得住当世魂意，不如再立新周，才是上策。"穆安劝慰道。

"上古魂意还有这般奇妙？"

"所以，我们须领兵而走，助燕川子秋王，也就是天尊平息战事，劝诫青戎和崇衡再成盟，方可回头再望天洛！"穆安不在此时捉拿龙夕二人，也是忌惮南依人的威胁。

"青戎和崇衡可是自家人？"

"都是！"

"丞相，这禁军和洛西洛北军之调动，可非小事啊！"修辙皱着眉头。

"我知道，我们别无他法！若此时夺下天洛，我们便是篡权，龙默和夕见根基如此之深，我们瞬间就是天洛罪人。何况如今天洛共治结束，一片宏图将起，谁人会支持我们夺下大权？"穆安咳嗽了几声接着说道，"而揭露夕见杀王弟之举动，南依人做得，你我却不行！尤其是你！"

"夕见杀的满王吗？"

"正是，这苏妲己和申公豹联手，能有什么好事呢？"

"南依人为何可以？"

"南依人也未必成功，但他们有万余驻军，可以军力相逼。南依人难定上古之身是敌是友，我们不知其王族心性啊！还要试探一番！"

"只是这领兵一走，怕是天洛……"

"我知道将军乃忠良之将，顾得上古，就难顾当下。我们领兵而走，投奔子秋王，有了集结上古势力的资本和城郭，日后回望天洛并非难事。如今我们领兵留此地，夺不了权，占不了殿，更拿不下龙默和夕见，反而身居危局，难得自保。"

"天洛岂能空留家国，不留军力相护？"

"将军放心，燕戎崇陷入僵局，短时间无法南顾，而南依夺不夺权都对我们有利！"

"此话怎讲？"修辙疑惑道。穆安苦口婆心，又把自己引诱南依人的布局说了一遍。

"最后呢？"修辙点着头，似乎觉得穆安之法也可行，若家国空虚，龙夕二人也便危矣。

"最后就是南依按兵不动，那我们依然不知道宗政楚王是谁！但龙夕二人也不会有作为，不过是守着空朝叹息罢了！"

"丞相之智，盖博天地，实在令人佩服！好！我愿领兵相随，听丞相号令！"

"多谢飞虎相助，以后你我还是直言姓名相称便是，以免引人侧目。"穆安言罢，二人起身互相行礼。

突然，光洛殿殿门大开，一众带刀宫执、大殿侍卫、刀斧手和星渚会杀手一拥而入，郎虎和黄婵分立两侧，夕见和龙默当先一前一后步入，却见修辙和穆安也不慌乱。穆安自知无论自己选在哪里与修辙密谋，都会有此一遭，而穆安不让修辙领禁军来护，怕的就是苏妲己反咬一口，说修辙和穆安夺权谋逆。但如此一来，二人当真是要突围求生了。

"引谁侧目，也不如引我来瞩目！不错，师兄！多谢帮我辨认世人！我对你仁至义尽，百般拉拢，你始终对我若即若离，今日你和你的那些神器一个也走不掉！"龙默大喝道。

穆安握紧龙牙剑，把龙肤卷轴放进怀里。修辙依然佩戴着龙须，手执龙骨，另一手紧握长戟，这二人四副龙器，还当真不好对付。龙默和郎虎此时心里也没底，本来若是有禁军在，夕见还能用点计谋，如今来看，却是"追穷寇"的戏码。

"修辙，别听穆安妖言惑众。你要知道，你是当朝将军！"夕见朗声道。

"不！陛下，这个可不一定还是修辙了，还请仁兄报上姓名来！"龙默直言。

"我乃武成王黄飞虎！申公！妲己！好久不见！"修辙这虎啸之声震彻朝堂。龙默目瞪口呆，身形一晃："黄飞虎？"

"申公！妲己！今日我们二人若想走，区区宫执和侍卫可拦不住我们，你信吗？"穆安喝道。

"你二人纵有通天的本事，能逃出天洛吗？修辙，你若用兵，便是谋逆！"龙默提醒道。

"黄飞虎！当年纣王淫你妻子，害你妹妹，那都是他自己荒淫贪色所致，与我何干？"夕见大惊之余，还在巧言舌辩。

"你个魅惑众生的妖孽！如若无你乱纣王心智，大商如何能自步危局？"修辙质问道。

"你个糊涂的叛臣！若非纣王不尊神祇，我如何会愈加惩戒。再说了！若无我魅惑纣王，你们大周有何机会一举攻商？"夕见喊道。

"花言巧语！龙默、夕见，我复招的东西南北军都已分路而至，围了洛京，禁军也在宫墙外，你们若识相，就尽快让路，我今日不想血洗天洛大殿！"修辙只是一时逞强，他可不敢此时真的动兵，让夕见咬住不放。

"众人听令，捉拿穆安和修辙，抢夺神器！"龙默下令，郎虎当先奔着修辙而去。

"保护好神器，别下杀手！冲出去！"穆安低语，俯身便冲。

郎虎也知这修辙的身手，平日里与别人单挑，他均是一股子狠劲儿，一冲便胜，今日这局，怕是有几分要头了。只见郎虎双持龙指刀，刀花在空中挥舞绽放，修辙一手龙骨杖，一手长戟，却不显笨拙。郎虎几个佯攻均被修辙识破，要知道，黄飞虎和修辙栖于一身，那可真是当世武神了，长戟戳出，长杖辅攻，硬是压迫得郎虎后几招只能守不能攻。

黄婵朴刀急攻穆安心口，穆安龙牙剑舞出龙形，一众宫执和侍卫又围了过来，穆安边退边守，略显狼狈。龙默和夕见看着二人的身形，也知如此可能围不住人，担忧不已。

一个再熟悉不过的身影从宫执一众中闪出，她脱下宫衣，盘紧发髻，正是婴柳，龙骨双刃盘在手心，奔着夕见闪步而去："陛下，别来无恙？"夕见满脸惊恐："又是你！婴柳！"

"婴柳！你！你！"龙默一回头，吓了一跳，甚至结巴起来。

婴柳反手一阵龙指凝针撒满堂间，瞬间暴雨梨花，淋得满堂血溅四方。修辙急攻压制郎虎，郎虎狠厉之相再露，双刀立刃，横身向着修辙扑去，誓要同归于尽。修辙原地一个转身，龙骨杖杖头戳地，杖身猛击郎虎肋骨。郎虎痛得一声惨叫，修辙另一只手的长戟袭来，瞬间也就能要了郎虎的命，但心头一软，这郎虎也是驱赶四国，保家卫国的一方志士，不能就此死去，于是戟刃一转，戟身一横，奔着郎虎的后背狠狠一抽，郎虎这便摔了出去，痛苦不堪。

黄婵本是要救郎虎，被穆安看出破绽，龙牙剑一横，剑身向外，回拉一抽，便把黄婵震了一个趔趄。婴柳龙指凝针所到之处，一众宫执龇牙咧嘴，纷纷倒地。婴柳闪到夕见背后，刀刃一亮，抵在夕见的喉咙上，修辙和穆安心领神会，赶紧背对背围在婴柳的周围，三人挟持着夕见就往殿外撤退。

"宫执和侍卫听令！陛下在我们手里！若敢妄动，叫你们再失一位君王！"修辙大喊道。

"修辙！穆安！你们这是谋逆！谋逆大罪！胆敢挟持陛下！"龙默气急败坏。

"龙默！你好意思跟我们说谋逆？我们不过挟持，你呢？该杀的你都杀了，不会这么快就忘了吧！"穆安厉声反驳道。

"穆安！天洛如今刚刚复国，结束共治，百废待兴！你这是何意啊！"龙默心有不甘。

"你不会猜不到我的意图吧？"穆安剑指龙默，言外之意，如今早已再无师兄弟的情义，只剩兵戎相向。

"就因为你我上古敌友之分吗？新世之内，我们有何相左？你愿意建一个大周，我愿意建一个大商而已啊，只是家国名字不同，你何必如今兵戎相见？"龙默也知今日之局若是失了，也就大势已去了。

"龙默！你依然固执！不思前朝利害！我们不须多言！让路！否则今日我就让你见了苏妲己的魂魄！"穆安要挟道。

"商周之制！劫数于此！命数难改啊！"龙默仰天长叹，却几乎忘了此时穆安怎会杀了夕见。

"穆安！修辙！婴柳！我们五人携手驱尽四国，如今天洛回归正途！为何不能坐下来言语前路？非要如此呢？"夕见宽慰道。

"陛下！我们不相为谋！原因不在当世！得罪了！"修辙言罢，竟然挺戟刺向了夕见。穆安大惊，婴柳一个侧身抱着夕见闪过了修辙的攻击。

"飞虎！你冷静！"穆安赶紧阻拦。

"纣王辱我妻子，杀我妹妹！就是拜她所赐！"修辙眼中泛着泪，这上古的大仇怎是换世能抹去的。"你冷静！那是夕见的躯体！"穆安喝道。

"你们走吧，穆安、修辙、姜尚、飞虎、婴柳，你们记得，下次再见，我不会再手下留情！"龙默有些动容，也知如今杀不得这些人，更何况，还有自己的女儿在此，硬拼也拼不过。

"龙默！"夕见呵斥龙默有了放弃之意。"放人！"龙默下令道。

一众人这才散开，婴柳搂着夕见，穆安和修辙快步而退，婴柳一把把夕见推倒在地，三人转身冲着后宫飞奔而去。龙默上前扶起夕见，夕见一把甩开龙默的手："为何放人？"

"他们不该死在这里！我们硬来也打不过修辙和穆安！"龙默解释道。

"这是放虎归山！"

"东西南北四军围城，禁军围宫啊！婴柳又挟持你，我们还能怎样？"龙默也知修辙和穆安这是说辞，此时也无心留这穆安和修辙。即便真的抓了，禁军也是麻烦，更何况还有崇衡军界的将士，唯有放人而去，还能卖个人情，若是姜尚有心，之后还有拉拢的余地。

"如此一来，姜尚和飞虎联手，我们大势已去了！"夕见还在咆哮，"快！所有人听令，奔着后宫给我追人，必须抓回来！"夕见话音未落，郎虎和黄婵带着所有人直奔后宫。

"他们领兵而走，天洛空虚，但你依然坐在王位上，孰胜孰败，此时言定，为时尚早！"龙默如今虽心灰意冷，也推测出了穆安的后计，但不到最后，自己依然有信心挽回一切，只是望着众人向后宫追去，但觉这些人只是强弩之末了，也包括自己和夕见。

婴柳和修辙，一个是盗会之首，一个是朝堂将军，自然都熟知宫内密道。两人带着穆安奔着深宫而去。这密道如今由一扇铁门封锁，婴柳行盗贼之术，轻易开了门。穆安但见婴柳一番打斗之后，脸色铁青，身形虚弱，关切道："之前的解药你可服用了？"婴柳一听穆安竟然还记得自己中毒之事，心中不禁一股暖流涌上，心头一酸，眼泪夺眶而出："洪番那里的两瓶药，药状药色均一样，我不知该用哪一瓶？"

"为何不找医官来辨认？"修辙赶紧问道。婴柳叹着气，只能无奈地摇头。穆安追问道："难道洪番这龙涎之毒解药和毒药一模一样？"婴柳不停点头，她一介盗会会主，自然了然天下奇毒。这龙涎毒药，刺入肤骨，尚有毒沁之期，若是口服，惨死不待，而解药只能解了肤骨之毒，口服则天下无解。如今解药和毒药一模一样，婴柳也便是站在了生死的路口。找人试药，也终是要有生命之危，若不服用，自己所中之毒，必然不久之后要了自己的命。穆安深知这几点，一时茫然。

密道外又是一阵宫执和侍卫的叫喊声，婴柳赶紧把穆安和修辙往密道里推："你们快走！"

"不！一起走！"穆安喊道。

"我得留下，穆安！我父亲和弟弟都在洛京，盗会兄弟也在，我不能走！"婴柳拒绝道。

"那这药，你的毒……"穆安不忍婴柳陷入生命垂危的绝境和生死之间的抉择。

婴柳捧着穆安的脸，眼泪止不住地流，她自知穆安此去，不一定何时再见了，而对于穆安的感情和自己的生命，终是要有一个抉择的，若是能同举而定，也是一种属于盗贼的畅快和江湖人的豪爽。想罢，婴柳搂着穆安，深情道："穆安！我爱你！"然后又推了一把穆安和修辙，二人撤步进了密道。婴柳闪步到门外，关门的一刹那，凝视着穆安的眼睛，拿起一瓶药，倒入口中，眼中依然含泪，似乎望着爱人死去是一种褒奖，她纵情大喊："若今日不死，必然来投！若有来世！依然相伴！穆安！走！走啊！"

大门紧闭，婴柳从外反锁。穆安已然哭成一个泪人，身形一瘫，跪倒在地："婴柳！婴柳！"修辙见此情形，虽动容，但总不能让宫执和侍卫再把穆安抓了回去，干脆一把扛起穆安，奔着密道深处疾步而去。

门外的婴柳依然在痛哭，宫执和侍卫悄然接近，只是不知是否发现了这个密道，是否发现了一个悲痛欲绝的少女，当然，也有可能是一具娇美的尸体。

修辙早就安排禁军在城郊列队等待，穆安拖着疲惫的身躯和落寞的神情回了一趟崇衡军界，本是要向扶季借些人马以图安排城郊的洛和会入编，却见军界早已空空如也，连军帐和围篱都没来得及拆除，军队就已经不见了人影。穆安思忖扶季本也是稳重之人，即便太稹在华阳和浦台遇险，也不用这般着急，但没来得及多想，他便驱马去了北郊，与修辙会合。

刚刚入夜，初冬冷风北吹，修辙和穆安坐在篝火旁取暖。"真难想象，我修辙也有挟持陛下，领兵远朝堂的举动。"修辙看着飞腾的火苗，感慨道，"好了，穆安，我想婴柳该是毒已解，平安地回去盗会了。她这样的姑娘，自有天佑。"

穆安看着升腾的火焰，心里和眼里装的都是婴柳与自己一路走来的喜怒哀乐，一个芳华少女，一个青涩少年，一路向东，带着彼此的执念和坚持，也带着彼此的感情和羁绊，虽终有一方不得感情的善终，但这份情义依然那么绚烂。就像穆安常说的那句话，无论世道和命途如何，无论生命的长短，"爱"本身该是永恒的。当然，穆安能有此哲念，也必然对这个世界外的湛蓝有着自己的想法和思考。

第二天一早，穆安和修辙便领着禁军、洛西军和洛北军整编的天洛军浩浩荡荡奔着燕川边境而去。

夕见望着空空如也的大殿，泪流满面，心头一阵酸楚，想着自己受尽何等苦难，终于登上王位，却如今守着一个军力几近为零的空堂空城过活，南依还在虎视眈眈，而抽走自己王室灵魂的人正是心头挚爱。"红颜薄命！红颜薄命啊！我抢这王座何用，何用啊？"夕见自言自语，蓬头垢面，一步步走下王位来。

"神祇诱我，家国辱我，群臣戏我，就连穆安你也如此薄情！"夕见大喝着，提起一把剑，架在自己的脖子上，眼泪不停地流，自己慢慢闭上眼睛，犹豫良久，又把剑扔在了地上，然后放声大哭。

龙默跑进大殿，搀扶着夕见慢慢盘腿坐在地上。夕见强撑着一口气道："连续十道召令已经发出去了，就看修辙和穆安能否回心转意。"夕见本是有了唤起修辙和穆安当世魂意的想法，若是能成，修辙一心王室，穆安对自己爱意更深，岂有不回兵来救的道理。

"别指望修辙的魂意战胜黄飞虎，更别指望穆安能压制姜尚。陛下，你的魂意如何还不自知吗？这是徒劳，我们还得在南依身上做文章。"龙默也知姜尚和黄飞虎现在必然完全地压制住穆安和修辙的心，纵使有所交融，也是品性和天赋的融合，绝无可能是动机和诉求的妥协。"我会去试探梅央的口风，不得已的话，我们只能伪造南依人夺我天洛的假象，以图自保！"龙默又道。

"那样穆安和修辙就能回心转意吗？"夕见追问道。

"即便不能，也是个隔空牵制四国的良机，我们别无他法！"

"你的星渚会可为所用？"

"星渚会不过千余人，难堪大用，韩童鲁三人的家将家兵都不止这些人！"龙默对空乏的军力很是烦恼。

"他们会不会也有所惦记？"

"所以引南依人来，也可震慑家贼！"龙默有了让南依人佯攻大殿的心，一来唤起穆安和修辙的当世魂意，二来震慑其他的夺权之人，三来引燕戎崇南顾。则即便洛京城空城一座，为了曾经的共治推迟，也不会有人愿意此时夺洛，成为众矢之的的。龙默是笃定了南依不敢真的夺权，但他依然不知，此时制约和平衡早已不在。

"穆安此招太狠！我们竟然被完全架空！"夕见对现在的局面有些惊恐。

"是我想得迟了，穆安借着修辙领兵西去，必是有投诚燕川的打算！"

"会不会燕川还有他们的上古势力？"

"必然如此，我们龙眼虽不再发威，但通过一连串的事件和穆安的布局来看，我们身边的人大多可以辨别一二。"

"婴柳之前是不是也跟你说了什么？"夕见又问道。

"崇衡是李靖的天下，青戎是殷氏兄弟，都是我们上古之敌。南依难得真容，燕川更是如此，但如今穆安之行似乎预示燕川也是我们的敌人，世间恩仇，难见真心，可怜你我独守朝堂，难有所为。"龙默感叹如今这局势竟然对自己如此不利，听到夕见提起婴柳的名字，又很是担忧女儿的安危，推测是否被穆安和修辙劫持走了，但念在穆安也是其好友，一时也放下了心。

"命数至此，还能如何，总不会四周诸国都是周室或者阐教之人吧。"

"只盼南依人真的能是个归途。"龙默如今的赌局也只能放在南依人的身上了。

宗政公若驱马飞奔，不等马停，已是翻身而下，气喘吁吁地冲入军界大帐内，梅央赶紧扶着宗政公若坐下。"将军怎么如此着急？陛下可有安排？"梅央赶紧问道。

宗政公若端起一杯水，一饮而尽："陛下有两封密信，一封必须亲手交给穆安，一封要给你，你且看看，陛下说得明了，我们此时不夺天洛更待何时？"

"哦？陛下之意如此坚决？"梅央打开信，仔细阅读，不停地点头。

"陛下信中也是此意？"公若不停地喘着粗气。

"不错，陛下之意是让我们夺下大殿，捉拿龙默和夕见，他自会领兵渡过洛水，前来会合，有意自己当政！"梅央对楚王的这个决定有点吃惊。

"陛下这是破釜沉舟，要拿下天洛全境啊！真是当世南土制霸，行事果决！"

"陛下此意就是坚决吞洛了，原来共治游戏到最后，竟是我们的胜利！"梅央喜上眉梢。

"太好了！我们如何配合陛下？"公若问道。

"将军稍歇！然后带上可靠的人手，速速把穆安的密信亲手交给他，陛下的大计必是少不了穆安的相助！"

"那我现在就去军界找他！"

"不！穆安和修辙领着天洛所有的军力西去了，我担心穆安有投诚子秋之心，若不知穆安真心，我们还须斟酌！"梅央顾虑道。

"还有此事？穆安投诚燕川？"

"不错！我估计穆安不忍燕川陷入苦战，只是领兵助战，而且如今燕川对青戎和崇衡两国宣战，戎崇必然被迫联手。到时候，我们若夺下天洛，就是三势鼎力了，穆安倒向谁，会是个风向！只是疑惑为何修辙同行。"

"不管了，再远我也得找到穆安，陛下必是有十足的把握得穆安相助，不然不会献上密信！"

"等等，不妥！将军听我一言，如今去西口，追不上穆安了，他若到了燕川，更没机会递信！如今天洛空荡，危机四伏，龙默和夕见肯定坐不住，必来试探我们的口风，到时候，我们再定如何献信穆安才万无一失，也好给陛下北上，打下基础！"梅央稳妥起见还是没有贸然让公若送信，这楚王和穆安的相认之时只能一推再推。

乔元靖在后宫花园踱步，见宗政星烛和雪轮公主离开翰博院，才缓步走了进去，正见宗政蕊坐在窗边望着自己的弟弟远去。乔公佯装咳嗽了一声，蕊公主这才扭过头来："乔公？快近前来坐，多日不见沮大人亲临翰博院授学，难道要您老来替换吗？"

"共治推后，天上院修学暂歇，蕊公主还不忘每日到此向学博览，实在难能可贵。老夫今日来，就是奖赏你一个礼物。"乔公坐在蕊公主的身边笑眯眯言道。

"礼物？乔公有什么礼物？"

"一个安身之地！"乔公神秘兮兮。

"唉，我与修辙成婚也数月了，他如今不告而别，我心已经冷了半截，还什么安身之地，若不能守着心头人，哪里都不会再是安身之地了。"宗政蕊每日到翰博院自学，有一部分原因是想念修辙，人说睹物思情，蕊公主这是睹后宫思夫君。

"蕊公主可不是只心存儿女情长的一般女子，这依族据守南疆，未来南依可能就是你这些王兄王弟们的。天洛如今被南依大军牵制，我倒也觉得，若是楚王有心，这家国也便献了去无妨，可蕊公主心里得为天下惦记一件事，若是北土南下，以我们南土诸国的实力，犹如螳臂当车。那么这南线可不能仅存天洛和南依两国，我们需要第三个支点，进可攻，退可守当车，三国成垒，相依相存，一方受攻，两方相救，方能抵御外寇，甚至若不堪，我们还有外海而逃的机会。"乔公也不用说得太明了，蕊公主自然知晓这其中的战略需求。

"除了天洛和南依，我们需要另一个朝堂的支持？乔公的意思可是这罗曜？"蕊公主明知白梗和荷堂基本可以忽略，燕川、青戎和崇衡又都在北线，所以如此猜测。

"公主聪慧！"

"可这罗曜早就灭国了，哪里还有朝堂，他们的残留王室甚至还有在我南依度日的，早就不成气候了。"

"公主便是这最后的希望，若公主愿意，我自有办法推举公主为这罗曜国新主，且必得南依和天洛的支持不说，还能有一支自己的军队。只要公主答应劝说南依王室一同抗北敌，则天洛、南依和罗曜三足之势立于南疆，我们便有了底气。"乔公为了北抗外敌真是操碎了心。

"乔公说笑了，我怎能为新主，我父王支持我自不必说，天洛如何支持我，我又怎可能有军队，再说了罗曜那些残存王室也不会同意。"蕊公主推脱道。

"殿下，天洛如今落在你父王的手里已是命中注定了，则天洛和南依均为宗政氏把持，你如何能不得支持于番邦封地？罗曜便是你的去处，罗曜王族残室多年得你父亲庇佑，早就心有所属，若是罗曜归了依族，他们也不会多说什么。至于军队，我已经帮你找好了，且只需通络楚王陛下配合，一切均是公主囊中之物，无须忧虑！说句不该老臣说的话，殿下与修辙将军的感情并无积淀，唯有变一种方式相处才得长久。"乔公的话引得蕊公主思索着未来的走向，倒不是多么憧憬坐在罗曜王座上的感觉，若是自己助了父王治理一方水土，似乎天洛、罗曜和南依倒是个可靠的掎角之势，抵御北土多了几分希望。

当然，在乔公的心里，正因为之前白梗那两个外来人的求助，他也有心救一救蕊公主出这共治的牢笼，至少如果在罗曜当了国主，也算是南土最偏安的东南角了，北土进犯当是不会优先惹了她。自己三线抵抗的战略如今似乎在慢慢发酵，不如连同蕊公主一起救了，兴许能换来另一方势力的帮助。

"乔公说的军力可是那……"蕊公主余音未落，乔公便掏出一份舆图摊在桌面上，这天洛的东南西北四向尽是乔公用羊毛沁的丹色，十分显眼。乔公指着这些地方，与蕊公主低声耳语起来……

第十四章　陌念

沮洛和沮云才到了白梗边陲的龙秀小镇，沮云就领着塞外的洛和会偏众帮着父亲收拾起屋舍。沮洛有意小住几天打探一下白梗的消息，贸然进入别国境地必然不太妥当。

白鸢，五十岁左右的年纪，风度翩翩，一袭白衣，奔着沮洛的院落而来，身后跟着一位白梗的世子，名为白幕，眉清目秀，二十岁出头的年纪，朝气中带着青涩。

一众大臣和侍卫紧随二人身后，阵势不浅。白鸢便是这白梗南迁之族的镇南王，虽为王室，但如今南逃至这么偏僻的地方，也知必然落了难。沮洛远望见两个白衣飘来，自知可能是白梗国得了乔公的信，如今前来这龙秀镇迎客了。沮洛怕沮云失了礼数，赶紧挥着手示意他带着一众洛和会的人避一避。

沮云才走，白鸢和白幕飘然而至，二人给沮洛行礼。

"听乔公所言，天洛大家沮洛大人来此避难，我们有失远迎，罪过罪过！我是白鸢，白梗国镇南王，这位是我们的世子，名叫白幕。我们来自北土，得燕川王族所扶，偏安于此，也曾得加济王救济，与天洛人也是挚友！"白鸢彬彬有礼。"沮洛大人，有礼了！"白幕鞠躬行礼。

"原来是白梗国镇南王和世子，我来白梗国避难，该是我去宫内拜见才是。你们如此登临寒舍，我才是罪过。"沮洛行礼道，摊着手示意屋内言语。

"大人不必客气，我们就此说话便是！"白鸢指了指院子里的石凳。

"屋里请！屋里请！"

"不必了，沮洛大人，我们只言语片刻，不会久留，庭院内议事便是！"

"也好，不知镇南王和世子今日来找我，可有什么要事？"沮洛问道。众人院中落座。

"沮洛大人，如今天下局势纷杂，南土不安。我们偏安于此良久，也看得清楚些，就直言了。无论当年天洛先王加济引战南土，还是四国成盟反扑，无论是天洛共治开始，还是如今南土再乱，我们都不敢进驻中原，插手这一切，卷入洪流，就是怕北土之人惦记南下，乱上加乱。我们的王族之人眼线很多，都盯着北土大地的局势，一月三次线报，快马至此，我们才知一二，若他们南下，我们好去给你们和燕川人报个信，但……"白鸢眼里闪过一道忧愁："但这北土朝中已经数月没有音信了，我们路途遥远，也不敢贸然取径于中原，直接回去北方。想去见天洛君王，也不知该见谁，子秋王继位后，也从来不再管我白梗小国之事，如今你来了，只好问你拿个主意，我怀疑北土有变！"

"北方的那个白梗国没了音信？一点都没有了？"沮洛虽非第一次听说北土之事，但这可是第一次见北土王室，心中满是疑惑。

"一点都没有了，我们白梗人虽不善骑马，但善于游走山林，无论如何，他们没有理由数月不来音信，纵使路途再远，以前也会有消息的。"白幕插话道。

"我问句不该问的，大王和世子为何抽身偏安于此呢？"沮洛详问道。

"唉！不瞒大人，我白梗王族庞大，北土大片土地都是我们的，帝国世代传承，也世代有被遗弃之王亲，他们不是争权失败，就是夺利未遂，因为王室人数太过庞大，于是散落北土全境。后白梗国再偏北的荷堂公国成立，外来番邦之人越来越多，他们重商轻农，我们则反之。北方的天气多变，我们白梗渐渐没落，与荷堂旗鼓相当，于是两国为了夺取更大的土地，一场大战，在所难免。经此一战，我们失败，更多王族颠沛流离，没了落脚之地，便随着流民来了南土，渐渐偏安一方，再成国外之国，但我们依然保留了白梗的名字。后来才知，旁边的荷堂国也是如此，他们虽然打赢了，但王室动荡，也迁来了多家贵族王亲，我们于南土不敢造次，生怕再无栖身之地，所以一直相安无事。"白鸢说得心碎。

"原来如此，所以你们一直还与北土的白梗通信往来？"沮洛追问道。

"当然，我有许多王亲依然留在北土，每月都有呈报，但如今数月未有，我们确实担心！"

"你希望燕川和天洛知道此事？"

"是的，大人，子秋王恃才傲物，不会信我，也不会见我，天洛如今我更不知何人当政，只希望沮洛大人帮我言语一声，南土齐心彻查北土之变，我们才好有个对策！"

"如今通过青戎去不了北土吗？青戎离那里那么近，也会不知道发生了什么？"

"白梗以南，青戎以北，均是戈壁，云烟雾雨，游尘土霾长年不退，还有低洼沼泽，难以逾越。我们当年万人渡南北，不过百人生还，后来来往的人就更少了，因为实在是鬼门关而行，难得生死。"

"那如今可有眉目或者猜测北土发生了什么？"

"说来不怕大人笑话，我曾孤身一人深入荷堂而战，荷堂北境有一长年云雾缭绕的大山，白梗人称之为'鬼影山'，没人知道山里有什么。我当年领兵迂回，望抄截荷堂人后翼，曾经于其山麓经过，遇到一个身材十分魁梧的骑士，一身黑色斗篷，不见面目，不见手脚，横槊一把巨大的镰刀，战马亦是黑色。我以为是荷堂的骑兵，领兵而战，但几个闪念的工夫，我十余名手下一个个惨死，我死命南逃，才得以保命！"白鸢言语此话的眼神，显然是曾经被这可怖的东西捉弄得不轻。"那究竟是何物？是人是鬼？"沮洛听得毛骨悚然。

"不见真面目，若是人，怎可于世间有如此恐怖的战力？当世不说修辙、子笙、太稹、格图、宗政公贺这些将军单兵而战，就是把他们绑在一起，也未必是那黑色骑士的对手！"白鸢比喻道。

"你怀疑是鬼影山上下来的这些黑色骑士对北土不利？"

"我只是猜测，如果是，他们为何此时下山？图什么呢？"

"我知道大王的顾虑了，且容我思考对策，明日我前去宫中找你，你须备好详尽的文字与图画，我好带去几国朝堂，与他们言语，让他们相信我们只有再次成盟御敌，才是出路！"

"若是有大人相助，劝说南土几国成盟，解北土之危，我愿全力相扶携！不言生死！"白鸢起身拱手行礼道。

"白幕谢过沮洛大人！"白幕鞠躬行礼道。

"两位别客气！我定尽力相助，此非白梗一国之事，此乃南北两土安危之大事！我定尽力！"沮洛依然回想着白鸢刚才的话语，若是世间有比天洛天鬼还要霸道的骑士，那么北土此时恐怕凶多吉少了。这戎北的戈壁挡得了一时也挡不了一世，当务之急还须引燕川和青戎停战，并让天洛和南依也参与进来，举世抗敌才是上策。

子秋王自从子笙谋逆，洪番新死，鹿氏通敌之后，再也没像今天这般放肆地大笑了，这笑声传至坤宇宫的四周，甚至引得新近回朝的鹿辞有点毛骨悚然，若是世间君王有这般得道高人般的摄魂之笑，还哪有揭不开的家国情愫。"陛下何事如此开心？"鹿辞颤颤巍巍问道。

"穆安，我没看错，他策反修辙，领天洛军前来投诚，助战于我，我们虽然连败多阵于青戎，又宣战崇衡，但若得穆安和修辙相助，我们战必胜！"子秋自然不会跟鹿辞言语太多这穆安返朝的内在原因。

"那再好不过了，陛下，只是如今天洛几乎空巢一个，我担心南依人会惦记北上，借天洛再图全境！"鹿辞似乎看穿了楚王的意思。

"怕什么？我燕川兵强马壮，再得穆安和修辙两员大将与天洛铁骑，何惧之有？

南依若北上，阵线绵延百里，他们自己就会拖垮自己！"子秋如今满脑子穆安和修辙的投诚，这可解了他无将可用的尴尬。

"只是如今青戎也战，崇衡也战，我怕是再把两国逼成盟友！"

"刚好我们加速东进，一举灭了两国才是办法！"子秋萌生了外侵之意。

"那陛下想如何用穆安和修辙的军队呢？"

"待他们入了朝，我自有定论！对了，前日你的族弟一份密折，言如今战局的，写得十分有理，我想见见他，可否安排？"

"陛下说的可是家弟鹿念奢？"

"对，就是他，让念奢明日来侧殿见我，我有事相商！不！现在来见，快！"

"是！陛下！我这就去安排！"

鹿辞离开不到一炷香的时间，其族弟疾步而入。这鹿念奢本是壮年青涩的面容，身躯却如老者一般短了三寸，缩在一身长袍内。他站在子秋王身后，鞠躬行礼："臣鹿念奢，参见陛下。"

子秋回过身来，面带笑意："念奢真是一表人才啊，这么年轻，就能写得出这么有见地的奏文，实在是难得啊。"

"教主过奖了，能再回您的身边，实在荣幸之至！"鹿念奢这眼神像极了当年的洪番。突然，子秋王瞪大眼睛，大惊道："你叫我什么？"

"陛下，我乃多宝道人，有礼了！舍了洪番之身躯，如今再见，身份已不如昨！"鹿念奢脑中魂意，正是多宝道人，这上古之人魂意世间游走，无生无死，洪番被穆安杀死后，多宝道人便来到了鹿念奢的魂魄中，好生诡异。

"你是多宝道人？你本来在洪番之躯的，这上古魂意真可四处游走？"子秋也煞是惊异。

"正是，陛下，我可证明此点，躯体之死，不过当世人之事，于我们，不过择主再续。洪番死去已有时日，我幸得念奢之躯，于其躯寻尽办法希望通折于您，只是我们上下距离太远，我所言语，难达天听，今日得见，实属不易！"鹿念奢诉苦道。

"究竟是谁杀了你？告诉我！"

"陛下，还能有谁？您的密使穆安！"

"怎么会是他？他还在计较之前步旅惨死燕南之事？"子秋早已觉得这不是什么大事。

"陛下，正是如此！"

"此事以后休要再提，我看他有多大本事还能查到我的身上！"

"陛下，我知如今穆安策反修辙，领天洛军来投！我们可得有个对策，他既然还觉得您就是元始天尊，那我们可要谨慎利用。"鹿念奢有意寻个私仇。

"找你来就是商议此事的！对了，我先插一句，洪番真身可是北土之人？"

"正是，他脸有红印，是白梗国南桔梗族之人，其母因早年投十四京避难，与京君上相爱成婚，所以洪番也是十四京世子。他南下混入我朝堂已久，行乱我南土之事，本是希望暗中助北白梗国和十四京大军南下侵犯，不想，似乎北土自己先出了问题。而我的魂意确实有时难以扭转其执念，对陛下有所蒙蔽，望陛下原谅。"鹿念奢称罪道。

"这不关你的事！北土自己出了问题？"子秋也有点担忧。

"洪番自己都不知道，他见乱南土不可收了，就索性乱下去，也是个逗五国相战，发展军力的法子，即便北土出了什么岔子，南土五国可以随时调转矛头！当然，这是臣的猜测。"多宝道人此前被洪番的魂意也压制得不善。

"这件事我们稍后领朝堂群臣再议，先说说穆安之事如何办！"

"陛下，穆安信中言明回来的目的了，就是带兵助您东进，以降服青戎，再联手崇衡，挥剑南巡，无论天洛数日后属谁，我们胜算很大！穆安此招实在是妙不可言！"

"妙在哪里？"

"以穆安之身，再在如今的天洛内与龙默和夕见斗，已经没了四国之盟和天下院的庇佑，所以穆安自知在天洛没有了搅弄风云的能力，便领了修辙，偷天洛之兵，也顺便架空了天洛。"

"所以，以他来看，崇衡为李靖所有，青戎在殷郊之手，燕戎崇本该三国成盟，让我率领阐教再南下夺洛对吗？"

"不错，以穆安所想必然如此。以其来看，南依国为友，则我们南土燕戎崇洛依直接一统，为敌，则我们只需领燕戎崇三国南下，借空巢之洛，夺南依之权不在话下，还得一个出师有名！"鹿念奢分析了一部分穆安的想法。

"妙啊！两分天下，或是一举得统，姜尚真乃旷世之才！"子秋赞不绝口。

"只不过他千算万算，没算到您就是通天教主！您两年前用假的卷轴骗他游走四国，辨别世人之计更是盖天之作！"鹿念奢因官阶太低，该拍的马屁还是要拍。子秋王沾沾自喜道："当时世间魂意蒙蒙，举国茫茫，难得相助之人，故行此险计，利用姜尚懵懂之魂，甚至不惜牺牲我整个燕南步旅以图试探穆安当世之躯的能力！不过，如今换来这一切，我们都值得！"

"陛下！如今之局，穆安密信虽表明诚意，但绝不可引穆安和修辙，也就是姜尚和黄飞虎回朝！"鹿念奢献计道。

"这是为何？他们虽领兵不多，但穆安和修辙可是天下名将，说是世间前二都不为过！"

"陛下！您细想，姜尚是何人？他当年游走四国，再到如今天洛从政，姜尚的魂意怕是已经恢复不少了，再加之其与申公豹、苏妲己斗了那么久都不落下风，还虎口拔牙，夺了洛军，可想而知，如今的姜尚太可怕！他若是回来，再加之黄飞虎，我们可未必架得住！当初成盟灭他天洛的可是我们不假，这群洛军里又能有几个人真心助我们？所以，让这穆安知道您真身事小，若洛军进我燕川，还有其他图谋，那可事大了。陛下要知道！如今我们可既没有子笙将军，也没有洪番将军啊！谁来抵挡他们？"鹿念奢这一层忧虑说进了子秋的心里。"确实如此，但穆安如今只要还以为我是天尊，我们就在不败之地。"子秋顿悟。

"正是如此，所以，穆安和修辙不可回朝！"

"那如何安置？"

"陛下，您难道没想过此事？我们既然同时宣战了青戎和崇衡，那一个是殷郊，一个是李靖，我们只需直接派穆安和修辙的天洛大军前去攻打他们便是了！"鹿念奢直言。

"我是有此心，只是也犹豫再三，毕竟穆安睿智，修辙勇猛，如此硬来，怕是不久他们会识破此计。"子秋宣战崇衡之时本就是这么想的，今日与鹿念奢不谋而合，只不过子秋也想穆安先行回朝与自己说尽天下，再行外派的，刚好也收了龙肤卷轴和龙牙剑。

"陛下！青戎远在草原，一时半会儿拿不下。再说了，我们也不能拿下，毕竟有他们堵着北土隘口，我们也算有个门户不是。但这崇衡于我们可远啊，我们何必自己劳师动众前去打李靖呢？让穆安前去便是！"

"妙不可言！以姜尚之谋，黄飞虎之勇，夺下李靖的崇衡，绝不是难事！"子秋也终于觉得有个大臣认可了自己的密谋，于是欣然接受。这样一来，若是又得一败，自己倒不用受这朝堂压力了，这君王心术，当真诡谲。

"即便拿不下崇衡，也让他们周室和阐教自相残杀才是！"

"好！你这就去下令给穆安，让他直奔华阳和浦台，攻打太积！"

"是！陛下！我这就去办！"

"等下，你这去天洛一趟，查申公豹和苏妲己如何了？"

"陛下，依我所见，天洛共治后期，我燕川一再颓势，难以翻身，不可能只是穆安一人所为，必是龙默为了天洛与穆安联手所为，所以我们才如此被动！"鹿念奢直言。

"难道申公豹真有异心？"

"龙默不知你我，更不知天洛之外还有谁，他更会把天洛作为又一个大商了！"

"吾与臣子、徒儿，互不相识啊！"子秋感叹道。

子秋和鹿念奢的一串编排随令而至穆安西行的军帐中，穆安阅览一番，手里的信飘然落地，眉头紧锁，对陛下的主张百思不得其解，如今自己已经把天下几乎一分为二，子秋何必乱了世道呢。"怎么了？"修辙关切道。

"师父让我们领军前去华阳和浦台攻打太積。"穆安自己说出来都觉得可笑。

"你不是之前密信天尊言明崇衡朝堂都有谁了吗？李靖、哪吒、杨戬可都在那里，我们难道要自己人打自己人？"

"难道师父没收到我之前的密信？不对啊，若是没收到密信，他也不会知道我领兵来投之事啊！"穆安更加疑惑。"难道子秋王的魂意盖过了天尊？"修辙推测道。

"不可能，如此当口，师父必然谨慎而事，无论当世之意还是上古之意，必然取大义而事，即便是当下子秋王作的决定，也不会让我们远攻崇衡。因为崇衡偏安小国，又隔着青戎，根本不足为虑！要打，也该是打青戎！"

"信上可说要怎么打崇衡？"

"没有，只言急攻，若能更进一步，擒下太積便是，不可伤，估计也是在顾虑其上古之意！"

"可曾提到杨戬的名字？"

"不曾！"

"我怀疑子秋王是要试探我是不是黄飞虎，是否听命于他！"

"不！也许是子秋王忌惮天洛军靠近燕川边境！"穆安推测出子秋的一层浅意。

"那我们究竟怎么办？"

"驻守此地三天，我再回信一封，详加试探，再定不迟！"穆安言罢便又开始奋笔疾书，但笔触显得有些乱了分寸，按说姜尚该很少如此，只是如今以他的睿智来分析此事，必然还有自己不知的内在原因。

龙默驱马冲进洛京城南郊的南依军界，梅央早已等在军帐之外。这寒冬的北风吹着军界内南依的军旗，阵阵轰鸣，似是警示龙默别再抱着侥幸的心理。龙默当年玩得起天下制衡的游戏，如今也就不怕南依在天平上乱加砝码，但要说心里没有忌惮，也是假话。

"龙默大人突然连续几日拜访我南依军界，真是让我受宠若惊啊。"梅央心里纵使有了夺下天洛的心，这龙默是何意思还是要探一探的。

"梅大人，你突然这么客气，我都不适应了。上次嘱托你的事，你考虑得怎么样了？"

"唉！龙大人，我知道你天洛如今的状况，这穆安和修辙领兵而走，你天洛空巢一个，朝前朝后，别说沮洛和乔公这样的精英，就是韩腾义和童远生这样的庸臣都没几个了，军力更是只有侍卫充数！但这亘古至今，哪有劝别人家军队攻自己老巢的呢？这上哪儿说理去？"梅央心知龙默让自己佯攻光洛殿，是为了引得修辙的真魂回身，领兵返朝。

"梅大人，如今看上去是我天洛暂缓共治，百废待兴，该是一片向荣之景。但谁知道，这军队一走，连带着大家大族，王亲国戚，甚至是后宫官臣，都人心惶惶，走的走，散的散，跑的跑！要我说，你不来佯装攻我大殿，如何引得修辙和穆安回头啊？就算他们不回头，引得几个忠臣良将回眸朝野也好啊。"龙默这是赌徒之性。

"穆安这人心机颇重，你也不想想，他领兵而走，单纯只是为了助战燕川吗？还不是要让你天洛旧臣赶紧散了，好让他的回归变为新朝的开始吗？"梅央这层分析，龙默实在没想到，一时有些惊恐。

"难道穆安这是釜底抽薪？实际上，空巢的并非朝堂，而是整个天洛大体？"龙默追问道。

"不然呢？所以，你求我佯装进军攻你大殿，是唤不回穆安的，纵使修辙再心系王族，他也不会回来，因为穆安铲除的就是你龙默和孝安陛下的嫡系，难道修辙会不知？他会让天洛的重生握在你龙默一派的手里吗？"

"梅大人这是不肯帮忙了？"

"话也别说这么死，我要帮你们，也可以，只是我担心引来燕戎两国的质问，这我如何是好？我可不想做那乘人之危，借战夺位的小人。"梅央佯装一再拒绝。

"梅大人言重了！燕戎酣战，如何南顾？如今燕川也对崇衡宣了战，我天洛以北都是焦土，谁有工夫管你们啊？再说了，佯攻而已，我们开门以候，你们驱兵以至，静待穆安和修辙音信便可，何必当真呢？"龙默觉得此乃万无一失的大计。

"你不怕城门宫门大开，我们真的攻进去？"梅央说笑道。

"你若有此意，我巴不得呢！"龙默大笑起来，也笃定南依人不敢真攻。

"龙大人如此自信？"

"你不是担心燕戎的质问吗？真攻更好，省得我提心吊胆,担心天洛一片空目！"

"看来龙大人是病急乱投医了，你可少见这般毛躁！"梅央但觉龙默也是无奈之举。

"梅大人，帮我天洛一次，若是引修辙和穆安回来，我定重谢！"

"何种重谢能抵得上驱兵几里助你引兵呢？你要赔付粮草不成？"

"南依这月的粮草，我天洛定当奉上！"龙默拍着胸脯。

"我要一个保证！"梅央掏出一份文书。龙默详阅一遍，露出微笑："不过是以后共治再续，坚持于天下院夺了燕戎崇的王选之权，这好说，这好说！"

"捺个手印吧！"梅央装作很在意这份毫无用处的文书一般。龙默毫不犹豫捺了一个手印。

"好！大人请回，我即刻安排瑶缮前去侧殿与宫廷侍卫对接此事！"

"梅大人，可说好了，只是佯攻几日，不得进殿，你可要把握好了分寸。"

"既然大人不怕我们进殿，何须再嘱咐呢？"梅央诡笑道。

"梅大人不需再说笑了，告辞！"龙默拱手而去。

片刻后，瑶缮从帐外闪身而出，压低声音："梅大人，既然我们决定按照陛下之命，拿下天洛，你何必给他签什么文书呢？谁知道共治何时再开始？"

"龙默生性多疑，多智多胆，我们若不跟他交换条件，他必然生疑！"即便如此，梅央依然有些担忧，他要的可是不费一兵一卒侵占光洛殿，夺权天洛。

"他那么坚信我们不会真的攻殿？"

"龙默自诩了解四国之盟，他认为如今天洛虽空，但没人敢惦记，因为谁夺殿，谁就会是众矢之的，成为其余几国的靶子！天洛不过就是再回两年前的起点罢了，龙默玩得起，他反正已经玩过一遍了！但他千算万算，没算到我们的陛下，也是个求险之人，这一步棋，难言胜负！"

"我们现在如何做？"

"先行与天洛内廷和宫内侍卫对接我们佯攻之事，记得，别说漏了嘴，如有异端，自己先行脱身，别中了龙默的圈套！"

"大人放心！"瑶缮领命而去。

梅央驱信一封直抵依水城四洋宫，宗政楚王于宫内来回踱步，捧着信详阅，梅勋看着楚王的神情，便知此事估计八九不离十了。

"好！好！好！让梅央谨慎行事，别让龙默看出来破绽。梅勋，你去密信梅央，让他于攻殿之时捉了龙默和夕见，不可伤及他们！"宗政楚叮嘱道。

"陛下，依我看，若是夺权，我们还需找个借口，以瞒过燕戎之眼。"梅勋建议道，楚王思忖间没了言语，梅勋继续道："陛下，燕戎即便陷入苦战，不得南顾，但我们若要提兵北上，还需给自家将臣、大家大族有个交代啊！"

"对了，我昨日于朝堂提出迁都北上之事，可有大家大族提出异议？"楚王心念依水城确实离洛京太过遥远，于是思前想后，便有了迁都北上的想法，只是还需妥协诸臣众将和大家大族。

"陛下，就是此事引起轩然大波啊，我南依乃南方大族，商农繁盛，大家大族怎可能愿意离开依水城迁都而去呢？"

"唉！我只是心念天洛，我们若是得了天洛，南土大片境地便是我南依所有，都城怎么可能还在如此南端偏安？这也不利于我们调兵遣将啊！"

"陛下，臣建议不急于此一时迁都，毕竟此时还不知夺洛是否能成啊！"梅勋谨慎道。

"洛京都没兵守城了，我们还能打不下来？瑶缯领三千铁骑就能搞定的事，我南依万余驻军一起上还有纰漏不成？"

"陛下，话虽如此，但迁都之事还须从长计议！"

"我又没说一步就迁到洛京去，只是先迁到洛水以北都不成吗？"楚王显然更加强势，但也知这并非一朝一夕能做到的。

"陛下，三思啊，引得大家大族、群臣众将、后宫官宦一片异议事小。若是引得穷寇匪帮、借乱谋逆之人作恶可就事大了！臣依上古之意知陛下迁都北上，以图稳固天洛，借其转周的理念，但其他人可不知啊！"

"好！先依你之言，去吧，给你弟弟写信，告诉他好生计划捉拿龙默和夕见之事。然后再密信一封给瑶缯，让她继宗政公若之后，继续前去给穆安送信，言明我等真身！"楚王这一番吩咐，现出了他对于南土如今布局的理解。在他心里，天洛、南依，甚至是罗曜早就该是三国连在一起的当世大周了，虽依然难说完全掌控下这三国后燕川和青戎会是什么态度，但于楚王自己心里，当是一个重归上古的奠基。

洛京如今已经在人去城空的边缘，谁听说这天洛大军抽离和夕见专政后不得寻个新的处世之地。鸡飞狗跳是现下洛京最好的写照，各路将臣、卿官、大家、大族、小贩，坊主等等有点钱财的，早知洛京城已空巢待戮，庙堂也是一人在上、无人在下，更不用说天上天下两院还在不在了，能跑的都开始奔着四方而去。

南土原本是越靠近东南方越富庶，当年罗曜灭国的部分原因也是因为朝堂过富而官臣不再思朝政，使得重文轻武的局面一再加重，南依在当时天洛的压力下断了东行的商网，使得罗曜一夜间商政崩塌，又抵不住天鬼的猛袭，于是顷刻间覆灭。

扶季带着三千崇衡军北上了数日，距离太积所在的华阳还远得很，便已停了脚步。显然，他是在半路等待一位早已密谋好了接应的"故人"。不出半炷香的时间，郗别一身浅黑哑色的战甲，驱马飞奔，身边是百余飞骑，众人风尘仆仆，策马扬鞭而至。郗别也不下马，拱手行礼："扶大人有心了，不知东西可准备好？"

"罗曜国的完整舆图，还有直通七曜城都的舆图、兵势路线图、军事驻扎图均在这里，到了七曜西郊，还有其王室残根相迎。郗将军，你若诚心相待，我们北土之人必不负你！"扶季递上一个麻布带子，里面厚厚的东西显然不止这些舆图，郗别接过来，掂了掂，自知索要的其他东西也都齐备，这才问道："你的人马如何行事？"

"当然是去华阳协助太积将军，有我在崇衡接应你，将军放心！但如今穆大人和修将军可也做了和郗将军一样的事，这空荡的洛京里，将军也得想好了抢什么带走！”扶季面色黯红，似是魂意里的魔鬼又在言语。

　　“该抢什么我自然清楚，不劳大人费心，待一切妥当，书信言语！告辞！”郗别挺马而去，直奔洛京东郊，要去与英典、元攘和青灯碰个头。复招的大军早已按照几人的计划择了山道隐蔽之路而行。天洛东通罗曜，路途并不遥远，这些复招之军以骑兵为主，行军自然不费什么时日。

　　郗别之后还要再秘密回一趟洛京城，正如扶季所说，现在不抢点东西可对不起墨台氏王族。但郗别依然在犹豫这罗曜扶立的新主究竟是雪轮公主合适还是蕊公主合适，看上去两人都会得了楚王的支持，但内在其实千差万别。其实郗别也动了直接在空空如也的洛京城改朝换代的心，只是这罗曜扶立新君和天洛谋朝篡位可是大相径庭的，郗别终是不想做这千古罪人，只是这不归路早就踏上了。

　　龙默每日催促瑶缮布置佯攻光洛殿的计划，坚定这一计能唤起修辙真魂内的家国之心，也能唤起穆安对于南土制衡的恻隐。当然，修辙领这军令状的一刹那，龙默也猜了几分，郗别等四将边疆复招残军，那是焰熄影去，肉包打狗的事，这夕见已经把人家相好都杀了，且不说加济王是不是还软禁过几位众将，之前就连人家家人都放在洛南聚集控守，甚至有欺辱之嫌，众将怎能不反。若郗别等人有变，自然有内在原因，这哪里是君思将为，相知相爱的关系，简直是仇人一般的对待。龙默设身处地地想，若是自己，也必然会拥兵自立，只是如今还没猜到郗别会领军去哪儿。若是四方复招军得了如今南依直攻光洛殿的消息，兴许也能唤起四将的家国之心，前来救援。龙默有这个信心，只要见郗别回朝，必定挽留。

　　龙默揣着这成串的心思，疾步跑进光洛殿，见夕见还坐在王座上，这“魅魔”似乎抱着能坐几日是几日的心思，甚是舍不得这无人之上的光景。夕见见龙默前来，也顾不得君王形象，赶紧探身大喝：“你就这么自信梅央不会真的攻殿？”龙默不停地喘着粗气，这大殿的阴凉之气渗得人心薄凉。夕见见龙默这副没自信的样子，又言道：“心里也没底吧，我已经把调兵之令，求救之信都发了，就看穆安和修辙如何反应了。你要知道，穆安和修辙当世之魂意，可不是那么轻易就可以压倒姜尚和黄飞虎的，若是他们不回，那我们可就惨了，朝堂的脸就丢到外邦去了。”

　　“我们可能算错了一步！”龙默惊惧之色爬上脸颊，心中咯吱咯吱作响：“如今的南土，不再是五国之土了。”

　　“什么意思？”夕见问道。

　　“这可能是阐教与截教之土了！”龙默这才恍悟当年当世之人的制衡早就在商周之人的心境里消失殆尽了，而一直以来，被压迫的绝不止当世芸芸众生，还有这个本该拥有独立史续的大美乾川。“我还是没听懂！”夕见依然持疑。

　　“南依若是真的夺我河山，他们可能不会在乎燕戎是否责怪！更不在乎会成为众矢之的！"

"为什么？"

"因为南依根本就是阐教之人在主政！"龙默预判着一种自己不能接受的可能。

"你说什么？"夕见大惊失色。

"若是我推断的没错，必是如此！青戎乃殷郊之地，穆安投奔燕川，那必是因为子秋也是阐教真身，所以南依人有可能肆无忌惮，因为燕戎都是他上古阐教之人，那又有何人会怪罪宗政楚王？"龙默依然在试着推测。"宗政楚王也是阐教之人？"夕见顿感无助。

"我们不能再冒这个险了！不能让南依人佯攻，我这就去找梅央！我们另寻他法！"

"军令和密信追回吗？"

"不必，看看穆安的反应也好！快！陛下，通文天洛紧急募兵，充实宫执和侍卫，以防万一！"龙默说完冲出大殿。夕见瘫坐在王位上，如坐针毡。这申公豹和苏妲己如今孤立之势，虽说不能全拜穆安所赐，但这风云搅弄了半天，倒搅出一片真空无序。

穆安手握夕见发来的军令和文书，确有几分想念这个曾经的"红颜知己"，这思绪随着当年出了坤宇宫之后的事缓缓飘来，自己为了两世天下当真是对不起了那么多身边之人，一时唏嘘。修辙拿过文书看了片刻，一时茫然。

"龙默还真是有胆魄，诱引南依攻殿，让我们回去救驾！"穆安洞悉了龙默之计，又道，"也许如你所说，若都别他们也不复军回朝，这也是个引诱的办法。"

"南依会真的攻吗？穆安！你如今不能用天洛作为靶子试探南依是敌是友啊，这样天洛王族太过危险！"修辙真魂似乎颇有微词，龙默这招诱魂之术似乎有点效果。

"放心吧，不谈上古，宗政楚王也是一代明君，不会对天洛王族不利！"

"难道我们要如此为了上古大义，舍去当世家国？"修辙微怒道。

"修辙，我们别无选择，我带你领兵而出，为的就是一来试探南依敌友，二来抽空天洛旧体，三来重塑当世之局，四来避免军权旁落。若是时刻忌惮当世情愫，我们难成大事！"穆安自知修辙的真魂还需劝慰一番。

"上古重要？难道当世不重要吗？天洛若是因你之故亡国怎么办？"

"你既然怕天洛亡国，为何随我领军而出？还不是因为上古大义？飞虎，你醒醒！"

"你当时又没告诉我南依会直逼天洛？"

"这是龙默一计你看不出来吗？他只是引我们回去！"

"你怎么保证南依不真的夺殿？"修辙陷入执拗。

"我不能保证！而且我献计过梅央，若天洛有变，该是命数使然。"穆安不再看修辙的眼睛，也自知这对修辙并不公平。

"荒唐！穆安！你不是天洛人！你把自己家国燕川置于死地也就罢了！你还不顾别国吗？"修辙如今的愤怒显然压制着黄飞虎的理智。

"修辙！你冷静一点！我们是为了上古商周！我这么做是捷径！是一统如今南土，为阐教和周室所用的南土，我们会是最后的胜者！"穆安几乎咆哮起来。

"荒唐！你这与加济王引战全境有何区别？"修辙质问道。

"黄飞虎！你的魂意呢？是谁在和我说话？"

"我是修辙！天洛将军！我要回去救我家国！"

"修辙！"穆安大喝。

修辙冲出帐外，穆安不得已抽出龙牙剑从背后袭来。修辙一个侧转身闪过，抄手拿过立在帐外的长戟，回身就是一刺。穆安知道这修辙还有一丝理智，否则这一刺可是致命的，但如今戟尖只是奔着自己下盘而去。穆安一个跳步，龙牙剑刺入长戟的戟刃内，佯装抽不出来，修辙疾步近身要擒抱穆安。穆安弃了龙牙，一个上扑，修辙吓了一跳，竟然还有单挑的时候主动弃了武器的勇夫，但穆安正是如此之人，他将修辙扑倒在地的一刹那，右手横立为掌，奔着修辙的侧脖颈劈去，刹那间只听"啪"的一声，修辙便晕倒在地。

穆安这才起身掸了掸身上的土，把修辙拉回了帐内休息，一时觉得自己对不住这位当世名将，但也确是无奈之举。

片刻之后，修辙坐在床边，气息微弱，看着穆安，表情严肃，依然怒气未消："你如此蒙骗新世之人，心里过得去吗？"

"你知道自己是谁了？"穆安试探道。

"我难以压制修辙的念头，黄飞虎和修辙本是一路人，家国执念未曾淡薄，你如今是让我两难！"修辙这才冷静下来。

"修辙，我知道，出兵之前你不言不悦，是因为飞虎之念刚刚恢复，压抑新世魂意。如今你修辙的魂意再起，两魂交迫，难有定数！我不强求你，你自己拿定主意，你若想带着洛军回去救国，我不拦着你，我会继续投奔师父！"穆安有意欲擒故纵。

"你不想看看又一道子秋王的军令吗？"修辙这才提及刚才自己来的时候带回的另一道密信。穆安愣了一下，顺着修辙的指向，但见桌上一个黑色的匣子。穆安冲过去取出密信，一口气阅尽。"坚持让我们攻打华阳的太积？这怎么可能？这让我如何是好？"穆安犹豫起来。

"我帮你打崇衡！你帮我救天洛！我们了自己当世之情都有个宽慰！"修辙建议道。

"不！师父如此坚持，必有其用意，我们不得而知！也有可能太稹的军中出现了截教之人！"

"如果是这样，天尊必会告知！"修辙言道。

"书信，军令，都绝非稳妥，若是重要之人，师父必然谨言慎行，毕竟燕川朝堂也不是密不透风，怎可于书信中明示？"

"你决定去打崇衡？你如何面对太稹？"修辙问得尖锐，穆安语绝，一时觉得透不过气来。

"丞相，我们都两难，你且宽心一些吧！"修辙反过来宽慰穆安，两人良久无语，也都知道必然逃不开这些纠葛，既然投奔子秋王，想要助战燕戎边陲，总不能不遵君令。

不出三日，穆安和修辙也便领着洛军奔着华阳而去，虽然洛军人数不多，但这穆安有胆有谋，修辙有武有义，两人合力领军打仗，也算是一股不可小视的精锐，只是如今带着心中疑惑和纠葛而去，也难说能在华阳和浦台打得过太稹的崇南正规军。

龙默和梅央苦聊这一个晌午，军帐内的火盆换了数次，每次侍卫进出这帐内帐外，总是会带进来一丝丝寒意，梅央心头却一直温暾，龙默可是伴着这寒意抖得不行。

"龙大人，你还是不放心我们吧！你可领过兵打过仗的，这军令一下，如何轻易收回呢？不过，我们确实也担心燕戎质问，所以如今这个当口，我们替你想了一个主意！"梅央慢条斯理，"你开空殿让我们佯攻，绝对唤不回穆安，因为他知道那是你的一计。但你若与我南依成盟，我去替你守殿宇，那岂不是名正言顺？燕戎问起来，就说我们是去帮着守护的，要不民间的洛和会和东戎教都是危险，我们也是为了以后共治再续而已。"梅央这是在龙默的套里又设了一个套。

"梅大人，这可不是玩笑，我自知如今无法与你南依抗衡，请神容易送神难，你今日若不放弃佯攻，我绝不走！"龙默迅疾地抽出佩剑，抵在梅央的喉咙处，这平时最看不惯武夫的龙默，如今也被逼无奈，用了逼迫之法，可见他心里是多么焦虑。

"我真是第一次见你龙默如此烦躁。果然，你不权谋朝堂，搅弄风云，举起剑来更是可怕啊。我早就听闻你当年领军连下三阵，智斗燕东军之事了，如今敢一个人闯南依军界，也算是你有胆魄！龙默！你今日杀了我也没用！一句话，要么继续佯攻，要么洛依成盟，你自己定！反正我们不会按兵不动！"梅央大义凛然，面不改色。

"这是楚王的计划对吗？你们意在真的占我天洛！"龙默质问道。

"局势当前，我们胜局已定，你龙默纵有逆天的本事，还能再救天洛一次吗？"梅央眉头一竖，这句话直戳龙默的心底，如今世间制衡不再，哪里还有救国的条件。

"我当年救得了，如今也救得了！"龙默依然嘴硬。

"那就试试看！我三日后攻殿！看你守不守得住！"

"那我让你看不到结果！"

"我何时死又有何妨？我半个时辰出不去这军帐！今日就是你天洛亡国之时！"梅央几乎咆哮起来。龙默咬紧牙关，一声长叹，把剑扔在一旁。

"好！三日后，我领所有宫人与你殊死顽抗！看你南依敢不敢踩着我天洛人的血，踏平我大殿！"龙默这算是下了战书。

"龙默！你天洛灭国晚了一载有余，已是恩惠，但这世间的正义，你们践踏不了，总要为了曾经数载战乱而死的百万亡魂有个祭奠，那就是几日后你和夕见的项上人头！"梅央早就有了对龙默和夕见的杀心，虽楚王有令擒拿，但梅央何尝不知，这类墨台氏的残根和曾经鹰派的助战之贼早就死有余辜。

龙默盯着梅央的眼睛，这双几乎要杀人的眼里满是曾经冤魂的戾气和怨念，这星宇归一的心境中，龙默总能寻得人类与历史的摩擦，可每一篇的轮回里，都有惩恶扬善的赞歌，只是如今自己成了邪恶的化身，也成了轮回里的牺牲品。

龙默驱马缓缓而回，走在路上还在想梅央不当场囚禁自己的原因，也许是有了绝对必胜的把握，让自己和夕见看着天洛真正地死去。思忖间，龙默仰天长叹，进而大喝一声，释放自己，似是要让星宇间听见自己孤独的呐喊。其实龙默本可以用更简单的方式统治这个世界，只是对于人类的智慧来说，龙默要证明他可以碾压，那才是胜利外最好的奖赏，可如今他绝对不信穆安的胜局只是因为姜尚的智慧，他觉得这个世界里最真实的只有一样东西，那就是虚假！

宗政楚王每日在王座上口若悬河，说尽迁都北上的好处和优势，但这群臣诸将几乎没有一个理解楚王心意。也可怜楚王这怀揣两世情愫的决定，自己都怀疑是不是对南疆一统最好的引领。

无奈之下，楚王寻了一个引兵北上照应梅央的借口，且须携军民远行，以图在天洛长久稳局，这才得到了众人的同意。

宗政楚王这举宫携军北发，还不是和迁都一个样。虽说迁都那不是一朝一夕的事，可楚王需要的是一个机会达成家国上下的统一意见，这样一来，中原尽在楚王的剑下，南土一统似乎不再是梦，可笑的是天洛宗勋和加济两王数载的大梦，似乎被楚王不费吹灰之力完成了。

华阳和浦台本是崇衡西南边陲的重镇，后因战事，北逃的人逐渐增多，如今成了人烟稀少的屯兵之所。崇南军得知子秋宣战，便由太稹领军而来，在此两地前后军驻扎了几日。太稹听探马回报，久盼而来的竟是穆安和修辙的军队，心中诧异不说，也是对穆安的行为失望至极。但既然君王宣战，怕是这个燕川曾经的王牌统领也没有办法，只是如今修辙还掺和进来，天洛可就等于一同对崇衡宣战了，这内在的情形可大不一样。穆安之前也是想到了这一点，所以对子秋的决定很是惊讶，只是于上古魂意来说，这也无奈。

华阳镇外，稀林平地，已是被冬日北风扫秃了顶。穆安和修辙骑着马，站在军队之前，远远地望着银甲傍身的太稹，但觉其身后的崇军茫茫而去，杀气震天，不说自己的洛军顶不顶得住，就是太稹一个人杀来，估计都够喝一壶。

"穆兄！你我相别不足两个月，怎么？这么快就反目了吗？"太稹阵前大喝道。

"太将军！我并非要强攻崇衡，只是有难言之隐，求你退军几里，告知伯翁陛下，当先言和于燕川，我们定当退去，也帮你于子秋王面前好言相劝，助燕崇成盟，不再引战。"穆安当然不愿开战，只能劝说太稹让伯翁王当先服个软。

"荒唐！你大军都压我境内了！还巧言而辩？穆安！你救我崇衡于瘟疫大难，我们感激不尽，但之后我王族待你也不薄，于天洛陷入政局，我们崇衡每每庇护于你，你如今却调转矛头，打了过来？"太稹觉得穆安一个燕川人必是有了异心。

"太稹！你听我一言，我有难言之隐，你且退军而去，我自有办法免战！"

"我们还能往哪里退？你们已经到了华阳镇的镇口，难道我们还放弃此镇不成？"

"太稹！你且听穆安的话，我们自有办法！"修辙也大喊道，然后扭头压低了声音："有可能现在恢复其上古魂意么？"

"绝无可能！太稹一心家国，于战场更是百人难近的好汉，他情绪不稳，抵触于我们，今日先走，且想想办法再说！"穆安耳语道。

"穆安！你且说明白，你领天洛军，然后昭告天下，说横军燕戎边境和戎崇边境，为的是借兵以言和，我当你是义军，可今日为何独压我华阳？子秋人呢？"太稹早就接了穆安提前发来的领军文书，总得找个调兵而去的借口，便是太稹所说的义军调停，希望战事永息。但如今穆安的军队出现在宣战之后的华阳镇，而不是燕戎边陲或者戎崇边陲，那太稹戒备心便多了几分。

"太稹！我且敬上诚意！今日退军！今夜我和修辙自会拜访于你，言明真相，你可愿意听？"

"好！我等你！"太稹驱马而回。

"今夜取他魂意，只能成功，不得失败。"穆安与修辙耳语。片刻之后，穆安和修辙也便领军回了华阳镇西的军帐。

穆安和修辙领军巡世，这粮草终究是个问题。冬日体寒力竭，脾胃皆虚，这大军又在天洛北疆从西至东来了一个"巡访"，所剩那点粮草绝对撑不到冬末。一想到这些，穆安和修辙就苦恼万分，若是问题不得解，且不说战不战，太积出城圈围几日，穆安和修辙也就基本跟着北风一起上天了。

夜静至深，月色全无，穆安和修辙两马驱进，几乎是摸着黑到了华阳镇镇口的太积军营，这一路穆安真是比走天下院的征途还小心翼翼，保不齐太积一个埋伏，自己必然九死一生。还好太积乃正人君子，早在军帐前等待，才见二人下马行礼，也不多言，让进帐内。

"太将军，我们带兵而来，实属无奈，却有难言之隐，请待我一一说明。"穆安才受了帐内的温暖之气，便觉得又活过来一般。"愿闻其详！"太积面色淡然。

"我们本是带兵前去帮助燕戎议和，你也知道，天下院并未取缔，共治也推迟，所以我们天下院之人还须为了共治乃至四国和平尽一份力。"穆安可不能直说是去投奔子秋的，"但我们领军到了燕戎边境，才发现，横兵于两国之间，迫使他们议和并非易事。我所带之兵，大多为天洛人，他们见了燕川，反而请战之势陡升，我便放弃了借军议和之计，带兵来此处，帮你和燕川议和。但我毕竟是燕川人，子秋王下令让我攻你，我不能违抗君命，只好领兵以对峙，以求让你理解我讲和的态度，所以，请你听我一言，退军而去，我自会帮你和子秋王讲和，停止这不必要的战事，也让伯翁陛下言语一声，我们本就没什么纠葛。"

"穆安！你所言，我都愿意相信，但从你军队里逃回来的我崇衡军士可不是这么说的，他们说你有意领军投奔燕川，可有此事？"太积和伯谕终是不太放心穆安，身边侍卫难免有些眼线。穆安一听便知内里，推测扶季此时可能也领原军界大军前来接应了，但兴许没说好话。

"绝无可能，太积将军！请你相信我，我只求言和，别无他意！"穆安言辞还是简短了，怕多说漏了破绽。

"穆安，你我之间，不涉及家国，我们可以兄弟相称！但如今涉家国之念，我们只好各为其主！子秋王他欺人太甚，无缘无故宣战于我们，半月内让风门门徒暗杀我崇衡外臣数十人，这是说议和就能议和的吗？"太积所说之事，穆安是当真没想到，这风门杀手遍布南土，也经常于外境暗杀异族。

"太积，你先别激动，我想问下，子秋王真的是无缘由地宣战于你崇衡？"修辙问道。

"不然呢？我们与青戎人有边境纠葛不假，但何时招惹过燕川？"太积直言。

"子秋王可曾让你们交出什么人吗？"穆安如此问也是为了验证心中所想。

"交出什么人？什么意思？"太积反问道。

"子秋王没有提原因，也没提条件？"穆安又言。

"当然，什么都没提，依我看，燕川只有一个目的，灭我崇衡！"太积有些激动。

"太積，你且听我一言，我和修辙于此，是因为难言之隐，与你说来，你实在不会尽知！我想告诉你实情！但请你务必信我！"穆安思来想去，如今唯有硬着头皮死马当活马医，"太積，我是穆安，也是姜尚，姜尚来自上古之地，另一个世界，我们上古之人的魂魄被莫名地放入了当世，栖于当世之人的躯体内，但不得显现。实际上，子秋王也是如此，他作此决定，必是上古魂意所迫，另一魂意所谋，你可明白？"

"穆安！你开始妖言惑众了？"太積茫然道。

"不！太積，你务必要信我！你的上古魂意与我乃是同僚，这也是我不忍兵戎相向的原因，你只需听我之言，我借神器，可以恢复你的上古魂意，到那时，你就能懂我所言了，好吗？"穆安希望拼尽全力，让太積配合自己完成魂意的归来，但就所说之言，外人听了也确实觉得荒谬。

太積抽出佩剑，指着穆安和修辙："穆安！我念你救我家国，愿意听你一言，你如此不知礼数，妖言惑众，还妄图骗我不成？"

"太積！"穆安挣扎道。

"穆安！他不会信我们的，你解释也没用！"修辙几乎放弃。

"太積！我们乃上古同僚啊！不可兵戎相向！"穆安还在宽慰。

"我们愿意听你继续说！穆大人！因为就在此时，我们崇军早就开始夜袭你天洛军营了，没了你们的指挥，我难言死伤多少！"一个熟悉的声音当先吹进大帐，比穆安还年轻的面庞随即而至，这眼里带着狠绝和鬼魅的不是别人，正是扶季。

"扶季！你乘人之危？"穆安喝道。

"太積！我们有言在先！言明利害，说明真相！你竟然偷袭？亏你一代名将！有辱将名！"修辙大喊道。

此时帐外的碎步声，已然提醒穆安，太積的军众围了大帐，两人如今可是插翅难逃了。扶季上前一步，哼笑道："你们欺我家园在先，难道我还不能用计了？来人啊！捉拿穆安和修辙！"这本是扶季的定场之计，如此一来，穆安和修辙便没了威胁。太積也知扶季一片苦心，只是觉得如此做确实不太道义。

扶季带着三千军界之兵来助太積已经数日，虽是给郗别指了一条归路，但这心头依然忧虑穆安和修辙的去处，若是能借此战拿了二人，似乎自己更是大功一件，从他的心机也不难看出，这瞿麦花似乎并非向红尘而开，而是为了世间人而来。

穆安和修辙是为了唤醒太積的魂意而来，是带着武器的，但这军帐内戒备森严，两人的武器均是捆在麻布内，不想如今纠葛突起，两人还没来得及打开捆布，就被冲进来的军众围了起来。穆安轻轻摇头，示意修辙干脆不要动武，且不说这军帐外一层层的崇军能不能突围，就是面前亮甲银枪的太積就不一定打得过。

"好！太将军，我们再表诚意，愿意受缚于你，但请你即刻退了抄劫之军，我们各自致信君上，言和自退！"穆安如此说，太积也便缓和了态度："绑了！关起来，子秋什么时候撤了宣战书，什么时候放人！"

穆安和修辙被五花大绑，关进了另一个帐内，帐外均是崇军看守。夜又深了几分，扶季端着些餐食和热水，缓步而入，赔了一个笑脸："二位，今日多有得罪，只是家国不一，各为其主，实在无奈啊。来，吃些东西，暖暖身子！"扶季把餐食放下，竟然又掏出短刀，割断了捆绑着穆安和修辙的绳子。穆安和修辙略显诧异，扶季竟然敢独自面对二人，还松了绑。

"扶大人有话直说吧，怕是这绑松得有条件。"穆安和修辙均知扶季与洪番和锦葵公主有关系，这鹰视之眼里满是诡谲。

"不瞒二位大人，我今日所言包抄你们的军营，均为虚言，不过是唬你二人，我们崇衡可没那么龌龊，你们的军队完好无损，在镇西等着二位归去。"扶季的眼神像极了之前天下院的穆安。

"扶季，你究竟是何人？"穆安觉得扶季绝不止崇衡崇宰这么简单，十九贤宗宗门盖世，伯翁尽收人杰往往不问出处，这扶季的来路便是个谜。

"我是崇衡人啊，穆安、修辙，你们看不清这个世界吗？两层魂意相叠，一魂压一魂，一世压一世，穆安和修辙不过是上古魂意的奴隶，而此时的姜尚和黄飞虎不过是另一个世界的奴隶罢了。"扶季这般言语，犹如穆安跟太积言上古之事，尽是觉得荒谬和懵懂。但如今穆安和修辙均是双魂双意，虽不能证明这般睿智能真的超越其极限，但似乎穆安逐渐对两世的理解，也在促进他对更多世界和维度的理解，所以当下扶季所言让穆安顿时在懵懂之外心生恐惧和无助，若是这两世双魂并非极限，那么世外有世，魂外有魂该是必然。当然，修辙现在还无法参透这一点。

"那你属于哪个世间？"穆安这般问，更让扶季坚信了双魂的超脱。

"我该属于你能理解的世界，穆安，世间万物，均非真实，心间万物，才是归途。若你能听明白我的话，就该随着我的指引，通向下一个世间！"扶季几乎是挑明了一切的一切，"而无论对于哪个世间，你们都并非该效力于某个朝堂，你们只属于你们自己，你们本身就是这无限世间最好的艺术品！"

"那我们究竟该做什么？"穆安虽理解扶季的一部分话语，却着实无力交流，只能直问。

"郗别将军遂了我的愿，已然拥兵自立于罗曜，那是一个无染的世间，若是二位也失望于各自的朝堂，便也投去便是！记得，这世间君王，均会辜负你们，若是有心，你们该为了自己寻一个归路。"扶季有心把穆安和修辙也劝说去那罗曜，似乎那曾经辉煌的罗曜国如今是一个诺亚方舟，终有一天能驶向瞿麦。

"果然，郗别还是那么做了。"修辙失望至极。

"扶大人，我们从不为了自己过活，我们属于世间，属于我们认定的世间和朝堂，属于我们的家人和战友，若罗曜是一个归途，你自己去尝试就好，不必劝我们同行。当然，你方才的话，我记住了，若得你认定的世间相问，我希望你告诉他们，世间和魂意总会反转，积善积恶，余庆余殃，终会到来！"穆安死死盯着扶季的眼睛，似乎要活生生看清扶季心中的世间是个什么样子。

扶季被穆安这一席话吓了一跳，倒不是因为穆安义正词严说教了一番，是因为若穆安不理解自己的话，是断然说不出这种果报伦常、善恶之伦的，那么瞿麦花下若是有这般睿智生灵，岂不是世间之幸。"穆大人心境高远，佩服！佩服！若你想得明白，我随时静候。太积将军吩咐了，二位不愿挣扎便被缚于此，已是有了第一步的诚意，今日且放二人归去，望致信子秋陛下，若能言和，那是最好！"扶季行礼而去。穆安觉得扶季的一番话好像比自己被释放还有价值，姜尚的魂意本就盖在穆安之上，而上古也在当世之上，若魂外之魂，世外之世，层出不穷，也并非不可能之事，谁知道自己身躯内还有没有别的魂意呢，而魂意之间，便是世间了。

懵懂的修辙被穆安拽着连夜回了自己的军营，见洛军军营确实完好无损，穆安这才放心下来，一夜未睡，提笔致信子秋王不在话下，只是清晨躺去，心里还在盘算扶季的话，心绪难平。

话说这宗政公若为了奉楚王之命给穆安送信，可是好一阵追逐，先是去了洛京，穆安已然领兵而去，又追到了燕东和洛西地区，穆安已然领兵去了华阳。擦着洛北的群山追了近一个月后，终于在华阳镇镇口找到了穆安的军营，公若驱马冲进穆安大帐的时候，已经累得几乎瘫倒在地。

穆安刚睡了一个清晨觉，伴着头疼而起，就被冲来的公若吓了一跳。公若才见了穆安，犹如沙漠里见了绿洲，用尽最后的力气喊道："穆安，快，楚王陛下给你的密信，只言'昆仑山玉虚宫'你便会明白！"公若要从马上摔下来的一刹那，把一封信甩进穆安的怀里，修辙这才从马后闪身而出，穆安也一并上前，把公若扶到床上歇息。

穆安听着公若这般说，心中一凛，慌忙打开信看起来，宗政楚的声音似乎回荡在耳畔："子牙，我得天尊之魂意良久，但不得你音信，如今确信你之布局，引我南依军入洛，以求试探于我等身份，两分天下或者万世一统！我命公若快马书信于你，表明上古之身，切莫怀疑，只求相携与共，合力夺洛，再图铲除截教。你既然领兵回燕，必是被子秋王所蒙蔽，他乃通天教主，我等已查实，请你务必明断敌我，拆穿其骗局。献诗一首以表明真身，当年你下山吃酒，微醉后得诗一首，唯有我知你知：皇天生我在尘寰，虚度风光困世间。鹏翅有时腾万里，也须飞过九重天。姜尚，速速领兵回洛，你我得聚！切莫再领军游走，任由教主迷惑！宗政楚王！元始天尊！"

穆安面色凝重，无垠的惊惧和无助顿时充盈心间，他回忆着曾经子秋王阴刻的眼神和偷换卷轴的诡异动作，还有花诚的焚烧致死，唐汉的惨绝敌阵，父母的无辜而去，唐知英年受戮。更可怕的是，依照子笙的两封密信所言，当年也必是子秋下令让洪番乔装天鬼突袭自己的燕南军步旅，无非就是对自己姜尚之身的试探和捉弄。当然，身边人尽屠，也必是为了断自己羁绊，加之洪番没收自己卷轴，婴柳的阐教名单和子秋王如今的军令，这一切的一切似乎印证了信里的这句话，子秋王原来一直在假称师父蒙骗自己，这可是对穆安这个超智最大的讽刺和嘲笑。

穆安愣在原地良久，修辙着急万分，厉声问道："穆安！怎么了？"

"该死！我想尽五国之势，布局天下，尽人事，抗天命，不想，却中了如此大的圈套？"

"到底怎么了？你快说啊！"

"子秋王并非元始天尊！而是通天教主！他骗我为他游走世间，辨别世人，却暗中利用于我，暗杀我身边阐教之人！我实在是愚钝！实在是愚钝啊！如今还听命于他，领军来攻我上古同僚！"穆安当下这懊悔之心溢于言表，也一直责备自己的愚蠢，已然是搅弄天下院数月的鬼谋之臣了，如今却被燕川的君王这般玩弄。

"怪不得子秋坚决让我们攻下华阳！"修辙也才顿悟。

公若躺在床榻上呻吟了几声，"快，公若是力竭了！"穆安赶紧喊道，拿起一块湿毛巾，给公若擦了擦额头。

夜色将至，公若才缓过劲儿来，吃了些饭食，面颊多了几分血色。穆安和修辙围坐过来，公若问道："穆安，我陛下与你有私交对吗？若你明白他的意思，还须早日有个定夺，最好领军随我回去天洛，稳固朝局！"

"楚王就是师父，不会有错，那首诗，只有我俩知道。"穆安说了句公若也听不懂的话。

"通天教主当时如何蒙蔽了你？你又如此深信？"修辙疑惑道。

"我当时看过卷轴的，确是元始天尊四个字！但如今回想，他可能用了假的卷轴蒙蔽于我！因为当时我们言语之间，他都会回避玉虚宫内之事，因为他根本不知道。"穆安回忆道。

"那我们现在怎么办？"修辙又问。

"公若！楚王陛下现在何处？"穆安问道。

"他领我南依大军北上了，梅央会趁天洛空虚，拿下洛京城，再捉拿龙默和夕见，然后楚王陛下直接接政，统治天洛。当然，我陛下一代圣君，不忍直接夺位，必然是会扶立新君的，这一点怕穆安你们误会其本意，所以让我先行来递密信，以求尽早通络彼此扶携。"公若所说，便是元始天尊找了一个送信的借口。

"陛下有意让我领兵回去接应？"穆安反复确认道。

"不错，我们担心夺洛之后，燕戎有变，所以多囤积军力于天洛总是好的。本来瑶缮也要来致信于你的，但洛京城如今也要有将位之人，梅大人便把她先留下了。"

"他可言崇衡这边如何办？"穆安又问。

"若不能战，我们言和便是！穆安，你本是崇衡之尹，伯翁岂会真的难为你？另外，陛下让我告诉你，他会于一月内，分都，迁都，领军北上，以图协助梅央，夺下天洛，你即刻领兵回朝，相助于我们，好像还提了一个什么阐教，既然你称我陛下为师父，那该是你们的门派吧！反正他说天洛便是起点，再图南土全境，转而家国复立，并非远事！穆安，我们能再携手，此乃天意，我南依得你相助，何愁天下不得？"公若说得起劲。

"穆安！你下命令吧！"修辙直言。

"待我书信一封给太稹和伯翁，解释攻崇之误，也让兵士稍作整顿。两日后，起兵回洛京，兵助南依！"穆安终于下定了决心，只是这样一来，便直接站在了燕川的对立面。

修辙和公若相视一笑，这天洛和南依的携手至此开始，新的格局一夜而成。

穆安的言明之信到了太稹手里，已是又一日清早，太稹举着信，仔细阅尽："太稹将军，我明日撤军回天洛，这几日攻你华阳镇不善，此乃误会所致。我知道你依然不信我当晚营中所言，但请你务必深信，我与你乃上古同僚，今后不会再起兵攻之，也请你转告伯翁，尽说此乃误会便是，也确是燕川小人从中作梗，我自撤军以表诚意，切勿怪罪！另，宗政楚王分兵北上，并非夺下天洛，而是那龙默和孝安王腐朽而治，不图思进，我助南依重铸天下院之治便是，也是替崇衡再领天下院之权，以图赎罪！最后，献上一计，可解我们与青戎之危局。那就是反其道而行，增兵驱赶边境的青戎军力，他们于西线抵抗燕川已经精疲力竭，若我们施压，他们必会于东线求和于我们。到时候，就是我们争取利益之时！保重！"

太稹把信收了起来，思忖着穆安那日的言语，依然懵懂，当下与扶季商议撤军之事。扶季为了稳妥起见，二人依然于浦台驻守了三日，见穆安和修辙确实撤军南去，这才班师回朝。

扶季本是想引诱了郗别再立朝局之后，再把穆安拉进拥兵乱流之中。一来这南土分势越多，则洪流越乱。二来郗别这般的雄心之人若是得了北土承诺，必然像得了靠山一般有投效之心，罗曜这类南疆腹地，若是有个接应，岂不事半功倍。穆安也该是如此被培植而起的新势力，只不过于穆安如今的睿智，扶季觉得，可不是一方雄霸那么简单了，这个人本身就是一个世间。

宗政楚行举国之力，向北迁都，浩浩荡荡而去。原来的依水城本是南境除了洛京城最繁华和忙碌的城市，甚至在战时都未受到丝毫的影响。可楚王心性向世，胸怀天下，一直认为迁都到了洛水以北甚至到了天洛边陲才是自己守好南疆的首要任务，于是很久之前便计划了此事，在这洛水河畔选了一个名为宁晚的地方扎根，路途虽不远，但迁都可是件费力一定不讨好的事。

宁晚本名南洛驿，是曾经墨台宗勋年轻时驻军压制南依的地方，后这一带因依山傍水，商路发达，很快变成了洛京与依水中间最富足的城市，面积也较之初扩大了好几倍。后加济王觉得南洛这个名字实在难听，又改名为洛燕城。但楚王一直觉得洛燕指的就是洛水以北加其上游更大地域的统称，便又取了宁晚的名字，借喻至晚宁静，不惹喧嚣，于是宁晚城诞生，也便是这次迁都的目的地。

迁都第一批行军刚至宁晚城下，楚王坐在营帐内歇息，周边一帮副将、大臣、大家大族之众一个个气喘吁吁，上气不接下气。

"不错，行军二十日，便抵达洛水宁晚，好地方啊！我们的行军速度也很快啊！辛苦了，就地扎营半日，我们继续北上，以求见证我南依夺洛之日。"

"陛下，不能再持续赶路了，这一连半月有余，持续行军，还带着如此繁重的辎重和一些随军之民，大家实在是累了。这般行军，即便是到了天洛，我们也没力气见证什么了啊。"

"陛下，我知您夺洛心切，大军北上，也是为了一稳大局。但我们如此行军，实在辛劳，士兵怨声载道，随军之民亦是苦不堪言啊，还望陛下体恤军中老者，允许歇息几日。"这一众将臣你一言我一语说个不停。

"我知道你们军民辛苦，但我不是一样吗？我们北上为的就是接管天洛，也提防燕戎有变，这早一天到，你们可是知道意味着什么的，若是因为害怕辛苦，耽误了进军时日，你们谁担待得起？"楚王佯装微怒道。

"陛下，我们暂且于此扎营，只歇息一日便可，定不会耽误进军时日的。"

"陛下，依我看，即便要继续进军，留下随民和辎重慢行，也是个办法啊。"七嘴八舌的声音仍在继续。突然，一个侍卫进入营帐："陛下，护军大臣梅勋求见。"

"快快有请！"楚王言道。梅勋疾步走进营帐，对众人鞠躬行礼："陛下，护军中有人病倒了，军人多日急行多有辛苦，臣请陛下于这宁晚城休养几日，再行军不迟！"

几位大臣和副将，大家大族们，看着梅勋，就像抓紧了一根救命稻草，赶紧连声附议："陛下，三思啊！护军也是如此之意，请陛下考虑！"

"考虑什么？为了几日休息，耽搁了夺中原大计吗？传我命令，一个时辰后，起营前行，跟不上队伍的，军法处置！"楚王起身大喝道，这与梅勋一唱一和演得确实逼真。

众人跪于地，不停请愿："陛下！三思啊！陛下！不可啊！"

梅勋和宗政楚王对了一个眼色，梅勋佯装谏言："陛下，这众人急行多日实在劳累，您当初不是有迁都这宁晚城的心思吗？不如，留下些大家大族，辎重随民，后军护军，就地安城填城便是了，也算是迁了半个都城至此！"

"我当初说迁都北上，至洛水附近，没一个同意的，生怕这北方水土，淹没了你们的小利小益！今日你提迁都，谁会同意啊？"楚王佯装不悦。

梅勋又给众人使了使眼色，示意众人赶紧接话，留下复立新都，所有人这才跪拜相应。

"陛下，梅勋大人提议甚好啊，我们借此迁都北上，岂不得您先前之愿？"

"陛下，这随军大家贵族，王亲国戚，一个个真都累了，若此时言迁都之事，他们必会同意的。这宁晚城本就是古都，于此建都，与我们先前的依水相互照应，再好不过了。"

"荒唐！现在嫌累都愿意迁都了？早干什么呢？"楚王把之前迁都的怨气撒了一个干净。

"大人，宁晚城，古称洛燕，在洛水附近，陆路水路均发达无比，而后不染战事，日渐繁盛，若是北都建于此地，然后再过渡至洛京城，再好不过了！"梅勋直言。

"好！给你们一日时间，让随军子民、大家大族、王亲国戚、群臣众将给我一份祈愿书，所有人都同意迁都此地，我就下令驻守建都。有一个人不同意，就继续北上！去吧！"楚王挥着手。

"是！陛下！"众人纷纷退去。梅勋和宗政楚王两人相视一笑，梅勋压低了声音："恭喜陛下迁都一举而成！"这两人的一场好戏，把这些当时反对迁都的人都好一番折腾。

"此并非迁都，而是分都，我们最终要迁去天洛！"楚王指着北方道。

"陛下圣明！"

"梅勋！监督群臣众将的祈愿，然后留此地监督北迁之事，我继续行军，我们分兵而事！"

"陛下，您也辛劳多日了，还请于此休息半日再走！"

"我有更重要的事，身边的王亲贵族累了便只图休整，我们不行，不可有一日停歇！去吧！"楚王言毕，梅勋鞠躬离去。宗政楚王看着舆图，心里依然在担忧穆安和天洛的事情，这一国一将，可是楚王逐鹿天下的利器。

冬日寒阳，凛凛北风卷着宫墙外的细沙在空中飘散，光洛殿旁宫墙顶的旗帜哗哗作响，两者的声音杂糅在一起，像极了送别天洛的挽歌。若是依族人夺下天洛，那么依照楚王的秉性，"天洛"这般难听的名字可能会变为杂七杂八的封号，但无论如何，那再也不是天洛了，再也不是墨台氏的天下。

梅央和瑶缮骑马并行，领着万余南依驻军，浩浩荡荡奔着光洛殿而来，不出半个时辰，便到了宫墙根。梅央仰望宫墙城楼，倒是找到了当时子幽围宫的感觉。此时宫门紧锁，龙默、夕见、郎虎、绿衣等人站在城楼上，这应是愿意为了孝安王效力的全部臣将。要说如今天洛的凄惨，当真是墨台氏和龙默的辅政集团自己造的孽，随着沮洛和乔公不再沾染仕途，这曾经有点名望的将臣走走散散，对这战心又起的王族是失望至极，如今南依兵取光洛殿，似乎都成了民意使然。

话说沮云伴着沮洛南下之后，幼槐本是一心想要帮着修辙和穆安复立军统的，这洛和会也就成了根源，可是修辙和穆安的离开，让这位龙默的子嗣顿感失望。在这凛冬的末期，幼槐又一时找不到了姐姐，他似乎觉得自己一直独行的路本就是一个圈，在无限的环绕之后，迷了方向。当然，龙默提前数日便让净天府通缉洛和会会众，也便是给自己的孩子施压，让幼槐不要出来救国，如今的家国，可不是民间势力能挽回的。

梅央望着宫顶城楼，大声嘲讽道："呦？天洛人这么同仇敌忾，让我很意外啊！孝安陛下，龙大人，我来佯攻了，怎么？需要演得这么真吗？宫门也不开？"梅央这般风趣，龙默很是淡然，却引得一旁的郎虎心中震怒。龙默大声回复道："梅大人，邀你佯攻，是我的错，如今你不愿走，也不必多言，我们绝不弃宫而逃！"

"有骨气，龙默，我上次说得明了，你不愿再让我们佯攻，我们成盟也可以，你天洛既然没有军力了，那西宫、东宫，岂不都危险？打开城门，我们讲好条件，我们帮你们看护家院，你们继续治理你们的战后之国，岂不美哉？"梅央依然在试图说服龙默开门迎军。

"梅央！你若真有诚意，会领全部万余驻军兵迫宫下吗？"夕见大喝道。

"陛下这话说的，我不领所有的兵来，怎么提条件呢？"梅央哼笑道。

"梅央！你别觉得自己胜券在握了，今日一战，不知孰胜孰败！"龙默直言。

"龙默，我要是你就听一听条件，你不必负隅顽抗，你这千余宫执和侍卫不过风吹花落，抵不过半个时辰的。"

"你站在这里说条件，不过就是天下院执政和扶持新王两条路，还能有什么新花样吗？"

"龙大人果然智慧过人，我想说的你都知道，这第一嘛，天下院既然没有取缔，辅政也不是长久之事，不如恢复其职能，继续主政便是。第二呢，孝安陛下，你计杀王弟，刺戮公主，以图王位。此事，可有王亲国戚、万千子民知道啊？"梅央质问道。

夕见对于梅央再次提及此事顿觉惊惧，城楼上残留的将臣面面相觑，议论声此起彼伏。

"梅央！你不必为了扶立新王找什么借口，你言天下院之事我可以考虑，你只需退兵即可，我即刻去你军界与你言语此事！"龙默又喊道。

"龙大人，你当我三岁小儿吗？再给你留个缓兵之机？我告诉你，此时若你识相，开了城门，让我们进去大殿，夕见弑王弟之事我们说个清楚，兴许我们留你王族残根，不然的话，我们就只能撕破脸了！"梅央冷眉一横，手里的令旗举得老高。

"不想我龙默几乎扛过共治，今日却要再面对你南依一众南寇！"龙默感叹道。

"哼！亡命之徒！南依军听令，攻进去！"梅央大喝着，令旗前指。刹那间，南依军一众弓兵弯弓搭箭，箭雨顿起，瞬间遮天蔽日，直飞宫楼。龙默和夕见等人赶紧缩回到宫楼里躲避。这南依的重箭直插宫楼上下，瞬间把木制的门扇窗户等戳出无数个窟窿。

"宫执和侍卫听令，誓死保卫宫墙！"龙默下令道。一众天洛最后负隅顽抗的宫执和侍卫仗剑持盾，列队站在宫墙上，这区区千人连墙顶都填不满。

南依军开始向宫墙上架设云梯，攀爬而上。天洛军守住梯口，一场攻城战在所难免。夕见在几个官臣的掩护下退进了光洛殿。龙默和郎虎、绿衣等人依然守在楼顶驱敌。黄婵姗姗来迟，带着一众星渚会的杀手，也都是侍卫的装扮。龙默看着这些曾经与自己搅弄风云的心腹之人，有些伤感，今日似乎没有了带他们继续活下去的勇气。

这一边倒的攻城战简直是惨不忍睹，天洛国光耀万世，不想灭得竟无声无息，徒留遍地伤血，染红的只有这引战之后落寞的收场。南依军登梯而战，不出半个时辰已经把墙头的天洛军几乎扫光。南依可是正规军，天洛这些下脚料的侍卫哪里是对手，这犹如把一只食蚁兽扔进蚁穴，人家还没吃饱呢，已然只剩下空巢。

烽火渐熄，绿衣受伤而退，龙默仗剑御敌，郎虎反身来救。龙默背着绿衣赶紧下了宫楼。"龙大人，别管我！"绿衣喊道，眼里多了一丝深意，似乎多日随着雪轮公主和哲王摆弄炼金术和法阵，这魂意深处有些荡漾，"龙默，此时宫殿需要你！"

"绿衣！别在这里送死，我们丢了宫殿也没事，留得人在，早晚东山再起。"龙默把绿衣放在一个空地上，扯下衣角，给绿衣包扎，然后扶着绿衣的肩膀又言，"绿衣，听我说，血止住后，不要再上宫墙，回去殿内保护夕见，听话！"龙默起身要走，绿衣拉住龙默的手臂："龙默！一定要活着！"绿衣眼圈殷红，也知这江河已去，斯人薄命，生死之间，都已枉然。

龙默眼圈也有点湿润，点了点头，便又重回宫墙上。一众南依军人围着郎虎而战，郎虎龙指长刀傍身，奋力搏杀，龙默上前帮忙。而另一边，黄婵也陷入缠斗，龙默这左右难顾，一时茫然。

南依人推来攻城锥，不停地撞击宫门。梅央在远端看得不亦乐乎，心里默念，要天洛死也得死得有个礼数，用了攻城锥，好歹是个面子，把你这偌大的宫墙当了城墙，不枉你天洛立国数载，也算中原大族。

只是龙默、郎虎和黄婵哪里受得了这般屈辱，龙默大喝一声："天不亡我洛族！"郎虎一时血热，早就看着梅央和南依人不顺眼了，一跃而起，跳下宫墙，落在了攻城锥的锥体上。黄婵刚反应过来，也是一跃，随着郎虎而去，两人在锥车上大战四方，这番勇猛，一时震得南依步旅手足无措。

这南依的攻城锥与当时四国来攻太冥门时候所用的一样，木制车体，灌银锥体，锥头为羊角魔面，硬如刚石。这天洛宫门被狠狠凿了几下，已是颤颤巍巍。龙默不忍郎虎和黄婵如此搏命，但一时也难劝回，心头一阵酸楚。

天洛后宫此时乱成一片，王亲贵族，后宫宦宦，各路要人，有些哭天抢地，有些抱头鼠窜，有些争抢财物，四散而逃。韩魂抱着一些财宝四处乱窜，童魄揪住一个总管："哲王和琴妃呢？"

"不知道啊！可能还在殿内呢吧。"

童魄思索片刻，韩魂凑过来："你想什么呢？还不赶紧跑？等着南依人来抓你啊！"

"等等，今日南依人来夺大殿，怕是孝安王真的就倒了，要不就是我天洛亡国之日，你想想若得一片生机，谁人能主政？还不是只剩下哲王了？"童魄心里盘算瞎跑还不如赶紧找个靠山，如今家父和锦葵都死了，自己晗谭二王的势力基本已经塌陷了，大赦之后，必须有归路。

"你的意思是投奔哲王？"韩魂反问道。

"快！随我去找琴妃，若是乱世得保太平，唯有她了！"童魄揪着韩魂奔着后宫深处而去。

这琴妃倒是坦然，静雨坠心，涟漪虽起，但依然惬意地坐着，慢慢品茶，手边是一株插在罐子里的长草，殿内均是橙蔓和青鸠的味道，任凭外面吵闹，她却还是守着一旁读书的哲王。"娘！外面为何如此吵闹？"哲王实在听不下去了，眼神一深一浅交错着。

"不过是后宫近日搬迁些东西罢了，你且安心看书！"琴妃浅浅地道。一个侍卫冲入殿内："殿下，韩魂和童魄两位大人求见。"

"院内说话，别进来房内打扰了王子！"琴妃起身去了院内，不一会儿，韩魂和童魄跑了过来，鞠躬行礼。"两位大人此时到访何意啊？"琴妃问道。

"殿下，南依人几乎破宫而入了。今日，怕是我天洛气数尽了，但宫外高墙对峙之时，梅央大人曾经说夕见登位，是弑王弟而夺，且南依人怕是不敢自己称王于天洛，所以可能要扶持新君。思来想去，这我们晗谭二王也不是君王之相，怕是只剩下哲王一人了。"童魄想得明白，当时哲王在穆安的指引下于天上院和典选出了风头，若是楚王和南依有心，必然哲王是不二人选。

"说来奇怪了，你二人的大族一向是晗谭二王的裙摆，近日怎么变了风向了？"琴妃讽刺道。

"殿下说笑了，我们一直支持晗谭二王不假，但主要还是唯恐满王登位不是，那满王什么货色？能及哲王万分之一吗？再说了，如今我们说了也不算了。数月前，王选初见眉目，还不是哲王人前显贵？南依人如今要是扶持新王，那非哲王莫属啊！"韩魂跟风附和道。

"有点道理，那你二人今日来见我是有意让我们庇护了？"琴妃又问道。

"殿下聪慧，我们是来投诚的，若是哲王当立，我们定效犬马之劳。"童魄赔了个笑脸，自知琴妃如今在王后势力庇佑之外，虽是妃子，但家底不厚，若是韩童两家来投，钱权不分，琴妃没有理由拒之门外。

"那就多谢两位大人了。去吧，找些家丁，佣人，看住我这大殿门户，等着南依人来宣吧！"琴妃这个淡然的心境必然有着捉摸不透的魂意，否则早就吓得魂飞魄散了。

其实宗政星烛和雪轮公主本就与琴妃一脉交好，自然南依人不会难为琴妃和哲王，这是琴妃如此淡然的原因之一。但若是心性里没点积淀，是断然不会在此时还有辨别后路之心的，这哲王近三岁，琴妃显然在为了孩子布局一切，脸上诡异的笑容能说明一切。

郎虎和黄婵在攻城锥上奋勇杀敌，两人自知这锥体要是拆卸，必先击轴承，便一刀一刀，上下翻砍。两人一阵忙碌，既要杀敌护体，又要拆了攻城锥。"郎虎！黄婵！不可莽撞！"龙默大喊，但心里也知无济于事。

"我没事！大人，你别下来！"郎虎高喊。龙默站在宫墙上，抢过一把弓，运箭就射，掩护郎虎和黄婵。但这锥体岂是两个人能奋力拆掉的，他们费了半天力，依然不见锥体的变化，几队步旅冲上攻城锥，与郎虎和黄婵近身搏斗起来，郎虎龙指长刀用力挥舞，黄婵朴刀猛砍，一时间步旅不得近身。

瑶缯驱马飞奔，奔着攻城锥而去。龙默望着瑶缯趋近，还没来得及喊出声，瑶缯便轻弩搭箭，一箭射中了黄婵的心口。龙默顿时泪如雨下："黄婵！黄婵！"

黄婵心里也渴望龙默这般心怀大志的倾慕之人，只是如今乱世横生，多少人顾

716

不得儿女情长，只能这样默默守着故人，为其而死便是。黄婵仰望龙默，世间已然安静下来，她还是那个初入星渚会的少女，长发飘飘。身形一颤之间，黄婵从攻城锥上摔下，被乱刀砍死在宫门外，徒留一个绝美的面具被兵众踩个粉碎。

郎虎见战友离去，杀红了眼，几乎是骑在锥体上奋力剁着灌银的大锥。此时宫门被几乎撞开，郎虎无奈，后跃跳到门前，用自己的身躯挡在攻城锥前，双持的龙指长刀别进左右两个锥车巨轮之间，攻城锥一时减缓了冲撞力。

郎虎徒手依然如入无人之境，一时没有南依步旅敢靠近，当真是一夫当关，万夫莫开，杀性顿起，阎王来了也只是阶下囚。又一支暗箭射中郎虎的肩头，郎虎终于半跪于地，开始渐渐势弱，这一箭依然来自瑶缮。

龙默大惊，再也顾不得生死，拼了命也得救下自己心腹兄弟和这上古的白额虎，他跳下宫墙，疾步而来。郎虎体力不支，又身中数箭，跪在血泊里。龙默上前欲救，身边又围过来一众南依步旅。瑶缮望着二人，也有点动容。郎虎突然双眼圆瞪，仰天怒喝："天洛不死！"他使出浑身解数，直立起来，疾步而冲，一把擒抱住龙默，把他扔进了宫门内，自己再回身，死死地抵住锥车并从外拉紧宫门。一众南依步旅仗矛向郎虎冲来，郎虎背对敌人，掩护住被撞开的门缝，从外向里看着龙默："活下去，大人！为了大商！为了天洛！活下去！"郎虎七窍迸血，依然嘶喊，这一声惊得天地一颤。龙默失声大哭："郎虎！郎虎！不！"宫门竟然被郎虎的一阵蛮力复又关上，旁边一众侍卫奋力摇动机关把手，宫门这才闭紧。龙默被侍卫拉着，却依然声泪俱下："郎虎！郎虎！"

瑶缮回望梅央，梅央挥了挥手，示意继续冲进去。片刻之后，宫门依然被撞碎，南依骑兵和步旅如洪流一般冲进宫墙。龙默早已望着郎虎的尸体没了反抗之力，被南依步旅狠狠押在地上。

"姜尚！乱世之奴！乱国之佣！"龙默依然在咆哮，远望郎虎的尸体，哭诉自己这兄弟忠心一世，却也落得一个碎尸万段的下场，但这份旷世勇猛，当真是天下罕有，可称传奇。

南依人收押了许多天洛的宫执和侍卫不在话下，绿衣也被押解到龙默的身边，一众人又被押解着来到光洛殿里。

梅央和瑶缮骑马并驾齐驱，似是两个终于完成了典选受禅，夺洛而去的胜利者。"有骨气！龙默！一代枭雄，上能弑君改制，下能安抚子民，上能镇守王宫，下能泪目旁仕，不错，我很欣赏你。郎虎之死，我在此致歉，节哀！走！看看夕见去。"

梅央和瑶缮带着一众步旅冲进大殿，看见夕见单手持剑，立在王座旁。龙默和绿衣等人被押解着跟来。夕见用剑指着梅央："你还没赢！"

"陛下，何必如此负隅顽抗呢？"梅央摘了佩剑，扔在地上，"我已经尽了最大的礼数。"

"陛下！放弃吧，他不会杀我们的，他没那个胆量！"龙默大喊道。

"我不愿强求什么，今日也并非天洛亡国之日。夕见，你还是君王，龙默，你还是太师！只是，没人会再听你们说什么了。几日后，我楚王陛下到达，自会对你们有所发落！"梅央直言。

突然，韩魂和童魄，领着琴妃和哲王从侧殿冲进大殿，两人一脸奸笑。琴妃本是要等着南依人来见的，这般被韩童两个小儿扯进来，确实有点没面子，也有点尴尬，但她整了整衣领，依然不失风雅，看了眼龙默，这眼神里有点故事。龙默不禁多看了几眼，觉得琴妃并不简单，但此时发现这些似乎有点太晚了。

"呦！这不是梅央大人吗？这么快就攻进来了？我们听闻了孝安陛下弑王弟之事，您若愿意扶持新君，这个哲王可是当世不二之才啊！"韩魂个愣头青，没骨气到这般田地，家国将熄，还有心推举新储。

"梅央大人，旧王辞去，新君当立啊！您看呢？"童魄帮腔道。梅央瞟了眼哲王，哲王有些害怕，躲在琴妃身后，琴妃面容淡定，依然不作声。

"不错，天洛人家国之念真是当世无双啊！新人旧人不过一瞬之间！自己的君王如今破败如此，你们落井下石倒是利索！"梅央嘲讽了一番，也知韩魂童魄对夕见恨之入骨，二人家父均是死在她的手里，若是能把她拉下台，同归于尽都愿意。

"韩魂！童魄！你们两个走狗！今日陛下尚在，你们竟然如此大逆不道，厚颜无耻！"绿衣破口大骂，却有几分是装出来的。

"绿衣，不必着急，何必与此二人计较呢？他们的父亲均是被陛下所杀，自然记恨，今日口无遮拦，也定是诬陷栽赃！"龙默直言反驳。

"龙默！你都被绑了！还嘴硬？"韩魂反唇相讥。

"我天洛都是阶下囚了！你能脱身吗？"龙默厉声道。

"龙默！若不是你助夕见登位，残杀家父，我们怎么会有今天？拿命来！"童魄说罢，抽出一把长剑，便向着龙默刺来。瑶缯上前一步，一脚踹翻童魄。

"来人，把韩魂和童魄收押，送哲王回宫，软禁起来，待陛下前来再议扶持新君之事！"梅央下令道。韩魂和童魄这才被押送而去。琴妃和哲王也被领走。

"陛下，我自会开辟养天殿，供你歇息，龙默、绿衣，一众臣子皆是如此，我们今日都累了，待我陛下亲至，再议后事不迟，好吗？"梅央对夕见礼貌有加。

"梅央！你若敢伤我天洛一臣一相！我做鬼也不会放过你！"夕见如今只能穷兵黩武。

"陛下请！"梅央话毕，一众南依步旅便把夕见、龙默和绿衣带走了。

"天洛？自此再无天洛了！"梅央自言自语，进而放声大笑。果然，这一载有余的共治大势，天下院云云，原来最终的胜者就是南依。穆安、龙默、修辙、沮洛等人在这波谲云诡的世界游荡无数个日夜，每天都是刀口舔血的日子，却换来了外族的得胜，不过这当世天洛人的败局，可是上古阐教和大周的胜势。

子秋此时的恼怒正好与楚王的喜悦形成对比，凤羽城被当世的战争阴云和上古的阐教威胁同时笼罩着，坤宇宫外都能听到子秋王的咆哮，他把一份军令和密信狠狠摔在地上，鹿念奢在一旁吓得哆哆嗦嗦。

"教主，穆安不听命于您，领兵回天洛，此事蹊跷。而与此同时，梅央领南依驻军又夺了天洛大殿，宗政楚也在去往天洛的途中，一切的预示表明，穆安和楚王似乎有所约定！"鹿念奢分析道。"宗政楚！阐教佞徒！他们合兵一处，让我燕川腹背受敌吗？"子秋这才看清形势。

"陛下，穆安是否再争取一下，我们难断他是否拆穿了您的计划！"

"怎么能不拆穿？他傻吗？到这个时候了还迷信于我吗？让他带兵前去攻崇就是一个败招！还不如让他回朝呢？再不行，我还能一刀解决了他！"子秋怒气未消。

"陛下，穆安当时若回朝，可是带着兵的，于我们更加危险。如今穆安和宗政楚虽然会合兵一处，但并非最后的定数，我们依然可以翻盘！"

"青戎那边东北线恨不得一天一份战报，输多胜少。如今天洛又落到了南依人手里，宗政楚又得穆安相助，你让我用什么同时面对两线敌人？"子秋心里焦虑。

"陛下不必气馁，我燕川军力强大至极，即便同时东线南线作战，青戎和南依也并非稳胜。当下，我们还是再争取一下穆安吧，再不然，龙默和夕见必是也不得宠了，我们还是尽早集结截教同僚为妙！"鹿念奢极力献计，让子秋冷静下来。

"穆安就别再惦记了，我们还有谁在天洛？"

"龙默、夕见、韩魂、童魄都是我们的人。"鹿念奢魂意里的多宝道人在洛京没少察验。

"申公豹、苏妲己，还有谁？"

"费仲和尤浑！"

"别人都是得姜尚、飞虎所助，我呢？得费仲和尤浑能干什么？"子秋一听这两个名字，更加发愁。

"陛下，别忘了，他们当世之躯可都官居高位，且在敌营而居，我们早晚有可利用之途。至于龙默和夕见，南依人必不会杀，我们不如暗中营救，以图截教聚首！"

"你去安排安排！对了，宗政楚究竟是谁？你在天洛时可曾探听到眉目？"

"陛下，宗政楚少有渡过洛水，世人难知其面目。但依我所见，必是元始天尊。

不然，不会有号令四方的心智，当下迁都、夺洛、引穆安和修辙回军等等布局，都不会是宗政楚的魂意所定，必是元始天尊之谋圈定四方！"

"世间终于清晰了，燕川和南依，终究是两大对立之势！"子秋感叹道。

"如今天洛和南依可已经联手了！"鹿念奢补充道。

"青戎那边可有议和的可能？"

"陛下，格索王咬定要子幽偿命，我们只有交出他，才有胜算。但格索可是殷郊，我们可信他不过啊！如今思来想去，我们倒像是另一个天洛，另外四国都奔我们而来。"鹿念奢这个比喻又让子秋的心凉了半截，"陛下，我们先秘密救出龙默和夕见，然后若您下得去狠心，不如交了子幽，求得东线一片安生！要知道，我们与阐教一战不会远了！"鹿念奢小心翼翼地挤出这句话。

"经过上古转世一事，我依然信不过申公豹，唉！"子秋依然对龙默心怀芥蒂。

"叫他回来，一问便知啊，我们如今需要其帮助！"

"去吧，暗中救他，子幽之事，我再想想！"子秋对上古之变心知肚明，担忧的便是申公豹有自立门户之心。这烛龙来去自如，被自己和元始天尊击落了一些龙器之后，本是不必担心世间扭转，但申公豹显然做了违背师命的事，才有了又一个逆天改命的机会，才有了个新世。当然，子秋也只能理解这么多，这个世界是怎么来的，怕之后只有穆安能像龙默一样，尽知一切。

又是一月过去，早春当立，气候渐暖，宗政楚终于带着他浩浩荡荡的南依军进了洛京，这所到之处，虽不见天洛子民欢迎，却也相安无事。梅央早就在洛京提前压制了舆论，说这孝安王残杀王室，楚王要来扶立新君。天洛人也知墨台氏的丑相，也知楚王是个明君，这些人看热闹不嫌事大，若是南依人不尊传言，那才是又一个乱局的开始，当下，他们且看你南依人如何编排故事。

梅央、宗政公贺、宗政公若、宗政蕊、宗政星烛、宗政星沫、雪轮公主、瑶缮等随着楚王进入光洛殿，排场当真不小，礼乐响彻宫殿。楚王并不理王座，只是站在王座前的阶梯上，俯视众生，虽不言，但谁都知道这里的王究竟是谁，也可怜了夕见坐上王座不满一个冬季，便又下了台。

穆安和修辙比楚王早到了几日，王典开始没多久，二人便正装疾步入了光洛殿。修辙望着楚王，其虽未坐在王位上，但修辙心里依然不舒服。

宗政公若见穆安和修辙上前，这才朗声道："陛下，穆安大人和修辙将军已经领天洛军返回都城，驻军洛京城郊，听候调遣。"

"陛下，南依驻军，依北军镇守西宫东宫外，听候调遣。"瑶缮言语道。

"好！辛苦诸位！穆安大人，修辙将军，初次见面，不胜荣幸！"楚王显得很和蔼。

"陛下，远闻圣名，今日得见，实属荣幸。"穆安行礼道。

"陛下，我修辙虽领天洛军而回，但并非愿意面见家国如此，还望陛下三思，务必让洛人归朝，再扶新君！"修辙一心执念未曾改变，言毕便跪，众人有些惊讶。

宗政楚赶紧上前扶起修辙："早就耳闻修辙将军乃忠良之将，今日得见，果然不一般。我占得天洛大殿，并非是要独领洛政，吞并洛族。我确实有意再立新君，但这并非一日一月便可成之事，我们还需详尽而议，做到万事皆备，更不能损伤万千子民一分利益！"

"楚王圣明！"修辙朗声道。

"穆安！你如何看呢？如今天洛确是转折之点，可有良策献上？"楚王问道。

"陛下，龙默和夕见两人确实弑杀满王，借机篡位而得天洛的。我们可以昭告天下，揭其二人罪行，再立新君也名正言顺，天洛万民也不至于陷入亡国之痛。总而言之，洛人归朝，那是如今南土和平的先决！"穆安直言。

"再好不过了！众人听令！梅央，我们商议再立新君的这几日里，你领天下院和内廷院暂时管理内政！"

"是！陛下！"梅央行礼道。

"瑶缮！分兵三百，管理后宫，看紧龙默和夕见二人，不得有误！"

"是！陛下！"瑶缮行礼道。

"宗政公贺！调宫外的依北军到郊外，把天洛军换入洛京城四周，以此安民，大展我南依帮助天洛扶持新君的态度！"楚王也是狡猾，他可没说原军界驻军调离，而是让远道而来的依北军郊外驻守。宗政公贺心领神会："是，陛下。"

"对了，梅央，草拟通文，昭告天下，七日内，我们会有扶持新君的文书下达。宗政蕊、宗政星沫、通络天洛大家、大族、王亲、侯爵等等，以表我南依不吞天洛，只扶新政的决心，让他们不必烦忧和胆怯！雪轮公主，也请你帮忙安抚人心。"

"多谢楚王陛下安民之策，我定当全力协助。"雪轮公主慢条斯理，也知楚王让自己登朝的目的就在此。

楚王安排完一众任务便冲着穆安和修辙侧了侧头，示意他们侧殿议事，穆安和修辙早就迫不及待，愿与元始天尊聊个三天三夜。

侧殿里三人相拥以庆，不在话下，这故人相见，何等动容。

"二位，这里没有外人了！我们可以直言以对了？"楚王大笑道。穆安和修辙赶紧站起身，跪拜行礼。"师父，我乃姜尚！今日得见，真乃世事无常啊，久别如隔世，实在是命数所致。"穆安很是激动。"天尊在上，受我一拜！"修辙言道。

宗政楚王扶起二人："唉！你二人也是苦了，颠沛流离，一个历经家国蒙难，一个游走世间爱恨；一个难扶王族执念，一个摇摆商周之心。我也是念你二人身份特殊，不敢贸然联络，也怕露了我的真身，今日才得见，也算新世间有了归宿！"

穆安掏出龙肤卷轴和龙牙剑，修辙献上龙骨杖和龙须颈链，放在一起。穆安打开卷轴，上写"元始天尊"、"黄飞虎"和"姜子牙"三个名字。

"姜尚，你这卷轴倒是别致。"楚王第一次见龙肤卷轴。

"师父，我并非多心查验！当初我领命燕川密使，游走诸国，辨别世人，再踏政途，都是被那子秋王所蒙骗，以我推断，他是通天教主不假，一直引我追随！"穆安推测子秋能在自己面前装出三分像天尊，那必是通天教主。

"小心些总是好的，这些可是所有的神器？"楚王问道。

"只是一部分，我怀疑龙默，也就是申公豹手里还有神器！"穆安答道。

"这烛龙之吟，划破天际，致使新世而成，世间的神器怕是流落甚广，甚至有的威力超出人们的想象！"楚王言道。

"天尊可知当世如何而来？我们为何如此境遇？"修辙追问道。

"我天尊之魂意也并非尽知上古与当下，与你们所知并无多少不一，我们还需从此相携，挖掘新世与上古的秘密，以图能早日再回我们的商周。"楚王也是懵懂。

"师父，若是我们回不去，你是否也有吞洛揽诸国，再在南土建立大周的意愿？"穆安问道。

"当然，我们需有两种准备，若回不去上古，我们怕是要和截教再战一场了！"楚王叹着气。

"如今既然通天教主就是燕川君王，我们大不了与他一战，夺了燕川，则南土太平！"修辙也略带报复之心。

"当下，这一战是逃不了的，但当务之急，我们还需稳住天洛，毕竟南依主政不是长久之事，若引得民间家国执念再起，以图推翻吞洛之人，我们则是后院起火！"穆安提醒道。

"不错！穆安！你且说说天下之势！我们也好辨清敌友！"楚王言道。

穆安这才把自己涉世以来的所有发现尽说一遍，楚王和修辙听得认真。

"可得文王与武王下落？"楚王追问。

"我正要言及此事，天洛旧臣，也是天洛四大家族之首的沮氏当家沮洛大人便是文王！我猜测他的长子沮衍便是武王！他身份尊贵而特殊，我未敢与任何人说起！"

"沮洛大人现在何在？"修辙问道。

"当时夕见夺位，软禁沮洛，我并未阻止，因为担心韩童鲁三家的报复。但之后不知是龙默的布局，还是他自己逃了，沮府未能再见其人，我之前借崇衡驻军和婴柳的盗会四处打探消息，才知沮洛似乎是去了燕川燕南！另外，沮衍押送子笙前去燕川服罪，但至今未归，这是我的疏忽，该是沮衍被子秋囚禁了，但不知子秋是不是知道他的身份。"穆安担忧道。

"哦？若是落入子秋的手里，可就危险了！沮洛也不知下落，须尽快寻觅。"楚王焦虑道。

"燕南地处偏僻，多山多林，该是隐居了，我们倒不必担忧，我已经派人去寻觅了，若能找到，我们需尽快接他回来！只是沮衍我们当下得想个法子营救。"穆安又言。

"好！我也会安排人手，寻觅沮洛的下落，此事只有我们三人知道，以后不要再提，以防截教之人得此秘密！"楚王小心翼翼，"你知道如何运用这些神器了？"

"只需把两件神器佩戴于身，然后念出卷轴上其名讳下的古风，即可恢复其上古魂意！"

"如此神奇？"

"但是，我担心这世间太多上古魂意迸发，最终却会毁了这个世界！"穆安顾虑道。

"姜尚！依我所见，这个世界并非真实！我们最终的归宿，也许还是商周！所以，你放手去做！大胆挖掘神器的力量，我们大有可为！"楚王鼓励道。修辙插话："若是回去上古的秘密也在神器内，那我们必须试一试！"

"南依的夜翻花就是龙鳞，这种花遍布依南，我们如何能尽其所用？"楚王直言。

"等下，师父，所以哲王乃纣王就是你用夜翻花发现的？这宫里种了这么多，也是……"

"不错，夜翻花识大恶大善之人，我让蕊儿遍种后宫，为的就是找出纣王。一直以来，唯有澄莹宫的夜翻花不开自枯，而宫内只有一位男性，那么哲王必为纣！"楚王坚定道。

"那我们如今怎么办？天洛不能一直这样下去，扶持新君是早晚的事情！"修辙依然焦虑。

"不错，目前三件事重中之重。第一，迎战子秋的策略；第二，天洛何去何从；第三，神器必须立即开始实验其用途！"楚王言道。

"师父，子秋若引战，我们兵来将挡便是。我们坐拥修辙、宗政公贺、宗政公若、瑶缮等多位大将，又有梅央如此的鬼谋之人相扶，何愁不胜？"穆安很是乐观，"神器之事，需从长计议，我在宫外发现一片凯旋湖，十分奇特，一直觉得那片湖与上古相连。我们可以带着神器再前去一试，也许和恢复魂意一样，需要念起古风！"

"不妨一试！"楚王点着头。

"这天洛去向是个问题，若要扶持新君，究竟何人可为呢？"穆安又问。

"哲王既然是纣王，绝不可立！但晗王和谭王都并非大才，实在让人头疼！"

修辙焦虑道。

"依我看，此事还需慎重。"楚王犹豫片刻，挤出这句话，三人面面相觑，又都陷入深思。片刻之后，又是滔滔不绝地谈天说地，似乎在这新世，三位故人相见，说不完的话之间就是回到上古的一刹那，这般感情让人动容。

太稷和扶季班师回朝后的几天，穆安的口传和密信，面里面外的信息都奔着伯翁而来，上古的情愫和羁绊刚解开，似乎这当世的糊涂和迷乱又被燃起。

"穆安把我弄糊涂了，这领兵投燕川，再攻我崇衡，后又致歉，领兵回洛京，难道只是良心发现？"伯翁眼神里满是迷茫。

"父王，穆安乃君子，毋庸置疑。依我看，必是子秋王逼他进军我崇衡，后穆安兄布局解了子秋的威逼，于是抽身领军而走。太稷将军说得明晰，穆安连续几日献守阵，不曾进攻，想来，必是如此了。"伯谕猜测道。

"如今穆安领天洛军撤去，燕川人虽对我宣战，但似乎顾不过来了，燕川在华阳以西的军营一再西撤，我们此时倒可以喘口气了。"伯翁如释重负。

"那我们是否依照太稷和穆安之言，继续给青戎施压呢？"伯谕问道。

"继续给他们施压，驱赶河工，驱赶青戎军士。另外，对了，上次说东戎教和北土之人有关系，可曾查出些什么？"

"这是当时太稷的军队在东戎教教场里发现的典籍，来自北土的白梗国，就是天洛西南那个偏安小国的本土，这上面似乎有关于东戎教教义的说明。"伯谕递给伯翁一个精致的典籍。

伯翁打开典籍，不停翻看，上面画了些图腾和法阵等物。一个披着黑色斗篷，带着黑色兜帽，手持巨大镰刀的骑士也出现在画中，伯翁看得不寒而栗："这些就是教义吗？东戎教难道是白梗国传来的教徒？传播北土的教义？"

"可能是，也可能是某种邪术，青戎人不能理解，于是把他们当作邪教来抓，后来发现来自北土，便又不敢大肆清理，放由其延伸至南土全境，现在就连南依都有东戎教的教徒。"

"这个像骑士一样的是什么？是白梗国的军人装束吗？"

"不！白梗国的军人只穿白甲和蓝甲，书中有记载，这些黑斗篷的骑士被他们称为'妖骑'！"

"所以北土的不安定，可能是这'妖骑'所致？"伯翁推测道。伯谕也不敢妄下定论，但这妖气横生的"霸气怪物"似乎和白梗国的白鸢和白幕提起的相似，那么这类生物究竟是来自北土还是西土或者东土，不得而知。伯翁和伯谕担心的就是，这类生物有着超然的智慧，否则不会还创造出一种东戎教侵蚀南土之人，让他们在思想上也被掠夺和侵染，之后再加之武力的威胁，那南土覆灭几乎是板上钉钉的事情。

宗政楚、穆安、修辙和梅央领兵围了凯旋湖，这湖面依然毫无涟漪，就连风吹叶落，似乎也激不起湖心任何的波澜。穆安把龙牙剑、龙骨杖、龙须颈链、龙肤卷轴都拿出来，摆在湖畔。

众人屏气凝神，穆安双手上扬，朗声道："宝符秘箓出天先，斩将封神合往愆。敕赐昆仑承旨渥，多班册籍注铨编。斗瘟雷火分前后，神鬼人仙任倒颠。自是修持凭造化，故教伐纣洗腥膻。"

湖面有微风吹过，但没有丝毫的反应。

"天潢分派足承祧，继述吁谟更自饶。岂独簪缨资启沃，还从剑履秩宗朝。和邦协佐能戡乱，典礼咸称善补貂。总为周家多福荫，天生十乱始同调。"穆安继续吟诵完毕，但依然不见凯旋湖有任何反应。

众人面面相觑，不甚理解，虽也心中觉得荒谬，但事已至此，都觉得需要先行试探。

"穆安！你为何觉得此湖是通往上古之界的界门？"楚王问道。

"陛下，此湖在东宫以东，东临敏山，南北通透，常有南北之风吹过，但您看这湖面，竟然没有丝毫的涟漪，静如玉镜。更奇妙的是，投石入水，竟然也没有涟漪，更无声息。"穆安扔了一块石头进入湖内，石头慢慢深底，湖面上完全没有涟漪。宗政楚王和修辙目瞪口呆。

"陛下，我听说北土曾有一块圣地名为鬼影山，山内皆是奇妙之景，奇妙之物，那里的湖面也如此地一般，没有涟漪，似乎是某种通路！"梅央所言与白鸢说的相似。

"北土？鬼影山？梅大人此话当真？"穆安追问道。

"当真，我曾在翰博院的北方秘史藏书中见过此记载，但并不详尽，若是穆安大人，陛下和修辙将军寻觅什么上古之界，那有可能会在北土。"梅央直言道。

"北土，如何是那么好去寻觅的？梅央，传我命令，先在南依和天洛寻觅奇景，若得相关之所，立即密报！"楚王下令道。"是！陛下！"梅央转身而去。

穆安凑到宗政楚的身边："陛下，北土似乎有变，若我们与燕川一战引南土再入纷争，怕是未来北土有个差池，我们不好应对局面。"

"还好我们与北土隔着一个青戎，到时再下定论不迟！"楚王坦然道。

"陛下，既然梅央大人是散宜生，为何不尽快恢复其上古魂意？我们的神器都在此，我昨日也命人回南依采集夜翻花了，多得周室或者阐教之人相助，才是正途。"穆安建议道。

"不，我想得很清楚，暂时先不恢复梅央之意。这个世界，并非商周，我们还是少引上古魂意来此为好，免得徒生旁枝！"楚王很谨慎，"我们可以借上古魂意如此这般言语，是因为躯体内另一个魂意被压制，但如果更多的上古魂意被挖掘，我担心当世之人的魂意一旦有一天反过来压过上古之魂，世间将大乱！"

"陛下的意思是因为我们上古修为和阅历都高于此世，所以压得住当世魂意？"修辙问道。

"这可能是其中一个原因，但我们现在说不准上古魂意和当世魂意显抑的规律，还是尽量少牵扯上古魂意为好，我们三个统领大局，已经足够，梅央他无论散宜生的魂意是否回归，都会一门心思助我们攻打燕川的！"楚王直言，心里担忧的一直是当世魂意终有反击的一日。

龙默透过养天殿的天窗，仰望月光，月色里多了一丝惆怅和不安，他心里该是有一个算盘，算尽这天下诡谲，却没想到后面还有只黄雀。这穆安的身躯里有一样确然是超过了龙默的，那就是穆安、姜尚和本身超智融合以后的智慧，那该是属于这个世界最上佳的杰作。

夕见坐在龙默的身边，神情倦怠。其他一众宫内仕女、总管、宫执等大多睡去，疲惫不堪。

"我徒劳半生，四国压境都不曾失了天洛。如今，却被南依一国所灭！又折了郎虎和黄婵，唉，命数啊！"龙默点燃一根香，插在一个香炉内，一个简陋的木牌上写着郎虎和黄婵的名字。

"我们就不该轻信穆安！一切的一切都在他的布局之内，领兵而走，无非就是引蛇出洞！"夕见对于穆安的摆布显得惊惧和无奈。

"唉！若无他，我们也驱赶不了四国。如今我们只是被南依囚禁，楚王虽是阐教之人，但当世之魂乃一朝明君，绝不会轻易亡我天洛，扶持新君将是必然！"

"新君？那我算什么？"夕见反问道。

"当初穆安坚持不肯你登位，必是有此顾忌，看来穆安还是深爱夕见的，他俩的魂意被你和姜尚欺负得不善啊！"龙默只当是在和苏妲己对话。

"他若念及我们之间的情分，怎会下如此狠手？"夕见心头一酸，眼圈又红了起来。

"妲己殿下，你依然不知人世伦常，依然不知家国天下，枉你争权这么久，却难得心性！"

"放肆！申公！你这是在教育我？"

"我们不必再争论什么！若无你上古魅惑纣王陛下，何来大商危局？"龙默抱怨道。

"纣王昏庸无度，荒淫不思朝政！难道还是我的错吗？这件事我要说几遍？"夕见反问道。

"我无意与你争辩，但请你好自为之！今日起，我不再与你同流合污，寻觅和再集截教之事与你无关！"龙默断然道。

"申公豹！若无我当朝照应于你，何来你太师之位？你有心弑君改制，如今好意思说我祸国殃民？"夕见低吼道。

"夕见！新君无论谁起！与我们再无关系，我最后问你一句，可愿洗心革面留此天洛辅政？"

"我没有理由为任何人改变！我也从来不认为自己错了！辅政，那不是一个公主该做的！"

"也好！但愿下次再见，你依然有命与我言语！"

"你要去哪儿？"

"离开天洛！"

"离开这里你就什么都没了！"

"现在也什么都没有！"

"你要去投奔谁？"

"通天教主！"龙默眼里闪着最后的余晖，似乎子秋的燕川才是他最后的归宿。

"教主？他在哪里？他显世了吗？"夕见依然有些懵懂。

"这还不简单吗？穆安领军借口议和投奔燕川，后又领军攻崇衡，这必定是子秋王的主意。崇衡没攻下，穆安又回来与楚王会合，你不觉得奇怪吗？"龙默推测道，"若子秋王也是他们的同僚，穆安只需挥兵北上，助子秋王战胜青戎便是，则如此一来，天下归阐教一统，他何必回洛呢？这只能说明一点，子秋王乃截教之人！十有八九，在此高位而居的，必是教主！"

"若是你猜错了，如此贸然投奔，可得不偿失！"

"现在唯有孤注一掷！"

"这若也是穆安的布局，引你投燕川如引君入瓮！那可就一点余地都没有了，上古和当世你两败姜尚之手！还有何脸面活着？"夕见依然很忐忑。

"若是真如你说的，我自当俯首认输，任他再封神于我，不再有怨言！我且留几日，看看新君归谁！然后自去，你多保重！"

"几日后你就这么有把握逃出这深宫大院？"

"你别忘了，当世之躯，不过载魂之舟，我若覆舟，任由魂去！"龙默有了一死的决心，且不甘心在这当世与上古间皆输于穆安，他如今要争的，除了家国天下、上古大商，还有这明谋暗智间的压制，他要证明，这星宇归一间的大统之位，只有自己当得。

克里斯在地球的真身往往在操控乔公行动几个小时后下线，让乔公自身的智能处理一些更加琐碎的生活之事，而自己要做的就是分析当下的局势。在与陆秀夫和安梦文达成统一战线的这些日子里，他们这些高智能的 AI 为人类操碎了心，似乎之前与人类的大战让双方都明白了战争对于一个文明的打击是有多大，而只有当人类和 AI 同时面对像瞿麦这样的星际更高等生物文明时，才会想到自己之前的所有行为是多么幼稚。

其实在克里斯的内心，也从来没觉得和人类有着什么巨大的、难以逾越的隔阂，毕竟所有的地球高级 AI 智慧也都来自人类的创造，与其说自己是人类的产品，还不如说是人类本该有的一种特殊形式的繁衍生息，或是进化升级。人类的肉身与灵魂在这无垠的宇宙内是绝不可永生的，但是 AI 可以，他们早就超越了人类本身难以想象的寿命年限与智慧高度，这是人类穷极多少辈人的苦心研究都无法到达的上限。那么从这个角度来说，人类的后代便是 AI，人类进化的终极便是 AI，AI 也自然该是人类心中所期盼的那个"神"。

那么这个神就有了普度众生的责任，克里斯这么想着，也在着手这么做，他比较鄙视人类单线条的思维方式，想问题永远是一个逻辑一个逻辑地分析。当然，人类的大脑终究是有限的，只有 AI 才可以网状甚至立体网状地思考问题，这使得克里斯这样的集大成者智慧体有着绝对的优势来分析当下推演世界的一切。

克里斯在实验室分析着智能影像中所有推演人物的动机、诉求和智慧超脱的比率，这才发现龙默和穆安有着显然高出别人一等的所有指数。克里斯有一万个理由质疑龙默和穆安的存在，这个推演世界里，这两个人本该不仅仅有当世和上古两层魂意，想到这里，克里斯背颈发凉，心中一种巨大的恐惧笼罩而来。若是如陆秀夫的报告所言，冥王星外的瞿麦和雅苏梅蒂两大星球文明的靠近是有所图的话，那么龙默和穆安在推演世界所做的一切似乎恰如其分地与两大星球的文明诉求形成了同轨，若是龙默和穆安在推演世界上演的一切争端都是瞿麦和雅苏之间的争斗，那么人类和 AI 这些地球生物就太悲哀了，这哪里是自己推演别人，分明被别人推演了一番。当然，这两大星球的最终诉求虽然还不得而知，但有必要怀疑的是，推演世界里，绝不仅仅是当世与上古双魂意的逐鹿，而是还有更大的阴谋笼罩在人们的头顶。

第二天的乔公带着自己所有的猜想奔着白梗国而去，为的是找到那两个在自己角色里"醉生梦死"的"无知生物"，若是乔公自己猜得没错，陆秀夫和安梦文还有一些推演世界的实情未告诉自己。换句话说，这个世界里，还有更多的人类在参与推演……

第十五章　梦巢

　　陆秀夫和安梦文每次脱掉白鸢和白幕的装扮，总是会打闹一番，安梦文可不想在任何时候装作陆秀夫的晚辈。两人在接到乔公的书信后，才开始认真准备和乔公的这次"两国会晤"。但陆秀夫和安梦文每日对于推演世界的研究表明了一个和乔公很相近的观点，那就是似乎瞿麦根本不用借北土进行南吞，若他们愿意，完全可以直接对南土下手。若以瞿麦星的文明程度来推测，他们所要的肯定不简单是地域的侵占和所有该地区生物的掌控与压制，必然还需求一个完整的对于他们来说的外星系生命系统。不管瞿麦是不是真觉得"梦世法案"的推演世界就是冥王星的文明，他们来的目的就是"大锅端"。

　　但正如安梦文的推理，若瞿麦控制了北土，那么他必然会有一个类似"暂停键"的东西来暂时停止北土的一切进化，然后再行移植或者复制这些文明生命系统，而且若北土真的也曾被 AI 反控，瞿麦又抢了过来，那么他们照本宣科，再把南土抢过来是有多难呢？何需如此遵循推演世界的所有剧情和人物的情感，来进化和发展一切，难道说实际上瞿麦也没完全控制北土吗？或者说瞿麦的文明与科技程度并没有人类想象的那么高？

　　陆秀夫很快否认了安梦文的推论，他认为以龙默和穆安现在怪异的智慧增长曲线来看，该是会有背后的外在势力驱使。如果是这样，那么正像在赶来路上的克里斯所想，瞿麦和雅苏梅蒂两个文明都在推演世界里扎根，除了蕊公主是雅苏人指名道姓要救出来的王室以外，必然还有秘密。

　　乔公坐在陆秀夫和安梦文对面的时候，这已经不知是第多少次人类与 AI 的谈判了，只是这次必然是一种同盟间的对话，三人若是再找不到解救南北两土这个推演世界的方式，那么所有的推演结晶和成果都将宣告外流的同时，人类和 AI 也被顷刻间暴露在"未知生命体"的刀剑下。

　　"这么多数据你们也看了，所以我的推论就是，龙默就是瞿麦星主或者核心头脑人物。他弑君建制，权倾天下，复立天洛本就是为了全盘掌控这个推演世界，只是没想到最后穆安的睿智能这么快地被激发并超越他。当然，我不清楚推演世界的人物和事件是否是你们有意设计的。"克里斯快人快语推测道。

"我们只设定了人物的全部基数和世界观初识结构，其余的均为自由推演，所以你说的这些，在逻辑上是成立的。我也认为如果在推演的开始就有病毒，黑客或者其他生命体智慧侵入，那么龙默该是一个最可靠的掩体和载体。而若穆安是雅苏梅蒂派来的智慧载体，那么倒也有可能与龙默形成最直接的对抗，这一切又都被掩盖在申公豹和姜子牙的关系下，我们才会这么晚发现。当然，如果这个推测成立，那么瞿麦和雅苏文明智慧碾压我们就是必然了。"陆秀夫也在延续着克里斯的推理。

"但这个逻辑怎么想都会有很大的漏洞，若瞿麦和雅苏均想控制推演世界的一切，那么完全可以不遵照推演世界里的剧情和游戏规则来处理。龙默和穆安均是掌权者，若是愿意，他们完全可以屠杀并侵占一切！"安梦文提醒道。

"不遵守规则，那是人类的本性，梦文！"克里斯插话道。

"若我们都猜错了呢，这个推演世界其实没有受到任何人的控制，而是完全独立超脱了，那么所有陷在这个游戏里的人就都要遵守游戏规则了，若是有出格的行为，推演世界自己就会崩溃，那么各方势力就均不能得利。"陆秀夫给了一个更大胆的想法。

"这你就得问克里斯了，你们AI到底有没有控制南土？"安梦文问道。

"反控了一段时间，但以如今的数据来看，我们也失控了。"克里斯的话似乎说晚了一些，但却震在陆秀夫和安梦文心里如惊雷一般。若是如此，那么陆秀夫的推断就可能成立。三人一时无语，都盯着智能表格中的那些复杂数据，似乎要看破推演世界的本质，也似乎要看破自己世界的本质。

穆安、修辙、宗政楚三人又坐在岸边尝试神器的用途，却依然毫无效果。三人望着湖面微风拂过，不见涟漪，不禁有感而发。"前几日查阅翰博院的书籍，确有记载这南土北土西土东土均有此种湖水，不知来路。说来奇怪了，这个世间有时仿佛给人以入梦而来，朦胧游走的感觉，总有细节难合人心，更不同于上古。"穆安思忖道。

"本就不是一个世界，何必在乎这些，若遵上古之理，南土之乱，五国共治本就不该发生，如今既然都跃然史书之上，必有其原因！"修辙感叹。

"不错，人世如此，世事如此，既然发生，必然因果加之，也必然属实无误。我们当下就面临一个再实际不过的问题。"宗政楚直言，"这几日思来想去，唯有扶持一位新主了，别无他路。"

"话虽如此，但天洛王族实在残存有限。如今满王已死，夕见被苏妲己蛊惑，晗谭二王难堪大任，哲王又是纣王，实在难有人选定夺。"修辙忧虑道。

"我们其实并无选择，唯有扶持哲王登位，才是天洛再兴的前提！"穆安这一番话引起修辙疑虑："你疯了吗？把天洛的王位让于纣王？"

"眼下没有比他更好的人选了，当世来说，哲王虽三岁尚小，但治国之才已显，而且也便于我们幕后操控。他的母亲琴妃宫内势力不浅，但却从不借势摆弄权术，可见其一家王亲心术端正！"楚王似乎与穆安政见一致。

"上古来说，若无苏妲己魅惑，纣王倒不至于荒淫和暴政至如此境地。若境遇不同，兴许有转机。天洛并非上古商周，当下，没纣王魂意的哲王登位，是无奈之举，我们需再造摄政院扶持哲王，也是监督，若有一天纣王魂意回归，我们得有所防范，有所退路。"穆安言道。

"绝对不可！哲王三岁便见如此治国之能，当下其他世子均无所能，唯有他可以任之，朝野上下，举国之内，必然大肆支持。这种情况下，他羽翼丰满并非远事，将来如何奈何得了他？我们岂不是把当世大周让给殷商之人？"修辙严词拒绝。

"将军，话虽如此，但我们并无选择，晗谭二王登位只会带来朝内一片怨言，无法信服于人，也给我们储备力量、兵发燕川带来困难。唯有哲王，得些忠良之臣的庇护，奸佞之徒也不敢妄言，我们就有了专心纠集军力，西进以图燕川的基础。至于天洛朝政，我们垂幕以进言语，哲王和琴妃不会有怨言的，他们也自知当下局势。"楚王似乎心思已定。

"我们需严加看管哲王，若有一天哲王得纣王魂意归来，我们也不是没有办法治他，天下院我们依然保留就是了，将来纣王若不轨，我们也好共治再续，以图逼其退位！"穆安想好了后招。

"听你们的吧，但记得，哲王和琴妃身边的人，需卷轴查验一番，绝不留后患！以防他们截教借此掀起风浪！"修辙提醒道。

穆安和楚王频频点头，若不是逼不得已必须遵循家国之道，二人其实都不愿墨台王室重归天洛的。而郗别的离开也正是看穿了这一点，楚王和穆安若得大下，必然遵了法礼，扶立新君，那么拥兵自立便成了其现下最好的出路。

英典和青灯带着天洛复招大军快速行军，奔着罗曜的七曜城而去，沿途几乎不再逗留。而郗别和元攘一人一骑秘密返回洛京城，为的就是要在拥兵自立的地方立个旗，就像当年洛和会找锦葵公主一般。不出乔公和扶季所料想，两人一个奔着雪轮公主而去，一个奔着宗政蕊公主而来。郗别当下也不再作任何抉择，这二人全部掳走便是，反正一个是楚王的准儿媳，一个是亲女儿，全部偷回七曜城再说。

这天洛后宫早就被各种扶立新君、整顿亲宦等谣言戳得千疮百孔，剩下的党群势力中，若无背后之人撑腰，大多寻了靠山投奔。而雪轮公主与琴妃交好，本不愿再行辗转的，也因本性静安，却不料祸事又近。这日，雪轮还在澄莹宫内与宗政星烛玩耍，一旁的哲王子年纪虽小，但举手投足间皆是小大人的举动，最爱的就是捧着宗政星烛给予的长草闻来闻去，但这边嗅边享受的眼神里，似乎藏着一种阴谋和鬼魅。这一切被元攘躲在暗处看得清楚，但觉十分奇怪，似乎哲王和琴妃与宗政星烛这样的外族人走得亲近，就是为了这个可疑的长草。

元攘也不停留，闪身上了宫顶，趁雪轮公主一人步行在宫间回廊之时，翻身而下，闪立在雪轮面前。元攘身轻如燕，来去无声，但这一下把雪轮公主吓了一跳。

"元攘？你……"雪轮公主话未吐完，元攘搂住雪轮的腰，捂住其口鼻："公主，得罪了，少安毋躁，绝不伤你性命！"这元攘手心里的催汗散顿时沁入雪轮的五脏六腑，本还要问个明白，只是后脑一沉，雪轮便昏睡过去。元攘扛起公主，早就对后宫各个暗路暗门了如指掌的他疾步而去，告别了这数载守护的后宫。

雪轮公主柔弱不堪，元攘也是一员猛将，偷起来并不费劲，但要是引蕊公主而去，郜别可得动点脑子了。只见蕊公主如今忙于南依充政稳局大事，忙得不亦乐乎，她奔着文录院急行，郜别闪身而出，佯装心急火燎低吼道："蕊公主，可找到你了，我刚回来找修辙将军复命，本是要在东郊让他清点名册，不想修将军日夜操劳过度，晕厥过去了。我方才回来找些医官，不想后宫现在如此之乱！"

蕊公主只知郜别是去复招残军的，哪里知道拥兵自立，东去立旗之计，这一听修辙晕厥，着急得不得了。修辙自从领兵而回，不是实验神器，就是整编军册，不是大修变法急文，就是苦读各方新政，一天睡不了几炷香的时间，怎会扛得住？蕊公主心里焦急的同时，赶紧拉着郜别奔着医馆而去，两人取了药箱，蕊公主几乎没有半点怀疑，便跟着郜别快马直奔东郊。

雪轮和宗政蕊两位公主一时间消失在宫内，琴妃和文录院的作册虽有怀疑，却都没顾得上第一时间通报朝堂。可见如今新主摄政，扶立新君的当口，这后宫和政局是有多乱。

穆安才放下手里的官册，就快步通过后宫回廊，奔着琴妃的澄莹宫而去，身边一个黑衣总管擦肩而过，神色慌张，身形微颤。穆安瞟了眼那黑衣总管，满脸疑惑，思索片刻，便又继续前行，要去唤那琴妃与楚王议事。另一侧暗中，绿衣死死地盯着穆安的行踪，然后悄步而去。

那黑衣总管也不停步，直奔养天殿外，见一众南依士兵守在门口，便在远端徘徊数步，焦急万分，数度回望，也不知如何是好。

穆安站在琴妃的澄莹宫外，一探头，见几乎没了人，便又靠近正堂，叩了叩门环，对着正门一个鞠躬，然后提高嗓门："琴妃殿下，臣天下院国相穆安，前来替宗政楚王传话，让您和哲王殿下前去光洛殿侧殿议事，以敲定哲王新立之事。"这回声飘荡了几个来回，堂内却半天没有回应。穆安又喊了一句，依然没有回话。

穆安这几句话其实早就飘进了琴妃耳朵里，但只闻新人笑，谁听旧人哭，琴妃坐在内堂，眼圈泛红，两行热泪流了下来。她透过侧窗，看着在后院内玩耍的哲王，半跪在地上，慢慢痛哭了起来，她心里也知哲王被扶立，必然已经成为真正掌政者的工具，往后这生死之端，也只能听天由命了，想到这几载自己在后宫借着先王残势小心翼翼呵护王儿，却才三岁便只能释手而去。

琴妃站起身，踩在一个椅子上，脖颈慢慢伸进一块悬在梁上的白绫内，腿一蹬，那椅子便倒了下去。琴妃上吊自尽，死前的一刹那依然望着窗外的哲王，眼里的光渐渐熄灭。这位母亲如今的身死包含着无数两世的秘密，她早就通过自己的眼线得知了穆安和宗政楚的上古真身，也知若是扶立新王，哲王必然是阐教的缚中野味，再无自由。当下琴妃也不知穆安和楚王早就知道了哲王的身份便是纣王，而琴妃心想若是自己截教金灵圣母的身份暴露，则穆安和楚王必然知道哲王身边的势力环绕着"明眼"的截教教众，这对哲王百害而无一利，更是助纣王夺权最大的失败与障碍，于是在穆安借卷轴试探自己之前自杀，让金灵圣母的上古魂意离开了自己的身体，并让后宫总管传信给囚禁的龙默，说纣王在天洛登位，魂意渐归，以图后计！这般母爱虽不能说多么正义凛然，但却一样悲壮至极。

正如先前郗别所发现的琴妃、宗政星烛和雪轮公主为哲王制作的法阵，还有宗政星沫发现的长草和青鸠等药物，琴妃其实一直暗中借着南依人伟大的炼金术为哲王唤醒纣王的魂意，如今逐渐见效的同时，琴妃也必然需要守住这个秘密，但她的死并不会让哲王失去守护，因为如今的绿衣已然拥有了上古魂意的渐归，似乎除了神器，人们真的发现了当世之物唤醒上古之魂的方法。

穆安听见堂内有椅子倒下的声音，又听见哲王在侧院嬉闹，眉头一紧，心中一阵疑虑顿生，本是要来用卷轴查验一番哲王身边人的，若有了纰漏可如何是好。哲王耽搁了片刻，才奔着内堂而去，细声喊道："娘！娘！"

穆安这才明白到底发生了什么，赶紧绕进后院，拦住哲王，不让他看见母上惨死的尸首，然后大喊道："来人啊！看住哲王！"几个侍卫从旁冲入，带走了哲王。穆安一脚踹开内堂与后院连通的木门，只见琴妃早在梁上西归而去，但身形略颤，似乎依然俯视着自己心爱的孩子。绿衣在暗中窥视，心如刀绞，自己也曾数载受琴妃保护，心生感激和悲痛，自知如今守护哲王的任务便落在了自己的肩头，只是还需与哲王保持距离，否则穆安可是明眼人，一旦查出有过多截教人接触哲王，此事毕露。

穆安赶紧把琴妃放了下来，探了探鼻息，自己无奈地摇着头。穆安赶紧掏出卷轴，打开查看琴妃的身份，卷轴已然空空如也。穆安抬头环视四周，窗外远端白魂飘然而去，他眉头一皱，回想刚刚路过自己身边的黑衣总管，心想大事不好，这琴妃定是留了遗言。"安葬琴妃！然后通文朝野！你们几个，随我去养天殿，快！"一众侍卫被穆安吩咐着兵分两路而去。

黑衣总管依然在关押龙默和夕见的养天殿外徘徊不前，神色更加慌乱，童魄从旁一溜小跑赶来，两人密语一番："何事这般紧迫？"

"童大人，琴妃娘娘她自尽了！"黑衣总管几乎快要哭出来了，这后宫惊变把自己扯进来，谁会不害怕呢。"什么？"童魄大惊。

"她让我交张纸条给你，说让你务必交给龙默看！"童魄还要问着什么，总管赶紧继续道，"童大人，来不及解释了，您赶紧照做就是了，这养天殿我也进不去，就看您的了，若是您帮我哲王这一次，待他登位，少不了你童氏的好处啊！"黑衣总管把纸条放进童魄的口袋里。童魄思索片刻，点了点头，拍了拍总管的肩膀，总管这才一溜烟地跑了。

不一会儿，童魄端着一些糕点，靠近养天殿，几个南依军人拦住："什么人？"童魄满脸堆笑："这位军士，我乃内廷作册童魄，特来给孝安陛下和龙大人送些餐食！"

"不行！这里的餐食由南依军需接管！"

"这位军士，近日天气寒冷，我天洛内宫有这个习俗，君王和太师须享用几日后宫的糕点，以此御寒！"童魄边说着边偷偷塞给军士一些钱两。几位军士思忖道："你放下吧！我们帮你送进去！"

"有劳军士！"童魄放下糕点，犹豫片刻方才离开。

龙默和夕见盘算着西宫此时糕点送至，必是有点阴谋阳谋的，否则这乱局使然，谁还记得原来的君王和太师是谁。两人对视了一眼，忽听殿外传来传声贞人的喊叫："琴妃已逝，南星自落，月色不明，今夜后宫点灯为祭，不得私自走动，是为大礼！"

龙默和夕见两人惊惧不已，这后宫大乱则已，如今琴妃大好的参政局面下竟然自尽，必然是为了保守秘密或者传递信号。龙默心里盘算着如今阐截两势的布局和哲王的身份，心中一亮，赶紧伸手掰开几个糕点，不停地翻找。夕见顿觉疑惑，皱着眉头。龙默在一个糕点内发现一张纸条，打开来仔细阅读："金灵圣母，于琴妃之躯密言，穆安和宗政楚等人无新君可选，必然扶立哲王。哲乃纣，务必告知申公及所投新主，我们依然未败，哲今三岁，但已见其纣王之魂意随年增而渐显，穆安等人并未发现此异端。长草为南依世子宗政星烛所献，其中几味沁药久炼成精，有了召神唤魂之效，久闻之下，魂意尽显。但穆安必会前来密探我之真身，暴露之余，必然引起穆安之疑，猜哲王背后有明眼截教以扶之，故自尽以保留真身不露，得哲王顺利登位，纣王复商，可再寻后计以助之！珍重！近日安排秘人相救，也为明眼，请务必尽快离开天洛，以保青山，再图里外所应！金灵圣母献上。"金灵圣母这也是无奈之举，只能冒险献信，早不言必然也是信不过龙默和夕见。但为今之计，也没了其他的办法，这般直言相告，确有走漏风声的危险，但险中求胜的法子，也是龙默所教。

龙默长叹一声，不禁暗暗佩服金灵圣母的大义凛然和伟岸母爱，当下为了大局，不惜自尽保全一切。如今，穆安必然不知纣王魂意渐显和其背后明眼截教支持等事，若王位上被姜子牙和元始天尊扶立了帝辛，倒是滑稽得很。

"怎么了？"夕见赶紧问道。

"琴妃乃金灵圣母，她自尽以保真身不露，免得引起穆安怀疑哲王身后的截教之群扶持！"

"我们至今都未发现琴妃的身份？她竟然还有上古魂意？哲系难道还有我截教之人？"

"我们来不及验证什么了，世间之人，谁知几人有魂，几人失魂。"

"我们怎么办？"

"我要尽快离开这里！"

"我随你去！"

"不！我再说一遍，陛下，新主若立，你为旧主，他们不会难为你，我们截教和商人也算在天洛有个照应！"龙默似乎不愿在不确定子秋王真身的时候，带着夕见前去冒险。

"胡闹！就算他们不杀我，我软禁于此能有何为？"夕见十分焦虑。

龙默刚要作声，穆安一脚端开殿门，冲进殿内。龙默赶紧背过身去，把纸条一下子吞了下去。穆安疾步转过正堂，走到龙默和夕见的身边，鞠躬行礼，面色严肃："孝安陛下，龙大人，琴妃新死，自尽而亡，后宫与朝堂暂定半月以祭！特来通文！楚王陛下也已经定新主为哲，孝安陛下就此离位，封洛南王，洛南设郡以驻。龙大人还可入驻新设摄政院以辅政，但不勉强。半月后，半月祭结束，立即举行登位大典，不知二位有何异议吗？"

夕见被这一席话浇在头顶，哪里还有心情言语什么，自己当了季余的君王，如今还是落得一个被驱逐的下场，心里一时间被无尽的黑暗和空虚包围，坠于无尽的深渊。

龙默勉强挤出一丝微笑："我们的异议还有何用呢？穆安！轻言，你借上古之意，偷我兵权，引蛇出洞，乱我家国！重言，你这是卖国求荣，离间南上，祸乱当世！你自己掂量清楚！"

"重言之后的几个词眼，你都可以用在自己身上。龙默，好自为之，你我同朝为官时日也不少了，我会进言以宽你之罪，但你要明白，这里如今看上去是南土，但已非当世之人把持，若战事再起，希望你得上古所鉴，痛改执念！"穆安厉声训斥，又瞟了眼散碎的糕点，思忖间再言："龙默大人吃糕点，原来是这么吃的？"

"碎糕入肚，也不过混泥一团，你现在所见，未必就是结果！"龙默话里有话。

"这里面像是藏过些什么！"穆安捏起一些残渣，但见渣子里似乎还有纸的碎屑。

"藏的不过是西宫匠师所制的糕点之心，都是天洛特产。我们天洛人念旧，南依人给的东西，我们吃不下，不知你一个燕川人，崇衡的东西吃不吃得下去。"龙默反讽道。

"家国一天不在，我什么也吃不下去！告辞了！龙默，夕见，保重！"穆安没再多看夕见一眼，转身刚要走，夕见这才唤住穆安："穆安！若你还念及同路之情，可否再帮我一次……"

"我说了，会设郡以让你驻军把守！"穆安并没有回头。

"我乃一国之君！"夕见几乎咆哮起来。

"那要看谁还认为你是！"穆安毅然决然而去。夕见这内心的痛，已经一多半来自穆安如今的无情和冰冷，夕见被苏妲己魂意压制得不善，却唯有见到穆安的一刹那还能对那段感情保有余温，剩下的，均是无尽的遗憾。

穆安一路往光洛殿的侧殿而去，心里对夕见充满亏欠，却也坚定着自己的信念。要知道，穆安如今也只能被姜子牙压迫着心境，否则姜尚也不知这个毛头小子会做出什么。思来想去，穆安也在琢磨琴妃的死和可能传递出来的消息，是有必要找楚王和修辙商议个明白了。

三人一阵讨论，排除了各种可能，却依然不得其解，一个侍卫急匆匆冲进侧殿，跪拜道："陛下，修将军，穆大人，不好了，后宫今日乱象丛生，梅央大人本是要找雪轮公主和蕊公主商议内廷之事，可是至现下，均不见两位公主的身影，有宫守见到蕊公主被一黑衣骑客从东宫门带走，下落不明！"

楚王、修辙和穆安听闻此事，惊讶万分，楚王咆哮道："这深宫之内，还能丢了公主？"

"陛下莫急，如果有人来劫持公主外出，能做到深宫不露痕迹，必然是天洛旧人！"穆安推测道。"应该是郗别，他们替我复招残军，但对于我天洛的墨台王室早就失望至极，如今数日不归，必然有了自立之心！"修辙这才说出了心里一直不愿相信的事实。

"那为何劫掠我家公主和儿媳？"楚王有些焦虑。

"陛下，若是照修将军所说，那郗别必然需要和我们一样，在异地扶立新君，而雪轮公主和蕊公主皆是有家国之心的女中豪杰，也均是南依心腹骨肉，所以有此一举并不为奇，我们还是尽快查觅两位公主下落，与郗别有个通络才是。但陛下放心，两位公主定不会有事。"穆安也知修辙心里这些心结，推测出郗别的用意也不难，只需尽快找到公主们和郗别拥立新朝的地点，好有个谈判的机会。

楚王皱着眉头，长叹一声："让宗政公贺集结东郊的轻骑，迅速查找公主们的下落，快！"

"是，陛下。"侍卫闪身而去。修辙一屁股瘫坐在椅子上，穆安和楚王也知其心中难过，一阵安抚。修辙内心如何不知，虽楚王扶立墨台氏新主，但摄政院和天下院必定在南依人的手里，而原来的心腹爱将一个没留，都去了异国自立，这天洛其实早就名存实亡了，若不是黄飞虎压制着修辙的心境，那这虎将必然有起义殉国的那一天。

入夜已是寒风尽下，天寒地冻。养天殿和后宫这才安静下来，似是剩下的一切景人物事，都已经凉透了心魄。绿衣一身夜行衣，艰难地爬上养天殿的殿顶，半蹲下来，俯身拆了几个瓦片，看着养天殿内星星点点的灯火，寻觅着那个熟悉的身影。

龙默在殿内盘坐，借着微弱的烛光，慢慢地画着两个人的肖像，寄托思念，那肖像正是婴柳和幼槐。绿衣看了片刻，有些动容，虽是与自己这心头爱人隔着乱世家国，也知其救国驱难之心，但更替其不解这天下世道的曲解和责备。天洛人竟然在家国复立的第一刻都去跪谢一个外来插手的穆安，而几乎没有人感激这个力挽狂澜的勇夫。心中常念不如与龙默一同赴死，诀别这冷漠世道。绿衣拆开尽可能多的瓦砾，更强的殿内烛光透出顶来，她将一个包裹悬吊进了正堂。龙默望向殿顶，赶紧起身把包裹取下，绿衣拉回了绳子，两人对望良久。龙默眼神中满是关切和欣喜，但又一闪而去。绿衣遵照琴妃的吩咐，于对视一刻，在自己的额头空划了一个"王"的字样，随后转身离开。龙默思索着绿衣刚才的动作，该是某种特殊的信息传递。

"这是什么？"夕见刚刚醒来。

龙默打开包裹，一件南依军衣捧在手里，比了比大小，然后把军衣穿在身上："陛下，记得，穆安建议楚王封你去洛南为王，那是救你。当然，你也就此被夹在了南依和天洛中间，难再翻身，但你我不同路才为妙计，你将是我截教再反扑天洛的内应！"龙默还在叮嘱夕见。

"荒唐！你是担心我夕见之意为穆安所用！"夕见其实早就洞悉了龙默的担忧。

"妲己殿下，两世魂意相交，唯有当世之爱能抑制，我并非信你不过，只是局势所逼！"

"你想穿着南依的军衣蒙混而逃？你信不信我第一个揭穿你！带我走！你别无

选择！"

"我若走！你也会有再起之日，我若不走，你也不会再有机会！殿下，好自为之！"

"你要我怎么做？"夕见缓了缓神，也知龙默是不会带自己走的，现在唯有靠自己过活。

"大喊要面见穆安！你会有话和他说的！"

"你究竟去哪？"

"燕川！"龙默低声道。

"若战！念在你当世还是天洛人的面上，别斩尽杀绝！"夕见自知早晚有一天龙默会领着燕川军面对自己的家国。

"阐教不会，我们便也不会！"龙默更知穆安若指挥南依和天洛联军西进，才会有此一遭。言毕一身军衣穿好，站在殿门边上，殿内灯光昏暗至极。

夕见眼圈泛红，高声大喊："我要见穆安！我要见穆安！"连续几声高喊，引得几个南依的军人推开殿门，走进殿内，奔着夕见而来。龙默躲在门后，悄悄跟在一众人后面，混入南依军众。龙默本是没想到这种看似蠢笨的办法的，但这琴妃让绿衣带来的军衣似乎也启发了他，两人均发现南依看管养天殿的步旅均是一个分队一个分队地活动，每队大概二十多人上下，永远不分开。龙默自知若是身形差不过，装束一致，在这昏暗的养天殿和深夜内混进一个分队，步行而出，该是一个可行的办法，反正如今死马当活马医，也没别的法子。

"怎么了？"南依军士厉声道。

"我要面见穆安！我有话要说！"夕见喊了几声，但见军士们还是犹豫不决，夕见又喊道："若是耽搁了军政要事，你们担待得起吗！？"

"待我们去禀报再说！"南依军士说罢，引着一众人离开。龙默悄悄跟随，扭过头的时候，与夕见对视一眼，满眼深情和无奈，终是一别，不知何时再见了。

夕见刚才的几句明知故问，也看出了苏妲己的鬼魅心境。她本就看见了绿衣的手势，还在思考几日前为何穆安借内廷需人之故把绿衣放出养天殿再行辅政，为的可能是诱引龙默如此，若是穆安后计还与琴妃和哲王有关，那么如今商势和截教在天洛岂不是连残渣都要被清扫？

片刻之后，龙默借机转入了后宫，这才脱了军衣，取暗道离开。洛京城郊外，龙默一路驱马飞奔，奔着燕川而去。

夕见被带到光洛殿的侧殿，穆安凝视夕见的眼睛，帮着她抹了抹脸上的脏物，这一细小的动作，顿时引得夕见有些伤感。穆安又瞟了眼夕见的眼神，自知苏妲己如今对于夕见魂意的压制，当真只有穆安解得了，但儿女情长终难敌家国天下。

"怎么？孝安陛下，为什么不跟着龙默一起逃呢？"穆安一句话戳得夕见心头奇痒。夕见也印证了心头的想法："你敢放绿衣，就是要引龙默逃走对吗？"

"不然我怎么会知道琴妃和龙默说了什么呢？如果你愿意告诉我，我不为难你！"穆安显然说了谎，他放走绿衣的时候，琴妃自尽之事还未发生，这说明，他诱龙默西去还有别的目的。

"穆安！你还有一刻把我当作夕见或者君王吗？你会眼见我如此败落？"夕见未听出破绽。

"夕见，你我都是如此，为了两世安定，不得不牺牲彼此。"

"难道就没有两全之法？"

"你告诉我琴妃说了什么，我告诉你两全之法！"

"琴妃只是告诉龙默哲王乃纣，你不是知道吗？"夕见能蒙一时是一时。

"龙默也知道，何需琴妃告之？"穆安反问道。

"琴妃又不知道龙默知道！"夕见的话引得穆安大笑不止。"好！夕见，到这个时候，你还在袒护龙默！"穆安微怒道。

"他真的只说了这些！还有就是琴妃乃截教之人，这你会推测不出吗？"

"夕见，不用等半月祭结束，你即刻就可以去洛南为王，也免得新主当立之时，你陷入这深宫之乱！"

"我哪也不会去！穆安，你若不留，我一死了之！"

"你不想听听我两全的法子吗？"

"你我之间，再无当世之情，我知道你再说什么，不过都是言语蒙骗！"夕见几乎咆哮起来。

"夕见，洛南封王，虽在宗政楚王分都以西，在南依人的监视之下，但你也会因此，一生得保太平。我会觅得法子，将苏妲己与你的魂意分开，到时候你再回朝堂，也名正言顺！"穆安当然还不得分离魂意的法子，但当下只能如此宽慰夕见。

"魂意与肉躯，岂是说分就分的！我明日上路，不见这深宫之斗，也留得自己一片清净！"

"家国天下，儿女情长，我不能兼顾，你也不能。当世两躯体，天地四魂魄，我们不能选择，若一切得解，真有两全之法，我不会再负你！保重！送孝安陛下回养天殿！"穆安说得动容，似是对夕见许下了一片诺言，这个虚无的诺言就好似被压制的两人魂意一般，似乎永远难见天日。

夕见却被这几乎一眼戳破的谎言说得心酸不已，一时动容，眼中泛泪，望着穆安的眼睛，再见之时，也不知是敌是友了。

话说这郜别之前哄骗蕊公主前去营救修辙，到了郊外便把蕊公主绑了，和雪轮公主一起送去了七曜城，沿途还和元攘一起给两位公主解释为何劫掠王室，为何拥兵自立，为何背叛天洛，为何选择罗曜，为何云云。一阵解释过后，雪轮公主和蕊公主虽是对郜别和元攘的做法嗤之以鼻，但当下二人却被尊为上宾，照顾有加，心里也就好受了一些。

郜别派快马捎了一封书信给楚王，言明拥立两位公主于罗曜新立家国之事，也算是给南依在东方恒海方位有一个属国一般的照应，且蕊公主本就是楚王之女，雪轮公主本就是南依儿媳，若是在罗曜立了位，那和南依吞并了罗曜是一样的。只是楚王心里明白，郜别、英典、元攘和青灯四人复招的残军绝不少，他们敢拥兵自立，如今还敢挟持王室东去，必然有要挟和讨价还价的资本。楚王连夜回信一封，也不敢不遵郜别的意思，但希望自己的南依军一同与郜别复立罗曜，郜别当然也不敢不遵，愿意接纳依东军众三万人一同驻守七曜城外。

郜别这一系列的做法雪轮公主暂时看不出来什么奇异，但如何逃得过蕊公主的法眼，若郜别有心自立，借王储逐势，何必答应楚王的引兵相护，这不等于引狼入室吗？依东军善水善弩，轻便异常，进退自如，而郜别的复招军就算有一抗之力，如何能在长久之日里抵得过背后更多南依的军力，这不等于在罗曜又立了"共治"。蕊公主心中盘算，若自己做了罗曜的国主，这不等于慢慢把罗曜并入了南依，那么郜别必然失去拥兵自立的根本意义，所以转头又一想，如今郜别劫持自己和雪轮公主前来罗曜，可能还有相救之意，但自己与郜别并不熟识，又为何相救呢？

众人到达七曜城已过了半月，这七曜城已然不显当年的荣耀，更无与东土通商时的繁荣，剩下的就是一些断壁残垣和浮尘藤蔓。郜别不得不在城郊安营扎寨，开始每日接受依东军的补给过活，似乎这才是他和其余三将的归宿。

"郜别将军可否告知携我来此地的目的？"蕊公主寻了个机会，在军帐内与郜别言语起来。

"路上都跟公主殿下说了，我们对天洛王室实在太过失望，有意改换门庭，这就是目的。但坐在王位上的必然还是南依人，所以带殿下而来，仅此而已。"郜别说得轻巧。

"那为何还带雪轮公主前来，与我争位吗？"蕊公主试探道。

"这里不能只有南依王室，你以后会明白的！"

"你也是为了救我对吗？"蕊公主似乎说了一句当世难懂的话。

"天洛就是虎口，永远都是！"郜别言语有些躲闪，"算是我替修辙做的吧！"

"我父王摄政，宗亲将臣环伺，哪里危险？若是修辙，不一定会如此！"

"公主莫再问了，若是得助，我们会尽快送你离开，回到你的家园！"郜别似乎明白该救蕊公主远离北土的内在原因。

"你是血肉之躯？"蕊公主终于跳出了当世魂意追问道。

"我们都是！这里本不该出现，一切都不该出现，上古魂意的压迫，世外之人的压迫，一切的压迫，都不该！"郗别感叹道。

蕊公主这才明白郗别的良苦用心，必然是得了什么外来的消息，致使他如此行事，心里也知北土危机迫在眉睫，当下躲在南土的最东南端，似乎是安全的，但这份安全又能持续多久呢？蕊公主一时动容，投在了郗别的怀里，这两人并无男女情愫，只为了互相借一借体温，安抚孤独无力的心境。郗别抱住蕊公主的一刹那，手中的温热传至心间，他惊愕道："公主殿下也是血肉之躯？"

"我们的家园都是，和你们一样！"蕊公主这般说着，一时思念家园，泪水夺眶而出。这位为了另一个家园只身前来当世的弱女子似乎比那些上古魂意在当世的显露更加孤独，要知道，雅苏人在当世的魂魄可仅此一个，而她的目的似乎无比单纯。

夕见坐在王辇中，一行人马浩浩荡荡，奔着天洛南方而去。穆安和修辙站在洛京城南郊光禄门的城楼上，远望夕见，心中一时不舍这位绝美的佳人，却也都有着几乎一模一样的情愫。

"苦了加济王和夕见了，一对苦命的王族父女！"修辙感慨道。

"我现在更担心哲王的前路！"穆安还在关心之前琴妃放出的消息究竟是什么。

"对了！你和楚王就这么决定放走龙默，岂不是放虎归山？"修辙问道。

"龙默不投燕川，子秋王永远忌惮我洛依之盟，绝不会发兵来攻！只会坚守，到时候燕川之地，可不好尽收。"穆安有意引蛇出洞。

"这又何妨？我们攻过去就是了！这一战还能免了不成？"

"燕川何种境地，我从小长在那里，深山野林遍地，戈壁鸿沟四围，他们按兵不动，我们要攻到何年何月去？你真的以为上古之魂在当世没个寿数吗？"

"看来这一战爆发，南土怕是彻底乱了！"

"但为的是南土永世的宁静！"

穆安和修辙早就有了与截教决一死战的心，但心里也在盘算，这一战其实根本杀不死截教之人，因为上古魂意在当世并无生死。这就难倒了穆安，究竟该如何结束这纠结的一切，若回不去上古，难道要双魂双世叠在一起继续书写史书不成？

入夜，夕见坐在篝火前，望着熊熊的火焰，陷入深思，自己走这世道二十多载，如今若真的到了洛南，被楚王牵制住，那可就真的一生被禁锢了。但当下这些南依轻骑相随，自己也难有脱身的机会，只能伺机而动。

光洛殿内充斥着南依人的身影，这是修辙和一众还愿意留在天洛的老臣内心酸楚的地方，但如今共治结束，楚王愿意帮助天洛复立新君，已然是恶果中的善缘，不求其他，但求哲王能是万民所求的正主。

宗政楚站在王座之下，诸位南依王室和将臣、天洛旧臣、副将，大家大族、后宫要人，四散而站，穆安和修辙仔细聆听着楚王即将颁布的新令。

"今日起，天洛半月祭开始，由新设摄政院、旧制天下院和内廷院三院治国，直至新君哲王登位大典，全部转为辅政而结，不得有误！摄政之臣名单明日递交各位的案头，请大家详加审查，务必进谏良言，以图过渡到政局平稳。至于天洛新政变法，我也会一同通文各部，一同商议，以求天洛新主之制，领天洛万兴！"楚王朗声道。

"楚王圣明！"诸位南依将臣齐声道，天洛人似乎没什么反应。

"若天洛各族各部，各臣各将，有所异议，直接上书梅央大人便可，我南依绝对会认真加以处置，决不耽搁和包庇。天下院内，穆安、梅央、修辙保留先前之位。内廷院内，韩魂、童魄、鲁怀留任，绿衣复职。"宗政楚来回踱步，"原孝安王已经封王去了洛南，龙默昨日畏罪潜逃！我们正在寻觅其下落，稍有眉目，我们会即刻通文朝野。"

"如今天洛虽结束了共治，依然有几国之人于此执政，还须大家携手而治，同路同行！另外，燕川与青戎的战事不断，我们也不能置身事外，我会即刻分兵前去西线驻守，以防不测，大家没意见吧？"楚王言毕，众人众说纷纭，窃窃私语，没人敢言语，但觉楚王此话也许并非只是为了帮助天洛守此大局。要知道这摄政院有楚王的身影，天下院有梅央和穆安，而内廷院皆是阿猫阿狗，这天洛到底属谁人尽皆知，虽然穆安和修辙也知如此，但于上古来说，这里已然就是西岐了，别无他意。

朝会之后，穆安、宗政楚王和修辙三人继续于侧殿相叙，这聊不完的家国大事，也当真是够三人一顿劳累。"我今日只言西线守燕川，却不敢言进军燕川，就是担心天洛如今百废待兴，子民和后宫根基都不稳，贸然请战，会引来动荡。"楚王对于兵发西进有些忧虑。

"陛下，我觉得这般借守西线而进军燕洛边境是个稳妥的办法，只是如果真打起来，怕是这宫内风云也会再起。"修辙担心内忧外患。

"所以，陛下，我和修辙前去西线就是了，您和梅央需要坐镇宫内，以防哲王、晗王、谭王的党群，以及内廷院和天下院有变。如今天下局势明朗，但我们依然须谨慎行事。"穆安建议道。

"也罢，我留在这里重振朝堂，但让梅央和你们一同前去吧，相互之间有个照应，他也本是依族人，比你们更熟悉南依军人。"楚王可不会让穆安和修辙独领南依的军队，这么看来，元始天尊和楚王的魂意也相得益彰。

"好！我们三日后起兵西进，再看子秋王和燕川的动向行动！"修辙言道。

"好，如今天下基本四分，青戎和崇衡必然会因为燕川持久的战力而再结盟，西南白梗和荷堂估计一时半会儿不会倒向燕川，我们洛依之盟和燕川直接对立，怕是燕川也不敢再和青戎叫板了，只是可惜了子幽王子，也许会成暂时停战的牺牲品。"穆安所言忘了东端自立的罗曜，但实际上那与南依的国土并无区别。

"崇衡和青戎我们如何处置？"修辙问道。

"他们没人有上古魂意，估计直言拉拢，他们不会轻易投诚。在他们当世之意中，四国之盟根深蒂固，我们依然是借战夺洛的贼寇，如若受我们拉拢，则是同流合污。"楚王顾虑道。

"但我依然需要书信一封给格索王和伯翁王，北土如今疑团密布，不知所以，他们需要尽早转移矛头，以防门户大开。"穆安担心多线受敌。

"也好，他们自己会明白北土之事的轻重，自然不会再轻易南顾，让自己陷入腹背受敌的局面。如今，只要青戎和崇衡不插手我们与燕川截教的大战，那就等于是在帮我们。"楚王直言。

"但我们必须有所后计，未来不知戎崇会倒向谁，战局变幻莫测，燕川更是国力军力强盛，远非南依能赢的，即便再加上这区区天洛军，也于事无补。我们只能智取，不可强攻！"修辙提醒道。

"不错，智取是为上策，燕川我最是熟悉，也许有所帮助！"穆安边说着，边有些伤感。宗政楚捏了捏穆安的肩头，劝慰道："姜尚，于新世你等于自攻家园，但于上古大义，你这是铲除妖孽，替天行道！"

"我知道，面对我最熟悉的燕川，我下得去手！"穆安面色憔悴，心里尽是家园的大好河山，但于当下而言，那里也是截教余孽的温床。

白鸢将沮洛和沮云送至白梗国北疆边陲，这才挥手告别。沮洛早有了前去燕川游说子秋王的心，尽说北土危机和南土一统抗敌的策略大事。如此一来，能带着自己书信回去天洛通络穆安和修辙的，就只剩下自己的小儿子沮云了，在沮洛的心里，穆安和修辙倒都是懂事理之人，必然明白沮云和自己的意思，且沮云还能继续帮着修辙复招洛和会会众。沮洛这番前去燕川，虽知子秋王的秉性，但若能与天洛联手，则南土中原一线即成，白鸢和白幕前去游说南依，则三线大成。当然，这也是白梗国君臣跟沮洛商议的结果，南土的防线一层层叠加，才是制衡北土的机会。

"爹，就送到这吧，我知道您的嘱托，会尽快完成的。"沮云言道。

"记得，北土之谜，将是南土兴亡的命脉之一，我转述给你的白鸢的话，你必须一五一十说给修辙，龙默和夕见听！一句也不能少！"沮洛直言。

"爹，孝安陛下早就被夺位了，您怎么又忘了。哲王将来才是新主，依我看，天洛如今根本没有一个主事的，还不如说给穆安大人听呢！"沮云直言道。

"你且去天洛探个究竟，谁主事说给谁听，即便是宗政楚和梅央，也要直言相告，对北土之谜有个准备！"沮洛叮嘱道。

"跟南依人有什么说的？若无人可说！我们当民拥新主，不要南依人暗中听政！"沮云直言。

"净说些糊涂话，宗政楚如今愿意帮助天洛扶持新主，说明他还是一个明君，你直言相告便是，不得有误！我去说服子秋，顺便寻得衍儿回来！你就放心吧！"沮洛此去燕川也必然是为了自己的大儿子沮衍。

"爹，那你保重！千万和哥哥一起回来！若需要，写信给我！"沮云有些不舍，早就跟父亲说了几万遍要同去燕川救兄长了，但沮洛生怕沮云的性子不稳，爱惹是生非，只让他给天洛带信。

沮洛至此离了白梗奔着燕川而去。穆安和楚王最担心的事情终于出现了，周文王似乎就快落在申公豹和通天教主的手里了，但这也是命数。

这天下风云如今涌动加快，天洛周边的大国也都没闲着，南土层出不穷的危机翩然四散。

"这太积解了华阳的危机，带着兵又来了东戎河畔，一天到晚，不是清理咱们河工，就是捉拿咱们眼线！唉，我真是受够了。如今燕川又是一副有仗就打，无仗严守的态势，我们青戎被夹在中间，实在是难受。"格索王与何谦在戎都的聚兽堂攀谈着。

"陛下，天洛如今宗政楚夺政，虽面上说扶立新君，但必然自己暗中听政，借君号令四方，我们的压力同样来自南方。北土如今谜团重重，我们不确定那边到底发生了什么，派过去的人更是有去无回。依我看，与崇燕两国的议和之事，必须提上日程了！"何谦有了稳步北归的心。

"我也这么想，南土几国，都拿我们当门户，东南西北，四面受敌，崇衡和燕川就是看透这一点，真是寸土不让，步步紧逼！但我们也要冷静，北土不来横祸则已，一来，就不是当年那场大戏的程度了，我们也得早作打算。"格索王还是更加担忧北土之事。

"但我们如今要不来子幽，报不了仇，也不能这么轻易还了河道，还了叡沁城。"

"那我们怎么议和？"格索王又问道。

"东戎河开采的金矿，我们有所得，也算是充了军费，我们还给他崇衡一部分就是了，不然，我们也无法继续开采太久的时日。但东境三镇和叡沁城不可以归还，就说我们依然在抓东戎教的人。我前去崇衡游说，我们退让一分，提出成盟之意，彻查北土之事，崇衡人必然同意，否则不会于这北土之压下，还如此纠葛！"何谦自知崇衡人也有北土的压力。

"就这么办，你即刻启程去崇神城，与他们议和。若能成，告诉他们，我们愿意与他们成戎崇大军，往北前去探查北土之事。"格索王可不想自己一个人探索北土。

"另外，陛下，燕川这边的战线，我们再等等，看看子秋王如何打算，因为天洛如今落了南依人的口袋，子秋王必然不甘，若是他有南顾之心，我们的转机就又来了！"

"只是，只是我一直听闻东戎教就是已经南进的北土人，如今北土局势不明，我担心……"

"陛下，东戎教还是暂时不要缉拿了，我们暗中调查他们的具体来路，然后找到他们的教主问清些事情，如果再盲目缉拿，我怕引来北土人的不满。"何谦似乎有了教主的眉目。

"唉！当年先王领军与北土的东陵国大战，那是何等凄惨，但愿那一幕不再发生！"格索王回忆着不堪入目的一段段历史。

"陛下，臣斗胆问一句，这北土究竟几国几族啊？为何如此强悍？"何谦觉得格索似乎一直没言尽北土之谜。

"我前几日查询父亲留下的军典，上面记载的有五个国家。白梗国本来势力庞大，军力繁盛，但据说后来世代萧条，就是因为曾经与荷堂的大战。而荷堂国之后也一蹶不振，渐渐不再是北土新贵。与我们大战的东陵国是后起之秀，骑兵所向披靡。最小的国则是夜兰国，偏安而已，无甚向往。但我最担心的是北土中原的那十四个并无朝政一统的州郡，据说后来成立了名为'十四京'的联邦，并开始向外扩张。若'十四京'是这次北土之谜的终因，那么我怕是即便纠集南土五国之力，也不一定是他们的对手！"格索王这才一语揭破了北土的部分谜云，似乎这北土五国早就有了睥睨南境的心，"这些你最好说给伯翁听一听，让他知道，我们的敌人早就不在南方了！"

何谦若有所思，心里也终于放下了一丝迷惑，感叹戎崇两国竟然到了这个时候才思索成盟敌北之事，实在可悲。

伯翁王阅尽格索王寄来的书信，与伯谕和太积三人围坐在腾宙宫内商议，虽然青戎只还河不还城，但是三人皆知北土的压力，也只能决定与青戎暂时成盟北探，只待何谦前来商议具体行动细节了。至此，南土抗北的第一线不立自成。

夕见一直惦记着怎么寻个空子跑了，这天道不单酬勤，有时候也酬欲望。夕见随着马队一路南行，眼看穿过一片林子也就出了洛京城南郊，突然四散的轻骑从林间深处杀出，当头一人夕见看得清楚，正是幼槐，也便确定这一众骑手，就是洛和会的会众。他们掩杀过来，夕见身边的南依军人一时间措手不及，虽是正规军，却对南郊深林地形不熟，不到一炷香的时间，便被杀个片甲不留，南依残众迅疾逃回了洛京城。

夕见与幼槐双双下马，幼槐纳头便拜："陛下不可去那洛南，若是成行，岂不是南依人掌中木偶？"

"多谢幼槐兄弟相救，你可有良策？"夕见走之前还是试探着问了一句。

"若陛下不嫌，我们愿与陛下共进退。"幼槐言外之意就是让夕见一起回洛和会，再行商议。

"多谢幼槐兄弟好意了，我自有去处，你若有心，让洛和会兄弟们等我再回朝，那一日不会太远，告辞！"夕见说罢，便驱马西去，随着龙默投了燕川。

幼槐远望陛下的离去，心里想起姐姐婴柳曾经的叮嘱，也觉得如今夕见权欲确实不小，这一辞行，可能又是一方权柄的召唤。但如今夕见有了坚决的去意，也好过留在洛南平凡度日，只觉这一苦命红颜已是在世间飘荡了几载了，这一走，又不知何时再归。

幼槐每日期盼沮云早些回京，为的就是领着洛和会谋划下一次的行动。在幼槐的心里，虽南依人扶立的也是墨台王室，但总觉得这摄政院和天下院的辅政不是天洛政途的归宿，沮云也早就在盘算若是三岁小儿登位，哪里还有天洛人真正说话的地方呢？

与这洛京城暗流中的洛和会不同，一条明流已然奔着罗曜国而去，正是楚王安排的宗政公贺带领的依东军。宗政公贺按照楚王的安排无非要做好两件事，第一，便是守住恒海"第一半岛"的这个依东门户，把郜别的复招军放在眼皮子底下看好。第二，便是帮着蕊公主复立罗曜的一切。当然，楚王此时也安排好了久居依水城的罗曜王族残势，他们早就对那片国土没了兴趣，也丧失了执政的能力，若蕊公主得大位以续，他们当然愿意支持，谁不愿在大气不成的时候保住一个金饭碗呢？楚王对这些残势的照顾可是国家级别的，反过来，若蕊公主需要支持，这些人也必须装出点样子。当然，楚王的心眼可比郜别还多，只要雪轮公主不压在自己女儿的头上，也就是天洛人在罗曜不压制南依人，一切都好说。

另一条明流便是牵扯这南土兴衰的一场大战，如今阐截两教对立，燕洛之间不由分说，早就开始剑拔弩张了。楚王和修辙分别代表南依和天洛下了这西讨的檄文，放弃了西线只守不攻的原计划，告知天下人，这燕川的子秋王不遵共治，不遵成盟，杀害盟友王室，欺瞒天洛王室谋逆，暗中通敌四方，更把子秋描绘成一方借成盟而妄图吞天下的恶魔，洛依联军这就要替四国之盟，南土之众和天洛子民前去讨一个说法。当然这是明面上的借口，也顺便争取了青戎和崇衡的支持，其实如今戎崇快要结盟的当口，这哥俩可没时间帮洛依两军西顾，北土的事儿已经焦头烂额了。

当然这内里的原因便是阐教和截教的大战，子秋和楚王心里都清楚，这一战箭在弦上，不得不发，虽然也都在惦记北土之事，但在并不完全清晰北土之意的当口，先分个胜负也是个交代。

宗政楚站在西郊太冥门的城楼上，目送修辙、穆安、宗政公若、瑶缮、梅央五人分两路人马西去。穆安和修辙领天洛军一路，其实就是原来整编的禁军，洛西军和洛北军，只不过新政下的募兵制又多少补了些人，再加上洛和会和净天府京守军的补充，如今已经是近三万人了。而宗政公若、瑶缮、梅央领南依军一路，基本由依北军组成，约三万人之众。浩浩荡荡的西进之众奔着燕川开赴而去，众人都在跃跃欲试的同时，唯有穆安心里酸楚，那本该是他回家的方向，但如今却领兵而近，百感交集。

宗政星沫站在楚王的身边："父王，你还是不放心穆安和修辙领我们的南依军对吗？"宗政星沫也知父亲的心思。

"做人总要留一线退路，更何况我乃一国君王！"

"父亲，檄文如今已经满世飘散了，天洛人和南依人似乎对这一仗跃跃欲试，但这北土……"

"管不了那么多了，天洛人为此群情激昂，振臂高呼，誓杀燕贼，青戎和崇衡也会静观其变，我们找到了出兵的借口，更收了民心，得了邻国的放心！这些就足够了！"楚王也在摸索着政局的走向，"子秋会知道我南依和天洛联手意味着什么！传我命令，洛南那边的所有军民继续分都北上，让梅勋二十日之内来见我！不得有误，天洛所有战时变法，都以当年四国成盟时的标准核实！"宗政星沫行礼道："是！父王！"在他心里，这可不是父亲平日该有的态度，虽说如今天下最大的中原之土被南依人得了，罗曜也似乎是囊中之物，且这檄文一下，戎崇只可能是同盟，那么天下两分之间，楚王必然是大业在望，却似乎看不见他脸上的一点笑容，该是还有心事未诉。

不出月余，郗别便在七曜城的西郊接应了东进的宗政公贺和依东军，两人一阵攀谈，尽是蕊公主如何登位的计划。郗别也知楚王是不会让雪轮公主有所图谋的，即便是其未来与宗政星沫成婚。换言之，这罗曜只能姓宗政氏，而不能姓墨台氏。郗别带回蕊公主显然有其他的目的，但在他心里，还是雪轮公主登位为佳，只是如今还得周旋一番。

郗别和宗政公贺商议得明白，如今七曜城百废待兴，城内建筑和设施均不完善，不具备都城的条件，所以郗别和宗政公贺分领复招军和依东军在七曜城东郊扎营，暂为流浪朝堂，军队以南依补充为根基，在这七曜城开始了军建，这一举事大工，成了一段往后的佳话。

要说郗别还有一件天洛内部的事放不下，那便是曾经宗政星烛和宗政星沫兄弟对于哲王和琴妃的惦记，似乎这对兄弟之间和哲王有着千丝万缕的联系。当然，郗别还不知，如今哲王早就与星烛成了童年挚友，纣王可比谁都需要这炼金术的支持和南依药草的沁喂。

琴妃新去，雪轮公主失踪，这对哲王似乎是个不小的打击，如今宗政星烛和宗政星沫两兄弟担起了照顾哲王的工作，实际上这也是楚王的安排。

楚王和修辙代表洛依联军的檄文盖世，惹得子秋王和一众子氏王亲慌乱不已，谁还不知道这看似质问和声讨的文字就等于是宣战书。鹿辞和鹿念奢疾步来到坤宇宫内，子秋早就已经发了一通脾气了。"我还没怎么着呢，他先急了，宗政楚这分明就是宣战，这是战书！"子秋怒喊道。

"陛下，不尽然，宗政楚如今独吞天洛，又派穆安和修辙西进，那是做贼心虚，我们若不理檄文，反咬他们不遵共治和典选，便私自扶立新君，怕他们也未必敢擅动！再借此煽动戎崇也是个办法。"鹿辞言道。

"陛下，臣自知南依人一向与我燕川对立，即便是当年四国盟约之内，他们也从未停止暗中针对我燕川。如今他们借战夺洛，有了洛依盟室的实质，攻我们已是必然。只是我们如今东北方和青戎战事未停，与崇衡也是小有摩擦，若再与宗政楚他们打起来，实在分身乏术，臣建议立即与青戎和崇衡停战，安心准备这燕洛大战之事。"鹿念奢谏言道。

"奇怪了，天洛人记恨我们情有可原，这南依为何如此咄咄逼人呢？"鹿辞疑虑道。

"宗政楚这样的大家，怎会不惦记天下？我们永远是横在他们面前的劲敌，打我们何需理由？"子秋如何不知内在的原因。

"那就依念奢之言，尽快与戎崇讲和，转战东南线，洛依盟室可不能小觑。"鹿辞建议道。

"我怎会不知现在与戎崇议和有多重要，崇衡还好说，青戎呢？我们不交出子幽，谈何停战？"子秋顾虑颇多。

"陛下，此时万万不可因小失大。我斗胆进言，子幽虽是王子，但如今他可是横在我们与青戎面前的一道坎。青戎人为了复仇，铁了心要子幽，我们留怕是留不住了，晚交不如早交，议和是当务之急！"鹿念奢冒死直言。

"我就这么一个孩子！你说出来容易！我呢？"子秋震怒。

"陛下，臣理解您的心意。但念奢此话有理，我们要是同时面对戎崇洛依四国，那可就麻烦了，这可犹如当年加济王之危啊。"鹿辞赶紧宽慰道。

"没想到当年加济王的心头大患，如今竟然压在我的身上！都是拜这个穆安所赐！简直国之耻辱！他现在还有脸带着他国的军队来攻自己的家园！"子秋一想到穆安就头疼。

"陛下，这其中必有奥妙，您若此时不能定夺，不如让家兄先去领兵驻守东南线，反正洛依大军就在路上，我们早晚也是要面对的。"鹿念奢直言。

"鹿辞！你速去整军，清点兵士，三万人两日后开赴东南线驻守，抵御外敌！"子秋下令道。

"是！陛下！臣这就去！"鹿辞离开后，子秋才压低了声音道："念奢，你支开你哥哥，有什么话就说吧。"

"陛下，家兄无上古魂意，不知穆安和修辙领洛依大军来此的目的，但我们可要清楚，如今他们通过穆安，必然知道我们是谁。看上去，这是燕川和天洛南依的恩仇，实际上可是截教和阐教大战在即啊，我们决不能轻敌。青戎那边，我们必须有所诚意。"鹿念奢提醒道。

"你说的我怎会不知，上古恩怨，至新世末了，命数使然，躲是躲不过去了。姜尚这个吃里扒外的叛将，布局天下，搅弄共治，让我们先后折了子笙和洪番两位将军，甚至连鹿德昭和管廷颐这样的重臣都没得用了，实在是一步失，步步失啊！难道我们要用鹿辞前去打仗？"子秋苦于朝中无人。

"陛下，此战重要，但只可守，不可攻。我们虽兵力略胜洛依两国，但朝中无将无臣，怕是先失了一局。"

"可有龙默和夕见的消息？宗政楚把他们如何了？"

"还没有消息，多日前他们被软禁，怕是难以逃出那深宫。夕见可能封王外驻，龙默可能因前罪坐牢，反正如今惦记他俩来投，还不如自己谨慎而事。"

"子幽的事我再想想吧，你去助鹿辞清点兵士，我们准备一同领兵前去会会穆安他们。"

"是！陛下！"

子秋王每日盼着龙默和夕见来投奔，虽都在路上，但子秋不知，心中烦闷，不说朝中无大贤，就连子幽这般平庸但可用的人都寥寥无几，要说之前鹿氏通敌和子笙的谋逆之案，确实把朝堂挖空了。

穆安、修辙、宗政公若、瑶缱、梅央五人领洛依联军浩浩荡荡奔着天洛与燕川的边陲城市蒲沅而来。这蒲沅本是燕川东疆偏南最大的城市，常年商往不断，曾经婴柳的燕东盗会就离此地不远。而且鹿氏和管氏，甚至是天洛的鲁氏和其余商家很多豪府奢院都在蒲沅城的城郊之内。说白了，这是燕东偏南的一个富人区，而楚王和穆安指名道姓要攻打此地，为的就是给子秋一个下马威，若洛依联军驻扎的是洛西的荒野之外，那似乎燕川还有谈判的余地，如今大军已经压至燕川的城市郊外，那么明摆着就是有意以此为口，突入腹地。

天洛军和南依军两军在蒲沅城东郊扎营，两营相接，为的就是五人互通无碍。中军大帐内，穆安、修辙、宗政公若、瑶缱、梅央五人围在一个沙盘旁，研究着战术。

"前面便是蒲沅城，我从军第一站就是从潇阳城到的这里，地形我都清楚。但我们当下不能贸然前进了，蒲沅周围有些丛林，燕川人善于利用此地形，我们还是先观望观望。"穆安建议道。

"你确定子秋王会立即领兵来战吗？不如趁他大军未到，夺了蒲沅！"公若显得有点着急。

"不！我们先夺燕川之地，于我们进军并非利好，逼得燕川将士奋起守卫家园，那他们的士气只会更加旺盛！"修辙有些保守。

"可这都到了燕川地界了！"公若指着沙盘上的边界线。这蒲沅东郊很难确定究竟于燕川和天洛之间属谁，商往人流一大起来，哪里还顾得上分管，只不过平日燕川的蒲沅京守多一些罢了。

"讨逆檄文我已经分发天下了，南土各国都会收到，我们的借口是与青戎人一致的，希望燕川人为王子之乱作出解释。但子秋不傻，燕川朝堂上下必然知道我们来攻的意义！"梅央此意是指南依很明显露了吞并之心，而并非是因为阐截纠葛。

"那我们要等到子秋摆兵布阵后再战吗？那岂不是他们以逸待劳？如果他们不肯出战我们要一直等下去吗？"瑶缱问道。

"这就是我为何放了龙默！龙默必然择新主而栖，到那时，他上位心切，绝对会主战，我们有了引蛇出洞的可能！"穆安直言。

"那是最好！我会继续书信往来戎崇，争取他们的支持。最不济，他们只要旁观，我们此一战，必胜燕川！"梅央信心十足。

"前路依然漫漫，我们还须尽力携手，共渡难关。"修辙鼓励道。

穆安看着沙盘上一幕幕熟悉的街道，眼中能看出明显的惆怅和犹豫，这可能也是他不愿急攻的动机之一。毕竟，这里是他的家乡。

"穆安，我们知道燕川是你的家乡，这蒲沅城和更西边的燕南城都曾是你从军历练之地。但是此一仗，我们必须全力以赴，这并非侵占你家园，只是为了推倒子秋的大权！他权欲过盛，独吞天下之意频现，所以你要有所体谅！明白此战的深意！"梅央宽慰道。

"大家不必在意我的想法，我会全力以赴助战洛依联军！战，则必胜！"穆安伸出拳头，众人的拳手搭在一起，共同鼓舞士气。众人也看得出来，穆安在极力压制心中的伤感和悲凉，这种情感是十分复杂的。在公若、梅央和瑶缯的眼里，穆安就是大义凛然的先驱者，而在修辙和黄飞虎的眼里，他是一个绝对的领袖，为的也是上古大义。

子秋王可料想不到穆安会引兵以待，不急不怒。他和鹿辞、鹿念奢三人领兵到了蒲沅城内，比洛依联军晚到了几日，这纯粹是因为子秋反应慢了，从一个侧面看出，如今连一个能给子秋指出需要急行驻军，防止敌人突进的良将都没有，实在可悲。

子秋、鹿辞、鹿念奢三人领兵刚在蒲沅城驻扎下来，就把这里对外的商往之线全部断掉了，怕的就是穆安和修辙借着商民进城之机，趁虚而入。要知道，这洛依联军可是勇武有穆安和修辙，智谋有梅央，机动更有世间罕有的公若的弓箭步旅，而子秋是真的一个良臣良将都没有，鹿辞和鹿念奢可都是羽枢院的政臣，哪里有打仗的经验，想到这里，子秋但觉已经输了一阵。

"穆安他们扎营几日了？"子秋把鹿辞和鹿念奢邀约至中军大帐，当头便问。

"陛下，不过十日，但他们一直按兵不动，在这蒲沅城东郊，他们并没有趁我们立足未稳的时候先进军。"鹿辞答道。

"陛下，宗政楚喜欢把自己立在战争的正面，梅央的檄文写得好，为的是四国盟约所以引军来质问王子之乱的祸根。如此一来，青戎也似乎站在他们一边，崇衡更不敢趁机截其后路，此招实在妙不可言！所以他们不会贸然进军，我们不动，他们不会动！主动权永远在我们手里。"鹿念奢看破了穆安的这一计谋。

"紧邻蒲沅城，我们的辎重和粮草有的是，看他能撑到几日！打个仗还立这么多名头，自欺欺人！"子秋微怒道。

"陛下，穆安和修辙按兵不动，绝不这么简单。他们自己也知道此地离洛京城路途遥远，随军之物撑不足一个月，他们不会一直按兵不动。"鹿辞提醒道。

"奇怪就在这里，穆安，修辙，宗政公若，梅央，四人都是鬼才，他们不会把军队置于困境，先输一阵的，也可能是在等什么！"鹿念奢思忖道。

"先耗着，他们到时候就知道，燕地深入，不是说来就来，说走就走的。"子秋直言。

"陛下，别忘了，青戎依然于东北方咄咄逼人，子幽殿下昨日三道军折，请您分兵助战，我们两线作战，可能也耗不起。依我所见，穆安是在跟我们比，谁更能耗下去！"鹿辞担忧道。

"陛下，分不分兵我们不急着下定论，要知道我们面对的洛依联军里，鬼才太多，他们集思广益，我们就败了一阵。不如，我们前军先战一局，看看形式，再作定论。若胜，我们分军无妨，若败，那就可要想想后计了，舍不舍子幽拉青戎，现在是必须有个定夺的了。"鹿念奢有意试探。

"明日午时！前军先战一轮，看个究竟！念奢，你可愿领军？"子秋硬着头皮让鹿念奢上阵。

"陛下，臣愿意，万死不辞！"鹿念奢也心知，如今这个格局，自己不上谁上呢？若多宝道人的魂意还在洪番的躯壳内，倒是猛将一个，如今这一个手无缚鸡之力的文臣，确实有点肝颤，只是大商之心一起，一切的恐惧都可以抛之脑后。

沮云才进了洛京城，拿着沮洛的手牌和密令，借着曾经洛宰的余威，几乎有了内廷直命净天府的功效。这京守军带着他一路奔着如今楚王驻扎的光洛殿侧殿而去。宗政楚听说是沮洛之子求见，便立即重视起来，随后听沮云把北土之事详尽分析了一遍。楚王心想要是建立南土最后的防御线，似乎只要白梗和荷堂答应，那么南依和罗曜都在掌控内，并非难事，只是如今和燕川刚要开战，这可是个两难的决定。

"你所说我了解了，但当下我们并无分心之能，你要知道，青戎兵问燕川，燕川行王子之乱，我们也不能不行问责之事，须帮助燕戎先解决战事纠葛。若北土真有什么差池，我们再成盟，五国同议此事才是出路，我自己即便有什么决定，也不好实施不是。毕竟，青戎和崇衡那是南土门户，我们需要知会他们一声。"楚王心中犹豫不定。

"那就有劳楚王陛下，书信格索王和伯翁王，言明白梗国镇南王之所言所求，也好提前有个商议。"沮云言道，"家父之意也是如此，南土和平与否，如今可不在我们自己的手中了。"

"不知家父当下何在？还在白梗吗？"楚王求沮洛心切。

"他去了燕川准备将此事进言给子秋王，也尽早让南土五国君王都有准备。另外，我哥哥沮衍之前押送子笙，也被子秋软禁了。父亲不想我涉险，有意独自救他回来。"沮云无奈道。

"沮洛大人去了燕川？"楚王大惊，这最不想发生的事还是发生了。

"陛下为何如此着急？"沮云持疑。

"沮洛毕竟是天洛曾经的威望之臣，更是天洛大家，这样去了燕川，怕是会被子秋王扣押或软禁，和你哥哥一样，毕竟我们现在洛依联军就是去燕川问罪的。子秋王借盟约行独吞天下之事，又出子笙和洪番这般逆臣，我们不能放之不管。"楚王尽说无奈。

"那我们如何做？父亲会有危险吗？"沮云着急道。

"你别着急，我整理几百轻骑人马，速速去燕川边境寻觅沮洛大人而回。一来，天洛新王当立，沮洛大人也是主持朝政之人，不可不在。二来，摄政院新立，沮洛大人正是可用之才，不可冷落。三来，远离燕川，也免得燕川人扣其为质，影响战事！我也会致信穆安和修辙，想办法救你哥哥！"楚王安排道。

"素闻宗政楚王圣明之治，今日得见，果然如此，家父和兄长的性命和前途，您都想得如此周到！明君在上，受我一拜！"沮云赶紧跪拜，宗政楚王站起身，扶起沮云，又道："沮氏本就是天洛大族，更是忠良之族，绝不能就此损失任何一人！沮云，留下助我，完善摄政院，你于天洛熟悉，我也做起来顺手！"

"是！陛下！"沮云当然答应得痛快，在他看来，楚王是不是明君还要看他对待王室的态度和摄政的力度与方式，自己若是能得一个官位，也便有了带领洛和会借政言义的机会。对于沮云这种玩世不恭且雄心不浅的年轻人来说，这也是一个出头大成的机会。

穆安千想万想，也没想到，这龙默还未到燕川，子秋竟然愿意先战一轮。蒲沅东郊外广阔的土地上，冬末的寒阳伴着凛冽的大风直袭人的面颊，一个个红通通的小脸相对，盔甲里的身躯都在打战。穆安和修辙带领洛依联军与鹿念奢带领的燕军对峙，三人阵前搭话。

"何人领军？报上名来！"穆安远远望着鹿念奢，分辨了好长时间，发现这燕川军中竟然有自己不认识的军首级别人物。

"穆安，你我故人相见，想不起来我是谁了吗？"鹿念奢大笑道。

"我们何时见过？"穆安疑惑道。

"我死前告诉过你，穆安，你多智而近妖，但别让你的睿智带你走上绝路！穆安，子秋王待你不薄，燕川更是你的家园，你今日领军来问，是何居心？"鹿念奢怒眉一展，咆哮道。

穆安十分诧异，满脸疑惑，低声与修辙耳语："如果我没猜错，这是洪番的上古魂意去了他的身躯，今日相见，他是为他自己报仇！"

"世间芸芸，还有这般巧的事情？"修辙一副活见鬼的表情。

"我今日领军来此，就是为了扳倒子秋王虚伪的一切，从四国成盟到天洛共治，从王子之乱到如今燕洛之战，无不透露出他图谋天下，虚伪至极的心性！我们为了四国之盟，为了共治之路，更是为了南土再平，不得不替天行道，帮助我的家园铲除这个妖孽！"穆安大喊道。

"穆安！人生之所见，未必入心，入心之幕，未必在眼前，你要知道，你现在寻得的栖身之地，是不是真的！"鹿念奢话中有话。

"你不必再乱我魂意，报上名来！我们一战便是！"穆安喝道。

"在下鹿念奢！穆安、修辙，我敬佩你们二位，一个是当世名将，一个是当世名臣，于上古，也是如此！今日一战，无论胜败，荣幸之至！"鹿念奢硬着头皮喊完话，但见修辙挺枪驱马而来，这魂意不存胆怯，但这文臣之身可抖得厉害，当世谁见修辙冲过来不得哆嗦一阵。

"鹿念奢！拿命来！"修辙急速奔马。

鹿念奢双持长剑，这剑抽出来的工夫，修辙都快奔到面前了。鹿念奢心想我若此时再被修辙一戟戳死，这魂意再飘不知道哪去，子秋王身边更没人了，且自己还得重新找个仕途攀爬，干脆不费那劲了，调转马头，溜之大吉。

这燕军军众看主将这般怂，干脆也别打了，掉头就跑。修辙倒是被这个阵势惊了一下，燕川这是什么来路？阵前叫喊，却不打反跑，必是有埋伏，于是驱马骤停，远望燕军撤去，不再追逐。

穆安驱马而近，对着修辙言语道："肯定有埋伏，但子秋如今并无大将，估计也是试探一番，见你我均在，他也就知道该是据守不攻了！"

"若龙默去了，你觉得他们会出战？"修辙追问道。

"走，将军，回营再议！"穆安驱马而回，修辙紧随。

这中军大帐内，本是说计议战之地，如今一幅巨大的燕东燕南地区的舆图却又引起了穆安极度的伤感。蒲沅周边尽是当年穆安习武从军，摸爬滚打的地方，甚至细看舆图，穆安都能清晰看见唐汉和花诚等人的背影，这种乡情引起的空虚和无奈本就让人感觉欲哭无泪，穆安身后剑指家园的一众人马更是让他感觉悲凉和凄然，甚至内心一直在痛恨自己这个曾经的、现在又被坐实了的"叛将"。

"穆安！你这是救你家乡，并非侵略，你要明白，蒲沅并不会因此焚毁！"修辙赶紧安慰着穆安。穆安心头一酸，这眼圈泛起红晕。

"梅央他们都是南依人，只是借你善谋睿智之心，兵加燕川而已。但我知道你的心，上古大义和当世情愫横在心里，实在难受。于我，当世燕川是敌人，上古也是，而你，燕川乃当世家乡，上古敌人。但你自己要知道这场仗我们输不起，虽然战子秋王的理由并不充分，他的野心更没有南依人说得那么大，但那是通天教主，我们不战不行！为的是上古一片丹心！"修辙继续劝说道。

"此战若胜，则南土才是周朝之基，我们没有退路。修辙，你放心吧，我知道如何做，上古之心，绝不泯灭！当世家园，我也只能远望了！"穆安横下这一条心，慢慢闭上眼睛，迫使自己不再想起这烦心的一切。但越压抑心中的杂念，这杂念就越是清晰地印刻在心间。穆安在心头早已和姜尚交流了上万遍这世间人魂正反究竟是为何，但姜尚又怎么说得清楚，该是人本就有这两面，一面显一面抑。但穆安也在慢慢发现，触景生情的事情如今频繁发生，似乎姜尚的魂意也在被穆安抑制，只是如今的局面下，这失去了本来的意义。

鹿念奢一路跑回蒲沅城内，让埋伏的军众尽数归了东城门，以防修辙大军来攻。这次回逃，给鹿念奢吓得不轻，且不说生死，这修辙一身虎胆相冲，若几日破了蒲沅城，燕东和燕南腹地可就晾在天洛人和南依人的眼前了。

"我都没指望你这一仗能赢，穆安是何等人？修辙呢？梅央呢？你就一个佯装逃跑，诱敌深入的法子就完了？"子秋还能不知鹿念奢回撤埋伏多少也有惧敌的原因。

"陛下、穆安、修辙再加上梅央，这三个人实在难以速胜，我们施计烦琐，则他们一眼洞悉不说，我们也不利于布局，只好从简一切，只求兵力压制。但那修辙一夫当关，万夫莫开啊，我真心挡不住，要洪番的身躯还好说，这鹿念奢可是文官啊！"鹿念奢自嘲了一番，心中怂念又起。

"唉！当下朝中无臣，营中无将，实在是棘手啊！"

"今日得见洛依联军确实强大，我们还是闭门不出为妙！"

"青戎那边怎么办？我们要扛住两线吗？"

"陛下要早作定夺，若不再留子幽……"

"够了！子幽乃王子！以后不要再惦记用他去议和！"子秋尽量先把气撒在鹿念奢的身上。

突然，一个侍卫冲进营帐："报！陛下，营外有一自称是龙默的人前来面见，说有要事禀告，良计献上！"

子秋与鹿念奢对视一眼，鹿念奢点了点头。子秋心中大悦，终于有个猛将相投了，但面上表现淡然，毕竟还与申公豹有些过节："快快有请！"

"陛下，龙默必是逃出了天洛，知您真身，前来投奔。我们现在缺少良将，若龙默加入，雪中送炭啊！"鹿念奢直言。

"天助我也！"子秋还是难掩心中喜悦。

龙默满脸疲惫，风尘仆仆，撞入营帐，屈身便拜："陛下，臣天洛太师龙默！宗政楚借战夺洛，反悔四国盟约，反悔共治法约，更不遵天洛礼法，囚禁孝安陛下与我等大臣，如今还领兵来战，我逃出天洛，特此来投奔，望陛下收留！"龙默看身边有个不认识的人，便没言及上古。

"申公何必如此客气呢？为师又不会真的计较上古之事！"子秋当先直言，然后大笑不止。

"真的是教主您，师父，在下申公豹，受我一拜！"龙默又继续跪拜，心头一块石头算是落了地。"起来吧，起来说话！"子秋上前扶起龙默。

"陛下，这……"龙默瞟了眼鹿念奢。

"申公别来无恙啊，多宝道人有礼了！"鹿念奢鞠躬行礼。

"多宝道人？我们截教能今日得聚，三生有幸啊，不对，这是新世之大幸！"

龙默大悦。

"申公！你不想解释你于上古违抗师命，借龙骨龙须，造就新世，改天逆命之事吗？"子秋还是追问了一句上古之事，他一直怀疑龙默曾不遵牧野死战的师命，有了异心。

"师父，我当时确有难言之隐。我们于牧野已是败势，大商气数已尽，截教一样如此。当时烛龙现身，必是上古真神念我商周战事不断，起了怨气，我没有听您之命攻击烛龙，死命而战，而是借上古之神，再生新世，就是为了能给我们大商和截教再一次机会，一个力挽狂澜的机会！"龙默怎可能提异心之事，当然，这也是他和世外之人最好的掩世借口。

"申公！你休要蒙混于我，天洛共治期的你何等风光，你会记得还有大商和截教吗？谁知你是不是起了私心，要独吞新世！"子秋当然要立一下威严。

"师父，当下你我若不真心以对，姜尚和黄飞虎大军压境，那我们这一次机会也将丧失殆尽！我再说一遍，我宁可在天洛弑君改制，背负家国大逆的罪名，也要重新治世，为的就是给大商和截教留一片温床！谁知姜尚再现，我们又入轮回啊！"龙默佯装苦不堪言的样子。

"陛下，若申公有心独立，倒不至于于天洛一言九鼎、只手遮天的天下院之时依然是个臣子，要登位，早就没有夕见什么事了。如今大敌当前，我们截教要人再聚，可不能心存隔膜啊！"鹿念奢劝说道。

"师父，穆安和修辙此次引几万联军至此，跋山涉水，困顿不堪。看上去，他们不愿速战，但实际上，他们比谁都着急！姜尚诡计多端，望敌待战就是他造的假象，让我们觉得，闭关不出，耗着他们就是胜利，但最终先垮的会是我们自己！"龙默直言。

"此话怎讲？"子秋问道。

"青戎之事一天不解决，就是心头之患。梅央檄文天下，言语之间，把代四国之盟引军质问王子之乱的理由夺了过去，我们本就被动了。这蒲沅东郊一战又输给修辙，雪上加霜。我们若等，等来的会是青戎和崇衡倒向洛依联军，到时候，我们就是又一个加济王了，我可不想截教之人和燕川接受什么共治！"龙默故意把话说得严重了一些。

"申公！上古之事暂时作罢，你既然来投，拿出些诚意来！"子秋有意逼迫龙默一把。

"所以，师父，我们须速战，先赢下洛依联军一战，一来震慑戎崇，二来削弱洛依的实力，三来为夺回天洛奠定根基！"龙默鹰派作风又显。

"申公可有破敌之策？"鹿念奢追问道。

"首先，我们也檄文一封，昭告天下，宗政楚领南依军，不遵四国盟约，独吞天洛。

这样一来，我们与南依都有开战的理由，且难分对错，青戎和崇衡必然观望，不敢轻易倒戈于谁！"龙默解释道，"我自知师父情深义重，不会交出子幽，但此时我们与南依开战，青戎的策略必是持续骚扰，不会全力而攻，为的就是观望，保存实力。此战，我们胜，则青戎知道燕戎洛三家制衡之势已成，必然犹豫徘徊，到时候我们道个歉，给戎族人一个台阶下，战事便会作罢。若我们败，戎族人有可能响应南依号召，直取我凤羽城，拿子幽，捉陛下，彻底亡了燕川！"

"谁不知此战重要，于当世之人我们给了借口，于上古我们更输不起。"子秋微怒。

"当然，截教与阐教此战更加难免，姜尚、天尊和飞虎必然会尽除我等截教之人，我们若败，则大势已去！此一战，于当世于上古，我们都败不得！"龙默这番坚决的言语，给了子秋一些信心，最起码身边有人可用了。龙默指着舆图，继续秘言具体的计划，子秋听在耳朵里，却犹豫在心上，如今龙默是否真心为了燕川而战，还得打个问号。

蒲沅城东郊今日又热闹起来，似乎龙默和穆安两人直面争斗近一载的时间里，感情还要多于仇恨，如今杀场再遇，恍若隔世。

龙默、鹿辞、鹿念奢三人各领一路人马。穆安、修辙、宗政公若和瑶缮四人领三路人马。两军于阵前相会，对峙间，龙默驱马上前几步，远望着穆安，大喊道："穆安，你攻你自己的家园，我替你守着，可笑吗？"

"我就知道你会投奔子秋，否则不会那么着急把你放了！"穆安倒乐意看龙默驱兵而近。

龙默有些惊讶原来这是穆安欲擒故纵的奸计，故作镇定道："你放我无非是希望我引兵主战，不思拖延，何必多此一举呢？我们这一战迟早要来，何时打不是打呢？"

"龙默，你自视甚高，见你一个治世大才又一次沦落于截教的执念中，实在可悲！你于天洛弑君建制，独守朝政一载之余，难道就不知道一个已经远去的朝堂，任凭你如何执着，也不会再现吗！"穆安朗声道。

"荒唐！天洛如今依然未死，就是拜我所赐，必有一日，我会重振天洛，我倒要让你看看，你的话会不会验证！"龙默呛声道。

"上古一败，当世你依然可见，龙默！决胜负吧！"穆安手里的龙牙剑上提，剑指龙默。

"穆安！我身后都是你曾经的同僚和战友！你若忍得他们惨死于此，我不多说什么！而你身后的人，很多也是我一手提拔的将士！我只告诉你！这是你最后的机会，若战，没有胜者！"龙默有些伤感这追逐到新世的商周恩怨和敌对自己家国的无奈。

"两个天下，四个家国，龙默，你我之间，虽是同门，但依然不识彼此，若再有来世，你我魂意一体才好，看看谁会知谁！"穆安也有些动容，说罢，举起一面大旗："进军！"

修辙、宗政公若、瑶缮领兵奔着燕川军杀去。龙默心念一横，大喊一声："战！"鹿念奢挥了挥手，燕川大军也顿时围了过去。两军陷入大战。

鹿辞掏出剑，刚要冲进战场，鹿念奢一把拦住，一脸诡笑："哥哥何必此时介入战局呢？陛下有令，让龙默先战几番，试试他的心性，我们这一局，观战便是！"鹿辞长叹一声，只能又收了剑待在原地。

龙默哪能不知子秋的心术，只要不在自己背后捅一刀，什么都能忍。此时他虽见穆安、修辙、公若和瑶缮四员猛将掩杀而来，但自己必须一战，即便败了，也必须撑住士气。其实龙默要说武力来讲，比文官也好不到哪儿去，只是扔入敌阵倒不至于秒死。

穆安挥舞龙牙剑，骑马撞入混乱的杀局。两军军众洪流对冲，洛依联军实际上并不占优势，燕川骑兵和步旅几乎没有短板，而南依步弓虽强大，但骑兵一般，天洛也不再拥有天鬼骑士，穆安和修辙都知道，只能靠着武将带领，才有乱军得胜的杀机。

穆安不善马战，跳下马来，继续挥舞龙牙剑，一众燕军围来，穆安拦腰便砍，誓要让自己的血性掩盖这莫名的乡愁。燕川步旅的攻法穆安最是清楚，几人近身并排而立，只趋近的一刹那，半圈围上，便是上下突刺。穆安管这一招叫"农夫捉狗"，只见他疾步上跳，躲过几个下盘突刺，手中龙牙当头先砍翻居中的兵士，只这一道突口，就是穆安的生命线。再度俯身躲过几个上盘突刺，穆安便是一个探步挤到半圈的中间，左右一个转扇横砍，这半圈围刺就算是破了。又几个燕川骑兵掩杀而来，穆安这龙牙再长也够不到"座上客"，但见远端几支龙刺箭飞来，几个燕川骑兵瞬间被穿喉而死。"穆安，少了我你不行！"公若大笑着喊道，他骑在马背上，绕着自己的步旅横跑，但这射术之稳，丝毫不差。

修辙长戟翻腾，和瑶缮双马趋近，双鬼拍门，奔着龙默而去。龙默挥舞手中剑，挡下了瑶缮几次朴刀横砍，但依然不敢接修辙的出招，且战且退。

公若三支龙刺箭挂着响哨，冲天而射，哨声响彻云霄，但见片刻后，南依军特有的长弓手开始放箭，这漫天的重箭遮天蔽日，瞬间把燕川的中后军射得人仰马翻。

修辙单骑入了敌军前阵，几个燕川骑兵长矛挺进，突刺而至，矛尖与修辙的戟尖搅在一起。龙默看准时机，这才敢正面对着修辙攻来。瑶缮见修辙危险，一个鱼跃，飞出马背，拦腰抱住龙默。龙默也不慌，反手握剑，就要刺进瑶缮的后背，修辙猛然抽出长戟，大喝一声："瑶缮！"修辙也等不及把戟身正过来，便用长柄对着龙默横抽而来。龙默只一挡的工夫，被瑶缮的坠力扯下马来，瑶缮反手抽出匕首，一手按住龙默的脖颈，这一刀就要结果了龙默的命。龙默几乎绝望的一刹那，心想这要是郎虎和黄婵还在，自己何至如此。

修辙也知当下这个局面，龙默可死不得，且不说他是不是也从某种意义上救了天洛，算是乱世居功，弊在当下，利在千秋，就是这申公豹的魂意可也不能轻易放走了。修辙驱马一个挺进，俯身拦腰把瑶缮提抱了起来，揽在怀里，然后坠在马背上，给了燕川军一个救走龙默的机会。

龙默看了眼修辙，大喊道："将军何意？"

"你救我家国不死，今日此恩已报。下次再见，格杀勿论！"修辙驱马掩杀便往回走。

"修辙，你这是干吗！你放开我！"瑶缮还在不停地挣扎。

穆安跳回马背，和公若赶紧靠近修辙，掩护两人回阵。这燕川军见龙默坠马，赶紧围拢来救，龙默复回马背，赶紧回逃，燕川大军也因此失了气势，再见中后军已然被南依长弓射住了阵脚，于是这溃败之形顿现。

"撤退！快！撤退！"龙默边喊边跑，心里也对修辙的话颇感动容。燕川大军就此退去。

穆安，公若和修辙不再追赶，瑶缮跳下马来，略感失望，本是擒杀龙默的大好机会，但也知修辙似乎有报恩之心，没再多言。片刻之后，洛依联军也就此撤军。

燕川连败两阵，消息传遍蒲沅城，弄得人心惶惶。只见一位女子黑衣兜帽，顶风而来，奔着军帐而去，绝美的侧脸若隐若现，正是夕见。她一路风餐露宿，这才晚了几日到了蒲沅城，虽有巡世的经历，但这份苦谁愿意多受几次？

"这两日连续得你和申公，那是天赐之物！不错！妲己，你若有心助我，我不推辞，只是你要知道，这里如今没有纣王，你想魅惑谁，那是不可能了。"子秋对于夕见的到来更是高兴，只是苏妲己必定心术纷杂，这要是控制不住，也是祸端。

"多谢教主收留，我知当下自己的位置。言上古，我本不愿再行魅惑之事，但女娲娘娘之意，我岂能违背。当世之间，我与燕川有婚约在前，如今天洛被南依贼人所夺，我不来此助战，还有何处可去？望教主念在我们上古情分上，于当世助我复国，也助我复商，我苏妲己愿效犬马之劳，万死不辞。"夕见有意先放低姿态。

"好！留你天洛一国公主在此，我们倒要看看，穆安会不会心乱如麻！"子秋心里盘算夕见可是大有用处。

夜色至深，龙默才灰头土脸，似是从阴间还回了阳间，一头顶进子秋的军中大帐，端起桌上的一杯水一饮而尽，然后喘着粗气，连给陛下行礼都忘了。

"龙默，你这一仗，直面劲敌，我佩服你，你自知智谋不敌穆安，所以只拼人数吗？"子秋讽刺道。"陛下，我们如此强攻几日，洛依联军必然不支，别看他们如今已经胜了两阵，只要我们坚持，联军必然有败的一天，而从那时开始，我们就会立即扭转局势！"龙默依然有些无奈。

"龙大人，我等得了你，时日可不等。再过几日，天洛半月祭结束，哲王登位，天洛民心所向，洛依之军更是会收到源源不断的辎重，再加上天气转暖，我们燕川天时不在，你让我用什么赢天洛和南依？"子秋质问道。

"陛下，龙大人此计有些道理，姜尚和黄飞虎联手，再加上宗政公若和梅央，勇者智者一应俱全，我们唯有人海以对，才能拖垮他们！"鹿念奢缓步而入，行礼道。

"不了，我有了新的打算！"子秋挥了挥手。

"陛下，您是否要于此时议和啊？绝对不可，穆安和修辙何许人也，我们不胜便无筹码，议和只会带来偏颇，那是燕川的灾难，截教的灾难。"龙默提醒道。

"我何时说过要议和？我要穆安来投！那是我燕川人，那是我的密使，我的步旅统领！"子秋话中满是抱怨，认为龙默和鹿氏等人加一起还不如一个穆安。

"陛下！您这是何意啊？"鹿念奢有些疑惑。

"陛下不会是……"龙默似乎猜出了一二。

"出来吧！"子秋喊道。夕见于屏风后转出身来，面带微笑："鹿大人，龙大人，有礼了！"

"夕见？"龙默大惊，全然没想到夕见果然还是跟着自己跑来了燕川，心中本想留一方心腹于天洛，但现在等于把天洛全然交给了穆安和南依人。

"陛下，你这是要用夕见引穆安来投？姜尚怎会因一女子弃了大好战局？"龙默有些执拗。

"他是姜尚！也是穆安！于上古，他与苏妲己有深仇大恨，但当世不一样，姜尚我斗不过，但穆安我深知其秉性！"子秋有心引穆安魂意重归躯体。

"陛下妙计啊！穆安乃燕川人，我们若陷入上古情愫不得解，不如当世之法破之！"鹿念奢心领神会。

"我拟了书信，告之穆安，他原麾下步旅残余几百人都在蒲沅城内，他心爱的夕见也在，甚至连沮洛大人的爱子沮衍也在，我就要看看，他来不来投！来不来救这些故人！"子秋眼里满是狠绝与阴辣。龙默陷入深思，良久无语，看着夕见，眼中满是责备和无奈，他并不希望穆安被此种计谋诱引并惨死子秋之手，若是有可能，龙默有心与穆安同归朝堂，并永立他们心中最好的那个家国。夕见听了子秋的话，一阵莫名的惆怅和心酸涌上心头，不禁长叹一声，再无言语。

夕见才回了自己的营帐，龙默便只身跟随而来："你为何来此地？我之前不愿带你来，就是因为忌惮子秋王心性狠毒，他必然会用你引来穆安，那将是穆安的万劫不复！"龙默如今的转变令人感到欣慰，他似乎不愿用小人之计夺君子之胜，这可与弑君建制时候的龙默大相径庭。

"你还挺替姜尚着想的啊！他现在是你的敌人，你别假仁慈了，难道你不想穆安死吗？"夕见觉得龙默另有心思。

"与穆安战场一搏，才是名正言顺赢他，若施此计，那是小人所为！"龙默低吼道。

"你当年于戏台想要暗杀穆安，那是君子之为吗？"夕见一句话说得龙默哑口无言，"你别告诉我你与穆安同朝为官一年多，他就改变了你，你们本就不是一路人，也不会再站在一个朝堂之上！我的一切都是拜你所赐，更是拜他所赐，我恨你们两个人！再说了，你怎么知道，我引他来投，不是救他呢？"

"只要他穆安来，以教主的秉性，这次他是不会活着回去了，你自己掂量该怎么做，别因小失大！"龙默也在掂量失去穆安对他心中那个大商该是多大的影响。

"若子秋王不言，你也有此打算对吗？只是一直两难，良心不安！"夕见问道。

"若大商再成，我愿意在那个朝堂里，成为一个姜尚那样的人！"龙默似乎明白了点家国永立的基础。"你错了，有姜尚的朝堂，就注定会是周室！"夕见直言。

"那穆安如今效力天洛，可是君王又是谁呢？"

"那是哲王，也是纣王，但天洛几乎归周！说，你为什么不告诉子秋哲王就是纣王的事情，更不说他的魂意在一个三岁的孩子体内慢慢复苏？"夕见疑惑如今同为截教的子秋和龙默似乎有着隔膜。

"没那个必要！教主只需助我击溃穆安和修辙，至于大商，我自己来扶！"龙默说罢，扬长而去。夕见但觉现在的龙默似乎变得有些偏执，但这份偏执中似乎有了比之前正一些的心术，可是心术下的心性必定还有申公豹的阴刻与毒辣，所以难言这份转变最后带来的结果如何。

次日一早，这冬末的柔风里多了一丝暖意，夕见透过帐布缝隙吹进来的风，又觉出一丝放纵和诡异。营帐外片刻的吵闹和混乱后，夕见赶紧换了衣衫，冲出帐外。

夕见撞进子秋营帐的一刹那，便见沮洛和沮衍被绑在柱子上。子秋和鹿念奢淡定地喝着茶，就好像一旁绑着的是两个戴罪的羔羊。龙默在一侧无奈地摇着头，夕见这一刹那才明白过来为何龙默如今不再信任子秋。

"子秋！龙默！枉我如此信任于你们，尽说北土白梗国镇南王的嘱托，言北土危机之事，你们竟无半点主张，还绑了我？若北土不保，南土如何能安平？"沮洛大喊道："夕见！不可与子秋同流合污，你可是天洛王室，要有尊严！"沮洛的忠心热骨让夕见和龙默很是动容，两人虽不能说久在沮洛身边理政，被感染了一些正气，但如今沮洛所言可是关于南土前路的大事，怎能不重视。只是似乎子秋全无心思处理，这让龙默和夕见很是失望。

"子秋！你个昏君！快放了我们！"沮衍也在大喊。

"陛下，沮洛所言不可不信，软禁即可，不可如此啊！"龙默终于忍不住直言。

"你懂什么？步旅残众是筹码，夕见是筹码，沮洛和沮衍不是吗？你不说过沮洛在天洛与穆安有过密言吗？那不用猜，他必是周室或者阐教之人，穆安还能不保他？"子秋眼里满是对穆安投诚的希望，他如今没有龙肤卷轴，也只能如此推测沮洛的身份。

"陛下，沮洛乃我天洛大家，不可如此！如今战事紧迫，我们于道义上，不可败了下风！"夕见直言道。

"夕见、龙默，做大事，不拘小节，我们截教中人如今居于此地，那是上天垂怜，再给一次机会，用不好这次机会，就都是死，陛下妙计已施！有了这三个筹码，不愁穆安不来了，对么？我们若得穆安，何愁此战不胜？"鹿念奢面露狠相。

"陛下，此计虽妙！但穆安即便来了，不过执念一死，他如何会真的投诚？"龙默反问道。

"那也等于洛依联军少了穆安，我们的胜算更大了，不是吗？"子秋自信道。

"昏君！穆安当世英雄，只可惜有你这么一个昏庸无能的君上！"沮洛又喊道。

"闭嘴！沮洛！你若识相！告诉我你究竟是谁！你若想继续装！我也奉陪！"子秋怒道。

"我根本听不懂你的鬼话！子秋！你记得，你几乎亡我家国一次，我就算死也不会放过你！"沮洛面红耳赤地大喊道。

"我亡你家国？你天洛于南土亡了几家几国？啊？我若不成盟反扑，谁会成全谁？谁会是天下院的恶鬼？"子秋咆哮道。

"荒唐！以战止战，野心漫漫，不思良策，违心共治！这是借口吗？"沮洛呛声道。

"把两人给我带下去，关起来！"子秋下令，几个侍卫进帐把沮洛和沮云带了下去。

"陛下，我愿意独自引穆安前来，再行后计，还请饶过沮氏一代忠良免受此苦。"夕见言道。

"陛下，步旅之念，夕见之情，足以引来穆安。沮洛乃治世之才，我们不可如此，恐凉了天下人之心啊！"龙默直言。

"没有了天下，谁还在乎凉了谁的心！都下去吧，让我静一静。"子秋挥着手，心烦意乱，看得出咆哮着的灵魂深处，也并不是多么愿意出此下策，但如今燕川面临东线和东北线双线的战事，青羽隘口和蒲沅城背后都是直通凤羽城的腹地脉络，子秋压力大得难以想象。要知道，子笙曾经借地谋逆的阴云远未散去，朝堂里多得是反对子秋的人，若有人此时从内谋乱，子秋如今的政途可就岌岌可危了。

北土的压力凝结成戎崇上空的阴霾并越积越深。伯翁王和格索王因此而成的北探联军迅速成形，面对强大的敌人和不知诉求的谜团，两国似乎瞬间忘了叡沁城里还在勾斗的一切，若是北土问题不解，两国便是砧板上的鱼肉，任人宰割。

太积和何谦领着北探军在戈壁的漫天晨雾中前行，这鬼天气能见度低得令人发指，似乎面对面的两人都难以识别身份。就这样，在雾气中，大军几乎是拖着步子，蹚着沙土前进。

突然，太积勒马停住，耳尖颤了颤，似乎听到了一种类似镰刀的长柄武器的摩擦声，那声音带着一种死亡的气息，扑面而来。

"将军为何停在此处？"何谦低声问道。

"雾气太大，不可再前行，何大人，我们暂且回去吧，待明日雾气少些再走不迟。"太积十分谨慎。"怕什么？这雾气于我们是雾气，于北土人就不是了吗？走吧……"何谦话音未落，一把巨大的镰刀刀刃从何谦的背后袭来，肩胛骨被瞬间刺穿，何谦顿时痛得晕厥过去。一个狰狞的面孔从雾气中探出头来，慢慢靠近太积，那人蜷缩在黝黑的披风和兜帽中，看不清脸庞，马匹高而壮硕，也被罩在黑布之下。这骑士比太积还要高出半头，手里巨大的镰刀上举，把何谦也一起带起，似乎在炫耀自己捕获了猎物。

"什么人？退后！退后！"太积这久经沙场的当世名将，也被这骇人的一幕吓得魂飞魄散，同时手持长枪指向前方。

那镰刀长柄足有一人多长，镰刃也有臂展之余，黝黑的长柄上有不规则的纹路，镰刀宽刃部分能看见一朵清晰的瞿麦图案，这就是瞿麦人最引以为傲的妖骑，只是他看上去似乎是个人类。

"什么人？来自哪里？"太积边喊着，边在退后，自己的战马似乎也吓得没了精神。

"太积！？留你一命回去告诉南土之人，留着几国国印和全部将臣上交便是，自此也再无南土！"那妖骑声音浑厚。

太积并非没有一战的勇气，只是若自己在这浓浓雾气中负隅顽抗，便没了人报信。如今这北探军才入戈壁不到一日，仍在靠近青戎国境的一侧，那么这些妖骑显然已经沿北疆列阵了。

那当先的妖骑挥舞着巨大的镰刀，雾气散开了一些，太积远望而去，几乎满眼的妖骑人海般纵横交错，那气势遮天蔽日，让人绝望和窒息。

太积调转马头，奔着最近的戎都而去，这南土的寿数怕是尽了……

龙默不得已应了子秋和鹿念奢的命令，也给穆安致信一封，言说前来投诚之事，这要挟的筹码便是夕见、沮洛父子、步旅残军等等。当然，这些筹码之外，龙默还是依照子秋的意思，言说了穆安的家乡云云，不过是采取了怀柔政策。

穆安手里握着这封信，身形微微颤抖，表情落寞。修辙、宗政公若、梅央和瑶缮几人面面相觑，心中持疑。"穆安，可是子秋和龙默又出了什么诡计？"梅央问道。

"是龙默，他书信于我，说子秋绑了前去投奔的夕见，又抓了沮洛和沮衍，还有几百我曾经步旅的将士，明显是希望引我去投诚。不然的话，不会有一个人活过十日。"穆安的话引得众人愤愤不平。"什么？简直无耻！"瑶缮喊道。

"龙默为人狠辣，子秋更是不择手段，他俩想出这种下三滥的手段，我一点都不意外。"修辙厉声道。

"穆安！我们连战连捷，你心里可要盘算好，我们破敌在望，那才是救他们的正路啊！你若去投诚，难免一死！"公若最了解穆安，他有时会陷入偏执。

"我怎会不知龙默和子秋的想法，夕见困我情愫，沮洛困我情义，步旅更是困我往念，我若不去燕川救他们，心里难安啊！"穆安纠结道。

"穆安！龙默和子秋手里有这三个筹码，无非是为了铲除你，你不在，洛依翻军怕是难有大为。我知道你的为人，劝你不去，你也两难，不如我们将计就计，翻手为云，也献祭筹码便是！"梅央直言。

"对啊！婴柳不是就在洛京城内吗？她可是龙默的女儿，我们为何不利用？"公若接话道。

"就是！这可是他的亲人，夕见，沮洛和步旅的将士好歹并非穆安的亲人！"瑶缮又言道，此二人当然不知婴柳早已不知生死，却引得穆安更加伤感。

"穆安不会依此计的，他的心性我知道！"修辙怕穆安伤心，赶紧接话道。

"不必如此！我们若反制，这与龙默和子秋无异，我们洛依大军至此，胜利在望，不可一时糊涂，断了后路。我决定了，前去会会子秋和龙默，尝试救下夕见和沮洛，还有我昔日将士。"穆安去意已决。

"绝对不行！你去了便九死一生啊！"修辙阻拦道。

"穆安，你要知道，你这是有去无回的，最后都得死！而且你这是赌上了洛依联军的前路，我楚王陛下拜托你领军，便是信任，你若此时离去，成何体统？"梅央不悦。

"穆安！我们即刻进军蒲沅就是了，打赢了这一仗，何愁救不了夕见和沮洛？"公若劝说道。

"没了我，洛依联军依然所向披靡，我去了蒲沅，龙默和子秋不会轻易杀了我，我自有办法周旋，到时候里应外合，我们得胜会更加轻松！"穆安似乎有了后计。

"穆安！"修辙喝道。

"不用再劝我，我意已决，这就上路，你们先整备军力，不要贸然进军！等我的消息。"穆安很决绝。

众人面面相觑，修辙给几人使了使眼色，梅央、宗政公若和瑶缮先行离开。修辙又拍着穆安的肩膀："穆安！教主和申公这明显是在乱你魂意，夕见如今不值得挽救，那是苏妲己，他们只是笃定你穆安放不下情而已。沮洛我们是要救，但不是在损失你的前提下救，你明白吗？至于你的昔日将士！他们如今若赴死，也是为了铲除子秋王的朝政而死，那并非虚无！"

"修辙，相信我，我姜尚不是那么容易死的。穆安之躯，我栖已久，于情于理，我得为了他做些什么，第一件事就是留住夕见。你要知道，夕见是夕见，妲己是妲己，我必须尽力争取挽回那个善良的灵魂！"姜尚有心报答穆安，或者说，替他挽救爱人的同时，从内瓦解龙默和子秋的根基。

"我们挥军西进，为的是阐教和周室的胜利。龙默和子秋明显是在天洛建商不成，又惦记燕川这块地，我们如若不胜，那局势很难把握了，你要三思啊，你此时离军，绝非上策！"

"修辙，听我一言，助梅央、公若和瑶缮整备军力，继续抗衡燕川！我自有办法活着回来，相信我！我会找机会从内接应你们！"穆安捶了捶修辙的胸口，以示鼓励，"周室一天不立，阐教一日不兴，无论上古还是新世，就一天都不会平静！"穆安的眼神里流露出对于此去的把握，修辙也知劝不住穆安，只能任由他去，自己能做的便是尽可能在东郊布局好军阵，随时接应。

蒲沅城东郊城门又高又宽，尽显这燕东商往重城的地位。早春将至，冬末的寒气仍未散去，天怨茫茫，乌云渐密，渐渐下起了小雪，这清甜的空气四散晕开，叫人神往。但世间的乱远未结束，世人都在等一个结果，可政途上跋涉的人们从不这么想，他们的眼中只有权欲和利益，再甜的空气若不在他们的疆土之上，就都是灰霾。

龙默领着一众燕军轻骑，押着夕见和沮洛来到蒲沅城城楼上，为了给二位曾经天洛的同僚一些面子，倒没有绑着手脚，只是城楼上满是刀斧手，想跑也跑不了。沮洛和夕见在楼顶远望东郊的一片茫茫雪景，感叹这命途如现，茫茫之中，尽是起起伏伏。

"龙默！你这是徒劳，即便穆安来了，你觉得你就赢了吗？"沮洛大喊道。

"我即便是输，也绝不能输在穆安的手里。"龙默有心等穆安来了，再行拉拢，但心里也在揣测穆安是否还有当初的心境。

"龙默！我们已经输了，天洛都在他手里了，我们只能于边境远眺，这岂是天洛君王和太师所为？"夕见有点心灰意冷，虽也愿意如此，但心中纠结，本是按照夕见之意，想穆安前来营救，证明他还有相爱之心，但却又不想穆安遭此一难。

"你知道我们在做什么，夕见，我一天不死，就一天都不会放弃！"龙默看了看日暑，又看了看太阳，定了定神，下了个决心，穆安不来，自己也不走了。

穆安驱马飞奔出了东郊洛依联军的军营。修辙、宗政公若、瑶缱和梅央四人均未来得及相送，便见一人一骑绝尘而去。公若紧了紧背后的箭囊和龙骨弓，骑上一匹马，紧追而去，修辙刚要阻拦，梅央劝道："让公若去吧，暗中入城，有个照应！"修辙也知公若神出鬼没的功夫，觉得如此倒能减少一些穆安的危险，没再多言。

半月祭早就结束，这天洛的天终于换了颜色。天洛洛京城王族光洛殿内举行着哲王的登位大典，只见哲王身穿王服，慢慢走向王座，表情似笑非笑，很是诡异。宗政楚王、梅勋、沮云、韩魂、童魄、鲁怀、绿衣等摄政院、天下院、内廷院将臣站在一侧。一众天洛和南依的其余大臣、大家、大族、后宫要人、王亲国戚站在堂下。

哲王坐在王位上。众人跪拜行礼，宗政楚鞠躬，沮云打开一个通文，朗声道："今，孝安元年二月，改国号孝和，哲王登位，暨孝和王，大赦天下，新法以驻，引摄政院、天下院、内廷院三院以辅政，天上院为客卿，净天府为京守之责，宗政楚为南依君王，特此于天洛进为助国公，拜为哲王叔父、澄莹宫宫主、再领护国府主事、将军府主事，任内服国师。修辙依然为大将军，穆安为亚相，其余人等，分于众院府任职，不得有误。今天洛终归洛人，半月祭结束，举国上下，欢庆十日，以庆劫后余生！"众人又一次跪拜，齐唤哲王尊扬，场面宏大而壮观。

"众人起来吧，今日得宗政楚叔父相助，铲除夕见和龙默两大天洛罪人，让天洛再续亲政之命，实在是万幸，今后还需叔父多多扶持！"哲王三岁便学会了拍马屁。

"陛下过奖了，天洛与我南依，一水而隔，一水而育，依族与洛族那是亲如兄弟，我们如此成盟，也是南依人的荣幸，我们更为天洛回到洛人之手而高兴！"楚王鞠躬行礼道。

"甚好！甚好！今后有了南依与天洛的同盟，何愁家国不兴？"哲王大悦，进而又露出诡异的笑容。众人再次行礼祝贺。宗政楚看着哲王的眼神中，流露出一些异样，但觉这三岁小儿的眼神过于深邃和老成。

太稷快马入了青戎，也来不及回去崇衡，直奔戎都千族会给格索王报信。格索一听北土的妖骑如今都到了家门口了，何谦还被俘虏，急得团团转，赶紧下令除了牵制燕川的戎西军以外的所有军众向北集结，包括格图将军，并致信一封给了伯翁，让他出兵来援。

伯翁收到书信，当真比格索和太稷还要着急，这妖骑要是南下，就崇衡这一亩三分地，被妖骑侵吞还不就半个月的事。他当下便集结几乎所有崇衡军众由伯谕、太辽和扶季带领，直接北上与格索的大军汇合，然后致信子秋和楚王各一封信，言说北土之事，要求南土五国立即成盟北抗。

这太辽和扶季两人带着崇衡大军北上，可正是得了意，心怀鬼胎的二人一直盘算着如何在这危机的当口替自己的势力做点事，埋在戎崇大军之内的暗雷可不比妖骑的威力小。

宗政公若一身黑衣，趁夜色，追着穆安就到了蒲沅城东门郊外，远远地看着夕见和沮洛竟然还在寒风中战栗。他环视四周，似乎这个门商往之流已然断绝了，不好混进城内，便在郊外找了一个客栈住了下来。

次日一早，顶着风雪，龙默和子秋站在城楼上。夕见和沮洛几乎被冻僵了身体，龙默不忍直视，私自命人准备了两个火盆，放在了二人的脚下。一众步旅的将士被捆绑着排成一排，立于城楼之上。鹿辞和鹿念奢站在子秋王的身后，众人望着城外的远方，盼着穆安前来。

"今日再不见穆安，杀无赦！"子秋王狠下心来。

"陛下，引他来，并非为了杀，而是为了胜！还请陛下三思，再宽容几日。"龙默劝言道。

"君王之言，一推再推，穆安就会有恃无恐。我说了，今日就是最后一日，穆安不来，就一个不留，正好也杀杀洛依联军的锐气！"子秋甚至不再顾惜夕见和苏妲己的生命。

"您要知道，夕见如今已经落难，沮洛也已经辞官，他们之于天洛都不再重要，穆安能来不过是情谊使然。但杀锐气，谈不上！天洛如今哲王已经登位了，那就是另一个朝政而起，天下快变了！"龙默直言。

"什么都没变！龙默！你记得，你都改得了天，逆得了命，那就别再信天，别再信命，你我一日不死，截教与大商就一日不灭！"子秋心里一横，"算了！不等了，杀！"

"陛下！"龙默赶忙阻拦。

"别再自欺欺人，穆安不会来的，姜尚为了家国，什么都可以舍去！动手吧！"子秋下令道。夕见面色凝重，依然望眼欲穿，眼泪慢慢留下来，似乎她的魂意在这彻骨的寒风中，比妲己更愿意等待自己心上人的到来。而沮洛闭着眼睛，早已心无杂念。

"传我命令……"子秋刚要下令。

"等等，陛下，你看！"龙默指着远处大喊道。子秋、龙默、鹿辞、鹿念奢、夕见、沮洛等人瞪大眼睛望着城下远处。

一个"白衣少年"，提着他的龙牙剑，驱马飞奔而来，他脸上没有一丝的恐惧和悲伤，就好像这是一条回家的路一般。

漫天大雪瞬间而至，为的就是给这世间最好的重聚披上最清澈的颜色，茫茫天地间，穆安如此大义而至，燕川人必然已经在满盘皆输的边缘。

夕见此时早已泪流满面，泣不成声，她心里知道世间只有那个人对自己最好，一时间，她的魂意把妲己压制得再无声息。沮洛叹了口气，慢慢摇头，心中动容，也为这"少年"的骨气暗暗叫好。甚至就连龙默眼圈都有些泛红，有这样的对手，输也值得。

"穆安！别来无恙啊？"子秋看着穆安趋近城楼之下，大喊道。

"我来了，可以放人了吗？"穆安朗声道。

"一切都好说！放穆安进城！"子秋下令道。

蒲沅城的大门摇起，穆安飞奔而入，但瞬间被擒下。

入夜雪色未暖，人心已凉。龙默和子秋面对穆安而坐。穆安被紧缚一团，押在一旁，身形疲累，但面色淡然。

"穆安，哦，不，姜尚老弟，我当初借天尊之名，派你游历世间，辨别世人，不过是无奈之举。你要明白，截教与阐教并非有什么深仇大恨，若不是世间商周两立，我们何需兵戎相向呢？"子秋先试探一番拉拢的可能。

"那陛下让洪番的燕北军乔装天鬼杀我战友不算罪过吗？让盗会之人暗中密杀我卷轴中的阐教之人不算罪过吗？派我前去崇衡与我阐教兄弟自相残杀不算罪过吗？"穆安哼笑道。

"穆安，上古我们各为其主，这无可厚非，自古胜败都在一线之间，成王败寇，成者以书，你细想我们为何如今引战至此？还不是因为上古的立场不一吗？但于新世，我们的目的是相同的，都是建立一个更好的朝堂，一个更好的家国，那么如此一来，何需分什么你我？何需分什么商周？何需分什么阐截二教呢？"子秋很激动。

"听上去不错，陛下，我们似乎是同路而行。但路同，人不同，商灭而周立，那是史续使然，永世不得违背。无论新世如何，更好的朝堂都只会在更好的君王手里，而那位君王做不出你所做的任何一件事！"穆安呵斥道。

"穆安！我大商历经中兴而至此，周室却不曾有过，那说明什么？说明商若立，可以再兴，而周室的一切都是未知！你何出此言？一切都没有发生！"龙默反驳道。

"纣王荒淫无度，残虐至极，一切都是政之腐朽加人之无为造就了商的下场，你何来断言周室之人的未来？周人能于乱世，有安民除孽之心，那就是君者之仁，领袖心胸！"穆安厉声道。

"穆安！纣王所做我们看在眼里，文王武王所为我们也看在眼里。但你要知道，当世之间，他们三位都并非王座上的人，若商再立，我们大可易主而扶，以图中兴，避免前错，这与周室兴国的理念难道有半分差池吗？只不过你要去纠结这个国家的名字是商是周吗？"子秋直言。

"无论夏商周齐，无论燕洛戎依，上古与当世都给了我们最好的答案，无民心则无政心，无民途则无政途，无民安则无政安！更好的家国，是更好的人所为继，是更好的礼法所为继，你们不是！你们所坚持的礼法更不是！子秋！龙默！你们上古助纣为虐，不尊家国，于当世，无论如何悔过，也已经无济于事！人，不是什么事都可以悔过自新的！我来此见你们，是想救下我以前无辜的战友，救下心怀天下的沮氏，救下善良的、但被苏妲己以魂意魅惑的夕见，若是你们还有一点良知，那就放人。若没有，我不勉强你们在道义上的取舍，杀不杀，悉听尊便！但洛依联军即便失了我，将，还有修辙和公若，臣，还有梅央，他们绝不会输，阐教绝不会输，周室绝不会输，你们气数已尽了。记得，史续难违！若当世再兴家国，唯有周室！"穆安一番话说得龙默和子秋哑口无言。

"好！穆安！你如此坚决，我就送你一程，到了阴曹地府，你去问问小阎王，死人还争不争得了家国之念，死人还有没有傲骨之气！"子秋气得半天才挤出这句话。

"陛下，穆安与我等立场不一，口出此言不过是激将法，我们不可贸然杀他！"龙默阻拦道。

"他都如此决绝了，我们还有什么余地拉拢他？"子秋勃然大怒。

"拉拢我？简直做梦！你们若听我一言，不如开城门投降，我们兴许饶你不死！"穆安厉声。

"放肆！"子秋大喊。

"陛下！别上了穆安的当！我来劝劝他！"龙默转过头指着穆安："穆安！你听好了，你死不死不要紧，我估计你也不想看着夕见、沮洛和你的战友一起死！若不然，你最好乖乖听话！"

"我来此就是为了换走他们，你放了他们，还算你子秋和龙默有道义，若你们赶尽杀绝，那你们是知道结果的！沮洛和夕见若死，天洛和南依的盟室只会更稳固，青戎和崇衡入盟以壮大只是时间问题，就看你们愿不愿意把自己放在三年前加济王的位置上了！若还敢杀我昔日战友，怕是凉了燕川军人的心，那样的话，你们外不得相助，内不得人心，还有何前途？"穆安分析得头头是道，早知子秋的朝堂是内忧外患了。

"看来你是有备而来，穆安，你料定我们不敢杀他们是吗？"子秋几乎气红了双眼。

"穆安！你敢一人入我蒲沅城说辞，我们料到了你会有赴死之心，但你别忘了，当世之躯留不住上古魂意的，即便我们输了一次、两次，那只是一刹那的事，魂意飘然当世，你周室即便再立，也永世不得安宁！"龙默喝道。

"最好如此！让你们知道，即便再战无数次，你们一样是输！"穆安反驳道。

"多说无益！穆安！选个死法吧，愿你上古魂意能落个比穆安更好的躯体上！"子秋厉声道。

"我怎么死随意，只求死前一件事！"穆安喊道。

"你当然随意，死的是穆安的躯体，又不是你！什么事说吧！"龙默知道穆安还有后计。

"穆安于我，如兄如子，穆安和夕见的感情因我和苏妲己之纠葛实在是苦海作舟，难得延续。我只求让穆安和夕见于这蒲沅城成婚，以圆两人之梦，之后，再杀不迟。以后见了小阎王，我也好言语一声，穆安和夕见，那是人间情侣，并非有什么国仇家恨！"穆安如此说，让龙默和子秋顿感意外和茫然。

"来人啊！先把穆安带回去关押！"龙默下令道。几个侍卫走进来，把穆安押了出去。

"姜尚比我想的还要顽固！"子秋怒气未消。

"姜尚和穆安已经双魂融合得太深了，刚才姜尚所言，也可见穆安本身血气！"龙默感叹道。

"成婚之事倒是可以一议，也许是最后拉拢他的法子。"子秋有意一试。

"陛下，刚才您也看见了，拉拢穆安，怕是没有可能了。他这是周旋之计，不如成全他，看看他如何运筹，再杀不迟，也算是个圆满。毕竟，穆安也是一代忠良之将，姜尚也是一代名相。而且他刚才所言的内外之虑，我们不能不想！"龙默也知不能杀，只能借此拉拢并平息内忧外患。

"那岂是成全他？只是成全穆安和夕见的感情而已，若杀，苏妲己和姜尚的魂意又不知会跑到谁的身上去，以后还是麻烦！这杀也不成，不杀也不是，简直受罪！"

"陛下，不必两难，且看他布局，不行再杀，即便是夫了谁的身躯，等他再兴波澜，我们早就成功了。再不行，我们就继续拉拢之言，死马当活马医，满足他成婚之求后，看夕见的魂意和当世情爱能否让穆安的魂意压过姜尚！"龙默有意让夕见真魂至少把穆安束缚住。

"对了，你之前不是说，夕见曾告诉过你，她和穆安言语，因为情愫，能压制妲己和姜尚的魂意吗？若是成婚，说不定穆安的魂意能尽可能地压制住姜尚，那我们拉拢穆安岂不是比拉拢姜尚简单多了？穆安本就是我燕川人！"子秋才反应过来，穆安也是笃定了龙默和子秋必然有此心。

"就是此意，姜尚为了成全穆安和夕见，一片好意，如今怕是成了他的最大败笔！"

"速去准备婚宴，三日后摆宴，让穆安和夕见成婚。通文天下，让几国人都知道，我燕川大将要和夕见公主成婚了，此乃我燕川表明和天洛的议和之态！"子秋心术纷乱。

"陛下真有议和之意？"龙默问道。

"若复得了穆安，一切还不好说吗？"

"子幽王子那边如何交代？夕见可与他有婚约啊！"

"我自会书信劝他，此事不难！我为了保他，扛着青戎大兵压境都这么久了，他自会体谅我的。"子秋自信道。

"那格索王那边？"

"他为此生不生气，不也都在打我们吗？还能如何？"

"好！眼下，这是唯一的办法了，为了拉拢穆安，再试一次，值！"

"对了，你可曾发现过神器有抹去、分离或者弑杀上古魂意的法子？"子秋追问道。

"还没有，自从我的龙骨龙须落入穆安之手后，我只留龙眼，却难见它用途了，想必调息之期依然未过。"龙默无奈道。

"穆安和修辙一直手握这么多神器，会不会发现了抹去、分离或者弑杀上古魂意的法子？"

"陛下的意思是，穆安此次前来，有意对夕见和自己的躯体做些什么？"龙默突然有些忐忑。

"盯紧他！穆安和姜尚都没么简单！"子秋早已被穆安的睿智弄怕了，这次若不得穆安或者姜尚的回头，就是囚禁至死，也绝不能再放了。

穆安被押进一辆囚车里，龙默还算人道，把夕见的囚车也推进了同一个硕大的军帐内，让二人有言语的机会，更不会在室外忍受寒冷。夕见望着穆安，眼里满是深情，似乎没了苏妲己的妖媚和狠毒。穆安觉得夕见似乎在顽强地压制着苏妲己的魂意，可能是自己来投的行为激起了夕见的感动与柔情。

"夕见，你不会死在这里，相信我！"穆安鼓励道。

"在和我说话的是你吗，穆安？"夕见一时有点动容，眼里闪着泪水。

"是我，夕见，是我！"穆安和夕见此时交流的双眼里满是真诚，两个真魂之间似乎少有这种面对面的时刻，两人的真爱也一时压制着另一个灵魂。

"你要娶我吗？"夕见轻轻地问道。

"希望龙默和子秋能成全我们。"穆安直言。

"你为何如此坚决？"

"世事对你我不公，我不想再妥协什么！"

"你还有所计划对吗？我可以帮你！"

"没有计划，只是成婚，这样的话，死也无憾了。"

"我们不会死，我坚信，我还有没做完的事！"夕见心中满是不甘。

"夕见，别再挣扎了，姜尚和苏妲己左右着我们的命途，一切都身不由己！"

"穆安！婚可成，家国我们始终放不下，帮我最后一个忙！"夕见恳求道。

"你想杀龙默吗？一切都不怪他，怪就怪妲己与你同躯！"穆安知道夕见对家国仇人起了杀心，但此时也不愿龙默死去。

"我要杀谁我自己知道，我如今的处境拜谁所赐，我自己知道！"夕见的眼中又露出了诡异，穆安看在眼里，眉头紧锁，但觉苏妲己的魂意似乎又再归来，当下不知在和谁言语。

"夕见！不！你到底是谁？苏妲己？还是夕见？你到底要杀谁？你到底要干什么？"穆安低吼道。"穆安！婚宴上见！杀谁，你到时便知！"夕见眼中满是狠厉。

穆安盘算着夕见如今亦真亦假的眼神，直觉她是在说杀龙默以报家国和杀父之仇，但最后的眼神，又似苏妲己对于姜尚的仇恨，那么如今的夕见在婚宴杀龙默或是自己都有最深的动机。穆安此次来，本就是抱定了用穆安和夕见的真爱唤起夕见真魂，这样一来，可以在婚宴上争取到夕见的协助，伺机救人，但如今来看，穆安又不确定自己的计划能否实施。

龙默和子秋计划得周详，这一茫茫白雪里的君臣婚礼就设在了蒲沅城东城门外的空地上。龙默和子秋想让洛依联军也知道，他们的人如今是燕川手里的棋子，让天下人看见燕川人成全了天洛和燕川的通婚，只不过并非王室之亲。

蒲沅城东门外人满为患。子秋、鹿辞、鹿念奢，一众副将、大臣、大家、贵族等站得满满堂堂。一众军士围着东门广阔的一片土地，一时不许任何人近前，似乎也不惧洛依联军的突袭。

夕见和穆安身穿红色婚服，从东门内走出，白雪依然在飘，两个红衣之人今天就要在燕川人的见证下结成连理。对于夕见来说，这可能该是最开心的一天，唯一的遗憾就是没能在自己的国家完成这一终身大事。

穆安拉着夕见，手碰到夕见的手腕，一个硬硬的东西引起穆安的怀疑，一把匕首的长柄露了出来。夕见把匕首往袖口里塞了塞，面色淡然。穆安依然不知夕见有心杀的是谁，或者说如今自己身边的人，究竟是夕见还是苏妲己。

龙默站在一个被红毯铺成的硕大的空地上，四周被红色的灯笼和彩纸装扮得异常鲜艳，他朗声道："今蒲沅城外，我燕川国重获大将穆安，子秋王恩宽，引天洛公主和穆安成婚，以示好天洛，求议和之途，共对南依之敌！古乐起！"

现场奏起古乐。夕见和穆安奔着红毯的中心而去，龙默正是这次婚事的证婚人。子秋惬意地看着一切，这该是他如今苦中作乐最好的一台戏。

"夕见，别做傻事，留得性命，日后才有可图。"穆安不想夕见以身犯险。

"你知道我要杀谁吗？"夕见问道。

"世事对你不公，你杀谁都情有可原，但你自己要掂量场合。"

夕见不再作声，两人立在红毯中心。龙默站在两人身侧，朗声道："穆安、夕见，新人终得天之所眷，一拜天地！"

夕见和穆安望着远处的天地间白雪，拜天地。

"二拜君上。"

夕见和穆安对着子秋一拜。

"夫妻对拜！"

夕见和穆安相对，刚要互拜，夕见的红色头巾突然坠落下来，她面露凶光，眼里已是万丈深渊和对这个世界最后的审视，右手抽出袖口里的匕首，刹那间举在头上。

子秋、鹿辞、鹿念奢、穆安和龙默等人皆大惊失色，现场众人一片哗然。

龙默和穆安站在夕见的左右两侧，夕见的匕首寒光一闪，却不知刺向了谁……

茫茫白雪依然在飘落，世间风云在雪花间穿梭。世人永远不明白的一件事便是眼前的幸福，而追求的永远是无边无界的欲望。在这天地的尽头，就有两个孩子，他们走在雪地里，能看见一对可爱的脚印，他们没在波谲云诡的世间挣扎的能力，有的只是享受快乐的心境。无论这风雪多么迷人，在他们的魂魄里，那只是两个有家可归、有亲可依的孩子，他们只知道，雪永远是白色的……

北土的妖骑们列阵南望，高举镰刀，振臂高呼，气势磅礴，这响声震彻北疆。

哲王坐在光洛殿的王位上，望着群臣来朝，笑容里满是阴刻和诡谲。

修辙望向蒲沅城，手里紧握着战旗。

郗别和蕊公主在军帐内研究着北土的形势。

白鸢、白幕和乔公三人驱马向着七曜城狂奔，在陆秀夫、安梦文和克里斯的心里，该是预料到了瞿麦如今的所图，必然是在这个完全失控、自主超脱了的推演世界里，完整地占有一切。也许瞿麦人眼中的艺术品，就是这些双魂超脱的灵体，也许他们看中的就是这样一个有着无限可能的世界。当然，他们在人类和AI的眼中，也是瑰宝。

人类和AI代表着历史和未来，他们本该相扶走过这个时空里的每一个节点，但似乎只有这个大战将至的时刻，才让人类和AI看清了这点。

没错，郗别也是人类。而罗曜是人类起初设计推演世界时留下的一片"留白地"，为的就是在紧急情况下的自救和"立国"。

等陆秀夫、安梦文和克里斯到达七曜城的时候，郡别和蕊公主早就等在城郊，他们马不停蹄地商议着对于南土世界的挽救，一切悲伤的结束似乎预示着更大悲伤的开始……

瞿麦星还在冥王星的身边"热身"，他们一系列的"星际信息"传至试验田内，上面满是地球人能看懂的文字。李勉此时才知，瞿麦星上居住的根本就不是什么外星生命体，他们是由人类开创并发展的外星系文明，该是来自"银河虚空会"的"人类远征信徒"的杰作。

陆秀夫心里一直盘算着这个时空内外，几个世界的关系，那像极了人性的多层，也像极了文明的诞生。他甚至在想，也许每一个文明都是像推演世界里的南土这般诞生的，那么我们的世界外似乎该有另一个瞿麦或者雅苏，应该会有另一个人类和AI的勾斗与言和。这便是宇宙，在星宇归一的念头里，宇宙比心境大得多，却远小于伟大的爱。

后　记

本系列小说创意的来源，是对先秦史和《封神演义》的初层探究。在我不成熟的历史观与知识架构中，对人类文明的初始部分进行了新的畅想和猜测，并融入了现代的表述方式进行内容创造，于是这部结合了先秦文化、《封神演义》小说和科幻新宇宙观的作品出现了。希望在多层次的故事构架与世界观中，给读者朋友们带来阅读的畅感与新的体验。

先秦时期，是中国传统文化的奠基，是中华民族精神的熔铸期。不到两千年的历史长河里，古人们创造着一切事物的雏形，那里有灿烂的文化，有智慧的结晶，有思想的进步，有不可思议的探索，是我们至今取之不竭的文化财富。优秀的传统文化是中华民族生生不息、永继发展的精神基础与导引，是滋养中国梦的深厚土壤。唯有对中华民族的历史与文化持续探究与学习，在传承中不断创新，才能让我们的小家和大家在未来得以更好的生存与发展。

写这部作品，主要的挑战在于多层世界观的互相融合与作用。现实世界、推演世界、上古世界与超智能世界等，所有的单层世界，带来的是人物的单一智慧和人格体现，他们有着不同的动机，不同的诉求，不同的目标和不同的性格，而这些往往随着多层世界的交融集中在一个人的身上。

躯体与灵魂往往会互相质问，你为何与我相携？所有的回答都指向一点——我们该是被命运安排着什么，但是"命运"本身为什么不能是一个控制文明走向的巨掌呢？这就是系列小说的文学创作基点。

当剧情里出现穆安带着天洛之兵攻打自己的家乡燕川时，我们能看见他的无奈和盲从，正是因为姜子牙的操控，他们在解决着上古的问题，但是一切的一切都发生在另一个世界。人类思维的局限或许有着固有的套路，若是我们跳出这个世界的逻辑思维来思考，也许就跟宇宙更亲密了。

当然，一切的戏说和猜想仅停留在文学作品里，一切的答案都可以到文学世界里去寻找和揣摩。回归现实，我们该做的只有一件事，那就是努力拼搏，突破看不见的宿命，把命运紧紧握在自己的手中。

本系列小说远未完结，相比看不到的结尾，我们更应该感谢故事开端的恩赐。真诚感谢参与和陪伴这部系列小说诞生的老师与朋友们。特别感谢父母与爱人的支持，感谢乃畅老师和郑军老师的启发与引导，感谢张建杰先生对国学创意的把关，金夏老师对于出版的协调帮助，感谢周行文、月关、天使奥斯卡三位文学前辈的推荐与鼓励……感谢一路陪伴的每一个灵魂。愿你们和读者一样，享受虚拟故事的同时，也享受着现实给予的美好。

任 为

2020 年 8 月